Giovanni Magini Magini

# Ephemerides coelestium motuum Io. Antonij Magini Patauini, ad annos 40. ab anno Domini 1581. vsque ad annum 1620 ... Ad longitudinem gr. 32.30'. sub qua inclyta vrbs Venetiarum sita est. Addita est eiusdem in stadium animaduersio, qua errores eius qu

Giovanni Magini Magini

**Ephemerides coelestium motuum Io. Antonij Magini Patauini, ad annos 40. ab anno Domini 1581. vsque ad annum 1620 ... Ad longitudinem gr. 32.30'. sub qua inclyta vrbs Venetiarum sita est. Addita est eiusdem in stadium animaduersio, qua errores eius qu**

ISBN/EAN: 9783741183225

Manufactured in Europe, USA, Canada, Australia, Japa

Cover: Foto ©Andreas Hilbeck / pixelio.de

Manufactured and distributed by brebook publishing software (www.brebook.com)

Giovanni Magini Magini

**Ephemerides coelestium motuum Io. Antonij Magini Patauini, ad annos 40. ab anno Domini 1581. vsque ad annum 1620 ... Ad longitudinem gr. 32.30'. sub qua inclyta vrbs Venetiarum sita est. Addita est eiusdem in stadium animaduersio, qua errores eius qu**

# IO. ANTONII MAGINI PATAVINI
# NOVÆ EPHEMERIDES COELESTIUM MOTUUM
ANNORUM 40. INCIPIENTES
ANNO DOMINI 1581.
usq; ad annum 1620.

*SECUNDUM CLARISSIMI VIRI Nicolai Copernici hypotheses, Prutenicasq; Reinoldi tabulas accuratissimè supputatæ, atq; Gregorianæ correctioni Romani Kalendarij accommodatæ.*

Ad Inclitæ Urbis VENETIARUM longitudinem

*Venetijs, Apud Damianum Zenarium. 1582.*

Aa

# EPOCHAE, SEV RADICES COELESTIVM MOTVVM SECVNDVM LONGITVDINEM

Vrbis Venetiarum constitutæ ad meridiem primi Ianuarij anni 1581.

| | S | G | ′ | ″ | ‴ | Radix |
|---|---|---|---|---|---|---|
| | 0 | 27 | 35 | 16 | 16 | *Aequalis, seu medij motus octauæ sphæræ.* |
| | 11 | 14 | 51 | 4 | 16 | *Anomaliæ, seu argumenti octauæ sphæræ.* |
| ☉ | 8 | 22 | 35 | 19 | 32 | *Aequalis, seu medij motus ☉ ♀, & ☿.* |
| | 6 | 10 | 37 | 8 | 26 | *Anomalia annua, seu argumenti medij ☉.* |
| | 5 | 22 | 25 | 32 | 18 | *Anomalia, seu argumenti Apogæi, & eccentrici ☉.* |
| ☽ | 10 | 16 | 1 | 31 | 22 | *Aequalis, seu medij Lunæ à Sole.* |
| | 3 | 20 | 45 | 55 | 52 | *Anomalia, seu argumenti Lunæ.* |
| | 6 | 28 | 16 | 37 | 12 | *Latitudinis Lunæ.* |
| ♄ | 8 | 1 | 6 | 39 | 3 | *Apogæi, seu Augis Saturni.* |
| | 9 | 26 | 8 | 57 | 32 | *Aequalis, seu medij motus Saturni.* |
| | 10 | 23 | 26 | 22 | 0 | *Anomaliæ orbis Saturni.* |
| ♃ | 5 | 8 | 41 | 8 | 13 | *Apogæi Iouis.* |
| | 8 | 5 | 28 | 27 | 16 | *Aequalis, seu medij motus Iouis.* |
| | 0 | 17 | 6 | 52 | 10 | *Anomaliæ orbis Iouis.* |
| [illegible] | [illegible] | 0 | 12 | 58 | 15 | *Apogæi Martis.* |
| | 1 | 20 | 50 | 13 | 28 | *Aequalis, seu medij motus Martis.* |
| | 7 | 3 | 14 | 36 | 4 | *Anomaliæ orbis Martis.* |
| ♀ | 2 | 18 | 21 | 50 | 0 | *Apogæi Veneris.* |
| | [illegible] | [illegible] | 51 | 53 | 54 | *Anomaliæ commutationis Veneris.* |
| ☿ | 7 | 1 | 59 | 4 | 57 | *Apogæi Mercurij.* |
| | 4 | 7 | 59 | 35 | 0 | *Anomaliæ commutationis Mercurij.* |

# EPHEMERIS
# IOANNIS ANTONII
## MAGINI PATAVINI

Ad annum Dominicæ
Incarnationis
1581.

Qui eſt annus

| | |
|---|---|
| Ab Intercalari, ſeu Biſſextili | Primus. |
| A Principio Mundi | 5543. |
| A Diluuio incohato | 3887. |
| A primo Paſchate, & Pentecoſte | 3090. |
| Et tertius annus Olimpiadis | 589. |

*Figura cæli tempore æquinoctij verni.*

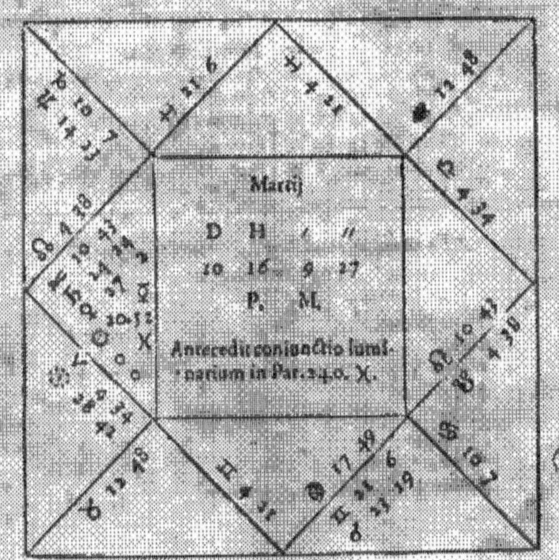


Anni tropici apparens magnitudo.

*Dierum* 365. *Hor.* 5. *Scr.* 55′. 24″. 57‴. 52⁗.

# ANNO SALVTIFERI PARTVS 1581 communi.

| | | | D. | H. | ′ | ″ |
|---|---|---|---|---|---|---|
| Conuersio ☉ ad initium. | ♋ Seu æstiui solstitij | Iunij | 11 | 13 | 14 | 30 |
| | ♎ Seu æquinoctij autumnalis | Septembris | 13 | 0 | 14 | 4 |
| | ♑ Seu solstitij verni | Decembris | 11 | 18 | 7 | 14 |

| | S. | P. | ′ | ″ | ‴ |
|---|---|---|---|---|---|
| Vera Præcessio Aequinoctiorum | 0 | 27 | 33 | 55 | 17 |
| Obliquitas Zodiaci | | 23 | 28 | 6 | 18 |

Eccentrotetis Solis 32238. Qualium semidiameter Eccentrici 1000000. seu par. 1 56′ 3″ 26‴. Quarum Eccentri Solis semidiameter partium 60.

| Locus Apogæi | | P. | ′ | ″ | | | |
|---|---|---|---|---|---|---|---|
| | ♄ | 29 | 0 | 36 | ♓ | Aureus Numerus | 5 |
| | ♃ | 6 | 35 | 2 | ♎ | Cyclus Solis | 22 |
| | ♂ | 28 | 16 | 55 | ♌ | Epacta | 25 |
| | ☉ | 8 | 51 | 18 | ♋ | Indictio Romana | 9 |
| | ♀ | 16 | 24 | 55 | ♊ | Litera Dominicalis | A |
| | ☿ | 29 | 33 | 1 | ♐ | Interuallum Hebdomadæ 6. Dies | 0 |

*Festa mobilia secundum Sacrosanctæ Romanæ Ecclesiæ vsum.*

| | | |
|---|---|---|
| Septugesima | Ianuarij | 22 |
| Cinis | Februarij | 8 |
| Pascha | Martij | 26 |
| Rogationes | Aprilis | 30 |
| Ascensio | Maij | 4 |
| Pentecoste | Maij | 14 |
| Corpus Christi | Maij | 25 |
| Aduentus Domini | Decembris | 3 |

## Computatio primi Lunaris defectus anno 1581. Ianuarij.

*Hoc anno 1581. Die 19. Ianuarij H. 9. 18'. 32". à meridie æquatis spoliabitur ☽ suo lumine in umbram terræ ingrediens prope domonis ☋, dum tenet par. 9. 33'. 19". ♌. Soli oppositā. Ad dictum verò tempus anomalia ☽ æquata seu argumentum verum est par. 351. 15'. vnde eius semidiameter apparens est 15'. 0". Sol verò reperitur non procul à Perigeo sui eccentrici æqualis, & eius anomalia annua coæquata est P. 209. 48' semidiameter eius 16'. 47". semidiameter verò vmbræ terrenæ æquata est 39'. 0". Verus motus latitud. ☽ P. 9. 18'. 25". Vera autem ☽ latitudo 12'. 2". Austr. Ad principium verò Eclipsis 6'. 31'. & ad finem 17'. 0". semper Australis. Digiti eclipticj 16. 47'. Tempus incidentiæ, cuius H. 1. 12'. Mora autem dimidia H. 0. 47'.*

| | | H. | scr. | | | |
|---|---|---|---|---|---|---|
| *Eclipsis huius Lunaris Digitorum 16 47'* | *Principium accidet* | 7 | 10 | P. M. | | *Duratio totius Eclipsis* H. scr. 3 38 |
| | | 2 | 36 | N. S. | | |
| | *Initium totalis obscurationis* | 8 | 31 | P. M. | *Mora ☽ in tenebris* H. scr. 1 34 | |
| | | 3 | 48 | N. S. | | |
| | *Medium, seu vera oppositio* | 9 | 19 | P. M. | | |
| | | 4 | 35 | N. S. | | |
| | *Finis totalis obscurationis & initium recuperationis luminis* | 10 | 6 | P. M. | | |
| | | 5 | 21 | N. S. | | |
| | *Finis totius Eclipsis erit* | 11 | 18 | P. M. | | |
| | | 6 | 14 | N. S. | | |

## Typus prædictæ Eclipsis.

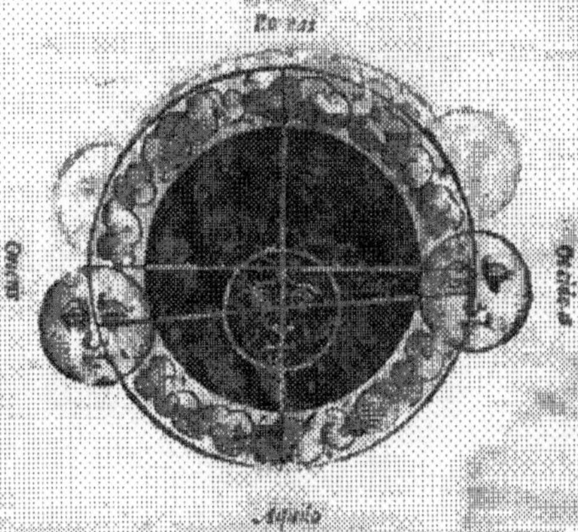

## Altera Eclipsis Lunæ 1581 Iulij.

Secunda Eclipsis ☽ accidet 15. Iulij H 17.17'.33''. P. M. æquatis iuxta ☊ in Par. 2.39'.9''. ac. Anomalia autem ☽ ad dictum tempus reperitur P. 148.57'. & semidiameter eius apparens 1...34''. Sol vero circa Apogæum sui Eccentrici descendens habet anomaliæ T. 3.a. 21'. & eius semidiameter apparens 15'.51''. semidiameter autem umbræ terrenæ 48'.50''. Verus motus latitudinis ☽ 174.47'.10''. vera ☽ latitudo 25'.0''. Borea, ad initium autem defectionis 20'.16'. & ad finem 20'.39''. similiter Borea. Puncta corporis ☽ eclipsica 14.8'. Tempus casus H 1.15'. moræ autem dimidiæ H.0.32'.

| | | H | scr. | | | |
|---|---|---|---|---|---|---|
| Eclipsis ☽ Punctorum 14.8'. | Principium spectabitur | 15<br>8 | 31<br>8 | P. M.<br>N. S. | | Pertransiens à principio ad finem H. scr. 3 34 |
| | Prima amissio totalis luminis | 16<br>9 | 46<br>23 | P. M.<br>Horol. | Permanebit sine lumine H. scr. 1 4 | |
| | Medium, seu vera oppositio | 17<br>9 | 18<br>55 | P. M.<br>Horol. | | |
| | Finis obscurationis totalis | 17<br>10 | 50<br>27 | P. M.<br>Horol. | | |
| | Finis totius Eclipsis videbitur | 19<br>11 | 5<br>42 | P. M.<br>Horol. | | |

## Imago prædicti defectus Lunæ.

Septentrio

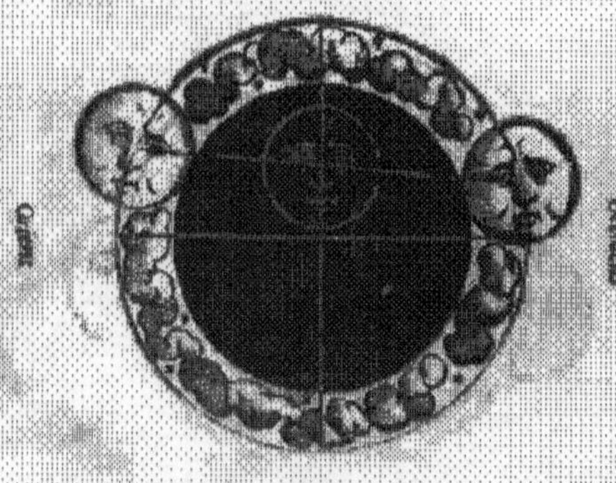


Meridies

*Sed huius Eclipsis solum initium supra nostrum horizontem apparebit, nam ex oriente Sole occidet Luna ex maiori parte obumbrata; sed qui loca orientalia possident minorem portionem corporis ☽ in vmbra terræ inuolutam percipient, & in aliquibus locis Græciæ, Dalmatiæ, Vngariæ, Bulgariæ, nec non Niceæ, Syriæ, Cypro, & Hierosolimæ nulla prorsus Eclipsis videbitur. Contra verò occidentaliores nobis maiorem partem obscurationis animaduertent & etiam in aliquibus locis Aphricæ, Hiberniæ, Landiæ, Hispaniæ, & Portugalliæ ipsum Eclipsis medium facillimè obseruari poterit.*

## *Planetarum status.*

♄ Ab initio anni in fine descēdit ab Apogæo Eccentrici ad longitudinē mediam.
Die verò { vltimo Ianuarij in Apogæo / 7. Augusti in Perigæo } sui Epicycli inuenitur;
Regreditur in priora à 28. Maij vsque post 16. Octobris.

♃ Toto hoc anno versabitur circa longitudinem mediam sui Eccentrici paulatim ad Perigæum descendens.
Die 25. Iunij in opposito Augis Epicycli reperitur.
Mouebitur contra signorum ordinem à 26. Aprilis vsque in 14. Augusti.

♂ Hoc anno pertinget ad supremam sui deferentis partem die 13. Maij.
Die verò 25. Octobris ad Apogæon sui Epicycli peruenit.

♀ Die { 28. Maij in suprema parte / 28. Nouemb. in infima parte } sui deferentis inuenitur. / 17. Iulij in Apogæo Epicycli residet.
Hoc anno semper secundum signorum seriem gradietur.

☿ Die:
- { 27 Februarij in Apogæo / 26 Aprilis in Perigæo / 24 Iunij in Apogæo / 21 Augusti in Perigæo / 17 Octobris in Apogæo / 14 Decembris in Perigæo } Epicycli.
- { 12 Maij in Perigæo / 11 Nouembris in Apogæo } Eccentrici.
- { 6 Ianuarij vsque in 29. eiusdem / 2 Maij vsque in 25. eiusdem / 27 Augusti vsque ad 18. Septemb. / 21 Decembris vsque ad finem } Regressum patitur.

## Poſitus Planetarum Diurnus.

| | | ☉ | | | ☽ | | ♄ | | ♃ | | ♂ | | ♀ | | ☿ | | ☊ | |
|---|---|---|---|---|---|---|---|---|---|---|---|---|---|---|---|---|---|---|
| | | | | | | | M | D | S | D | S | A | S | D | M | A | | |
| | | ♑ | | | ♐ | | ♒ | | ♑ | | ♉ | | ♐ | | | | ♒ | |
| | Dies | P | ′ | ″ | P | ′ | P | ′ | P | ′ | P | ′ | P | ′ | P | ′ | P | ′ |
| A | 1 | 20 | 52 | 20 | 0 | 7 | 16 | 16 | 1 | 40 | 29 | 35 | 6 | 6 | 7 | 55 | 8 | 14 |
| | 2 | 21 | 53 | 23 | 13 | 5 | 16 | 23 | 1 | 53 | 29 | 43 | 7 | 14 | 8 S | 24 | 8 | 11 |
| | 3 | 22 | 54 | 26 | 26 ♑ | 24 | 16 | 30 | 2 | 6 | 29 | 51 | 8 | 22 | 8 | 48 | 8 | 8 |
| | 4 | 23 | 55 | 28 | 11 | 2 | 16 | 37 | 2 | 19 | 0 ♉ | 0 | 9 | 30 | 9 | 6 | 8 | 5 |
| | 5 | 24 | 56 | 30 | 27 ♒ | 52 | 16 | 44 | 2 | 32 | 0 | 9 | 10 | 38 | 9 | 18 | 8 | 1 |
| | 6 | 25 | 57 | 31 | 12 | 50 | 16 | 51 | 2 | 45 | 0 | 19 | 11 | 46 | 9 ♒ | 23 | 7 | 59 |
| | 7 | 26 | 58 | 32 | 27 ♓ | 49 | 16 | 58 | 2 | 58 | 0 | 29 | 12 | 54 | 9 | 21 | 7 | 56 |
| A | 8 | 27 | 59 | 32 | 12 | 40 | 17 | 5 | 3 | 11 | 0 | 40 | 14 | 2 | 9 | 13 | 7 | 53 |
| | 9 | 29 ♒ | 0 | 31 | 27 ♈ | 17 | 17 | 13 | 3 | 24 | 0 | 51 | 15 | 11 | 8 | 55 | 7 | 50 |
| | 10 | 0 | 1 | 30 | 11 | 35 | 17 | 20 | 3 | 37 | 1 | 3 | 16 | 19 | 8 | 32 | 7 | 47 |
| | 11 | 1 | 2 | 28 | 25 ♉ | 31 | 17 | 27 | 3 | 50 | 1 | 15 | 17 | 28 | 8 | 3 | 7 | 44 |
| | 12 | 2 | 3 | 25 | 9 | 3 | 17 | 34 | 4 | 2 | 1 | 28 | 18 | 37 | 7 | 26 | 7 | 41 |
| | 13 | 3 | 4 | 21 | 22 ♊ | 12 | 17 | 41 | 4 | 15 | 1 | 42 | 19 | 46 | 6 | 45 | 7 | 38 |
| | 14 | 4 | 5 | 17 | 4 | 57 | 17 | 49 | 4 | 28 | 1 | 54 | 20 | 55 | 6 | 0 | 7 | 34 |
| A | 15 | 5 | 6 | 12 | 17 | 23 | 17 | 56 | 4 | 40 | 2 | 8 | 22 | 4 | 5 | 11 | 7 | 31 |
| | 16 | 6 | 7 | 6 | 29 ♋ | 31 | 18 | 3 | 4 | 53 | 2 | 22 | 23 | 13 | 4 | 19 | 7 | 28 |
| | 17 | 7 | 7 | 59 | 11 | 30 | 18 | 10 | 5 | 6 | 2 D | 37 | 24 | 23 | 3 | 24 | 7 | 25 |
| | 18 | 8 | 8 | 51 | 23 ♌ | 17 | 18 | 17 | 5 | 19 | 2 | 52 | 25 | 32 | 2 | 28 | 7 | 22 |
| | 19 | 9 | 9 | 42 | 4 | 58 | 18 | 24 | 5 | 31 | 3 | 8 | 26 | 42 | 1 | 32 | 7 | 19 |
| | 20 | 10 | 10 | 32 | 16 | 37 | 18 | 32 | 5 | 44 | 3 | 24 | 27 | 52 | 0 ♑ | 38 | 7 | 16 |
| | 21 | 11 | 11 | 20 | 28 ♍ | 16 | 18 | 39 | 5 | 56 | 3 | 41 | 29 ♑ | 2 | 29 D | 47 | 7 | 12 |
| A | 22 | 12 | 12 | 7 | 9 | 59 | 18 | 46 | 6 | 9 | 3 | 58 | 0 | 12 | 29 | 0 | 7 | 9 |
| | 23 | 13 | 12 | 53 | 21 ♎ | 50 | 18 | 53 | 6 | 21 | 4 | 16 | 1 | 22 | 28 | 18 | 7 | 6 |
| | 24 | 14 | 13 | 38 | 3 | 50 | 19 | 0 | 6 | 33 | 4 | 34 | 2 | 32 | 27 | 42 | 7 | 3 |
| | 25 | 15 | 14 | 21 | 16 | 5 | 19 | 7 | 6 | 46 | 4 | 52 | 3 | 42 | 27 | 13 | 7 | 0 |
| | 26 | 16 | 15 | 3 | 28 ♏ | 28 | 19 | 15 | 6 | 58 | 5 | 11 | 4 | 52 | 26 | 50 | 6 | 57 |
| | 27 | 17 | 15 | 44 | 11 | 31 | 19 | 22 | 7 | 10 | 5 | 30 | 6 | 3 | 26 | 33 | 6 | 53 |
| | 28 | 18 | 16 | 23 | 24 ♐ | 46 | 19 | 29 | 7 | 22 | 5 | 50 | 7 | 13 | 26 D | 24 | 6 | 50 |
| A | 29 | 19 | 17 | 1 | 8 | 24 | 19 | 36 | 7 | 34 | 6 | 10 | 8 | 24 | 26 | 22 | 6 | 47 |
| | 30 | 20 | 17 | 38 | 22 ♑ | 25 | 19 | 43 | 7 | 46 | 6 | 30 | 9 | 35 | 26 | 27 | 6 | 44 |
| | 31 | 21 | 18 | 13 | 6 | 48 | 19 | 51 | 7 | 58 | 6 | 51 | 10 | 46 | 26 | 39 | 6 | 41 |
| Latitudo Planetarũ ad diẽ | 1 | | | | | | 0 | 21 | 0 | 33 | 1 | 43 | 2 | 46 | 0 S | 20 | Menſis | |
| | 11 | | | | | | 0 | 22 | 0 | 33 | 1 D | 48 | 2 | 24 | 2 | 15 | | |
| | 21 | | | | | | 0 | 22 | 0 | 32 | 1 | 49 | 1 | 58 | 3 D | 50 | | |

| Syzygiæ Lunares. | | | | | | | |
|---|---|---|---|---|---|---|---|
| | | Occid. | Orient. | Occid. | Orient. | Occid. | Syzygię Planetarũ mutuę & eorum congressus cum illustrioribus aliquibus stellis fixis. |
| | ☉ | ♄ | ♃ | ♂ | ♀ | ☿ | |
| Dies | H ′ | H ′ | H ′ | H ′ | H ′ | H ′ | |
| 1 | | | | | 1 ☌ 11 | 13 ✶ 54 | |
| 2 | | 3 ✶ 54 | | | | | |
| 3 | | | 7 ☌ 10 | | | | ✶ ♀ ☿ 12. 19. |
| 4 ☌ | 18 51 | | | | | | ♀ ori. cũ corde ✱ |
| 5 Alc. | 13 [illegible] | | | 5 △ 42 | 22 ✶ 8 | 18 ☌ 20 | ☽ in ☊ 16. 16. |
| 6 | | 6 ☌ 19 | | | | | ☽ in Perig. |
| 7 | | | 8 ✶ 27 | 4 □ 21 | | | (ferè corporea |
| 8 | | | | | 2 □ 16 | | ☌ ♀ cũ dex. tibia Ophi. |
| 9 | 3 ✶ 7 | | 10 □ 15 | 6 ✶ 4 | | 19 ✶ 2 | ♄ m.c. cũ cauda ♑ præ. |
| 10 | | 10 ✶ 16 | | | 8 △ 52 | | |
| 11 □ | 10 29 | | 14 △ 58 | | | 21 □ 15 | △ ☉ ♂ 6.30 \| ✶ ♄ ♀ |
| 12 Alc. | 9 ♎ | 15 □ 40 | | | | | ♂ m.c. cũ tibia pri. (ferè c. |
| 13 | 22 △ 13 | | | 13 ☌ 9 | | | (cũ neb. aculei ♏ |
| 14 | | | | | | 1 △ 53 | ☌ ☉ ♀ 22.53 \| ♀ m.c. |
| 15 | | 1 △ 6 | | | 10 ☍ 12 | Orient. | |
| 16 | | | 10 ☍ 55 | | | | ♀ ori. cum aquila |
| 17 | | | | | | | △ ♂ ♀ 15.53 |
| 18 | | | | 20 ✶ 9 | | 17 ☍ 30 | ♃ m.c. cum lyra |
| 19 ☍ | 9 22 | | | | | | ☽ in Apo. ☌ in ☊ 4.49 |
| 20 Alc. | 2 ♎ | 4 ☍ 0 | | | | | |
| 21 | | | 16 △ 6 | 11 □ 32 | 1 △ 44 | | |
| 22 | | | | | | | ♀ ori. cũ cauda Delphi. |
| 23 | | | | | 21 □ 7 | 12 △ 19 | ☌ ♃ cum nebulosa ✠. |
| 24 | 22 △ 14 | | 5 □ 25 | 1 △ 28 | | | ♄ ori. cũ cauda ♑ præc. |
| 25 | | 5 △ 51 | | | | 20 □ 39 | (cũ lyra |
| 26 | | | 15 ✶ 45 | | 12 ✶ 47 | | ♂ m.c. cũ aldeb. \| ♀ m.c. |
| 27 □ | 11 5 | 14 □ 21 | | | | | |
| 28 Alc. | 18 ♎ | | | 19 ☍ 57 | | 2 ✶ 51 | ☌ ♄ ♀ 3.40 |
| 29 | 20 ✶ 6 | 9 ✶ 20 | | | | | ☌ ☉ ♄ 8.27 \| ♀ m.c. cũ |
| 30 | | Orient. | | | | | (neb. oculi ✠ |
| 31 | | | 1 ☌ 56 | | 7 ☌ 3 | | ♀ ori. cũ aculeo ♏ |

*✱. Die 11. ♀ culminat cum aculeo ♏.*
*Die 23 ♃ copulabitur cum nebulosa oculi ✠ distantia latitudinis minutorum 13.*

## Positus Planetarum Diurnus.

| | Dies | ☉ ♒ P | ' | " | ☽ ♑ P | ' | ♄ ♒ (M D) P | ' | ♃ ♑ (S D) P | ' | ♂ ♊ (S D) P | ' | ♀ ♑ (S D) P | ' | ☿ ♑ (S D) P | ' | ☊ ♒ P | ' |
|---|---|---|---|---|---|---|---|---|---|---|---|---|---|---|---|---|---|---|
| | 1 | 22 | 18 | 47 | 21 | 29 | 19 | 58 | 8 | 5 | 7 | 12 | 11 | 57 | 26 | 57 | 6 | 37 |
| | 2 | 23 | 19 | 19 | 6 ♒ | 24 | 20 | 5 | 8 | 21 | 7 | 33 | 13 | 8 | 27 | 22 | 6 | 34 |
| | 3 | 24 | 19 | 49 | 21 | 26 | 20 | 12 | 8 | 32 | 7 | 55 | 14 | 19 | 27 | 54 | 6 | 31 |
| | 4 | 25 | 20 | 18 | 6 ♓ | 27 | 20 | 19 | 8 | 42 | 8 | 17 | 15 | 30 | 28 | 31 | 6 | 28 |
| A | 5 | 26 | 20 | 46 | 21 ♈ | 30 | 20 | 27 | 8 | 53 | 8 | 39 | 16 | 41 | 29 | 13 | 6 | 25 |
| | 6 | 27 | 21 | 12 | 5 | 58 | 20 | 34 | 9 | 6 | 9 | 1 | 17 | 52 | 0 ♒ | 1 | 6 | 22 |
| | 7 | 28 | 21 | 36 | 20 | 17 | 20 | 41 | 9 | 18 | 9 | 24 | 19 | 3 | 0 | 54 | 6 | 18 |
| | 8 | 29 ♓ | 21 | 59 | 4 ♉ | 15 | 20 | 48 | 9 A | 29 | 9 | 47 | 20 | 14 | 1 | 52 | 6 | 15 |
| | 9 | 0 | 22 | 21 | 17 | 49 | 20 | 56 | 9 | 40 | 10 | 10 | 21 | 25 | 2 | 54 | 6 | 12 |
| | 10 | 1 | 22 | 41 | 1 ♊ | 1 | 21 | 3 | 9 | 51 | 10 | 33 | 22 | 37 | 3 | 58 | 6 | 9 |
| | 11 | 2 | 22 | 59 | 13 | 51 | 21 | 10 | 10 | 2 | 10 | 57 | 23 | 48 | 5 | 6 | 6 | 6 |
| A | 12 | 3 | 23 | 16 | 26 ♋ | 22 | 21 | 17 | 10 | 13 | 11 | 21 | 25 | 0 | 6 | 20 | 6 | 3 |
| | 13 | 4 | 23 | 32 | 8 | 36 | 21 | 25 | 10 | 23 | 11 | 45 | 26 | 11 | 7 | 36 | 5 | 59 |
| | 14 | 5 | 23 | 46 | 20 ♌ | 37 | 21 | 32 | 10 | 34 | 12 | 10 | 27 | 23 | 8 | 50 | 5 | 56 |
| | 15 | 6 | 23 | 59 | 2 | 27 | 21 | 39 | 10 | 44 | 12 | 34 | 28 | 35 | 10 | 17 | 5 | 53 |
| | 16 | 7 | 24 | 10 | 14 | 11 | 21 | 46 | 10 | 55 | 12 | 59 | 29 | 47 | 11 M | 41 | 5 | 50 |
| | 17 | 8 | 24 | 19 | 25 ♍ | 50 | 21 | 53 | 11 | 5 | 13 | 24 | 0 ♒ | 59 | 13 | 7 | 5 | 47 |
| | 18 | 9 | 24 | 26 | 7 | 30 | 22 | 1 | 11 | 15 | 13 | 49 | 2 | 11 | 14 | 35 | 5 | 44 |
| A | 19 | 10 | 24 | 31 | 19 ♎ | 13 | 22 | 8 | 11 | 25 | 14 | 15 | 3 | 23 | 16 | 0 | 5 | 40 |
| | 20 | 11 | 24 | 34 | 1 | 2 | 22 | 15 | 11 | 35 | 14 | 41 | 4 | 35 | 17 | 40 | 5 | 37 |
| | 21 | 12 | 24 | 35 | 13 | 2 | 22 | 22 | 11 | 45 | 15 | 7 | 5 | 47 | 19 | 16 | 5 | 34 |
| | 22 | 13 | 24 | 34 | 25 ♏ | 14 | 22 | 29 | 11 | 55 | 15 | 33 | 6 | 59 | 20 | 54 | 5 | 31 |
| | 23 | 14 | 24 | 31 | 7 | 43 | 22 | 37 | 12 | 4 | 16 | 0 | 8 | 11 | 22 | 34 | 5 | 28 |
| | 24 | 15 | 24 | 26 | 20 ♐ | 32 | 22 | 44 | 12 | 14 | 16 | 27 | 9 | 23 | 24 | 16 | 5 | 24 |
| | 25 | 16 | 24 | 19 | 3 | 45 | 22 | 51 | 12 | 23 | 16 | 54 | 10 | 35 | 25 | 59 | 5 | 21 |
| A | 26 | 17 | 24 | 10 | 17 ♑ | 20 | 22 | 58 | 12 | 33 | 17 | 21 | 11 M | 47 | 27 | 43 | 5 | 18 |
| | 27 | 18 | 23 | 59 | 1 | 19 | 23 | 5 | 12 | 42 | 17 | 48 | 12 | 59 | 29 | 28 | 5 | 15 |
| | 28 | 19 | 23 | 47 | 15 | 39 | 23 | 12 | 12 | 52 | 18 | 16 | 14 | 11 | 1 ♓ | 14 | 5 | 12 |

| Latitudo Planetarũ ad diẽ | ♄ P | ' | ♃ P | ' | ♂ P | ' | ♀ P | ' | ☿ P | ' | |
|---|---|---|---|---|---|---|---|---|---|---|---|
| 1 | 0 | 23 | 0 A | 32 | 1 | 47 | 1 | 20 | 1 | 27 | Mensis |
| 11 | 0 | 23 | 0 | 32 | 1 | 43 | 0 | 43 | 0 M | 37 | |
| 21 | 0 | 24 | 0 | 33 | 1 | 39 | 0 M | 12 | 0 | 51 | |

| Syzygiæ Lunares. | | | | | | | | |
|---|---|---|---|---|---|---|---|---|
| | | Orient. | Orient. | Occid. | Orient | Orient. | Syzygię Planetarũ mutuę, & eorum congressus cum illustrioribus aliquibus stellis fixis. |
| | ☉ | ♄ | ♃ | ♂ | ♀ | ☿ | |
| Dies. | H ′ | H ′ | H ′ | H ′ | H ′ | H ′ | |
| 1 | | | | | | 9☌ 3 | ♄ or. cum aculeo ♏ |
| 2 | | 22☌ 1 | | 1△53 | | | ☽ in ☊ 0.15 |
| 3 ☌ | 4 51 | | | | | | ☽ peri. ♀ or. cũ neb. acu |
| 4 Asc. | 22 ♌ | | 5✶44 | 3□ 2 | 15✶51 | | ♀ occ. cum corona. |
| 5 | | | | | | 13✶41 | ♀ m.c. cũ rostro gallinæ |
| 6 | | | 5□19 | 5✶15 | 21□45 | | |
| 7 | 14✶58 | 0✶42 | | | | 19 36 | ♂ occ. cũ dex. hum. Orio. |
| 8 | | | 9△23 | | | | ♀ m. c. cum aquila. |
| 9 | | 5□43 | | | 7△12 | | |
| 10 □ | 0 37 | | | 18☌24 | | 6△ 3 | ♂ incipit or. cũ hiadibus |
| 11 Asc. | 8 ♋ | 14△10 | | | | | |
| 12 | 14△59 | | | | | | ♂ m.c. cũ priori hedorũ |
| 13 | | | 3☍37 | | | | |
| 14 | | | | | 15☍17 | | ♀ m.c. cum cornu ♑ |
| 15 | | | | 21✶27 | | 18☍11 | ☽ in ☋ 7.0 |
| 16 | | 15☍46 | | | | | |
| 17 | | | | | | | △ ♂ ☿ 6.29 ☽ Apo. |
| 18 ☍ | 4 8 | | 7△22 | 13□26 | | | ♂ m.c. cũ capra. |
| 19 Asc. | 14 ♌ | | | | | | ♂ m.c. cũ sin. hum. Orio. |
| 20 | | | 21□24 | | 7△54 | | ✶ ☉ ♃ 4.48 .a |
| 21 | | 18△32 | | 4△15 | | 14△10 | ♂ desinit ori. cũ hiad. b. |
| 22 | | | | | | | ♂ or. cũ aldeb. et occ. cũ |
| 23 | 13△36 | | 8✶16 | | 0□58 | | ☌ ☿ 0.45 (cap. Med. |
| 24 | | 4□ 2 | | | | 7□38 | ♃ or. cũ neb. aculei ♏ |
| 25 | | | | | 13✶14 | | □ ☿ ♂ 21.49 |
| 26 □ | 0 4 | 9✶45 | | 0☍ 2 | | 20✶21 | |
| 27 Asc. | 13 ♋ | | 19☌17 | | | | ♄ occ. cũ Regulo .c. |
| 28 | 6✶35 | | | | | | ♀ occ. cũ Aquila et can |
| | | | | | | | (da ♑) |

.a. Die 20 ♂ M.C. cum Rigel & ♀ M.C. cum cauda cygni.
.b. Die 21 ☿ oritur cum cauda ♑ præcedenti.
.c. Die 27 ♀ occidit cum posteriori fid[illegible] aquæ ...

Positus Planetarum Diurnus.

| | | | | | | | M | D | S | A | S | D | M | D | M | D | | |
|---|---|---|---|---|---|---|---|---|---|---|---|---|---|---|---|---|---|---|
| | | ☉ ♓ | | | ☽ ♒ | | ♄ ♒ | | ♃ ♑ | | ♂ ♊ | | ♀ ♒ | | ☿ ♓ | | ☊ ♒ | |
| | Dies | P | ' | " | P | ' | P | ' | P | ' | P | ' | P | ' | P | ' | P | ' |
| | 1 | 20 | 23 | 33 | 0 | 18 | 23 | 19 | 13 | 1 | 18 | 45 | 15 | 23 | 3 | 1 | 5 | 8 |
| | 2 | 21 | 23 | 17 | 15 ♓ | 9 | 23 | 26 | 13 | 10 | 19 | 11 | 16 | 35 | 4 | 49 | 5 | 5 |
| | 3 | 22 | 22 | 59 | 0 | 6 | 23 | 33 | 13 | 19 | 19 | 39 | 17 | 47 | 6 | 38 | 5 | 2 |
| | 4 | 23 | 22 | 39 | 15 | 0 | 23 | 40 | 13 | 28 | 20 | 7 | 18 | 59 | 8 | 27 | 4 | 59 |
| A | 5 | 24 | 22 | 17 | 29 ♈ | 46 | 23 | 47 | 13 | 37 | 20 | 35 | 20 | 11 | 10 | 17 | 4 | 56 |
| | 6 | 25 | 21 | 53 | 14 | 17 | 23 | 53 | 13 | 45 | 21 | 4 | 21 | 23 | 12 | 8 | 4 | 53 |
| | 7 | 26 | 21 | 27 | 28 ♉ | 30 | 24 | 0 | 13 | 54 | 21 | 32 | 22 | 35 | 13 | 59 | 4 | 49 |
| | 8 | 27 | 20 | 59 | 12 | 23 | 24 | 7 | 14 | 2 | 22 | 1 | 23 | 48 | 15 | 51 | 4 | 46 |
| | 9 | 28 | 20 | 19 | 25 ♊ | 55 | 24 | 13 | 14 | 10 | 22 | 30 | 25 | 0 | 17 | 43 | 4 | 43 |
| | 10 | 29 ♈ | 19 | 57 | 9 | 7 | 24 | 20 | 14 | 18 | 22 | 59 | 26 | 12 | 19 | 36 | 4 | 40 |
| | 11 | 0 | 19 | 23 | 22 ♋ | 6 | 24 | 26 | 14 | 26 | 23 | 28 | 27 | 25 | 21 | 29 | 4 | 37 |
| A | 12 | 1 | 18 | 47 | 4 | 37 | 24 | 33 | 14 | 34 | 23 | 58 | 28 | 37 | 23 | 22 | 4 | 34 |
| | 13 | 2 | 18 | 10 | 16 | 58 | 24 | 39 | 14 | 41 | 24 | 27 | 29 ♓ | 50 | 25 | 15 | 4 | 30 |
| | 14 | 3 | 17 | 31 | 29 ♌ | 7 | 24 | 46 | 14 | 49 | 24 | 57 | 1 | 2 | 27 | 9 | 4 | 27 |
| | 15 | 4 | 16 | 50 | 11 | 7 | 24 | 52 | 14 | 56 | 25 | 27 | 2 | 14 | 29 ♈ | 3 | 4 | 24 |
| | 16 | 5 | 16 | 7 | 23 ♍ | 1 | 24 | 59 | 15 | 3 | 25 | 57 | 3 | 27 | 0 S | 57 | 4 | 21 |
| | 17 | 6 | 15 | 22 | 4 | 51 | 25 | 5 | 15 | 10 | 26 | 27 | 4 | 39 | 2 | 51 | 4 | 18 |
| | 18 | 7 | 14 | 35 | 16 | 40 | 25 | 11 | 15 | 17 | 26 | 57 | 5 | 51 | 4 A | 45 | 4 | 15 |
| A | 19 | 8 | 13 | 46 | 28 ♎ | 30 | 25 | 17 | 15 | 24 | 27 | 28 | 7 | 4 | 6 | 39 | 4 | 11 |
| | 20 | 9 | 12 | 55 | 10 | 27 | 25 | 23 | 15 | 30 | 27 | 58 | 8 | 17 | 8 | 33 | 4 | 8 |
| | 21 | 10 | 12 | 2 | 22 ♏ | 34 | 25 | 29 | 15 | 37 | 28 | 29 | 9 | 29 | 10 | 27 | 4 | 5 |
| | 22 | 11 | 11 | 7 | 4 | 53 | 25 | 34 | 15 | 43 | 28 | 59 | 10 | 42 | 12 | 20 | 4 | 2 |
| | 23 | 12 | 10 | 10 | 17 ♐ | 27 | 25 | 40 | 15 | 49 | 29 ♋ | 30 | 11 | 54 | 14 | 13 | 3 | 59 |
| | 24 | 13 | 9 | 11 | 0 | 20 | 25 | 46 | 15 | 55 | 0 | 1 | 13 | 7 | 16 | 5 | 3 | 55 |
| | 25 | 14 | 8 | 10 | 13 | 34 | 25 | 52 | 16 | 1 | 0 | 32 | 14 | 19 | 17 | 57 | 3 | 52 |
| A | 26 | 15 | 7 | 7 | 27 ♑ | 9 | 25 | 57 | 16 | 6 | 1 | 3 | 15 | 31 | 19 | 48 | 3 | 49 |
| | 27 | 16 | 6 | 1 | 11 | 6 | 26 | 3 | 16 | 11 | 1 | 35 | 16 | 45 | 21 | 39 | 3 | 46 |
| | 28 | 17 | 4 | 55 | 25 ♒ | 12 | 26 | 8 | 16 | 17 | 2 | [illegible] | 17 | 57 | 23 | 30 | 3 | 43 |
| | 29 | 18 | 3 | 45 | 9 | 54 | 26 | [illegible] | 16 | 22 | 2 | 3[illegible] | 19 | 10 | 25 | 20 | 3 | 40 |
| | 30 | 19 | 2 | 33 | 24 ♓ | 25 | 26 | [illegible] | 16 | 2[illegible] | 3 | [illegible] | 20 | 22 | 27 | 9 | 3 | 36 |
| | 31 | 20 | 1 | 19 | 9 | 20 | 26 | [illegible] | 16 | 3[illegible] | 3 | 41 | 21 | 35 | 28 | 58 | 3 | 33 |

| Latitudo Planetarum ad diem | | ♄ | | ♃ | | ♂ | | ♀ | | ☿ | | |
|---|---|---|---|---|---|---|---|---|---|---|---|---|
| | 1 | 0 | 25 | 0 | 33 | 1 | 34 | 0 | 8 | 1 | 31 | Mensis |
| | 11 | 0 | 26 | 0 | 31 | 1 | [illegible] | 0 | 34 | 1 | 52 | |
| | 21 | 0 | 2[illegible] | 0 | 34 | 1 | [illegible] | 0 | [illegible] | 1 | 54 | |

Syzygiæ Lunares.

| | | Orient. | Orient. | Occid. | Orient. | Orient. | Syzygiæ Planetarũ mutuæ, & eorum congressus cum illustrioribus aliquibus stellis fixis. |
|---|---|---|---|---|---|---|---|
| | ☽ | ♄ | ♃ | ♂ | ♀ | ☿ | |
| Dies. | ♓ ′ | ♓ ′ | ♓ ′ | ♓ ′ | ♓ ′ | ♓ ′ | |
| 1 | | | | | | | ☽ in ☊ 7.30 |
| 2 | | 13 ☌ 25 | | 6 △ 40 | 2 ☌ 20 | | ♂ m.c. cũ pr. zona Orio. |
| 3 | | | 21 ✱ 29 | | | 12 ☌ 0 | ☽ Perig. ☿ m.c. cũ cau- |
| 4 ☌ | 14 33 | | | 8 □ 36 | | | (da ♑ |
| 5 Asc | 7 ♑ | | 22 □ 34 | | | | △ ♂ ♀ 13.31. (cauda ♑ |
| 6 | | 16 ✱ 20 | | 11 ✱ 50 | 13 ✱ 5 | | ✱ ♃ ☿ 21.49 \| ♀ or. cũ |
| 7 | | | | | | | ♃ oc. cum Fomal. |
| 8 | | 20 □ 57 | 2 △ 57 | | 22 □ 14 | 7 ✱ 7 | ☌ ♄ ♀ 6. 55. |
| 9 | 4 ✱ 45 | | | | | | ♂ m.c. cũ pr. zonę Or. a. |
| 10 | | | | | | 24 □ 49 | ♂ m.c. cũ dex. hum. Aur. |
| 11 □ | 17 7 | 4 △ 38 | | 20 ☌ 53 | 11 △ 22 | | ♀ or. cum cap. Algol |
| 12 Asc | 6 ♓ | | 19 ☍ 31 | | | | □ ♂ ☿ 10.17. b. |
| 13 | | | | | | 19 △ 23 | △ ♄ ♂ 12.31 ♀ occ. cũ |
| 14 | 9 △ 59 | | | | | | ☽ ☊ 10.40 (rost. gall. |
| 15 | | | | | | | |
| 16 | | 4 ☍ 1 | | 6 ✱ 13 | 23 ☍ 33 | | |
| 17 | | | 21 △ 10 | | | | ☽ Apog. (lyra |
| 18 | | | | 21 □ 49 | | | ♃ occ. cũ corn. ♀ occ. cũ |
| 19 ☍ | 21 21 | | | | | 19 ☍ 25 | (cũ Fomalh. |
| 20 Asc | 15 ♈ | | 10 □ 6 | | | | ☌ ☉ ☿ 17.27. ♀ m.c. |
| 21 | | 5 △ 43 | | 12 △ 0 | | Occid. | ☿ or. cum cap. V prace. |
| 22 | | | 20 ✱ 51 | | 12 △ 17 | | |
| 23 | | 15 □ 26 | | | | | □ ♃ ☿ 21.43 |
| 24 | | | | | | | |
| 25 | 1 △ 5 | 20 ✱ 6 | | | 1 □ 27 | 8 △ 58 | |
| 26 | | | | 7 ☍ 0 | | | ✱ ♄ ♀ 16.21 (cum cã. |
| 27 □ | 9 5 | | 8 ☌ 37 | | 10 ✱ 25 | 20 □ 24 | □ ☉ ♃ 2.40. c. |
| 28 Asc | 16 ♒ | | | | | | ☽ ☊ 13.45 (Scheder. |
| 29 | 24 ✱ 17 | | | | | | ✱ ♄ ☿ 13.35 ♀ or. cũ |
| 30 | | 2 ☌ 51 | | 14 △ 28 | | 4 ✱ 46 | ☿ or. cum dex. hu. Auri. |
| 31 | | | | | 10 ☌ 1 | | ☽ in Perig. |

*Die 8. ♄ & ♀ longitudine & latitudine iunguntur & hoc h. 6. 55.*
*a. Die 9. ♀ occ. cum cauda Delph.*
*b. Die 11. ♂ m.c. cum dextro hum. Orio.*
*c. Die 27. ♀ occ. cum Acarnar. & ♂ occidit cum cane minore.*

Positus Planetarum Diurnus.

| | | | | | | | M | D | S | A | ♃ | D | M | D | S | A | | |
|---|---|---|---|---|---|---|---|---|---|---|---|---|---|---|---|---|---|---|
| | | ☉ ♈ | | | ☽ ♓ | | ♄ ♒ | | ♃ ♑ | | ♂ ♋ | | ♀ ♓ | | ☿ ♉ | | ☊ ♒ | |
| | Dies | P | ' | '' | P | ' | P | ' | P | ' | P | ' | P | ' | P | ' | P | ' |
| A | 1 | 21 | 0 | 4 | 24 ♈ | 2 | 26 | 31 | 16 | 36 | 4 | 12 | 22 | 44 | 0 | 46 | 3 | 30 |
| | 2 | 21 | 58 | 48 | 8 | 33 | 26 | 36 | 16 | 41 | 4 | 44 | 24 | 0 | 2 | 33 | 3 | 27 |
| | 3 | 22 | 57 | 30 | 22 ♉ | 49 | 26 | 41 | 16 | 45 | 5 | 16 | 25 | 13 | 4 | 19 | 3 | 24 |
| | 4 | 23 | 56 | 10 | 6 | 48 | 26 | 47 | 16 | 49 | 5 | 48 | 26 | 25 | 6 | 4 | 3 | 21 |
| | 5 | 24 | 54 | 48 | 20 ♊ | 28 | 26 | 52 | 16 | 53 | 6 | 20 | 27 | 38 | 7 | 48 | 3 | 17 |
| | 6 | 25 | 53 | 24 | 3 | 51 | 26 | 57 | 16 | 57 | 6 | 53 | 28 ♈ | 51 | 9 | 31 | 3 | 14 |
| | 7 | 26 | 51 | 58 | 16 | 55 | 27 | 2 | 17 D | 0 | 7 | 25 | 0 | 3 | 11 | 12 | 3 | 11 |
| | 8 | 27 | 50 | 30 | 29 ♋ | 45 | 27 | 7 | 17 | 4 | 7 | 58 | 1 | 16 | 12 | 52 | 3 | 8 |
| A | 9 | 28 | 49 | 0 | 12 | 20 | 27 | 12 | 17 | 7 | 8 | 30 | 2 | 29 | 14 | 30 | 3 | 5 |
| | 10 | 29 ♉ | 47 | 29 | 24 ♌ | 44 | 27 | 16 | 17 | 10 | 9 | 3 | 3 | 42 | 16 | 6 | 3 | 1 |
| | 11 | 0 | 45 | 56 | 6 | 58 | 27 | 21 | 17 | 13 | 9 | 36 | 4 | 54 | 17 | 40 | 2 | 58 |
| | 12 | 1 | 44 | 21 | 19 ♍ | 6 | 27 | 25 | 17 | 16 | 10 | 9 | 6 | 7 | 19 | 12 | 2 | 55 |
| | 13 | 2 | 42 | 41 | 1 | 9 | 27 | 30 | 17 | 18 | 10 | 42 | 7 | 19 | 20 | 41 | 2 | 52 |
| | 14 | 3 | 41 | 5 | 13 | 10 | 27 | 34 | 17 | 20 | 11 | 15 | 8 | 32 | 22 | 10 | 2 | 49 |
| A | 15 | 4 | 39 | 25 | 25 ♎ | 14 | 27 | 39 | 17 | 22 | 11 | 48 | 9 | 45 | 23 | 35 | 2 | 46 |
| | 16 | 5 | 37 | 43 | 7 | 20 | 27 | 43 | 17 | 24 | 12 | 21 | 10 A | 58 | 24 | 58 | 2 | 42 |
| | 17 | 6 | 36 | 0 | 19 ♏ | 32 | 27 | 48 | 17 | 25 | 12 | 55 | 12 | 10 | 26 | 19 | 2 | 39 |
| | 18 | 7 | 34 | 15 | 1 | 54 | 27 | 52 | 17 | 27 | 13 | 28 | 13 | 23 | 27 | 37 | 2 | 36 |
| | 19 | 8 | 32 | 29 | 14 | 29 | 27 | 56 | 17 | 29 | 14 | 2 | 14 | 36 | 28 ♊ | 52 | 2 | 33 |
| | 20 | 9 | 30 | 41 | 27 ♐ | 18 | 28 | 0 | 17 | 30 | 14 | 35 | 15 | 49 | 0 | 7 | 2 | 30 |
| | 21 | 10 | 28 | 51 | 10 | 24 | 28 | 4 | 17 | 31 | 15 | 9 | 17 | 1 | 1 | 20 | 2 | 27 |
| | 22 | 11 | 27 | 0 | 23 ♑ | 48 | 28 | 8 | 17 | 31 | 15 | 42 | 18 | 14 | 2 | 13 | 2 | 23 |
| A | 23 | 12 | 25 | 7 | 7 | 32 | 28 | 11 | 17 | 32 | 16 | 16 | 19 | 27 | 3 | 11 | 2 | 20 |
| | 24 | 13 | 23 | 13 | 21 | 34 | 28 | 15 | 17 | 32 | 16 | 49 | 20 | 40 | 4 D | 5 | 2 | 17 |
| | 25 | 14 | 21 | 17 | 5 ♒ | 54 | 28 | 18 | 17 | 32 | 17 | 23 | 21 | 53 | 4 | 54 | 2 | 14 |
| | 26 | 15 | 19 | 19 | 20 ♓ | 20 | 28 | 21 | 17 ℞ | 32 | 17 | 57 | 23 | 5 | 5 | 38 | 2 | 11 |
| | 27 | 16 | 17 | 20 | 4 | 51 | 28 | 25 | 17 | 32 | 18 | 31 | 24 | 18 | 6 | 17 | 2 | 7 |
| | 28 | 17 | 15 | 19 | 19 ♈ | 24 | 28 | 28 | 17 | 32 | 19 | 5 | 25 | 31 | 6 | 50 | 2 | 4 |
| A | 29 | 18 | 13 | 16 | 3 | 49 | 28 | 31 | 17 | 31 | 19 | 39 | 26 | 44 | 7 | 26 | 2 | 1 |
| | 30 | 19 | 11 | 12 | 18 | 2 | 28 | 34 | 17 | 31 | 20 | 13 | 27 | 57 | 7 | 35 | 1 | 58 |

| Latitudo Planetarum ad diē | | ♄ | | ♃ | | ♂ | | ♀ | | ☿ | | |
|---|---|---|---|---|---|---|---|---|---|---|---|---|
| | 1 | 0 | 29 | 0 D | 35 | 1 | 16 | 1 | 10 | 0 | 1 | |
| | 11 | 0 | 31 | 0 | 35 | 1 | 9 | 1 A | 16 | 1 | 29 | Mensis |
| | 21 | 0 | 33 | 0 | 34 | 1 | 2 | 1 | 18 | 2 D | 12 | |

Syzygiæ Lunares.

| Dies | ☽ | Orient. ♄ | Orient. ♃ | Occid. ♂ | O[illegible] ♀ | Occid. ☿ | Syzygiæ Planetarũ mutuæ, & eorum congressus cum illustrioribus aliquibus stellis fixis. |
|---|---|---|---|---|---|---|---|
| | H | H | H | H | H | H | |
| 1 | | | | 17 □ 17 | | | ( ☿ m.c. cũ cor. ♈ præ. |
| 2 | | | 13 □ 15 | | | | ♂ or. cũ sin.hum.Orio. & |
| 3 ☌ | 0 21 | 6 ✱ 40 | | 21 ✱ 36 | | 22 ☌ 34 | ✱ ♂ ☿ 18 44 |
| 4 Alc. | 12 ♌ | | 17 △ 41 | | | | ♂ or. cum Apolline |
| 5 | | 11 □ 32 | | | 14 ✱ 8 | | ♂ m.c. cũ cane ma. |
| 6 | | | | | | | (Fomah. |
| 7 | 20 ✱ 8 | 19 △ 3 | | | | | ✱ ☽ ♄ 4.27 \| ☿ or. cũ |
| 8 | | | | 16 ☌ 22 | 3 □ 12 | | ♃ m.c. cũ rostro gallinæ |
| 9 | | | 9 ☍ 17 | | | 4 ✱ 49 | ☿ incipit or. cum pleia. |
| 10 □ | 10 53 | | | | 19 △ 28 | | △ ♃ ☿ 16. 52 \| ☽ in |
| 11 Alc. | 17 ♐ | | | | | | (☋ 16.12 |
| 12 | | 22 ☍ 38 | | | | 0 □ 12 | ♀ or. cũ cornu ♈ præce. |
| 13 | 3 △ 24 | | | 20 ✱ 0 | | | ☿ des. orti cum pleia. |
| 14 | | | 8 △ 10 | | | 20 △ 17 | ☽ in Apog. |
| 15 | | | | | | | |
| 16 | | | 19 □ 50 | 10 □ 21 | 7 ☍ 56 | | ♂ or. cũ dex. hum. Orio. |
| 17 | | 16 △ 9 | | | | | ♂ or. cum Hercule. a. |
| 18 ☍ | 11 52 | | | 23 △ 6 | | | □ ♄ ☿ 5. 4. b. |
| 19 Alc. | 7 [illegible] | | 5 ✱ 37 | | | | ♂ ori. cum zona Orionis |
| 20 | | 1 □ 18 | | | | 5 ☍ 30 | ♄ or. cũ capite Medusæ |
| 21 | | | | | 13 △ 2 | | □ ♃ ♀ 9. 92 (Apo. c. |
| 22 | | 7 ✱ 35 | | | | | ♀ or. cũ hœdis ♂ m.c. cũ |
| 23 | 9 △ 0 | | 17 ☌ 8 | 17 ☍ 19 | 22 □ 18 | | ♂ or. cũ Ri. ♀ or. cũ dex. |
| 24 | | | | | | 22 △ 10 | ☽ ☊ 17. 56 (hu. Auri. |
| 25 □ | 25 14 | | | | | | ☍ ♃ ♂ 6. 22 |
| 26 Alc. | 2 ♈ | 13 ☌ 18 | | | 4 ✱ 57 | | ♂ des. or. cũ zona or. d. |
| 27 | 19 ✱ 37 | | 19 ✱ 16 | 23 △ 27 | | 2 □ 26 | ☽ Peri. ♂ m.c. cũ Her. |
| 28 | | | | | | | △ ☽ ♃ 6. 55 |
| 29 | | | 22 □ 0 | | | 5 ✱ 57 | |
| 30 | | 18 ✱ 11 | | 3 □ 55 | 18 ☌ 42 | | ✱ ♄ ♀ 12.48 |

a. Die 17. ♂ occidit cum hœdis.
b. Die 18. □ ♂ ♀ 3. 5.
c. Die 22 ♀ occ. cum cauda cygni.
d. Die 26. ♂ m.c. cum cane mi. & occidit cum lyra.

Positus Planetarum Diurnus.

| | | | | | | | M | D | S | D | S | D | M | A | S | D | | |
|---|---|---|---|---|---|---|---|---|---|---|---|---|---|---|---|---|---|---|
| | ☉ ♉ | | | ☽ ♉ | | ♄ ♒ | | ♃ ♑ | | ♂ ♋ | | ♀ ♈ | | ☿ ♊ | | ☊ ♒ | | |
| Dies | P | ' | '' | P | ' | P | ' | P | ' | P | ' | P | ' | P | ' | P | ' | |
| 1 | 20 | 9 | 7 | 1 | 59 | 28 | 37 | 17 | 30 | 20 | 47 | 19 ♉ | 10 | 7 | 47 | 1 | 55 | |
| 2 | 21 | 7 | 1 | 15 | 38 | 28 | 40 | 17 | 30 | 21 | 22 | 0 | 21 | 7 ℞ | 53 | 1 | 51 | |
| 3 | 22 | 4 | 53 | 29 ♊ | 0 | 28 | 43 | 17 | 29 | 21 | 56 | 1 | 35 | 7 | 53 | 1 | 48 | |
| 4 | 23 | 2 | 44 | 12 | 4 | 28 | 45 | 17 | 28 | 22 | 31 | 2 | 48 | 7 | 45 | 1 | 45 | |
| 5 | 24 | 0 | 34 | 24 ♋ | 53 | 28 | 48 | 17 | 27 | 23 | 5 | 4 | 1 | 7 | 30 | 1 | 42 | |
| 6 | 24 | 58 | 22 | 7 | 30 | 28 | 50 | 17 | 26 | 23 | 40 | 5 | 13 | 7 | 8 | 1 | 39 | |
| A 7 | 25 | 56 | 9 | 19 ♌ | 57 | 28 | 53 | 17 | 24 | 24 | 14 | 6 | 26 | 6 | 39 | 1 | 35 | |
| 8 | 26 | 53 | 55 | 2 | 16 | 28 | 55 | 17 | 22 | 24 | 49 | 7 | 39 | 6 M | 3 | 1 | 32 | |
| 9 | 27 | 51 | 39 | 14 | 30 | 28 | 58 | 17 | 20 | 25 | 23 | 8 | 52 | 5 | 21 | 1 | 29 | |
| 10 | 28 | 49 | 22 | 26 ♍ | 40 | 29 | 0 | 17 | 18 | 25 | 58 | 10 | 5 | 4 | 34 | 1 | 26 | |
| 11 | 29 ♊ | 47 | 4 | 8 | 49 | 29 | 2 | 17 | 15 | 26 | 33 | 11 | 18 | 3 | 43 | 1 | 23 | |
| 12 | 0 | 44 | 45 | 20 ♎ | 59 | 29 | 4 | 17 | 12 | 27 | 8 | 12 | 31 | 2 | 49 | 1 | 20 | |
| 13 | 1 | 41 | 25 | 3 | 13 | 29 | 6 | 17 | 9 | 27 | 43 | 13 | 44 | 1 | 53 | 1 | 16 | |
| A 14 | 2 | 40 | 4 | 15 | 34 | 29 | 7 | 17 | 6 | 28 | 18 | 14 | 57 | 0 | 56 | 1 | 13 | |
| 15 | 3 | 37 | 42 | 28 ♏ | 3 | 29 | 9 | 17 | 1 | 28 | 53 | 16 | 10 | 0 ♉ | 0 | 1 | 10 | |
| 16 | 4 | 35 | 19 | 10 | 41 | 29 | 10 | 16 | 59 | 29 | 28 | 17 | 23 | 29 | 6 | 1 | 7 | |
| 17 | 5 | 32 | 55 | 23 ♐ | 34 | 29 | 12 | 16 | 55 | 0 ♌ | 3 | 18 | 36 | 28 | 15 | 1 | 4 | |
| 18 | 6 | 30 | 30 | 6 | 43 | 29 | 13 | 16 | 51 | 0 | 38 | 19 | 49 | 27 | 28 | 1 | 0 | |
| 19 | 7 | 28 | 4 | 20 ♑ | 10 | 29 | 14 | 16 | 47 | 1 | 14 | 21 | 2 | 26 | 40 | 0 | 57 | |
| 20 | 8 | 25 | 37 | 3 | 54 | 29 | 15 | 16 | 43 | 1 | 49 | 22 | 15 | 26 | 8 | 0 | 54 | |
| A 21 | 9 | 23 | 9 | 17 ♒ | 55 | 29 | 16 | 16 | 38 | 2 | 24 | 23 | 28 | 25 | 36 | 0 | 51 | |
| 22 | 10 | 20 | 40 | 2 | 11 | 29 | 17 | 16 | 34 | 3 | 0 | 24 | 41 | 25 | 11 | 0 | 48 | |
| 23 | 11 | 18 | 10 | 16 ♓ | 38 | 29 | 17 | 16 | 29 | 3 | 35 | 25 | 54 | 24 | 53 | 0 | 45 | |
| 24 | 12 | 15 | 40 | 1 | 9 | 29 | 18 | 16 | 24 | 4 | 11 | 27 | 7 | 24 | 43 | 0 | 41 | |
| 25 | 13 | 13 | 9 | 15 ♈ | 40 | 29 | 18 | 16 | 19 | 4 | 40 | 28 | 20 | 24 D | 40 | 0 | 38 | |
| 26 | 14 | 10 | 37 | 0 | 4 | 29 | 19 | 16 | 14 | 5 | 22 | 29 ♊ | 33 | 24 | 44 | 0 | 35 | |
| A 27 | 15 | 8 | 4 | 14 | 16 | 29 | 19 | 16 | 8 | 5 | 57 | 0 | 46 | 24 | 55 | 0 | 32 | |
| 28 | 16 | 5 | 30 | 28 ♊ | 12 | 29 ℞ | 19 | 16 | 3 | 6 | 33 | 1 | 59 | 25 | 13 | 0 | 29 | |
| 29 | 17 | 2 | 55 | 11 | 49 | 29 | 19 | 15 | 57 | 7 | 9 | 3 | 12 | 25 | 38 | 0 | 25 | |
| 30 | 18 | 0 | 19 | 25 ♋ | 7 | 29 | 19 | 15 | 51 | 7 | 44 | 4 | 25 | 26 A | 9 | 0 | 22 | |
| 31 | 18 | 57 | 43 | 8 | 8 | 29 | 19 | 15 | 45 | 8 | 20 | 5 | 38 | 26 | 46 | 0 | 19 | |

| Latitudo Planetarum ad die | | ♄ | | ♃ | | ♂ | | ♀ | | ☿ | | |
|---|---|---|---|---|---|---|---|---|---|---|---|---|
| | 1 | 0 | 35 | 0 | 34 | 0 | 50 | 1 | 14 | 1 M | 51 | Mensis |
| | 11 | 0 | 37 | 0 | 33 | 0 | 50 | 1 | 4 | 0 | 24 | |
| | 21 | 0 | 39 | 0 | 33 | 0 | 44 | 0 | 49 | 1 A | 56 | |

| Syzygiæ Lunares. | | | | | | | |
|---|---|---|---|---|---|---|---|
| | | Orient. | Orient. | Occid. | Orient. | Occid. | Syzygiæ Planetarũ mutuæ, & eorum congressus cum illustrioribus aliquibus stellis hic a. |
| | ☉ | ♄ | ♃ | ♂ | ♀ | ☿ | |
| Dies | H ′ | H ′ | H ′ | H ′ | H ′ | H ′ | |
| 1 | | | | | | | ( cornu ♈. |
| 2 ☌ | 10 48 | 23 □ 36 | 3 △ 20 | 10 ✱ 45 | | | ♃ ☉ ☌ 15 0 \| ♀ occ. 48 |
| 3 Alc. | 5 ♑ | | | | | 15 ☌ 9 | |
| 4 | | | | | | | |
| 5 | | 7 △ 27 | | | 19 ✱ 12 | | |
| 6 | | | 19 ☍ 6 | | | | |
| 7 | 12 ✱ 39 | | | 8 ☌ 46 | | | ☉ ♈ 22. 34 \| ♀ or. cum |
| 8 | | | | | 11 □ 44 | 7 ✱ 2 | (Fom. h. |
| 9 | | | | | | | ♄ occ. cum Algurab. |
| 10 □ | 4 46 | 14 ☍ 37 | | | | 14 □ 35 | □ ☉ ♄ 4. 41 \| ☿ Apo. |
| 11 Alc. | 29 ♎ | | 16 △ 34 | | 5 △ 27 | | ♀ inc. orbi cum pleia. |
| 12 | 20 △ 48 | | | 22 ✱ 39 | | 21 △ 34 | ♀ m. c. cum cap. Aled. |
| 13 | | | | | | | ☌ ☉ ☿ a. 18. f. cu Acar. |
| 14 | | | 2 □ 56 | | | Orient. | ♀ des. occ. cũ ple & m. c. |
| 15 | | 2 △ 5 | | 1 □ 40 | | | □ ♄ ♀ 10. 56 a. |
| 16 | | | 21 ✱ 40 | | 13 ☍ 45 | | ♂ or. cũ asino bor. b. |
| 17 ☍ | 23 44 | 19 □ 18 | | 11 △ 24 | | 8 ☍ 4 | ♃ m. c. cum rostro gallinæ. |
| 18 Alc. | 7 ♍ | | | | | | (cũ Her. |
| 19 | | 15 ✱ 51 | | | | | ☌ ☿ comp. [illegible] occ. |
| 20 | | | 26 ☌ 43 | | | | ♂ or. c. cũ [illegible] |
| 21 | | | | | 10 △ 13 | 12 △ 37 | ☽ ♉ 6 21. [illegible] ♂ or. cũ |
| 22 | 14 △ 32 | | | 1 ☍ 23 | | | ☌ ☿ ♀ 7. 55 a. (Acar. |
| 23 | | 20 ☌ 56 | | | 16 □ 45 | 13 □ 29 | ♂ or. cum cane minore. |
| 24 □ | 19 33 | | | | | | ☉ Per. ♂ occ. cũ asinis. d. |
| 25 Alc. | 25 ♋ | | 1 ✱ 4 | | 25 ✱ 8 | 15 ✱ 4 | □ ♄ ♀ 19. [illegible] ☿ occ. cũ |
| 26 | | | | 9 △ 31 | | | ♂ occ. cũ Aspoke. (sublu. |
| 27 | 1 ✱ 36 | | 3 □ 14 | | | | ♀ m. c. cum hoedulis. |
| 28 | | 1 ✱ 57 | | 15 □ 23 | | | |
| 29 | | | 7 △ 31 | | | | |
| 30 | | 7 □ 41 | | 23 △ 36 | 18 ☌ 51 | 20 ☌ 0 | ♀ m. c. cum Aldebaran. |
| 31 ☌ | 22 2 | | | | | | |
| Alc. | 11 ♉ | | | | | | |

a. Die 15. ✱ ♂ ☿ △ ♃ ♀ 16. 23.
b. Die 10. ♀ occ. cum sin. pede Orio.
c. Die 22. ♀ occ. cũ pri. hu. & cum exigua pleia.
d. Die 24 ♀ occ. cũ prima zona Orio. & cum sin. hum. Ori. & cum ultima pleia.
e. Die 26 ♀ occ. cum pri. hiadum & Syrio.

## Positus Planetarum Diurnus.

| Asp. | Dies | ☉ ♊ G | M | S | ☽ ♊ G | M | ♄ ♒ (M D) G | M | ♃ ♑ (S D) G | M | ♂ ♌ (S D) G | M | ♀ ♊ (M A) G | M | ☿ ♉ (M A) G | M | ☊ ♒ G | M |
|---|---|---|---|---|---|---|---|---|---|---|---|---|---|---|---|---|---|---|
| | 1 | 19 | 55 | 6 | 20 ♋ | 53 | 29 | 19 | 15 | 39 | 8 | 56 | 6 | 51 | 27 | 29 | 0 | 16 |
| | 2 | 20 | 52 | 29 | 3 | 26 | 29 | 19 | 15 | 32 | 9 | 32 | 8 | 4 | 28 | 16 | 0 | 13 |
| | 3 | 21 | 49 | 51 | 15 | 46 | 29 | 18 | 15 | 25 | 10 | 8 | 9 | 17 | 29 ♊ | 8 | 0 | 10 |
| A | 4 | 22 | 47 | 13 | 27 ♌ | 58 | 29 | 18 | 15 | 18 | 10 | 44 | 10 | 30 | 0 | 5 | 0 | 6 |
| | 5 | 23 | 44 | 34 | 10 | 5 | 29 | 17 | 15 | 11 | 11 | 20 | 11 | 43 | 1 | 6 | 0 | 3 |
| | 6 | 24 | 41 | 55 | 22 ♍ | 9 | 29 | 17 | 15 | 4 | 11 | 56 | 12 | 56 | 2 | 13 | 0 | 0 |
| | 7 | 25 | 39 | 16 | 4 | 13 | 29 | 16 | 14 | 57 | 12 | 33 | 14 | 9 | 3 | 22 | 29 ♑ | 57 |
| | 8 | 26 | 36 | 36 | 16 | 18 | 29 | 15 | 14 | 50 | 13 | 9 | 15 | 22 | 4 | 36 | 29 | 54 |
| | 9 | 27 | 33 | 56 | 28 ♎ | 30 | 29 | 14 | 14 | 44 | 13 | 45 | 16 | 35 | 5 | 53 | 29 | 50 |
| | 10 | 28 | 31 | 16 | 10 | 49 | 29 | 13 | 14 | 36 | 14 | 22 | 17 | 48 | 7 | 13 | 29 | 47 |
| A | 11 | 29 ♋ | 28 | 35 | 23 ♏ | 19 | 29 | 12 | 14 | 29 | 14 | 58 | 19 | 1 | 8 | 35 | 29 | 44 |
| | 12 | 0 | 25 | 54 | 5 | 59 | 29 | 10 | 14 | 22 | 15 | 34 | 20 | 15 | 10 | 0 | 29 | 41 |
| | 13 | 1 | 23 | 13 | 18 ♐ | 53 | 29 | 9 | 14 | 14 | 16 | 11 | 21 | 28 | 11 | 27 | 29 | 38 |
| | 14 | 2 | 20 | 31 | 2 | 11 | 29 | 7 | 14 | 7 | 16 | 47 | 22 | 41 | 12 | 56 | 29 | 35 |
| | 15 | 3 | 17 | 49 | 15 | 32 | 29 | 6 | 13 | 59 | 17 | 24 | 23 | 55 | 14 | 28 | 29 | 31 |
| | 16 | 4 | 15 | 7 | 29 ♑ | 18 | 29 | 4 | 13 | 51 | 18 | 0 | 25 | 8 | 16 | 2 | 29 | 28 |
| | 17 | 5 | 12 | 25 | 13 | 22 | 29 | 2 | 13 | 44 | 18 | 37 | 26 | 21 | 17 | 38 | 29 | 25 |
| A | 18 | 6 | 9 | 43 | 27 | 42 | 29 | 0 | 13 | 36 | 19 | 13 | 27 | 34 | 19 | 16 | 29 | 22 |
| | 19 | 7 | 7 | 1 | 12 ♒ | 16 | 28 | 58 | 13 | 28 | 19 | 50 | 28 ♋ | 48 | 20 | 56 | 29 | 19 |
| | 20 | 8 | 4 | 19 | 26 | 58 | 28 | 56 | 13 | 20 | 20 | 27 | 0 | 1 | 22 | 37 | 29 | 16 |
| | 21 | 9 | 1 | 30 | 11 ♓ | 40 | 28 | 54 | 13 | 12 | 21 | 4 | 1 | 15 | 24 | 20 | 29 | 12 |
| | 22 | 9 | 58 | 55 | 26 | 16 | 28 | 51 | 13 | 4 | 21 | 40 | 2 | 28 | 26 | 4 | 29 | 9 |
| | 23 | 10 | 56 | 10 | 10 ♈ | 40 | 28 | 49 | 12 | 57 | 22 | 17 | 3 | 41 | 27 | 49 | 29 | 6 |
| | 24 | 11 | 53 | 27 | 24 | 47 | 28 | 46 | 12 | 50 | 22 | 54 | 4 | 54 | 29 | 35 | 29 | 3 |
| A | 25 | 12 | 50 | 44 | 8 ♉ | 34 | 28 | 43 | 12 | 42 | 23 | 31 | 6 | 8 | 1 ♋ | 21 | 29 | 0 |
| | 26 | 13 | 48 | 2 | 22 | 0 | 28 | 41 | 12 | 34 | 24 | 8 | 7 | 21 | 3 | 8 | 28 | 56 |
| | 27 | 14 | 45 | 20 | 5 ♊ | 5 | 28 | 38 | 12 | 27 | 24 | 45 | 8 | 34 | 4 | 56 | 28 | 53 |
| | 28 | 15 | 42 | 38 | 17 | 50 | 28 | 35 | 12 | 19 | 25 | 22 | 9 | 48 | 6 | 45 | 28 | 50 |
| | 29 | 16 | 39 | 56 | 0 ♋ | 19 | 28 | 32 | 12 | 11 | 25 | 59 | 11 | 1 | 8 | 34 | 28 | 47 |
| | 30 | 17 | 37 | 13 | 12 | 34 | 28 | 29 | 12 | 3 | 26 | 36 | 12 | 14 | 10 | 24 | 28 | 44 |

| Latitudo Planetarũ ad diẽ | ♄ G | M | ♃ G | M | ♂ G | M | ♀ G | M | ☿ G | M | |
|---|---|---|---|---|---|---|---|---|---|---|---|
| 1 | 0 | 42 | 0 | 32 | 0 | 39 | 0 | 29 | 3 | 51 | Mensis |
| 11 | 0 | 43 | 0 | 31 | 0 | 34 | 0 S | 7 | 2 | 51 | |
| 21 | 0 | 45 | 0 | 30 | 0 | 30 | 0 | 6 | 1 S | 24 | |

Syzygiae Lunares

| Dies | ☉ | Orient. ♄ | Orient. ♃ | Occid. ♂ | Orient. ♀ | Orient. ☿ | Syzygiae Planetarū mutuę, & eorum congressus cum illustrioribus inerrantibus stellis fixis. |
|---|---|---|---|---|---|---|---|
| | H ′ | H ′ | H ′ | H ′ | H ′ | H ′ | |
| 1 | | 16 △ 6 | | | | | ♀ or. cū hia. et occ. cū dex. |
| 2 | | | 23 ☍ 38 | | | | ♂ or. cū Syrio. (hu. Orio. |
| 3 | | | | | | | □ ♄ ☿ 4.15 ☿ or. cū ☉ 1 |
| 4 | | | | | | 4 ✱ 3[illegible] | ✱ ♂ ♀ 9.5 [illegible] 4.1. |
| 5 | | | | 2 ☌ 37 | 3 ✱ 37 | | ♀ desinit cum hiad. |
| 6 | 5 ✱ 30 | 14 ☍ 9 | | | | 22 □ 8 | ☊ Apo. ♀ m.c. cū capra |
| 7 | | | 21 △ 7 | | 21 □ 56 | | ♀ or. incipit cū hiad. a. |
| 8 □ | 22 7 | | | | | | ♂ occ. cum 2 l. ♉ 160 |
| 9 Alc. | 6 ♍ | | | | | 16 △ 7 | (cū hyad. |
| 10 | | | 7 □ 21 | 7 ✱ 10 | 14 △ 53 | | △ ☊ ♄ 17.23 ♂ m.c. |
| 11 | 12 △ 37 | 21 △ 8 | | | | | ♀ def. or. cū hiad. ☌ ♀ |
| 12 | | | 15 ✱ 27 | 18 □ 44 | | | (m.c. cū pri. zona Ori. |
| 13 | | 18 □ 38 | | | | | (hum. Aur |
| 14 | | | | | | 21 ☍ 52 | ♀ m.c. cū ult. zo. ☌ dex. |
| 15 | | 23 ✱ 30 | | 3 △ 27 | 10 ☍ 2 | | ♀ m.c. cū dex. hu. Orio. |
| 16 ☍ | 9 ♐ | | | | | | |
| 17 Alc. | 27 ♐ | | 10 ☌ 37 | | | | ✱ ♂ ♀ 22.50. |
| 18 | | | | | | | ☊ ♌ 8. a. |
| 19 | | | | 12 ☍ 54 | | 16 △ 10 | △ ♄ ♀ 31 12. |
| 20 | 19 △ 21 | 3 ☌ 12 | | | 5 △ 35 | | ☊ Pen. ♀ occ. cū ume. mi. |
| 21 | | | 2 ✱ 29 | | | 23 □ 22 | |
| 22 | | | | | 11 □ 18 | | ♀ or. cū fin. hum. Or. |
| 23 □ | 0 32 | | 3 □ 51 | 20 △ 40 | | | △ ♄ ☿ 19.15 ♀ or. cū |
| 24 Alc. | 15 ♎ | 6 ✱ 54 | | | 19 ✱ 21 | 9 ✱ 36 | ☍ ☊ ♃ 11.3 (Apolli. |
| 25 | 8 ✱ 13 | | 7 △ 19 | | | | ♀ m.c. cum Syrio. b. |
| 26 | | 12 □ 13 | Occid. | 4 □ 6 | | | ♄ or. cum capi. Med. c. |
| 27 | | | | | | | ♃ or. cum neb. m. |
| 28 | | 20 △ 36 | | 15 ✱ 14 | | | (cū hiadis. |
| 29 | | | 22 ☍ 58 | | 23 ☌ 16 | 19 ☌ 0 | ☍ ♃ ♀ 20.45 ♀ occ. |
| 30 ☌ | 10 17 | | | | | | ☍ ♃ ☿ 20.19 ♀ or. cū |
| Alc. | 7 ♎ | | | | | | (hum. dex. Or. d. |

*a. Die 7. ♀ m.c. cum Regel, ♂ occ. cum capite Algol.*
*b. Die 25. ☌ ♂ cum regulo distantia lat. itidem fer. 18.*
*c. Die 28. ☿ or. cum fin. hum. Orio. & Apolline.*
*d. Die 30. ☿ or. cum dex. hum. Orio. & Hercule.*

Positus Planetarum Diurnus.

| | | ☉ ♋ | | | ☽ ♋ | | ♄ ♒ M D | | ♃ ♑ S D | | ♂ ♌ S D | | ♀ ♋ S A | | ☿ ♋ S A | | ☊ ♑ | |
|---|---|---|---|---|---|---|---|---|---|---|---|---|---|---|---|---|---|---|
| | Dies | P | | | P | | P | | P | | P | | P | | P | | P | |
| | 1 | 18 | 34 | 34 | 24 ♌ | 37 | 28 | 26 | 11 | 55 | 27 | 14 | 13 | 28 | 12 | 13 | 28 | 41 |
| A | 2 | 19 | 31 | 54 | 6 | 33 | 28 | 23 | 11 | 47 | 27 | 51 | 14 | 41 | 14 | 4 | 28 | 37 |
| | 3 | 20 | 29 | 14 | 18 ♍ | 25 | 28 | 19 | 11 | 40 | 28 | 28 | 15 | 55 | 15 | 56 | 28 | 34 |
| | 4 | 21 | 26 | 34 | 0 | 17 | 28 | 16 | 11 | 32 | 29 | 6 | 17 | 8 | 17 | 48 | 28 | 31 |
| | 5 | 22 | 23 | 55 | 12 | 11 | 26 | 13 | 11 | 25 | 29 ♍ | 43 | 18 | 22 | 19 | 41 | 28 | 28 |
| | 6 | 23 | 21 | 16 | 24 | 9 | 28 | 9 | 11 | 17 | 0 | 20 | 19 | 35 | 21 | 34 | 28 | 25 |
| | 7 | 24 | 18 | 37 | 6 ♎ | 14 | 28 | 6 | 11 | 10 | 0 | 58 | 20 | 48 | 23 | 28 | 28 | 22 |
| | 8 | 25 | 15 | 59 | 18 | 30 | 28 | 2 | 11 | 3 | 1 | 35 | 22 | 2 | 25 | 22 | 28 | 18 |
| A | 9 | 26 | 13 | 21 | 0 ♏ | 59 | 27 | 59 | 10 | 56 | 2 | 13 | 23 | 15 | 27 | 16 | 28 | 15 |
| | 10 | 27 | 10 | 44 | 13 | 43 | 27 | 55 | 10 | 49 | 2 | 50 | 24 | 29 | 29 | 10 | 28 | 12 |
| | 11 | 28 | 8 | 7 | 26 ♐ | 46 | 27 | 51 | 10 | 42 | 3 | 28 | 25 | 43 | 1 ♌ | 4 | 28 | 9 |
| | 12 | 29 | 5 | 31 | 10 | 6 | 27 | 47 | 10 | 35 | 4 | 5 | 26 | 57 | 2 | 58 | 28 | 6 |
| | 13 | 0 ♌ | 2 | 55 | 23 ♑ | 46 | 27 | 43 | 10 | 28 | 4 | 43 | 28 | 10 | 4 | 52 | 28 | 3 |
| | 14 | 1 | 0 | 20 | 7 | 47 | 27 | 39 | 10 | 21 | 5 | 20 | 29 ♌ | 24 | 6 | 46 | 27 | 59 |
| | 15 | 1 | 57 | 45 | 22 ♒ | 9 | 27 | 35 | 10 | 15 | 5 | 58 | 0 | 38 | 8 | 39 | 27 | 56 |
| A | 16 | 2 | 55 | 11 | 6 | 46 | 27 | 30 | 10 | 9 | 6 | 36 | 1 | 52 | 10 | 32 | 27 | 53 |
| | 17 | 3 | 52 | 37 | 21 ♓ | 35 | 27 | 26 | 10 | 3 | 7 | 14 | 3 | 5 | 12 | 25 | 27 | 50 |
| | 18 | 4 | 50 | 4 | 6 | 30 | 27 | 22 | 9 | 56 | 7 | 52 | 4 | 19 | 14 | 17 | 27 | 47 |
| | 19 | 5 | 47 | 32 | 21 ♈ | 23 | 27 | 17 | 9 | 50 | 8 | 30 | 5 | 33 | 16 | 9 | 27 | 43 |
| | 20 | 6 | 45 | 1 | 6 | 7 | 27 | 13 | 9 | 44 | 9 | 8 | 6 | 47 | 18 D | 0 | 27 | 40 |
| | 21 | 7 | 42 | 31 | 20 ♉ | 35 | 27 | 8 | 9 | 38 | 9 | 46 | 8 | 0 | 19 | 51 | 27 | 37 |
| | 22 | 8 | 40 | 2 | 4 | 43 | 27 | 3 | 9 | 32 | 10 | 24 | 9 | 14 | 21 | 41 | 27 | 34 |
| A | 23 | 9 | 37 | 34 | 18 ♊ | 39 | 26 | 59 | 9 | 26 | 11 | 2 | 10 | 28 | 23 | 31 | 27 | 31 |
| | 24 | 10 | 35 | 7 | 1 | 54 | 26 | 54 | 9 | 20 | 11 | 40 | 11 | 42 | 25 | 20 | 27 | 28 |
| | 25 | 11 | 32 | 41 | 14 | 55 | 26 | 49 | 9 | 15 | 12 | 18 | 12 | 56 | 27 | 8 | 27 | 24 |
| | 26 | 12 | 30 | 16 | 27 | 34 | 26 | 45 | 9 | 9 | 12 | 57 | 14 | 10 | 28 ♍ | 56 | 27 | 21 |
| | 27 | 13 | 27 | 53 | 9 ♋ | 54 | 26 | 40 | 9 | 4 | 13 | 35 | 15 | 24 | 0 | 43 | 27 | 18 |
| | 28 | 14 | 25 | 31 | 22 | 0 | 26 | 35 | 8 | 59 | 14 | 13 | 16 | 38 | 2 | 29 | 27 | 15 |
| | 29 | 15 | 23 | 10 | 3 ♌ | 55 | 26 | 31 | 8 | 54 | 14 | 52 | 17 | 52 | 4 | 14 | 27 | 12 |
| A | 30 | 16 | 20 | 50 | 15 | 41 | 26 | 26 | 8 | 49 | 15 | 30 | 19 | 6 | 5 | 58 | 27 | 8 |
| | 31 | 17 | 18 | 31 | 27 | 23 | 26 | 21 | 8 | 45 | 16 | 8 | 20 | 20 | 7 | 41 | 27 | 5 |

| Latitud o Planetarũ ad diẽ | ♄ | | ♃ | | ♂ | | ♀ | | ☿ | | |
|---|---|---|---|---|---|---|---|---|---|---|---|
| 1 | 0 | 47 | 0 | 18 | 0 | 26 | 0 | 25 | 0 | 14 | Mensis |
| 11 | 0 | 49 | 0 | 20 | 0 | 22 | 0 | 39 | 1 D | 13 | |
| 21 | 0 | 51 | 0 | 23 | 0 | 18 | 0 | 52 | 1 | 46 | |

| Syzygiæ Lunares | | | | | | | |
|---|---|---|---|---|---|---|---|
| | | Orient. | Occid. | Occid. | Orient. | Orient. | Syzygiæ Planetarum inter se, & eorum congressus cum illustrioribus aliquibus stellis fixis. |
| | ☉ | ♄ | ♃ | ♂ | ♀ | ☿ | |
| Dies | H ′ | H ′ | H ′ | H ′ | H ′ | H ′ | |
| 1 | | | | | | | ☽ ☊ 6. 8. ☿ or. in 23 7. |
| 2 | | | | | | | ☍ ♄ ♂ 18. 41. a. |
| 3 | | 19 ☍ 56 | | 20 ☌ 14 | | | ☌ ♃ ☿ fere per corpus |
| 4 | | | 22 △ 30 | | | | ☽ Apo. ☿ or. cũ Rig. b. |
| 5 | 12 ✱ 16 | | | | 13 ✱ 47 | 17 ✱ 52 | ☌ or. in coma Bere. c. |
| 6 | | | | | | | ♂ occ. cũ ala dex. corui. |
| 7 | | | 9 □ 34 | | | | ☌ ☊ ☿ 21. 28. |
| 8 □ | 14 9 | 18 △ 15 | | | 7 □ 31 | 15 □ 38 | |
| 9 Asc. | 15 ♊ | | 18 ✱ 34 | 2 ✱ 27 | | Occid. | ♂ or. cũ luc. hydræ. |
| 10 | | | | | 21 △ 51 | | ♀ or. cum asino bor. |
| 11 | 2 △ 19 | 1 □ 56 | | 12 □ 38 | | 8 △ 2 | (Acarnar. |
| 12 | | | | | | | ☿ or. cum præsepe, & cũ |
| 13 | | 6 ✱ 44 | | 19 △ 36 | | | ☿ or. cũ ca. mi. et cũ 2 4 5 |
| 14 | | | 4 ☌ 57 | | | | ♀ or. cũ asello boreo. |
| 15 ☍ | 19 1 | | | | 15 ☍ 31 | | ☽ ☋ 6 9 28. ♂ ☿ in 2 4 3 |
| 16 Asc. | 0 ♍ | | | | | 7 ☌ 0 | ♀ or. cũ lucida Eridani. |
| 17 | | 9 ☌ 22 | | | | | ☿ or. cũ ca. mi. & [illegible] |
| 18 | | | 1 ✱ 30 | 2 ☍ 18 | | | ☽ Perig. (no aust. |
| 19 | | | | | | | ☌ ☊ ☿ 21. 30. d. |
| 20 | 17 △ 14 | | 5 □ 58 | | 1 △ 12 | 12 △ 36 | △ ♃ ♂ 19. 38. |
| 21 | | 11 ✱ 4 | | | Occid. | | |
| 22 □ | 7 23 | | 8 △ 20 | 10 △ 22 | 8 □ 37 | | (Reg. |
| 23 Asc. | 11 ♏ | 15 5 | | | | 10 □ 23 | ♂ or. cũ cau. ♌ \| ☿ or. cũ |
| 24 | 17 16 | | | 18 □ 55 | 28 ✱ 0 | | ☍ ♄ ☿ 19. 58. ☿ or. cũ |
| 25 | | 22 △ 27 | | | | | (Syrio. |
| 26 | | | 21 ☍ 24 | | | 3 ✱ 6 | ☿ m. c. cũ hyd. et luc. sum. |
| 27 | | | | 7 ✱ 43 | | | ☿ or. cũ zona Bel. (31. |
| 28 | | | | | | | ☽ ☋ 9. 30. |
| 29 | | | | | | | ☿ or. cũ luc. hydræ. |
| 30 ☌ | 1 32 | 21 ☌ 53 | | | 7 ☌ 50 | | |
| 31 Asc. | 4 ♒ | | 23 △ 15 | | | | △ ♃ ☿ 14. 29. ☽ Apo. |

a. Die 2. ☿ incipit oriri cum cingulo Orionis.
b. Die 4. ☿ or. cum Rigel, & ♀ occidit cum hydra.
c. Die 5. ☿ desinit oriri cum zona Orionis.
d. Die 19 ☿ occidit cum Apolline.

| Positus Planetarum Diurnus. | | | | | | | | | | | | | | | | | | | |
|---|---|---|---|---|---|---|---|---|---|---|---|---|---|---|---|---|---|---|---|
| | | | | | | | M | D | S | D | S | D | S | A | S | D | | |
| | | ☉ ♌ | | | ☽ ♍ | | ♄ ♒ | | ♃ ♑ | | ♂ ♍ | | ♀ ♌ | | ☿ ♍ | | ☊ ♑ | |
| | Dies | P | ' | " | P | ' | P | ' | P | ' | P | ' | P | ' | P | ' | P | ' |
| | 1 | 18 | 16 | 13 | 9 | 3 | 26 | 15 | 8 | 40 | 16 | 47 | 21 | 34 | 9 | 22 | 27 | 2 |
| | 2 | 19 | 13 | 56 | 10 ♎ | 46 | 26 | 11 | 8 | 36 | 17 | 25 | 22 | 48 | 11 | 2 | 26 | 59 |
| | 3 | 20 | 11 | 40 | 2 | 34 | 26 | 6 | 8 | 32 | 18 | 3 | 24 | 2 | 12 | 40 | 26 | 56 |
| | 4 | 21 | 9 | 25 | 14 | 31 | 26 | 1 | 8 | 28 | 18 | 42 | 25 | 16 | 14 | 16 | 26 | 52 |
| | 5 | 22 | 7 | 12 | 26 ♏ | 40 | 25 | 56 | 8 | 25 | 19 | 20 | 26 | 30 | 15 | 50 | 26 | 49 |
| A | 6 | 23 | 5 | 0 | 9 | 3 | 25 | 51 | 8 | 22 | 19 | 58 | 27 | 44 | 17 | 21 | 26 | 46 |
| | 7 | 24 | 2 | 49 | 21 ♐ | 44 | 25 | 46 | 8 | 19 | 20 | 37 | 28 ♍ | 58 | 18 | 52 | 26 | 43 |
| | 8 | 25 | 0 | 39 | 4 | 46 | 25 | 41 | 8 | 16 | 21 | 15 | 0 | 12 | 20 | 19 | 26 | 40 |
| | 9 | 25 | 58 | 30 | 18 ♑ | 9 | 25 | 36 | 8 | 14 | 21 | 54 | 1 | 26 | 21 | 41 | 26 | 37 |
| | 10 | 26 | 56 | 23 | 1 | 55 | 25 | 31 | 8 | 11 | 22 | 32 | 2 D | 40 | 23 M | 6 | 26 | 33 |
| | 11 | 27 | 54 | 17 | 16 ♒ | 3 | 25 | 26 | 8 | 9 | 23 | 11 | 3 | 54 | 24 | 15 | 26 | 30 |
| | 12 | 28 | 52 | 12 | 0 | 31 | 25 | 22 | 8 | 7 | 23 | 49 | 5 | 9 | 25 | 41 | 26 | 27 |
| A | 13 | 29 ♍ | 50 | 9 | 15 ♓ | 18 | 25 | 17 | 8 | 5 | 24 | 28 | 6 | 23 | 26 | 54 | 26 | 24 |
| | 14 | 0 | 48 | 7 | 0 | 15 | 25 | 12 | 8 | 3 | 25 | 6 | 7 | 37 | 28 | 4 | 26 | 21 |
| | 15 | 1 | 46 | 6 | 15 ♈ | 17 | 25 | 7 | 8 | 1 | 25 | 45 | 8 | 52 | 29 ♎ | 10 | 26 | 17 |
| | 16 | 2 | 44 | 7 | 0 | 16 | 25 | 3 | 8 | 0 | 26 | 23 | 10 | 6 | 0 | 13 | 26 | 14 |
| | 17 | 3 | 42 | 9 | 15 | 5 | 24 | 58 | 7 | 58 | 27 | 2 | 11 | 21 | 1 | 11 | 26 | 11 |
| | 18 | 4 | 40 | 13 | 29 ♉ | 38 | 24 | 53 | 7 | 57 | 27 | 40 | 12 | 35 | 2 | 4 | 26 | 8 |
| | 19 | 5 | 38 | 19 | 13 | 50 | 24 | 49 | 7 | 56 | 28 | 19 | 13 | 50 | 2 | 52 | 26 | 5 |
| A | 20 | 6 | 36 | 26 | 27 ♊ | 39 | 24 | 44 | 7 | 55 | 28 | 57 | 15 | 4 | 3 | 34 | 26 | 2 |
| | 21 | 7 | 34 | 35 | 11 | 5 | 24 | 40 | 7 | 55 | 29 ♎ | 36 | 16 | 19 | 4 | 11 | 25 | 58 |
| | 22 | 8 | 32 | 45 | 24 ♋ | 7 | 24 | 35 | 7 | 54 | 0 | 15 | 17 | 33 | 4 | 42 | 25 | 55 |
| | 23 | 9 | 30 | 57 | 6 | 49 | 24 | 31 | 7 | 54 | 0 | 54 | 18 | 47 | 5 | 8 | 25 | 52 |
| | 24 | 10 | 29 | 11 | 19 ♌ | 11 | 24 | 26 | 7 D | 54 | 1 | 33 | 20 | 2 | 5 | 28 | 25 | 49 |
| | 25 | 11 | 27 | 27 | 1 | 18 | 24 | 22 | 7 | 54 | 2 | 12 | 21 | 16 | 5 | 42 | 25 | 46 |
| | 26 | 12 | 25 | 45 | 13 | 12 | 24 | 17 | 7 | 54 | 2 | 51 | 22 | 31 | 5 R | 49 | 25 | 42 |
| A | 27 | 13 | 24 | 4 | 24 ♍ | 58 | 24 | 13 | 7 | 54 | 3 | 30 | 23 | 45 | 5 | 49 | 25 | 39 |
| | 28 | 14 | 22 | 25 | 6 | 38 | 24 | 9 | 7 | 55 | 4 | 9 | 25 | 0 | 5 | 41 | 25 | 36 |
| | 29 | 15 | 20 | 47 | 18 | 15 | 24 | 4 | 7 | 55 | 4 | 49 | 26 | 14 | 5 | 26 | 25 | 33 |
| | 30 | 16 | 19 | 11 | 29 ♎ | 53 | 24 | 0 | 7 | 56 | 5 | 29 | 27 | 29 | 5 | 4 | 25 | 30 |
| | 31 | 17 | 17 | 37 | 11 | 37 | 23 | 56 | 7 | 56 | 6 | 7 | 28 | 44 | 4 | 36 | 25 | 27 |
| Latitudo Planetarũ ad diẽ | | | | 1 | | | 0 | 52 | 0 | 22 | 0 | 15 | 1 | 1 | 1 | 5 | | |
| | | | | 11 | | | 0 | 53 | 0 | 19 | 0 | 13 | 1 D | 4 | 0 M | 31 | Mensis | |
| | | | | 21 | | | 0 | 53 | 0 | 17 | 0 | 12 | 0 | 59 | 2 | 10 | | |

| Syzygiæ Lunares. | | | | | | | |
|---|---|---|---|---|---|---|---|
| | | Orient. | Occid. | Occid. | Occid. | Occid. | Syzygiæ Planetarũ mutuæ, & eorum congressus cum illustrioribus aliquibus stellis fixis. |
| | ☉ | ♄ | ♃ | ♂ | ♀ | ☿ | |
| Dies | H ′ | H ′ | H ′ | H ′ | H ′ | H ′ | |
| 1<br>2 | | | | 16 ☌ 45 | | 0 ☌ 46 | ♃ or. cũ aure[illegible] \| ☿ or. cũ cauda ♌. |
| 3<br>4 | 14 ✱ 13 | 22 △ 34 | 11 □ 56 | | 13 ✱ 36 | | ♀ or. cum Regulo.<br>☍ ♄ ♀ 13. 40. |
| 5<br>6 | | | 22 ✱ 23 | 21 ✱ 46 | | 17 ✱ 53 | |
| 7 □<br>8 Asc. | 4 37<br>9 ♑ | 7 □ 23 | | | 14 □ 42 | | ♂ m.c. cum cauda ♌.<br>☍ ☉ ♄ 15.14. a. |
| 9<br>10 | 14 △ 39 | 12 ✱ 55<br>Occid. | 10 ☌ 37 | 6 □ 51 | 1 △ 24 | 6 □ 56 | ☌ ♂ ☿ 5.27. ☿ occ. cũ<br>♀ or. cũ hydra( Algorab |
| 11<br>12 | | | | 12 △ 23 | | 15 △ 13 | ☽ ☊ 17.17. |
| 13<br>14 ☍ | 1 0 | 15 ☌ 56 | 12 ✱ 24 | | 13 ☍ 49 | | ☿ or. cũ vindem.<br>△ ♃ ♀ 8.6. ☽ Perig. |
| 15 Asc.<br>16 | 29 [illegible] | | 12 □ 30 | 17 ☍ 30 | | 23 ☍ 54 | ♂ m.c. cũ rostro corui. |
| 17<br>18 | 9 △ 8 | 14 ✱ 34 | 14 △ 2 | | | | ♂ or. cũ vind. ♀ or. cum<br>(cauda ♌. |
| 19<br>20 □ | 17 20 | 18 □ 57 | | 2 △ 26 | 0 △ 0 | 11 △ 4 | ☿ or. cum Arcturo. |
| 21 Asc.<br>22 | 7 ♍ | 0 △ 56 | | 12 □ 12 | 2 □ 30 | 20 □ 33 | △ ☉ ♃ 8. 8.<br>♂ m.c. cum coma bere. |
| 23<br>24 | 5 ✱ 41 | | 2 ☍ 6 | | 1 ✱ 52 | | (da ♌.<br>☽ ☋ 13.4. ♀ m.c. cum- |
| 25<br>26 | | 21 ☍ 29 | | 1 ✱ 55 | | 8 ✱ 58 | ♂ m.c. cũ ala dex. corui. |
| 27<br>28 ☌ | 17 33 | | 2 △ 39 | | | | □ ♃ ☿ planet.<br>♂ or. cum Arcturo. |
| 29 Asc.<br>30 | 14 ♍ | | 16 □ 28 | 12 ☌ 9 | 18 ☌ 27 | 11 ☌ 2 | ☽ Apo. ☌ ♂ ☿ 14.20<br>♀ or. cum vindem. |
| 31 | | | | | | | |

a. Die 6. ☿ or. cum coma Berenices.
Die 29. ☿ m.c. cum rostro corui.
Hoc mense ☿ fit stationarius prope exortum Arcturi.

| | | Positus Planetarum Diurnus. | | | | | | | | | | | | | | | | | | |
|---|---|---|---|---|---|---|---|---|---|---|---|---|---|---|---|---|---|---|---|---|
| | | | | | | | M | D | S | D | S | D | S | D | M | D | | |
| | | ☉ ♍ | | | ☽ ♎ | | ♄ ♒ | | ♃ ♑ | | ♂ ♎ | | ♀ ♍ | | ☿ ♎ | | ☊ ♑ | |
| | Dies | P | ' | " | P | ' | P | ' | P | ' | P | ' | P | ' | P | ' | P | ' |
| | 1 | 18 | 16 | 4 | 23 ♏ | 29 | 23 | 51 | 7 | 57 | 6 | 51 | 29 ♎ | 58 | 4 | 1 | 25 | 23 |
| | 2 | 19 | 14 | 33 | 5 | 22 | 23 | 47 | 7 | 58 | 7 | 30 | 1 | 15 | 3 A | 10 | 25 | 20 |
| A | 3 | 20 | 13 | 4 | 17 ♐ | 50 | 23 | 43 | 8 | 0 | 8 | 10 | 2 | 27 | 2 | 36 | 25 | 17 |
| | 4 | 21 | 11 | 37 | 0 | 27 | 23 | 39 | 8 | 2 | 8 | 50 | 3 | 42 | 1 | 48 | 25 | 13 |
| | 5 | 22 | 10 | 12 | 13 | 25 | 23 | 35 | 8 | 4 | 9 | 30 | 4 | 57 | 0 | 57 | 25 | 11 |
| | 6 | 23 | 8 | 49 | 26 ♑ | 46 | 23 | 31 | 8 | 6 | 10 | 9 | 6 | 11 | 0 ♍ | 4 | 25 | 7 |
| | 7 | 24 | 7 | 28 | 10 | 30 | 23 | 27 | 8 | 9 | 10 | 48 | 7 | 26 | 29 | 10 | 25 | 4 |
| | 8 | 25 | 6 | 9 | 24 ♒ | 38 | 23 | 24 | 8 | 12 | 11 | 28 | 8 | 40 | 28 | 15 | 25 | 1 |
| | 9 | 26 | 4 | 51 | 9 | 7 | 23 | 20 | 8 | 14 | 12 | 8 | 9 | 55 | 27 | 23 | 24 | 58 |
| A | 10 | 27 | 3 | 35 | 23 ♓ | 53 | 23 | 16 | 8 | 17 | 12 | 48 | 11 | 9 | 26 | 34 | 24 | 55 |
| | 11 | 28 | 2 | 21 | 8 | 49 | 23 | 13 | 8 | 20 | 13 | 28 | 12 | 24 | 25 | 48 | 24 | 52 |
| | 12 | 29 | 1 | 9 | 22 ♈ | 49 | 23 A | 9 | 8 | 23 | 14 | 7 | 13 | 39 | 25 | 6 | 24 | 48 |
| | 13 | 29 ♎ | 59 | 58 | 8 | 45 | 23 | 6 | 8 | 27 | 14 | 47 | 14 | 53 | 24 | 29 | 24 | 45 |
| | 14 | 0 | 58 | 50 | 23 ♉ | 32 | 23 | 3 | 8 | 30 | 15 | 27 | 16 | 8 | 23 | 58 | 24 | 42 |
| | 15 | 1 | 57 | 43 | 8 | 2 | 23 | 0 | 8 | 34 | 16 | 6 | 17 | 23 | 23 | 33 | 24 | 39 |
| | 16 | 2 | 58 | 38 | 22 ♊ | 12 | 22 | 57 | 8 | 38 | 16 | 45 | 18 | 37 | 23 | 17 | 24 | 36 |
| A | 17 | 3 | 55 | 35 | 6 | 1 | 22 | 54 | 8 | 42 | 17 | 25 | 19 | 52 | 23 | 7 | 24 | 32 |
| | 18 | 4 | 54 | 31 | 19 ♋ | 28 | 22 | 51 | 8 | 47 | 18 | 5 | 21 | 7 | 23 D | 4 | 24 | 29 |
| | 19 | 5 | 53 | 35 | 3 | 34 | 22 | 48 | 8 | 52 | 18 | 46 | 22 | 22 | 23 | 8 | 24 | 26 |
| | 20 | 6 | 52 | 38 | 15 | 20 | 22 | 46 | 8 | 57 | 19 | 26 | 23 | 37 | 23 | 19 | 24 | 23 |
| | 21 | 7 | 51 | 43 | 27 ♌ | 49 | 22 | 43 | 9 | 2 | 20 | 7 | 24 | 51 | 23 | 39 | 24 | 20 |
| | 22 | 8 | 50 | 50 | 10 | 2 | 22 | 41 | 9 | 8 | 20 | 47 | 26 | 6 | 23 | 59 | 24 | 17 |
| | 23 | 9 | 49 | 59 | 22 ♍ | 3 | 22 | 38 | 9 | 14 | 21 | 26 | 27 | 21 | 24 | 28 | 24 | 13 |
| A | 24 | 10 | 49 | 10 | 3 | 56 | 22 | 36 | 9 | 20 | 22 | 9 | 28 | 36 | 25 S | 2 | 24 | 10 |
| | 25 | 11 | 48 | 23 | 15 | 43 | 22 | 33 | 9 | 26 | 22 | 49 | 29 ♏ | 51 | 25 | 41 | 24 | 7 |
| | 26 | 12 | 47 | 36 | 27 ♎ | 27 | 22 | 31 | 9 | 32 | 23 | 30 | 1 | 6 | 26 | 25 | 24 | 4 |
| | 27 | 13 | 46 | 55 | 9 | 18 | 22 | 29 | 9 | 39 | 24 | 11 | 2 | 21 | 27 | 13 | 24 | 1 |
| | 28 | 14 | 46 | 14 | 20 ♏ | 59 | 22 | 27 | 9 | 45 | 24 | 51 | 3 | 36 | 28 | 5 | 23 | 58 |
| | 29 | 15 | 45 | 36 | 2 | 54 | 22 | 25 | 9 | 52 | 25 | 32 | 4 | 51 | 29 ♎ | 2 | 23 | 54 |
| | 30 | 16 | 45 | 0 | 15 | 0 | 22 | 24 | 9 | 59 | 26 | 13 | 6 | 6 | 0 | 2 | 23 | 51 |

| Latitudo Planetarũ ad diẽ | ♄ | | ♃ | | ♂ | | ♀ | | ☿ | | |
|---|---|---|---|---|---|---|---|---|---|---|---|
| 1 | 0 | 54 | 0 | 25 | 0 | 10 | 0 | 54 | 3 A | 55 | Mensis |
| 11 | 0 A | 54 | 0 | 23 | 0 | 8 | 0 | 45 | 3 | 20 | |
| 21 | 0 | 54 | 0 | 21 | 0 | 6 | 0 | 28 | 0 S | 56 | |

Syzygiæ Lunares.

| Dies | ☉ | Occid. ♄ | Occid. ♃ | Occid. ♂ | Occid. ♀ | Occid. ☿ | Syzygiæ Planetarū mutuæ, & eorum congressus cum illustrioribus aliquibus stellis fixis. |
|---|---|---|---|---|---|---|---|
| | H ' | H ' | H ' | H ' | H ' | H ' | |
| 1 | | 9 △ 44 | | | | | ♀ or. cū arcturo. |
| 2 | | | 4 ✶ 45 | | | | □ ♃ ♂ 17. 41. .a. |
| 3 | 4 ✶ 55 | 11 □ 9 | | | | | ☌ ☿ ♀ 1. 46 \| ☿ m. c. |
| 4 | | | | 16 ✶ 21 | 6 ✶ 39 | 1 ✶ 34 | (cū Algo. |
| 5 □ | 17 8 | 18 ✶ 11 | | | | | ☿ or. cum Arcturo. |
| 6 Asc | 15 ♍ | | 29 ☌ 43 | | 18 □ 6 | 9 □ 22 | ♂ m.c. cum vindem. |
| 7 | | | | 0 □ 33 | | | □ ♃ ♀ 14. 10. |
| 8 | 0 △ 50 | | | | | 7 △ 23 | ☽ ☊ 0. 38. |
| 9 | | 23 ☌ 0 | | 5 △ 8 | 1 △ 25 | | ☌ ☉ ☿ 17. 20. .b. |
| 10 | | | 23 ✶ 14 | | | Orient. | ♂ or. cum luc. corona. |
| 11 | | | | | | | ♀ or. cum corona. |
| 12 ☍ | 9 8 | | 23 □ 31 | | | 2 ☍ 9 | ☌ ♂ ♀ 17. 40. ☽ Per. |
| 13 Asc. | 12 ♒ | 23 ✶ 13 | | 10 ☍ 14 | 10 ☍ 52 | | ♀ occ. cū spica ♍. |
| 14 | | | | | | | ♂ et ♀ or. cū ala de. cor. |
| 15 | | | 0 △ 55 | | | | ♀ or. cum rostro cor. .c. |
| 16 | 20 6 | 1 □ 18 | | | | 18 △ 53 | ♂ or. cū rostro corui. .d. |
| 17 | | | | 21 △ 53 | | | ♂ m.c. cū cing. ♍ |
| 18 | | 6 △ 10 | | | 3 △ 20 | 6 □ 37 | ☌ ☿ ♀ or. cū spica ♍ |
| 19 □ | 7 3 | | 11 ☍ 54 | | | | △ ♄ ♀ 8. 33. |
| 20 Asc. | 9 ♉ | | | 8 □ 20 | 17 □ 39 | 15 ✶ 47 | ☽ ☋ 17. 20. |
| 21 | 21 ✶ 22 | | | | | | ♂ occ. cū aculeo ♏ |
| 22 | | | | 21 ✶ 47 | | | □ ☉ ♃ 7. 42. ♀ m. c. cū |
| 23 | | 1 ☍ 10 | | | 11 ✶ 56 | | (cing. ♍ |
| 24 | | | 11 △ 5 | | | | △ ♄ ♂ 15. 13. |
| 25 | | | | | | 21 ☌ 45 | (cturo |
| 26 | | | | | | | ☽ Apo. ♀ m. c. cū Ar- |
| 27 ☌ | 10 31 | | 0 □ 58 | | | | ♀ or. cum [illegible] |
| 28 Asc. | 14 ♋ | 2 △ 56 | | 8 ☌ 16 | | | |
| 29 | | | 23 ✶ 56 | | 4 ☌ 18 | | ♂ occ. cum neb. [illegible] |
| 30 | | 13 □ 24 | | | | | ♂ m. c. cū cing. ♍ et occ. |
| | | | | | | | (cū corde ♌ |

a. Die 2. ♀ m. c. cū coma Bereni.
b. Die 9. ☿ or. cum vinde.
c. Die 15. ♀ m. c. cū spica ♍
d. Die 16. ♂ ☌ ♀ occ. cum cauda ♌.

| | | Positus Planetarum Diurnus. | | | | | | | | | | | | | | | | |
|---|---|---|---|---|---|---|---|---|---|---|---|---|---|---|---|---|---|---|
| | | | | | | | M | A | S | D | S | D | S | D | S | A | | |
| | | ☉ ♎ | | | ☽ ♒ | | ♄ ♓ | | ♃ ♑ | | ♂ ♎ | | ♀ ♏ | | ☿ ♎ | | ☊ ♑ | |
| Dies | | P | ′ | ″ | P | ′ | P | ′ | P | ′ | P | ′ | P | ′ | P | ′ | P | ′ |
| A | 1 | 17 | 44 | 26 | 27 ♐ | 19 | 22 | 22 | 10 | 6 | 26 | 54 | 7 | 21 | 1 | 6 | 23 | 48 |
| | 2 | 18 | 43 | 54 | 9 | 56 | 22 | 21 | 10 | 13 | 27 | 34 | 8 | 36 | 1 | 13 | 23 | 45 |
| | 3 | 19 | 43 | 23 | 22 ♑ | 53 | 22 | 19 | 10 | 20 | 28 | 15 | 9 | 51 | 3 | 23 | 23 | 42 |
| | 4 | 20 | 42 | 54 | 6 | 13 | 22 | 18 | 10 | 28 | 28 | 56 | 11 | 6 | 4 | 36 | 23 | 38 |
| | 5 | 21 | 42 | 27 | 19 ♒ | 55 | 22 | 17 | 10 | 35 | 29 ♏ | 36 | 12 M | 21 | 5 | 51 | 23 | 35 |
| | 6 | 22 | 42 | 2 | 3 | 59 | 22 | 16 | 10 | 43 | 0 | 17 | 13 | 36 | 7 | 9 | 23 | 32 |
| | 7 | 23 | 41 | 39 | 18 ♓ | 22 | 22 | 15 | 10 | 50 | 0 | 58 | 14 | 51 | 8 | 29 | 23 | 29 |
| A | 8 | 24 | 41 | 18 | 3 | 1 | 22 | 14 | 10 | 58 | 1 | 39 | 16 | 6 | 9 | 51 | 23 | 26 |
| | 9 | 25 | 40 | 59 | 17 ♈ | 50 | 22 | 14 | 11 | 6 | 2 | 20 | 17 | 21 | 11 | 16 | 23 | 23 |
| | 10 | 26 | 40 | 42 | 2 | 41 | 22 | 13 | 11 | 14 | 3 | 1 | 18 | 36 | 12 | 43 | 23 | 19 |
| | 11 | 27 | 40 | 27 | 17 ♉ | 27 | 22 | 12 | 11 | 22 | 3 | 42 | 19 | 51 | 14 D | 11 | 23 | 16 |
| | 12 | 28 | 40 | 14 | 2 | 2 | 22 | 12 | 11 | 31 | 4 | 23 | 21 | 6 | 15 | 41 | 23 | 13 |
| | 13 | 29 ♏ | 40 | 2 | 16 ♊ | 22 | 22 | 12 | 11 | 39 | 5 | 4 | 22 | 21 | 17 | 12 | 23 | 10 |
| | 14 | 0 | 39 | 52 | 0 | 23 | 22 | 11 | 11 | 48 | 5 | 45 | 23 | 36 | 18 | 44 | 23 | 7 |
| A | 15 | 1 | 39 | 44 | 14 | 3 | 22 | 11 | 11 | 56 | 6 | 27 | 24 | 51 | 20 | 18 | 23 | 3 |
| | 16 | 2 | 39 | 38 | 27 ♋ | 24 | 22 Di | 11 | 12 | 5 | 7 | 8 | 26 | 6 | 21 | 53 | 23 | 0 |
| | 17 | 3 | 39 | 34 | 10 | 27 | 22 | 11 | 12 | 14 | 7 | 49 | 27 | 21 | 23 | 19 | 22 | 57 |
| | 18 | 4 | 39 | 32 | 23 ♌ | 13 | 22 | 11 | 12 | 23 | 8 | 31 | 28 | 36 | 25 | 6 | 22 | 54 |
| | 19 | 5 | 39 | 32 | 5 | 45 | 22 | 11 | 12 | 32 | 9 | 12 | 29 ♐ | 51 | 26 | 44 | 22 | 51 |
| | 20 | 6 | 39 | 34 | 18 ♍ | 5 | 22 | 11 | 12 | 41 | 9 | 53 | 1 | 6 | 28 ♏ | 22 | 22 | 48 |
| | 21 | 7 | 39 | 38 | 0 | 15 | 22 | 12 | 12 | 51 | 10 | 35 | 2 | 21 | 0 | 1 | 22 | 44 |
| A | 22 | 8 | 39 | 43 | 12 | 17 | 22 | 12 | 13 | 0 | 11 | 16 | 3 | 36 | 1 | 40 | 22 | 41 |
| | 23 | 9 | 39 | 50 | 24 ♎ | 15 | 22 | 13 | 13 | 9 | 11 | 58 | 4 | 51 | 3 | 20 | 22 | 38 |
| | 24 | 10 | 39 | 59 | 6 | 11 | 22 | 14 | 13 | 19 | 12 | 40 | 6 | 6 | 5 | 0 | 22 | 35 |
| | 25 | 11 | 40 | 9 | 18 ♏ | 7 | 22 | 14 | 13 | 28 | 13 | 21 | 7 | 21 | 6 | 42 | 22 | 32 |
| | 26 | 12 | 40 | 21 | 0 | 7 | 22 | 15 | 13 | 38 | 14 | 3 | 8 | 36 | 8 | 22 | 22 | 28 |
| | 27 | 13 | 40 | 35 | 12 | 15 | 22 | 16 | 13 | 48 | 14 | 45 | 9 | 51 | 10 | 4 | 22 | 25 |
| | 28 | 14 | 40 | 51 | 24 ♐ | 23 | 22 | 17 | 13 | 58 | 15 | 26 | 11 | 6 | 11 | 46 | 22 | 22 |
| A | 29 | 15 | 41 | 8 | 7 | 3 | 22 | 18 | 14 | 8 | 16 | 8 | 12 | 21 | 13 | 28 | 22 | 19 |
| | 30 | 16 | 41 | 27 | 19 ♑ | 49 | 22 | 20 | 14 | 18 | 16 | 50 | 13 | 36 | 15 | 11 | 22 | 16 |
| | | 17 | 41 | 47 | 2 | 54 | 22 | 21 | 14 | 29 | 17 | 32 | 14 | 50 | 16 M | 54 | 22 | 13 |
| Latitudo Planetarũ ad diẽ | | | | | | 1 | 0 | 53 | 0 | 9 | 0 | 4 | 0 M | 8 | 0 | 46 | Mensis | |
| | | | | | | 13 | 0 | 53 | 0 | 7 | 0 | 3 | 0 | 14 | 1 D | 22 | | |
| | | | | | | 25 | 0 | 52 | 0 | 5 | 0 | 2 | 0 | 32 | 1 M | 0 | | |

| Syzygiæ Lunares. | | | | | | | |
|---|---|---|---|---|---|---|---|
| | | Occid. | Occid. | Occid. | Occid. | Orient. | Syzygię Planetarũ mutuę, & eorum congressus cum illustrioribus aliquibus stellis fixis. |
| | ☉ | ♄ | ♃ | ♂ | ♀ | ☿ | |
| Dies | H ′ | H ′ | H ′ | H ′ | H ′ | H ′ | |
| 1 | | | | | | 7 ✱ 54 | |
| 2 | 17 ✱ 39 | 22 ✱ 57 | | | | | ♀ or. cum cauda cygni. |
| 3 | | | | 10 ✱ 13 | | 20 □ 46 | ✱ ♃ ♀ 14.23. a. |
| 4 | | | 7 ☌ 31 | | 9 ✱ 36 | | ☿ or. cũ 59 ♀ oc. cũ 270 |
| 5 □ | 3 17 | | | 17 □ 21 | | | △ ☽ ♄ 14. c ☽ ☊ 6.23 |
| 6 Asc. | 23 ♒ | | | | 17 □ 32 | 5 △ 49 | |
| 7 | 9 △ 22 | 6 ☌ 22 | | 21 △ 39 | | | (cũ Arcturo. b. |
| 8 | | | 12 ✱ 55 | | 23 △ 10 | | □ ♃ ☿ 20.25 \| ♂ m. c. |
| 9 | | | | | | | ♂ or. cũ Fidicula. |
| 10 | | | 14 □ 1 | | | 18 ☍ 6 | ☽ Perig. ☿ or. cũ toro. |
| 11 ☍ | 18 24 | 7 ✱ 49 | | | | | ♀ oc. cũ [illegible] ♏ (162. c. |
| 12 Asc. | 24 ♎ | | 14 △ 18 | 4 ☍ 8 | | | □ ♄ ♀ 21.7. ☿ or. cũ |
| 13 | | 9 □ 58 | | | 12 ☍ 15 | | ☿ or. cũ rostro corui. |
| 14 | | | | | | | ☿ or. cũ cing. & spica ♍ |
| 15 | | 14 △ 37 | | | | 12 △ 44 | ♃ or. cũ neb. aculei ♏ |
| 16 | 10 △ 30 | | | 18 △ 54 | | | △ ♄ ☿ 4.30. d. |
| 17 | | | 3 ☍ 24 | | | | ☽ ☊ 23.26. ♀ occ. cũ |
| 18 | | | | | 11 △ 17 | 4 □ 9 | ♂ or. cũ cauda cygni (64 |
| 19 □ | 0 12 | | | 7 □ 4 | | | ♂ or. cum chelis, & m. c. |
| 20 Asc. | 10 ♑ | 8 ☍ 6 | | | | 23 ✱ 30 | ♂ occ. cũ vind. (cũ 270. e. |
| 21 | 15 ✱ 54 | | | 21 ✱ 50 | 4 □ 40 | | ♀ m. c. cũ antare. ♂ occ. |
| 22 | | | 1 △ 27 | | | | ☿ or. cũ fidi. (cũ luce aus. |
| 23 | | | | | 23 ✱ 49 | | ♂ occ. cũ cri. Beren. |
| 24 | | | 14 □ 31 | | | | ☽ Apo. ♀ or. cũ antare. |
| 25 | | 8 △ 14 | | | | | ✱ ♃ ♂ 5. 15. |
| 26 | | | | | | 19 ☌ 0 | ☿ m. cũ cauda cygni. |
| 27 ☌ | 3 28 | 19 □ 33 | 3 ✱ 3 | 5 ☌ 10 | | | ✱ ☽ ♃ 3. 12 \| ♀ or. cũ |
| 28 Asc. | 6 ♈ | | | | | | (chelis. |
| 29 | | | | | 11 ☌ 3 | | ✱ ♃ ☿ 10.19 \| ♂ m. c. |
| 30 | | 4 ✱ 38 | | | | | ☌ ☽ ♂ 12.0. (cũ 64. f. |
| 31 | | | | Orient. | | | ☌ ♂ ☿ 14. 57. |

a. *Die 3. ♀ or. cum chelis, & m. c. cũ australi chele, & occ. cũ vindemiatrice.*
b. *Die 8. ♀ m. c. cum boreali chele.*
c. *Die 12 ♀ m. c. cum corona.*
d. *Die 16. ♀ occ. cum neb. & cũ cor. ♏.*
e. *Die 19. ♀ m. c. cũ palma Ophiuchi.*
f. *Die 29. ♂ occ. cum cingulo ♍.*

Positus Planetarum Diurnus.

| | | M | A | S | D | S | D | M | D | M | D | | |
|---|---|---|---|---|---|---|---|---|---|---|---|---|---|
| ☽ ♑ | | ♄ ♒ | | ♃ ♑ | | ♂ ♒ | | ♀ ♓ | | ☿ ♒ | | ☊ ♑ | |
| P | ′ | P | ′ | P | ′ | P | ′ | P | ′ | P | ′ | P | ′ |
| 16 ♒ | 20 | 22 | 23 | 14 | 39 | 18 | 14 | 16 | 5 | 18 | 37 | 22 | 9 |
| 0 | 6 | 22 | 25 | 14 | 50 | 18 | 56 | 17 | 20 | 20 | 20 | 22 | 6 |
| 14 | 13 | 22 | 27 | 15 | 0 | 19 | 38 | 18 | 35 | 22 | 3 | 22 | 3 |
| 28 ♓ | 31 | 22 | 29 | 15 | 11 | 20 | 20 | 19 | 50 | 23 | 46 | 22 | 0 |
| 13 | 4 | 22 | 31 | 15 | 22 | 21 | 2 | 21 | 4 | 25 | 29 | 21 | 57 |
| 27 ♈ | 41 | 22 | 33 | 15 | 33 | 21 | 44 | 22 | 19 | 27 | 12 | 21 | 53 |
| 12 | 18 | 22 | 35 | 15 | 44 | 22 | 27 | 23 | 34 | 28 ♓ | 55 | 21 | 50 |
| 26 ♉ | 47 | 22 | 38 | 15 | 55 | 23 | 9 | 24 | 48 | 0 | 37 | 21 | 47 |
| 11 | 4 | 22 | 40 | 16 | 7 | 23 | 51 | 26 | 3 | 2 | 19 | 21 | 44 |
| 25 ♊ | 8 | 22 | 42 | 16 | 18 | 24 | 34 | 27 | 18 | 4 | 1 | 21 | 41 |
| 8 | 47 | 22 | 45 | 16 | 29 | 25 | 16 | 28 | 32 | 5 | 42 | 21 | 37 |
| 22 ♋ | 13 | 22 | 47 | 16 | 41 | 25 | 59 | 29 | 47 | 7 | 23 | 21 | 34 |
| 5 | 21 | 22 | 50 | 16 | 52 | 26 | 41 | 1 ♈ | 2 | 9 | 4 | 21 | 31 |
| 18 ♌ | 13 | 22 | 53 | 17 | 4 | 27 | 24 | 2 | 16 | 10 | 44 | 21 | 28 |
| 0 | 52 | 22 | 55 | 17 | 16 | 28 | 6 | 3 | 31 | 12 | 24 | 21 | 25 |
| 13 | 21 | 23 | 0 | 17 | 28 | 28 | 49 | 4 | 45 | 14 | 3 | 21 | 22 |
| 25 ♍ | 40 | 23 | 3 | 17 | 40 | 29 ♓ | 31 | 6 | 0 | 15 | 41 | 21 | 18 |
| 7 | 53 | 23 | 7 | 17 | 52 | 0 | 14 | 7 | 14 | 17 | 19 | 21 | 15 |
| 20 ♎ | 2 | 23 | 10 | 18 | 4 | 0 | 57 | 8 | 29 | 18 | 50 | 21 | 12 |
| 2 | 9 | 23 | 14 | 18 | 16 | 1 | 39 | 9 | 43 | 20 | 32 | 21 | 9 |
| 14 | 17 | 23 | 17 | 18 | 29 | 2 | 22 | 10 | 57 | 22 | 7 | 21 | 6 |
| 26 ♏ | 28 | 23 | 21 | 18 | 41 | 3 | 5 | 12 | 12 | 23 | 42 | 21 | 2 |
| 8 | 44 | 23 | 25 | 18 | 53 | 3 | 47 | 13 | 26 | 25 | 14 | 20 | 59 |
| 21 ♐ | 8 | 23 | 28 | 19 | 6 | 4 M | 30 | 14 | 40 | 26 | 46 | 20 | 56 |
| 3 | 43 | 23 | 32 | 19 | 18 | 5 | 13 | 15 | 55 | 28 | 16 | 20 | 53 |
| 16 | 32 | 23 | 36 | 19 | 31 | 5 | 56 | 17 | 9 | 29 ♈ | 45 | 20 | 50 |
| 29 ♑ | 36 | 23 | 40 | 19 | 44 | 6 | 39 | 18 | 23 | 1 | 13 | 20 | 47 |
| 12 | 57 | 23 | 44 | 19 | 57 | 7 | 22 | 19 | 37 | 2 | 39 | 20 | 43 |
| 26 ♒ | 37 | 23 | 47 | 20 | 9 | 8 | 5 | 20 | 52 | 4 A | 3 | 20 | 40 |
| 10 | 25 | 23 | 52 | 20 | 22 | 8 | 48 | 22 | 5 | 5 | 26 | 20 | 37 |
| | | | | | | | | | | | | | |
| | 1 | 0 | 51 | 0 | 4 | 0 | [illegible] | 0 | 56 | 0 | 3 | | |
| [illegible] die | 11 | 0 | 50 | 0 | 3 | 0 | 1 | 1 | 14 | 1 | 12 | Mensis | |
| | 21 | 0 | 49 | 0 | 2 | 0 M | [illegible] | 1 | 28 | 2 A | 14 | | |

## Syzygiæ Lunaris.

| | | Occid. | Occid. | Orient. | Occid. | Orient. | Syzygiæ Planetarũ mutuæ, & eorum congressus cum illustrioribus aliquibus stellis fixis. |
|---|---|---|---|---|---|---|---|
| | ☽ | ♄ | ♃ | ♂ | ♀ | ☿ | |
| Dies | H ′ | H ′ | H ′ | H ′ | H ′ | H ′ | |
| 1 | 4 ✶ 27 | | | 3 ✶ 30 | | | ☌ ☉ ☿ 2.49 \| ☉ ☊ 10.[illegible] |
| 2 | | | | | | Occid. | ♀ m.c.cũ acu. ... occ. |
| 3 □ | 12 8 | 13 ☌ 31 | | 9 □ 35 | 8 ✶ 4 | 14 □ 57 | □ ♄ ♀ 5.42 (cũ Arct. |
| 4 Asc. | 10 ♍ | | | | | | □ ☉ ♄ 19.2 \| ♀ or. cũ 8 [illegible] |
| 5 | 17 △ 1 | | 3 ✶ 50 | 13 △ 44 | 24 □ 22 | 23 △ 6 | ♃ occ. cum corona. |
| 6 | | | | | | | ✶ ♄ ♀ 4.36 \| ☉ Per. ♂ |
| 7 | | 17 ✶ 6 | 6 □ 41 | | 20 △ 23 | | □ ♄ ♂ 4.53. (m.c.cũ 6[illegible] |
| 8 | | | | | | | |
| 9 | | 19 □ 1 | 8 △ 45 | 23 ☍ 3 | | | |
| 10 ☍ | 5 26 | | | | | 27 ☍ 52 | ♀ or. cũ cauda Delphini. |
| 11 Asc. | 13 ♊ | | | | | | ♀ or. cum Antare. |
| 12 | | 1 △ 2 | | | 15 ☍ 17 | | ♂ occ. cum Antare. |
| 13 | | | 12 ☍ 49 | | | | ♃ m. c. cum rostro galli. |
| 14 | | | | 10 26 | | | ☽ ☋ 6.9. |
| 15 | 4 △ 7 | | | | | | (c. cũ lyra a. |
| 16 | | 19 ☍ 53 | | | | 1 △ 35 | ♂ or. cũ rostro gal. ♀ m. |
| 17 □ | 20 0 | | | 8 □ 2 | 22 △ 34 | | ♀ or. cum aculeo m. b. |
| 18 Asc. | 22 ♓ | | 20 △ 3 | | | 21 □ 29 | ♂ m. c. cum pal. Ophi. |
| 19 | | | | 22 ✶ 55 | | | ♀ or. cum Aquila. |
| 20 | 12 ✶ 25 | | | | 16 □ 40 | | ☽ Apog. (cũ neb. m. |
| 21 | | 17 △ 50 | 8 □ 24 | | | 17 ✶ 43 | ✶ ♄ ♀ 18.40 \| ♀ or. |
| 22 | | | | | | | ♂ m. c. cũ Antare. |
| 23 | | | 20 ✶ 0 | | 10 ✶ 6 | | |
| 24 | | 4 □ 28 | | | | | ♀ occ. cum corona. |
| 25 ☌ | 19 4 | | | 2 ☌ 5 | | | |
| 26 Asc. | 7 ♓ | 13 ✶ 2 | | | | | ♀ m. c. cum rostro galli. |
| 27 | | | | | | 3 ☌ 14 | (3.4.1. |
| 28 | | | 12 ☌ 17 | | 11 ☌ 52 | | ☌ ♃ ♀ 7.29 \| ☉ ☊ 13. |
| 29 | | | | 20 ✶ 41 | | | ♂ or. cum Antare. d. |
| 30 | 13 ✶ 33 | 22 ♑ 28 | | | | | ♃ m. c. cũ aquila. |

*a. Die 16. ♀ or. cum neb. ♓.*
*b. Die 17. ♂ occ. cum lance Boreali.*
*c. Die 28. ♀ or. cum nebulosa oculi ♓.*
*d. Die 29. ♀ m. c. cum Aquila.*

| | Dies | ☉ ♐ P | ′ | ″ | ☽ ♒ P | ′ | ♄ ♒ (M A) P | ′ | ♃ ♑ (S D) P | ′ | ♂ ♓ (M D) P | ′ | ♀ ♑ (M D) P | ′ | ☿ ♑ (M A) P | ′ | ☊ ♑ P | ′ |
|---|---|---|---|---|---|---|---|---|---|---|---|---|---|---|---|---|---|---|
| | 1 | 19 | 3 | 48 | 24 ♓ | 50 | 23 | 56 | 20 | 35 | 9 | 31 | 23 | 19 | 6 | 45 | 20 | 34 |
| | 2 | 20 | 4 | 48 | 9 | 15 | 24 | 0 | 20 | 48 | 10 | 14 | 24 | 33 | 8 | 4 | 20 | 31 |
| A | 3 | 21 | 5 | 49 | 23 ♈ | 45 | 24 | 5 | 21 M | 1 | 10 | 57 | 25 | 47 | 9 | 20 | 20 | 27 |
| | 4 | 22 | 6 | 50 | 8 | 15 | 24 | 9 | 21 | 14 | 11 | 41 | 27 | 0 | 10 | 34 | 20 | 24 |
| | 5 | 23 | 7 | 52 | 22 ♉ | 39 | 24 | 14 | 21 | 27 | 12 | 24 | 28 | 14 | 11 | 45 | 20 | 21 |
| | 6 | 24 | 8 | 54 | 6 | 52 | 24 | 19 | 21 | 41 | 13 | 7 | 29 | 28 | 12 | 53 | 20 | 18 |
| | 7 | 25 | 9 | 57 | 20 ♊ | 49 | 24 | 23 | 21 | 54 | 13 | 51 | 0 ♒ | 41 | 13 | 58 | 20 | 15 |
| | 8 | 26 | 11 | 0 | 4 | 38 | 24 | 28 | 22 | 7 | 14 | 34 | 1 | 55 | 15 | 0 | 20 | 12 |
| | 9 | 27 | 12 | 4 | 17 ♋ | 49 | 24 | 33 | 22 | 21 | 15 | 18 | 3 | 8 | 15 | 59 | 20 | 8 |
| A | 10 | 28 | 13 | 8 | 0 | 54 | 24 | 38 | 22 | 34 | 16 | 1 | 4 | 22 | 16 | 54 | 20 | 5 |
| | 11 | 29 ♑ | 14 | 12 | 13 | 45 | 24 | 43 | 22 | 48 | 16 | 45 | 5 A | 35 | 17 | 45 | 20 | 2 |
| | 12 | 0 | 15 | 17 | 26 ♌ | 21 | 24 | 48 | 23 | 1 | 17 | 28 | 6 | 49 | 18 | 32 | 19 | 59 |
| | 13 | 1 | 16 | 22 | 8 | 40 | 24 | 54 | 23 | 15 | 18 | 11 | 8 | 2 | 19 | 14 | 19 | 56 |
| | 14 | 2 | 17 | 27 | 21 ♍ | 4 | 24 | 59 | 23 | 28 | 18 | 55 | 9 | 15 | 19 | 51 | 19 | 53 |
| | 15 | 3 | 18 | 33 | 3 | 16 | 25 | 4 | 23 | 42 | 19 | 39 | 10 | 28 | 20 | 25 | 19 | 49 |
| | 16 | 4 | 19 | 39 | 15 | 25 | 25 | 10 | 23 | 55 | 20 | 23 | 11 | 41 | 20 | 53 | 19 | 46 |
| A | 17 | 5 | 20 | 45 | 27 ♎ | 38 | 25 | 15 | 24 | 9 | 21 | 6 | 12 | 54 | 21 | 16 | 19 | 43 |
| | 18 | 6 | 21 | 51 | 9 | 41 | 25 | 21 | 24 | 22 | 21 | 50 | 14 | 7 | 21 | 33 | 19 | 40 |
| | 19 | 7 | 22 | 57 | 21 ♏ | 55 | 25 | 27 | 24 | 36 | 22 | 34 | 15 | 20 | 21 | 44 | 19 | 37 |
| | 20 | 8 | 24 | 3 | 4 | 15 | 25 | 32 | 24 | 49 | 23 | 18 | 16 | 33 | 21 | 49 | 19 | 34 |
| | 21 | 9 | 25 | 10 | 16 | 45 | 25 | 38 | 25 | 3 | 24 | 1 | 17 | 45 | 21 ℞ | [illegible] | 19 | 30 |
| | 22 | 10 | 26 | 17 | 29 ♐ | 26 | 25 | 44 | 25 | 17 | 24 | 46 | 18 | 58 | 21 | 40 | 19 | 27 |
| | 23 | 11 | 27 | 24 | 13 | 19 | 25 | 50 | 25 | 30 | 25 | 30 | 20 | 10 | 21 | 25 | 19 | 24 |
| A | 24 | 12 | 28 | 30 | 25 | 27 | 25 | 56 | 25 | 44 | 26 | 14 | 21 | 23 | 21 | 4 | 19 | 20 |
| | 25 | 13 | 29 | 36 | 8 ♑ | 52 | 26 | 2 | 25 | 58 | 26 | 58 | 22 | 35 | 20 | 38 | 19 | 17 |
| | 26 | 14 | 30 | 42 | 22 | 35 | 26 | 9 | 26 | 12 | 27 | 42 | 23 | 47 | 20 | 7 | 19 | 14 |
| | 27 | 15 | 31 | 48 | 6 ♒ | 35 | 26 | 15 | 26 | 26 | 28 | 26 | 24 | 59 | 19 | 31 | 19 | 11 |
| | 28 | 16 | 32 | 53 | 20 | 51 | 26 | 21 | 26 | 40 | 29 | 10 | 26 | 11 | 18 | 51 | 19 | 7 |
| | 29 | 17 | 33 | 58 | 5 ♓ | 20 | 26 | 28 | 26 | 54 | 29 ♈ | 55 | 27 | 23 | 18 | 7 | 19 | 4 |
| | 30 | 18 | 35 | 3 | 19 | 55 | 26 | 34 | 27 | 8 | 0 | 39 | 28 | 35 | 17 | 21 | 19 | 1 |
| A | 31 | 29 | 36 | 8 | 4 ♈ | 31 | 26 | 40 | 27 | 21 | 1 | 23 | 29 | 47 | 16 | 33 | 18 | 58 |

| Latitudo Planetarum ad diē | | ♄ | | ♃ | | ♂ | | ♀ | | ☿ | | |
|---|---|---|---|---|---|---|---|---|---|---|---|---|
| | 1 | 0 | 48 | 0 M | 1 | 0 | 1 | 1 | 36 | 2 | 46 | Mensis |
| | 11 | 0 | 48 | 0 | 1 | 0 | 2 | 1 | 42 | 2 S | 22 | |
| | 21 | 0 | 47 | 0 | 2 | 0 | 3 | 1 | 40 | 0 | 0 | |

| Syzygiæ Lunares. | | | | | | | |
|---|---|---|---|---|---|---|---|
| | | Occid. | Occid. | Orient. | Occid. | Occid. | Syzygiæ Planetarũ mutuę, & eorum congressus cum illustrioribus aliquibus stellis fixis. |
| | ☉ | ♄ | ♃ | ♂ | ♀ | ☿ | |
| Dies | H / | H / | H / | H / | H / | H / | |
| 1 | | | | | | 21 ✶ 51 | |
| 2 □ | 19 43 | | 19 ✶ 25 | 1 □ 42 | | | |
| 3 Asc. | 21 ♓ | | | | 3 ✶ 40 | | ☽ Perig. |
| 4 | | | 21 □ 58 | 6 △ 0 | | 4 □ 12 | ♀ m.c. cum cornu ♈. |
| 5 | 0 △ 53 | 1 ✶ 42 | | | 10 □ 19 | | |
| 6 | | | | | | 11 △ 14 | ✶ ☉ ♄ 4. 13. |
| 7 | | 6 □ 19 | 1 △ 56 | | 19 △ 3 | | ☿ occ. cum corona. |
| 8 | | | | 19 ☍ 12 | | | ♀ m.c. cũ cauda Delph. |
| 9 ☍ | 18 48 | 12 △ 26 | | | | | |
| 10 Asc. | 16 ♓ | | | | | | ♀ m.c. cum cauda cygni. |
| 11 | | | 19 ☍ 4 | | | 8 ☍ 7 | ☽ ☋ 11. 56. |
| 12 | | | | | 22 ☍ 26 | | ♂ or. cum uentre [illegible]. |
| 13 | | | | 19 △ 32 | | | |
| 14 | | 7 ☍ 45 | | | | | ♂ occ. cum Arcturo. |
| 15 | 0 △ 6 | | | | | | (Fomah. |
| 16 | | | 18 △ 26 | 10 □ 28 | | 11 △ 11 | ♂ or. cũ Aqui. \| ♀ occ. cũ |
| 17 □ | 16 56 | | | | | | ☽ Apo. ♀ occ. cũ Aqui. |
| 18 Asc. | 1 ♓ | | | | 9 △ 19 | 23 □ 38 | (& cauda ♑. |
| 19 | | 6 △ 55 | 5 □ 18 | 1 ✶ 21 | | | |
| 20 | 8 ✶ 40 | | | | | | ☌ ♃ ☿ platicè .a. |
| 21 | | 16 □ 56 | 16 ✶ 0 | | 2 □ 6 | 9 ✶ 27 | |
| 22 | | | | | | | |
| 23 | | | | | 15 ✶ 47 | | ✶ ♄ ♂ 12. 38. |
| 24 | | 0 ✶ 53 | | 1 ☌ 29 | | | |
| 25 ☌ | 8 46 | | | | | 19 ☌ 51 | ☽ ☊ 18. 10. |
| 26 Asc. | 5 ♍ | | 6 ☌ 17 | | | | ♀ occ. cum cauda Del. |
| 27 | | | | | | | ♂ or. cum cauda Del. b. |
| 28 | | 9 ☌ 11 | | 14 ✶ 32 | 9 ☌ 37 | | ☌ ♄ ♀ 3. 42. (rust gal. |
| 29 | 21 ✶ 39 | | | | | 20 ✶ 0 | ☌ ☉ ☿ 7. 24. ♀ occ. cũ |
| 30 | | | 12 ✶ 3 | 18 □ 34 | | | ☽ Per. ♃ m.c. cũ cor. ♑ |
| 31 | | | | | | 18 □ 50 | |

*a. Die 20. ♀ or. cum cauda ♑.*
*b. Die 27. ♀ or. cum capite Medusæ.*

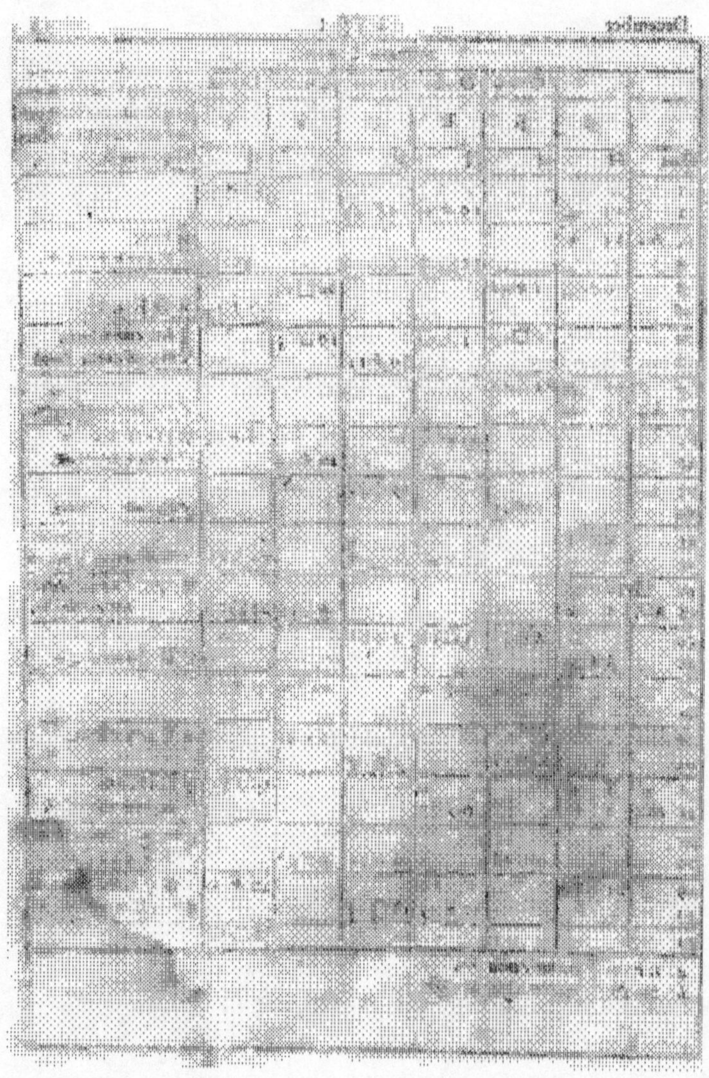

# EPHEMERIS
## IOANNIS ANTONII MAGINI PATAVINI

Ad annum Dominicæ Incarnationis
1582.

Qui est annus correctionis Kalendarij Gregorij xiij. Pont. Max. & est secundus ab Intercalari, & ab initio Mundi 5544.

*Thema cœli congruens tempori quando Sol primum ♈ punctum ingreditur.*

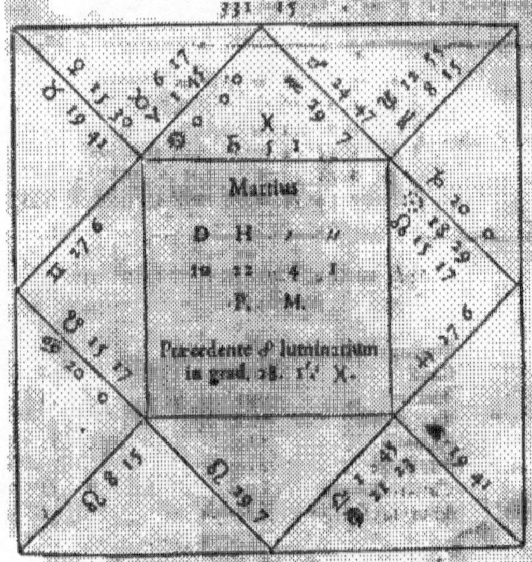


Anni tropici apparens magnitudo.

*Dierum 365. Horarum 5. Scr. 55'. 25''. 16'''. 8''''.*

# ANNO SALVTIS NOSTRAE 1582 communi.

| | | | D. | H. | ′ | ″ |
|---|---|---|---|---|---|---|
| Ingressus ☉ in principium | ♋ Et initium æstatis | Iunij | 11 | 19 | 9 | 10 |
| | ♎ Et initium autumni | Septemb. | 15 | 6 | 10 | 6 |
| | ♑ Et initium hiemis | Decemb. | 22 | 0 | 5 | 11 |

| | S. | P. | ′ | ″ | ‴ |
|---|---|---|---|---|---|
| Vera Præcessio æquinoctiorum | | 27 | 54 | 31 | 3 |
| Obliquitas Zodiaci | | 23 | 28 | 6 | 7 |

Eccentrotera ☉ 31137. Qualium semidiameter eccentri ☉ partic. 1000000. seu par. 1 50′ 3″ 12‴. Quarum 60.

| | | P. | ′ | ″ | | | |
|---|---|---|---|---|---|---|---|
| Locus Apogei | ♄ | 19 | 1 | 48 | ♓ | Aureus Numerus | 6 |
| | ♃ | 6 | 35 | 48 | ♎ | Cyclus Solis | 23 |
| | ♂ | 28 | 17 | 59 | ♌ | Epacta | 6 |
| | ☉ | 8 | 53 | 14 | ♋ | Indictio Romana | 10 |
| | ♀ | 16 | 15 | 30 | ♊ | Litera Dominicalis | G C |
| | ☿ | 29 | 54 | 34 | ♐ | Interuallum hebd. 8. Dies | 6 |

*Festa mobilia secundum vsum Sacrosanctæ Romanæ Ecclesiæ.*

| | | |
|---|---|---|
| Septuagesima | Februarij | 11 |
| Cinis | Februarij | 28 |
| Pascha | Aprilis | 15 |
| Rogationes | Maij | 20 |
| Ascensio | Maij | 24 |
| Pentecoste | Iunij | 3 |
| Corpus Domini | Iunij | 14 |
| Aduentus Domini | Nouemb. | 28 |

## Eclipsis Lunæ anno Domini 1582.

*Die 8. Ianuarij H. 10. 20′. 40″. post meridiem æqualis deficiet ☾ suo lumine ex aliqua eius parte propè ☋, dum transit par. 28. 10′. 53″. ☍ ac diametro ☉ sita, quo quidem tempore habet anomaliæ par. 294. 34′. 31″. & semidiameter eius reperitur scr. 15. 41″. Sol verò parum elongatus à Perigæo sui Eccentrici habet anomaliam annuam par. 198. 41′. 2″. cuius semidiameter est scr. 16′. 50″. semidiameter verò umbræ terræ æqualis est scr. 41′. 20″. verus motus latitudinis ☾ par. 99. 40′. 21″. vera item ☾ latitudo 50′. 10″. Austr. ad medium scilicet Eclipsis, sed ad principium 47′. 56″. Austr. ad finem verò 52′. 51″. puncta ecliptica numerabuntur 2. 34′. tempus autem incidentiæ H. 0. 36′. 5″.*

| | | H. | scr. | | |
|---|---|---|---|---|---|
| *Huius Eclipsis ☾ dig. 2. 34′.* | *Initium accidet* | 9 | 25 | P. M. | *A principio ad finem pertransit H. 1. 52′.* |
| | | 4 | 53 | N. S. | |
| | *Medium, seu vera oppositio* | 10 | 21 | P. M. | |
| | | 5 | 49 | N. S. | |
| | *Finis continget* | 11 | 17 | P. M. | |
| | | 6 | 45 | N. S. | |

Borea

Oriens

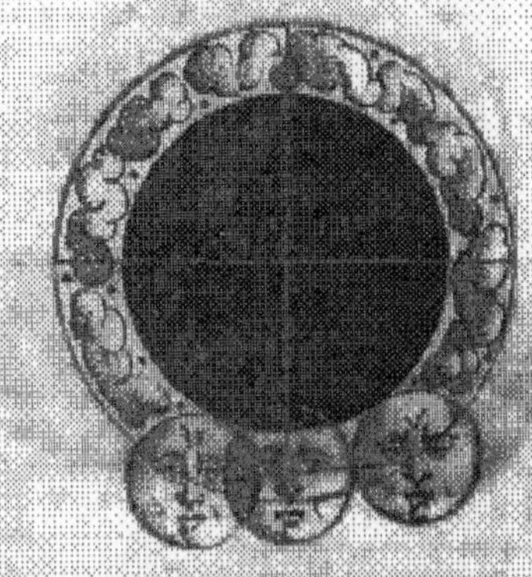

Occidens

Aquilo

## Defectus Solis anno prædicto.

*Accidet hoc anno alterius etiam luminaris Eclipsis; nam die 19. Iunij H. 18. 18′. 11″. P. M. æqualis Sol cum Luna coibit in gr. 7. 34′. 2″. ♋ non procul à draconis ☋, sed quia hoc continget in quadrante cœli orientali, ideo visibilis coniunctio antecedet veram, quæ quidem* cum parallaxis secundum longitudinem sit 40'. 42". Distantia autem luminarium à vertice nostro inuenitur par. 83. 46'. Sol verò repertus in summa sui eccentrici abside, nam eius anomalia annua coaequata est par. 358. 36'. 44". & eius semid. apparens 15'. 45". Anomalia autem ☽ coaequata est par. 254. 4'. 12". & eius semid. 16'. 27". Verus latitudinis ☽ motus par. 86. 18'. 27". vera latitudo ☽ 15'. 49". Sept. Sed parallaxis, seu diuersitas aspectus secundum latitudinem 38'. 36". Austrina. Ideo apparens, seu visa ☽ latitudo 22'. 47". Austr. Ad principium verò Eclipsis visa latitudo est 20'. 20". Austr. & ad finem 24'. 56". Digiti eclipsati erunt 3. 39'. Tempus casus H. 0. 38'. 49". Emersionis autem, seu recuperationis luminis Solaris H. 0. 42'. 36".

| | | H. | scr. | | |
|---|---|---|---|---|---|
| Huius Eclipsis ☽ pūct. 3. 39'. | Initium conspicietur in ipso ferè Solis exortu | 16 | 21 | P. M. | A principio ad finem numeratur H. 1. 21'. |
| | | 8 | 40 | Horol. | |
| | Media, seu visibilis ☌ | 17 | 1 | P. M. | |
| | | 9 | 19 | Horol. | |
| | Finis continget | 17 | 44 | P. M. | |
| | | 10 | 2 | Horol. | |

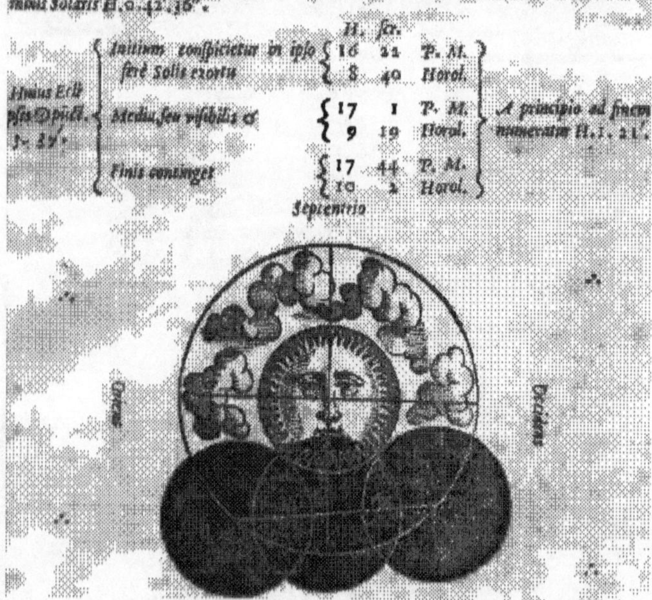

*Qui occidentem versus habitant, huius Eclipsis initium haud videre poterunt, & ij sunt, qui Turingiam, Eslingam, Francfordiam, Holsatiam, Heluetiam, Rhetiam, Franconiam, Maguntium, Marsiam, Hassiam, Corsicam, Bauariam, Saxoniam, Sabaudiam, & cętera loca similis longitudinis incolunt. Qui verò illis occidentaliores erunt, vt sunt, qui in Scotia, Flandria, Anglia, Bohemia, Brabantia, Gallia, Hollandia, Normādia, & alijs situ similibus locis versantur, ij medium defectus minimè prospicere poterunt; quinimò qui Fessam Aphricę, Britaniam, Ladium, Hiberniam, Portugalliam, & quamplurima Hispaniæ loca incolunt, ijs nulla prorsus Eclipsis apparitura est.*

## *Planetarum status.*

♄ Hoc anno properat ad longitudinem mediam sui Eccentrici.

Die { 12 Februarij Apogæum / 20 Augusti Perigæum } Epicycli pertransit.

Reuertitur in præcedentia signa die 11. Iunij vsq; ad 6. Nouemb. anni correcti.

♃ Præsenti anno descendit à longitudine media ad oppositum Augis Eccentrici.

Die { 11 Ianuarij in Auge / vlt. Iulij in Perigæo } Epicycli inuenitur.

A calce Maij vsque in 27. Septemb. retrogradè incedet.

♂ Hoc anno die 22. Aprilis peruenit ad imam deferentis partem.

Sed ab Auge Epicycli ad eius oppositum per totum annum percurrit.

Contra signorum ordinem perambulat à capite Decembris anni innouati vsque in finem anni, & vltra.

♀ Die { 28 Maij in suprema parte / 18 Decemb. in infima parte } Eccentrici commoratur.
9 Maij in Perigæo Epicycli residet.

Hoc anno à die 15. Aprilis vsque ad 7. Maij retrocedit.

☿ Die
{ 12 Maij in Perigęo / 21 Nouemb. in Auge } Deferentis commoratur.
{ 27 Februarij Apogęum / 26 Aprilis Perigęum / 24 Iunij Apogæum / 21 Augusti Perigæum / 27 Octobris Apogæum / 24 Decemb. Perigæum } Epicycli tenet.
12 Ianuarij retrocessum complet
{ 15 Aprilis vsque in 7. Maij / 9 Augusti vsque ad calcem eiusdem / 13 Decembr. vsque in finem anni } Regressiones conficit.

| | | ☉ ♑ | | | ☽ ♈ | | M A ♄ ♒ | | S D ♃ ♑ | | M D ♂ ♑ | | M A ♀ ♓ | | M A ☿ ♑ | | ☊ ♑ | |
|---|---|---|---|---|---|---|---|---|---|---|---|---|---|---|---|---|---|---|
| | Dies | G | ′ | ″ | P | ′ | P | ′ | P | ′ | P | ′ | P | ′ | P | ′ | P | ′ |
| | 1 | 20 | 37 | 12 | 19 | 1 | 26 | 46 | 27 | 36 | 2 | 9 | 0 | 59 | 15 | 43 | 18 | 54 |
| | 2 | 21 | 38 | 16 | 3 ♉ | 10 | 26 | 53 | 27 | 50 | 2 | 54 | 2 | 11 | 14 | 54 | 18 | 51 |
| | 3 | 22 | 39 | 19 | 17 ♊ | 23 | 26 | 59 | 28 | 4 | 3 | 39 | 3 | 22 | 14 | 8 | 18 | 48 |
| | 4 | 23 | 40 | 22 | 1 | 8 | 27 | 6 | 28 | 17 | 4 | 24 | 4 | 23 | 13 | 25 | 18 | 45 |
| | 5 | 24 | 41 | 24 | 14 | 32 | 27 | 13 | 28 | 31 | 5 | 9 | 5 | 41 | 12 | 45 | 18 | 42 |
| | 6 | 25 | 42 | 26 | 27 ♋ | 35 | 27 | 19 | 28 | 44 | 5 | 54 | 6 | 51 | 12 | 9 | 18 | 39 |
| G | 7 | 26 | 43 | 27 | 10 | 20 | 27 | 26 | 28 | 58 | 6 | 39 | 8 | 6 | 11 | 37 | 18 | 36 |
| | 8 | 27 | 44 | 27 | 22 ♌ | 51 | 27 | 33 | 29 | 11 | 7 | 24 | 9 | 17 | 11 | 11 | 18 | 33 |
| | 9 | 28 | 45 | 26 | 5 | 8 | 27 | 40 | 29 | 25 | 8 | 9 | 10 | 28 | 10 | 52 | 18 | 30 |
| | 10 | 29 | 45 | 24 | 17 | 15 | 27 | 47 | 29 | 38 | 8 | 54 | 11 | 38 | 10 | 39 | 18 | 27 |
| | 11 | 0 ♒ | 47 | 22 | 29 ♍ | 17 | 27 D | 54 | 29 ♒ | 52 | 9 | 39 | 12 | 49 | 10 D | 32 | 18 | 24 |
| | 12 | 1 | 48 | 19 | 11 | 16 | 28 | 1 | 0 | 6 | 10 | 25 | 14 | 0 | 10 | 32 | 18 | 21 |
| | 13 | 2 | 49 | 15 | 23 ♎ | 14 | 28 | 8 | 0 | 20 | 11 | 10 | 15 | 10 | 10 | 39 | 18 | 18 |
| G | 14 | 3 | 50 | 11 | 5 | 14 | 28 | 15 | 0 | 34 | 11 | 55 | 16 | 20 | 10 | 52 | 18 | 14 |
| | 15 | 4 | 51 | 6 | 17 | 18 | 28 | 22 | 0 | 48 | 12 | 40 | 17 | 30 | 11 D | 11 | 18 | 11 |
| | 16 | 5 | 52 | 0 | 29 ♏ | 10 | 28 | 28 | 1 | 2 | 13 | 26 | 18 | 40 | 11 | 36 | 18 | 8 |
| | 17 | 6 | 52 | 53 | 11 | 52 | 28 | 35 | 1 | 15 | 14 | 11 | 19 | 50 | 12 | 6 | 18 | 5 |
| | 18 | 7 | 53 | 45 | 24 | 26 | 28 | 42 | 1 | 30 | 14 | 56 | 20 | 59 | 12 | 42 | 18 | 2 |
| | 19 | 8 | 54 | 36 | 7 ♐ | 15 | 28 | 49 | 1 | 44 | 15 | 41 | 22 | 9 | 13 | 23 | 17 | 59 |
| | 20 | 9 | 55 | 25 | 20 ♑ | 19 | 28 | 56 | 1 | 58 | 16 | 27 | 23 | 18 | 14 | 10 | 17 | 56 |
| G | 21 | 10 | 56 | 13 | 3 | 42 | 29 | 3 | 2 | 12 | 17 | 12 | 24 | 27 | 15 | 1 | 17 | 52 |
| | 22 | 11 | 57 | 0 | 17 | 24 | 29 | 10 | 2 | 26 | 17 | 57 | 25 | 36 | 15 | 58 | 17 | 49 |
| | 23 | 12 | 57 | 46 | 1 ♒ | 25 | 29 | 17 | 2 | 40 | 18 | 42 | 26 | 44 | 16 | 58 | 17 | 46 |
| | 24 | 13 | 58 | 31 | 15 ♓ | 45 | 29 | 24 | 2 | 54 | 19 | 28 | 27 | 53 | 18 | 2 | 17 | 43 |
| | 25 | 14 | 59 | 15 | 0 | 19 | 29 | 31 | 3 | 8 | 20 | 13 | 29 ♓ | 1 | 19 | 9 | 17 | 40 |
| | 26 | 15 | 59 | 58 | 15 | 4 | 29 | 38 | 3 | 22 | 20 | 59 | 0 | 9 | 20 | 19 | 17 | 37 |
| G | 27 | 17 | 0 | 39 | 29 ♈ | 54 | 29 | 45 | 3 | 36 | 21 | 44 | 1 | 27 | 21 | 33 | 17 | 33 |
| G | 28 | 18 | 1 | 19 | 14 | 41 | 29 | 52 | 3 | 50 | 22 | 30 | 2 | 25 | 22 | 50 | 17 | 30 |
| | 29 | 19 | 1 | 58 | 29 ♉ | 17 | 29 ♓ | 59 | 4 | 4 | 23 | 16 | 3 | 33 | 24 | 10 | 17 | 27 |
| | 30 | 20 | 2 | 35 | 13 | 37 | 0 | 6 | 4 | 18 | 24 | 2 | 4 | 40 | 25 | 33 | 17 | 24 |
| | 31 | 21 | 3 | 11 | 27 | 38 | 0 | 13 | 4 | 32 | 24 | 48 | 5 | 47 | 26 | 58 | 17 | 21 |

| Latitudo Planetarũ ad diẽ | | ♄ | | ♃ | | ♂ | | ♀ | | ☿ | | |
|---|---|---|---|---|---|---|---|---|---|---|---|---|
| | 1 | 0 | 47 | 0 | 3 | 0 | 4 | 1 | 16 | 2 | 41 | Mensis |
| | 11 | 0 D | 46 | 0 | 4 | 0 | 6 | 1 | 8 | 3 D | 2 | |
| | 21 | 0 | 46 | 0 | 5 | 0 | 7 | 0 | 43 | 1 | 19 | |

## Syzygiæ Lunares.

| | | Occid. | Occid. | Orient. | Occid. | Orient. | Syzygiæ Planetarũ mutuę, & eorum congressus cum illustrioribus aliquibus stellis fixis. |
|---|---|---|---|---|---|---|---|
| | ☽ | ♄ | ♃ | ♂ | ♀ | ☿ | |
| Dies | H ′ | H ′ | H ′ | H ′ | H ′ | H ′ | |
| 1 □ | 2 51 | 13 ✶ 6 | 14 □ 38 | 23 △ 14 | 12 ✶ 56 | | |
| 2 Asc. | 1 ♋ | | | | | 18 △ 41 | |
| 3 | 10 △ 32 | 16 □ 54 | 18 △ 57 | | | | ✶ ♂ ♀ 15 42. |
| 4 | | | | | 6 □ 42 | | ♂ m.r. cum lyra |
| 5 | | 29 △ 51 | | | | | ☌ ♃ cũ corn. aust. a |
| 6 | | | | 16 ☍ 38 | 17 △ 49 | | ♄ or. cũ capite ... ☌ b. |
| 7 | | | | | | 2 ☍ 4 | ☽ [illegible] 11. 48. [illegible] or. cũ 29 7 |
| 8 ☍ | 10 30 | | 12 ☍ 37 | | | | ☌ r. cũ acul. ♏ |
| 9 Asc. | 4 ♎ | | | | | | ☌ ☽ ♃ 20 ... ✶ ☿ ♀ |
| 10 | | 21 ☍ 11 | Orient. | | | | (6 56. |
| 11 | | | | 22 △ 11 | | 22 △ 30 | |
| 12 | | | | | 6 ☍ 5 | | ☌ ♂ ☿ 4. 25. |
| 13 | 20 △ 50 | | 14 △ 25 | | | | ☽ apo. ♀ occ. cũ Acar. |
| 14 | | | | 14 □ 10 | | 11 □ 30 | |
| 15 | | 21 △ 57 | | | | | ♂ or. cum neb. ♋. |
| 16 □ | 13 23 | | 3 □ 2 | | | | |
| 17 Asc. | 15 ♋ | | | 4 ✶ 42 | 16 △ 47 | 0 ✶ 18 | |
| 18 | | 8 □ 7 | 13 ✶ 29 | | | | ♃ m.r. cũ cauda Del. ♂ |
| 19 | 3 ✶ 20 | | | | | | (occ. cum corona. |
| 20 | | 25 ✶ 35 | | | 5 □ 51 | | |
| 21 | | | | | | 21 ☌ 55 | ♂ m.r. cum rostro galli. |
| 22 | | | | 0 ☌ 57 | 15 ✶ 17 | | ☿ ☊ 0. 49. |
| 23 ☌ | 20 40 | | 2 ☌ 8 | | | | ♀ m.r. cũ rostro gallinæ. |
| 24 Asc. | 22 ♓ | 13 ☌ 40 | | | | | ♄ occ. cum rostro galli. |
| 25 | | | | | | | ♂ m.c. cum Aquila. |
| 26 | | | | 10 ✶ 5 | | 9 ✶ 17 | ☽ Per. ☿ m.c. cũ Aqui. |
| 27 | | | 6 ✶ 6 | | 20 ☌ 23 | | ☌ ♂ ♀ 8. 31. |
| 28 | 5 ✶ 54 | | | 13 □ 34 | | 14 □ 41 | |
| 29 | | 1 ✶ 11 | 8 □ 9 | | | | ✶ ♃ ♀ 14. 2. |
| 30 □ | 11 45 | | | 18 △ 51 | | 22 □ 50 | |
| 31 Asc. | 7 [illegible] | 4 □ 35 | 12 △ 19 | | 15 ✶ 56 | | ♀ m.c. cum corde ♌. |

a. Die 5. ☿ occ. cum hydra.
b. Die 6. ☿ occ. cum corona.
c. Die 7. ♀ m.c. cum vltima fusionis aquæ.

| Syzygiæ Lunares. | | | | | | | |
|---|---|---|---|---|---|---|---|
| | | Occid. | Orient. | Orient. | Occid. | Orient. | Syzygię Planetarū mutuę, & eorum congressus cum illustrioribus aliquibus stellis fixis. |
| ☽ | ☉ | ♄ | ♃ | ♂ | ♀ | ☿ | |
| Dies | H ′ | H ′ | H ′ | H ′ | H ′ | H ′ | |
| 1 | 21△6 | | | | | | ☌ ☿ cum cornu ♑. |
| 2 | | 11△6 | | | | | ♃ m.c. cum cauda cygni. |
| 3 | | | | | 3□31 | | ☊ ♉ 18.50. ♂ m.c. cū |
| 4 | | | | 16☍18 | | | ☌ ♂ cū cor. ♑ (cor. ♑ |
| 5 | | | 6☍46 | | 19△39 | 5☍14 | ☌ ♃ ☿ 18.4 \| ♀ or. cū |
| 6 | | | | | | | (cornu ♈ a. |
| 7 ☍ | 3 52 | 9☍48 | | | | | |
| 8 Alc. | 14 ♌ | | | | | | (Delph. |
| 9 | | | | | | | ☊ Apo. ♂ m.c. cū cauda |
| 10 | | | 10△42 | 1△48 | | | ☌ ☊ ♄ 9.41 \| ☿ occ. cū |
| 11 | | Orient. | | | 9☍45 | 3△0 | ☿ occ. cū Aqu. (Fomah. |
| 12 | 17△34 | 15△50 | | 18□20 | | | ☌ ☿ cum cauda ♑. |
| 13 | | | 0□2 | | | | ♂ m.c. cū cauda cygni b. |
| 14 | | 23□48 | | | | 0□38 | |
| 15 □ | 7 48 | | 10✶43 | 8✶3 | | | ✶ ☿ ♀ 11, 12. |
| 16 Alc. | 4 ♎ | | | | 16△4 | 16✶32 | ♀ or. cum hædis. |
| 17 | 19✶2 | 7✶29 | | | | | ☌ ♃ ♂ 21.51. (♈. |
| 18 | | | | | | | ☊ ♌ 8.1 \| ☿ m.c. cū cor. |
| 19 | | | 12☌34 | | 1□20 | | ☿ occ. cum rostro gallinę |
| 20 | | | | 0☌36 | | | |
| 21 | | 14☌2 | | | 7✶3 | 15☌39 | ☌ ♄ ♀ 2.4. |
| 22 ☌ | 6 52 | | | | | | ☿ occ. cum lyra. |
| 23 Alc. | 28 ♍ | | | | | | ☊ Perig. |
| 24 | | | 1✶19 | 7✶9 | | | ♀ or. cum capite Med. d. |
| 25 | | 15✶13 | | | 15☌4 | | ♂ occ. cū Fomah. & aqu. |
| 26 | 15✶13 | | 2□44 | 10□47 | | 6✶41 | ✶ ♄ ♀ 3.14. ♂ occ. cū |
| 27 | | 18□12 | | | | | (cauda ♑. |
| 28 □ | 22 38 | | 6△22 | 17△6 | | 17□53 | ☌ ♂ cū cauda ♑. ☿ occ. |
| Alc. | 26 ♊ | | | | | | (cū Acar. |

a. Die 5. ☿ m.c. cum cauda cygni.
b. Die 13. ♀ occ. cum cauda cygni.
c. Die 27. ♀ or. cum dextro hum. Aurigæ & accidit ☌ ♃ ♂ corporea cum distantia latitudinis fer. ½ quæ comprehenderetur ab eorum semidiametris. d. Die 24. ☿ m.c. cum Fomah.

| | | |
|---|---|---|
| 4 | 40 | 12 |
| 4 | 55 | 12 |
| 5 | 2 | 12 |

## Syzygiæ Lunares.

| | | Orient. | Orient. | Orient. | Occid. | Orient. | Syzygiæ Planetarũ mutuæ, & eorum congressus cum illustrioribus aliquibus stellis fixis. |
|---|---|---|---|---|---|---|---|
| | ☽ | ♄ | ♃ | ♂ | ♀ | ☿ | |
| Dies | H ′ | H ′ | H ′ | H ′ | H ′ | H ′ | |
| 1 | | 23 △ 40 | | | | | ♂ m.c. cum cauda ♑. |
| 2 | | | | | 6 ✶ 24 | | ☽ ☋ 2.25. |
| 3 | 10 △ 41 | | | | | 10 △ 19 | ☌ ☉ ☿ 14.57. |
| 4 | | | 23 ☍ 50 | | 20 □ 25 | Occid. | |
| 5 | | | | 17 ☍ 53 | | | ♂ or. cum cauda ♑. |
| 6 | | 11 ☍ 48 | | | | | |
| 7 | | | | | 14 △ 1 | | □ ♃ ♀ 5.38. |
| 8 ☍ | 21 58 | | | | | | (Med. |
| 9 Asc. | 24 ♊ | | | | | 9 ☍ 14 | ☽ Apog. ♀ m.c. cũ cap. |
| 10 | | | 4 △ 23 | | | | ♀ or. cum vlt. aquæ me. |
| 11 | | | | 5 △ 30 | | | ♀ or. cum pri. ✶ ♈. a. |
| 12 | | 2 △ 4 | 18 □ 22 | | | | ♀ m.c. cũ dex. lat. Persei |
| 13 | | | | 21 □ 45 | 1 ☍ 34 | | |
| 14 | 10 △ 7 | 13 □ 55 | | | | | ♃ occ. cum Fomah. |
| 15 | | | 5 ✶ 46 | | | 6 △ 34 | ✶ ♃ ☿ 0.15. (dibus. b. |
| 16 □ | 22 56 | 22 ✶ 18 | | 10 ✶ 18 | | | ♀ incipit oriri cum pleia |
| 17 Asc. | 13 ♋ | | | | | 21 □ 49 | ☽ ☊ 14.56. ♂ or. cum |
| 18 | | | | | 2 △ 25 | | ♄ occ. cum lyra. (10. c. |
| 19 | 7 ✶ 22 | | 17 ☌ 57 | | | | ☿ or. cum hædis. d. |
| 20 | | | | 23 ☌ 48 | 8 □ 12 | 7 ✶ 50 | ♀ or. cũ dex. hum. Aur. |
| 21 | | 5 ☌ 34 | | | | | ☿ m.c. cum pri. ✶ ♈. |
| 22 | | | | | 11 ✶ 25 | | ♀ desinit ori. cum pleia. |
| 23 ☌ | 16 0 | | 20 ✶ 22 | | | | ☽ Perig. |
| 24 Asc. | 26 ♒ | | | | | 20 ☌ 10 | |
| 25 | | 6 ✶ 37 | 21 □ 20 | 5 ✶ 25 | | | ♂ occ. cum lyra. |
| 26 | | | | | 17 ☌ 3 | | ☌ ♄ ♂ 7.36. |
| 27 | | 8 □ 45 | | 16 □ 0 | | | ✶ ☉ ♃ 1.0. (c. cũ Fo. e. |
| 28 | 1 ✶ 55 | | 0 △ 30 | | | | ☌ ♃ cũ cauda ♑ \| ♂ m. |
| 29 | | 13 ✶ 43 | | 17 △ 49 | | 13 ✶ 29 | ✶ ♄ ♀ 15.41. |
| 30 □ | 2 0 | | | | | | ☽ ☋ 2.38. |
| 31 Asc. | 28 ♌ | | | | 8 ✶ 15 | | ☿ or. cũ Fomah. |

a. *Die 11. ♂ occ. cum cauda Delph.*
b. *Die 16. ♀ occ. cum Rigel.*
c. *Die 17. ♂ occ. cum rostro gall. & ☿ occ. cum cauda cygni.*
d. *Die 19. ♃ occ. cum aquila & cauda ♑*
e. *Die 28. ♂ occ. cum pleia, & hiadibus.*

| | | ☉ ♈ | | | ☽ ♌ | | ♄ ♓ M | D | ♃ ♒ M | D | ♂ ♓ M | D | ♀ ♊ S | A | ☿ ♉ S | A | ☊ ♑ | |
|---|---|---|---|---|---|---|---|---|---|---|---|---|---|---|---|---|---|---|
| Dies | | P | ' | " | P | ' | P | ' | P | ' | P | ' | P | ' | P | ' | P | ' |
| G | 1 | 20 | 45 | 33 | 8 | 28 | 7 | 22 | 16 | 44 | 11 | 10 | 0 | 37 | 10 | 11 | 14 | 10 |
| | 2 | 21 | 43 | 17 | 20 ♍ | 48 | 7 | 28 | 16 | 54 | 11 | 57 | 1 | 7 | 11 | 23 | 14 | 7 |
| | 3 | 22 | 42 | 59 | 2 | 53 | 7 | 34 | 17 | 3 | 12 | 43 | 1 | 36 | 12 | 31 | 14 | 4 |
| | 4 | 23 | 41 | 39 | 14 | 47 | 7 | 40 | 17 | 13 | 13 | 29 | 2 | 3 | 13 | 35 | 14 | 1 |
| | 5 | 24 | 40 | 17 | 26 ♎ | 33 | 7 | 46 | 17 | 22 | 14 | 16 | 2 | 29 | 14 | 35 | 13 | 57 |
| | 6 | 25 | 38 | 54 | 8 | 14 | 7 | 52 | 16 | 31 | 15 | 2 | 2 | 54 | 15 | 31 | 13 | 54 |
| | 7 | 26 | 37 | 29 | 19 ♏ | 54 | 7 | 58 | 17 | 40 | 15 | 49 | 3 | 17 | 16 | 22 | 13 | 51 |
| G | 8 | 27 | 36 | 2 | 1 | 35 | 8 | 4 | 17 | 49 | 16 | 35 | 3 | 38 | 17 | 8 | 13 | 48 |
| | 9 | 28 | 34 | 33 | 13 | 22 | 8 | 10 | 17 | 58 | 17 | 22 | 3 | 57 | 17 D | 48 | 13 | 45 |
| | 10 | 29 | 33 | 2 | 25 ♐ | 17 | 8 | 15 | 18 | 6 | 18 | 8 | 4 | 14 | 18 | 22 | 13 | 41 |
| | 11 | 0 ♉ | 31 | 30 | 7 | 25 | 8 | 21 | 18 | 15 | 18 | 55 | 4 D | 29 | 18 | 49 | 13 | 38 |
| | 12 | 1 | 29 | 56 | 19 | 48 | 8 | 26 | 18 | 24 | 19 | 41 | 4 | 42 | 19 | 9 | 13 | 35 |
| | 13 | 2 | 28 | 20 | 2 ♑ | 30 | 8 | 31 | 18 | 33 | 20 | 28 | 4 | 52 | 19 | 23 | 13 | 32 |
| | 14 | 3 | 26 | 42 | 15 | 34 | 8 | 36 | 18 | 41 | 21 | 14 | 5 | 0 | 19 | 30 | 13 | 29 |
| A | 15 | 4 | 25 | 2 | 29 | 1 | 8 | 41 | 18 | 50 | 22 | 0 | 5 | 6 | 19 ℞ | 30 | 13 | 26 |
| | 16 | 5 | 23 | 20 | 11 ♒ | 52 | 8 | 46 | 18 | 58 | 22 | 47 | 5 | 11 | 19 | 23 | 13 | 22 |
| | 17 | 6 | 21 | 37 | 27 ♓ | 4 | 8 | 51 | 19 | 6 | 23 | 33 | 5 | 14 | 19 | 9 | 13 | 19 |
| | 18 | 7 | 19 | 53 | 11 | 20 | 8 | 56 | 19 | 14 | 24 | 19 | 5 ℞ | 13 | 18 | 49 | 13 | 16 |
| | 19 | 8 | 18 | 7 | 26 ♈ | 23 | 9 | 1 | 19 | 22 | 25 | 6 | 5 | 9 | 18 | 20 | 13 | 13 |
| | 20 | 9 | 16 | 19 | 11 | 19 | 9 | 6 | 19 | 30 | 25 | 52 | 5 | 3 | 17 | 44 | 13 | 10 |
| | 21 | 10 | 14 | 29 | 26 ♉ | 15 | 9 | 11 | 19 | 37 | 26 | 38 | 4 | 55 | 17 | 2 | 13 | 7 |
| | 22 | 11 | 12 | 38 | 11 | 4 | 9 | 16 | 19 | 44 | 27 | 25 | 4 | 45 | 16 | 15 | 13 | 3 |
| G | 23 | 12 | 10 | 45 | 25 ♊ | 41 | 9 | 21 | 19 | 51 | 28 | 11 | 4 | 33 | 15 | 24 | 13 | 0 |
| | 24 | 13 | 8 | 51 | 10 | 0 | 9 | 26 | 19 | 58 | 28 | 57 | 4 | 18 | 14 | 30 | 12 | 57 |
| | 25 | 14 | 6 | 55 | 23 ♋ | 59 | 9 | 30 | 20 | 5 | 29 ♈ | 43 | 4 | 0 | 13 M | 33 | 12 | 54 |
| | 26 | 15 | 4 | 57 | 7 | 38 | 9 | 35 | 20 | 11 | 0 | 30 | 3 | 40 | 12 | 35 | 12 | 51 |
| | 27 | 16 | 2 | 58 | 20 ♌ | 56 | 9 | 40 | 20 | 17 | 1 | 16 | 3 | 18 | 11 | 37 | 12 | 47 |
| | 28 | 17 | 0 | 58 | 3 | 56 | 9 | 44 | 17 | 23 | 2 | 2 | 2 | 54 | 10 | 40 | 12 | 44 |
| G | 29 | 17 | 58 | 57 | 16 | 37 | 9 | 48 | 20 | 29 | 2 | 48 | 2 | 28 | 9 | 46 | 12 | 41 |
| | 30 | 18 | 56 | 54 | 29 | 3 | 9 | 52 | 20 | 35 | 3 | 34 | 2 | 0 | 8 | 56 | 12 | 38 |
| Latitudo Planetarũ ad diẽ | 1 | | | | | | 0 | 53 | 0 | 14 | 0 | 25 | 4 | 22 | 1 D | 58 | Mensis | |
| | 11 | | | | | | 0 | 55 | 0 | 16 | 0 | 28 | 4 D | 30 | 2 | 40 | | |
| | 21 | | | | | | 0 | 57 | 0 | 19 | 0 | 31 | 4 | 25 | 1 M | 36 | | |

Syzygiæ Lunares.

| | | Orient. | Orient. | Orient. | Occid. | Occid. | Syzygiæ Planetarũ mutuæ, & eorum congressus cum illustrioribus aliquibus stellis fixis. |
|---|---|---|---|---|---|---|---|
| | ☽ | ♄ | ♃ | ♂ | ♀ | ☿ | |
| Dies | H ′ | H ′ | H ′ | H ′ | H ′ | H ′ | |
| 1 | | | 10 ☍ 19 | | | 3 □ 42 | ♃ m.c.cũ priori can. ♄ |
| 2 | 2 △ 1 | | | | 11 □ 21 | | (hiadi. |
| 3 | | 9 ☍ 31 | | 21 ☍ 12 | | 20 △ 31 | ✱ ♂ ☿ 5.20 \| ♀ m. c.cũ |
| 4 | | | | | | | ☿ m.c.cũ capite Algo. |
| 5 | | | | | 12 △ 38 | | ♄ m.c.cum Fomah. |
| 6 | | | 19 △ 21 | | | | ☽ Apo ☿ m.c.cũ Acar. |
| 7 ☍ | 15 12 | | | | | | (☉ dex. latere Per. |
| 8 Asc. | 28 ♒ | 17 △ 18 | | | | | |
| 9 | | | 9 □ 22 | 8 △ 30 | | 9 ☍ 22 | □ ♃ ☿ 3.14 \| ♂ occ.cũ |
| 10 | | | | | 18 ☍ 4 | | ✱ ♂ ☿ 19.48. (Acar. |
| 11 | | 1 □ 49 | 21 ✱ 15 | 23 □ 45 | | | ☿ or.cum pleia. |
| 12 | 23 △ 56 | | | | | | ☿ occ.cum Rigel. |
| 13 | | 11 ✱ 8 | | | | | ☉ ☊ 20.11. |
| 14 | | | | 10 ✱ 43 | | 7 △ 2 | |
| 15 □ | 10 14 | | | | 10 △ 37 | | |
| 16 Asc. | 13 ♐ | | 20 ☌ 21 | | | 10 □ 51 | □ ♄ ☿ platicè. |
| 17 | 16 ✱ 27 | 19 ☌ 34 | | | 13 ✱ 29 | | □ ♃ ☿ 2.34. |
| 18 | | | | 11 ☌ 48 | | 11 ✱ 21 | |
| 19 | | | | | 14 ✱ 12 | | ✱ ☉ ♄ 19.28. |
| 20 | | | 13 ✱ 15 | | | | ☽ Perig. |
| 21 | | 21 ✱ 3 | | | | | ♃ or.cum cauda ♌. |
| 22 ☌ | 0 26 | | 14 □ 21 | | | 9 ☌ 2 | ☿ m.c.cũ dex.la. Perſ. |
| 23 Asc. | 13 ♐ | 23 □ 3 | | 4 ✱ 25 | 14 ☌ 37 | | ☿ m.c.cum Acarnar. |
| 24 | | | 17 △ 15 | | | | ☌ ☉ ☿ 16.35. |
| 25 | | | | 10 □ 42 | | Orient. | ☿ m.c.cum capite Med. |
| 26 | 14 ✱ 30 | 3 △ 33 | | | | 9 ✱ 18 | ☉ ☋ 9.22. |
| 27 | | | | 10 △ 16 | 12 ✱ 9 | | (23.10. |
| 28 | | | | | | 13 □ 41 | ✱ ☌ ♀ 17.20 \| ✱ ♄ ☿ |
| 29 □ | 3 2 | | 7 ☍ 30 | | | | |
| 30 Asc. | 1 ♎ | 21 ☍ 19 | | | 5 ✱ 31 | 18 △ 27 | |

*♀ fit hoc mense stationaria ad 𝔅𝔏 culminando cum hiadibus occidendo cum cane min.*
*☿ hoc mense fit stationarius ad 𝔅𝔏 in ortu cum pleia & in occasu hyadum.*

## Positus Planetarum Diurnus.

| | | ☉ ♉ | | | ☽ ♍ | | M ♄ ♓ | D | M ♃ ♒ | D | M ♂ ♈ | D | S ♀ ♊ | D | M ☿ ♉ | D | ☊ ♑ | |
|---|---|---|---|---|---|---|---|---|---|---|---|---|---|---|---|---|---|---|
| | Dies | P | ' | '' | P | ' | P | ' | P | ' | P | ' | P | ' | P | ' | P | ' |
| | 1 | 19 | 54 | 50 | 11 | 18 | 9 | 56 | 10 | 41 | 4 | 20 | 1 | 30 | 8 | 12 | 12 | 35 |
| | 2 | 20 | 51 | 44 | 23 ♎ | 22 | 10 | 0 | 10 | 46 | 5 | 6 | 0 | 59 | 7 | 34 | 12 | 31 |
| | 3 | 21 | 50 | 37 | 5 | 18 | 10 | 4 | 20 | 52 | 5 | 32 | 0 ♉ | 26 | 7 | 2 | 12 | 28 |
| | 4 | 22 | 48 | 29 | 17 | 9 | 10 | 8 | 20 | 57 | 6 | 38 | 19 | 51 | 6 | 36 | 12 | 25 |
| | 5 | 23 | 46 | 19 | 28 ♏ | 59 | 10 | 12 | 21 | 2 | 7 | 24 | 29 | 15 | 6 | 17 | 12 | 22 |
| G | 6 | 24 | 44 | 8 | 10 | 49 | 10 | 15 | 21 | 7 | 8 | 10 | 28 | 38 | 6 | 5 | 12 | 19 |
| | 7 | 25 | 41 | 55 | 22 ♐ | 45 | 10 | 19 | 21 | 12 | 8 | 56 | 28 | 0 | 6 D | 1 | 12 | 15 |
| | 8 | 26 | 39 | 41 | 4 | 48 | 10 | 22 | 21 | 16 | 9 | 41 | 27 | 22 | 6 | 4 | 12 | 12 |
| | 9 | 27 | 37 | 26 | 17 | 3 | 10 | 26 | 21 | 21 | 10 | 27 | 26 | 45 | 6 | 14 | 12 | 9 |
| | 10 | 28 | 35 | 10 | 29 ♑ | 32 | 10 | 29 | 21 | 25 | 11 | 12 | 26 | 7 | 6 | 31 | 12 | 6 |
| | 11 | 29 ♊ | 32 | 53 | 12 | 15 | 10 | 32 | 21 | 29 | 11 | 57 | 25 | 25 | 6 | 55 | 12 | 3 |
| | 12 | 0 | 30 | 34 | 25 ♒ | 25 | 10 | 35 | 21 | 33 | 12 | 43 | 24 | 52 | 7 | 25 | 12 | 0 |
| G | 13 | 1 | 28 | 14 | 8 | 53 | 10 | 38 | 21 | 37 | 13 | 28 | 24 | 16 | 8 | 1 | 11 | 56 |
| | 14 | 2 | 25 | 53 | 21 ♓ | 43 | 10 | 41 | 21 | 40 | 14 | 13 | 23 | 41 | 8 | 43 | 11 | 53 |
| | 15 | 3 | 23 | 31 | 6 | 53 | 10 | 44 | 21 | 43 | 14 | 59 | 23 | 7 | 9 | 30 | 11 | 50 |
| | 16 | 4 | 21 | 8 | 21 ♈ | 19 | 10 | 47 | 21 | 46 | 15 | 44 | 22 | 34 | 10 | 22 | 11 | 47 |
| | 17 | 5 | 18 | 44 | 5 | 57 | 10 | 50 | 21 | 49 | 16 | 29 | 22 | 2 | 11 | 18 | 11 | 44 |
| | 18 | 6 | 16 | 19 | 20 ♉ | 42 | 10 | 52 | 21 | 52 | 17 | 14 | 21 | 32 | 12 | 18 | 11 | 40 |
| | 19 | 7 | 13 | 53 | 5 | 23 | 10 | 55 | 21 | 54 | 17 | 59 | 21 M | 4 | 13 | 22 | 11 | 37 |
| G | 20 | 8 | 11 | 26 | 19 ♊ | 58 | 10 | 57 | 21 | 57 | 18 | 44 | 20 | 38 | 14 A | 30 | 11 | 34 |
| | 21 | 9 | 8 | 58 | 4 | 19 | 10 | 59 | 21 | 59 | 19 | 29 | 20 | 15 | 15 | 42 | 11 | 31 |
| | 22 | 10 | 6 | 29 | 18 ♋ | 24 | 11 | 1 | 22 | 1 | 20 | 14 | 19 | 55 | 16 | 58 | 11 | 28 |
| | 23 | 11 | 4 | 0 | 2 | 10 | 11 | 3 | 22 | 3 | 20 | 59 | 19 | 37 | 18 | 17 | 11 | 25 |
| | 24 | 12 | 1 | 30 | 15 | 37 | 11 | 5 | 22 | 5 | 21 | 43 | 19 | 21 | 19 | 39 | 11 | 21 |
| | 25 | 12 | 58 | 59 | 28 ♌ | 47 | 11 | 7 | 22 | 6 | 22 | 29 | 19 | 8 | 21 | 4 | 11 | 18 |
| | 26 | 13 | 56 | 27 | 11 | 40 | 11 | 9 | 22 | 7 | 23 | 14 | 18 | 57 | 22 | 31 | 11 | 15 |
| G | 27 | 14 | 53 | 54 | 24 ♍ | 19 | 11 | 11 | 22 | 8 | 23 | 58 | 18 | 48 | 24 | 1 | 11 | 12 |
| | 28 | 15 | 51 | 20 | 6 | 46 | 11 | 13 | 22 | 8 | 24 | 43 | 18 | 41 | 25 | 33 | 11 | 9 |
| | 29 | 16 | 48 | 46 | 19 ♎ | 4 | 11 | 14 | 22 | 9 | 25 | 27 | 18 | 37 | 27 | 7 | 11 | 6 |
| | 30 | 17 | 46 | 11 | 1 | 15 | 11 | 16 | 22 | 9 | 26 | 12 | 18 D | 35 | 28 | 43 | 11 | 2 |
| | 31 | 18 | 43 | 35 | 13 | 20 | 11 | 17 | 22 St | 9 | 26 | 56 | 18 | 35 | 0 ♊ | 31 | 10 | 59 |

| Latitudo Planetarũ ad diẽ | | ♄ | | ♃ | | ♂ | | ♀ | | ☿ | | |
|---|---|---|---|---|---|---|---|---|---|---|---|---|
| | 1 | 2 | 0 | 0 | 21 | 0 | 33 | 2 | 27 | 1 | 28 | Mensis |
| | 11 | 1 | 3 | 0 | 23 | 0 | 36 | 1 M | 49 | 3 | 22 | |
| | 21 | 1 | 6 | 0 | 26 | 0 | 38 | 0 | 7 | 3 A | 34 | |

| Syzygiæ Lunares | | | | | | | | |
|---|---|---|---|---|---|---|---|---|
| | | Orient. | Orient. | Orient. | Occid. | Orient. | Syzygiæ Planetarũ mutuæ, & eorum congressus cum illustrioribus aliquibus stellis fixis. |
| | ☉ | ♄ | ♃ | ♂ | ♀ | ☿ | |
| Dies | H / | H / | H / | H / | H / | H / | |
| 1 | 18△38 | | | | | | □ ☉ ♃ 20.50. |
| 2 | | | | | 14△38 | | |
| 3 | | | | 1☍14 | | | |
| 4 | | | 7△45 | | | | ☽ Apog. |
| 5 | | 22△51 | | | | 14☍34 | ♂ or. cum pr. *. ♈. |
| 6 | | | 20□50 | | | | |
| 7 ☌ | 6 34 | 16□58 | | | 9☍57 | | |
| 8 Asc. | 17 [illegible] | | | 10△11 | | | ☌ ☉ ♀ 10.37. |
| 9 | | | 8*18 | | Orient. | | ♂ or. cū cornu ♈ præced. |
| 10 | | 10*40 | | 23□39 | | 13△32 | ☿ ☊ 23.30. |
| 11 | | | | | 23△2 | | ♀ or. cum pleia. |
| 12 | 9△46 | | | | | 22□23 | |
| 13 | | | 21☌10 | 8*24 | | | ☿ or. cum pleia. |
| 14 □ | 18 42 | | | | 17□51 | | |
| 15 Asc. | 7 ♋ | 6☍25 | | | | 4*37 | |
| 16 | 22*54 | | | | 1*59 | | * ♄ ☿ 11.19. |
| 17 | | | | 14☌4 | | | □ ♄ ♀ 9.27. |
| 18 | | | 1*58 | | | | ☽ Perigeo. |
| 19 | | 9*7 | | | | 14☌14 | ♂ or. cum hyd. \| ♀ m.c. |
| 20 | | | 3□19 | | 1☌5 | | (cū cap. Algol. a. |
| 21 ☍ | 9 1 | 11□22 | | | | | ☿ m.c. cum Alcar. (31. |
| 22 Asc. | 27 ♓ | | 6△18 | 3*22 | | | □ ☉ ♄ 23.34 \| ♂ or. cū |
| 23 | | 15△53 | | | | | ☌ ♀ ☿ 19.36 ☽ ☋. |
| 24 | | | | 11□45 | 1*44 | 8*14 | * ♃ ♂ 12.27 (23.4 |
| 25 | | | | | | | □ ♃ ☿ 17.18. |
| 26 | 4*38 | | 19☍32 | 23*18 | 13□39 | 25□24 | ☿ m.c. cum pleia. |
| 27 □ | | | | | | | |
| 28 | 19 21 | 8☍40 | | | 23△8 | | ♂ m.c. cum pri. * ♈. |
| 29 Asc. | 26 ♋ | | | | | 18△14 | |
| 30 | | | | | | | ☿ occ. cum cale maio. |
| 31 | 16△41 | | 16△32 | | | | ☿ m.c. cum hiadibus. |

♀ fit stationaria ad Dir. in exortu eius cum pleia. ut et cadendo cum Rigel.

a. Die 19. ♂ occ. cum cauda cygni.

## Junius 1582

**Positus Planetarum Diurnus.**

| G | Dies | ☉ ♊ P | ' | '' | ☽ ♎ P | ' | ♄ ♓ M P | D ' | ♃ ♒ M P | D ' | ♂ ♈ M P | D ' | ♀ ♉ M P | D ' | ☿ ♊ M P | A ' | ☊ ♑ P | ' |
|---|---|---|---|---|---|---|---|---|---|---|---|---|---|---|---|---|---|---|
| | 1 | 19 | 40 | 58 | 15 ♏ | 23 | 11 | 19 | 22 | 9 | 27 | 40 | 18 | 37 | 2 | 0 | 10 | 56 |
| | 2 | 20 | 38 | 21 | 7 | 26 | 11 | 20 | 22 | 9 | 28 | 24 | 18 | 42 | 3 | 41 | 10 | 53 |
| G | 3 | 21 | 35 | 43 | 19 ♐ | 32 | 11 | 21 | 22 | 9 | 29 | 9 | 18 | 49 | 5 | 23 | 10 | 50 |
| | 4 | 22 | 33 | 6 | 1 | 42 | 11 | 22 | 22 | 8 | 29 ♉ | 53 | 18 | 58 | 7 | 6 | 10 | 46 |
| | 5 | 23 | 30 | 27 | 14 | 2 | 11 | 22 | 22 | 8 | 0 | 37 | 19 | 10 | 8 | 50 | 10 | 43 |
| | 6 | 24 | 27 | 48 | 26 ♑ | 32 | 11 | 23 | 22 | 7 | 1 | 21 | 19 | 24 | 10 | 35 | 10 | 40 |
| | 7 | 25 | 25 | 9 | 9 | 16 | 11 | 23 | 22 | 6 | 2 | 5 | 19 | 40 | 12 | 21 | 10 | 37 |
| | 8 | 26 | 22 | 30 | 22 | 7 | 11 | 24 | 22 | 5 | 2 | 49 | 19 | 58 | 14 | 8 | 10 | 34 |
| | 9 | 27 | 19 | 49 | 5 ♒ | 30 | 11 | 24 | 22 | 3 | 3 | 33 | 20 | 17 | 15 | 56 | 10 | 30 |
| G | 10 | 28 | 17 | 9 | 19 ♓ | 15 | 11 | 24 | 22 | 2 | 4 | 17 | 20 | 38 | 17 | 45 | 10 | 27 |
| | 11 | 29 ♋ | 14 | 28 | 3 | 12 | 11 ℞ | 24 | 22 | 0 | 5 | 1 | 21 | 1 | 19 | 34 | 10 | 24 |
| | 12 | 0 | 11 | 47 | 17 ♈ | 25 | 11 | 24 | 21 | 58 | 5 | 45 | 21 | 26 | 21 | 24 | 10 | 21 |
| | 13 | 1 | 9 | 6 | 1 | 50 | 11 | 24 | 21 | 56 | 6 | 29 | 21 | 52 | 23 | 15 | 10 | 18 |
| | 14 | 2 | 6 | 25 | 16 ♉ | 21 | 11 | 24 | 21 | 54 | 7 | 12 | 22 | 20 | 25 | 6 | 10 | 15 |
| | 15 | 3 | 3 | 43 | 0 | 53 | 11 | 23 | 21 | 51 | 7 | 56 | 22 | 49 | 26 | 58 | 10 | 11 |
| | 16 | 4 | 1 | 1 | 15 | 21 | 11 | 23 | 21 | 48 | 8 | 39 | 23 | 20 | 28 | 50 | 10 | 8 |
| G | 17 | 4 | 58 | 19 | 29 ♊ | 36 | 11 | 22 | 21 | 45 | 9 | 23 | 23 | 52 | 0 ♋ | 43 | 10 | 5 |
| | 18 | 5 | 55 | 37 | 13 | 37 | 11 | 22 | 21 | 41 | 10 | 6 | 24 | 26 | 2 | 36 | 10 | 2 |
| | 19 | 6 | 52 | 54 | 27 ♋ | 21 | 11 | 21 | 21 | 38 | 10 | 49 | 25 | 1 | 4 5 | 30 | 9 | 59 |
| | 20 | 7 | 50 | 11 | 10 | 48 | 11 | 21 | 21 | 34 | 11 | 32 | 25 | 37 | 6 | 22 | 9 | 55 |
| | 21 | 8 | 47 | 28 | 23 ♌ | 57 | 11 | 20 | 21 | 30 | 12 | 15 | 26 | 14 | 8 | 18 | 9 | 52 |
| | 22 | 9 | 44 | 45 | 6 | 51 | 11 | 19 | 21 | 26 | 12 | 58 | 26 | 52 | 10 | 12 | 9 | 49 |
| | 23 | 10 | 42 | 2 | 19 ♍ | 31 | 11 | 18 | 21 | 22 | 13 | 41 | 27 | 31 | 12 | 7 | 9 | 46 |
| G | 24 | 11 | 39 | 19 | 2 | 1 | 11 | 17 | 21 | 17 | 14 | 23 | 28 | 12 | 14 | 1 | 9 | 43 |
| | 25 | 12 | 36 | 36 | 14 | 22 | 11 | 15 | 21 | 13 | 15 | 6 | 28 | 54 | 15 | 56 | 9 | 40 |
| | 26 | 13 | 33 | 54 | 26 ♎ | 37 | 11 | 14 | 21 | 8 | 15 | 49 | 29 ♊ | 37 | 17 | 50 | 9 | 36 |
| | 27 | 14 | 31 | 12 | 8 | 48 | 11 | 12 | 21 | 3 | 16 A | 31 | 0 | 21 | 19 | 44 | 9 | 33 |
| | 28 | 15 | 28 | 30 | 20 ♏ | 57 | 11 | 10 | 20 | 58 | 17 | 13 | 1 A | 6 | 21 | 38 | 9 | 30 |
| | 29 | 16 | 25 | 48 | 3 | 7 | 11 | 9 | 20 | 53 | 17 | 56 | 1 | 51 | 23 | 31 | 9 | 27 |
| | 30 | 17 | 23 | 7 | 15 | 20 | 11 | 7 | 20 | 48 | 18 | 38 | 2 | 37 | 25 | 24 | 9 | 24 |

| Latitudo Planetarũ ad diẽ | | ♄ | | ♃ | | ♂ | | ♀ | | ☿ | | |
|---|---|---|---|---|---|---|---|---|---|---|---|---|
| | 1 | 1 | 9 | 0 | 29 | 0 | 40 | 1 | 45 | 2 | 24 | |
| | 11 | 1 | 12 | 0 | 32 | 0 | 41 | 2 | 40 | 0 5 | 52 | Mensis |
| | 21 | 1 | 15 | 0 | 35 | 0 A | 42 | 3 A | 10 | 0 | 38 | |

| Syzygiæ Lunares. | | | | |
|---|---|---|---|---|
| Orient. | Orient. | Orient. | Orient. | Syzygię Planetarũ mutuę, & eorum congressus cum illustrioribus aliquibus stellis fixis. |
| ♃ | ♂ | ♀ | ☿ | |
| H ′ | H ′ | H ′ | H ′ | |
| | 4☍50 | 22☍32 | | ☿ Apog.<br>♀ or. cũ hued. (cũ Alde. |
| 5□ 9 | | | 12☍11 | △ ☉ ♃ 13.39. ♀ m.c.<br>☿ occ. cum dex. hu. Orio. |
| 15✱32 | 9△38 | | | ♀ or. cum Alde.<br>□ ♄ ☿ 10.52. a. |
| | 20□ 4 | 19△52 | | ☿ ☊ 2.29. (hum. Or.<br>♀ m.c. cũ capra. & sini. |
| 4☌47 | | 2□26 | 20△58 | ☿ m.c. cũ pri. zonæ Orio. |
| | 3✱14 | 6✱53 | 7□36 | △ ♃ ☿ 7.13. |
| 9✱ 7 | | | 16✱35 | □ ♃ ♀ 3.12 \| ☿ m.c. cũ<br>♂ or. cum Fomalh. (31 |
| 10□50 | 12☌18 | 13☌57 | | ☉ Perig.<br>♀ occ. cum cane minore. |
| 14△ 2 | | | | (Apoll.<br>☿ or. cũ sini. hu. Orio. & |
| | 1✱25 | | 14☌50 | ✱ ♄ ♂ 18.3 \| ☉ ♑.<br>☿ m.c. cũ Syrio. (pleia. |
| | 12□18 | 4✱29 | Occid. | ☌ ☉ ☿ 12.13 \| ♂ or. cũ<br>△ ♄ ☿ 13.52. b. |
| 3☍32 | | 16□15 | | △ ☉ ♄ 14.54 (20. Or.<br>✱ ♂ ☿ 6.58 \| ♀ or. cũ |
| | 1△32 | 6△17 | 3✱38 | ☿ m.c. cum Apolline. c.<br>♀ or. cum Rigel. d. |
| 0△ 2 | | | 1□36 | ♀ or. cum ult. zonæ Or.<br>☽ Apog. |
| 10□44 | 6☍50 | | 23□11 | ♂ occ. cum Rigel.<br>♀ culm. cum hued. |

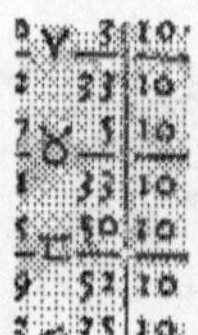

Syzygiæ Lunares.

| | | Orient. | Orient. | Orient. | Orient. | Occid. | Syzygię Planetarũ mutuę, & eorum congressus cum illustrioribus aliquibus stellis fixis. |
|---|---|---|---|---|---|---|---|
| | ☽ | ♄ | ♃ | ♂ | ♀ | ☿ | |
| ies | H ′ | H ′ | H ′ | H ′ | H ′ | H ′ | |
| 1 | | | | | 11 ☍ 55 | | ♀ incip. or. cũ hœdis, |
| 2 | | 1 □ 56 | 20 ✶ 0 | | | | □ ♃ ♂ 17.48. (141 |
| 3 | | | | | | | ♀ or. cũ asin. \| ♀ occ. cum |
| 4 | | 17 ✶ 55 | | | | | ✶ ☽ ♂ 19.30 \| ☿ Ω. |
| 5 ☍ | 7 0 | | | 6 △ 46 | | | ♀ or. cũ proc. \| ♂ m.c. cũ |
| 6 Asc. | 13 ♑ | | | | 10 △ 33 | 9 ☍ 32 | ✶ ♀ ☿ 2. 13. (plesa. |
| 7 | | 19 ☌ 7 | 7 ☌ 50 | 13 □ 24 | | | |
| 8 | | | | | 17 □ 37 | | ♀ m.c. cum hydis. (Syrio |
| 9 | 20 △ 13 | | | 19 ✶ 39 | | | □ ♄ ♀ 16.47 \| ♀ or. cũ |
| 10 | | | | | 22 ✶ 53 | | ♂ occ. cũ bia. & plesa. |
| 11 | | | 11 ✶ 42 | | | 5 △ 51 | ☿ Perig. (Bellatr. |
| 12 □ | 3 8 | 21 ✶ 21 | | | | | ♀ m.c. cũ capra, & cum |
| 13 Asc. | 28 ♒ | | 13 □ 12 | | | 14 □ 36 | ☌ ♃ ☿ 3.40. a. |
| 14 | 9 ✶ 4 | | | 4 ☌ 25 | | | ♃ or. cum cauda ♑. b. |
| 15 | | 0 □ 59 | 16 △ 16 | | 10 ☌ 48 | | (cũ Aldeb. |
| 16 | | | | | | 1 ✶ 19 | ☿ or. cum Reg. & occ. |
| 17 | | 6 △ 3 | | | | | ☽ ☊ 2.46 \| ♂ occ. cum |
| 18 | | | | 21 ✶ 34 | | | △ ♃ ♀ 8.12. c. (Syrio. |
| 19 ☌ | 5 27 | | | | | | ♃ or. cum cauda ♑. |
| 20 Asc. | 4 ♐ | | 6 ☍ 0 | | 10 ✶ 24 | | |
| 21 | | 23 ☍ 41 | | 10 □ 37 | | 9 ☌ 45 | □ ♂ ☿ 21.36 \| ☿ or. |
| 22 | | | | | | | (cum hydra. |
| 23 | | | | | 2 □ 50 | | ♀ m.c. cũ dex. hu. Aur. |
| 24 | 13 ✶ 4 | | | 1 △ 26 | | | ♂ m.c. cũ Aldeb. d. |
| 25 | | | 3 △ 13 | | 19 △ 35 | | ☽ Apog. (ca. mi. |
| 26 | | 21 △ 0 | | | | 23 ✶ 40 | ☍ ♄ ☿ 9.7 \| ♀ occ. cũ |
| 27 □ | 5 30 | | 13 □ 48 | | | | ☿ or. cum cauda ♌. |
| 28 Asc. | 14 ♐ | | | | | | ♂ occ. cũ dex. hum. Orio. |
| 29 | 21 △ 20 | 7 □ 55 | 22 ✶ 56 | 6 ☍ 0 | | 15 □ 22 | ♂ or. cum succulis. |
| 30 | | | | | | | □ ♄ ♂ 13.34. (48. |
| 31 | | 15 ✶ 40 | | | 1 ☍ 38 | | ☍ ☉ ♃ 2.55 \| ● [illegible] 12 |

a. Die 13. ♂ occ. cum prima zonę, cum sin. hum. Orio. & cum ultima plesa.
b. Die 14. ♀ m.c. cum Rigel, & ☿ cum cauda ♌.
c. Die 18. ♀ m.c. cum priori zona Orio. & ♂ m.c. cum succulis.
d. Die 24. ♀ m.c. cum dex. humero Orionis.

| Syzygiæ Lunares. | | | | | | | |
|---|---|---|---|---|---|---|---|
| | | Occid. | Orient. | Orient. | Occid. | Orient. | Syzygiæ Planetarū mutuæ, & eorum congressus cum illustrioribus aliquibus stellis fixis. |
| | ☉ | ♄ | ♃ | ♂ | ♀ | ☿ | |
| Dies | H ′ | H ′ | H ′ | H ′ | H ′ | H ′ | |
| 1 | | | | | | 3 △ 37 | ♃ m.c. cum cauda ♑. |
| 2 | | | | | | | ♂ m.c. cum hedis. |
| 3 ☍ | 17 9 | | 10 ☌ 2 | 1 △ 12 | | | |
| 4 Asc. | 22 ♌ | 23 ☌ 36 | | | 19 △ 47 | | Fidicort. ♂ cum succu. |
| 5 | | | | 6 □ 21 | | 15 ☍ 42 | ♀ m.c. cum Syrio. |
| 6 | | | | | | | △ ♄ ♀ 20.28. a. |
| 7 | | | 12 ✶ 50 | 9 ✶ 49 | 1 □ 7 | | ☽ Per. ♂ occ. cum 20. |
| 8 | 3 △ 58 | | | | | | ☿ or. cū dex. hu. Or. et cū |
| 9 | | 1 ✶ 33 | 13 □ 39 | | 6 ✶ 9 | 19 △ 31 | △ ♃ ♂ 20.48 (Her. b. |
| 10 □ | 8 13 | | | | | | ♀ or. cū zona Orionis. |
| 11 Asc. | 4 ♈ | 3 □ 37 | 16 △ 0 | 18 ☌ 25 | | 21 □ 50 | ♀ occ. cum hydra. |
| 12 | 16 ✶ 10 | | | | | | ♀ or. cum Rigel. |
| 13 | | 8 △ 6 | | | 23 ☌ 4 | | □ ♂ ☿ 16.7 \| ☽ ☋ 5. |
| 14 | | | | | | 1 ✶ 51 | ✶ ♀ ☿ 20.34. (46. |
| 15 | | | | | | | ♀ desinit or. cū zo. Or. c. |
| 16 | | | 5 ☍ 17 | 14 ✶ 53 | | | ♄ m.c. cum Fomah. |
| 17 ☌ | 18 51 | 2 ☍ 12 | | | | | |
| 18 Asc. | 22 ♍ | | | | | 15 ☌ 11 | |
| 19 | | | | 5 □ 41 | 7 21 | | ♃ occ. cum cauda ♑. |
| 20 | | | | | | | ♃ occ. cum Aquila. |
| 21 | | | 4 △ 13 | 21 △ 35 | | | ☍ ☉ ♄ 8.46 \| ☽ Apo. |
| 22 | | Occid. | | | 2 □ 14 | | ♂ m.c. cū dex. hu. Aur. |
| 23 | 6 ✶ 23 | 1 △ 26 | 15 □ 53 | | | 6 53 | ☌ ☉ ☿ 9.51 \| ♂ m.c. |
| 24 | | | | | 20 △ 18 | Orient. | ☿ or. cum 50. (cū Bellat. |
| 25 □ | 21 26 | 13 □ 4 | | | | 14 □ 3 | (asellis. |
| 26 Asc. | 8 [illegible] | | 2 ✶ 3 | | | | ☍ ♄ ☿ 8.40 \| ♀ or. cū |
| 27 | | 11 ✶ 20 | | 1 ☍ 10 | | 19 △ 56 | ☽ ☊ 19.43 \| ♀ or. cum |
| 28 | 10 △ 53 | | | | | | ♀ or. cū ca. mi. (Procÿd. |
| 29 | | | | | 22 ☍ 29 | | |
| 30 | | | 14 ☌ 15 | | | | |
| 31 | | | | 16 △ 16 | | | |

a. Die 6. ☿ occ. cum hedis, & ♂ m.c. cum capra & sin. hum. Orio.
b. Die 8. ♂ m.c. cum sin. pede Orio.
c. Die 15. ♂ incipit m.c. cum zona Or. & ♀ m.c. cum cane mi. & Hercule.
d. Die 27. ♀ or. cum lucida Eridani, & occ. cum Apolline.

Positus Planetarum Diurnus.

| | | ☉ | | | ☽ | | M ♄ | A | M ♃ | D | M ♂ | A | M ♀ | A | M ☿ | A | ☊ | |
|---|---|---|---|---|---|---|---|---|---|---|---|---|---|---|---|---|---|---|
| | | ♍ | | | ♓ | | ♓ | | ♒ | | ♊ | | ♌ | | ♍ | | ♑ | |
| Dies | | P | ′ | ″ | P | ′ | P | ′ | P | ′ | P | ′ | P | ′ | P | ′ | P | ′ |
| | 1 | 28 | 1 | 35 | 3 | 32 | 6 | 50 | 13 | 31 | 29 | 8 | 6 | 54 | 5 Di | 15 | 6 | 3 |
| G | 2 | 19 | 0 | 7 | 18 ♈ | 4 | 6 | 46 | 13 | 26 | 29 ♋ | 42 | 8 | 4 | 5 | 19 | 6 | 0 |
| | 3 | 19 | 58 | 37 | 2 | 50 | 6 | 41 | 13 | 21 | 0 | 16 | 9 | 13 | 5 | 30 | 5 | 57 |
| | 4 | 20 | 57 | 9 | 17 | 44 | 6 | 37 | 13 | 16 | 0 | 50 | 10 | 23 | 5 | 48 | 5 | 54 |
| | 5 | 21 | 55 | 43 | 2 ♉ | 39 | 6 | 32 | 13 | 12 | 1 | 24 | 11 | 32 | 6 | 12 | 5 | 51 |
| | 6 | 22 | 54 | 19 | 17 ♊ | 27 | 6 | 28 | 13 | 8 | 1 | 57 | 12 | 42 | 6 | 42 | 5 | 47 |
| | 7 | 23 | 52 | 57 | 2 | 2 | 6 | 24 | 13 | 4 | 2 | 30 | 13 | 52 | 7 | 18 | 5 | 44 |
| | 8 | 24 | 51 | 37 | 16 | 19 | 6 | 19 | 13 | 0 | 3 | 3 | 15 S | 2 | 8 | 0 | 5 | 41 |
| G | 9 | 25 | 50 | 19 | 0 ♋ | 14 | 6 | 14 | 12 | 57 | 3 | 36 | 16 | 11 | 8 | 47 | 5 | 38 |
| | 10 | 26 | 49 | 3 | 13 | 46 | 6 | 10 | 12 | 54 | 4 | 8 | 17 | 22 | 9 S | 38 | 5 | 35 |
| | 11 | 27 | 47 | 49 | 26 | 54 | 6 | 5 | 12 A | 51 | 4 | 40 | 18 | 32 | 10 | 33 | 5 | 32 |
| | 12 | 28 | 46 | 37 | 9 ♌ | 40 | 6 | 1 | 12 | 48 | 5 | 12 | 19 | 43 | 11 | 32 | 5 | 28 |
| | 13 | 29 | 45 | 26 | 22 | 7 | 5 | 56 | 12 | 46 | 5 | 43 | 20 | 53 | 12 | 35 | 5 | 25 |
| | 14 | 0 ♌ | 44 | 17 | 4 ♍ | 18 | 5 | 52 | 12 | 43 | 6 | 14 | 22 | 4 | 13 | 42 | 5 | 22 |
| | 15 | 1 | 43 | 10 | 16 | 16 | 5 | 48 | 12 | 41 | 6 | 45 | 23 | 15 | 14 | 52 | 5 | 19 |
| G | 16 | 2 | 42 | 5 | 28 | 4 | 5 | 44 | 12 | 39 | 7 | 16 | 24 | 26 | 16 | 6 | 5 | 16 |
| | 17 | 3 | 41 | 2 | 9 ♎ | 46 | 5 | 40 | 12 | 37 | 7 | 47 | 25 | 37 | 17 | 23 | 5 | 12 |
| | 18 | 4 | 40 | 1 | 21 | 25 | 5 | 36 | 12 | 35 | 8 | 17 | 26 | 48 | 18 | 42 | 5 | 9 |
| | 19 | 5 | 39 | 2 | 3 ♏ | 6 | 5 | 32 | 12 | 33 | 8 | 47 | 27 | 59 | 20 | 3 | 5 | 6 |
| | 20 | 6 | 38 | 5 | 14 | 52 | 5 | 28 | 12 | 32 | 9 | 17 | 29 ♍ | 10 | 21 | 26 | 5 | 3 |
| | 21 | 7 | 37 | 10 | 26 | 45 | 5 | 24 | 12 | 30 | 9 S | 47 | 0 | 22 | 22 | 51 | 5 | 0 |
| | 22 | 8 | 36 | 17 | 8 ♐ | 49 | 5 | 20 | 12 | 29 | 10 | 17 | 1 | 34 | 24 | 18 | 4 | 57 |
| G | 23 | 9 | 35 | 26 | 21 | 7 | 5 | 17 | 12 | 28 | 10 | 40 | 2 | 46 | 25 | 47 | 4 | 53 |
| | 24 | 10 | 34 | 37 | 3 ♑ | 41 | 5 | 13 | 12 | 27 | 11 | 13 | 3 | 58 | 27 | 18 | 4 | 50 |
| | 25 | 11 | 33 | 49 | 16 | 35 | 5 | 10 | 12 | 26 | 11 | 44 | 5 | 10 | 28 | 51 | 4 | 47 |
| | 26 | 12 | 33 | 3 | 29 | 51 | 5 | 7 | 12 | 25 | 12 | 12 | 6 | 22 | 0 ♎ | 25 | 4 | 44 |
| | 27 | 13 | 32 | 19 | 13 ♒ | 29 | 5 | 4 | 12 Di | 25 | 12 | 40 | 7 | 34 | 2 D | 0 | 4 | 41 |
| | 28 | 14 | 31 | 37 | 27 | 30 | 5 | 1 | 12 | 25 | 13 | 8 | 8 | 46 | 3 | 36 | 4 | 38 |
| | 29 | 15 | 30 | 57 | 11 ♓ | 52 | 4 | 58 | 12 | 25 | 13 | 36 | 9 | 58 | 5 | 13 | 4 | 34 |
| G | 30 | 15 | 30 | 20 | 26 | 33 | 4 | 55 | 12 | 26 | 14 | 3 | 11 | 10 | 6 | 51 | 4 | 31 |
| Latitudo Planetarũ ad diẽ | 1 | | | | | | 1 | 28 | 0 A | 47 | 0 | 18 | 0 S | 25 | 2 S | 10 | | |
| | 11 | | | | | | 1 | 28 | 0 | 47 | 0 S | 9 | 0 | 8 | 0 | 1 | Mensis | |
| | 21 | | | | | | 1 | 27 | 0 | 46 | 0 | 2 | 0 | 27 | 1 D | 8 | | |

| | | Occid. | Occid. | Orient. | Orient. | Orient. | |
|---|---|---|---|---|---|---|---|
| Syzygiæ Lunares. | | | | | | | |
| | ☉ | ♄ | ♃ | ♂ | ♀ | ☿ | Syzygiæ Planetarum mutuæ, & eorum congressus cum illustrioribus aliquibus stellis fixis. |
| Dies | H ′ | H ′ | H ′ | H ′ | H ′ | H ′ | |
| 1 | | 5☌25 | | | | 2☍52 | |
| 2 ☍ | 1 41 | | | 19□45 | | | ♂ occ. cum cane mi. |
| 3 Alc. | 21 ♐ | | 16✶51 | | 11△ 9 | | |
| 4 | | | | 21✶54 | | | ☽ Per. ♀ or. cũ cane ma. |
| 5 | | 6✶17 | 17□ 3 | | 15□38 | 5△57 | ☌ ♄ ♀ 1.48. |
| 6 | 9△36 | | | | | | ☌ ♃ ♀ .8.26. ♀ oc. cũ 31 |
| 7 | | 7□17 | 18△26 | | 21✶37 | 9□19 | |
| 8 □ | 16 5 | | | | | | ♂ or. cũ Apo. et cũ 130. a |
| 9 Alc. | 5 ♍ | 10△35 | | 6☌13 | | 16✶11 | ☽ ☊ 9.31. |
| 10 | | | | | | | |
| 11 | 1✶50 | | | | | | ♀ or. cum cauda ♌. |
| 12 | | | 6☍ 0 | | 21☍20 | | |
| 13 | | | | | | | △ ♄ ♂ 8.55. |
| 14 | | 3☍ 8 | | 4✶ 3 | | 10☌49 | |
| 15 | | | | | | | ♂ m. c. cum Syrio. |
| 16 ☌ | 10 37 | | | 19□43 | | | ♀ or. cum regulo. |
| 17 Alc. | 7 ♑ | | 5△51 | | | | |
| 18 | | | | | 12✶19 | | ☽ Apog. |
| 19 | | 4△56 | 19□14 | 12△ 6 | | | ♄ occ. cum lyra. |
| 20 | | | | | | 15✶ 3 | ☿ m. c. cum cauda ♌. |
| 21 | 23✶34 | 19□ 5 | | | 8□ 0 | | ♀ or. cũ cum. berenic. & |
| 22 | | | 7✶ 8 | | | | (occ. cũ 162. |
| 23 | | | | | | 10□ 9 | ♀ or. cũ lucida hydræ. b. |
| 24 □ | 14 11 | 2✶51 | | 14☍38 | 0△34 | | ☽ ☊ 1.57. c. |
| 25 Alc. | 24 ♌ | | | | | | ☍ ♄ ♀ 0.0. \| □ ☽ ♂ |
| 26 | | | 22☌ 8 | | | 1△ 8 | (7.44. d. |
| 27 | 0△ 6 | | | | | | ♀ m. c. cũ Algorab. |
| 28 | | 12☌30 | | | 20☍32 | | ♂ incipit or. cũ 20. Orio. |
| 29 | | | | 2△51 | | | ♀ or. cum Arcturo. |
| 30 | | | | | | 18☍38 | ♀ or. cum cauda ♌. |

a. Die 8. ♀ m. c. cum lucida hydræ.
b. Die 23. ♂ occ. cum hædis.
c. Die 24. ♂ or. cum dex. hum. Orio. & cum Hercule.
d. Die 25. △ ☽ ♃ 20.48.

| Latitudo Planetarũ ad diẽ | | | | | | | | | | | |
|---|---|---|---|---|---|---|---|---|---|---|---|
| | 1 | 1 | 27 | 0 | 40 | 0 | 14 | 0 | 50 | 1 | 24 |
| | 21 | 1 | 26 | 0 | 40 | 0 | 27 | 1 | 25 | 0 M | 53 | Meaũs |

Incidit in hoc mense Octobris correctio anni,& restitutio Kalendarij Romani per decem dierum sublationem, facta per Sanctissimum D.N. GREGORIVM diuina prouidentia PP.XIII. anno eius Pontificatus X. vt accommodetur Aequinoctium vernum,& ad eandem sedem restituatur, in qua fuit tempore Niceni Concilij, ad diem nempe 21. Martij, (quoniam iam ferè dies decem versus initium Martij retrocessit) ad hoc vt Pascha, & reliqua festa mobilia suis debitis temporibus congruant,& sic omittendo decem dies transeundum est à die 4.Octob. ad diem 15. eiusdem. Itaque ob hanc decem dierum detractionem litera Dominicalis mutatur hoc anno 1582. post diem 4.Octob. in C.

Syzygiæ Lunares.

| | | Occid. | Occid. | Orient. | Orient. | Orient. | Syzygiæ Planetarũ mutuæ, & eorum congressus cum illustrioribus aliquibus stellis fixis. |
|---|---|---|---|---|---|---|---|
| | ☉ | ♄ | ♃ | ♂ | ♀ | ☿ | |
| Dies | H ' | H ' | H ' | H ' | H ' | H ' | |
| 1 ☍ | 10 40 | | 1 ✶ 34 | 5 □ 24 | | | |
| 2 Asc. | 19 ♋ | 13 ✶ 18 | | | | | ☊ Per. ☿ m.c. cũ vinde. |
| 3 | | | 1 □ 33 | 6 ✶ 28 | 5 △ 48 | | △ ♃ ☿ 9. 9 \| ✶ ♂ ♀ 18. |
| 4 | | 13 □ 36 | | | | | ♂ or. cum Rigel. a. |
| 15 | 18 △ 50 | | 2 △ 27 | | 11 □ 22 | 7 △ 51 | □ ♂ ☿ 20. 15 b (coru. |
| 16 | | 14 △ 11 | | | | | ☊ ☋ 15. 11 ☿ or. cũ rost. |
| 17 | | | | 14 ☌ 13 | 28 ✶ 8 | 18 □ 44 | ♂ desi. or. cum zo. Orio. |
| 18 □ | 4 59 | | | | | | ☿ or. cum spica ♍. c. |
| 19 Asc. | 15 ♈ | | 12 ☍ 21 | | | | (cule. |
| 20 | 15 ✶ 49 | | | | | 18 ✶ 48 | ♂ m.c. cũ ea. me. & Her- |
| 21 | | 7 ☍ 17 | | | | | |
| 22 | | | | 10 ✶ 33 | | | (rostro corui |
| 23 | | | | | 3 ☌ 15 | | ☌ ☉ ☿ 16. 0 \| ♀ m.c. cũ |
| 24 | | | 11 △ 27 | | | Occid. | ♀ or. cũ vinde. ☿ m.c. cũ |
| 25 | | | | 2 □ 31 | | | ☿ or. cum lyra. (arcturo. |
| 26 ☌ | 4 21 | 7 △ 35 | | | | 8 ☌ 15 | △ ♄ ☿ 2. 45 \| ☽ Apo. |
| 27 Asc. | 11 ♈ | | 1 □ 37 | 18 △ 17 | | | △ ☉ ♄ 21. 15 \| ♀ m.c. |
| 28 | | 21 □ 2 | | | 10 ✶ 40 | | (cũ Algorab. |
| 29 | | | 14 ✶ 57 | | | | ☿ or. cũ can. cyg. et cũ che- |
| 30 | | | | | | | ♀ or. cum Arcturo. (lis. |
| 31 | 15 ✶ 34 | 8 ✶ 15 | | | 14 □ 27 | | □ ♃ ☿ 3. 20 ☽ ☊ 16. 35 |

a. *Die 4. ☿ or. cum corona. & ♂ m.c. cum Apoll.*
b. *Die 15. ♂ occ. cum hydra.*
c. *Die 18. ♀ m.c. cum cauda ♌.*

In cæteris verò sequentibus annis non solum litera Dominicalis, verum singula etiam Festa Mobilia ab anno veteri diuersa apparent, prout latius in Kalendario Gregoriano patet. Quare post hunc mensem Octobris 1582. omnes sequentes annos iuxta hunc annum correctum reformauimus, describendo non solum dies anni innouati, seu Gregoriani, verum etiam dies anni veteris, seu Iuliani. Insuper ingressus Solis in puncta cardinalia, Festa Mobilia, Eclipses, Apogæitates, Perigæitates, & Stationes Planetarum, quæ à nobis describuntur, huic anno reformato exactè congruunt: motus denique latitudinis Planetarum ad diem 1. 11. 21. mensis anni Gregoriani conuenit.

| Anni veteris | Anni Grego. | ☉ ♏ P | ' | " | ☽ ♑ P | ' | M ♄ ♓ P | A ' | M ♃ ♐ P | A ' | S ♂ ♋ P | A ' | S ♀ ♎ P | A ' | M ☿ ♏ P | D ' | ☊ ♑ P | ' |
|---|---|---|---|---|---|---|---|---|---|---|---|---|---|---|---|---|---|---|
| Dies | | | | | | | | | | | | | | | | | | |
| 22 | 1 | 8 | 24 | 47 | 12 | 28 | 4 | 15 | 13 | 26 | 22 | 35 | 7 | 59 | 14 | 30 | 3 | 21 |
| 23 | 2 | 9 | 24 | 54 | 25 ♐ | 18 | 4 | 15 | 13 | 31 | 22 | 54 | 9 | 13 | 16 | 13 | 3 | 18 |
| 24 | 3 | 10 | 25 | 2 | 8 | 31 | 4 | 14 | 13 | 36 | 23 | 12 | 10 | 27 | 17 | 55 | 3 | 15 |
| 25 | 4 | 11 | 25 | 12 | 22 ♓ | 8 | 4 | 14 | 13 | 41 | 23 | 30 | 11 | 41 | 19 | 37 | 3 | 12 |
| 26 | 5 | 12 | 25 | 24 | 6 | 7 | 4 | 14 | 13 | 47 | 23 | 47 | 12 | 55 | 21 | 18 | 3 | 8 |
| 27 | 6 | 13 | 25 | 38 | 20 ♈ | 28 | 4 D | 12 | 13 | 52 | 24 | 3 | 14 | 9 | 22 | 59 | 3 | 5 |
| C 28 | 7 | 14 | 25 | 53 | 5 | 8 | 4 | 14 | 13 | 58 | 24 | 19 | 15 | 23 | 24 | 39 | 3 | 2 |
| 29 | 8 | 15 | 26 | 10 | 20 ♉ | 1 | 4 | 14 | 14 | 4 | 24 | 34 | 16 | 37 | 26 | 18 | 2 | 59 |
| 30 | 9 | 16 | 26 | 29 | 5 | 1 | 4 | 14 | 14 | 10 | 24 | 49 | 17 | 51 | 27 | 57 | 2 | 56 |
| 31 | 10 | 17 | 26 | 49 | 19 ♊ | 59 | 4 | 15 | 14 | 16 | 25 | 3 | 19 | 5 | 29 ♐ | 35 | 2 | 53 |
| No. 1 | 11 | 18 | 27 | 10 | 4 | 49 | 4 | 15 | 14 | 23 | 25 | 17 | 20 | 19 | 1 | 13 | 2 | 49 |
| 2 | 12 | 19 | 27 | 33 | 19 ♋ | 25 | 4 | 15 | 14 | 29 | 25 | 30 | 21 | 33 | 2 | 50 | 2 | 46 |
| 3 | 13 | 20 | 27 | 58 | 3 | 42 | 4 | 16 | 14 | 36 | 25 | 43 | 22 | 48 | 4 | 25 | 2 | 43 |
| C 4 | 14 | 21 | 28 | 25 | 17 ♌ | 38 | 4 | 16 | 14 | 43 | 25 | 55 | 24 | 2 | 5 | 59 | 2 | 40 |
| 5 | 15 | 22 | 28 | 53 | 1 | 13 | 4 | 17 | 14 | 50 | 26 | 6 | 25 D | 17 | 7 | 32 | 2 | 37 |
| 6 | 16 | 23 | 29 | 23 | 14 | 25 | 4 | 18 | 14 | 57 | 26 | 17 | 26 | 31 | 9 | 4 | 2 | 33 |
| 7 | 17 | 24 | 29 | 54 | 27 ♍ | 19 | 4 | 19 | 15 | 4 | 26 | 27 | 27 | 46 | 10 | 34 | 2 | 30 |
| 8 | 18 | 25 | 30 | 27 | 9 | 54 | 4 | 20 | 15 | 11 | 26 | 37 | 29 ♏ | 1 | 12 | 3 | 2 | 27 |
| 9 | 19 | 26 | 31 | 1 | 22 ♎ | 13 | 4 | 21 | 15 | 18 | 26 | 46 | 0 | 15 | 13 | 30 | 2 | 24 |
| 10 | 20 | 27 | 31 | 36 | 4 | 18 | 4 | 23 | 15 | 26 | 26 | 54 | 1 | 30 | 14 | 55 | 2 | 21 |
| C 11 | 21 | 28 | 32 | 13 | 16 | 14 | 4 | 24 | 15 | 33 | 27 | 1 | 2 | 45 | 16 | 19 | 2 | 17 |
| 12 | 22 | 29 | 32 | 52 | 28 ♏ | 3 | 4 | 25 | 15 | 40 | 27 | 8 | 4 | 0 | 17 | 41 | 2 | 14 |
| 13 | 23 | 0 ♐ | 33 | 32 | 9 | 48 | 4 | 27 | 15 | 48 | 27 | 14 | 5 | 15 | 19 | 1 | 2 | 11 |
| 14 | 24 | 1 | 34 | 13 | 21 ♐ | 32 | 4 | 28 | 15 | 56 | 27 | 20 | 6 | 30 | 20 | 19 | 2 | 8 |
| 15 | 25 | 2 | 34 | 55 | 3 | 18 | 4 | 29 | 16 | 4 | 27 | 25 | 7 | 45 | 21 | 35 | 2 | 5 |
| 16 | 26 | 3 | 35 | 38 | 15 | 10 | 4 | 31 | 16 | 12 | 27 | 29 | 9 | 0 | 22 | 49 | 2 | 2 |
| 17 | 27 | 4 | 36 | 24 | 27 ♑ | 12 | 4 | 33 | 16 | 20 | 27 | 32 | 10 | 15 | 24 | 0 | 1 | 58 |
| C 18 | 28 | 5 | 37 | 11 | 9 | 26 | 4 | 35 | 16 | 28 | 27 | 34 | 11 | 50 | 25 A | 9 | 1 | 55 |
| 19 | 29 | 6 | 37 | 58 | 21 ♒ | 56 | 4 | 37 | 16 | 37 | 27 | 36 | 12 | 45 | 26 | 15 | 1 | 52 |
| 20 | 30 | 7 | 38 | 46 | 4 | 48 | 4 | 39 | 16 | 45 | 27 | 37 | 14 | 0 | 27 | 18 | 1 | 49 |

| Latitudo Planetarũ ad diẽ | | ♄ | | ♃ | | ♂ | | ♀ | | ☿ | | |
|---|---|---|---|---|---|---|---|---|---|---|---|---|
| | 1 | 1 | 25 | 0 | 45 | 0 | 46 | 1 | 34 | 0 | 26 | |
| | 11 | 1 | 23 | 0 | 45 | 1 | 8 | 1 D | 42 | 1 | 41 | Mensis |
| | 21 | 1 | 21 | 0 | 44 | 1 | 30 | 1 | 38 | 1 A | 34 | |

| Syzygiæ Lunares. | | | | | | | |
|---|---|---|---|---|---|---|---|
| | | Occid | Occid | Orient. | Orient. | Occid | Syzygię Planetarũ mutuę, & earum congressus cum illustrioribus aliquibus stellis fixis. |
| | ☽ | ♄ | ♃ | ♂ | ♀ | ☿ | |
| Dies | H ′ | H ′ | H ′ | H ′ | H ′ | H ′ | |
| 1 | | | | 19 ☍ 24 | | 4 ✶ 23 | |
| 2 | | | | | | | ☿ m.c.cum lance Bor. |
| 3 □ | 3 59 | | 9 ☌ 1 | | 3 △ 43 | 19 □ 4 | ☿ m.c.cum vinde. |
| 4 Asc. | 15 ♈ | 20 ☌ 46 | | | | | |
| 5 | 11 △ 19 | | | | | | △ ♃ ♀ 18.5 \| ☿ or.cũ [illegible] |
| 6 | | | | 5 △ 58 | | 4 △ 39 | □ ☽ ♃ 11.3 [illegible] \| △ ♂ ☿ (18 |
| 7 | | | 14 ✶ 21 | | 18 ☍ 2 | | ♀ or.cũ ala dex.cor. (18 |
| 8 | | 21 ✶ 48 | | 7 □ 24 | | | ♀ or.cum rostro corui. |
| 9 ☍ | 19 59 | | 14 □ 47 | 8 ✶ 20 | | | ☽ Per. ☿ or.cũ rost.gall. |
| 10 Asc. | 26 [illegible] | | | | | 17 ☍ 28 | ☿ or.cũ cin.& spica ♍. |
| 11 | | | 15 △ 51 | | | | ♃ occ.cum aquila. (41 |
| 12 | | | | | 3 △ 56 | | □ ♄ ☿ 11.41 \| ☽ ☋ 1. |
| 13 | | 0 △ 58 | | | | | ♃ occ.cum cauda ♑. |
| 14 | 7 △ 18 | | | 14 ☌ 52 | 12 □ 28 | | ☿ or. cum corde [illegible]. |
| 15 | | | | | | 11 △ 59 | □ ♂ ♀ 18.40 |
| 16 □ | 18 40 | | 1 ☍ 0 | | | | ♀ m.c.cũ cingulo ♍. |
| 17 Asc. | 17 [illegible] | 13 ☍ 22 | | | 0 ✶ 56 | | |
| 18 | | | | | | 4 □ 45 | |
| 19 | 9 ✶ 31 | | | 9 ✶ 10 | | | △ ☽ ♂ 6.48 (cũ arctu. |
| 20 | | | 22 △ 36 | | | | ✶ ♃ ☿ 9. 40 \| ♀ m.c. |
| 21 | | | | 22 □ 7 | | 0 ✶ 10 | ♀ or.cum Fidicula. |
| 22 | | 13 △ 2 | | | 13 ☌ 36 | | △ ♄ ♀ 8. 13. a. |
| 23 | | | 12 □ 25 | | | | ☽ Apog. |
| 24 ☌ | 22 43 | | | 11 △ 54 | | | |
| 25 Asc. | 15 ♑ | 2 □ 24 | | | | | ☿ m.c.cum neb.[illegible]. |
| 26 | | | 4 ✶ 4 | | | 16 ☌ 54 | □ ☽ ♄ 22.47. b. |
| 27 | | 14 ✶ 27 | | | | | ☽ ☊ 9. 18. ♀ or.cũ che. |
| 28 | | | | | 4 ✶ 25 | | ☿ or cum cauda Delph. |
| 29 | | | | 10 ☍ 36 | | | |
| 30 | 5 ✶ 36 | | 22 ☌ 0 | | 18 □ 29 | | ♀ occ.cum vinde. |

a. Die 22. ☿ m.c.cum aculeo ♏, & or.cum Aquila.
b. Die 26. ☿ m.c.cum corona,& ♀ or.cum cauda cygni.

| Anni veteris | Anni Gregor. | Positus Planetarum Diurnus | | | | | | | | | | | | | | | | | | |
|---|---|---|---|---|---|---|---|---|---|---|---|---|---|---|---|---|---|---|---|---|
| | | | | | | | M | A | M | A | S | A | S | D | M | A | | |
| | | ☉ ♐ | | | ☽ ♒ | | ♄ ♓ | | ♃ ♒ | | ♂ ♋ | | ♀ ♏ | | ☿ ♐ | | ☊ ♑ | |
| Dies | | P | ' | '' | P | ' | P | ' | P | ' | P | ' | P | ' | P | ' | P | ' |
| 21 | 1 | 8 | 39 | 35 | 18 ♓ | 0 | 4 | 42 | 16 | 54 | 27 ℞ | 38 | 15 | 15 | 28 | 17 | 1 | 46 |
| 22 | 2 | 9 | 40 | 25 | 1 | 14 | 4 | 44 | 17 | 3 | 27 | 37 | 16 | 30 | 29 ♑ | 12 | 1 | 42 |
| 23 | 3 | 10 | 41 | 16 | 15 | 31 | 4 | 46 | 17 | 12 | 27 | 36 | 17 | 45 | 0 | 3 | 1 | 39 |
| 24 | 4 | 11 | 42 | 8 | 29 ♈ | 48 | 4 | 49 | 17 | 21 | 27 | 34 | 19 | 0 | 0 | 50 | 1 | 36 |
| C 25 | 5 | 12 | 43 | 1 | 13 | 22 | 4 | 52 | 17 | 30 | 27 | 30 | 20 | 16 | 1 | 33 | 1 | 33 |
| 26 | 6 | 13 | 43 | 55 | 29 | 7 | 4 | 55 | 17 | 40 | 27 | 26 | 21 | 51 | 2 | 11 | 1 | 30 |
| 27 | 7 | 14 | 44 | 50 | 13 ♉ | 57 | 4 | 58 | 17 | 49 | 27 | 21 | 22 | 47 | 2 | 47 | 1 | 27 |
| 28 | 8 | 15 | 45 | 46 | 28 | 45 | 5 | 1 | 17 | 59 | 27 | 16 | 24 | 3 | 3 | 18 | 1 | 23 |
| 29 | 9 | 16 | 46 | 43 | 13 ♊ | 23 | 5 | 4 | 18 | 9 | 27 | 10 | 25 | 17 | 3 | 45 | 1 | 20 |
| 30 | 10 | 17 | 47 | 41 | 27 | 47 | 5 | 7 | 18 | 19 | 27 | 3 | 26 | 33 | 4 | 7 | 1 | 17 |
| De. 1 | 11 | 18 | 48 | 39 | 11 ♋ | 54 | 5 | 10 | 18 | 29 | 26 | 56 | 27 | 48 | 4 | 23 | 1 | 14 |
| C 2 | 12 | 19 | 49 | 38 | 25 | 41 | 5 | 14 | 18 | 39 | 26 | 48 | 29 | 3 | 4 | 33 | 1 | 11 |
| 3 | 13 | 20 | 50 | 38 | 9 ♌ | 9 | 5 | 17 | 18 | 50 | 26 | 39 | 0 ♐ | 19 | 4 ℞ | 36 | 1 | 8 |
| 4 | 14 | 21 | 51 | 39 | 22 | 18 | 5 | 21 | 19 | 1 | 26 | 29 | 1 | 34 | 4 | 34 | 1 | 4 |
| 5 | 15 | 22 | 52 | 41 | 5 ♍ | 11 | 5 | 25 | 19 | 12 | 26 | 18 | 2 | 49 | 4 | 25 | 1 | 1 |
| 6 | 16 | 23 | 53 | 43 | 17 | 48 | 5 | 29 | 19 | 23 | 26 | 5 | 4 | 5 | 4 | 11 | 0 | 58 |
| 7 | 17 | 24 | 54 | 46 | 0 ♎ | 12 | 5 | 33 | 19 | 34 | 25 | 52 | 5 | 20 | 3 | 52 | 0 | 55 |
| 8 | 18 | 25 | 55 | 49 | 12 | 25 | 5 | 37 | 19 | 45 | 25 | 36 | 6 | 35 | 3 S | 29 | 0 | 52 |
| C 9 | 19 | 26 | 56 | 53 | 24 ♏ | 31 | 5 | 41 | 19 | 57 | 25 | 21 | 7 | 51 | 3 | 3 | 0 | 48 |
| 10 | 20 | 27 | 57 | 57 | 6 | 30 | 5 | 45 | 20 | 8 | 25 | 5 | 9 | 6 | 2 | 35 | 0 | 45 |
| 11 | 21 | 29 ♑ | 59 | 1 | 18 ♐ | 26 | 5 | 50 | 20 | 20 | 24 | 49 | 10 | 22 | 1 | 59 | 0 | 42 |
| 12 | 22 | 0 | 0 | 6 | 0 | 22 | 5 | 54 | 20 | 32 | 24 | 33 | 11 | 57 | 1 | 22 | 0 | 39 |
| 13 | 23 | 1 | 1 | 11 | 12 | 22 | 5 | 59 | 20 | 44 | 24 | 15 | 12 | 53 | 0 | 43 | 0 | 36 |
| 14 | 24 | 2 | 2 | 17 | 24 ♑ | 28 | 6 | 4 | 20 | 56 | 23 | 57 | 14 | 8 | 0 | 2 | 0 | 33 |
| 15 | 25 | 3 | 3 | 23 | 6 | 43 | 6 | 9 | 21 | 8 | 23 | 38 | 15 | 24 | 29 ♐ | 20 | 0 | 29 |
| C 16 | 15 | 4 | 4 | 29 | 19 | 10 | 6 | 13 | 21 | 21 | 23 | 18 | 16 | 39 | 28 | 38 | 0 | 26 |
| 17 | 27 | 5 | 5 | 35 | 1 ♒ | 51 | 6 | 18 | 21 | 33 | 22 | 58 | 17 | 55 | 27 | 58 | 0 | 23 |
| 18 | 28 | 6 | 6 | 41 | 14 | 49 | 6 | 23 | 21 | 45 | 22 | 37 | 19 | 10 | 27 | 21 | 0 | 20 |
| 19 | 29 | 7 | 7 | 47 | 28 ♓ | 7 | 6 | 28 | 21 | 57 | 22 | 17 | 20 | 26 | 26 | 47 | 0 | 16 |
| 20 | 30 | 8 | 8 | 54 | 11 | 46 | 6 | 33 | 22 | 10 | 21 | 54 | 21 | 41 | 26 | 17 | 0 | 13 |
| 21 | 31 | 9 | 10 | 1 | 25 | 26 | 6 | 58 | 22 | 22 | 21 | 32 | 22 | 57 | 25 | 51 | 0 | 10 |
| Latitudo Planetarũ ad diẽ | | | | | | 1 | 1 | 19 | 0 | 45 | 1 | 53 | 1 | 32 | 2 | 51 | Mensis | |
| | | | | | | 11 | 7 | 27 | 0 | 42 | 2 | 19 | 1 | 6 | 1 S | 10 | | |
| | | | | | | 21 | 1 | 15 | 0 | 41 | 2 | 40 | 0 | 50 | 0 | 34 | | |

Syzygiæ Lunares.

| Dies | ☽ | Occid. ♄ | Occid. ♃ | Orient. ♂ | Orient. ♀ | Occid. ☿ | Syzygiæ Planetarũ mutuæ, & eorum congressus cum illustrioribus aliquibus stellis fixis. |
|---|---|---|---|---|---|---|---|
| | H ′ | H ′ | H ′ | H ′ | H ′ | H ′ | |
| 1 | | | | | | 19 ✶ 30 | ♃ m.c. cum cauda ♑. a. |
| 2 □ | 15 17 | 5 ☌ 27 | | | | | □ ♃ ♀ 12.0. b. |
| 3 Alc. | 21 ♎ | | | 20 △ 24 | 4 △ 7 | | ♀ occ. cum cingulo ♍. |
| 4 | 21 △ 3 | | | | | 1 □ 47 | |
| 5 | | | 5 ✶ 9 | 19 □ 49 | | | (cũ corona. |
| 6 | | 9 ✶ 24 | | | | 5 △ 11 | ☿ or. cũ neb. ♓ \| ♀ m.c. |
| 7 | | | 6 □ 20 | 11 ✶ 36 | 15 ☍ 38 | | ☽ Per. ♀ occ. cũ acu. ✱ |
| 8 | | 10 □ 18 | | | | | ♄ occ. cum lyra. |
| 9 ☍ | 6 18 | | 8 △ 2 | | | | ♀ occ. cũ neb. & cor. ✱ |
| 10 Alc. | 14 ♋ | 13 △ 22 | | | | 10 ☍ 58 | △ ♂ ♀ 8 47 \| ☽ ☋ 5. |
| 11 | | | | | | | ♀ or. cũ acul. ✱. (56.c. |
| 12 | | | | 1 ☌ 57 | 6 △ 37 | | ♀ or. cum rostro gall. d. |
| 13 | 13 △ 9 | | 17 ☍ 55 | | | | ✶ ♄ ☿ pl. c. ☿ m.c. cũ ly. |
| 14 | | | | | 19 □ 7 | 22 △ 35 | ☿ or. cũ priori cauda ♑. |
| 15 | | 0 ☍ 26 | | | | | ♀ m.c. cum corde ✱. |
| 16 □ | 13 3 | | | 15 ✶ 44 | | | |
| 17 Alc. | 7 ♎ | | | | 11 ✶ 4 | 7 □ 0 | □ ♄ ♀ 4.23 \| ♀ occ. cũ |
| 18 | | | 14 △ 37 | | | | (spina Ber. |
| 19 | 5 ✶ 20 | 22 △ 30 | | 1 □ 41 | | 16 ✶ 25 | |
| 20 | | | | | | | ♀ or. cum Antare. |
| 21 | | | 3 □ 53 | 12 △ 32 | | | ☽ Apog. |
| 22 | | 11 □ 8 | | | | | ☌ ☊ ♀ 12.41. |
| 23 | | | 16 ✶ 52 | | 1 ☌ 8 | Orient. | |
| 24 ☌ | 15 55 | 22 ✶ 51 | | | | 10 ☌ 19 | ☽ ☊ 11.51. |
| 25 Alc. | 16 ✱ | | | | | | |
| 26 | | | | 7 ☍ 37 | | | |
| 27 | | | | | | | ♀ m.c. cum acutro ✱. |
| 28 | | | 12 ☌ 47 | | 8 ✶ 4. | 21 ✶ 41 | ✶ ☽ ♄ 6.51. (arctu. |
| 29 | 17 ✶ 8 | 14 ☌ 36 | | | | | ♀ or. cũ Aqui. & occ. cũ |
| 30 | | | | 16 △ 56 | 18 □ 41 | | ✶ ♃ ♀ 10.40 \| ♀ m.c. |
| 31 | | | | | | 0 □ 9 | (cũ neb. ✱ |

a. Die 1. ♀ occ. cum lance austr.
b. Die 2. ♀ m.c. cum lance Boreali.
c. Die 10. ✶ ☽ ♃ 14.15.
d. Die 12. ♀ occ. cum lance bor.

Hoc mense ☿ fit stationarius ad ♐ Oriendo, cum neb. ♓ & aculea ✱ & occid. cum lyra.

# EPHEMERIS IOANNIS ANTONII MAGINI PATAVINI

Ad annum Dominicæ Incarnationis

1583.

Qui est annus tertius post Intercalarem, primus à correctione Gregoriani Kalendarij, & ab initio Mundi 5545.

*Schema cæleste congruens tempori quando Sol sub principio ♈ fertur.*

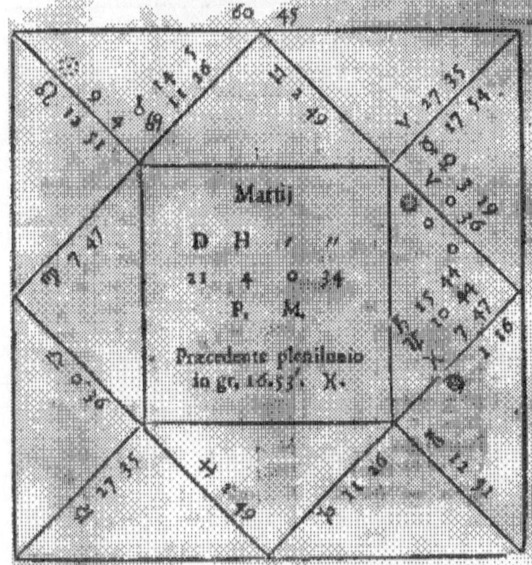


Apparens, seu vera anni quantitas.

Dierum 365. Horarum 5. Min. 15'. 25''. 34'''. 24''''.

## ANNO SALVTIS NOSTRAE 1583 communi.

| | | | D. | H. | ′ | ″ |
|---|---|---|---|---|---|---|
| Ingressus Solis in principium | ♋, Seu æstiualis Solstitij | Iunij | 22 | 1 | 3 | 25 |
| | ♎, Seu æquinoctij autumnalis | Septemb. | 23 | 12 | 4 | 52 |
| | ♑, Seu solstitij Brumalis | Decemb. | 23 | 6 | 0 | 46 |

| | P. | ′ | ″ | ‴ |
|---|---|---|---|---|
| Vera Præcessio æquinoctiorum | 27 | 55 | 5 | 56 |
| Obliquitas Zodiaci | 23 | 28 | 5 | 56 |

Eccentricitas ☉ 32236. Qualium semidiameter Eccentr. ☉ est part. 1000000. seu par. 1 56′ 2″ 58‴. Quarum P. 60.

| | | P. | ′ | ″ | | | |
|---|---|---|---|---|---|---|---|
| Locus Apogæi | ♄ | 29 | 3 | 0 | ♓ | Aureus Numerus | 7 |
| | ♃ | 6 | 36 | 24 | ♎ | Cyclus Solis | 24 |
| | ♂ | 28 | 19 | 2 | ♌ | Epacta | 7 |
| | ☉ | 8 | 55 | 9 | ♋ | Indictio Romana | 11 |
| | ♀ | 16 | 16 | 5 | ♊ | Litera Dominicalis | B |
| | ☿ | 29 | 56 | 7 | ♏ | Interuallum hebd. 8. Dies | 1 |

*Festa mobilia secundum usum Sacrosanctæ Romanæ Ecclesiæ.*

| | | |
|---|---|---|
| Septuagesima | Februarij | 6 |
| Cinis | Februarij | 23 |
| Pascha | Aprilis | 10 |
| Rogationes | Maij | 15 |
| Ascensio | Maij | 19 |
| Pentecostes | Maij | 29 |
| Corpus Domini | Iunij | 9 |
| Aduentus Domini | Nouemb. | 27 |

*Die 28. Nouembris anni reformati, qui congruit cum die 18. eiusdem secundum annum veterem, ante exortum Solis erit eclipsis ☋ ferè totalis, punctorum nempe 11.31′. cuius principium plusquam ad semidiametrū Lunaris obscurationem ab occidentalibus animaduerti poterit, vtpote ab his, qui Landiam, Hiberniam, Britanniam; Fessam Aphricæ, Hyspaniam, Regnum Granatæ, & Castellæ habitant. Nos vero, & qui nobis orientaliores sunt, de hac eclipsi nil penitus visuri sumus. Principium autem eius ad meridianum Venetiarum relatum accidet H.20. 23′. 47″. & medium H.22.3′.22″, à meridie æquatis. Tempus autem incidentiæ, seu dimidia duratio est H.1.39′.35″.*

## *Planetarum status.*

♄ Toto hoc anno versatur in longitudine sui Eccentri media.<br>
Die { 7 Martij Apogæum / 12 Septembris Perigæum } Epicycli percurrit.<br>
Contra signorum seriem defertur à die 5. Iulij vsque ad 20. Nouemb.

♃ Hoc anno accedit ad oppositum Augis sui Eccentrici.<br>
Die { 16 Februarij in Apogæo / 15 Septembris in Perigæo } Epicycli est.<br>
In præcedentia signa reuertitur à 17. Iulij vsque ad 15. Nouemb.

♂ Die 11. Aprilis in suprema deferentis parte fertur.<br>
Die 9. Ianuarij in opposito Augis Epicycli existit.<br>
Retrocessum complet die 17. Februarij, & toto anni residuo fit directus.

♀ { 8 Iunij ad Apogæum / 8 Decembris ad Perigæum } Deferentis deuenit.<br>
{ 9 Martij Apogæum / 21 Decembris Perigæum } Epicycli possidet.<br>
3 Decembris vsque ad calcem anni, & vltra regreditur.

☿ Die<br>
{ 23 Maij Apogæum / 21 Nouemb. Perigæum } Epicycli percurrit.<br>
{ 19 Febr. in Apogæo / 18 Aprilis in Perigæo / 16 Iunii in Apogæo / 13 Augusti in Perigæo / 10 Octobris in Apogæo / 7 Decemb. in Perigæo } Epicycli reperitur.<br>
4 Ianuarii retrocessum complet.<br>
{ 7 Aprilis vsque post 29. eiusdem / 2 Augusti vsque ad 25. eiusdem / 26 Nouemb. vsque in 18. Decemb. } In precedentia signa deuoluitur.

Positus Planetarum Diurnus.

| Giorni | | ☉ ♑ P | ′ | ″ | ☽ ♈ P | ′ | ♄ ♓ (M A) P | ′ | ♃ ♒ (M A) P | ′ | ♂ ♋ (S A) P | ′ | ♀ ♐ (S D) P | ′ | ☿ ♐ (S A) P | ′ | ☊ ♑ P | ′ |
|---|---|---|---|---|---|---|---|---|---|---|---|---|---|---|---|---|---|---|
| 22 | 1 | 10 | 11 | 6 | 10 | 2 | 6 | 43 | 22 | 34 | 21 | 10 | 24 | 13 | 25 | 30 | 0 | 7 |
| B 23 | 2 | 11 | 12 | 14 | 24 | 30 | 6 | 49 | 22 | 46 | 20 | 47 | 25 | 28 | 25 | 25 | 0 | 3 |
| 24 | 3 | 12 | 13 | 20 | ♉ 9 | 6 | 6 | 54 | 22 | 59 | 20 | 24 | 26 | 42 | 25 D | 6 | 0 | 0 |
| 25 | 4 | 13 | 14 | 26 | 23 | 43 | 7 | 0 | 23 | 11 | 20 | 1 | 27 | 59 | 25 | 3 | ♐ 29 | 57 |
| 26 | 5 | 14 | 15 | 32 | ♊ 8 | 15 | 7 | 6 | 23 | 23 | 19 | 38 | 29 | 15 | Dx 25 | 9 | 29 | 54 |
| 27 | 6 | 15 | 16 | 38 | 22 | 15 | 7 | 12 | 23 | 36 | 19 | 14 | ♑ 0 | 30 | 25 | 11 | 29 | 51 |
| 28 | 7 | 16 | 17 | 43 | ♋ 6 | 40 | 7 | 18 | 23 | 48 | 18 | 50 | 1 | 46 | 25 | 27 | 29 | 47 |
| 29 | 8 | 17 | 18 | 48 | 20 | 19 | 7 | 24 | 24 | 1 | 18 | 26 | 3 | 2 | 25 | 47 | 29 | 44 |
| B 30 | 9 | 18 | 19 | 53 | ♌ 4 | 0 | 7 | 30 | 24 | 13 | 18 | 2 | 4 | 16 | 26 | 12 | 29 | 41 |
| 31 | 10 | 19 | 20 | 58 | 17 | 11 | 7 | 36 | 24 | 26 | 17 | 39 | 5 | 32 | 26 | 41 | 29 | 38 |
| Jan. 1 | 11 | 20 | 22 | 3 | ♍ 0 | 8 | 7 | 42 | 24 | 39 | 17 | 16 | 6 | 48 | 27 | 19 | 29 | 35 |
| 2 | 12 | 21 | 23 | 7 | 12 | 51 | 7 | 48 | 24 | 52 | 16 | 53 | 8 | 4 | 27 | 59 | 29 | 32 |
| 3 | 13 | 22 | 24 | 10 | 25 | 23 | 7 | 54 | 25 | 5 | 16 | 30 | 9 | 20 | 28 | 45 | 29 | 28 |
| 4 | 14 | 23 | 25 | 13 | ♎ 7 | 45 | 7 | 59 | 25 | 18 | 16 | 7 | 10 | 35 | 29 | 34 | 29 | 25 |
| 5 | 15 | 24 | 26 | 15 | 20 | 0 | 8 | 5 | 25 | 31 | 15 | 44 | 11 | 51 | ♑ 0 | 29 | 29 | 22 |
| B 6 | 16 | 25 | 27 | 17 | ♏ 2 | 10 | 8 | 11 | 25 | 44 | 15 | 22 | 13 | 6 | 1 | 28 | 29 | 19 |
| 7 | 17 | 26 | 28 | 18 | 14 | 18 | 8 | 17 | 25 | 57 | 15 | 0 | 14 M | 21 | 2 | 31 | 29 | 16 |
| 8 | 18 | 27 | 29 | 19 | 26 | 25 | 8 | 23 | 26 | 10 | 14 | 38 | 15 | 36 | 3 | 37 | 29 | 13 |
| 9 | 19 | 28 | 30 | 19 | ♐ 8 | 36 | 8 | 29 | 26 | 23 | 14 | 17 | 16 | 51 | 4 | 40 | 29 | 9 |
| 10 | 20 | 29 | 31 | 18 | 20 | 51 | 8 | 34 | 26 | 37 | 13 | 55 | 18 | 6 | 5 | 57 | 29 | 6 |
| 11 | 21 | ♒ 0 | 32 | 16 | ♑ 3 | 17 | 8 | 40 | 26 | 51 | 13 | 36 | 19 | 21 | 7 | 11 | 29 | 3 |
| 12 | 22 | 1 | 33 | 13 | 15 | 45 | 8 | 46 | 27 | 4 | 13 | 16 | 20 | 36 | 8 | 28 | 29 | 0 |
| B 13 | 23 | 2 | 34 | 10 | 28 | 31 | 8 | 52 | 27 | 18 | 12 | 57 | 21 | 52 | 9 M | 48 | 28 | 57 |
| 14 | 24 | 3 | 35 | 6 | ♒ 11 | 31 | 8 | 58 | 27 | 31 | 12 | 39 | 23 | 8 | 11 | 11 | 28 | 54 |
| 15 | 25 | 4 | 36 | 1 | 24 | 47 | 9 | 5 | 27 | 45 | 12 | 21 | 24 | 24 | 12 | 36 | 28 | 51 |
| 16 | 26 | 5 | 36 | 55 | ♓ 8 | 21 | 9 | 11 | 27 | 59 | 12 | 4 | 25 | 40 | 14 | 3 | 28 | 47 |
| 17 | 27 | 6 | 37 | 48 | 22 | 14 | 9 | 17 | 28 | 12 | 11 D | 48 | 26 | 56 | 15 | 33 | 28 | 44 |
| 18 | 28 | 7 | 38 | 40 | ♈ 6 | 24 | 9 | 24 | 28 | 26 | 11 | 33 | 28 | 12 | 17 | 5 | 28 | 41 |
| 19 | 29 | 8 | 39 | 31 | 20 | 45 | 9 | 31 | 28 | 40 | 11 | 19 | 29 | 27 | 18 | 38 | 28 | 38 |
| B 20 | 30 | 9 | 40 | 21 | ♉ 5 | 15 | 9 | 38 | 28 | 53 | 11 | 5 | ♒ 0 | 42 | 20 | 12 | 28 | 35 |
| 21 | 31 | 10 | 41 | 10 | 19 | 40 | 9 | 45 | 29 | 7 | 10 | 52 | 1 | 58 | 21 | 49 | 28 | 32 |

| Latitudo Planetarũ ad diẽ | ♄ | ′ | ♃ | ′ | ♂ | ′ | ♀ | ′ | ☿ | ′ | |
|---|---|---|---|---|---|---|---|---|---|---|---|
| 1 | 1 | 10 | 0 | 40 | 3 | 18 | 0 | 33 | 1 D | 25 | |
| 11 | 1 | 11 | 0 | 40 | 3 | 25 | 0 M | 10 | 2 | 0 | Mensis |
| 21 | 1 | 10 | 0 | 40 | 3 D | 34 | 0 | 9 | 0 M | 51 | |

| Syzygiæ Lunares. | | | | | | | |
|---|---|---|---|---|---|---|---|
| | | Occid. | Occid. | Orient. | Orient. | Orient. | Syzygiæ Planetarũ mutuę & eorum congressus cum illustrioribus aliquibus stellis fixis. |
| | ☉ | ♄ | ♃ | ♂ | ♀ | ☿ | |
| Dies | H ʹ | H ʹ | H ʹ | H ʹ | H ʹ | H ʹ | |
| 1 □ | 0 10 | | 21 ✱ 4 | 15 □ 0 | | | ☌ ☿ ♀ 20.32. |
| 2 Asc. | 15 ♈ | 20 ✱ 10 | | | 1 △ 44 | 1 △ 13 | ♂ occ. cum hydra. |
| 3 | 15 △ 30 | | 23 □ 7 | 19 ✱ 3 | | | ☉ Perig. |
| 4 | | 23 □ 6 | | | | | ♂ or. cum zona Orio. a. |
| 5 | | | | | | | ✱ ♃ ☿ platicè ♀ or. cũ |
| 6 | | | 1 △ 45 | | 14 ☍ 48 | 4 ☍ 34 | ☽ ☋ 12.27 (cauda Del. |
| 7 ☍ | 18 0 | 1 △ 6 | | 21 ☌ 44 | | | |
| 8 Asc. | 23 ♓ | | | | | | ☍ ☽ ☌ 18.55. |
| 9 | | | | Occid. | | | ♂ or. cum Rigel. b. |
| 10 | | | 13 ☍ 40 | | | 18 △ 32 | ♀ or. cum neb. or. ♓. |
| 11 | | 14 ☍ 25 | | | 13 △ 56 | | ✱ ♄ ♀ 18.35 hume. |
| 12 | 17 △ 45 | | | 7 ✱ 20 | | | ♀ or. cũ acu ✱ ( cũ 190 |
| 13 | | | | | | 7 □ 0 | ♃ occ. cum cauda Del. |
| 14 | | | | 15 □ 48 | 6 □ 12 | | ☿ or. cum cauda Del. |
| 15 □ | 9 30 | | 11 △ 4 | | | 12 ✱ 30 | |
| 16 Asc. | 22 ♍ | 12 △ 0 | | | | | ☉ Apo. ♀ or. cũ neb. ✱ |
| 17 | | | 23 [illegible] 29 | 1 △ 23 | 0 ✱ 5 | | ☍ ♂ ♀ 9.39. c. |
| 18 | 2 ✱ 18 | 23 □ 35 | | | | | ♀ occ. cum corona. |
| 19 | | | | | | | ♂ or. cũ Herc. & dex. hu. |
| 20 | | | 12 ✱ 24 | | | | ☽ ☊ 15.56. (Orio. d. |
| 21 | | 16 ✱ 31 | | 19 ☍ 21 | | 8 ☌ 38 | ♀ or. cũ neb. ♓ ( Aqui. |
| 22 | | | | | 10 ☌ 7 | | ✱ ♄ ☿ 5.50 ♀ m.c. cũ |
| 23 ☌ | 8 0 | | | | | | ♃ or. cum cap. Med. |
| 24 Asc. | 21 ♍ | | | | | | ☍ ♂ ☿ 20.35. |
| 25 | | | 5 ☌ 19 | | | | |
| 26 | | 1 ☌ 25 | | 6 △ 16 | | 15 ✱ 2 | |
| 27 | | | | | 3 ✱ 41 | | ♀ m.c. cum cornu ♉. |
| 28 | 2 ✱ 15 | | | 8 □ 26 | | 10 □ 2 | ☿ occ. cum corona. |
| 29 | | | 13 ✱ 47 | | 15 □ 45 | | |
| 30 □ | 7 44 | 7 ✱ 13 | | 9 ✱ 23 | | | ☽ Per. ☿ m.c. cũ Aqui. |
| 31 Asc. | 23 ♍ | | 15 □ 48 | | 22 △ 12 | 3 △ 51 | ♀ m.c. cum cauda Del. |

a. *Die 4. ♀ or. cum cauda Delph.*
b. *Die 9. ♂ m.c. cum canc minore, & Hercule & ♀ m.c. cum lyra.*
c. *Die 17. ♂ m.c. cum Apolline, & occ. cum hædis.*
d. *Die 19. ♀ m.c. cum rostro gallinæ. & ☿ cum fidicula.*

Februarius 

| Dies Iuliani | Dies Gregor. | ☉ ♒ P | ☉ ' | ☉ " | ☽ ♊ P | ☽ ' | ♄ ♓ (M A) P | ♄ ' | ♃ ♒ (M A) P | ♃ ' | ♂ ♋ (S D) P | ♂ ' | ♀ ♒ (M D) P | ♀ ' | ☿ ♑ (M D) P | ☿ ' | ☊ ♐ P | ☊ ' |
|---|---|---|---|---|---|---|---|---|---|---|---|---|---|---|---|---|---|---|
| 22 | 1 | 11 | 41 | 58 | 4 | 12 | 9 | 52 | 29 | 21 | 10 | 39 | 3 | 13 | 23 | 27 | 28 | 28 |
| 23 | 2 | 12 | 42 | 44 | 18 | 29 | 9 | 59 | 29 | 35 | 10 | 27 | 4 | 29 | 25 | 6 | 28 | 25 |
| 24 | 3 | 13 | 43 | 29 | ♋ 2 | 31 | 10 | 6 | 29 | ♓ 49 | 10 | 16 | 5 | 44 | 26 | 47 | 28 | 22 |
| 25 | 4 | 14 | 44 | 13 | 16 | 16 | 10 | 13 | 0 | 3 | 10 | 5 | 7 | 0 | 28 | 29 | 28 | 19 |
| 26 | 5 | 15 | 44 | 56 | 29 | ♌ 41 | 10 | 20 | 0 | 17 | 9 | 55 | 8 | 15 | ♒ 0 | 12 | 28 | 16 |
| B 27 | 6 | 16 | 45 | 38 | 12 | 51 | 10 | 27 | 0 | 31 D | 9 | 46 | 9 | 30 | 1 | 56 | 28 | 12 |
| 28 | 7 | 17 | 46 | 18 | 25 | ♍ 45 | 10 | 35 | 0 | 45 | 9 | 38 | 10 | 45 | 3 | 41 | 28 | 9 |
| 29 | 8 | 18 | 46 | 57 | 8 | 23 | 10 | 42 | 0 | 59 | 9 | 31 | 12 | 0 | 5 | 26 | 28 | 6 |
| 30 | 9 | 19 | 47 | 35 | 20 | ♎ 51 | 10 | 49 | 1 | 13 | 9 | 25 | 13 | 15 | 7 | 12 | 28 | 3 |
| 31 | 10 | 20 | 48 | 12 | 3 | 10 | 10 | 57 | 1 | 27 | 9 | 20 | 14 | 30 | 8 | 59 | 28 | 0 |
| Feb. 1 | 11 | 21 | 48 | 47 | 15 | 23 | 11 | 4 | 1 | 41 | 9 | 15 | 15 | 45 | 10 | 47 | 27 | 57 |
| 2 | 12 | 22 | 49 | 21 | 27 | 32 | 11 | 12 | 1 | 55 | 9 | 11 | 17 | 0 | 12 | 35 | 27 | 53 |
| B 3 | 13 | 23 | 49 | 54 | ♏ 9 | 40 | 11 | 19 | 2 | 9 | 9 | 8 | 18 | 15 | 14 | 24 | 27 | 50 |
| 4 | 14 | 24 | 50 | 25 | 21 | 48 | 11 | 26 | 2 | 23 | 9 | 5 | 19 | 30 | 16 | 13 | 27 | 47 |
| 5 | 15 | 25 | 50 | 54 | ♐ 4 | 1 | 11 | 34 | 2 | 37 | 9 | 3 | 20 | 45 | 18 | 3 | 27 | 44 |
| 6 | 16 | 26 | 51 | 21 | 16 | 20 | 11 | 41 | 2 | 51 | 9 | 1 | 22 | 0 | 19 | 53 | 27 | 41 |
| 7 | 17 | 27 | 51 | 46 | 28 | ♑ 45 | 11 | 48 | 3 | 5 | 9 D | 0 | 23 | 15 | 21 | 44 | 27 | 38 |
| 8 | 18 | 28 | 52 | 9 | 11 | 20 | 11 | 56 | 3 | 19 | 9 | 1 | 24 | 30 | 23 | 35 | 27 | 34 |
| 9 | 19 | 29 | ♓ 52 | 30 | 24 | ♒ 6 | 12 | 3 | 3 | 34 | 9 | 2 | 25 | 46 | 25 | 26 | 27 | 31 |
| B 10 | 20 | 0 | 52 | 50 | 7 | 10 | 12 | 10 | 3 | 49 | 9 | 4 | 27 | 1 | 27 | 18 | 27 | 28 |
| 11 | 21 | 1 | 53 | 9 | 20 | ♓ 33 | 12 D | 17 | 4 | 3 | 9 | 6 | 28 | 16 | 29 | ♓ 10 | 27 | 25 |
| 12 | 22 | 2 | 53 | 26 | 4 | 14 | 12 | 24 | 4 | 18 | 9 | 9 | 29 | 31 | 1 | 2 A | 27 | 22 |
| 13 | 23 | 3 | 53 | 42 | 18 | ♈ 8 | 12 | 31 | 4 | 33 | 9 | 13 | 0 | ♓ 46 | 2 | 54 | 27 | 19 |
| 14 | 24 | 4 | 53 | 56 | 2 | 19 | 12 | 38 | 4 | 47 | 9 | 17 | 2 | 1 | 4 | 46 | 27 | 15 |
| 15 | 25 | 5 | 54 | 9 | 16 | ♉ 46 | 12 | 45 | 5 | 1 | 9 | 22 | 3 | 16 | 6 | 38 | 27 | 12 |
| 16 | 26 | 6 | 54 | 20 | 1 | 19 | 12 | 52 | 5 | 16 | 9 | 27 | 4 | 31 | 8 | 30 | 27 | 9 |
| B 17 | 27 | 7 | 54 | 30 | 15 | ♊ 57 | 13 | 0 | 5 | 30 | 9 | 33 | 5 | 46 | 10 | 21 | 27 | 6 |
| 18 | 28 | 8 | 54 | 38 | 0 | 31 | 13 | 8 | 5 | 45 | 9 | 40 | 7 | 1 | 12 | 12 | 27 | 3 |

| Latitudo Planetarũ ad diẽ | | ♄ P | ♄ ' | ♃ P | ♃ ' | ♂ P | ♂ ' | ♀ P | ♀ ' | ☿ P | ☿ ' | |
|---|---|---|---|---|---|---|---|---|---|---|---|---|
| | 1 | 1 | 30 | 0 D | 39 | 3 | 32 | 0 | 29 | 0 | 36 | Mensis |
| | 11 | 1 | 30 | 0 | 39 | 3 | 24 | 0 | 44 | 1 A | 30 | |
| | 21 | 1 D | 9 | 0 | 40 | 3 | 11 | 1 | 1 | 1 | 44 | |

| Syzygiæ Lunares. | | | | | | | |
|---|---|---|---|---|---|---|---|
| | | Occid. | Occid. | Occid. | Orient. | Orient. | Syzygiæ Planetarũ mutuę, & eorum congressus cum illustrioribus aliquibus stellis fixis. |
| | ☽ | ♄ | ♃ | ♂ | ♀ | ☿ | |
| Dies | H ' | H ' | H ' | H ' | H ' | H ' | |
| 1 | 13 △ 34 | 9 □ 36 | | | | | ♃ occ. cum rostro galli. |
| 2 | | | 19 △ 17 | | | | ☽ ☊ 26.53. |
| 3 | | 13 △ 22 | | 13 ☍ 14 | | | ⊾ ♄ ☌ 7.34 \| ☿ m.c.cũ (cor. ☉ |
| 4 | | | | | | | |
| 5 | | | | | 17 ☍ 15 | 1 ☍ 3 | |
| 6 ☍ | 7 46 | | | | | | ☿ m.c. cum cauda Del. |
| 7 Alc. | 19 ♍ | | 9 ☍ 43 | | | | |
| 8 | | 8 ☍ 30 | | 2 ✶ 7 | | | ☿ m.c. cũ cauda cygni. |
| 9 | | | | | | | ☿ occ. cum Fomah. |
| 10 | | | | 12 □ 11 | | 13 △ 24 | ♀ occ. cũ Aqui. et cau. ♑ |
| 11 | 13 △ 51 | ✶ = | | | 0 △ 46 | | |
| 12 | | | 8 △ 50 | 23 △ 5 | | | ♀ m.c. cum cauda ♑. |
| 13 | | 3 △ 0 | | | 18 □ 55 | 11 □ 0 | ☽ Apo. ☿ occ. cũ Fom. a. |
| 14 ☉ | 6 24 | | 21 □ 13 | | | | ♀ m.c. cum cau a ♑. c. |
| 15 Alc. | 11 ♍ | 14 □ 54 | | | | | ♀ or. cum cauda |
| 16 | 22 ✶ 7 | | | | 12 ✶ 11 | 8 ✶ 7 | ☽ ☊ 21.49. |
| 17 | | | 8 ✶ 24 | 19 ☍ 37 | | | ♀ or. cum cauda ♑. |
| 18 | | 1 ✶ 6 | | | | | |
| 19 | | | | | | | ☌ ♀ ☿ 12.58. ♀ occ. (cũ cauda Del. |
| 20 | | | | | | | |
| 21 ☌ | 21 18 | | | | 14 ☌ 51 | 17 ☌ 29 | ♀ or. cum cap. Algo. b. |
| 22 Alc. | 16 ♉ | 14 ☌ 23 | 0 ☌ 7 | 8 △ 25 | | | ♀ occ. cum rost. galli. |
| 23 | | | | | | | ☌ ♀ ♃ 20.21. (42 |
| 24 | | | Orient. | 11 □ 35 | | Occid. | ☌ ♃ ☿ 0.15 \| ☌ ☉ ☿ 3. |
| 25 | | | | | | | (☌ ♃ ♀ 17.40. c |
| 26 | 9 ✶ 49 | 19 ✶ 7 | 6 ✶ 35 | 23 ✶ 27 | 5 △ 43 | 13 ✶ 29 | ☽ Per. △ ♂ ♀ 13.9 |
| 27 | | | | | | | ♃ occ. cũ Lyra. d. (41.9. |
| 28 ☐ | 14 58 | 11 □ 13 | 8 □ 54 | | 21 □ 52 | 22 □ 22 | ☌ ♄ ☿ 11.55 \| ☌ ☉ ♂ |
| Alc. | 2 ♑ | | | | | | |

a. Die 14. ☿ occ. cum Aquila, & cauda cap.
b. Die 22. ☿ or. cum capite Algol.
c. Die 26. ☿ m.c. cum ultima aqua ex.
d. Die 27. ♀ occ. cum lucida lyræ.

| | Dies | | ☉ ♓ | | | ☽ ♊ | | ♄ ♓ M D | | ♃ ♓ M D | | ♂ ♋ S D | | ♀ ♓ M D | | ☿ ♓ M A | | ☊ ♐ | |
|---|---|---|---|---|---|---|---|---|---|---|---|---|---|---|---|---|---|---|---|
| | | | P | ' | " | P | ' | P | ' | P | ' | P | ' | P | ' | P | ' | P | ' |
| | 19 | 1 | 9 | 54 | 4[illegible] | 14 | 54 | 13 | 15 | 6 | 0 | 9 | 47 | 8 | 15 | 14 | 3 | 27 | 0 |
| | 20 | 2 | 10 | 54 | 4[illegible] | 29 ♋ | 3 | 13 | 22 | 6 | 15 | 9 | 55 | 9 | 30 | 15 | 53 | 26 | 56 |
| | 21 | 3 | 11 | 54 | 50 | 12 | 53 | 13 | 29 | 6 | 30 | 10 | 4 | 10 | 45 | 17 | 43 | 26 | 53 |
| | 22 | 4 | 12 | 54 | 50 | 6 ♌ | 23 | 13 | 37 | 6 | 44 | 10 | 13 | 12 | 0 | 19 | 32 | 26 | 50 |
| | 23 | 5 | 13 | 54 | 49 | 9 | 31 | 13 | 44 | 6 | 59 | 10 | 23 | 13 | 14 | 21 | 22 | 26 | 47 |
| B | 24 | 6 | 14 | 54 | 46 | 22 ♍ | 38 | 13 | 51 | 7 | 14 | 10 | 33 | 14 | 29 | 23 | 9 | 26 | 44 |
| | 25 | 7 | 15 | 54 | 41 | 4 | 57 | 13 | 59 | 7 | 28 | 10 | 44 | 15 | 44 | 24 | 56 | 26 | 40 |
| | 26 | 8 | 16 | 54 | 34 | 17 | 18 | 14 | 6 | 7 | 42 | 10 | 55 | 16 | 59 | 26 | 42 | 26 | 37 |
| | 28 | 9 | 17 | 54 | 25 | 29 ♎ | 28 | 14 | 14 | 7 | 56 | 11 | 7 | 18 A | 14 | 28 ♈ | 27 | 26 | 34 |
| | 29 | 10 | 18 | 54 | 14 | 11 | 31 | 14 | 22 | 8 | 10 | 11 | 19 | 19 | 29 | 0 | 11 | 26 | 31 |
| Ma | 1 | 11 | 19 | 54 | 0 | 23 ♏ | 27 | 14 | 30 | 8 | 24 | 11 | 31 | 20 | 43 | 1 | 54 | 26 | 28 |
| | 2 | 12 | 20 | 53 | 45 | 5 | 27 | 14 | 38 | 8 | 38 | 11 | 45 | 21 | 58 | 3 | 30 | 26 | 24 |
| B | 3 | 13 | 21 | 53 | 28 | 17 | 27 | 14 | 45 | 8 | 51 | 11 | 59 | 23 | 12 | 5 | 16 | 26 | 21 |
| | 4 | 14 | 22 | 53 | 9 | 29 ♐ | 28 | 14 | 51 | 9 | 5 | 12 | 14 | 24 | 27 | 6 | 55 | 26 | 18 |
| | 5 | 15 | 23 | 52 | 48 | 11 | 37 | 14 | 58 | 9 | 19 | 12 | 29 | 25 | 41 | 8 S | 32 | 26 | 15 |
| | 6 | 16 | 24 | 52 | 25 | 23 ♑ | 51 | 15 | 5 | 9 | 33 | 12 | 44 | 26 | 55 | 10 | 8 | 26 | 12 |
| | 7 | 17 | 25 | 52 | 0 | 6 | 24 | 15 | 13 | 9 | 46 | 13 | 0 | 28 | 9 | 11 | 44 | 26 | 8 |
| | 8 | 18 | 26 | 51 | 33 | 19 | 8 | 15 | 20 | 10 | 0 | 13 | 16 | 29 | 24 | 13 | 15 | 26 | 5 |
| | 9 | 19 | 27 | 51 | 4 | 2 ♒ | 6 | 15 | 27 | 10 | 14 | 13 | 33 | 0 ♈ | 38 | 14 D | 46 | 26 | 2 |
| B | 10 | 20 | 28 | 50 | 34 | 15 | 21 | 15 | 35 | 10 | 28 | 13 | 50 | 1 | 53 | 16 | 14 | 25 | 59 |
| | 11 | 21 | 29 | 50 | 0 | 28 | 38 | 15 | 43 | 10 | 42 | 14 | 8 | 3 | 7 | 17 | 40 | 25 | 56 |
| | 12 | 22 | 0 ♈ | 49 | 26 | 12 ♓ | 54 | 15 | 51 | 10 | 56 | 14 | 26 | 4 | 21 | 19 | 3 | 25 | 53 |
| | 13 | 23 | 1 | 48 | 56 | 27 ♈ | 10 | 15 | 59 | 11 | 10 | 14 | 44 | 5 | 35 | 20 | 23 | 25 | 49 |
| | 14 | 24 | 2 | 48 | 22 | 11 | 39 | 16 | 6 | 11 | 24 | 15 | 3 | 6 | 49 | 21 | 39 | 25 | 46 |
| | 15 | 25 | 3 | 47 | 31 | 26 | 23 | 16 | 14 | 11 | 38 | 15 | 22 | 8 | 3 | 22 | 52 | 25 | 43 |
| | 16 | 26 | 4 | 46 | 50 | 11 ♉ | 15 | 16 | 21 | 11 | 52 | 15 | 42 | 9 | 17 | 24 | 2 | 25 | 40 |
| B | 17 | 27 | 5 | 46 | 6 | 26 | 2 | 16 | 28 | 12 | 5 | 16 | 1 | 10 | 31 | 25 | 8 | 25 | 37 |
| | 18 | 28 | 6 | 45 | 20 | 10 ♊ | 41 | 16 | 35 | 12 | 19 | 16 | 21 | 11 | 45 | 26 | 10 | 25 | 33 |
| | 19 | 29 | 7 | 44 | 32 | 25 | 9 | 16 | 42 | 12 | 33 | 16 | 42 | 12 | 59 | 27 | 8 | 25 | 30 |
| | 20 | 30 | 8 | 43 | 42 | 9 ♋ | 18 | 16 | 50 | 12 | 46 | 17 | 2 | 14 | 12 | 27 | 59 | 22 | 27 |
| | 21 | 31 | 9 | 42 | 50 | 23 | 7 | 16 | 57 | 13 | 0 | 17 | 23 | 15 | 26 | 28 | 46 | 25 | 24 |

| Latitudo Planetarum ad diē | ♄ | | ♃ | | ♂ | | ♀ | | ☿ | | |
|---|---|---|---|---|---|---|---|---|---|---|---|
| 1 | 1 | 9 | 0 | 41 | 2 | 57 | 1 | 2 | 1 | 28 | Mensis |
| 11 | 1 | 9 | 0 | 42 | 2 | 42 | 1 | 3 | 0 sep | 24 | |
| 21 | 1 | 10 | 0 | 43 | 2 | 27 | 0 | 57 | 1 | 10 | |

Syzygiae Lunares.

| | | Occid. | Orient. | Occid. | Orient. | Occid. | Syzygiæ Planetarũ mutuæ, & eorum congressus cum illustrioribus aliquibus stellis fixis. |
|---|---|---|---|---|---|---|---|
| | ☉ | ♄ | ♃ | ♂ | ♀ | ☿ | |
| Dies | H ′ | H ′ | H ′ | H ′ | H ′ | H ′ | |
| 1 | | | | | | | ☽ ☋ 20.24. ♀ m.c.cũ |
| 2 | 11△ 9 | | 12△43 | 19☌17 | 19△55 | | ∠ ♂ ♀ 11.38. (Fomah. |
| 3 | | 1△ 5 | | | | 9△55 | ♀ occ. cum Acarnar. |
| 4 | | | | | | | ☌ ☽ ♄ 18.30. |
| 5 | | Orient. | | | | | ☌ ♄ ♀ 10.23. a. |
| 6 | | | | | | | |
| 7 ☍ | 23 6 | 9☍43 | 5☍ 2 | 11✱21 | 12☍19 | | ☌ ☽ ♀ 17.36. |
| 8 Asc. | 1 ♑ | | | | Occid. | 11☍39 | ♀ occ. cum Acarnar. |
| 9 | | | | 23□3 | | | |
| 10 | | | | | | | ♃ m.c. cum Fomah. |
| 11 ● | | | | | | | ☽ Apog. |
| 12 | | 18△32 | 6△25 | 12△45 | | | |
| 13 | 9∠40 | | | | 12△49 | | ☿ ☊ 17.42. |
| 14 | | | 19□14 | | | 16△58 | |
| 15 | | 6□36 | | | | | |
| 16 □ | 2 3 | | | | 6□26 | | ☿ or. cum cor. V. |
| 17 Asc. | 12 ♌ | 16✱46 | 6✱29 | 12☌20 | | 11□25 | □ ☌ ♀ 21.45. |
| 18 | 15✱30 | | | | 22✱ 2 | | |
| 19 | | | | | | | |
| 20 | | | | | | 1✱45 | |
| 21 | | | 20☌32 | | | | ♂ or. cũ dex. hu. Orio. & |
| 22 | | 5☌ 1 | | 2△29 | | | ☿ or. cũ hædis. (Herc. b. |
| 23 ☌ | 8 16 | | | | 15☍24 | | occ. cum hædis. |
| 24 Asc. | 27 ♎ | | | 5□37 | | 17☌43 | ♀ or. cum cor. V. |
| 25 | | | | | | | ☽ [illegible] ♂ m.c. cũ [illegible]pol. |
| 26 | | 8✱19 | 0✱59 | 7✱25 | | | |
| 27 | 17✱ 4 | | | | | | ♂ or. cum zona Orio. c. |
| 28 | | 9□53 | 2□43 | | 1✱54 | | |
| 29 □ | 21 11 | | | | | 3✱34 | △ ♄ [illegible] ☋ 0.14 |
| 30 Asc. | 22 ♊ | 13△12 | 6△ 8 | 13☌49 | 9□20 | | |
| 31 | | | | | | 10□39 | ♂ [illegible] cum Rigel. |

*a. Die 5. H. 10. 23. accidet ☌ ♄ ♀ corporeq fere, nam distabunt solum scr. 7. secundum latitudinem, quæ comprehendetur ab eorum semidiametris.*

*b. Die 21. ☿ occ. cum cauda cygni.*

*c. Die 27. ☿ or. cum dex. humero Aurigæ & m.c. cum cor. V.*

| | Dies | | ☉ ♈ | | | ☽ ♌ | | ♄ ♓ M D | | ♃ ♓ M D | | ♂ ♋ S D | | ☿ ♈ M A | | ♀ ♈ S D | | ☊ ♐ | |
|---|---|---|---|---|---|---|---|---|---|---|---|---|---|---|---|---|---|---|---|
| | | | G | M | S | P | M | P | M | P | M | P | M | P | M | P | M | P | M |
| | 22 | 1 | 10 | 41 | 50 | 6 | 32 | 17 | 5 | 13 | 14 | 17 | 44 | 16 | 40 | 29 ♉ | 28 | 25 | 21 |
| | 23 | 2 | 11 | 41 | 0 | 19 ♍ | 39 | 17 | 12 | 13 | 28 | 18 | 6 | 17 | 54 | 0 | 4 | 25 | 18 |
| B | 24 | 3 | 12 | 40 | 2 | 2 | 8 | 17 | 15 | 13 | 41 | 18 | 28 | 19 | 8 | 0 | 31 | 25 | 14 |
| | 25 | 4 | 13 | 39 | 3 | 14 | 31 | 17 | 27 | 13 | 54 | 18 | 50 | 20 | 22 | 0 | 57 | 25 | 11 |
| | 26 | 5 | 14 | 38 | 0 | 26 ♎ | 41 | 17 | 34 | 14 | 2 | 19 | 13 | 21 | 38 | 1 | 13 | 25 | 8 |
| | 27 | 6 | 15 | 36 | 56 | 8 | 39 | 17 | 40 | 14 | 24 | 19 | 35 | 22 | 50 | 1 | 23 | 25 | 5 |
| | 28 | 7 | 16 | 35 | 50 | 20 ♏ | 26 | 17 | 49 | 14 | 37 | 9 | 59 | 24 | 4 | 1 R | 25 | 25 | 2 |
| | 29 | 8 | 17 | 34 | 42 | 2 | 10 | 17 | 50 | 14 | 50 | 20 | 21 | 25 | 18 | 1 | 19 | 24 | 58 |
| | 30 | 9 | 18 | 33 | 33 | 13 | 54 | 18 | 4 | 15 | 4 | 20 | 47 | 26 | 32 | 1 | 5 | 24 | 55 |
| B | 31 | 10 | 19 | 32 | 20 | 25 ♐ | 28 | 18 | 11 | 15 | 17 | 21 | 11 | 27 | 46 | 0 | 44 | 24 | 52 |
| Ap. | 1 | 11 | 20 | 31 | 5 | 7 | 44 | 18 | 16 | 15 | 30 | 21 | 36 | 29 ♉ | 0 | 0 ♈ | 11 | 24 | 49 |
| | 2 | 12 | 21 | 30 | 40 | 19 ♑ | 50 | 18 | 25 | 15 | 43 | 22 | 0 | 0 | 14 | 29 | 41 | 24 | 46 |
| | 3 | 13 | 22 | 28 | 31 | 1 | 48 | 18 | 30 | 15 | 56 | 22 | 25 | 1 | 27 | 29 | 0 | 24 | 43 |
| | 4 | 14 | 23 | 27 | 11 | 13 | 35 | 18 | 38 | 16 | 9 | 22 | 50 | 2 | 41 | 28 | 13 | 24 | 39 |
| | 5 | 15 | 24 | 25 | 50 | 26 ♒ | 50 | 18 | 44 | 16 | 22 | 23 | 15 | 3 | 55 | 27 | 20 | 24 | 36 |
| | 6 | 16 | 25 | 24 | 17 | 9 | 59 | 18 | 51 | 16 | 34 | 23 | 41 | 5 | 8 | 26 | 24 | 24 | 33 |
| B | 7 | 17 | 26 | 23 | 2 | 22 ♓ | 25 | 18 | 57 | 16 | 47 | 24 | 7 | 6 | 21 | 25 | 25 | 24 | 30 |
| | 8 | 18 | 27 | 21 | 40 | 7 | 9 | 19 | 3 | 17 | 0 | 24 | 33 | 7 | 35 | 24 | 24 | 24 | 27 |
| | 9 | 19 | 28 | 20 | 8 | 21 ♈ | 15 | 19 | 9 | 17 | 13 | 24 | 59 | 8 | 49 | 23 | 24 | 24 | 23 |
| | 10 | 20 | 29 | 18 | 38 | 5 | 39 | 19 | 16 | 17 | 26 | 25 | 25 | 10 | 2 | 22 | 24 | 24 | 20 |
| | 11 | 21 | 0 ♉ | 17 | 6 | 20 ♉ | 24 | 19 | 2 | 17 | 38 | 25 | 52 | 11 | 16 | 21 | 26 | 24 | 17 |
| | 12 | 22 | 1 | 15 | 32 | 5 | 13 | 19 | [illegible] | 17 | 51 | 26 | 19 | 12 | 30 | 20 | 30 | 24 | 14 |
| | 13 | 23 | 2 | 13 | 50 | 20 ♊ | 15 | 19 | 3 | 18 | 3 | 26 | 40 | 13 | 43 | 19 | 44 | 24 | 11 |
| B | 14 | 24 | 3 | 12 | 19 | 5 | 13 | 19 | 4 | 18 | 15 | 27 | 14 | 14 | 56 | 19 M | 1 | 24 | 8 |
| | 15 | 25 | 4 | 10 | 40 | 20 ♋ | 0 | 19 | 4 | 18 | 27 | 27 | 42 | 16 | 10 | 18 | 24 | 24 | 4 |
| | 16 | 26 | 5 | 8 | 59 | 4 | 31 | 19 | 5 | 18 | 39 | 28 | 10 | 17 | 23 | 17 | 53 | 24 | 1 |
| | 17 | 27 | 6 | 7 | 10 | 18 ♌ | 41 | 20 | [illegible] | 18 | 50 | 28 | 38 | 18 S | 36 | 17 | 33 | 23 | 58 |
| | 18 | 28 | 7 | 5 | 20 | 2 | 33 | 20 | [illegible] | 19 | 2 | 29 | 6 | 19 | 49 | 17 | 19 | 23 | 55 |
| | 19 | 29 | 8 | 3 | 40 | 15 | 5 | 20 | 11 | 19 | 14 | 29 ♌ | 35 | 21 | 2 | 17 D | 12 | 23 | 52 |
| | 20 | 30 | 9 | 1 | 59 | 28 | 59 | 20 | 17 | 19 | 26 | 0 | 5 | 22 | 15 | 17 | 13 | 23 | 49 |

| Latitudo Planetarū ad diē | | ♄ | | ♃ | | ♂ | | ☿ | | ♀ | | |
|---|---|---|---|---|---|---|---|---|---|---|---|---|
| | 1 | 1 | 12 | 0 | 45 | 1 | 32 | 0 | 45 | 2 | 53 | |
| | 11 | 1 | 14 | 0 | 46 | 1 | 58 | 0 | 49 | 3 | 5 | Meridies |
| | 21 | 1 | 16 | 0 | 48 | 1 | 45 | 0 S | 10 | 0 M | 54 | |

Syzygiae Lunares.

| Dies | ☽ H ′ | Orient. ♄ H ′ | Orient. ♃ H ′ | Occid. ♂ H ′ | Occid. ♀ H ′ | Occid. ☿ H ′ | Syzygiae Planetarũ mutuę, & eorum congressus cum illustrioribus aliquibus stellis fixis. |
|---|---|---|---|---|---|---|---|
| 1 | 8 △ 20 | | | | 20 △ 45 | | ♂ m.c.cũ 1.37 Hædis. a. |
| 2 | | | | | | 20 △ 54 | □ ♂ ♀ 6.0 \| ☿ or. cũ |
| 3 | | | 22 ☍ 48 | | | | ♂ m.c. cum Hercule. |
| 4 | | 5 ☍ 50 | | 8 ✱ 48 | | | ♀ or. cum dex. hu. Aur. |
| 5 | | | | | | | ♄ occ. cum Aquar. |
| 6 ☍ | 15 35 | | | 22 □ 55 | | | ♂ occ. cum hydra. |
| 7 Asc. | 21 ≈ | | | | 8 ☍ 20 | 22 ☍ 30 | ☽ Apog. |
| 8 | | | | | | | ♀ m.c. cum cornu ♈ i. |
| 9 | | 8 △ 42 | 2 △ 33 | 14 △ 26 | | | |
| 10 | | | | | | | |
| 11 | | 21 □ 37 | 16 □ 7 | | | | ☌ ☿ ♀ 16.44. |
| 12 | 4 △ 3 | | | | 23 △ 16 | 18 △ 46 | ● ☽ 10.3 \| □ ● ☌ 15. 8 |
| 13 | | | | | | | ☿ occ. cum cornu ♈. b. |
| 14 □ | 18 50 | 8 ✱ 21 | 2 ✱ 59 | 16 ☍ 30 | | | |
| 15 Asc. | 1 ♈ | | | | 13 □ 10 | 0 □ 41 | ☿ or. cum hædis. |
| 16 | | | | | | | ☌ ☽ ♀ 12.30. |
| 17 | 3 ✱ 36 | | | | | 3 ✱ 1 | □ ♂ ♀ 22.11. c. |
| 18 | | 20 ☌ 16 | 17 ☌ 2 | | 0 ✱ 48 | Orient. | ☿ or. cum Fomalh. |
| 19 | | | | 12 △ 35 | | | |
| 20 | | | | | | | ♃ occ. cum Aquar. |
| 21 ☌ | 17 15 | | | 9 □ 6 | | 1 ☌ 3 | |
| 22 Asc. | 3 ♉ | 1 ✱ 57 | 20 ✱ 29 | | 12 ☌ 39 | | ☽ Perig. (20. |
| 23 | | | | 10 ✱ 43 | | | ☿ or. cũ pleia. & m.c. cũ |
| 24 | | 13 □ 39 | 21 □ 26 | | | 21 ✱ 3 | (Ariac.? & cum 22. |
| 25 | | | | | | | ☿ ☌ ♂ 6.31 \| ♀ m.c. cum |
| 26 | 1 ✱ 9 | | | | 23 ✱ 47 | 22 □ 1 | ♀ or. cum cygni. |
| 27 | | 2 △ 14 | 9 △ 12 | 17 ☌ 49 | | | ✱ ♃ ♀ 3.30. |
| 28 □ | 9 42 | | | | | | ✱ ♄ ♀ 5.0. |
| 29 Asc. | 9 ♓ | | | | 16 □ 19 | 8 △ 1 | |
| 30 | 20 △ 35 | | | | | | |
| 31 | | | | | | | ☿ m.c. cum Pleia. |

☿ in principio mensis fit ♃ occ. cum cornu ♈ [illegible], & fit arc. illas in fine usque ad caudam cygni.

a. Die 2. ♀ occ. cum cauda cygni.

b. Die 13. ☿ or. cum dex. hum. Auriga.

c. Die 17 ☿ m.c. cum cornu ♈ praecedenti.

Positus Planetarum Diurnus.

| Anni veteris | Anni Correcti | ☉ ♉ | | | ☽ ♍ | | M ♄ ♓ | D | M ♃ ♓ | D | S ♂ ♌ | D | S ♀ ♉ | A | M ☿ ♈ | D | ☊ ♓ | |
|---|---|---|---|---|---|---|---|---|---|---|---|---|---|---|---|---|---|---|
| Dies | | P | ' | " | P | ' | P | ' | P | ' | P | ' | P | ' | P | ' | P | ' |
| B 21 | 1 | 10 | 0 | 10 | 11 | 45 | 20 | 22 | 19 | 38 | 0 | 32 | 23 | 28 | 17 | 21 | 23 | 45 |
| 22 | 2 | 10 | 58 | 19 | 24 ♎ | 3 | 20 | 27 | 19 | 50 | 1 | 1 | 24 | 41 | 17 | 36 | 23 | 42 |
| 23 | 3 | 11 | 56 | 27 | 6 | 7 | 20 | 33 | 20 | 2 | 1 | 30 | 25 | 54 | 17 | 58 | 23 | 39 |
| 24 | 4 | 12 | 54 | 35 | 18 | 2 | 20 | 38 | 20 | 13 | 2 | 0 | 27 | 7 | 18 | 27 | 23 | 36 |
| 25 | 5 | 13 | 52 | 38 | 29 ♏ | 40 | 20 | 44 | 20 | 24 | 2 | 29 | 28 | 20 | 19 | 2 | 23 | 33 |
| 26 | 6 | 14 | 50 | 41 | 11 | 26 | 20 | 49 | 20 | 35 | 2 | 59 | 29 | 33 | 19 | 42 | 23 | 29 |
| 27 | 7 | 15 | 48 | 43 | 23 ♐ | 3 | 20 | 55 | 20 | 46 | 3 | 29 | 0 ♊ | 47 | 20 | 28 | 23 | 26 |
| B 28 | 8 | 16 | 46 | 43 | 4 | 42 | 21 | 1 | 20 | 57 | 4 | 0 | 2 | 0 | 21 | 20 | 23 | 23 |
| 29 | 9 | 17 | 44 | 42 | 16 | 36 | 21 | 6 | 21 | 8 | 4 | 30 | 3 | 13 | 22 | 16 | 23 | 20 |
| 30 | 10 | 18 | 42 | 40 | 28 ♑ | 21 | 21 | 11 | 21 | 19 | 5 | 0 | 4 | 26 | 23 | 17 | 23 | 17 |
| Ma. 1 | 11 | 19 | 40 | 36 | 10 | 24 | 21 | 15 | 21 | 30 | 5 | 31 | 5 | 39 | 24 | 21 | 23 | 14 |
| 2 | 12 | 20 | 38 | 30 | 22 ♒ | 44 | 21 | 20 | 21 | 41 | 6 | 1 | 6 | 52 | 25 | 29 | 23 | 11 |
| 3 | 13 | 21 | 36 | 23 | 5 | 23 | 21 | 24 | 21 | 52 | 6 | 32 | 8 | 5 | 26 | 41 | 23 | 8 |
| 4 | 14 | 22 | 34 | 15 | 18 | 30 | 21 | 29 | 22 | 3 | 7 | 2 | 9 | 18 | 27 | 56 | 23 | 5 |
| B 5 | 15 | 23 | 32 | 5 | 1 ♓ | 41 | 21 | 34 | 22 | 13 | 7 | 32 | 10 | 31 | 29 ♉ | 14 | 23 | 1 |
| 6 | 16 | 24 | 29 | 54 | 15 | 26 | 21 | 39 | 22 | 24 | 8 | 3 | 11 | 41 | 0 A | 35 | 22 | 58 |
| 7 | 17 | 25 | 27 | 42 | 29 ♈ | 34 | 21 | 44 | 22 | 34 | 8 | 34 | 12 | 50 | 1 | 59 | 22 | 55 |
| 8 | 18 | 26 | 25 | 29 | 14 | 4 | 21 | 49 | 22 | 44 | 9 | 5 | 14 | 9 | 3 | 26 | 22 | 52 |
| 9 | 19 | 27 | 23 | 14 | 28 ♉ | 49 | 21 | 54 | 22 | 54 | 9 | 36 | 15 | 22 | 4 | 56 | 22 | 49 |
| 10 | 20 | 28 | 20 | 58 | 13 | 50 | 21 | 59 | 23 | 4 | 10 | 8 | 16 | 35 | 6 | 28 | 22 | 45 |
| 11 | 21 | 29 ♊ | 18 | 41 | 28 ♊ | 50 | 22 | 4 | 23 | 14 | 10 | 40 | 17 | 48 | 8 | 2 | 22 | 42 |
| B 12 | 22 | 0 | 16 | 23 | 13 | 49 | 22 | 8 | 23 | 24 | 11 | 12 | 19 | 1 | 9 | 38 | 22 | 39 |
| 13 | 23 | 1 | 14 | 4 | 28 ♋ | 38 | 22 | 12 | 23 | 33 | 11 | 44 | 20 | 14 | 11 | 15 | 22 | 36 |
| 14 | 24 | 2 | 11 | 44 | 13 | 11 | 22 | 16 | 23 | 42 | 12 | 16 | 21 | 27 | 12 | 54 | 22 | 33 |
| 15 | 25 | 3 | 9 | 23 | 27 ♌ | 24 | 22 | 20 | 23 | 50 | 12 | 48 | 22 | 39 | 14 | 34 | 22 | 30 |
| 16 | 26 | 4 | 6 | 59 | 11 | 13 | 22 | 25 | 23 | 59 | 13 | 20 | 23 | 52 | 16 | 15 | 22 | 26 |
| 17 | 27 | 5 | 4 | 35 | 24 ♍ | 40 | 22 | 29 | 24 | 8 | 13 | 52 | 25 | 5 | 17 | 58 | 22 | 23 |
| 18 | 28 | 6 | 2 | 10 | 7 | 45 | 22 | 34 | 24 | 16 | 14 | 24 | 26 | 17 | 19 | 42 | 22 | 20 |
| B 19 | 29 | 6 | 59 | 44 | 20 ♎ | 30 | 22 | 38 | 24 | 24 | 14 | 57 | 27 | 30 | 21 | 27 | 22 | 17 |
| 20 | 30 | 7 | 57 | 17 | 2 | 58 | 22 | 42 | 24 | 32 | 15 | 30 | 28 | 42 | 23 | 13 | 22 | 14 |
| 21 | 31 | 8 | 54 | 47 | 15 | 7 | 22 | 46 | 24 | 40 | 16 | 3 | 29 | 55 | 25 | 0 | 22 | 11 |

| Latitudo Planetarũ ad diē | | ♄ | | ♃ | | ♂ | | ♀ | | ☿ | | |
|---|---|---|---|---|---|---|---|---|---|---|---|---|
| | 1 | 1 | 18 | 0 | 51 | 1 | 32 | 0 | 7 | 1 | 58 | |
| | 11 | 1 | 22 | 0 | 54 | 1 | 22 | 0 | 20 | 2 A | 34 | Mensis |
| | 21 | 1 | 26 | 0 | 57 | 1 | 13 | 0 | 34 | 3 | 15 | |

## Syzygiæ Lunares.

| Dies | ☽ | Orient. ♄ | Orient. ♃ | Occid. ♂ | Occid. ♀ | Orient. ☿ | Syzygiæ Planetarũ motuũ, & eorum congressus cum illustrioribus aliquibus stellis fixis. |
|---|---|---|---|---|---|---|---|
| | H ′ | H ′ | H ′ | H ′ | H ′ | H ′ | |
| 1 | | 16☍57 | 15☍41 | | | | |
| 2 | | | | 14⚹34 | 1△20 | | ♂ m.c.cum Præsepe. |
| 3 | | | | | | | ♂ or.cum asino Bor. a. |
| 4 | | | | | | 0☍51 | ♂ m.c cum asinis. |
| 5 | | | | 5□56 | | | ♂ occ.cum Hercule & |
| 6 ☍ | 7 50 | 19△25 | 19△35 | | | | ☿ Apog. (Acor. |
| 7 Asc. | 23 [illegible] | | | 12△42 | 17☍46 | | ♂ or.cum Præsepe. b. |
| 8 | | | | | | | ☌ ♄ ♃ 16.10. c. |
| 9 | | 9□24 | 9□45 | | | 12△51 | ☉ ♌ 13.42. |
| 10 | | | | | | | ♀ m.c.cum Aldeb. |
| 11 | 19△32 | 21⚹12 | 21⚹58 | | | | ⚹ ♂ ♀ ferè. |
| 12 | | | | | | 5□42 | ⚹ ☉ ♄ 18.40. |
| 13 | | | | 2☍24 | 5△51 | | ⚹ ☉ ♃ 9.0 \| ♀ or.cum |
| 14 □ | 8 20 | | | | | 19⚹2 | (hiad. |
| 15 Asc. | 5 ♓ | | | | 16□53 | | ♀ m.c.cum hiadib. |
| 16 | 16⚹37 | 10☌40 | 12☌1 | | | | ♀ or.cum Aldeb. |
| 17 | | | | 15△42 | | | ♀ m.c.cũ capra.& 130. |
| 18 | | | | | 0⚹16 | | ♀ m.c.cũ Rigel. & occ. |
| 19 | | | | 18□0 | | 10☌51 | ☉ Perig. (cum 20 |
| 20 | | 13⚹6 | 14⚹57 | | | | ♂ or. cum Syrio. |
| 21 ☌ | 1 1 | | | 19⚹41 | | | ♀ or.cũ pleia. (xo.Ori. |
| 22 Asc. | 17 ♍ | 13□16 | 15□40 | | 9☌11 | | ☿ ♉ 14.11 \| ♀ m.c.cũ |
| 23 | | | | | | 13⚹28 | □ ♂ ♀ 10.55. |
| 24 | | 15△24 | 17△57 | | | | □ ♄ ♀ 17.18. |
| 25 | 10⚹41 | | | | | | ♀ m.c.cũ dex.hu. Aur. |
| 26 | | | | 3☌30 | | 10□18 | □ ♃ ♀ 2.37 \| ♀ m.c.cũ |
| 27 □ | 20 46 | | | | 0⚹51 | | ♂ occ.cũ rõA.cor. (141 |
| 28 Asc. | 4 ♌ | | | | | | ♂ m.c.cum hydra. d. |
| 29 | | 4☍7 | 7☍35 | | 14□55 | 2△8 | ⚹ ♄ ♀ 16.35. |
| 30 | 10△42 | | | | | | ⚹ ♃ ♀ 19.9. |
| | | | | 1☍58 | | | ♀ occ.cum cane mi. |

a. Die 5. ♀ occ.cum hiadibus,& pleiadibus.
b. Die 7. ♀ m.c.cum fulculis,& occ.cum cane maiore,& ultim. hiadum.
c. Die 8. ♂ or.cum cane minore,& asino australi.& occ.cum Apolline.
d. Die 28. ♂ occ.cum dex.humero Aurigæ.

Positus Planetarum Diurnus.

| Anni vulgaris | Anni Gregorii | ☉ ♊ P | ' | " | ☽ ♎ P | ' | ♄ ♓ M D P | ' | ♃ ♓ M D P | ' | ♂ ♌ S D P | ' | ♀ ♋ S A P | ' | ☿ ♉ M A P | ' | ☊ ♓ P | ' |
|---|---|---|---|---|---|---|---|---|---|---|---|---|---|---|---|---|---|---|
| 21 | 1 | 9 | 52 | 21 | 27 | 6 | 22 | 49 | 24 | 48 | 16 | 37 | 1 | 7 | 16 | 40 | 21 | 7 |
| 22 | 2 | 10 | 47 | 52 | 8 | 56 | 22 | 53 | 24 | 56 | 17 | 11 | 2 | 19 | 28 | 37 | 21 | 4 |
| 24 | 3 | 11 | 47 | 22 | 20 ♏ | 36 | 22 | 56 | 25 | 4 | 17 | 45 | 3 | 31 | 0 ♊ | 30 | 21 | 1 |
| 25 | 4 | 12 | 44 | 51 | 2 | 18 | 22 | 59 | 25 | 12 | 18 | 19 | 4 | 43 | 1 | 16 | 21 | 58 |
| B 26 | 5 | 13 | 42 | 20 | 13 | 50 | 23 | 2 | 25 | 20 | 18 | 53 | 5 | 55 | 4 | 0 | 21 | 55 |
| 27 | 6 | 14 | 39 | 48 | 25 ♑ | 44 | 23 | 5 | 25 | 28 | 19 | 27 | 7 | 8 | 5 | 57 | 21 | 51 |
| 28 | 7 | 15 | 37 | 15 | 7 | 34 | 23 | 8 | 25 | 36 | 20 | 0 | 8 | 20 | 7 | 49 | 21 | 48 |
| 29 | 8 | 16 | 34 | 41 | 19 | 36 | 23 | 11 | 25 | 44 | 20 | 34 | 9 | 32 | 9 | 41 | 21 | 45 |
| 30 | 9 | 17 | 32 | 6 | 1 ♒ | 53 | 23 | 14 | 25 | 52 | 21 | 8 | 10 | 44 | 11 | 34 | 21 | 42 |
| 31 | 10 | 18 | 29 | 30 | 14 | 28 | 23 | 16 | 26 | 0 | 21 | 42 | 11 | 57 | 13 | 28 | 21 | 39 |
| Iun. 1 | 11 | 19 | 26 | 53 | 27 ♓ | 25 | 23 | 19 | 26 | 7 | 22 | 16 | 13 | 9 | 15 | 22 | 21 | 35 |
| B 2 | 12 | 20 | 24 | 16 | 10 | 46 | 23 | 21 | 26 | 14 | 22 | 49 | 14 | 21 | 17 | 16 | 21 | 32 |
| 3 | 13 | 21 | 21 | 38 | 24 ♈ | 31 | 23 | 23 | 26 | 20 | 23 | 23 | 15 | 33 | 19 | 10 | 21 | 29 |
| 4 | 14 | 22 | 19 | 0 | 8 | 35 | 23 | 26 | 26 | 26 | 23 | 57 | 16 | 45 | 21 | 4 | 21 | 26 |
| 5 | 15 | 23 | 16 | 21 | 23 ♉ | 0 | 23 | 28 | 26 | 33 | 24 | 31 | 17 | 58 | 22 | 58 | 21 | 23 |
| 6 | 16 | 24 | 13 | 42 | 7 | 42 | 23 | 30 | 26 | 39 | 25 | 5 | 19 | 10 | 24 | 52 | 21 | 20 |
| 7 | 17 | 25 | 11 | 2 | 22 ♊ | 36 | 23 | 32 | 26 | 45 | 25 | 40 | 20 | 23 | 26 | 46 | 21 | 16 |
| 8 | 18 | 26 | 8 | 23 | 7 | 30 | 23 | 34 | 26 | 51 | 26 | 14 | 21 | 35 | 28 | 40 | 21 | 13 |
| B 9 | 19 | 27 | 5 | 42 | 22 ♋ | 21 | 23 | 36 | 26 | 57 | 26 | 49 | 22 | 47 | 0 ♋ | 34 | 21 | 10 |
| 10 | 20 | 28 | 3 | 2 | 7 | 1 | 23 | 37 | 27 | 2 | 27 | 24 | 23 | 59 | 2 | 28 | 21 | 7 |
| 11 | 21 | 29 | 0 | 21 | 21 ♌ | 27 | 23 | 38 | 27 | 7 | 27 | 58 | 25 | 11 | 4 | 22 | 21 | 4 |
| 12 | 22 | 29 | 57 | 41 | 5 | 34 | 23 | 39 | 27 | 12 | 28 | 33 | 26 | 23 | 6 | 15 | 21 | 1 |
| 13 | 23 | 0 ♋ | 55 | 0 | 19 ♍ | 19 | 23 | 40 | 27 | 17 | 29 | 8 | 27 | 35 | 8 | 9 | 20 | 57 |
| 14 | 24 | 1 | 52 | 19 | 2 | 44 | 23 | 41 | 27 | 21 | 29 | 43 | 28 | 47 | 10 | 3 | 20 | 54 |
| 15 | 25 | 2 | 49 | 38 | 15 | 50 | 23 | 42 | 27 | 26 | 0 ♍ | 18 | 29 | 58 | 11 | 56 | 20 | 51 |
| B 16 | 26 | 3 | 46 | 56 | 28 | 36 | 23 | 43 | 27 | 31 | 0 | 53 | 1 ♌ | 12 | 13 | 49 | 20 | 48 |
| 17 | 27 | 4 | 44 | 14 | 11 ♎ | 8 | 23 | 43 | 27 | 35 | 1 | 28 | 2 | 22 | 15 | 42 | 20 | 45 |
| 18 | 28 | 5 | 41 | 32 | 23 | 24 | 23 | 44 | 27 | 39 | 2 | 3 | 3 | 34 | 17 | 34 | 20 | 42 |
| 19 | 29 | 6 | 38 | 50 | 5 ♏ | 32 | 23 | 44 | 27 | 43 | 2 | 38 | 4 | 46 | 19 | 25 | 20 | 38 |
| 20 | 30 | 7 | 36 | 8 | 17 | 30 | 23 | 44 | 27 | 47 | 3 | 13 | 5 | 58 | 21 | 16 | 20 | 35 |

| Latitudo Planetarum ad dies | ♄ | | ♃ | | ♂ | | ♀ | | ☿ | | |
|---|---|---|---|---|---|---|---|---|---|---|---|
| 1 | 1 | 30 | 1 | 1 | 1 | 2 | 1 | 26 | 2 | 27 | Mensis |
| 11 | 1 | 34 | 1 | 6 | 0 | 51 | 1 | 32 | 0 S | 30 | |
| 21 | 1 | 38 | 1 | 12 | 0 | 43 | 1 | 42 | 0 | 51 | |

Syzygiae Luminum.

| Dies | ☉ | Orient. ♄ | Orient. ♃ | Occid. ♂ | Occid. ♀ | Orient. ☿ | Syzygiae Planetarū mutuae, & eorum congressus cum illustrioribus aliquibus stellis fixis. |
|---|---|---|---|---|---|---|---|
| | H ′ | H ′ | H ′ | H ′ | H ′ | H ′ | |
| 1 | | | | | 9△3 | | |
| 2 | | | | 7□50 | | | |
| 3 | | 4△49 | 10△16 | | | 23☍56 | ☽ Apog. (& Apolline. |
| 4 ☍ | 23 29 | | | | | | ♀ or. cum sin. hum. Orio. |
| 5 Asc. | 10 ♍ | 18□33 | 23□26 | 10△30 | | | ☽ ☊ 16.0. |
| 6 | | | | | | | ♀ m.c. cum Syrio.[a] |
| 7 | | | | | 1☍42 | | ☿ or. cum Hiadibus. |
| 8 | | 17✶2 | 12✶9 | | | | |
| 9 | | | | | | 21△45 | ♀ or. cum Aldeb. & cū |
| 10 | 8△4 | | | 14☍5 | | | ♀ occ. cū hed. (Hercu. |
| 11 | | | | | | | ♀ or. cum dex. hum. Orio. |
| 12 □ | 18 11 | 22☌0 | | | 6△51 | 13□10 | ♀ or. cum pri. temp. Orio. |
| 13 Asc. | 16 ♋ | | 3☌7 | | | | ☌ ♂ cū Reg. ♀ m.c. cum |
| 14 | | | | | 14□51 | | (Apol. |
| 15 | 0✶28 | | | 2△35 | | 23✶51 | □ ☽ ♄ 5.14 \| □ ♄ ☿ 6. |
| 16 | | | | | 20✶6 | Occid. | ✶ ☌ ♀ 3.57.b.(26.a. |
| 17 | | 1✶30 | 6✶41 | 6□6 | | | (☌ ☋ 22.4 |
| 18 | | | | | | | ✶ ☽ ☌ 6.53 \| ☽ Apog. |
| 19 ☌ | 6 34 | 2□3 | 7□34 | 7✶37 | | 15☌26 | △ ♄ ♀ 16.34 \| □ ☽ ♃ 19 |
| 20 Asc. | 6 ♑ | | | | | | (51. |
| 21 | | 3△43 | 9△40 | | 6☌56 | | ♀ or. cum Bellatr. & A- |
| 22 | | | | | | | △ ♃ ♀ 17.33. (polli. |
| 23 | 22✶8 | | | 18☌31 | | | |
| 24 | | | | | | 15✶38 | |
| 25 | | 14☍37 | 21☍40 | | | | ♂ or. cum coma Bereni. |
| 26 □ | 10 37 | | | | 5✶15 | | ♀ or. cum asinis. |
| 27 Asc. | 25 ♒ | | | | | 10□21 | ♀ or. cum Praesep. c. |
| 28 | | | | 17✶31 | 12□12 | | ♂ or. cum lucida hydr. d. |
| 29 | 2△20 | | | | | | ♂ occ. cum Algorab. |
| 30 | | 12△30 | 20△48 | | | 8△53 | ♀ occ. cū Pr. & Apoll. |

a. Die 15. ☌ ☽ ♀ 7.31. & ☿ oritur cum Rigel, & occ. cum hydra.
b. Die 16. ♀ m.c. cum cane minore, & Hercule.
c. Die 27. ♀ or. cum lucida Eridani, & ☿ or. cum Rigel.
d. Die 28. ♀ or. cum cane minore, & asino australi.

| Iunius | Iulius | [illegible] Planetarum Diurnus | | | | | | | | | | | | | | | | |
|---|---|---|---|---|---|---|---|---|---|---|---|---|---|---|---|---|---|---|
| | | | | | | | M | D | M | D | S | D | S | A | S | A | | |
| | | ☉ ♋ | | | ☽ ♒ | | ♄ ♓ | | ♃ ♓ | | ♂ ♍ | | ♀ ♌ | | ☿ ♋ | | ☊ ♒ | |
| Dies | | G | M | S | G | M | G | M | G | M | G | M | G | M | G | M | G | M |
| 21 | 1 | 8 | 33 | 26 | 29 ♓ | 25 | 23 | 45 | 27 | 51 | 3 | 48 | 7 | 10 | 23 | 6 | 20 | 32 |
| 22 | 2 | 9 | 30 | 43 | 11 | 15 | 23 | 45 | 27 | 54 | 4 | 24 | 8 | 22 | 24 | 35 | 20 | 29 |
| B 23 | 3 | 10 | 28 | 0 | 23 ♈ | 6 | 23 | 46 | 27 | 57 | 5 | 0 | 9 | 33 | 26 | 43 | 20 | 26 |
| 24 | 4 | 11 | 25 | 17 | 5 | 0 | 23 | 46 | 27 | 59 | 5 | 36 | 10 | 45 | 28 | 20 | 20 | 22 |
| 25 | 5 | 12 | 22 | 34 | 17 | 1 | 23 ℞ | 46 | 28 | 2 | 6 | 12 | 11 D | 57 | 0 ♌ | 16 | 20 | 19 |
| 26 | 6 | 13 | 19 | 51 | 29 | 12 | 23 | 46 | 28 | 4 | 6 | 48 | 13 | 8 | 2 | 1 | 20 | 16 |
| 27 | 7 | 14 | 17 | 9 | 11 | 37 | 23 | 46 | 28 | 7 | 7 | 24 | 14 | 20 | 3 D | 45 | 20 | 13 |
| 28 | 8 | 15 | 14 | 27 | 24 ♊ | 14 | 23 | 45 | 28 | 9 | 8 | 0 | 15 | 32 | 5 | 27 | 20 | 10 |
| 29 | 9 | 16 | 11 | 45 | 7 | 15 | 23 | 45 | 28 | 11 | 8 | 36 | 16 | 44 | 7 | 8 | 20 | 6 |
| B 30 | 10 | 17 | 9 | 4 | 20 ♋ | 40 | 23 | 45 | 28 | 13 | 9 | 12 | 17 | 56 | 8 | 47 | 20 | 3 |
| Iul. 1 | 11 | 18 | 6 | 23 | 4 | 21 | 23 | 44 | 28 | 15 | 9 | 49 | 19 | 8 | 10 | 24 | 20 | 0 |
| 2 | 12 | 19 | 3 | 41 | 18 | 26 | 23 | 43 | 28 | 16 | 10 | 26 | 20 | 20 | 12 | 0 | 19 | 57 |
| 3 | 13 | 20 | 1 | 4 | 2 ♍ | 47 | 23 | 42 | 28 | 17 | 11 | 3 | 21 | 32 | 13 | 34 | 19 | 53 |
| 4 | 14 | 20 | 58 | 22 | 17 | 13 | 23 | 41 | 28 | 17 | 11 | 40 | 22 | 44 | 15 | 6 | 19 | 50 |
| 5 | 15 | 21 | 55 | 42 | 2 ♎ | 5 | 23 | 40 | 28 | 18 | 12 | 17 | 23 | 55 | 16 | 36 | 19 | 47 |
| 6 | 16 | 22 | 53 | 3 | 16 | 46 | 23 | 39 | 28 | 18 | 12 | 54 | 25 | 6 | 18 | 3 | 19 | 44 |
| B 7 | 17 | 23 | 50 | 24 | 1 ♏ | 21 | 23 | 38 | 28 ℞ | 18 | 13 | 31 | 26 | 17 | 19 | 27 | 19 | 41 |
| 8 | 18 | 24 | 47 | 45 | 15 | 47 | 23 | 37 | 28 | 18 | 14 | 8 | 27 | 28 | 20 | 48 | 19 | 37 |
| 9 | 19 | 25 | 45 | 7 | 29 | 51 | 23 | 36 | 28 | 18 | 14 | 45 | 28 | 39 | 22 | 7 | 19 | 34 |
| 10 | 20 | 26 | 42 | 29 | 13 ♐ | 46 | 23 | 34 | 28 | 18 | 15 | 22 | 29 ♍ | 50 | 23 | 24 | 19 | 31 |
| 11 | 21 | 27 | 39 | 52 | 27 ♑ | 20 | 23 | 32 | 28 | 17 | 16 | 0 | 1 | 1 | 24 | 37 | 19 | 28 |
| 12 | 22 | 28 | 37 | 15 | 10 | 36 | 23 | 30 | 28 | 17 | 16 | 37 | 2 | 12 | 25 | 46 | 19 | 25 |
| 13 | 23 | 29 ♌ | 34 | 39 | 23 ♒ | 35 | 23 | 28 | 28 | 16 | 17 | 14 | 3 | 23 | 26 | 49 | 19 | 22 |
| B 14 | 24 | 0 | 32 | 4 | 6 | 18 | 23 | 26 | 28 | 15 | 17 | 51 | 4 | 34 | 27 | 48 | 19 | 18 |
| 15 | 25 | 1 | 29 | 29 | 18 | 48 | 23 | 24 | 28 | 14 | 18 | 29 | 5 | 45 | 28 M | 43 | 19 | 15 |
| 16 | 26 | 2 | 26 | 55 | 1 ♓ | 8 | 23 | 22 | 28 | 12 | 19 | 6 | 6 | 56 | 29 ♍ | 32 | 19 | 12 |
| 17 | 27 | 3 | 24 | 22 | 13 | 23 | 23 | 19 | 28 | 10 | 19 | 44 | 8 | 7 | 0 | 17 | 19 | 9 |
| 18 | 28 | 4 | 21 | 48 | 25 | 33 | 23 | 17 | 28 | 8 | 20 | 22 | 9 | 18 | 0 | 56 | 19 | 6 |
| 19 | 29 | 5 | 19 | 16 | 7 ♈ | 37 | 23 | 15 | 28 | 6 | 20 | 59 | 10 | 29 | 1 | 28 | 19 | 3 |
| 20 | 30 | 6 | 16 | 45 | 19 ♉ | 37 | 23 | 12 | 28 | 4 | 21 | 36 | 11 | 40 | 1 | 54 | 18 | 59 |
| B 21 | 31 | 7 | 14 | 15 | 1 | 44 | 23 | 9 | 28 | 1 | 22 | 13 | 12 | 51 | 2 | 13 | 18 | 56 |

| Latitudo Planetarũ ad diẽ | | ♄ | | ♃ | | ♂ | | ♀ | | ☿ | | |
|---|---|---|---|---|---|---|---|---|---|---|---|---|
| | 1 | 1 | 42 | 1 | 18 | 0 | 36 | 1 D | 46 | 1 D | 34 | |
| | 11 | 1 | 45 | 1 | 22 | 0 | 29 | 1 | 42 | 1 | 30 | Mensis |
| | 21 | 1 | 48 | 1 | 26 | 0 | 24 | 1 | 34 | 0 M | 25 | |

Syzygiæ Lunares.

| Dies | ☉ | Orient. ♄ | Orient. ♃ | Occid. ♂ | Occid. ♀ | Occid. ☿ | Syzygię Planetarũ mutuę, & eorum congressus cum illustrioribus aliquibus stellis fixis. |
|---|---|---|---|---|---|---|---|
| | H M | H M | H M | H M | H M | H M | |
| 1 | | | | 9 □ 21 | 16 △ 30 | | △ ♄ ☿ 8,35. |
| 2 | | | | | | | ☊ ♃ 18,3[illegible]. |
| 3 | | 1 □ 29 | 9 □ 47 | | | | ☌ ♃ ☿ 16,55 (a) [illegible] |
| 4 ☍ | 13 57 | | | 1 △ 14 | | | ♀ or. cũ Syrio. & or. cũ |
| 5 Asc. | 8 ♊ | 13 ✶ 17 | 11 ✶ 44 | | | | ♀ occ. cum Hercule. |
| 6 | | | | | | 6 ☍ 19 | ☿ or. cũ Pro. & Ase. |
| 7 | | | | | 5 ☌ 40 | | ☿ m. c. cum hydra. (b) |
| 8 | | | | | | | ♀ occ. cũ rostro corui. (c) |
| 9 | 17 △ 11 | | | 2 ☌ 24 | | | dex. hum. Aur. |
| 10 | | 5 ☌ 24 | 13 ☌ 16 | | | | |
| 11 | | | | | | 11 △ 37 | ☿ or. cum Syrio. |
| 12 □ | 1 9 | | | | 3 △ 28 | | ♂ or. cum cauda ☊. |
| 13 Asc. | 28 ♎ | | | 14 △ 11 | | 19 □ 49 | ♀ occ. cũ rostro corui. d. |
| 14 | 6 ✶ 14 | 10 ✶ 16 | 17 ✶ 47 | | 9 □ 39 | | ☿ m. c. cum hydra. |
| 15 | | | | 17 □ 24 | | | ☽ Perig. ♂ ♀ [illegible] |
| 16 | | 11 □ 19 | 18 □ 57 | | 14 ✶ 55 | 2 ✶ 20 | ☽ [illegible] △ ☉ ♄ 9,2 |
| 17 | | | | 19 ✶ 21 | | | |
| 18 ☌ | 16 29 | 13 △ 19 | 21 △ 38 | | | | |
| 19 Asc. | 25 ♋ | | | | | | |
| 20 | | | | | | 18 ☌ 42 | ☿ or. cum Regulo. |
| 21 | | | | | 7 ☌ 24 | | △ ♄ ♃ 5,55. |
| 22 | | 13 ☍ 47 | | 11 ☌ 41 | | | ♀ or. cum hydra. |
| 23 | 12 ✶ 14 | | 8 ☍ 49 | | | | |
| 24 | | | | | | | ♀ occ. cum Algorab. |
| 25 | | | | | | 10 ✶ 35 | |
| 26 □ | 2 41 | | | | 12 ✶ 32 | | |
| 27 Asc. | 19 ♒ | 19 △ 52 | | 13 ✶ 12 | | | ♀ or. cum cri. Ber. |
| 28 | 19 △ 2 | | 5 △ 7 | | | 11 □ 12 | ☿ or. cum hydra. (☊). |
| 29 | | | | | 6 □ 21 | | ☿ Apo. ♂ m. c. cũ cauda |
| 30 | | 7 □ 5 | 16 □ 42 | 4 □ 9 | | | ♀ or. cum cauda ☊. |
| 31 | | | | | | 1 △ 2 | |

a. Die 4. ☿ or. cum asino Boreo.
b. Die 7. ☿ or. cum cane minore, & asino austrino.
c. Die 8. ☿ occ. cum Apolline.
d. Die 13. ☿ occ. cum dextro humero Aurigę.

Positus Planetarum Diurnus.

| Anni veteris | Anni Grego. | ☉ ♌ | | | ☽ ♑ | | ♄ ♓ M | D | ♃ ♓ M | D | ♂ ♍ S | D | ♀ ♍ S | D | ☿ ♍ M | D | ☊ ♓ | |
|---|---|---|---|---|---|---|---|---|---|---|---|---|---|---|---|---|---|---|
| Dies | | P | ′ | ″ | P | ′ | P | ′ | P | ′ | P | ′ | P | ′ | P | ′ | P | ′ |
| 22 | 1 | 8 | 11 | 46 | 13 | 52 | 23 | 6 | 27 | 58 | 22 | 55 | 14 | 2 | 2 | 20 | 18 | 53 |
| 23 | 2 | 9 | 9 | 18 | 26 | 10 | 23 | 3 | 27 | 55 | 23 | 29 | 15 | 13 | 2 ℞ | 19 | 18 | 50 |
| 24 | 3 | 10 | 6 | 51 | 8 ♒ | 37 | 23 | 9 | 27 | 52 | 24 | 7 | 16 | 23 | 2 | 16 | 18 | 47 |
| 25 | 4 | 11 | 4 | 35 | 21 | 51 | 22 | 56 | 27 | 48 | 24 | 46 | 17 | 34 | 2 | 15 | 18 | 43 |
| 26 | 5 | 12 | 2 | 0 | 4 ♓ | 9 | 22 | 53 | 27 | 44 | 25 | 24 | 18 | 45 | 1 | 56 | 18 | 40 |
| 27 | 6 | 12 | 59 | 36 | 17 | 23 | 22 | 50 | 27 | 41 | 26 | 2 | 19 | 55 | 1 | 29 | 18 | 37 |
| B 28 | 7 | 13 | 57 | 13 | 0 ♈ | 59 | 22 | 47 | 27 | 37 | 26 | 41 | 21 | 6 | 0 | 54 | 18 | 34 |
| 29 | 8 | 14 | 54 | 51 | 14 | 59 | 22 | 44 | 27 | 33 | 27 | 20 | 22 | 16 | 0 | 12 | 18 | 31 |
| 31 | 9 | 15 | 52 | 30 | 29 ♉ | 0 | 22 | 41 | 27 | 29 | 27 | 58 | 23 | 27 | 26 ♌ | 24 | 18 | 27 |
| 30 | 10 | 16 | 50 | 10 | 13 | 20 | 22 | 38 | 27 | 24 | 28 | 36 | 24 | 37 | 28 | 31 | 18 | 24 |
| Au. 1 | 11 | 17 | 47 | 49 | 27 ♊ | 50 | 22 | 33 | 27 | 19 | 29 | 14 | 25 | 47 | 27 | 32 | 18 | 21 |
| 2 | 12 | 18 | 45 | 31 | 12 | 21 | 22 | 29 | 27 | 14 | 29 | 53 | 26 | 57 | 26 | 30 | 18 | 18 |
| 3 | 13 | 19 | 43 | 14 | 26 ♋ | 48 | 22 | 25 | 27 | 9 | 0 ♎ | 32 | 28 | 7 | 25 | 25 | 18 | 15 |
| B 4 | 14 | 20 | 40 | 58 | 11 | 10 | 22 | 21 | 27 | 4 | 1 | 9 | 29 | 17 | 24 | 21 | 18 | 12 |
| 5 | 15 | 21 | 38 | 44 | 25 ♌ | 16 | 22 | 17 | 26 | 58 | 1 | 48 | 0 ♎ | 26 | 23 A | 17 | 18 | 8 |
| 6 | 16 | 22 | 36 | 31 | 9 | 6 | 22 | 13 | 26 | 53 | 2 | 26 | 1 | 36 | 22 | 15 | 18 | 5 |
| 7 | 17 | 23 | 34 | 19 | 22 ♍ | 36 | 22 | 9 | 26 | 47 | 3 | 4 | 2 | 45 | 21 | 17 | 18 | 2 |
| 8 | 18 | 24 | 32 | 8 | 5 | 47 | 22 | 5 | 26 | 42 | 3 | 43 | 3 | 55 | 20 | 23 | 17 | 59 |
| 9 | 19 | 25 | 29 | 58 | 18 ♎ | 44 | 22 | 1 | 26 | 36 | 4 | 21 | 5 | 5 | 19 | 35 | 17 | 56 |
| 10 | 20 | 26 | 27 | 50 | 1 | 26 | 21 | 57 | 26 | 31 | 5 | 0 | 6 | 14 | 18 | 54 | 17 | 53 |
| B 11 | 21 | 27 | 35 | 43 | 13 | 57 | 21 | 53 | 26 | 25 | 5 | 39 | 7 | 24 | 18 | 19 | 17 | 50 |
| 12 | 22 | 28 | 23 | 38 | 26 | 20 | 21 | 49 | 26 | 20 | 6 | 18 | 8 | 34 | 17 | 52 | 17 | 46 |
| 13 | 23 | 29 | 21 | 34 | 8 | 30 | 21 | 44 | 26 | 15 | 6 | 57 | 9 | 43 | 17 | 33 | 17 | 43 |
| 14 | 24 | 0 ♍ | 19 | 32 | 20 | 44 | 21 | 40 | 26 | 9 | 7 | 36 | 10 | 53 | 17 | 23 | 17 | 40 |
| 15 | 25 | 1 | 17 | 32 | 3 ♐ | 3 | 21 | 35 | 26 | 3 | 8 | 16 | 12 M | 2 | 17 Di | 18 | 17 | 37 |
| 16 | 26 | 2 | 15 | 33 | 15 | 14 | 21 | 31 | 25 | 56 | 8 | 55 | 13 | 12 | 17 | 22 | 17 | 34 |
| 17 | 27 | 3 | 13 | 35 | 27 ♑ | 24 | 21 | 26 | 25 | 59 | 9 | 35 | 14 | 22 | 17 | 34 | 17 | 30 |
| B 18 | 28 | 4 | 11 | 39 | 9 | 40 | 21 | 21 | 25 | 43 | 10 | 13 | 15 | 31 | 17 | 53 | 17 | 27 |
| 19 | 29 | 5 | 9 | 44 | 22 ♒ | 6 | 21 | 16 | 25 | 37 | 10 | 53 | 16 | 41 | 18 | 18 | 17 | 24 |
| 20 | 30 | 6 | 7 | 51 | 4 | 40 | 21 | 11 | 25 | 30 | 11 | 32 | 17 | 50 | 18 | 50 | 17 | 21 |
| 21 | 31 | 7 | 5 | 59 | 17 | 25 | 21 | 6 | 25 | 23 | 12 | 12 | 19 | 0 | 19 | 28 | 17 | 18 |

| Latitudo Planetarū ad diē | ♄ | | ♃ | | ♂ | | ♀ | | ☿ | | |
|---|---|---|---|---|---|---|---|---|---|---|---|
| 1 | 1 | 51 | 1 | 30 | 0 | 20 | 1 | 15 | 1 | 46 | Menfis |
| 11 | 1 | 54 | 1 | 34 | 0 | 17 | 0 | 50 | 1 A | 52 | |
| 21 | 1 | 56 | 1 | 38 | 0 | 15 | 0 M | 17 | 3 | 18 | |

| Dies | | ☽ | ♄ Orient. | ♃ Orient. | ♂ Occid. | ♀ Occid. | ☿ Occid. | Syzygię Planetarũ mutuę, & eorum congressus cum illustrioribus aliquibus stellis fixis. |
|---|---|---|---|---|---|---|---|---|
| | | ♓ | ♓ | ♓ | ♓ | ♓ | ♓ | |
| 1 | | | 17 ✶ 56 | | 18 △ 29 | 0 △ 12 | | ☍ ♄ ☌ 8. 47. |
| 2 | | | | 3 ✶ 21 | | | | |
| 3 | ☍ | 3 5 | | | | | | |
| 4 | Asc. | 8 ♓ | | | | | 20 ☍ 0 | |
| 5 | | | | | | | | |
| 6 | | | 9 ☌ 15 | 18 ☌ 6 | 16 ☍ 1 | 4 ☍ 54 | | ♂ m.c. cum rostro corvi. |
| 7 | | | | | | | | (9.5. |
| 8 | | 0 △ 10 | | | | | | ☍ ♃ ♂ 7.15. \| ☍ ♄ ♀ |
| 9 | | | | | | | 0 △ 32 | ♂ or. cum Vindem. |
| 10 | □ | 6 9 | 15 ✶ 18 | 23 ✶ 8 | | 20 △ 16 | 23 □ 31 | |
| 11 | Asc. | 27 ♑ | | | 2 △ 26 | | | ☽ in Perig. (9 50 b. |
| 12 | | 11 ✶ 26 | 16 □ 47 | | | | 21 ✶ 53 | ☍ ♃ ♀ 5. 55. \| ☽ ☋ |
| 13 | | | | 0 □ 38 | 6 □ 31 | 2 □ 26 | | ♀ or. cum Vinde. |
| 14 | | | 18 △ 51 | | | | | |
| 15 | | | | 2 △ 52 | 11 ✶ 50 | 9 ✶ 49 | | ☌ ☽ ♀ 19. 36. |
| 16 | | | | | | | 19 ☌ 29 | ♂ m.c. cum Algorab. |
| 17 | ☌ | 1 56 | | | | | Orient. | ☌ ♂ ♀ 14. 43. \| ♀ m.c. |
| 18 | Asc. | 4 ♓ | | | | | | (cum Algorab c. |
| 19 | | | 6 ☍ 21 | 14 ☍ 47 | | | | ♂ & ♀ or. cum Arcturo. |
| 20 | | | | | 7 ☌ 13 | 10 ☌ 11 | | |
| 21 | | | | | | | 8 ✶ 10 | |
| 22 | | 4 ✶ 22 | | | | | | |
| 23 | | | | | | | 17 □ 10 | |
| 24 | □ | 20 19 | 1 △ 30 | 10 △ 16 | | | | |
| 25 | Asc. | 6 ♎ | | | 10 ✶ 56 | 19 ✶ 34 | | ☽ in Apog. (corona. |
| 26 | | | 12 □ 17 | 20 □ 56 | | | 4 △ 17 | ☽ in ☋ 4. 34. ♀ or. cum |
| 27 | | 11 △ 23 | | | | | | |
| 28 | | | 12 ✶ 23 | | 1 □ 7 | 12 □ 28 | | ♀ or. cum Algorab. |
| 29 | | | | 6 ✶ 38 | | | | ♀ or. cum rostro corvi d. |
| 30 | | | | | 13 △ 38 | | | ♀ or. cum cingulo ♍. |
| 31 | | | | | | 3 △ 13 | 4 ☍ 1 | ♂ or. cum corona e. |

a. Die 6. ♀ m. cum cauda ♌. d. Die 29. ♀ occ. cum cauda ♌.

b. Die 12. ♀ m. c. cum rostro corvi. e. Die 31. ♀ or. cum spica ♍.

c. Die 17. accidet ☌ ♂ ♀ propemodum corporal. non distabunt secundum latitudinem scr. 12.

☿ fit in principio istius [illegible] seq. ad ♌. oriẽdo cũ hydra, & crure Ber. & occ. cum Algo.

| Anni veteris | Anni Gregor. | ☉ ♍ | | | ☽ ♓ | | ♄ ♓ M D | | ♃ ♓ M D | | ♂ ♎ S D | | ♀ ♎ M D | | ☿ ♌ M A | | ☊ ♒ | |
|---|---|---|---|---|---|---|---|---|---|---|---|---|---|---|---|---|---|---|
| Dies | | P | ' | '' | P | ' | P | ' | P | ' | P | ' | P | ' | P | ' | P | ' |
| 22 | 1 | 8 | 4 | 9 | 0 | 24 | 21 | 2 | 25 | 14 | 12 | 51 | 20 | 9 | 20 | 12 | 17 | 14 |
| 23 | 2 | 9 | 3 | 10 | 13 | 41 | 20 | 57 | 25 | 6 | 13 | 31 | 21 | 18 | 20 | 59 | 17 | 11 |
| 24 | 3 | 10 | 0 | 33 | 27 ♈ | 19 | 20 | 52 | 24 | 58 | 14 | 10 | 22 | 26 | 21 | 52 | 17 | 8 |
| B 25 | 4 | 10 | 58 | 48 | 11 | 51 | 20 | 47 | 24 | 50 | 14 | 50 | 23 | 34 | 22 | 51 | 17 | 5 |
| 26 | 5 | 11 | 57 | 4 | 25 ♉ | 15 | 20 | 42 | 24 | 43 | 15 | 29 | 24 | 42 | 23 S | 54 | 17 | 2 |
| 27 | 6 | 12 | 55 | 22 | 9 | 33 | 20 | 37 | 24 | 36 | 16 | 9 | 25 | 50 | 25 | 0 | 16 | 59 |
| 28 | 7 | 13 | 53 | 42 | 21 ♊ | 4 | 20 | 32 | 24 | 28 | 16 | 49 | 26 | 57 | 26 | 9 | 16 | 55 |
| 29 | 8 | 14 | 52 | 3 | 8 | 40 | 20 | 27 | 24 | 20 | 17 | 29 | 28 | 4 | 27 | 22 | 16 | 52 |
| 30 | 9 | 15 | 50 | 26 | 23 ♋ | 15 | 20 | 23 | 24 | 12 | 18 | 9 | 29 | 10 | 28 | 38 | 16 | 49 |
| 31 | 10 | 16 | 48 | 51 | 7 | 32 | 20 | 18 | 24 | 5 | 18 | 49 | 0 ✱ | 20 | 29 ♍ | 57 | 16 | 46 |
| B 1 | 11 | 17 | 47 | 17 | 21 ♌ | 31 | 20 | 13 | 23 | 57 | 19 | 29 | 1 | 27 | 1 | 19 | 16 | 43 |
| Se. 2 | 12 | 18 | 45 | 45 | 5 | 25 | 20 | 9 | 23 | 49 | 20 | 9 | 2 | 34 | 2 | 40 | 16 | 39 |
| 3 | 13 | 19 | 44 | 15 | 18 ♍ | 51 | 20 | 4 | 23 | 41 | 20 | 49 | 3 | 41 | 4 | 4 | 16 | 36 |
| 4 | 14 | 20 | 42 | 47 | 2 | 3 | 19 | 59 | 23 | 33 | 21 | 30 | 4 | 48 | 5 | 31 | 16 | 33 |
| 5 | 15 | 21 | 41 | 20 | 14 | 57 | 19 | 54 | 23 | 26 | 22 | 11 | 5 | 55 | 7 | 1 | 16 | 30 |
| 6 | 16 | 22 | 39 | 55 | 27 ♎ | 36 | 19 | 49 | 23 | 18 | 22 | 51 | 7 | 2 | 8 | 34 | 16 | 27 |
| 7 | 17 | 23 | 38 | 31 | 10 | 0 | 19 | 44 | 23 | 10 | 23 | 32 | 8 | 9 | 10 | 9 | 16 | 23 |
| B 8 | 18 | 24 | 37 | 11 | 22 ✱ | 16 | 19 | 39 | 23 | 2 | 24 | 13 | 9 | 16 | 11 | 46 | 16 | 20 |
| 9 | 19 | 25 | 35 | 52 | 4 | 45 | 19 | 35 | 22 | 54 | 24 | 51 | 10 | 23 | 13 | 24 | 16 | 17 |
| 10 | 20 | 26 | 34 | 35 | 16 | 28 | 19 | 30 | 22 | 46 | 25 | 35 | 11 | 30 | 15 | 3 | 16 | 14 |
| 11 | 21 | 27 | 33 | 18 | 28 ♐ | 18 | 19 A | 25 | 22 | 38 | 26 | 15 | 12 | 36 | 16 | 47 | 16 | 11 |
| 12 | 22 | 28 | 32 | 7 | 10 | 32 | 19 | 20 | 22 A | 30 | 26 | 56 | 13 | 42 | 18 | 22 | 16 | 8 |
| 13 | 23 | 29 ♎ | 30 | 56 | 22 ♑ | 43 | 19 | 15 | 22 | 22 | 27 | 36 | 14 | 48 | 20 | 2 | 16 | 4 |
| 14 | 24 | 0 | 29 | 47 | 4 | 59 | 19 | 10 | 22 | 15 | 28 | 17 | 15 | 53 | 21 | 41 | 16 | 1 |
| B 15 | 25 | 1 | 28 | 40 | 17 | 10 | 19 | 6 | 22 | 7 | 28 | 57 | 16 | 58 | 23 | 25 | 15 | 58 |
| 16 | 26 | 2 | 27 | 35 | 29 ♒ | 52 | 19 | 1 | 22 | 0 | 29 ✱ | 38 | 18 | 3 | 25 | 9 | 15 | 55 |
| 17 | 27 | 3 | 26 | 32 | 12 | 37 | 18 | 57 | 21 | 52 | 0 | 19 | 19 | 8 | 26 D | 53 | 15 | 52 |
| 18 | 28 | 4 | 25 | 30 | 25 ♓ | 16 | 18 | 52 | 21 | 45 | 1 | 0 | 20 | 12 | 28 | 37 | 15 | 48 |
| 19 | 29 | 5 | 24 | 30 | 8 | 52 | 18 | 47 | 21 | 37 | 1 | 41 | 21 | 20 | 0 ♎ | 22 | 15 | 45 |
| 20 | 30 | 6 | 23 | 32 | 22 | 28 | 18 | 43 | 21 | 29 | 2 | 21 | 22 | 20 | 2 | 6 | 15 | 42 |

| Latitudo Planetarũ ad diẽ | ♄ | | ♃ | | ♂ | | ♀ | | ☿ | | Menses |
|---|---|---|---|---|---|---|---|---|---|---|---|
| 1 | 2 | 58 | 1 | 43 | 0 | 10 | 0 | 21 | 1 S | 11 | |
| 11 | 2 | 0 | 1 | 45 | 0 | 8 | 0 | 53 | 0 | 18 | |
| 21 | 2 A | 1 | 1 A | 47 | 0 | 6 | 1 | 40 | 1 D | 22 | |

Syzygiæ Lunares.

| | | Orient. | Orient. | Occid. | Occid. | Orient. | Syzygię Planetarũ mutuę, & eorum congressus cum illustrioribus aliquibus stellis fixis. |
|---|---|---|---|---|---|---|---|
| | ☽ | ♄ | ♃ | ♂ | ♀ | ☿ | |
| Dies | H ′ | H ′ | H ′ | H ′ | H ′ | H ′ | |
| 1 ☍ | 15 0 | | | | | | ⚹ ♀ ☿ 2.18. |
| 2 Asc. | 11 ♌ | 12 ☌ 42 | 19 ☌ 50 | | | | ♂ occ. cum spica ♍. |
| 3 | | | | | | | |
| 4 | | | | 6 ☍ 52 | 13 ☍ 0 | 21 △ 30 | ☌ ☿ cum Regulo. |
| 5 | | | | | | | ♂ or. cum Algorab. |
| 6 | 6 △ 0 | 18 ⚹ 15 | | | | | ♂ or. cum rostro corvi. |
| 7 | | | 0 ⚹ 41 | | | 3 □ 46 | ☽ Perig. 4. (cingu. ♍ |
| 8 □ | 11 4 | 19 □ 21 | | 15 △ 14 | | | ☿ ☊ 17.48 \| ♂ or. cum |
| 9 Asc. | 29 ♊ | | 1 □ 37 | | 10 △ 52 | 9 ⚹ 58 | |
| 10 | 17 ⚹ 0 | 21 △ 38 | | 29 □ 12 | | | ♂ or. cum spica ♍. |
| 11 | | | 4 △ 2 | | 18 □ 37 | | ⚹ ♀ ☿ 13.43 \| ☿ or. cũ |
| 12 | | | | | | | (spica. b. |
| 13 | | | | 3 ⚹ 42 | | | ☌ ☉ ♄ 7.37. |
| 14 | | Occid. | | | 5 ⚹ 36 | 7 ☌ 15 | |
| 15 ☌ | 14 3 | 9 ☍ 20 | 13 ☍ 35 | | | | |
| 16 Asc. | 10 ♌ | | | | | | ☍ ☉ ♃ 17.58. |
| 17 | | | Occid. | | | | ♀ or. cum cauda ♑ c. |
| 18 | | | | 4 ☌ 5 | | | ☿ or. cum cauda ♌. |
| 19 | | | | | 13 ☌ 0 | 20 ⚹ 44 | ♀ m. c. cum lance austr. |
| 20 | 22 ⚹ 2 | 6 △ 1 | 12 △ 28 | | | | ☽ Apog. |
| 21 | | | | | | | (53. |
| 22 | | 17 □ 12 | 23 □ 19 | | | 17 □ 52 | ☉ ♎ 10.58 \| ☌ ♄ ☿ 12. |
| 23 □ | 14 42 | | | 10 ⚹ 7 | | | |
| 24 Asc. | 13 ♌ | | | | 23 ⚹ 9 | | ☿ m. c. cum cauda ♌. |
| 25 | | 3 ⚹ 18 | 5 ⚹ 2 | 23 □ 30 | | 13 △ 28 | ♀ m. c. cum lance boreal. |
| 26 | 5 △ 16 | | | | | | △ ♄ ♀ 23.10. |
| 27 | | | | | 13 □ 7 | | ♀ occ. cum genicu ♏ c. d. |
| 28 | | | | 10 △ 28 | | | ♂ m. c. cum Arcturo. |
| 29 | | 17 ☌ 25 | 27 ☌ 17 | | 23 △ 43 | | ☌ ♃ ☿ 7.6 \| ♂ or. (a) |
| 30 | | | | | | 18 ☍ 57 | ♀ m. c. cũ corona, & occ. |
| | | | | | | | (cum orb ♏ |

a. Die 7. ♂ occ. cum cauda ♌.
b. Die 13. ♀ m. c. cum Arcturo. & ☿ or. cum hydra, & occ. cum Algorab.
c. Die 17. ☿ or. cum [illegible] & occ. cum eadem.
d. Die 27. ☿ m. c. cum [illegible].

## Positus Planetarum Diurnus.

| | | | ☉ ♎ | | | ☽ ♈ | | ♄ ♓ (M A) | | ♃ ♓ (M A) | | ♂ ♏ (S D) | | ♀ ♏ (M D) | | ☿ ♎ (S D) | | ☊ ♐ | |
|---|---|---|---|---|---|---|---|---|---|---|---|---|---|---|---|---|---|---|---|
| | Dies | | P | ′ | ″ | P | ′ | P | ′ | P | ′ | P | ′ | P | ′ | P | ′ | P | ′ |
| | 21 | 1 | 7 | 22 | 30 | 6 | 25 | 18 | 39 | 21 | 22 | 3 | 4 | 23 | 24 | 3 | 51 | 15 | 39 |
| B | 22 | 2 | 8 | 21 | 42 | 20 | 38 | 18 | 34 | 21 | 15 | 3 | 45 | 24 | 28 | 5 | 36 | 15 | 36 |
| | 23 | 3 | 9 | 20 | 50 | 5 ♉ | 4 | 18 | 30 | 21 | 8 | 4 | 27 | 25 | 31 | 7 | 22 | 15 | 33 |
| | 24 | 4 | 10 | 20 | 0 | 19 | 40 | 18 | 26 | 21 | 1 | 5 | 8 | 26 | 34 | 9 | 8 | 15 | 29 |
| | 25 | 5 | 11 | 19 | 12 | 4 ♊ | 20 | 18 | 22 | 20 | 54 | 5 | 50 | 27 | 37 | 10 | 54 | 15 | 26 |
| | 26 | 6 | 12 | 18 | 26 | 19 | 8 | 18 | 18 | 20 | 48 | 6 | 31 | 28 | 40 | 12 | 40 | 15 | 23 |
| | 27 | 7 | 13 | 17 | 42 | 3 ♋ | 42 | 18 | 14 | 20 | 41 | 7 | 12 | 29 | 43 | 14 | 26 | 15 | 20 |
| | 28 | 8 | 14 | 17 | 0 | 18 | 3 | 18 | 10 | 20 | 35 | 7 | 53 | 0 ♐ | 45 | 16 | 22 | 15 | 17 |
| B | 29 | 9 | 15 | 16 | 20 | 2 ♌ | 8 | 18 | 6 | 20 | 29 | 8 | 35 | 1 | 48 | 17 | 58 | 15 | 14 |
| | 30 | 10 | 16 | 15 | 42 | 15 | 41 | 18 | 2 | 20 | 23 | 9 | 16 | 2 | 51 | 19 | 44 | 15 | 10 |
| | Oct. 1 | 11 | 17 | 15 | 5 | 29 | 3 | 17 | 59 | 20 | 18 | 9 | 58 | 3 | 53 | 21 | 29 | 15 | 7 |
| | 2 | 12 | 18 | 14 | 32 | 11 ♍ | 59 | 17 | 55 | 20 | 12 | 10 | 39 | 4 | 54 | 23 | 14 | 15 | 4 |
| | 3 | 13 | 19 | 14 | 0 | 24 | 39 | 17 | 51 | 20 | 6 | 11 | 21 | 5 | 54 | 24 | 59 | 15 | 1 |
| | 4 | 14 | 20 | 13 | 30 | 6 ♎ | 58 | 17 | 47 | 20 | 1 | 12 | 3 | 6 | 54 | 26 | 44 | 14 | 58 |
| | 5 | 15 | 21 | 13 | 2 | 19 | 8 | 17 | 43 | 19 | 55 | 12 | 45 | 7 | 53 | 28 | 29 | 14 | 54 |
| B | 6 | 16 | 22 | 12 | 36 | 1 ♏ | 7 | 17 | 40 | 19 | 50 | 13 | 28 | 8 | 52 | 0 ♏ | 13 | 14 | 51 |
| | 7 | 17 | 23 | 12 | 12 | 13 | 9 | 17 | 37 | 19 | 45 | 14 | 10 | 9 | 51 | 1 | 57 | 14 | 48 |
| | 8 | 18 | 24 | 11 | 50 | 24 | 51 | 17 | 33 | 19 | 40 | 14 | 52 | 10 | 49 | 3 | 40 | 14 | 45 |
| | 9 | 19 | 25 | 11 | 30 | 6 ♐ | 41 | 17 | 30 | 19 | 35 | 15 | 35 | 11 | 46 | M 5 | 22 | 14 | 42 |
| | 10 | 20 | 26 | 11 | 10 | 18 | 30 | 17 | 27 | 19 | 30 | 16 | 17 | 12 | 42 | 7 | 3 | 14 | 39 |
| | 11 | 21 | 27 | 10 | 54 | 0 ♑ | 33 | 17 | 24 | 19 | 25 | 15 | 59 | 13 | 36 | 8 | 44 | 14 | 35 |
| | 12 | 22 | 28 | 10 | 40 | 12 | 40 | 17 | 21 | 19 | 21 | 17 | 41 | 14 | 33 | 10 | 24 | 14 | 32 |
| B | 13 | 23 | 29 | 10 | 27 | 25 | 0 | 17 | 18 | 19 | 17 | 18 M | 23 | 15 | 28 | 12 | 3 | 14 | 29 |
| | 14 | 24 | 0 ♏ | 10 | 16 | 7 ♒ | 35 | 17 | 14 | 19 | 13 | 19 | 4 | 16 | 22 | 13 | 41 | 14 | 26 |
| | 15 | 25 | 1 | 10 | 7 | 20 | 25 | 17 | 11 | 19 | 9 | 19 | 40 | 17 | 16 | 15 | 18 | 14 | 23 |
| | 16 | 26 | 2 | 10 | 0 | 3 ♓ | 33 | 17 | 6 | 19 | 5 | 20 | 28 | 18 | 9 | 16 | 54 | 14 | 20 |
| | 17 | 27 | 3 | 9 | 55 | 17 | 0 | 17 | 5 | 19 | 1 | 21 | 10 | 19 | 1 | 18 | 29 | 14 | 16 |
| | 18 | 28 | 4 | 9 | 52 | 0 ♈ | 50 | 17 | 2 | 18 | 57 | 21 | 51 | 19 | 54 | 20 | 3 | 14 | 13 |
| | 19 | 29 | 5 | 9 | 51 | 14 | 56 | 16 | 59 | 18 | 54 | 22 | 33 | 20 | 45 | 21 | 36 | 14 | 10 |
| B | 20 | 30 | 6 | 9 | 52 | 27 | 24 | 16 | 5 | 18 | 51 | 23 | 15 | 21 | 36 | 23 | 7 | 14 | 7 |
| | 21 | 31 | 7 | 9 | 54 | 14 ♉ | 0 | 16 | 53 | 18 | 47 | 23 | 57 | 22 | 26 | 24 | 37 | 14 | 4 |

| Latitudo Planetarũ ad diẽ | | ♄ | | ♃ | | ♂ | | ♀ | | ☿ | | |
|---|---|---|---|---|---|---|---|---|---|---|---|---|
| | 1 | 2 | 1 | 1 | 40 | 0 | 4 | 2 | 15 | 1 | 30 | |
| | 11 | 1 | 59 | 1 | 44 | 0 | 2 | 2 | 52 | 0 | 40 | Mensis |
| | 21 | 1 | 58 | 1 | 42 | 0 M | 0 | 3 | 14 | 0 M | 5 | |

| Syzygiæ Lunares. | | | | | | | |
|---|---|---|---|---|---|---|---|
| | | Occid. | Occid. | Occid. | Occid. | Orient. | Syzygiæ Planetarũ mutuę, & eorum congressus cum illustrioribus aliquibus stellis fixis. |
| | ☉ | ♄ | ♃ | ♂ | ♀ | ☿ | |
| Dies | H ′ | H ′ | H ′ | H ′ | H ′ | H ′ | |
| 1 ☍<br>2 Asc. | 2 1<br>11 ♑ | | | 22 ☍ 43 | | | ♀ occ. cum corde ♏.<br>☿ or. cum Arcturo. |
| 3<br>4 | | 21 ✶ 42 | 1 ✶ 55 | | 11 ☍ 55 | | ♀ occ. cum bor. lance.<br>☽ Perig. |
| 5<br>6 | 12 △ 3 | 23 □ 38 | 2 □ 43 | | | 12 △ 0<br>Occid. | ☌ ☉ ♀ 12.12 \| ☽ 36 17.<br>☿ or. cũ corona. (52.a. |
| 7 □<br>8 Asc. | 17 35<br>5 ♓ | 0 △ 15 | 4 △ 22 | 6 △ 10 | 23 △ 35 | 20 □ 31 | ♀ occ. cũ coma Beren. b. |
| 9<br>10 | 1 ✶ 8 | | | 12 □ 9 | | 8 ✶ 23 | ♂ or. cum cauda cygni.<br>♂ or. cum chelis. |
| 11<br>12 | | 11 ☍ 12 | 15 ☍ 23 | 21 ✶ 24 | 9 □ 46 | | ♂ occ. cum eadem.<br>♀ or. cum corde ♏. c. |
| 13<br>14 | | | | | 23 ✶ 45 | | |
| 15 ☌<br>16 Asc. | 4 53<br>6 ♈ | | | | | 21 ☌ 53 | |
| 17<br>18 | | 9 △ 23 | 13 △ 34 | 1 ☌ 28 | | | ♀ m. cũ lyra, & m. c. cũ<br>(Arcturo. |
| 19<br>20 | 16 ✶ 37 | 21 □ 45 | 1 □ 51 | | 11 ☌ 9 | | ☽ Apog. & ☊ 16.7.<br>♂ m. c. cum bor. chele. |
| 21<br>22 | | 9 ✶ 3 | 12 ✶ 56 | 10 ✶ 21 | | 18 ✶ 48 | △ ♄ ♂ 13 26. d.<br>♀ occ. cũ Arcturo. |
| 23 □<br>24 Asc. | 9 0<br>8 ♋ | | | 22 □ 44 | 17 ✶ 44 | 13 □ 3 | ♄ occ. cũ Acar. (21.31<br>△ ♃ ♂ 4.41 \| □ ♄ ♀ |
| 25<br>26 | 21 △ 16 | | | | | | ♀ or. cum Aquila.<br>♀ m. c. cum acu. ♏. e. |
| 27<br>28 | | 0 ☌ 9 | 3 ☌ 29 | 7 △ 30 | 3 □ 40 | 2 △ 54 | △ ♃ ♀ 29.1. ♂ m. c.<br>(cũ corona. |
| 29<br>30 ☍ | 11 16 | | | | 10 △ 11 | | ☿ m. c. cum corona.<br>☌ ♂ ♀ 4.0. |
| 31 Asc. | 21 ♌ | 4 ✶ 36 | 7 ✶ 34 | 16 ☍ 40 | | 18 ☍ 52 | ♀ m. c. cum neb. ♏. |

a. Die 5. ☿ or. cum rostro galline.
b. Die 8. ☿ or. cum ala dextra corui, & cum rostro corui.
c. Die 12. ♂ occ. cum australi lance.
d. Die 21. ♀ or. cum chelis, & cauda cygni, & m. c. cum australi chele.
e. Die 26. ♂ occ. cum aculeo ♏.

| Dies Anni veteris | Anni Gregor. | ☉ ♏ | | | ☽ ♉ | | ♄ ♓ (M A) | | ♃ ♓ (M A) | | ♂ ♏ (M D) | | ♀ ♐ (M D) | | ☿ ♏ (M D) | | ☊ ♐ | |
|---|---|---|---|---|---|---|---|---|---|---|---|---|---|---|---|---|---|---|
| Dies | | P | ′ | ″ | P | ′ | P | ′ | P | ′ | P | ′ | P | ′ | P | ′ | P | ′ |
| 22 | 1 | 8 | 9 | 58 | 28 ♊ | 59 | 16 | 54 | 18 | 44 | 24 | 38 | 23 | 16 | 26 | 6 | 14 | 0 |
| 23 | 2 | 9 | 10 | 3 | 13 | 56 | 16 | 52 | 18 | 42 | 25 | 20 | 24 | 5 | 27 | 33 | 13 | 57 |
| 24 | 3 | 10 | 10 | 10 | 28 ♋ | 47 | 16 | 50 | 18 | 40 | 26 | 2 | 24 | 54 | 28 ♐ | 59 | 13 | 54 |
| 25 | 4 | 11 | 10 | 19 | 13 | 27 | 16 | 49 | 18 | 38 | 26 | 44 | 25 | 41 | 0 | 23 | 13 | 51 |
| 26 | 5 | 12 | 10 | 30 | 27 ♌ | 50 | 16 | 47 | 18 | 36 | 27 | 26 | 26 | 27 | 1 | 45 | 13 | 47 |
| B 27 | 6 | 13 | 10 | 43 | 11 | 54 | 16 | 45 | 18 | 35 | 28 | 8 | 27 | 12 | 3 | 5 | 13 | 44 |
| 28 | 7 | 14 | 10 | 57 | 25 ♍ | 33 | 16 | 43 | 18 | 34 | 28 | 50 | 27 | 57 | 4 | 22 | 13 | 41 |
| 29 | 8 | 15 | 11 | 13 | 8 | 50 | 16 | 41 | 18 | 34 | 29 | 33 | 28 | 41 | 5 | 36 | 13 | 38 |
| 30 | 9 | 16 | 11 | 31 | 21 ♎ | 45 | 16 | 40 | 18 | 33 | 0 ♐ | 16 | 29 ♑ | 34 | 6 | 48 | 13 | 35 |
| 31 | 10 | 17 | 11 | 51 | 4 | 16 | 16 | 39 | 18 | 33 | 1 | 0 | 0 | 5 | 7 | 57 | 13 | 32 |
| No. 1 | 11 | 18 | 12 | 12 | 16 | 31 | 16 | 38 | 18 | 33 | 1 | 45 | 0 A | 44 | 9 | 1 | 13 | 28 |
| 2 | 12 | 19 | 12 | 35 | 28 ♏ | 34 | 16 | 37 | 18 | 33 | 2 | 29 | 1 | 22 | 10 | 4 | 13 | 25 |
| B 3 | 13 | 20 | 13 | 0 | 10 | 25 | 16 | 37 | 18 Di | 33 | 3 | 13 | 1 | 59 | 11 | 5 | 13 | 22 |
| 4 | 14 | 21 | 13 | 26 | 22 ♐ | 9 | 16 | 36 | 18 | 33 | 3 | 57 | 2 | 36 | 12 | 3 | 13 | 19 |
| 5 | 15 | 22 | 13 | 54 | 3 | 40 | 16 | 36 | 18 | 33 | 4 | 41 | 3 | 12 | 12 | 56 | 13 | 15 |
| 6 | 16 | 23 | 14 | 24 | 15 | 28 | 16 | 36 | 18 | 34 | 5 | 25 | 3 | 47 | 13 A | 46 | 13 | 12 |
| 7 | 17 | 24 | 14 | 55 | 27 ♑ | 21 | 16 | 35 | 18 | 34 | 6 | 9 | 4 | 20 | 14 | 32 | 13 | 9 |
| 8 | 18 | 25 | 15 | 28 | 9 | 1 | 16 | 35 | 18 | 35 | 6 | 53 | 4 | 51 | 15 | 14 | 13 | 6 |
| 9 | 19 | 26 | 16 | 5 | 21 ♒ | 1 | 16 | 35 | 18 | 36 | 7 | 37 | 5 | 19 | 15 | 51 | 13 | 3 |
| B 10 | 20 | 27 | 16 | 37 | 3 | 13 | 16 Di | 35 | 18 | 38 | 8 | 21 | 5 | 45 | 16 | 23 | 13 | 0 |
| 11 | 21 | 28 | 17 | 14 | 15 | 40 | 16 | 35 | 18 | 40 | 9 | 5 | 6 | 10 | 15 | 50 | 12 | 56 |
| 12 | 22 | 29 | 17 | 52 | 28 ♓ | 25 | 16 | 35 | 18 | 41 | 9 | 50 | 6 | 34 | 17 | 13 | 12 | 53 |
| 13 | 23 | 0 ♐ | 18 | 31 | 11 | 35 | 16 | 35 | 18 | 43 | 10 | 34 | 6 | 58 | 17 | 32 | 12 | 50 |
| 14 | 24 | 1 | 19 | 12 | 25 ♈ | 6 | 16 | 36 | 18 | 45 | 11 | 18 | 7 | 17 | 17 | 46 | 12 | 47 |
| 15 | 25 | 2 | 19 | 54 | 9 | 0 | 16 | 36 | 18 | 47 | 12 | 2 | 7 | 37 | 17 | 53 | 12 | 44 |
| 16 | 26 | 3 | 20 | 37 | 23 ♉ | 14 | 16 | 36 | 18 | 49 | 12 | 47 | 7 | 55 | 17 R | 56 | 12 | 40 |
| B 17 | 27 | 4 | 21 | 21 | 7 | 49 | 16 | 37 | 18 | 51 | 13 | 31 | 8 | 10 | 17 | 53 | 12 | 37 |
| 18 | 28 | 5 | 22 | 6 | 22 ♊ | 40 | 16 | 37 | 18 | 54 | 14 | 15 | 8 | 23 | 17 | 45 | 12 | 34 |
| 19 | 29 | 6 | 22 | 53 | 7 | 39 | 16 | 38 | 18 | 58 | 15 | 0 | 8 | 34 | 17 | 32 | 12 | 31 |
| 20 | 30 | 7 | 23 | 41 | 22 | 41 | 16 | 39 | 19 | 2 | 15 | 44 | 8 | 43 | 17 | 14 | 12 | 28 |

| Latitudo Planetarũ ad diẽ | ♄ | | ♃ | | ♂ | | ♀ | | ☿ | | |
|---|---|---|---|---|---|---|---|---|---|---|---|
| 1 | 1 | 56 | 1 | 40 | 0 | 1 | 3 | 30 | 1 | 47 | Mensis |
| 11 | 1 | 53 | 1 | 37 | 0 | 2 | 3 A | 29 | 2 A | 36 | |
| 21 | 1 | 51 | 1 | 34 | 0 | 2 | 2 | 50 | 2 | 48 | |

Syzygiæ Lunares.

| Dies | ☉ | Occid. ♄ | Occid. ♃ | Occid. ♂ | Occid. ♀ | Occid. ☿ | Syzygiæ Planetarũ mutuæ, & earum congressus cum illustrioribus aliquibus stellis fixis. |
|---|---|---|---|---|---|---|---|
| | H ′ | H ′ | H ′ | H ′ | H ′ | H ′ | |
| 1 | | | | | | | ☉ Perig. (gall. |
| 2 | | 4□45 | 7□40 | | 17☍21 | | ☉ ☊0.3 \| ☿ or. cũ rost. |
| 3 | 20△0 | | | | | | ♀ or. cum cauda Del. a. |
| 4 | | 5△35 | 8△37 | 13△18 | | | ☿ m.c. cum pal. Ophi. |
| 5 | | | | | | 7△24 | |
| 6 □ | 2 47 | | | | | | ♂ or. cum rostro galli. |
| 7 Asc. | 15 ♓ | | | 6□16 | 4△35 | 17□34 | ♂ occ. cum lance borea. |
| 8 | 12✶47 | 14☍33 | 18☍4 | | | | |
| 9 | | | | 17✶20 | 15□29 | | △ ☉ ♄ 12.45. |
| 10 | | | | | | 8✶0 | ☿ or. cum corde ♏. |
| 11 | | | | | | | △ ☉ ♃ 8.24. |
| 12 | | | | | 5✶58 | | |
| 13 ☌ | 21 20 | 12△41 | 16△38 | | | | ♀ or. cum neb. [illegible], b. |
| 14 Asc. | 27 [illegible] | | | | | | |
| 15 | | | | 1☌50 | | 20☌13 | ☿ Apo. & ☊19.24. |
| 16 | | 2□19 | 6□20 | | | | ♀ or. cum acu. ♏. |
| 17 | | | | | 15☌9 | | ♀ m.c. cum lyra. |
| 18 | | 15✶8 | 19✶9 | | | | |
| 19 | 11✶16 | | | | | | ♂ or. cum corde ♏. |
| 20 | | | | 10✶39 | | | □ ♄ ☿ 9.47 \| ♀ m.c. |
| 21 | | | | | | 1✶33 | (cum neb. [illegible]. |
| 22 □ | 2 5 | | | 21□2 | 15✶17 | | ☿ or. cum Aquila. |
| 23 Asc. | 27 ♓ | 8☌53 | 12☌41 | | | 10□44 | |
| 24 | 11△35 | | | | 21□34 | | |
| 25 | | | | 5△24 | | 15△1 | ☿ occ. cum Arcturo. |
| 26 | | | | | | | |
| 27 | | 14✶14 | 17✶54 | | 0△35 | | □ ♃ ♀ [illegible] \| ♀ or. |
| 28 ☍ | 22 3 | | | | | | (neb. ♏. |
| 29 Asc. | 8 ♑ | 14□21 | 18□8 | 12☍19 | | 6☍28 | ☉ Perig. & ☊7.45. |
| 30 | | | | | | | |
| 31 | | | | | | | |

a. Die 3. ♂ occ. cum neb. ♏, & cum corde ♏.

b. Die 13. ♂ m.c. cum corde ♏.

♄ Hoc mense fit directus occidendo cum lucida Eridani.

☿ fit hoc mense ℞ oriendo cum Aquila, & culminando cum acu. ♏, & occ. cum Arcturo.

| Anni veteris | Anni Grego. | ☉ ♐ | | | ☽ ♋ | | ♄ ♓ (M A) | | ♃ ♓ (M A) | | ♂ ♐ (M D) | | ♀ ♑ (M A) | | ☿ ♐ (M A) | | ☊ ♐ | |
|---|---|---|---|---|---|---|---|---|---|---|---|---|---|---|---|---|---|---|
| Dies | | P | ′ | ″ | P | ′ | P | ′ | P | ′ | P | ′ | P | ′ | P | ′ | P | ′ |
| 21 | 1 | 8 | 24 | 30 | 7 | 36 | 16 | 40 | 19 | 7 | 16 | 29 | 8 | 49 | 16 | 52 | 12 | 25 |
| 22 | 2 | 9 | 25 | 20 | 22 ♌ | 23 | 16 | 41 | 19 | 11 | 17 | 13 | 8 | 52 | 16 | 26 | 12 | 21 |
| 23 | 3 | 10 | 26 | 11 | 6 | 49 | 16 | 42 | 19 | 15 | 17 | 58 | 8 ℞ | 54 | 15 | 56 | 12 | 18 |
| B 24 | 4 | 11 | 27 | 3 | 20 ♍ | 53 | 16 | 43 | 19 | 19 | 18 | 42 | 8 | 53 | 15 | 23 | 12 | 15 |
| 25 | 5 | 12 | 27 | 56 | 4 | 36 | 16 | 44 | 19 | 23 | 19 | 27 | 8 | 50 | 14 | 48 | 12 | 12 |
| 26 | 6 | 13 | 28 | 50 | 17 ♎ | 55 | 16 | 46 | 19 | 27 | 20 | 12 | 8 | 45 | 14 S | 13 | 12 | 9 |
| 27 | 7 | 14 | 29 | 45 | 0 | 52 | 16 | 47 | 19 | 32 | 20 | 56 | 8 | 38 | 13 | 36 | 12 | 5 |
| 28 | 8 | 15 | 30 | 41 | 13 | 38 | 16 | 49 | 19 | 37 | 21 | 41 | 8 | 28 | 13 | 0 | 12 | 2 |
| 29 | 9 | 16 | 31 | 38 | 25 ♏ | 40 | 16 | 51 | 19 | 42 | 22 | 25 | 8 | 17 | 12 | 25 | 11 | 59 |
| 30 | 10 | 17 | 32 | 36 | 7 | 49 | 16 | 53 | 19 | 47 | 23 | 10 | 8 | 3 | 11 | 51 | 11 | 56 |
| B 1 | 11 | 18 | 33 | 35 | 19 ♐ | 41 | 16 | 55 | 19 | 52 | 23 | 55 | 7 | 40 | 11 | 19 | 11 | 53 |
| De. 2 | 12 | 19 | 34 | 35 | 1 | 24 | 16 | 57 | 19 | 58 | 24 | 39 | 7 | 27 | 10 | 51 | 11 | 50 |
| 3 | 13 | 20 | 35 | 36 | 13 | 4 | 17 | 0 | 20 | 4 | 25 | 24 | 7 | 6 | 10 | 28 | 11 | 46 |
| 4 | 14 | 21 | 36 | 37 | 24 ♑ | 48 | 17 | 3 | 20 | 10 | 26 | 9 | 6 S | 42 | 10 | 8 | 11 | 43 |
| 5 | 15 | 22 | 37 | 39 | 6 | 20 | 17 | 6 | 20 | 16 | 26 | 53 | 6 | 19 | 9 | 51 | 11 | 40 |
| 6 | 16 | 23 | 38 | 41 | 18 ♒ | 4 | 17 | 10 | 20 | 23 | 27 | 38 | 5 | 53 | 9 | 39 | 11 | 37 |
| 7 | 17 | 24 | 39 | 43 | 0 | 1 | 17 | 13 | 20 | 29 | 28 | 22 | 5 | 25 | 9 | 33 | 11 | 34 |
| B 8 | 18 | 25 | 40 | 45 | 12 | 8 | 17 | 16 | 20 | 36 | 29 | 7 | 4 | 56 | 9 D | 32 | 11 | 30 |
| 9 | 19 | 26 | 41 | 49 | 24 ♓ | 32 | 17 | 19 | 20 | 42 | 29 ♑ | 52 | 4 | 26 | 9 | 37 | 11 | 27 |
| 10 | 20 | 27 | 42 | 53 | 7 | 11 | 17 | 21 | 20 | 49 | 0 | 37 | 3 | 55 | 9 | 50 | 11 | 24 |
| 11 | 21 | 28 | 43 | 57 | 20 ♈ | 19 | 17 | 25 | 20 | 55 | 1 | 22 | 3 | 23 | 10 | 8 | 11 | 21 |
| 12 | 22 | 29 | 45 | 1 | 3 | 47 | 17 | 28 | 21 | 2 | 2 | 7 | 2 | 51 | 10 | 30 | 11 | 18 |
| 13 | 23 | 0 ♑ | 46 | 6 | 17 ♉ | 38 | 17 | 31 | 21 | 9 | 2 | 52 | 2 | 19 | 10 | 56 | 11 | 14 |
| 14 | 24 | 1 | 47 | 11 | 1 | 42 | 17 | 35 | 21 | 17 | 3 | 37 | 1 | 46 | 11 | 27 | 11 | 11 |
| B 15 | 25 | 2 | 48 | 16 | 16 | 28 | 17 | 38 | 21 | 25 | 4 | 22 | 1 | 13 | 12 D | 2 | 11 | 8 |
| 16 | 26 | 3 | 49 | 21 | 1 ♊ | 16 | 17 | 42 | 21 | 33 | 5 | 7 | 0 | 40 | 12 | 41 | 11 | 5 |
| 17 | 27 | 4 | 50 | 27 | 16 ♋ | 16 | 17 | 45 | 21 | 40 | 5 | 52 | 0 | 8 | 13 | 23 | 11 | 2 |
| 18 | 28 | 5 | 51 | 33 | 1 | 13 | 17 | 49 | 21 | 48 | 6 | 37 | 29 ♐ | 36 | 14 | 11 | 10 | 58 |
| 19 | 29 | 6 | 52 | 39 | 16 ♌ | 3 | 17 | 53 | 21 | 56 | 7 | 22 | 29 | 6 | 15 | 4 | 10 | 55 |
| 20 | 30 | 7 | 53 | 45 | 0 | 45 | 17 | 57 | 22 | 4 | 8 | 7 | 28 | 37 | 16 | 2 | 10 | 52 |
| 21 | 31 | 8 | 54 | 52 | 15 | 5 | 18 | 1 | 22 | 13 | 8 | 52 | 28 | 9 | 17 | 5 | 10 | 49 |
| Latitudo Planetarũ ad diẽ | 1 | | | | | | 1 | 48 | 1 | 31 | 0 | 2 | 0 | 58 | 1 S | 22 | Mensis | |
| | 11 | | | | | | 1 | 45 | 1 | 27 | 0 | 3 | 0 S | 18 | 0 | 53 | | |
| | 21 | | | | | | 1 | 42 | 1 | 23 | 0 | 3 | 1 | 24 | 2 D | 4 | | |

Syzygiæ Lunares.

| Dies | ☉ | Occid. ♄ | Occid. ♃ | Occid. ♂ | Occid. ♀ | Occid. ☿ | Syzygię Planetarū mutuę & eorum congressus cum illustrioribus aliquibus stellis fixis. |
|---|---|---|---|---|---|---|---|
| | H ′ | H ′ | H ′ | H ′ | H ′ | H ′ | |
| 1<br>2 | | 14△42 | 13△51 | | 1☍56 | | □♄☌0.12 \| ☌ ♂ ☿ a.<br>♂ m.c. cū acu. ♏ (53.a. |
| 3<br>4 | 6△43 | | | 20△ 4 | | 14△58 | |
| 5 □<br>6 Asc. | 15 36<br>17 ♎ | 21☍54 | 2☍51 | 4□28 | 7△37 | 17□37 | ♂ occ. cum Arcturo.<br>♂ or. cum Aquila. |
| 7<br>8 | 4✱16 | | | 15✱58 | 14□31 | 23✱ 3<br>Orient. | ♂ m.c. cum neb. ♋. |
| 9<br>10 | | 18△23 | | | 0✱28 | | |
| 11<br>12 | | | 0△23 | | | 18☌49 | ♀ or. cum aculeo ♏. (18<br>□ ☽ ♃ 10.2 \| ♍ ☊ 21 |
| 13 ☌<br>14 Asc. | 17 15<br>12 ♐ | 8□10 | 14□35 | 3☌16 | 23☌58 | | ☽ Apog.<br>♀ m. c. cum neb. ++. |
| 15<br>16 | | 22✱ 4 | 4✱37 | | | | ♀ or. cum corde ♌.<br>♀ occ. cum neb. ++. |
| 17<br>18 | | | | | | 18✱51 | ♂ or. cum cauda Del.<br>♀ or. cū neb. ++ ♂ m.c. |
| 19<br>20 | 4✱27 | 18☌39 | | 10✱42 | 18✱ 1 | 4□51 | (cum lyra. |
| 21 □<br>22 Asc. | 16 21<br>19 ♑ | | 1☌ 4 | 20□52 | 22□24 | 11△55 | ☌ ♂ ♀ 13.52. |
| 23<br>24 | 23△51 | | | 3△ 2 | 23△48 | | ☌ ☉ ♀ 0.15. |
| 25<br>26 | | 1✱35 | 8✱ 8 | | Occident. | 19☍ 9 | ♂ m.c. cum fidicula.<br>☽ ☊ 13.28. |
| 27<br>28 ☍ | 8 6 | 2□23 | 8□44 | 9☍12 | 21☍30 | | ☽ Per. ♂ or. cū neb. ++<br>♂ m.c. cum neb. ++. |
| 29 Asc.<br>30 | 11 ♋ | 3△ 1 | 9△44 | | | | ♂ or. cum aculeo ♏. b.<br>☌ ☉ ♂ 19.40. corporea |
| 31 | | | | Orient. | 21△30 | 3△41 | |

*a. Die 1. □ ♄ ♀ 10.40.*
*b. Die 29. ♂ occ. cum neb. oculi ++.*
*☿ hoc mense fit directus oriendo cum corde ♌.*

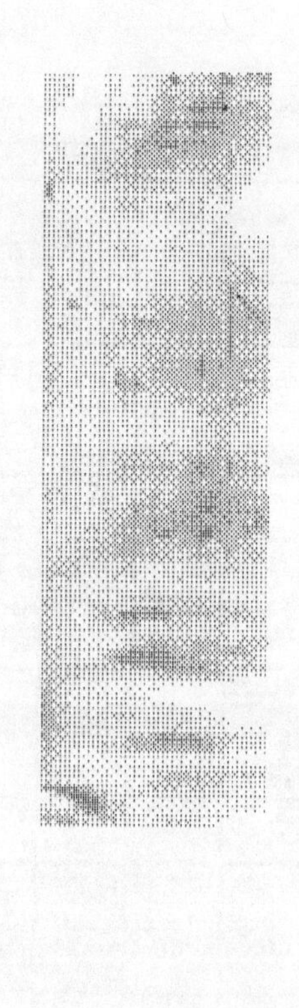

46

# EPHEMERIS IOANNIS ANTONII MAGINI PATAVINI

Ad annum Dominicæ Incarnationis

1584

Intercalarem, seu Bissextilem, qui est secundus à Gregoriana Kalendarij restitutione, & à principio Mundi 5546.

*Constitutio cœli ad introitum Solis in ♈ initium, seu æquinoctij verni.*

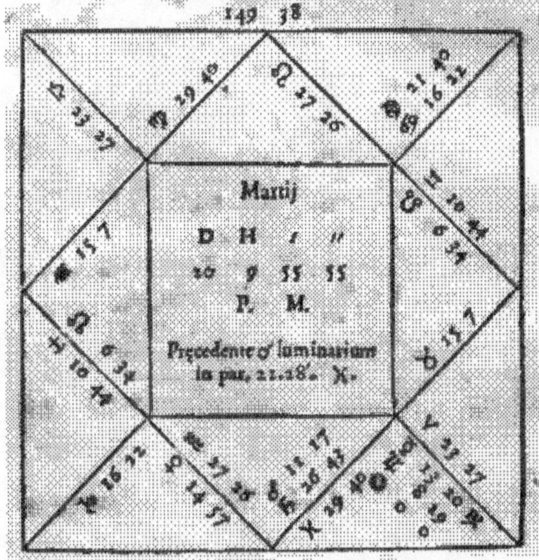


Apparens huius anni magnitudo.

*Dierum* 365. *Horarum* 5. *Scr.* 55′. 25″. 52‴. 40⁗.

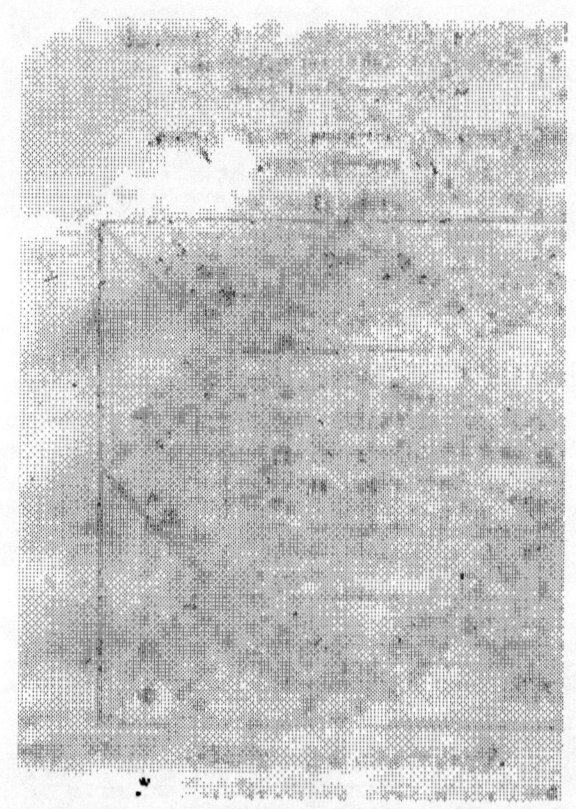

# ANNO DOMINI INTERCALARI, seu Bisextili 1584

| Ingressus ☉ in primum minutum, | | | D. | H. | ′ | ″ |
|---|---|---|---|---|---|---|
| | ♋, Seu initium ęstatis | Iunij | 21 | 6 | 56 | 0 |
| | ♎, Et initium autumni | Septemb. | 22 | 18 | 0 | 0 |
| | ♑, Et initium hiemis | Decemb. | 21 | 11 | 58 | 29 |

| | P. | ′ | ″ | ‴ |
|---|---|---|---|---|
| Vera Aequinoctiorum Retrocessio | 27 | 55 | 40 | 47 |
| Obliquitas Zodiaci | 23 | 28 | 3 | 46 |

Eccentricitas ☉ 32135. Quarum semidiameter Eccentri eius part. 1000000. seu par. 1 56′ 2″ 44‴. Quarum 60.

| | | P. | ′ | ″ | | | | |
|---|---|---|---|---|---|---|---|---|
| Locus Apogei | ♄ | 29 | 4 | 12 | ♓ | Aureus Numerus | | 8 |
| | ♃ | 6 | 37 | 10 | ♎ | Cyclus Soli | | 25 |
| | ♂ | 28 | 20 | 6 | ♌ | Epacta | | 18 |
| | ☉ | 8 | 57 | 5 | ♋ | Indictio Romana | | 12 |
| | ♀ | 16 | 16 | 41 | ♊ | Litera Dominicalis | A | G |
| | ☿ | 29 | 57 | 40 | [illegible] | Interuallum hebd. 7. Dies | | 0 |

*Festa mobilia secundum Sacrosanctæ Romanæ Ecclesiæ usum iuxta annum reformatum.*

| | | |
|---|---|---|
| Settuagesima | Ianuarij | 29 |
| Cinis | Februarij | 15 |
| Pascha | Aprilis | 1 |
| Rogationes | Maij | 6 |
| Ascensio Domini | Maij | 10 |
| Pentecoste | Maij | 20 |
| Corpus Domini | Maij | 31 |
| Aduentus Domini | Decemb. | 2 |

## Defectus Solis anno Bissextili, 1584.

*Die 29. Aprilis anni veteris, qui congruit cum die 9. Maij anni Gregoriani H. 17. 47′. 42″. à meridie æquatis luminaria secundum suos veros motus copulabuntur in par. 19. 10′. 38″. ♉ apud Draconis ☋, accedente ☉ ad Augem sui Eccentrici. Verum cum hæc ecliptica ☌ contingat in quadrante cœli orientali, apparens ☌ præcedet veram, & hæc quidem accidet H. 16. 59′. 27. ita vt sit intervallum inter veram, & visibilem ☌ H. 0. 48′. 16″. nam parallaxis secundum longitudinem inuenta fuit sit 27′. 23″. Distant autem ambo luminaria à vertice nostro par. 87. 32′. Solis item annua anomalia est par. 309. 45′. 45″. Vnde eius semidiameter apparens 15′. 59″. Anomalia autem Lunaris est par. 141. 37′. 34″. & eius semidiameter 17′. 18″. Verus latitudinis ☽ motus est par. 74. 49′. 37″. veraq; ☽ latitudo par. 1. 18′. 24″. Parallaxis autem secundum latitudinem inuenta est 51′. 21″. ideo apparens seu visa ☽ latitudo est 27′. 2″. Borea; sed ad initium defectus visa latitudo est 28′. 44″. & ad exitum 25′. 20″. semper Bor. Puncta ecliptica erunt 2. 23′. Tempus casus H. 0. 34′. 30″. Emersionis autem H. 0. 32′. 34″.*

| Huius Solaris Eclipsis, Dig. 2. 23. | | H. | scr. | | |
|---|---|---|---|---|---|
| | Principium erit | 16 | 25 | T. M. | A principio ad finem pertransient H. 1. 7. |
| | | 9 | 12 | Horol. | |
| | Medium, seu visa ☌ | 16 | 59 | T. M. | |
| | | 9 | 46 | Horol. | |
| | Finis erit | 17 | 32 | T. M. | |
| | | 10 | 19 | Horol. | |

## Parallaxes huius Solaris deliquij.

| Digiti Eclipsici numerabuntur | Punt. | ′ | | | | | |
|---|---|---|---|---|---|---|---|
| | 0 | 49 | In climate | Quarto, | & gr. | 36 | Elevationis poli. |
| | 1 | 51 | | Quinto, | & gr. | 41 | |
| | 2 | 25 | | Sexto, | & gr. | 45 | |
| | 3 | 12 | | Septimo, | & gr. | 49 | |
| | 3 | 41 | | Octauo, | & gr. | 52 | |

Sequitur Typus prædictæ Eclipsis Solis quemadmodum in sexto climate apparebit.

Meridies

*Huius Eclipsis principium in nostro climate minime videbitur, nam Sol apud nos orietur H.9.34'. Horol. in aliquibus verò locis occidentalioribus nec ipsum medium conspicietur, vt sunt Bohemia, Brabantia, Franconia, Heluetia, Flandria, Gallia, Holsatia, Eslinga, Scotia, Ruthenia, & Sabaudia, verum Hispaniæ, Portugalliæ, Nicæ, Landia, Hiberniæ, Angliæ, Fessæ Aphricæ, & aliquibus locis Galliæ nulla penitus Eclipsis apparitura est. Sed qui orientem versus habitant, ij maiorem spatium Eclipsis videndi habent, item qui Neapolim, Capuam, Calabriam, Apuliam, Siciliam, Poloniam, Vngariam, Rutheniam, Liuoniam, Bulgariam, Dalmatiā, Græciam, Arabiam, Iudæam, Caldæam & cætera loca huius longitudinis incolunt, hi integram Eclipsis durationem commode obseruare poterunt.*

## Deliquium Lunæ anno prædicto.

*Die 7. Nouembris anni veteris, qui est dies 17. anni nouali conspicietur ☽ in diametro Solis cum totali sui luminis iactura in par. 25.33'.5". & non procul a dracontis ☋, & hoc hora 13.16'.50". à meridie æquatis. Ad hoc verò tempus anomalia ☽ annua reperitur par. 137.50'.31". semidiameter eius apparens 16'.43". reperitur q; circa longitudinem mediam sui Eccentrici. ☽ autem anomalia æquata est par. 128.42'.9". vnde eius semidiameter apparens est 17'.11". & semidiameter vmbræ terrenæ est 40'.42". Verus motus latitudinis ☽ est par. 91.47'.55". & eius vera latitudo 5'.25". Austr. sed ad initium Eclipsis 3'.29". Austr. ad finem verò 15'.24". Australis. Puncta Eclipsica erunt 19.2'. Tempus incidentiæ H.1.5'. Mora autem dimidiata H.0.50'.*

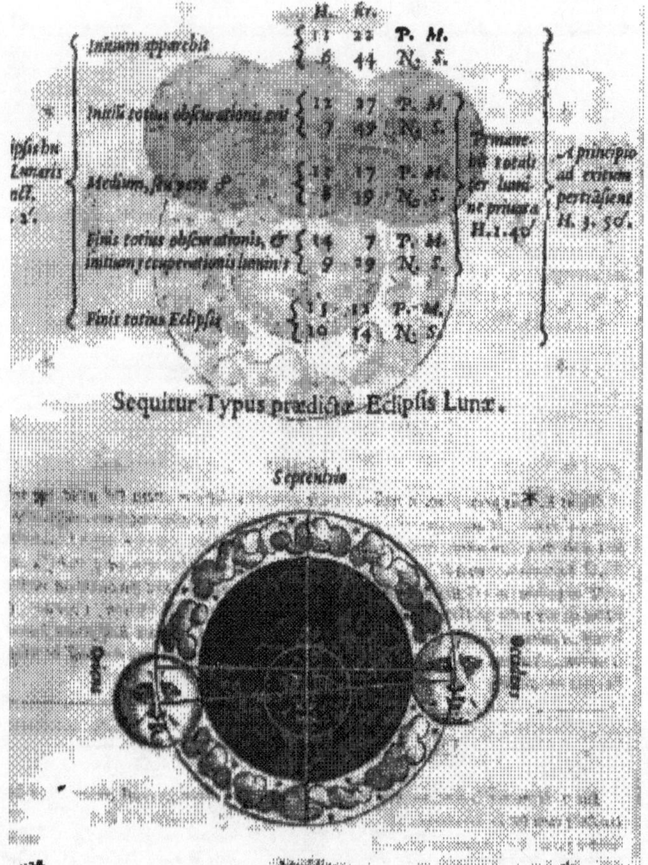

| | H. | Scr. | |
|---|---|---|---|
| *Initium apparebit* | 11 | 22 | P. M. |
| | 6 | 44 | N. S. |
| *Initiū totius obscurationis erit* | 12 | 37 | P. M. |
| | 7 | 49 | N. S. |
| *Medium, seu pars &* | 13 | 17 | P. M. |
| | 8 | 39 | N. S. |
| *Finis totius obscurationis, & initium recuperationis luminis* | 14 | 7 | P. M. |
| | 9 | 29 | N. S. |
| *Finis totius Eclipsis* | 15 | 12 | P. M. |
| | 10 | 14 | N. S. |

*...ipsis hu... Lunaris ...nll, ... 2'.*

*Permanebit totali fer lumine privata H. 1. 40'*

*A principio ad exitum pertransient H. 3. 50'.*

Sequitur Typus prædictæ Eclipsis Lunæ.

# *Planetarum status.*

♄ Hoc anno recedit paulatim à medietate Eccentri versus oppositum Augis.
Die 19 Martij Apogæum [?], 25 Octobris Perigæum — Epicycli tenet.
Post 18. Iulij vsque ad 2. Decemb. regreditur.

♃ Die 8. Febr. ad oppositum Augis deferentis peruenit, & ab eo per residuum anni paulatim recedit.
Die 2 Aprilis in sublimiori parte, 21 Octobris in inferiori parte — Epicycli inuenitur.
Die 15. Augusti vsque post 19. Decemb. fit retrogradus.

♂ Hoc anno tangit imam Eccentri partem Die 19. Martij.
In anni autem initio per superiorem Epicycli partem fertur.
Semper hoc anno secundum signorum consequentiam deambulabit.

♀ Die
7 Iunij per supremam, 7 Decemb. per infimam — Sui deferentis partem incedit.
7 Octobris superiorem Epicycli partem possidet.
12 Ianuarij retrocessum, quem præterito anno cœperat, perficit.

☿ Die
21 Maij inferiorem, 20 Nouemb. superiorem — Deferentis partem occupat.
2 Febr. in Apogæo, 29 Martij in Perigæo, 26 Maij in Apogæo, 24 Iulij in Perigæo, 21 Septemb. in Apogæo, 18 Nouemb. in Perigæo — Epicycli commoratur.
19 Martij vsque ad 1[illegible]. Aprilis, 15 Iulij vsque ad 7. Augusti, 7 Nouemb. vsque ad penult. eiusdem — In priora reuertitur.

31
39
49
59
10
20
70

| Syzygiæ Lunares. | | | | | | | | |
|---|---|---|---|---|---|---|---|---|
| | | Occid. | Occid. | Orient. | Orient. | Orient. | | Syzygiæ Planetarũ mutuæ, & eorum congressus cum illustrioribus aliquibus stellis fixis. |
| | ☉ | ♄ | ♃ | ♂ | ♀ | ☿ | | |
| Dies | H ′ | H ′ | H ′ | H ′ | H ′ | H ′ | | |
| 1 | 20 △ 19 | | | 19 △ 19 | | | | |
| 2 | | 9 ☍ 32 | 17 ☍ 17 | | | 12 □ 37 | | |
| 3 | | | | | 1 □ 12 | | | ♀ occ. cum Arcturo. |
| 4 □ | 7 44 | | | 15 □ 23 | | | | □ ♃ ☿ 13.19. a. |
| 5 Asc. | 23 ♌ | | | ♑ | 8 ✱ 15 | 2 ✱ 13 | | ♂ or. cum neb. ♏. |
| 6 | 21 ✱ 59 | | | 19 ✱ 5 | | | | |
| 7 | | 4 △ 5 | 13 △ 29 | | | | | ☌ ♀ ☿ 3.19. |
| 8 | | | | | | | | ♂ occ. cum corona. |
| 9 | | 17 □ 10 | | | | | | ✱ ☉ ♄ 16.25 \| ☿ or. cum |
| 10 | | | 3 □ 8 | | 6 ☌ 27 | 18 ☌ 3 | | ☉ Apog. cauda Del. |
| 11 | | | | | | | | ♂ m. c. cum occ. pluri. |
| 12 ☌ | 12 8 | 6 ✱ 46 | 17 ✱ 9 | 5 ☌ 12 | | | | |
| 13 Asc. | 19 ♎ | | | | | | | ✱ ♄ ☌ 11.7. b. |
| 14 | | | | | | | | ☿ or. cum neb. ♏. |
| 15 | | | | | 6 ✱ 30 | | | ✱ ♃ ☉ 8.56. ♂ m. c. cũ |
| 16 | | | | | | 17 ✱ 8 | | □ ♃ ♀ platice (Aqui. c. |
| 17 | 18 ✱ 47 | 4 ☌ 54 | 15 ☌ 0 | 9 ✱ 57 | 15 □ 54 | | | ☿ or. cum neb. ♏. |
| 18 | | | | | | | | |
| 19 | | | | 18 □ 38 | 20 △ 30 | 1 □ 46 | | |
| 20 □ | 5 49 | | | | | | | ☿ occ. cum corona. |
| 21 Asc. | 21 ♋ | 14 ✱ 11 | 23 ✱ 56 | 23 △ 58 | | 11 △ 53 | | ✱ ♃ ☌ 13.19. d. ☾ 39. |
| 22 | 9 △ 43 | | | | | | | ✱ ♄ ☿ 8.14 \| ☉ ♈ 22 |
| 23 | | 25 □ 18 | | | | | | ( P |
| 24 | | | 1 □ 22 | | 3 ☍ 45 | | | ☉ Perig. ♂ m. c. cũ cor. |
| 25 | | 10 △ 32 | | | | | | (cum ♄, |
| 26 ☍ | 18 46 | | 2 △ 53 | 7 ☍ 5 | | 3 ☍ 57 | | ✱ ♃ ☿ 2.15. ☿ m. c. cũ |
| 27 Asc. | 25 ♑ | | | | | | | |
| 28 | | | | | 10 △ 30 | | | ☌ ♂ ☿ 10.27. |
| 29 | | 23 ☍ 32 | | | | | | ☿ m. c. cum cauda Del. |
| 30 | | | 22 ☍ 40 | 21 △ 6 | 17 □ 55 | | | ♀ m. c. cum cauda Del. |
| 31 | 12 △ 33 | | | | | 2 △ 36 | | ☿ or. cum cauda Del. |

*a. Die 4. ☿ or. cum aquila volante, ♂ m. c. cum neb. ♏.*
*b. Die 13. ☿ m. c. cum Fidicula.*
*c. Die 15. ☿ or. cum aculeo ♏, ♂ occ. cum neb. ♐.*
*d. Die 21. ☿ m. c. cum rostro Gallinæ.*

| Dies Iuliani | Dies Gregor. | ☉ ♒ P | ′ | ″ | ☽ ♎ P | ′ | ♄ ♓ (M A) P | ′ | ♃ ♓ (M A) P | ′ | ♂ ♒ (M D) P | ′ | ♀ ♑ (S D) P | ′ | ☿ ♒ (M D) P | ′ | ☊ ♐ P | ′ |
|---|---|---|---|---|---|---|---|---|---|---|---|---|---|---|---|---|---|---|
| | | Positus Planetarum Diurnus. | | | | | | | | | | | | | | | | |
| 22 | 1 | 11 | 26 | 55 | 17 | 2 | 20 | 52 | 27 | 38 | 3 | 25 | 1 | 29 | 7 | 10 | 9 | 9 |
| 23 | 2 | 12 | 27 | 42 | 29 | 46 | 20 | 59 | 27 | 50 | 4 | 12 | 2 | 5 | 9 | 0 | 9 | 5 |
| 24 | 3 | 13 | 28 | 28 | 12 | 14 | 21 | 5 | 28 | 2 | 4 | 59 | 2 | 42 | 10 | 50 | 9 | 2 |
| 25 | 4 | 14 | 29 | 13 | 24 ♐ | 31 | 21 | 12 | 28 | 14 | 5 | 45 | 3 | 21 | 12 | 41 | 8 | 59 |
| A 26 | 5 | 15 | 29 | 56 | 6 | 39 | 21 | 19 | 28 | 26 | 6 | 32 | 4 | 1 | 14 A | 31 | 8 | 56 |
| 27 | 6 | 16 | 30 | 38 | 18 | 40 | 21 | 26 | 28 | 38 | 7 | 19 | 4 | 42 | 16 | 22 | 8 | 53 |
| 28 | 7 | 17 | 31 | 19 | 0 ♑ | 39 | 21 | 34 | 28 | 50 | 8 | 6 | 5 | 24 | 18 | 12 | 8 | 50 |
| 29 | 8 | 18 | 31 | 58 | 12 | 36 | 21 | 41 | 29 | 2 | 8 | 53 | 6 | 7 | 20 | 1 | 8 | 47 |
| 30 | 9 | 19 | 32 | 36 | 24 | 36 | 21 | 48 | 29 | 14 | 9 | 40 | 6 | 51 | 21 | 49 | 8 | 43 |
| 31 | 10 | 20 | 33 | 12 | 6 ♒ | 40 | 21 | 55 | 29 | 26 | 10 | 27 | 7 | 36 | 23 | 37 | 8 | 40 |
| Fe. 1 | 11 | 21 | 33 | 47 | 18 | 52 | 22 | 2 | 29 | 39 | 11 | 13 | 8 | 21 | 25 | 24 | 8 | 37 |
| A 2 | 12 | 22 | 34 | 21 | 1 ♓ | 15 | 22 | 8 | 29 | 52 | 12 | 0 | 9 | 5 | 27 | 11 | 8 | 34 |
| 3 | 13 | 23 | 34 | 54 | 13 | 53 | 22 | 15 | 0 ♈ | 5 | 12 | 47 | 9 | 51 | 29 | 0 | 8 | 31 |
| 4 | 14 | 24 | 35 | 25 | 26 | 45 | 22 | 22 | 0 | 18 | 13 | 34 | 10 | 38 | 0 ♓ | 48 | 8 | 28 |
| 5 | 15 | 25 | 35 | 54 | 9 ♈ | 57 | 22 | 29 | 0 | 31 | 14 | 21 | 11 | 26 | 2 | 36 | 8 | 24 |
| 6 | 16 | 26 | 36 | 22 | 23 | 30 | 22 | 36 | 0 | 44 | 15 | 8 | 12 | 15 | 4 | 23 | 8 | 21 |
| 7 | 17 | 27 | 36 | 48 | 7 ♉ | 13 | 22 | 43 | 0 | 57 | 15 | 55 | 13 | 5 | 6 | 10 | 8 | 18 |
| 8 | 18 | 28 | 37 | 13 | 21 | 34 | 22 | 50 | 1 | 10 | 16 | 42 | 13 | 56 | 7 | 56 | 8 | 15 |
| A 9 | 19 | 29 | 37 | 36 | 6 ♊ | 0 | 22 | 57 | 1 | 24 | 17 | 29 | 14 | 49 | 9 | 41 | 8 | 12 |
| 10 | 20 | 0 ♓ | 37 | 58 | 20 | 32 | 23 | 4 | 1 | 37 | 18 | 16 | 15 | 42 | 11 | 26 | 8 | 9 |
| 11 | 21 | 1 | 38 | 18 | 5 ♋ | 10 | 23 | 10 | 1 | 50 | 19 | 3 | 16 | 38 | 13 | 10 | 8 | 6 |
| 12 | 22 | 2 | 38 | 36 | 19 | 43 | 23 | 17 | 2 | 4 | 19 | 50 | 17 | 33 | 14 | 53 | 8 | 2 |
| 13 | 23 | 3 | 38 | 52 | 4 ♌ | 7 | 23 | 24 | 2 | 17 | 20 | 37 | 18 | 28 | 16 | 34 | 7 | 59 |
| 14 | 24 | 4 | 39 | 6 | 18 | 15 | 23 | 31 | 2 | 31 | 21 | 24 | 19 | 24 | 18 | 14 | 7 | 56 |
| 15 | 25 | 5 | 39 | 19 | 2 ♍ | 8 | 23 | 38 | 2 | 45 | 22 | 11 | 20 | 20 | 19 | 52 | 7 | 53 |
| A 16 | 26 | 6 | 39 | 30 | 15 | 46 | 23 | 45 | 2 | 59 | 22 | 58 | 21 | 16 | 21 | 28 | 7 | 50 |
| 17 | 27 | 7 | 39 | 40 | 29 | 4 | 23 | 52 | 3 | 13 | 23 | 45 | 22 | 11 | 23 | 1 | 7 | 47 |
| 18 | 28 | 8 | 39 | 48 | 12 ♎ | 2 | 24 | 0 | 3 | 26 | 24 | 32 | 23 | 7 | 24 S | 34 | 7 | 43 |
| 19 | 29 | 9 | 39 | 54 | 24 | 48 | 24 | 8 | 3 | 40 | 25 | 19 | 24 | 4 | 26 | 6 | 7 | 40 |

| Latitudo Planetarū ad diē | ♄ P | ′ | ♃ P | ′ | ♂ P | ′ | ♀ P | ′ | ☿ P | ′ | |
|---|---|---|---|---|---|---|---|---|---|---|---|
| 1 | 1 | 32 | 1 | 9 | 0 | 6 | 4 | 27 | 1 A | 40 | Mensis |
| 11 | 1 | 30 | 1 | 7 | 0 | 7 | 3 | 49 | 1 | 46 | |
| 21 | 1 | 29 | 1 | 6 | 0 | 8 | 3 | 5 | 1 S | 0 | |

Syzygiæ Lunares.

| Dies | ☉ | Occid. ♄ | Occid. ♃ | Orient. ♂ | Orient. ♀ | Orient. ☿ | Syzygiæ Planetarũ mutuæ, & eorum congressus cum illustrioribus aliquibus stellis fixis. |
|---|---|---|---|---|---|---|---|
| | H ′ | H ′ | H ′ | H ′ | H ′ | H ′ | |
| 1 | | | | | | | |
| 2 | | | | 9□ 5 | 4✱41 | 20□51 | ♂ m.c. cum cauda ♑ [illegible] |
| 3 □ | 2 30 | 17△44 | | | | | ☿ occ. cum humero |
| 4 Asc. | 17 60 | | 7△38 | 23✱45 | | | ☿ occ. cũ aqui. et con. ♒ |
| 5 | 19✱18 | | | | | 18✱33 | ☽ ☊ 4.34. |
| 6 | | 5□42 | 20□17 | | | | ☌ ☊ ☿ 4.17. |
| 7 | | | | ✱ [illegible] | 10☌ 9 | Occid. | ☽ Apo. ☿ m.c. cũ ♑ a. |
| 8 | | 18✱21 | | | | | |
| 9 | | | 9✱22 | | | | ☿ m.c. cum neb. ♐. |
| 10 | | | | 7☌56 | | | ☿ occ. cum cauda Del. |
| 11 ☌ | 5 31 | | | | | 14☌40 | |
| 12 Asc. | 27 ♌ | | | | 15✱50 | | ☿ or. cum cap. Alg. |
| 13 | | 15☌43 | | | | | ♀ occ. cum rostro gall. |
| 14 | | | 6☌37 | | | | ♀ or. cum neb. ♐. b. |
| 15 | | | | 8✱16 | 2□48 | | ♂ occ. cum aquila. c. |
| 16 | 5✱46 | | | | | 21✱35 | ♀ or. cum [illegible] |
| 17 | | | | 15□17 | 10△14 | | ♀ occ. cum lyra. |
| 18 □ | 12 27 | 2✱ 6 | 16✱14 | | | | ♂ m.c. cum cauda ♑. |
| 19 Asc. | 21 ♒ | | | 20△ 2 | | 6□54 | ☽ ☋ 3.35. |
| 20 | 17△47 | 4□11 | 18□26 | | | | ☽ Perig. |
| 21 | | | | | 20☍10 | 14△58 | (cum 82 |
| 22 | | 6△ 0 | 19△12 | | | | ♀ or. cũ neb. [illegible] & m.c. |
| 23 | | | | | | | ♀ occ. cum corona. d. |
| 24 | | | | 5☍40 | | | ♂ or. cum cauda ♑. |
| 25 ☍ | 6 34 | | | | | | ✱ ♀ ☿ 17.41. |
| 26 Asc. | 19 ♍ | 14☍32 | | | 10△39 | 21☍36 | ♀ m.c. cum Aquila. |
| 27 | | | 7☍48 | | | | ☌ ♄ ☿ 1.24. |
| 28 | | | | | 22□30 | | |
| 29 | | | | 2△ 3 | | | ✱ ♄ ♀ 1.53 \| ♂ occ. (cum cauda [illegible] |

a. Die 7. ☿ [illegible] cum cauda [illegible].
b. Die 14. ♂ occ. cum vltima aquæ [illegible].
c. Die 15. ♀ occ. cum neb. super caudam ♐.
d. Die 23. ☿ occ. cum lucida Eridani.

| Dies Jul. | Greg. | ☉ ♓ P | ' | " | ☽ ♒ P | ' | ♄ ♓ (M A) P | ' | ♃ ♈ (M A) P | ' | ♂ ♒ (M D) P | ' | ♀ ♑ (S D) P | ' | ☿ ♓ (S A) P | ' | ☊ ♐ P | ' |
|---|---|---|---|---|---|---|---|---|---|---|---|---|---|---|---|---|---|---|
| Positus Planetarum Diurnus | | | | | | | | | | | | | | | | | | |
| 20 | 1 | 10 | 39 | 58 | 7 | 24 | 24 | 15 | 3 | 54 | 26 | 6 | 25 | 2 | 27 | 35 | 7 | 37 |
| 21 | 2 | 11 | 40 | 0 | 19 ♐ | 50 | 24 | 23 | 4 | 8 | 26 | 53 | 26 | 0 | 29 ♈ | 1 | 7 | 34 |
| 22 | 3 | 12 | 40 | 1 | 2 | 6 | 24 | 30 | 4 | 22 | 27 | 39 | 26 | 59 | 0 | 24 | 7 | 30 |
| G 23 | 4 | 13 | 40 | 0 | 14 | 18 | 24 | 38 | 4 | 35 | 28 | 26 | 27 | 58 | 1 | 45 | 7 | 27 |
| 24 | 5 | 14 | 39 | 57 | 26 ♑ | 26 | 24 | 45 | 4 | 49 | 29 ♓ | 13 | 28 | 57 | 3 | 3 | 7 | 24 |
| 25 | 6 | 15 | 39 | 52 | 8 | 33 | 24 | 53 | 5 | 3 | 0 | 0 | 29 | 57 | 4 | 18 | 7 | 21 |
| 26 | 7 | 16 | 39 | 45 | 20 ♒ | 43 | 25 | 0 | 5 | 16 | 0 | 47 | 0 ♒ | 58 | 5 | 30 | 7 | 18 |
| 27 | 8 | 17 | 39 | 36 | 2 | 57 | 25 | 8 | 5 | 30 | 1 | 34 | 1 | 58 | 6 | 39 | 7 | 14 |
| 28 | 9 | 18 | 39 | 26 | 15 | 18 | 25 | 16 | 5 | 44 | 2 | 21 | 2 | 59 | 7 | 44 | 7 | 11 |
| 29 | 10 | 19 | 39 | 14 | 27 ♓ | 47 | 25 | 24 | 5 | 58 | 3 | 8 | 4 | 0 | 8 | 43 | 7 | 8 |
| G 1 | 11 | 20 | 39 | 0 | 10 | 28 | 25 | 32 | 6 | 12 | 3 | 54 | 5 | 1 | 9 | 38 | 7 | 5 |
| Ma. 2 | 12 | 21 | 38 | 44 | 23 ♈ | 16 | 25 | 39 | 6 | 26 | 4 | 41 | 6 | 3 | 10 | 28 | 7 | 2 |
| 3 | 13 | 22 | 38 | 26 | 6 | 36 | 25 | 47 | 6 | 41 | 5 | 28 | 7 | 5 | 11 | 12 | 6 | 59 |
| 4 | 14 | 23 | 38 | 6 | 20 ♉ | 5 | 25 | 54 | 6 | 56 | 6 | 15 | 8 | 8 | 11 | 51 | 6 | 55 |
| 5 | 15 | 24 | 37 | 44 | 3 | 53 | 26 | 2 | 7 | 10 | 7 | 2 | 9 | 11 | 12 | 24 | 6 | 52 |
| 6 | 16 | 25 | 37 | 20 | 17 ♊ | 57 | 26 | 9 | 7 | 24 | 7 | 49 | 10 | 14 | 12 | 51 | 6 | 49 |
| 7 | 17 | 26 | 36 | 54 | 2 | 15 | 26 | 17 | 7 | 38 | 8 | 30 | 11 | 18 | 13 | 12 | 6 | 46 |
| G 8 | 18 | 27 | 36 | 25 | 16 ♋ | 41 | 26 D | 24 | 7 | 53 | 9 | 23 | 12 | 22 | 13 | 23 | 6 | 43 |
| 9 | 19 | 28 | 35 | 54 | 1 | 14 | 26 | 32 | 8 | 8 | 10 | 10 | 13 | 26 | 13 ℞ | 28 | 6 | 40 |
| 10 | 20 | 29 ♈ | 35 | 23 | 15 ♌ | 44 | 26 | 39 | 8 | 23 | 10 | 57 | 14 | 30 | 13 | 25 | 6 | 36 |
| 11 | 21 | 0 | 34 | 48 | 0 | 2 | 26 | 47 | 8 | 37 | 11 | 44 | 15 | 34 | 13 | 15 | 6 | 33 |
| 12 | 22 | 1 | 34 | 13 | 14 | 9 | 26 | 54 | 8 | 51 | 12 | 31 | 16 | 38 | 12 | 57 | 6 | 30 |
| 13 | 23 | 2 | 33 | 35 | 28 ♍ | 0 | 27 | 2 | 9 | 5 | 13 | 18 | 17 | 42 | 12 | 31 | 6 | 27 |
| 14 | 24 | 3 | 32 | 56 | 11 | 33 | 27 | 10 | 9 | 19 | 14 | 5 | 18 | 47 | 11 D | 57 | 6 | 24 |
| G 15 | 25 | 4 | 32 | 13 | 24 ♎ | 46 | 27 | 17 | 9 | 33 | 14 | 52 | 19 | 52 | 11 | 17 | 6 | 20 |
| 16 | 26 | 5 | 31 | 28 | 7 | 44 | 27 | 24 | 9 | 47 | 15 | 39 | 20 | 56 | 10 | 30 | 6 | 17 |
| 17 | 27 | 6 | 30 | 41 | 20 ♒ | 16 | 27 | 31 | 10 | 1 | 16 | 26 | 22 | 1 | 9 | 38 | 6 | 14 |
| 18 | 28 | 7 | 29 | 54 | 2 | 56 | 27 | 39 | 10 | 15 | 17 | 13 | 23 | 6 | 8 | 40 | 6 | 11 |
| 19 | 29 | 8 | 29 | 4 | 15 | 16 | 27 | 46 | 10 | 29 | 18 | 0 | 24 | 11 | 7 | 38 | 6 | 8 |
| 20 | 30 | 9 | 28 | 12 | 27 ♐ | 30 | 27 | 53 | 10 | 43 | 18 | 47 | 25 M | 16 | 6 | 35 | 6 | 5 |
| 21 | 31 | 10 | 27 | 28 | 9 | 40 | 28 | 1 | 10 | 58 | 19 | 33 | 26 | 22 | 5 | 31 | 6 | 1 |

| Latitudo Planetarũ ad diẽ | ♄ | | ♃ | | ♂ | | ♀ | | ☿ | | |
|---|---|---|---|---|---|---|---|---|---|---|---|
| 1 | 1 | 29 | 1 | 5 | 0 | 10 | 2 | 16 | 0 | 23 | Mensis |
| 11 | 1 D | 29 | 1 | 4 | 0 | 11 | 1 | 29 | 1 | 59 | |
| 21 | 1 | 30 | 1 | 4 | 0 | 12 | 0 M | 41 | 3 D | 18 | |

| | | Occid. | Occid. | Orient. | Orient. | Occid. | |
|---|---|---|---|---|---|---|---|
| | ☉ | ♄ | ♃ | ♂ | ♀ | ☿ | Syzygiæ Planetarũ mutuæ, & eorum congressus cum illustrioribus aliquibus stellis fixis. |
| Dies | H ′ | H ′ | H ′ | H ′ | H ′ | H ′ | |
| 1 | 6△52 | | | | | | |
| 2 | | 8△58 | | 14□43 | 13✶9 | 20△15 | |
| 3 □ | 12 33 | | 4△32 | | | | ☽ ☋ 10.33. |
| 4 Asc. | 19 ♊ | 20□39 | | | | | ☿ m.c. cum cornu ♄. |
| 5 | | | 16□54 | 5✶54 | | 13□37 | ☽ Apo. (cum cap. Alg. |
| 6 | 15✶18 | | | | | | ☌ ♃ ♀ 1.18 \| ♂ or. |
| 7 | | 8✶30 | | | 21☌54 | | |
| 8 | | | 5✶2 | | | 7✶53 | ♀ m.c. cum cauda Del. |
| 9 | | | | | | | |
| 10 | | | | 10☌46 | | | |
| 11 ☌ | 20 21 | | | | | | ♃ or. cũ cor. ♈ \| ♀ m.c. |
| 12 Asc. | 18 ♉ | 4☌5 | | | | | ✶ ♃ ♀ 9.41 (cũ cau. |
| 13 | | | 0☌10 | | 0✶56 | 6☌36 | |
| 14 | | | | | | | ♂ occ. cum lyra. a. |
| 15 | | | | 5✶41 | 9□46 | | (cũ Fomah. |
| 16 | 13✶50 | 13✶53 | | | | | ☌ ☉ ♄ 14.40 \| ♂ m.c. |
| 17 | | Orient. | 9✶6 | 11□10 | 16△15 | 18✶25 | ☽ ☊ 7.25. |
| 18 □ | 19 16 | 16□13 | | | | | |
| 19 Asc. | 3 ♉ | | 11□30 | 15△38 | | 20□11 | ✶ ♀ ☿ 0.43 (Fomah. |
| 20 | | 18△29 | | | | | ☽ Perig. \| ♀ occ. cum |
| 21 | 16 1 | | 14△50 | | | 23△0 | ♀ occ. cum Aquila. |
| 22 | | | | | 4☍40 | | ♀ m.c. cum cauda ♄. |
| 23 | | | | | | | |
| 24 | | | | 4☍54 | | | |
| 25 ☍ | 19 34 | 4☍42 | | | | | (cum cauda ♄. |
| 26 Asc. | 29 ♉ | | 3☍57 | | | 5☍8 | ☌ ♃ ♀ 15.38 \| ♀ or. |
| 27 | | | | | 3△19 | | |
| 28 | | | | | | | ☌ ☽ ☿ 14.2. |
| 29 | | | | 5△47 | 19□11 | Orient. | ♂ occ. cum Acarnar. |
| 30 | | 0△46 | | | | 16△18 | ☽ ☊ 16.48. |
| 31 | 1△41 | | 4△40 | 20□54 | | | ☌ ☉ ♃ 15.46. b. |

a. Die 14. ☿ or. cum pri. stella ♈.
b. Die 31. ♀ occ. cum cauda Delph.

Positus Planetarum Diurnus.

| Gregor. | Iul. | ☉ ♈ G | M | S | ☽ ♐ G | M | ♄ ♓ G | M | ♃ ♈ G | M | ♂ ♓ G | M | ♀ ♒ G | M | ☿ ♈ G | M | ☊ ♐ G | M |
|---|---|---|---|---|---|---|---|---|---|---|---|---|---|---|---|---|---|---|
| | | | | | | | M | D | M | A | M | D | M | D | S | D | | |
| G 22 | 1 | 11 | 26 | 22 | 21 ♑ | 48 | 28 | 8 | 11 | 12 | 20 | 10 | 27 | 28 | 4 | 48 | 5 | 58 |
| 23 | 2 | 12 | 25 | 24 | 3 | 56 | 28 | 16 | 11 | 27 | 21 | 7 | 28 | 34 | 3 | 17 | 5 | 55 |
| 24 | 3 | 13 | 24 | 24 | 16 | 6 | 28 | 23 | 11 D | 42 | 21 | 54 | 29 ♓ | 40 | 2 | 28 | 5 | 52 |
| 25 | 4 | 14 | 23 | 22 | 28 | 21 | 28 | 30 | 11 | 56 | 22 | 40 | 0 | 47 | 1 | 34 | 5 | 48 |
| 26 | 5 | 15 | 22 | 19 | 10 | 45 | 28 | 38 | 12 | 11 | 23 | 27 | 1 | 54 | 0 | 49 | 5 | 45 |
| 27 | 6 | 16 | 21 | 14 | 23 | 18 | 28 | 46 | 12 | 26 | 24 | 14 | 3 | 1 | 0 | 5 | 5 | 42 |
| 28 | 7 | 17 | 20 | 7 | 6 ♓ | 4 | 28 | 54 | 12 | 41 | 25 | 0 | 4 | 8 | 29 ♓ | 30 | 5 | 39 |
| G 29 | 8 | 18 | 18 | 58 | 19 | 4 | 29 | 2 | 12 | 56 | 25 | 47 | 5 | 15 | 29 | 3 | 5 | 36 |
| 30 | 9 | 19 | 17 | 47 | 2 ♈ | 19 | 29 | 9 | 13 | 10 | 26 | 34 | 6 | 23 | 28 M | 44 | 5 | 33 |
| 31 | 10 | 20 | 16 | 34 | 15 | 52 | 29 | 17 | 13 | 24 | 27 | 20 | 7 | 31 | 28 | 33 | 5 | 29 |
| Ap. 1 | 11 | 21 | 15 | 19 | 29 ♉ | 42 | 29 | 25 | 13 | 38 | 28 | 7 | 8 | 39 | 28 D | 29 | 5 | 26 |
| 2 | 12 | 22 | 14 | 13 | 13 | 40 | 29 | 32 | 13 | 53 | 28 | 54 | 9 | 47 | 28 | 33 | 5 | 23 |
| 3 | 13 | 23 | 12 | 45 | 28 ♊ | 12 | 29 | 39 | 14 | 7 | 29 ♈ | 41 | 10 | 55 | 28 | 45 | 5 | 20 |
| 4 | 14 | 24 | 11 | 25 | 12 | 46 | 29 | 46 | 14 | 22 | 0 | 27 | 12 | 3 | 29 | 4 | 5 | 17 |
| G 5 | 15 | 25 | 10 | 3 | 27 ♋ | 11 | 29 | 52 | 14 | 38 | 1 | 14 | 13 | 11 | 29 ♈ | 30 | 5 | 13 |
| 6 | 16 | 26 | 8 | 39 | 11 | 54 | 29 | 59 | 14 | 50 | 2 | 0 | 14 | 19 | 0 | 2 | 5 | 10 |
| 7 | 17 | 27 | 7 | 13 | 26 ♌ | 20 | 0 ♈ | 6 | 15 | 4 | 2 | 46 | 15 | 28 | 0 | 39 | 5 | 7 |
| 8 | 18 | 28 | 5 | 43 | 10 | 35 | 0 | 13 | 15 | 18 | 3 | 33 | 16 | 36 | 1 | 21 | 5 | 4 |
| 9 | 19 | 29 | 4 | 15 | 24 ♍ | 34 | 0 | 20 | 15 | 33 | 4 | 19 | 17 | 44 | 2 | 19 | 5 | 1 |
| 10 | 20 | 0 ♉ | 2 | 43 | 8 | 24 | 0 | 27 | 15 | 47 | 5 | 5 | 18 | 52 | 3 | 12 | 4 | 58 |
| 11 | 21 | 1 | 1 | 9 | 21 ♎ | 19 | 0 | 34 | 16 | 1 | 5 | 51 | 20 | 0 | 4 | 11 | 4 | 55 |
| G 12 | 22 | 1 | 59 | 33 | 4 | 25 | 0 | 41 | 16 | 15 | 6 | 37 | 21 | 9 | 5 | 14 | 4 | 51 |
| 13 | 23 | 2 | 57 | 56 | 17 | 4 | 0 | 48 | 16 | 29 | 7 | 23 | 22 | 17 | 6 | 21 | 4 | 48 |
| 14 | 24 | 3 | 56 | 18 | 29 | 28 | 0 | 55 | 16 | 43 | 8 | 9 | 23 | 26 | 7 | 32 | 4 | 45 |
| 15 | 25 | 4 | 54 | 38 | 11 ♏ | 42 | 1 | 3 | 16 | 57 | 8 | 55 | 24 | 35 | 8 | 46 | 4 | 42 |
| 16 | 26 | 5 | 52 | 56 | 23 | 45 | 1 | 10 | 17 | 11 | 9 | 41 | 25 | 44 | 10 | 2 | 4 | 39 |
| 17 | 27 | 6 | 51 | 12 | 5 ♐ | 43 | 1 | 17 | 17 | 25 | 10 | 27 | 26 | 53 | 11 | 22 | 4 | 36 |
| 18 | 28 | 7 | 49 | 27 | 17 | 40 | 1 | 24 | 17 | 39 | 11 | 13 | 28 | 2 | 12 | 44 | 4 | 32 |
| G 19 | 29 | 8 | 47 | 40 | 29 ♑ | 38 | 1 | 31 | 17 | 53 | 11 | 59 | 29 ♈ | 11 | 14 | 9 | 4 | 29 |
| 20 | 30 | 9 | 45 | 51 | 11 | 37 | 1 | 38 | 18 | 7 | 12 | 45 | 0 | 20 | 15 | 37 | 4 | 26 |

| Latitudo Planetarũ ad diẽ | ♄ G | M | ♃ G | M | ♂ G | M | ♀ G | M | ☿ G | M | |
|---|---|---|---|---|---|---|---|---|---|---|---|
| 1 | 1 | 32 | 1 D | 3 | 0 | 12 | 0 | 5 | 2 M | 28 | Mensis |
| 11 | 1 | 33 | 1 | 3 | 0 | 13 | 0 | 42 | 0 | 41 | |
| 21 | 1 | 35 | 1 | 4 | 0 | 13 | 0 | 59 | 2 | 33 | |

| Syzygiæ Lunares. | | | | | | | |
|---|---|---|---|---|---|---|---|
| | | Orient. | Orient. | Orient. | Orient. | Orient. | Syzygiæ Planetarũ mutuę, & eorum congressus cum illustrioribus aliquibus stellis fixis. |
| | ☉ | ♄ | ♃ | ♂ | ♀ | ☿ | |
| Dies | H ′ | H ′ | H ′ | H ′ | H ′ | H ′ | |
| 1 | | 12□40 | | | 22✶20 | 23□7 | |
| 2 □ | 18 5 | | 13△8 | | | | ☽ Apog. |
| 3 Asc. | 25 V | | | 13✶0 | | | ♀ occ. cũ rostro gallinæ. |
| 4 | | 0✶15 | | | | 5✶49 | ♀ or. cum cap. Med. |
| 5 | 9✶35 | | 2✶48 | | | | |
| 6 | | | | | 20☌1 | | |
| 7 | | | | | | | |
| 8 | | 18☌14 | | 12☌56 | | 17☌40 | ☌ ♄ ☿ 0.55. |
| 9 | | | 19☌33 | | | | ♀ occ. cum lyra. |
| 10 ☌ | 8 20 | | | | | | ♀ m.c. cum Fomalh. |
| 11 Asc. | 11 [illegible] | | | | 16✶31 | | ☌ ♂ ☿ 12.24. |
| 12 | | | | | | | ☌ ♄ ♂ 22.48. |
| 13 | | 2✶23 | | 2✶34 | 22□43 | 0✶56 | ☽ ☊ 11.40. |
| 14 | 20✶8 | | 2✶40 | | | | ☽ Perig. |
| 15 | | 4□12 | | 6□45 | | 3□40 | ☌ ♄ ☿ 21.7. |
| 16 | | | 4□58 | | 4△21 | | |
| 17 □ | 1 32 | 6△23 | | 11△28 | | 7△47 | |
| 18 Asc. | 29 ♌ | | 8△9 | | | | |
| 19 | 8△31 | | | | | | ♀ occ. cum Acar. |
| 20 | | | | | 21☍6 | | |
| 21 | | 17☍0 | | | | | ☿ or. cum cor. V. |
| 22 | | | 22☍50 | 4☍26 | | 1☍42 | |
| 23 | | | | | | | |
| 24 ☍ | 9 40 | | | | | | |
| 25 Asc. | 6 ♊ | | | | | | ☌ ♂ ☿ 7.12. (11.44 |
| 26 | | 15△0 | | | 4△24 | | ♂ or. cũ cor. V. \| ☽ ☊ |
| 27 | | | 23△58 | 10△9 | | 22△41 | |
| 28 | | | | | 22□58 | | ☽ Apog. |
| 29 | 19△58 | 3□48 | | | | | ♃ or. cũ cauda cygni. a. |
| 30 | | | 13□11 | 1□24 | | 9□5 | ♃ or. cum hedis. b. |

a. Die 29. ☿ oritur cum hedis.
b. Die 30. ☿ occ. cum cauda cygni, & or. cum dext. hum. Aurigæ.

Positus Planetarum Diurnus.

| Anni veteris | Anni Gregor. | ☉ ♉ | | | ☽ ♑ | | ♄ ♈ M D | | ♃ ♈ M D | | ♂ ♈ M D | | ♀ ♈ M D | | ☿ ♈ M D | | ☊ ♓ | |
|---|---|---|---|---|---|---|---|---|---|---|---|---|---|---|---|---|---|---|
| Dies | | P | ' | " | P | ' | P | ' | P | ' | P | ' | P | ' | P | ' | P | ' |
| 21 | 1 | 10 | 44 | 1 | 23 | 41 | 1 | 45 | 18 | 21 | 13 | 31 | 1 | 29 | 17 | 7 | 4 | 23 |
| 22 | 2 | 11 | 42 | 9 | 5 ♒ | 55 | 1 | 51 | 18 | 35 | 14 | 17 | 2 | 38 | 18 A | 40 | 4 | 20 |
| 23 | 3 | 12 | 40 | 16 | 18 | 22 | 1 | 58 | 18 | 49 | 15 | 3 | 3 | 47 | 20 | 15 | 4 | 16 |
| 24 | 4 | 13 | 38 | 21 | 1 ♓ | 2 | 2 | 5 | 19 | 3 | 15 | 49 | 4 | 56 | 21 | 51 | 4 | 13 |
| 25 | 5 | 14 | 36 | 24 | 13 | 56 | 2 | 11 | 19 | 17 | 16 | 35 | 6 | 6 | 23 | 29 | 4 | 10 |
| G 26 | 6 | 15 | 34 | 26 | 27 | 6 | 2 | 17 | 19 | 31 | 17 | 21 | 7 | 16 | 25 | 9 | 4 | 7 |
| 27 | 7 | 16 | 32 | 27 | 10 ♈ | 36 | 2 | 24 | 19 | 45 | 18 | 7 | 8 | 26 | 26 | 51 | 4 | 4 |
| 28 | 8 | 17 | 30 | 26 | 24 | 26 | 2 | 30 | 19 | 59 | 18 | 53 | 9 | 36 | 28 | 35 | 4 | 1 |
| 29 | 9 | 18 | 28 | 24 | 8 ♉ | 35 | 2 | 36 | 20 | 13 | 19 | 38 | 10 | 46 | 0 ♉ | 21 | 3 | 57 |
| 30 | 10 | 19 | 26 | 22 | 23 | 2 | 2 | 42 | 20 | 26 | 20 | 24 | 11 | 56 | 2 | 8 | 3 | 54 |
| Ma. 1 | 11 | 20 | 24 | 16 | 7 ♊ | 43 | 2 | 48 | 20 | 39 | 21 | 9 | 13 | 7 | 3 | 57 | 3 | 51 |
| 2 | 12 | 21 | 22 | 10 | 22 | 30 | 2 | 54 | 20 | 52 | 21 | 54 | 14 | 17 | 5 | 46 | 3 | 48 |
| G 3 | 13 | 22 | 20 | 2 | 7 ♋ | 20 | 3 | 0 | 21 | 5 | 22 | 39 | 15 | 27 | 7 | 36 | 3 | 45 |
| 4 | 14 | 23 | 17 | 53 | 22 | 6 | 3 | 6 | 21 | 19 | 23 | 24 | 16 | 37 | 9 | 27 | 3 | 42 |
| 5 | 15 | 24 | 15 | 42 | 6 ♌ | 38 | 3 | 12 | 21 | 32 | 24 | 10 | 17 | 47 | 11 | 18 | 3 | 38 |
| 6 | 16 | 25 | 13 | 30 | 20 | 52 | 3 | 17 | 21 | 45 | 24 | 55 | 18 | 58 | 13 | 9 | 3 | 35 |
| 7 | 17 | 26 | 11 | 17 | 4 ♍ | 48 | 3 | 22 | 21 | 58 | 25 | 40 | 20 | 8 | 15 | 0 | 3 | 32 |
| 8 | 18 | 27 | 9 | 3 | 18 | 20 | 3 | 28 | 22 | 11 | 26 | 25 | 21 | 19 | 16 | 52 | 3 | 29 |
| 9 | 19 | 28 | 0 | 46 | 1 ♎ | 29 | 3 | 33 | 22 | 24 | 27 | 10 | 22 | 29 | 18 | 43 | 3 | 26 |
| G 10 | 20 | 29 | 4 | 31 | 14 | 16 | 3 | 39 | 22 | 37 | 27 | 55 | 23 | 40 | 20 | 35 | 3 | 22 |
| 11 | 21 | 0 ♊ | 2 | 13 | 26 ♏ | 49 | 3 | 44 | 22 | 50 | 28 | 40 | 24 | 50 | 22 | 27 | 3 | 19 |
| 12 | 22 | 0 | 59 | 54 | 9 | 2 | 3 | 50 | 23 | 3 | 29 | 25 | 26 | 0 | 24 | 19 | 3 | 16 |
| 13 | 23 | 1 | 57 | 34 | 20 ♐ | 57 | 3 | 55 | 23 | 16 | 0 ♉ | 10 | 27 | 11 | 26 | 11 | 3 | 13 |
| 14 | 24 | 2 | 55 | 13 | 2 | 49 | 4 | 0 | 23 | 29 | 0 | 55 | 28 A | 21 | 28 | 3 | 3 | 10 |
| 15 | 25 | 3 | 52 | 50 | 14 | 34 | 4 | 5 | 23 | 42 | 1 | 40 | 29 ♉ | 32 | 29 ♊ | 56 | 3 | 7 |
| 16 | 26 | 4 | 50 | 26 | 26 | 18 | 4 | 10 | 23 | 55 | 2 | 25 | 0 | 43 | 1 | 49 | 3 | 3 |
| G 17 | 27 | 5 | 48 | 1 | 8 ♑ | 1 | 4 | 15 | 24 | 8 | 3 | 10 | 1 | 54 | 3 | 42 | 3 | 0 |
| 18 | 28 | 6 | 45 | 36 | 19 | 52 | 4 | 20 | 24 | 21 | 3 | 55 | 3 | 5 | 5 | 35 | 2 | 57 |
| 19 | 29 | 7 | 43 | 10 | 1 ♒ | 48 | 4 | 25 | 24 | 34 | 4 | 40 | 4 | 16 | 7 | 29 | 2 | 54 |
| 20 | 30 | 8 | 40 | 43 | 13 | 54 | 4 | 30 | 24 | 47 | 5 | 25 | 5 | 27 | 9 S | 23 | 2 | 51 |
| 21 | 31 | 9 | 38 | 15 | 26 | 16 | 4 | 35 | 25 | 0 | 6 | 10 | 6 | 38 | 11 | 17 | 2 | 47 |

| Latitudo Planetarũ ad dies | | ♄ | | ♃ | | ♂ | | ♀ | | ☿ | | |
|---|---|---|---|---|---|---|---|---|---|---|---|---|
| | 1 | 1 | 37 | 1 | 6 | 0 | 14 | 1 | 23 | 2 A | 13 | |
| | 11 | 1 | 40 | 1 | 8 | 0 | 14 | 1 | 36 | 2 | 41 | Mensis |
| | 21 | 1 | 44 | 1 | 10 | 0 | 14 | 1 A | 40 | 1 S | 21 | |

| | | Occid. | Orient. | Orient. | Orient. | Orient. | |
|---|---|---|---|---|---|---|---|
| | ☉ | ♄ | ♃ | ♂ | ♀ | ☿ | Syzygię Planetarũ mutuę, & eorum congressus cum illustrioribus aliquibus stellis fixis. |
| Dies | H ′ | H ′ | H ′ | H ′ | H ′ | H ′ | |
| 1 | | 15 ✶ 57 | | | 16 ✶ 53 | | ☌ ♄ ♀ 6.6 \| ☌ ♃ ☿ 12. |
| 2 □ | 12 15 | | | 17 ✶ 11 | | | (19. |
| 3 Asc. | 18 ♑ | | 0 ✶ 52 | | | 4 ✶ 5 | |
| 4 | | | | | | | ♀ or. cum pri. ✶ ♈. |
| 5 | 1 ✶ 19 | | | | 19 ☌ 47 | | |
| 6 | | 9 ☌ 18 | | | | | |
| 7 | | | 16 ☌ 8 | 13 ☌ 49 | | | ♂ occ. cum cauda cygni. |
| 8 | | | | | | 7 ☌ 17 | ♃ or. cum dex. hu. Aur. |
| 9 ☌ | 17 47 | | | | | | ☿ occ. cũ cor. ♈ (41. a. |
| 10 Asc. | 9 ♊ | 15 ✶ 54 | | | | | ☌ ♃ ♂ 1.30 \| ☽ ☿ 17 |
| 11 | | | 21 ✶ 18 | 22 ✶ 57 | 9 ✶ 31 | | |
| 12 | | 16 □ 56 | | | | | ☽ Perig. |
| 13 | | | 12 □ 42 | | 14 □ 19 | 0 ✶ 30 | ♂ or. cũ de. hu. Auriga. |
| 14 | 2 ✶ 7 | 18 △ 17 | | 19 □ 41 | | | ♀ or. cum hedis. |
| 15 | | | | | 20 △ 31 | 9 □ 1 | ♀ or. cum dex. hu. Aur. b. |
| 16 □ | 8 16 | | 1 △ 33 | 7 ✶ 21 | | | ♂ m. c. cum cornu ♈. |
| 17 Asc. | 6 ♓ | | | | | 20 ✶ 57 | |
| 18 | 17 △ 14 | | | | | | ☌ ♃ ♀ 21.54. c. |
| 19 | | 3 ☍ 23 | | | | | |
| 20 | | | 16 ☍ 15 | | 19 ☍ 48 | | |
| 21 | | | | 3 ☍ 53 | | | ♀ m. cum cor. ♈. |
| 22 | | | | | | | ☿ occ. cum hia. & pleia. |
| 23 | | | | | | 12 ☍ 34 | ☿ occ. cum sin. hu. Orio. |
| 24 ☍ | 0 22 | 2 △ 25 | | | | | ☽ ☊ 0.41. |
| 25 Asc. | 12 ♍ | | 19 △ 2 | | | | ☽ apo. ✶ ☉ ♄ 5.26. d. |
| 26 | | 16 □ 14 | | 13 △ 23 | 10 △ 4 | | ♄ or. cum cor. ♈. |
| 27 | | | | | | | ✶ ♄ ♀ 7.20. |
| 28 | | | 9 □ 10 | | | | (Fomah. |
| 29 | 12 △ 45 | 15 ✶ 18 | | 6 □ 0 | 5 □ 28 | 13 △ 12 | ☌ ♂ ♀ 12.9 \| ♀ or. cum |
| 30 | | | 21 ✶ 30 | | | | ☌ ☉ ♀ 6.0 \| ♃ m. c. cũ |
| 31 | | | | 19 ✶ 58 | 21 ✶ 42 | Occid. | (cor. ♈ |

*a.* Die 10. ♂ or. cum hedis.
*b.* Die 15. ♀ occ. cum cauda cygni.
*c.* Die 18. ☿ occ. cum sin. pede Orio.
*d.* Die 25. ♂ occ. cum cornu ♈, & ☿ occ. cum cane ma. & vir. bind.

| Dies | | | | | | | M D | | M L | | M D | | M A | | S A | | | |
|---|---|---|---|---|---|---|---|---|---|---|---|---|---|---|---|---|---|---|
| | | ☉ ♊ | | | ☽ ♓ | | ♄ ♈ | | ♃ ♈ | | ♂ ♉ | | ♀ ♉ | | ☿ ♊ | | ☊ ♓ | |
| Dies | | P | ' | " | P | ' | P | ' | P | ' | P | ' | P | ' | P | ' | P | ' |
| 22 | 1 | 10 | 35 | 46 | 8 | 55 | 4 | 39 | 25 | 13 | 6 | 55 | 7 | 49 | 13 | 11 | 2 | 44 |
| 23 | 2 | 11 | 33 | 16 | 21 | 53 | 4 | 44 | 25 | 25 | 7 | 39 | 9 | 0 | 15 | 4 | 2 | 41 |
| G 24 | 3 | 12 | 30 | 45 | ♈ 5 | 5 | 4 | 48 | 25 | 38 | A 8 | 24 | 10 | 11 | 16 | 58 | 2 | 38 |
| 25 | 4 | 13 | 28 | 13 | 18 | 39 | 4 | 53 | 25 | 50 | 9 | 8 | 11 | 22 | 18 | 52 | 2 | 35 |
| 26 | 5 | 14 | 25 | 40 | ♉ 2 | 38 | 4 | 57 | 26 | 2 | 9 | 53 | 12 | 33 | 20 | 45 | 2 | 32 |
| 27 | 6 | 15 | 23 | 6 | 16 | 59 | 5 | 2 | 26 | 14 | 10 | 36 | 13 | 44 | 22 | 38 | 2 | 28 |
| 28 | 7 | 16 | 20 | 32 | ♊ 1 | 39 | 5 | 6 | 26 | 26 | 11 | 20 | 14 | 55 | 24 | 31 | 2 | 25 |
| 29 | 8 | 17 | 17 | 57 | 16 | 39 | 5 | 10 | 26 | 38 | 12 | 5 | 16 | 6 | 26 | 24 | 2 | 22 |
| 30 | 9 | 18 | 15 | 22 | ♋ 1 | 26 | 5 | 14 | 26 | 51 | 12 | 49 | 17 | 17 | 28 | 16 | 2 | 19 |
| G 31 | 10 | 19 | 12 | 46 | 16 | 27 | 5 | 18 | 27 | 3 | 13 | 33 | 18 | 28 | ♋ 0 | 8 | 2 | 16 |
| Iun. 1 | 11 | 20 | 10 | 10 | ♌ 1 | 20 | 5 | 22 | 27 | 15 | 14 | 17 | 19 | 40 | 2 | 0 | 2 | 13 |
| 2 | 12 | 21 | 7 | 33 | 16 | 6 | 5 | 25 | 27 | 26 | 15 | 1 | 20 | 51 | 3 | 51 | 2 | 9 |
| 3 | 13 | 22 | 4 | 55 | ♍ 0 | 17 | 5 | 28 | 27 | 37 | 15 | 45 | 22 | 2 | 5 | 41 | 2 | 6 |
| 4 | 14 | 23 | 2 | 17 | 14 | 13 | 5 | 31 | 27 | 48 | 16 | 28 | 23 | 16 | 7 | 30 | 2 | 3 |
| 5 | 15 | 23 | 59 | 39 | ♎ 27 | 47 | 5 | 34 | 27 | 59 | 17 | 11 | 24 | 27 | 9 | 18 | 2 | 0 |
| 6 | 16 | 24 | 57 | 0 | 10 | 57 | 5 | 37 | 28 | 9 | 17 | 55 | 25 | 38 | 11 | 5 | 1 | 57 |
| G 7 | 17 | 25 | 54 | 21 | ♏ 23 | 45 | 5 | 41 | 28 | 19 | 18 | 38 | 26 | 49 | 12 | 50 | 1 | 54 |
| 8 | 18 | 26 | 51 | 41 | 6 | 12 | 5 | 44 | 28 | 29 | 19 | 21 | 28 | 1 | 14 | 34 | 1 | 50 |
| 9 | 19 | 27 | 49 | 1 | ♐ 18 | 22 | 5 | 47 | 28 | 39 | 20 | 5 | 29 | 13 | 16 | 17 | 1 | 47 |
| 10 | 20 | 28 | 46 | 21 | 0 | 20 | 5 | 50 | 28 | 49 | 20 | 48 | ♊ 0 | 25 | 17 | 59 | 1 | 44 |
| 11 | 21 | 29 | 43 | 39 | 12 | 8 | 5 | 53 | 28 | 59 | 21 | 31 | 1 | 37 | 19 D | 40 | 1 | 41 |
| 12 | 22 | ♋ 0 | 40 | 58 | ♑ 23 | 49 | 5 | 56 | 29 | 9 | 22 | 14 | 2 | 49 | 21 | 19 | 1 | 38 |
| 13 | 23 | 1 | 38 | 17 | 5 | 26 | 5 | 58 | 29 | 18 | 22 | 57 | 4 | 1 | 22 | 56 | 1 | 35 |
| G 14 | 24 | 2 | 35 | 36 | 17 | 4 | 6 | 0 | 29 | 28 | 23 | 40 | 5 | 13 | 24 | 31 | 1 | 31 |
| 15 | 25 | 3 | 32 | 54 | ♒ 28 | 40 | 6 | 2 | 29 | 38 | 24 | 23 | 6 | 25 | 26 | 4 | 1 | 28 |
| 16 | 26 | 4 | 30 | 12 | 10 | 35 | 6 | 4 | 29 | 47 | 25 | 6 | 7 | 37 | 27 | 34 | 1 | 25 |
| 17 | 27 | 5 | 27 | 30 | ♓ 22 | 35 | 6 | 6 | 29 | 57 | 25 | 49 | 8 | 49 | 29 | 2 | 1 | 22 |
| 18 | 28 | 6 | 24 | 48 | 4 | 49 | 6 | 8 | ♉ 0 | 6 | 26 | 32 | 10 | 1 | ♌ 0 | 28 | 1 | 19 |
| 19 | 29 | 7 | 22 | 6 | ♈ 17 | 21 | 6 | 10 | 0 | 15 | 27 | 14 | 11 | 13 | 1 | 51 | 1 | 16 |
| 20 | 30 | 8 | 19 | 24 | 0 | 12 | 6 | 12 | 0 | 24 | 27 | 50 | 12 | 25 | 3 | 12 | 1 | 12 |
| Latitudo Planetarũ ad diẽ | | | | 1 | | | 1 | 48 | 1 | 12 | 0 A | 15 | 1 | 38 | 0 | 7 | | |
| | | | | 11 | | | 1 | 52 | 1 | 13 | 0 | 15 | 1 | 19 | 1 | 24 | Mensis | |

| Syzygiæ Lunares. | | | Orient. | Orient. | Orient. | Orient. | Occid. | Syzygiæ Planetarũ mutuæ, & eorum congressus cum illustrioribus aliquibus stellis fixis. |
|---|---|---|---|---|---|---|---|---|
| | | ☉ | ♄ | ♃ | ♂ | ♀ | ☿ | |
| Dies | | H ′ | H ′ | H ′ | H ′ | H ′ | H ′ | |
| 1 | □ | 3 31 | | | | | 9 □ 14 | ☿ occ. cum cap. Algo. |
| 2 | Asc. | 23 ♎ | 23 ☌ 29 | | | | | ♀ or. cum pleia. |
| 3 | | 14 ✶ 7 | | | | | | ♂ or. cum Fomah. |
| 4 | | | | 12 ☌ 31 | | | 0 ✶ 25 | |
| 5 | | | | | 12 ☌ 45 | 18 ☌ 5 | | (c. cum 20. |
| 6 | | | | | | | | ♀ des. or. cũ pleia. & m. |
| 7 | | | 5 ✶ 36 | | | | | ☽ ☋ 1. 14. |
| 8 | ☌ | 1 , 34 | | 16 ✶ 30 | | | 18 ☌ 9 | ✶ ♃ ☿ 1. 23 \| ☽ Peri. a. |
| 9 | Asc. | 7 ♎ | 6 □ 3 | | 19 ✶ 5 | | | ♀ occ. cũ Reg. (cũ 20. b. |
| 10 | | | | 17 □ 19 | | 3 ✶ 32 | | ♂ or. cum pleia. & m. c. |
| 11 | | | 6 △ 37 | | 22 □ 16 | | | |
| 12 | | 9 ✶ 13 | | 19 △ 27 | | 8 □ 52 | | □ ♄ ☿ 22. 6. |
| 13 | | | | | | | 10 ✶ 41 | ♂ m. c. cum Acarnar. c. |
| 14 | □ | 16 55 | | | 4 △ 12 | 17 △ 32 | | ♂ m. c. cum dex. hu. Per. |
| 15 | Asc. | 2 ♋ | 14 ☍ 25 | | | | 23 ✶ 45 | ♀ occ. cũ pleia. & hiad. |
| 16 | | | | | | | | ♂ finit or. cum pleia. d. |
| 17 | | 4 △ 29 | | 8 ☍ 54 | | | | ♂ occ. cũ Reg. & ♀ cum |
| 18 | | | | | | | 19 △ 8 | (13 0. |
| 19 | | | | | 3 ☍ 40 | | | ♀ occ. cum Syrio. |
| 20 | | | 11 △ 14 | | | 0 ☍ 10 | | ✶ ☽ ♃ 1. 32 \| ☽ ☊ 2. 49 |
| 21 | | | | | | | | ♀ m. c. cum hiad. |
| 22 | ☍ | 15 30 | | 10 △ 10 | | | | ♂ culminat cum Pleia. |
| 23 | Asc. | 10 ♊ | 1 □ 6 | | | | | ✶ ♂ ☿ 0. 28 \| ☽ Apo. |
| 24 | | | | | 14 △ 14 | | 17 ☍ 37 | ✶ ♄ ♀ 16. 7 \| ☿ m. c. cũ |
| 25 | | | 14 ✶ 48 | 1 □ 47 | | 17 △ 8 | | ♀ or. cum succulis. (Ald. |
| 26 | | | | | | | | ♀ occ. cum dex. hu. Orio. |
| 27 | | | | 14 ✶ 38 | 0 □ 43 | | | □ ☽ ♄ 16. 47 \| □ ♃ ♀ |
| 28 | | 3 △ 18 | | | | 10 □ 58 | | ♀ or. cũ Ald. (17. 36. e. |
| 29 | | | | | 19 ✶ 30 | | | ♀ m. c. cum hedis. |
| 30 | □ | 25 56 | 10 ☌ 56 | | | | 6 △ 3 | ☿ occ. cum Hercule. |
| | Asc. | 4 ♋ | | | | | | |

a. Die 8. ☿ m. c. cum lucida Eridani, & dex. latere Persei.
b. Die 10. ☿ occ. cum cane minore.
c. Die 13. ☿ culminat cum pleiadibus.
d. Die 16. ☿ occ. cum hedis.
e. Die 27. ♂ occ. cum succulis, & pleia.

## Syzygię Lunares.

| | | Orient. | Orient. | Orient. | Orient. | Occid. | Syzygiæ Planetarũ inter se, & eorum congressus cum illustrioribus aliquibus stellis fixis. |
|---|---|---|---|---|---|---|---|
| | ☉ | ♄ | ♃ | ♂ | ♀ | ☿ | |
| Dies | H ′ | H ′ | H ′ | H ′ | H ′ | H ′ | |
| 1 | | | | | 0 ✶ 23 | | ♀ m.c. cũ capr. et 130. a. |
| 2 | | | 6 ☌ 20 | | | 16 □ 24 | △ ♄ ☿ 9.56. ♀ m.c. cũ |
| 3 | 0 ✶ 18 | | | | | | ♃ occ. cũ cor. ♈. (Rigel. |
| 4 | | 17 ✶ 54 | | 10 ☌ 57 | | 22 ✶ 24 | ☽ ☋ 9.51 ♂ m.c. cũ Suc. |
| 5 | | | | | 14 ☌ 36 | | ♀ m.c. cũ zo. Or. (culo b. |
| 6 | | 18 □ 13 | 10 ✶ 7 | | | | |
| 7 ☌ | 8 34 | | | | | | ☽ Perig. |
| 8 Asc. | 1 ♒ | 18 △ 23 | 10 □ 39 | 14 ✶ 16 | | | |
| 9 | | | | | 23 ✶ 48 | 4 ☌ 36 | ♀ m.c. cũ dex. hu. Aur. |
| 10 | | 1 | 12 △ 19 | 18 □ 10 | | | ♂ m.c. cũ aldebarã, & ♀ |
| 11 | 18 ✶ 22 | | | | | | (cum 1.41. |
| 12 | | | | | 7 □ 47 | | ✶ ♄ ♂ 6.17. |
| 13 | | 0 ☍ 4 | | 0 △ 58 | | 14 ✶ 48 | ♀ occ. cum cane mi. |
| 14 □ | 4 10 | | 23 ☍ 50 | | 19 △ 51 | | (de. hu. Ori. |
| 15 Asc. | 5 ♓ | | | | | 23 □ 9 | ♂ or. cũ hiad. & occ. cum |
| 16 | 18 △ 9 | | | | | | ✶ ♃ ♀ 17.49. |
| 17 | | 18 △ 17 | | | | | ☽ 363.55. ♀ or. cũ 130 |
| 18 | | | | 2 ☍ 28 | | 9 △ 9 | ♂ m.c. cũ hedis. (& 32. |
| 19 | | | | | | | □ ♄ ♀ 21.42. |
| 20 | | 7 □ 6 | 0 △ 0 | | 8 ☍ 13 | | ✶ ♂ ☿ 18.9. c. |
| 21 | | | | | | | ☽ Apo. ♂ or. cũ Alde. |
| 22 ☍ | 6 41 | 20 ✶ 41 | 14 □ 13 | | | | ♂ m.c. cũ capra, & 130 |
| 23 Asc. | 16 ♑ | | | 12 △ 45 | | 4 ☍ 31 | ♀ occ. cũ hædis (& Her. |
| 24 | | | | | | | ♀ or. cum dex. hu. Ori. d. |
| 25 | | | 3 ✶ 18 | | 23 △ 40 | | ♀ or. cum zona Orio. |
| 26 | | | | 4 □ 4 | | | □ ☉ ☿ 12.28 \| △ ♄ 21.42 |
| 27 | 15 △ 20 | 18 ☌ 27 | | | | 16 △ 48 | (cum Apolline. |
| 28 | | | | 15 ✶ 28 | 13 □ 55 | | ♀ or. cum Rigel, & m.c. |
| 29 | | | 10 ☌ 8 | | | 19 □ 9 | ☌ ☉ ♀ 1.24. e. |
| 30 □ | 1 36 | | | | 23 ✶ 45 | Orient. | ♂ m.c. cũ cing. Orio. f. |
| 31 Asc. | 18 ✶ | | | | | 19 ✶ 26 | ☽ ☋ 15.46. |

a. Die 1. ♂ occ. cum sin. hu. Or. & cum ult. pleia.
b. Die 4. ♂ occ. cum Syrio.
c. Die 20. ♀ m.c. cum cane maiori.
d. Die 24. ♂ m.c. cum sinistro pede Orio. & occ. cum capite Medusæ.
e. Die 29. △ ☉ ♄ 6.55. & □ ♃ ☿ 6.18.
f. Die 30. ♀ m.c. cum procyone, & Hercu.

Positus Planetarum Diurnus

| Dies | Dies | ☉ ♌ P | ' | " | ☽ ♊ P | ' | ♄ ♈ (M D) P | ' | ♃ ♉ (M D) P | ' | ♂ ♊ (M A) P | ' | ♀ ♋ (S A) P | ' | ☿ ♌ (M A) P | ' | ☊ ♒ P | ' |
|---|---|---|---|---|---|---|---|---|---|---|---|---|---|---|---|---|---|---|
| 22 | 1 | 8 | 55 | 13 | 4 | 23 | 6 | 14 | 4 | 6 | 20 | 10 | 21 | 12 | 1 | 31 | 29 | 30 |
| 23 | 2 | 9 | 52 | 46 | 19 | 0 | 6 | 12 | 4 | 10 | 20 | 50 | 22 | 25 | 0 | 50 | 19 | 27 |
| 24 | 3 | 10 | 50 | 19 | ♋ 3 | 50 | 6 | 10 | 4 | 14 | 21 | 30 | 23 | 38 | 0 ♋ | 17 | 29 | 24 |
| 25 | 4 | 11 | 47 | 53 | 18 | 45 | 6 | 8 | 4 | 18 | 22 | 10 | 24 | 51 | 29 | 51 | 29 | 20 |
| G 26 | 5 | 12 | 45 | 28 | ♌ 3 | 38 | 6 | 6 | 4 | 21 | 22 | 50 | 25 | 5 | 29 | 34 | 29 | 17 |
| 27 | 6 | 13 | 43 | 4 | 18 | 22 | 6 | 3 | 4 | 24 | 23 | 30 | 27 | 18 | 29 | 35 | 29 | 14 |
| 28 | 7 | 14 | 40 | 41 | ♍ 2 | 51 | 6 | 0 | 4 | 28 | 24 | 10 | 28 | 31 | 29 D | 33 | 29 | 11 |
| 29 | 8 | 15 | 38 | 19 | 17 | 4 | 5 | 58 | 4 | 31 | 24 | 50 | 29 | 44 | 29 | 28 | 29 | 8 |
| 30 | 9 | 16 | 35 | 58 | ♎ 0 | 56 | 5 | 56 | 4 | 34 | 25 | 29 | ♌ 0 | 57 | 29 | 41 | 29 | 5 |
| 31 | 10 | 17 | 33 | 38 | 14 | 27 | 5 | 54 | 4 | 36 | 26 | 8 | 2 | 11 | ♌ 0 | 1 | 29 | 1 |
| Au. 1 | 11 | 18 | 31 | 19 | 27 ♏ | 39 | 5 | 52 | 4 | 38 | 26 | 47 | 3 | 24 | 0 | 19 | 28 | 58 |
| G 2 | 12 | 19 | 29 | 2 | 10 | 33 | 5 | 50 | 4 | 40 | 27 | 26 | 4 | 38 | 1 | 4 | 28 | 55 |
| 3 | 13 | 20 | 26 | 46 | 23 | 10 | 5 | 48 | 4 | 41 | 28 | 5 | 5 | 52 | 1 | 45 | 28 | 52 |
| 4 | 14 | 21 | 24 | 31 | ♐ 5 | 33 | 5 | 45 | 4 | 43 | 28 | 45 | 7 | 6 | 2 | 31 | 28 | 49 |
| 5 | 15 | 22 | 22 | 18 | 17 | 43 | 5 | 42 | 4 | 45 | 29 | 24 | 8 | 20 | 3 | 22 | 28 | 46 |
| 6 | 16 | 23 | 20 | 6 | 29 | 46 | 5 | 39 | 4 | 46 | ♋ 0 | 3 | 9 | 34 | 4 | 17 | 28 | 42 |
| 7 | 17 | 24 | 17 | 55 | ♑ 11 | 41 | 5 | 36 | 4 | 48 | 0 S | 42 | 10 | 48 | 5 | 16 | 28 | 39 |
| 8 | 18 | 25 | 15 | 45 | 23 | 31 | 5 | 33 | 4 | 49 | 1 | 22 | 12 | 1 | 6 | 20 | 28 | 36 |
| G 9 | 19 | 26 | 13 | 37 | ♒ 5 | 22 | 5 | 30 | 4 | 50 | 2 | 1 | 13 | 16 | 7 | 28 | 28 | 33 |
| 10 | 20 | 27 | 11 | 30 | 17 | 17 | 5 | 27 | 4 | 51 | 2 | 40 | 14 | 30 | 8 | 40 | 28 | 30 |
| 11 | 21 | 28 | 9 | 24 | 29 | 18 | 5 | 24 | 4 | 52 | 3 | 19 | 15 | 44 | 9 | 55 | 28 | 26 |
| 12 | 22 | 29 | 7 | 20 | ♓ 11 | 26 | 5 | 20 | 4 | 53 | 3 | 58 | 16 | 58 | 11 | 13 | 28 | 23 |
| 13 | 23 | ♍ 0 | 5 | 17 | 23 | 45 | 5 | 17 | 4 | 53 | 4 | 36 | 18 | 12 | 12 S | 33 | 28 | 20 |
| 14 | 24 | 1 | 3 | 16 | ♈ 6 | 22 | 5 | 13 | 4 | 54 | 5 | 14 | 19 | 26 | 13 | 56 | 28 | 17 |
| 15 | 25 | 2 | 1 | 16 | 19 | 15 | 5 | 9 | 4 ℞ | 54 | 5 | 53 | 20 | 40 | 15 | 22 | 28 | 14 |
| G 16 | 26 | 2 | 59 | 17 | ♉ 2 | 28 | 5 | 5 | 4 | 54 | 6 | 31 | 21 | 55 | 16 | 50 | 28 | 10 |
| 17 | 27 | 3 | 57 | 20 | 16 | 3 | 5 | 1 | 4 | 54 | 7 | 9 | 23 | 9 | 18 | 20 | 28 | 7 |
| 18 | 28 | 4 | 55 | 24 | ♊ 0 | 0 | 4 | 57 | 4 | 53 | 7 | 47 | 24 | 23 | 19 | 53 | 28 | 4 |
| 19 | 29 | 5 | 53 | 30 | 13 | 16 | 4 | 53 | 4 | 52 | 8 | 25 | 25 | 37 | 21 | 26 | 28 | 1 |
| 20 | 30 | 6 | 51 | 37 | 18 | 47 | 4 | 49 | 4 | 51 | 9 | 4 | 26 | 51 | 23 | 1 | 27 | 58 |
| 21 | 31 | 7 | 49 | 46 | ♋ 13 | 27 | 4 | 45 | 4 | 49 | 9 | 42 | 28 | 5 | 24 | 40 | 27 | 55 |

| Latitudo Planetarū ad dié | ♄ | ' | ♃ | ' | ♂ | ' | ♀ | ' | ☿ | ' | Mensis |
|---|---|---|---|---|---|---|---|---|---|---|---|
| 1 | 2 | 13 | 1 | 38 | 0 | 6 | 0 | 9 | 4 | 2 | |
| 11 | 2 | 17 | 1 | 42 | 0 S | 3 | 0 | 24 | 2 | 26 | |
| 21 | 2 | 21 | 1 | 47 | 0 | 2 | 0 | 41 | 0 S | 21 | |

| Syzygiæ Lunares. | | Orient. | Orient. | Orient. | Orient. | Orient. | Syzygiæ Planetarũ mutuæ, & eorum congressus cum illustrioribus aliquibus stellis fixis |
|---|---|---|---|---|---|---|---|
| | ☽ | ♄ | ♃ | ♂ | ♀ | ☿ | |
| Dies | H ′ | H ′ | H ′ | H ′ | H ′ | H ′ | |
| 1 □ | 7 ✱ 50 | 3 ✱ 2 | | | | | |
| 2 Asc. | | | | 3 ☌ 7 | | | |
| 3 | | 3 □ 45 | 0 ✱ 39 | | | | |
| 4 | | | | | 10 ☌ 42 | 17 ☌ 34 | ☿ Persic. |
| 5 ☌ | 15 54 | 4 △ 1 | 1 □ 10 | | | | ♂ m.c. cũ dex.hu. Aur- |
| 6 Asc. | 3 ♌ | | | 8 ✱ 54 | | | (tum 1.41. |
| 7 | | | 2 △ 45 | | | | ☌ ♀ ☿ 18.21 \| ♂ m.c. |
| 8 | | | | 14 □ 6 | | 21 ✱ 48 | ♀ or. cum ast. bor. a. |
| 9 | | 8 ☍ 55 | | | 0 ✱ 2 | | ♀ m. cũ Perse. & Acu- |
| 10 | 6 ✱ 7 | | | 22 △ 20 | | | (austr. b. |
| 11 | | | 13 ☍ 1 | | 10 □ 50 | 5 □ 21 | ♀ m. cũ cane min. & qu |
| 12 □ | 18 26 | | | | | | △ ♄ ♀ 22.40 \| □ ♃ ♀ |
| 13 Asc. | 5 ♍ | | | | | 17 △ 47 | ☿ ☌ 10.54. (12.44. |
| 14 | | 0 △ 24 | | | 3 △ 24 | | ♀ occ. cum ast. bor. |
| 15 | 10 △ 4 | | | | | | |
| 16 | | 11 □ 54 | 10 △ 6 | 0 ☍ 33 | | | ♂ occ. cũ cane mi (10.8 |
| 17 | | | | | | | △ ♄ ☿ 7.52 \| □ ♃ ☿ 7. |
| 18 | | | 22 □ 56 | | | | ☿ Ap. ♀ occ. cũ rost. cor. |
| 19 | | 0 ✱ 15 | | | 17 ☍ 44 | 4 ☍ 41 | (☌ 31. |
| 20 ☍ | 21 33 | | | | | | ♀ m.c. cum hydra. |
| 21 Asc. | 17 ♎ | | 11 ✱ 0 | 8 △ 23 | | | ♂ or. cũ fimbu. tran. & |
| 22 | | | | | | | (Apolline. |
| 23 | | 23 ☌ 3 | | 21 □ 43 | | | ✱ ♃ ♂ 11.2 \| □ ♄ ♂ |
| 24 | | | | | | 15 △ 51 | (23.16. |
| 25 | | | | | 2 △ 50 | | |
| 26 | 1 △ 0 | | 4 ☌ 17 | 7 ✱ 30 | | | ♂ m.c. cum Spica. |
| 27 | | | | | 14 □ 32 | 4 □ 47 | ☿ ☋ 3.46 \| △ ☉ ♃ 23. |
| 28 □ | 8 57 | 8 ✱ 17 | | | | | ♀ m. cum Regulo. (11. |
| 29 Asc. | 9 ♏ | | | | 20 ✱ 39 | 13 ✱ 39 | |
| 30 | 14 ✱ 20 | 9 □ 15 | 9 ✱ 55 | 17 ☌ 35 | | | ☌ ☿ cum corde ♌. |
| 31 | | | | | | | |

a. Die 8. ♀ occ. cum Hercule.
b. Die 11. ♀ occ. cum capite ♊ poster.
c. Die 27. ☿ or. cũ [illegible] maiore.
♃ [illegible]

Positus Planetarum Diurnus.

| Stilo veteri | Stilo Gregor. | ☉ ♍ G | ′ | ″ | ☽ ♋ P | ′ | ♄ ♈ M D P | ′ | ♃ ♉ M D P | ′ | ♂ ♋ S A P | ′ | ♀ ♌ S A P | ′ | ☿ ♌ S A P | ′ | ☊ ♒ P | ′ |
|---|---|---|---|---|---|---|---|---|---|---|---|---|---|---|---|---|---|---|
| 22 | 1 | 8 | 47 | 57 | 28 ♌ | 9 | 4 | 49 | 4 | 48 | 10 | 20 | 29 ♍ | 19 | 26 | 19 | 27 | 51 |
| G 23 | 2 | 9 | 46 | 9 | 12 | 47 | 4 | 35 | 4 | 46 | 10 | 58 | 0 | 33 | 27 | 59 | 27 | 48 |
| 24 | 3 | 10 | 44 | 15 | 27 ♍ | 16 | 4 | 30 | 4 | 44 | 11 | 35 | 1 | 47 | 19 ♍ | 41 | 27 | 45 |
| 25 | 4 | 11 | 42 | 39 | 11 | 32 | 4 | 26 | 4 | 41 | 12 | 13 | 3 | 1 | 1 | 23 | 27 | 42 |
| 26 | 5 | 12 | 40 | 57 | 25 ♎ | 19 | 4 | 21 | 4 | 37 | 12 | 50 | 4 | 15 | 3 | 6 | 27 | 39 |
| 27 | 6 | 13 | 39 | 16 | 9 | 4 | 4 | 17 | 4 | 34 | 13 | 27 | 5 | 29 | 4 | 50 | 27 | 35 |
| 28 | 7 | 14 | 37 | 37 | 22 ♏ | 24 | 4 | 13 | 4 | 31 | 14 | 5 | 6 | 43 | 6 | 34 | 27 | 32 |
| 29 | 8 | 15 | 36 | 0 | 5 | 35 | 4 | 8 | 4 | 28 | 14 | 42 | 7 | 57 | 8 | 19 | 27 | 29 |
| G 30 | 9 | 16 | 34 | 25 | 18 ♐ | 15 | 4 | 4 | 4 | 25 | 15 | 19 | 9 | 11 | 10 | 5 | 27 | 26 |
| 31 | 10 | 17 | 32 | 52 | 0 | 50 | 4 | 0 | 4 | 22 | 15 | 56 | 10 | 26 | 11 | 52 | 27 | 23 |
| Sep. 1 | 11 | 18 | 31 | 20 | 13 | 14 | 3 | 55 | 4 | 19 | 16 | 32 | 11 | 40 | 13 | 39 | 27 | 19 |
| 2 | 12 | 19 | 29 | 49 | 25 | 29 | 3 | 50 | 4 | 15 | 17 | 8 | 12 | 55 | 15 | 26 | 27 | 16 |
| 3 | 13 | 20 | 28 | 20 | 7 ♑ | 38 | 3 | 45 | 4 | 11 | 17 | 44 | 14 | 10 | 17 D | 14 | 27 | 13 |
| 4 | 14 | 21 | 26 | 53 | 19 | 44 | 3 | 40 | 4 | 7 | 18 | 20 | 15 | 25 | 19 | 2 | 27 | 10 |
| 5 | 15 | 22 | 25 | 28 | 1 ♒ | 48 | 3 | 35 | 4 | 3 | 18 | 56 | 16 | 40 | 20 | 50 | 27 | 7 |
| G 6 | 16 | 23 | 24 | 5 | 13 | 57 | 3 | 30 | 3 | 58 | 19 | 31 | 17 | 55 | 22 | 38 | 27 | 4 |
| 7 | 17 | 24 | 22 | 43 | 26 ♓ | 2 | 3 | 25 | 3 | 54 | 20 | 7 | 19 | 10 | 24 | 26 | 27 | 0 |
| 8 | 18 | 25 | 21 | 25 | 8 | 17 | 3 | 20 | 3 | 50 | 20 | 42 | 20 | 25 | 26 | 14 | 26 | 57 |
| 9 | 19 | 26 | 20 | 8 | 20 ♈ | 41 | 3 | 15 | 3 | 46 | 21 | 18 | 21 | 40 | 28 | 3 | 26 | 54 |
| 10 | 20 | 27 | 18 | 52 | 3 | 17 | 3 | 10 | 3 | 42 | 21 | 53 | 22 | 55 | 29 | 50 | 26 | 51 |
| 11 | 21 | 28 | 17 | 38 | 16 | 8 | 3 | 5 | 3 | 36 | 22 | 29 | 24 | 10 | 1 ♎ | 38 | 26 | 48 |
| 12 | 22 | 29 | 16 | 26 | 29 | 17 | 3 | 0 | 3 | 30 | 23 | 5 | 25 | 25 | 3 | 26 | 26 | 44 |
| G 13 | 23 | 0 ♎ | 15 | 16 | 12 ♉ | 46 | 2 | 55 | 3 | 24 | 23 | 40 | 26 | 40 | 5 | 14 | 26 | 41 |
| 14 | 24 | 1 | 14 | 8 | 26 | 31 | 2 | 50 | 3 | 18 | 24 | 15 | 27 | 55 | 7 | 1 | 26 | 38 |
| 15 | 25 | 2 | 13 | 2 | 10 ♊ | 33 | 2 A | 45 | 3 | 12 | 24 | 50 | 29 ♎ | 10 | 8 | 48 | 26 | 35 |
| 16 | 26 | 3 | 11 | 58 | 24 | 49 | 2 | 40 | 3 | 6 | 25 | 25 | 0 | 25 | 10 | 35 | 26 | 32 |
| 17 | 27 | 4 | 10 | 56 | 9 ♋ | 18 | 2 | 35 | 3 | 0 | 26 | 0 | 1 | 40 | 12 | 21 | 26 | 28 |
| 18 | 28 | 5 | 9 | 56 | 23 | 51 | 2 | 30 | 2 | 54 | 26 | 35 | 2 | 55 | 14 | 7 | 26 | 25 |
| 19 | 29 | 6 | 8 | 58 | 8 ♌ | 22 | 2 | 25 | 2 | 48 | 27 | 10 | 4 | 10 | 15 | 52 | 26 | 22 |
| G 20 | 30 | 7 | 8 | 2 | 22 | 45 | 2 | 20 | 2 | 42 | 27 | 44 | 5 | 25 | 17 | 37 | 26 | 19 |

| Latitudo Planetarū ad diē | ♄ | ′ | ♃ | ′ | ♂ | ′ | ♀ | ′ | ☿ | ′ | |
|---|---|---|---|---|---|---|---|---|---|---|---|
| 1 | 2 | 24 | 1 | 52 | 0 | 7 | 0 | 54 | 1 | 5 | Mensis |
| 11 | 2 | 26 | 1 | 56 | 0 | 14 | 1 | 0 | 1 D | 40 | |
| 21 | 2 A | 28 | 2 | 0 | 0 | 21 | 1 | 1 | 1 | 22 | |

Syzygiæ Lunares.

| | | Orient. | Orient. | Orient. | Orient. | Orient. | Syzygiæ Planetarũ mutuę & eorum congressus cum illustrioribus aliquibus stellis fixis. |
|---|---|---|---|---|---|---|---|
| | ☉ | ♄ | ♃ | ♂ | ♀ | ☿ | |
| Dies | H | H | H | H | H | H | |
| 1 | | 10△45 | 10□53 | | | | ☽ Perig. |
| 2 | | | | | | | ♂ occ. cũ hadis. & Her. |
| 3 | | | 12△13 | | 8☌19 | 4☌37 | ♂ or. cum dext. hu. cr. a. |
| 4 ☌ | 0 27 | | | 1✶18 | | | ♀ or. cum hydra. |
| 5 Asc. | 0 ♐ | 15☍34 | | | | | △ ♃ ♀ 7.26 \| ✶ ☉ ♂ 10 |
| 6 | | | | 8□18 | | | (19. b. |
| 7 | | | 22☍17 | | | | ☌ ♀ ☿ 0.58. |
| 8 | 20✶35 | | | 18△23 | 5✶12 | 6✶17 | |
| 9 | | | | | | | ☉ ♒ 17.45. |
| 10 | | 6△5 | | | | | ♂ or cum Rigel. c. |
| 11 □ | 11 24 | | | | | 0□57 | ☿ or. cum cauda ♌ \| ☌ ♂ |
| 12 Asc. | 6 ♋ | 16□23 | 17△13 | | | | (occ. cum hydra. |
| 13 | | | | 17☍58 | 14△27 | 22△22 | ✶ ♂ ☿ 10.0 (☌ Her. |
| 14 | 3△43 | | | | | | ☽ Apo. ♂ m.c. cũ proc. |
| 15 | | 3✶31 | 4□27 | | | | ♄ or. cum cor. ♈. |
| 16 | | | | | | | |
| 17 | | | 15✶19 | | | | ☌ ☉ ☿ 22.32 (cau. ♌) |
| 18 | | | | | | Occid. | ✶ ♂ ♀ 10.27 \| ♀ m. c. cũ |
| 19 ☍ | 11 53 | 23☌40 | | 1△14 | 12☍5 | 16☍20 | ☿ or. cum vende. |
| 20 Asc. | 19 ♑ | | | | | | |
| 21 | | | | 12□8 | | | ☍ ♄ ☿ 18.29. |
| 22 | | | 7☌27 | | | | |
| 23 | | | | 19✶52 | | | ♀ m.c. cũ rost. corui. d. |
| 24 | 8△40 | 10✶44 | | | 2△37 | 20△34 | ☽ ♑ 0.14. |
| 25 | | | | | | | ☍ ☉ ♄ 12.0. |
| 26 □ | 13 ♈ | 13□57 | 13✶40 | | 10□10 | | |
| 27 Asc. | 1 ♍ | Occid. | | | | 5□46 | ☍ ♄ ☿ 16.30. |
| 28 | 20✶4 | 14△13 | 14□53 | 4☌43 | 16✶24 | | ☽ Perig. ♀ m.c. cũ Alga. |
| 29 | | | | | | 14✶15 | ♀ occ. cum cauda ♌. |
| 30 | | | 16□44 | | | | ♀ or. cum Arcturo. |

*a. Die 3. ♀ occ. cum ala dextra corui.*
*b. Die 5. △ ♃ ☿ 20.25 \| ☿ or. cum hydra.*
*c. Die 10. ♂ m.c. cum Apolline \| ☿ or. cum cauda ♌.*
*d. Die 23. ☿ or. cum Arcturo.*

Positus Planetarum Diurnus.

| Anni veteris | Anni Grego. | ☉ ♎ | | | ☽ ♍ | | ♄ ♈ M A | | ♃ ♉ M D | | ♂ ♋ S A | | ♀ ♎ S A | | ☿ ♎ S D | | ☊ ♓ | |
|---|---|---|---|---|---|---|---|---|---|---|---|---|---|---|---|---|---|---|
| Dies | | P | ' | " | P | ' | P | ' | P | ' | P | ' | P | ' | P | ' | P | ' |
| 21 | 1 | 8 | 7 | 8 | 6 | 54 | 2 | 15 | 2 | 35 | 28 | 18 | 6 D | 41 | 19 | 21 | 26 | 16 |
| 22 | 2 | 9 | 6 | 16 | 20 | 49 | 2 | 10 | 2 | 27 | 28 | 52 | 7 | 56 | 21 | 4 | 26 | 13 |
| 23 | 3 | 10 | 5 | 26 | ♎ 4 | 23 | 2 | 5 | 2 | 19 | 29 | 26 | 9 | 11 | 22 | 40 | 26 | 9 |
| 24 | 4 | 11 | 4 | 38 | 17 | 42 | 2 | 0 | 2 | 11 | ♌ 0 | 0 | 10 | 26 | 24 M | 18 | 26 | 6 |
| 25 | 5 | 12 | 3 | 51 | ♏ 0 | 44 | 1 | 55 | 2 | 3 | 0 | 33 | 11 | 41 | 26 | 9 | 26 | 3 |
| 26 | 6 | 13 | 3 | 6 | 13 | 30 | 1 | 50 | 1 | 56 | 1 | 7 | 12 | 56 | 27 | 49 | 26 | 0 |
| G 27 | 7 | 14 | 2 | 23 | 26 | 4 | 1 | 46 | 1 | 49 | 1 | 40 | 14 | 12 | 29 | 28 | 25 | 57 |
| 28 | 8 | 15 | 1 | 42 | ♐ 8 | 29 | 1 | 41 | 1 | 41 | 2 | 13 | 15 | 27 | ♏ 1 | 6 | 25 | 54 |
| 29 | 9 | 16 | 1 | 3 | ♑ 20 | 48 | 1 | 37 | 1 | 33 | 2 | 45 | 16 | 42 | 2 | 43 | 25 | 50 |
| 30 | 10 | 17 | 0 | 26 | 3 | 1 | 1 | 32 | 1 | 25 | 3 | 17 | 17 | 57 | 4 | 18 | 25 | 47 |
| Oct. 1 | 11 | 17 | 59 | 51 | 15 | 19 | 1 | 28 | 1 | 17 | 3 | 50 | 19 | 13 | 5 | 51 | 25 | 44 |
| 2 | 12 | 18 | 59 | 18 | 27 | 19 | 1 | 23 | 1 | 10 | 4 | 23 | 20 | 28 | 7 | 23 | 25 | 41 |
| 3 | 13 | 19 | 58 | 47 | ♒ 9 | 30 | 1 | 19 | 1 | 3 | 4 | 55 | 21 | 43 | 8 | 54 | 25 | 38 |
| G 4 | 14 | 20 | 58 | 18 | 21 | 40 | 1 | 14 | 0 | 54 | 5 | 28 | 22 | 58 | 10 | 23 | 25 | 35 |
| 5 | 15 | 21 | 57 | 51 | ♓ 4 | 8 | 1 | 9 | 0 | 47 | 6 | 0 | 24 | 13 | 11 | 50 | 25 | 32 |
| 6 | 16 | 22 | 57 | 26 | 16 | 39 | 1 | 5 | 0 | 40 | 6 | 32 | 25 | 28 | 13 | 16 | 25 | 28 |
| 7 | 17 | 23 | 57 | 3 | ♈ 29 | 21 | 1 | 0 | 0 | 32 | 7 | 4 | 26 | 44 | 14 | 40 | 25 | 25 |
| 8 | 18 | 24 | 56 | 42 | 12 | 17 | 0 | 55 | 0 | 24 | 7 | 36 | 27 | 59 | 16 | 2 | 25 | 22 |
| 9 | 19 | 25 | 56 | 23 | ♉ 25 | 30 | 0 | 51 | 0 | 17 | 8 | 7 | 29 | 14 | 17 | 21 | 25 | 19 |
| 10 | 20 | 26 | 56 | 6 | 8 | 59 | 0 | 47 | 0 | 0 | 8 | 38 | ♏ 0 | 30 | 18 | 38 | 25 | 16 |
| G 11 | 21 | 27 | 55 | 51 | 22 | 45 | 0 | 43 | 0 ♈ | 2 | 9 | 9 | 1 | 46 | 19 | 52 | 25 | 13 |
| 12 | 22 | 28 | 55 | 38 | ♊ 6 | 48 | 0 | 39 | 29 | 54 | 9 | 40 | 3 | 2 | 21 | 4 | 25 | 9 |
| 13 | 23 | 29 | 55 | 27 | ♋ 21 | 6 | 0 | 30 | 29 A | 47 | 10 | 11 | 4 | 17 | 22 | 13 | 25 | 6 |
| 14 | 24 | ♏ 0 | 55 | 18 | 5 | 34 | 0 | 32 | 29 | 39 | 10 | 41 | 5 | 33 | 23 | 19 | 25 | 3 |
| 15 | 25 | 1 | 55 | 11 | ♌ 20 | 8 | 0 | 28 | 29 | 32 | 11 | 11 | 6 | 49 | 24 | 22 | 25 | 0 |
| 16 | 26 | 2 | 55 | 6 | 4 | 40 | 0 | 25 | 29 | 24 | 11 | 41 | 8 | 5 | 25 | 21 | 24 | 57 |
| 17 | 27 | 3 | 55 | 3 | ♍ 19 | 3 | 0 | 22 | 29 | 16 | 12 | 10 | 9 | 21 | 26 | 17 | 24 | 54 |
| G 18 | 28 | 4 | 55 | 1 | 3 | 15 | 0 | 18 | 29 | 9 | 12 | 39 | 10 | 37 | 27 | 10 | 24 | 50 |
| 19 | 29 | 5 | 55 | 1 | ♎ 17 | 10 | 0 | 14 | 29 | 1 | 13 | 8 | 11 | 52 | 27 | 58 | 24 | 47 |
| 20 | 30 | 6 | 55 | 3 | 0 | 45 | 0 | 10 | 28 | 53 | 13 | 37 | 13 | 8 | 28 | 42 | 24 | 44 |
| 21 | 31 | 7 | 55 | 7 | 14 | 0 | 0 | 6 | 28 | 46 | 14 | 6 | 14 | 24 | 29 | 22 | 24 | 41 |
| Latitudo Planetarū ad diē | | | | | | 1 | 2 | 28 | 2 | 5 | 0 | 29 | 1 D | 2 | 0 M | 18 | Mensis | |
| | | | | | | 11 | 2 | 28 | 2 | 7 | 0 | 39 | 0 | 57 | 1 | 4 | | |
| | | | | | | 21 | 2 | 26 | 2 A | 6 | 0 | 49 | 0 | 40 | 2 | 10 | | |

Syzygiæ Lunares.

| Dies | ☉ | Occid. ♄ | Orient. ♃ | Orient. ♂ | Orient. ♀ | Occid. ☿ | Syzygiæ Planetarū mutuæ, & eorum congressus cum illustrioribus aliquibus fixis stellis |
|---|---|---|---|---|---|---|---|
| | H ′ | H ′ | H ′ | H ′ | H ′ | H ′ | |
| 1 | | | | | | | |
| 2 | | 19 ☍ 58 | | 14 ✶ 52 | | | |
| 3 ☌ | 11 23 | | | | 9 ☌ 33 | | ♂ occ. cum Hercule. |
| 4 Asc. | 22 60 | | | 23 □ 40 | | 14 ☌ 18 | ♂ or. cum asino bor. |
| 5 | | | 2 ☍ 57 | | | | (a |
| 6 | | | | | | | ☌ ☉ ♀ 9.52 \| ☽ [illegible] 23 |
| 7 | | 10 △ 56 | | 11 △ 20 | Occid. | | □ ♃ ♂ 5.16 \| △ ♄ ♂ 3. |
| 8 | 13 ✶ 51 | | | | 15 ✶ 7 | | ☍ ♃ ☿ 8.0. b. (47. |
| 9 | | 21 □ 7 | 20 △ 53 | | | | □ ♂ ♀ 0.41. \| ♂ c. cum |
| 10 | | | | | | 2 ✶ 54 | ♀ or. cū cin. ♍ d. (ca. mi. c. |
| 11 □ | 6 24 | | | | 8 □ 52 | | ☽ Apo. ♀ or. cū spica ♍ |
| 12 Asc. | 21 ♉ | 7 ✶ 57 | 7 □ 29 | 14 ☍ 33 | | 22 ✶ 39 | ☿ occ. cum cauda ♌. |
| 13 | 22 △ 22 | | | | | | ☿ occ. cum vinde. |
| 14 | | | 17 ✶ 33 | | 2 △ 35 | | ☿ occ. cum aust. lance. |
| 15 | | | | | | 16 △ 40 | |
| 16 | | | | | | | ☿ occ. cum cing. ♍. |
| 17 | | 2 ☌ 10 | | 14 △ 56 | | | |
| 18 | | | | | | | |
| 19 ☍ | 1 11 | | 8 ☌ 26 | 23 □ 21 | 7 ☍ 19 | | ☍ ♃ ♀ 18 0. |
| 20 Asc. | 16 ♑ | | | | | 18 ☍ 29 | ☿ occ. cum aculeo ♏. |
| 21 | | 12 ✶ 30 | | | | | ☽ ☋ 4.19 \| ♀ or. cū [illegible] e. |
| 22 | | | | 5 ✶ 0 | | | ☍ ☉ ♃ 20.47. |
| 23 | 15 △ 44 | 13 □ 42 | 14 ✶ 17 | | 23 △ 58 | | |
| 24 | | | Occid. | | | | ♂ or. cum Syrio. |
| 25 □ | 21 15 | 17 △ 0 | 15 □ 12 | | | 7 △ 30 | ☽ Perig. ♀ occ. cū cor |
| 26 Asc. | 29 [illegible] | | | 12 ☌ 7 | 6 □ 15 | | (de ♏. |
| 27 | | | 17 △ 8 | | | 13 □ 1 | ♀ or. cū cauda cygni. f. |
| 28 | 3 ✶ 5 | | | | 13 ✶ 58 | | ♀ or. cū lāctibus, et ☿ occ. |
| 29 | | 20 ☍ 42 | | | | 20 ✶ 10 | (cum 31. |
| 30 | | | | | | | □ ☍ ♀ 14 41. |
| 31 | | | | 0 ✶ 11 | | | ♂ m. c. cum hydra. |

*a. Die 6. ♂ or. cum Præsepe, & lucida Eridani. & ♀ or. cum corona.*
*b. Die 8 ♂ m. c. cum asinis.*
*c. Die 9. ♀ or. cum ala dex. corui, & rostro corui.*
*d. Die 10. ♂ occ. cum Apolline.*
*e. Die 21. ♀ m. c. cum Arcturo.*
*f. Die 27. ♀ m. c. cum aust. lance.*

Positus Planetarum Diurnus.

| Dies anni veteris | Dies anni Gregor. | ☉ ♏ P | ' | " | ☽ ♎ P | ' | M A ♄ ♈ P | ' | M A ♃ ♈ P | ' | S A ♂ ♌ P | ' | S D ♀ ♏ P | ' | M D ☿ ♏ P | ' | ☊ ♏ P | ' |
|---|---|---|---|---|---|---|---|---|---|---|---|---|---|---|---|---|---|---|
| 22 | 1 | 8 | 55 | 12 | 26 ♏ | 58 | 0 | 3 | 28 | 38 | 14 | 35 | 15 | 40 | 29 ♐ | 57 | 24 | 38 |
| 23 | 2 | 9 | 55 | 19 | 9 | 40 | 0 ♓ | 0 | 28 | 30 | 15 | 3 | 16 | 55 | 0 | 28 | 24 | 35 |
| 24 | 3 | 10 | 55 | 28 | 22 ♐ | 9 | 29 | 57 | 28 | 22 | 15 | 31 | 18 | 11 | 0 A | 54 | 24 | 32 |
| G 25 | 4 | 11 | 55 | 39 | 4 | 27 | 29 | 54 | 28 | 14 | 16 | 0 | 19 | 27 | 1 | 15 | 24 | 29 |
| 26 | 5 | 12 | 55 | 52 | 16 | 35 | 29 | 51 | 28 | 7 | 16 | 28 | 20 | 43 | 1 | 30 | 24 | 25 |
| 27 | 6 | 13 | 56 | 5 | 28 ♑ | 39 | 29 | 48 | 28 | 0 | 16 | 57 | 21 | 58 | 1 | 38 | 24 | 22 |
| 28 | 7 | 14 | 50 | 21 | 10 | 42 | 29 | 46 | 27 | 52 | 17 | 25 | 23 | 14 | 1 | 43 | 24 | 19 |
| 29 | 8 | 15 | 56 | 38 | 22 ♒ | 45 | 29 | 43 | 27 | 45 | 17 | 52 | 24 | 30 | 1 R | 45 | 24 | 16 |
| 30 | 9 | 16 | 56 | 57 | 4 | 49 | 29 | 41 | 27 | 38 | 18 | 19 | 25 | 46 | 1 | 43 | 24 | 12 |
| 31 | 10 | 17 | 57 | 18 | 17 | 0 | 29 | 39 | 27 | 31 | 18 | 46 | 27 | 2 | 1 | 33 | 24 | 9 |
| G 1 | 11 | 18 | 57 | 41 | 29 ♓ | 20 | 29 | 37 | 27 | 24 | 19 | 14 | 28 | 18 | 1 | 17 | 24 | 6 |
| No. 2 | 12 | 19 | 58 | 5 | 11 | 50 | 29 | 35 | 27 | 17 | 19 | 41 | 29 ♐ | 34 | 0 | 54 | 24 | 3 |
| 3 | 13 | 20 | 58 | 31 | 24 ♈ | 11 | 29 | 33 | 27 | 10 | 20 | 8 | 0 | 50 | 0 | 29 | 24 | 0 |
| 4 | 14 | 21 | 58 | 58 | 7 | 20 | 29 | 31 | 27 | 3 | 20 | 34 | 2 M | 5 | 0 ♏ | 2 | 23 | 57 |
| 5 | 15 | 22 | 59 | 27 | 20 ♉ | 39 | 29 | 29 | 26 | 57 | 21 | 1 | 3 | 21 | 29 | 33 | 23 | 53 |
| 6 | 16 | 23 | 59 | 57 | 4 | 12 | 29 | 27 | 26 | 53 | 21 | 26 | 4 | 37 | 29 | 2 | 23 | 50 |
| 7 | 17 | 25 | 0 | 19 | 17 ♊ | 58 | 29 | 25 | 26 | 45 | 21 | 50 | 5 | 52 | 28 | 30 | 23 | 47 |
| ☾ 8 | 18 | 26 | 1 | 2 | 2 | 4 | 29 | 23 | 26 | 39 | 22 | 14 | 7 | 8 | 27 | 56 | 23 | 44 |
| 9 | 19 | 27 | 1 | 37 | 16 ♋ | 26 | 29 | 22 | 26 | 34 | 22 | 38 | 8 | 24 | 27 | 20 | 23 | 41 |
| 10 | 20 | 28 | 2 | 13 | 1 | 2 | 29 | 21 | 26 | 29 | 23 | 0 | 9 | 39 | 26 | 41 | 23 | 37 |
| 11 | 21 | 29 ♐ | 2 | 51 | 15 ♌ | 45 | 29 | 20 | 26 | 24 | 23 | 22 | 10 | 55 | 26 | 9 | 23 | 34 |
| 12 | 22 | 0 | 3 | 30 | 0 | 32 | 29 | 19 | 26 | 19 | 23 | 44 | 12 | 10 | 25 | 38 | 23 | 31 |
| 13 | 23 | 1 | 4 | 10 | 15 | 11 | 29 | 18 | 26 | 14 | 24 | 5 | 13 | 26 | 25 | 9 | 23 | 28 |
| 14 | 24 | 2 | 4 | 52 | 29 ♍ | 35 | 29 | 17 | 26 | 10 | 24 | 26 | 14 | 42 | 24 S | 44 | 23 | 25 |
| G 15 | 25 | 3 | 5 | 35 | 13 | 42 | 29 | 16 | 26 | 6 | 24 | 47 | 15 | 57 | 24 | 23 | 23 | 22 |
| 16 | 26 | 4 | 6 | 19 | 27 ♎ | 30 | 29 | 15 | 26 | 2 | 25 | 8 | 17 | 13 | 24 | 6 | 23 | 18 |
| 17 | 27 | 5 | 7 | 4 | 10 | 55 | 29 | 14 | 25 | 58 | 25 | 28 | 18 | 29 | 23 | 51 | 23 | 15 |
| 18 | 28 | 6 | 7 | 50 | 23 ♏ | 59 | 29 | 13 | 25 | 54 | 25 | 48 | 19 | 44 | 23 | 43 | 23 | 12 |
| 19 | 29 | 7 | 8 | 37 | 6 | 44 | 29 | 12 | 25 | 50 | 26 | 8 | 21 | 0 | 23 Di | 42 | 23 | 9 |
| 20 | 30 | 8 | 9 | 25 | 19 | 11 | 29 | 11 | 25 | 46 | 26 | 28 | 22 | 16 | 23 | 45 | 23 | 6 |

| Latitudo Planetarũ ad diẽ | ♄ | ' | ♃ | ' | ♂ | ' | ♀ | ' | ☿ | ' | |
|---|---|---|---|---|---|---|---|---|---|---|---|
| 1 | 2 | 24 | 2 | 4 | 1 | 2 | 0 | 24 | 3 A | 12 | Mensis |
| 11 | 2 | 22 | 2 | 2 | 1 | 17 | 0 M | 6 | 2 | 43 | |
| 21 | 2 | 18 | 1 | 59 | 1 | 34 | 0 | 12 | 0 S | 38 | |

Syzygiæ Lunares.

| Dies | ☉ | Occid. ♄ | Occid. ♃ | Orient. ♂ | Occid. ♀ | Occid. ☿ | Syzygiæ Planetarū mutuæ, & earum congressus cum illustrioribus aliquibus stellis fixis. |
|---|---|---|---|---|---|---|---|
| | H ′ | H ′ | H ′ | H ′ | H ′ | H ′ | |
| 1 | | | 3 ☍ 7 | | | | △ ♄ ☿ 4.34 \| ♀ m.c. cū lance bor. |
| 2 ☌ | 0 51 | | | 9 □ 11 | 15 ☌ 30 | | |
| 3 Asc. | 16 ♑ | 12 △ 0 | | | | 17 ☌ 34 | ☽ ☊ 4.56. |
| 4 | | | | 13 △ 45 | | | |
| 5 | | | 22 △ 43 | | | | ♀ occ. cum aculeo ♏. |
| 6 | | 2 □ 17 | | | | | ♀ m.c. cum corona. |
| 7 | 9 ✶ 11 | | | | | | |
| 8 | | 13 ✶ 49 | 9 □ 51 | | 3 ✶ 53 | 17 ✶ 51 | ☽ Apog. |
| 9 | | | | | | | ♀ occ. cū neb. & cor. ♏ (rost. gall. |
| 10 □ | 2 23 | | 10 ✶ 16 | 3 ☍ 34 | 21 □ 45 | | |
| 11 Asc. | 13 ♓ | | | | | 13 □ 51 | □ ♃ ♂ 11.38 \| ♀ or. cū |
| 12 | 16 △ 41 | | | | | | △ ♄ ♀ serè ☌ \| ♀ ☿ 19 o. a |
| 13 | | 9 ☌ 20 | | | 13 △ 0 | 11 △ 29 | |
| 14 | | | | | | | |
| 15 | | | 11 ☌ 2 | 0 △ 40 | | | △ ♄ ☿ 3.17. |
| 16 | | | | | | | |
| 17 ☍ | 13 14 | 19 ✶ 26 | | 6 □ 15 | | 27 ☍ 14 | ☽ ☋ 9.50 \| ♀ occ. cū co- |
| 18 Asc. | 16 ♍ | | | | 9 ☍ 17 | | ♀ or. cū antare. (na Ber. |
| 19 | | 21 □ 14 | 16 ✶ 35 | 10 ✶ 27 | | | ☌ ♃ ☿ 4.17. |
| 20 | | | | | | Orient. | |
| 21 | 23 ∠ 10 | 22 △ 2 | 17 □ 12 | | | 20 △ 19 | ☽ Perig. \| △ ♃ ♄ 5.37. |
| 22 | | | | | 21 △ 7 | | ☿ occ. cum corde ♌. |
| 23 | | | 18 △ 24 | 15 ☌ 12 | | 16 □ 9 | |
| 24 □ | 4 54 | | | | | | □ ♂ ☿ 10.17. |
| 25 Asc. | 9 ♊ | | | | 4 □ 19 | 18 ✶ 12 | ♂ or. cum Basilisco. |
| 26 | 12 ✶ 47 | 3 ☍ 7 | | | | | ♀ m.c. cum aculeo ♏. b |
| 27 | | | | | 15 ✶ 22 | | ♀ occ. cū Arct. (Aquila |
| 28 | | | 3 ☍ 35 | 3 ✶ 21 | | | △ ♃ ♂ 6.0 \| ♀ or. cum |
| 29 | | | | | | | ♀ m.c. cum neb. ♏. |
| 30 | | 19 △ 42 | | 14 □ 44 | | 9 ☌ 5 | ☽ ☊ 7.17. |

a. Die 12 ♀ occ. cum lance boreali.
b. Die 26. ☿ fit directus occ. cum media frontis ♏.
☿ fit ℞ culminando cum corde ♌.

December 1584

| Anni Iuliani | Anni Gregor. | ☉ ♐ G | M | S | ☽ ♐ P | M | ♄ ♓ P | M | ♃ ♈ P | M | ♂ ♌ P | M | ♀ ♐ P | M | ☿ ♒ P | M | ☊ ♒ P | M |
|---|---|---|---|---|---|---|---|---|---|---|---|---|---|---|---|---|---|---|
| Positus Planetarum Diurnus. | | | | | | | M | A | M | A | S | A | M | D | S | A | | |
| Dies | | | | | | | | | | | | | | | | | | |
| 21 | 1 | 9 | 10 | 14 | 1 | 22 | 29 | 11 | 25 | 42 | 26 | 48 | 23 | 32 | 23 | 53 | 23 | 13 |
| G 22 | 2 | 10 | 11 | 4 | 13 | 22 | 29 Di | 11 | 25 | 38 | 27 | 7 | 24 | 47 | 24 | 6 | 22 | 59 |
| 23 | 3 | 11 | 11 | 55 | 25 ♑ | 17 | 29 | 11 | 25 | 35 | 27 | 26 | 26 | 3 | 24 | 25 | 22 | 56 |
| 24 | 4 | 12 | 12 | 47 | 7 | 8 | 29 | 11 | 25 | 32 | 27 | 44 | 27 | 19 | 24 | 47 | 22 | 53 |
| 25 | 5 | 13 | 13 | 42 | 18 ♒ | 57 | 29 | 11 | 25 | 29 | 28 | 2 | 28 | 34 | 25 | 15 | 22 | 50 |
| 26 | 6 | 14 | 14 | 37 | 0 | 49 | 29 | 12 | 25 | 26 | 28 | 20 | 29 ♑ | 53 | 25 | 48 | 22 | 47 |
| 27 | 7 | 15 | 15 | 33 | 12 | 45 | 29 | 13 | 25 | 24 | 28 | 38 | 1 | 5 | 26 | 26 | 22 | 43 |
| 28 | 8 | 16 | 16 | 30 | 24 ♓ | 49 | 29 | 13 | 25 | 22 | 28 | 55 | 2 | 21 | 27 D | 8 | 22 | 40 |
| G 29 | 9 | 17 | 17 | 28 | 7 | 4 | 29 | 14 | 25 | 20 | 29 | 13 | 3 | 36 | 27 | 54 | 22 | 37 |
| 30 | 10 | 18 | 18 | 27 | 19 ♈ | 32 | 29 | 15 | 25 | 18 | 29 | 30 | 4 | 51 | 28 | 34 | 22 | 34 |
| De. 1 | 11 | 19 | 19 | 27 | 2 | 15 | 29 | 16 | 25 | 16 | 29 ♍ | 46 | 6 | 7 | 29 ♓ | 37 | 22 | 30 |
| 2 | 12 | 20 | 20 | 27 | 15 | 15 | 29 | 17 | 25 | 14 | 0 | 1 | 7 | 22 | 0 | 34 | 22 | 27 |
| 3 | 13 | 21 | 21 | 28 | 28 ♉ | 37 | 29 | 18 | 25 | 12 | 0 | 15 | 8 | 38 | 1 | 35 | 22 | 24 |
| 4 | 14 | 22 | 22 | 30 | 12 | 19 | 29 | 20 | 25 | 10 | 0 | 29 | 9 | 52 | 2 | 39 | 22 | 21 |
| 5 | 15 | 23 | 23 | 33 | 26 ♊ | 21 | 29 | 22 | 25 | 9 | 0 | 42 | 11 | 9 | 3 | 46 | 22 | 18 |
| G 6 | 16 | 24 | 24 | 35 | 10 | 45 | 29 | 24 | 25 | 9 | 0 | 54 | 12 | 24 | 4 | 56 | 22 | 15 |
| 7 | 17 | 25 | 25 | 38 | 25 ♋ | 22 | 29 | 25 | 25 | 8 | 1 | 6 | 13 | 39 | 6 | 9 | 22 | 11 |
| 8 | 18 | 26 | 26 | 41 | 10 | 11 | 29 | 27 | 25 | 8 | 1 | 17 | 14 | 55 | 7 | 24 | 22 | 8 |
| 9 | 19 | 27 | 27 | 44 | 25 ♌ | 8 | 29 | 29 | 25 Di | 8 | 1 | 28 | 16 | 10 | 8 | 42 | 22 | 5 |
| 10 | 20 | 28 | 28 | 47 | 10 | 2 | 29 | 31 | 25 | 8 | 1 | 38 | 17 | 26 | 10 | 2 | 22 | 2 |
| 11 | 21 | 29 ♑ | 29 | 51 | 24 ♍ | 50 | 29 | 33 | 25 | 8 | 1 | 46 | 18 | 41 | 11 | 24 | 21 | 58 |
| 12 | 22 | 0 | 30 | 55 | 9 | 10 | 29 | 35 | 25 | 8 | 1 | 54 | 19 | 57 | 12 | 48 | 21 | 55 |
| G 13 | 23 | 1 | 32 | 0 | 23 ♎ | 30 | 29 | 37 | 25 | 9 | 2 | 1 | 21 | 13 | 14 | 14 | 21 | 52 |
| 14 | 24 | 2 | 33 | 6 | 7 | 18 | 29 | 40 | 25 | 10 | 2 | 8 | 22 | 29 | 15 | 41 | 21 | 49 |
| 15 | 25 | 3 | 34 | 12 | 20 ♏ | 42 | 29 | 42 | 25 | 12 | 2 | 14 | 23 | 44 | 17 | 12 | 21 | 45 |
| 16 | 26 | 4 | 35 | 18 | 3 | 44 | 29 | 45 | 25 | 13 | 2 | 18 | 25 | 0 | 18 | 47 | 21 | 42 |
| 17 | 27 | 5 | 36 | 24 | 16 | 24 | 29 | 47 | 25 | 14 | 2 | 23 | 26 | 15 | 20 M | 16 | 21 | 39 |
| 18 | 28 | 6 | 37 | 30 | 28 ♐ | 48 | 29 | 50 | 25 | 16 | 2 | 27 | 27 | 30 | 21 | 51 | 21 | 36 |
| 19 | 29 | 7 | 38 | 36 | 10 | 51 | 29 | 53 | 25 | 18 | 2 | 32 | 28 ♒ | 45 | 23 | 28 | 21 | 33 |
| G 20 | 30 | 8 | 39 | 42 | 22 ♑ | 45 | 29 | 56 | 25 | 20 | 2 | 35 | 0 | 0 | 25 | 4 | 21 | 30 |
| 21 | 31 | 9 | 40 | 50 | 4 | 30 | 29 | 59 | 25 | 23 | 2 | 38 | 1 | 16 | 26 | 42 | 21 | 26 |
| Latitudo Planetarũ ad diẽ | | | | | 1 | | 2 | 14 | 1 | 55 | 1 | 51 | 0 | 18 | 1 | 8 | Menses | |
| | | | | | 11 | | 2 | 21 | 1 | 50 | 2 | 14 | 0 | 49 | 1 D | 26 | | |
| | | | | | 21 | | 2 | 17 | 1 | 45 | 2 | 38 | 1 | 3 | 0 | 48 | | |

Syzygiæ Lunares.

| Dies | | ☉ | Occid. ♄ | Occid. ♃ | Orient. ♂ | Occid. ♀ | Orient. ☿ | Syzygiæ Planetarũ mutuæ, & eorum congressus cum illustrioribus aliquibus stellis fixis. |
|---|---|---|---|---|---|---|---|---|
| | | H ′ | H ′ | H ′ | H ′ | H ′ | H ′ | |
| 1 | ☌ | 17 19 | | | | | | |
| 2 | Asc. | 14 ♒ | | | | | | △ ♃ ♀ 15.30. |
| 3 | | | 7△53 | 0△35 | 4△28 | 2☌44 | | (8). |
| 4 | | | | | | | | △ ♂ ♀ 10.32 \| ♀ or. cū |
| 5 | | | 10✱42 | 13□8 | | | 13✱21 | ☽ Apo. \| □ ♄ ♀ 11.50. |
| 6 | | | | | | | | |
| 7 | | 5✱28 | | | | | | |
| 8 | | | | 1✱4 | 8☍15 | 16✱26 | 4□50 | ☿ occ. cū neb. & cor. ♒ |
| 9 | □ | 21 38 | | | | | | (neb. ♓. a. |
| 10 | Asc. | 15 ♓ | 18☌22 | | | | 18△39 | △ ♀ 14.18 \| ♀ or. cum |
| 11 | | | | | | 7□33 | | □ ♂ ♀ 5.9. |
| 12 | | 9△53 | | 16☌10 | | | | ♀ or. cum acu. ♒. b. |
| 13 | | | | | 2△54 | 19△18 | | |
| 14 | | | | | | | | ☽ ☋ 17.4. |
| 15 | | | 5✱3 | | 7□23 | | 13☌30 | ♀ or. cum neb. ♒. |
| 16 | | | | 13✱32 | | | | △ ☽ ♃ 17.2. |
| 17 | ☍ | 0 10 | 6□34 | | 9✱24 | | | ♂ or. cum coma Ber. c. |
| 18 | Asc. | 28 ♓ | | | | 8☍15 | | ♀ occ cum corona. |
| 19 | | | 7△1 | 0□0 | | | | (gal. |
| 20 | | | | | | | 0△0 | ☽ Perig. ♀ m. c. rostra |
| 21 | | 8△19 | | 0△35 | 11☌34 | | | □ ☽ ♄ 1.13. |
| 22 | | | | | | 19△45 | 6□32 | ♀ m. c. cum Aquila. |
| 23 | □ | 15 22 | 10☍40 | | | | | △ ☽ ♂ 12.33. |
| 24 | Asc. | 10 ♒ | | | | | 16✱56 | |
| 25 | | | | 8☍17 | 21✱22 | 6□11 | | ♂ or. cum hydra. |
| 26 | | 1✱45 | | | | | | □ ♃ ♀ 4.11. d. |
| 27 | | | | | | 21✱18 | | ☽ ☊ 10.10. |
| 28 | | | 2△10 | | 7□21 | | | ♀ m. c. cum cornu. ♑. |
| 29 | | | | | | | | ✱ ♄ ♀ 22.40. |
| 30 | | | 14□45 | 5△17 | 20△10 | | 5☌29 | △ ♃ ☿ 4.1. |
| 31 | ☌ | 11 41 | | | | | | ♀ m. c. cum cauda Del. |
| | Asc. | 0 ♎ | | | | | | |

a. Die 10. ♀ m. c. cum Fidicula.
b. Die 12. ♀ occidit cum nebulosis super oculum ♐, & ☿ occ. cum lance Bor.
c. Die 17. ☿ occ. cum crinis Berenic.
d. Die 26. ☿ occ. cum Arcturo.

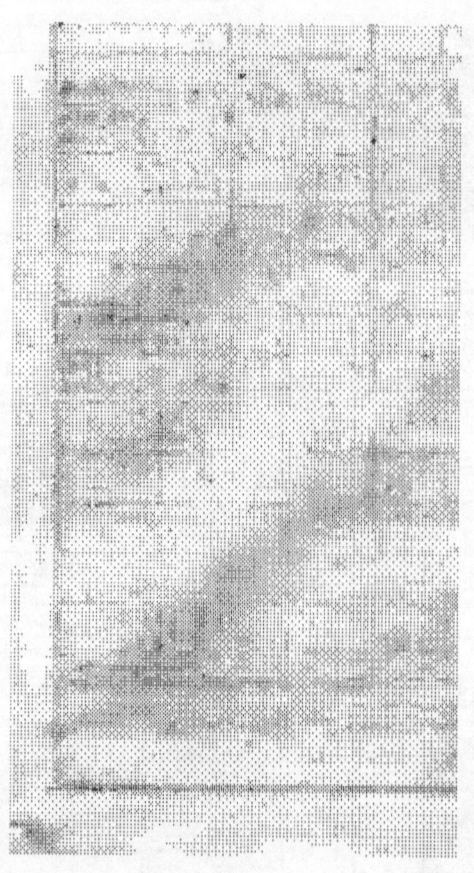

# EPHEMERIS
## IOANNIS ANTONII MAGINI PATAVINI

Ad annum Dominicæ Incarnationis

1585.

Qui est primus post Intercalarem, à Kalendarij restitutione tertius, & à principio Mundi 5547.

*Conuersio Solis ad primum punctum ♈ seu æquinoctij vernalis.*

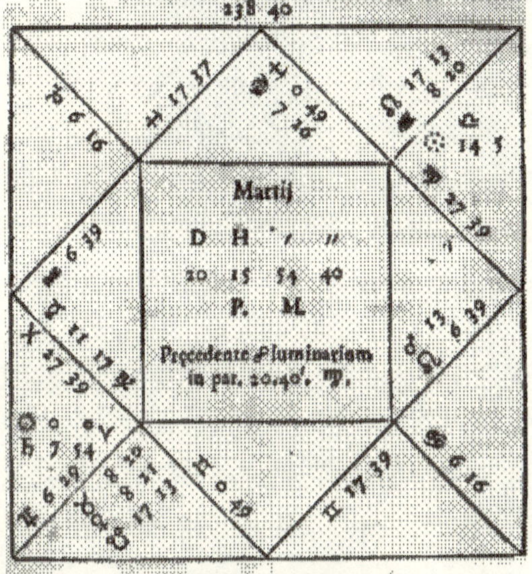


Anni Tropici vera magnitudo.

*Dierum* 365. *Horarum* 5. *Scr.* 55'. 26''. 10'''. 56''''.

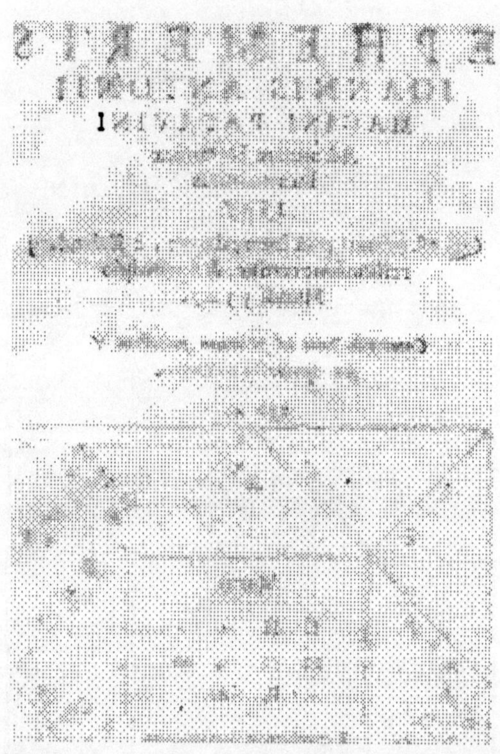

# ANNO INCARNATIONIS DOMINI 1585 communi.

| | | | D. | H. | ′ | ″ |
|---|---|---|---|---|---|---|
| Ingreſſus ☉ in primum punctum | ♋, Seu ſolſtitii æſtiui | Iunij | 21 | 12 | 50 | 39 |
| | ♎, Seu autumnalis ęquinoctij | Septemb. | 22 | 23 | 54 | 55 |
| | ♑, Seu ſolſtitii hiberni | Decemb. | 21 | 17 | 39 | 41 |

| | P. | ′ | ″ | ‴ |
|---|---|---|---|---|
| Vera pręceſſio Æquinoctiorum | 27 | 56 | 16 | 8 |
| Obliquitas Zodiaci | 23 | 28 | 5 | 36 |

Eccentrotetis ☉ 32234. Qualium ſemidiameter Eccentri ☉ partic. 1000000. ſeu par. 1 56′ 2″ 30‴. Quarum P. 60.

| | | P. | ′ | ″ | | | |
|---|---|---|---|---|---|---|---|
| Locus Apogæi | ♄ | 29 | 5 | 23 | ♐ | Aureus Numerus | 9 |
| | ♃ | 6 | 38 | 6 | ♎ | Cyclus Solis | 26 |
| | ♂ | 28 | 21 | 10 | ♌ | Epacta | 29 |
| | ☉ | 8 | 59 | 1 | ♋ | Indictio Romana | 13 |
| | ♀ | 16 | 17 | 16 | ♊ | Litera Dominicalis | F |
| | ☿ | 29 | 59 | 12 | ♓ | Interuallum hebd. 9. Dies | 5 |

*Feſta mobilia ſecundum Sacroſanctæ Romanæ Eccleſiæ vſum iuxta annum reformatum.*

| | | |
|---|---|---|
| Septuageſima | Febr. | 17 |
| Cinis | Martij | 6 |
| Paſcha | Aprilis | 21 |
| Rogationes | Maii | 26 |
| Aſcenſio Domini | Maii | 30 |
| Pentecoſte | Iunii | 9 |
| Corpus Chriſti | Iunii | 20 |
| Aduentus Domini | Decemb. | 1 |

## Eclipsis Solis anno Domini 1583.

*Die 29. Aprilis anni correcti, seu die 19. anni veteris in occasu Solis apparebit occidentalioribus maxima, & horribilis Eclipsis Solis, nam qui à Venetiarum meridiano distabunt hora vna, & dimidia versus occasum principium, & medium eius cernere poterunt; qui vero minori interuallo distabunt, eo minorem portionem obscurationis percipient, & qui maiori maiorem. Nos verò, & qui nobis orientaliores sunt, nec non qui etiam dimidia parte horæ nobis occidentaliores sunt nullam penitus Eclipsim habebimus. Medium autem illius Eclipsis ad meridianum Venetiarum relatum continget H. 8. 11′. à meridie æquatis. Dimidia duratio est H. 1. 4′.*

| | Punct. | | | | | | | |
|---|---|---|---|---|---|---|---|---|
| Puncta obscurata numerabuntur | 8 | 31 | à borea | In climate | Quarto, & | gr. | 36 | Poli. |
| | 9 | 34 | | | Quinto, & | gr. | 41 | |
| | 11 | 7 | | | Sexto, & | gr. | 45 | |
| | 12 | 2 | cētralis ferè | | Septimo, & | gr. | 49 | |
| | 11 | 5 | ab austro | | Octauo, & | gr. | 52 | |

## Eclipsis Lunæ anno prædicto.

*Die 13. Maij anni Gregoriani, qui est dies 3. Maij anni veteris post occasum Solis apparebit orientalioribus aliquis defectus Lunæ, nam qui Græciam, Nicæam, Liuoniam, Alexandriam Ægypti, & Cayrum incolunt cernere poterunt eius finem. Qui verò Cyprum, Ioniam, Damascum, & Hierosolymam habitant etiam ipsius medium commodè obseruare poterunt; sed nos huius Eclipsis nil penitus visuri sumus, nec etiam qui nobis occidentaliores sunt. Medium autem eius ad Venetiarum meridianum relatum accidet H. 5. 2′. à meridie æquatis puncta obscurationis erunt 6. 54. & tempus incidentiæ, seu dimidia duratio H. 1. 31′. 46″.*

Harum Eclipsium Typos prætermisimus, quoniam supra nostrum Cœlum minimè videbuntur.

## *Planetarum ſtatus.*

♄ { Hoc anno à medietate ſui Eccentrici incedit verſus Augis oppoſitum.
Die { 3 Aprilis Apogæum / 9 Octobris Perigæum } Epicycli poſſidet.
In præcedentia ſigna reuertitur à die vltimo Iulij vſque ad 5. Decemb.

♃ { Toto hoc anno ab oppoſito Augis Eccẽ. verſus medietatẽ eius perambulat.
Die { 11 Maij per ſupremam / 27 Octobris per imam } Orbis partem tranſit.
Cõtra ſignorũ ſeriẽ deambulat à die 15. Sept. vſq; ad calcẽ anni, & vlterius.

♂ { Die 26. Febr. in Apogęo Eccentrici / Die 15. Febr. in Perigęo Epicycli } Exiſtit.
Retroceſſum, quem præterito anno cœperat, complet die 15. Martij.

♀ Die { 8 Iunij Apogæum / 7 Decemb. Perigæum } Eccentrici perluſtrat.
10 Iunij per infimam Epicycli partem tranſcurrit.
Regreditur in priora à die 5. Iulij vſque poſt 16. Augusti.

☿ Die {
23 Maij inferiorem
21 Nouemb. ſuperiorem. } Deferentis partem tenet.
15 Ianuarij Apogæum
13 Martij Perigæum
11 Maii Apogæum
9 Iulij Perigęum
6 Septemb. Apogæum
2 Nouemb. Perigæum
28 Decemb. Apogæum } Parui orbis occupat.
1 Martij vſque in 25. eiuſdem.
17 Iunij poſt 10. Iulii
21 Octobris vſque poſt 11. Nouemb. } In priora deuoluitur.

| Anni vetusti | Anni Corre. | Positus Planetarum Diurnus. | | | | | | | | | | | | | | | | |
|---|---|---|---|---|---|---|---|---|---|---|---|---|---|---|---|---|---|---|
| | | | | | | | M | A | M | A | S | A | M | D | M | D | | |
| | | ☉ ♑ | | | ☽ ♑ | | ♄ ♈ | | ♃ ♈ | | ♂ ♍ | | ♀ ♒ | | ☿ ♓ | | ☊ ♒ | |
| Dies | | P | ′ | ″ | P | ′ | P | ′ | P | ′ | P | ′ | P | ′ | P | ′ | P | ′ |
| 22 | 1 | 10 | 41 | 57 | 16 | 30 | 0 | 2 | 25 | 25 | 2 | 41 | 2 | 31 | 28 ♑ | 21 | 21 | 23 |
| 23 | 2 | 11 | 43 | 4 | 27 | 49 | 0 | 5 | 25 | 28 | 2 | 43 | 3 | 47 | 0 | 1 | 21 | 20 |
| 24 | 3 | 12 | 44 | 10 | 9 ♒ | 30 | 0 | 8 | 25 | 31 | 2 | 45 | 5 | 2 | 1 | 43 | 21 | 17 |
| 25 | 4 | 13 | 45 | 16 | 21 | 17 | 0 | 11 | 25 | 34 | 2 | 45 | 6 | 17 | 3 | 23 | 21 | 14 |
| 26 | 5 | 14 | 46 | 22 | 3 ♓ | 13 | 0 | 14 | 25 | 37 | 1℞ | 45 | 7 | 32 | 5 | 5 | 21 | 10 |
| F 27 | 6 | 15 | 47 | 27 | 15 | 21 | 0 | 18 | 25 | 41 | 2 | 45 | 8 | 47 | 5 | 48 | 21 | 7 |
| 28 | 7 | 16 | 48 | 32 | 27 ♈ | 43 | 0 | 22 | 25 | 44 | 2 | 42 | 10 | 2 | 8 | 31 | 21 | 4 |
| 29 | 8 | 17 | 49 | 37 | 10 | 22 | 0 | 25 | 25 | 47 | 2 | 37 | 11 | 17 | 10 | 15 | 21 | 1 |
| 30 | 9 | 18 | 50 | 42 | 23 ♉ | 21 | 0 | 29 | 25 | 50 | 2 | 30 | 12 A | 32 | 11 | 59 | 20 | 58 |
| 31 | 10 | 19 | 51 | 46 | 6 | 45 | 0 | 33 | 25 | 54 | 2 | 23 | 13 | 47 | 13 | 43 | 20 | 54 |
| Ian. 1 | 11 | 20 | 52 | 50 | 20 ♊ | 31 | 0 | 37 | 25 | 59 | 2 | 15 | 15 | 1 | 15 | 48 | 20 | 51 |
| 2 | 12 | 21 | 53 | 53 | 4 | 39 | 0 | 42 | 26 | 3 | 2 | 7 | 16 | 16 | 17 | 13 | 20 | 48 |
| F 3 | 13 | 22 | 54 | 56 | 19 ♋ | 9 | 0 | 46 | 26 | 7 | 1 | 58 | 17 | 31 | 18 | 59 | 20 | 45 |
| 4 | 14 | 23 | 55 | 58 | 3 | 55 | 0 | 51 | 26 | 12 | 1 | 49 | 18 | 46 | 20 | 45 | 20 | 41 |
| 5 | 15 | 24 | 57 | 0 | 18 ♌ | 52 | 0 | 55 | 26 | 16 | 1 | 39 | 20 | 1 | 22 | 32 | 20 | 38 |
| 6 | 16 | 25 | 58 | 1 | 3 | 52 | 1 | 0 | 26 | 21 | 1 | 29 | 21 | 16 | 24 | 20 | 20 | 35 |
| 7 | 17 | 26 | 59 | 2 | 18 ♍ | 51 | 1 | 5 | 26 | 26 | 1 | 18 | 22 | 31 | 26 | 8 | 20 | 32 |
| 8 | 18 | 28 | 0 | 2 | 3 | 41 | 1 | 10 | 26 | 31 | 1 | 7 | 23 | 46 | 27 | 56 | 20 | 29 |
| 9 | 19 | 29 | 1 | 2 | 18 ♎ | 15 | 1 | 15 | 26 | 36 | 0 | 55 | 25 | 1 | 29 ♒ | 44 | 20 | 26 |
| F 10 | 20 | 0 ♒ | 2 | 1 | 2 | 28 | 1 | 20 | 26 | 42 | 0 | 44 | 26 | 16 | 1 | 32 | 20 | 22 |
| 11 | 21 | 1 | 2 | 59 | 16 | 18 | 1 | 25 | 26 | 48 | 0 | 32 | 27 | 31 | 3 | 20 | 20 | 19 |
| 12 | 22 | 2 | 3 | 56 | 29 | 45 | 1 | 30 | 26 | 54 | 0 | 18 | 28 | 46 | 5 | 7 | 20 | 16 |
| 13 | 23 | 3 | 4 | 52 | 12 ♏ | 49 | 1 | 35 | 27 | 1 | 0 | 2 | 0 ♓ | 1 | 6 | 54 | 20 | 13 |
| 14 | 24 | 4 | 5 | 48 | 25 | 32 | 1 | 40 | 27 | 8 | 29 ♌ | 47 | 1 | 16 | 8 A | 41 | 20 | 10 |
| 15 | 25 | 5 | 6 | 43 | 7 ♐ | 56 | 1 | 45 | 27 | 16 | 29 | 31 | 2 | 30 | 10 | 28 | 20 | 7 |
| 16 | 26 | 6 | 7 | 37 | 20 | 5 | 1 | 50 | 27 | 23 | 29 | 16 | 3 | 45 | 12 | 15 | 20 | 3 |
| F 17 | 27 | 7 | 8 | 30 | 2 ♑ | 0 | 1 | 55 | 27 | 30 | 28 | 59 | 4 | 59 | 14 | 1 | 20 | 0 |
| 18 | 28 | 8 | 9 | 22 | 13 | 46 | 2 | 0 | 27 | 38 | 28 | 40 | 6 | 13 | 15 | 47 | 19 | 57 |
| 19 | 29 | 9 | 10 | 13 | 25 | 26 | 2 | 6 | 27 | 45 | 28 | 21 | 7 | 27 | 17 | 32 | 19 | 54 |
| 20 | 30 | 10 | 11 | 3 | 7 ♒ | 4 | 2 | 11 | 27 | 52 | 28 | 2 | 8 | 41 | 19 | 16 | 19 | 51 |
| 21 | 31 | 11 | 11 | 52 | 18 | 43 | 2 | 17 | 28 | 0 | 27 | 41 | 9 | 55 | 21 | 0 | 19 | 47 |

| Latitudo planetarū ad diē | | ♄ | | ♃ | | ♂ | | ♀ | | ☿ | | |
|---|---|---|---|---|---|---|---|---|---|---|---|---|
| | 1 | 2 | 3 | 1 | 40 | 3 | 7 | 1 A | 14 | 0 | 25 | Mensis |
| | 11 | 2 | 0 | 1 | 36 | 3 | 32 | 1 | 46 | 1 | 20 | |
| | 21 | 1 | 57 | 1 | 32 | 4 | 0 | 1 | 17 | 1 A | 54 | |

## Syzygiæ Lunares.

| Dies | ☉ | Occid. ♄ | Occid ♃ | Orient. ♂ | Occid. ♀ | Orient. ☿ | Syzygiæ Planetarū mutuæ, & eorum congressus cum illustrioribus aliquibus stellis fixis. |
|---|---|---|---|---|---|---|---|
| | H ′ | H ′ | H ′ | H ′ | H ′ | H ′ | |
| 1 | | | 19□ 6 | | | | |
| 2 | | 4✶41 | | | 13☌43 | | □ ♄ ☿ 0.58. |
| 3 | | | | | | | △ ♂ ♀ 14.13. a. |
| 4 | | | 8✶38 | 23☍ 4 | | | ☿ or. cum lucida hydræ. |
| 5 | | | | | | 4✶16 | ☿ or. cum ocu. ♉. b. |
| 6 | 0✶55 | | | | | | ☿ or. cum aculeo ♏. |
| 7 | | 5☌ 2 | | | | 23□40 | ♀ occ. cum ocu. ♉. |
| 8 □ | 14 56 | | | | 2✶50 | | |
| 9 Asc. | 18 ♏ | | 4☌26 | 16△14 | | | ☿ or. cum ocu. ♏. |
| 10 | | | | | 15□28 | 13△56 | ♀ occ. cum Fomah. |
| 11 | 0△40 | 17✶15 | | 19□44 | | | ☽ ☋ 4.34 \| ☿ or. cū aq. |
| 12 | | | | | 21△ 0 | | ☿ occ. cum corona. c. |
| 13 | | 18□58 | 11✶23 | 10✶36 | | | (m. c. cum aquila. |
| 14 | | | | | | | ♀ or. cū cauda ♑. ☌ ☿ |
| 15 ☍ | 10 23 | 17△47 | 12□54 | | | 6☍40 | ☽ Perig. |
| 16 Asc. | 4 ♎ | | | | | | □ ☉ ♃ 9.51. |
| 17 | | | 12△21 | 19☌54 | 6☍29 | | □ ♃ ☿ 4.12. (cor. ♌ |
| 18 | | | | | | Occid. | ☌ ☉ ☿ 2.2 \| ☿ m. c. cū |
| 19 | 19△35 | 22☍ 3 | | | | 22△11 | ✶ ♄ ☿ 21.12 (ca. Del. d |
| 20 | | | | | | | ✶ ♃ ☿ 9.3 \| ☿ m. c. cū |
| 21 | | | 18☍52 | | 22△ 4 | | ✶ ☉ ☿ 9.26. |
| 22 □ | 4 37 | | | 1✶ 0 | | 11□24 | ♀ or. cum capite Algol. |
| 23 Asc. | 1 ♌ | | | | | | ☍ ☌ ♀ 0.10 \| ☽ 3.13. |
| 24 | 18✶ 1 | 11△58 | | 8□ 3 | 12□58 | | (55. e. |
| 25 | | | | | | 5△52 | |
| 26 | | 25□50 | 14△51 | 18△ 4 | | | |
| 27 | | | | | 0✶48 | | ♀ occ. cum Fomah. |
| 28 | | | | | | | ☿ occ. cum cauda ♑. |
| 29 | | 13✶51 | 4□50 | | | | ☽ Apo. ♀ occ. cum lyra. |
| 30 ☌ | 6 55 | | | | | | △ ♃ ☌ 8.13 \| ☿ m. c. cū |
| 31 Asc. | 4 ♍ | | 19✶14 | 17☍47 | | 5☌29 | (cauda ♌. |

a. Die 3. ☿ m. c. cum cauda cygni.
b. Die 5. ☿ m. c. cum lyra.
c. Die 12. ☿ m. c. cum cauda ♑. & ☿ m. c. cum rostro gallinæ.
d. Die 20. ♀ occ. cum cauda Del.
e. Die 23. ♀ occ. cum rostro gallinæ.

Hoc mense ☿ fit ☌ oriendo cum lucida hydræ.

## Positus Planetarum Diurnus.

| Anni veteris | Anni Grego. | ☉ ♒ P | ′ | ″ | ☽ ♓ P | ′ | ♄ ♈ (M A) P | ′ | ♃ ♈ (M A) P | ′ | ♂ ♌ (S A) P | ′ | ♀ ♓ (M A) P | ′ | ☿ ♒ (M A) P | ′ | ☊ ♒ P | ′ |
|---|---|---|---|---|---|---|---|---|---|---|---|---|---|---|---|---|---|---|
| Dies | | | | | | | | | | | | | | | | | | |
| 22 | 1 | 12 | 12 | 39 | 0 | 26 | 2 | 23 | 28 | 8 | 27 | 19 | 11 | 8 | 22 | 43 | 19 | 44 |
| 23 | 2 | 13 | 13 | 15 | 12 | 17 | 2 | 29 | 28 | 16 | 26 | 57 | 12 | 22 | 24 | 25 | 19 | 41 |
| F 24 | 3 | 14 | 14 | 10 | 24 ♈ | 20 | 2 | 34 | 28 | 24 | 26 | 34 | 13 | 35 | 26 | 6 | 19 | 38 |
| 25 | 4 | 15 | 14 | 54 | 6 | 36 | 2 | 40 | 28 | 32 | 26 | 12 | 14 | 48 | 27 | 40 | 19 | 35 |
| 26 | 5 | 16 | 15 | 30 | 19 ♉ | 14 | 2 | 45 | 28 | 40 | 25 | 49 | 16 | 1 | 29 ♓ | 25 | 19 | 32 |
| 27 | 6 | 17 | 16 | 17 | 2 | 11 | 2 | 51 | 28 | 49 | 25 | 25 | 17 | 14 | 1 | 3 | 19 | 28 |
| 28 | 7 | 18 | 16 | 57 | 15 | 31 | 2 | 57 | 28 | 57 | 25 | 1 | 18 | 27 | 2 | 39 | 19 | 25 |
| 29 | 8 | 19 | 17 | 35 | 29 | 14 | 3 | 3 | 29 | 6 | 24 | 37 | 19 | 40 | 4 | 14 | 19 | 22 |
| 30 | 9 | 20 | 18 | 12 | 13 ♊ | 30 | 3 | 9 | 29 | 15 | 24 | 13 | 20 | 52 | 5 | 47 | 19 | 19 |
| 31 | 10 | 21 | 18 | 47 | 27 | 47 | 3 | 15 | 29 | 24 | 23 | 49 | 22 | 5 | 7 | 18 | 19 | 16 |
| Feb. 1 | 11 | 22 | 19 | 21 | 12 ♋ | 31 | 3 | 22 | 29 | 33 | 23 | 24 | 23 | 17 | 8 | 47 | 19 | 11 |
| 2 | 12 | 23 | 19 | 53 | 27 | 27 | 3 | 29 | 29 | 43 | 22 | 59 | 24 | 30 | 10 | 14 | 19 | 9 |
| 3 | 13 | 24 | 20 | 24 | 12 ♌ | 27 | 3 | 36 | 29 | 53 | 22 | 34 | 25 | 43 | 11 | 39 | 19 | 6 |
| 4 | 14 | 25 | 20 | 53 | 27 ♍ | 22 | 3 | 42 | 0 ♉ | 3 | 22 | 10 | 26 | 56 | 13 | 1 | 19 | 3 |
| 5 | 15 | 26 | 21 | 21 | 12 | 6 | 3 | 49 | 0 | 13 | 21 D | 47 | 28 | 9 | 14 S | 10 | 19 | 0 |
| 6 | 16 | 27 | 21 | 47 | 26 ♎ | 34 | 3 | 56 | 0 | 23 | 21 | 23 | 29 | 22 | 15 | 36 | 18 | 57 |
| F 7 | 17 | 28 | 22 | 12 | 10 | 44 | 4 | 3 | 0 | 33 | 21 | 0 | 0 ♈ | 35 | 16 | 49 | 18 | 53 |
| 8 | 18 | 29 | 22 | 35 | 24 | 33 | 4 | 9 | 0 | 44 | 20 | 37 | 1 | 48 | 18 | 0 | 18 | 50 |
| 9 | 19 | 0 ♓ | 22 | 57 | 8 ♏ | 1 | 4 | 16 | 0 | 54 | 20 | 14 | 3 | 0 | 19 | 8 | 18 | 47 |
| 10 | 20 | 1 | 23 | 17 | 21 | 8 | 4 | 22 | 1 | 4 | 19 | 52 | 4 | 13 | 20 | 11 | 18 | 44 |
| 11 | 21 | 2 | 23 | 36 | 3 ♐ | 55 | 4 | 29 | 1 | 14 | 19 | 30 | 5 | 26 | 21 | 10 | 18 | 41 |
| 12 | 22 | 3 | 23 | 53 | 16 | 25 | 4 | 36 | 1 | 24 | 19 | 9 | 6 | 38 | 22 | 3 | 18 | 38 |
| 13 | 23 | 4 | 24 | 9 | 28 ♑ | 40 | 4 | 43 | 1 | 34 | 18 | 47 | 7 | 51 | 22 | 51 | 18 | 34 |
| F 14 | 24 | 5 | 24 | 24 | 10 | 44 | 4 | 50 | 1 | 44 | 18 | 25 | 9 | 4 | 23 | 33 | 18 | 31 |
| 15 | 25 | 6 | 24 | 37 | 22 ♒ | 39 | 4 | 57 | 1 | 54 | 18 | 3 | 10 | 16 | 24 | 9 | 18 | 28 |
| 16 | 26 | 7 | 24 | 48 | 4 | 28 | 5 | 4 | 2 | 4 | 17 | 42 | 11 | 29 | 24 | 39 | 18 | 25 |
| 17 | 27 | 8 | 24 | 57 | 16 | 14 | 5 | 11 | 2 | 15 | 17 | 20 | 12 | 41 | 25 | 3 | 18 | 22 |
| 18 | 28 | 9 | 25 | 4 | 27 | 59 | 5 | 18 | 2 | 26 | 16 | 59 | 13 | 53 | 25 | 21 | 18 | 19 |

| Latitudo Planetarū ad diē | ♄ | | ♃ | | ♂ | | ♀ | | ☿ | | |
|---|---|---|---|---|---|---|---|---|---|---|---|
| 1 | 1 | 53 | 1 | 27 | 4 | 17 | 1 | 8 | 1 | 34 | |
| 11 | 1 | 51 | 1 | 23 | 4 D | 27 | 0 | 55 | 0 S | 36 | Mensis |
| 21 | 1 | 49 | 1 | 18 | 4 | 25 | 0 | 35 | 1 | 7 | |

Syzygiæ Lunares.

| Dies | ☉ | Occid. ♄ | Occid. ♃ | Orient. ♂ | Occid. ♀ | Occid. ☿ | Syzygię Planetarũ mutuę, & eorum congressus cum illustrioribus aliquibus stellis fixis. |
|---|---|---|---|---|---|---|---|
| | H ′ | H ′ | H ′ | H ′ | H ′ | H ′ | |
| 1 | | | | | | | |
| 2 | | | | | 0☌10 | | ☿ or. cum cap. Algol a. |
| 3 | | 16☌12 | | | | | ☍ ☾ ♀ 5.51. |
| 4 | 17✱50 | | | | | | ✱ ♃ ☿ 12.8. |
| 5 | | | 17☌41 | 11△49 | | 21✱35 | ♂ or. cum regulo. b. |
| 6 | | | | | | | ♀ occ. cum Acar. |
| 7 ☾ | 5 5 | | | 10☐9 | 5✱37 | | ☽ ☋ 6.48. |
| 8 Asc. | 20 ♌ | 6✱32 | | | | 9☐33 | |
| 9 | 12△20 | | | 17✱35 | 13☐40 | | ♀ occ. cum lyra. |
| 10 | | 9☐0 | 2✱38 | | | 17△14 | ☿ m.c. cum Fomalh. |
| 11 | | | | | 18△50 | | ♂ ☉ ☌ 18.9. |
| 12 | | 9△42 | 3☐40 | Occid. | | | ☽ Perig. |
| 13 ☍ | 20 20 | | | 15☌51 | | | ♂ m.c. cum regulo. |
| 14 Asc. | 4 ♈ | | 4△26 | | | | |
| 15 | | | | | | 4☌3 | |
| 16 | | 12☍35 | | | 5☍10 | | |
| 17 | | | | 17✱21 | | | ♂ occ. cum dex. hu. Aur. |
| 18 | 9△17 | | 11☍9 | | | | ♂ occ. cũ rostro corui c. |
| 19 | | | | 21☐46 | | 12△7 | ✱ ☉ ♃ 14.53. ☌ ♂ ☿ |
| 20 ☐ | 20 42 | | | | | | ☌ ♄ ♀ 3.16. e. (18.36. d |
| 21 Asc. | 27 ♈ | 1△6 | | | 3△13 | | |
| 22 | | | | 5△12 | | 11☐47 | ♀ or. cum cor. ♈. |
| 23 | 13✱27 | 12☐9 | 5△51 | | 20☐18 | | |
| 24 | | | | | | | |
| 25 | | | 19☐2 | | | 3✱16 | ♄ or. cum cor. ♈. |
| 26 | | 1✱12 | | | 15✱56 | | |
| 27 | | | | 1☍18 | | | |
| 28 | | | 9✱9 | | | | |

*a. Die 2. ☿ occ. cum cauda Delphini.*
*b. Die 5. ☿ occ. cum rostro gallinæ.*
*c. Die 18. ☿ occ. cum Arcturo.*
*d. Die 9. ☽ ♌ 19.38.*
*e. Die 20. ♃ occ. cum cornu ♈ praecd.*

| Anni veteris | Anni Grego. | ☉ ♓ P | ' | " | ☽ ♓ P | ' | ♄ ♈ P | ' | ♃ ♉ P | ' | ♂ ♌ P | ' | ♀ ♈ P | ' | ☿ ♓ P | ' | ☊ ♒ P | ' |
|---|---|---|---|---|---|---|---|---|---|---|---|---|---|---|---|---|---|---|
| | | Positus Planetarum Diurnus. | | | | | M | A | M | A | S | D | M | A | S | A | | |
| Dies | | | | | | | | | | | | | | | | | | |
| 19 | 1 | 10 | 25 | 9 | 9 | 43 | 5 | 25 | 2 | 36 | 16 | 39 | 15 | 5 | 25 ℞ | 31 | 18 | 15 |
| 20 | 2 | 11 | 25 | 12 | 21 ♈ | 44 | 5 | 32 | 2 | 47 | 16 | 20 | 16 | 17 | 25 | 29 | 18 | 12 |
| F 21 | 3 | 12 | 25 | 13 | 3 | 51 | 5 | 39 | 2 | 58 | 16 | 2 | 17 | 29 | 25 | 24 | 18 | 9 |
| 22 | 4 | 13 | 25 | 12 | 15 | 50 | 5 | 46 | 3 | 9 | 15 | 45 | 18 | 41 | 25 | 12 | 18 | 6 |
| 23 | 5 | 14 | 25 | 9 | 28 ♉ | 47 | 5 | 54 | 3 | 20 | 15 | 29 | 19 | 53 | 24 | 52 | 18 | 3 |
| 24 | 6 | 15 | 25 | 4 | 11 | 44 | 6 | 1 | 3 | 31 | 15 | 14 | 21 | 5 | 24 D | 24 | 17 | 59 |
| 25 | 7 | 16 | 24 | 57 | 25 ♊ | 3 | 6 | 9 | 3 | 42 | 15 | 0 | 22 S | 16 | 23 | 48 | 17 | 56 |
| 26 | 8 | 17 | 24 | 48 | 8 | 45 | 6 | 16 | 3 | 53 | 14 | 47 | 23 | 27 | 23 | 4 | 17 | 53 |
| 27 | 9 | 18 | 24 | 38 | 22 ♋ | 48 | 6 | 25 | 4 | 4 | 14 | 35 | 24 | 38 | 22 | 14 | 17 | 50 |
| F 28 | 10 | 19 | 24 | 26 | 7 | 10 | 6 | 31 | 4 | 16 | 14 | 24 | 25 | 50 | 21 | 18 | 17 | 47 |
| Ma. 1 | 11 | 20 | 24 | 12 | 21 ♌ | 49 | 6 | 39 | 4 | 27 | 14 | 13 | 27 | 0 | 20 | 18 | 17 | 43 |
| 2 | 12 | 21 | 23 | 56 | 6 | 30 | 6 | 47 | 4 | 39 | 14 | 4 | 28 | 11 | 19 | 15 | 17 | 40 |
| 3 | 13 | 22 | 23 | 38 | 21 ♍ | 24 | 6 | 55 | 4 | 51 | 13 | 56 | 29 ♉ | 22 | 18 | 10 | 17 | 37 |
| 4 | 14 | 23 | 23 | 18 | 6 | 3 | 7 | 3 | 5 | 3 | 13 | 48 | 0 | 35 | 17 | 5 | 17 | 34 |
| 5 | 15 | 24 | 22 | 56 | 20 ♎ | 42 | 7 | 10 | 5 | 16 | 13 | 39 | 1 | 45 | 16 | 0 | 17 | 31 |
| 6 | 16 | 25 | 22 | 32 | 4 | 57 | 7 | 18 | 5 | 29 | 13 | 30 | 2 | 54 | 14 | 58 | 17 | 28 |
| F 7 | 17 | 26 | 22 | 6 | 18 ♏ | 50 | 7 | 25 | 5 | 42 | 13 | 23 | 4 | 4 | 14 | 0 | 17 | 24 |
| 8 | 18 | 27 | 21 | 38 | 2 | 35 | 7 | 33 | 5 | 55 | 13 | 16 | 5 | 15 | 13 | 7 | 17 | 21 |
| 9 | 19 | 28 | 21 | 9 | 15 | 55 | 7 | 41 | 6 | 8 | 13 | 10 | 6 | 25 | 12 | 20 | 17 | 18 |
| 10 | 20 | 29 | 20 | 38 | 28 ♐ | 57 | 7 | 48 | 6 | 21 | 13 | 5 | 7 | 35 | 11 | 39 | 17 | 15 |
| 11 | 21 | 0 ♈ | 20 | 5 | 11 | 44 | 7 | 56 | 6 | 34 | 13 | 0 | 8 | 45 | 11 | 6 | 17 | 12 |
| 12 | 22 | 1 | 19 | 30 | 24 ♑ | 16 | 8 | 3 | 6 | 47 | 12 | 56 | 9 | 55 | 10 | 41 | 17 | 9 |
| 13 | 23 | 2 | 18 | 52 | 6 | 37 | 8 | 11 | 7 | 0 | 12 | 53 | 11 | 5 | 10 | 24 | 17 | 5 |
| F 14 | 24 | 3 | 18 | 12 | 18 ♒ | 48 | 8 | 18 | 7 | 13 | 12 | 51 | 12 | 15 | 10 | 14 | 17 | 2 |
| 15 | 25 | 4 | 17 | 32 | 0 | 52 | 8 | 26 | 7 | 26 | 12 D | 50 | 13 | 25 | 10 D | 12 | 16 | 59 |
| 16 | 26 | 5 | 16 | 49 | 12 | 52 | 8 | 33 | 7 | 39 | 12 | 51 | 14 | 35 | 10 | 18 | 16 | 56 |
| 17 | 27 | 6 | 16 | 4 | 24 ♓ | 50 | 8 D | 41 | 7 | 52 | 12 | 52 | 15 | 44 | 10 | 31 | 16 | 53 |
| 18 | 28 | 7 | 15 | 17 | 6 | 49 | 8 | 49 | 8 | 5 | 12 | 54 | 16 | 53 | 10 M | 52 | 16 | 50 |
| 19 | 29 | 8 | 14 | 28 | 18 ♈ | 52 | 8 | 57 | 8 | 18 | 12 | 57 | 18 | 2 | 11 | 20 | 16 | 46 |
| 20 | 30 | 9 | 13 | 37 | 1 | 2 | 9 | 5 | 8 | 32 | 13 | 0 | 19 | 11 | 14 | 54 | 16 | 43 |
| F 21 | 31 | 10 | 12 | 44 | 13 | 21 | 9 | 13 | 8 | 46 | 13 | 4 | 20 | 20 | 11 | 35 | 16 | 40 |

| Latitudo Planetarū ad diē | | ♄ | ' | ♃ | ' | ♂ | ' | ♀ | ' | ☿ | ' | |
|---|---|---|---|---|---|---|---|---|---|---|---|---|
| | 1 | 1 | 48 | 1 | 13 | 4 | 16 | 0 S | 12 | 2 D | 15 | |
| | 11 | 1 | 47 | 1 | 10 | 3 | 58 | 0 | 12 | 3 | 54 | Meridies |
| | 21 | 1 | 46 | 1 A | 8 | 3 | 34 | 0 | 43 | 2 | 10 | |

| Syzygiæ Lunares. | | | | | | | |
|---|---|---|---|---|---|---|---|
| | | Occid. | Occid. | Occid. | Occid. | Occid. | Syzygiæ Planetarũ mutuæ, & eorum congressus cum illustrioribus aliquibus stellis fixis. |
| ☽ | ☉ | ♄ | ♃ | ♂ | ♀ | ☿ | |
| Dies | H ′ | H ′ | H ′ | H ′ | H ′ | H ′ | |
| 1 ☌ | 1 15 | | | | | | |
| 2 Asc. | 13 60 | | | | | 7 ☌ 20 | □ ♂ ♀ 0. 48. |
| 3 | | 3 ☌ 34 | | 23 △ 10 | | | ♀ occ. cum cauda cygni. |
| 4 | | | | | 5 ☌ 27 | | |
| 5 | | | 8 ☌ 33 | | | | ♀ or. cum hedis. |
| 6 | 6 ✶ 38 | | | 6 □ 12 | | 21 ✶ 49 | ☉ ☋ 11. 12. |
| 7 | | 17 ✶ 51 | | | | | ✶ ♄ ☿ 19. 13 \| ♀ or. cum dext. hu. Auriga. |
| 8 □ | 15 52 | | | 10 ✶ 27 | | 23 ✶ 0 | |
| 9 Asc. | 22 ☽ | 22 □ 55 | 19 ✶ 5 | | 3 ✶ 20 | | ♀ m. c. cum cor. ♈. |
| 10 | 11 △ 39 | | | | | | ♂ ☽ ☿ 22. 48. |
| 11 | | | 20 □ 45 | | 9 □ 9 | Orient. | |
| 12 | | 0 △ 21 | | 12 ☌ 13 | | | ♂ m. c. cum hydra |
| 13 | | | 21 △ 13 | | 13 △ 31 | | ☿ Perig. |
| 14 | | | | | | 16 ☍ 49 | |
| 15 ☍ | 0 40 | | | | | | ♀ occ. cum cor. ♈. |
| 16 Asc. | 4 ☼ | 4 ☍ 5 | | 14 ✶ 47 | | | |
| 17 | | | | | | | |
| 18 | | | 6 ☍ 6 | 19 □ 6 | 5 ☍ 16 | 17 △ 54 | ♂ ♃ ♀ 16. 52. |
| 19 | | | | | | | ☿ ☊ 2. 32. |
| 20 | 21 △ 10 | 16 △ 48 | | | | 22 □ 56 | ♃ or. cum Fomah. |
| 21 | | | | 7 △ 26 | | | ✶ ♀ ☿ 12. 41 \| ♀ or. cum Fomah. |
| 22 □ | 14 53 | | | | | | |
| 23 Asc. | 26 ☽ | 3 □ 7 | 0 △ 40 | | 9 △ 44 | 7 ✶ 21 | |
| 24 | | | | | | | □ ♂ ♀ 13. 10. |
| 25 | 7 ✶ 29 | 15 ✶ 13 | 13 □ 9 | 23 ☍ 58 | | | ♀ m. c. cum cap. Med. |
| 26 | | | | | 3 □ 26 | | ☿ apo. |
| 27 | | | | | | | ♀ or. cum pleia. a. |
| 28 | | | 2 ✶ 34 | | 22 ✶ 10 | 8 ☌ 23 | |
| 29 | | | | | | | ✶ ☿ ♄ 20. 14 \| ♀ occ. cum Rigel. |
| 30 ☌ | 17 23 | 15 ☌ 51 | | 23 ☍ 30 | | | |
| 31 Asc. | 0 ♈ | Oriens. | | | | | |

a. Die 20. ♀ m. c. cum A...na, & dex. latere Persei.

♂ hic directus oritur cum cane maiore, & occ. cum asello boreo, & m. c. cum hydra ferè.

[illegible]

| Anni veteris | Anni Gregorii | ☉ ♈ | | | ☽ ♈ | | ♄ ♈ (M D) | | ♃ ♉ (M A) | | ♂ ♌ (S D) | | ♀ ♉ (S A) | | ☿ ♓ (M D) | | ☊ [illegible] | |
|---|---|---|---|---|---|---|---|---|---|---|---|---|---|---|---|---|---|---|
| Dies | | P | ' | " | P | ' | P | ' | P | ' | P | ' | P | ' | P | ' | P | ' |
| 22 | 1 | 11 | 11 | 42 | 25 ♉ | 54 | 9 | 21 | 8 | 59 | 13 | 6 | 21 | 29 | 13 | 21 | 16 | 37 |
| 23 | 2 | 12 | 10 | 51 | 8 | 43 | 9 | 29 | 9 | 11 | 13 | 13 | 22 | 37 | 14 | 12 | 16 | 34 |
| 24 | 3 | 13 | 9 | 3 | 21 ♊ | 45 | 9 | 36 | 9 | 20 | 13 | 16 | 23 | 46 | 15 | 8 | 16 | 30 |
| 25 | 4 | 14 | 8 | 53 | 5 | 15 | 9 | 43 | 9 | 39 | 13 | 24 | 24 | 54 | 16 | 10 | 16 | 27 |
| 26 | 5 | 15 | 7 | 49 | 19 ♋ | - | 9 | 50 | 9 | 52 | 13 | 31 | 26 | 2 | 17 | 16 | 15 | 24 |
| 27 | 6 | 16 | 6 | 41 | 3 | 7 | 9 | 57 | 10 | 6 | 13 | 39 | 27 | 10 | 18 | 25 | 16 | 21 |
| F 28 | 7 | 17 | 5 | 37 | 17 ♌ | 2 | 10 | 5 | 10 | 19 | 13 | 47 | 28 | 18 | 19 | 37 | 16 | 18 |
| 29 | 8 | 18 | 4 | 28 | 1 | 51 | 10 | 13 | 10 | 33 | 13 | 56 | 29 | 26 | 20 | 53 | 16 | 15 |
| 30 | 9 | 19 | 3 | 17 | 16 ♍ | 34 | 10 | 21 | 10 | 46 | 14 | 6 | 0 ♌ | 33 | 22 | 13 | 16 | 11 |
| 31 | 10 | 20 | 2 | 4 | 1 | 5 | 10 | 29 | 10 | 59 | 14 | 16 | 1 | 40 | 23 | 30 | 16 | 8 |
| Ap 1 | 11 | 21 | 0 | 50 | 15 | 37 | 10 | 37 | 11 | 14 | 14 | 27 | 2 | 47 | 25 | 1 | 16 | 5 |
| 2 | 12 | 21 | 59 | 34 | 29 ♎ | 50 | 10 | 44 | 11 | 28 | 14 | 38 | 3 | 54 | 26 | 28 | 16 | 2 |
| 3 | 13 | 22 | 58 | 16 | 13 | 4 | 10 | 51 | 11 | 41 | 14 | 50 | 5 | 1 | 27 | 58 | 15 | 59 |
| F 4 | 14 | 23 | 56 | 56 | 27 ♏ | 2 | 10 | 59 | 11 | 54 | 15 | 2 | 6 | 8 | 29 | 31 | 15 | 56 |
| 5 | 15 | 24 | 55 | 35 | 10 | 50 | 11 | 7 | 12 | 7 | 15 | 15 | 7 | 15 | 1 ♈ | 6 | 15 | 52 |
| 6 | 16 | 25 | 54 | 12 | 23 ♐ | 54 | 11 | 15 | 12 | 21 | 15 | 28 | 8 | 21 | 2 | 43 | 15 | 49 |
| 7 | 17 | 26 | 52 | 47 | 6 | 45 | 11 | 22 | 12 | 35 | 15 | 42 | 9 | 27 | 4 | 21 | 15 | 46 |
| 8 | 18 | 27 | 51 | 40 | 19 ♑ | 24 | 11 | 29 | 12 | 49 | 15 | 57 | 10 | 33 | 6 | 1 | 15 | 43 |
| 9 | 19 | 28 | 49 | 51 | 2 | 52 | 11 | 37 | 13 | 3 | 16 | 12 | 11 | 39 | 7 A | 42 | 15 | 40 |
| 10 | 20 | 29 | 48 | 10 | 14 | 11 | 11 | 45 | 13 | 16 | 16 | 28 | 12 | 45 | 9 | 25 | 15 | 36 |
| F 11 | 21 | 0 ♉ | 46 | 47 | 26 ♒ | 24 | 11 | 52 | 13 | 30 | 16 | 44 | 13 | 51 | 11 | 9 | 15 | 33 |
| 12 | 22 | 1 | 45 | 12 | 8 | 34 | 12 | 0 | 13 | 44 | 17 | 0 | 14 | 56 | 12 | 54 | 15 | 30 |
| 13 | 23 | 2 | 43 | 35 | 20 ♓ | 42 | 12 | 7 | 13 | 58 | 17 | 17 | 16 | 1 | 14 | 40 | 15 | 27 |
| 14 | 24 | 3 | 41 | 56 | 2 | 51 | 12 | 15 | 14 | 12 | 17 | 34 | 17 | 6 | 16 | 27 | 15 | 24 |
| 15 | 25 | 4 | 40 | 15 | 15 | 4 | 12 | 22 | 14 | 26 | 17 | 52 | 18 | 11 | 18 | 15 | 15 | 21 |
| 16 | 26 | 5 | 38 | 33 | 27 ♈ | 22 | 12 | 30 | 14 | 41 | 18 | 10 | 19 | 15 | 20 | 4 | 15 | 17 |
| 17 | 27 | 6 | 36 | 50 | 9 | 49 | 12 | 38 | 14 | 56 | 18 | 29 | 20 | 19 | 21 | 54 | 15 | 14 |
| F 18 | 28 | 7 | 35 | 5 | 22 ♉ | 27 | 12 | 45 | 15 | 10 | 18 | 48 | 21 | 23 | 23 | 44 | 15 | 11 |
| 19 | 29 | 8 | 33 | 19 | 5 | 19 | 12 | 52 | 15 | 24 | 19 | 7 | 22 | 26 | 25 | 35 | 15 | 8 |
| 20 | 30 | 9 | 31 | 31 | 18 | 27 | 13 | 0 | 15 | 38 | 19 | 27 | 23 | 29 | 27 | 26 | 15 | 5 |

| Latitudo Planetarū ad diē | | ♄ | | ♃ | | ♂ | | ♀ | | ☿ | | Mensis |
|---|---|---|---|---|---|---|---|---|---|---|---|---|
| | 1 | 1 | 46 | 1 | 6 | 3 | 10 | 1 | 32 | 0 | 30 | |
| | 11 | 1 | 47 | 1 | 4 | 2 | 43 | 1 | 32 | 2 A | 18 | |
| | 21 | 1 | 48 | 1 | 3 | 2 | 10 | 1 | 21 | 2 | 38 | |

## Syzygię Lunares.

| Dies | ☉ | Orient. ♄ | Occid. ♃ | Occid. ♂ | Occid. ♀ | Orient. ☿ | Syzygię Planetarũ mutuę, & eorum congressus cum illustrioribus aliquibus stellis fixis. |
|---|---|---|---|---|---|---|---|
| | H ′ | H ′ | H ′ | H ′ | H ′ | H ′ | |
| 1 | | | | | | | |
| 2 | | | 0 ☌ 58 | 8 □ 17 | | 10 ✱ 49 | ☽ ☋ 14. 29. |
| 3 | | | | | 3 ☌ 48 | | △ ☉ ♂ 3. 37. |
| 4 | 15 ✱ 19 | 17 ✱ 50 | | 14 ✱ 19 | | 20 □ 39 | |
| 5 | | | | | | | ♀ occ. cum ple. & hua… |
| 6 □ | 23 36 | 11 □ 33 | 12 ✱ 1 | | | | |
| 7 Asc. | 27 50 | | | | 18 ✱ 6 | 3 △ 55 | ♀ occ. cũ zona Ori. (cui. |
| 8 | | 13 △ 41 | 14 □ 9 | 19 ☌ 54 | | | ☽ Peri. ♀ occ. cũ sin. hu. |
| 9 | 4 △ 22 | | | | | | ♀ occ. cum alt. pleia. a. |
| 10 | | | 16 △ 33 | | 0 □ 56 | | ♀ occ. cum cane maio. |
| 11 | | | | | | 17 ☍ 41 | ♂ m. c. cum hydra. |
| 12 | | 18 ☍ 54 | | | 7 △ 36 | | ♃ or. cum pleia. |
| 13 ☍ | 17 27 | | | 1 ✱ 52 | | | ♀ m. c. cum Aldeb. |
| 14 Asc. | 25 ♈ | | | | | | |
| 15 | | | 2 ☍ 24 | 8 □ 15 | | | ☽ ☊ 9. 12. |
| 16 | | | | | | 18 △ 54 | |
| 17 | | 8 △ 49 | | 17 △ 19 | 5 ☍ 36 | | ♀ occ. cũ dex. hu. Orio. |
| 18 | 17 △ 38 | | | | | | ✱ ♄ ♀ 23. 10. b. |
| 19 | | 19 □ 11 | 22 △ 1 | | | 13 □ 12 | ♀ oc. cum hiadibus. |
| 20 | | | | | | | ♃ m. c. cum cap. Algol. |
| 21 □ | 9 31 | | | | | | ☌ ♄ ☿ 10. 38. c. |
| 22 Asc. | [illegible] | 6 ✱ 52 | 9 □ 37 | 17 ☍ 4 | 13 △ 49 | 10 ✱ 1 | ☽ Ap. ♀ or. cũ Aldeb. d. |
| 23 | | | | | | | ♂ occ. cũ rost. corui. e. |
| 24 | 1 ✱ 49 | | 22 ✱ 44 | | | | ✱ ♂ ♀ 14. 14 \| △ ♂ ☿ 17 |
| 25 | | | | | 6 □ 40 | | ♀ m. c. cũ zona Ori. (52. |
| 26 | | | | | | | |
| 27 | | 5 ☌ 53 | | 16 △ 53 | 21 ✱ 47 | | |
| 28 | | | | | | 2 ☌ 48 | (hum. Aur. |
| 29 ☌ | 6 33 | | 18 ☌ 45 | | | | ☽ ☋ 8. 50 \| ♀ m. c. cũ de. |
| 30 Asc. | + ✱ | | | 1 □ 50 | | | ♃ occ. or. cum pleia. |

a. Die 9. ♀ m. c. cum hiadum prima.
b. Die 18 ♀ m. c. cum priori hedorum.
c. Die 21. ♀ m. c. cum capra, & sin. hu. Orio.
d. Die 22. ♀ occ. cum capite Medusę. & m. c. cum Rigel.
e. Die 23. ♂ occ. cum dex. hu. Aurig.

| Dies veteres | Dies Gregor. | Positus Planetarum Diurnus | | | | | | | | | | | | | | | | |
|---|---|---|---|---|---|---|---|---|---|---|---|---|---|---|---|---|---|---|
| | | | | | | | M | D | M | A | S | D | S | A | M | A | | |
| | | ☉ ♉ | | | ☽ ♊ | | ♄ ♈ | | ♃ ♉ | | ♂ ♌ | | ♀ ♊ | | ☿ ♈ | | ☊ ♓ | |
| Dies | | P | ' | '' | P | ' | P | ' | P | ' | P | ' | P | ' | P | ' | P | ' |
| 21 | 1 | 10 | 29 | 41 | 1 | 51 | 13 | 7 | 15 | 52 | 19 | 47 | 24 | 32 | 29 ♉ | 18 | 15 | 2 |
| 22 | 2 | 11 | 27 | 50 | 15 | 33 | 13 | 14 | 16 | 6 | 20 | 8 | 25 | 34 | 1 | 10 | 14 | 58 |
| 23 | 3 | 12 | 25 | 57 | 29 ♋ | 33 | 13 | 21 | 16 | 20 | 20 | 29 | 26 | 36 | 3 | 3 | 14 | 55 |
| 24 | 4 | 13 | 24 | 3 | 13 | 48 | 13 | 29 | 16 | 34 | 20 | 50 | 27 | 38 | 4 | 56 | 14 | 52 |
| F 25 | 5 | 14 | 22 | 7 | 28 ♌ | 13 | 13 | 36 | 16 | 48 | 21 | 12 | 28 | 39 | 6 | 50 | 14 | 49 |
| 26 | 6 | 15 | 20 | 10 | 12 | 44 | 13 | 43 | 17 | 2 | 21 | 34 | 29 ♋ | 41 | 8 | 44 | 14 | 46 |
| 27 | 7 | 16 | 18 | 11 | 27 ♍ | 14 | 13 | 50 | 17 | 17 | 21 | 56 | 0 | 42 | 10 | 38 | 14 | 42 |
| 28 | 8 | 17 | 16 | 10 | 11 | 38 | 13 | 57 | 17 | 31 | 22 | 19 | 1 | 43 | 12 | 32 | 14 | 39 |
| 29 | 9 | 18 | 14 | 8 | 25 ♎ | 49 | 14 | 4 | 17 | 45 | 22 | 41 | 2 | 44 | 14 | 26 | 14 | 36 |
| 30 | 10 | 19 | 12 | 4 | 9 | 41 | 14 | 11 | 17 | 59 | 23 | 3 | 3 | 45 | 16 | 21 | 14 | 33 |
| Ma. 1 | 11 | 20 | 9 | 59 | 23 ♏ | 21 | 14 | 18 | 18 | 14 | 23 | 29 | 4 | 45 | 18 | 15 | 14 | 30 |
| F 2 | 12 | 21 | 7 | 53 | 6 | 42 | 14 | 25 | 18 | 29 | 23 | 53 | 5 | 45 | 20 | 9 | 14 | 26 |
| 3 | 13 | 22 | 5 | 46 | 19 ♐ | 42 | 14 | 32 | 18 | 43 | 24 | 17 | 6 | 45 | 22 | 3 | 14 | 23 |
| 4 | 14 | 23 | 3 | 37 | 2 | 29 | 14 | 38 | 18 | 57 | 24 | 41 | 7 | 45 | 23 | 57 | 14 | 20 |
| 5 | 15 | 24 | 1 | 27 | 15 | 1 | 14 | 45 | 19 | 12 | 25 | 7 | 8 | 41 | 25 | 51 | 14 | 17 |
| 6 | 16 | 24 | 59 | 16 | 27 ♑ | 23 | 14 | 52 | 19 | 26 | 25 | 32 | 9 D | 39 | 27 | 45 | 14 | 14 |
| 7 | 17 | 25 | 57 | 3 | 9 | 18 | 14 | 59 | 19 | 40 | 25 | 58 | 10 | 36 | 29 | 39 | 14 | 10 |
| 8 | 18 | 26 | 54 | 49 | 21 | 45 | 15 | 5 | 19 D | 54 | 26 | 24 | 11 | 33 | 1 ♊ | 32 | 14 | 7 |
| F 9 | 19 | 27 | 52 | 34 | 3 ♒ | 55 | 15 | 11 | 20 | 8 | 26 | 50 | 12 | 29 | 3 S | 25 | 14 | 4 |
| 10 | 20 | 28 | 50 | 17 | 16 | 2 | 15 | 18 | 20 | 22 | 27 | 16 | 13 | 25 | 5 | 17 | 14 | 1 |
| 11 | 21 | 29 ♊ | 47 | 59 | 28 ♓ | 11 | 15 | 24 | 20 | 36 | 27 | 42 | 14 | 20 | 7 | 9 | 13 | 58 |
| 12 | 22 | 0 | 45 | 40 | 10 | 35 | 15 | 30 | 20 | 50 | 28 | 9 | 15 | 15 | 9 | 0 | 13 | 55 |
| 13 | 23 | 1 | 43 | 20 | 22 ♈ | 46 | 15 | 36 | 21 | 4 | 28 | 36 | 16 | 9 | 10 | 51 | 13 | 51 |
| 14 | 24 | 2 | 40 | 59 | 5 | 16 | 15 | 42 | 21 | 18 | 29 | 3 | 17 | 3 | 12 | 42 | 13 | 48 |
| 15 | 25 | 3 | 38 | 37 | 17 ♉ | 58 | 15 | 46 | 21 | 32 | 29 | 30 | 17 | 56 | 14 | 32 | 13 | 45 |
| F 16 | 26 | 4 | 36 | 14 | 0 | 53 | 15 | 54 | 21 | 46 | 29 ♍ | 57 | 18 | 49 | 16 | 21 | 13 | 42 |
| 17 | 27 | 5 | 33 | 50 | 14 | 3 | 16 | 0 | 22 | 0 | 0 | 25 | 19 | 41 | 18 | 9 | 13 | 39 |
| 18 | 28 | 6 | 31 | 25 | 27 ♊ | 31 | 16 | 6 | 22 | 14 | 0 | 53 | 20 | 33 | 19 | 56 | 13 | 35 |
| 19 | 29 | 7 | 28 | 59 | 11 | 16 | 16 | 12 | 22 | 28 | 1 | 21 | 21 | 24 | 21 | 42 | 13 | 32 |
| 20 | 30 | 8 | 26 | 32 | 25 | 19 | 16 | 18 | 22 | 42 | 1 | 49 | 22 | 15 | 23 | 27 | 13 | 29 |
| 21 | 31 | 9 | 24 | 5 | 9 ♋ | 38 | 16 | 24 | 22 | 55 | 2 | 17 | 23 | 5 | 25 | 12 | 13 | 26 |

| Latitudo Planetarū ad diē | ♄ | | ♃ | | ♂ | | ♀ | | ☿ | | |
|---|---|---|---|---|---|---|---|---|---|---|---|
| 1 | 1 | 50 | 1 | 1 | 2 | 8 | 2 | 46 | 2 | 4 | Mensis |
| 11 | 1 | 53 | 1 D | 0 | 1 | 44 | 1 D | 47 | 0 S | 32 | |
| 21 | 1 | 55 | 1 | 0 | 1 | 16 | 3 | 8 | 0 | 30 | |

Syzygiæ Lunares.

| Dies | ☽ | Orient. ♄ | Occid. ♃ | Occid. ♂ | Occid. ♀ | Orient. ☿ | Syzygiæ Planetarũ mutuæ, & eorum congressus cum illustrioribus aliquibus stellis fixis. |
|---|---|---|---|---|---|---|---|
| | H | H | H | H | H | H | |
| 1 | | 19 ✱ 54 | | | | | ♃ m.c. cum Acanar. a. |
| 2 | | | | 8 ✱ 5 | 18 ☌ 33 | | ♃ m.c.cũ dex.lat. Per. |
| 3 | 23 ✱ 10 | 23 □ 28 | | | | 6 ✱ 47 | |
| 4 | | | 4 ✱ 41 | | | | |
| 5 | | | | | | 16 □ 23 | ☿ Perig. ☿ or. cum Fo- |
| 6 □ | 4 47 | 1 △ 38 | 7 □ 14 | 15 ☍ 0 | | | (mah. |
| 7 Asc. | 19 ♎ | | | | 6 ✱ 14 | | (cum ... |
| 8 | 10 △ 14 | | 10 △ 7 | | | 1 △ 46 | ☌ ☉ ♃ 8. 12. ♀ occ. |
| 9 | | | Orient. | | 12 □ 52 | | ☿ or. cum plea. |
| 10 | | 17 ☍ 55 | | | | | ♃ occ. cum Rigel. |
| 11 | | | | 0 ✱ 10 | 22 △ 10 | | ☌ ♃ ♀ 0. 10. |
| 12 | | | 12 ☍ 9 | | | | ☉ ☊ 14. 14. b. |
| 13 ☍ | 5 ♈ | | | 8 ✱ 12 | | 4 ☍ 45 | ☌ ☉ ☿ 1. 17. ♂ or. cum |
| 14 Asc. | 27 ♎ | 23 △ 28 | | | | Occid. | □ ♂ ☿ 12. 8. (regulo. c. |
| 15 | | | | 20 △ 17 | | | |
| 16 | | | | | | | |
| 17 | | 10 □ 40 | 20 △ 11 | | 8 ☍ 9 | | □ ☉ ♂ 0. 45. |
| 18 | 11 △ 1 | | | | | 12 △ 54 | ♄ or. cum hædis. |
| 19 | | 22 ✱ 32 | | | | | ☽ Apog. ☿ m.c.cũ plei. |
| 20 | | | 8 □ 44 | 23 ☍ 2 | | | ♂ occ. cum regulo. |
| 21 □ | 3 35 | | | | | 20 ✱ 45 | ♀ or. cum dex. hu. Ori. & |
| 22 Asc. | 16 ♎ | | 20 ✱ 38 | | 10 △ 7 | | □ ♄ ♀ 7. 30. e. (Herc. d. |
| 23 | 18 ✱ 30 | | | | | | ♀ or. cum sing. Ori. |
| 24 | | 19 ☌ 52 | | | 28 □ 56 | 16 ✱ 25 | ☿ m.c. cum capra. |
| 25 | | | | 22 △ 15 | | | ✱ ♄ ☿ 17. 43. \| ♀ m.c.cũ |
| 26 | | | | | | | ☉ ♃ 23. 16. f. (proc. |
| 27 | | | 14 ☌ 26 | | 10 ✱ 44 | | ♀ m.c. cum plea. |
| 28 ☌ | 17 ♋ | | | 6 □ 5 | | | ♂ or. cum coma Beren. |
| 29 Asc. | 17 ♌ | 8 ✱ 30 | | | | 20 ☌ 32 | ♀ occ. cum hydra. |
| 30 | | | | 11 ✱ 15 | | | ✱ ♃ ♀ 6. 40. |
| 31 | | 12 □ 23 | 22 ✱ 19 | | 23 ☌ 35 | | ♂ or. cum lucida hydræ. |

a. Die 1. ♀ m.c. cum dext. hum. Orionis.
b. Die 12. ♀ or. cum Bellatrice, & Apolline.
c. Die 13. ♀ m.c. cum Syrio.
d. Die 21. ♀ occ. cum hædis, & ☿ or. cum ble.
e. Die 22. ♀ m.c. cum Apolline.
f. Die 26. ♀ or. cum Rigel.

| Anni veteris | Anni Grego. | Positus Planetarum Diurnus. | | | | | | | | | | | | | | | | |
|---|---|---|---|---|---|---|---|---|---|---|---|---|---|---|---|---|---|---|
| | | | | | | | M | D | M | D | S | D | S | D | S | A | | |
| | | ☉ ♊ | | | ☽ ♋ | | ♄ ♈ | | ♃ ♉ | | ♂ ♍ | | ♀ ♋ | | ☿ ♊ | | ☊ ♒ | |
| Dies | | P | ' | " | P | ' | P | ' | P | ' | P | ' | P | ' | P | ' | P | ' |
| 22 | 1 | 10 | 21 | 37 | 24 ♌ | 9 | 16 | 29 | 23 | 5 | 2 | 46 | 23 | 55 | 26 | 56 | 13 | 23 |
| F 23 | 2 | 11 | 19 | 8 | 8 | 47 | 16 | 34 | 23 | 21 | 3 | 15 | 24 | 44 | 28 | 38 | 13 | 20 |
| 24 | 3 | 12 | 16 | 38 | 23 ♍ | 26 | 16 | 39 | 23 | 36 | 3 | 44 | 25 | 32 | 0 ♋ | 19 | 13 | 16 |
| 25 | 4 | 13 | 14 | 7 | 7 | 57 | 16 | 45 | 23 | 50 | 4 | 13 | 26 | 20 | 1 | 58 | 13 | 13 |
| 26 | 5 | 13 | 11 | 35 | 22 ♎ | 16 | 16 | 55 | 24 | 5 | 4 | 41 | 27 | 7 | 3 | 36 | 13 | 10 |
| 27 | 6 | 15 | 9 | 2 | 6 | 18 | 16 | 50 | 24 | 17 | 5 | 12 | 27 | 55 | 5 | 12 | 13 | 7 |
| 28 | 7 | 16 | 6 | 28 | 20 ♏ | 2 | 17 | 1 | 24 | 30 | 5 | 42 | 18 | 38 | 6 | 46 | 13 | 4 |
| 29 | 8 | 17 | 3 | 53 | 3 | 24 | 17 | 6 | 24 | 44 | 6 | 12 | 29 | 22 | 8 D | 18 | 13 | 0 |
| F 30 | 9 | 18 | 1 | 17 | 16 | 26 | 17 | 12 | 24 | 58 | 6 | 42 | 0 ♌ | 5 | 9 | 48 | 12 | 57 |
| 31 | 10 | 18 | 58 | 41 | 29 | 10 | 17 | 17 | 25 | 11 | 7 | 12 | 0 | 47 | 11 | 15 | 12 | 54 |
| Iun. 1 | 11 | 19 | 56 | 4 | 11 ♐ | 36 | 17 | 21 | 25 | 25 | 7 | 43 | 1 | 28 | 13 | 40 | 12 | 51 |
| 2 | 12 | 20 | 53 | 27 | 23 | 54 | 17 | 26 | 25 | 39 | 8 | 14 | 2 | 8 | 14 | 2 | 12 | 48 |
| 3 | 13 | 21 | 50 | 49 | 5 ♑ | 59 | 17 | 31 | 25 | 52 | 8 | 45 | 2 | 47 | 15 | 22 | 12 | 44 |
| 4 | 14 | 22 | 48 | 11 | 17 | 58 | 17 | 35 | 26 | 6 | 9 | 16 | 3 | 25 | 16 | 39 | 12 | 41 |
| 5 | 15 | 23 | 45 | 32 | 29 ♒ | 54 | 17 | 40 | 26 | 20 | 9 | 48 | 4 | 1 | 17 | 53 | 12 | 38 |
| F 6 | 16 | 24 | 42 | 53 | 11 | 50 | 17 | 44 | 26 | 33 | 10 | 20 | 4 | 36 | 19 | 2 | 12 | 35 |
| 7 | 17 | 25 | 40 | 13 | 23 ♓ | 48 | 17 | 49 | 26 | 46 | 10 | 52 | 5 | 9 | 20 | 6 | 12 | 32 |
| 8 | 18 | 26 | 37 | 33 | 5 | 51 | 17 | 53 | 27 | 0 | 11 | 24 | 5 | 41 | 21 | 6 | 12 | 28 |
| 9 | 19 | 27 | 34 | 53 | 18 ♈ | 2 | 17 | 57 | 27 | 13 | 11 | 57 | 6 | 11 | 22 | 3 | 12 | 25 |
| 10 | 20 | 28 | 32 | 13 | 0 | 23 | 18 | 1 | 27 | 27 | 12 | 30 | 6 | 40 | 22 | 56 | 12 | 22 |
| 11 | 21 | 29 ♋ | 29 | 31 | 12 | 57 | 18 | 5 | 27 | 40 | 13 | 3 | 7 | 6 | 23 | 43 | 12 | 19 |
| 12 | 22 | 0 | 26 | 51 | 25 ♉ | 46 | 18 | 9 | 27 | 53 | 13 | 36 | 7 | 34 | 24 | 24 | 12 | 16 |
| F 13 | 23 | 1 | 24 | 10 | 8 | 52 | 18 | 14 | 28 | 6 | 14 | 9 | 7 | 58 | 24 M | 59 | 12 | 13 |
| 14 | 24 | 2 | 21 | 28 | 22 | 16 | 18 | 18 | 28 | 19 | 14 | 43 | 8 | 22 | 25 | 26 | 12 | 9 |
| 15 | 25 | 3 | 18 | 46 | 5 ♊ | 59 | 18 | 22 | 28 | 32 | 15 | 17 | 8 | 43 | 25 | 50 | 12 | 6 |
| 16 | 26 | 4 | 16 | 4 | 20 | 2 | 18 | 26 | 28 | 45 | 15 | 51 | 9 | 2 | 26 | 6 | 12 | 3 |
| 17 | 27 | 5 | 13 | 22 | 4 ♋ | 24 | 18 | 30 | 28 | 58 | 16 | 25 | 9 | 20 | 26 | 14 | 12 | 0 |
| 18 | 28 | 6 | 10 | 40 | 19 | 1 | 18 | 33 | 29 | 11 | 16 | 59 | 9 | 36 | 26 ℞ | 14 | 11 | 57 |
| 19 | 29 | 7 | 7 | 58 | 3 ♌ | 48 | 18 | 37 | 29 | 24 | 17 | 33 | 9 M | 50 | 26 | 0 | 11 | 54 |
| F 20 | 30 | 8 | 5 | 16 | 18 | 39 | 18 | 40 | 29 | 37 | 18 | 7 | 10 | 2 | 25 | 51 | 11 | 50 |

| Latitudo Planetarũ ad diẽ | | | | | | | | | | | |
|---|---|---|---|---|---|---|---|---|---|---|---|
| | 3 | 1 | 58 | 1 | 1 | 3 | 14 | 2 | 58 | 1 D | 40 |
| | 12 | 2 | 3 | 1 | 2 | 1 | 0 | 2 | 2 | 2 | 1 | Mensis |
| | 21 | 2 | 7 | 1 | 3 | 0 | 50 | 1 M | 4 | 1 M | 12 |

| | | Orient. | Orient. | Occid. | Occid. | Occid. | |
|---|---|---|---|---|---|---|---|
| | ☉ | ♄ | ♃ | ♂ | ♀ | ☿ | Syzygiæ Planetarũ mutuæ, & eorum congressus cum illustrioribus aliquibus stellis fixis. |
| Dies | H ' | H ' | H ' | H ' | H ' | H ' | |
| 1 | | | | | | | ♂ occ. cum Algorab. |
| 2 | 4 ✶ 36 | 12 △ 50 | | | | | ☉ Perig. |
| 3 | | | 0 □ 16 | 17 ☌ 37 | | 12 ✶ 50 | |
| 4 □ | 9 39 | | | | | | ☿ or. cũ Bella et Apol. a |
| 5 Asc. | 10 ♑ | | 3 △ 6 | | 8 ✶ 45 | 21 □ 54 | |
| 6 | 16 △ 37 | 18 ☍ 41 | | | | | ✶ ♂ ☿ o. o. |
| 7 | | | | | 16 □ 20 | | ♀ m. c. cum Syrio. (42. |
| 8 | | | | 5 ✶ 10 | | 10 △ 12 | ✶ ☉ ♄ o. 53 \| ☉ ☊ 17 |
| 9 | | | 16 ☌ 21 | | | | ♀ or. cũ dex. hu. Orio. b. |
| 10 | | | | 16 □ 4 | 3 △ 14 | | ♃ oc. cũ hiad. & pleia. |
| 11 □ | 17 41 | 11 △ 15 | | | | | ♀ or. cum asino bor. |
| 12 Asc. | 9 ♋ | | | | | | ♀ or. cũ Præ. & Arcæ. c. |
| 13 | | 23 □ 14 | | 5 △ 48 | | 21 ☍ 3 | ♀ or. cũ proc. & asi. au- |
| 14 | | | 16 △ 41 | | | | □ ♄ ☿ 19 29. c. (str. d. |
| 15 | | | | | 8 ☍ 42 | | ☉ Apo. ♀ m. c. cũ proc. |
| 16 | | 11 ✶ 54 | | | | | ♄ or. cũ dex. hu. Aurigæ |
| 17 | 4 ∠ 1 | | 6 □ 1 | | | | ♀ or. cũ asi. aust. & Præs. |
| 18 | | | | 11 ☍ 27 | | | ♂ or. cum cauda ♌ f. |
| 19 ☍ | 20 13 | | 18 ✶ 10 | | | 8 △ 24 | |
| 20 Asc. | 16 ♌ | | | | 12 △ 28 | | |
| 21 | | 9 ☌ 39 | | | | 21 □ 16 | |
| 22 | 9 ✶ 13 | | | | 22 □ 40 | | ♃ or. cũ ro. & sin. hu. Or. |
| 23 | | | 10 Q 43 | 9 △ 53 | | | ☉ ☋ 5. 58 \| ♃ occ. cũ ulti. |
| 24 | | | | | | 6 ✶ 13 | (pleia. |
| 25 | | 11 ✶ 13 | | 10 □ 33 | 4 ✶ 47 | | ♀ occ. cum asi. bor. |
| 26 | | | | | | | |
| 27 □ | 1 30 | 23 □ 13 | | 20 ✶ 33 | | | ✶ ♃ ♀ platicé. |
| 28 Asc. | 21 ♎ | | 16 ✶ 45 | | | 11 ☌ 36 | |
| 29 | | | | | 9 ☌ 53 | | ☉ Peri. ♃ occ. cũ Ald. |
| 30 | | 0 △ 2 | 18 ☍ 0 | | | | ♀ or. cum Syrio. |

a. Die 4. ☿ occ. cum cane mi.
b. Die 9. ☿ or. cum Hercule.
c. Die 12. ☿ or. cum Rigel, & occ. cum hœdis.
d. Die 13. ♀ occ. cum Hercule. | ☿ m. c. cum Apolline.
e. Die 14. ♄ occ. cum cauda cygni.
f. Die 18. ♀ occ. cum Apolline.

Iulius 1585

| Dies | | ☉ ♋ P | ' | " | ☽ ♍ P | ' | ♄ ♈ P | ' | ♃ ♉ P | ' | ♂ ♍ P | ' | ♀ ♌ P | ' | ☿ ♋ P | ' | ☊ ♒ P | ' |
|---|---|---|---|---|---|---|---|---|---|---|---|---|---|---|---|---|---|---|
| | | | | | | | M | D | M | D S | | D | M | D | M | D | | |
| 21 | 1 | 9 | 2 | 33 | 3 | 18 | 18 | 44 | 29 ♊ | 49 | 18 | 41 | 10 | 12 | 25 | 28 | 11 | 47 |
| 22 | 2 | 9 | 59 | 50 | 18 | 5 | 18 | 47 | 0 | 1 | 19 | 15 | 10 | 19 | 24 | 58 | 11 | 44 |
| 23 | 3 | 10 | 57 | 7 | ♎ 2 | 47 | 18 | 50 | 0 | 13 | 19 | 49 | 10 | 24 | 24 | 21 | 11 | 41 |
| 24 | 4 | 11 | 54 | 24 | 16 | 19 | 18 | 53 | 0 | 25 | 20 | 24 | 10 | 27 | 23 | 37 | 11 | 38 |
| 25 | 5 | 12 | 51 | 41 | ♏ 0 | 9 | 18 | 56 | 0 | 37 | 20 | 58 | 10℞ | 27 | 22 | 47 | 11 | 34 |
| 26 | 6 | 13 | 48 | 59 | 13 | 25 | 18 | 59 | 0 | 49 | 21 | 33 | 10 | 26 | 21 | 52 | 11 | 31 |
| F 27 | 7 | 14 | 46 | 17 | 26 | 19 | 19 | 1 | 1 | 1 | 22 | 8 | 10 | 23 | 20 | 53 | 11 | 28 |
| 28 | 8 | 15 | 43 | 35 | ♐ 8 | 53 | 19 | 3 | 1 | 13 | 22 | 43 | 10 | 17 | 19 | 51 | 11 | 25 |
| 29 | 9 | 16 | 40 | 54 | 21 | 11 | 19 | 6 | 1 | 25 | 23 | 18 | 10 | 8 | 18 | 47 | 11 | 22 |
| 30 | 10 | 17 | 38 | 11 | ♑ 3 | 15 | 19 | 8 | 1 | 37 | 23 | 53 | 9 | 56 | 17 | 44 | 11 | 19 |
| Iun. 1 | 11 | 18 | 35 | 32 | 15 | 9 | 19 | 10 | 1 | 50 | 24 | 28 | 9 | 40 | 16 | 43 | 11 | 16 |
| 2 | 12 | 19 | 32 | 52 | 26 | 55 | 19 | 12 | 2 | 2 | 25 | 3 | 9 | 26 | 15 | 44 | 11 | 12 |
| 3 | 13 | 20 | 30 | 12 | ♒ 8 | 38 | 19 | 14 | 2 | 14 | 25 | 38 | 9 | 8 | 14 A | 47 | 11 | 9 |
| E 4 | 14 | 21 | 27 | 32 | 20 | 21 | 19 | 15 | 2 | 25 | 26 | 13 | 8 | 48 | 14 | 0 | 11 | 6 |
| 5 | 15 | 22 | 24 | 52 | ♓ 2 | 8 | 19 | 17 | 2 | 36 | 26 | 48 | 8 | 25 | 13 | 16 | 11 | [illegible] |
| 6 | 16 | 23 | 22 | 12 | 14 | 1 | 19 | 18 | 2 | 48 | 27 | 23 | 8 | 0 | 12 | 39 | 11 | 0 |
| 7 | 17 | 24 | 19 | 34 | 26 | 3 | 19 | 19 | 2 | 59 | 27 | 59 | 7 | 33 | 12 | 10 | 10 | 57 |
| 8 | 18 | 25 | 16 | 56 | ♈ 8 | 18 | 19 | 20 | 3 | 11 | 28 | 34 | 7 | 4 | 11 | 48 | 10 | 53 |
| 9 | 19 | 26 | 14 | 18 | 20 | 49 | 19 | 21 | 3 | 22 | 29 | 10 | 6 | 34 | 11 | 34 | 10 | 50 |
| 10 | 20 | 27 | 11 | 41 | ♉ 3 | 37 | 19 | 22 | 3 | 33 | 29 | 46 | 5 | 3 | 11 | 28 | 10 | 47 |
| F 11 | 21 | 28 | 9 | 4 | 16 | 45 | 19 | 23 | 3 | 44 | ♎ 0 | 21 | 5 | 30 | 11 Di | 29 | 10 | 44 |
| 12 | 22 | 29 | 6 | 28 | ♊ 0 | 15 | 19 | 24 | 3 | 55 | 0 | 58 | 4 | 56 | 11 | 38 | 10 | 41 |
| 13 | 23 | ♌ 0 | 3 | 52 | 14 | 7 | 19 | 26 | 4 | 6 | 1 | 34 | 4 | 20 | 11 | 54 | 10 | 38 |
| 14 | 24 | 1 | 1 | 17 | 28 | 20 | 19 | 27 | 4 | 16 | 2 | 10 | 3 | 43 | 12 | 17 | 10 | 34 |
| 15 | 25 | 1 | 58 | 42 | ♋ 12 | 53 | 19 | 27 | 4 | 26 | 2 | 47 | 3 | 6 | 12 | 46 | 10 | 31 |
| 16 | 26 | 2 | 56 | 8 | ♌ 27 | 45 | 19 | 28 | 4 | 36 | 3 | 24 | 2 | 29 | 13 | 22 | 10 | 28 |
| F 17 | 27 | 3 | 53 | 34 | 12 | 19 | 19 | [illegible] | 4 | 46 | 4 | 1 | 1 | 52 | 14 | 4 | 10 | 25 |
| 18 | 28 | 4 | 51 | 1 | ♍ 27 | 40 | 19 | 29 | 4 | 55 | 4 | 38 | 1 | 14 | 14 | 51 | 10 | 22 |
| 19 | 29 | 5 | 48 | 29 | 12 | 36 | 19 | 30 | 5 | 5 | 5 | 15 | 0 | 38 | 15 | 45 | 10 | 18 |
| 20 | 30 | 6 | 45 | 58 | ♎ 27 | 10 | 19 | 30 | 5 | 15 | 5 | 52 | 0 | 2 | 16 | 42 | 10 | 15 |
| 21 | 31 | 7 | 43 | 28 | 11 | 46 | 19℞ | 30 | 5 | 25 | 6 | 29 | ♋ 29 | 27 | 17 | 43 | 10 | 12 |

| Latitudo Planetarũ ad diẽ | | ♄ | | ♃ | | ♂ | | ♀ | | ☿ | | |
|---|---|---|---|---|---|---|---|---|---|---|---|---|
| | 1 | 2 | 12 | 1 | 4 | 0 | 40 | 0 | 5 | 3 | 30 | |
| | 11 | 2 | 16 | 1 | 6 | 0 | 32 | 1 | 39 | 3 A | 35 | Mensis |
| | 21 | 2 | 21 | 1 | 8 | 0 | 24 | 3 | 30 | 3 | 42 | |

Syzygię Lunares.

| | | Orient. | Orient. | Occid. | Occid. | Occid. | Syzygię Planetarũ mutuę & eorum congressus cum illustrioribus aliquibus stellis fixis. |
|---|---|---|---|---|---|---|---|
| | ☉ | ♄ | ♃ | ♂ | ♀ | ☿ | |
| Dies | H ′ | H ′ | H ′ | H ′ | H ′ | H ′ | |
| 1 | 9 ✶ 48 | | | | | | ♃ or. cum Syrio. |
| 2 | | | 20 △ 12 | 20 ☌ 0 | | 21 ✶ 0 | |
| 3 □ | 21 12 | | | | 13 ✶ 39 | | |
| 4 Asc. | 2 ♍ | 4 ☍ 13 | | | | 13 □ 20 | ♂ m.c. cum cauda ♌. |
| 5 | | | | | 18 □ 37 | | ☽ ☋ 20.32. |
| 6 | 0 △ 48 | | | 15 ✶ 50 | | 15 △ 41 | ✶ ♂ ☿ 4.51. |
| 7 | | | 9 ☍ 7 | | | | ♃ m.c. cum hiadibus. |
| 8 | | 19 △ 54 | | | 2 △ 42 | | □ ♄ ☿ 17.12. |
| 9 | | | | 4 □ 25 | | | ☿ m.c. cũ Her. (procyo. |
| 10 | | | | | | | ☌ ☉ ☿ 11.11 \| ☿ m.c. cũ |
| 11 ☍ | 7 57 | 8 □ 6 | | 10 △ 0 | | 2 ☍ 54 | □ ☉ ♄ 15.43 \| ☽ Apog. |
| 12 Asc. | 14 ♑ | | 10 △ 40 | | | Orient. | ☿ m.c. cum Apolline. |
| 13 | | 21 ✶ 48 | | | 1 ☍ 0 | | |
| 14 | | | | | | | |
| 15 | | | 0 □ 56 | | | 21 △ 22 | ♂ m.c. cum rostro corvi. |
| 16 | 20 △ 15 | | | | | | ♂ or. cum vindem. |
| 17 | | | 13 ✶ 52 | 3 ☍ 52 | 11 △ 40 | | |
| 18 | | 21 ☌ 4 | | | | 6 □ 34 | |
| 19 □ | 10 58 | | | | | | |
| 20 Asc. | 25 ♈ | | | | 4 □ 16 | 14 ✶ 22 | ☽ ☋ 13.0. |
| 21 | 21 ✶ 47 | | | | | | ♂ m.c. cum coma Bere. |
| 22 | | | 6 ☌ 25 | 1 △ 19 | 7 ✶ 46 | | |
| 23 | | 9 ✶ 0 | | | | | ✶ ♃ ♀ 12.27. |
| 24 | | | | 6 □ 36 | | 13 ☌ 48 | ☿ m.c. cum Algorab. |
| 25 | | 10 □ 38 | | | Orient. | | ☌ ☉ ♀ 17.6 \| ✶ ♂ ♀ 6. |
| 26 ☌ | 8 58 | | 11 ✶ 15 | 9 ✶ 32 | 7 ☌ 22 | | ☽ Perig. (10. |
| 27 Asc. | 11 ♓ | 19 △ 56 | | | | | ✶ ☉ ♂ 8.0. (7.4. |
| 28 | | | 11 □ 47 | | | | ✶ ☉ ♃ 1.2 \| △ ♃ ♂ 15. |
| 29 | | | | | | 5 ✶ 29 | ♃ m.c. cum Aldo. |
| 30 | 16 ✶ 50 | | 13 △ 19 | 14 ☌ 49 | 4 ✶ 19 | | |
| 31 | | 13 ☍ 11 | | | | 11 □ 0 | ♀ or. cũ Pref. & Acar. |

a. *Die 28. ♂ or. cum Arcturo, & ♀ or. cum cane mi. & asino austrino.*
*☿ Fit stat. ad dir. ori. ferè cum Rigel, & occidendo cum lucida hydra.*
*♀ Fit stationaria ad Re exoriendo cum cane maiore.*

| | Stilo veteri | Stilo Gregor. | ☉ ♌ P | ' | " | ☽ ♎ P | ' | ♄ ♈ P | ' | ♃ ♊ P | ' | ♂ ♎ P | ' | ♀ ♋ P | ' | ☿ ♋ P | ' | ☊ ✱ P | ' |
|---|---|---|---|---|---|---|---|---|---|---|---|---|---|---|---|---|---|---|---|
| | | | | | | | | M | D | M | D | S | | M | D | M | A | | |
| | Dies | | | | | | | | | | | | | | | | | | |
| | 22 | 1 | 8 | 40 | 59 | 25 ✱ | 51 | 19 | 30 | 5 | 34 | 7 | 6 | 28 | 52 | 18 | 48 | 10 | 9 |
| | 23 | 2 | 9 | 38 | 31 | 9 | 33 | 19 | 30 | 5 | 44 | 7 | 43 | 28 | 19 | 19 | 58 | 10 | 6 |
| | 24 | 3 | 10 | 36 | 4 | 22 ♐ | 51 | 19 | 29 | 5 | 53 | 8 | 20 | 27 | 48 | 21 | 12 | 10 | 3 |
| P | 25 | 4 | 11 | 33 | 38 | 5 | 47 | 19 | 29 | 6 | 2 | 8 | 58 | 27 | 18 | 22 | 29 | 9 | 59 |
| | 26 | 5 | 12 | 31 | 13 | 18 ♑ | 22 | 19 | 28 | 6 | 11 | 9 | 35 | 26 | 50 | 23 | 49 | 9 | 56 |
| | 27 | 6 | 13 | 28 | 49 | 0 | 38 | 19 | 27 | 6 | 21 | 10 | 13 | 26 | 24 | 25 | 12 | 9 | 53 |
| | 28 | 7 | 14 | 26 | 20 | 12 | 39 | 19 | 26 | 6 | 30 | 10 | 51 | 26 | 1 | 26 | 37 | 9 | 50 |
| | 29 | 8 | 15 | 24 | 5 | 24 | 15 | 19 | 25 | 6 | 39 | 11 | 29 | 25 A | 40 | 28 S | 5 | 9 | 47 |
| | 30 | 9 | 16 | 21 | 45 | 6 ♒ | 12 | 19 | 24 | 6 | 47 | 12 | 7 | 25 | 21 | 29 ♌ | 35 | 9 | 43 |
| | 31 | 10 | 17 | 19 | 26 | 17 | 50 | 19 | 23 | 6 | 56 | 12 | 45 | 25 | 4 | 1 | 7 | 9 | 40 |
| F | 1 | 11 | 18 | 17 | 6 | 29 ♓ | 27 | 19 | 22 | 7 | 4 | 13 | 23 | 24 | 49 | 2 | 41 | 9 | 37 |
| Au. | 2 | 12 | 19 | 14 | 51 | 11 | 7 | 19 | 21 | 7 | 13 | 14 | 1 | 24 | 37 | 4 | 27 | 9 | 34 |
| | 3 | 13 | 20 | 12 | 35 | 23 ♈ | 53 | 19 | 20 | 7 | 21 | 14 | 39 | 24 | 27 | 5 | 53 | 9 | 31 |
| | 4 | 14 | 21 | 10 | 20 | 4 | 50 | 19 | 18 | 7 | 29 | 15 | 17 | 24 | 20 | 7 | 34 | 9 | 27 |
| | 5 | 15 | 22 | 8 | 6 | 16 | 51 | 19 | 17 | 7 | 37 | 15 | 56 | 24 | 10 | 9 | 14 | 9 | 24 |
| | 6 | 16 | 23 | 5 | 54 | 29 ♉ | 22 | 19 | 15 | 7 | 45 | 16 | 34 | 24 Di | 13 | 10 | 56 | 9 | 21 |
| | 7 | 17 | 24 | 3 | 43 | 12 | 0 | 19 | 13 | 7 | 52 | 17 | 13 | 24 | 13 | 12 | 39 | 9 | 18 |
| F | 8 | 18 | 25 | 1 | 33 | 25 ♊ | 12 | 19 | 11 | 8 | 0 | 17 | 52 | 24 | 10 | 14 | 23 | 9 | 15 |
| | 9 | 19 | 25 | 59 | 24 | 8 | 41 | 19 | 9 | 8 | 7 | 18 | 31 | 24 | 20 | 16 | 1 | 9 | 12 |
| | 10 | 20 | 26 | 57 | 16 | 22 ♋ | 33 | 19 | 7 | 8 | 14 | 19 | 10 | 24 | 26 | 17 | 53 | 9 | 8 |
| | 11 | 21 | 27 | 55 | 10 | 6 | 47 | 19 | 5 | 8 | 21 | 19 | 49 | 24 | 35 | 19 | 39 | 9 | 5 |
| | 12 | 22 | 28 | 53 | 5 | 21 ♌ | 21 | 19 | 2 | 8 | 28 | 20 | 28 | 24 | 40 | 21 | 26 | 9 | 2 |
| | 13 | 23 | 29 ♍ | 51 | 2 | 6 | 12 | 18 | 59 | 8 | 34 | 21 | 7 | 24 | 59 | 23 | 14 | 8 | 59 |
| | 14 | 24 | 0 | 49 | 0 | 21 ♍ | 12 | 18 | 57 | 8 | 40 | 21 | 46 | 25 | 14 | 25 | 2 | 8 | 56 |
| F | 15 | 25 | 1 | 46 | 59 | 6 | 13 | 18 | 55 | 8 | 46 | 22 | 26 | 25 | 32 | 26 | 51 | 8 | 52 |
| | 16 | 26 | 2 | 45 | 0 | 21 ♎ | 9 | 18 | 52 | 8 | 51 | 23 | 6 | 25 | 52 | 28 | 41 | 8 | 49 |
| | 17 | 27 | 3 | 43 | 1 | 5 | 53 | 18 | 49 | 8 | 57 | 23 | 45 | 26 | 14 | 0 ♍ | 31 | 8 | 46 |
| | 18 | 28 | 4 | 41 | 6 | 20 ✱ | 19 | 18 | 46 | 9 | 2 | 24 | 25 | 26 | 37 | 2 | 21 | 8 | 43 |
| | 19 | 29 | 5 | 39 | 11 | 4 | 25 | 18 | 43 | 9 | 7 | 25 | 5 | 27 | 1 | 4 | 11 | 8 | 40 |
| | 20 | 30 | 6 | 37 | 19 | 18 ♐ | 9 | 18 | 40 | 9 | 13 | 25 | 45 | 27 | 27 | 6 | 1 | 8 | 37 |
| | 21 | 31 | 7 | 35 | 25 | 1 | 30 | 18 | 37 | 9 | 18 | 26 | 25 | 27 | 55 | 7 | 51 | 8 | 33 |

| Latitudo Planetarũ ad dies | ♄ | | ♃ | | ♂ | | ♀ | | ☿ | | |
|---|---|---|---|---|---|---|---|---|---|---|---|
| 1 | 2 | 26 | 1 | 10 | 0 | 17 | 4 A | 50 | 1 S | 45 | Mensis |
| 11 | 2 | 31 | 1 | 14 | 0 | 11 | 5 | 20 | 0 | 9 | |
| 21 | 2 | 36 | 1 | 17 | 0 | 6 | 4 | 59 | 1 | 12 | |

| Syzygiæ Lunares. | | | | | | | | |
|---|---|---|---|---|---|---|---|---|
| | | Orient. | Orient. | Occid. | Orient. | Orient. | Syzygiæ Planetarũ mutuę, & eorum congressus cum illustrioribus aliquibus stellis fixis. |
| | ☉ | ♄ | ♃ | ♂ | ♀ | ☿ | |
| Dies | H ′ | H ′ | H ′ | H ′ | H ′ | H ′ | |
| 1 | | | | | 5 □ 5 | | □ ♄ ♀ 14.24. |
| 2 □ | 0 9 | | | | | 10 △ 52 | ☉ ☊ 0 \| ♀ or. cũ asi. bo. |
| 3 Asc. | 3 ♏ | | | | 8 △ 51 | | |
| 4 | 12 △ 7 | | 0 ☍ 30 | 6 ✶ 23 | | | |
| 5 | | 2 △ 12 | | | | | (vindem. |
| 6 | | | | 10 □ 11 | | | ☌ ♀ ☿ 16.0. ☌ m.c. cũ |
| 7 | | 13 □ 46 | | | | | ♃ or. cum hiad. |
| 8 | | | | | 2 ☍ 22 | 3 ☍ 35 | (or. cum asin. |
| 9 □ | 22 52 | | 1 △ 14 | 12 △ 54 | | | ♂ or. cum corona, ☌ ☿. |
| 10 Asc. | 24 ♎ | 3 ✶ 11 | | | | | ☽ Apo. ☿ or. cũ Pre. et |
| 11 | | | 15 □ 52 | | | | ♃ oc. cũ d. hu. Ori. a( Acu. |
| 12 | | | | | | | △ ☉ ♄ 2.26. |
| 13 | | | | | 3 △ 5 | | ✶ ♃ ☿ 22.41. |
| 14 | | | 5 ✶ 12 | 2 ☍ 9 | | 6 △ 16 | ♂ or. cum Algorab. |
| 15 | 10 ∠ 51 | 4 ☌ 30 | | | 14 □ 3 | | ♂ or. cum rostro corui. |
| 16 | | | | | | | ☽ ☋ 18.45. b. |
| 17 ☍ | 23 43 | | | | 22 ✶ 17 | 2 □ 6 | ♂ or. cum cingulo ♍. |
| 18 Asc. | 10 ♏ | | 12 ☌ 58 | | | | ☿ m.c. cum hydra. |
| 19 | | 18 ✶ 0 | | 17 △ 50 | | 14 ✶ 40 | ☍ ♄ ♂ 22.15. c. |
| 20 | 8 ✶ 4 | | | | | | △ ♄ ☿ 16.26. |
| 21 | | 20 □ 11 | | 22 □ 29 | | | ✶ ♂ ☿ 3.32. |
| 22 | | | | | 5 ☌ 36 | | |
| 23 | | 20 △ 25 | 3 ✶ 48 | | | | ☌ ☿ cum regulo. |
| 24 □ | 16 24 | | | 0 ✶ 58 | | 1 ☌ 31 | ☽ Perig. |
| 25 Asc. | 22 ♌ | | 4 □ 6 | | | | |
| 26 | | | | | 7 ✶ 53 | | |
| 27 | | 21 ☍ 58 | 5 △ 8 | | | | |
| 28 | | | | 7 ☌ 21 | 11 □ 3 | 13 ✶ 32 | ☿ or. cum hydr. |
| 29 | 2 ✶ 19 | | | | | | ☽ ☊ 7.23 \| ♀ or. cũ a[illegible] |
| 30 | | | | | 17 △ 18 | | ☌ ☉ ☿ 16.37. (bor. |
| 31 □ | 11 19 | | 14 ☍ 32 | | | 13 □ 41 | □ ♃ ♀ 19.13. d. |
| Asc. | 25 ♊ | | | | | | |

a. Die 11. ♂ oc. cũ spi. ♍ & ☿ or. cũ ca. mi. & oc. cũ asi. aust. & Pra. & Apo.
b. Die 16. ♂ occ. cum cauda ♌ & ♀ or. cum canc ma.
c. Die 19. ♂ or. cum spica ♍. ♀ Fit directa oc. cũ asi. meridio, cũ Pre. & cum Apolli.
d. Die 31. ♀ or. cum Trapezio & Aconner.

| M | D | S | D | M | A | S | D | | |
|---|---|---|---|---|---|---|---|---|---|
| ♄ | | ♂ | | ♀ | | ☿ | | ☊ | |
| ♊ | | ♎ | | ♋ | | ♍ | | ♌ | |
| P | ′ | P | ′ | P | ′ | P | ′ | P | ′ |
| 9 | 24 | 27 | 5 | 28 | 25 | 9 | 42 | 8 | 30 |
| 9 | 29 | 27 | 45 | 28 | 56 | 11 | 32 | 8 | 27 |
| 9 | 34 | 28 | 25 | 29 | 28 | 13 | 22 | 8 | 24 |
| 9 | 39 | 29 | 5 | 0 ♌ | 2 | 15 | 12 | 8 | 21 |
| 9 | 45 | 29 | 45 | 0 | 37 | 17 | 2 | 8 | 17 |
| 9 | 50 | 0 ♏ | 25 | 1 | 13 | 18 | 52 | 8 | 14 |
| 9 | 55 | 1 | 5 | 1 | 51 | 20 | 41 | 8 | 11 |
| 10 | 0 | 1 | 45 | 2 | 10 | 22 | 30 | 8 | 8 |
| 10 | 5 | 2 | 25 | 3 | 10 | 24 | 19 | 8 | 5 |
| 10 | 10 | 3 | 6 | 3 | 52 | 25 | 8 | 8 | 2 |
| 10 | 14 | 3 | 46 | 4 | 35 | 27 | 56 | 7 | 58 |
| 10 | 18 | 4 | 27 | 5 | 19 | 29 | 43 | 7 | 55 |
| 10 | 21 | 5 | 8 | 6 | 5 | 1 ♎ | 30 | 7 | 52 |
| 10 | 25 | 5 | 49 | 6 | 51 | 3 | 16 | 7 | 49 |
| 10 | 28 | 6 | 30 | 7 | 38 | 5 | 2 | 7 | 46 |
| 10 | 31 | 7 | 11 | 8 | 26 | 6 | 47 | 7 | 42 |
| 10 | 34 | 7 | 52 | 9 | 14 | 8 | 31 | 7 | 39 |
| 10 | 36 | 8 | 33 | 10 | 3 | 10 | 14 | 7 | 36 |
| 10 | 38 | 9 | 14 | 10 | 53 | 11 | 55 | 7 | 33 |
| 10 | 39 | 9 | 55 | 11 | 41 | 13 | 35 | 7 | 30 |
| 10 | 41 | 10 | 36 | 12 | 34 | 15 M | 14 | 7 | 27 |
| 10 | 42 | 11 | 17 | 13 | 25 | 15 | 53 | 7 | 23 |
| 10 | 42 | 11 | 59 | 14 | 17 | 18 | 30 | 7 | 20 |
| 10 | 43 | 12 | 40 | 15 | 10 | 20 | 6 | 7 | 17 |
| 10 ℞ | 43 | 13 | 22 | 16 | 3 | 21 | 41 | 7 | 14 |
| 10 | 43 | 14 | 3 | 16 | 56 | 23 | 14 | 7 | 11 |
| 10 | 43 | 14 | 44 | 17 | 50 | 24 | 45 | 7 | 7 |
| 10 | 42 | 15 | 26 | 18 | 45 | 26 | 14 | 7 | 4 |
| 10 | 41 | 16 | 8 | 19 | 41 | 27 | 40 | 7 | 1 |
| 10 | 41 | 16 | 50 | 20 | 37 | 29 | 4 | 6 | 58 |
| 1 | 21 | 0 M | 2 | 4 | 3 | 1 | 45 | | |
| 1 | 24 | 0 | 8 | 3 | 3 | 1 | 26 | Mensis | |
| 1 | 27 | 0 | 3 | 1 | 55 | 0 M | 8 | | |

Syzygiæ Lunares.

| Dies | ☽ | Orient. ♄ | Orient. ♃ | Occid. ♂ | Orient. ♀ | Occid. ☿ | Syzygię Planetarũ mutuę, & eorum congressus cum illustrioribus aliquibus stellis fixis. |
|---|---|---|---|---|---|---|---|
| | H ′ | H ′ | H ′ | H ′ | H ′ | H ′ | |
| 1 | | 7△42 | | | | | □ ☉ ♃ 22 38. a. |
| 2 | | | | 1 ⚹ 16 | | | ♀ or. cũ [illegible] ☿ or. |
| 3 | 2△11 | 17□39 | | | | 9△ 3 | (cum cauda ♌. |
| 4 | | | | 15□57 | 17☍49 | | |
| 5 | | | 14△43 | | | | |
| 6 | | 6 ⚹ 0 | | | | | |
| 7 | | | | 4△48 | | | ☉ Apo. □ ♂ ♃ [illegible] |
| 8 ☍ | 15 2 | | 1□19 | | | | ♂ or. cũ lyra, ☉ m. c. cũ |
| 9 Asc. | 17 ♌ | | | | | 9☍21 | (Arctura. |
| 10 | | | 16 ⚹ 8 | | 3△37 | | ☿ m. c. cũ rostro corui. |
| 11 | | 7☌55 | | | | | ☿ or. cum vinde. |
| 12 | | | | 16☍50 | 18□42 | | ☉ ♎ 22. 22. |
| 13 | 23△44 | | | | | | ♀ m. c. cum ca. Bere. |
| 14 | | | | | | | |
| 15 | | 13 ⚹ 54 | 10☌53 | | 6 ⚹ 10 | 1△20 | ☿ or. cum Arctura. |
| 16 □ | 10 ♑ | | | | | | ♀ or. cum cane mi. b. |
| 17 Asc. | 23 ♒ | | | 11△ 2 | | 13□14 | ⚹ ♃ ☿ 9. 7 ( ☿ ) 20 c. |
| 18 | 16 ⚹ 10 | 2□17 | | | | | ⚹ ♃ ♀ 16 20 \| △ ♃ |
| 19 | | | 16 ⚹ 44 | 15□ 6 | 18☌ 9 | 21 ⚹ 14 | ♂ m. cum chela. |
| 20 | | 5△30 | | | | | ♂ occ. cum vinde. |
| 21 | | | 17□14 | 17 ⚹ 54 | | | ☿ Peri. ☌ oc. [illegible] ♍ |
| 22 | | | | | | | ⚹ ♄ ☿ 1. 50 \| ☌ ☿ [illegible] |
| 23 ☌ | 0 51 | | 18△11 | | | | ♄ oc. [illegible] (☉ ♍ |
| 24 Asc. | 19 ♓ | 4☍33 | | | 1 ⚹ 31 | 11☌ 5 | ♀ m. c. cum hydra. |
| 25 | | | | | | | △ ♄ ♀ 10. 41 \| ☉ [illegible] 14. |
| 26 | | | | 2☌47 | 8□19 | | (52. |
| 27 | 15 ⚹ 8 | | | | | | |
| 28 | | 13△ 9 | 1☍17 | | 18△25 | | ☿ m. c. cum cingulo ♍. |
| 29 | | | | | | 11 ⚹ 1 | ♂ m. c. cum hu. corde. |
| 30 □ | 1 48 | 22□26 | | 23 ⚹ 46 | | | |
| 31 Asc. | 13 ♈ | | | | | | |

a. Die 1. ♀ exoritur cum cane mi. & asino Austr.
b. Die 16. ☿ occ. cum rostro corui, & dex. hu. Aurigæ.
c. Die 18. ♂ or. cum cauda cygni, ☿ m. c. cum vinde.
♃ est ♊ oriendo cum Aldebaran, & m. c. cum priori hædorum.

| | | Orient. | Orient. | Occid. | Orient. | Occid. | |
|---|---|---|---|---|---|---|---|
| | ☉ | ♄ | ♃ | ♂ | ♀ | ☿ | Syzygiæ Planetarū mu-tuę, & eorum congres-sus cum illustrioribus aliquibus stellis fixis. |
| Dies | H ′ | H ′ | H ′ | H ′ | H ′ | H ′ | |
| 1 | | | | | | | |
| 2 | 19 △ 24 | | 21 △ 18 | | | 6 □ 23 | ☿ m.c. cum Arcturo. a. |
| 3 | | 8 ✶ 27 | | 14 □ 50 | | | △ ☉ ♃ 18. 48 ☿ or. cū |
| 4 | | | | | 1 ☍ 15 | 23 △ 30 | ☿ occ. cū ma. (Regulo. |
| 5 | | | 9 □ 32 | | | | ☽ Apog. (cum chelis. |
| 6 | | | | 7 △ 11 | | | ☿ o. cum cauda cygni, & |
| 7 | | | 21 ✶ 58 | | | | ♂ m.c. cum corvo. |
| 8 ☍ | 7 22 | 8 ☌ 30 | | | | | ☍ ♄ ☉ 13. 37. |
| 9 Alc. | 17 ♉ | Occid. | | | 12 △ 38 | | ☿ m.c. cū chelis. (Bor. b. |
| 10 | | | | | | 10 ☍ 15 | ☽ ☊ 2. 6. \| ♀ or. cū coma |
| 11 | | | | 12 ☍ 16 | | | ♀ or. cum hydra. |
| 12 | | | 16 ☌ 41 | | 2 □ 53 | | |
| 13 | 10 △ 27 | 1 ✶ 58 | | | | | ♂ occ. cū neb. & cord. ♏ |
| 14 | | | | | 13 ✶ 3 | | |
| 15 □ | 18 48 | 6 □ 8 | | | | 4 △ 3 | |
| 16 Alc. | 25 ♎ | | 23 ✶ 52 | 4 △ 10 | | | ♂ or. cum rostro galinæ. |
| 17 | 23 ✶ 50 | 8 △ 0 | | | | 8 □ 42 | ♂ occ. cum lance bor. |
| 18 | | | | 8 □ 20 | | | ☽ Perig \| □ ♃ ♀ 22. 35 |
| 19 | | | 0 □ 49 | | 0 ☌ 58 | 10 ✶ 29 | ♂ m.c. cum palma oph. |
| 20 | | | | 11 ✶ 50 | | | ♀ or. cum cauda ☊. |
| 21 | | 9 ☍ 2 | 1 △ 57 | | | | |
| 22 ☌ | 10 49 | | | | | | ☽ ☊ 21. 47. |
| 23 Alc. | 19 ♏ | | | | 13 ✶ 54 | 15 ☌ 5 | ♂ m.c. cum antare. |
| 24 | | | | | | | ✶ ♀ ☿ 1. 57. |
| 25 | | 18 △ 35 | 9 ☍ 42 | 0 ☌ 52 | | | |
| 26 | | | | | 0 □ 42 | | ♂ occ. cum coma Ber. |
| 27 | 7 ✶ 7 | | | | | | |
| 28 | | 2 □ 32 | | | 14 △ 53 | 1 ✶ 58 | |
| 29 □ | 22 22 | | | | | | ♂ or. cū corde ♏, & ♀ m. |
| 30 Alc. | 16 ♐ | 12 ✶ 55 | 2 △ 55 | 1 ✶ 20 | | 9 □ 41 | (c. cum cauda ☊). |
| 31 | | | | | | | ☍ ♃ [illegible] a. |

a. Die 2. ♀ [illegible] cum Fidicula.
b. Die 10. ♀ occ. cum Algorab.
☿ Fit [illegible] culminando cum boreali lance, & occ. cum aculeo ♏.

Diurnus.

| M | D | S | A | M | A | | |
|---|---|---|---|---|---|---|---|
| ♂ [illegible] | | ♀ ♍ | | ☿ ♒ | | ☊ ♒ | |
| P | ′ | P | ′ | P | ′ | P | ′ |
| 9 | 41 | 24 | 21 | 11 | 32 | 5 | 16 |
| 10 | 27 | 25 | 29 | 10 | 14 | 5 | 13 |
| 11 | 11 | 26 | 37 | 10 | 17 | 5 | 10 |
| 11 | 54 | 27 | 45 | 9 | 42 | 5 | 7 |
| 12 | 38 | 28 | 53 | 9 | 10 | 5 | 3 |
| 13 | 22 | ♎ 0 | 2 | 8 | 41 | 5 | 0 |
| 14 | 6 | 1 | 11 | 8 | 17 | 4 | 57 |
| 14 | 50 | 2 | 20 | 7 | 56 | 4 | 54 |
| 15 | 34 | 3 | 29 | 7 | 40 | 4 | 51 |
| 16 | 18 | 4 | 39 | 7 S | 29 | 4 | 48 |

Syzygiæ Lunares.

| | | Occid. | Orient. | Occid. | Orient. | Occid. | Syzygiæ Planetarũ mutuæ, & eorum congressus cum illustrioribus aliquibus stellis fixis. |
|---|---|---|---|---|---|---|---|
| | ☉ | ♄ | ♃ | ♂ | ♀ | ☿ | |
| Dies | H | H | H | H | H | H | |
| 1 | 14 △ 42 | | 13 □ 46 | 16 □ 34 | | 13 △ 12 | ☿ apog. |
| 2 | | | | | | | ♂ [illegible] ♀ 3.28. |
| 3 | | | | | 1 ☌ 14 | Orient. | ♀ m.c. cum rostro [illegible] |
| 4 | | 10 ☌ 44 | 10 ✶ 50 | 7 △ 46 | | | ♀ or. cum vindem. a. |
| 5 | | | | | | | |
| 6 ☍ | 23 | | | | | 10 ☍ 58 | ☽ ☊ [illegible] △ ♄ ♂ 1.30 |
| 7 Alc. | 1 ♑ | | | | | | ♀ m.c. cum Algorab. |
| 8 | | | 18 ☌ 14 | | 8 △ 17 | | |
| 9 | | 3 ✶ 51 | | 8 ☍ 20 | | | |
| 10 | | | | | | 12 △ 37 | ♀ or. cum Arcturo. |
| 11 | 19 △ 27 | 8 □ 37 | | | | | (Antar. b. |
| 12 | | | | | | | △ ♄ ♀ 14.[illegible] ♂ m.c. cũ |
| 13 | | 11 △ 21 | 2 ✶ 8 | 21 △ 10 | 3 ✶ 11 | 1 □ 49 | ♂ occ. cum Arcturo. |
| 14 □ | 2 [illegible] | | | | | | ♃ or. cum dex. hu. Or. b. |
| 15 Alc. | 20 ♓ | | 3 □ 07 | | | 4 ✶ 21 | ☽ Peri. ♂ or. cũ Aqui. |
| 16 | 7 ✶ [illegible] | | | 1 □ 35 | | | |
| 17 | | 14 ☍ 30 | 4 △ 59 | | 15 ☌ 44 | | ☌ ♄ ♀ 1.3[illegible] ☿ or. cũ |
| 18 | | | | 6 ✶ 31 | | | (corona, c. |
| 19 | | | | | | 13 ☌ 46 | ☽ [illegible] cũ spica ♍ |
| 20 ☌ | 12 56 | | | | | | ♀ or. cũ [illegible] ♂ m.c. |
| 21 Alc. | 14 ♒ | | 12 ☍ 31 | | | | ♀ or. cum rostro corui. |
| 22 | | 0 △ 8 | | | 12 ✶ 32 | | ♀ or. cum cingulo ♍ d. |
| 23 | | | | 9 ☌ 58 | | | ♀ or. cum spica ♍. |
| 24 | | 8 □ 42 | | | | 12 ✶ 50 | |
| 25 | | | | | 3 □ 41 | | ☿ occ. cum cauda ♌. |
| 26 | 2 ✶ [illegible] | 18 ✶ 55 | 5 △ 51 | | | | ♂ or. cum cauda [illegible] |
| 27 | | | | | 20 △ 51 | 3 □ 49 | ☍ ☉ ♃ 18.47. (cing. ♍ |
| 28 □ | 28 51 | | 16 □ 18 | 5 ✶ 8 | | | ☽ apog. ♀ m.c. cum |
| 29 Alc. | 28 [illegible] | | Occid. | | | 21 △ 20 | |
| 30 | | | | 20 □ 8 | | | |

a. Die 3. ☿ m.c. cum lance Austr. d. Die 22. ☿ occ. cum spica ♍.
b. Die 14. ♀ m.c. cum vindem.
c. Die 17. ♂ m.c. cum neb. ♋.
☿ est directus hoc mense oriendo cum chelis, & cauda cygni.

Positus Planetarum Diurnus.

| | Anni Iulian. | Anni Grego. | ☉ ♐ P | ′ | ″ | ☽ ♈ P | ′ | ♄ ♈ (M A) P | ′ | ♃ ♊ (M A) P | ′ | ♂ ♑ (M D) P | ′ | ♀ ♎ (S A) P | ′ | ☿ ♏ (S D) P | ′ | ☊ ♏ P | ′ |
|---|---|---|---|---|---|---|---|---|---|---|---|---|---|---|---|---|---|---|---|
| | Dies | | P | ′ | ″ | P | ′ | P | ′ | P | ′ | P | ′ | P | ′ | P | ′ | P | ′ |
| F | 21 | 1 | 8 | 55 | 11 | 3 | 50 | 12 | 24 | 5 | 24 | 1 | 59 | 29 ♏ | 15 | 21 | 39 | 3 | 41 |
| | 22 | 2 | 9 | 56 | 1 | 16 | 10 | 12 | 23 | 5 | 5 | 2 | 44 | 0 | 37 | 22 | 56 | 3 | 37 |
| | 23 | 3 | 10 | 56 | 52 | 28 | 39 | 12 | 22 | 4 | 57 | 3 | 29 | 1 | 49 | 24 | 15 | 3 | 34 |
| | 24 | 4 | 11 | 57 | 43 | 11 ♉ | 18 | 12 | 21 | 4 | 49 | 4 | 15 | 3 D | 1 | 25 | 37 | 3 | 31 |
| | 25 | 5 | 12 | 58 | 37 | 24 ♊ | 10 | 12 | 20 | 4 | 41 | 5 | 0 | 4 | 13 | 27 | 2 | 3 | 28 |
| | 26 | 6 | 13 | 57 | 31 | 7 | 27 | 12 | 19 | 4 | 33 | 5 | 46 | 5 | 25 | 28 | 29 | 3 | 25 |
| | 27 | 7 | 15 | 0 | 26 | 20 | 40 | 12 | 18 | 4 | 25 | 6 | 31 | 6 | 37 | 29 | 58 | 3 | 21 |
| F | 28 | 8 | 16 | 1 | 23 | 4 ♋ | 21 | 12 | 17 | 4 | 17 | 7 | 17 | 7 | 50 | 1 ♐ | 28 | 3 | 18 |
| | 29 | 9 | 17 | 2 | 21 | 18 | 21 | 12 | 16 | 4 | 10 | 8 | 2 | 9 | 3 | 2 | 59 | 3 | 15 |
| | 30 | 10 | 18 | 3 | 20 | 2 ♌ | 36 | 12 | 15 | 4 | 3 | 8 | 48 | 10 | 15 | 4 | 31 | 3 | 12 |
| | Dec. 1 | 11 | 19 | 4 | 20 | 17 ♍ | 3 | 12 | 14 | 3 | 56 | 9 | 33 | 11 | 28 | 6 | 4 | 3 | 9 |
| | 2 | 12 | 20 | 5 | 20 | 1 | 35 | 12 | 14 | 3 | 49 | 10 | 19 | 12 | 41 | 7 | 38 | 3 | 6 |
| | 3 | 13 | 21 | 6 | 21 | 16 ♎ | 8 | 12 | 13 | 3 | 42 | 11 | 4 | 13 | 54 | 9 M | 13 | 3 | 2 |
| | 4 | 14 | 22 | 7 | 22 | 0 | 25 | 12 | 13 | 3 | 36 | 11 A | 50 | 15 | 7 | 10 | 49 | 2 | 59 |
| F | 5 | 15 | 23 | 8 | 24 | 14 | 51 | 12 Di | 13 | 3 | 29 | 12 | 36 | 16 | 20 | 12 | 26 | 2 | 56 |
| | 6 | 16 | 24 | 9 | 26 | 28 | 51 | 12 | 13 | 3 | 22 | 13 | 22 | 17 | 33 | 14 | 4 | 2 | 53 |
| | 7 | 17 | 25 | 10 | 29 | 12 ♏ | 33 | 12 | 13 | 3 | 16 | 14 | 8 | 18 | 46 | 15 | 43 | 2 | 50 |
| | 8 | 18 | 26 | 11 | 32 | 25 | 55 | 12 | 13 | 3 | 10 | 14 | 54 | 19 | 59 | 17 | 23 | 2 | 47 |
| | 9 | 19 | 27 | 12 | 35 | 8 ♐ | 58 | 12 | 14 | 3 | 4 | 15 | 40 | 21 | 12 | 19 | 4 | 2 | 43 |
| | 10 | 20 | 28 | 13 | 40 | 21 | 44 | 12 | 14 | 2 | 57 | 16 | 26 | 22 | 25 | 20 | 45 | 2 | 40 |
| | 11 | 21 | 29 ♑ | 14 | 44 | 4 ♑ | 16 | 12 | 15 | 2 | 51 | 17 | 12 | 23 | 39 | 22 | 27 | 2 | 37 |
| F | 12 | 22 | 0 | 15 | 48 | 16 | 36 | 12 | 15 | 2 | 45 | 17 | 58 | 24 | 52 | 24 | 9 | 2 | 34 |
| | 13 | 23 | 1 | 16 | 53 | 28 | 47 | 12 | 16 | 2 | 39 | 18 | 44 | 26 | 5 | 25 | 52 | 2 | 31 |
| | 14 | 24 | 2 | 17 | 58 | 10 ♒ | 52 | 12 | 17 | 2 | 33 | 19 | 30 | 27 | 19 | 27 | 36 | 2 | 28 |
| | 15 | 25 | 3 | 19 | 4 | 22 | 54 | 12 | 18 | 2 | 27 | 20 | 16 | 28 | 32 | 29 ♑ | 20 | 2 | 24 |
| | 16 | 26 | 4 | 20 | 10 | 4 ♓ | 56 | 12 | 19 | 2 | 22 | 21 | 3 | 29 | 46 | 1 | 4 | 2 | 21 |
| | 17 | 27 | 5 | 21 | 15 | 17 | 6 | 12 | 20 | 2 | 17 | 21 | 49 | 1 ♐ | 0 | 2 | 49 | 2 | 18 |
| | 18 | 28 | 6 | 22 | 21 | 29 | 10 | 12 | 22 | 2 | 12 | 22 | 35 | 1 | 13 | 4 | 34 | 2 | 15 |
| F | 19 | 29 | 7 | 23 | 26 | 11 ♈ | 27 | 12 | 23 | 2 | 7 | 23 | 21 | 3 | 27 | 6 | 19 | 2 | 12 |
| | 20 | 30 | 8 | 24 | 32 | 23 | 53 | 12 | 25 | 2 | 2 | 24 | 8 | 4 | 41 | 8 | 4 | 2 | 8 |
| | 21 | 31 | 9 | 25 | 38 | 6 ♉ | 21 | 12 | 27 | 1 | 58 | 24 | 54 | 5 | 55 | 9 | 50 | 2 | 5 |

| Latitudo Planetarũ ad diẽ | ♄ | | ♃ | | ♂ | | ♀ | | ☿ | | |
|---|---|---|---|---|---|---|---|---|---|---|---|
| 1 | 2 | 36 | 1 | 38 | 0 | 9 | 2 D | 18 | 1 | 9 | Meridia |
| 11 | 2 | 32 | 1 | 35 | 0 A | 10 | 2 | 14 | 0 M | 25 | |
| 21 | 2 | 28 | 1 | 32 | 0 | 10 | 2 | 2 | 0 | 41 | |

## Syzygiæ Lunares.

| | | Occid. | Occid. | Occid. | Orient. | Orient. | Syzygię Planetarū mutuę, & eorum congressus cum illustrioribus aliquibus stellis fixis. |
|---|---|---|---|---|---|---|---|
| | ☉ | ♄ | ♃ | ♂ | ♀ | ☿ | |
| Dies | H ′ | H ′ | H ′ | H ′ | H ′ | H ′ | |
| 1 | 10△46 | 16☌38 | 2⚹41 | | | | ♃ m.c. cum Alde. |
| 2 | | | | | | | ♀ m.c. cum Arcturo. |
| 3 | | | | 9△49 | 6☍37 | | ◐ ☊ 9.18. |
| 4 | | | | | | | △ ♃♄ 8.54. a. |
| 5 | | | 19☌ 2 | | | 5☍54 | ♂ m.c. cū Lyra. (neb. ♓. |
| 6 ☍ | 13 16 | 9⚹ 1 | | | | | ⚹ ♂♀ 18.40. ♂ or. cū |
| 7 Asc. | 2 ♎ | | | | | | ♂ m.c. cum neb. ♓. |
| 8 | | 13□34 | | 5☍19 | 6△21 | | ♂ occ. cum neb. ♓. |
| 9 | | | | | | | ☍ ♃ ☿ 16.52; ♂ or. cū |
| 10 | | 16△ 0 | 2⚹25 | | 13□52 | 3△34 | (acu ⚹. b. |
| 11 | 3△35 | | | | | | |
| 12 | | | 3□43 | 15△11 | 9⚹59 | 11□13 | ☾ Per. ☿ or. cū Antare. |
| 13 □ | 9 0 | | | | | | ♀ occ. cū vinde. (17. c. |
| 14 Asc. | 10 ♌ | 20☍11 | 5△ 2 | 10□ 2 | | 19⚹25 | □ ♄♂ 12.0 \| △ ♄☿ 2.0. |
| 15 | 15⚹16 | | | | | | ♂ or. cum neb. ♋. |
| 16 | | | | | | | ☊ ☊ 7.2. |
| 17 | | | | 3⚹ 1 | 12☌17 | | (cum cingulo. ♍. |
| 18 | | | 13☍14 | | | | ♂ oc. cum corona, & ☿ |
| 19 | | 6△ 8 | | | | 22☌ 0 | ♀ m.c. cum corona |
| 20 ☌ | 13 39 | | | | | | ☿ or. cum Aquila. |
| 21 Asc. | 17 ♎ | 15□32 | | | | | ♀ occ. cum aculeo ♏ & |
| 22 | | | | 2☌52 | 16⚹34 | | (♂ m.c. cum rostro galli. |
| 23 | | | 7△30 | | | | ☿ or. cum cauda Del. |
| 24 | | 2⚹50 | | | | | ♀ occ cū media fron. ♏ |
| 25 | 22⚹42 | | 18□55 | | 12□32 | 15⚹ 0 | ● Apo. ♂ m.c. cū aquil. |
| 26 | | | | | | | ☿ or. cum rostro gall. d. |
| 27 | | | | 10⚹ 9 | | | ☍ ♃♀ 23.32. |
| 28 □ | 15 24 | | 5⚹53 | | 6△36 | 12⚹18 | ☿ occ. cum lance bor. |
| 29 Asc. | 14 ♏ | 1☌48 | | | | | ♀ m.c. cum corde. ♏. |
| 30 | | | | 0□32 | | | ☌ ☉ ☿ 21.18 ● ☽ 15. |
| 31 | 6△ 0 | | | | | | ☿ or. cum neb. ♏. |

a. *Die 4. ♀ or. cum Fidicula.* d. *Die 26. ☿ occ. cum neb. & cai ♏.*
b. *Die 9. ♀ or. cum cauda cygni, & ebelis.*
c. *Die 14. ♀ occ. cum lance Australi.*
♄ *Hoc mense fit diu, oriendo cum ...*

# EPHEMERIS IOANNIS ANTONII MAGINI PATAVINI

Ad annum Dominicæ Incarnationis

1580.

Qui est secundus post Intercalarem, & quartus post Kalendarium restitutum, & ab initio Mundi 5548.

*Positus siderum in ingressu ☉ in principium ♈ seu æquinoctij vernalis.*

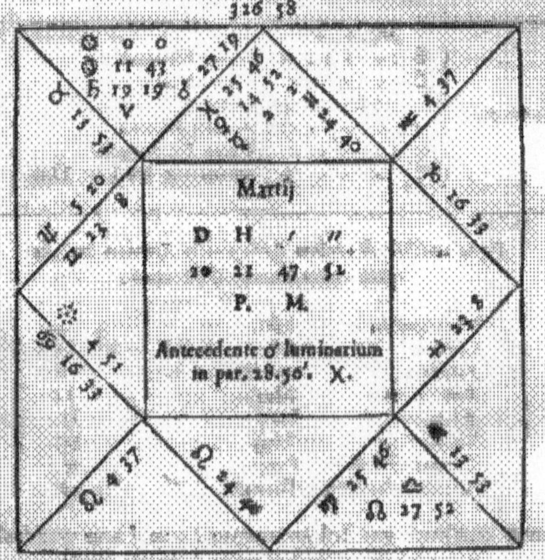


Anni Tropici vera magnitudo.

*Dierum* 365. *Horarum* 5. *Scr.* 55'. 26''. 29'''. 12''''.

## ANNO SALVTIS NOSTRAE 1586 communi.

| | | | D. | H. | ′ | ″ |
|---|---|---|---|---|---|---|
| Conuersio ☉ ad initium | ♋, Seu solstitii æstiui | Iunij | 21 | 18 | 44 | 2 |
| | ♎, Seu autumnalis æquinoctij | Septemb. | 23 | 5 | 30 | 31 |
| | ♑, Seu solstitii brumalis | Decemb. | 21 | 23 | 36 | 33 |

| | P. | ′ | ″ | ‴ |
|---|---|---|---|---|
| Vera præcessio Æquinoctiorum | 27 | 56 | 51 | 10 |
| Obliquitas Zodiaci | 23 | 28 | 5 | 26 |

Eccentrotera ☉ 32132. Qualium semidiameter eccentrici ☉ partic. 1000000. seu par. 1 56′ 2″ 16‴. Qualium P. 60.

| | | P. | ′ | ″ | | | |
|---|---|---|---|---|---|---|---|
| Locus Apogyi | ♄ | 29 | 6 | 34 | ♓ | Aureus Numerus | 10 |
| | ♃ | 6 | 38 | 52 | ♎ | Cyclus Solis | 27 |
| | ♂ | 28 | 22 | 13 | ♌ | Epacta | 10 |
| | ☉ | 9 | 0 | 36 | ♋ | Indictio Romana | 14 |
| | ♀ | 16 | 17 | 51 | ♊ | Litera Dominicalis | E |
| | ☿ | 0 | 0 | 45 | ♓ | Interuallum hebd. 7. Dies | 4 |

*Festa mobilia secundum Sacrosanctæ Romanæ Ecclesiæ usum iuxta annum reformatum.*

| | | |
|---|---|---|
| Septuagesima | Febr. | 2 |
| Cinis | Febr. | 19 |
| Pascha | Aprilis | 6 |
| Rogationes | Maij | 12 |
| Ascensio | Maij | 15 |
| Pentecostes | Maij | 25 |
| Corpus Christi | Iunij | 5 |
| Aduentus Domini | Nouemb. | 30 |

Anno præsenti nec Sol interuentu nouæ Lunæ occultabitur, nec Luna in vmbra terræ immersa nobis abscondetur.

## *Planetarum ſtatus.*

♄ Toto hoc annuo ſpatio à longitudine ſui Eccentrici media deſcendit verſus Perigæum.

Die { 15 Aprilis per Apogæum / 20 Octobris per Perigæum } Epicycli diſcurrit.

In præcedentia percurrit à die 14. Aug. vſque in 18. Decemb.

---

♃ Hoc anno ab oppoſito Augis Eccentrici verſus medietatem fertur.

Die 7. Iunij in Apogæo ſui parui orbis eſt.

Regreſſionem præteriti anni perficit die 24. Ianuarij.

Fit retrogradus die 2. Nouemb. vſque ad finem anni, & vltra.

---

♂ Die 4. Febr. per inferiorem deferentis partem diſcurrit.

Die 15. Martij Apogæum Epicycli posſidet.

Hoc anno ſemper in conſequentia ſigna deambulat.

---

♀ Die

{ 8 Iunij Augem / 8 Decemb. oppoſitum Augis } Eccentrici tenet.

18 Maij in Apogæo Epicycli inuenitur.

Semper ſecundum ſignorum ſequelam incedit.

---

☿ Die

{ 13 Maij ad oppoſitum Augis. / 21 Nouemb. ad Augem. } Deferentis peruenit.

{ 26 Febr. in Perigæo / 23 Aprilis in Apogæo / 21 Iunij in Perigæo / 18 Auguſti in Apogæo / 15 Octobris in Perigæo / 11 Decemb. in Apogæo } Parui orbis verſatur.

{ 12 Febr. vſque poſt 7. Martij / 10 Iunij vſque ad 3. Iulij / 3 Octobris vſque poſt 2 eiuſdem. } In priora reuertitur.

Positus Planetarum Diurnos

| [illegible] | Anni Grego. | ☉ ♑ P | ' | " | ☽ ♉ P | ' | ♄ ♈ M P | A ' | ♃ ♊ M P | A ' | ♂ ♑ M P | A ' | ♀ ♓ S P | D ' | ☿ ♑ M P | D ' | ☊ ♒ P | ' |
|---|---|---|---|---|---|---|---|---|---|---|---|---|---|---|---|---|---|---|
| Dies | | | | | | | | | | | | | | | | | | |
| 22 | 1 | 10 | 26 | 45 | 19 ♊ | 18 | 12 | 29 | 1 | 53 | 25 | 41 | 7 | 9 | 11 | 35 | 2 | 2 |
| 23 | 2 | 11 | 27 | 51 | 2 | 24 | 12 | 30 | 1 | 49 | 26 | 27 | 8 | 23 | 13 | 20 | 1 | 59 |
| 24 | 3 | 12 | 28 | 59 | 15 | 48 | 12 | 32 | 1 | 45 | 27 | 14 | 9 | 37 | 15 | 6 | 1 | 56 |
| 25 | 4 | 13 | 30 | 5 | 29 ♋ | 31 | 12 | 34 | 1 | 41 | 28 | 0 | 10 | 51 | 16 | 52 | 1 | 53 |
| E 26 | 5 | 14 | 31 | 11 | 13 | 34 | 12 | 36 | 1 | 37 | 28 | 47 | 12 | 5 | 18 | 37 | 1 | 49 |
| 27 | 6 | 15 | 32 | 17 | 27 ♌ | 50 | 12 | 39 | 1 | 34 | 29 | 33 | 13 | 19 | 20 | 22 | 1 | 46 |
| 28 | 7 | 16 | 33 | 23 | 12 | 23 | 12 | 41 | 1 | 31 | 0 ♒ | 20 | 14 | 33 | 22 | 6 | 1 | 43 |
| 29 | 8 | 17 | 34 | 28 | 27 ♍ | 6 | 12 | 44 | 1 | 28 | 1 | 7 | 15 | 47 | 23 | 50 | 1 | 40 |
| 30 | 9 | 18 | 35 | 33 | 11 | 52 | 12 | 47 | 1 | 25 | 1 | 53 | 17 | 1 | 25 A | 34 | 1 | 37 |
| 31 | 10 | 19 | 36 | 38 | 26 ♎ | 35 | 12 | 49 | 1 | 21 | 2 | 40 | 18 | 15 | 27 | 17 | 1 | 34 |
| Ian. 1 | 11 | 20 | 37 | 43 | 11 | 5 | 12 | 52 | 1 | 20 | 3 | 27 | 19 | 29 | 29 ♒ | 9 | 1 | 31 |
| E 2 | 12 | 21 | 38 | 47 | 25 ♏ | 19 | 12 | 55 | 1 | 17 | 4 | 14 | 20 | 43 | 0 | 43 | 1 | 28 |
| 3 | 13 | 22 | 39 | 50 | 9 | 14 | 12 | 58 | 1 | 15 | 5 | 1 | 21 | 57 | 2 | 25 | 1 | 25 |
| 4 | 14 | 23 | 40 | 53 | 22 ♐ | 47 | 13 | 1 | 1 | 12 | 5 | 47 | 23 | 11 | 4 | 6 | 1 | 21 |
| 5 | 15 | 24 | 41 | 55 | 5 | 58 | 13 | 4 | 1 | 10 | 6 | 34 | 24 | 25 | 5 | 47 | 1 | 18 |
| 6 | 16 | 25 | 42 | 57 | 18 ♑ | 48 | 13 | 8 | 1 | 8 | 7 | 21 | 25 | 39 | 7 | 27 | 1 | 15 |
| 7 | 17 | 26 | 43 | 58 | 1 | 19 | 13 | 11 | 1 | 7 | 8 | 8 | 26 | 53 | 9 | 6 | 1 | 12 |
| 8 | 18 | 27 | 44 | 58 | 13 | 36 | 13 | 15 | 1 | 6 | 8 | 54 | 28 | 8 | 10 | 44 | 1 | 9 |
| E 9 | 19 | 28 | 45 | 57 | 25 ♒ | 40 | 13 | 18 | 1 | 5 | 9 | 41 | 29 ♑ | 22 | 12 | 20 | 1 | 6 |
| 10 | 20 | 29 | 46 | 56 | 7 | 37 | 13 | 22 | 1 | 4 | 10 | 28 | 0 | 36 | 13 | 55 | 1 | 3 |
| 11 | 21 | 0 ♒ | 47 | 54 | 19 ♓ | 27 | 13 | 26 | 1 | 3 | 11 | 15 | 1 | 51 | 15 | 29 | 0 | 59 |
| 12 | 22 | 1 | 48 | 52 | 1 | 16 | 13 | 30 | 1 | 3 | 12 | 2 | 3 | 5 | 17 | 2 | 0 | 56 |
| 13 | 23 | 2 | 49 | 49 | 13 | 6 | 13 | 34 | 1 | 2 | 12 | 49 | 4 | 20 | 18 | 33 | 0 | 53 |
| 14 | 24 | 3 | 50 | 45 | 25 ♈ | 0 | 13 | 38 | 1 D | 2 | 13 | 36 | 5 | 34 | 20 | 3 | 0 | 50 |
| 15 | 25 | 4 | 51 | 40 | 7 | 0 | 13 | 42 | 1 | 2 | 14 | 23 | 6 | 49 | 21 | 28 | 0 | 47 |
| E 16 | 26 | 5 | 52 | 34 | 19 ♉ | 10 | 13 | 46 | 1 | 2 | 15 | 10 | 8 | 3 | 22 | 52 | 0 | 43 |
| 17 | 27 | 6 | 53 | 27 | 1 | 33 | 13 | 51 | 1 | 3 | 15 | 57 | 9 | 17 | 24 | 14 | 0 | 40 |
| 18 | 28 | 7 | 54 | 19 | 14 | 11 | 13 | 55 | 1 | 3 | 16 | 44 | 10 | 31 | 25 | 33 | 0 | 37 |
| 19 | 29 | 8 | 55 | 10 | 27 ♊ | 6 | 14 | 0 | 1 | 4 | 17 | 31 | 11 | 46 | 26 | 50 | 0 | 34 |
| 20 | 30 | 9 | 55 | 59 | 10 | 20 | 14 | 4 | 1 | 5 | 18 | 18 | 13 | 0 | 28 | 4 | 0 | 31 |
| 21 | 31 | 10 | 56 | 47 | 23 | 55 | 14 | 9 | 1 | 7 | 19 | 5 | 14 | 14 | 29 | 17 | 0 | 27 |

| Latitudo Planetarū ad diē | ♄ P | ' | ♃ P | ' | ♂ P | ' | ♀ P | ' | ☿ P | ' | |
|---|---|---|---|---|---|---|---|---|---|---|---|
| 1 | 2 | 25 | 1 | 28 | 0 | 9 | 1 | 30 | 1 A | 18 | Mensis |
| 11 | 2 | 20 | 1 | 23 | 0 | 8 | 1 | 19 | 2 | 3 | |
| 21 | 2 | 15 | 1 | 19 | 0 | 8 | 0 | 56 | 1 | 34 | |

| Syzygiae Lunares. | | | | | | | |
|---|---|---|---|---|---|---|---|
| | | Occid. | Occid. | Occid. | Oriens. | Occid. | Syzygiae Planetarũ mutuae, & eorum congressus cum illustrioribus aliquibus stellis fixis. |
| | ☽ | ♄ | ♃ | ♂ | ♀ | ☿ | |
| Dies | H | H | H | H | H | H | |
| 1 | | | 23 ☌ 10 | 12 △ 26 | | | □ ♄ ♀ 11. 18. |
| 2 | | 18 ⚹ 8 | | | 12 ☍ 8 | | ♀ or. cum autare. a. |
| 3 | | | | | | | □ ☿ ♄ 1. 13 \| ♂ m.c. cor. |
| 4 | | 22 □ 24 | | | | | ☿ m.c. cũ rost. gall. (♄. |
| 5 ☌ | 11 46 | | | | | 9 ☍ 44 | △ ♄ ☿ 10. 29. |
| 6 Asc. | 7 ♊ | | 6 ⚹ 9 | 3 ☍ 0 | | | ☿ m.c. cum Aquila. |
| 7 | | 5 △ 30 | | | 3 △ 51 | | |
| 8 | | | 7 □ 4 | | | | △ ♃ ♂ 10. 17. |
| 9 | 11 ∠ 48 | | | | 9 □ 9 | | ☿ Pers. ♂ m.c. cum cau. |
| 10 | | | 7 △ 54 | 10 △ 38 | | 1 △ 19 | ♀ m.c. cũ asu ♒. (Del. |
| 11 □ | 17 23 | 3 ☍ 0 | | | 15 ⚹ 30 | | ♀ occ. cum Arcturo. |
| 12 Asc. | 19 ♐ | | | 16 □ 18 | | 20 □ 36 | △ ♃ ☿ 8. 9. ♋ ♌ 10. 34. |
| 13 | | | | | | | ♀ or. cum nebul. b. |
| 14 | 1 ⚹ 47 | | 25 ☍ 17 | | | 13 ⚹ 38 | ☿ m.c. cum cauda cygni. |
| 15 | | 13 △ 20 | | 5 ⚹ 12 | | | ☌ ♂ ☿ 21. 17. |
| 16 | | | | | 14 ☌ 13 | | |
| 17 | | 23 □ 18 | | | | | |
| 18 | | | | | | | (cauda Del. |
| 19 ☌ | 6 43 | | 10 △ 51 | | | | ⚹ ♃ ☿ 15. 18 \| ☿ m.c. cum |
| 20 Asc. | 24 ♌ | 12 ⚹ 41 | | 6 ☌ 11 | | 14 ☌ 44 | ☿ occ. cũ Aq. & cau. ♑. |
| 21 | | | 23 □ 34 | | | | △ ☿ ♃ 5. 54. |
| 22 | | | | | 4 ⚹ 7 | | ☿ Apo. ☿ or. cũ cau. ♑ |
| 23 | | | | | | | ♀ m.c. cum ly. (Fomah. |
| 24 | 19 ⚹ 18 | | 12 ⚹ 4 | | 23 □ 35 | | ⚹ ♄ ♂ 1. 8. ♂ occ. cum |
| 25 | | 13 ☌ 19 | | 15 ⚹ 32 | | | ♀ or. cum neb. ♐ c. |
| 26 | | | | | | 8 ⚹ 4 | ☌ ♀ ♄ 22. 14. d. |
| 27 □ | 10 53 | | | | 16 △ 16 | | ♀ or. cum aculeo. ♏. |
| 28 Asc. | 17 ♎ | | | 5 □ 2 | | 23 □ 28 | ♂ m.c. cum cauda ♑. |
| 29 | 23 △ 12 | | 7 ☌ 11 | | | | (& sp. Algol. |
| 30 | | 6 ⚹ 38 | | 14 △ 56 | | | □ ♄ ♀ 22. 16 \| ☿ m. cum |
| 31 | | | | | | 10 △ 6 | ♀ or. cum neb. ♏. |

a. Die 2. ♀ oc. cũ corona Bor. & ☿ oc. cũ corona.

b. ♀ m.c. cum neb. ♏, & ♂ m.c. cum cauda cygni.

c. Die 25. ☿ occ. cum Aquila, & cauda ♑. & ♀ m.c. cum neb. ♐.
♃ fit directus m.c. cum prima hœdorum.

d. Die 26. ♀ occ. cum neb. ♐.

| | | Occid. | Occid. | Occid. | Orient. | Occid. | |
|---|---|---|---|---|---|---|---|
| | ☉ | ♄ | ♃ | ♂ | ♀ | ☿ | Syzygiæ Planetarũ mutuæ & eorum congressus cum illustrioribus aliquibus stellis fixis. |
| Dies | H ′ | H ′ | H ′ | H ′ | H ′ | H ′ | |
| 1 | | 10□50 | | | 14☍ 4 | | □ ♃ ☿ 16.0.a (cu. ♑ u. |
| 2 | | | 14✶59 | | | | ♄ or. cũ hœdis. \| ♂ or. cũ |
| 3 ☍ | 12 36 | 12△38 | | | | | ✶ ☉ ♄ 10.43. |
| 4 Asc. | 12 [illegible] | | 15□46 | 1☍18 | | 10☍24 | |
| 5 | | | | | | | ☽ Terr. \| ♀ m.c. cũ Aq. |
| 6 | | | 16△10 | | 0△36 | | |
| 7 | 10△56 | 14☍11 | | | | | (caudæ Del. |
| 8 | | | | 8△ 7 | 6□14 | | ☽ ☊ 15.28 \| ♂ occ. cũ |
| 9 | | | | | | 3△15 | |
| 10 □ | 3 48 | | 22☍ 8 | 14□51 | 14✶54 | | ♀ m.c. cum cor. ♑. |
| 11 Asc. | 8 ♌ | 23△ 5 | | | | 9□ 5 | |
| 12 | 17✶ 9 | | | | | | |
| 13 | | | | 1✶37 | | 17✶24 | ♂ occ. cum rostro gall. |
| 14 | | 8□51 | | | | | △ ♃ ♀ 1.20. \| ♂ or. cum |
| 15 | | | 17△25 | | 22☌ 3 | | (cap. Med. c. |
| 16 | | 12✶40 | | | | | □ ♃ ♂ 6.12. |
| 17 | | | | | | | ♀ m.c. cum cauda cygni |
| 18 ☌ | 1 9 | | 6□58 | 10☌11 | | 14☌ 1 | ☽ Aust. |
| 19 Asc. | 13 ♌ | | | | | | ☌ ♂ ☿ 16.30. |
| 20 | | | 10✶58 | | | | ♄ or. cũ dex. hu. Aurigæ |
| 21 | | | | | 15✶ 8 | | □ ☉ ♃ 0.0 \| ☌ ☉ ☿ 14 |
| 22 | | 1☌28 | | | | Orient. | □ ♃ ☿ 2.28. (12. d. |
| 23 | 14✶10 | | | 20✶ 3 | | 6✶40 | ☉ ♓ 3.19 \| ♀ oc. cũ Fo |
| 24 | | | | | 9□ 2 | | ♀ oc. cũ Aq. & ca. ♑ e |
| 25 | | | 19☌ 0 | | | 11□47 | (cauda ♑. |
| 26 □ | 3 41 | 20✶47 | | 8□ 7 | 22△36 | | ✶ ♄ ♀ 1.28 \| ♀ m.c. cum |
| 27 Asc. | 18 ♌ | | | | | 16△22 | |
| 28 | 13△ 4 | | | 16△11 | | | ♀ or. cum cauda ♑. |

a. *Die 1. ♀ occ. cum corona.*
b. *Die 2. ♀ m.c. cum rostro gallinæ.*
c. *Die 14. ♀ m.c. cum cauda Del.*
*☿ Fit ℞ occ. cum lucida lyræ, & m.c. ferè cum Fom. ☿.*
d. *Die 21. ♂ occ. cum lyra.*
e. *Die 24. ♂ m.c. cum ultima aquæ ℞.*

| Hebd. | Dies | | ☉ ♓ G | M | S | ☽ ♋ G | | M | ♄ ♈ G (M A) | M | ♃ ♊ G (M A) | M | ♂ ♓ G (M A) | M | ♀ ♒ G (M D) | M | ☿ ♒ G (S D) | M | ☊ ♌ G | M |
|---|---|---|---|---|---|---|---|---|---|---|---|---|---|---|---|---|---|---|---|---|
| | 19 | 1 | 10 | 10 | 14 | 16 | ♌ | 5 | 16 | 57 | 2 | 45 | 11 | 47 | 20 | 11 | 25 | 20 | 28 | 55 |
| E | 20 | 2 | 11 | 10 | 17 | 0 | | 27 | 17 | 4 | 2 | 53 | 12 | 34 | 21 | 26 | 24 | 35 | 28 | 52 |
| | 21 | 3 | 12 | 10 | 19 | 13 | ♍ | 7 | 17 | 11 | 3 | 1 | 13 | 21 | 22 | 42 | 23 | 56 | 28 | 49 |
| | 22 | 4 | 13 | 10 | 19 | 0 | | 1 | 17 | 17 | 3 | 8 | 14 | 8 | 23 | 56 | 22 | 14 | 28 | 46 |
| | 23 | 5 | 14 | 10 | 17 | 15 | ♎ | 1 | 17 | 24 | 3 | 14 | 14 | 55 | 25 | 11 | 23 | 0 | 28 | 43 |
| | 24 | 6 | 15 | 10 | 13 | 0 | | 3 | 17 | 31 | 3 | 21 | 15 | 42 | 26 | 25 | 22 | 45 | 28 | 39 |
| | 25 | 7 | 16 | 10 | 7 | 14 | | 56 | 17 | 38 | 3 | 28 | 16 | 29 | 27 | 39 | 22 D | 37 | 28 | 36 |
| | 26 | 8 | 17 | 9 | 59 | 29 | ♏ | 35 | 17 | 41 | 3 | 35 | 17 | 16 | 28 ♓ | 54 | 22 | 37 | 28 | 33 |
| E | 27 | 9 | 18 | 9 | 49 | 13 | | 55 | 17 | 52 | 3 | 42 | 18 | 3 | 0 | 8 | 22 | 44 | 28 | 30 |
| | 28 | 10 | 19 | 9 | 31 | 27 | ♐ | 53 | 17 | 59 | 3 | 50 | 18 | 49 | 1 | 22 | 22 | 59 | 28 | 27 |
| Ma. | 1 | 11 | 20 | 9 | 15 | 11 | | 31 | 18 | 6 | 3 | 57 | 19 | 36 | 2 | 36 | 23 | 20 | 28 | 23 |
| | 2 | 12 | 21 | 9 | 10 | 24 | ♑ | 44 | 18 | 14 | 4 | 5 | 20 | 23 | 3 | 51 | 23 | 49 | 28 | 20 |
| | 3 | 13 | 22 | 8 | 53 | 7 | | 35 | 18 | 21 | 4 | 13 | 21 | 10 | 5 | 5 | 24 | 24 | 28 | 17 |
| | 4 | 14 | 23 | 8 | 34 | 20 | ♒ | 5 | 18 | 28 | 4 | 21 | 21 | 56 | 6 | 19 | 25 | 5 | 28 | 14 |
| | 5 | 15 | 24 | 8 | 13 | 2 | | 19 | 18 | 35 | 4 | 29 | 22 | 43 | 7 | 33 | 25 | 51 | 28 | 11 |
| E | 6 | 16 | 25 | 7 | 50 | 14 | | 18 | 18 | 41 | 4 | 37 | 23 | 30 | 8 | 48 | 26 M | 42 | 28 | 8 |
| | 7 | 17 | 26 | 7 | 25 | 26 | ♓ | 8 | 18 | 50 | 4 | 46 | 24 D | 18 | 10 | 2 | 27 | 38 | 28 | 4 |
| | 8 | 18 | 27 | 6 | 58 | 7 | | 50 | 18 | 57 | 4 | 54 | 25 | 3 | 11 | 16 | 28 | 39 | 28 | 1 |
| | 9 | 19 | 28 | 6 | 29 | 19 | ♈ | 39 | 19 | 5 | 5 | 3 | 25 | 50 | 12 | 30 | 29 ♓ | 45 | 27 | 58 |
| | 10 | 20 | 29 | 5 | 58 | 1 | | 7 | 19 | 12 | 5 | 12 | 26 | 36 | 13 | 45 | 0 | 55 | 27 | 55 |
| | 11 | 21 | 0 ♈ | 5 | 25 | 12 | | 48 | 19 | 20 | 5 | 21 | 27 | 23 | 14 | 59 | 2 | 9 | 27 | 52 |
| | 12 | 22 | 1 | 4 | 50 | 24 | ♉ | 36 | 19 | 27 | 5 | 30 | 28 | 9 | 16 | 13 | 3 | 29 | 27 | 49 |
| E | 13 | 23 | 2 | 4 | 13 | 6 | | 34 | 19 | 35 | 5 | 40 | 28 | 55 | 17 | 27 | 4 | 46 | 27 | 45 |
| | 14 | 24 | 3 | 3 | 33 | 18 | ♊ | 46 | 19 | 42 | 5 | 50 | 29 | 42 | 18 | 41 | 6 | 9 | 27 | 42 |
| | 15 | 25 | 4 | 2 | 53 | 1 | | 15 | 19 | 50 | 6 | 0 | 0 ♈ | 28 | 19 | 55 | 7 | 34 | 27 | 39 |
| | 16 | 26 | 5 | 2 | 10 | 14 | | 4 | 19 | 57 | 6 | 10 | 1 | 14 | 21 | 9 | 9 | 2 | 27 | 36 |
| | 17 | 27 | 6 | 1 | 25 | 27 | ♋ | 15 | 20 | 5 | 6 | 20 | 2 | 0 | 22 | 23 | 10 | 32 | 27 | 33 |
| | 18 | 28 | 7 | 0 | 38 | 10 | | 52 | 20 | 13 | 6 | 30 | 2 | 47 | 23 | 37 | 12 | 5 | 27 | 30 |
| | 19 | 29 | 7 | 59 | 49 | 24 | ♌ | 48 | 20 | 20 | 6 | 40 | 3 | 33 | 24 | 51 | 13 | 40 | 27 | 26 |
| E | 20 | 30 | 8 | 58 | 58 | 9 | ♍ | 8 | 20 | 28 | 6 | 50 | 4 | 19 | 26 A | 5 | 15 | 17 | 27 | 23 |
| | 21 | 31 | 9 | 58 | 6 | 23 | | 47 | 20 | 36 | 7 | 0 | 5 | 5 | 27 | 10 | 16 | 56 | 27 | 20 |

| Latitudo Planetarum ad diē | | ♄ G | M | ♃ G | M | ♂ G | M | ♀ G | M | ☿ G | M | |
|---|---|---|---|---|---|---|---|---|---|---|---|---|
| | 1 | 2 | 1 | 1 | 2 | 0 | 6 | 0 | 42 | 2 | 37 | |
| | 11 | 2 | 0 | 0 | 58 | 0 D | 5 | 0 | 35 | 1 M | 26 | Martius |
| | 21 | 1 | 58 | 0 | 54 | 0 | 4 | 1 A | 3 | 0 | 38 | |

| Syzygiæ Lunares. | | | | | | | |
|---|---|---|---|---|---|---|---|
| | | Occid. | Occid. | Occid. | Orient. | Orient. | Syzygię Planetarū mutuę, & eorum congressus cum illustrioribus aliquibus stellis fixis. |
| | ☉ | ♄ | ♃ | ♂ | ♀ | ☿ | |
| Dies | H ′ | H ′ | H ′ | H ′ | H ′ | H ′ | |
| 1 | | 1□29 | | | | | |
| 2 | | | 4✶4 | | | | |
| 3 | | 3△20 | | | 13☍22 | 14☍43 | ☌ ♀ ☿ 16.45. |
| 4 ☍ | 22 24 | | 5□0 | 23☍48 | | | ♄ occ. cum cauda cygni. |
| 5 Asc. | 17 ♊ | | | | | | ☽ Per. \| ♀ oc. cū cum Del. |
| 6 | | | 5△21 | | | | |
| 7 | | 4☍27 | | | 22△50 | 12△33 | ☽ ☊ 22.19 \| ♀ or. cū ca- |
| 8 | | | | | | | ☌ ☉ ♂ 13.6 (pite Med. |
| 9 | 2△52 | | | 7✶31 | | 15□25 | ♂ occ. cum Acarnar. a. |
| 10 | | | 10☍33 | Orient. | 6□44 | | |
| 11 □ | 16 52 | 12△4 | | 15□36 | | 22✶10 | |
| 12 Asc. | 14 ♒ | | | | 18✶49 | | □ ♃ ♀ 5.6. |
| 13 | | 20□51 | | | | | ♀ occ. cum lyra. |
| 14 | 6✶34 | | | 3✶51 | | | |
| 15 | | | 4△23 | | | | ♀ m.c. cum Fomah. |
| 16 | | 9✶1 | | | | | |
| 17 | | | 17□54 | | | 3☌22 | ☿ or. cum cap. Algol. |
| 18 | | | | | 8☌2 | | ♃ m.c. cum Aldeb. |
| 19 ☌ | 19 23 | | | 14☌1 | | | ☽ Apog. |
| 20 Asc. | 6 ♉ | | 8✶29 | | | | |
| 21 | | 13☌25 | | | | | |
| 22 | | | | | | 19✶57 | ☽ ☋ 6.26. |
| 23 | | | | | 23✶50 | | □ ♃ ☿ 17.43 \| ♀ occ. cū |
| 24 | | | | 22✶26 | | | (Acar. b. |
| 25 | 5✶40 | | 9☌0 | | | 13□22 | ☿ m.c. cum Fomah. |
| 26 | | 10✶49 | | | 14□11 | | |
| 27 □ | 16 41 | | | 8□54 | | | ✶ ☉ ♃ 4.54. |
| 28 Asc. | 4 ♓ | 16□15 | | | | 2△25 | |
| 29 | 23△43 | | 20✶0 | 15△29 | 0△6 | | |
| 30 | | 18△41 | | | | | ♃ or. cum Hiad. |
| 31 | | | 21□34 | | | | ☿ occ. cum Acar. |

*a.* Die 9. ☿ occ. cum rostro gallinæ.
*b.* Die 23. ☿ occ. cum lyra.
☿ Fit directus oriendo cum cauda ♑.

| Anni veteris | Anni Gregor. | Positus Planetarum Diurnus. ☉ ♈ P ′ ″ | ☽ ♍ P ′ | M A ♄ ♈ P ′ | M A ♃ ♊ P ′ | M D ♂ ♈ P ′ | M A ♀ ♓ P ′ | M D ☿ ♓ P ′ | ☊ ♎ P ′ |
|---|---|---|---|---|---|---|---|---|---|
| Dies | | | | | | | | | |
| 22 | 1 | 10 57 12 | 8 40 | 20 44 | 7 11 | 5 51 | 28 33 | 18 36 | 27 17 |
| 23 | 2 | 11 56 16 | 23 38 ♎ | 20 51 | 7 31 | 6 37 | 29 47 ♈ | 20 18 | 27 14 |
| 24 | 3 | 12 55 18 | 8 35 | 20 59 | 7 32 | 7 23 | 1 1 | 22 1 | 27 10 |
| 25 | 4 | 13 54 18 | 23 24 ♏ | 21 7 | 7 42 | 8 9 | 2 15 | 23 45 | 27 7 |
| 26 | 5 | 14 53 16 | 7 59 | 21 15 | 7 53 | 8 55 | 3 29 | 25 30 | 27 4 |
| E 27 | 6 | 15 52 12 | 22 13 | 21 22 | 8 4 | 9 41 | 4 42 | 27 17 | 27 1 |
| 28 | 7 | 16 51 6 | 6 ♐ 10 | 21 30 | 8 15 | 10 27 | 5 56 | 29 5 | 26 58 |
| 29 | 8 | 17 49 58 | 19 44 ♑ | 21 38 | 8 26 | 11 13 | 7 10 | 0 ♈ A 53 | 26 55 |
| 30 | 9 | 18 48 48 | 2 58 | 21 46 | 8 37 | 11 59 | 8 24 | 2 42 | 26 51 |
| 31 | 10 | 19 47 26 | 15 52 | 21 54 | 8 48 | 12 45 | 9 38 | 4 32 | 26 48 |
| Ap. 1 | 11 | 20 46 22 | 28 29 ♒ | 22 1 | 8 59 | 13 31 | 10 51 | 6 22 | 26 45 |
| 2 | 12 | 21 45 5 | 10 50 | 22 9 | 9 10 | 14 17 | 12 5 | 8 13 | 26 42 |
| E 3 | 13 | 22 43 47 | 22 ♓ 58 | 22 D 17 | 9 21 | 15 3 | 13 19 | 10 5 | 26 39 |
| 4 | 14 | 23 42 27 | 4 50 | 22 25 | 9 32 | 15 48 | 14 33 | 11 57 | 26 36 |
| 5 | 15 | 24 41 6 | 16 47 | 22 33 | 9 43 | 16 34 | 15 46 | 13 50 | 26 32 |
| 6 | 16 | 25 39 43 | 28 34 ♈ | 22 41 | 9 55 | 17 20 | 17 0 | 15 43 | 26 29 |
| 7 | 17 | 26 38 18 | 10 19 | 22 48 | 10 7 | 18 5 | 18 14 | 17 36 | 26 26 |
| 8 | 18 | 27 36 51 | 22 7 ♉ | 22 56 | 10 18 | 18 51 | 19 27 | 19 30 | 26 23 |
| 9 | 19 | 28 35 22 | 4 1 | 23 4 | 10 30 | 19 37 | 20 41 | 21 24 | 26 20 |
| E 10 | 20 | 29 33 52 | 16 4 ♊ | 23 12 | 10 42 | 20 22 | 21 55 | 23 18 | 26 16 |
| 11 | 21 | 0 ♉ 32 20 | 28 20 | 23 20 | 10 54 | 21 7 | 23 8 | 25 12 | 26 13 |
| 12 | 22 | 1 30 46 | 10 51 | 23 28 | 11 6 | 21 53 | 24 22 | 27 6 | 26 10 |
| 13 | 23 | 2 29 10 | 23 ♋ 41 | 23 36 | 11 18 | 22 38 | 25 36 | 29 ♉ 1 | 26 7 |
| 14 | 24 | 3 27 32 | 6 32 | 23 43 | 11 30 | 23 24 | 26 50 | 0 56 | 26 4 |
| 15 | 25 | 4 25 52 | 20 ♌ 26 | 23 51 | 11 42 | 24 9 | 28 3 | 2 50 | 26 1 |
| 16 | 26 | 5 24 11 | 4 22 | 23 59 | 11 55 | 24 54 | 29 ♉ 17 | 4 44 | 25 57 |
| E 17 | 27 | 6 22 28 | 18 ♍ 38 | 24 7 | 12 7 | 25 39 | 0 31 | 6 38 | 25 54 |
| 18 | 28 | 7 20 44 | 3 10 | 24 15 | 12 19 | 26 24 | 1 45 | 8 32 | 25 51 |
| 19 | 29 | 8 18 58 | 17 ♎ 54 | 24 22 | 12 31 | 27 9 | 2 58 | 10 25 | 25 48 |
| 20 | 30 | 9 17 10 | 2 42 | 24 30 | 12 43 | 27 54 | 4 12 | 12 18 | 25 45 |
| Latitudo Planetarũ ad diẽ | | 1 | | 2 57 | 0 50 | 0 4 | 1 10 | 2 A 12 | Mensis |
| | | 11 | | 2 D 57 | 0 47 | 0 5 | 1 7 | 2 16 | |
| | | 21 | | 2 58 | 0 44 | 0 6 | 0 57 | 1 53 | |

| Syzygiæ Lunares. | | | | | | | |
|---|---|---|---|---|---|---|---|
| | | Occid. | Occid. | Orient. | Orient. | Orient. | Syzygiæ Planetarũ mutuę, & eorum congressus cum illustrioribus aliquibus stellis fixis. |
| | ☾ | ♄ | ♃ | ♂ | ♀ | ☿ | |
| Dies | H ′ | H ′ | H ′ | H ′ | H ′ | H ′ | |
| 1 | | | | | | 17☍51 | ♃ occ. cum dex. hu. Or. |
| 2 | | | 1△41 | 21☍58 | 10☍45 | | ☿ Perig. |
| 3 ☍ | 7 37 | 20☍15 | | | | | ✶ ♃ ☌ 6. 0. |
| 4 Asc. | 28 ♎ | | | | | | ☾ ☊ 6. 6. |
| 5 | | | | | | | |
| 6 | | | | | 23△35 | 9△5 | ♂ or. cum cor. ♌. |
| 7 | 20△31 | | 3☍40 | 8△ 2 | | | |
| 8 | | 3△29 | | | | 23□28 | ♀ or. cum cor. ♌. |
| 9 | | | | 17□50 | 11□10 | | ✶ ♃ ♀ 4. 17. |
| 10 □ | 8 12 | 11□34 | | | | | ☿ or. cum cor. ♌. |
| 11 Asc. | 9 ♒ | | 10△40 | | | 18✶ 1 | |
| 12 | 22✶12 | 22✶38 | | 7✶10 | 1✶45 | | ☌ ☾ ♄ 1. 18 ✶ ♃ ☿ 9. 1 |
| 13 | | Orient. | | | | | |
| 14 | | | 9□12 | | | | |
| 15 | | | | | | | |
| 16 | | | 23✶36 | | | | ☾ Apo. ☌ ♂ ♀ 16. 26 a. |
| 17 | | 1☌38 | | 16☌54 | 17☌50 | 17☌39 | ☌ ♂ ☿ 10. 14. b. |
| 18 ☌ | 12 13 | | | | | | ☾ ☋ 8. 32 \| ♀ m. c. 32. |
| 19 Asc. | 3 ♈ | | | | | | ☌ ♄ ☿ 20. 52 corporea |
| 20 | | | | | | | ♃ or. cum caldro c. |
| 21 | | | | | | | ☌ ♄ ♀ 4. 22. |
| 22 | | 13✶50 | 0☌30 | 21✶54 | | | ♀ m. c. cum cor. ♌. |
| 23 | 17✶17 | | | | 3✶50 | 11✶21 | ♂ or. cum dex. hu. Auri. |
| 24 | | | | | | | ☌ ♄ ♂ 12. 19. |
| 25 | | 5□57 | | 6□45 | 14□24 | | ♄ m. c. cum cor. ♌. |
| 26 □ | 2 0 | | 12✶55 | | | 0△45 | ☌ ☾ ♀ 17. 9. d. |
| 27 Asc. | 10 ♍ | 9△ 9 | | 28△23 | 21△25 | Occid. | ♀ occ. cum cor. ♌. |
| 28 | 7△18 | | 15□ 7 | | | 10△ 1 | ♂ ☍ ☿ occ. cum cor. ♌ |
| 29 | | | | | | | |
| 30 | | | 16△31 | | | | ☾ Per. ☿ or. cum plei. |
| 31 | | | | | | | |

*a. Die 16. ♀ ☍ ☿ or. cum hædis.*
*b. Die 17. ☌ ♀ ☿ 21. 15 \| ♂ ☍ ♀ occ. cum cauda cygni, ☍ ☿ or. cum dex. hu. Aur. ☍ occ. cum cauda cygni.*
*c. Die 20. ♂ or. cum hædis. \| ♃ m. c. cum priori hædorum.*
*d. Die 26. ☿ or. cum Fomah.*

Positus Planetarum Diurnus.

| Anni veteris | Anni Gregor. | ☉ ♉ | | | ☽ ♎ | | M ♄ ♈ D | | M ♃ ♊ A | | M ♂ ♈ D | | M ♀ ♉ A | | M ☿ ♉ A | | ☊ ♎ | |
|---|---|---|---|---|---|---|---|---|---|---|---|---|---|---|---|---|---|---|
| Dies | | P | ' | " | P | ' | P | ' | P | ' | P | ' | P | ' | P | ' | P | ' |
| 21 | 1 | 10 | 15 | 21 | 17 | 28 | 14 | 38 | 12 | 55 | 28 | 39 | 5 | 26 | 14 | 11 | 25 | 42 |
| 22 | 2 | 11 | 13 | 30 | 2 ♏ | 4 | 24 | 46 | 13 | 8 | 29 ♉ | 24 | 6 | 39 | 16 | 4 | 25 | 38 |
| 23 | 3 | 12 | 11 | 38 | 16 | 20 | 24 | 53 | 13 | 20 | 0 | 9 | 7 | 53 | 17 | 56 | 25 | 35 |
| E 24 | 4 | 13 | 9 | 44 | 0 ♐ | 30 | 25 | 1 | 13 | 33 | 0 | 54 | 9 | 7 | 19 | 48 | 25 | 32 |
| 25 | 5 | 14 | 7 | 48 | 14 | 15 | 25 | 9 | 13 | 46 | 1 A | 39 | 10 | 20 | 21 | 39 | 25 | 29 |
| 26 | 6 | 15 | 5 | 51 | 27 ♑ | 41 | 25 | 16 | 13 | 59 | 2 | 24 | 11 | 33 | 23 | 29 | 25 | 26 |
| 27 | 7 | 16 | 3 | 52 | 10 | 49 | 25 | 24 | 14 | 12 | 3 | 9 | 12 | 47 | 23 S | 19 | 25 | 22 |
| 28 | 8 | 17 | 1 | 52 | 23 | 41 | 25 | 32 | 14 | 25 | 3 | 54 | 14 | 0 | 27 | 8 | 25 | 19 |
| 29 | 9 | 17 | 59 | 51 | 6 ♒ | 18 | 25 | 39 | 14 | 38 | 4 | 39 | 15 | 13 | 28 | 56 | 25 | 16 |
| 30 | 10 | 18 | 57 | 48 | 18 | 42 | 25 | 46 | 14 | 51 | 5 | 23 | 16 | 27 | 0 ♊ | 43 | 25 | 13 |
| E 1 | 11 | 19 | 55 | 44 | 0 ♓ | 56 | 25 | 53 | 15 | 4 | 6 | 8 | 17 | 40 | 2 | 30 | 25 | 10 |
| Ma. 2 | 12 | 20 | 53 | 39 | 13 | 3 | 26 | 1 | 15 | 17 | 6 | 52 | 18 | 54 | 4 | 16 | 25 | 6 |
| 3 | 13 | 21 | 51 | 32 | 25 ♈ | 5 | 26 | 8 | 15 | 30 | 7 | 37 | 20 | 7 | 6 | 1 | 25 | 3 |
| 4 | 14 | 22 | 49 | 24 | 7 | 5 | 26 | 16 | 15 | 43 | 8 | 21 | 21 | 20 | 7 | 44 | 25 | 0 |
| 5 | 15 | 23 | 47 | 14 | 19 ♉ | 4 | 26 | 23 | 15 | 56 | 9 | 6 | 22 | 34 | 9 | 26 | 24 | 57 |
| 6 | 16 | 24 | 45 | 3 | 1 | 6 | 26 | 30 | 16 | 10 | 9 | 50 | 23 | 47 | 11 | 6 | 24 | 54 |
| 7 | 17 | 25 | 42 | 50 | 13 | 14 | 26 | 37 | 16 | 23 | 10 | 34 | 25 | 0 | 12 | 45 | 24 | 50 |
| E 8 | 18 | 26 | 40 | 36 | 25 | 31 | 26 | 45 | 16 | 37 | 11 | 18 | 26 | 14 | 14 | 21 | 24 | 47 |
| 9 | 19 | 27 | 38 | 21 | 8 ♊ | 0 | 26 | 52 | 16 | 50 | 12 | 2 | 27 | 27 | 15 | 58 | 24 | 44 |
| 10 | 20 | 28 | 36 | 5 | 20 | 47 | 26 | 59 | 17 | 4 | 12 | 46 | 28 | 40 | 17 | 32 | 24 | 41 |
| 11 | 21 | 29 | 33 | 48 | 3 ♋ | 43 | 27 | 6 | 17 | 18 | 13 | 30 | 29 | 34 | 19 | 4 | 24 | 38 |
| 12 | 22 | 0 ♊ | 31 | 30 | 17 | 3 | 27 | 13 | 17 | 32 | 14 | 14 | 1 ♊ | 7 | 20 | 34 | 24 | 35 |
| 13 | 23 | 1 | 29 | 10 | 0 ♌ | 43 | 27 | 20 | 17 | 46 | 14 | 58 | 2 | 20 | 22 | 1 | 24 | 31 |
| 14 | 24 | 2 | 26 | 49 | 14 | 47 | 27 | 27 | 18 | 0 | 15 | 42 | 3 | 34 | 23 | 26 | 24 | 28 |
| E 15 | 25 | 3 | 24 | 27 | 29 ♍ | 0 | 27 | 34 | 18 | 14 | 16 | 26 | 4 S | 47 | 24 | 49 | 24 | 25 |
| 16 | 26 | 4 | 22 | 4 | 13 | 27 | 27 | 41 | 18 | 28 | 17 | 10 | 6 | 0 | 26 | 9 | 24 | 22 |
| 17 | 27 | 5 | 19 | 40 | 28 ♎ | 2 | 27 | 47 | 18 | 42 | 17 | 54 | 7 | 14 | 27 D | 26 | 24 | 19 |
| 18 | 28 | 6 | 17 | 15 | 12 | 37 | 27 | 54 | 18 | 56 | 18 | 38 | 8 | 27 | 28 | 40 | 24 | 15 |
| 19 | 29 | 7 | 14 | 49 | 27 ♏ | 7 | 28 | 1 | 29 | 10 | 19 | 22 | 9 | 40 | 29 ♋ | 50 | 24 | 12 |
| 20 | 30 | 8 | 12 | 22 | 11 | 24 | 28 | 7 | 19 | 24 | 20 | 5 | 10 | 54 | 0 | 56 | 24 | 9 |
| 21 | 31 | 9 | 9 | 54 | 25 | 26 | 28 | 14 | 19 | 38 | 20 | 49 | 12 | 7 | 1 | 58 | 24 | 6 |

| Latitudo Planetarũ ad dię | | | | | | | | | | | |
|---|---|---|---|---|---|---|---|---|---|---|---|
| | 1 | 1 | 59 | 0 | 42 | 0 | 5 | 0 | 44 | 0 S | 24 | Mensis |
| | 11 | 2 | 0 | 0 | 40 | 0 | 5 | 0 | 28 | 1 | 5 | |
| | 12 | 2 | 2 | 0 | 39 | 0 | 4 | 0 S | 8 | 2 D | 0 | |

| | | Orient. | Occid. | Orient. | Orient. | Occid. | |
|---|---|---|---|---|---|---|---|
| | ☉ | ♄ | ♃ | ♂ | ♀ | ☿ | Syzygię Planetarũ mutuę, & eorum congressus cum illustrioribus aliquibus stellis fixis. |
| Dies | H ′ | H ′ | H ′ | H ′ | H ′ | H ′ | |
| 1 | | | | 19 ☍ 21 | | | ☽ ☊ 13.28. |
| 2 ☍ | 16 33 | | | | 8 ☍ 34 | | ♀ or. cum Fomah. |
| 3 Asc. | 2 ♉ | | | | | 2 ☍ 57 | ♃ m. c. cum capra. a. |
| 4 | | | 13 ☍ 31 | | | | ♃ occ. cum capite Med. |
| 5 | | 19 △ 36 | | | | | ♃ m. c. cum sin. hum. Or. |
| 6 | | | | 9 △ 7 | | | (cap. Algol. |
| 7 | 10 △ 35 | | | | 4 △ 3 | | ♀ or. cū pleia. & m. c. cū |
| 8 | | 3 □ 23 | | 20 □ 39 | | 7 △ 39 | ♃ m. c. cum Rigel. b. |
| 9 | | | 16 △ 23 | | 19 □ 10 | | ♀ m. c. cum Acarnar. |
| 10 □ | 0 46 | 14 ✶ 1 | | | | | ♀ m. c. cum dex. lat. Per. |
| 11 Asc. | 6 ♍ | | | 10 ✶ 57 | | 3 □ 18 | ♀ occ. cum Rigel, & ☿ |
| 12 | 17 ✶ 2 | | 4 □ 31 | | 12 ✶ 56 | | (occ. cum Syrio. |
| 13 | | | | | | | |
| 14 | | | 17 ✶ 36 | | | 1 ✶ 31 | ☽ Apo. ♂ m. c. cū Fomah. |
| 15 | | 14 ☌ 44 | | | | | ☽ ☋ 11.46. |
| 16 | | | | 18 ☌ 23 | | | ♀ or. cum hiad. |
| 17 | | | | | | | ♀ occ. cū hiad. & pleia. |
| 18 ☌ | 2 37 | | | | 1 ☌ 30 | | ☿ or. cū Alde. (16. c. |
| 19 Asc. | 3 ♎ | | 17 ☌ 0 | | | 17 ☌ 8 | ☌ ☉ ☿ 17.16 \| ☌ ♀ ☿ 15 |
| 20 | | 11 ✶ 41 | | | Occid. | | ♀ occ. cum sin. hu. Orio. |
| 21 | | | | 18 ✶ 38 | | | ♂ or. cū pleia. ♀ oc. cum |
| 22 | | 18 □ 0 | | | | | ♀ oc. cum ca. me. (Ald. d. |
| 23 | 1 ✶ 25 | | | | 3 ✶ 1 | | |
| 24 | | 21 △ 34 | 5 ✶ 36 | 1 □ 44 | | 16 ✶ 13 | ♂ m. c. cum Acarnar. |
| 25 □ | 8 0 | | | | 10 □ 30 | | ♂ m. c. cū d. lat. Per. & ♀ |
| 26 Asc. | 10 ♓ | | 8 □ 23 | 6 △ 25 | | 22 □ 55 | (m. c. cū Alde. |
| 27 | 12 △ 52 | | | | 16 △ 32 | | ✶ ♄ ♀ 7.31 \| ☽ Peri. e. |
| 28 | | | 10 △ 38 | | | | ☽ ☊ 19.30 \| ♀ or. cū hia. f. |
| 29 | | 1 ☍ 31 | | | | 4 △ 56 | |
| 30 | | | | 15 ☍ 40 | | | ♀ m. c. cum priori hiado. |
| 31 | | | | | | | ♀ or. cum Aldeb. |

a. Die 3. ♀ occ. cum Rigel.
b. Die 8. ♀ ori. cū hiad. & pleia.
c. Die 19. ♀ occ. cum prima zona Orio.
d. Die 21. ♂ m. c. cum capite Algol.
e. Die 27. ♂ occ. cum Rigel. ♃ m. c. cum prima cing. Orio.
f. Die 28. ♀ occ. cum dex. hu. Orio.

| Dies veteres | Dies Gregor. | ☉ ♊ | | | ☽ ♓ | | ♄ ♈ | | ♃ ♊ | | ♂ ♉ | | ♀ ♊ | | ☿ ♋ | | ☊ ♎ | |
|---|---|---|---|---|---|---|---|---|---|---|---|---|---|---|---|---|---|---|
| Positus Planetarum Diurnus | | | | | | | M | D | M | A | M | A | S | A | S | D | | |
| Dies | | P | ' | " | P | ' | P | ' | P | ' | P | ' | P | ' | P | ' | P | ' |
| E 22 | 1 | 10 | 7 | 20 | 9 | 11 | 28 | 21 | 19 | 52 | 21 | 33 | 13 | 20 | 3 | 56 | 24 | 3 |
| 23 | 2 | 11 | 4 | 57 | 22 ♑ | 38 | 28 | 27 | 20 | 6 | 22 | 16 | 14 | 33 | 3 | 50 | 24 | 0 |
| 24 | 3 | 12 | 2 | 17 | 5 | 48 | 28 | 34 | 20 | 20 | 22 | 59 | 15 | 47 | 4 | 38 | 23 | 56 |
| 25 | 4 | 12 | 59 | 56 | 18 | 43 | 28 | 40 | 20 | 34 | 23 | 43 | 17 | 0 | 5 | 21 | 23 | 53 |
| 26 | 5 | 13 | 57 | 24 | ♒ 1 | 24 | 28 | 46 | 20 | 48 | 24 | 26 | 18 | 23 | 5 | 58 | 23 | 50 |
| 27 | 6 | 14 | 54 | 51 | 13 | 54 | 28 | 53 | 21 | 2 | 25 | 9 | 19 | 36 | 6 | 30 | 23 | 47 |
| 28 | 7 | 15 | 52 | 18 | 26 ♓ | 15 | 28 | 59 | 21 | 16 | 25 | 52 | 20 | 40 | 6 | 55 | 23 | 43 |
| E 29 | 8 | 16 | 49 | 44 | 8 | 29 | 29 | 5 | 21 | 30 | 26 | 35 | 21 | 53 | 7 | 13 | 23 | 40 |
| 30 | 9 | 17 | 47 | 9 | 20 ♈ | 39 | 29 | 11 | 21 | 44 | 27 | 18 | 23 | 6 | 7 M | 24 | 23 | 37 |
| 31 | 10 | 18 | 44 | 33 | 2 | 48 | 29 | 17 | 21 | 58 | 28 | 1 | 24 | 19 | 7 R | 28 | 23 | 34 |
| Iun. 1 | 11 | 19 | 41 | 56 | 14 | 58 | 29 | 24 | 22 | 12 | 28 | 44 | 25 | 33 | 7 | 25 | 23 | 31 |
| 2 | 12 | 20 | 39 | 19 | 27 ♉ | 10 | 29 | 30 | 22 | 26 | 29 ♊ | 27 | 26 | 46 | 7 | 14 | 23 | 28 |
| 3 | 13 | 21 | 36 | 42 | 9 | 26 | 29 | 36 | 22 | 40 | 0 | 10 | 27 | 59 | 6 | 56 | 23 | 25 |
| 4 | 14 | 22 | 34 | 4 | 21 | 50 | 29 | 42 | 22 | 54 | 0 | 53 | 29 ♋ | 12 | 6 | 30 | 23 | 21 |
| E 5 | 15 | 23 | 31 | 26 | ♊ 4 | 25 | 29 | 47 | 23 | 8 | 1 | 36 | 0 | 26 | 5 | 58 | 23 | 18 |
| 6 | 16 | 24 | 28 | 47 | 17 | 13 | 29 | 53 | 23 | 22 | 2 | 19 | 1 | 39 | 5 | 20 | 23 | 15 |
| 7 | 17 | 25 | 26 | 8 | ♋ 0 | 16 | 29 ♉ | 59 | 23 | 36 | 3 | 2 | 2 | 52 | 4 | 36 | 23 | 12 |
| 8 | 18 | 26 | 23 | 28 | 13 | 36 | 0 | 5 | 23 | 49 | 3 | 45 | 4 | 5 | 3 | 45 | 23 | 9 |
| 9 | 19 | 27 | 20 | 48 | 27 ♌ | 11 | 0 | 10 | 24 | 3 | 4 | 28 | 5 | 19 | 2 | 51 | 23 | 5 |
| 10 | 20 | 28 | 18 | 8 | 11 | 10 | 0 | 16 | 24 | 16 | 5 | 11 | 6 | 32 | 1 | 52 | 23 | 2 |
| 11 | 21 | 29 ♋ | 15 | 28 | 25 ♍ | 21 | 0 | 21 | 24 | 30 | 5 | 53 | 7 | 45 | 0 ♊ | 51 | 22 | 59 |
| E 12 | 22 | 0 | 12 | 47 | 9 | 41 | 0 | 26 | 24 | 43 | 6 | 36 | 8 | 58 | 29 | 51 | 22 | 56 |
| 13 | 23 | 1 | 10 | 6 | 24 ♎ | 13 | 0 | 31 | 24 | 56 | 7 | 18 | 10 | 12 | 28 | 52 | 22 | 53 |
| 14 | 24 | 2 | 7 | 25 | 8 | 44 | 0 | 36 | 25 | 10 | 8 | 1 | 11 | 25 | 27 | 55 | 22 | 50 |
| 15 | 25 | 3 | 4 | 44 | 23 ♏ | 10 | 0 | 41 | 25 | 23 | 8 | 43 | 12 | 38 | 27 | 1 | 22 | 46 |
| 16 | 26 | 4 | 2 | 2 | 7 | 25 | 0 | 46 | 25 | 36 | 9 | 25 | 13 | 51 | 26 | 12 | 22 | 43 |
| 17 | 27 | 4 | 59 | 20 | 21 ♐ | 26 | 0 | 51 | 25 | 49 | 10 | 7 | 15 | 4 | 25 | 28 | 22 | 40 |
| 18 | 28 | 5 | 56 | 38 | 5 | 9 | 0 | 56 | 26 | 3 | 10 | 49 | 16 | 18 | 24 | 50 | 22 | 37 |
| E 19 | 29 | 6 | 53 | 55 | 18 ♑ | 33 | 1 | 0 | 26 | 17 | 11 | 31 | 17 | 31 | 24 | 19 | 22 | 34 |
| 20 | 30 | 7 | 51 | 12 | 1 | 39 | 1 | 5 | 26 | 30 | 12 | 13 | 18 | 44 | 23 | 55 | 22 | 31 |

| Latitudo Planetarũ ad diẽ | | ♄ | | ♃ | | ♂ | | ♀ | | ☿ | | |
|---|---|---|---|---|---|---|---|---|---|---|---|---|
| | 1 | 2 | 5 | 0 | 37 | 0 | 4 | 0 | 14 | 1 M | 55 | Mensis |
| | 11 | 2 | 9 | 0 | 36 | 0 | 3 | 0 | 24 | 0 | 7 | |
| | 21 | 2 | 13 | 0 | 36 | 0 | 2 | 0 | 49 | 2 | 50 | |

Syzygiæ Lunares.

| Dies | ☉ | ♄ Orient. | ♃ Occid. | ♂ Orient. | ♀ Occid. | ☿ Occid. | Syzygiæ Planetarū mutuæ, & eorum congressus cum illustrioribus aliquibus stellis fixis. |
|---|---|---|---|---|---|---|---|
| | H ′ | H ′ | H ′ | H ′ | H ′ | H ′ | |
| 1 ☍ | 1 57 | | 19 ☍ 24 | | 8 ☍ 9 | | ♀ m.c. cū capite, & 1 30. |
| 2 Asc. | 6 ♌ | 10 △ 42 | | | | 21 ☍ 40 | ☿ occ. cū capite Med. a. |
| 3 | | | | | | | |
| 4 | | 18 □ 58 | | 10 △ 2 | | | ☿ or. cū Bella. & Apol. |
| 5 | | | | | | | ♀ m.c. cum zona Ori. |
| 6 | 1 △ 8 | | 14 △ 6 | 13 □ 14 | 11 △ 57 | | |
| 7 | | 5 ✶ 23 | | | | 21 △ 28 | ☌ ♃ ♀ 14.39. \| ♂ occ. cū |
| 8 □ | 17 59 | | | | | | (bus. & pleia. |
| 9 Asc. | 10 ♋ | | 2 □ 11 | 13 ✶ 58 | 5 □ 22 | | ♀ m.c. cū dex. hu. Aur. |
| 10 | | | | | | 9 □ 9 | ☽ in Apog. \| ♂ occ. cū sini |
| 11 | 10 ✶ 5 | | 14 ✶ 31 | | 13 ✶ 12 | | ☽ in ☊ 16.45 (hu. Ori. b. |
| 12 | | 4 ☌ 36 | | | | 19 ✶ 14 | |
| 13 | | | | 18 ☌ 18 | | | ♂ occ. cū Aldeb. (26.6. |
| 14 | | | | | | | ☌ ☉ ♃ 1.16 \| ✶ ♄ ♀ 10. |
| 15 | | | Orient. | | | | ♀ occ. cum cane mi. |
| 16 ☌ | 14 31 | 13 ✶ 28 | 11 ☌ 30 | | | | |
| 17 Asc. | 25 ♉ | | | | 5 ☌ 4 | 7 ☌ 21 | ♀ or. cū Bellat. & Apol- |
| 18 | | | | | | | ☌ ♀ ☿ 0.0. (line. |
| 19 | | 5 □ 5 | | 13 ✶ 7 | | | ♃ m.c. cum dex. hum. Ori. |
| 20 | | | 1 ✶ 17 | | | | ♄ occ. cum cor. ♌. |
| 21 | 7 ✶ 0 | 8 △ 24 | | 18 □ 32 | 22 ✶ 35 | 8 ✶ 35 | ☌ ☉ ☿ 19.45. \| ✶ ♄ ☿ |
| 22 | | | | | | Orient. | ✶ ☉ ♄ 6.0. (11.5. |
| 23 □ | 11 23 | | 1 □ 13 | 22 △ 42 | | 7 □ 14 | ☉ in Perig. (hiadibus. d. |
| 24 Asc. | 14 ♈ | | | | 4 □ 53 | | ☉ in ♋ 13.37. \| ♀ or. cū |
| 25 | 17 △ 53 | 12 ☍ 45 | 3 △ 47 | | | 6 △ 8 | ♀ or. cum prim. zonæ Ori. |
| 26 | | | | | 12 △ 3 | | ☌ ♃ ☿ 15.9. |
| 27 | | | | | | | ☿ m.c. cū Apol. (hadis. |
| 28 | | | | 10 ☍ 43 | | | ♀ or. cū Reg. & ♂ m.c. cū |
| 29 | | 11 △ 58 | 14 ☍ 23 | | | 10 ☍ 35 | ♀ m. cū ult. zonæ Or. e. |
| 30 ☍ | 12 34 | | | | | | ♂ or. cū Aldeb. & ♀ m. |
| Asc. | 2 ♉ | | | | | | (c. cum Her. |

a. Die 2. ♂ m.c. cū pleia. & ☿ cū Reg. | e. Die 29. ♀ occ. cum hydra. & m.c. cum procyone.
b. Die 10. ♀ m.c. cum dex. hum. Orion.
c. Die 14. ♂ occ. cum cane ma. & m.c. cum hiadibus, & ♃ m.c. cum dex. hum. Aur.
d. Die 24. ♀ or. cum dex. hu. Ori. & Hercule, & occ. cum hedis | ♂ occ. cum dex. hu. Or.

## Syzygiæ Lunares.

| | | Orient. | Orient. | Orient. | Occid. | Orient. | Syzygiæ Planetarũ mutuę, & eorum congressus cum illustrioribus aliquibus stellis fixis. |
|---|---|---|---|---|---|---|---|
| | ☉ | ♄ | ♃ | ♂ | ♀ | ☿ | |
| Dies | H ′ | H ′ | H ′ | H ′ | H ′ | H ′ | |
| 1 | | | | | 11 ☍ 31 | | (hu. Orio- |
| 2 | | 8 □ 2 | | | | | ♂ m.c. circapu, & fin- |
| 3 | | | | 10 △ 0 | | | ♂ occ.cum capi. Med. & |
| 4 | | 19 ⚹ 2 | 11 △ 18 | | | 3 △ 38 | (m.c.cum Rigel. |
| 5 | 18 △ 40 | | | | | | |
| 6 | | | 23 □ 46 | 0 □ 44 | 21 △ 58 | 16 □ 37 | ☽ Apog. |
| 7 | | | | | | | |
| 8 □ | 21 6 | | | 25 ⚹ 37 | | | ☽ ☋ 23.4. |
| 9 Alc. | 4 ♈ | 18 ☍ 1 | 11 ⚹ 55 | | 15 □ 33 | 6 ⚹ 49 | ♀ or.c.basi.ber. ♂ m.c.cũ |
| 10 | | | | | | | □ ♄♀ 17.23. b(zo.Or.a |
| 11 | 23 ⚹ 40 | | | | | | ♀ or.cũ Persé. & Acar. |
| 12 | | | | | 7 ⚹ 11 | | ♀ or.cũ ca.mi & ase.aust. |
| 13 | | | | 26 ☌ 21 | | | ☌ ♃☿ 3.14 \| ☿ occ.cum |
| 14 | | 11 ⚹ 4 | 6 ☌ 57 | | | 8 ☍ 51 | (Apol. c. |
| 15 ☍ | 23 33 | | | | | | ⚹ ♄ ☿ 11.8 \| ♂ m.c. cũ |
| 16 Alc. | 14 ♎ | 25 □ 50 | | | | | (dex.hu. Aur. |
| 17 | | | | | 4 ☌ 52 | | ♂ m.c.cum dex. hu. Or. |
| 18 | | 18 △ 27 | 15 ⚹ 49 | 6 ⚹ 8 | | | ♀ or.cum cane ma. |
| 19 | | | | | | 1 ⚹ 58 | |
| 20 | 11 ⚹ 49 | | 17 □ 48 | 9 □ 55 | | | ☽ Perig. |
| 21 | | | | | 17 ⚹ 4 | 8 □ 28 | ♀ oc.cũ 10. cor. & de. hu. |
| 22 □ | 16 52 | 21 ☍ 41 | 20 △ 12 | 23 △ 54 | | | ☽ ☊ 12.c. (Aur. d. |
| 23 Alc. | 28 ♉ | | | | | 26 △ 27 | ☿ or. cum pos. zona Or. |
| 24 | 13 △ 54 | | | | 0 □ 8 | | |
| 25 | | | | | | | □ ☽ ♄ 19.17 \| ☿ or.cũ Ri. |
| 26 | | | | | 10 △ 19 | | ♂ occ.cum cane mi. |
| 27 | | 7 △ 49 | 7 ☍ 43 | 4 ☍ 40 | | | ⚹ ♄ ♃ 14.0. |
| 28 | | | | | | 20 ☍ 26 | ♃ or.cum Bellatrice. |
| 29 | | 17 □ 19 | | | | | ⚹ ♄♂ 18.28 \| ♀ or.cum |
| 30 ☌ | 1 ♌ | | | | | | ☌ ♃ ♂ 11.2. (Reg. f. |
| 31 Alc. | 10 ♍ | | | | 18 ⚹ 47 | | ♂ or. cum Bel. & Apol. |

a. Die 9. ♃ occ.cum cane minore.
b. Die 10. ♀ occ.cum ber. ] ☿ occ.cum cane mi.
c. Die 13. ☿ or.cum Bella. & Apoll.
d. Die 21. ♀ m.c.cum hydra.
e. Die 22. ☿ or.cum dex. hu. Or. & Her.
f. Die 29. ♃ or.cum Apolline.

Positus Planetarum Diurnus.

| Dies | | ☉ ♌ | | | ☽ ♓ | | ♄ ♉ M D | | ♃ ♋ M D | | ♂ ♋ S A | | ♀ ♌ S D | | ☿ ♋ S A | | ☊ ♎ | |
|---|---|---|---|---|---|---|---|---|---|---|---|---|---|---|---|---|---|---|
| | | P | ' | '' | P | ' | P | ' | P | ' | P | ' | P | ' | P | ' | P | ' |
| 22 | 1 | 8 | 26 | 54 | 0 | 13 | 2 | 42 | 3 | 30 | 4 | 9 | 17 | 48 | 17 | 23 | 20 | 49 |
| 23 | 2 | 9 | 24 | 26 | 12 | 9 | 2 | 44 | 3 | 43 | 4 | 49 | 19 | 1 | 19 | 10 | 20 | 46 |
| E 24 | 3 | 10 | 21 | 58 | 24 ♈ | 4 | 2 | 45 | 3 | 55 | 5 | 30 | ♍ 0 | 15 | ♌ 0 | 57 | 20 | 43 |
| 25 | 4 | 11 | 19 | 31 | 6 | 0 | 2 | 46 | 4 | 7 | 6 | 10 | 1 | 28 | 2 | 45 | 20 | 39 |
| 26 | 5 | 12 | 17 | 5 | 18 ♉ | 0 | 2 | 47 | 4 | 19 | 6 | 50 | 2 | 41 | 4 | 33 | 20 | 36 |
| 27 | 6 | 13 | 14 | 41 | 0 | 8 | 2 | 48 | 4 | 31 | 7 | 30 | 3 | 54 | 6 | 12 | 20 | 33 |
| 28 | 7 | 14 | 12 | 18 | 12 | 25 | 2 | 49 | 4 | 43 | 8 | 10 | 5 | 8 | 8 | 11 | 20 | 30 |
| 29 | 8 | 15 | 9 | 56 | 24 ♊ | 54 | 2 | 49 | 4 | 55 | 8 | 50 | 6 | 21 | 10 | 1 | 20 | 27 |
| 30 | 9 | 16 | 7 | 35 | 7 | 38 | 2 | 50 | 5 | 7 | 9 | 30 | 7 | 34 | 11 | 51 | 20 | 23 |
| E 31 | 10 | 17 | 5 | 15 | 20 ♋ | 38 | 2 | 51 | 5 | 19 | 10 | 10 | 8 | 47 | 13 | 42 | 20 | 20 |
| Au. 1 | 11 | 18 | 2 | 56 | 3 | 56 | 2 | 51 | 5 | 31 | 10 | 50 | 10 | 1 | 15 | 33 | 20 | 17 |
| 2 | 12 | 19 | 0 | 38 | 17 ♌ | 34 | 2 | 51 | 5 | 43 | 11 | 30 | 11 | 14 | 17 | 25 | 20 | 14 |
| 3 | 13 | 19 | 58 | 21 | 1 | 31 | 2 | 51 | 5 | 55 | 12 | 9 | 12 | 27 | 19 | 17 | 20 | 11 |
| 4 | 14 | 20 | 56 | 6 | 15 ♍ | 47 | 2 R | 51 | 6 | 6 | 12 | 49 | 13 | 40 | 21 | 9 | 20 | 7 |
| 5 | 15 | 21 | 53 | 52 | 0 | 19 | 2 | 51 | 6 | 18 | 13 | 28 | 14 | 54 | 23 | 2 | 20 | 4 |
| 6 | 16 | 22 | 51 | 39 | 15 | 4 | 2 | 51 | 6 | 29 | 14 | 7 | 16 | 7 | 24 | 55 | 20 | 1 |
| E 7 | 17 | 23 | 49 | 27 | 29 ♎ | 55 | 2 | 50 | 6 | 41 | 14 | 46 | 17 | 20 | 26 D | 48 | 19 | 58 |
| 8 | 18 | 24 | 47 | 16 | 14 | 46 | 2 | 50 | 6 | 52 | 15 | 25 | 18 | 34 | 28 | 41 | 19 | 55 |
| 9 | 19 | 25 | 45 | 7 | 28 ♏ | 35 | 2 | 49 | 7 | 3 | 16 | 4 | 19 | 47 | ♍ 0 | 33 | 19 | 52 |
| 10 | 20 | 26 | 42 | 59 | 13 | 58 | 2 | 48 | 7 | 14 | 16 | 43 | 21 | 0 | 2 | 25 | 19 | 48 |
| 11 | 21 | 27 | 40 | 52 | 28 ♐ | 7 | 2 | 48 | 7 | 25 | 17 | 21 | 22 | 14 | 4 | 16 | 19 | 45 |
| 12 | 22 | 28 | 38 | 48 | 11 | 51 | 2 | 47 | 7 | 36 | 18 | 0 | 23 | 27 | 6 | 7 | 19 | 42 |
| 13 | 23 | 29 ♍ | 36 | 45 | 25 ♑ | 18 | 2 | 46 | 7 | 47 | 18 | 38 | 24 | 40 | 7 | 57 | 19 | 39 |
| E 14 | 24 | 0 | 34 | 43 | 8 | 20 | 2 | 45 | 7 | 58 | 19 | 16 | 25 | 54 | 9 | 47 | 19 | 36 |
| 15 | 25 | 1 | 32 | 42 | 21 ♒ | 0 | 2 | 44 | 8 | 9 | 19 | 54 | 27 | 7 | 11 | 36 | 19 | 32 |
| 16 | 26 | 2 | 30 | 43 | 3 | 22 | 2 | 42 | 8 | 19 | 20 | 32 | 28 | 21 | 13 | 25 | 19 | 29 |
| 17 | 27 | 3 | 28 | 45 | 15 | 30 | 2 | 41 | 8 | 30 | 21 | 11 | 29 ♎ | 34 | 15 | 13 | 19 | 26 |
| 18 | 28 | 4 | 26 | 49 | 27 ♓ | 27 | 2 | 40 | 8 | 41 | 21 | 49 | 0 | 47 | 17 | 1 | 19 | 23 |
| 19 | 29 | 5 | 24 | 54 | 9 | 15 | 2 | 38 | 8 | 51 | 22 | 27 | 2 | 1 | 18 | 48 | 19 | 20 |
| 20 | 30 | 6 | 23 | 1 | 20 ♈ | 59 | 2 | 36 | 9 | 2 | 23 | 5 | 3 | 14 | 20 | 34 | 19 | 17 |
| E 21 | 31 | 7 | 21 | 9 | 2 | 43 | 2 | 34 | 9 | 13 | 23 | 43 | 4 | 27 | 22 | 19 | 19 | 13 |

| Latitudo Planetarū ad diē | ♄ | | ♃ | | ♂ | | ♀ | | ☿ | | |
|---|---|---|---|---|---|---|---|---|---|---|---|
| 1 | 2 M | 32 | 0 | 35 | 0 | 6 | 1 | 19 | 0 | 26 | Mensis |
| 11 | 2 | 37 | 0 | 35 | 0 | 9 | 1 | 23 | 1 D | 12 | |
| 12 | 2 | 42 | 0 | 36 | 0 | 13 | 0 | 58 | 1 | 41 | |

| Syzygiæ Lunares. | | | | | | | |
|---|---|---|---|---|---|---|---|
| | | Orient. | Orient. | Orient. | Occid. | Orient. | Syzygiæ Planetarũ mutuæ, & eorum congressus cum illustrioribus aliquibus stellis fixis. |
| | ☉ | ♄ | ♃ | ♂ | ♀ | ☿ | |
| Dies | H ′ | H ′ | H ′ | H ′ | H ′ | H ′ | |
| 1 | | 5 ✱ 1 | 6 △ 43 | 8 △ 23 | | | (cũ Her. |
| 2 | | | | | | | ♀ or. cũ cri. Ber. & ☿ oc. |
| 3 | | | 20 ☐ 10 | | | 16 △ 18 | ☿ Apo. ♀ or. cum hydra |
| 4 | 11 △ 36 | | | 9 ☐ 20 | | | ☐ ♄ ☿ 0. 15. a. |
| 5 | | | | | | | △ ♄ ♀ 2. 0 \| ☿ ☋ 5. 7. b. |
| 6 | | 5 ☌ 15 | 8 ✱ 42 | 15 ✱ 11 | 8 △ 10 | 14 ☐ 17 | ✱ ♄ ♀ 14. 19. |
| 7 ☐ | 3 44 | | | | | | |
| 8 Asc. | 18 ♓ | | | | 23 ☐ 52 | | |
| 9 | 16 ✱ 56 | | | | | 9 ✱ 4 | ☿ or. cum Syrio. |
| 10 | | 22 ✱ 0 | | | | | ☿ occ. cum rostro corui. |
| 11 | | | 2 ☌ 50 | 12 ☌ 40 | 21 ✱ 45 | | ♂ oc. cũ hyd. (her. et 12 [illegible] |
| 12 | | | | | | | ✱ ♂ ♀ 11. 18 \| ♂ or. cum |
| 13 | | 2 ☐ 15 | | | | | ☌ ☽ ☿ 18. 13. |
| 14 ☌ | 9 ♍ | | | | | 10 ☌ 12 | ♂ or. cum zona Orio. |
| 15 Asc. | 21 ♈ | 4 △ 7 | 9 ✱ 31 | 22 ✱ 43 | | Occid. | |
| 16 | | | | | 1 ☌ 50 | | ☿ or. cum corde ♌. |
| 17 | | | 11 ☐ 4 | | | | ☿ Per. ♃ m. c. cum Syrio. |
| 18 | 17 ✱ 28 | | | 1 ☐ 6 | | | ☽ ☊ 8. 11 \| ♂ m. c. cũ Ap. |
| 19 | | 6 ☍ 25 | 12 △ 40 | | | 2 ✱ 0 | ♂ or. cũ Reg. et oc. cũ hyd. |
| 20 ☐ | 29 ♊ | | | 4 △ 53 | 13 ✱ 3 | | △ ♄ ☿ 4. 58 \| ♂ or. cũ [illegible] |
| 21 Asc. | 7 ♋ | | | | | 12 ☐ 22 | (zo. Or. d. |
| 22 | | | | | 12 ☐ 43 | | ✱ ♄ ☿ 21. 35 \| ♂ m. c. cũ |
| 23 | 8 △ 36 | 13 △ 45 | 23 ☍ 16 | | | | ♂ m. c. cum Her. proc. |
| 24 | | | | 21 ☍ 48 | | 3 △ 12 | (or. cum cauda ♌). |
| 25 | | 21 ☐ 42 | | | 13 △ 11 | | ♀ m. c. cũ rost. cor. & ♀ |
| 26 | | | | | | | △ ☽ ♄ 4. 28 \| ♀ or. cũ [illegible] |
| 27 | | | | | | | |
| 28 ☍ | 15 36 | 10 ✱ 34 | 23 △ 12 | | | | ♀ m. c. cum cri. Ber. |
| 29 Asc. | 15 ♌ | | | | | 23 ☍ 2 | ♀ m. c. cum Ago. |
| 30 | | | | 4 △ 32 | | | ☽ Apog. |
| 31 | | | 13 ☐ 2 | | 4 ☍ 0 | | ♀ or. cum Arcturo. |

a. Die 4. ☿ or. cum Pra. & Acer. | d. Die 20. ♀ m. c. cum cauda ♌, & ☿ or. cum hydra.
b. Die 5. ♀ occ. cum Algorab. & ♂ m. c. cum Syrio, & ☿ or. cum coxe mi. & ala. Austr.
c. Die 12. ♀ or. cum cauda ♌.
♄ Toto hoc mense oritur cum Fomah. si quid sit in illo exorta.

Positus Planetarum Diurnus.

| ☽ ♋ | | ♄ ♈ (M A) | | ♃ ♊ (M A) | | ♂ ♒ (M A) | | ♀ ♑ (S D) | | ☿ ♓ (M A) | | ☊ ♏ | |
|---|---|---|---|---|---|---|---|---|---|---|---|---|---|
| P | ' | P | ' | P | ' | P | ' | P | ' | P | ' | P | ' |
| 7 | 50 | 14 | 14 | 1 | 8 | 19 | 52 | 15 | 29 | 0 S | 26 | 0 | 24 |
| 22 | 6 | 14 | 19 | 1 | 10 | 20 | 39 | 16 | 43 | 1 | 31 | 0 | 21 |
| 6 ♌ | 40 | 14 | 24 | 1 | 12 | 21 | 26 | 17 | 57 | 2 | 31 | 0 | 18 |
| 21 | 27 | 14 | 29 | 1 | 14 | 22 | 13 | 19 | 12 | 3 | 26 | 0 | 15 |
| 6 ♍ | 23 | 14 | 34 | 1 | 16 | 23 | 0 | 20 | 26 | 4 | 17 | 0 | 12 |
| 21 | 20 | 14 | 39 | 1 | 18 | 23 | 47 | 21 | 41 | 5 | 4 | 0 | 8 |
| 6 ♎ | 10 | 14 | 44 | 1 | 20 | 24 | 34 | 22 | 55 | 5 | 47 | 0 | 5 |
| 20 | 47 | 14 | 50 | 1 | 23 | 25 | 21 | 24 | 10 | 6 | 25 | 0 | 2 |
| 5 ♏ | 5 | 14 | 55 | 1 | 25 | 26 | 8 | 25 | 24 | 6 | 55 | 29 ♎ | 59 |
| 19 | 1 | 15 | 1 | 1 | 28 | 26 | 55 | 26 | 39 | 7 | 17 | 29 | 56 |
| 2 ♐ | 33 | 15 | 6 | 1 | 31 | 27 | 42 | 27 M | 54 | 7 | 30 | 29 | 52 |
| 15 | 42 | 15 | 12 | 1 | 34 | 28 | 29 | 29 | 8 | 7 | 35 | 29 | 49 |
| 28 ♑ | 29 | 15 | 17 | 1 | 37 | 29 | 16 | 0 ♒ | 23 | 7 ℞ | 35 | 29 | 46 |
| 10 | 56 | 15 | 23 | 1 | 41 | 0 ♓ | 3 | 1 | 37 | 7 | 29 | 29 | 43 |
| 23 ♒ | 6 | 15 | 29 | 1 | 44 | 0 | 50 | 2 | 52 | 7 | 15 | 29 | 40 |
| 5 | 4 | 15 | 35 | 1 | 48 | 1 | 37 | 4 | 7 | 6 | 54 | 29 | 37 |
| 16 | 52 | 15 | 41 | 1 | 52 | 2 | 24 | 5 | 21 | 6 | 24 | 29 | 33 |
| 28 | 34 | 15 | 47 | 1 | 56 | 3 | 11 | 6 | 36 | 5 | 47 | 29 | 30 |
| 10 ♓ | 13 | 15 | 53 | 2 | 1 | 3 | 58 | 7 | 50 | 5 | 4 | 29 | 27 |
| 21 | 53 | 15 | 59 | 2 | 5 | 4 | 45 | 9 | 4 | 4 | 15 | 29 | 24 |
| 3 ♈ | 37 | 16 | 5 | 2 | 9 | 5 | 32 | 10 | 19 | 3 | 20 | 29 | 21 |
| 15 | 28 | 16 | 12 | 2 | 13 | 6 | 19 | 11 | 33 | 2 | 20 | 29 | 18 |
| 27 ♉ | 30 | 16 | 18 | 2 | 18 | 7 | 6 | 12 | 47 | 1 D | 17 | 29 | 14 |
| 9 | 46 | 16 | 24 | 2 | 22 | 7 | 53 | 14 | 1 | 0 | 13 | 29 | 11 |
| 21 ♊ | 19 | 16 | 31 | 2 | 27 | 8 | 39 | 15 | 16 | 29 ♒ | 9 | 29 | 8 |
| 5 | 12 | 16 | 37 | 2 | 32 | 9 | 26 | 16 | 30 | 28 | 7 | 29 | 5 |
| 18 ♋ | 28 | 16 | 44 | 2 | 38 | 10 | 13 | 17 | 45 | 27 | 7 | 29 | 2 |
| 2 | 5 | 16 | 51 | 2 | 42 | 11 | 0 | 18 | 59 | 26 | 11 | 28 | 59 |
| | | | | | | | | | | | | | |
| | 1 | 2 | 11 | 1 | 14 | 0 | 7 | 0 | 18 | 0 S | 2 | | |
| diē | 11 | 2 | 8 | 1 | 10 | 0 | 7 | 0 M | 2 | 2 | 8 | Mensis | |
| | 21 | 2 | 5 | 1 | 6 | 0 | 6 | 0 | 18 | 3 D | 57 | | |

Syzygiæ Lunares.

| | | Occid. | Occid. | Occid. | Orient. | Occid. | |
|---|---|---|---|---|---|---|---|
| | ☽ | ♄ | ♃ | ♂ | ♀ | ☿ | Syzygiæ Planetarũ mutuæ & eorum congressus cum illustrioribus aliquibus stellis fixis. |
| Dies | H ′ | H ′ | H ′ | H ′ | H ′ | H ′ | |
| 1 | | 10□50 | | | 14☌ 4 | | □ ♃ ♀ 16.0.a{ca. Bo. |
| 2 | | | 14✶59 | | | | ♄ or. cũ hœdis \| ♂ or. cũ |
| 3 ☌ | 12 36 | 12△32 | | | | | ✶ ☽ ♄ 10.43. |
| 4 Asc. | 12 [illegible] | | 15□46 | 1☌18 | | 20☌24 | |
| 5 | | | | | | | ☊ Peri. \| ♀ m.c. cũ Aq. |
| 6 | | | 16△10 | | 9△36 | | |
| 7 | 20△56 | 14☌21 | | | | | {cauda Del. |
| 8 | | | | 8△ 7 | 6□14 | | ☊ ♌ 15.28 \| ♂ occ. cũ |
| 9 | | | | | | 3△25 | |
| 10 □ | 1 48 | | 22☌ 8 | 14□51 | 14✶54 | | ♀ m.c. cum cor. ♌. |
| 11 Asc. | 8 ♌ | 23△ 5 | | | | 9□ 5 | |
| 12 | 17✶ 9 | | | | | | |
| 13 | | | | 1✶37 | | 17✶24 | ♂ occ. cum rostro gall. |
| 14 | | 8□51 | | | | | △ ♃ ♀ 1.20. \| ♂ or. cum |
| 15 | | | 17△25 | | 11☌ 3 | | {cap. Med. c. |
| 16 | | 12✶40 | | | | | □ ♃ ♂ 6.12. |
| 17 | | | | | | | ♀ m.c. cum cauda cygni |
| 18 ☌ | 1 9 | | 6□58 | 10☌11 | | 14☌ 1 | ☊ Apog. |
| 19 Asc. | 13 ♌ | | | | | | ☌ ♂ ♀ 16.30. |
| 20 | | | 10✶58 | | | | ♄ or. cũ dex. hu. Aurigæ |
| 21 | | | | | 15✶ 8 | | □ ☽ ♃ 0.0 \| ☌ ☉ ☿ 14. |
| 22 | | 1☌28 | | | | Orient. | □ ♃ ☿ 2.28. {12. d. |
| 23 | 14✶10 | | | 20✶ 3 | | 6✶48 | ☊ ♐ 3.29 \| ♀ oc. cũ Pe. |
| 24 | | | | | 9□ 2 | | ♀ oc. cũ Aq. & ea. ♌ e |
| 25 | | | 19☌ 0 | | | 11□47 | {cauda ♌. |
| 26 □ | 3 44 | 20✶47 | | 8□ 7 | 22△36 | | ✶ ♄ ♀ 2.28 \| ♀ m.c. cum |
| 27 Asc. | 18 ♌ | | | | | 16△22 | |
| 28 | 13△ 4 | | | 16△11 | | | ♀ or. cum cauda ♌. |

a. Die 1. ♀ occ. cum corona.
b. Die 2. ♀ m.c. cum rostro gallinæ.
c. Die 14. ♀ m.c. cum cauda Del.
☿ Fit R. occ. cum lucida lyræ, & m.c. ferè cum Fomah.
d. Die 21. ♂ occ. cum lyra.
e. Die 24. ♂ m.c. cum piscina aquæ me.

| Iuliani Anni | Gregor. Anni | ☉ ♓ | | | ☽ ♋ | | ♄ ♈ M A | | ♃ ♊ M A | | ♂ ♓ M A | | ♀ ♒ M D | | ☿ ♒ S D | | ☊ ♎ | |
|---|---|---|---|---|---|---|---|---|---|---|---|---|---|---|---|---|---|---|
| Dies | | G | ′ | ″ | G | ′ | G | ′ | G | ′ | G | ′ | G | ′ | G | ′ | G | ′ |
| 19 | 1 | 10 | 10 | 14 | 16 | 5 | 16 | 57 | 2 | 45 | 13 | 47 | 20 | 13 | 25 | 20 | 28 | 55 |
| E 20 | 2 | 11 | 10 | 17 | 0 ♌ | 27 | 17 | 4 | 2 | 55 | 13 | 34 | 21 | 28 | 24 | 35 | 28 | 52 |
| 21 | 3 | 12 | 10 | 19 | 15 ♍ | 7 | 17 | 10 | 3 | 3 | 13 | 21 | 22 | 42 | 23 | 56 | 28 | 49 |
| 22 | 4 | 13 | 10 | 19 | 0 | 1 | 17 | 17 | 3 | 8 | 14 | 8 | 23 | 56 | 23 | 24 | 28 | 46 |
| 23 | 5 | 14 | 10 | 17 | 15 ♎ | 2 | 17 | 24 | 3 | 14 | 14 | 55 | 25 | 12 | 23 | 0 | 28 | 43 |
| 24 | 6 | 15 | 10 | 12 | 0 | 3 | 17 | 31 | 3 | 21 | 15 | 38 | 26 | 25 | 22 | 45 | 28 | 39 |
| 25 | 7 | 16 | 10 | 7 | 14 | 56 | 17 | 38 | 3 | 28 | 16 | 29 | 27 | 39 | 22 Di | 37 | 28 | 36 |
| 26 | 8 | 17 | 9 | 57 | 29 ♏ | 15 | 17 | 41 | 3 | 35 | 17 | 16 | 28 | 54 | 22 | 37 | 28 | 33 |
| E 27 | 9 | 18 | 9 | 49 | 13 | 55 | 17 | 52 | 3 | 42 | 18 | 3 | 0 ♓ | 8 | 22 | 44 | 28 | 30 |
| 28 | 10 | 19 | 9 | 36 | 27 | 53 | 17 | 59 | 3 | 50 | 18 | 49 | 1 | 22 | 23 | 59 | 28 | 27 |
| Ma. 1 | 11 | 20 | 9 | 25 | 11 ♐ | 31 | 18 | 6 | 3 | 57 | 19 | 36 | 2 | 36 | 23 | 20 | 28 | 23 |
| 2 | 12 | 21 | 9 | 10 | 24 | 44 | 18 | 14 | 4 | 5 | 20 | 23 | 3 | 51 | 23 | 49 | 28 | 20 |
| 3 | 13 | 22 | 8 | 53 | 7 ♑ | 35 | 18 | 21 | 4 | 13 | 21 | 10 | 5 | 5 | 24 | 24 | 28 | 17 |
| 4 | 14 | 23 | 8 | 34 | 20 | 5 | 18 | 28 | 4 | 21 | 21 | 56 | 6 | 19 | 25 | 5 | 28 | 14 |
| 5 | 15 | 24 | 8 | 13 | 2 ♒ | 19 | 18 | 35 | 4 | 29 | 22 | 41 | 7 | 33 | 25 | 51 | 28 | 11 |
| E 6 | 16 | 25 | 7 | 50 | 14 | 18 | 18 | 42 | 4 | 37 | 23 | 30 | 8 | 48 | 26 | 42 | 28 | 8 |
| 7 | 17 | 26 | 7 | 25 | 26 | 8 | 18 | 50 | 4 | 46 | 24 D | 16 | 10 | 2 | 27 M | 38 | 28 | 4 |
| 8 | 18 | 27 | 6 | 58 | 7 ♓ | 50 | 18 | 57 | 4 | 54 | 25 | 3 | 11 | 16 | 28 | 39 | 28 | 1 |
| 9 | 19 | 28 | 6 | 29 | 19 ♈ | 29 | 19 | 5 | 5 | 3 | 25 | 50 | 12 | 30 | 29 ♓ | 41 | 27 | 58 |
| 10 | 20 | 29 | 5 | 58 | 1 | 7 | 19 | 12 | 5 | 12 | 26 | 36 | 13 | 45 | 0 | 53 | 27 | 55 |
| 11 | 21 | 0 ♈ | 5 | 25 | 12 | 48 | 19 | 20 | 5 | 21 | 27 | 23 | 14 | 59 | 2 | 9 | 27 | 52 |
| 12 | 22 | 1 | 4 | 50 | 24 | 36 | 19 | 27 | 5 | 30 | 28 | 9 | 16 | 13 | 3 | 26 | 27 | 49 |
| E 13 | 23 | 2 | 4 | 13 | 6 ♉ | 34 | 19 | 35 | 5 | 40 | 28 | 55 | 17 | 27 | 4 | 46 | 27 | 45 |
| 14 | 24 | 3 | 3 | 34 | 18 | 46 | 19 | 42 | 5 | 50 | 29 ♈ | 42 | 18 | 41 | 6 | 9 | 27 | 42 |
| 15 | 25 | 4 | 2 | 53 | 1 ♊ | 15 | 19 | 50 | 6 | 0 | 0 | 28 | 19 | 55 | 7 | 34 | 27 | 39 |
| 16 | 26 | 5 | 2 | 10 | 14 | 4 | 19 | 57 | 6 | 10 | 1 | 14 | 21 | 9 | 9 | 2 | 27 | 36 |
| 17 | 27 | 6 | 1 | 25 | 27 ♋ | 15 | 20 | 5 | 6 | 20 | 2 | 0 | 22 | 23 | 10 | 32 | 27 | 33 |
| 18 | 28 | 7 | 0 | 38 | 10 | 50 | 20 | 13 | 6 | 30 | 2 | 47 | 23 | 37 | 12 | 5 | 27 | 30 |
| 19 | 29 | 7 | 59 | 48 | 24 ♌ | 48 | 20 | 20 | 6 | 40 | 3 | 33 | 24 | 51 | 13 | 40 | 27 | 26 |
| E 20 | 30 | 8 | 58 | 58 | 9 | 8 | 20 | 28 | 6 | 50 | 4 | 19 | 26 A | 5 | 15 | 17 | 27 | 23 |
| 21 | 31 | 9 | 58 | 6 | 23 | 47 | 20 | 35 | 7 | 0 | 5 | 5 | 27 | 10 | 16 | 56 | 27 | 20 |
| Latitudo Planetarū ad diē | 1 | | | | | | 2 | 4 | 1 | 2 | 0 | 6 | 0 | 47 | 2 | 37 | Meridis | |
| | 11 | | | | | | 2 | 0 | 0 | 58 | 0 D | 5 | 0 | 55 | 2 M | 20 | | |
| | 21 | | | | | | 1 | 52 | 0 | 54 | 0 | 4 | 1 A | 3 | 0 | 46 | | |

Syzygiæ Lunares.

| | | Occid. | Occid. | Occid. | Orient. | Orient. | Syzygiæ Planetarũ mutuę, & eorum congressus cum illustrioribus aliquibus stellis fixis. |
|---|---|---|---|---|---|---|---|
| | ☉ | ♄ | ♃ | ♂ | ♀ | ☿ | |
| Dies | H ′ | H ′ | H ′ | H ′ | H ′ | H ′ | |
| 1 | | 1 □ 39 | | | | | |
| 2 | | | 4 ✶ 4 | | | | |
| 3 | | 3 △ 20 | | | 15 ☍ 20 | 14 ☍ 43 | ☌ ♀ ☿ 16.45. |
| 4 ☍ | 22 24 | | 5 □ 0 | 23 ☍ 48 | | | ♄ occ. cum cauda cygni. |
| 5 Asc. | 17 ♊ | | | | | | ☽ Per. \| ♀ occ. cũ cau. Del. |
| 6 | | | 5 △ 21 | | | | |
| 7 | | 4 ☍ 27 | | | 22 △ 50 | 12 △ 33 | ☽ ☊ 22.19 \| ♀ or. cũ ca- |
| 8 | | | | | | | ☌ ☉ ♂ 13.6 (pite Med. |
| 9 | 2 △ 52 | | | 7 ✶ 31 | | 15 □ 25 | ♂ occ. cum Acarnar a. |
| 10 | | | 10 ☍ 33 | Orient. | 6 □ 44 | | |
| 11 □ | 16 52 | 12 △ 4 | | 15 □ 36 | | 22 ✶ 10 | |
| 12 Asc. | 14 ♍ | | | | 18 ✶ 49 | | □ ♃ ♀ 5.6. |
| 13 | | 20 □ 51 | | | | | ♀ occ. cum lyra. |
| 14 | 6 ✶ 34 | | | 3 ✶ 51 | | | |
| 15 | | | 4 △ 23 | | | | ♀ m.c. cum Fomalh. |
| 16 | | 9 ✶ 1 | | | | | |
| 17 | | | 17 □ 54 | | | 3 ☌ 22 | ☿ or. cum cap. Algol. |
| 18 | | | | | 8 ☌ 2 | | ♃ m.c. cum Aldeb. |
| 19 ☌ | 19 23 | | | 14 ☌ 1 | | | ☽ apog. |
| 20 Asc. | 6 ♉ | | 8 ✶ 29 | | | | |
| 21 | | 13 ☌ 25 | | | | | |
| 22 | | | | | | 19 ✶ 57 | ☽ ☋ 6.26. |
| 23 | | | | | 23 ✶ 50 | | □ ♃ ☿ 17.43 \| ♀ occ. cũ |
| 24 | | | | 22 ✶ 26 | | | (Acar. b. |
| 25 | 5 ✶ 40 | | 9 ☌ 0 | | | 13 □ 21 | ♀ m.c. cum Fomah. |
| 26 | | 10 ✶ 49 | | | 14 □ 12 | | |
| 27 □ | 16 42 | | | 8 □ 54 | | | ✶ ☉ ♃ 4.54. |
| 28 Asc. | 4 ♓ | 16 □ 15 | | | | 2 △ 25 | |
| 29 | 23 △ 45 | | 20 ✶ 6 | 15 △ 29 | 0 △ 6 | | |
| 30 | | 18 △ 43 | | | | | ♃ or. cum hiad. |
| 31 | | | 21 □ 34 | | | | ☿ occ. cum Acar. |

a. Die 9. ☿ occ. cum rostro gallinæ.
b. Die 13. ☿ occ. cum lyra.
☿ Fit du cellus oriendo cum cauda ♌.

Positus Planetarum Diurnus.

| Stylo veteri | Stylo Gregor. | ☉ ♈ P | ' | '' | ☽ ♍ P | ' | ♄ ♈ M A P | ' | ♃ ♊ M A P | ' | ♂ ♈ M D P | ' | ♀ ♓ M A P | ' | ☿ ♓ M D P | ' | ☊ ♎ P | ' |
|---|---|---|---|---|---|---|---|---|---|---|---|---|---|---|---|---|---|---|
| Dies | | | | | | | | | | | | | | | | | | |
| 22 | 1 | 10 | 57 | 12 | 8 | 40 | 20 | 44 | 7 | 11 | 5 | 51 | 28 | 33 | 18 | 30 | 27 | 17 |
| 23 | 2 | 11 | 56 | 16 | 23 ♌ | 38 | 20 | 51 | 7 | 21 | 6 | 37 | 29 ♈ | 47 | 20 | 18 | 27 | 14 |
| 24 | 3 | 12 | 55 | 18 | 8 | 35 | 20 | 59 | 7 | 32 | 7 | 23 | 1 | 1 | 22 | 1 | 27 | 10 |
| 25 | 4 | 13 | 54 | 18 | 27 | 24 | 21 | 7 | 7 | 42 | 8 | 9 | 2 | 15 | 23 | 45 | 27 | 7 |
| 26 | 5 | 14 | 53 | 16 | 7 | 59 | 21 | 15 | 7 | 53 | 8 | 55 | 3 | 29 | 25 | 30 | 27 | 4 |
| E 27 | 6 | 15 | 52 | 12 | 22 | 15 | 21 | 22 | 8 | 4 | 9 | 41 | 4 | 42 | 27 | 17 | 27 | 1 |
| 28 | 7 | 16 | 51 | 6 | 6 ♏ | 10 | 21 | 30 | 8 | 15 | 10 | 27 | 5 | 56 | 29 ♈ | 5 | 26 | 58 |
| 29 | 8 | 17 | 49 | 58 | 19 ♐ | 44 | 21 | 38 | 8 | 26 | 11 | 13 | 7 | 10 | 0 A | 53 | 26 | 55 |
| 30 | 9 | 18 | 48 | 48 | 2 | 51 | 21 | 46 | 8 | 37 | 11 | 59 | 8 | 24 | 2 | 42 | 26 | 51 |
| 31 | 10 | 19 | 47 | 36 | 15 | 52 | 21 | 54 | 8 | 48 | 12 | 45 | 9 | 38 | 4 | 32 | 26 | 48 |
| Ap. 1 | 11 | 20 | 46 | 21 | 28 ♒ | 29 | 22 | 1 | 8 | 59 | 13 | 31 | 10 | 51 | 6 | 22 | 26 | 45 |
| 2 | 12 | 21 | 45 | 5 | 10 | 50 | 22 | 9 | 9 | 10 | 14 | 17 | 12 | 5 | 8 | 13 | 26 | 42 |
| E 3 | 13 | 22 | 43 | 47 | 22 ♓ | 58 | 22 D | 17 | 9 | 21 | 15 | 3 | 13 | 19 | 10 | 5 | 26 | 39 |
| 4 | 14 | 23 | 42 | 27 | 4 | 56 | 22 | 25 | 9 | 32 | 15 | 48 | 14 | 33 | 11 | 57 | 26 | 36 |
| 5 | 15 | 24 | 41 | 6 | 16 | 47 | 22 | 33 | 9 | 43 | 16 | 34 | 15 | 46 | 13 | 50 | 26 | 32 |
| 6 | 16 | 25 | 39 | 43 | 28 ♈ | 34 | 22 | 41 | 9 | 55 | 17 | 20 | 17 | 0 | 15 | 43 | 26 | 29 |
| 7 | 17 | 26 | 38 | 18 | 10 | 19 | 22 | 48 | 10 | 7 | 18 | 5 | 18 | 14 | 17 | 36 | 26 | 26 |
| 8 | 18 | 27 | 36 | 51 | 22 ♉ | 7 | 22 | 56 | 10 | 18 | 18 | 51 | 19 | 27 | 19 | 30 | 26 | 23 |
| 9 | 19 | 28 | 35 | 22 | 4 | 1 | 23 | 4 | 10 | 30 | 19 | 37 | 20 | 41 | 21 | 24 | 26 | 20 |
| E 10 | 20 | 29 ♉ | 33 | 52 | 16 | 4 | 23 | 12 | 10 | 42 | 20 | 22 | 21 | 55 | 23 | 18 | 26 | 16 |
| 11 | 21 | 0 | 32 | 20 | 28 ♊ | 20 | 23 | 20 | 10 | 54 | 21 | 7 | 23 | 8 | 25 | 12 | 26 | 13 |
| 12 | 23 | 1 | 30 | 46 | 10 | 51 | 23 | 28 | 11 | 6 | 21 | 53 | 24 | 22 | 27 | 6 | 26 | 10 |
| 13 | 23 | 2 | 29 | 10 | 23 ♋ | 41 | 23 | 36 | 11 | 18 | 22 | 38 | 25 | 36 | 29 ♉ | 1 | 26 | 7 |
| 14 | 24 | 3 | 27 | 32 | 6 | 53 | 23 | 43 | 11 | 30 | 23 | 24 | 26 | 50 | 0 | 16 | 26 | 4 |
| 15 | 25 | 4 | 25 | 52 | 20 ♌ | 26 | 23 | 51 | 11 | 42 | 24 | 9 | 28 | 3 | 2 | 50 | 26 | 1 |
| 16 | 26 | 5 | 24 | 11 | 4 | 22 | 23 | 59 | 11 | 55 | 24 | 54 | 29 ♉ | 17 | 4 | 44 | 25 | 57 |
| E 17 | 27 | 6 | 22 | 28 | 18 ♍ | 38 | 24 | 7 | 12 | 7 | 25 | 39 | 0 | 31 | 6 | 38 | 25 | 54 |
| 18 | 28 | 7 | 20 | 44 | 2 | 10 | 24 | 15 | 12 | 19 | 26 | 24 | 1 | 45 | 8 | 32 | 25 | 51 |
| 19 | 29 | 8 | 18 | 58 | 17 ♎ | 54 | 24 | 22 | 12 | 31 | 27 | 9 | 2 | 58 | 10 | 25 | 25 | 48 |
| 20 | 30 | 9 | 17 | 10 | 2 | 42 | 24 | 30 | 12 | 43 | 27 | 54 | 4 | 12 | 12 | 18 | 25 | 45 |

| Latitudo Planetarũ ad diẽ | ♄ P | ' | ♃ P | ' | ♂ P | ' | ♀ P | ' | ☿ P | ' | |
|---|---|---|---|---|---|---|---|---|---|---|---|
| 1 | 1 | 57 | 0 | 50 | 0 | 4 | 1 | 10 | 2 | 12 | |
| 11 | 1 D | 57 | 0 | 47 | 0 | 5 | 1 | 7 | 2 A | 26 | Mensis |
| 21 | 1 | 58 | 0 | 44 | 0 | 6 | 0 | 57 | 1 | 53 | |

| Syzygiae Lunares. | | | | | | | |
|---|---|---|---|---|---|---|---|
| | | Occid. | Occid. | Orient. | Orient. | Orient. | Syzygiae Planetarū mutuę, & eorum congressus cum illustrioribus aliquibus stellis fixis. |
| | ☉ | ♄ | ♃ | ♂ | ♀ | ☿ | |
| Dies | H ′ | H ′ | H ′ | H ′ | H ′ | H ′ | |
| 1 | | | | | | 17 ☍ 51 | ♃ occ. cum dex. hu. Aur. |
| 2 | | | 1 △ 41 | 21 ☍ 58 | 10 ☍ 45 | | ☽ Perig. |
| 3 ☍ | 7 37 | 20 ☍ 15 | | | | | ⚹ ♃ ☌ 6.0. |
| 4 Asc. | 28 ♎ | | | | | | ☉ ☊ 6. 6. |
| 5 | | | | | | | |
| 6 | | | | | 13 △ 35 | 0 △ 5 | ♂ or. cum cor. ♌. |
| 7 | 20 △ 22 | | 3 ☍ 46 | 8 △ 2 | | | |
| 8 | | 3 △ 29 | | | | 13 □ 28 | ♀ or. cum cor. ♌. |
| 9 | | | | 17 □ 50 | 21 □ 10 | | ⚹ ♃ ♀ 4.57. |
| 10 □ | 8 12 | 11 □ 25 | | | | | ☿ or. cum cor. ♌. |
| 11 Asc. | 9 ♒ | | 10 △ 40 | | | 18 ⚹ 1 | |
| 12 | 12 ⚹ 12 | 22 ⚹ 38 | | 7 ⚹ 12 | 3 ⚹ 45 | | ☌ ☉ ☿ 11.18 ⚹ ♃ ☿ 13.2 |
| 13 | | Orient. | | | | | |
| 14 | | | 9 □ 12 | | | | |
| 15 | | | | | | | |
| 16 | | | 23 ⚹ 36 | | | | ☉ Apo. ☌ ♂ ♀ 16.26 a. |
| 17 | | 1 ☌ 38 | | 16 ☌ 54 | 17 ☌ 50 | 17 ☌ 39 | ☌ ♂ ☿ 10.14. b. |
| 18 ☌ | 11 13 | | | | | | ☉ ☊ 8 31 \| ♀ or. [illegible] |
| 19 Asc. | 3 ♏ | | | | | | ☌ ♄ ☿ 20.52 corpore. |
| 20 | | | | | | | ♃ or. cum Aldeb. c. |
| 21 | | | | | | | ☌ ♄ ♀ 4.22. |
| 22 | | 23 ⚹ 50 | 0 ☌ 30 | 21 ⚹ 54 | | | ☿ m.c. cum cor. ♌. |
| 23 | 17 ⚹ 17 | | | | 3 ⚹ 50 | 11 ⚹ 21 | ♂ or. cum dex. hu. Aur. |
| 24 | | | | | | | ☌ ♄ ♂ 12.19. |
| 25 | | 5 □ 57 | | 8 □ 41 | 14 □ 24 | | ♄ m.c. cum cor. ♌. |
| 26 □ | 2 0 | | 12 ⚹ 55 | | | 0 △ 45 | ☌ ☉ ☿ 17.9. d. |
| 27 Asc. | 10 ♍ | 9 △ 9 | | 18 △ 13 | 21 △ 25 | Occid. | ☿ occ. cum cor. ♌. |
| 28 | 7 △ 18 | | 15 □ 7 | | | 10 △ 1 | ♂ & ☿ occ. cum cor. ♌. |
| 29 | | | | | | | |
| 30 | | | 16 △ 31 | | | | ☉ Per. ☿ or. cum plei. |
| 31 | | | | | | | |

*a. Die 16. ♀ & ☿ or. cum hędis.*

*b. Die 17. ☌ ♀ ☿ 22.15 | ♂ & ♀ occ. cum cauda cygni, & ☿ or. cum dex. hu. Aur. & occ. cum cauda cygni.*

*c. Die 20. ♂ or. cum hędis. | ♃ m.c. cum priori hędorum.*

*d. Die 26. ☿ or. cum Fomah.*

## Syzygiæ Lunares.

| | | Orient. | Occid. | Orient. | Orient. | Occid. | Syzygiæ Planetarũ mutuæ & eorum congressus cum illustrioribus aliquibus stellis fixis. |
|---|---|---|---|---|---|---|---|
| | ☉ | ♄ | ♃ | ♂ | ♀ | ☿ | |
| Dies | H ′ | H ′ | H ′ | H ′ | H ′ | H ′ | |
| 1 | | | | 19 ☍ 21 | | | ☿ ☊ 13.28. |
| 2 ☍ | 16 33 | | | | 8 ☍ 24 | | ♀ or. cum Fomah. |
| 3 Asc. | 2 ♉ | | | | | 2 ☍ 57 | ♃ m. c. cum capite, a. |
| 4 | | | 23 ☍ 51 | | | | ♃ occ. cum capite Med. |
| 5 | | 19 △ 38 | | | | | ♃ m. c. cum sin. hum. Or. |
| 6 | | | | 9 △ 7 | | | (cap. Algol. |
| 7 | 10 △ 35 | | | | 4 △ 3 | | ♀ or. cũ pleia. & m. c. cũ |
| 8 | | 3 □ 33 | | 20 □ 39 | | 7 △ 39 | ♃ m. c. cum Rigel, b. |
| 9 | | | 16 △ 23 | | 19 □ 10 | | ♀ m. c. cum Acarnar. |
| 10 □ | 0 46 | 14 ✱ 1 | | | | | ♀ m. c. cum dex. lat. Per. |
| 11 Asc. | 6 ♍ | | | 10 ✱ 57 | | 3 □ 18 | ♀ occ. cum Rigel, & ☿ |
| 12 | 17 ✱ 3 | | 4 □ 31 | | 12 ✱ 56 | | (occ. cum Syrio. |
| 13 | | | | | | | |
| 14 | | | 17 ✱ 36 | | | 1 ✱ 31 | ☽ Apo. ♂ or. cũ Fomah. |
| 15 | | 14 ☌ 44 | | | | | ☽ ☋ 11.46. |
| 16 | | | | 18 ☌ 23 | | | ♀ or. cum hiad. |
| 17 | | | | | | | ♀ occ. cũ hiad. & pleia. |
| 18 ☌ | 2 37 | | | | 1 ☌ 22 | | ☿ or. cũ Alde. (16. c. |
| 19 Asc. | 3 ♎ | | 17 ☌ 0 | | | 17 ☌ 8 | ☌ ☉ ♀ 17.36 \| ☌ ♃ ☿ 15 |
| 20 | | 11 ✱ 41 | | | Occid. | | ♀ occ. cum sin. hu. Orio. |
| 21 | | | | 18 ✱ 38 | | | ♂ or. cũ pleia. ♀ oc. cum |
| 22 | | 18 □ 0 | | | | | ♀ oc. cum ca. ma. (Ald. d. |
| 23 | 1 ✱ 25 | | | | 3 ✱ 1 | | |
| 24 | | 21 △ 34 | 5 ✱ 36 | 1 □ 44 | | 16 ✱ 13 | ♂ m. c. cum Acarnar. |
| 25 □ | 8 0 | | | | 10 □ 30 | | ♂ m. c. cũ d. lat. Per. & ♀ |
| 26 Asc. | 10 ♓ | | 8 □ 23 | 6 △ 23 | | 22 □ 55 | (m. c. cũ Alde. |
| 27 | 12 △ 57 | | | | 16 △ 32 | | ✱ ♄ ♀ 7.31 \| ☽ Peri. e. |
| 28 | | | 10 △ 38 | | | | ☽ ☊ 19 10 \| ♀ or. cũ hia. f. |
| 29 | | 1 ☍ 31 | | | | 4 △ 36 | |
| 30 | | | | 15 ☍ 40 | | | ♀ m. c. cum priori hado. |
| 31 | | | | | | | ♀ or. cum Aldeb. |

a. Die 3. ☿ occ. cum Rigel.
b. Die 8. ☿ occ. cũ hiad. & pleia.
c. Die 19. ☿ occ. cum prima Zona Orio.
d. Die 21. ♂ m. c. cum capite Algol.
e. Die 27. ♂ occ. cum Rigel \| ♃ m. c. cum prima cing. Orio.
f. Die 28. ♀ occ. cum dex. hu. Orio.

| A | S | A | S | D | |
|---|---|---|---|---|---|
| ♂ ♉ | ♀ ♊ | | ☿ ♋ | | ☊ ♎ |
| / | P | / | P | / | P |
| 33 | 13 | 20 | 2 | 56 | 24 |
| 16 | 14 | 33 | 3 | 50 | 24 |
| 59 | 15 | 47 | 4 | 38 | 23 |
| 43 | 17 | 0 | 5 | 21 | 23 |
| 26 | 18 | 13 | 5 | 58 | 23 |
| 0 | 10 | 26 | 6 | 20 | 22 |

| Syzygiæ Lunares. | | | | | | | |
|---|---|---|---|---|---|---|---|
| | | Orient. | Occid. | Orient. | Occid. | Occid. | Syzygiæ Planetarũ mutuæ, & eorum congressus cum illustrioribus aliquibus stellis fixis. |
| | ☽ | ♄ | ♃ | ♂ | ♀ | ☿ | |
| Dies | H ′ | H ′ | H ′ | H ′ | H ′ | H ′ | |
| 1 ☍ | 1 57 | | 19 ☍ 24 | | 8 ☍ 9 | | ♀ m.c.cũ capra, & 1.30. |
| 2 Asc. | 6 ♎ | 10 △ 42 | | | | 21 ☍ 40 | ☿ occ.cũ capite Med. a. |
| 3 | | | | | | | |
| 4 | | 18 □ 58 | | 10 △ 2 | | | ☿ or.cũ Bellat. & Apol. |
| 5 | | | | | | | ♀ m.c.cum zona tau. |
| 6 | 2 △ 8 | | 14 △ 6 | 13 □ 14 | 11 △ 57 | | |
| 7 | | 5 ✶ 24 | | | | 21 △ 18 | ☌ ♃ ♀ 14.19. \| ♂ occ.cũ |
| 8 □ | 17 59 | | | | | | (bia. & pleia. |
| 9 Asc. | 10 ♋ | | 2 □ 11 | 13 ✶ 58 | 5 □ 22 | | ♀ m.c.cũ dex. hu. Aur. |
| 10 | | | | | | 9 □ 9 | ☿ in Apog. \| ♂ occ. cũ fine |
| 11 | 10 ✶ 5 | | 14 ✶ 31 | | 23 ✶ 12 | | ☿ ☌ ☋ 15.41 (bu.Ce.b. |
| 12 | | 4 ☌ 36 | | | | 19 ✶ 14 | |
| 13 | | | | 18 ☌ 18 | | | ♂ occ.cũ Aldeb. (26.c. |
| 14 | | | | | | | ☌ ☉ ♃ 1.10 \| ✶ ♄ ♀ 10. |
| 15 | | | Orient. | | | | ♀ occ.cum cane mi. |
| 16 ☌ | 14 31 | 23 ✶ 23 | 11 ☌ 30 | | | | |
| 17 Asc. | 25 ♉ | | | | 5 ☌ 4 | 7 ☌ 11 | ♀ or.cũ Bellat. & Apol- |
| 18 | | | | | | | ☌ ♀ ☿ 0.0. (line. |
| 19 | | 5 □ 5 | | 13 ✶ 7 | | | ♃ m.c.cum dex hum. Ori. |
| 20 | | | 1 ✶ 17 | | | | ♄ occ.cum cor. ♈. |
| 21 | 7 ✶ 0 | 8 △ 24 | | 18 □ 30 | 22 ✶ 35 | 8 ✶ 35 | ☌ ☉ ☿ 19.41. \| ✶ ♄ ☿ |
| 22 | | | | | | Orient. | ✶ ☉ ♄ 6.0. (11.5. |
| 23 □ | 12 23 | | 1 □ 13 | 22 △ 42 | | 7 □ 14 | ☿ in Perig. (hamonus d. |
| 24 Asc. | 24 ♈ | | | | 4 □ 53 | | ☿ in ♌ 25.37 \| ♀ or.cũ |
| 25 | 17 △ 51 | 12 ☍ 45 | 3 △ 47 | | | 6 △ 8 | ♀ or.cum prim.zonæ Ori. |
| 26 | | | | | 13 △ 3 | | ☌ ♃ ☿ 13.9. |
| 27 | | | | | | | ♀ m.c.cũ Apol. (hadis, |
| 28 | | | | 10 ☍ 43 | | | ♀ or.cũ Rig. & ♂ m.c.cũ |
| 29 | | 22 △ 58 | 14 ☍ 23 | | | 10 ☍ 15 | ♀ or. cũ ult. zonæ Or. c. |
| 30 ☍ | 12 34 | | | | | | ♂ or.cũ Aldeb. & ♀ m. |
| Asc. | 2 ♉ | | | | | | (c.cum Her. |

a. Die 2. ♂ m.c.cũ pleia. & ♃ cũ Rig. | c. Die 29. ♀ occ.cum hydra. & m.c.cum procyone.
b. Die 10. ☿ m.c.cum dex.hum.Orion.
c. Die 14. ♂ occ.cum cane mi. & m.c.cum hiadibus, & ♃ m.c.cum dex.hum. Aur.
d. Die 24. ♀ or.cum dex.hu.Ori. & Hercule, & occ.cum hadis | ♂ occ.cum dex.hu.Or.

## Positus Planetarum Diurnus.

| | | | | | | | | | | | | | | | | | |
|---|---|---|---|---|---|---|---|---|---|---|---|---|---|---|---|---|---|
| | | | | | M | D | M | A | M | A | S | A | M | D | | |
| ☉ ♋ | | | ☽ ♑ | | ♄ ♉ | | ♃ ♊ | | ♂ ♊ | | ♀ ♋ | | ☿ ♊ | | ☊ ♎ | |
| P | ′ | ″ | P | ′ | P | ′ | P | ′ | P | ′ | P | ′ | P | ′ | P | ′ |
| 8 | 48 | 29 | 14 | 19 | 1 | 9 | 26 | 44 | 12 | 55 | 19 | 57 | 23 | 39 | 22 | 27 |
| 9 | 45 | 46 | 27 | 5 | 1 | 14 | 26 | 57 | 13 | 37 | 21 | 10 | 23 | 30 | 22 | 24 |
| 10 | 43 | 3 | 9 ♒ | 30 | 1 | 18 | 27 | 10 | 14 | 19 | 22 | 24 | 23 D | 29 | 22 | 21 |
| 11 | 40 | 20 | 21 | 46 | 1 | 22 | 27 | 24 | 15 S | 1 | 23 | 37 | 23 | 35 | 22 | 18 |
| 12 | 37 | 38 | 3 ♓ | 56 | 1 | 26 | 27 | 37 | 15 | 42 | 24 | 50 | 23 A | 48 | 22 | 15 |
| 13 | 34 | 56 | 16 | 4 | 1 | 30 | 27 | 51 | 16 | 24 | 26 | 3 | 24 | 0 | 22 | 11 |
| 14 | 32 | 14 | 28 | 11 | 1 | 34 | 28 | 4 | 17 | 6 | 27 | 17 | 24 | 30 | 22 | 8 |
| 15 | 29 | 32 | 10 ♈ | 19 | 1 | 38 | 28 | 17 | 17 | 47 | 28 | 30 | 25 | 9 | 22 | 5 |
| 16 | 26 | 50 | 22 | 30 | 1 | 42 | 28 | 31 | 18 | 29 | 29 | 43 | 25 | 48 | 22 | 2 |
| 17 | 24 | 9 | 4 ♉ | 50 | 1 | 46 | 28 | 44 | 19 | 10 | 0 ♌ | 56 | 26 | 32 | 21 | 59 |
| 18 | 21 | 28 | 17 | 16 | 1 | 50 | 28 | 57 | 19 | 51 | 2 | 9 | 27 | 22 | 21 | 56 |
| 19 | 18 | 47 | 29 | 54 | 1 | 53 | 29 | 11 | 20 | 32 | 3 | 23 | 28 | 17 | 21 | 52 |
| 20 | 16 | 6 | 12 ♊ | 45 | 1 | 57 | 29 | 24 | 21 | 13 | 4 | 36 | 29 | 17 | 21 | 49 |
| 21 | 13 | 26 | 25 | 51 | 2 | 0 | 29 | 37 | 21 | 54 | 5 | 49 | 0 ♋ | 22 | 21 | 46 |
| 22 | 10 | 46 | 9 ♋ | 13 | 2 | 3 | 29 | 51 | 22 | 35 | 7 | 2 | 1 | 31 | 21 | 43 |
| 23 | 8 | 6 | 22 | 53 | 2 | 6 | 0 ♋ | 4 | 23 | 16 | 8 | 16 | 2 | 43 | 21 | 40 |
| 24 | 5 | 27 | 6 ♌ | 51 | 2 | 9 | 0 | 17 | 23 | 57 | 9 | 29 | 3 | 59 | 21 | 37 |
| 25 | 2 | 48 | 21 | 6 | 2 | 12 | 0 | 30 | 24 | 38 | 10 | 42 | 5 | 18 | 21 | 33 |
| 26 | 0 | 10 | 5 ♍ | 35 | 2 | 15 | 0 | 43 | 25 | 19 | 11 | 55 | 6 | 40 | 21 | 30 |
| 26 | 57 | 32 | 20 | 13 | 2 | 18 | 0 | 56 | 26 | 0 | 13 | 9 | 8 | 4 | 21 | 27 |
| 27 | 54 | 55 | 4 ♎ | 53 | 2 | 21 | 1 | 9 | 26 | 41 | 14 | 22 | 9 | 30 | 21 | 24 |
| 28 | 52 | 19 | 19 | 26 | 2 | 23 | 1 | 22 | 27 | 22 | 15 | 35 | 10 | 58 | 21 | 21 |
| 29 | 49 | 43 | 3 ♏ | 49 | 2 | 26 | 1 | 35 | 28 | 3 | 16 | 49 | 12 | 28 | 21 | 18 |
| 0 ♌ | 47 | 8 | 17 | 58 | 2 | 28 | 1 | 48 | 28 | 44 | 18 | 2 | 14 | 0 | 21 | 14 |
| 1 | 44 | 34 | 1 ♐ | 48 | 2 | 30 | 2 D | 1 | 29 ♋ | 24 | 19 | 15 | 15 | 34 | 21 | 11 |
| 2 | 42 | 1 | 15 | 16 | 2 | 32 | 2 | 14 | 0 | 5 | 20 | 28 | 17 | 10 | 21 | 8 |
| 3 | 39 | 28 | 28 ♑ | 24 | 2 | 34 | 2 | 27 | 0 | 46 | 21 D | 42 | 18 S | 47 | 21 | 5 |
| 4 | 36 | 56 | 11 | 13 | 2 | 35 | 2 | 40 | 1 | 26 | 22 | 55 | 20 | 28 | 21 | 2 |
| 5 | 34 | 24 | 23 ♒ | 45 | 2 | 37 | 2 | 53 | 2 | 7 | 24 | 8 | 22 | 9 | 20 | 58 |
| 6 | 31 | 53 | 6 | 4 | 2 | 39 | 3 | 5 | 2 | 48 | 25 | 22 | 23 | 52 | 20 | 55 |
| 7 | 29 | 23 | 18 | 13 | 2 | 41 | 3 | 18 | 3 | 28 | 26 | 35 | 25 | 37 | 20 | 52 |

| Syzygiæ Lunares. | | | | | | | |
|---|---|---|---|---|---|---|---|
| | | Orient. | Orient. | Orient. | Occid. | Orient. | Syzygiæ Planetarũ mutuę, & eorum congressus cum illustrioribus aliquibus stellis fixis. |
| | ☉ | ♄ | ♃ | ♂ | ♀ | ☿ | |
| Dies | H ′ | H ′ | H ′ | H ′ | H ′ | H ′ | |
| 1 | | | | | 21 ☍ 31 | | (hu. Orio- |
| 2 | | 8 □ 2 | | | | | ♂ m.c. cũ capra, & sin- |
| 3 | | | | 10 △ 0 | | | ♂ occ. cum capi. Med. & |
| 4 | | 19 ✱ 3 | 11 △ 18 | | | 3 △ 38 | (m.c. cum Rigel. |
| 5 | 18 △ 40 | | | | | | |
| 6 | | | 23 □ 46 | 0 □ 44 | 21 △ 58 | 16 □ 37 | ☾ Apog. |
| 7 | | | | | | | |
| 8 □ | 11 6 | | | 15 ✱ 37 | | | ☾ ☋ 23.4. |
| 9 Asc. | 2 ♈ | 18 ☍ 1 | 11 ✱ 55 | | 15 □ 33 | 6 ✱ 49 | ♀ or. cũ asi. bor. ♂ m.c. cũ |
| 10 | | | | | | | □ ♄ ♀ 17.23. b (20. Or. a |
| 11 | 22 ✱ 40 | | | | | | ♀ or. cũ Prese. & Acar. |
| 12 | | | | | 7 ✱ 11 | | ♀ or. cũ ca mi & asi. aust. |
| 13 | | | | 16 ☌ 21 | | | ☌ ♃ ☿ 5.15 \| ♀ occ. cum |
| 14 | | 22 ✱ 4 | 26 ☌ 53 | | | 8 ☍ 52 | (Apol. c. |
| 15 ☍ | 13 33 | | | | | | ✱ ♄ ♀ 12.8 \| ♂ m.c. cũ |
| 16 Asc. | 14 ♎ | 15 □ 52 | | | | | (dex. hu. Aur. |
| 17 | | | | | 4 ☌ 52 | | ♂ m.c. cum dex. hu. Or. |
| 18 | | 18 △ 27 | 15 ✱ 49 | 6 ✱ 8 | | | ♀ or. cum cane ma. |
| 19 | | | | | | 1 ✱ 58 | |
| 20 | 11 ✱ 49 | | 17 □ 48 | 9 □ 55 | | | ☾ Perig. |
| 21 | | | | | 17 ✱ 4 | 8 □ 28 | ♀ oc. cũ 10. cor. & de. hu. |
| 22 □ | 16 52 | 21 ☍ 41 | 20 △ 22 | 13 △ 54 | | | ☾ ☊ 23. 12. e. (Aur. d. |
| 23 Asc. | 28 ♋ | | | | | 16 △ 27 | ☿ or. cum pri. Zona Or. |
| 24 | 13 △ 54 | | | | 0 □ 8 | | |
| 25 | | | | | | | □ ☾ ♄ 19.17 \| ☿ or. cũ Ri- |
| 26 | | | | | 19 △ 29 | | ♂ occ. cum cane mi. |
| 27 | | 7 △ 49 | 7 ☍ 43 | 4 ☍ 40 | | | ✱ ♄ ♃ 14.0. |
| 28 | | | | | | 20 ☍ 26 | ♃ or. cum Bellatrice. |
| 29 | | 17 □ 19 | | | | | ✱ ♄ ♂ 18.28 \| ♀ or. cum |
| 30 ☍ | 1 0 | | | | | | ☌ ♃ ♂ 11.2. (Reg. f. |
| 31 Asc. | 10 ♒ | | | | 18 ✱ 37 | | ♂ or. cum Bel. & Apol. |

a. Die 9. ♃ occ. cum cane minore.
b. Die 10. ♀ occ. cum her. \| ☿ occ. cum cane mi.
c. Die 13. ☿ or. cum Bella. & Apoll.
d. Die 21. ♀ m.c. cum hydra.
e. Die 22. ☿ or. cum dex. hu. Or. & Her.
f. Die 29. ♃ or. cum Apolline.

| Dies | | ☉ ♌ | | | ☽ ♓ | | ♄ ♉ | | ♃ ♋ | | ♂ ♋ | | ♀ ♌ | | ☿ ♋ | | ☊ ♎ | |
|---|---|---|---|---|---|---|---|---|---|---|---|---|---|---|---|---|---|---|
| | | Polus Planetarum Diurnus | | | | | M | D | M | D | S | A | S | D | S | A | | |
| | | P | m | s | P | m | P | m | P | m | P | m | P | m | P | m | P | m |
| 22 | 1 | 8 | 26 | 54 | 0 | 13 | 2 | 42 | 3 | 30 | 4 | 9 | 27 | 48 | 27 | 23 | 20 | 49 |
| 23 | 2 | 9 | 24 | 26 | 12 | 9 | 2 | 44 | 3 | 43 | 4 | 49 | 29 | 1 | 29 | 10 | 20 | 46 |
| E 24 | 3 | 10 | 22 | 58 | 14 ♈ | 4 | 2 | 45 | 3 | 55 | 5 | 30 | 0 ♍ | 15 | 0 ♌ | 57 | 20 | 43 |
| 25 | 4 | 11 | 19 | 31 | 6 | 0 | 2 | 46 | 4 | 7 | 6 | 10 | 1 | 28 | 2 | 45 | 20 | 39 |
| 26 | 5 | 12 | 17 | 5 | 18 ♉ | 0 | 2 | 47 | 4 | 19 | 6 | 50 | 2 | 41 | 4 | 33 | 20 | 36 |
| 27 | 6 | 13 | 14 | 41 | 0 | 8 | 2 | 48 | 4 | 31 | 7 | 30 | 3 | 54 | 6 | 22 | 20 | 33 |
| 28 | 7 | 14 | 12 | 18 | 12 | 25 | 2 | 49 | 4 | 43 | 8 | 10 | 5 | 8 | 8 | 11 | 20 | 30 |
| 29 | 8 | 15 | 9 | 56 | 24 | 54 | 2 | 49 | 4 | 55 | 8 | 50 | 6 | 21 | 10 | 1 | 20 | 27 |
| 30 | 9 | 16 | 7 | 35 | 7 ♊ | 38 | 2 | 50 | 5 | 7 | 9 | 30 | 7 | 34 | 11 | 51 | 20 | 23 |
| E 31 | 10 | 17 | 5 | 15 | 20 | 38 | 2 | 51 | 5 | 19 | 10 | 10 | 8 | 47 | 13 | 42 | 20 | 20 |
| Au. 1 | 11 | 18 | 2 | 56 | 3 ♋ | 56 | 2 | 51 | 5 | 31 | 10 | 50 | 10 | 1 | 15 | 33 | 20 | 17 |
| 2 | 12 | 19 | 0 | 38 | 17 | 34 | 2 | 51 | 5 | 43 | 11 | 30 | 11 | 14 | 17 | 25 | 20 | 14 |
| 3 | 13 | 19 | 58 | 21 | 1 ♌ | 31 | 2 | 51 | 5 | 55 | 12 | 9 | 12 | 27 | 19 | 17 | 20 | 11 |
| 4 | 14 | 20 | 56 | 6 | 15 | 47 | 2 Re. | 51 | 6 | 6 | 12 | 49 | 13 | 40 | 21 | 9 | 20 | 7 |
| 5 | 15 | 21 | 53 | 52 | 0 ♍ | 19 | 2 | 51 | 6 | 18 | 13 | 28 | 14 | 54 | 23 | 2 | 20 | 4 |
| 6 | 16 | 22 | 51 | 39 | 15 | 4 | 2 | 51 | 6 | 29 | 14 | 7 | 16 | 7 | 24 | 55 | 20 | 1 |
| E 7 | 17 | 23 | 49 | 27 | 29 | 55 | 2 | 50 | 6 | 41 | 14 | 46 | 17 | 20 | 26 D | 48 | 19 | 58 |
| 8 | 18 | 24 | 47 | 16 | 14 ♎ | 46 | 2 | 50 | 6 | 52 | 15 | 25 | 18 | 34 | 28 | 41 | 19 | 55 |
| 9 | 19 | 25 | 45 | 7 | 29 | 30 | 2 | 49 | 7 | 3 | 16 | 4 | 19 | 47 | 0 ♍ | 35 | 19 | 52 |
| 10 | 20 | 26 | 42 | 59 | 13 ♏ | 58 | 2 | 48 | 7 | 14 | 16 | 43 | 21 | 0 | 2 | 29 | 19 | 48 |
| 11 | 21 | 27 | 40 | 53 | 28 | 7 | 2 | 48 | 7 | 25 | 17 | 21 | 22 | 14 | 4 | 16 | 19 | 45 |
| 12 | 22 | 28 | 38 | 48 | 11 ♐ | 54 | 2 | 47 | 7 | 36 | 18 | 0 | 23 | 27 | 6 | 7 | 19 | 42 |
| 13 | 23 | 29 ♍ | 36 | 45 | 25 | 18 | 2 | 46 | 7 | 47 | 18 | 38 | 24 | 40 | 7 | 57 | 19 | 39 |
| E 14 | 24 | 0 | 34 | 43 | 8 ♑ | 20 | 2 | 45 | 7 | 58 | 19 | 16 | 25 | 54 | 9 | 47 | 19 | 36 |
| 15 | 25 | 1 | 32 | 42 | 21 | 0 | 2 | 44 | 8 | 9 | 19 | 54 | 27 | 7 | 11 | 36 | 19 | 32 |
| 16 | 26 | 2 | 30 | 43 | 3 ♒ | 22 | 2 | 42 | 8 | 19 | 20 | 32 | 28 | 21 | 13 | 25 | 19 | 29 |
| 17 | 27 | 3 | 28 | 45 | 15 | 30 | 2 | 41 | 8 | 30 | 21 | 11 | 29 | 34 | 15 | 13 | 19 | 26 |
| 18 | 28 | 4 | 26 | 49 | 27 | 27 | 2 | 40 | 8 | 41 | 21 | 49 | 0 ♎ | 47 | 17 | 1 | 19 | 23 |
| 19 | 29 | 5 | 24 | 54 | 9 ♓ | 15 | 2 | 38 | 8 | 51 | 22 | 27 | 2 | 1 | 18 | 48 | 19 | 20 |
| 20 | 30 | 6 | 23 | 1 | 20 | 59 | 2 | 36 | 9 | 2 | 23 | 5 | 3 | 14 | 20 | 34 | 19 | 17 |
| E 21 | 31 | 7 | 21 | 9 | 2 ♈ | 42 | 2 | 34 | 9 | 13 | 23 | 43 | 4 | 27 | 22 | 19 | 19 | 13 |
| Latitudo Planetarũ ad diẽ | | | | 1 | | | 2 | 32 | 0 | 35 | 0 | 6 | 1 | 29 | 0 | 26 | | |
| | | | | 11 | | | 2 | 37 | 0 | 35 | 0 | 9 | 1 | 13 | 1 D | 32 | Mensis | |
| | | | | 21 | | | 2 | 42 | 0 | 36 | 0 | 13 | 0 | 58 | 1 | 45 | | |

| Syzygiae Lunares. | | | | | | | |
|---|---|---|---|---|---|---|---|
| | | Orient. | Orient. | Orient. | Occid. | Orient. | Syzygiae Planetarũ mutuae, & eorum congressus cum illustrioribus aliquibus stellis fixis. |
| | ☽ | ♄ | ♃ | ♂ | ♀ | ☿ | |
| Dies | H ′ | H ′ | H ′ | H ′ | H ′ | H ′ | |
| 1 | | 5 ✶ 1 | 6 △ 43 | 8 △ 23 | | 1 | (cũ Her. |
| 2 | | | | | | | ♀ or. cũ cri. Ber. & ☿ oc. |
| 3 | | | 20 □ 10 | | | 16 △ 18 | ☽ Apo. ♀ or. cum hydra |
| 4 | 21 △ 36 | | | 9 □ 20 | | | □ ♄ ☿ 0.14. a. |
| 5 | | | | | | | △ ♄ ♀ 2.0 \| ☽ ☋ 5.7. b. |
| 6 | | 15 ☌ 25 | 8 ✶ 42 | 25 ✶ 11 | 8 △ 10 | 14 □ 17 | ✶ ♄ ♀ 14.19. |
| 7 □ | 3 ♊ | | | | | | |
| 8 Asc. | 18 ♊ | | | | 13 □ 52 | | |
| 9 | 10 ✶ 58 | | | | | 9 ✶ 4 | ☿ or. cum Syrio. |
| 10 | | 22 ✶ 0 | | | | | ☿ occ. cum rostro corvi. |
| 11 | | | 2 ☌ 50 | 12 ☌ 40 | 11 ✶ 45 | | ♂ oc. cũ hyd. (her. 21.14. c. |
| 12 | | | | | | | ✶ ♂ ♀ 11.18 \| ♂ or. cum |
| 13 | | 2 □ 15 | | | | | ☌ ☽ ☿ 18.13. |
| 14 ☌ | 9 ♍ | | | | | 10 ☌ 12 | ♂ or. cum zona Orio. |
| 15 Asc. | 21 ♈ | 4 △ 7 | 9 ✶ 51 | 22 ✶ 23 | | Occid. | |
| 16 | | | | | 1 ☌ 50 | | ☿ or. cum corde ♌. |
| 17 | | | 11 □ 4 | | | | ☽ Per. ♀ m. c. cum Syrio. |
| 18 | 17 ✶ 28 | | | 1 □ 6 | | | ☽ ☊ 8.11 \| ♂ m. c. cũ Ap |
| 19 | | 6 ☍ 29 | 13 △ 40 | | | 2 ✶ 0 | ♂ or. cũ Reg. et oc. cũ hyd. |
| 20 □ | 23 ♐ | | | 4 △ 53 | 13 ✶ 3 | | △ ♄ ☿ 4.58 \| ♂ or. cũ ult. |
| 21 Asc. | 7 [illegible] | | | | | 12 □ 22 | (30. Or. d. |
| 22 | | | | | 22 □ 43 | | ✶ ♄ ☿ 21.35 \| ♂ m. c. cũ |
| 23 | 8 △ 36 | 13 △ 43 | 23 ☍ 16 | | | | ♂ m. c. cum Her. (proc. |
| 24 | | | | 21 ☍ 48 | | 3 △ 12 | (or. cum cauda ♌. |
| 25 | | 22 □ 42 | | | 13 △ 11 | | ♀ m. c. cũ rost. cor. & ☿ |
| 26 | | | | | | | △ ☽ ♄ 4.38 \| ♀ or. cũ urn. |
| 27 | | | | | | | |
| 28 ☍ | 15 ♓ | 10 ✶ 34 | 27 △ 12 | | | | ♀ m. c. cum cri. Ber. |
| 29 Asc. | 25 ♌ | | | | | 23 ☍ 1 | ♀ m. c. cum Argo. |
| 30 | | | | 4 △ 33 | | | ☽ Apog. |
| 31 | | | 13 □ 2 | | 4 ☍ 0 | | ♀ or. cum Arcturo. |

a. Die 4. ☿ or. cum Pre. & Acer. | d. Die 30. ♀ m. c. cum cauda ♌, & ☿ or. cum hydra.
b. Die 5. ♀ occ. cum Algorab. & ♂ m. c. cum Syrio, & ☿ or. cum cane mi. & asi. Austr.
c. Die 12. ♀ or. cum cauda ♌.
♄ Toto hoc mense oritur cum Fomah, si quid est in illo eventus.

## Positus Planetarum Diurnus.

| Stili veteris | Stili Gregor. | ☉ ♍ |  |  | ☽ ♈ |  | ♄ ♉ (M D) |  | ♃ ♋ (M D) |  | ♂ ♋ (S A) |  | ♀ ♎ (S D) |  | ☿ ♍ (S D) |  | ☊ ♎ |  |
|---|---|---|---|---|---|---|---|---|---|---|---|---|---|---|---|---|---|---|
| Dies |  | P | ′ | ″ | P | ′ | P | ′ | P | ′ | P | ′ | P | ′ | P | ′ | P | ′ |
| 22 | 1 | 8 | 19 | 19 | 14 | 27 | 2 | 32 | 9 | 23 | 24 | 21 | 5 | 41 | 24 | 4 | 19 | 10 |
| 23 | 2 | 9 | 17 | 31 | 26 | 18 | 2 | 30 | 9 | 33 | 24 | 59 | 6 | 54 | 25 | 48 | 19 | 7 |
| 24 | 3 | 10 | 15 | 45 | 8 ♉ | 17 | 2 | 28 | 9 | 43 | 25 | 37 | 8 | 8 | 27 | 31 | 19 | 4 |
| 25 | 4 | 11 | 14 | 0 | 20 | 26 | 2 | 26 | 9 | 53 | 26 | 15 | 9 | 21 | 29 | 12 | 19 | 1 |
| 26 | 5 | 12 | 12 | 17 | 2 ♊ | 50 | 2 | 24 | 10 | 2 | 26 | 53 | 10 | 34 | 0 ♎ | 54 | 18 | 57 |
| 27 | 6 | 13 | 10 | 35 | 15 | 32 | 2 | 21 | 10 | 12 | 27 | 31 | 11 | 48 | 2 | 34 | 18 | 54 |
| E 28 | 7 | 14 | 8 | 55 | 28 ♋ | 34 | 2 | 19 | 10 | 21 | 28 | 9 | 13 | 1 | 4 | 12 | 18 | 51 |
| 29 | 8 | 15 | 7 | 17 | 11 | 56 | 2 | 16 | 10 | 30 | 28 | 47 | 14 | 14 | 5 | 49 | 18 | 48 |
| 30 | 9 | 16 | 5 | 40 | 25 | 40 | 2 | 13 | 10 | 39 | 29 | 25 | 15 | 28 | 7 M | 25 | 18 | 45 |
| 31 | 10 | 17 | 4 | 5 | 9 ♌ | 46 | 2 | 10 | 10 | 48 | 0 ♌ | 3 | 16 | 41 | 8 | 59 | 18 | 42 |
| Sep. 1 | 11 | 18 | 2 | 31 | 24 ♍ | 13 | 2 | 7 | 10 | 56 | 0 | 40 | 17 | 55 | 10 | 31 | 18 | 38 |
| 2 | 12 | 19 | 0 | 59 | 8 | 57 | 2 | 4 | 11 | 4 | 1 | 18 | 19 | 8 | 12 | 0 | 18 | 35 |
| 3 | 13 | 19 | 59 | 29 | 23 ♎ | 52 | 2 | 1 | 11 | 12 | 1 | 56 | 20 | 21 | 13 | 27 | 18 | 32 |
| E 4 | 14 | 20 | 58 | 1 | 8 | 53 | 1 | 58 | 11 | 20 | 2 | 33 | 21 | 34 | 14 | 52 | 18 | 29 |
| 5 | 15 | 21 | 56 | 35 | 23 ♏ | 52 | 1 | 54 | 11 | 28 | 3 | 11 | 22 | 48 | 16 | 15 | 18 | 26 |
| 6 | 16 | 22 | 55 | 11 | 8 | 41 | 1 | 50 | 11 | 35 | 3 | 48 | 24 | 1 | 17 | 35 | 18 | 22 |
| 7 | 17 | 23 | 53 | 49 | 23 ♐ | 13 | 1 | 47 | 11 | 43 | 4 | 25 | 25 | 14 | 18 | 52 | 18 | 19 |
| 8 | 18 | 24 | 52 | 29 | 7 | 25 | 1 | 43 | 11 | 50 | 5 | 2 | 26 | 27 | 20 | 7 | 18 | 16 |
| 9 | 19 | 25 | 51 | 10 | 21 ♑ | 14 | 1 | 39 | 11 | 57 | 5 | 39 | 27 M | 41 | 21 | 19 | 18 | 13 |
| 10 | 20 | 26 | 49 | 53 | 4 | 41 | 1 | 36 | 12 | 4 | 6 | 16 | 28 | 54 | 22 | 27 | 18 | 10 |
| E 11 | 21 | 27 | 48 | 38 | 17 ♒ | 45 | 1 | 32 | 12 | 11 | 6 | 53 | 0 ♏ | 7 | 23 | 32 | 18 | 7 |
| 12 | 22 | 28 | 47 | 25 | 0 | 27 | 1 | 28 | 12 | 18 | 7 | 30 | 1 | 20 | 24 | 33 | 18 | 3 |
| 13 | 23 | 29 | 46 | 14 | 12 | 49 | 1 | 24 | 12 | 24 | 8 | 7 | 2 | 33 | 25 | 30 | 18 | 0 |
| 14 | 24 | 0 ♎ | 45 | 5 | 24 | 56 | 1 | 20 | 12 | 30 | 8 | 44 | 3 | 47 | 26 | 23 | 17 | 57 |
| 15 | 25 | 1 | 43 | 58 | 6 ♓ | 50 | 1 | 16 | 12 | 36 | 9 | 21 | 5 | 0 | 27 | 11 | 17 | 54 |
| 16 | 26 | 2 | 42 | 53 | 18 | 29 | 1 | 12 | 12 | 42 | 9 | 57 | 6 | 13 | 27 | 53 | 17 | 51 |
| 17 | 27 | 3 | 41 | 50 | 0 ♈ | 14 | 1 | 7 | 12 | 48 | 10 | 33 | 7 | 26 | 28 | 34 | 17 | 47 |
| E 18 | 28 | 4 | 40 | 49 | 11 | 51 | 1 | 3 | 12 | 54 | 11 | 9 | 8 | 39 | 29 | 8 | 17 | 44 |
| 19 | 29 | 5 | 39 | 50 | 23 ♉ | 30 | 0 | 59 | 13 | 0 | 11 | 45 | 9 | 52 | 29 | 36 | 17 | 41 |
| 20 | 30 | 6 | 38 | 53 | 5 | 13 | 0 | 54 | 13 | 6 | 12 | 21 | 11 | 5 | 29 | 59 | 17 | 38 |

| Latitudo Planetarũ ad diẽ | ♄ |  | ♃ |  | ♂ |  | ♀ |  | ☿ |  |  |
|---|---|---|---|---|---|---|---|---|---|---|---|
| 1 | 2 | 43 | 0 | 36 | 0 | 17 | 0 | 43 | 1 | 7 | Mensis |
| 11 | 2 | 51 | 0 | 37 | 0 | 22 | 0 M | 18 | 0 | 12 |  |
| 21 | 2 | 55 | 0 | 37 | 0 | 28 | 0 | 9 | 1 | 53 |  |

## Syzygiæ Lunares

| Dies | ☽ | Orient. ♄ | Orient. ♃ | Orient. ♂ | Occid. ♀ | Occid. ☿ | Syzygiæ Planetarũ mutuæ & eorum congreſſus cum illuſtrioribus aliquibus ſtellis fixis. |
|---|---|---|---|---|---|---|---|
| | H ∕ | H ∕ | H ∕ | H ∕ | H ∕ | H ∕ | |
| 1 | | | | 21 □ 9 | | | * ♂ ♀ 6.11 \| ☽ ☋ 9 |
| 2 | | 12 ☌ 25 | | | | | * ☉ ♃ 7.10. (28. |
| 3 | 4 △ 15 | | | | | | (vinde. |
| 4 | | | 1 * 52 | 11 * 52 | | 19 △ 40 | □ ♃ ♀ 12.0 \| ♀ m.c.cũ |
| 5 □ | 19 21 | | | | 6 △ 11 | | |
| 6 Aſc. | 3 ♎ | | | | | | (Arcturo. |
| 7 | | 6 * 42 | 21 ☌ 12 | | | 11 □ 52 | ♀ or.cũ corona \| ☿ or.cũ |
| 8 | 5 * 59 | | | | 4 □ 24 | | ♃ occ.cum hædis. |
| 9 | | 11 □ 6 | | 6 ☌ 42 | | 22 * 30 | ♀ or.cũ Algo. \| ♂ oc.cũ |
| 10 | | | | | 12 * 23 | | ♂ or.cũ alſ.bor.a (Her. |
| 11 | | 12 △ 53 | | | | | □ ♃ ☿ 7.14. b. |
| 12 ☌ | 17 30 | | 3 * 41 | | | | ♀ or.cũ d.hu. Or. et Her.c |
| 13 Aſc. | 17 ♍ | | | 13 * 27 | | | □ ♄ ♂ 3.0 \| ☿ oc.cũ aſi. |
| 14 | | | 3 □ 56 | | 22 ☌ 7 | 10 ☌ 32 | ☽ Peri. & ☊ 14.12 d. |
| 15 | | 12 ☍ 57 | | 15 □ 44 | | | ♂ occ.cum Pra. & aſel. |
| 16 | | | 4 △ 51 | | | | ☿ or. cum cingulo ♍. |
| 17 | 1 * 26 | | | 19 △ 44 | | | ☌ ☿ cum ſpica. ♍. |
| 18 | | | | | | | ♀ m.c.cum cingulo ♍. |
| 19 □ | 8 4 | 18 △ 5 | | | 12 * 39 | 0 * 10 | |
| 20 Aſc. | 8 ♊ | | 13 ☍ 46 | | | | ♃ or.cum pri. zonæ Or. |
| 21 | 20 △ 36 | | | | | 11 □ 52 | (Arcturo. |
| 22 | | 1 □ 57 | | 14 ☍ 23 | 1 □ 54 | | ☍ ♄ ♀ 1.15 \| ♀ m.c.cum |
| 23 | | | | | | | ♀ or.cum Fidicula. |
| 24 | | 12 * 50 | | | 19 △ 47 | 3 △ 8 | |
| 25 | | | 11 △ 52 | | | | |
| 26 | | | | | | | |
| 27 ☍ | 8 4 | | | 22 △ 26 | | | ☽ Apo \| ☿ or.cũ ca.ma. |
| 28 Aſc. | 28 ♉ | | 2 □ 10 | | | | ☽ ☋ 12.4 \| ♀ or.cũ ca.cy. |
| 29 | | 15 ☌ 15 | | | | 12 ☍ 55 | ♀ oc.cũ lãce Auſtr. |
| 30 | | | 16 * 5 | 15 □ 12 | 13 ☍ 12 | | ♂ oc.cum roſtro corui. |

*a.* Die 10. ♀ or.cum roſtro corui. & occ.cum cord. ♌, & m.c.cum ſpica ♍.
*b.* Die 11. ♂ or.cum Præſepe. & Aſellis. & ♀ or.cum cing. ♍.
*c.* Die 12. ♀ or.cum ſpica ♍, & ☿ or.cum corona.
*d.* Die 14 ♂ or.cum cane m. & aſino auſtrino. & ☿ or.cum Algorab.

Positus planetarum diurnus.

| [illegible] | [illegible] | ☉ ♎ | | | ☽ ♉ | | ♄ ♉ M | D | ♃ ♋ M | D | ♂ ♌ S | A | ♀ ♏ M | D | ☿ ♏ M | D | ☊ ♎ | |
|---|---|---|---|---|---|---|---|---|---|---|---|---|---|---|---|---|---|---|
| Dies | | P | ' | " | P | ' | P | ' | P | ' | P | ' | P | ' | P | ' | P | ' |
| 21 | 1 | 7 | 37 | 58 | 17 | 5 | 0 | 50 | 13 | 12 | 12 | 57 | 12 | 18 | 0 | 16 | 17 | 35 |
| 22 | 2 | 8 | 37 | 4 | 29 | 8 | 0 | 45 | 13 | 17 | 13 | 33 | 13 | 31 | 0 | 27 | 17 | 32 |
| 23 | 3 | 9 | 36 | 12 | 11 ♊ | 27 | 0 | 41 | 13 | 23 | 14 | 9 | 14 | 44 | 0 ♏ | 33 | 17 | 28 |
| 24 | 4 | 10 | 35 | 22 | 24 | 4 | 0 | 36 | 13 | 28 | 14 | 45 | 15 | 57 | 0 | 31 | 17 | 25 |
| E 25 | 5 | 11 | 34 | 34 | 1 ♋ | 2 | 0 | 32 | 13 | 33 | 15 | 21 | 17 | 10 | 0 | 24 | 17 | 22 |
| 26 | 6 | 12 | 33 | 48 | 10 | 22 | 0 | 27 | 13 | 38 | 15 | 57 | 18 | 23 | 0 ♎ | 12 | 17 | 19 |
| 27 | 7 | 13 | 33 | 4 | 4 ♌ | 6 | 0 | 23 | 13 | 43 | 16 | 32 | 19 | 36 | 29 | 52 | 17 | 16 |
| 28 | 8 | 14 | 32 | 22 | 18 | 13 | 0 | 17 | 13 | 47 | 17 | 8 | 20 | 49 | 29 A | 28 | 17 | 13 |
| 29 | 9 | 15 | 31 | 42 | 2 ♍ | 41 | 0 | 12 | 13 | 52 | 17 | 43 | 22 | 2 | 29 | 0 | 17 | 9 |
| 30 | 10 | 16 | 31 | 5 | 17 | 27 | 0 | 7 | 13 | 56 | 18 | 18 | 23 | 15 | 28 | 18 | 17 | 6 |
| Oc. 1 | 11 | 17 | 30 | 30 | 2 ♎ | 24 | 0 V | 2 | 14 | 0 | 18 | 53 | 24 | 32 | 27 | 52 | 17 | 3 |
| 2 | 12 | 18 | 29 | 57 | 17 | 16 | 29 | 57 | 14 | 4 | 19 | 28 | 25 | 41 | 27 | 13 | 17 | 0 |
| 3 | 13 | 19 | 29 | 26 | 2 ♏ | 24 | 29 | 52 | 14 | 8 | 20 | 3 | 26 | 54 | 26 | 31 | 16 | 57 |
| 4 | 14 | 20 | 28 | 56 | 17 | 13 | 29 | 47 | 14 | 12 | 20 | 38 | 28 | 7 | 25 | 47 | 16 | 53 |
| 5 | 15 | 21 | 28 | 28 | 1 ♐ | 45 | 29 | 42 | 14 | 16 | 21 | 13 | 29 | 20 | 25 | 2 | 16 | 50 |
| 6 | 16 | 22 | 28 | 2 | 15 | 57 | 29 | 37 | 14 | 19 | 21 | 48 | 0 ♐ | 33 | 24 | 19 | 16 | 47 |
| 7 | 17 | 23 | 27 | 38 | 29 ♑ | 47 | 29 | 32 | 14 | 22 | 22 | 23 | 1 | 45 | 23 | 38 | 16 | 44 |
| 8 | 18 | 24 | 27 | 16 | 13 | 15 | 29 | 27 | 14 | 25 | 22 | 58 | 2 | 58 | 23 | 0 | 16 | 41 |
| E 9 | 19 | 25 | 26 | 55 | 26 ♒ | 22 | 29 | 22 | 14 | 28 | 23 | 32 | 4 | 12 | 22 | 25 | 16 | 38 |
| 10 | 20 | 26 | 26 | 38 | 9 | 7 | 29 | 17 | 14 | 30 | 24 | 6 | 5 | 23 | 21 | 54 | 16 | 34 |
| 11 | 21 | 27 | 26 | 22 | 21 ♓ | 36 | 29 | 12 | 14 | 32 | 24 | 40 | 6 | 35 | 21 | 7 | 16 | 31 |
| 12 | 22 | 28 | 26 | 8 | 3 | 49 | 29 A | 7 | 14 | 34 | 25 | 14 | 7 | 47 | 21 | 5 | 16 | 28 |
| 13 | 23 | 29 ♏ | 25 | 56 | 15 | 49 | 29 | 2 | 14 | 36 | 25 | 48 | 8 | 59 | 20 | 48 | 16 | 25 |
| 14 | 24 | 0 | 25 | 45 | 27 | 40 | 28 | 57 | 14 | 37 | 26 | 22 | 10 | 11 | 20 | 37 | 16 | 22 |
| 15 | 25 | 1 | 25 | 36 | 9 ♈ | 25 | 28 | 52 | 14 | 39 | 26 | 56 | 11 | 23 | 20 Di | 33 | 16 | 18 |
| 16 | 26 | 2 | 25 | 29 | 21 | 6 | 28 | 47 | 14 | 40 | 27 | 30 | 12 | 34 | 20 | 35 | 16 | 15 |
| 17 | 27 | 3 | 25 | 24 | 2 ♉ | 47 | 28 | 42 | 14 | 41 | 28 | 3 | 13 | 46 | 20 | 43 | 16 | 12 |
| 18 | 28 | 4 | 25 | 21 | 14 | 32 | 28 | 37 | 14 | 42 | 28 | 37 | 14 | 58 | 20 | 56 | 16 | 9 |
| 19 | 29 | 5 | 25 | 20 | 26 ♊ | 25 | 28 | 32 | 14 | 43 | 29 | 10 | 16 | 10 | 21 S | 14 | 16 | 6 |
| 20 | 30 | 6 | 25 | 21 | 8 | 29 | 28 | 27 | 14 | 43 | 29 ♍ | 44 | 17 | 22 | 21 | 37 | 16 | 3 |
| 21 | 31 | 7 | 25 | 23 | 20 | 46 | 28 | 22 | 14 | 44 | 0 | 17 | 18 | 33 | 22 | 5 | 15 | 59 |

| Syzygiæ Lunares. | | | | | | | |
|---|---|---|---|---|---|---|---|
| | | Orient. | Orient. | Orient. | Occid. | Occid. | Syzygiæ Planetarũ mutuæ, & eorum congressus cum illustrioribus aliquibus stellis fixis. |
| | ☉ | ♄ | ♃ | ♂ | ♀ | ☿ | |
| Dies | H ′ | H ′ | H ′ | H ′ | H ′ | H ′ | |
| 1 | | | | | | | △ ♃ ♀ 19.3 \| ♂ oc. cũ |
| 2 | 20 △ 6 | | | | | | □ ♂ ♀ 1.1 \| (d. hu. An. |
| 3 | | | | 5 ✶ 24 | | | ♀ occ. cum cingulo ♍. |
| 4 | | 13 ✶ 2 | | | | 11 △ 50 | ♂ m.c. cum hydra. a. |
| 5 □ | 9 8 | | 11 ☌ 40 | | 20 △ 4 | | |
| 6 Asc. | 24 ♊ | 17 □ 31 | | | | 16 □ 45 | ☍ ♄ ☿ ferè partilis. b. |
| 7 | 17 ✶ 17 | | | 22 ☌ 5 | | | □ ☉ ♃ 4.22. |
| 8 | | 19 △ 55 | | | 4 □ 42 | 18 ✶ 4 | ♀ m.c. cum corona. |
| 9 | | | 18 ✶ 15 | | | | |
| 10 | | | | | 10 ✶ 8 | | |
| 11 | | | 18 □ 36 | | | | ☿ ☊ 23.14 \| ♄ oc. cũ cor. |
| 12 ☌ | 2 10 | 19 ☍ 57 | | 3 ✶ 23 | | 15 ☌ 0 | ☿ Perig. (V. c. |
| 13 Asc. | 25 ♑ | | 19 △ 5 | | | | ♀ or. cũ rostro galli. d. |
| 14 | | | | 5 □ 52 | 19 ☌ 38 | | ✶ ☉ ♂ 8.38. |
| 15 | | | | | | | ♀ m.c. cum palma ophi. |
| 16 | 12 ✶ 11 | 23 △ 32 | | 10 △ 34 | | 13 ✶ 51 | |
| 17 | | | | | | | ☌ ☉ ☿ 10.55. (Ber. c. |
| 18 □ | 22 32 | | 2 ☍ 8 | | | 17 □ 5 | ✶ ♂ ☿ 0.42 \| ♀ oc. cũ co. |
| 19 Asc. | 9 ♓ | 5 □ 37 | | | 16 ✶ 24 | Orient. | |
| 20 | | | | | | 23 △ 43 | |
| 21 | 11 △ 29 | 14 ✶ 50 | | 6 ☍ 18 | | | ♂ or. cũ basilisco. (tare |
| 22 | | | 21 △ 32 | | 8 □ 51 | | ☍ ☉ ♄ 17.53 \| ♀ or. cũ an |
| 23 | | Occid. | | | | | |
| 24 | | | | | | | |
| 25 | | | 10 □ 46 | | 4 △ 31 | 23 ☍ 0 | ☉ Apog. & ☋ 14.3. |
| 26 | | 15 ☌ 40 | | 13 △ 48 | | | |
| 27 ☌ | 1 47 | | | | | | |
| 28 Asc. | 5 ♏ | | 0 ✶ 20 | | | | △ ♄ ♂ 0.0. |
| 29 | | | | 5 □ 44 | | | (c. cum acu. ♏. |
| 30 | | | | | 19 ☍ 13 | | ♀ oc. cũ Arcturo, & m. |
| 31 | | 14 ✶ 24 | | 19 ✶ 0 | | 2 △ 35 | ♂ or. cum cauda Ber. |

*a. Die 4. ♀ m.c. cum lance Bor.*
*b. Die 6. ♀ occ. cum aculeo ♏.*
*c. Die 11. ♀ occ. cum neb. ♏, & cum corde ♏.*
*☿ sit ♃ orienda cum fidicula.*
*d. Die 13. ♀ occ. cum boreali chele.*
*e. Die 18. ♀ m.c. cum altare.*

| D S | | A | | | |
|---|---|---|---|---|---|
| ♀ ♓ | | ☿ ♎ | | ☊ ♎ | |
| | ′ | P | ′ | P | ′ |
| | 45 | 22 | 38 | 15 | 5 |
| | 56 | 23 | 15 | 15 | 5 |
| | 8 | 23 | 57 | 15 | 5 |
| | 19 | 24 | 43 | 15 | 4 |
| 4 | 30 | 25 | 33 | 15 | 4 |
| 5 | 41 | 26 | 27 | 15 | 4 |
| 6 | 52 | 27 | 25 | 15 | 3 |
| 8 | 3 | 28 | 26 | 15 | 3 |
| 9 ♄ | 14 | 29 | 30 | 15 | 3 |
| 0 | 25 | 0 | 37 | 15 | 2 |
| 1 | 36 | 1 | 47 | 15 | 2 |
| 2 | 47 | 3 | 0 | 15 | 2 |
| 3 | 58 | 4 | 15 | 15 | 1 |
| 5 | 8 | 5 | 32 D | 15 | 1 |
| 6 | 18 | 6 | 51 | 15 | 1 |
| 7 | 28 | 8 | 12 | 15 | |
| 8 | 38 | 9 | 35 | 15 | |
| 9 | 48 | 11 | 0 | 15 | |
| 10 | 58 | 12 | 27 | 14 | |
| 12 | 7 | 13 | 56 | 14 | |
| 13 | 17 | 15 | 26 | 14 | |
| 14 | 26 | 16 | 57 | 14 | |
| 15 | 35 | 18 | 29 | 14 | |
| 16 | 44 | 20 | 2 | 14 | |
| 17 | 53 | 21 | 37 | 14 | |
| 19 A | 2 | 23 | 13 | 14 | |
| 20 | 10 | 24 | 50 | 14 | |
| 21 | 19 | 26 | 28 | 14 | |
| 22 | 27 | 28 | 6 | 14 | |
| 23 | 35 | 29 | 45 | 14 | |

| Syzygiæ Lunares | | | | | | | |
|---|---|---|---|---|---|---|---|
| | | Occid. | Orient. | Orient. | Occid. | Orient. | Syzygiæ Planetarũ mutuæ, & eorum congressus cum illustrioribus aliquibus stellis fixis. |
| | ☽ | ♄ | ♃ | ♂ | ♀ | ☿ | |
| Dies | H / | H / | H / | H / | H / | H / | |
| 1 | 12 △ 9 | | 11 ☌ 7 | | | | ♀ or. cum aquila. |
| 2 | | 12 □ 22 | | | | 13 □ 18 | ♂ occ. cum Algorab. |
| 3 □ | 20 55 | | | | | | ☌ or. cũ hydra \| ♀ m.c. cũ |
| 4 Asc. | 3 ♐ | | | | 18 △ 43 | 20 ✶ 44 | (neb. ♏. |
| 5 | | 2 △ 3 | | 9 ☌ 31 | | | |
| 6 | 2 ✶ 58 | | 4 ✶ 51 | | | | ♀ or. cum cauda Del. |
| 7 | | | | | 0 □ 46 | | ∠ ☉ ♃ 6. 32 \| △ ♄ ♀ 20. |
| 8 | | | 5 □ 28 | | | | ☉ Peri. ☌ ☊ 0. 32 (1.a. |
| 9 | | 2 ☌ 16 | | 15 ✶ 5 | 5 ✶ 22 | 5 ☌ 48 | |
| 10 ☌ | 11 43 | | 6 △ 0 | | | | |
| 11 Asc. | 13 [illegible] | | | 18 □ 17 | | | ✶ ♃ ♀ ferè partil. |
| 12 | | | | | | | ☿ or. cum lyra. |
| 13 | | 5 △ 34 | | 23 △ 52 | 18 ☌ 48 | 19 ✶ 30 | ♃ or. cum neb. ♐. |
| 14 | | | 11 ☍ 59 | | | | ♀ or. cũ arcu ♏ \| ♀ m.c. cũ |
| 15 | 2 ✶ 16 | 10 □ 30 | | | | | ♃ m.c. cũ neb ♐ (syna.b |
| 16 | | | | | | 8 □ 7 | ✶ ♂ ☿ 17. 4. |
| 17 □ | 15 38 | 18 ✶ 48 | | | | | ♀ or. cũ ca cy. & chelis |
| 18 Asc. | 13 ♎ | | | 20 ☍ 35 | 21 ✶ 43 | | △ ♂ ♀ 1. 42 \| ♀ or. cũ |
| 19 | | | 4 ∠ 20 | | | 0 △ 57 | ☿ or. cũ virgin (neb. ♏. |
| 20 | 7 △ 33 | | | | | | △ ♃ ☿ 4. 19 ☿ or. cũ 270 |
| 21 | | | 16 □ 0 | | 15 □ 55 | | ✶ ♃ ♀ 17. 6 ☉ ☋ 17. |
| 22 | | 17 ☌ 23 | | | | | ☉ Apog. (6.c. |
| 23 | | | | | | | |
| 24 | | | 3 ✶ 14 | 2 △ 8 | 10 △ 54 | 19 ☍ 0 | ♀ m.c. cũ rostro gallinæ. |
| 25 ☍ | 19 30 | | | | | | ✶ ♃ ♂ 21. 57 \| ♀ m.c. |
| 26 Asc. | 3 ♐ | | | 12 □ 24 | | | (cũ Aquila. |
| 27 | | 10 ✶ 7 | | | | | ♀ oc. cũ media frontis ♏ |
| 28 | | | | | | | ☿ oc. cũ neb. ad cord. ♏ |
| 29 | | | 0 ☌ 45 | 4 ✶ 3 | 18 ☍ 42 | | ☿ or. cum rostro gallinæ. |
| 30 | 22 △ 13 | 0 □ 9 | | | | 7 △ 17 | ♀ occ. cum lance Bor. |

a. Die 7. ☍ ♄ ☿ 8. 1.
b. Die 14. ♀ occ. cum neb. ♐.
c. Die 21. ♂ or. cum cauda ☊, & ♀ occ cum corona.
♃ in principio mensis fit stationarius ad R² orientis cum Rigel, & occ. ferè cum hydra.

| Anni Iuliani | Anni Grego. | Positus Planetarum Diurnus. | | | | | | | | | | | | | | | | |
|---|---|---|---|---|---|---|---|---|---|---|---|---|---|---|---|---|---|---|
| | | | | | | | M | A | M | A | S | A | M | A | S | D | | |
| | | ☉ ♐ | | | ☽ ♌ | | ♄ ♈ | | ♃ ♋ | | ♂ ♍ | | ♀ ♑ | | ☿ ♐ | | ☊ ♎ | |
| Dies | | P | ' | '' | P | ' | P | ' | P | ' | P | ' | P | ' | P | ' | P | ' |
| 21 | 1 | 8 | 40 | 10 | 9 | 34 | 26 | 14 | 13 | 25 | 16 | 16 | 24 | 43 | 1 M | 25 | 14 | 21 |
| 22 | 2 | 9 | 41 | 6 | 23 | 17 | 26 | [illegible] | 13 | 20 | 16 | 44 | 25 | 51 | 3 | 5 | 14 | 17 |
| 23 | 3 | 10 | 41 | 51 | 7 ♍ | 20 | 26 | 8 | 13 | 15 | 17 | 12 | 26 | 58 | 4 | 40 | 14 | 14 |
| 24 | 4 | 11 | 42 | 43 | 21 | 40 | 26 | 5 | 13 | 10 | 17 | 40 | 28 | 5 | 6 | 27 | 14 | 11 |
| 25 | 5 | 12 | 43 | 36 | 6 ♎ | 13 | 26 | 2 | 13 | 4 | 18 | 7 | 29 | 12 | 8 | 9 | 14 | 8 |
| 26 | 6 | 13 | 44 | 30 | 20 | 53 | 25 | 59 | 12 | 59 | 18 | 35 | 0 ♒ | 19 | 9 | 51 | 14 | 5 |
| E 27 | 7 | 14 | 45 | 25 | 5 ♏ | 34 | 25 | 57 | 12 | 53 | 19 | 2 | 1 | 25 | 11 | 33 | 14 | 2 |
| 28 | 8 | 15 | 46 | 21 | 20 | 9 | 25 | 55 | 12 | 47 | 19 | 29 | 2 | 32 | 13 | 16 | 13 | 58 |
| 29 | 9 | 16 | 47 | 18 | 4 ♐ | 30 | 25 | 53 | 12 | 41 | 19 | 56 | 3 | 39 | 14 | 59 | 13 | 55 |
| 30 | 10 | 17 | 48 | 16 | 18 | 36 | 25 | 51 | 12 | 35 | 20 | 23 | 4 | 45 | 16 | 42 | 13 | 52 |
| De. 1 | 11 | 18 | 49 | 14 | 2 ♑ | 26 | 25 | 49 | 12 | 28 | 20 | 49 | 5 | 51 | 18 | 25 | 13 | 49 |
| 2 | 12 | 19 | 50 | 14 | 15 | 56 | 25 | 47 | 12 | 21 | 21 | 15 | 6 | 57 | 20 | 9 | 13 | 46 |
| 3 | 13 | 20 | 51 | 14 | 29 | 9 | 25 | 45 | 12 | 14 | 21 | 41 | 8 | 2 | 21 | 53 | 13 | 42 |
| E 4 | 14 | 21 | 52 | 15 | 12 ♒ | 6 | 25 | 43 | 12 | 7 | 22 | 7 | 9 | 7 | 23 | 37 | 13 | 39 |
| 5 | 15 | 22 | 53 | 17 | 24 | 49 | 25 | 41 | 12 | 0 | 22 | 32 | 10 | 12 | 25 | 21 | 13 | 36 |
| 6 | 16 | 23 | 54 | 19 | 7 ♓ | 19 | 25 | 40 | 11 | 53 | 22 | 57 | 11 | 16 | 27 | 5 | 13 | 33 |
| 7 | 17 | 24 | 55 | 21 | 19 | 40 | 25 | 39 | 11 | 46 | 23 | 22 | 12 | 20 | 28 ♑ | 49 | 13 | 30 |
| 8 | 18 | 25 | 56 | 24 | 1 ♈ | 54 | 25 | 38 | 11 | 39 | 23 | 47 | 13 | 24 | 0 | 32 | 13 | 27 |
| 9 | 19 | 26 | 57 | 27 | 14 | 1 | 25 | 37 | 11 | 32 | 24 | 11 | 14 | 27 | 2 | 15 | 13 | 23 |
| 10 | 20 | 27 | 58 | 31 | 26 | 6 | 25 | 36 | 11 | 24 | 24 | 35 | 15 | 30 | 3 | 58 | 13 | 20 |
| E 11 | 21 | 28 ♑ | 59 | 35 | 8 ♉ | 12 | 25 | 35 | 11 | 16 | 24 | 59 | 16 | 33 | 5 | 40 | 13 | 17 |
| 12 | 22 | 0 | 0 | 40 | 20 | 27 | 25 | 35 | 11 | 8 | 25 | 23 | 17 | 35 | 7 | 22 | 13 | 14 |
| 13 | 23 | 1 | 1 | 45 | 2 ♊ | 32 | 25 | 34 | 11 | 0 | 25 | 46 | 18 | 37 | 9 | 3 | 13 | 11 |
| 14 | 24 | 2 | 2 | 50 | 14 | 51 | 25 | 33 | 10 | 52 | 26 | 9 | 19 | 39 | 10 A | 44 | 13 | 8 |
| 15 | 25 | 3 | 3 | 55 | 27 ♋ | 21 | 25 | 33 | 10 | 44 | 26 | 32 | 20 | 40 | 12 | 24 | 13 | 4 |
| 16 | 26 | 4 | 5 | 1 | 10 | 5 | 25 | 32 | 10 | 36 | 26 | 54 | 21 | 41 | 14 | 4 | 13 | 1 |
| 17 | 27 | 5 | 6 | 7 | 23 ♌ | 4 | 25 | 32 | 10 | 28 | 27 | 16 | 22 | 42 | 15 | 43 | 12 | 58 |
| E 18 | 28 | 6 | 7 | 13 | 6 | 20 | 25 Di | 32 | 10 | 20 | 27 | 38 | 23 | 42 | 17 | 22 | 12 | 55 |
| 19 | 29 | 7 | 8 | 19 | 19 ♍ | 55 | 25 | 32 | 10 | 12 | 27 | 59 | 24 | 42 | 19 | 0 | 12 | 52 |
| 20 | 30 | 8 | 9 | 26 | 3 | 48 | 25 | 32 | 10 | 4 | 28 | 20 | 25 | 42 | 20 | 37 | 12 | 48 |
| 21 | 31 | 9 | 10 | 33 | 17 | 57 | 25 | 32 | 9 | 56 | 28 | 41 | 26 | 40 | 22 | 13 | 12 | 45 |

| Latitudo Planetarũ ad diē | | ♄ | | ♃ | | ♂ | | ♀ | | ☿ | | |
|---|---|---|---|---|---|---|---|---|---|---|---|---|
| | 1 | 2 | 52 | 0 | 39 | 1 | 31 | 1 | 22 | 0 M | 3 | |
| | 11 | 2 | 48 | 0 | 38 | 1 | 43 | 2 | 11 | 1 | 3 | Meusa |
| | 21 | 2 | 43 | 0 | 37 | 1 | 56 | 1 | 52 | 1 A | 55 | |

| Syzygiæ Lunares. | | | | | | | |
|---|---|---|---|---|---|---|---|
| | | Occid. | Orient. | Orient. | Occid. | Orient. | Syzygiæ Planetarũ mutuę, & eorum congressus cum illustrioribus aliquibus stellis fixis. |
| | ☉ | ♄ | ♃ | ♂ | ♀ | ☿ | |
| Dies | H ′ | H ′ | H ′ | H ′ | H ′ | H ′ | |
| 1 | | | | | | | |
| 2 | | 5 △ 3 | | | | 19 □ 2 | □ ♄ ♀ 6.51. |
| 3 □ | 6 10 | | 9 ✶ 51 | 17 ☌ 4 | | | ♀ *m.c.cum cor.* ♈. |
| 4 Asc. | 9 ♋ | | | | 11 △ 28 | | ☿ *or.cum corde.* ✱. |
| 5 | 11 ✶ 8 | | 11 □ 8 | | | 3 ✶ 35 | ☽ ☊ 10.7. |
| 6 | | 8 ☍ 18 | | | 16 □ 40 | | ☽ Perig. |
| 7 | | | 11 △ 57 | 22 ✶ 51 | | | ♀ *m.c. cum cauda Del.* |
| 8 | | | | | 22 ✶ 27 | | |
| 9 ☌ | 22 4½ | | | | | 20 ☌ 20 | |
| 10 Asc. | 5 ♒ | 12 △ 33 | | 3 □ 12 | | | ♂ *m.c.cum cauda* ♌ *a.* |
| 11 | | | 17 ☍ 58 | | | | ☌ ☽ ♀ 12.31 ☿ *or.cum* |
| 12 | | 17 □ 30 | | 9 △ 58 | | Occid. | □ ♂ ☿ 20.18 (*aqui.b.* |
| 13 | | | | | 17 ☌ 58 | | |
| 14 | 20 ✶ 2 | | | | | | □ ☽ ♂ 10.0. |
| 15 | | 1 ✶ 40 | | | | 1 ✶ 11 | △ ♄ ☿ 4.34. (*caud.Del.* |
| 16 | | | 8 △ 47 | | | | ♀ *or.cū Fomah.* & ☿ *cū* |
| 17 □ | 11 25 | | | 7 ☍ 31 | | 20 □ 55 | △ ☽ ♄ 17.2. c. |
| 18 Asc. | 20 ♍ | | 19 □ 8 | | | | ☽ ☋ 22.16. |
| 19 | | 23 ☌ 0 | | | 0 ✶ 57 | | |
| 20 | 4 △ 2 | | | | | 18 △ 10 | ☽ *Apo.* ☿ *or.cū neb.* ✶ |
| 21 | | | 6 ✶ 3 | | 18 □ 3 | | ♀ *or cum cauda* ♌. *d.* |
| 22 | | | | 10 △ 34 | | | ♃ *or.cū d.hu.Or.et Her.* |
| 23 | | | | | | | ☿ *or.cum neb.* ✱. |
| 24 | | 20 ✶ 33 | | 22 □ 22 | 10 △ 1 | | ☍ ♃ ☿ 1.47. |
| 25 ☍ | 10 48 | | | | | | ♂ *m.c.cum rostro corui.* |
| 26 Asc. | 19 ♍ | | 0 ☌ 57 | | | 8 ☍ 26 | ☿ *oc. cum corona.* |
| 27 | | 4 □ 27 | | 7 ✶ 31 | | | (*cauda Del.* |
| 28 | | | | | | | ♃ *oc.cū hœdis,* & ♀ *cū* |
| 29 | | 9 △ 42 | | | 8 ☍ 53 | | ✶ ♄ ♀ 20.20. |
| 30 | 7 △ 58 | | 10 ✶ 31 | | | | ♂ *or.cum vindem.* |
| 31 | | | | 18 ☌ 21 | | 8 △ 0 | ☍ ☽ ♃ 15.59. |

a. *Die* 10. ☿ *m.c. cum cauda cygni.*
b. *Die* 12. ☿ *occ.cum Arcturo.*
c. *Die* 17. ♀ *occ cum aquila,* & *cauda* ♌.
d. *Die* 21. ♀ *m.c.cum cauda* ♌, & ☿ *or.cum neb.* ✱.

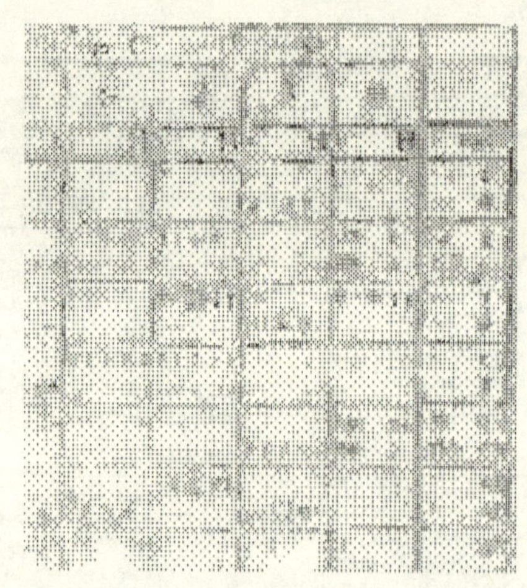

# EPHEMERIS
## IOANNIS ANTONII
## MAGINI PATAVINI

Ad annũm Dominicæ
Incarnationis
1587.

Qui est tertius post Intercalarem, & quintus post
Kalendarium restitutum, & ab initio
Mundi 5549.

*Thema Mundi ad introitum Solis in
primum scrupulum ♈.*

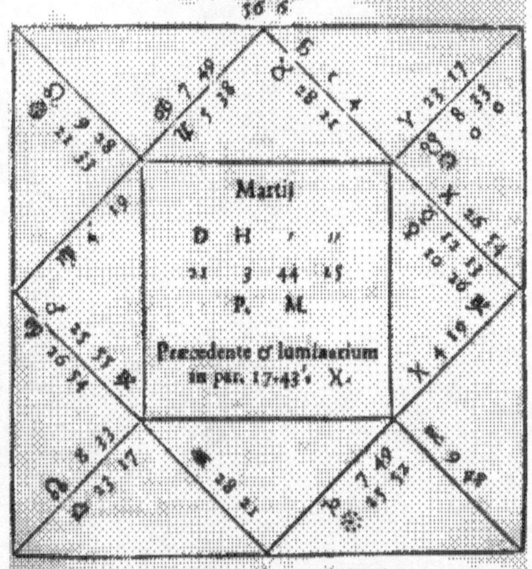


Anni Tropici vera magnitudo.

*Dierum* 365. *Horarum* 5. *Scr.* 55'. 26''. 47'''. 28''''.

Mm 3

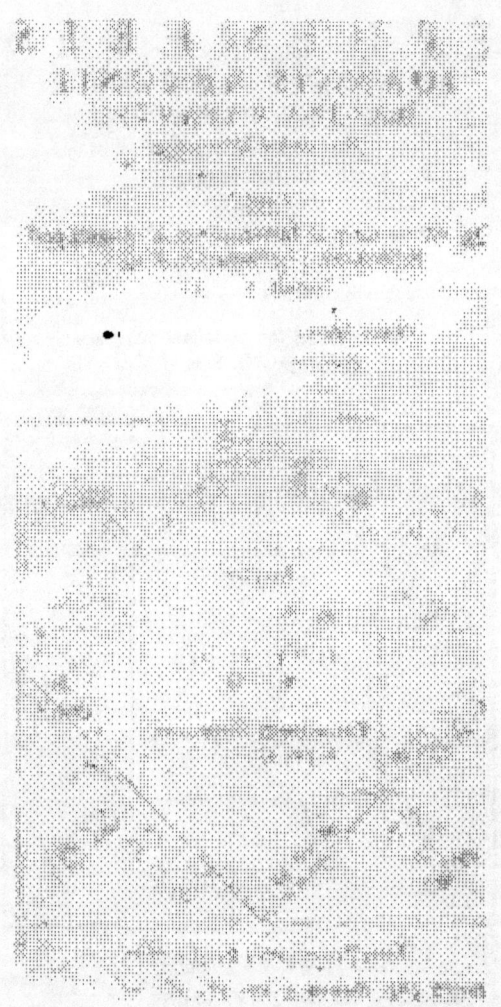

# ANNO SALVTIFERI PARTVS 1587 communi.

| | | | D. | H. | ′ | ″ |
|---|---|---|---|---|---|---|
| Reuerſio ⊙ ad principium | ♋, Seu ſolſtitii æſtiui | Iunij | 22 | 0 | 39 | 8 |
| | ♎, Seu autumnalis æquinoctij | Septemb. | 23 | 11 | 45 | 20 |
| | ♑, Seu ſolſtitij verni | Decemb. | 22 | 5 | 52 | 57 |

| | P. | ′ | ″ | ‴ |
|---|---|---|---|---|
| Vera præceſſio Æquinoctiorum | 27 | 57 | 26 | 11 |
| Obliquitas Zodiaci | 23 | 28 | 5 | 17 |

Eccentricitas ⊙ 32232. Qualium ſemidiameter eccentrici ⊙ parti. 1000000. ſeu par. 1. 56′. 2″. 2‴. Qualium P. 60.

| | | P. | ′ | ″ | | | |
|---|---|---|---|---|---|---|---|
| Locus Apogæi | ♄ | 29 | 7 | 46 | ♐ | Aureus Numerus | 11 |
| | ♃ | 6 | 39 | 39 | ♎ | Cyclus Solis | 28 |
| | ♂ | 28 | 23 | 17 | ♌ | Epacta | 21 |
| | ⊙ | 9 | 2 | 52 | ♋ | Indictio Romana | 15 |
| | ♀ | 16 | 18 | 27 | ♊ | Litera Dominicalis | D |
| | ☿ | 0 | 2 | 18 | ♐ | Interuallum hebd. 6. Dies | 3 |

*Feſta mobilia ſecundum Sacroſanctæ Romanæ Eccleſiæ vſum iuxta annum reformatum.*

| | | |
|---|---|---|
| Septuageſima | Ianuarij | 25 |
| Cinis | Febr. | 11 |
| Paſcha | Martii | 29 |
| Rogationes | Maii | 3 |
| Aſcenſio | Maii | 7 |
| Pentecoſte | Maii | 17 |
| Corpus Chriſti | Maii | 28 |
| Aduentus Domini | Nouemb. | 29 |

## Defectus Lunæ anno Domini 1587.

*Accidit hoc anno plenilunium Eclipticum die 26. Septembris anni Gregoriani, qui congruit cum die 6. eiusdem iuxta annum veterem H. 9. 27′. 42″. P. M. diebus æquatis, quo quidem temporis momento Luna reperitur in par. 13. 3′. 37″. ♓ ex aduerso ☉ sita, eiusque anomalia par. 298. 7′. 24″. & semidiameter apparens eius 15′. 37″. Sol autem versatur circa longitudinem mediam sui eccentri, nam eius anomalia annua est par. 75. 46′. & eius semidiameter 16. 11″. Semidiameter autem umbræ terrenæ coæquata reperitur 41′. 39″. Verus motus latitudinis Lunæ ad dictũ tempus est par. 84. 1′. 52″. ex quo fuit deprehensa latitudo ☽ 31′. 9″. Boreas & ad principium defectus 35′. 40″. ad finem vero 26′. 38″. Borealis semper. Digiti Ecliptici 10′. 2″. Tempus incidentiæ, seu casus H. 1. 40′. 50″.*

| | | H. | scr. | | |
|---|---|---|---|---|---|
| *Huius autẽ Lunaris defectus pũct. 10. 2′.* | *Principium spectabitur* | 7 | 47 | *P. M.* | *Tota duratio erit H. 3. scrup. 22.* |
| | | 1 | 36 | *Horol.* | |
| | *Medium accidet* | 9 | 28 | *P. M.* | |
| | | 3 | 17 | *Horol.* | |
| | *Exitus erit* | 11 | 9 | *P. M.* | |
| | | 4 | 58 | *Horol.* | |

Sequitur Typus prædictæ Eclipsis Lunaris.

*Boreas*

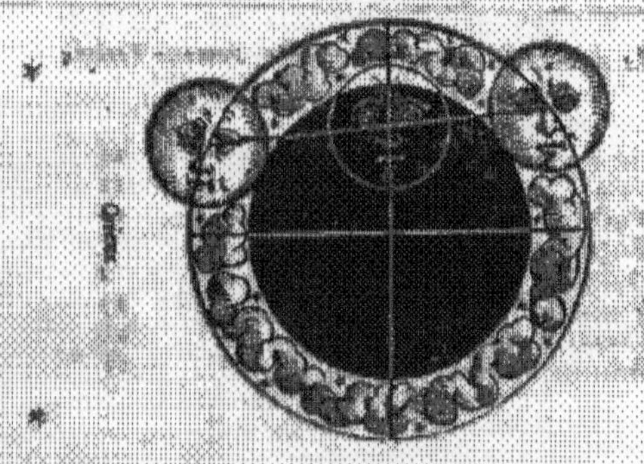


*Occidens*

*Auster*

## *Planetarum status.*

♄ Hoc anno à medietate sui deferentis versus Perigæum defertur.
Die 28 Aprilis per superiorem
5 Nouemb. per inferiorem } Parui orbis partem transit.
Retrocurrit à 28. August. vsque ad calcem anni.

♃ Presenti anno rotatur circa longitudinem mediam eccentrici.
Die 3 Ianuarij in Perigæo
19 Iulii in Apogæo } Epicycli reperitur.
Retrocessum anni transacti finit 27. Febr. & iterum die 2. Decemb. retrograditur vsque in annum proximum.

♂ 13 Ianuarii per superiora
13 Decemb. per inferiora. } Sui deferentis fertur.
20 Martii Perigæum epicycli tenet.
Mouetur in præcedentia à die 7. Febr. vsque in 28. Aprilis.

♀ Die 8 Iunii Apogæum
8 Decemb. Perigæum } Eccentrici transit.
8 Martii per infimam
22 Decemb. per supremam } Parui orbis partem incedit.
Contra signorum sequelam deambulat à die 15. Febr. vsq; post diem 28. Martii.

☿ Die 23 Maii demissiorem
21 Nouemb. supremam } Eccentri partem occupat.
7 Febr. in Perigæo
6 Aprilis in Apogæo
17 Iunii in Perigæo
1 Augusti in Apogæo
28 Septemb. in Perigæo
24 Nouemb. in Apogæo } Epicycli versatur.
27 Ianuarii vsque post 18. Febr.
23 Maii vsque ad 15. Iunii
16 Septemb. vsque ad 8. Octobris } Regressum facit.

Ianuarius 1587

| Anni veteris | Anni Grego. | Poſitus Planetarum Diurnus | | | | | | | | | | | | | | | | |
|---|---|---|---|---|---|---|---|---|---|---|---|---|---|---|---|---|---|---|
| | | | | | | | M | A | M | A | S | A | M | A | M | A | | |
| | | ☉ ♑ | | | ☽ ♎ | | ♄ ♈ | | ♃ ♋ | | ♂ ♍ | | ♀ ♒ | | ☿ ♑ | | ☊ ♎ | |
| Dies | | P | ′ | ″ | P | ′ | P | ′ | P | ′ | P | ′ | P | ′ | P | ′ | P | ′ |
| 22 | 1 | 10 | 11 | 40 | 2 | 19 | 25 | 33 | 9 | 48 | 29 | 1 | 27 | 38 | 23 | 48 | 12 | 41 |
| 23 | 2 | 11 | 12 | 46 | 16 | 49 | 25 | 33 | 9 | 40 | 19 | 22 | 28 | 36 | 25 | 21 | 12 | 39 |
| 24 | 3 | 12 | 13 | 52 | 1 ♏ | 20 | 25 | 33 | 9 | 32 | 29 ♎ | 42 | 29 ♓ | 33 | 25 | 54 | 12 | 36 |
| D 25 | 4 | 13 | 14 | 58 | 15 | 48 | 25 | 34 | 9 | 24 | 0 | 1 | 0 | 29 | 28 | 24 | 12 | 33 |
| 2[illegible] | 5 | 14 | 16 | 4 | 0 ♐ | 5 | 25 | 35 | 9 | 16 | 0 | 20 | 1 | 25 | 29 ♒ | 53 | 12 | 29 |
| 27 | 6 | 15 | 17 | 10 | 14 | 17 | 25 | 36 | 9 | 9 | 0 | 38 | 2 | 20 | 1 | 21 | 12 | 26 |
| 28 | 7 | 16 | 18 | 15 | 27 ♑ | 52 | 25 | 37 | 9 | 1 | 0 | 56 | 3 | 15 | 2 | 47 | 12 | 23 |
| 29 | 8 | 17 | 19 | 20 | 11 | 22 | 25 | 38 | 8 | 54 | 1 | 13 | 4 | 9 | 4 | 11 | 12 | 20 |
| 30 | 9 | 18 | 20 | 25 | 24 ♒ | 32 | 25 | 39 | 8 | 47 | 1 | 30 | 5 | 2 | 5 | 33 | 12 | 17 |
| 31 | 10 | 19 | 21 | 30 | 7 | 27 | 25 | 40 | 8 | 39 | 1 | 47 | 5 | 54 | 6 | 53 | 12 | 14 |
| D 1 | 11 | 20 | 22 | 35 | 20 ♓ | 8 | 25 | 41 | 8 | 32 | 2 | 3 | 6 | 45 | 8 | 10 | 12 | 11 |
| Ian. 2 | 12 | 21 | 23 | 39 | 2 | 38 | 25 | 43 | 8 | 25 | 2 | 18 | 7 | 36 | 9 | 24 | 12 | 8 |
| 3 | 13 | 22 | 24 | 42 | 14 | 59 | 25 | 45 | 8 | 18 | 2 | 33 | 8 | 26 | 10 | 35 | 12 | 5 |
| 4 | 14 | 23 | 25 | 45 | 27 ♈ | 14 | 25 | 46 | 8 | 11 | 2 | 48 | 9 S | 15 | 11 | 43 | 12 | 2 |
| 5 | 15 | 24 | 26 | 47 | 9 | 25 | 25 | 48 | 8 | 4 | 3 | 2 | 10 | 3 | 12 | 48 | 11 | 59 |
| 6 | 16 | 25 | 27 | 49 | 21 ♉ | 34 | 25 | 50 | 7 | 57 | 3 | 17 | 10 | 51 | 13 | 49 | 11 | 56 |
| 7 | 17 | 26 | 28 | 50 | 3 | 43 | 25 | 52 | 7 | 50 | 3 | 30 | 11 | 38 | 14 | 46 | 11 | 53 |
| D 8 | 18 | 27 | 29 | 51 | 15 | 55 | 25 | 54 | 7 | 43 | 3 | 43 | 12 | 24 | 15 | 39 | 11 | 50 |
| 9 | 19 | 28 | 30 | 51 | 28 ♊ | 13 | 25 | 57 | 7 | 36 | 3 | 56 | 13 | 9 | 16 | 28 | 11 | 46 |
| 10 | 20 | 29 | 31 | 50 | 10 | 40 | 25 | 59 | 7 | 29 | 4 | 8 | 13 | 53 | 17 S | 12 | 11 | 43 |
| 11 | 21 | 0 ♒ | 32 | 48 | 23 ♋ | 16 | 26 | 2 | 7 | 22 | 4 | 20 | 14 | 36 | 17 | 51 | 11 | 40 |
| 12 | 22 | 1 | 33 | 45 | 6 | 5 | 26 | 5 | 7 | 16 | 4 | 31 | 15 | 18 | 18 | 25 | 11 | 37 |
| 13 | 23 | 2 | 34 | 42 | 19 ♌ | 8 | 26 | 7 | 7 | 9 | 4 | 41 | 15 | 59 | 18 | 53 | 11 | 34 |
| 14 | 24 | 3 | 35 | 38 | 2 | 26 | 26 | 10 | 7 | 3 | 4 | 51 | 16 | 40 | 19 | 15 | 11 | 31 |
| D 15 | 25 | 4 | 36 | 33 | 16 | 2 | 26 | 13 | 6 | 57 | 5 | 0 | 17 | 19 | 19 | 31 | 11 | 27 |
| 16 | 26 | 5 | 37 | 27 | 29 ♍ | 57 | 26 | 16 | 6 | 51 | 5 | 8 | 17 | 57 | 19 | 40 | 11 | 24 |
| 17 | 27 | 6 | 38 | 20 | 14 | 8 | 26 | 19 | 6 | 45 | 5 | 16 | 18 | 34 | 19 ℞ | 42 | 11 | 21 |
| 18 | 28 | 7 | 39 | 12 | 28 ♎ | 34 | 26 | 22 | 6 | 39 | 5 | 23 | 19 | 9 | 19 | 35 | 11 | 18 |
| 19 | 29 | 8 | 40 | 3 | 13 | 4 | 26 | 26 | 6 | 34 | 5 | 30 | 19 | 42 | 19 | 22 | 11 | 15 |
| 20 | 30 | 9 | 40 | 53 | 27 ♏ | 38 | 26 | 29 | 6 | 28 | 5 | 36 | 20 | 14 | 19 | 1 | 11 | 11 |
| 21 | 31 | 10 | 41 | 42 | 12 | 2 | 26 | 33 | 6 | 23 | 5 | 42 | 20 | 44 | 18 | 33 | 11 | 8 |

| Latitudo Planetarũ ad diẽ | | ♄ | | ♃ | | ♂ | | ♀ | | ☿ | | |
|---|---|---|---|---|---|---|---|---|---|---|---|---|
| | 1 | 2 | 39 | 0 | 36 | 2 | 16 | 1 | 9 | 2 | 3 | Menſe |
| | 11 | 2 | 35 | 0 | 34 | 2 | 33 | 0 S | 18 | 1 S | 26 | |
| | 21 | 2 | 30 | 0 | 32 | 2 | 53 | 0 | 48 | 0 | 15 | |

| Anni veteris | Anni Grego. | Positus Planetarum Diurnus. | | | | | | | | | | | | | | | | |
|---|---|---|---|---|---|---|---|---|---|---|---|---|---|---|---|---|---|---|
| | | | | | | | M | A | M | A | S | A | S | A | S | A | | |
| | | ☉ ♒ | | | ☽ ♓ | | ♄ ♈ | | ♃ ♋ | | ♂ ♎ | | ♀ ♓ | | ☿ ♒ | | ☊ ♎ | |
| Dies | | G | ′ | ″ | G | ′ | G | ′ | G | ′ | G | ′ | G | ′ | G | ′ | G | ′ |
| D 22 | 1 | 11 | 42 | 30 | 26 ♐ | 18 | 26 | 36 | 6 | 18 | 5 | 47 | 21 | 12 | 17 | 58 | 11 | 5 |
| 23 | 2 | 12 | 43 | 17 | 10 | 33 | 26 | 40 | 6 | 13 | 5 | 51 | 21 | 39 | 17 | 16 | 11 | 2 |
| 24 | 3 | 13 | 44 | 2 | 24 ♑ | 20 | 26 | 44 | 6 | 8 | 5 | 54 | 22 | 4 | 16 | 29 | 10 | 59 |
| 25 | 4 | 14 | 44 | 46 | 7 | 48 | 26 | 48 | 6 | 3 | 5 | 57 | 22 | 27 | 15 | 38 | 10 | 56 |
| 26 | 5 | 15 | 45 | 29 | 20 ♒ | 57 | 26 | 52 | 5 | 59 | 5 | 59 | 22 | 49 | 14 | 43 | 10 | 52 |
| 27 | 6 | 16 | 46 | 11 | 3 | 47 | 26 | 56 | 5 | 54 | 6 | 0 | 23 | 9 | 13 | 45 | 10 | 49 |
| 28 | 7 | 17 | 46 | 52 | 16 | 23 | 27 | 0 | 5 | 50 | 6 ℞ | 1 | 23 | 27 | 12 | 46 | 10 | 46 |
| D 29 | 8 | 18 | 47 | 31 | 28 ♓ | 46 | 27 | 4 | 5 | 46 | 6 | 0 | 23 | 43 | 11 | 47 | 10 | 43 |
| 30 | 9 | 19 | 48 | 9 | 10 | 55 | 27 | 9 | 5 | 42 | 5 | 59 | 23 | 57 | 10 | 49 | 10 | 40 |
| 31 | 10 | 20 | 48 | 46 | 23 ♈ | 4 | 27 | 13 | 5 | 38 | 5 | 58 | 24 | 9 | 9 | 53 | 10 | 37 |
| Feb. 1 | 11 | 21 | 49 | 21 | 5 | 6 | 27 | 18 | 5 | 35 | 5 | 56 | 24 | 19 | 9 | 1 | 10 | 33 |
| 2 | 12 | 22 | 49 | 55 | 17 | 7 | 27 | 22 | 5 | 31 | 5 | 53 | 24 | 27 | 8 | 14 | 10 | 30 |
| 3 | 13 | 23 | 50 | 28 | 29 ♉ | 9 | 27 | 27 | 5 | 28 | 5 | 49 | 24 | 33 | 7 D | 33 | 10 | 27 |
| 4 | 14 | 24 | 51 | 0 | 11 | 15 | 27 | 32 | 5 | 25 | 5 | 45 | 24 | 35 | 6 | 58 | 10 | 24 |
| D 5 | 15 | 25 | 51 | 30 | 23 ♊ | 27 | 27 | 37 | 5 | 22 | 5 | 40 | 24 ℞ | 37 | 6 | 30 | 10 | 21 |
| 6 | 16 | 26 | 51 | 58 | 5 | 49 | 27 | 42 | 5 | 19 | 5 | 34 | 24 | 35 | 6 | 9 | 10 | 18 |
| 7 | 17 | 27 | 52 | 24 | 18 ♋ | 22 | 27 | 47 | 5 | 16 | 5 | 27 | 24 | 31 | 5 | 56 | 10 | 14 |
| 8 | 18 | 28 | 52 | 48 | 1 | 9 | 27 | 52 | 5 | 14 | 5 | 19 | 24 | 25 | 5 Di | 51 | 10 | 11 |
| 9 | 19 | 29 | 53 | 10 | 14 | 11 | 27 | 57 | 5 | 12 | 5 | 10 | 24 | 16 | 5 | 52 | 10 | 8 |
| 10 | 20 | 0 ♓ | 53 | 30 | 27 ♌ | 30 | 28 | 2 | 5 | 10 | 5 | 1 | 24 | 5 | 6 | 0 | 10 | 5 |
| 11 | 21 | 1 | 53 | 49 | 11 | 8 | 28 | 8 | 5 | 8 | 4 | 52 | 23 | 51 | 6 | 14 | 10 | 2 |
| D 12 | 22 | 2 | 54 | 6 | 25 ♍ | 5 | 28 | 13 | 5 | 7 | 4 | 40 | 23 | 35 | 6 | 35 | 9 | 59 |
| 13 | 23 | 3 | 54 | 22 | 9 | 18 | 28 | 19 | 5 | 5 | 4 | 26 | 23 | 16 | 7 | 3 | 9 | 55 |
| 14 | 24 | 4 | 54 | 36 | 23 ♎ | 48 | 28 | 24 | 5 | 4 | 4 | 17 | 22 | 55 | 7 | 37 | 9 | 52 |
| 15 | 25 | 5 | 54 | 49 | 8 | 29 | 28 | 30 | 5 | 3 | 4 | 4 | 22 | 31 | 8 | 17 | 9 | 49 |
| 16 | 26 | 6 | 55 | 0 | 23 ♏ | 15 | 28 | 35 | 5 | 3 | 3 | 50 | 22 | 7 | 9 | 3 | 9 | 46 |
| 17 | 27 | 7 | 55 | 9 | 7 | 59 | 28 | 41 | 5 D | 3 | 2 | 36 | 21 | 38 | 9 | 52 | 9 | 43 |
| 18 | 28 | 8 | 55 | 17 | 22 | 34 | 28 | 47 | 5 | 3 | 3 | 21 | 21 | 9 | 10 | 47 | 9 | 40 |
| Latitudo Planetarū ad diē | | | | | | 1 | 2 | 25 | 0 | 29 | 3 | 13 | 2 | 17 | 1 | 59 | Mensis | |
| | | | | | | 11 | 2 | 20 | 0 | 27 | 3 | 35 | 3 | 40 | 1 D | 49 | | |
| | | | | | | 21 | 2 | 16 | 0 | 25 | 3 | 49 | 5 | 8 | 1 | 22 | | |

| | |
|---|---|
| 7 ♃ 21 | ☉ ♉ 10.51. |
| | ☽ 4pog. |
| 5 □ 54 | |

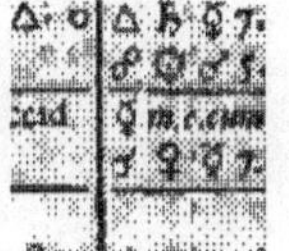

7
3
8
6
8
8

| | | | | | | | | | M | D | M | A | S | D | M | D | S | A | | |
|---|---|---|---|---|---|---|---|---|---|---|---|---|---|---|---|---|---|---|---|---|
| | | | ☉ ♉ | | | ☽ ♓ | | | ♄ ♉ | | ♃ ♋ | | ♂ ♍ | | ♀ ♓ | | ☿ ♉ | | ☊ ♎ | |
| Dies | | | P | ' | " | P | | ' | P | ' | P | ' | P | ' | P | ' | P | ' | P | ' |
| | 21 | 1 | 10 | 1 | 0 | 2 | | 11 | 6 | 17 | 10 | 11 | 16 | 53 | 25 | 27 | 26 | 56 | 6 | [illegible] |
| | 22 | 2 | 10 | 59 | 10 | 14 | | 30 | 6 | 25 | 10 | 21 | 16 | 55 | 26 | 16 | 28 | 30 | 6 | [illegible] |
| D | 23 | 3 | 11 | 57 | 18 | 26 | ♈ | 34 | 6 | 33 | 10 | 30 | 16 | 58 | 27 | 6 | 0 ♊ | 3 | 6 | [illegible] |
| | 24 | 4 | 12 | 55 | 24 | 8 | | 27 | 6 | 41 | 10 | 40 | 17 | 1 | 27 | 56 | 1 | 34 | 6 | [illegible] |
| | 25 | 5 | 13 | 53 | 29 | 20 | ♉ | 12 | 6 | 49 | 10 | 50 | 17 | 5 | 28 | 47 | 3 | 3 | 6 | [illegible] |
| | 26 | 6 | 14 | 51 | 33 | 2 | | 52 | 6 | 57 | 11 | 0 | 17 | 10 | 29 | 39 | 4 | 38 | 6 | [illegible] |
| | 27 | 7 | 15 | 49 | 35 | 13 | | 30 | 7 | 4 | 11 | 10 | 17 | 16 | 0 ♈ | 31 | 5 | 51 | 6 | [illegible] |
| | 28 | 8 | 16 | 47 | 35 | 25 | | 10 | 7 | 12 | 11 | 20 | 17 | 23 | 1 | 24 | 7 | 11 | 6 | [illegible] |
| | 29 | 9 | 17 | 45 | 34 | 6 | ♊ | 56 | 7 | 20 | 11 | 30 | 17 | 30 | 2 | 18 | 8 | 28 | 5 | [illegible] |
| D | 30 | 10 | 18 | 43 | 32 | 18 | | 51 | 7 | 28 | 11 | 41 | 17 | 38 | 3 | 12 | 9 | 41 | 5 | [illegible] |
| Ma. | 1 | 11 | 19 | 41 | 29 | 0 | ♋ | 37 | 7 | 36 | 11 | 51 | 17 | 47 | 4 | 7 | 10 | 50 | 5 | [illegible] |
| | 2 | 12 | 20 | 39 | 23 | 13 | | 19 | 7 | 43 | 12 | 1 | 17 | 56 | 5 | 2 | 11 | 56 | 5 | [illegible] |
| | 3 | 13 | 21 | 37 | 16 | 26 | ♌ | 0 | 7 | 51 | 12 | 12 | 18 | 6 | 5 | 57 | 12 D | 58 | 5 | [illegible] |
| | 4 | 14 | 22 | 35 | 8 | 9 | | 41 | 7 | 59 | 12 | 22 | 18 | 17 | 6 | 53 | 13 | 36 | 4 | [illegible] |
| | 5 | 15 | 23 | 32 | 59 | 22 | ♍ | 30 | 8 | 7 | 12 | 33 | 18 | 28 | 7 | 49 | 14 | 50 | 5 | [illegible] |
| | 6 | 16 | 24 | 30 | 48 | 6 | | 20 | 8 | 14 | 12 | 44 | 18 | 40 | 8 | 46 | 15 | 39 | 5 | [illegible] |
| D | 7 | 17 | 25 | 28 | 36 | 20 | ♎ | 33 | 8 | 22 | 12 | 55 | 18 | 52 | 9 | 43 | 16 | 23 | 5 | [illegible] |
| | 8 | 18 | 26 | 26 | 23 | 5 | | 5 | 8 | 30 | 13 | 6 | 19 | 5 | 10 | 40 | 17 | 2 | 5 | [illegible] |
| | 9 | 19 | 27 | 24 | 9 | 19 | ♏ | 54 | 8 | 38 | 13 | 17 | 19 | 19 | 11 | 38 | 17 | 35 | 5 | [illegible] |
| | 10 | 20 | 28 | 21 | 52 | 4 | | 52 | 8 | 46 | 13 | 28 | 19 | 33 | 12 | 36 | 18 | 2 | 5 | [illegible] |

Syzygiæ Lunares.

| | Occid. ♃ | Occid. ♂ | Orient. ♀ | Orient. ☿ | Syzygiæ Planetarū mutuæ, & eorum congressus cum illustrioribus aliquibus stellis fixis. |
|---|---|---|---|---|---|
| | H ′ | H ′ | H ′ | H ′ | |
| 5 | 15 △ 48 | 4 ☍ 50 | | | ✶ ☉ ♃ 5.0. |
| | 4 □ 35 | | 1 ☌ 9 | 8 ✶ 4 | ☉ ☿ 19.30. (succedit. ♃ oc. cū hedis. ☿ m.c. cū |
| 4 | 19 ✶ 7 | | | | ☿ oc. cum co. ma. (Ald. ☉ Perige. ☿ m.c. cum |
| | | 7 △ 50 | 13 ✶ 46 | | ♃ or. cum dex. hu. Orio. △ ☉ ♂ 16.28. |
| | | 22 □ 34 | | 3 ☌ 28 | ♃ or. cum Hercule ☿ oc. cum dex. hu. Orio. |
| 0 | 21 ☌ 26 | 8 ✶ 50 | 6 □ 38 | | ☿ m.c. cum priori hædo. ☿ or. cum hædibus. |
| 8 | | | 19 △ 41 | 10 ✶ 7 | ☿ m.c. cum capra. a. ☿ or. cum cor. ♌. |
| 5 | 10 ✶ 57 | 21 ☌ 8 | | 16 □ 37 | ☿ m.c. cum Rigel. ☿ or. cum Aldeb. b. |
| | 13 □ 9 | | 19 ☍ 40 | 20 □ 6 | ♃ or. cum prima ζo. Or. ☉ ☊ 0.38. |
| 10 | 24 △ 0 | 23 ✶ 58 | | | ☉ Perig. |
| | | | 17 △ 23 | 22 ☍ 57 | □ ♃ ♀ 2.2. (cauda ♌ □ ♂ ☿ plat. ♂ m.c. cū |
| 7 | 18 ☍ 13 | 22 □ 42 | 22 □ 38 | | ♄ or. cum pleia. |
| 43 | | 5 △ 35 | | | ✶ ♀ ☿ 18.0 ♀ or. cum hedis. e. |
| 14 | | | 19 ✶ 36 | 5 △ 31 | ♀ or. cū dex. hu. Auri. |
| | 9 △ 17 | 22 ☍ 54 | | 11 □ 30 | ☉ ☋ 23.18. |
| | 21 □ 19 | | | 18 ✶ 58 | ♃ or. cum Rigel. |

s. hum. Orio.
9. Med.
eda cygni.
c. cum cingulo Or.

* N n 2

17
18
18
18
18
18
19
19
19

Syzygiæ Lunares.

| | | Orient. | Occid. | Occid. | Orient. | Occid. | Syzygię Planetarũ mutuę, & eorum congressus cum illustrioribus aliquibus stellis fixis. |
|---|---|---|---|---|---|---|---|
| | ☉ | ♄ | ♃ | ♂ | ♀ | ☿ | |
| Dies | H ′ | H ′ | H ′ | H ′ | H ′ | H ′ | |
| 1 | | | | | 16 ☌ 45 | | ♃ m.c. cum Apolline a. |
| 2 | | 23 ☌ 21 | | | | | |
| 3 | | | 11 ✱ 10 | | | | ☌ ☉ ♀ 9.49 \| ☽ Ap. ♄ |
| 4 | | | | 3 △ 20 | | Orient. | |
| 5 ☌ | 10 29 | | | | | 11 ☌ 44 | |
| 6 Asc. | 7 ♌ | | | 17 □ 32 | | | ♃ or. cũ ult. zona Or. c. |
| 7 | | | | | 27 ✱ 31 | | |
| 8 | | 1 ✱ 14 | 13 ☍ 15 | | | | |
| 9 | | | | 5 ✱ 50 | 21 □ 7 | | ♂ m.c. cum rostro corui. |
| 0 | | 10 □ 30 | | | | 1 ✱ 54 | ♀ or. cum Fomah. |
| 1 | 1 ✱ 7 | | | | | | |
| 2 | | 16 △ 26 | | | 8 △ 3 | 6 □ 11 | ♃ m.c. cum procyone. |
| 3 □ | 10 7 | | 3 ✱ 58 | 20 ☌ 11 | | | ♂ or. cum vindē. |
| 4 Asc. | 29 ♑ | | | | | 8 △ 37 | ☽ ☊ 6.29. |
| 5 | 15 △ 16 | | 6 □ 52 | | | | ♀ or. cum pleia. |
| 6 | | 20 ☍ 50 | | | 18 ☍ 51 | | ♃ m.c. cum Hercule. |
| 7 | | | 8 △ 26 | | | | ☽ Peri. \| ☌ ♄ ☿ 5.42. |
| 8 | | | | 1 ✱ 28 | | 11 ☍ 55 | ♀ m.c. cum cap. Med. |
| 9 | | | | | | | ♂ m.c. cum cri. Ber. |
| 0 ☍ | 0 28 | | | 4 □ 40 | | | ♄ m.c. cũ capite Algol et |
| 1 Asc. | 4 ♎ | 0 △ 49 | 14 ☍ 0 | | 7 △ 56 | | ☿ m.c. cũ 22 (☿ cũ Ac. |
| 2 | | | | 10 △ 9 | | 23 △ 6 | ♀ occ. cum Rigel. |
| 3 | | 6 □ 7 | | | 16 □ 36 | | ♂ m.c. cum Algorab. |
| 4 | 18 △ 19 | | | | | | □ ☉ ♐ 21.36. |
| 5 | | 14 ✱ 8 | | | | 10 □ 46 | ✱ ♃ ♀ 4.5. (pleia. |
| 6 | | | 5 △ 33 | | 7 ✱ 32 | | ♄ def. or. cũ ple. ♀ or. cũ |
| 7 □ | 8 33 | | | 6 ☌ 5 | | | ☽ ☋ 5.4. |
| 8 Asc. | 18 ♑ | | 17 □ 6 | | | 2 ✱ 23 | ♂ or. cum Arcturo. d. |
| 9 | | | | | | | |
| 0 | 0 ✱ 41 | 12 ☌ 14 | | | | | |

| [illegible] | Anni Gregor. | Positus Planetarum Diurnus. | | | | | | | | | | | | | | | | |
|---|---|---|---|---|---|---|---|---|---|---|---|---|---|---|---|---|---|---|
| | | | | | | | M | D | M | A | S | D | M | A | M | A | | |
| | | ☉ ♋ | | | ☽ ♉ | | ♄ ♉ | | ♃ ♋ | | ♂ ♎ | | ♀ ♉ | | ☿ ♊ | | ☊ ♎ | |
| Dies | | P | ′ | ″ | P | ′ | P | ′ | P | ′ | P | ′ | P | ′ | P | ′ | P | ′ |
| 21 | 1 | 8 | 54 | 24 | 19 ♊ | 10 | 13 | 35 | 22 | 13 | 5 | 41 | 27 | 26 | 17 | 58 | 3 | 8 |
| 22 | 2 | 9 | 51 | 41 | 1 | 16 | 13 | 41 | 22 | 26 | 6 | 11 | 28 | 34 | 19 | 21 | 3 | 5 |
| 23 | 3 | 10 | 48 | 58 | 13 | 17 | 13 | 46 | 22 | 39 | 6 | 41 | 29 ♊ | 42 | 20 | 47 | 3 | 2 |
| 24 | 4 | 11 | 46 | 15 | 25 | 24 | 13 | 52 | 22 | 53 | 7 | 12 | 0 | 50 | 22 | 15 | 2 | 59 |
| D 25 | 5 | 12 | 43 | 32 | 7 ♋ | 38 | 13 | 57 | 23 | 6 | 7 | 43 | 1 | 53 | 23 | 41 | 2 | 56 |
| 26 | 6 | 13 | 40 | 49 | 20 | 1 | 14 | 2 | 23 | 19 | 8 | 14 | 3 | 7 | 25 | 7 | 2 | 52 |
| 27 | 7 | 14 | 18 | 7 | 2 ♌ | 43 | 14 | 7 | 23 | 33 | 8 | 46 | 4 | 15 | 26 | 51 | 2 | 49 |
| 28 | 8 | 15 | 15 | 25 | 15 | 38 | 14 | 12 | 23 | 46 | 9 | 18 | 5 | 24 | 28 | 27 | 2 | 46 |
| 29 | 9 | 16 | 12 | 43 | 28 ♍ | 51 | 14 | 17 | 24 | 0 | 9 | 50 | 6 | 33 | 0 ♋ | 5 | 2 | 43 |
| 30 | 10 | 17 | 10 | 2 | 12 | 26 | 14 | 22 | 24 | 13 | 10 | 23 | 7 | 42 | 1 | 44 | 2 | 40 |
| Iul. 1 | 11 | 18 | 7 | 21 | 26 ♎ | 20 | 14 | 27 | 24 | 26 | 10 | 56 | 8 | 51 | 3 | 24 | 2 | 37 |
| D 2 | 12 | 19 | 4 | 40 | 10 | 31 | 14 | 32 | 24 | 40 | 11 | 28 | 10 | 0 | 5 | 6 | 2 | 33 |
| 3 | 13 | 20 | 2 | 0 | 24 ♏ | 55 | 14 | 36 | 24 | 53 | 12 | 0 | 11 | 9 | 6 | 50 | 2 | 30 |
| 4 | 14 | 20 | 59 | 20 | 9 | 28 | 14 | 41 | 25 | 6 | 12 | 33 | 12 | 18 | 8 | 35 | 2 | 27 |
| 5 | 15 | 21 | 56 | 40 | 24 ♐ | 3 | 14 | 45 | 25 | 20 | 13 | 6 | 13 | 27 | 10 | 21 | 2 | 24 |
| 6 | 16 | 22 | 54 | 1 | 8 | 34 | 14 | 50 | 25 | 33 | 13 | 39 | 14 | 37 | 12 | 8 | 2 | 21 |
| 7 | 17 | 23 | 51 | 22 | 22 ♑ | 50 | 14 | 54 | 25 | 46 | 14 | 11 | 15 | 46 | 13 S | 56 | 2 | 18 |
| 8 | 18 | 24 | 48 | 43 | 7 | 3 | 14 | 58 | 26 | 0 | 14 | 45 | 16 | 55 | 15 | 45 | 2 | 14 |
| D 9 | 19 | 25 | 46 | 5 | 20 ♒ | 52 | 15 | 2 | 26 | 13 | 15 | 18 | 18 | 5 | 17 | 34 | 2 | 11 |
| 10 | 20 | 26 | 43 | 27 | 4 | 24 | 15 | 6 | 26 | 27 | 15 | 52 | 19 | 15 | 19 | 24 | 2 | 8 |
| 11 | 21 | 27 | 40 | 50 | 17 ♓ | 39 | 15 | 11 | 26 S | 40 | 16 | 25 | 20 | 25 | 21 | 14 | 2 | 5 |
| 12 | 22 | 28 | 38 | 12 | 0 | 38 | 15 | 15 | 26 | 54 | 16 | 58 | 21 | 35 | 23 | 5 | 2 | 2 |
| 13 | 23 | 29 ♌ | 35 | 37 | 13 | 23 | 15 | 19 | 27 | 7 | 17 | 32 | 22 | 45 | 24 | 56 | 1 | 59 |
| 14 | 24 | 0 | 33 | 1 | 25 | 57 | 15 | 23 | 27 | 21 | 18 | 5 | 23 | 55 | 26 | 48 | 1 | 55 |
| 15 | 25 | 1 | 30 | 27 | 8 ♈ | 21 | 15 | 27 | 27 | 34 | 18 | 39 | 25 | 5 | 28 ♌ | 40 | 1 | 52 |
| D 16 | 26 | 2 | 27 | 51 | 20 | 37 | 15 | 31 | 27 | 47 | 19 M | 13 | 26 | 16 | 0 | 33 | 1 | 49 |
| 17 | 27 | 3 | 25 | 20 | 2 ♉ | 48 | 15 | 35 | 28 | 1 | 19 | 47 | 27 | 26 | 2 | 26 | 1 | 46 |
| 18 | 28 | 4 | 22 | 47 | 14 | 57 | 15 | 38 | 28 | 15 | 20 | 21 | 28 | 36 | 4 | 19 | 1 | 43 |
| 19 | 29 | 5 | 20 | 15 | 27 ♊ | 5 | 15 | 41 | 28 | 28 | 20 | 55 | 29 ♋ | 47 | 6 | 12 | 1 | 39 |
| 20 | 30 | 6 | 17 | 43 | 9 | 17 | 15 | 44 | 28 | 42 | 21 | 30 | 0 | 57 | 8 | 6 | 1 | 36 |
| 21 | 31 | 7 | 15 | 14 | 21 | 32 | 15 | 47 | 28 | 56 | 22 | 5 | 2 | 8 | 9 | 59 | 1 | 33 |
| Latitudo Planetarũ ad diẽ | | | | | | 1 | 2 | 16 | 0 | 2 | 0 | 23 | 2 | 5 | 1 | 16 | Mensis | |
| | | | | | | 11 | 2 | 20 | 0 | 1 | 0 | 13 | 1 | 46 | 0 S | 58 | | |
| | | | | | | 21 | 2 | 25 | 0 S | 0 | 0 M | 4 | 1 | 27 | 0 | 34 | | |

✱ ☉ ♄ 18.55.

♀ m.c.cum Aldeb.
☿ or.cum hiadi.

♀ occ.cum de.hum. Ori.
♂ m.c.cum vindem.

☽ ☊ 10.36. a.
♀ or.cum Aldebaram.

♂ or.cum corona. b.
△ ♂ ♀ 10.0 | ☽ Perig.

♀ occ.cum capite Med.c.
♂ occ.cum spica ♍. ∠

✱ ♄ ☿ 13.15 | □ ♂ ☿ 54

Augustus 1587

| Stili veteris | Stili Gregor. | Positus Planetarum Diurnus. | | | | | M | D | S | A | M | D | M | A | S | A | | |
|---|---|---|---|---|---|---|---|---|---|---|---|---|---|---|---|---|---|---|
| | | ☉ ♌ | | | ☽ ♋ | | ♄ ♉ | | ♃ ♋ | | ♂ ♎ | | ♀ ♋ | | ☿ ♌ | | ☊ ♎ | |
| Dies | | P | ' | '' | P | ' | P | ' | P | ' | P | ' | P | ' | P | ' | P | ' |
| 22 | 1 | 8 | 12 | 44 | 3 | 54 | 15 | 50 | 29 | 9 | 22 | 40 | 3 | 19 | 11 | 51 | 1 | 30 |
| D 23 | 2 | 9 | 10 | 15 | 16 | 26 | 15 | 52 | 29 | 22 | 23 | 15 | 4 | 30 | 13 | 46 | 1 | 27 |
| 24 | 3 | 10 | 7 | 47 | 29 ♌ | 10 | 15 | 55 | 29 | 36 | 23 | 51 | 5 | 41 | 15 | 39 | 1 | 24 |
| 25 | 4 | 11 | 5 | 20 | 12 | 9 | 15 | 58 | 29 | 50 | 24 | 27 | 6 | 52 | 17 | 32 | 1 | 20 |
| 26 | 5 | 12 | 2 | 54 | 25 ♍ | 24 | 16 | 0 | 0 ♌ | 3 | 25 | 3 | 8 | 3 | 19 | 24 | 1 | 17 |
| 27 | 6 | 13 | 0 | 30 | 8 | 50 | 16 | 3 | 0 | 17 | 25 | 39 | 9 | 14 | 21 D | 16 | 1 | 14 |
| 28 | 7 | 13 | 58 | 7 | 22 ♎ | 46 | 16 | 5 | 0 | 30 | 26 | 15 | 10 | 25 | 23 | 8 | 1 | 11 |
| 29 | 8 | 14 | 55 | 45 | 6 | 53 | 16 | 7 | 0 | 43 | 26 | 51 | 11 | 36 | 25 | 0 | 1 | 8 |
| D 30 | 9 | 15 | 53 | 24 | 21 ♏ | 14 | 16 | 9 | 0 | 56 | 27 | 28 | 12 | 48 | 26 | 51 | 1 | 4 |
| 31 | 10 | 16 | 51 | 4 | 5 | 43 | 16 | 11 | 1 | 9 | 28 | 5 | 13 | 59 | 28 ♍ | 42 | 1 | 1 |
| Au. 1 | 11 | 17 | 48 | 45 | 20 ♐ | 15 | 16 | 13 | 1 | 22 | 28 | 42 | 15 | 10 | 0 | 33 | 0 | 58 |
| 2 | 12 | 18 | 46 | 27 | 4 | 43 | 16 | 15 | 1 | 35 | 29 | 19 | 16 | 22 | 2 | 22 | 0 | 55 |
| 3 | 13 | 19 | 44 | 10 | 19 ♑ | 2 | 16 | 17 | 1 | 48 | 29 ♏ | 57 | 17 | 34 | 4 | 10 | 0 | 51 |
| 4 | 14 | 20 | 41 | 54 | 3 | 7 | 16 | 18 | 2 | 1 | 0 | 34 | 18 | 46 | 5 | 58 | 0 | 48 |
| 5 | 15 | 21 | 39 | 39 | 16 ♒ | 55 | 16 | 20 | 2 | 14 | 1 | 12 | 19 | 58 | 7 | 45 | 0 | 45 |
| D 6 | 16 | 22 | 37 | 26 | 0 | 24 | 16 | 22 | 2 | 27 | 1 | 50 | 21 | 10 | 9 | 31 | 0 | 42 |
| 7 | 17 | 23 | 35 | 14 | 13 | 35 | 16 | 24 | 2 | 40 | 2 | 28 | 22 | 22 | 11 | 16 | 0 | 39 |
| 8 | 18 | 24 | 33 | 3 | 26 | 30 | 16 | 25 | 2 | 53 | 3 | 6 | 23 | 34 | 13 | 0 | 0 | 36 |
| 9 | 19 | 25 | 30 | 53 | 9 ♓ | 10 | 16 | 26 | 3 | 5 | 3 | 44 | 24 | 46 | 14 | 43 | 0 | 33 |
| 10 | 20 | 26 | 28 | 45 | 21 | 37 | 16 | 27 | 3 | 18 | 4 | 22 | 25 | 58 | 16 | 25 | 0 | 29 |
| 11 | 21 | 27 | 26 | 38 | 3 ♈ | 54 | 16 | 28 | 3 | 30 | 5 | 1 | 27 | 10 | 18 | 5 | 0 | 26 |
| 12 | 22 | 28 | 24 | 32 | 16 | 6 | 16 | 29 | 3 | 42 | 5 | 39 | 28 | 23 | 19 | 44 | 0 | 23 |
| D 13 | 23 | 29 ♍ | 22 | 28 | 28 ♉ | 14 | 16 | 29 | 3 | 55 | 6 | 18 | 29 ♌ | 35 | 21 | 22 | 0 | 20 |
| 14 | 24 | 0 | 20 | 26 | 10 | 30 | 16 | 29 | 4 | 7 | 6 | 57 | 0 | 48 | 22 | 58 | 0 | 17 |
| 15 | 25 | 1 | 18 | 25 | 22 ♊ | 27 | 16 | 30 | 4 | 19 | 7 | 36 | 2 S | 1 | 24 | 31 | 0 | 13 |
| 16 | 26 | 2 | 16 | 26 | 4 | 37 | 16 | 30 | 4 | 31 | 8 | 15 | 3 | 14 | 26 | 4 | 0 | 10 |
| 17 | 27 | 3 | 14 | 28 | 16 | 55 | 16 | 30 | 4 | 44 | 8 | 54 | 4 | 26 | 27 M | 34 | 0 | 7 |
| 18 | 28 | 4 | 12 | 31 | 29 ♋ | 17 | 16 ℞ | 30 | 4 | 56 | 9 | 33 | 5 | 39 | 29 | 1 | 0 | 4 |
| 19 | 29 | 5 | 10 | 36 | 11 | 51 | 16 | 30 | 5 | 8 | 10 | 12 | 6 | 52 | 0 ♍ | 26 | 0 ♍ | 1 |
| D 20 | 30 | 6 | 8 | 43 | 24 ♌ | 38 | 16 | 30 | 5 | 21 | 10 | 52 | 8 | 4 | 1 | 49 | 19 | 58 |
| 21 | 31 | 7 | 6 | 51 | 7 | 39 | 16 | 30 | 5 | 33 | 11 | 31 | 9 | 17 | 3 | 8 | 19 | 54 |
| Latitudo Planetarũ ad dié | | | | | | 1 | 2 | 29 | 0 | 1 | 0 | 4 | 1 | 4 | 1 D | 16 | Mensis | |
| | | | | | | 11 | 2 | 34 | 0 | 2 | 0 | 10 | 0 | 38 | 1 | 44 | | |
| | | | | | | 21 | 2 | 39 | 0 | 3 | 0 | 16 | 0 S | 9 | 0 M | 54 | | |

| | | Orient. | Orient. | Occid. | Orient. | Occid. | |
|---|---|---|---|---|---|---|---|
| | ☽ | ♄ | ♃ | ♂ | ♀ | ☿ | Syzygiæ Planetarũ mutuæ, & eorum congressus cum illustrioribus aliquibus stellis fixis. |
| Dies | H ′ | H ′ | H ′ | H ′ | H ′ | H ′ | |
| 1 | | 21 ✶ 56 | | | | | ♀ occ. cum cane mi. |
| 2 | | | | 13 □ 9 | | | ♃ occ. cum Hercule. |
| 3 ☍ | 21 55 | | 0 ☌ 50 | | | | □ ♄ ☿ 3.29 \| ♃ or. cũ asi. |
| 4 Asc. | 9 ♎ | 6 □ 54 | | 23 ✶ 12 | | 13 ☌ 20 | ♀ m.c. cum Syrio. (bor. |
| 5 | | | | | | | |
| 6 | | 12 △ 23 | | | 0 ✶ 33 | | ♀ occ. cum hædis. |
| 7 | | | 12 ✶ 27 | | | | ☽ ☊ 14.15 \| ♀ or. cũ Her. |
| 8 | 14 ✶ 26 | | | | 8 □ 36 | | ♀ or. cũ zona Or. (♂ 1.41 |
| 9 | | | 16 □ 18 | 10 ☌ 47 | | 9 ✶ 53 | □ ☽ ♄ 6.31 ✶ ♂ ☿ 12.0 |
| 10 □ | 19 43 | 17 ☍ 19 | | | 14 △ 51 | | ☽ Peri. ♃ or. cũ Pref. a. |
| 11 Asc. | 19 ♍ | | 18 △ 42 | | | 19 □ 29 | ✶ ♄ ♀ 21.36, ♃ m.c. cum |
| 12 | | | | | | | ♀ m.c. cũ Ap. (Arcar. b. |
| 13 | 1 △ 17 | | | 19 ✶ 28 | | | ♃ m.c. cum Præsepe. |
| 14 | | 23 △ 0 | | | | 5 △ 42 | ♀ m.c. cũ ca. mi. & Her. |
| 15 | | | | | 5 ☍ 57 | | ♃ oc. cũ asi. ♂ m.c. cũ Ar |
| 16 | | | 3 ☍ 48 | 2 □ 44 | | | ♃ or. cum proc. ([illegible] c. |
| 17 ☍ | 20 7 | 5 □ 14 | | | | | □ ♃ ♂ 11.31 \| ♃ m.c. cũ asi. |
| 18 Asc. | 18 ♍ | | | 13 △ 10 | | | ♃ occ. cum Pref. (austr. |
| 19 | | 14 ✶ 2 | | | | 13 ☍ 24 | ♃ occ. cum Apolline. |
| 20 | | | 23 △ 32 | | 9 △ 25 | | △ ♄ ☿ 0.29 \| ☽ ☋ 5.31 |
| 21 | | | | | | | |
| 22 | | | | | | | ♀ occ. cum Hercule. |
| 23 | 2 △ 26 | | 11 □ 28 | 16 ☍ 53 | 2 □ 58 | | ♀ or. cum asi. bor. |
| 24 | | 12 ☌ 18 | | | | | ☽ Apog. ♀ or. cũ Pref. |
| 25 □ | 19 2 | | 13 ✶ 48 | | 20 ✶ 58 | 4 △ 42 | ♀ or. cũ Arcar. & oc. cũ |
| 26 Asc. | 22 ♍ | | | | | | ♂ or. cũ cauda cyg. d (asi. |
| 27 | | | | | | 23 □ 28 | ☌ ♃ ♀ 7.5 \| ♂ or. cũ che |
| 28 | 10 ✶ 13 | | | 20 △ 40 | | | ♂ occ. cũ vindem (lis. |
| 29 | | 5 ✶ 43 | | | | | ♂ occ. cum aust. lance. |
| 30 | | | 23 ☌ 3 | | | 14 ✶ 45 | ☿ m.c. cum Algorab. |
| 31 | | 16 □ 0 | | 7 □ 17 | 3 ☌ 14 | | |

a. Die 10. ♀ or. cum Rigel.
b. Die 12. ♀ occ. cum hydra.
c. Die 16. ♂ or. cũ 8 ♈ a.
E. Fit ♃ occ. cum Rigel ferè.

d. Die 26. ♀ or. cũ ca. mi. & asi. austr. & oc. cũ Pre. & Apo.
Die 27. ♃ et ♀ secundum longitudinem, & latitudine ita iungentur, ideo ♀ teget ♃.

| Anni veteris | Anni Gregor. | Positus planetarum diurnus. | | | | | | | | | | | | | | | | |
|---|---|---|---|---|---|---|---|---|---|---|---|---|---|---|---|---|---|---|
| | | | | | | | M | D | S | A | M | D | S | A | M | D | | |
| | | ☉ ♍ | | | ☽ ♌ | | ♄ ♉ | | ♃ ♌ | | ♂ ♏ | | ♀ ♌ | | ☿ ♎ | | ☊ ♍ | |
| Dies | | P | ′ | ″ | P | ′ | P | ′ | P | ′ | P | ′ | P | ′ | P | ′ | P | ′ |
| 22 | 1 | 8 | 5 | 1 | 20 ♍ | 56 | 16 | 29 | 5 | 45 | 12 | 11 | 10 | 30 | 4 | 25 | 29 | 51 |
| 23 | 2 | 9 | 3 | 12 | 4 | 31 | 16 | 29 | 5 | 57 | 12 | 50 | 11 | 43 | 5 | 37 | 29 | 48 |
| 24 | 3 | 10 | 1 | 23 | 18 ♎ | 25 | 16 | 28 | 6 | 9 | 13 | 30 | 12 | 56 | 6 | 40 | 29 | 45 |
| 25 | 4 | 10 | 59 | 39 | 2 | 36 | 16 | 27 | 6 | 21 | 14 | 10 | 14 | 9 | 7 | 52 | 29 | 42 |
| 26 | 5 | 11 | 57 | 55 | 17 ♏ | 2 | 16 | 26 | 6 | 33 | 14 | 50 | 15 | 22 | 8 | 55 | 29 | 38 |
| D 27 | 6 | 12 | 56 | 13 | 1 | 38 | 16 | 25 | 6 | 45 | 15 | 30 | 16 | 35 | 9 | 54 | 29 | 35 |
| 28 | 7 | 13 | 54 | 32 | 16 ♐ | 18 | 16 | 24 | 6 | 57 | 16 | 10 | 17 | 48 | 10 | 46 | 29 | 32 |
| 29 | 8 | 14 | 52 | 53 | 0 | 55 | 16 | 22 | 7 | 9 | 16 | 51 | 19 | 1 | 11 | 39 | 29 | 29 |
| 30 | 9 | 15 | 51 | 16 | 15 | 23 | 16 | 21 | 7 | 21 | 17 | 31 | 20 | 15 | 12 | 24 | 29 | 26 |
| 31 | 10 | 16 | 49 | 41 | 29 ♑ | 37 | 16 | 20 | 7 | 33 | 18 | 12 | 21 | 28 | 13 | 4 | 29 | 23 |
| Sep. 1 | 11 | 17 | 48 | 7 | 13 | 33 | 16 | 18 | 7 | 44 | 18 | 52 | 22 | 42 | 13 | 39 | 29 | 19 |
| 2 | 12 | 18 | 46 | 35 | 27 | 8 | 16 | 16 | 7 | 55 | 19 | 33 | 23 | 56 | 14 | 8 | 29 | 16 |
| D 3 | 13 | 19 | 45 | 4 | 10 ♒ | 23 | 16 | 14 | 8 | 6 | 20 | 14 | 25 | 9 | 14 | 31 | 29 | 13 |
| 4 | 14 | 20 | 43 | 35 | 23 | 18 | 16 | 12 | 8 | 17 | 20 | 55 | 26 | 23 | 14 | 48 | 29 | 10 |
| 5 | 15 | 21 | 42 | 8 | 5 ♓ | 55 | 16 | 10 | 8 | 28 | 21 | 36 | 27 | 37 | 14 | 58 | 29 | 7 |
| 6 | 16 | 22 | 40 | 43 | 18 | 18 | 16 | 8 | 8 | 39 | 22 | 17 | 28 | 50 | 15 | 1 | 29 | 3 |
| 7 | 17 | 23 | 39 | 20 | 0 ♈ | 28 | 16 | 6 | 8 | 50 | 22 | 58 | 0 ♍ | 4 | 14 R | 58 | 29 | 0 |
| 8 | 18 | 24 | 37 | 59 | 12 | 29 | 16 | 4 | 9 | 1 | 23 | 39 | 1 | 18 | 14 | 48 | 28 | 57 |
| 9 | 19 | 25 | 36 | 40 | 24 ♉ | 25 | 16 | 1 | 9 | 12 | 24 | 20 | 2 | 31 | 14 | 32 | 28 | 54 |
| D 10 | 20 | 26 | 35 | 23 | 6 | 19 | 15 | 59 | 9 | 23 | 25 | 1 | 3 | 45 | 14 | 9 | 28 | 51 |
| 11 | 21 | 27 | 34 | 8 | 18 ♊ | 14 | 15 | 56 | 9 | 34 | 25 | 42 | 4 | 59 | 13 | 40 | 28 | 48 |
| 12 | 22 | 28 | 32 | 55 | 0 | 12 | 15 | 53 | 9 | 44 | 26 | 23 | 6 | 13 | 13 A | 5 | 28 | 44 |
| 13 | 23 | 29 ♎ | 31 | 44 | 12 | 16 | 15 | 50 | 9 | 55 | 27 | 4 | 7 | 27 | 12 | 25 | 28 | 41 |
| 14 | 24 | 0 | 30 | 35 | 24 ♋ | 29 | 15 | 47 | 10 | 5 | 27 | 45 | 8 | 41 | 11 | 41 | 28 | 38 |
| 15 | 25 | 1 | 29 | 28 | 6 | 54 | 15 | 44 | 10 | 16 | 28 | 26 | 9 | 55 | 10 | 54 | 28 | 35 |
| 16 | 26 | 2 | 28 | 22 | 19 ♌ | 33 | 15 | 41 | 10 | 26 | 29 | 7 | 11 | 9 | 10 | 5 | 28 | 32 |
| D 17 | 27 | 3 | 27 | 19 | 2 | 27 | 15 | 38 | 10 | 36 | 29 ♐ | 49 | 12 | 23 | 9 | 14 | 28 | 28 |
| 18 | 28 | 4 | 26 | 17 | 15 | 39 | 15 | 34 | 10 | 46 | 0 | 31 | 13 | 37 | 8 | 23 | 28 | 25 |
| 19 | 29 | 5 | 25 | 17 | 29 ♍ | 10 | 15 | 30 | 10 | 56 | 1 | 13 | 14 | 51 | 7 | 33 | 28 | 22 |
| 20 | 30 | 6 | 24 | 19 | 13 | 1 | 15 | 27 | 11 | 6 | 1 | 55 | 16 | 5 | 6 | 46 | 28 | 19 |

| Latitudo Planetarũ ad diẽ | | ♄ | | ♃ | | ♂ | | ♀ | | ☿ | | |
|---|---|---|---|---|---|---|---|---|---|---|---|---|
| | 1 | 2 | 44 | 0 | 4 | 0 | 21 | 0 | 17 | 0 | 43 | |
| | 11 | 2 | 49 | * | 5 | 0 | 24 | 0 | 37 | 2 | 30 | Mensis |
| | 21 | 4 | 53 | 0 | 7 | 0 | 26 | 0 | 58 | 3 A | 52 | |

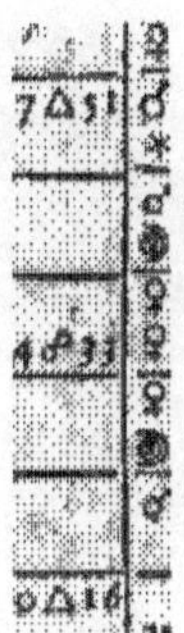

| Anni veteris | Anni Gregoriani | Positus Planetarum Diurnus | | | | | | | |
|---|---|---|---|---|---|---|---|---|---|
| | | | | M D | S A | M D | S A | M A | |
| | | ☉ ♎ | ☽ ♍ | ♄ ♉ | ♃ ♌ | ♂ ♐ | ♀ ♍ | ☿ ♎ | ☊ ♍ |
| Dies | | P ′ ″ | P ′ | P ′ | P ′ | P ′ | P ′ | P ′ | P ′ |
| 21 | 1 | 7 23 23 | 27 ♎ 12 | 15 23 | 11 16 | 3 37 | 17 19 | 6 2 | 28 16 |
| 22 | 2 | 8 22 29 | 11 41 | 15 20 | 11 25 | 3 19 | 18 34 | 5 22 | 28 13 |
| 23 | 3 | 9 21 37 | 26 ♏ 23 | 15 17 | 11 35 | 4 1 | 19 48 | 4 46 | 28 9 |
| D 24 | 4 | 10 20 47 | 11 14 | 15 13 | 11 44 | 4 44 | 21 3 | 4 15 | 28 6 |
| 25 | 5 | 11 19 59 | 26 ♐ 7 | 15 10 | 11 54 | 5 26 | 22 17 | 3 49 | 28 3 |
| 26 | 6 | 12 19 13 | 10 34 | 15 6 | 12 3 | 6 9 | 23 32 | 3 29 | 28 0 |
| 27 | 7 | 13 18 29 | 25 ♑ 28 | 15 2 | 12 12 | 6 52 | 24 47 | 3 16 | 27 57 |
| 28 | 8 | 14 17 46 | 9 45 | 14 58 | 12 21 | 7 34 | 26 1 | 3 11 | 27 54 |
| 29 | 9 | 15 17 5 | 23 ♒ 19 | 14 54 | 12 30 | 8 17 | 27 16 | 3 D 15 | 27 50 |
| 30 | 10 | 16 16 26 | 7 11 | 14 50 | 12 39 | 9 0 | 28 31 | 3 22 | 27 47 |
| D 1 | 11 | 17 15 49 | 10 ♓ 20 | 14 46 | 12 48 | 9 43 | 29 ♎ 46 | 3 37 | 27 44 |
| Oct. 2 | 12 | 18 15 15 | 3 7 | 14 42 | 12 56 | 10 26 | 1 1 | 3 58 | 27 41 |
| 3 | 13 | 19 14 43 | 15 35 | 14 38 | 13 5 | 11 9 | 2 16 | 4 24 | 27 38 |
| 4 | 14 | 20 14 13 | 17 ♈ 47 | 14 34 | 13 13 | 11 52 | 3 31 | 4 54 | 27 34 |
| 5 | 15 | 21 13 45 | 9 47 | 14 30 | 13 21 | 12 35 | 4 46 | 5 ☋ 29 | 27 31 |
| 6 | 16 | 22 13 19 | 21 ♉ 37 | 14 26 | 13 29 | 13 18 | 6 1 | 6 9 | 27 28 |
| 7 | 17 | 23 12 55 | 3 21 | 14 21 | 13 37 | 14 1 | 7 18 | 6 54 | 27 25 |
| D 8 | 18 | 24 12 32 | 15 3 | 14 17 | 13 45 | 14 45 | 8 32 | 7 43 | 27 22 |
| 9 | 19 | 25 12 11 | 26 ♊ 47 | 14 12 | 13 53 | 15 28 | 9 46 | 8 36 | 27 19 |
| 10 | 20 | 26 11 52 | 8 34 | 14 7 | 14 0 | 16 12 | 11 1 | 9 33 | 27 15 |
| 11 | 21 | 27 11 35 | 20 ♋ 29 | 14 3 | 14 8 | 16 55 | 12 D 16 | 10 34 | 27 12 |
| 12 | 22 | 28 11 20 | 2 34 | 13 58 | 14 15 | 17 39 | 13 31 | 11 38 | 27 9 |
| 13 | 23 | 29 ♏ 11 7 | 14 53 | 13 53 | 14 22 | 18 23 | 14 46 | 12 45 | 27 6 |
| 14 | 24 | 0 10 56 | 27 ♌ 29 | 13 49 | 14 29 | 19 7 | 16 1 | 13 55 | 27 3 |
| D 15 | 25 | 1 10 47 | 10 23 | 13 44 | 14 36 | 19 51 | 17 16 | 15 8 | 26 59 |
| 16 | 26 | 2 10 40 | 23 ♍ 28 | 13 39 | 14 43 | 20 35 | 18 31 | 16 23 | 26 56 |
| 17 | 27 | 3 10 35 | 7 15 | 13 34 | 14 50 | 21 A 19 | 19 46 | 17 40 | 26 53 |
| 18 | 28 | 4 10 32 | 21 14 | 13 29 | 14 57 | 22 3 | 21 1 | 19 0 | 26 50 |
| 19 | 29 | 5 10 31 | 5 ♎ 34 | 13 24 | 15 3 | 22 47 | 22 16 | 20 22 | 26 47 |
| 20 | 30 | 6 10 31 | 20 12 | 13 19 | 15 10 | 23 31 | 23 31 | 21 46 | 26 44 |
| 21 | 31 | 7 10 34 | 5 ♏ 4 | 13 14 | 15 16 | 24 15 | 24 46 | 23 11 | 26 40 |
| Latitudo Planetarũ ad diẽ | | | 1 | 2 57 | 0 8 | 0 28 | 1 7 | 3 4 | Mensis |
| | | | 11 | 3 0 | 0 9 | 0 29 | 1 11 | 0 S 38 | |
| | | | 21 | 3 2 | 0 11 | 0 A 29 | 1 D 17 | 0 55 | |

Syzygiæ Lunares.

| Dies | ☉ | Orient. ♄ | Orient. ♃ | Occid. ♂ | Orient. ♀ | Orient. ☿ | Syzygię Planetarũ mutuę, & eorum congressus cum illustrioribus aliquibus stellis fixis. |
|---|---|---|---|---|---|---|---|
| | H ′ | H ′ | H ′ | H ′ | H ′ | H ′ | |
| 1 ☌ | 18 23 | | 23 ✶ 32 | 9 ✶ 26 | | 14 ☌ 0 | ☽ ☊ 1.46. |
| 2 Asc. | 10 ♎ | | | | | | ♂ m.c. cũ Antare. a (50. |
| 3 | | | | | | | ✶ ♂ ☿ 14.36 \| ♀ m.c. cũ |
| 4 | | 6 ☍ 23 | 0 □ 24 | | 17 ✶ 14 | | ☽ Perig. ♂ oc. cũ coma |
| 5 | | | | 15 ☌ 53 | | 12 ⚹ 13 | ✶ ☽ ♃ 16.19. (Ber. |
| 6 | 2 ✶ 29 | | 1 △ 54 | | 22 □ 45 | | |
| 7 | | | | | | 13 □ 1 | ♄ m.c. cum Acor. |
| 8 □ | 8 44 | 8 △ 57 | | | | | ♂ or. cum corde ♌. |
| 9 Asc. | 21 ♊ | | | | 7 △ 4 | 17 △ 9 | ♀ or. cum vinde. b. |
| 10 | 17 △ 55 | 13 □ 53 | 10 ☍ 5 | 3 ✶ 30 | | | ♃ occ. cum dex. hu. Aur. |
| 11 | | | | | | | ♀ m.c. cum crin. Ber. |
| 12 | | 22 ✶ 10 | | 14 □ 56 | | | ♀ m.c. cum Algorab. |
| 13 | | | | | | | ☽ ☋ 23.34. |
| 14 | | | | | 12 ☍ 48 | 14 ☍ 56 | |
| 15 | | | 7 △ 19 | 6 △ 3 | | | ♀ or. cum Arcturo. (24 |
| 16 ☍ | 1 40 | | | | | | △ ♃ ☿ 7.32 \| ☌ ♀ ☿ 6. |
| 17 Asc. | 10 ♑ | 22 ☌ 26 | 21 □ 18 | | | | |
| 18 | | | | | | | ☽ Apog. |
| 19 | | | | | | | ♀ m.c. cum vinde. |
| 20 | | | 11 ✶ 3 | 16 ☍ 22 | 5 △ 31 | 2 △ 10 | □ ♄ ☿ 14.0. |
| 21 | 13 △ 20 | | | | | | ♀ or. cum corona. |
| 22 | | 22 ✶ 0 | | | 23 □ 44 | 19 □ 26 | ✶ ♃ ♀ 15.32. |
| 23 | | | | | | | ♀ or. cum Algorab. c. |
| 24 □ | 5 40 | | | | | | ✶ ☿ ♀ 1.51 ♀ m.c. cũ 60. d |
| 25 Asc. | 16 ♉ | 6 □ 2 | 7 ☌ 43 | 18 △ 6 | 13 ✶ 46 | 9 ⚹ 30 | ☿ or. cum Aquila. e. |
| 26 | 16 ✶ 16 | | | | | | ☿ m.c. cum hydra. |
| 27 | | 10 △ 46 | | | | | ☿ m.c. cum neb. ♋. |
| 28 | | | | 1 □ 27 | | | ☽ ☊ 8.20. |
| 29 | | | 15 ✶ 39 | | | | |
| 30 | | | | 5 ✶ 39 | 5 ☌ 50 | 2 ☌ 47 | ✶ ♂ ♀ 0.0. |
| 31 ☌ | 4 0 | 13 ☍ 0 | 16 □ 27 | | | | |
| Asc. | 9 ♈ | | | | | | |

a. Die 2. ♄ m.c. cum dex. latere Persei.

b. Die 9. ♃ oc. & ♀ m.c. cum rostro corui.

c. Die 21. ♂ occ. cum Arcturo.

d. Die 24. ♀ occ. cum spica ♍.

e. Die 25. ♀ or. cũ cing. ♍. & m.c. cũ spica ♍.

| Anni Iuliani | Anni Gregor. | Positus Planetarum Diurnus. | | | | | | | | | | | | | | | | |
|---|---|---|---|---|---|---|---|---|---|---|---|---|---|---|---|---|---|---|
| | | | | | M | | D | S | A | M | A | S | D | S | A | | | |
| | | ☉ ♒ | | | ☽ ♒ | | ♄ ♉ | | ♃ ♌ | | ♂ ♓ | | ♀ ♎ | | ☿ ♒ | | ☊ ♍ | |
| Dies | | P | ′ | ″ | P | ′ | P | ′ | P | ′ | P | ′ | P | ′ | P | ′ | P | ′ |
| D 22 | 1 | 8 | 10 | 38 | 20 ♓ | 3 | 13 | 9 | 15 | 22 | 25 | 0 | 26 | 2 | 24 D | 38 | 26 | 37 |
| 23 | 2 | 9 | 10 | 45 | 5 | 4 | 13 | 4 | 15 | 28 | 25 | 44 | 27 | 17 | 16 | 7 | 26 | 34 |
| 24 | 3 | 10 | 10 | 50 | 19 ♑ | 57 | 12 | 59 | 15 | 34 | 26 | 29 | 28 | 33 | 17 | 57 | 26 | 31 |
| 25 | 4 | 11 | 10 | 59 | 4 | 36 | 12 A | 54 | 15 | 39 | 27 | 14 | 29 | 48 | 19 | 9 | 26 | 28 |
| 26 | 5 | 12 | 11 | 10 | 18 ♒ | 56 | 12 | 49 | 15 | 45 | 27 | 59 | 1 ♒ | 4 | 0 ♒ | 42 | 26 | 24 |
| 27 | 6 | 13 | 11 | 23 | 2 | 54 | 12 □ | 44 | 15 | 50 | 28 | 44 | 2 | 20 | 2 | 16 | 26 | 21 |
| 28 | 7 | 14 | 11 | 37 | 16 | 30 | 12 | 39 | 15 | 55 | 29 ♑ | 29 | 3 | 36 | 3 | 51 | 26 | 18 |
| D 29 | 8 | 15 | 11 | 53 | 29 | 42 | 12 | 34 | 16 | 0 | 0 | 14 | 4 | 51 | 5 | 27 | 26 | 15 |
| 30 | 9 | 16 | 12 | 11 | 12 ♓ | 31 | 12 | 29 | 16 | 5 | 0 | 59 | 6 | 7 | 7 | 4 | 26 | 12 |
| 31 | 10 | 17 | 12 | 31 | 24 | 59 | 12 | 24 | 16 | 9 | 1 | 44 | 7 | 23 | 8 | 41 | 26 | 9 |
| No. 1 | 11 | 18 | 12 | 52 | 7 ♈ | 11 | 12 | 18 | 16 | 14 | 2 | 29 | 8 | 39 | 10 | 19 | 26 | 5 |
| 2 | 12 | 19 | 13 | 15 | 19 | 9 | 12 | 13 | 16 | 18 | 3 | 14 | 9 | 54 | 11 | 57 | 26 | 2 |
| 3 | 13 | 20 | 13 | 39 | 0 ♉ | 57 | 12 | 8 | 16 | 22 | 3 | 59 | 11 | 10 | 13 | 36 | 25 | 59 |
| 4 | 14 | 21 | 14 | 5 | 12 | 38 | 12 | 3 | 16 | 26 | 4 | 43 | 12 | 26 | 15 | 16 | 25 | 56 |
| D 5 | 15 | 22 | 14 | 32 | 24 ♊ | 15 | 11 | 57 | 16 | 30 | 5 | 29 | 13 | 41 | 16 | 57 | 25 | 53 |
| 6 | 16 | 23 | 15 | 1 | 5 | 53 | 11 | 52 | 16 | 33 | 6 | 14 | 14 | 57 | 18 | 38 | 25 | 49 |
| 7 | 17 | 24 | 15 | 32 | 17 | 34 | 11 | 47 | 16 | 36 | 6 | 59 | 16 | 13 | 20 | 20 | 25 | 46 |
| 8 | 18 | 25 | 16 | 4 | 29 | 23 | 11 | 42 | 16 | 39 | 7 | 44 | 17 | 28 | 22 M | 2 | 25 | 43 |
| 9 | 19 | 26 | 16 | 38 | 11 ♋ | 22 | 11 | 37 | 16 | 42 | 8 | 30 | 18 | 44 | 23 | 44 | 25 | 40 |
| 10 | 20 | 27 | 17 | 13 | 23 | 35 | 11 | 32 | 16 | 44 | 9 | 15 | 20 | 0 | 25 | 26 | 25 | 37 |
| 11 | 21 | 28 | 17 | 50 | 6 ♌ | 4 | 11 | 27 | 16 | 46 | 10 | 0 | 21 | 16 | 27 | 9 | 25 | 33 |
| D 12 | 22 | 29 | 18 | 28 | 18 ♍ | 54 | 11 | 22 | 16 | 48 | 10 | 46 | 22 | 31 | 28 | 52 | 25 | 30 |
| 13 | 23 | 0 ♓ | 19 | 7 | 2 | 7 | 11 | 17 | 16 | 49 | 11 | 31 | 23 | 47 | 0 ♓ | 35 | 25 | 27 |
| 14 | 24 | 1 | 19 | 47 | 15 | 43 | 11 | 13 | 16 | 50 | 12 | 17 | 25 | 3 | 2 | 18 | 25 | 24 |
| 15 | 25 | 2 | 20 | 29 | 29 ♎ | 42 | 11 | 7 | 16 | 51 | 13 | 2 | 26 | 19 | 4 | 1 | 25 | 21 |
| 16 | 26 | 3 | 21 | 12 | 14 | 3 | 11 | 3 | 16 | 52 | 13 | 48 | 27 | 35 | 5 | 44 | 25 | 18 |
| 17 | 27 | 4 | 21 | 56 | 28 ♏ | 43 | 10 | 59 | 16 | 53 | 14 | 34 | 28 ♓ | 54 | 7 | 27 | 25 | 14 |
| 18 | 28 | 5 | 22 | 41 | 13 | 37 | 10 | 55 | 16 | 53 | 15 | 20 | 0 | 6 | 9 | 10 | 25 | 11 |
| D 19 | 29 | 6 | 23 | 27 | 28 ♐ | 38 | 10 | 51 | 16 | 54 | 16 | 5 | 1 | 22 | 10 | 53 | 25 | [illegible] |
| 20 | 30 | 7 | 24 | 14 | 13 | 37 | 10 | 47 | 16 | 54 | 16 | 51 | 2 | 38 | 12 | 34 | 25 | [illegible] |

| Latitudo Planetarũ ad diẽ | ♄ P | ′ | ♃ P | ′ | ♂ P | ′ | ♀ P | ′ | ☿ P | ′ | |
|---|---|---|---|---|---|---|---|---|---|---|---|
| 1 | 3 A | 3 | 0 | 13 | 0 | 28 | 1 | 12 | 1 D | 7 | |
| 11 | 3 | 4 | 0 | 15 | 0 | 28 | 1 | 2 | 0 M | 30 | Mensis |
| 21 | 3 | 2 | 0 | 16 | 0 | 27 | 0 | 48 | 0 | 10 | |

| | | Orient. | Orient. | Occid. | Orient. | Orient. | Syzygiæ Planetarū |
|---|---|---|---|---|---|---|---|
| | ☽ | ♄ | ♃ | ♂ | ♀ | ☿ | mę, & eorum cong |
| | | | | | | | ius cum illustriori |
| Dies | ♓ ′ | ♓ ′ | ♓ ′ | ♒ ′ | ♓ ′ | ♓ ′ | aliquibus stellis fix |
| 1 | | | | | | | ⚹ ☌ ☿ 11.44 \| ♄ Po |
| 2 | | | 16 △ 49 | | | | ☿ m.c.cum cingu. ♍. |
| 3 | | | | 9 ☌ 51 | 15 ⚹ 25 | 14 ⚹ 2 | |
| 4 | 21 ⚹ 51 | 13 △ 57 | | | | | |
| 5 | | | | | 22 □ 52 | 22 □ 46 | ☍ ☽ ♄ 4.2 \| ☌ or. cū |
| 6 □ | 19 57 | 17 □ 28 | 22 ☍ 58 | | | | ☌ ♀ ☿ 5.3 h. ( |
| 7 Asc. | 23 ♒ | Occid. | | | | | |
| 8 | | 23 ⚹ 56 | | 1 ⚹ 4 | 10 △ 41 | 12 △ 20 | ☍ ☽ ♃ 20. 57. |
| 9 | 7 △ 42 | | | | | | ♄ m.c.cum sap. Algo |
| 10 | | | | 14 □ 17 | | | ☽ ☋ ♀ 2. 18. |
| | | | 18 △ 15 | | | | ♀ or.cū ca.cy. & che |
| | | | | | | | ☍ ♄ ☿ 3 41. |
| | | 22 ☌ 50 | | 6 △ 39 | 23 ☍ 30 | | ☍ ♄ ♀ 17.11 \| ♀ oc.cū |
| ☍ | 22 4 | | 7 □ 54 | | | 6 ☍ 24 | □ ♃ ☿ 17. 19. |
| Asc. | 25 ♐ | | | | | | ☽ Apo. ♂ or.cū acu. |
| | | | 22 ⚹ 4 | | | | |
| | | | | | | | □ ♃ ♀ 7.40 \| ☌ oc. |
| | | | | 17 ☍ 52 | | | ♀ oc.cū cing. ♍ (sc.+ |
| | | 0 ⚹ 30 | | | 16 △ 8 | | |
| | 7 △ 44 | | | | | 4 △ 7 | ☿ m.c.cū pri.frontis |
| | | 10 □ 9 | 20 ☌ 4 | | | | ♄ or.cū pl. ♀ oc.cū acu |
| □ | 20 47 | | | | 7 □ 15 | 20 □ 48 | ☌ ☽ ☿ 14.52 \| △ ♄ |
| Asc. | 16 ♐ | 16 △ 15 | | 17 △ 34 | | Occid. | (17. |
| | | | | | 17 ⚹ 37 | | ☽ ☊ 16.31 \| ♂ or. |
| | 4 ⚹ 44 | | | 23 □ 32 | | 8 ⚹ 12 | (neb. |
| | | | 4 ⚹ 36 | | | | ♀ oc.cū neb. & corde |
| | | 19 ☍ 40 | | | | | ♀ or.cum rostro galli |
| | | | 5 □ 14 | 2 ⚹ 53 | | | ♀ m.c.cum palma O |
| ☌ | 13 38 | | | | 4 ☌ 47 | 22 ☌ 5 | ☽ Per. ♀ oc.cū lāce |
| Asc. | 0 ♎ | | 5 △ 18 | | | | ♂ m.c.cum rostro ga |

| Stil. vet. | Stil. Greg. | ☉ ♐ P | ' | " | ☽ ♐ P | ' | ♄ ♉ M A P | ' | ♃ ♌ S A P | ' | ♂ ♑ M A P | ' | ♀ ♐ S D P | ' | ☿ ♐ M D P | ' | ☊ ♍ P | ' |
|---|---|---|---|---|---|---|---|---|---|---|---|---|---|---|---|---|---|---|
| | | Positus Planetarum Diurnus. | | | | | | | | | | | | | | | | |
| 21 | 1 | 8 | 25 | 3 | 28 ♑ | 29 | 10 | 43 | 16 | 54 | 17 | 37 | 3 | 54 | 14 | 16 | 25 | 2 |
| 22 | 2 | 9 | 25 | 53 | 13 | 7 | 10 | 39 | 16 ℞ | 54 | 18 | 23 | 5 | 10 | 15 | 58 | 24 | 58 |
| 23 | 3 | 10 | 26 | 44 | 27 ♒ | 27 | 10 | 35 | 16 | 54 | 19 | 9 | 6 | 26 | 17 | 39 | 24 | 55 |
| 24 | 4 | 11 | 27 | 36 | 11 | 25 | 10 | 31 | 16 | 54 | 19 | 55 | 7 | 41 | 19 | 20 | 24 | 52 |
| 25 | 5 | 12 | 28 | 29 | 25 ♓ | 1 | 10 | 27 | 16 | 53 | 20 | 41 | 8 | 58 | 21 | 0 | 24 | 49 |
| D 26 | 6 | 13 | 29 | 23 | 8 | 15 | 10 | 23 | 16 | 53 | 21 | 27 | 10 | 14 | 22 | 40 | 24 | 46 |
| 27 | 7 | 14 | 30 | 18 | 21 ♈ | 8 | 10 | 19 | 16 | 52 | 22 | 13 | 11 | 30 | 24 | 20 | 24 | 43 |
| 28 | 8 | 15 | 31 | 14 | 3 | 43 | 10 | 15 | 16 | 51 | 22 | 59 | 12 | 46 | 25 | 59 | 24 | 39 |
| 29 | 9 | 16 | 32 | 11 | 16 | 1 | 10 | 11 | 16 | 50 | 23 | 45 | 14 | 2 | 27 | 37 | 24 | 36 |
| 30 | 10 | 17 | 33 | 9 | 28 ♉ | 5 | 10 | 7 | 16 | 49 | 24 | 31 | 15 | 18 | 29 | 14 | 24 | 33 |
| Dec. 1 | 11 | 18 | 34 | 7 | 9 | 58 | 10 | 3 | 16 | 47 | 25 | 17 | 16 | 34 | 0 ♑ | 50 | 24 | 30 |
| 2 | 12 | 19 | 35 | 6 | 21 ♊ | 45 | 10 | 0 | 16 | 46 | 26 | 3 | 17 | 50 | 2 | 26 | 24 | 26 |
| D 3 | 13 | 20 | 36 | 6 | 3 | 28 | 9 | 57 | 16 | 44 | 26 | 49 | 19 | 5 | 4 | 1 | 24 | 23 |
| 4 | 14 | 21 | 37 | 7 | 15 | 9 | 9 | 54 | 16 | 43 | 27 | 35 | 20 | 21 | 5 | 35 | 24 | 20 |
| 5 | 15 | 22 | 38 | 9 | 26 ♋ | 51 | 9 | 51 | 16 | 41 | 28 | 21 | 21 | 37 | 7 | 7 | 24 | 17 |
| 6 | 16 | 23 | 39 | 11 | 8 | 41 | 9 | 48 | 16 | 39 | 29 | 7 | 22 | 53 | 8 | 38 | 24 | 14 |
| 7 | 17 | 24 | 40 | 14 | 20 ♌ | 41 | 9 | 45 | 16 | 37 | 29 ♒ | 53 | 24 | 9 | 10 A | 7 | 24 | 11 |
| 8 | 18 | 25 | 41 | 17 | 2 | 54 | 9 | 41 | 16 | 35 | 0 | 40 | 25 | 25 | 11 | 34 | 24 | 7 |
| 9 | 19 | 26 | 42 | 21 | 15 | 23 | 9 | 39 | 16 | 33 | 1 | 26 | 26 | 41 | 13 | 0 | 24 | 4 |
| D 10 | 20 | 27 | 43 | 25 | 28 ♍ | 12 | 9 | 37 | 16 | 30 | 2 | 13 | 27 | 57 | 14 | 24 | 24 | 1 |
| 11 | 21 | 28 | 44 | 29 | 11 | 23 | 9 | 34 | 16 | 27 | 3 | 0 | 19 ♑ | 13 | 15 | 47 | 23 | 58 |
| 12 | 22 | 29 ♑ | 45 | 33 | 24 ♎ | 56 | 9 | 32 | 16 | 24 | 3 | 46 | 0 | 29 | 17 | 8 | 23 | 55 |
| 13 | 23 | 0 | 46 | 38 | 8 | 52 | 9 | 30 | 16 | 21 | 4 | 33 | 1 | 45 | 18 | 27 | 23 | 52 |
| 14 | 24 | 1 | 47 | 43 | 23 | 9 | 9 | 28 | 16 | 18 | 5 | 20 | 3 M | 1 | 19 | 44 | 23 | 48 |
| 15 | 25 | 2 | 48 | 48 | 7 ♏ | 44 | 9 | 26 | 16 | 15 | 6 | 7 | 4 | 17 | 20 | 59 | 23 | 45 |
| 16 | 26 | 3 | 49 | 53 | 22 | 32 | 9 | 24 | 16 | 12 | 6 | 54 | 5 | 33 | 22 | 11 | 23 | 42 |
| D 17 | 27 | 4 | 50 | 59 | 7 ♐ | 25 | 9 | 22 | 16 | 8 | 7 | 40 | 6 | 49 | 23 | 20 | 23 | 39 |
| 18 | 28 | 5 | 52 | 5 | 22 | 16 | 9 | 20 | 16 | 4 | 8 | 27 | 8 | 5 | 24 | 25 | 23 | 36 |
| 19 | 29 | 6 | 53 | 11 | 6 ♑ | 58 | 9 | 18 | 16 | 0 | 9 | 14 | 9 | 21 | 25 | 27 | 23 | 33 |
| 20 | 30 | 7 | 54 | 17 | 21 | 27 | 9 | 17 | 15 | 56 | 10 | 1 | 10 | 37 | 26 | 25 | 23 | 29 |
| 21 | 31 | 8 | 55 | 24 | 5 ♒ | 38 | 9 | 15 | 15 | 51 | 10 | 47 | 11 | 53 | 27 | 19 | 23 | 26 |

| Latitudo Planetarũ ad diẽ | ♄ P | ' | ♃ P | ' | ♂ P | ' | ♀ P | ' | ☿ P | ' | Mensis |
|---|---|---|---|---|---|---|---|---|---|---|---|
| 1 | 3 | 0 | 0 | 18 | 0 | 26 | 0 | 28 | 1 | 20 | |
| 11 | 2 | 56 | 0 | 19 | 0 | 24 | 0 | 9 | 2 A | 13 | |
| 21 | 2 | 52 | 0 | 21 | 0 | 22 | 0 M | 7 | 2 | 52 | |

Syzygiæ Lunares.

| * | ☉ | Occid. ♄ | Orient. ♃ | Occid. ♂ | Orient. ♀ | Occid. ☿ | Syzygiæ Planetarũ mutuæ, & eorum congressus cum illustrioribus aliquibus stellis fixis. |
|---|---|---|---|---|---|---|---|
| Dies | H ′ | H ′ | H ′ | H ′ | H ′ | H ′ | |
| 1 | | 19△58 | | | | | |
| 2 | | | | 20☌20 | | | △ ♃ ☿ 13.35. |
| 3 | | 22□23 | | | 16✱39 | | ♀ occ. cum cornu Ar. a. |
| 4 | 0✱5 | | 9☍39 | | | 15✱35 | ♀ or. cum corde. ✱. |
| 5 | | | | | | | ♂ m.c. cum Aquila. |
| 6 □ | 10 50 | 3✱59 | | | 4□6 | | |
| 7 Asc. | 4 ♍ | | | 2✱12 | | 7□1 | [illegible] ☿ 6.48. |
| 8 | | | | | 19△39 | | ☿ or. cum cauda Del. |
| 9 | 1△7 | | 1△38 | 16□25 | | | △ ☽ ♃ 6.58. |
| 10 | | | | | | 2△26 | |
| 11 | | 0☌10 | 13□41 | | | | △ ♃ ♀ 4.3. |
| 12 | | | | 9△25 | | | ♀ m.c. cum acu. ✱. |
| 13 | | | | | | | ☉ Ap. ♀ or. cũ Arct. b. |
| 14 ☍ | 14 43 | | 3✱8 | | 11☍58 | | ♀ or. cum aquila. |
| 15 Asc. | 24 ♎ | | | | | 23☍54 | ☿ m.c. cum neb. ✱. |
| 16 | | 2✱14 | | | | | △ ♄ ☿ 18.16. |
| 17 | | | | 19☍19 | | | ☿ or. cum neb. ✱. |
| 18 | | 13□1 | | | | | |
| 19 | 23△2 | | 20☌7 | | 13△30 | | ☌ ☉ ♀ 1.36. c. |
| 20 | | 20△42 | | | Occid. | | ♀ or. cum cauda Del. |
| 21 | | | | | | 8△39 | ☉ ☊ 22.10. |
| 22 □ | 9 5 | | | 16△8 | 10□31 | | |
| 23 Asc. | 27 ♌ | | 12✱21 | | | 17□41 | ♂ m.c. cum cauda cygni. |
| 24 | 15✱19 | | | 21□13 | 17✱47 | | |
| 25 | | 2☍45 | 13□46 | | | 23✱21 | ♀ m.c. cum lyra. |
| 26 | | | | 0✱26 | | | ♀ or. cum neb. ++. |
| 27 | | | 14△1 | | | | ● Per. \| ♀ oc. cũ neb. ++. |
| 28 ☌ | 23 56 | | | | | | △ ♄ ♀ 13.5 \| ♀ or. cum |
| 29 Asc. | 12 ♈ | 3△51 | | | 4☌20 | | □ ♄ ♂ 2.8. (acu. ✱. |
| 30 | | | | | | 8☌57 | |
| 31 | | 6□4 | 17☍0 | 9☌21 | | | △ ☉ ♄ 8.8. |

*a. Die 3. ☿ or. cum aquila.*
*b. Die 23. ♂ m.c. cum cornu ♈, & ☿ or. cum neb. ++.*
*c. Die 19. ♂ m.c. cum cauda Del.*

# EPHEMERIS IOANNIS ANTONII MAGINI PATAVINI

Ad annum Dominicæ Incarnationis

1588.

Qui est Bissextilis, seu Intercalaris, & à Kalendarij Gregoriana reformatione sextus, ab orbisq; principio 5550.

*Ingressus Solis in principium ♈, seu æquinoctij verni.*

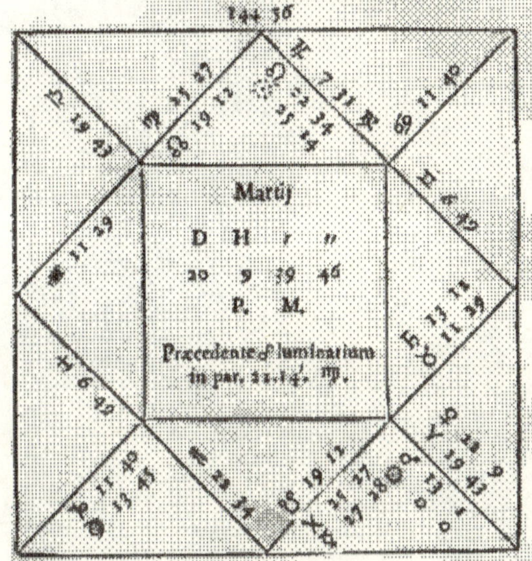


Apparens anni magnitudo

*Dierum* 365. *Horarum* 5. *Scr.* 55'. 27''. 5'''. 44''''.

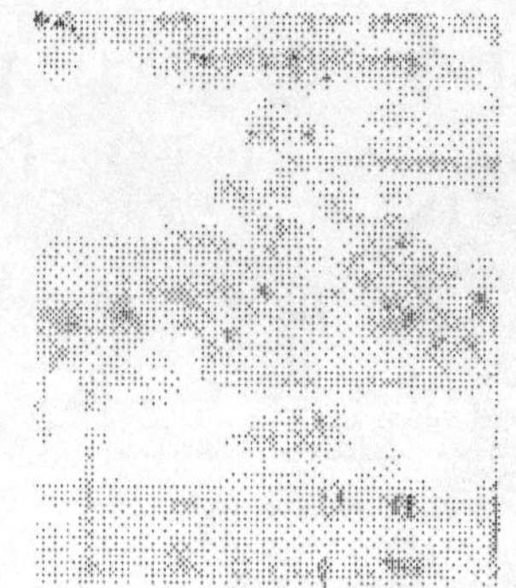

# ANNO VIRGINEI PARTVS
## 1588 Intercalari.

| | | | D. | H. | ′ | ″ |
|---|---|---|---|---|---|---|
| Reuersiones ad principium | ♋, Seu solstitii aestiui | Iunij | 21 | 6 | 32 | 7 |
| | ♎, Seu autumnalis aequinoctij | Septemb. | 22 | 17 | 40 | 25 |
| | ♑, Seu solstitii verni | Decemb. | 21 | 12 | 30 | 27 |

| | P. | ′ | ″ | ‴ |
|---|---|---|---|---|
| Vera praecessio Aequinoctiorum | 27 | 58 | 1 | 8 |
| Obliquitas Zodiaci | 23 | 28 | 5 | 8 |

Eccentricitas ☉ 32231. Qualium semidiameter eccentrici ☉ parti. 1000000, seu par. 1. 56′. 1″. 48‴. Qualium P. 60.

| | | P. | ′ | ″ | | | |
|---|---|---|---|---|---|---|---|
| Locus Apogaei | ♄ | 29 | 8 | 58 | ♓ | Aureus Numerus | 12 |
| | ♃ | 6 | 40 | 26 | ♎ | Cyclus Solis | 1 |
| | ♂ | 28 | 24 | 21 | ♌ | Epacta | 2 |
| | ☉ | 9 | 4 | 48 | ♋ | Indictio Romana | 1 |
| | ♀ | 16 | 19 | 2 | ♊ | Litera Dominicalis | C B |
| | ☿ | 0 | 3 | 51 | ♓ | Interuallum hebd. 9. Dies | 2 |

*Festa mobilia secundum Sacrosanctae Romanae Ecclesiae vsum iuxta annum reformatum.*

| | | |
|---|---|---|
| Septuagesima | Februarij | 14 |
| Cinis | Martii | 2 |
| Pascha | Aprilis | 17 |
| Rogationes | Maii | 22 |
| Ascensio | Maii | 26 |
| Pentecostes | Iunij | 5 |
| Corpus Christi | Iunij | 16 |
| Aduentus Domini | Nouemb. | 27 |

# Nouilunium Eclipticum 1588.

*Die.26. Februarij anni reformati, qui est dies 16. anni veteris H.0.23′.36″. P.M. aequalis accidit coniunctio ☉ & ☽ in gr.6.41′.23″. ♓ non longe à ☋ draconis, in qua quidem exigua pars corporis ☉ absconditur; sed quoniam haec accidet in quadrante coeli accidentali, ideo visibilis coitio sequetur veram, & accidet H.1.23′.18″. Tempus enim interiectum inter vtranque est H.0.59′.42″. cum parallaxis longitudinis sit scr.30′.34″. Distant autem ambo lumina à Zenith nostro par.57.31′. & ad dictum tempus anomalia ☉ reperitur par. 237.1′.13″. eiusque semid. 16′.36″. Anomalia autem ☽ par.265.5′.9″. vnde eius semid. 16′.22″. verus latitudinis Lunaris motus par.76.49′.34″. ex quo deprahensa fuit vera latitudo par.1.8′.17″. Borea. Verum cum parallaxis latitudinis sit 38′.13″. relinquitur visa latitudo 30′.4″. Borea. Ad principium verò defectionis 31.24″. Bor. & ad finem 29.25. Bor. Puncta corporis ☉ eclipsata 1.3′. & tempus incidentiae H.0.28′.4″. Repletionis autem H.0.26′.15″.*

| | | H. | scr. | | |
|---|---|---|---|---|---|
| *Huius Eclipsis Solis Digit. 1. 5′.* | *Principium apparebit* | 0 | 55 | *P. M.* | *Ab initio ad finem est interuallum H.0.54′.* |
| | | 19 | 31 | *Horol.* | |
| | *Medium, seu ipsa copula* | 1 | 23 | *P. M.* | |
| | | 19 | 59 | *Horol.* | |
| | *Finis conspicietur* | 1 | 49 | *P. M.* | |
| | | 20 | 25 | *Horol.* | |

## Parallaxis, seu diuersitas aspectus praedicti deliquij Solis.

| | Puct. | | | | | | |
|---|---|---|---|---|---|---|---|
| *Puncta eclipsica apparebunt* | 0 | 1 | *In climate* | *Quarto, &* | *gr.* | 36 | *Exaltationis poli.* |
| | 0 | 38 | | *Quinto, &* | *gr.* | 41 | |
| | 1 | 3 | | *Sexto, &* | *gr.* | 45 | |
| | 1 | 24 | | *Septimo, &* | *gr.* | 49 | |
| | 1 | 42 | | *Octauo, &* | *gr.* | 52 | |

## Huius Eclipsis Typus ob eius exiguitatem praetermittitur.

# Epilogus calculi Eclipsis Lunaris anno 1588.

*Die 12. Martij anni innouati, seu die 2. anni veteris H. 14.14'.19". à meridie numeratis, adhibita correctione inæqualitatis dierum, amittet ☽ totale lumen in diametro Solis posita, dum fertur sub par. 22.15'.1". ♍ non procul à ☊, eius anomalia reperitur par. 113.8'.27". & illius semid. apparens 16'.48". Solis verò anomalia annua est par. 251.25'.31". nam tunc reperitur prope longitudinem mediam sui eccentri accedens paulatim versus augem, semidiameterque eius est 16'.29". semidiameter autem vmbræ terræ coæquata 45'.36". Verus motus latitudinis ☽ par. 272.39'.39". Latitudo item ☽ Borealis 13'.55". sed ad initium defectus 8'.13'. & ad exitum 19'.36". Borea similiter. Partes obscuratæ erunt 17.19'. Tempus incidentiæ H. 1.6'.10". Mora autem dimidia H. 0.46'.48".*

| | | H. | scr. | | | |
|---|---|---|---|---|---|---|
| *Cuius quidem Lunaris Eclipsis puncta 17. 19'.* | *Principium consp̄icietur* | 12 | 21 | P. M. | | *Interuallum temporis à principio eclipsis vsq; ad finem H. scr. 3. 46.* |
| | | 6 | 51 | N. S. | | |
| | *Princip. totalis lum. amissi.* | 13 | 27 | P. M. | *Permanebit totaliter absque lumine H. scr. 1. 34.* | |
| | | 7 | 57 | N. S. | | |
| | *Medium, seu vera ☍* | 14 | 14 | P. M. | | |
| | | 8 | 44 | N. S. | | |
| | *Finis totalis obscurationis, & initium recuperationis lum.* | 15 | 1 | P. M. | | |
| | | 9 | 31 | N. S. | | |
| | *Finis totius Eclipsis* | 16 | 7 | P. M. | | |
| | | 10 | 37 | N. S. | | |

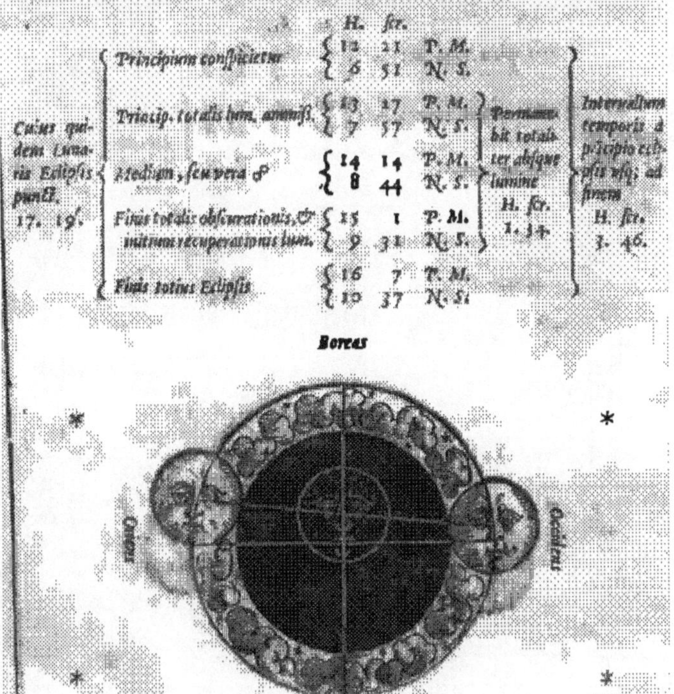

| Dies (Anni veteris) | Dies (Anni Gregor.) | ☉ ♎ P | ☉ ' | ☉ " | ☽ ♍ P | ☽ ' | ♄ ♉ P | ♄ ' | ♃ ♌ P | ♃ ' | ♂ ♐ P | ♂ ' | ♀ ♍ P | ♀ ' | ☿ ♎ P | ☿ ' | ☊ ♍ P | ☊ ' |
|---|---|---|---|---|---|---|---|---|---|---|---|---|---|---|---|---|---|---|
| Positus Planetarum Diurnus. | | | | | | | M | D | S | A | M | D | S | A | M | A | | |
| 21 | 1 | 7 | 23 | 23 | 27 ♎ | 12 | 15 | 23 | 11 | 16 | 3 | 37 | 17 | 19 | 6 | 2 | 28 | 16 |
| 22 | 2 | 8 | 22 | 29 | 11 | 41 | 15 | 20 | 11 | 25 | 3 | 19 | 18 | 34 | 5 | 22 | 28 | 13 |
| 23 | 3 | 9 | 21 | 37 | 26 | 23 | 15 | 17 | 11 | 35 | 4 | 1 | 19 | 48 | 4 | 46 | 28 | 9 |
| D 24 | 4 | 10 | 20 | 47 | 11 ♏ | 14 | 15 | 13 | 11 | 44 | 4 | 44 | 21 | 3 | 4 | 15 | 28 | 6 |
| 25 | 5 | 11 | 19 | 59 | 26 | 7 | 15 | 10 | 11 | 54 | 5 | 26 | 22 | 17 | 3 | 49 | 28 | 3 |
| 26 | 6 | 12 | 19 | 13 | 10 ♐ | 54 | 15 | 6 | 12 | 3 | 6 | 9 | 23 | 32 | 3 | 29 | 28 | 0 |
| 27 | 7 | 13 | 18 | 29 | 25 | 28 | 15 | 2 | 12 | 12 | 6 | 52 | 24 | 47 | 3 | 16 | 27 | 57 |
| 28 | 8 | 14 | 17 | 46 | 9 ♑ | 45 | 14 | 58 | 12 | 21 | 7 | 34 | 26 | 1 | 3 D | 11 | 27 | 54 |
| 29 | 9 | 15 | 17 | 5 | 23 | 39 | 14 | 54 | 12 | 30 | 8 | 17 | 27 | 16 | 3 | 13 | 27 | 50 |
| 30 | 10 | 16 | 16 | 26 | 7 ♒ | 11 | 14 | 50 | 12 | 39 | 9 | 0 | 28 | 31 | 3 | 22 | 27 | 47 |
| D 1 | 11 | 17 | 15 | 49 | 20 | 20 | 14 | 46 | 12 | 48 | 9 | 43 | 29 | 46 | 3 | 37 | 27 | 44 |
| Oct. 2 | 12 | 18 | 15 | 15 | 3 ♓ | 7 | 14 | 42 | 12 | 56 | 10 | 26 | 1 ♎ | 1 | 3 | 58 | 27 | 41 |
| 3 | 13 | 19 | 14 | 43 | 15 | 35 | 14 | 38 | 13 | 5 | 11 | 9 | 2 | 16 | 4 | 24 | 27 | 38 |
| 4 | 14 | 20 | 14 | 13 | 27 | 47 | 14 | 34 | 13 | 13 | 11 | 52 | 3 | 31 | 4 | 54 | 27 | 34 |
| 5 | 15 | 21 | 13 | 45 | 9 ♈ | 47 | 14 | 30 | 13 | 21 | 12 | 35 | 4 | 46 | 5 S | 29 | 27 | 31 |
| 6 | 16 | 22 | 13 | 19 | 21 | 37 | 14 | 26 | 13 | 29 | 13 | 18 | 6 | 1 | 6 | 9 | 27 | 28 |
| 7 | 17 | 23 | 12 | 55 | 3 ♉ | 21 | 14 | 21 | 13 | 37 | 14 | 1 | 7 | 16 | 6 | 52 | 27 | 25 |
| D 8 | 18 | 24 | 12 | 32 | 15 | 3 | 14 | 17 | 13 | 45 | 14 | 45 | 8 | 31 | 7 | 43 | 27 | 22 |
| 9 | 19 | 25 | 12 | 11 | 26 | 47 | 14 | 12 | 13 | 53 | 15 | 28 | 9 | 46 | 8 | 36 | 27 | 19 |
| 10 | 20 | 26 | 11 | 52 | 8 ♊ | 34 | 14 | 7 | 14 | 0 | 16 | 12 | 11 | 1 | 9 | 33 | 27 | 15 |
| 11 | 21 | 27 | 11 | 35 | 20 | 29 | 14 | 3 | 14 | 8 | 16 | 55 | 12 D | 16 | 10 | 34 | 27 | 12 |
| 12 | 22 | 28 | 11 | 20 | 2 ♋ | 34 | 13 | 58 | 14 | 15 | 17 | 39 | 13 | 31 | 11 | 38 | 27 | 9 |
| 13 | 23 | 29 | 11 | 7 | 14 | 53 | 13 | 53 | 14 | 22 | 18 | 23 | 14 | 46 | 12 | 45 | 27 | 6 |
| 14 | 24 | 0 ♏ | 10 | 56 | 27 | 29 | 13 | 49 | 14 | 29 | 19 | 7 | 16 | 1 | 13 | 55 | 27 | 3 |
| D 15 | 25 | 1 | 10 | 47 | 10 ♌ | 23 | 13 | 44 | 14 | 36 | 19 | 51 | 17 | 16 | 15 | 8 | 26 | 59 |
| 16 | 26 | 2 | 10 | 40 | 23 | 38 | 13 | 39 | 14 | 43 | 20 | 35 | 18 | 31 | 16 | 23 | 26 | 56 |
| 17 | 27 | 3 | 10 | 35 | 7 ♍ | 21 | 13 | 34 | 14 | 50 | 21 A | 19 | 19 | 46 | 17 | 40 | 26 | 53 |
| 18 | 28 | 4 | 10 | 32 | 21 | 14 | 13 | 29 | 14 | 57 | 22 | 3 | 21 | 1 | 19 | 0 | 26 | 50 |
| 19 | 29 | 5 | 10 | 31 | 5 ♎ | 34 | 13 | 24 | 15 | 3 | 22 | 47 | 22 | 16 | 20 | 22 | 26 | 47 |
| 20 | 30 | 6 | 10 | 32 | 20 | 12 | 13 | 19 | 15 | 10 | 23 | 31 | 23 | 31 | 21 | 46 | 26 | 44 |
| 21 | 31 | 7 | 10 | 34 | 5 ♏ | 4 | 13 | 14 | 15 | 16 | 24 | 15 | 24 | 46 | 23 | 11 | 26 | 40 |
| Latitudo Planetarū ad diē | | | | | | 1 | 2 | 57 | 0 | 8 | 0 | 28 | 1 | 7 | 3 | 4 | Mensis | |
| | | | | | | 11 | 3 | 0 | 0 | 9 | 0 | 29 | 1 | 11 | 0 S | 38 | | |
| | | | | | | 21 | 3 | 2 | 0 | 11 | 0 A | 29 | 1 D | 17 | 0 | 55 | | |

| Syzygiæ Lunares. | | | | | | | |
|---|---|---|---|---|---|---|---|
| | | Orient. | Orient. | Occid. | Orient. | Orient. | Syzygiæ Planetarũ mutuæ, & eorum congressus cum illustrioribus aliquibus stellis fixis. |
| | ☉ | ♄ | ♃ | ♂ | ♀ | ☿ | |
| Dies | H , | H , | H , | H , | H , | H , | |
| 1 ☌ | 18 23 | | 13 ⚹ 32 | 9 ⚹ 16 | | 14 ☌ 0 | ☽ ☊ 1.46. |
| 2 Asc. | 10 ♎ | | | | | | ♂ m.c. cũ Antare a( 50. |
| 3 | | | | | | | ⚹ ♂ ☿ 14.26 \| ♀ m.c. cũ |
| 4 | | 6 ☍ 23 | 0 □ 24 | | 17 ⚹ 24 | | ☽ Perig. ♂ oc. cũ coma |
| 5 | | | | 15 ☌ 53 | | 12 ⚹ 13 | ⚹ ☉ ♃ 16.19. (Ber. |
| 6 | 2 ⚹ 29 | | 1 △ 54 | | 22 □ 45 | | |
| 7 | | | | | | 13 □ 1 | ♄ m.c. cum Aur. |
| 8 □ | 8 44 | 8 △ 57 | | | | | ♂ or. cum corde ♌. |
| 9 Asc. | 21 ♊ | | | | 7 △ 4 | 17 △ 9 | ♀ or. cum vinde. h. |
| 10 | 17 △ 55 | 13 □ 53 | 10 ☍ 5 | 3 ⚹ 30 | | | ♃ occ. cum dex. hu. Aur. |
| 11 | | | | | | | ♀ m.c. cum cris. Ber. |
| 12 | | 22 ⚹ 10 | | 14 □ 56 | | | ♀ m.c. cum Algorab. |
| 13 | | | | | | | ☽ ☋ 23.34. |
| 14 | | | | | 12 ☍ 48 | 14 ☍ 56 | |
| 15 | | | 7 △ 19 | 6 △ 3 | | | ♀ or. cum Arcturo. ( |
| 16 ☍ | 1 40 | | | | | | △ ♃ ♂ 7.32 \| ☌ ♀ ☿ 6. |
| 17 Asc. | 20 ♑ | 22 ☌ 26 | 21 □ 18 | | | | |
| 18 | | | | | | | ☽ Apog. |
| 19 | | | | | | | ♀ m.c. cum vinde. |
| 20 | | | 11 ⚹ 3 | 16 ☍ 22 | 5 △ 33 | 2 △ 10 | □ ♄ ♃ 14.0. |
| 21 | 13 △ 20 | | | | | | ♀ or. cum corona. |
| 22 | | 22 ⚹ 0 | | | 23 □ 44 | 19 □ 25 | ⚹ ♃ ♀ 15.31. |
| 23 | | | | | | | ♀ or. cum Algorab. c. |
| 24 □ | 5 49 | | | | | | ⚹ ♃ ☿ 1.51 ♀ or. sh. 60. d |
| 25 Asc. | 16 ♉ | 0 □ 2 | 7 ☌ 43 | 18 △ 6 | 13 ⚹ 46 | 9 ⚹ 30 | ♂ or. cum Aquila. c. |
| 26 | 16 ⚹ 16 | | | | | | ♃ m.c. cum hydra. |
| 27 | | 10 △ 46 | | | | | ♂ m.c. cum neb. ♋. |
| 28 | | | | 1 □ 27 | | | ☽ ☊ 9.20. |
| 29 | | | 15 ⚹ 39 | | | | |
| 30 | | | | 5 ⚹ 39 | 5 ☌ 50 | 2 ☌ 47 | ⚹ ♂ ♀ 0.0. |
| 31 ☌ | 4 0 | 13 ☍ 0 | 16 □ 27 | | | | |

| | | Orient. | Orient. | Occid. | Orient. | Orient. | Syzygiæ Planetarū inter se, & eorum congressus cum illustrioribus aliquibus stellis fixis. |
|---|---|---|---|---|---|---|---|
| | ☉ | ♄ | ♃ | ♂ | ♀ | ☿ | |
| Dies | H ′ | H ′ | H ′ | H ′ | H ′ | H ′ | |
| 1 | | | | | | | ✶ ☌ ☿ 1. 44 \| ☽ Per. a. |
| 2 | | | 16 △ 49 | | | | ☿ m. c. cum cing. ♍. |
| 3 | | | | 9 ☌ 51 | 15 ✶ 25 | 14 ✶ 2 | |
| 4 | 11 ✶ 51 | 13 △ 57 | | | | | |
| 5 | | | | | 22 □ 52 | 22 □ 46 | ☍ ☉ ♄ 14. 2 \| ♂ or. circa. |
| 6 □ | 19 57 | 17 □ 28 | 22 ☍ 58 | | | | ☌ ♀ ☿ 5. 8 b. (Del. |
| 7 Asc. | 23 ♓ | Occid. | | | | | |
| 8 | | 23 ✶ 56 | | 3 ✶ 4 | 10 △ 41 | 12 △ 20 | ☍ ☉ ♃ 20. 57. |
| 9 | 7 △ 42 | | | | | | ♄ m. c. cum cap. Algol. |
| 10 | | | | 14 □ 17 | | | ☉ ☋ 2. 18. |
| 11 | | | 18 △ 15 | | | | ♀ or. cū ca. cy. & chelis. |
| 12 | | | | | | | ☍ ♄ ☿ 3. 41. |
| 13 | | 22 ☌ 50 | | 6 △ 39 | 23 ☍ 56 | | ☍ ♄ ♀ 17. 11 \| ♀ or. cū ♏. |
| 14 ☍ | 22 4 | | 7 □ 54 | | | 6 ☍ 24 | □ ♃ ☿ 17. 19. c. |
| 15 Asc. | 25 ♓ | | | | | | ☽ Apo. ♂ or. cū acu. ♏. |
| 16 | | | 22 ✶ 4 | | | | |
| 17 | | | | | | | □ ♃ ♀ 7. 40 \| ♂ oc. cum |
| 18 | | | | 17 ☍ 52 | | | ♀ oc. cū cing. ♍ (oc. 44. |
| 19 | | 0 ✶ 30 | | | 16 △ 8 | | |
| 20 | 7 △ 44 | | | | | 4 △ 7 | ☿ m. c. cū pri. frontis ♏. |
| 21 | | 10 □ 9 | 20 ☌ 4 | | | | ♄ or. cū pl. ♀ oc. cū acu. ♏. |
| 22 □ | 20 47 | | | | 7 □ 15 | 20 □ 48 | ☌ ☉ ☿ 14. 52 \| △ ♄ ♂ |
| 23 Asc. | 16 ♓ | 16 △ 15 | | 17 △ 34 | | Occid. | (17. 27. |
| 24 | | | | | 17 ✶ 37 | | ☽ ☊ 16. 35 \| ♂ or. cum |
| 25 | 4 ✶ 44 | | | 23 □ 32 | | 8 ✶ 12 | (neb. ♏. |
| 26 | | | 4 ✶ 36 | | | | ♀ oc. cū neb. & corde ♏. |
| 27 | | 19 ☍ 40 | | | | | ♀ or. cum rostro galli, e. |
| 28 | | | 5 □ 14 | 2 ✶ 53 | | | ♀ m. c. cum palma Ophi. |
| 29 ☌ | 13 38 | | | | 14 ☌ 47 | 22 ☌ 5 | ☽ Per. ♀ oc. cū lūce ba. |
| 30 Asc. | 0 ♎ | | 5 △ 18 | | | | ♂ m. c. cum rostro galli. |

December 1587

| Anni veteris | Anni Greg. | ☉ ♐ P | ' | " | ☽ ♐ P | ' | ♄ ♉ P | ' | ♃ ♌ P | ' | ♂ ♑ P | ' | ♀ ♐ P | ' | ☿ ♐ P | ' | ☊ ♍ P | ' |
|---|---|---|---|---|---|---|---|---|---|---|---|---|---|---|---|---|---|---|
| | | Positus Planetarum Diurnus. | | | | | M | A | S | A | M | A | S | D | M | D | | |
| Dies | | | | | | | | | | | | | | | | | | |
| 21 | 1 | 8 | 25 | 3 | 18 ♑ | 29 | 10 | 43 | 16 | 54 | 17 | 37 | 3 | 54 | 14 | 16 | 25 | 2 |
| 22 | 2 | 9 | 25 | 53 | 13 | 7 | 10 | 39 | 16 ℞ | 54 | 18 | 23 | 5 | 10 | 15 | 58 | 24 | 58 |
| 23 | 3 | 10 | 26 | 44 | 27 ♒ | 27 | 10 | 35 | 16 | 54 | 19 | 9 | 6 | 26 | 17 | 39 | 24 | 55 |
| 24 | 4 | 11 | 27 | 36 | 11 | 25 | 10 | 31 | 16 | 54 | 19 | 55 | 7 | 42 | 19 | 20 | 24 | 52 |
| 25 | 5 | 12 | 28 | 29 | 25 ♓ | 1 | 10 | 27 | 16 | 53 | 20 | 41 | 8 | 58 | 21 | 0 | 24 | 49 |
| D 26 | 6 | 13 | 29 | 23 | 8 | 15 | 10 | 23 | 16 | 53 | 21 | 27 | 10 | 14 | 22 | 40 | 24 | 46 |
| 27 | 7 | 14 | 30 | 18 | 21 ♈ | 8 | 10 | 19 | 16 | 52 | 22 | 13 | 11 | 30 | 24 | 20 | 24 | 43 |
| 28 | 8 | 15 | 31 | 14 | 3 | 43 | 10 | 15 | 16 | 51 | 22 | 59 | 12 | 46 | 25 | 59 | 24 | 39 |
| 29 | 9 | 16 | 32 | 11 | 16 | 1 | 10 | 11 | 16 | 50 | 23 | 45 | 14 | 2 | 27 | 37 | 24 | 36 |
| 30 | 10 | 17 | 33 | 9 | 28 ♉ | 5 | 10 | 7 | 16 | 49 | 24 | 31 | 15 | 18 | 29 ♑ | 14 | 24 | 33 |
| De. 1 | 11 | 18 | 34 | 7 | 9 | 58 | 10 | 3 | 16 | 47 | 25 | 17 | 16 | 34 | 0 | 50 | 24 | 30 |
| 2 | 12 | 19 | 35 | 6 | 21 | 45 | 10 | 0 | 16 | 46 | 26 | 3 | 17 | 50 | 2 | 26 | 24 | 26 |
| D 3 | 13 | 20 | 36 | 6 | 3 ♊ | 28 | 9 | 57 | 16 | 44 | 26 | 49 | 19 | 5 | 4 | 1 | 24 | 23 |
| 4 | 14 | 21 | 37 | 7 | 15 | 9 | 9 | 54 | 16 | 43 | 27 | 35 | 20 | 21 | 5 | 35 | 24 | 20 |
| 5 | 15 | 22 | 38 | 9 | 26 ♋ | 51 | 9 | 51 | 16 | 41 | 28 | 21 | 21 | 37 | 7 | 7 | 24 | 17 |
| 6 | 16 | 23 | 39 | 11 | 8 | 41 | 9 | 48 | 16 | 39 | 29 | 7 | 22 | 53 | 8 A | 38 | 24 | 14 |
| 7 | 17 | 24 | 40 | 14 | 20 ♌ | 41 | 9 | 45 | 16 | 37 | 29 ♒ | 53 | 24 | 9 | 10 | 7 | 24 | 11 |
| 8 | 18 | 25 | 41 | 17 | 2 | 54 | 9 | 41 | 16 | 35 | 0 | 40 | 25 | 25 | 11 | 34 | 24 | 7 |
| 9 | 19 | 26 | 42 | 21 | 15 | 23 | 9 | 39 | 16 | 32 | 1 | 26 | 26 | 41 | 13 | 0 | 24 | 4 |
| D 10 | 20 | 27 | 43 | 25 | 28 ♍ | 11 | 9 | 37 | 16 | 30 | 2 | 13 | 27 | 57 | 14 | 24 | 24 | 1 |
| 11 | 21 | 28 | 44 | 29 | 11 | 23 | 9 | 34 | 16 | 27 | 3 | 0 | 29 ♑ | 13 | 15 | 47 | 23 | 58 |
| 12 | 22 | 29 ♑ | 45 | 33 | 24 | 56 | 9 | 31 | 16 | 24 | 3 | 46 | 0 | 29 | 17 | 8 | 23 | 55 |
| 13 | 23 | 0 | 46 | 38 | 8 ♎ | 52 | 9 | 30 | 16 | 21 | 4 | 33 | 1 | 45 | 18 | 27 | 23 | 52 |
| 14 | 24 | 1 | 47 | 43 | 23 | 9 | 9 | 26 | 16 | 18 | 5 | 20 | 3 M | 1 | 19 | 44 | 23 | 48 |
| 15 | 25 | 2 | 48 | 48 | 7 ♏ | 44 | 9 | 20 | 16 | 15 | 6 | 7 | 4 | 17 | 20 | 59 | 23 | 45 |
| 16 | 26 | 3 | 49 | 53 | 22 | 32 | 9 | 24 | 16 | 12 | 6 | 54 | 5 | 33 | 22 | 11 | 23 | 42 |
| D 17 | 27 | 4 | 50 | 59 | 7 ♐ | 25 | 9 | 22 | 16 | 8 | 7 | 40 | 6 | 49 | 23 | 20 | 23 | 39 |
| 18 | 28 | 5 | 52 | 5 | 22 | 16 | 9 | 10 | 16 | 4 | 8 | 27 | 8 | 5 | 24 | 25 | 23 | 36 |
| 19 | 29 | 6 | 53 | 11 | 6 ♑ | 58 | 9 | 18 | 16 | 0 | 9 | 14 | 9 | 21 | 25 | 27 | 23 | 33 |
| 20 | 30 | 7 | 54 | 17 | 21 | 27 | 9 | 17 | 15 | 56 | 10 | 1 | 10 | 37 | 26 | 25 | 23 | 29 |
| 21 | 31 | 8 | 55 | 24 | 5 ♒ | 38 | 9 | 16 | 15 | 51 | 10 | 47 | 11 | 53 | 27 | 19 | 23 | 26 |

| Latitudo Planetarũ ad diẽ | | ♄ | ' | ♃ | ' | ♂ | ' | ♀ | ' | ☿ | ' | |
|---|---|---|---|---|---|---|---|---|---|---|---|---|
| | 1 | 3 | 0 | 0 | 18 | 0 | 26 | 0 | 28 | 1 | 20 | |
| | 11 | 2 | 56 | 0 | 19 | 0 | 24 | 0 | 9 | 1 A | 13 | Mensis |
| | 21 | 2 | 53 | 0 | 21 | 0 | 23 | 0 M | 7 | 1 | 57 | |

| | | Occid. | Orient. | Occid. | Orient. | Occid. | |
|---|---|---|---|---|---|---|---|
| | ☽ | ♄ | ♃ | ♂ | ♀ | ☿ | Syzygiæ Planetarũ mutuę, & eorum congressus cum illustrioribus aliquibus stellis fixis. |
| Dies | H ' | H ' | H ' | H ' | H ' | H ' | |
| 1 | | 19△58 | | | | | |
| 2 | | | | 2☌20 | | | △ ♃ ☿ 13.35. |
| 3 | | 22□23 | | | 16✶59 | | ♀ occ. cum coma Ber. a. |
| 4 | 0✶5 | | 9☍39 | | | 15✶55 | ☿ or. cum corde ♌. |
| 5 | | | | | | | ♂ m.c. cum Aquila. |
| 6 □ | 10 50 | 3✶59 | | | 4□6 | | |
| 7 Alc. | 4 ♒ | | | 2✶12 | | 7□1 | ☽ ☊ 6.48. |
| 8 | | | | | 19△39 | | ♀ or. cum cauda Del. |
| 9 | 1△7 | | 1△38 | 16□25 | | | △ ☽ ♃ 6.58. |
| 10 | | | | | | 2△26 | |
| 11 | | 0☌10 | 13□41 | | | | △ ♃ ♀ 4.3. |
| 12 | | | | 9△25 | | | ♀ m.c. cum arcu ♐. |
| 13 | | | | | | | ☽ Ap. ♀ oc. cũ Arct. b. |
| 14 ☍ | 14 43 | | 3✶8 | | 11☍58 | | ♀ or. cum aquila. |
| 15 Alc. | 24 ♎ | | | | | 13☍54 | ☿ m.c. cum neb. ♏. |
| 16 | | 2✶14 | | | | | △ ♄ ☿ 18.16. |
| 17 | | | | 19☍19 | | | ☿ or. cum neb. ♏. |
| 18 | | 13□1 | | | | | |
| 19 | 23△2 | | 2☌7 | | 23△30 | | ☌ ☽ ♀ 1.36. c. |
| 20 | | 20△42 | | | Occid. | | ♀ or. cum cauda Del. |
| 21 | | | | | | 8△39 | ☽ ☊ 22.10. |
| 22 □ | 9 5 | | | 16△8 | 10□32 | | |
| 23 Alc. | 27 ♌ | | 12✶21 | | | 17□41 | ♂ m.c. cum cauda cygni. |
| 24 | 15✶19 | | | 21□12 | 17✶47 | | |
| 25 | | 2☍45 | 13□46 | | | 13✶21 | ♀ m.c. cum lyra. |
| 26 | | | | 0✶26 | | | ♀ or. cum neb. ♋. |
| 27 | | | 14△1 | | | | ☽ Per \| ☿ oc. cũ neb. ♋. |
| 28 ☌ | 23 56 | | | | | | △ ♄ ♀ 23.5 \| ☿ or. cum |
| 29 Alc. | 12 ♈ | 3△52 | | | 4☌20 | | □ ♄ ♂ 2.0. (arcu, ♐. |
| 30 | | | | | | 8☌57 | |
| 31 | | 6□4 | 17☍0 | 9☌21 | | | △ ☽ ♄ 8.8. |

a. Die 3. ☿ or. cum aquila.
b. Die 13. ♂ m.c. cum corvu ♭, & ☿ or. cum neb. ♋.
c. Die 19. ♂ m.c. cum cauda Del.

# EPHEMERIS IOANNIS ANTONII MAGINI PATAVINI

Ad annum Dominicæ Incarnationis

1588.

Qui est Bissextilis, seu Intercalaris, & à Kalendarij Gregoriana reformatione sextus, ab orbisq; principio 5550.

*Ingressus Solis in principium ♈, seu æquinoctij verni.*

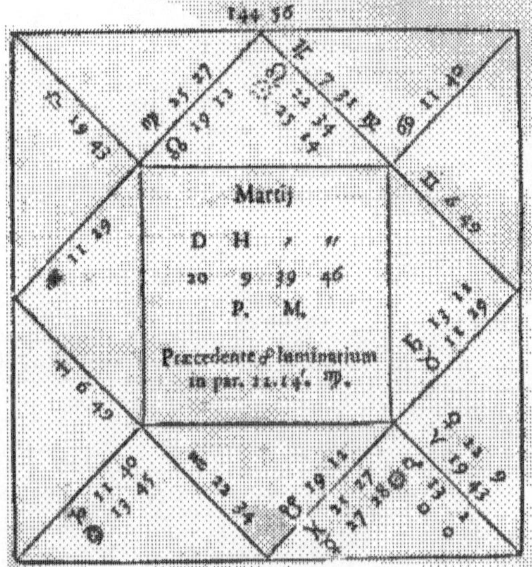


Apparens anni magnitudo

*Dierum 365. Horarum 5. Scr. 55'. 17''. 5'''. 44''''.*

# ANNO VIRGINEI PARTVS
## 1588 Intercalari.

| | | | D. | H. | ′ | ″ |
|---|---|---|---|---|---|---|
| Reuersio ☉ ad principium | ♋, Seu solstitii æstiui | Iunij | 21 | 6 | 32 | 7 |
| | ♎, Seu autumnalis æquinoctij | Septemb. | 22 | 17 | 40 | 25 |
| | ♑, Seu solstitii verni | Decemb. | 21 | 11 | 30 | 27 |

| | P. | ′ | ″ | ‴ |
|---|---|---|---|---|
| Vera præcessio Æquinoctiorum | 27 | 58 | 1 | 8 |
| Obliquitas Zodiaci | 23 | 28 | 5 | 8 |

Eccentricitas ☉ 32311. Qualium semidiameter eccentrici ☉ parti. 1000000. seu par. 1. 56′. 1″. 48‴. Qualium P. 60.

| | | P. | ′ | ″ | | | |
|---|---|---|---|---|---|---|---|
| Locus Apogæi | ♄ | 29 | 8 | 58 | ♐ | Aureus Numerus | 12 |
| | ♃ | 6 | 40 | 26 | ♎ | Cyclus Solis | 1 |
| | ♂ | 28 | 24 | 21 | ♌ | Epacta | 2 |
| | ☉ | 9 | 4 | 48 | ♋ | Indictio Romana | 1 |
| | ♀ | 16 | 19 | 2 | ♊ | Litera Dominicalis | C B |
| | ☿ | 0 | 3 | 51 | ♐ | Interuallum hebd. 9. Dies | 2 |

*Festa mobilia secundum Sacrosanctæ Romanæ Ecclesiæ vsum iuxta annum reformatum.*

| | | |
|---|---|---|
| Septuagesima | Februarij | 14 |
| Cinis | Martij | 1 |
| Pascha | Aprilis | 17 |
| Rogationes | Maij | 22 |
| Ascensio | Maij | 26 |
| Pentecostes | Iunij | 5 |
| Corpus Christi | Iunij | 16 |
| Aduentus Domini | Nouemb. | 27 |

# Nouilunium Eclipticum 1588.

*Die 26. Februarij anni reformati, qui est dies 16 anni veteris H.0.23'.36". P.M. æqualis accidit coniunctio ☉ & ☽ in gr. 6.41'.23". ♓ non longe à ☋ draconis in qua quidem & exigua pars corporis ☉ absconditur; sed quoniam hæc accidet in quadrante cœli occidentali, ideo visibilis coitio sequetur veram, & accidet H. 1.23'.18". Tempus enim interiectum inter vtranque est H.0.59'.42". cum parallaxis longitudinis sit scr.30'.34". Distant autem ambo lumina à Zenith nostro par. 57.31'. & ad dictum tempus anomalia ☉ reperitur par. 237.1'.13". eiusque semid. 16'.36". Anomalia autem ☽ par. 265.5'.9". vnde eius semid. 16'.12". verus latitudinis Lunaris motus par. 76.49'.34". ex quo deprahensa fuit vera latitudo par. 1.8'.17". Borea. Verum cum parallaxis latitudinis sit 38'.13". relinquitur visa latitudo 30'.4". Borea. Ad principium vero defectionis 31.24'. Bor. & ad finem 29.25. Bor. Puncta corporis ☉ eclipsata 1.3'. & tempus incidentiæ H.0.18'.4". Repletionis autem H.0.26'.13".*

| | | H. | scr. | | |
|---|---|---|---|---|---|
| *Huius Eclipsis Solis Digit. 1. 3'.* | *Principium apparebit* | 0 | 35 | *P. M.* | *Ab initio ad finem est interuallum H.0.54'.* |
| | | 19 | 51 | *Horol.* | |
| | *Medium, seu visa copula* | 1 | 23 | *P. M.* | |
| | | 19 | 59 | *Horol.* | |
| | *Finis conspicietur* | 1 | 49 | *P. M.* | |
| | | 20 | 25 | *Horol.* | |

Parallaxis, seu diuersitas aspectus prædicti deliquij Solis.

| | Pu. | ct. | | | | | | |
|---|---|---|---|---|---|---|---|---|
| *Puncta eclipsica apparebunt* | 0 | 1 | *In climate* | *Quarto,* | *&* | *gr.* | 36 | *Exaltationis poli.* |
| | 0 | 38 | | *Quinto,* | *&* | *gr.* | 41 | |
| | 1 | 3 | | *Sexto,* | *&* | *gr.* | 45 | |
| | 1 | 24 | | *Septimo,* | *&* | *gr.* | 49 | |
| | 1 | 42 | | *Octauo,* | *&* | *gr.* | 52 | |

Huius Eclipsis Typus ob eius exiguitatem prætermittitur.

# Epilogus calculi Eclipsis Lunaris anno 1588.

*Die 12. Martij anni innouati seu die 2. anni veteris H. 14.14′.19″. à meridie numeratis, adhibita correctione inaequalitatis dierum, amittet ☽ totale lumen in diametro Solis posita, dum fertur sub par. 22.15′.1″. ♍ non procul à ☊, eius anomalia reperitur par. 113.6′.27″. & illius semid. apparens 16′.48″. Solis verò anomalia annua est par. 251.24′.32″. nam tunc reperitur prope longitudinem mediam sui eccentri accedens paulatim versus augem, semidiameterque eius est 16′.29″. semidiameter autem umbrae terrae coaequata 45′.36″. Verus motus latitudinis ☽ par. 272.39′.59″. Latitudo item ☽ Borealis 13′.55″. sed ad initium defectus 8′.13′. & ad exitum 19′.36″. Borea similiter. Partes obscuratae erunt 17.19′. Temporis incidentiae H.1.6′.10″. Morae autem dimidiae H.0.46′.48″.*

| | | H. | scr. | | | |
|---|---|---|---|---|---|---|
| *Cuius quidem Lunaris Eclipsis puncta. 17. 19′.* | *Principium conspicietur* | 12 | 21 | P. M. | | *Interuallum temporis à principio eclipsis usque ad finem* H. scr. 3. 46. |
| | | 6 | 51 | N. S. | | |
| | *Princip. totalis lum. amissi.* | 13 | 27 | P. M. | *Permanebit totaliter absque lumine* H. scr. 1. 14. | |
| | | 7 | 57 | N. S. | | |
| | *Medium, seu vera ☍* | 14 | 14 | P. M. | | |
| | | 8 | 44 | N. S. | | |
| | *Finis totalis obscurationis, & initium recuperationis lum.* | 15 | 1 | P. M. | | |
| | | 9 | 31 | N. S. | | |
| | *Finis totius Eclipsis* | 16 | 7 | P. M. | | |
| | | 10 | 37 | N. S. | | |

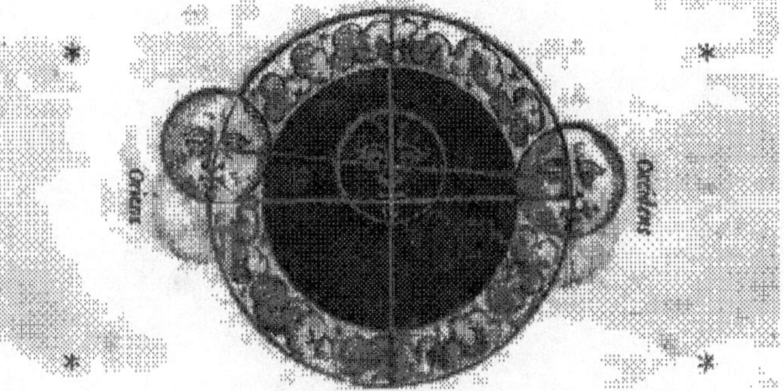

## Altera Eclipsis Lunæ anno 1588.

*Die 3. Septembris anni Gregoriani, qui est dies 25. Augusti anni veteris H. 17. 38'. 20". à meridie coæquatis, conspicietur Luna iterum lumine hebetata, dum pertinget ad partem 12. 25'. 45". ♓ è diametro ☉ iuxta ☋ draconis. Anomalia, seu argumentum eius æquatum est par. 247. 16'. 26". semidiameter eius apparens 16'. 47". Sol autem cum sit in longitudine media sui Eccentrici habet anomaliæ coæquata par. 64. 58'. 44". & eius semidiameter 16'. 5". semidiameter autem umbræ terrenæ coæquata est 43'. 54". verus latitudinis ☽ motus est par. 92. 10'. 7". veraq; latitudo 11'. 20". Austr. sed ad initium Eclipsis 5. 34. ad finem verò 17. 6. semper Austrina. Digiti ecliptici numerantur 18. 21. Tempus casus H. 1. 4. 40. Moræ autem dimidiæ H. 0. 49. 49.*

| | | H. | scr. | | | |
|---|---|---|---|---|---|---|
| *Horus an fæ Eclipsis ☽ puncl. 18. 21.* | *Principium totale cernetur* | 15 | 35 | P. M. | | *Duratio totius Eclipsis erit spacio H. 3. 50'.* |
| | | 9 | 7 | N. S. | | |
| | *Initium totalis obscurationis.* | 16 | 40 | P. M. | *Morabitur in tenebris H. 1. 40'.* | |
| | | 10 | 12 | N. S. | | |
| | *Medium apparebit* | 17 | 30 | P. M. | | |
| | | 11 | 2 | Horol. | | |
| | *Finis obscurationis totalis, & initium recuperationis lum.* | 18 | 20 | P. M. | | |
| | | 11 | 52 | Horol. | | |
| | *Finis totius Eclipsis* | 19 | 25 | P. M. | | |
| | | 12 | 57 | Horol. | | |

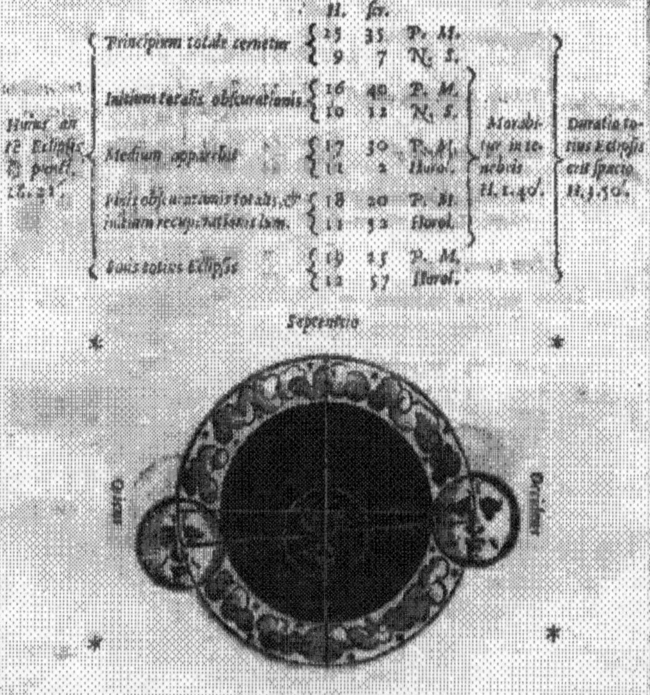

# *Planetarum status.*

**♄**

Hoc anno à longitudine sui Eccentrici deambulat versus eius Perigæum.
Die { 12 Maii Apogæum / 17 Nouemb. Perigæum } Epicycli tenet.
Fit directus 11. Ianuarii, & iterum regreditur in priora 8. Septemb. in exitum anni.

**♃**

A longitudine media Eccentrici versus Augem deambulat.
Die { 3 Febr. per inferiorem / 19 Augusti per superiorem } Epicycli partem incedit.
Retrocessum complet die 4. Aprilis, quem præterito anno cœperat.

**♂**

Die ultimo Nouemb. in Auge Eccentrici reperitur.
Die 19 Maii in Apogæo Epicycli versatur.
Semper hoc anno in consequentia signa permeat.

**♀** Die

{ 8 Iunii Apogæum / 7 Decemb. Perigæum } Deferentis transit.
5 Octobris per superiora Epicycli discurrit.
Reuertitur in priora signa die 14. Septemb. vsq; ad diem 26. Octob.

**☿** Die

{ 11 Maii ad Perigæum / 21 Nouemb ad Apogæum } Eccentrici deuenit.
{ 22 Febr. Perigæum / 19 Martii Apogæum / 16 Maii Perigæum / 13 Iulii Apogæum / 9 Septemb. Perigæum / 7 Nouemb. Apogæum } Epicycli possidet.
{ 9 Ianuarii vsque post 1. Febr. / 4 Maii vsque ad 27. Maii / 29 Augusti vsque post 20. Septemb. / 23 Decemb. in finem anni, & vltra. } Mouetur in præcedentia.

## Syzygiæ Lunares.

| Dies | ☉ | Occid. ♄ | Orient. ♃ | Occid. ♂ | Occid. ♀ | Occid. ☿ | Syzygiæ Planetarũ mutuę, & eorum congressus cum illustrioribus aliquibus stellis fixis. |
|---|---|---|---|---|---|---|---|
| | H ′ | H ′ | H ′ | H ′ | H ′ | H ′ | |
| 1 | | | | | | | |
| 2 | 15 ✱ 43 | 11 ✱ 18 | | | 22 ✱ 59 | | ♀ oc. cũ corona (Fomah. |
| 3 | | | | | | | ☽ ☋ 13. 6 \| ♂ occ. cum |
| 4 | | | | | | 2 ✱ 11 | ♀ m.c. cum rostro galli. a |
| 5 □ | 4 52 | | 7 △ 11 | 6 ✱ 12 | 14 □ 0 | | ☍ ♃ ♂ 21. 14. |
| 6 Asc. | 20 ♋ | | | | | 14 □ 24 | |
| 7 | 21 △ 15 | 5 ☌ 42 | 5 □ 43 | 21 □ 12 | | | ♀ m.c. cum aquila. |
| 8 | | | | | 8 △ 56 | | ♂ m.c. cum cauda ♑. |
| 9 | | | | | | 3 △ 18 | |
| 10 | | | 5 ✱ 17 | 15 △ 44 | | | ☽ apog. |
| 11 | | | | | | | |
| 12 | | 6 ✱ 2 | | | | | ♃ m.c. cum hydra. b. |
| 13 ☍ | 8 4 | | | | 22 ☍ 30 | | ♂ or. cum cauda ♑. |
| 14 Asc. | 11 ♍ | 17 □ 13 | | | | 1 ☍ 14 | ☌ ♀ ☿ 17. 20. |
| 15 | | | 3 ☌ 31 | 20 ☍ 1 | | | |
| 16 | | | | | | | ♀ m.c. cum cauda Del. |
| 17 | | 1 △ 51 | | | | | |
| 18 | 11 △ 11 | | | | | 11 △ 2. | ☌ ☉ ☿ 12. 54 \| ☽ ☊ 2. 0. c |
| 19 | | | 15 ✱ 26 | | 1 △ 36 | Orient. | ♃ oc. cum dex. hu. Aur. |
| 20 □ | 18 43 | | | 13 △ 18 | | 12 □ 8 | ♃ occ. cum rostro corui. |
| 21 Asc. | 17 ♑ | 9 ☍ 59 | 17 □ 26 | | 9 □ 22 | | □ ♄ ☿ 10. 19. |
| 22 | 23 ✱ 56 | | | 17 □ 47 | | 11 ✱ 4 | |
| 23 | | | 18 △ 16 | | 15 ✱ 19 | | ☽ Perig. (rost. gall. d. |
| 24 | | | | 22 ✱ 43 | | | ☍ ♃ ♀ 13. 8 \| ♂ occ. cum |
| 25 | | 12 △ 51 | | | | | ♂ or. cũ cap. Alg. & ♀ |
| 26 | | | | | | 9 ☌ 21 | (oc. cũ Aqui. & cau. ♑ |
| 27 ☌ | 11 26 | 15 □ 50 | 22 ☍ 3 | | | | |
| 28 Asc. | 23 ♎ | | | | 5 ☌ 58 | | ♀ m.c. cum cauda ♑. |
| 29 | | 11 ✱ 14 | | 11 ☌ 1 | | | (6. c. |
| 30 | | | | | | 16 ✱ 23 | □ ☉ ♄ 0. 24. \| ☽ ☋ 20. |
| 31 | | | | | | | |

*a. Die 4. ♂ occ. cum aquila, & cauda ♑.*
*b. Die 12. ♀ m.c. cum cornu ♑.*
*c. Die 18. ♀ m.c. cum cauda cygni, & ♂ occ. cum cauda Del.*
*d. Die 24. ♀ occ. cum Fomah.*
*e. Die 30. ♀ or. cum cauda ♑.*

♄ *Hoc mense fit dir. oriendo cum pleia. & ☿ fit ℞ m.c. cum cauda Del.*

| A | M | D | S | D | |
|---|---|---|---|---|---|
| | ♀ ♒ | | ♀ ♑ | | |
| ′ | P | ′ | P | ′ | P |
| 46 | 22 | 10 | 19 | 44 | 21 |
| 33 | 23 | 25 | 19 | 46 | 21 |
| 20 | 24 | 40 | 19 | 54 | 21 |
| 7 | 25 | 55 | 20 | 9 | 21 |
| 53 | 27 | 10 | 20 | 30 | 21 |
| 40 | 28 | 25 | 20 | 57 | 21 |
| 27 | 29 | 40 | 21 | 30 | 21 |
| 13 | 0 | 55 | 22 | 9 | 21 |
| 0 | 2 | 10 | 22 | 54 | 21 |
| 47 | 3 | 25 | 23 | 44 | 21 |
| 34 | 4 | 40 | 24 | 38 | 21 |
| 20 | 5 | 55 | 25 | 37 | 21 |
| 7 | 7 | 10 | 26 | 40 | 21 |
| 54 | 8 | 25 | 27 | 47 | 21 |
| 40 | 9 | 40 | 28 | 58 | 21 |
| 27 | 10 | 55 | 0 ♒ | 12 | 20 |
| 13 | 12 | 10 | 1 | 29 | 20 |
| 0 | 13 | 24 | 2 | 49 | 20 |
| 46 | 14 | 39 | 4 | 11 | 20 |
| 33 | 15 | 53 | 5 | 36 | 20 |
| 19 | 17 | 8 | 7 | 4 | 20 |
| 5 | 18 | 22 | 8 | 34 | 20 |
| 51 | 19 | 37 | 10 | 6 | 20 |
| 37 | 20 | 51 | 11 | 40 | 20 |
| 23 | 22 | 5 | 13 | 16 | 20 |
| 9 | 23 | 19 | 14 | 54 | 20 |

| | Syzygiæ Lunares. | | | | | | |
|---|---|---|---|---|---|---|---|
| | | Occid. | Orient. | Occid. | Occid. | Orient. | Syzygiæ Planetarũ mutuæ, & eorum congressus cum illustrioribus |
| | ☽ | ♄ | ♃ | ♂ | ♀ | ☿ | |
| Dies | H ʹ | H ʹ | H ʹ | H ʹ | H ʹ | H ʹ | aliquibus stellis fixis. |
| 1 | 9 ✶ 41 | | 10 ✶ 55 | | | | ☍ ☉ ♃ 20.35. \| ☌ occ. cũ |
| 2 | | | Occid. | | 8 ✶ 46 | 0 □ 50 | (lyra. |
| 3 | | 15 ☌ 29 | 20 □ 12 | 10 ✶ 19 | | | ☿ occ. cum cauda Del. |
| 4 □ | 0 59 | | | | | 12 △ 32 | ♂ m.c. cum ult. aquarii. |
| 5 Asc. | 28 ♊ | | | | 2 □ 17 | | |
| 6 | 17 △ 58 | | 6 ✶ 52 | 3 □ 2 | | | ✶ ♄ ☌ 2.51. \| ☉ Apog. a. |
| 7 | | | | | 20 △ 39 | | |
| 8 | | 14 ✶ 39 | | 18 △ 10 | | | |
| 9 | | | | | | 17 ☍ 22 | |
| 10 | | | | | | | |
| 11 | | 1 □ 5 | 3 ☌ 3 | | | | |
| 12 ☍ | 0 53 | | | | | | ♀ occ. cum lyra. |
| 13 Asc. | 3 ♋ | 9 △ 21 | | 19 ☍ 30 | 4 ☍ 23 | | ☿ m.c. cũ corn. ♑. (nab |
| 14 | | | | | | 18 △ 47 | ☿ ☊ 5.12. \| ♀ m.c. cũ Fo- |
| 15 | | | 15 ✶ 20 | | | | ✶ ♄ ☿ 11. 9. \| ♃ or. cũ Syr. |
| 16 | 20 △ 30 | | | | | | □ ♄ ♃ 17.28. \| ♂ occ. cũ |
| 17 | | 18 ☍ 12 | 17 □ 55 | | 23 △ 10 | 3 □ 36 | ☿ m.c. cũ occ. Del. (Ara. |
| 18 | | | | 9 △ 2 | | | |
| 19 □ | 2 12 | | 19 △ 16 | | | 10 ✶ 45 | ☉ Perig. \| ☿ m.c. cũ caud. |
| 20 Asc. | 25 ♋ | | | 13 □ 29 | 5 □ 21 | | (Cygni. |
| 21 | 7 ✶ 48 | 22 △ 33 | | | | | ♀ occ. cum Arar. |
| 22 | | | | 18 ✶ 45 | 22 ✶ 33 | | ☍ ♃ ☿ 16.54. |
| 23 | | | 23 ☍ 48 | | | | □ ♄ ♀ 10.40. |
| 24 | | 2 □ 10 | | | | 4 ☌ 7 | |
| 25 | | | | | | | ♀ occ. cũ Fomalh. (dā ♑ |
| 26 ☌ | 0 21 | 8 ✶ 30 | | | | | ☿ occ. cum aquil. & cau- |
| 27 Asc. | 8 ♋ | | | 13 ☌ 52 | 10 ☌ 45 | | ☿ ☋ 1.48. |
| 28 | | | 11 △ 24 | | | | ♀ or. cum cauda ♑. |
| 29 | | | | | | 10 ✶ 30 | ☌ ♂ ♀ 21.26. b. |

*a. Die 6. ♀ or. cum capite Algol. & occ. cum rostro gall.*
*b. Die 29. accidit ☌ ♂ ♀ ferè per corpus, differ. latit. scr. 10.*
*☿ Fit in principio mensis directus m.c. cum aquila volante.*

Syzygiæ Lunares.

| | | Occid. | Occid. | Occid. | Occid. | Orient. | Syzygiæ Planetarũ mutuę, & eorum congressus cum illustrioribus aliquibus stellis fixis. |
|---|---|---|---|---|---|---|---|
| | ☉ | ♄ | ♃ | ♂ | ♀ | ☿ | |
| Dies | H ′ | H ′ | H ′ | H ′ | H ′ | H ′ | |
| 1 | | | | | | | ✶ ☽ ♄ 17. 1. |
| 2 | 5 ✶ 2 | 4 ☌ 7 | | | | | ☿ occ. cum cauda Del. |
| 3 | | | | 17 ✶ 19 | 20 ✶ 12 | 8 □ 30 | |
| 4 □ | 21 26 | | 9 ✶ 52 | | | | ☽ Ap. ☿ or. cũ cap. Med. |
| 5 Asc. | 1 ♊ | | | | | | ☿ occ. cum rostro galli. |
| 6 | | | | 8 □ 25 | 13 □ 57 | 5 △ 51 | |
| 7 | 13 △ 27 | 5 ✶ 1 | | | | | (lyra. |
| 8 | | | | 22 △ 12 | | | ♀ or. cũ cor. ♈ \| ☿ occ. cũ |
| 9 | | 12 □ 54 | 5 ☌ 35 | | 6 △ 2 | | △ ♃ ♀ 1. 31. |
| 10 | | | | | | | ☿ m.c. cum ult. ful. ac. |
| 11 | | 20 △ 35 | | | | 18 ☍ 33 | |
| 12 ☍ | 13 14 | | | | | | ✶ ♄ ☿ 9. 31 \| ☽ ☊ 9. 26 |
| 13 Asc. | 1 ♑ | | 17 ✶ 37 | 17 ☍ 46 | | | △ ♃ ♂ 15. 22. |
| 14 | | | | | 5 ☍ 6 | | ♄ m.c. cum capite Med. |
| 15 | | | 20 □ 13 | | | | ♂ or. cum cor. ♈. a. |
| 16 | | 4 ☍ 29 | | | | 17 △ 18 | |
| 17 | 3 △ 41 | | 21 △ 35 | | | | ☽ Peri. \| ♀ oc. cũ cau. cyg. |
| 18 | | | | 3 △ 39 | 18 △ 13 | | |
| 19 □ | 7 7 | | | | | 2 □ 13 | ♀ or. cum hœdis. |
| 20 Asc. | 12 ♎ | 8 △ 44 | | 8 □ 23 | | | |
| 21 | 15 ✶ 34 | | | | 1 □ 13 | 12 ✶ 47 | ♀ or. cum dex. hu. Aur. |
| 22 | | 12 □ 57 | 2 ☍ 24 | 15 ✶ 11 | | | |
| 23 | | | | | 10 ✶ 24 | | ☌ ☉ ☿ 4. 53 \| ♀ m.c. cũ |
| 24 | | 20 ✶ 1 | | | | Occid. | (cor. ♈. |
| 25 | | | | | | | △ ♃ ☿ 13. 35 \| ☽ ☋ 5. |
| 26 ☌ | 14 49 | | 17 △ 8 | | | 21 ☌ 42 | (53. b. |
| 27 Asc. | 23 ♑ | | | 14 ☌ 46 | | | △ ☽ ♃ 20. 0 \| ♂ oc. cum |
| 28 | | | | | 18 ☌ 13 | | ♀ or. cum cor. ♈ (ta. ry. |
| 29 | | 17 ☌ 56 | 4 △ 7 | | | | |
| 30 | | | | | | | ♂ or. cum hœdis. |
| 31 | | | 16 ✶ 0 | | | | ☽ Ap. \| ☿ or. cũ cau. cyg. |

*a. Die 15. ☿ occidit cum lucida Eridani.*

*b. Die 25. ☿ or. cum cor. ♈.*

| Anni veteris | Anni Gregor. | ☉ ♈ | | | ☽ ♊ | | M A ♄ ♉ | | S D ♃ ♌ | | M A ♂ ♈ | | S A ♀ ♉ | | M A ☿ ♈ | | ☊ ♍ | |
|---|---|---|---|---|---|---|---|---|---|---|---|---|---|---|---|---|---|---|
| Dies | | P | ' | '' | P | ' | P | ' | P | ' | P | ' | P | ' | P | ' | P | ' |
| 22 | 1 | 11 | 27 | 8 | 11 | 19 | 14 | 30 | 7 | 17 | 21 | 43 | 6 | 16 | 19 | 8 | 18 | 35 |
| 23 | 2 | 12 | 26 | 10 | 23 | 23 | 14 | 37 | 7 | 16 | 22 | 28 | 7 | 29 | 20 | 57 | 18 | 32 |
| B 24 | 3 | 13 | 25 | 11 | ♋ 5 | 33 | 14 | 44 | 7 | 16 | 23 | 13 | 8 | 42 | 22 | 45 | 18 | 28 |
| 25 | 4 | 14 | 24 | 10 | 17 | 52 | 14 | 51 | 7 | 16 | 23 | 58 | 9 | 54 | 24 | 33 | 18 | 25 |
| 26 | 5 | 15 | 23 | 7 | ♌ 0 | 22 | 14 | 58 | 7 Di | 16 | 24 | 42 | 11 | 7 | 26 S | 19 | 18 | 22 |
| 27 | 6 | 16 | 21 | 2 | 13 | 4 | 15 | 5 | 7 | 16 | 25 | 27 | 12 | 20 | 28 | 4 | 18 | 19 |
| 28 | 7 | 17 | 20 | 55 | 26 | 1 | 15 | 13 | 7 | 17 | 26 | 12 | 13 | 32 | 29 | 48 | 18 | 16 |
| 29 | 8 | 18 | 19 | 46 | ♍ 9 | 14 | 15 | 20 | 7 | 18 | 26 | 56 | 14 | 45 | ♉ 1 | 31 | 18 | 13 |
| 30 | 9 | 19 | 18 | 35 | 22 | 45 | 15 | 27 | 7 | 19 | 27 | 41 | 15 | 57 | 3 | 12 | 18 | 9 |
| B 31 | 10 | 20 | 17 | 22 | ♎ 6 | 36 | 15 | 34 | 7 | 20 | 28 | 26 | 17 | 9 | 4 | 51 | 18 | 6 |
| Ap. 1 | 11 | 21 | 16 | 7 | 20 | 46 | 15 | 41 | 7 | 22 | 29 | 11 | 18 | 21 | 6 | 28 | 18 | 3 |
| 2 | 12 | 22 | 14 | 51 | ♏ 5 | 12 | 15 | 49 | 7 | 24 | 29 | 55 | 19 | 33 | 8 | 4 | 18 | 0 |
| 3 | 13 | 23 | 13 | 33 | 19 | 51 | 15 | 56 | 7 | 25 | ♉ 0 | 40 | 20 | 45 | 9 | 39 | 17 | 57 |
| 4 | 14 | 24 | 12 | 13 | ♐ 4 | 36 | 16 | 4 | 7 | 27 | 1 | 24 | 21 | 57 | 11 | 12 | 17 | 54 |
| 5 | 15 | 25 | 10 | 51 | 19 | 22 | 16 | 12 | 7 | 29 | 2 | 9 | 23 | 9 | 12 | 43 | 17 | 50 |
| 6 | 16 | 26 | 9 | 27 | ♑ 4 | 0 | 16 | 20 | 7 | 31 | 2 | 53 | 24 | 21 | 14 | 12 | 17 | 47 |
| B 7 | 17 | 27 | 8 | 1 | 18 | 26 | 16 | 28 | 7 | 33 | 3 | 38 | 25 | 33 | 15 | 38 | 17 | 44 |
| 8 | 18 | 28 | 6 | 33 | ♒ 2 | 35 | 16 | 36 | 7 | 36 | 4 | 22 | 26 | 45 | 17 | 2 | 17 | 41 |
| 9 | 19 | 29 | 5 | 3 | 16 | 23 | 16 | 44 | 7 | 38 | 5 | 6 | 27 | 57 | 18 | 23 | 17 | 38 |
| 10 | 20 | ♉ 0 | 3 | 31 | 29 | 49 | 16 | 51 | 7 | 41 | 5 | 51 | 29 | 9 | 19 | 41 | 17 | 34 |
| 11 | 21 | 1 | 1 | 58 | ♓ 12 | 52 | 17 | 0 | 7 | 44 | 6 | 35 | ♊ 0 | 21 | 20 | 55 | 17 | 31 |
| 12 | 22 | 2 | 0 | 23 | 25 | 35 | 17 | 8 | 7 | 47 | 7 | 19 | 1 | 33 | 22 | 6 | 17 | 28 |
| 13 | 23 | 2 | 58 | 46 | ♈ 8 | 1 | 17 | 16 | 7 | 50 | 8 | 3 | 2 | 45 | 23 | 13 | 17 | 25 |
| B 14 | 24 | 3 | 57 | 8 | 20 | 12 | 17 | 24 | 7 | 54 | 8 | 47 | 3 | 57 | 24 | 16 | 17 | 22 |
| 15 | 25 | 4 | 55 | 28 | ♉ 2 | 13 | 17 | 32 | 7 | 57 | 9 | 31 | 5 | 9 | 25 | 15 | 17 | 19 |
| 16 | 26 | 5 | 53 | 46 | 14 | 5 | 17 | 40 | 8 | 1 | 10 | 15 | 6 | 21 | 26 | 9 | 17 | 15 |
| 17 | 27 | 6 | 52 | 2 | 25 | 53 | 17 | 48 | 8 | 5 | 10 | 59 | 7 | 32 | 26 D | 59 | 17 | 12 |
| 18 | 28 | 7 | 50 | 17 | ♊ 7 | 40 | 17 | 55 | 8 | 9 | 11 | 43 | 8 | 43 | 27 | 44 | 17 | 9 |
| 19 | 29 | 8 | 48 | 30 | 19 | 30 | 18 | 3 | 8 | 13 | 12 | 27 | 9 | 54 | 28 | 24 | 17 | 6 |
| 20 | 30 | 9 | 46 | 41 | ♋ 1 | 25 | 18 | 11 | 8 | 18 | 13 | 11 | 11 | 5 | 28 | 58 | 17 | 3 |

| Latitudo Planetarũ ad diẽ | | ♄ | | ♃ | | ♂ | | ♀ | | ☿ | | |
|---|---|---|---|---|---|---|---|---|---|---|---|---|
| | 1 | 2 | 5 | 0 | 36 | 0 | 4 | 0 | 3 | 0 S | 31 | |
| | 11 | 2 | 3 | 0 | 35 | 0 | 3 | 0 | 30 | 1 | 0 | Mensis |
| | 21 | 2 | 2 | 0 | 36 | 0 | 2 | 0 | 56 | 2 D | 18 | |

Syzygiæ Lunares.

| Dies | ☉ | Occid. ♄ | Occid. ♃ | Occid. ♂ | Occid. ♀ | Occid. ☿ | Syzygiæ Planetarū mutuę, & eorum congressus cum illustrioribus aliquibus stellis fixis. |
|---|---|---|---|---|---|---|---|
| | H | H | H | H | H | H | |
| 1 | 0 ✶ 18 | | | 22 ✶ 3 | | 18 ✶ 58 | □ ♃ ☿ 19.46. |
| 2 | | | | | | | ♂ or. cum dex. hu. Aur. |
| 3 □ | 16 44 | 18 ✶ 4 | | | 6 ✶ 47 | | ☌ ♂ ☿ 10.41 \| ♀ or. cū |
| 4 Asc. | 19 ♓ | | | 12 □ 26 | | 13 □ 58 | ☿ m.c. cū cor. ♌ (Foma. |
| 5 | | | 13 ☌ 3 | | 22 □ 20 | | ♂ m.c. cum cor. ♌. |
| 6 | 3 △ 37 | 3 □ 40 | | | | | (cap. Alg. |
| 7 | | | | 0 △ 22 | | 7 △ 3 | ♀ or. cū ple. & ♂ m.c. cum |
| 8 | | 10 △ 55 | | | 10 △ 4 | | ☌ ♄ ♀ 12. 35 \| ☽ ☊ |
| 9 | | | | | | | Per. ♀ m.c. cū Ae. (15 41 |
| 10 | | | 1 ✶ 15 | | | | (Rigel. |
| 11 ☍ | 1 0 | | | 14 ☍ 45 | | | □ ♃ ☿ 13.47 \| ♀ oc. cū |
| 12 Asc. | 18 ♌ | 17 ☍ 51 | 3 □ 37 | | | 5 ☍ 13 | ♄ m.c. cū dex. lat. Per. |
| 13 | | | | | 3 ☍ 36 | | |
| 14 | | | 4 △ 38 | | | | ☽ Per. ♀ m.c. cum ple. a. |
| 15 | 10 △ 14 | | | 22 △ 0 | | | ☿ m.c. cum cap. Med. |
| 16 | | 20 △ 43 | | | | 18 △ 50 | |
| 17 □ | 16 0 | | | | 13 △ 12 | | ☌ ♄ ♃ 15.47 \| ♀ oc. cū |
| 18 Asc. | 22 ♓ | | 6 ☍ 45 | 3 □ 17 | | | ☿ or. cū ple. (hia et ple. |
| 19 | | 0 □ 38 | | | 22 □ 40 | 3 □ 5 | ☿ occ. cum zona Orio. |
| 20 | 0 ✶ 30 | | | 11 ✶ 47 | | | ♀ occ. cū sini. hum. Orio. |
| 21 | | 7 ✶ 52 | | | | 16 ✶ 41 | ☽ ♈ 8.45. (cū hiad. b. |
| 22 | | | 23 △ 40 | | 12 ✶ 47 | | □ ♃ ♂ 16.14 \| ♀ m.c. |
| 23 | | | | | | | ♂ or. cum Fomah. |
| 24 | | | | | | | ♄ occ. cum Rigel. |
| 25 ☌ | 6 10 | | 11 □ 39 | 3 ☌ 44 | | | ♀ m.c. cum Aldeb. |
| 26 Asc. | 27 ♎ | 7 ☌ 22 | | | | | (ple & hiad. |
| 27 | | | | | | 2 ☌ 14 | ✶ ♃ ♀ 11.49 \| ♀ oc. cū |
| 28 | | | 3 ✶ 1 | | 2 ☌ 21 | | □ ☽ ♃ 8.27 \| ☽ Ap. c. |
| 29 | | | | | | | ♀ or. cum hiad. |
| 30 | 18 ✶ 9 | | | | | | ♂ m.c. cum cap. Med. d. |

a. Die 14. ♂ occ. cum cor. ♌, & ♀ or. cum Fomah.
b. Die 22. ♀ occ. cum cane maiore.
c. Die 28. ☿ occ. cum dex. hum. Ori.
d. Die 30. ♀ m.c. cum priori hœdo.

Die 3. accidit ☌ ♂ ☿ cum differentia latitudinis fer. 14. & ☿ or. cum dex. hum. Auri.
♃ Fit stationarius ad dir. occidendo ferè cum Asino bor.

Majus 1588

| | Dies anni veteris | Dies anni Gregor. | ☉ ♉ P | ' | '' | ☽ ♋ P | ' | ♄ ♓ (M A) P | ' | ♃ ♌ (S D) P | ' | ♂ ♉ (M A) P | ' | ♀ ♊ (S A) P | ' | ☿ ♉ (S D) P | ' | ☊ ♍ P | ' |
|---|---|---|---|---|---|---|---|---|---|---|---|---|---|---|---|---|---|---|---|
| | | | **Positus Planetarum Diurnus** | | | | | | | | | | | | | | | | |
| B | 21 | 1 | 10 | 44 | 51 | 13 | 37 | 18 | 19 | 8 | 22 | 13 | 51 | 12 | 16 | 29 | 26 | 17 | 0 |
| | 22 | 2 | 11 | 43 | 0 | 15 | 40 | 18 | 26 | 8 | 27 | 14 | 39 | 13 | 27 | 29 | 47 | 16 | 56 |
| | 23 | 3 | 12 | 41 | 7 | 8 ♌ | 7 | 18 | 34 | 8 | 32 | 15 | 22 | 14 | 38 | 0 ♊ | 1 | 16 | 53 |
| | 24 | 4 | 13 | 39 | 12 | 20 ♍ | 49 | 18 | 42 | 8 | 37 | 16 | 6 | 15 | 49 | 0 ℞ | 7 | 16 | 50 |
| | 25 | 5 | 14 | 37 | 16 | 3 | 50 | 18 | 50 | 8 | 42 | 16 | 50 | 17 | 0 | 0 ♉ | 0 | 16 | 47 |
| | 26 | 6 | 15 | 35 | 18 | 17 ♎ | 11 | 18 | 58 | 8 | 48 | 17 | 33 | 18 | 11 | 29 | 59 | 16 | 44 |
| | 27 | 7 | 16 | 33 | 19 | 0 | 53 | 19 | 6 | 8 | 54 | 18 | 17 | 19 | 32 | 29 | 44 | 16 | 40 |
| B | 28 | 8 | 17 | 31 | 18 | 14 | 50 | 19 | 14 | 9 | 0 | 19 | 0 | 20 | 33 | 29 | 22 | 16 | 37 |
| | 29 | 9 | 18 | 29 | 16 | 29 ♏ | 19 | 19 | 22 | 9 | 6 | 19 | 43 | 21 | 44 | 28 | 53 | 16 | 34 |
| | 30 | 10 | 19 | 27 | 13 | 13 | 59 | 19 | 30 | 9 | 12 | 20 | 27 | 22 | 55 | 28 | 18 | 16 | 31 |
| | Ma. 1 | 11 | 20 | 25 | 8 | 28 ♐ | 51 | 19 | 38 | 9 | 19 | 21 | 10 | 24 | 6 | 27 | 38 | 16 | 28 |
| | 2 | 12 | 21 | 23 | 2 | 13 | 46 | 19 | 46 | 9 | 25 | 21 | 53 | 25 | 16 | 26 | 52 | 16 | 24 |
| | 3 | 13 | 22 | 20 | 55 | 28 ♑ | 41 | 19 | 54 | 9 | 32 | 22 | 36 | 26 | 26 | 26 | 2 | 16 | 21 |
| | 4 | 14 | 23 | 18 | 46 | 13 | 33 | 20 | 2 | 9 | 39 | 23 | 19 | 27 | 37 | 25 | 8 | 16 | 18 |
| B | 5 | 15 | 24 | 16 | 35 | 28 ♒ | 4 | 20 | 10 | 9 | 46 | 24 | 2 | 28 | 47 | 24 M | 11 | 16 | 15 |
| | 6 | 16 | 25 | 14 | 23 | 12 | 15 | 20 D | 18 | 9 | 53 | 24 | 45 | 29 | 57 | 23 | 13 | 16 | 12 |
| | 7 | 17 | 26 | 12 | 10 | 26 ♓ | 4 | 20 | 26 | 10 | 1 | 25 | 28 | 1 ♋ | 7 | 22 | 15 | 16 | 8 |
| | 8 | 18 | 27 | 9 | 56 | 9 | 10 | 20 | 34 | 10 | 8 | 26 | 11 | 2 | 17 | 21 | 15 | 16 | 5 |
| | 9 | 19 | 28 | 7 | 41 | 22 ♈ | 32 | 20 | 42 | 10 | 16 | 26 | 54 | 3 | 27 | 20 | 27 | 16 | 2 |
| | 10 | 20 | 29 | 5 | 24 | 5 | 13 | 20 | 50 | 10 | 23 | 27 | 37 | 4 | 37 | 19 | 39 | 15 | 59 |
| | 11 | 21 | 0 ♊ | 3 | 6 | 17 | 35 | 20 | 58 | 10 | 31 | 28 | 19 | 5 | 47 | 18 | 50 | 15 | 56 |
| B | 12 | 22 | 1 | 0 | 47 | 29 | 41 | 21 | 6 | 10 | 39 | 29 S | 2 | 6 | 57 | 18 | 19 | 15 | 53 |
| | 13 | 23 | 1 | 58 | 27 | 11 ♉ | 35 | 21 | 14 | 10 | 47 | 29 ♊ | 45 | 8 | 7 | 17 | 47 | 15 | 49 |
| | 14 | 24 | 2 | 56 | 6 | 23 | 20 | 21 | 22 | 10 | 55 | 0 | 27 | 9 | 16 | 17 | 22 | 15 | 46 |
| | 15 | 25 | 3 | 53 | 44 | 5 ♊ | 1 | 21 | 30 | 11 | 3 | 1 | 10 | 10 | 26 | 17 | 4 | 15 | 43 |
| | 16 | 26 | 4 | 51 | 20 | 16 | 39 | 21 | 39 | 11 | 11 | 1 | 52 | 11 | 35 | 16 | 53 | 15 | 40 |
| | 17 | 27 | 5 | 48 | 55 | 28 ♋ | 19 | 21 | 47 | 11 | 19 | 2 | 35 | 12 | 44 | 16 Di | 49 | 15 | 37 |
| | 18 | 28 | 6 | 46 | 30 | 10 | 4 | 21 | 55 | 11 | 28 | 3 | 18 | 13 | 53 | 16 | 52 | 15 | 33 |
| B | 19 | 29 | 7 | 44 | 4 | 21 ♌ | 58 | 22 | 2 | 11 | 37 | 4 | 0 | 15 | 2 | 17 | 3 | 15 | 30 |
| | 20 | 30 | 8 | 41 | 37 | 4 | 3 | 22 | 10 | 11 | 46 | 4 | 43 | 16 | 11 | 17 | 21 | 15 | 27 |
| | 21 | 31 | 9 | 39 | 9 | 16 | 24 | 22 | 18 | 11 | 55 | 5 | 25 | 17 | 20 | 17 | 46 | 15 | 24 |

| Latitudo Planetarũ ad diẽ | ♄ | | ♃ | | ♂ | | ♀ | | ☿ | | |
|---|---|---|---|---|---|---|---|---|---|---|---|
| 1 | 2 | 1 | 0 | 35 | 0 | 1 | 1 | 23 | 2 | 31 | Mensis |
| 11 | 1 D | 0 | 0 | 35 | 0 | 2 | 1 | 44 | 0 M | 44 | |
| 21 | 2 | 0 | 0 | 34 | 0 S | 0 | 2 | 4 | 3 | 12 | |

| Syzygiæ Lunares. | | | | | | | | |
|---|---|---|---|---|---|---|---|---|
| | | Occid. | Occid. | Occid. | Occid. | Occid. | Syzygiæ Planetarũ mutuæ, & eorum congressus cum illustrioribus aliquibus stellis fixis. |
| | ☉ | ♄ | ♃ | ♂ | ♀ | ☿ | |
| Dies | H | H | H | H | H | H | |
| 1 | | 9 ✱ 44 | | 1 ✱ 2 | | | ♂ or. cum plena, |
| 2 | | | | | | 8 ✱ 5 | ♀ or. cum n. Alde. a. (Reg. |
| 3 □ | 9 30 | 19 □ 57 | 0 ☌ 47 | 14 □ 32 | 13 ✱ 35 | | ♂ m. c. cũ Acur. et ♀ cũ |
| 4 Asc. | 11 ♓ | | | | | 17 □ 9 | ♂ m. c. cũ de. lat. Perſ. b. |
| 5 | 10 △ 53 | | | | | | ♍ ☌ ☿ 23. 22. |
| 6 | | 3 △ 8 | | 0 △ 44 | 1 □ 55 | 22 △ 0 | ♀ occ. cum zona Orio. |
| 7 | | | 13 ✱ 48 | | | | ♂ occ. cum Regel. |
| 8 | | | | | 10 △ 12 | | ☌ ♄ ♃ 9. 36. |
| 9 | | | 15 □ 8 | | | | (dex. hu. Aur. |
| 10 ☍ | 9 37 | 8 ☍ 59 | | 10 ☍ 58 | | 12 ☍ 22 | ☌ ☉ ♄. 26 \| ♀ m. c. cum |
| 11 Asc. | 18 ♓ | Orient. | 16 △ 54 | | | | ♍ Pe. \| ♀ m. c. cũ de. hu. |
| 12 | | | | | 19 ☍ 35 | | (Orio. |
| 13 | | | | | | | ♂ m. c. cum plena. |
| 14 | 17 △ 18 | 10 △ 48 | | 17 △ 0 | | 19 △ 20 | ☌ ☉ ☿ 0. 0 ☌ ☉ ☿ 23. 1 |
| 15 | | | 19 ☍ 57 | Orient. | | Orient. | ☌ ♂ ☿ 2. 15. |
| 16 | | 14 □ 6 | | 22 □ 59 | | 19 □ 10 | |
| 17 □ | 0 27 | | | | 9 △ 53 | | ♂ occ. cũ hu. Orie. (4. c. |
| 18 Asc. | 8 ♍ | 20 ✱ 15 | | | | 20 ✱ 24 | ☌ ♄ ☿ 18. 0 [illegible] 12. |
| 19 | 11 ✱ 27 | | | 8 ✱ 45 | 21 □ 40 | | |
| 20 | | | 10 △ 9 | | | | ♂ occ. cum cing. Orio. |
| 21 | | | | | | | ♀ or. cũ Bell. & Apo. d. |
| 22 | | | 23 □ 24 | | 16 ✱ 14 | | ♃ or. et ♀ m. c. cũ ca. ma. |
| 23 | | 19 ☌ 55 | | | | 11 ☌ 14 | ♂ occ. cum Aldeba. |
| 24 ☌ | 21 40 | | | 15 ☌ 34 | | | |
| 25 Asc. | 12 ♌ | | 12 ✱ 35 | | | | ♍ Apo. ♂ m. c. cũ hu. e. |
| 26 | | | | | | | ♄ m. c. cum plena. |
| 27 | | | | | | | ♀ or. cũ de. hu. Or. & oc. |
| 28 | | | | | 8 ☌ 31 | 13 ✱ 34 | ♀ or. cum Her. [cũ hedis. |
| 29 | | 0 ✱ 8 | | | | | ♀ or. cum zona. Orio. |
| 30 | 9 ✱ 48 | | 19 ☌ 9 | 1 ☌ 12 | | | ♂ m. c. cum Aldeba. f. |
| 31 | | 21 □ 18 | | | | 2 □ 44 | ✱ ♀ ☿ 13. 25. g. |

a. Die 2. ♀ m. c. cum capra, & fin. hu. Orio.
b. Die 4. ♀ occ. cum cap. Med.
c. Die 18. ♀ occ. cum caue minore.
d. Die 21. ♂ occ. cum fin. hum. Orio. & ultima plei.
e. Die 25. ♂ occ. cum caue maiore.
f. Die 30. ♀ m. c. cum Apolline.
g. Die 31. ♀ or. cum fin. pede Orionis.

# Nouilunium Eclipticum 1588.

*Die 26. Februarij anni reformati, qui est dies 16. anni veteris H. 0. 23'. 36''. P. M. æqualis accidit coniunctio ☽ & ☉ in gr. 6. 41'. 23''. ♓ non longe à ☋ draconis, in quo quidem & exigua pars corporis ☉ absconditur; sed quoniam hæc accidet in quadrante cœli occidentali, ideo visibilis coitio sequetur veram, & accidet H. 1. 23'. 18''. Tempus enim interiectum inter vtranque est H. 0. 59'. 42''. cum parallaxis longitudinis sit scr. 30'. 34''. Distant autem ambo lumina à Zenith nostro par. 57. 31'. & ad dictum tempus anomalia ☽ reperitur par. 237. 1'. 13''. eiusque semid. 16'. 36''. Anomalia autem ☉ par. 265. 5'. 9''. vnde eius semid. 16'. 22''. verus latitudinis Lunaris motus par. 76. 49'. 34''. ex quo deprahensa fuit vera latitudo par. 1. 8'. 17''. Borea. Verum cum parallaxis latitudinis sit 38'. 13''. relinquitur visa latitudo 30'. 4''. Borea. Ad principium verò defectionis 31. 24''. Bor. & ad finem 29. 25. Bor. Puncta corporis ☉ eclipsata 1. 3'. & tempus incidentiæ H. 0. 18'. 4''. Repletionis autem H. 0. 26'. 13'.*

| | | H. | scr. | | |
|---|---|---|---|---|---|
| *Huius Eclipsis Solis Digit. 1. 5'.* | *Principium apparebit* | 0 | 35 | *P. M.* | *Ab initio ad finem est interuallum H. 0. 54'.* |
| | | 19 | 31 | *Horol.* | |
| | *Medium, seu visa copula* | 1 | 23 | *P. M.* | |
| | | 19 | 59 | *Horol.* | |
| | *Finis conspicietur* | 1 | 49 | *P. M.* | |
| | | 20 | 25 | *Horol.* | |

## Parallaxis, seu diuersitas aspectus prædicti deliquij Solis.

| | Pun. | | | | | | |
|---|---|---|---|---|---|---|---|
| *Puncta eclipsica apparebunt* | 0 | 1 | *In climate* | *Quarto,* | & *gr.* | 36 | *Exaltationis poli.* |
| | 0 | 38 | | *Quinto,* | & *gr.* | 41 | |
| | 1 | 4 | | *Sexto,* | & *gr.* | 45 | |
| | 1 | 24 | | *Septimo,* | & *gr.* | 49 | |
| | 1 | 42 | | *Octauo,* | & *gr.* | 52 | |

Huius Eclipsis Typus ob eius exiguitatem prætermittitur.

# Epilogus calculi Eclipsis Lunaris anno 1588.

*Die 12. Martij anni innouati, seu die 2. anni veteris H. 14. 24'. 19''. à meridie numeratis, adhibita correctione inæqualitatis dierum, amittet ☽ totale lumen in diametro Solis posita, dum fertur sub par. 22. 15'. 1''. ♍ non procul à ☊, eius anomalia reperitur par. 113. 8'. 27''. & illius semid. apparens 16'. 48''. Solis verò anomalia annua est par. 251. 23'. 52''. num tum reperitur prope longitudinem mediam sui eccentrici ascendens paulatim versus augem, semidiameterque eius est 16'. 29''. semidiameter autem vmbræ terræ coæquata 45'. 36''. Verus motus latitudinis ☽ par. 272. 39'. 39''. Latitudo item ☽ Borealis 15'. 55''. sed ad initium defectus 8'. 13'. & ad exitum 19'. 36''. Borea similiter. Partes obscuratæ erunt 17. 19'. Tempus incidentiæ H. 1. 6'. 10''. Mora autem dimidia H. 0. 46'. 48''.*

| | | H. | scr. | | | |
|---|---|---|---|---|---|---|
| *Cuius quidem Lunaris Eclipsis punct. 17. 19'.* | *Principium conspicietur* | 12<br>6 | 21<br>51 | T. M.<br>N. S. | | *Internallum temporis à principio eclipsis vsq; ad finem* H. scr. 3. 46. |
| | *Princip. totalis lum. amiss.* | 13<br>7 | 27<br>57 | T. M.<br>N. S. | *Permanebit totaliter absque lumine* H. scr. 1. 34. | |
| | *Medium, seu vera ☍* | 14<br>8 | 14<br>44 | T. M.<br>N. S. | | |
| | *Finis totalis obscurationis, & initium recuperationis lum.* | 15<br>9 | 1<br>31 | T. M.<br>N. S. | | |
| | *Finis totius Eclipsis* | 16<br>10 | 7<br>37 | T. M.<br>N. S. | | |

Boreas

Oriens

Occidens

Auster

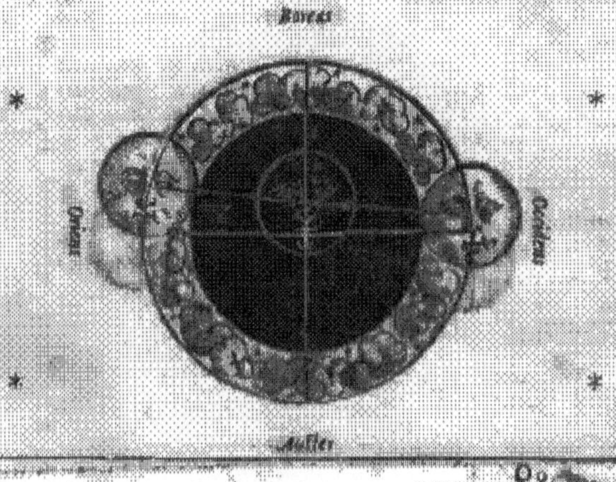

# Altera Eclipsis Lunæ anno 1588.

*Die 4. Septembris anni Gregoriani, qui est dies 25. Augusti anni veteris H. 17. 30'. 20''. à meridie computatis, conspicietur Luna iterum lumine debilitata, dum pertinget ad partem 12. 35'. 35''. ♓ in diametro ☉ iuxta ☋ draconis. Anomalia, seu argumentum eius coæquatum est par. 2. 17. 16'. 26''. semidiameter eius apparens 18'. 41''. Sol autem cum sit in longitudine media sui Excentrici habet anomaliæ coæquata par. 64. 58'. 43''. & eius semidiameter 16'. 5''. semidiameter autem umbræ terrenæ coæquata est 45'. 54''. verus latitudinis ☽ motus est par. 92. 10'. 7''. veraque latitudo 11'. 20''. Austr. sed ad initium Eclipsis 5. 34. ad finem verò 17. 6. semper Austrina. Digiti ecliptici numerantur 18. 22. Tempus casus H. 1. 4. 40. Moræ autem dimidiæ H. 0. 49. 49.*

| | | H. | scr. | | | |
|---|---|---|---|---|---|---|
| *Huius autem Eclipsis ☽ puncti 18. 21.* | *Principium totale cernetur* | 15 | 35 | P. M. | | *Duratio totius Eclipsis erit spatio H. 3. 50'.* |
| | | 9 | 7 | N. S. | | |
| | *Initium totalis obscurationis* | 16 | 40 | P. M. | *Morabitur in tenebris H. 1. 40'.* | |
| | | 10 | 12 | N. S. | | |
| | *Medium apparebit* | 17 | 30 | P. M. | | |
| | | 11 | 2 | Horol. | | |
| | *Finis obscurationis totalis & initium recuperationis lum.* | 18 | 20 | P. M. | | |
| | | 11 | 52 | Horol. | | |
| | *Finis totius Eclipsis* | 19 | 25 | P. M. | | |
| | | 12 | 57 | Horol. | | |

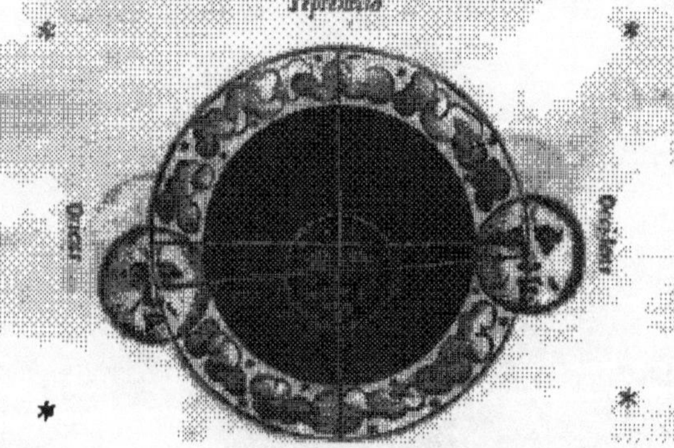

# *Planetarum status.*

♄ Hoc anno à longitudine sui Eccentrici deambulat versus eius Perigæum.
Die { 11 Maii Apogæum / 17 Nouemb. Perigæum } Epicycli tenet.
Fit directus 11. Ianuarii, & iterum regreditur in priora 8. Septemb. in exitum anni.

---

♃ A longitudine media Eccentrici versus Augem deambulat.
Die { 5 Febr. per inferiorem / 19 Augusti per superiorem } Epicycli partem incedit.
Retrocessum complet die 4. Aprilis, quem præterito anno cœperat.

---

♂ Die vltimo Nouemb. in Auge Eccentrici reperitur.
Die 19 Maii in Apogæo Epicycli versatur.
Semper hoc anno in consequentia signa permeat.

---

♀ Die { 8 Iunii Apogæum / 7 Decemb. Perigæum } Deferentis transit.
5 Octobris per superiora Epicycli discurrit.
Reuertitur in priora signa die 14. Septemb. vsq; ad diem 26. Octob.

---

☿ Die
{ 11 Maii ad Perigæum / 21 Nouemb. ad Apogæum } Eccentrici deuenit.
{ 21 Febr. Perigæum / 19 Martii Apogæum / 16 Maii Perigæum / 15 Iulii Apogæum / 9 Settemb. Perigæum / 7 Nouemb. Apogæum } Epicycli possidet.
{ 9 Ianuarii vsque post 1. Febr. / 4 Maii vsque ad 27. Maii / 29 Augusti vsque post 20. Septemb. / 25 Decemb. in finem anni, & vltra. } Mouetur in præcedentia.

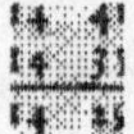

## Syzygiæ Lunares

| Dies | ☉ H ′ | Occid. ♄ H ′ | Occid. ♃ H ′ | Occid. ♂ H ′ | Occid. ♀ H ′ | Occid. ☿ H ′ | Syzygiæ Planetarũ inuicẽ, & eorum congressus cum illustrioribus aliquibus stellis fixis. |
|---|---|---|---|---|---|---|---|
| 1 | | | | | | | |
| 2 | 15 ⚹ 43 | 11 ⚹ 28 | | | 22 ⚹ 59 | | ♀ oc. cũ corona (Fomah. |
| 3 | | | | | | | ☽ ☋ 13. 0 \| ♂ occ. cum |
| 4 | | | | | | 2 ⚹ 11 | ♀ m.c. cum rostro galli. a |
| 5 □ | 4 52 | | 7 △ 11 | 6 ⚹ 12 | 14 □ 0 | | ☍ ♃ ♂ 21. 14. |
| 6 Asc. | 20 ♋ | | | | | 14 □ 24 | |
| 7 | 21 △ 15 | 5 ☌ 42 | 5 □ 43 | 21 □ 12 | | | ♀ m.c. cum aquila. |
| 8 | | | | | 8 △ 56 | | ♂ m.c. cum cauda ♑. |
| 9 | | | | | | 3 △ 18 | |
| 10 | | | 5 ⚹ 27 | 13 △ 44 | | | ☽ Apog. |
| 11 | | | | | | | |
| 12 | | 6 ⚹ 2 | | | | | ♃ m.c. cum hydra. b. |
| 13 ☍ | 8 47 | | | | 22 ☍ 30 | | ♂ or. cum cauda ♑. |
| 14 Asc. | 11 ♍ | 17 □ 13 | | | | 1 ☍ 14 | ☌ ♀ ☿ 17. 20. |
| 15 | | | 3 ☌ 31 | 20 ☍ 1 | | | |
| 16 | | | | | | | ♀ m.c. cum cauda Del. |
| 17 | | 1 △ 51 | | | | | |
| 18 | 21 △ 11 | | | | | 11 △ 24 | ☌ ☉ ☿ 12. 5. \| ☽ ☊ 20. c |
| 19 | | | 13 ⚹ 26 | | 1 △ 38 | Orient. | ♃ or. cum arcubu. Aur. |
| 20 □ | 18 42 | | | 13 △ 18 | | 12 □ 8 | ♃ occ. cum rostro corui. |
| 21 Asc. | 17 ♑ | 9 ☍ 59 | 17 □ 26 | | 9 □ 22 | | □ ♄ ☿ 10. 19. |
| 22 | 23 ⚹ 56 | | | 17 □ 47 | | 11 ⚹ 4 | |
| 23 | | | 18 △ 16 | | 15 ⚹ 19 | | ☽ Perig. {rost. galli d. |
| 24 | | | | 21 ⚹ 45 | | | ☍ ♃ ♀ 23. 8 \| ♂ occ cum |
| 25 | | 12 △ 51 | | | | | ♂ or. cũ cap. Alg. & ♀ |
| 26 | | | | | | 9 ☌ 21 | (oc. cũ Aqui. & can. ♑ |
| 27 ☌ | 11 26 | 15 □ 50 | 22 ☍ 3 | | | | |
| 28 Asc. | 23 ♎ | | | | 5 ☌ 58 | | ♀ m.c. cum cauda ♑. |
| 29 | | 21 ⚹ 14 | | 11 ☌ 1 | | | {6. e. |
| 30 | | | | | | 16 ⚹ 23 | □ ☉ ♄ 0. 24. \| ☽ ☋ 20. |
| 31 | | | | | | | |

a. Die 4. ♂ occ. cum aquila, & cauda ♑.

b. Die 12. ♀ m.c. cum corua ♑.

c. Die 18. ♀ m.c. cum cauda cygni, & ♂ occ. cum cauda Del.

d. Die 24. ♀ occ. cum Fomah.

e. Die 30. ♀ or. cum cauda ♑.

♄ Hoc mense fit diu. oriendo cum pleia. & ☿ fit ♑ m.c. cum cauda Del.

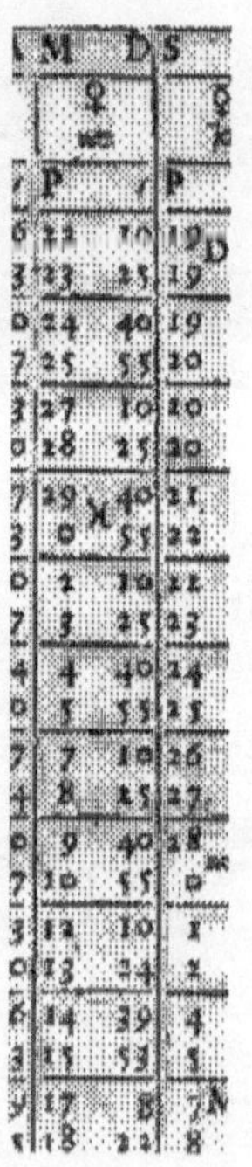

| | M | D | S |
|---|---|---|---|
| | ♀ ♒ | | ♀ ♑ |
| | P | ′ | P |
| 6 | 22 | 10 | 19 D |
| 3 | 23 | 25 | 19 |
| 0 | 24 | 40 | 19 |
| 7 | 25 | 55 | 20 |
| 3 | 27 | 10 | 20 |
| 0 | 28 | 25 | 20 |
| 7 | 29 ♓ | 40 | 21 |
| 3 | 0 | 55 | 22 |
| 0 | 2 | 10 | 22 |
| 7 | 3 | 25 | 23 |
| 4 | 4 | 40 | 24 |
| 0 | 5 | 55 | 25 |
| 7 | 7 | 10 | 26 |
| 4 | 8 | 25 | 27 |
| 0 | 9 | 40 | 28 |
| 7 | 10 | 55 | 0 ♒ |
| 3 | 12 | 10 | 1 |
| 0 | 13 | 24 | 2 |
| 6 | 14 | 39 | 4 |
| 3 | 15 | 53 | 5 |
| 9 | 17 | 8 | 7 N |
| 5 | 18 | 22 | 8 |

| Dies | | ☽ | ♄ | ♃ | ♂ | ♀ | ☿ | |
|---|---|---|---|---|---|---|---|---|
| Syzygiæ Lunares. | | | | | | | | |
| | | | Occid. | Orient. | Occid. | Occid. | Orient. | Syzygiæ Planetarū mutuę, & eorum congressus cum illustrioribus aliquibus stellis fixis. |
| Dies | | H ′ | H ′ | H ′ | H ′ | H ′ | H ′ | |
| 1 | | 9 ✶ 41 | | 10 ✶ 55 | | | | ☍ ☉ ♃ 10.31. \| ☌ occ. cū |
| 2 | | | | Occid. | | 8 ✶ 46 | 0 □ 50 | (lyra. |
| 3 | | | 15 ☌ 29 | 20 □ 12 | 10 ✶ 29 | | | ♀ occ. cum cauda Del. |
| 4 | □ | 0 59 | | | | | 12 △ 32 | ♂ m.c. cum ult. aquae. |
| 5 | Asc. | 28 ♊ | | | | 2 □ 17 | | |
| 6 | | 17 △ 58 | | 6 ✶ 52 | 3 □ 2 | | | ✶ ♄ ☌ 1.11. \| ☽ Apog. a. |
| 7 | | | | | | 10 △ 39 | | |
| 8 | | | 14 ✶ 39 | | 18 △ 30 | | | |
| 9 | | | | | | | 17 ☍ 22 | |
| 10 | | | | | | | | |
| 11 | | | 1 □ 5 | 3 ☌ 3 | | | | |
| 12 | ☍ | 0 53 | | | | | | ♀ occ. cum lyra. |
| 13 | Asc. | 3 ♋ | 9 △ 21 | | 19 ☍ 30 | 4 ☍ 43 | | ☿ m.c. cū corn. ♄. (caub. |
| 14 | | | | | | | 18 △ 47 | ♃ ☊ 5.11 \| ♀ m.c. cū Fo- |
| 15 | | | | 15 ✶ 20 | | | | ✶ ♄ ☿ 11.9 \| ♃ or. cū Syr. |
| 16 | | 20 △ 30 | | | | | | □ ♄ ♃ 17.28. \| ♂ occ. cū |
| 17 | | | 18 ☍ 12 | 17 □ 55 | | 23 △ 10 | 3 □ 36 | ☿ m.c. cū can. Del. ( A.c. |
| 18 | | | | | 9 △ 2 | | | |
| 19 | □ | 2 12 | | 19 △ 16 | | | 10 ✶ 45 | ☽ Perig. \| ☿ m.c. cū caud. |
| 20 | Asc. | 15 ♋ | | | 13 □ 29 | 5 □ 21 | | (Cygni. |
| 21 | | 7 ✶ 48 | 22 △ 33 | | | | | ☿ occ. cum Acar. |
| 22 | | | | | 18 ✶ 45 | 12 ✶ 33 | | ☍ ♃ ☿ 16.54. |
| 23 | | | | 23 ☍ 48 | | | | □ ♄ ☿ 10.40. |
| 24 | | | 2 □ 10 | | | | 4 ☌ 7 | |
| 25 | | | | | | | | ☿ occ. cū Fomalh. (da) ♄ |
| 26 | ☌ | 0 21 | 8 ✶ 30 | | | | | ☿ occ. cum aquil. & cau- |
| 27 | Asc. | 8 ♋ | | | 13 ☌ 52 | 10 ☌ 45 | | ☽ ☋ 1.48. |
| 28 | | | | 11 △ 24 | | | | ☿ or. cum cauda ♄. |
| 29 | | | | | | | 10 ✶ 30 | ☌ ♂ ♀ 21.20. b. |

a. Die 6. ♀ or. cum capite Algol. & occ. cum rostro gall.

b. Die 29. accidit ☌ ♂ ♀ ferè per corpus, differ. latit. scr. 10.

☿ Fit in principio mensis directus m. c. cum aquila volante.

| | Syzygiæ Lunares. | | | | | | Syzygiæ Planetarũ mutuæ, & eorum congressus cum illustrioribus aliquibus stellis fixis. |
|---|---|---|---|---|---|---|---|
| | * | Occid. | Occid. | Occid. | Occid. | Orient. | |
| | ☉ | ♄ | ♃ | ♂ | ♀ | ☿ | |
| Dies | H ′ | H ′ | H ′ | H ′ | H ′ | H ′ | |
| 1 | | | | | | | ✶ ☉ ♄ 17.1. |
| 2 | 5 ✶ 2 | 4 ☌ 7 | | | | | ☿ occ. cum cauda ♌. |
| 3 | | | | 17 ✶ 19 | 20 ✶ 12 | 8 □ 30 | |
| 4 □ | 11 36 | | 9 ✶ 52 | | | | ☾ Ap. ☿ or. cũ cap. Med. |
| 5 Asc. | 1 ♊ | | | | | | ☿ occ. cum rostro galli. |
| 6 | | | | 8 □ 25 | 13 □ 57 | 5 △ 51 | |
| 7 | 13 △ 27 | 5 ✶ 1 | | | | | (lyra. |
| 8 | | | | 22 △ 12 | | | ♀ or. cũ cor. ♈ \| ☿ occ. cũ |
| 9 | | 12 □ 54 | 5 ☌ 35 | | 6 △ 2 | | △ ♃ ♀ 1.32. |
| 10 | | | | | | | ☿ m.c. cum ult. fal. ve. |
| 11 | | 20 △ 35 | | | | 18 ☍ 33 | |
| 12 ☍ | 14 14 | | | | | | ✶ ♄ ☿ 0.31 \| ☉ ☊ 9.36 |
| 13 Asc. | 1 ♑ | | 17 ✶ 37 | 17 ☍ 40 | | | △ ♃ ♂ 15.22. |
| 14 | | | | | 5 ☍ 6 | | ♄ m.c. cum capite Med. |
| 15 | | | 20 □ 13 | | | | ♂ or. cum cor. ♌. a. |
| 16 | | 4 ☍ 29 | | | | 17 △ 18 | |
| 17 | 3 △ 43 | | 21 △ 35 | | | | ☉ Peri. \| ♀ oc. cũ can. ♑. |
| 18 | | | | 3 △ 39 | 18 △ 13 | | |
| 19 □ | 7 7 | | | | | 2 □ 14 | ♀ or. cum hœdis. |
| 20 Asc. | 12 ♎ | 8 △ 43 | | 8 □ 23 | | | |
| 21 | 15 ✶ 34 | | | | 1 □ 13 | 12 ✶ 47 | ♀ or. cum dex. hu. Aur. |
| 22 | | 12 □ 57 | 2 ☌ 24 | 15 ✶ 12 | | | |
| 23 | | | | | 10 ✶ 24 | | ☌ ☽ ☿ 4.53 \| ♀ m.c. cũ |
| 24 | | 20 ✶ 1 | | | | Occid. | (cor. ♌. |
| 25 | | | | | | | △ ♃ ♀ 15.35 \| ☉ ☋ 5. |
| 26 ☌ | 14 49 | | 17 △ 8 | | | 21 ☌ 42 | (53. b. |
| 27 Asc. | 13 ♑ | | | 14 ☌ 46 | | | △ ☉ ♃ 20.0 \| ♂ oc. cum |
| 28 | | | | | 18 ☌ 13 | | ♀ or. cum cor. ♌ (can. cy. |
| 29 | | 17 ☌ 56 | 4 △ 7 | | | | |
| 30 | | | | | | | ♂ or. cum hœdis. |
| 31 | | | 16 ✶ 0 | | | | ☉ Ap. \| ♀ occ. cũ can. ♑. |

*a.* Die 15. ♀ occidit cum lucida Eridani.

*b.* Die 25. ☿ or. cum cor. ♌.

| Anni veteris | Anni Grego. | Positus Planetarum Diurnus. | | | | | | | | | | | | | | | | |
|---|---|---|---|---|---|---|---|---|---|---|---|---|---|---|---|---|---|---|
| | | | | | | | M | A | S | D | M | A | S | A | M | A | | |
| | | ☉ ♈ | | | ☽ ♊ | | ♄ ♓ | | ♃ ♌ | | ♂ ♈ | | ♀ ♉ | | ☿ ♈ | | ☊ ♍ | |
| Dies | | P | ' | '' | P | ' | P | ' | P | ' | P | ' | P | ' | P | ' | P | ' |
| 22 | 1 | 11 | 27 | 8 | 11 | 19 | 14 | 30 | 7 | 17 | 21 | 43 | 6 | 16 | 19 | 8 | 18 | 35 |
| 23 | 2 | 12 | 26 | 10 | 23 | 23 | 14 | 37 | 7 | 16 | 22 | 28 | 7 | 29 | 20 | 57 | 18 | 32 |
| B 24 | 3 | 13 | 25 | 11 | 5 ♋ | 33 | 14 | 44 | 7 | 16 | 23 | 13 | 8 | 42 | 22 | 41 | 18 | 28 |
| 25 | 4 | 14 | 24 | 10 | 17 | 52 | 14 | 51 | 7 | 16 | 23 | 58 | 9 | 54 | 24 | 33 | 18 | 25 |
| 26 | 5 | 15 | 23 | 7 | 0 ♌ | 22 | 14 | 58 | 7 D | 16 | 24 | 42 | 11 | 7 | 26 S | 19 | 18 | 22 |
| 27 | 6 | 16 | 22 | 2 | 13 | 4 | 15 | 5 | 7 | 16 | 25 | 27 | 12 | 20 | 28 | 4 | 18 | 19 |
| 28 | 7 | 17 | 20 | 55 | 26 ♍ | 1 | 15 | 13 | 7 | 17 | 26 | 12 | 13 | 32 | 29 ♉ | 48 | 18 | 16 |
| 29 | 8 | 18 | 19 | 46 | 9 | 14 | 15 | 20 | 7 | 18 | 26 | 56 | 14 | 45 | 1 | 31 | 18 | 13 |
| 30 | 9 | 19 | 18 | 35 | 22 ♎ | 45 | 15 | 27 | 7 | 19 | 27 | 41 | 15 | 57 | 3 | 12 | 18 | 9 |
| B 31 | 10 | 20 | 17 | 22 | 6 | 36 | 15 | 34 | 7 | 20 | 28 | 26 | 17 | 9 | 4 | 51 | 18 | 6 |
| Ap. 1 | 11 | 21 | 16 | 7 | 20 ♏ | 40 | 15 | 41 | 7 | 22 | 29 | 11 | 18 | 21 | 6 | 28 | 18 | 3 |
| 2 | 12 | 22 | 14 | 51 | 5 | 12 | 15 | 49 | 7 | 24 | 29 | 55 | 19 | 33 | 8 | 4 | 18 | 0 |
| 3 | 13 | 23 | 13 | 33 | 19 ♐ | 51 | 15 | 56 | 7 | 25 | 0 ♉ | 40 | 20 | 45 | 9 | 39 | 17 | 57 |
| 4 | 14 | 24 | 12 | 13 | 4 | 36 | 16 | 4 | 7 | 27 | 1 | 24 | 21 | 57 | 11 | 12 | 17 | 54 |
| 5 | 15 | 25 | 10 | 51 | 19 ♑ | 22 | 16 | 12 | 7 | 29 | 2 | 9 | 23 | 9 | 12 | 43 | 17 | 50 |
| 6 | 16 | 26 | 9 | 27 | 4 | 0 | 16 | 20 | 7 | 31 | 2 | 53 | 24 | 21 | 14 | 13 | 17 | 47 |
| B 7 | 17 | 27 | 8 | 1 | 18 ♒ | 26 | 16 | 28 | 7 | 33 | 3 | 38 | 25 | 33 | 15 | 38 | 17 | 44 |
| 8 | 18 | 28 | 6 | 33 | 2 | 35 | 16 | 36 | 7 | 36 | 4 | 22 | 26 | 45 | 17 | 3 | 17 | 41 |
| 9 | 19 | 29 ♉ | 5 | 3 | 16 | 23 | 16 | 44 | 7 | 38 | 5 | 6 | 27 | 57 | 18 | 25 | 17 | 38 |
| 10 | 20 | 0 | 3 | 31 | 20 ♓ | 49 | 16 | 52 | 7 | 41 | 5 | 51 | 29 | 9 | 19 | 41 | 17 | 34 |
| 11 | 21 | 1 | 1 | 58 | 12 | 52 | 17 | 0 | 7 | 44 | 6 | 35 | 0 ♊ | 21 | 20 | 55 | 17 | 31 |
| 12 | 22 | 2 | 0 | 23 | 25 ♈ | 35 | 17 | 8 | 7 | 47 | 7 | 19 | 1 | 33 | 22 | 6 | 17 | 28 |
| 13 | 23 | 2 | 58 | 46 | 8 | 1 | 17 | 16 | 7 | 50 | 8 | 3 | 2 | 45 | 23 | 13 | 17 | 25 |
| B 14 | 24 | 3 | 57 | 8 | 20 ♉ | 12 | 17 | 24 | 7 | 54 | 8 | 47 | 3 | 57 | 24 | 16 | 17 | 22 |
| 15 | 25 | 4 | 55 | 28 | 2 | 13 | 17 | 32 | 7 | 57 | 9 | 31 | 5 | 9 | 25 | 15 | 17 | 19 |
| 16 | 26 | 5 | 53 | 46 | 14 | 5 | 17 | 40 | 8 | 1 | 10 | 15 | 6 | 21 | 26 | 9 | 17 | 15 |
| 17 | 27 | 6 | 52 | 2 | 25 ♊ | 53 | 17 | 48 | 8 | 5 | 10 | 59 | 7 | 32 | 26 D | 59 | 17 | 12 |
| 18 | 28 | 7 | 50 | 17 | 7 | 40 | 17 | 55 | 8 | 9 | 11 | 43 | 8 | 43 | 27 | 44 | 17 | 9 |
| 19 | 29 | 8 | 48 | 30 | 19 ♋ | 30 | 18 | 3 | 8 | 13 | 12 | 27 | 9 | 54 | 28 | 24 | 17 | 6 |
| 20 | 30 | 9 | 46 | 41 | 1 | 25 | 18 | 11 | 8 | 18 | 13 | 11 | 11 | 5 | 28 | 58 | 17 | 3 |

| Latitudo Planetarũ ad diẽ | | | | | | | | | | | |
|---|---|---|---|---|---|---|---|---|---|---|---|
| | 1 | 2 | 5 | 0 | 36 | 0 | 4 | 0 | 3 | 0 S | 35 | |
| | 11 | 2 | 3 | 0 | 36 | 0 | 3 | 0 | 30 | 1 | 0 | Mensis |
| | 21 | 2 | 2 | 0 | 36 | 0 | 2 | 0 | 56 | 2 D | 18 | |

Syzygiæ Lunares.

| | | Occid. | Occid. | Occid. | Occid. | Occid. | Syzygiæ Planetarũ mutuę, & eorum congressus cum illustrioribus aliquibus stellis fixis. |
|---|---|---|---|---|---|---|---|
| | ☉ | ♄ | ♃ | ♂ | ♀ | ☿ | |
| Dies | H | H | H | H | H | H | |
| 1 | 0 ✶ 18 | | | 12 ✶ 3 | | 18 ✶ 58 | □ ♃ ☿ 19.46. |
| 2 | | | | | | | ♂ or. cum dex. hu. Aur. |
| 3 □ | 16 44 | 18 ✶ 4 | | | 6 ✶ 47 | | ☌ ♂ ☿ 10.40 \| ♀ or. cũ |
| 4 Alc. | 19 ♓ | | | 12 □ 26 | | 14 □ 54 | ☿ m.c. cũ cor. ♈ (Fomal. |
| 5 | | | 13 ☌ 3 | | 22 □ 10 | | ♂ m.c. cum cor. ♈. |
| 6 | 13 △ 37 | 3 □ 16 | | | | | (cap. Alg. |
| 7 | | | | 10 △ 22 | | 7 △ 34 | ♀ or. cũ ple. & m.c. cum |
| 8 | | 10 △ 55 | | | 10 △ 44 | | ☌ ♄ ♀ 12. 55 \| ☊ |
| 9 | | | | | | | Itẽ ♀ m.c. cũ Ac. 15 41 |
| 10 | | | 1 ✶ 13 | | | | (Rigel. |
| 11 ☍ | 1 0 | | | 14 ☍ 45 | | | □ ♃ ☿ 13.47 \| ♀ oc. cũ |
| 12 Alc. | 18 ♌ | 17 ☍ 12 | 3 □ 37 | | | 5 ☍ 13 | ♄ m.c. cũ dex. hu. Per. |
| 13 | | | | | 3 ☍ 30 | | |
| 14 | | | 4 △ 38 | | | | ⊕ Per. ♀ m.c. cum ple. a |
| 15 | 10 △ 14 | | | 22 △ 0 | | | ☿ m.c. cum cap. Med. |
| 16 | | 10 △ 41 | | | | 18 △ 50 | ) |
| 17 □ | 16 0 | | | | 13 △ 11 | | ☌ ♄ ☿ 15.47 \| ♀ oc. cũ |
| 18 Alc. | 22 ♓ | | 8 ☍ 45 | 3 □ 17 | | | ☿ or. cũ ple. (hu. et ple. |
| 19 | | 0 □ 38 | | | 22 □ 40 | 3 □ 5 | ♀ occ. cum zona Orio. |
| 20 | 0 ✶ 30 | | | 11 ✶ 47 | | | ♀ occ. cũ sin. hum. Orio. |
| 21 | | 7 ✶ 52 | | | | 16 ✶ 45 | ⊕ 158.45. (cũ hiad. b. |
| 22 | | | 23 △ 40 | | 12 ✶ 47 | | □ ♃ ♂ 16.24 \| ♀ m.c. |
| 23 | | | | | | | ♂ or. cum Fomah. |
| 24 | | | | | | | ♄ occ. cum Rigel. |
| 25 ☌ | 6 10 | | 11 □ 39 | 15 ☌ 41 | | | ☿ m.c. cum Aldeb. |
| 26 Alc. | 27 ♎ | 7 ☌ 12 | | | | | (ple & hiad. |
| 27 | | | | | | 20 ☌ 14 | ✶ ♃ ♀ 11.49 \| ☿ oc. cũ |
| 28 | | | 3 ✶ 1 | | 20 ☌ 22 | | □ ☽ ♃ 8.57 \| ⊕ Ap. c. |
| 29 | | | | | | | ☿ or. cum hiad. |
| 30 | 18 ✶ 9 | | | | | | ♂ m.c. cum cap. Med. d. |

*a. Die 14. ♂ occ. cum cor. ♈, & ♀ or. cum Fomah.* *c. Die 28. ☿ occ. cum dex. hum. Ori.*
*b. Die 22. ☿ occ. cum cane maiore.* *d. Die 30. ♀ m.c. cum priori hœdo.*
*Die 3 accidit ☌ ♂ ☿ cum differentia latitudinis scr. 14. & ☿ or. cum dex. hum. Auri.*
*♃ Fit stationarius ad dir. occidendo ferè cum asino bor.*

1588

Poſitus Planetarum Diurnus

| ☽ | | ♄ | | ♃ | | ♂ | | ♀ | | ☿ | | ☊ | | |
|---|---|---|---|---|---|---|---|---|---|---|---|---|---|---|
| ♋ | | M | A | S | D | M | A | S | A | S | D | ♍ | | |
| | | ♉ | | ♌ | | ♉ | | ♊ | | ♉ | | | | |
| | ' | P | ' | P | ' | P | ' | P | ' | P | ' | P | ' | |
| 3 | 27 | 18 | 19 | 8 | 22 | 13 | 35 | 12 | 16 | 29 | 26 | 17 | 0 | |
| 5 | 40 | 18 | 26 | 8 | 27 | 14 | 39 | 13 | 27 | 29 | 47 | 16 | 56 | |
| 8 ♌ | 7 | 18 | 34 | 8 | 32 | 15 | 22 | 14 | 38 | 0 ♊ | 1 | 16 | 53 | |
| 0 ♍ | 49 | 18 | 42 | 8 | 37 | 16 | 0 | 15 | 49 | 0 | 7 | 16 | 50 | |
| 3 | 50 | 18 | 50 | 8 | 42 | 16 | 50 | 17 | 0 | 0 ℞ | 6 | 16 | 47 | |
| 7 | 11 | 18 | 58 | 8 | 48 | 17 | 33 | 18 | 11 | 29 ♉ | 59 | 16 | 44 | |
| 0 ♎ | 13 | 19 | 6 | 8 | 54 | 18 | 17 | 19 | 22 | 29 | 44 | 16 | 40 | |
| 4 | 50 | 19 | 14 | 9 | 0 | 19 | 0 | 20 | 33 | 29 | 22 | 16 | 37 | |
| 29 ♏ | 19 | 19 | 22 | 9 | 6 | 19 | 43 | 21 | 44 | 28 | 53 | 16 | 34 | |
| 13 | 59 | 19 | 30 | 9 | 12 | 20 | 27 | 22 | 55 | 28 | 18 | 16 | 31 | |
| 28 ♐ | 51 | 19 | 38 | 9 | 19 | 21 | 10 | 24 | 6 | 27 | 38 | 16 | 28 | |
| 13 | 49 | 19 | 46 | 9 | 25 | 21 | 53 | 25 | 16 | 26 | 52 | 16 | 24 | |
| 28 ♑ | 46 | 19 | 54 | 9 | 32 | 22 | 36 | 26 | 26 | 26 | 2 | 16 | 21 | |
| 13 | 33 | 20 | 2 | 9 | 39 | 23 | 19 | 27 | 37 | 25 | 8 | 16 | 18 | |
| 28 ♒ | 4 | 20 | 10 | 9 | 46 | 24 | 2 | 28 | 47 | 24 M | 11 | 16 | 15 | |
| 12 | 15 | 20 D | 18 | 9 | 53 | 24 | 45 | 29 | 57 | 23 | 13 | 16 | 12 | |
| 26 ♓ | 4 | 20 | 26 | 10 | 1 | 25 | 28 | 1 ♋ | 7 | 22 | 15 | 16 | 8 | |
| 9 | 30 | 20 | 34 | 10 | 8 | 26 | 11 | 2 | 17 | 21 | 19 | 16 | 5 | |
| 22 ♈ | 32 | 20 | 42 | 10 | 16 | 26 | 54 | 3 | 27 | 20 | 27 | 16 | 2 | |
| 5 | 13 | 20 | 50 | 10 | 23 | 27 | 37 | 4 | 37 | 19 | 39 | 15 | 59 | |
| 17 | 35 | 20 | 58 | 10 | 31 | 28 | 19 | 5 | 47 | 18 | 56 | 15 | 56 | |
| 29 ♉ | 41 | 21 | 6 | 10 | 39 | 29 S | 2 | 6 | 57 | 18 | 19 | 15 | 53 | |
| 11 | 35 | 21 | 14 | 10 | 47 | 29 | 45 | 8 | 7 | 17 | 47 | 15 | 49 | |
| 23 | 20 | 21 | 22 | 10 | 55 | 0 ♊ | 27 | 9 | 16 | 17 | 22 | 15 | 46 | |
| 5 ♊ | 1 | 21 | 30 | 11 | 3 | 1 | 10 | 10 | 26 | 17 | 4 | 15 | 43 | |
| 16 | 39 | 21 | 39 | 11 | 11 | 1 | 52 | 11 | 35 | 16 | 53 | 15 | 40 | |
| 28 ♋ | 19 | 21 | 47 | 11 | 19 | 2 | 35 | 12 | 44 | 16 Di | 49 | 15 | 37 | |
| 10 | 4 | 21 | 55 | 11 | 28 | 3 | 18 | 13 | 53 | 16 | 52 | 15 | 33 | |
| 21 ♌ | 58 | 22 | 2 | 11 | 37 | 4 | 0 | 15 | 4 | 17 | 8 | 15 | 30 | |
| 4 | 3 | 22 | 10 | 11 | 46 | 4 | 43 | 16 | 11 | 17 | 21 | 15 | 27 | |
| 16 | 24 | 22 | 18 | 11 | 55 | 5 | 25 | 17 | 20 | 17 | 40 | 15 | 24 | |
| | 1 | 2 | 1 | 0 | 35 | 0 | 1 | 1 | 23 | 2 | 31 | | | |
| dië | 11 | 2 D | 0 | 0 | 35 | 0 | 2 | 1 | 44 | 0 M | 44 | Menſis | | |
| | 21 | 2 | 0 | 0 | 34 | 0 S | 0 | 2 | 4 | 3 | 12 | | | |

| Syzygiæ Lunares. | | | | | | | |
|---|---|---|---|---|---|---|---|
| | | Occid. | Occid. | Occid. | Occid. | Occid. | |
| | ☉ | ♄ | ♃ | ♂ | ♀ | ☿ | Syzygiæ Planetarũ mutuæ, & eorum congressus cum illustrioribus aliquibus stellis fixis. |
| Dies | H / | H / | H / | H / | H / | H / | |
| 1 | | 9 ✶ 44 | | 1 ✶ 2 | | | ♂ or. cum pleia. |
| 2 | | | | | | 8 ✶ 5 | ♀ or. cũ Alde. a (Rig. |
| 3 □ | 9 30 | 19 □ 57 | 0 ☌ 47 | 14 □ 32 | 13 ✶ 35 | | ♂ m. c. cũ Acar. et ♀ cũ |
| 4 Asc. | 11 ♓ | | | | | 17 □ 9 | ♂ m. c. cũ de. lat. Pers. b. |
| 5 | 20 △ 53 | | | | | | [illegible] 23. 21. |
| 6 | | 3 △ 8 | | 0 △ 44 | 1 □ 55 | 22 △ 0 | ♀ occ. cum zona Orio. |
| 7 | | | 13 ✶ 48 | | | | ♂ occ. cum Rigel. |
| 8 | | | | | 10 △ 13 | | ☌ ♄ ♂ 9. 36. |
| 9 | | | 15 □ 8 | | | | (dex. hu. Aur. |
| 10 ☍ | 9 37 | 8 ☍ 59 | | 10 ☍ 58 | | 21 ☍ 22 | ☌ ☉ ♄. 26 \| ♀ m. c. cum |
| 11 Asc. | 18 ♓ | Orient. | 16 △ 54 | | | | ☿ Pe. \| ♀ m. c. cũ de. hu. |
| 12 | | | | | 19 ☍ 35 | | (Orio. |
| 13 | | | | | | | ♂ m. c. cum pleia. |
| 14 | 17 △ 18 | 10 △ 48 | | 17 △ 0 | | 19 △ 20 | ☌ ☉ ♂ 0. 4. ☌ ☉ ☿ 23. 0 |
| 15 | | | 19 ☍ 57 | Orient. | | Orient. | ☌ ♂ ☿ 2. 15. |
| 16 | | 14 □ 6 | | 22 □ 59 | | 19 □ 10 | |
| 17 □ | 0 27 | | | | 9 △ 53 | | ♂ oc. cũ hia. Orio. (4. c. |
| 18 Asc. | 8 ♍ | 20 ✶ 35 | | | | 20 ✶ 24 | ☌ ♄ ☿ 15. 0 \| ☿ ☋ 12. |
| 19 | 11 ✶ 27 | | | 8 ✶ 45 | 22 □ 42 | | |
| 20 | | | 10 △ 9 | | | | ♂ occ. cum cing. Orio. |
| 21 | | | | | | | ♀ or. cũ Bell. & Apo. d. |
| 22 | | | 22 □ 24 | | 16 ✶ 14 | | ☿ or et ♀ m. c. cũ ca. ma. |
| 23 | | 19 ☌ 55 | | | | 12 ☌ 14 | ♂ occ. cum Aldeba. |
| 24 ☌ | 21 40 | | | 15 ☌ 34 | | | |
| 25 Asc. | 12 ♌ | | 12 ✶ 35 | | | | ☿ Apo. ♂ m. c. cũ hya. e. |
| 26 | | | | | | | ♄ m. c. cum pleia. |
| 27 | | | | | | | ♀ or. cũ de. hu. Or. & oc. |
| 28 | | | | | 18 ☌ 31 | 13 ✶ 51 | ♀ or. cum Her. [illegible] |
| 29 | | 0 ✶ 8 | | | | | ♀ or. cum zona, Orio. |
| 30 | 9 ✶ 48 | | 15 ☌ 9 | 1 ☌ 22 | | | ♂ m. c. cum Aldeba. f. |
| 31 | | 21 □ 18 | | | | 2 □ 44 | ✶ ♀ ☿ 13. 25. g. |

a. Die 2. ♀ m. c. cum capra, & sin. hu. Orio.
b. Die 4. ♀ occ. cum cap. Med.
c. Die 18. ♀ occ. cum cane minore.
d. Die 21. ♂ occ. cum sin. hum. Orio. & ultima pleia.
e. Die 25. ♂ occ. cum cane maiore.
f. Die 30. ♀ m. c. cum Apolline.
g. Die 31. ♀ or. cum sin. pede Orionis.

Iunius 1588

Positus Planetarum Diurnus.

| Dies Iuliani Maii | Dies Gregor. | ☉ ♊ P | ′ | ″ | ☽ ♌ P | ′ | ♄ ♉ (M D) P | ′ | ♃ ♌ (S D) P | ′ | ♂ ♍ (S A) P | ′ | ♀ ♋ (S A) P | ′ | ☿ ♉ (M D) P | ′ | ☊ ♍ P | ′ |
|---|---|---|---|---|---|---|---|---|---|---|---|---|---|---|---|---|---|---|
| 22 | 1 | 10 | 36 | 40 | 29 ♍ | 3 | 22 | 25 | 12 | 4 | 6 | 7 | 18 | 30 | 18 | 17 | 15 | 21 |
| 23 | 2 | 11 | 34 | 10 | 12 | 3 | 22 | 32 | 12 | 13 | 6 | 50 | 19 | 38 | 18 | 54 | 15 | 18 |
| 24 | 3 | 12 | 31 | 39 | 25 ♎ | 23 | 22 | 41 | 12 | 23 | 7 | 32 | 20 | 47 | 19 | 30 | 15 | 14 |
| 25 | 4 | 13 | 29 | 7 | 9 | 9 | 22 | 48 | 12 | 32 | 8 | 14 | 21 | 55 | 20 | 23 | 15 | 11 |
| B 26 | 5 | 14 | 26 | 35 | 23 ♏ | 15 | 22 | 56 | 12 | 42 | 8 | 56 | 23 | 4 | 21 A | 15 | 15 | 8 |
| 27 | 6 | 15 | 24 | 2 | 7 | 41 | 23 | 3 | 12 | 51 | 9 | 38 | 24 | 12 | 22 | 12 | 15 | 5 |
| 28 | 7 | 16 | 21 | 28 | 22 ♐ | 18 | 23 | 11 | 13 | 1 | 10 | 20 | 25 | 21 | 23 | 13 | 15 | 2 |
| 29 | 8 | 17 | 18 | 54 | 7 | 26 | 23 | 18 | 13 | 11 | 11 | 2 | 26 | 29 | 24 | 15 | 14 | 58 |
| 30 | 9 | 18 | 16 | 19 | 22 ♑ | 18 | 23 | 26 | 13 | 21 | 11 | 44 | 27 D | 37 | 25 | 27 | 14 | 55 |
| 31 | 10 | 19 | 13 | 43 | 7 | 27 | 23 | 33 | 13 | 31 | 12 | 26 | 28 | 45 | 26 | 39 | 14 | 52 |
| Iun. 1 | 11 | 20 | 11 | 7 | 22 ♒ | 17 | 23 | 41 | 13 | 41 | 13 | 8 | 29 ♌ | 53 | 27 | 55 | 14 | 49 |
| B 2 | 12 | 21 | 8 | 30 | 6 | 51 | 23 | 49 | 13 | 51 | 13 | 50 | 1 | 1 | 29 | 14 | 14 | 46 |
| 3 | 13 | 22 | 5 | 52 | 21 ♓ | 4 | 23 | 56 | 14 | 1 | 14 | 32 | 2 | 9 | 0 ♊ | 36 | 14 | 43 |
| 4 | 14 | 23 | 3 | 14 | 4 | 55 | 24 | 4 | 14 | 12 | 15 | 14 | 3 | 16 | 2 | 1 | 14 | 39 |
| 5 | 15 | 24 | 0 | 35 | 18 ♈ | 23 | 24 | 12 | 14 | 22 | 15 | 55 | 4 | 24 | 3 | 28 | 14 | 36 |
| 6 | 16 | 24 | 57 | 56 | 1 | 29 | 24 | 20 | 14 | 33 | 16 | 37 | 5 | 31 | 4 | 58 | 14 | 33 |
| 7 | 17 | 25 | 55 | 17 | 14 | 13 | 24 | 27 | 14 | 44 | 17 | 19 | 6 | 38 | 6 | 30 | 14 | 30 |
| 8 | 18 | 26 | 52 | 37 | 26 | 39 | 24 | 34 | 14 | 54 | 18 | 0 | 7 | 45 | 8 | 4 | 14 | 27 |
| B 9 | 19 | 27 | 49 | 57 | 8 ♉ | 49 | 24 | 42 | 15 | 5 | 18 | 42 | 8 | 52 | 9 | 40 | 14 | 23 |
| 10 | 20 | 28 | 47 | 17 | 20 | 46 | 24 | 49 | 15 | 16 | 19 | 23 | 9 | 59 | 11 | 17 | 14 | 20 |
| 11 | 21 | 29 | 44 | 30 | 2 ♊ | 34 | 24 | 56 | 15 | 26 | 20 | 4 | 11 | 5 | 12 | 55 | 14 | 17 |
| 12 | 22 | 0 ♋ | 41 | 55 | 14 | 16 | 25 | 3 | 15 | 37 | 20 | 45 | 12 | 12 | 14 | 35 | 14 | 14 |
| 13 | 23 | 1 | 39 | 14 | 25 ♋ | 54 | 25 | 10 | 15 | 48 | 21 | 26 | 13 | 18 | 16 | 16 | 14 | 11 |
| 14 | 24 | 2 | 36 | 32 | 7 | 32 | 25 | 17 | 15 | 58 | 22 | 7 | 14 | 24 | 17 | 59 | 14 | 8 |
| 15 | 25 | 3 | 33 | 50 | 19 ♌ | 16 | 25 | 24 | 16 | 9 | 22 | 48 | 15 | 30 | 19 | 43 | 14 | 4 |
| B 16 | 26 | 4 | 31 | 8 | 1 | 7 | 25 | 31 | 16 | 20 | 23 | 29 | 16 | 36 | 21 | 28 | 14 | 1 |
| 17 | 27 | 5 | 28 | 26 | 13 | 9 | 25 | 38 | 16 A | 31 | 24 | 10 | 17 | 42 | 23 | 14 | 13 | 58 |
| 18 | 28 | 6 | 25 | 44 | 25 ♍ | 26 | 25 | 44 | 16 | 43 | 24 | 51 | 18 | 48 | 25 | 1 | 13 | 55 |
| 19 | 29 | 7 | 23 | 2 | 8 | 1 | 25 | 51 | 16 | 54 | 25 | 32 | 19 | 54 | 26 | 49 | 13 | 52 |
| 20 | 30 | 8 | 20 | 20 | 20 | 57 | 25 | 57 | 17 | 6 | 26 | 13 | 20 | 59 | 28 | 38 | 13 | 49 |

| Latitudo Planetarũ ad diẽ | | ♄ | | ♃ | | ♂ | | ♀ | | ☿ | | |
|---|---|---|---|---|---|---|---|---|---|---|---|---|
| | 1 | 2 | 1 | 0 | 34 | 0 | 1 | 2 D | 19 | 3 A | 59 | Mensis |
| | 11 | 2 | 2 | 0 | 34 | 0 | 1 | 2 | 24 | 3 | 20 | |
| | 21 | 2 | 4 | 0 A | 33 | 0 | 3 | 2 | 18 | 2 | 7 | |

## Syzygiæ Lunares.

| | | Orient. | Occid. | Orient. | Occid. | Orient. | Syzygiæ Planetarũ mutuæ, eorum congressus cum illustrioribus aliquibus stellis fixis. |
|---|---|---|---|---|---|---|---|
| ☾ | ☉ | ♄ | ♃ | ♂ | ♀ | ☿ | |
| Dies | H ′ | H ′ | H ′ | H ′ | H ′ | H ′ | |
| 1 □ | 23 14 | | | 13 □ 49 | | | ♀ m.c.cũ prec.♂ Her.a. |
| 2 Asc. | 9 ♍ | 19 △ 2 | | | 14 ✶ 54 | 13 △ 0 | ☽ ☊ 3.49 ✶ ☉ ♃ 19.41 |
| 3 | | | | 22 △ 21 | | | (hiadibus.o. |
| 4 | 7 △ 53 | | 5 ✶ 50 | | 23 □ 38 | | ✶ ♄ ♀ 20.51 \| ♂ or.cum |
| 5 | | | | | | | |
| 6 | | | 8 □ 16 | | | | ☌ ♄ ☿ 23.6. |
| 7 | | 1 ☍ 10 | | | 5 △ 0 | 1 ☍ 16 | ♂ m.c.cum hydis. |
| 8 ☍ | 16 58 | | 9 △ 17 | 6 ☍ 1 | | | |
| 9 Asc. | 27 ♊ | | | | | | ☽ Perig. |
| 10 | | | | | | | ♂ or.cum Aldeba. |
| 11 | | 2 △ 19 | | | 13 ☍ 37 | 10 △ 10 | ♂ m.c.cum capra. |
| 12 | | | 11 ☍ 5 | 12 △ 25 | | | ✶ ♃ ♂ 0.35.c (Her.d. |
| 13 | 1 △ 4 | 5 □ 1 | | | | 16 □ 24 | ♀ or.cũ asi.bor.et oc.cũ |
| 14 | | | | 19 □ 13 | | | ☽ ☋ 8 41 \| ♀ m.cũ Presi. |
| 15 □ | 11 13 | 10 ✶ 47 | | | | | ♀ or.cũ ca.mi.(et Ae.e |
| 16 Asc. | 26 ♒ | | | | 8 △ 19 | 7 ✶ 26 | ♄ oc.cũ hiad.♂ ple. ♂ |
| 17 | | | 1 △ 0 | 6 ✶ 19 | | | ✶ ♀ ☿ 7.2 (☿ or.cũ bia. |
| 18 | 0 ✶ 30 | | | | | | ♃ m.c.cum hydra. |
| 19 | | | 12 □ 32 | | 0 □ 6 | | ♂ m.c.cũ priori ze.Orio. |
| 20 | | 8 ☌ 18 | | | | | |
| 21 | | | | | 19 ✶ 17 | | ☿ or.cum cane maiori. |
| 22 | | | 2 ✶ 50 | 14 ☌ 13 | | 0 ☌ 43 | ✶ ♃ ☿ 16.32. |
| 23 ☌ | 13 0 | | | | | | ☽ Apog. |
| 24 Asc. | 2 ♉ | | | | | | ☿ m.c.cum hydra. |
| 25 | | 12 ✶ 31 | | | | | ☌ ♃ ♀ 17.31 ♂ m.c.cũ d. |
| 26 | | | | | | | ♀ oc.cũ ro.cor.(hu..ẽa |
| 27 | | | 6 ☌ 41 | 22 ✶ 50 | 9 ☌ 45 | 23 ✶ 6 | ☌ ♂ ☿ 10.22 \| ♂ m.c. |
| 28 | 21 ✶ 40 | 9 □ 33 | | | | | (cum de.hum.Ori. |
| 29 | | | | | | | ☽ ☊ 11.53 \| ♀ oc.cũ ca. |
| 30 | | 0 △ 5 | | 10 □ 17 | | 16 □ 5 | (minore. |

*a. Die 3. ☿ oc.cum cauda hydræ.*
*b. Die 4. ♂ occ.cum dex.hu.Orio.*
*c. Die 12. ♂ m.c.cum sin.hu.Orio.*
*d. Die 13. ♂ m.c.cum Rigel, & ♃ oc.cum rostro corui, & ♂ occ.cum cap.Med.*
*e. Die 15. ☿ oc.cum asino austrino, & ♃ occ.cum dex.hum. Aur.*

| | Dies | | Positus Planetarum Diurnus, | | | | | | | | | | | | | | | | | |
|---|---|---|---|---|---|---|---|---|---|---|---|---|---|---|---|---|---|---|---|---|
| | | | | | | | | M D | | S A | | S A | | S D | | M A | | | |
| | | | ☉ ♋ | | | ☽ ♎ | | ♄ ♉ | | ♃ ♌ | | ♂ ♊ | | ☿ ♌ | | ♀ ♋ | | ☊ ♈ | |
| | Dies | | P | ′ | ″ | P | ′ | P | ′ | P | ′ | P | ′ | P | ′ | P | ′ | P | ′ |
| | 21 | 1 | 9 | 17 | 37 | 4 | 15 | 26 | 4 | 17 | 17 | 26 | 54 | 22 | 4 | 0 | 22 | 13 | 45 |
| | 22 | 2 | 10 | 14 | 54 | 17 | 57 | 26 | 12 | 17 | 29 | 27 | 35 | 23 | 9 | 2 | 19 | 13 | 42 |
| B | 23 | 3 | 11 | 12 | 21 | 2 ♏ | 2 | 26 | 18 | 17 | 41 | 28 | 16 | 24 | 14 | 4 S | 19 | 13 | 39 |
| | 24 | 4 | 12 | 9 | 28 | 16 | 28 | 26 | 25 | 17 | 53 | 28 | 56 | 25 | 18 | 6 | 2 | 13 | 36 |
| | 25 | 5 | 13 | 6 | 46 | 1 ♐ | 11 | 26 | 32 | 18 | 5 | 29 | 37 | 26 | 22 | 7 | 54 | 13 | 33 |
| | 26 | 6 | 14 | 4 | 4 | 15 | 5 | 26 | 39 | 18 | 17 | 0 ♋ | 18 | 27 | 26 | 9 | 46 | 13 | 29 |
| | 27 | 7 | 15 | 1 | 22 | 1 ♑ | 3 | 26 | 45 | 18 | 29 | 0 | 58 | 28 | 30 | 11 | 39 | 13 | 26 |
| | 28 | 8 | 15 | 58 | 40 | 15 | 57 | 26 | 52 | 18 | 41 | 1 | 39 | 29 | 34 | 13 | 32 | 13 | 23 |
| | 29 | 9 | 16 | 55 | 58 | 0 ♒ | 42 | 26 | 59 | 18 | 53 | 2 | 20 | 0 ♍ | 37 | 15 | 25 | 13 | 20 |
| B | 30 | 10 | 17 | 53 | 17 | 15 | 10 | 27 | 5 | 19 | 5 | 3 | 0 | 1 | 40 | 17 | 19 | 13 | 17 |
| | Iul. 1 | 11 | 18 | 50 | 36 | 29 | 29 | 27 | 11 | 19 | 17 | 3 | 41 | 2 | 43 | 19 | 13 | 13 | 14 |
| | 2 | 12 | 19 | 47 | 55 | 13 ♓ | 8 | 27 | 17 | 19 | 29 | 4 | 21 | 3 | 46 | 21 | 7 | 13 | 10 |
| | 3 | 13 | 20 | 45 | 15 | 26 | 35 | 27 | 23 | 19 | 42 | 5 | 2 | 4 | 48 | 23 | 1 | 13 | 7 |
| | 4 | 14 | 21 | 42 | 35 | 9 ♈ | 42 | 27 | 29 | 19 | 54 | 5 | 42 | 5 | 50 | 24 | 55 | 13 | 4 |
| | 5 | 15 | 22 | 39 | 56 | 22 | 30 | 27 | 34 | 20 | 6 | 6 | 23 | 6 | 51 | 26 | 49 | 13 | 1 |
| | 6 | 16 | 23 | 37 | 17 | 5 ♉ | 1 | 27 | 40 | 20 | 19 | 7 | 3 | 7 | 54 | 28 | 43 | 12 | 58 |
| B | 7 | 17 | 24 | 34 | 39 | 17 | 18 | 27 | 46 | 20 | 31 | 7 | 43 | 8 | 55 | 0 ♌ | 37 | 12 | 55 |
| | 8 | 18 | 25 | 32 | 1 | 29 | 23 | 27 | 51 | 20 | 44 | 8 | 23 | 9 | 56 | 2 | 30 | 12 | 51 |
| | 9 | 19 | 26 | 29 | 23 | 11 ♊ | 19 | 27 | 57 | 20 | 56 | 9 | 3 | 10 | 57 | 4 | 23 | 12 | 48 |
| | 10 | 20 | 27 | 26 | 46 | 23 | 10 | 28 | 2 | 21 | 9 | 9 | 43 | 11 | 57 | 6 | 16 | 12 | 45 |
| | 11 | 21 | 28 | 24 | 10 | 4 ♋ | 58 | 28 | 7 | 21 | 22 | 10 | 23 | 12 | 57 | 8 | 9 | 12 | 42 |
| | 12 | 22 | 29 | 21 | 34 | 16 | 47 | 28 | 12 | 21 | 34 | 11 | 3 | 13 | 57 | 10 | 1 | 12 | 39 |
| | 13 | 23 | 0 ♌ | 18 | 58 | 28 | 38 | 28 | 16 | 21 | 47 | 11 | 43 | 14 | 56 | 11 | 53 | 12 | 36 |
| B | 14 | 24 | 1 | 16 | 23 | 10 ♌ | 36 | 28 | 21 | 21 | 59 | 12 | 23 | 15 | 55 | 13 D | 45 | 12 | 32 |
| | 15 | 25 | 2 | 13 | 48 | 22 | 44 | 28 | 25 | 22 | 12 | 13 | 3 | 16 | 54 | 15 | 36 | 12 | 29 |
| | 16 | 26 | 3 | 11 | 14 | 5 ♍ | 3 | 28 | 29 | 22 | 24 | 13 | 43 | 17 | 53 | 17 | 27 | 12 | 26 |
| | 17 | 27 | 4 | 8 | 41 | 17 | 42 | 28 | 33 | 22 | 37 | 14 | 23 | 18 | 51 | 19 | 17 | 12 | 23 |
| | 18 | 28 | 5 | 6 | 9 | 0 ♎ | 39 | 28 | 37 | 22 | 50 | 15 | 3 | 19 | 49 | 21 | 6 | 12 | 20 |
| | 19 | 29 | 6 | 3 | 38 | 13 | 57 | 28 | 41 | 23 | 2 | 15 | 43 | 20 | 46 | 22 | 54 | 12 | 16 |
| | 20 | 30 | 7 | 1 | 8 | 27 | 38 | 28 | 45 | 23 | 15 | 16 | 23 | 21 | 43 | 24 | 41 | 12 | 13 |
| B | 21 | 31 | 7 | 58 | 39 | 11 ♏ | 40 | 28 | 49 | 23 | 28 | 17 | 3 | 22 M | 39 | 26 | 27 | 12 | 10 |

| Latitudo Planetarū ad diē | | ♄ | | ♃ | | ♂ | | ☿ | | ♀ | | |
|---|---|---|---|---|---|---|---|---|---|---|---|---|
| | 1 | 2 | 7 | 0 | 33 | 0 | 4 | 1 | 3 | 0 S | 21 | |
| | 11 | 2 | 10 | 0 | 33 | 0 | 6 | 1 | 29 | 0 | 59 | Mculis |
| | 21 | 2 | 14 | 0 | 34 | 0 | 7 | 0 M | 45 | 2 D | 42 | |

| Syzygiæ Lunares. | | | | | | | |
|---|---|---|---|---|---|---|---|
| | | Orient. | Occid. | Orient. | Occid. | Orient. | Syzygiæ Planetarũ mutuæ & eorum congressus cum illustrioribus aliquibus stellis fixis. |
| | ☉ | ♄ | ♃ | ♂ | ♀ | ☿ | |
| Dies | H ′ | H ′ | H ′ | H ′ | H ′ | H ′ | |
| 1 □ | 9 33 | | 23 ✱ 5 | | | | |
| 2 Asc. | 14 ♍ | | | 17 △ 15 | 9 ✱ 36 | | ☿ or. cum st. & Apol. |
| 3 | 16 △ 18 | | | | | 4 △ 4 | ♄ occ. cum ... cum. |
| 4 | | 16 ☍ 34 | 2 □ 20 | | 15 □ 32 | | ♀ or. cum Basilisco. |
| 5 | | | | | | | □ ♄ ♃ 4.13 \| ♂ occ. c. |
| 6 | | | 3 △ 34 | 23 ☍ 50 | 19 △ 46 | | ☊ Perig. (proc. |
| 7 | | | | | | 19 ☍ 31 | ☿ or. cũ dex. hu. Or. & Her. |
| 8 ☍ | 0 6 | 17 △ 54 | | | | | ♀ or. cum zona Orio. |
| 9 Asc. | 14 ♎ | | | | | | ♀ or. cũ co. Bere. (Bell. a |
| 10 | | 10 □ 20 | 6 ☍ 47 | | | | ☌ ☊ ☿ 14.19 \| ♂ or. cũ |
| 11 | | | | 7 △ 58 | 6 ☍ 14 | Occid. | ♂ or. cum Apoll. |
| 12 | 22 △ 48 | | | | | 16 △ 25 | ☊ ... 0.4 \| ♀ oc. cũ Alg. |
| 13 | | 1 ✱ 28 | | 16 □ 16 | | | ✱ ♂ ♀ 13.16. |
| 14 | | | 19 △ 26 | | | | |
| 15 □ | 0 22 | | | | | 9 □ 43 | ✱ ♄ ☿ 10.0 \| ♂ m. c. cũ |
| 16 Asc. | 23 ♎ | | | 4 ✱ 12 | 6 △ 8 | | (Spic. |
| 17 | 15 ✱ 42 | 20 ☌ 39 | 6 □ 30 | | | | ♀ or. cum asi. |
| 18 | | | | | 23 □ 16 | 7 ✱ 26 | ♀ or. cũ Proc. & Acer. |
| 19 | | | 19 ✱ 50 | | | | ♀ or. cum cauda ♌. b. |
| 20 | | | | | | | ✱ ☉ ♄ 16.9. |
| 21 | | | | 21 ☌ 40 | 17 ✱ 42 | | ☊ Apog. |
| 22 | | 23 ✱ 16 | | | | | ♂ occ. cum hedis. |
| 23 ☌ | 3 40 | | | | | | ♂ or. cũ dex. hum. Ori. & |
| 24 Asc. | 6 ♏ | | 22 ☌ 56 | | | 7 ☌ 21 | (Her. c. |
| 25 | | 11 □ 6 | | | | | ♂ or. cum pri. zonæ Ori. |
| 26 | | | | 17 ✱ 19 | | | ☊ ♌ 11.56. |
| 27 | | 20 △ 12 | | | 2 ☌ 20 | | ♄ occ. cum Aldeb. |
| 28 | 8 ✱ 38 | | | | | | |
| 29 | | | 16 ✱ 12 | 3 □ 15 | | 16 ✱ 38 | ☌ ♃ ☿ 2.3 \| ☿ or. cum |
| 30 □ | 17 15 | | | | | | ♂ oc. cum hydra (Reg. d. |
| 31 Asc. | 24 ♌ | | 19 □ 58 | 9 △ 26 | 19 ✱ 37 | | ☿ or. cum ult. zonæ Or. |

*a. Die 10. ☿ or. cum lucida hydræ, ☿ or. cũ sin. pede Or. & ♄ oc. cum sin. hu. Or. & ... pe*
*b. Die 19. ☿ or. cum cane mi. & asi. Austrin.*
*c. Die 23. ☿ or. cum cane maiore.*
*d. Die 29. ♂ m. c. cum Apolline, & ♀ m. c. cum cauda ♌.*

| Anni veteris | Anni Gregor. | Positus Planetarum Diurnus. | | | | | | | | | | | | | | | | |
|---|---|---|---|---|---|---|---|---|---|---|---|---|---|---|---|---|---|---|
| | | | | | | | M | D | S | A | S | A | M | D | S | D | | |
| | | ☉ ♌ | | | ☽ ♏ | | ♄ ♉ | | ♃ ♌ | | ♂ ♑ | | ♀ ♍ | | ☿ ♌ | | ☊ ♍ | |
| Dies | | P | ′ | ″ | P | ′ | P | ′ | P | ′ | P | ′ | P | ′ | P | ′ | P | ′ |
| 22 | 1 | 8 | 56 | 11 | 16 ♐ | 1 | 28 | 54 | 23 | 48 | 17 | 43 | 23 | 35 | 28 | 11 | 12 | 7 |
| 23 | 2 | 9 | 53 | 42 | 10 | 37 | 28 | 58 | 23 | 53 | 18 | 22 | 24 | 30 | 29 ♍ | 54 | 12 | 4 |
| 24 | 3 | 10 | 51 | 16 | 25 ♑ | 12 | 29 | 2 | 24 | 6 | 19 | 2 | 25 | 23 | 1 | 35 | 12 | 1 |
| 25 | 4 | 11 | 48 | 50 | 10 | 9 | 29 | 6 | 24 | 18 | 19 | 41 | 26 | 19 | 3 | 15 | 11 | 57 |
| 26 | 5 | 12 | 46 | 25 | 24 ♒ | 51 | 29 | 10 | 24 | 31 | 20 | 21 | 27 | 13 | 4 | 54 | 11 | 54 |
| 27 | 6 | 13 | 44 | 1 | 9 | 21 | 29 | 14 | 24 | 44 | 21 | 0 | 28 | 6 | 6 | 31 | 11 | 51 |
| B 28 | 7 | 14 | 41 | 38 | 23 ♓ | 36 | 29 | 18 | 24 | 57 | 21 | 40 | 28 | 59 | 8 | 6 | 11 | 48 |
| 29 | 8 | 15 | 39 | 16 | 7 | 32 | 29 | 22 | 25 | 10 | 22 | 19 | 29 | 52 | 9 | 40 | 11 | 45 |
| 30 | 9 | 16 | 36 | 55 | 21 ♈ | 9 | 29 | 26 | 25 | 23 | 22 | 58 | 0 ♎ | 45 | 11 | 12 | 11 | 41 |
| 31 | 10 | 17 | 34 | 35 | 4 | 28 | 29 | 29 | 25 | 36 | 23 | 38 | 1 | 33 | 12 | 42 | 11 | 38 |
| Au. 1 | 11 | 18 | 32 | 16 | 17 ♉ | 29 | 29 | 32 | 25 | 50 | 24 | 17 | 2 | 23 | 14 | 10 | 11 | 35 |
| 2 | 12 | 19 | 29 | 59 | 0 | 15 | 29 | 36 | 26 | 3 | 24 | 56 | 3 | 12 | 15 | 35 | 11 | 32 |
| 3 | 13 | 20 | 27 | 43 | 12 | 48 | 29 | 39 | 26 | 17 | 25 | 35 | 4 | 0 | 16 M | 57 | 11 | 29 |
| B 4 | 14 | 21 | 25 | 25 | 25 ♊ | 9 | 29 | 41 | 26 | 31 | 25 | 14 | 4 | 47 | 18 | 16 | 11 | 25 |
| 5 | 15 | 22 | 23 | 14 | 7 | 21 | 29 | 40 | 26 | 44 | 26 | 53 | 5 | 34 | 19 | 32 | 11 | 22 |
| 6 | 16 | 23 | 21 | 2 | 19 ♋ | 17 | 29 | 49 | 26 | 58 | 27 | 32 | 6 | 20 | 20 | 43 | 11 | 19 |
| 7 | 17 | 24 | 18 | 51 | 1 | 29 | 29 | 52 | 27 | 11 | 28 | 11 | 7 | 5 | 21 | 51 | 11 | 16 |
| 8 | 18 | 25 | 16 | 41 | 13 | 29 | 29 | 56 | 27 | 25 | 28 | 49 | 7 | 49 | 22 | 55 | 11 | 13 |
| 9 | 19 | 26 | 14 | 33 | 25 ♌ | 31 | 29 ♊ | 58 | 27 | 38 | 29 ♌ | 28 | 8 | 32 | 23 | 55 | 11 | 10 |
| 10 | 20 | 27 | 12 | 26 | 7 | 36 | 0 | 1 | 27 | 51 | 0 | 7 | 9 | 15 | 24 | 58 | 11 | 6 |
| B 11 | 21 | 28 | 10 | 20 | 19 ♍ | 48 | 0 | 3 | 28 | 4 | 0 | 45 | 9 | 57 | 25 | 42 | 11 | 3 |
| 12 | 22 | 29 | 8 | 16 | 2 | 11 | 0 | 5 | 28 | 17 | 1 | 24 | 10 | 38 | 26 | 28 | 11 | 0 |
| 13 | 23 | 0 ♍ | 6 | 13 | 14 | 46 | 0 | 7 | 28 | 30 | 2 | 3 | 11 | 18 | 27 | 9 | 10 | 57 |
| 14 | 24 | 1 | 4 | 11 | 27 ♎ | 30 | 0 | 9 | 28 | 43 | 2 | 41 | 11 | 58 | 27 | 44 | 10 | 54 |
| 15 | 25 | 2 | 2 | 11 | 10 | 44 | 0 | 11 | 28 | 56 | 3 | 20 | 12 | 37 | 28 | 13 | 10 | 50 |
| 16 | 26 | 3 | 0 | 12 | 24 | 12 | 0 | 13 | 29 | 9 | 3 | 58 | 13 | 15 | 28 | 36 | 10 | 47 |
| 17 | 27 | 3 | 58 | 15 | 8 ♏ | 0 | 0 | 15 | 29 | 23 | 4 | 36 | 13 | 52 | 28 | 52 | 10 | 44 |
| B 18 | 28 | 4 | 56 | 19 | 22 | 6 | 0 | 17 | 29 | 36 | 5 | 15 | 14 | 27 | 29 | 1 | 10 | 41 |
| 19 | 29 | 5 | 54 | 24 | 6 ♐ | 27 | 0 | 19 | 29 ♍ | 49 | 5 | 53 | 15 | 0 | 29 ℞ | 2 | 10 | 38 |
| 20 | 30 | 6 | 52 | 31 | 20 | 57 | 0 | 21 | 0 | 2 | 6 | 32 | 15 | 31 | 28 | 56 | 10 | 35 |
| 21 | 31 | 7 | 50 | 40 | 5 ♑ | 31 | 0 | 23 | 0 | 16 | 7 | 10 | 16 | 0 | 28 | 43 | 10 | 31 |
| Latitudo Planetarũ ad diẽ | | | | | | 1 | 2 | 18 | 0 | 34 | 0 | 9 | 0 | 1 | 1 | 51 | Mensis | |
| | | | | | | 11 | 2 | 23 | 0 | 35 | 0 | 11 | 1 | 5 | 0 M | 26 | | |
| | | | | | | 21 | 2 | 28 | 0 | 35 | 0 | 13 | 2 | 23 | 1 | 26 | | |

Syzygiæ Lunares.

| Dies | | Orient. | Occid. | Orient. | Occid. | Occid. | |
|---|---|---|---|---|---|---|---|
| | ☉ | ♄ | ♃ | ♂ | ♀ | ☿ | Syzygiæ Planetarũ mutuæ, & eorum congressus cum illustrioribus aliquibus stellis fixis. |
| | H ′ | H ′ | H ′ | H ′ | H ′ | H ′ | |
| 1 | 20 △ 42 | 4 ☍ 41 | | | | 4 □ 2 | □ ♄ ☿ 10.25. |
| 2 | | | 21 △ 54 | | | | ☌ ♃ cum regulo. a. |
| 3 | | | | | 0 □ 6 | 11 △ 23 | ☽ Perig. |
| 4 | | | | 16 ☍ 17 | | | ♀ m.c. cum rostro corui. |
| 5 | | 7 △ 10 | | | 4 △ 10 | | ♀ or. cum vinde. |
| 6 ☍ | 7 55 | | | | | | ♄ occ. cum cane ma. |
| 7 Asc. | 3 ♓ | 9 □ 52 | 2 ☍ 21 | | | | △ ♄ ☿ 9.30. |
| 8 | | | | | | 4 ☍ 13 | ☽ ☊ 7.24. |
| 9 | | 15 ✱ 0 | | 3 △ 26 | 18 ☍ 24 | | ♀ m.c. cum crin. Ber. ☿ |
| 10 | | | | | | | (or. cum cauda ♌. |
| 11 | 2 △ 8 | | 15 △ 57 | 13 □ 28 | | | ♀ m.c. cum Algorab. |
| 12 | | | | | | | |
| 13 □ | 16 10 | | | | | 9 △ 2 | ♀ or. cum Arcturo. |
| 14 Asc. | 12 ♌ | 8 ☌ 58 | 2 □ 44 | 2 ✱ 14 | 20 △ 15 | | |
| 15 | | | | | | | (c. cum cauda ♌. |
| 16 | 8 ✱ 28 | | 15 ✱ 15 | | | 2 □ 47 | ♀ occ. cum spica ♍ ☿ m. |
| 17 | | | | | 11 □ 56 | | ☽ Apog. |
| 18 | | | | | | 20 ✱ 32 | ♄ m.c. cum hiadibus. |
| 19 | | 8 ✱ 54 | | 8 ☌ 28 | | | ✱ ♄ ♂ 20.0 \| ☿ or. cũ as. |
| 20 | | | | | 3 ✱ 26 | | ☌ ☽ ♃ 20.48 (bor. b. |
| 21 ☌ | 17 58 | 19 □ 55 | 26 ☌ 29 | | | | ♀ m.c. cũ vinde (Pre. c. |
| 22 Asc. | 4 ♍ | | Orient. | | | | ☽ ☊ 16.45 \| ☌ ♂ cum |
| 23 | | | | | | | □ ☽ ♄ 0.26. d. |
| 24 | | 4 △ 40 | | 9 ✱ 46 | | 0 ☌ 16 | ☌ ♂ cũ asi. aust. & or. |
| 25 | | | | | 3 ☌ 31 | | ♂ oc. cũ Apo. (cũ ca. mi. |
| 26 | 16 ✱ 28 | | 8 ✱ 46 | 17 □ 49 | | | |
| 27 | | | | | | | (Algorab. |
| 28 □ | 23 6 | 13 ☍ 43 | 12 □ 45 | 12 △ 58 | | 12 ✱ 35 | △ ♄ ☿ platicè \| ♀ or. cum |
| 29 Asc. | 12 [illegible] | | | | 15 ✱ 40 | | |
| 30 | | | 15 △ 22 | | | 13 □ 21 | ♀ or. cum rostro corui. e. |
| 31 | 4 △ 7 | | | | 17 □ 53 | | □ ♄ ♃ 14.0 \| ☽ Peri. |

a. Die 2. ☿ m.c. cum cane mi. & Her. & ♀ or. cum coma Bere.
b. Die 19. ☿ occ. cum Hercule, & ♀ occ. cum cauda ♌.
c. Die 22. ♂ or. cum Atar.
d. Die 23. ♀ or. cum coma Bere.
e. Die 30. ♂ occ. cum asino bor.

| | | | | | | |
|---|---|---|---|---|---|---|
| 10 | 45 | 16 | 18 ♓ | 30 | 0 | 15 |
| 11 | 43 | 32 | 2 | 32 | 0 | 26 |
| 12 | 41 | 49 | 16 | 10 | 0 | 27 |
| 13 | 40 | 8 | 19 | 30 | 0 | 27 |
| 14 | 38 | 29 | ♈ 12 | 33 | 0 | 27 |
| 15 | 36 | 50 | 25 | 11 | 0 | 27 |
| 16 | 35 | 17 | ♉ 7 | 57 | 0 ℞ | 27 |
| 17 | 33 | 43 | 20 | 23 | 0 | 27 |
| 18 | 32 | 11 | ♊ 2 | 41 | 0 | 27 |
| 19 | 30 | 40 | 14 | 54 | 0 | 27 |
| 20 | 29 | 11 | 27 ♋ | 4 | 0 | 26 |
| 21 | 27 | 44 | 9 | 12 | 0 | 25 |
| 22 | 26 | 19 | 21 ♌ | 22 | 0 | 25 |
| 23 | 24 | 56 | 3 | 37 | 0 | 24 |
| 24 | 23 | 34 | 15 | 58 | 0 | 23 |
| 25 | 22 | 14 | 28 | 28 | 0 | 22 |
| 26 | 20 | 56 | ♍ 11 | 9 | 0 | 21 |
| 27 | 19 | 40 | 24 | 9 | 0 | 19 |
| 28 | 18 | 16 | ♎ 7 | 14 | 0 | 18 |
| 29 | 17 | 25 | 20 | 41 | 0 | 17 |
| ♎ 0 | 16 | 4 | ♏ 4 | 16 | 0 | 16 |
| 1 | 14 | 55 | 18 | 29 | 0 | 15 |
| 2 | 13 | 49 | ♐ 2 | 46 | 0 | 13 |
| 3 | 12 | 45 | 17 | 13 | 0 | 11 |
| 4 | 11 | 43 | ♑ 1 | 44 | 0 | 9 |
| 5 | 10 | 44 | 16 | 14 | 0 | 7 |
| 6 | 9 | 46 | ♒ 0 | 36 | 0 | 5 |
| 7 | 8 | 50 | 14 | 46 | 0 | 3 |

☌ ♋ ☿ 0.40 | (

♍ .1.02.

☽ ♌ 20.56.

⚹ ♂ ♀ 13.10.

| | Anni præteriti | Anni Gregor. | ☉ ♎ P | ' | " | ☽ P | ' | ♄ (M D) P | ' | ♃ ♍ (S A) P | ' | ♂ ♌ (S A) P | ' | ♀ (M A) P | ' | ☿ ♍ (S A) P | ' | ☊ ♍ P | ' |
|---|---|---|---|---|---|---|---|---|---|---|---|---|---|---|---|---|---|---|---|
| | Dies | | | | | | | | | | | | | | | | | | |
| | 21 | 1 | 8 | 7 | 56 | 28 ♓ | 39 | 0 ♉ | 1 | 6 | 48 | 26 | 35 | 15 | 8 | 21 | 10 | 8 | 53 |
| B | 22 | 2 | 9 | 7 | 3 | 12 | 13 | 29 | 58 | 7 | 0 | 27 | 12 | 14 | 36 | 22 | 30 | 8 | 50 |
| | 23 | 3 | 10 | 6 | 12 | 25 ♈ | 29 | 29 | 55 | 7 | 12 | 27 | 49 | 14 | 3 | 23 | 14 | 8 | 46 |
| | 24 | 4 | 11 | 5 | 23 | 8 | 28 | 29 | 53 | 7 | 23 | 28 | 25 | 13 | 29 | 24 | 22 | 8 | 43 |
| | 25 | 5 | 12 | 4 | 36 | 21 ♉ | 11 | 29 | 50 | 7 | 35 | 29 | 2 | 12 | 55 | 25 | 33 | 8 | 40 |
| | 26 | 6 | 13 | 3 | 51 | 3 | 41 | 29 | 47 | 7 | 46 | 29 ♍ | 39 | 12 | 21 | 26 | 47 | 8 | 37 |
| | 27 | 7 | 14 | 3 | 8 | 16 | 1 | 29 | 44 | 7 | 57 | 0 | 15 | 11 | 47 | 28 | 3 | 8 | 34 |
| | 28 | 8 | 15 | 2 | 27 | 28 | 14 | 29 | 41 | 8 | 8 | 0 | 52 | 11 | 13 | 29 | 22 | 8 | 31 |
| B | 29 | 9 | 16 | 1 | 48 | 10 ♊ | 22 | 29 | 38 | 8 | 19 | 1 | 28 | 10 | 40 | 0 ♎ | 43 | 8 | 27 |
| | 30 | 10 | 17 | 1 | 11 | 22 | 28 | 29 | 35 | 8 | 30 | 2 | 5 | 10 | 7 | 2 | 6 | 8 | 24 |
| Oc. | 1 | 11 | 18 | 0 | 36 | 4 ♋ | 34 | 29 | 32 | 8 | 41 | 2 | 41 | 9 | 35 | 3 | 31 | 8 | 21 |
| | 2 | 12 | 19 | 0 | 3 | 16 | 43 | 29 | 29 | 8 | 50 | 3 | 18 | 9 | 4 | 4 | 58 | 8 | 18 |
| | 3 | 13 | 19 | 59 | 32 | 28 ♌ | 17 | 29 | 25 | 9 | 3 | 3 | 56 | 8 | 35 | 6 | 26 | 8 | 15 |
| | 4 | 14 | 20 | 59 | 3 | 11 | 18 | 29 | 21 | 9 | 14 | 4 | 31 | 8 | 8 | 7 | 56 | 8 | 11 |
| | 5 | 15 | 21 | 58 | 36 | 23 ♍ | 49 | 29 | 17 | 9 | 25 | 5 | 7 | 7 | 42 | 9 D | 27 | 8 | 8 |
| B | 6 | 16 | 22 | 58 | 11 | 6 | 32 | 29 | 14 | 9 | 36 | 5 | 43 | 7 | 18 | 10 | 59 | 8 | 5 |
| | 7 | 17 | 23 | 57 | 48 | 19 ♎ | 29 | 29 | 10 | 9 | 47 | 6 | 19 | 6 | 56 | 12 | 35 | 8 | 2 |
| | 8 | 18 | 24 | 57 | 27 | 2 | 42 | 29 | 6 | 9 | 57 | 6 | 55 | 6 | 34 | 14 | 8 | 7 | 59 |
| | 9 | 19 | 25 | 57 | 8 | 16 ♏ | 12 | 29 | 2 | 10 | 8 | 7 | 31 | 6 | 14 | 15 | 41 | 7 | 56 |
| | 10 | 20 | 26 | 56 | 51 | 0 | 0 | 28 | 58 | 10 | 18 | 8 | 7 | 6 | 3 | 17 | 21 | 7 | 52 |
| | 11 | 21 | 27 | 56 | 36 | 14 | 6 | 28 | 54 | 10 | 29 | 8 | 43 | 5 | 50 | 18 | 59 | 7 | 49 |
| | 12 | 22 | 28 | 56 | 23 | 28 | 28 | 28 | 50 | 10 | 39 | 9 | 19 | 5 | 39 | 20 | 38 | 7 | 46 |
| B | 13 | 23 | 29 ♏ | 56 | 11 | 13 ♐ | 2 | 28 | 46 | 10 | 50 | 9 | 55 | 5 | 30 | 22 | 18 | 7 | 43 |
| | 14 | 24 | 0 | 56 | 1 | 27 | 42 | 28 | 42 | 11 | 0 | 10 | 30 | 5 | 23 | 23 | 58 | 7 | 40 |
| | 15 | 25 | 1 | 55 | 53 | 12 ♑ | 21 | 28 | 38 | 11 | 10 | 11 | 6 | 5 | 19 | 25 | 39 | 7 | 36 |
| | 16 | 26 | 2 | 55 | 47 | 26 | 53 | 28 | 34 | 11 | 20 | 11 | 41 | 5 Di | 17 | 27 | 20 | 7 | 33 |
| | 17 | 27 | 3 | 55 | 44 | 11 ♒ | 13 | 28 | 30 | 11 | 30 | 12 | 16 | 5 | 19 | 29 ♏ | 2 | 7 | 30 |
| | 18 | 28 | 4 | 55 | 42 | 25 | 16 | 28 | 25 | 11 | 40 | 12 | 52 | 5 | 23 | 0 | 44 | 7 | 27 |
| | 19 | 29 | 5 | 55 | 42 | 8 ♓ | 58 | 28 | 20 | 11 | 50 | 13 | 28 | 5 | 29 | 2 | 26 | 7 | 24 |
| B | 20 | 30 | 6 | 55 | 44 | 22 | 19 | 28 | 15 | 12 | 0 | 14 | 3 | 5 | 37 | 4 | 8 | 7 | 21 |
| | 21 | 31 | 7 | 55 | 48 | 5 ♈ | 20 | 28 | 10 | 12 | 10 | 14 | 39 | 5 | 47 | 5 | 51 | 7 | 17 |

| Latitudo Planetarũ ad diẽ | ♄ P | ' | ♃ P | ' | ♂ P | ' | ♀ P | ' | ☿ P | ' | |
|---|---|---|---|---|---|---|---|---|---|---|---|
| 1 | 2 | 46 | 0 | 40 | 0 | 29 | 6 | 0 | 0 | 17 | |
| 11 | 2 | 49 | 0 | 42 | 0 | 34 | 5 | 1 | 1 D | 6 | Meridi. |
| 21 | 2 | 52 | 0 | 44 | 0 | 39 | 3 | 18 | 1 | 12 | |

♀ or. cum rostro corui.

☌ ☉ ♀ 12.54 ☾ Æg.a.
□ ♄ ♂ 4.55. | ♀ or. cum

♂ or. cum coma Ber. b.
△ ♄ ☿ 5.26.

Syzygiæ Lunares.

| Dies | | Orient. | Orient. | Orient. | Orient. | Orient. | Syzygiæ Planetarũ mutuæ, & eorum congressus cum illustrioribus aliquibus stellis fixis. |
|---|---|---|---|---|---|---|---|
| | ☉ | ♄ | ♃ | ♂ | ♀ | ☿ | |
| Dies | H ′ | H ′ | H ′ | H ′ | H ′ | H ′ | |
| 1 | | | | | | | ♄ occ. cum Aldeb. |
| 2 ☍ | 20 34 | | 23 △ 50 | | | 10 ☍ 5 | ☌ ☉ ☿ 21.45. \| ☿ or. cum |
| 3 Asc. | 18 [illegible] | | | 7 △ 41 | | Occid. | ☽ Ap. { cau. cyg. & ebel. |
| 4 | | 6 ☌ 6 | | | | | ✶ ♃ ☿ 0.46. |
| 5 | | | 12 □ 42 | 23 □ 4 | 0 △ 50 | | ✶ ☉ ♃ 0.0. |
| 6 | | | | | | | ☿ m. c. cum boreali lance. |
| 7 | | | | | 15 □ 27 | | ✶ ♂ ♀ 17.44. |
| 8 | 7 △ 41 | | 1 ✶ 57 | 14 ✶ 29 | | 16 △ 47 | (cum corona. |
| 9 | | 5 ✶ 51 | | | | | ♄ occ. cũ zona Or. \| ♃ m. c. |
| 10 | | | | | 5 ✶ 24 | | ♂ m. c. cum cauda ♌. |
| 11 □ | 2 31 | 10 □ 6 | | | | 12 □ 54 | (41. a. |
| 12 Asc. | 20 X | | 13 ☌ 36 | | | | ☍ ♄ ☿ 9. 39 \| ☽ ☊ 9. |
| 13 | 13 ✶ 27 | 13 △ 20 | | 15 ☌ 9 | | | ☿ or. cum rostro gall. |
| 14 | | | | | | 5 ✶ 0 | ☿ m. c. cum palma Oph. |
| 15 | | | | | 2 ☌ 18 | | ✶ ☉ ♂ 18.28 \| ♀ or. cũ |
| 16 | | | | | | | ☿ m. c. cũ antare (corona. |
| 17 | | | 10 ✶ 4 | | | | ♀ occ. cum spica ♍ (care. |
| 18 ☌ | 5 40 | 6 ☍ 26 | | 3 ✶ 27 | | | ☍ ☉ ♄ 13.49 \| ☿ or. cũ an |
| 19 Asc. | 15 ♊ | Occid. | 11 □ 46 | | 11 ✶ 54 | 0 ☌ 53 | |
| 20 | | | | 6 □ 10 | | | △ ♄ ♂ 11.38 \| ☽ Per. b. |
| 21 | | | 12 △ 35 | | 14 □ 48 | | ♀ or. cum Algerab. |
| 22 | 13 ✶ 49 | 6 △ 47 | | 8 △ 39 | | | ♀ or. cum rost. corui. c. |
| 23 | | | | | 18 △ 32 | 14 ✶ 25 | □ ♃ ☿ 12.41. d. (♍ |
| 24 □ | 20 16 | 6 □ 40 | | | | | ☿ or. cũ vin. et ♀ cũ spic. |
| 25 Asc. | 12 ♓ | | 18 ☍ 9 | | | | ☽ ☋ 1. 10 \| ♀ occ. cũ cum. |
| 26 | | 12 ✶ 38 | | 19 ☍ 56 | | 0 □ 39 | ♄ occ. cũ sin. hu. Or. (☊. e. |
| 27 | 5 △ 39 | | | | | | ✶ ♀ ☿ 1.51. |
| 28 | | | | | 13 ☍ 7 | 15 △ 8 | ♂ m. c. cum coma Ber. |
| 29 | | | | | | | |
| 30 | | | 12 △ 4 | | | | ♂ m. c. cum Algorab. |

*a. Die 12. ♀ m. c. cum vinde.*
*b. Die 20. ♂ m. c. cum rostro corui.*
*c. Die 22. ♀ m. c. cum spica ♍, & ♄ occ. cum pleia.*
*d. Die 23. ♀ or. cum cingulo ♍.*
*e. Die 25. ☿ or. cum aquila.*

Positus Planetarum Diurnus

| Iuliani | Gregor. | ☉ ♐ P | ' | " | ☽ ♉ P | ' | ♄ ♉ M A P | ' | ♃ ♍ S A P | ' | ♂ ♎ S A P | ' | ♀ ♎ S A P | ' | ☿ ♐ M D P | ' | ☊ ♍ P | ' |
|---|---|---|---|---|---|---|---|---|---|---|---|---|---|---|---|---|---|---|
| 21 | 1 | 9 | 10 | 49 | 22 ♊ | 5 | 25 | 35 | 16 | 9 | 2 | 18 | 24 | 8 | 26 | 28 | 5 | 39 |
| 22 | 2 | 10 | 11 | 39 | 3 | 58 | 25 | 30 | 16 | 14 | 2 | 51 | 25 | 1 | 27 | 50 | 5 | 35 |
| 23 | 3 | 11 | 12 | 30 | 15 | 43 | 25 | 25 | 16 | 20 | 3 | 24 | 25 | 55 | 29 ♑ | 10 | 5 | 32 |
| B 24 | 4 | 12 | 13 | 22 | 17 ♋ | 25 | 25 | 20 | 16 | 25 | 3 | 57 | 26 | 49 | 0 A | 28 | 5 | 29 |
| 25 | 5 | 13 | 14 | 15 | 9 | 6 | 25 | 15 | 16 | 30 | 4 | 30 | 27 | 44 | 1 | 44 | 5 | 26 |
| 26 | 6 | 14 | 15 | 10 | 20 ♌ | 52 | 25 | 10 | 16 | 35 | 5 | 3 | 28 | 39 | 2 | 57 | 5 | 23 |
| 27 | 7 | 15 | 10 | 6 | 2 | 44 | 25 | 5 | 16 | 40 | 5 | 35 | 29 ♏ | 35 | 4 | 8 | 5 | 20 |
| 28 | 8 | 16 | 17 | 3 | 14 | 45 | 25 | 0 | 16 | 44 | 6 | 8 | 0 | 31 | 5 | 16 | 5 | 16 |
| 29 | 9 | 17 | 18 | 1 | 26 ♍ | 58 | 24 | 55 | 16 | 49 | 6 | 40 | 1 | 28 | 6 | 22 | 5 | 13 |
| 30 | 10 | 18 | 19 | 0 | 9 | 27 | 24 | 50 | 16 | 53 | 7 | 12 | 2 | 26 | 7 | 35 | 5 | 10 |
| B 1 | 11 | 19 | 20 | 0 | 22 ♎ | 25 | 24 | 45 | 16 | 57 | 7 | 44 | 3 | 24 | 8 | 35 | 5 | 7 |
| De. 2 | 12 | 20 | 21 | 0 | 5 | 23 | 24 | 41 | 17 | 1 | 8 | 16 | 4 | 23 | 9 | 31 | 5 | 4 |
| 3 | 13 | 21 | 22 | 1 | 18 ♏ | 52 | 24 | 36 | 17 | 5 | 8 | 48 | 5 | 22 | 10 | 13 | 5 | 0 |
| 4 | 14 | 22 | 23 | 2 | 2 | 42 | 24 | 32 | 17 | 8 | 9 | 20 | 6 | 22 | 11 | 1 | 4 | 57 |
| 5 | 15 | 23 | 24 | 4 | 16 ♐ | 55 | 24 | 28 | 17 | 12 | 9 | 52 | 7 | 22 | 11 | 45 | 4 | 54 |
| 6 | 16 | 24 | 25 | 6 | 1 | 28 | 24 | 24 | 17 | 15 | 10 | 23 | 8 | 22 | 12 | 24 | 4 | 51 |
| 7 | 17 | 25 | 26 | 9 | 16 ♑ | 17 | 24 | 21 | 17 | 18 | 10 | 55 | 9 | 23 | 12 | 58 | 4 | 48 |
| B 8 | 18 | 26 | 27 | 12 | 1 | 15 | 24 | 17 | 17 | 21 | 11 | 26 | 10 | 24 | 13 | 27 | 4 | 45 |
| 9 | 19 | 27 | 28 | 15 | 15 ♒ | 10 | 24 | 13 | 17 | 23 | 11 | 57 | 11 | 25 | 13 | 51 | 4 | 41 |
| 10 | 20 | 28 | 29 | 19 | 1 | 13 | 24 | 10 | 17 | 26 | 12 | 28 | 12 | 27 | 14 | 10 | 4 | 38 |
| 11 | 21 | 29 ♑ | 30 | 23 | 15 ♓ | 59 | 24 | 7 | 17 | 28 | 12 | 59 | 13 | 29 | 14 | 23 | 4 | 35 |
| 12 | 22 | 0 | 31 | 28 | 0 | 26 | 24 | 4 | 17 | 31 | 13 | 30 | 14 | 32 | 14 | 30 | 4 | 32 |
| 13 | 23 | 1 | 32 | 33 | 14 | 32 | 24 | 1 | 17 | 33 | 14 | 0 | 15 | 35 | 14 ℞ | 31 | 4 | 29 |
| 14 | 24 | 2 | 33 | 38 | 28 ♈ | 14 | 23 | 57 | 17 | 35 | 14 | 31 | 16 | 3[illegible] | 14 S | 26 | 4 | 26 |
| B 15 | 25 | 3 | 34 | 44 | 11 | 34 | 23 | 54 | 17 | 37 | 15 | 1 | 17 D | 41 | 14 | 15 | 4 | 23 |
| 16 | 26 | 4 | 35 | 50 | 24 ♉ | 31 | 23 | 51 | 17 | 39 | 15 | 31 | 18 | 46 | 13 | 59 | 4 | 19 |
| 17 | 27 | 5 | 36 | 56 | 7 | 6 | 23 | 48 | 17 | 40 | 16 | 1 | 19 | 50 | 13 | 37 | 4 | 16 |
| 18 | 28 | 6 | 38 | 3 | 19 | 23 | 23 | 45 | 17 | 41 | 16 | 31 | 20 | 54 | 13 | 10 | 4 | 13 |
| 19 | 29 | 7 | 39 | 9 | 1 ♊ | 26 | 23 | 42 | 17 | 42 | 17 | 1 | 21 | 59 | 12 | 39 | 4 | 10 |
| 20 | 30 | 8 | 40 | 16 | 13 | 18 | 23 | 39 | 17 | 43 | 17 | 31 | 23 | 4 | 12 | 4 | 4 | 7 |
| 21 | 31 | 9 | 41 | 23 | 25 | 1 | 23 | 36 | 17 | 43 | 18 | 0 | 24 | 9 | 11 | 25 | 4 | 3 |
| Latitudo Planetarũ ad diẽ | | | | | 1 | | 2 | 55 | 0 | 58 | 1 | 6 | 2 | 21 | 2 A | 33 | Mensis | |
| | | | | | 11 | | 2 | 52 | 1 | 1 | 1 | 14 | 2 | 54 | 1 | 31 | | |
| | | | | | 21 | | 2 | 48 | 1 | 5 | 1 | 22 | 3 D | 3 | 1 S | 4 | | |

| | | | | | | | | |
|---|---|---|---|---|---|---|---|---|
| 3 Alc. | 9 ♎ | | 1 □ 10 | | 22 △ 20 | | | ☽ Apo. ♀ m.c.cu cin. [illegible] |
| 4 | | | | 14 □ 3 | | 7 ☍ 1 | | ♂ [illegible] |
| 5 | | | 15 ✱ 12 | | | | | |
| 6 | | 8 ✱ 38 | | | 17 □ 5 | | | |
| 7 | | | | 5 ✱ 56 | | | | ☿ [illegible] |
| 8 | 3 △ 17 | 20 □ 0 | | | | | | [illegible] |
| 9 | | | | | 9 ✱ 12 | 19 △ 41 | | □ ♂ ☿ 15.5 [illegible] |
| 10 □ | 18 15 | | 14 ☌ 1 | | | | | [illegible] |
| 11 Alc. | 2 ♐ | 4 △ 35 | | | | | | ♀ or.cum [illegible] |
| 12 | | | | 5 ☌ 10 | | 7 □ 22 | | |
| 13 | 4 ✱ 40 | | | | | | | ☿ or.cum [illegible] |
| 14 | | | | | 6 ☌ 30 | 14 ✱ 45 | | |
| 15 | | 12 ☍ 21 | 0 ✱ 21 | | | | | ♂ [illegible] |
| 16 | | | | 14 ✱ 58 | | | | |
| 17 ☌ | 15 52 | | 1 □ 39 | | | | | ☿ or.cum [illegible] |
| 18 Alc. | 10 [illegible] | | | 16 □ 51 | 15 ✱ 40 | 20 ☌ 2 | | ☽ Perig. [illegible] |
| 19 | | 12 △ 45 | 1 △ 47 | | | | | |
| 20 | | | | 19 △ 5 | 19 □ 36 | | | ♂ or.cum corona. |
| 21 | | 13 □ 28 | | | | | | ✱ ♃ ☿ 15.9. |
| 22 | 0 ✱ 10 | | | | | 23 ✱ 58 | | ☽ ☊ 0.57. |
| 23 | | 16 ✱ 32 | 5 ☍ 18 | | 1 △ 59 | | | □ ♂ ☿ 20.40 ♀ m.e. [illegible] |
| 24 □ | 8 32 | | | | | | | ✱ ♃ ☿ 22.4 [illegible] |
| 25 Alc. | 23 ♌ | | | 6 ☍ 38 | | 4 □ 53 | | |
| 26 | 20 △ 35 | | | | | | | ♂ or.cum Algorab. |
| 27 | | | 20 △ 41 | | | 12 △ 18 | | ♂ occ.cum [illegible] |
| 28 | | 8 ☌ 40 | | | 3 ☍ 19 | | | ♂ or.cum rostro corui. [illegible] |
| 29 | | | | | | | | ♂ m.c. [illegible] |
| 30 | | | 9 □ 2 | 9 △ 0 | | | | ☍ ♄ ♀ 12.21 \| ♂ or. [illegible] |
| 31 | | | | | | | | |

a. Die 9. ♀ m.c.cum Arcturo, & ☿ or.cum acidrone. | e. Die 29. ♀ occ.cum [illegible]
b. Die 23. ☿ occ.cum eodem.
c. Die 24. ♀ occ.cum lance austr.
d. Die [illegible] ♀ m.c.cum corona.

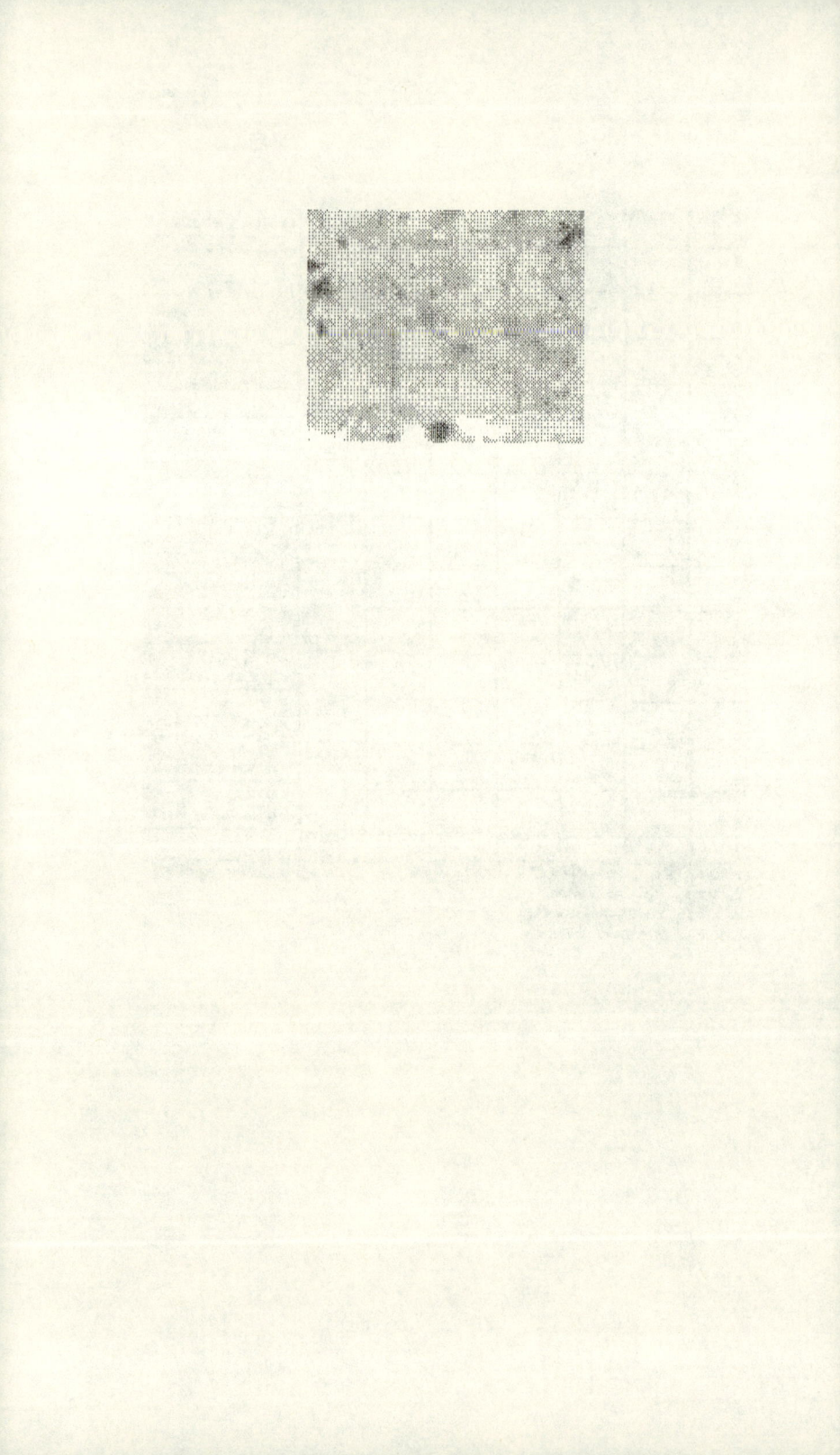

# EPHEMERIS IOANNIS ANTONII MAGINI PATAVINI

Ad annum Dominicæ Incarnationis

1589.

Qui primus est post Bissextilem, septimus ab anni & Kalendarij reformatione, & ab orbis principio 5551.

*Constitutio cœli in introitu ☉ in principium ♈, seu quarta vernalis.*

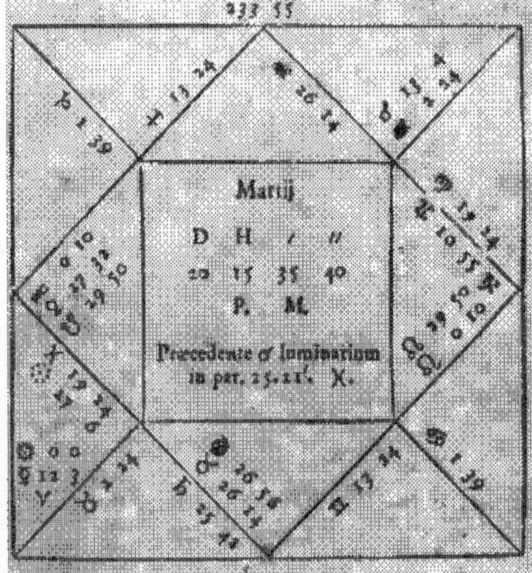


Vera Tropici anni magnitudo.

*Dierum 365. Horarum 5. Sec. 55′. 27″. 24‴. 0⁗.*

# ANNO VIRGINEI PARTVS 1589 communi.

| | | | D. | H. | ′ | ″ |
|---|---|---|---|---|---|---|
| Reuersio ☉ ad principium | ♋, Seu solstitii æstiui | Iunij | 21 | 12 | 16 | 46 |
| | ♎, Seu autumnalis æquinoctij | Septemb. | 22 | 23 | 33 | 18 |
| | ♑, Seu solstitii verni | Decemb. | 21 | 17 | 42 | 28 |

| | P. | ′ | ″ | ‴ |
|---|---|---|---|---|
| Vera præcessio Æquinoctiorum | 27 | 58 | 36 | 13 |
| Obliquitas Zodiaci | 23 | 28 | 4 | 59 |

Eccentricitas ☉ 32229. Qualium semidiameter eccentrici ☉ parti. 1000000, seu par. 1, 56′, 1″ 34‴. Qualium P. 60.

| | | P. | ′ | ″ | | | |
|---|---|---|---|---|---|---|---|
| Locus Apogæi | ♄ | 29 | 10 | 11 | ♐ | Aureus Numerus | 13 |
| | ♃ | 6 | 41 | 13 | ♎ | Cyclus Solis | 2 |
| | ♂ | 28 | 25 | 26 | ♌ | Epacta | 13 |
| | ☉ | 9 | 6 | 44 | ♋ | Indictio Romana | 2 |
| | ♀ | 16 | 19 | 38 | ♊ | Litera Dominicalis | A |
| | ☿ | 0 | 5 | 25 | ♐ | Interuallum hebd. 7. Dies | 0 |

*Festa mobilia secundum Sacrosanctæ Romanæ Ecclesiæ usum iuxta annum reformatum.*

| | | |
|---|---|---|
| Septuagesima | Ianuarij | 29 |
| Cinis | Februarij | 15 |
| Pascha | Aprilis | 2 |
| Rogationes | Maij | 7 |
| Ascensio | Maij | 11 |
| Pentecostes | Maij | 21 |
| Corpus Christi | Iunij | 1 |
| Aduentus Domini | Decemb. | 3 |

## Eclipticum Plenilunium anno 1589.

*Die 25. Augusti secundum annum restitutum seu die 15. secundum rationem anni veteris H.8.0'.52". P. M. æquatis conspicietur ☽ in diametro ☉ non sine aliqua sui luminis iactura in par. 2.7'.6". ♓ apud draconis ☋. cuius anomalia, seu argumentum verum reperitur par. 201.45'.36". & eius semidiameter apparens 17'.39". Solis autem anomalia annua coæquata est par. 54.27'.42". versans in longitudine media sui eccentrici: semidiameter eius apparens 16'.1". semidiameter verò umbræ terrena coæquata 45'.7". verus latitudinis ☽ motus par. 100.38'.27". latitudo ☽ 55'.19". austrina. Sed ad initium Eclipsis 51'.54". ad exitum autem 58'.44". eiusdem affectionis. Puncta obscurata 3'.54". Tempus item incidentia H.1.4'.26".*

| | | H. | scr. | | |
|---|---|---|---|---|---|
| Huius Eclipsis Digit. 3. 54'. | *Initium conspicietur* | 6 | 56 | P. M. | *Ab initio defectus ad exitum percurrent H. 2. scr. 9'.* |
| | | 0 | 20 | Horol. | |
| | *Medium, seu centralis ☍* | 8 | 1 | P. M. | |
| | | 1 | 25 | N. S. | |
| | *Finis apparebit* | 9 | 5 | P. M. | |
| | | 2 | 29 | N. S. | |

### Schema prædictæ defectionis Lunæ.

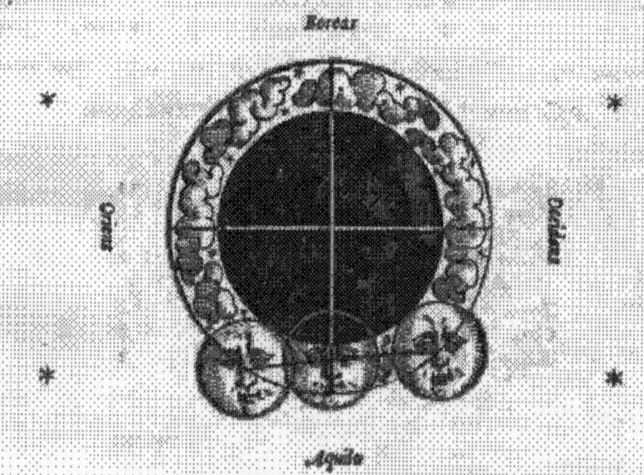

*Huius Eclipsis initium aliquibus Occidentalioribus minimè apparebit, & ij sunt, qui Aquisgranum, Coloniam Agrippinam, Argentinam, Confluentiam, Flandriam, Brabantiam, Arragoniam, Alsatiam, Scotiam, Sabaudiam, Normandiam, Frisiam, Helvetiam, & Galliam possident, imo qui Fessam Aphrica, Britaniam, Hispaniam, Regnum Castellæ, & Granatæ, nec non Portugalliam, Hiberniam, & Landiam incolunt, ij Eclipsis medium haud obseruare poterunt.*

## *Planetarum status.*

♄
- Hoc anno ad Perigæum sui deferentis properat.
- Die 26 Maii summum, 1 Decemb. imum } Absidas Epicicli tangit.
- Regressum complet die 23. Ianua. iterumque à 22. Sept vsque ad calcem anni retro currit.

♃
- Præsenti anno versus Apogæum Eccentrici properat.
- Die 5 Martii in Auge, 19 Septemb. in opposito augis, } Parui orbis existit.
- In præcedentes signorum partes reuertitur a die 2. Ianuarii vsque ad 4. Maii.

♂
- Die 9 Nouemb. per infimam Eccentrici partem fertur.
- Die 28 Aprilis in infima Epicycli parte est.
- Regressu vexatur à die 21. Martii vsque in diem 4. Iunii.

♀ Die
- 8 Iunii in Apogæo, 8 Decemb. in Perigæo } Eccentrici reperitur.
- 23 Iulii ad supremam Epicycli partem deuenit.
- Hoc anno minimè regressum patitur.

☿ Die
- 22 Maii in Perigæo, 21 Nouemb in Apogæo } Sui deferentis commoratur.
- 2 Ianuarii ad Perigæum, 2 Febr. ad Apogæum, 18 Aprilis ad Perigæum, 26 Iunii ad Apogæum, 23 Augusti ad Perigæum, 20 Octobris ad Apogæum, 16 Decemb. ad Perigæum } Epicycli accedit.
- 4 Ianuarii regressum complet, 17 Aprilis vsque ad 9. Maii, 12 Augusti ad 3. Septemb., 6 Decemb. vsque in 28. eiusdem } Regressibus afficitur.

Syzygiæ Lunares.

| Dies | ☉ | Occid. ♄ | Orient. ♃ | Orient. ♂ | Orient. ♀ | Occid. ☿ | Syzygiæ Planetarū mutuæ, & eorum congressus cum illustrioribus aliquibus stellis fixis. |
|---|---|---|---|---|---|---|---|
| | H ′ | H ′ | H ′ | H ′ | H ′ | H ′ | |
| 1 ☍ | 9 15 | | 22 ✶ 58 | | | 7 ☍ 55 | ☌ ☉ ♀ 0.6 \| ☽ Apog. 4. a. |
| 2 Asc. | 8 ♍ | 10 ✶ 48 | | 1 □ 37 | 18 △ 26 | | ♀ occ. cum aca. ✶. |
| 3 | | | | | | Orient. | ♂ or. cum spica ♍, ☌ ☿ |
| 4 | | 23 □ 34 | | 17 ✶ 23 | | | (occ. cum neb. ♓. |
| 5 | | | | | 13 □ 16 | | ☽ ♌ 20.8. |
| 6 | 21 △ 10 | | 23 ☌ 16 | | | 2 △ 21 | ♀ or. cum rostro gallinæ. |
| 7 | | 9 △ 46 | | | | | △ ☉ ♃ 10.55. b. |
| 8 | | | | | 4 ✶ 25 | 8 □ 41 | ♀ m.c. cū Antare, & oc. (cum lance bor. |
| 9 □ | 9 32 | | | 15 ☌ 31 | | | |
| 10 Asc. | 18 ♍ | | | | | 12 ✶ 34 | ☿ m.c. cum Fidicula. |
| 11 | 17 ✶ 37 | 10 ☍ 4 | 10 ✶ 52 | | | | |
| 12 | | | | | 21 ☌ 35 | | |
| 13 | | | 12 □ 17 | 23 ✶ 34 | | | △ ☉ ♄ 1.19 \| ♀ or. cū co. |
| 14 | | | | | | 14 ☌ 53 | ♀ or. cum antare. (Herc. |
| 15 | | 21 △ 10 | 12 △ 19 | | | | □ ☉ ♂ 3.32 \| ☽ Perig. |
| 16 ☌ | 1 56 | | | 1 □ 8 | | | ♂ m.c. cum cing. ♍. |
| 17 Asc. | 23 ♊ | 11 □ 39 | | | 6 ✶ 5 | | |
| 18 | | | | 3 △ 17 | | 17 ✶ 59 | ☽ ☋ 14.19. |
| 19 | | | 14 ☍ 23 | | 12 □ 12 | | |
| 20 | 13 ✶ 21 | 0 ✶ 2 | | | | 23 □ 44 | □ ♃ ♀ 14.0. |
| 21 | | | | | 21 △ 44 | | ♀ m.c. cū acu. ✶, & ♀ (cum neb. ♓. |
| 22 □ | 23 54 | | | 15 ☍ 18 | | | |
| 23 Asc. | 27 ♉ | | | | | 16 △ 18 | ☿ or. cum neb. ♓. ♀ m.c. cum neb. ✶. c. |
| 24 | | 14 ☌ 0 | 2 △ 30 | | | | ♀ or. cū aquila, & occ. cū (Arcturo. |
| 25 | 15 △ 1 | | | | | | |
| 26 | | | 7 □ 14 | | | | |
| 27 | | | | 16 △ 35 | 5 ☍ 35 | | |
| 28 | | | | | | 10 ☍ 39 | ☿ or. cum neb. ✶. |
| 29 | | 14 △ 51 | 1 ✶ 50 | | | | ☿ Apo. ♂ m.c. cū arctu. △ ♃ ☿ 18.27 ☿ occ. cū cor. |
| 30 | | | | 8 □ 10 | | | ♀ or. cum cauda Del. |
| 31 ☍ | 4 16 | | | | | | |
| Asc. | 5 ♌ | | | | | | |

a. Die 1 ♀ m.c. cum prima ✶ frontis ✶.

b. Die 7 ♂ occ. cum cauda ♌, & ♀ occ. cum neb. & corde ✶.

c. Die 24. ☿ or. cum aculeo ✶.

♄ Fit dir. m.c. cum ultima pleia.

| Anni veteris | Anni Grego. | Positus Planetarum Diurnus. ☉ ♒ P | ' | " | ☽ ♌ P | ' | M A ♄ ♉ P | ' | S A ♃ ♍ P | ' | S A ♂ ♓ P | ' | S D ♀ ♑ P | ' | S D ☿ ♑ P | ' | ☊ ♍ P | ' |
|---|---|---|---|---|---|---|---|---|---|---|---|---|---|---|---|---|---|---|
| Dies | | | | | | | | | | | | | | | | | | |
| 22 | 1 | 12 | 13 | 13 | 21 ♍ | 3 | 23 | 4 | 16 | 28 | 2 | 9 | 0 | 37 | 18 | 12 | 2 | 22 |
| 23 | 2 | 13 | 13 | 59 | 2 | 59 | 23 | 5 | 16 | 23 | 2 | 32 | 1 | 48 | 19 | 35 | 2 | 19 |
| 24 | 3 | 14 | 14 | 44 | 15 | 7 | 23 | 7 | 16 | 18 | 2 | 55 | 2 | 59 | 21 | 0 | 2 | 16 |
| 25 | 4 | 15 | 15 | 28 | 27 | 30 | 23 | 9 | 16 | 12 | 3 | 18 | 4 | 10 | 22 | 28 | 2 | 13 |
| A 26 | 5 | 16 | 16 | 10 | 10 ♎ | 12 | 23 | 10 | 16 | 7 | 3 | 40 | 5 | 21 | 23 M | 58 | 2 | 9 |
| 27 | 6 | 17 | 16 | 51 | 23 | 15 | 23 | 12 | 16 | 1 | 4 | 2 | 6 | 32 | 25 | 30 | 2 | 6 |
| 28 | 7 | 18 | 17 | 31 | 6 ♏ | 40 | 23 | 14 | 15 | 55 | 4 | 24 | 7 | 43 | 27 | 4 | 2 | 3 |
| 29 | 8 | 19 | 18 | 9 | 20 | 28 | 23 | 15 | 15 | 49 | 4 | 46 | 8 | 54 | 28 | 40 | 2 | 0 |
| 30 | 9 | 20 | 18 | 40 | 4 ♐ | 38 | 23 | 17 | 15 | 43 | 5 | 7 | 10 | 5 | 0 ♒ | 16 | 1 | 56 |
| 31 | 10 | 21 | 19 | 22 | 19 | 7 | 23 | 19 | 15 | 37 | 5 | 28 | 11 | 16 | 1 | 57 | 1 | 53 |
| Feb. 1 | 11 | 22 | 19 | 50 | 3 ♑ | 51 | 23 | 21 | 15 | 30 | 5 | 48 | 12 | 27 | 3 | 37 | 1 | 50 |
| A 2 | 12 | 23 | 20 | 28 | 18 | 43 | 23 | 23 | 15 | 24 | 6 | 8 | 13 | 38 | 5 | 18 | 1 | 47 |
| 3 | 13 | 24 | 20 | 59 | 3 ♒ | 35 | 23 | 25 | 15 | 17 | 6 | 26 | 14 | 49 | 7 | 0 | 1 | 43 |
| 4 | 14 | 25 | 21 | 28 | 18 | 20 | 23 | 28 | 15 | 11 | 6 | 47 | 16 | 0 | 8 | 43 | 1 | 40 |
| 5 | 15 | 26 | 21 | 50 | 2 ♓ | 53 | 23 | 30 | 15 | 4 | 7 | 6 | 17 | 11 | 10 | 27 | 1 | 37 |
| 6 | 16 | 27 | 22 | 23 | 17 | 9 | 23 | 33 | 14 | 57 | 7 | 25 | 18 | 22 | 12 | 12 | 1 | 34 |
| 7 | 17 | 28 | 22 | 46 | 1 ♈ | 6 | 23 | 35 | 14 | 50 | 7 | 43 | 19 | 33 | 13 | 58 | 1 | 30 |
| 8 | 18 | 29 | 23 | 11 | 14 | 43 | 23 | 37 | 14 | 43 | 8 | 1 | 20 | 44 | 15 | 45 | 1 | 27 |
| A 9 | 19 | 0 ♓ | 23 | 33 | 28 ♉ | 0 | 23 | 40 | 14 | 36 | 8 | 18 | 21 | 56 | 17 | 33 | 1 | 24 |
| 10 | 20 | 1 | 23 | 53 | 11 | 0 | 23 | 42 | 14 | 29 | 8 | 35 | 23 | 7 | 19 | 22 | 1 | 21 |
| 11 | 21 | 2 | 24 | 12 | 23 ♊ | 43 | 23 | 44 | 14 | 22 | 8 | 51 | 24 | 18 | 21 | 12 | 1 | 18 |
| 12 | 22 | 3 | 24 | 30 | 6 | 12 | 23 | 47 | 14 | 15 | 9 | 7 | 25 | 30 | 23 | 3 | 1 | 15 |
| 13 | 23 | 4 | 24 | 46 | 18 ♋ | 29 | 23 | 50 | 14 | 8 | 9 | 23 | 26 | 41 | 24 | 54 | 1 | 11 |
| 14 | 24 | 5 | 25 | 1 | 0 | 36 | 23 | 53 | 14 | 1 | 9 | 38 | 27 | 53 | 26 | 46 | 1 | 8 |
| 15 | 25 | 6 | 25 | 14 | 12 | 35 | 23 | 56 | 13 | 54 | 9 | 53 | 29 ♒ | 5 | 28 ♓ | 38 | 1 | 5 |
| A 16 | 26 | 7 | 25 | 25 | 24 | 31 | 23 | 59 | 13 | 46 | 10 | 7 | 0 | 17 | 0 | 31 | 1 | 2 |
| 17 | 27 | 8 | 25 | 34 | 6 ♌ | 25 | 24 | 2 | 13 | 39 | 10 | 21 | 1 | 29 | 2 A | 23 | 0 | 59 |
| 18 | 28 | 9 | 25 | 41 | 18 | 20 | 24 | 5 | 13 | 31 | 10 | 34 | 2 | 41 | 4 | 16 | 0 | 56 |

| Latitudo Planetarũ ad diẽ | ♄ | ' | ♃ | ' | ♂ | ' | ♀ | ' | ☿ | ' | Mensis |
|---|---|---|---|---|---|---|---|---|---|---|---|
| 1 | 2 | 29 | 1 | 21 | 1 | 57 | 1 | 56 | 0 M | 23 | |
| 11 | 2 | 24 | 1 | 24 | 2 | 6 | 1 | 12 | 0 | 47 | Mensis |
| 21 | 2 | 19 | 1 | 27 | 2 | 14 | 0 | 46 | 1 A | 42 | |

## Syzygiæ Lunares.

| | ☉ | Occid. ♄ | Orient. ♃ | Orient. ♂ | Orient. ♀ | Orient. ☿ | Syzygiæ Planetarũ mutuæ, & eorum congressus cum illustrioribus aliquibus stellis fixis. |
|---|---|---|---|---|---|---|---|
| Dies | H ʹ | H ʹ | H ʹ | H ʹ | H ʹ | H ʹ | |
| 1 | | 4□5 | | 23✶4 | 19△8 | | ☉ ☊ 22.40. (Aquila. |
| 2 | | | | | | | ✶ ♂ ♀ 22.c \| ☿ m.c. cū |
| 3 | | 15△32 | 2☌16 | | | 12△55 | ♂ or. cum Fidicula. |
| 4 | | | | | 13□53 | | △ ♄ ☿ 11.5 \| ♀ m.c.cū |
| 5 | 12△5 | | | | | | (Fidicula. |
| 6 | | | | 19☌51 | | 4□27 | ♀ m.c. cum neb. ♓. |
| 7 □ | 21 41 | | 15✶58 | | 1✶0 | | ☿ m.c. cum cor. ♌. |
| 8 Asc. | 1 ♉ | 4☍44 | | | | 15✶42 | ♀ or. cum acu. ♏. a. |
| 9 | | | 18□12 | | | | |
| 10 | 3✶51 | | | | | | ☿ m.c. cum cauda Del. |
| 11 | | | 18△40 | 3✶13 | 15☌5 | | (14.42 b. |
| 12 | | 7△33 | | | | | □ ☉ ♄ 1.11 \| □ ♂ ♀ |
| 13 | | | | 5□47 | | 6☌16 | △ ♃ ☿ 8.44. |
| 14 ☌ | 12 20 | 8□29 | | | | | ● ☋ 2.7 \| ♀ oc. cũ corona |
| 15 Asc. | 18 ♒ | | 20☍21 | 7△14 | | | ♀ m.c. cum rostro gallinæ |
| 16 | | 11✶2 | | | 2✶17 | | ☿ occ. cum Fomah. |
| 17 | | | | | | | ☿ oc. cũ aqui. & cau. ♌ |
| 18 | | | | | 11□58 | 2✶9 | ♀ m.c. cum aquila. |
| 19 | 4✶48 | | | 19☍26 | | | ☿ or. cum cauda ♌. |
| 20 | | | 6△31 | | | 19□26 | △ ♄ ♀ 12.10. |
| 21 □ | 18 1 | 0☌7 | | | 1△14 | | (Lance. Austr. |
| 22 Asc. | 16 ♓ | | 15□35 | | | | □ ♄ ☿ 9.47 \| ♂ m.c. cũ |
| 23 | | | | | | 15△2 | ♀ m.c. cum cor. ♌. c |
| 24 | 9△38 | | | 18△29 | | | |
| 25 | | 22✶56 | 2✶40 | | | | ☿ occ. cum rostro gall. |
| 26 | | | | | 12☍56 | | ● Apog. |
| 27 | | | | 8□4 | | | ♀ m.c. cum cauda Del. |
| 28 | | 11□30 | | | | | |

a. *Die 8. ♀ occ. cum neb. ♓.*
b. *Die 12. ● Perig. & ♀ or. cum neb. ♏, & ☿ m.c. cum cauda cygni.*
c. *Die 23. ☿ or. cum cap. Med. & occ. cum cauda Del.*

| Anni veteris. | Anni Grego. | ☉ ♓ P | ' | " | ☽ ♍ P | ' | M ♄ ♉ P | A ' | S ♃ ♍ P | A ' | S ♂ P | A ' | S ♀ ♒ P | D ' | M ☿ ♓ P | A ' | ☊ ♍ P | ' |
|---|---|---|---|---|---|---|---|---|---|---|---|---|---|---|---|---|---|---|
| Dies | | | | | | | | | | | | | | | | | | |
| 19 | 1 | 10 | 25 | 46 | 0 | 19 | 24 | 8 | 13 | 24 | 10 | 47 | 3 | 53 | 6 | 9 | 0 | 52 |
| 20 | 2 | 11 | 25 | 49 | 12 | 26 | 24 | 11 | 13 | 16 | 10 | 59 | 5 | 5 | 8 | 2 | 0 | 49 |
| 21 | 3 | 12 | 25 | 50 | 24 ♎ | 45 | 24 | 15 | 13 | 9 | 11 | 11 | 6 | 17 | 9 | 55 | 0 | 46 |
| 22 | 4 | 13 | 25 | 49 | 7 | 18 | 24 | 19 | 13 | 1 | 11 | 22 | 7 | 29 | 11 | 48 | 0 | 43 |
| A 23 | 5 | 14 | 25 | 47 | 20 ♏ | 7 | 24 | 23 | 12 | 53 | 11 | 33 | 8 M | 41 | 13 | 40 | 0 | 40 |
| 24 | 6 | 15 | 25 | 41 | 3 | 15 | 24 | 27 | 12 | 45 | 11 | 43 | 9 | 53 | 15 | 32 | 0 | 36 |
| 25 | 7 | 16 | 25 | 37 | 16 ♐ | 44 | 24 | 31 | 12 | 37 | 11 | 53 | 11 | 5 | 17 | 24 | 0 | 33 |
| 26 | 8 | 17 | 25 | 29 | 0 | 34 | 24 | 35 | 12 | 29 | 12 | 2 | 12 | 17 | 19 | 16 | 0 | 30 |
| 27 | 9 | 18 | 25 | 19 | 14 | 41 | 24 | 40 | 12 | 21 | 12 | 10 | 13 | 29 | 21 | 7 | 0 | 27 |
| 28 | 10 | 19 | 25 | 7 | 29 ♑ | 8 | 24 | 45 | 12 | 13 | 12 | 18 | 14 | 41 | 22 | 58 | 0 | 24 |
| Ma. 1 | 11 | 20 | 24 | 53 | 13 | 43 | 24 | 50 | 12 | 5 | 12 | 25 | 15 | 54 | 24 | 48 | 0 | 20 |
| A 2 | 12 | 21 | 24 | 37 | 28 ♒ | 23 | 24 | 55 | 11 | 57 | 12 | 32 | 17 | 6 | 26 | 38 | 0 | 17 |
| 3 | 13 | 22 | 24 | 19 | 13 | 1 | 25 | 0 | 11 D | 50 | 12 | 38 | 18 | 18 | 28 V | 28 | 0 | 14 |
| 4 | 14 | 23 | 23 | 59 | 27 ♓ | 30 | 25 | 6 | 11 | 42 | 12 | 43 | 19 | 31 | 0 | 17 | 0 | 11 |
| 5 | 15 | 24 | 23 | 37 | 11 | 44 | 25 | 11 | 11 | 35 | 12 | 48 | 20 | 43 | 2 | 6 | 0 | 8 |
| 6 | 16 | 25 | 23 | 14 | 25 V | 44 | 25 | 16 | 11 | 28 | 12 | 52 | 21 | 55 | 3 | 54 | 0 | 5 |
| 7 | 17 | 26 | 22 | 49 | 9 | 24 | 25 | 22 | 11 | 21 | 12 | 56 | 23 | 8 | 5 | 41 | 0 | 1 |
| 8 | 18 | 27 | 22 | 22 | 22 ♉ | 46 | 25 | 27 | 11 | 14 | 12 | 59 | 24 | 20 | 7 | 27 | 29 ☊ | 58 |
| A 9 | 19 | 28 | 21 | 52 | 5 | 52 | 25 | 33 | 11 | 7 | 13 | 1 | 25 | 33 | 9 | 12 | 29 | 55 |
| 10 | 20 | 29 V | 21 | 20 | 18 ♊ | 43 | 25 | 38 | 11 | 0 | 13 | 3 | 26 | 45 | 10 | 56 | 29 | 52 |
| 11 | 21 | 0 | 20 | 47 | 1 | 21 | 25 | 44 | 10 | 53 | 13 ℞ | 4 | 27 | 58 | 12 S | 39 | 29 | 49 |
| 12 | 22 | 1 | 20 | 12 | 13 | 48 | 25 | 49 | 10 | 47 | 13 | 3 | 29 | 11 | 14 | 21 | 29 | 46 |
| 13 | 23 | 2 | 19 | 35 | 26 ♋ | 6 | 25 | 55 | 10 | 40 | 13 | 2 | 0 ♓ | 23 | 16 | 2 | 29 | 42 |
| 14 | 24 | 3 | 18 | 56 | 8 | 17 | 26 | 1 | 10 | 34 | 13 D | 1 | 1 | 36 | 17 | 42 | 29 | 39 |
| 15 | 25 | 4 | 18 | 15 | 20 ♌ | 24 | 26 | 7 | 10 | 27 | 12 | 59 | 2 | 48 | 19 | 20 | 29 | 36 |
| A 16 | 26 | 5 | 17 | 32 | 2 | 30 | 26 | 13 | 10 | 21 | 12 | 57 | 4 | 1 | 20 | 56 | 29 | 33 |
| 17 | 27 | 6 | 16 | 48 | 14 | 37 | 26 | 19 | 10 | 15 | 12 | 54 | 5 | 14 | 22 | 30 | 29 | 30 |
| 18 | 28 | 7 | 16 | 2 | 26 ♍ | 47 | 26 | 25 | 10 | 9 | 12 | 50 | 6 | 26 | 24 | 2 | 29 | 27 |
| 19 | 29 | 8 | 15 | 13 | 9 | 3 | 26 | 31 | 10 | 3 | 12 | 44 | 7 | 39 | 25 | 32 | 29 | 23 |
| 20 | 30 | 9 | 14 | 22 | 21 | 28 | 26 | 37 | 9 | 57 | 12 | 38 | 8 | 51 | 26 | 59 | 29 | 20 |
| † 21 | 31 | 10 | 13 | 29 | 4 ♎ | 5 | 26 | 43 | 9 | 51 | 12 | 31 | 10 | 4 | 28 | 24 | 29 | 17 |

| Latitudo Planetarũ ad diẽ | | ♄ | | ♃ | | ♂ | | ♀ | | ☿ | | |
|---|---|---|---|---|---|---|---|---|---|---|---|---|
| | 1 | 2 | 14 | 1 | 29 | 2 | 21 | 0 M | 7 | 1 | 45 | Mensis |
| | 11 | 2 | 10 | 1 D | 30 | 2 | 24 | 0 | 12 | 1 | 16 | |
| | 21 | 2 | 5 | 1 | 30 | 2 D | 25 | 0 | 31 | 0 S | 4 | |

Syzygiæ Lunares.

| | | Occid. | Orient. | Orient. | Orient. | Orient. | |
|---|---|---|---|---|---|---|---|
| | ☉ | ♄ | ♃ | ♂ | ♀ | ☿ | Syzygiæ Planetarũ mutuæ, & eorum congressus cum illustrioribus aliquibus stellis fixis. |
| Dies | H ' | H ' | H ' | H ' | H ' | H ' | |
| 1 ☍ | 21 45 | | 2 ☌ 37 | 21 ✶ 4 | | 13 ☍ 31 | ☉ ☌ ♄ 2.6. △ ☉ ☌ 10.3[illegible] |
| 2 Asc. | 5 ♊ | 23 △ 0 | | | | | ☿ m.c. cum cauda cyg. a |
| 3 | | | | | | | ☌ ☉ ♃ 19.54 \| △ ♂ ☿ |
| 4 | | | Occid. | | 6 △ 22 | | ☌ ♃ ☿ 14.56 [illegible] |
| 5 | | | | | | | ☌ ☉ ☿ 21.14. |
| 6 | 13 △ 24 | | 16 ✶ 41 | 15 ☌ 15 | 12 □ 58 | Occid. | |
| 7 | | 13 ☍ 35 | | | | 2 △ 20 | □ ♂ ♀ 18.17 \| ☿ [illegible] |
| 8 | | | 20 □ 1 | | 21 ✶ 42 | | (Merc. |
| 9 □ | 6 33 | | | | | 12 □ 13 | ✶ ♃ ♂ 16.30 \| ♀ oc. c |
| 10 Asc. | 28 ♍ | | 21 △ 20 | 22 ✶ 51 | | | ♂ [illegible] b (Bo. |
| 11 | 11 ✶ 46 | 18 △ 17 | | | | 10 ✶ 43 | ✶ ♄ ☿ 0.27. |
| 12 | | | | 23 □ 23 | | | ☉ [illegible] ♂ [illegible] |
| 13 | | 19 □ 56 | | | 5 ☌ 33 | | ( ☿ m.c. cum cauda [illegible] |
| 14 | | | 23 ☍ 47 | | | | ☽ [illegible] |
| 15 ☌ | 23 21 | 13 ✶ 14 | | 1 △ 49 | | | ✶ ☉ ♄ [illegible] \| ☿ [illegible] |
| 16 Asc. | 10 ♋ | | | | | 16 ☌ 38 | (cauda |
| 17 | | | | | | | ☿ or. cum cauda [illegible] |
| 18 | | | | | 3 ✶ 1[illegible] | | |
| 19 | | | 9 △ 42 | 13 ☍ 2[illegible] | | | ☉ ♄ ☿ 0.0 \| ☿ [illegible] |
| 20 | 21 ✶ 52 | 13 ☌ 14 | | | 16 □ 52 | | (cauda [illegible] |
| 21 | | | 18 □ 13 | | | | ♀ or. cum cap. [illegible] |
| 22 | | | | | | 1 ✶ 6 | ♀ ort. cum rostro galli |
| 23 □ | 13 48 | | | | 9 △ 22 | | (cum cauda cygni |
| 24 Asc. | 0 ♑ | | 4 ✶ 31 | 9 △ 20 | | 22 □ 46 | ♄ [illegible] & ☿ or |
| 25 | | 13 ✶ 26 | | | | | ☽ Apog. |
| 26 | 6 △ 2 | | | 10 ✶ 37 | | | |
| 27 | | 13 □ 10 | | | | 17 △ 48 | ☿ [illegible] \| ☿ [illegible] |
| 28 | | | | | 21 ☍ 57 | | ☽ ☊ 3.1[illegible] \| ☿ [illegible] |
| 29 | | | 6 ☌ 53 | 7 ✶ 3 | | | ☿ m.c. cũ Pe. [illegible] |
| 30 | | 9 △ 51 | | | | | ☌ ♃ ☿ [illegible] |
| 31 ☍ | 12 27 | | | | | | ♄ oc. cum [illegible] |
| Asc. | 21 ♓ | a. Die 2. ♄ m.c. cum pleia. & hiad. & ☿ m.c. cum Fomah. | | | | | |

b. Die 10. ♀ oc. cum aquila, & cauda ♑.

c. Die 19. ☿ or. cum cornu ♈.

♂ Est stat. ad ♃ in ortu eius cum [illegible], & cauda cygni, & in occasu cum vindem.

| Syzygię Lunares. | | | | | | | |
|---|---|---|---|---|---|---|---|
| | | Occid. | Occid. | Orient. | Orient. | Occid. | Syzygiæ Planetarũ inter se, & eorum congressus cum illustrioribus aliquibus stellis fixis. |
| | ☽ | ♄ | ♃ | ♂ | ♀ | ☿ | |
| Dies | H ′ | H ′ | H ′ | H ′ | H ′ | H ′ | |
| 1 | | | | | | | △ ♂ ♀ 20.6. |
| 2 | | | 17 ✱ 6 | 21 ☌ 40 | | 2 ☍ 6 | |
| 3 | | | | | 0 △ 30 | | ☿ occ. cum cor. ♈. |
| 4 | | 0 ☍ 0 | 20 □ 59 | | | | |
| 5 | 7 △ 16 | | | | 9 □ 11 | | |
| 6 | | | 23 △ 58 | | | 18 △ 30 | ☿ occ. cum Arctur. |
| 7 □ | 13 0 | | | 2 ✱ 40 | 15 ✱ 43 | | |
| 8 Asc. | 5 ♑ | 5 △ 24 | | | | 23 □ 18 | ☉ Perig. \| ☿ or. cũ pleia |
| 9 | 18 ✱ 19 | | | 3 □ 29 | | | △ ♃ ♀ 6.26. |
| 10 | | 7 □ 48 | | | | | ☉ ☊ 9.22. |
| 11 | | | 2 ☍ 31 | 5 △ 21 | | 4 ✱ 40 | ☍ ♂ ♀ 13.26. |
| 12 | | 11 ✱ 52 | | | 6 ☌ 18 | | |
| 13 | | | | | | | |
| 14 ☌ | 11 21 | | | | | | |
| 15 Asc. | 19 ♓ | | 13 △ 31 | 14 ☍ 40 | | 19 ☌ 37 | ✱ ♄ ♀ .2.33. |
| 16 | | | | | | | ♂ m. c. cum lance aust. a |
| 17 | | 3 ☌ 35 | 22 □ 46 | | 8 ✱ 23 | | ✱ ♃ ♂ 21.11. |
| 18 | | | | | | | |
| 19 | 15 ✱ 44 | | | | | | |
| 20 | | | 9 ✱ 15 | 7 △ 50 | 1 □ 28 | 14 ✱ 19 | |
| 21 | | | | | | | ☉ Apog. |
| 22 □ | 8 20 | 5 ✱ 25 | | 17 □ 14 | 19 △ 13 | 22 □ 39 | ♀ or. cum cornu ♈. |
| 23 Asc. | 19 [illegible] | | | | | | (15.6. b. |
| 24 | 23 △ 56 | 13 □ 49 | | | | | △ ♃ ☿ 12.15. ☽ ☊ 10. |
| 25 | | | 6 ☌ 34 | 2 ✱ 18 | | 5 △ 16 | ☍ ☉ ♂ 22.2. |
| 26 | | 23 △ 48 | | Occid. | | | ☌ ☉ ☿ 14.41. |
| 27 | | | | | | Orient. | (6.2. |
| 28 | | | | | 2 ☍ 24 | | △ ☉ ♃ 11.48 \| ☍ ♂ ☿ |
| 29 | | | 21 ✱ 31 | 13 ☌ 36 | | 13 ☍ 10 | |
| 30 ☍ | 0 20 | | | | | | |
| Asc. | 24 ♌ | | | | | | |

a. Die 16. ♄ occ. cum Aldebaran.
b. Die 24. ♄ occ. cum cane maiori.

Maius 1589

Positus Planetarum Diurnus

| Dies | | ☉ ♉ | | | ☽ | | ♄ ♊ (M A) | | ♃ ♍ (S D) | | ♂ ♒ (S D) | | ♀ ♈ (M A) | | ☿ ♉ (M D) | | ☊ ♌ | |
|---|---|---|---|---|---|---|---|---|---|---|---|---|---|---|---|---|---|---|
| | | G | M | S | G | M | G | M | G | M | G | M | G | M | G | M | G | M |
| 21 | 1 | 10 | 30 | 34 | 13 ♓ | 18 | 0 | 20 | 8 | 1 | 3 | 34 | 27 | 38 | 2 | 2 | 27 | 36 |
| 22 | 2 | 11 | 28 | 43 | 27 | 11 | 0 | 28 | 8 | 1 | 3 | 21 | 28 | 53 | 1 | 12 | 27 | 35 |
| 23 | 3 | 12 | 26 | 50 | 11 ♑ | 30 | 0 | 36 | 8 | 1 | 2 | 49 | 20 | 4 | 0 ♈ | 27 | 27 | 31 |
| 24 | 4 | 13 | 24 | 56 | 25 | 35 | 0 | 43 | 8 D | 1 | 2 | 27 | 21 | 17 | 29 | 42 | 27 | 26 |
| 25 | 5 | 14 | 22 | 0 | 10 ♒ | 26 | 0 | 53 | 8 | 1 | 2 | 4 | 22 | 30 | 29 | 13 | 27 | 20 |
| 26 | 6 | 15 | 20 | 3 | 25 | 9 | 1 | 0 | 8 | 1 | 2 | 42 | 23 | 42 | 28 | 45 | 27 | 13 |
| 27 | 7 | 16 | 19 | 4 | 19 ♓ | 30 | 1 | 8 | 8 | 2 | 1 | 20 | 24 | 55 | 28 | 24 | 27 | 15 |
| 28 | 8 | 17 | 17 | 4 | 3 | 51 | 1 | 16 | 8 | 3 | 0 | 58 | 26 | 8 | 28 | 11 | 27 | 11 |
| 29 | 9 | 18 | 15 | 2 | 17 ♈ | 50 | 1 | 24 | 8 | 3 | 0 | 37 | 27 | 21 | 28 D | 5 | 27 | 1 |
| 30 | 10 | 19 | 12 | 59 | 1 | 16 | 1 | 33 | 8 | 4 | 0 ♑ | 17 | 28 | 34 | 28 | 7 | 27 | 10 |
| Iu. 1 | 11 | 20 | 10 | 53 | 14 | 49 | 1 | 40 | 8 | 5 | 29 | 58 | 29 ♉ | 47 | 18 | 16 | 27 | 7 |
| 2 | 12 | 21 | 8 | 48 | 27 ♉ | 50 | 1 | 48 | 8 | 6 | 29 | 39 | 0 | 59 | 18 | 33 | 27 | [illegible] |
| 3 | 13 | 22 | 6 | 41 | 10 | 56 | 1 | 56 | 8 | 7 | 29 | 21 | 2 | 12 | 18 | 57 | 27 | [illegible] |
| 4 | 14 | 23 | 4 | 32 | 23 ♊ | 4 | 2 | 5 | 8 | 9 | 29 | 4 | 3 | 25 | 29 ♉ | 17 | 26 | 57 |
| 5 | 15 | 24 | 2 | 22 | 5 | 21 | 2 | 13 | 8 | 10 | 28 | 47 | 4 | 38 | 0 | 3 | 26 | 5 |
| 6 | 16 | 25 | 0 | 11 | 17 | 30 | 2 | 21 | 8 | 12 | 28 | 31 | 5 | 50 | 0 | 41 | 26 | 5 |
| 7 | 17 | 25 | 57 | 59 | 29 ♋ | 32 | 2 | 29 | 8 | 14 | 28 | 15 | 7 | 3 | 1 | 32 | 26 | 47 |
| 8 | 18 | 26 | 55 | 45 | 11 | 32 | 2 | 37 | 8 | 16 | 28 | 0 | 8 | 16 | 2 | 14 | 26 | 4 |
| 9 | 19 | 27 | 53 | 34 | 23 ♌ | 21 | 2 | 45 | 8 | 18 | 27 | 45 | 9 | 29 | 3 | 20 | 26 | [illegible] |
| 10 | 20 | 28 | 51 | 14 | 5 | 33 | 2 | 54 | 8 | 20 | 27 | 31 | 10 | 42 | 4 | 26 | 26 | [illegible] |
| 11 | 21 | 29 ♋ | 48 | 55 | 17 | 40 | 3 | 2 | 8 | 23 | 27 | 19 | 11 | 55 | 5 | 24 | 26 | [illegible] |
| 12 | 22 | 0 | 46 | 37 | 29 ♍ | 55 | 3 | 10 | 8 | 26 | 27 | 8 | 13 | 8 | 6 | 38 | 26 | [illegible] |
| 13 | 23 | 1 | 44 | 17 | 12 | 20 | 3 | 18 | 8 | 29 | 26 | 58 | 14 | 21 | 7 | 43 | 26 | [illegible] |
| 14 | 24 | 2 | 41 | 56 | 24 ♎ | 57 | 3 | 26 | 8 | 32 | 26 | 48 | 15 | 34 | 8 | 59 | 26 | [illegible] |
| 15 | 25 | 3 | 39 | 34 | 7 | 48 | 3 | 34 | 8 | 35 | 26 | 39 | 16 | 47 | 10 | 17 | 26 | [illegible] |
| 16 | 26 | 4 | 37 | 11 | 20 ♏ | 57 | 3 | 43 | 8 | 38 | 26 | 31 | 18 | 0 | 11 | 3 | 26 | [illegible] |
| 17 | 27 | 5 | 34 | 47 | 4 | 24 | 3 | 51 | 8 | 42 | 26 | 24 | 19 | 13 | 13 | 3 | 26 | [illegible] |
| 18 | 28 | 6 | 32 | 22 | 16 ♐ | 9 | 3 | 59 | 8 | 45 | 26 | 18 | 20 | 26 | 14 A | 28 | 26 | [illegible] |
| 19 | 29 | 7 | 29 | 50 | 1 | 13 | 4 | 7 | 8 | 49 | 26 | 13 | 21 | 39 | 15 | 57 | 26 | [illegible] |
| 20 | 30 | 8 | 27 | 29 | 16 ♑ | 34 | 4 | 15 | 8 | 53 | 26 | 8 | 22 | 52 | 17 | 25 | 26 | [illegible] |
| 21 | 31 | 9 | 25 | 2 | 1 | 10 | 4 | 23 | 8 | 57 | 26 | 4 | 24 | 5 | 19 | 1 | 26 | [illegible] |

| Latitudo Planetarũ ad diẽ | | | | | | | | | | | |
|---|---|---|---|---|---|---|---|---|---|---|---|
| 1 | 1 | 54 | 1 | 13 | [illegible] | 38 | 1 | 18 | 0 | 3 | |
| 11 | 1 | 52 | 1 | 21 | 2 | 14 | 1 | 24 | 2 | 47 | Mensis |
| 21 | 1 | 51 | 1 | 18 | 0 | 48 | 1 | 3 | 3 A | 34 | |

Syzygiæ Lunares.

| Dies | ☉ | Occid. ♄ | Occid. ♃ | Occid. ♂ | Orient. ♀ | Orient. ☿ | Syzygiæ Planetarũ mutuæ, & eorum congressus cum illustrioribus aliquibus stellis fixis. |
|---|---|---|---|---|---|---|---|
| | H ′ | H ′ | H ′ | H ′ | H ′ | H ′ | |
| 1 | | 12 ☍ 21 | | | | | ♄ m.c. cum [illegible] a. |
| 2 | | | 1 □ 21 | | 21 △ 22 | | ♀ or. cum ba[illegible]. |
| 3 | | | | 18 ✶ 18 | | 14 △ 9 | ♂ or. cum Fiducia. b. |
| 4 | 13 △ 5 | | 3 △ 20 | | | | |
| 5 | | 16 △ 54 | | 18 △ 25 | 3 □ 24 | 13 □ 36 | ☿ [illegible]. |
| 6 □ | 18 20 | | | | | | |
| 7 Alc. | 14 ♊ | 19 □ 35 | | 19 △ 14 | 9 ✶ 46 | 14 ✶ 35 | ☿ [illegible] 1.50 \| ♀ m.c. cũ |
| 8 | | | 7 ☍ 11 | | | | ♂ m.c. cũ. dext. (cor. ♌ |
| 9 | 0 ✶ 47 | | | | | | ☌ ♃ ♀ 14.52. |
| 10 | | 0 ✶ 6 | | | | | |
| 11 | | | | | | | ☍ ♂ ☿ 2.54. |
| 12 | | | 19 △ 22 | 3 ☍ 20 | 6 ☌ 34 | 1 ☌ 24 | ♀ occ. cum cor. ♌. |
| 13 | | | | | | | ☍ ♂ ♀ 12.12. |
| 14 ☌ | 0 12 | 17 ☌ 49 | | | | | |
| 15 Alc. | 2 ♍ | | 9 □ 36 | | | | ☿ occ. cum cor. ♌. |
| 16 | | | | 22 △ 26 | | | ☿ or. cum Fumah. |
| 17 | | | 17 ✶ 27 | | 16 ✶ 43 | 4 ✶ 59 | |
| 18 | | | | | | | △ ♃ ♀ 0.0 \| ☿ Apo. c. |
| 19 | 9 ✶ 12 | 18 ✶ 38 | | 8 □ 17 | | 21 □ 11 | |
| 20 | | | | | 11 □ 21 | | |
| 21 | | | | 18 ✶ 37 | | | ☿ ☌ ♀ 17.24 ♀ or. cũ vlt. |
| 22 □ | 1 59 | 6 □ 21 | 16 ☌ 31 | | | 14 △ 9 | ♀ m.c. cũ cap. Med. (ple. |
| 23 Alc. | 28 ♍ | | | | 4 △ 15 | | △ ♃ ☿ 15.9 \| ☿ or. cũ pl. |
| 24 | 15 △ 36 | 15 △ 59 | | | | | ☌ ☿ ♄ 22.7 ♀ or. cũ vlt. |
| 25 | | Orient. | | | | | (plena. d. |
| 26 | | | | 9 ☌ 51 | | | ♀ occ. cum Rigel. |
| 27 | | | 7 ✶ 31 | | | 16 ☍ 49 | ☿ m. c. cum cap. Med. |
| 28 | | | | | 4 ☍ 16 | | ♂ m.c. cum cing. ♍. 1 |
| 29 ☍ | 9 38 | 3 ☍ 22 | 11 □ 5 | | | | ☿ oc. cũ Ri. m.c. cũ acan. |
| 30 Alc. | 3 ♎ | | | 15 ✶ 39 | | | □ ☿ ♃ 21.46 ♀ m.c. |
| 31 | | | 12 △ 42 | | | | (cum plena. |

a. Die 1. ♀ occ. cum cauda cygni, & ♀ occ. cum cor. ♌.
b. Die 3. ♀ or. cum dex hu. Auri.
c. Die 18. ☿ or. cum vltima fusionis aquæ ♒.
d. Die 24. ♀ m.c. cum Avar. & dex. lateri Persei.

| | Anni veteris | Anni Gregor. | ☉ ♊ G | ' | " | ☽ ♑ G | | ' | ♄ ♊ (M A) G | ' | ♃ ♍ (S D) G | ' | ♂ ♎ (S D) G | ' | ♀ ♉ (M A) G | ' | ☿ ♉ (M A) G | ' | ☊ ♌ G | ' |
|---|---|---|---|---|---|---|---|---|---|---|---|---|---|---|---|---|---|---|---|---|
| | Dies | | P | ' | " | P | | ' | P | ' | P | ' | P | ' | P | ' | P | ' | P | ' |
| | 22 | 1 | 10 | 22 | 34 | 15 | ♒ | 56 | 4 | 31 | 9 | 2 | 26 | 1 | 15 | 13 | 20 | 36 | 26 | 0 |
| | 23 | 2 | 11 | 20 | 5 | 0 | | 44 | 4 | 39 | 9 | 6 | 25 | 59 | 16 | 31 | 22 | 12 | 25 | 57 |
| | 24 | 3 | 12 | 17 | 35 | 15 | | 27 | 4 D | 47 | 9 | 11 | 25 | 58 | 27 | 44 | 23 | 50 | 25 | 53 |
| A | 25 | 4 | 13 | 15 | 4 | 29 | ♓ | 58 | 4 | 55 | 9 | 16 | 25 Di | 57 | 28 | 57 | 25 | 30 | 25 | 50 |
| | 26 | 5 | 14 | 12 | 32 | 14 | | 13 | 5 | 3 | 9 | 21 | 25 | 58 | ♊ 0 | 10 | 27 | 11 | 25 | 47 |
| | 27 | 6 | 15 | 9 | 59 | 28 | ♈ | 8 | 5 | 11 | 9 | 26 | 26 | 0 | 1 | 23 | 28 | 54 | 25 | 44 |
| | 28 | 7 | 16 | 7 | 25 | 11 | | 41 | 5 | 19 | 9 | 32 | 26 | 2 | 2 | 36 | ♊ 0 | 38 | 25 | 41 |
| | 29 | 8 | 17 | 4 | 50 | 24 | ♉ | 51 | 5 | 27 | 9 | 37 | 26 | 5 | 3 | 49 | 2 | 24 | 25 | 37 |
| | 30 | 9 | 16 | 2 | 14 | 7 | | 41 | 5 | 35 | 9 | 43 | 26 | 8 | 5 | 2 | 4 | 11 | 25 | 34 |
| | 31 | 10 | 18 | 59 | 38 | 20 | | 11 | 5 | 43 | 9 | 49 | 26 | 12 | 6 | 15 | 5 | 59 | 25 | 31 |
| A | 1 | 11 | 19 | 57 | 1 | 2 | ♊ | 27 | 5 | 51 | 9 | 55 | 26 | 17 | 7 | 29 | 7 | 48 | 25 | 28 |
| Iun. | 2 | 12 | 20 | 54 | 24 | 14 | | 30 | 5 | 59 | 10 | 1 | 26 M | 23 | 8 | 42 | 9 | 37 | 25 | 25 |
| | 3 | 13 | 21 | 51 | 45 | 26 | ♋ | 24 | 6 | 7 | 10 | 7 | 26 | 30 | 9 | 55 | 11 | 27 | 25 | 22 |
| | 4 | 14 | 22 | 49 | 8 | 8 | | 13 | 6 | 15 | 10 | 14 | 26 | 37 | 11 | 8 | 13 | 18 | 25 | 18 |
| | 5 | 15 | 23 | 46 | 29 | 19 | ♌ | 59 | 6 | 23 | 10 | 21 | 26 | 45 | 12 | 21 | 15 | 9 | 25 | 15 |
| | 6 | 16 | 24 | 43 | 50 | 1 | | 47 | 6 | 31 | 10 | 28 | 26 | 54 | 13 | 35 | 17 | 1 | 25 | 12 |
| | 7 | 17 | 25 | 41 | 10 | 13 | | 39 | 6 | 39 | 10 | 35 | 27 | 3 | 14 | 48 | 18 | 53 | 25 | 9 |
| A | 8 | 18 | 26 | 38 | 30 | 25 | ♍ | 38 | 6 | 47 | 10 | 42 | 27 | 13 | 16 | 1 | 20 | 45 | 25 | 6 |
| | 9 | 19 | 27 | 35 | 50 | 7 | | 46 | 6 | 55 | 10 | 49 | 27 | 24 | 17 | 14 | 22 | 38 | 25 | 3 |
| | 10 | 20 | 28 | 33 | 9 | 20 | ♎ | 7 | 7 | 2 | 10 | 57 | 27 | 35 | 18 | 27 | 24 S | 31 | 24 | 59 |
| | 11 | 21 | 29 ♋ | 30 | 29 | 2 | | 47 | 7 | 10 | 11 | 5 | 27 | 47 | 19 | 40 | 26 | 24 | 24 | 56 |
| | 12 | 22 | 0 | 27 | 48 | 15 | | 39 | 7 | 18 | 11 | 13 | 28 | 0 | 20 | 53 | 28 | 17 | 24 | 53 |
| | 13 | 23 | 1 | 25 | 7 | 28 | ⚹ | 53 | 7 | 26 | 11 | 21 | 28 | 14 | 22 | 7 | ♋ 0 | 11 | 24 | 50 |
| | 14 | 24 | 2 | 22 | 26 | 12 | | 29 | 7 | 34 | 11 | 29 | 28 | 28 | 23 | 20 | 2 | 5 | 24 | 47 |
| | 15 | 25 | 3 | 19 | 44 | 26 | ♐ | 25 | 7 | 41 | 11 | 37 | 28 | 43 | 24 | 33 | 3 | 59 | 24 | 48 |
| A | 16 | 26 | 4 | 17 | 2 | 10 | | 42 | 7 | 49 | 11 | 45 | 28 | 59 | 25 | 46 | 5 | 53 | 24 | 40 |
| | 17 | 27 | 5 | 14 | 21 | 25 | ♑ | 17 | 7 | 57 | 11 | 53 | 29 | 15 | 26 S | 59 | 7 | 47 | 24 | 37 |
| | 18 | 28 | 6 | 11 | 40 | 10 | | 6 | 8 | 4 | 12 | 1 | 29 | 32 | 28 | 13 | 9 | 41 | 24 | 34 |
| | 19 | 29 | 7 | 8 | 58 | 25 | ♒ | 3 | 8 | 12 | 12 | 9 | 29 ⚹ | 49 | 29 ♋ | 26 | 11 | 35 | 24 | 31 |
| | 20 | 30 | 8 | 6 | 16 | 10 | | 1 | 8 | 20 | 12 | 18 | 0 | 6 | 0 | 39 | 13 | 29 | 24 | 28 |

| Latitudo Planetarū ad diē | ♄ G | ' | ♃ G | ' | ♂ G | ' | ♀ G | ' | ☿ G | ' | |
|---|---|---|---|---|---|---|---|---|---|---|---|
| 1 | 2 D | 55 | 1 | 15 | 0 | 25 | 0 | 52 | 3 | 4 | Mensis |
| 11 | 2 | 51 | 1 | 12 | 0 M | 1 | 0 | 29 | 1 S | 34 | |
| 21 | 1 | 52 | 1 | 9 | 0 | 18 | 0 S | 17 | 0 | 1 | |

| | | | | | | | |
|---|---|---|---|---|---|---|---|
| | **Syzygiæ Lunares.** | | | | | | |
| | | Orient. | Occid. | Occid. | Orient. | Orient. | Syzygiæ Planetarū mutuæ, & eorum congressus cum illustrioribus aliquibus stellis fixis. |
| | ☉ | ♄ | ♃ | ♂ | ♀ | ☿ | |
| Die | H ′ | H ′ | H ′ | H ′ | H ′ | H ′ | |
| 1 | | | | 16□19 | 16△32 | 8△29 | ☽ Pe. ♀ oc. cū ple. & bi. |
| 2 | 18△18 | 6△27 | | | | | ♀ m.c. cū ple. (Orio. a. |
| 3 | | | | 17△32 | 22□ 9 | 15□38 | ☽ ☋ 17.12 ♀ or. cū zo. |
| 4 | | 8□25 | 15☍46 | | | | ♄ m.c. cū Ald. ♀ oc. cū |
| 5 □ | 0 8 | | | | | | ♀ oc. cū S prio. cū hu. Or. |
| 6 Asc. | 11 ♍ | 12✶36 | | | 6✶19 | 1✶36 | ♄ or. & ♀ m.c. cū hiad. |
| 7 | 8✶42 | | | | | | ☿ occ. cum ca. ma. & m. |
| 8 | | | | 2☍19 | | | c. cum hiad. |
| 9 | | | 3△56 | | | | ☌ ♄ ♀ 12.11 ☌ ♄ ☿ 20. |
| 10 | | | | | | | ☌ ♀ ☿ 10.59 (11. b. |
| 11 | | 6☌50 | 14□59 | | 11☌ 9 | 12☌33 | ♀ occ. cum dex. hu. Orio. |
| 12 ☌ | 14 9 | | | 23△48 | | | □ ♃ ☿ 5.32 ♀ m. cū hi. |
| 13 Asc. | 11 ♉ | | | | | | □ ♃ ♀ 4.21 ☿ m.c. cū hy. |
| 14 | | | 4✶ 9 | | | | ♀ m.c. cum hadis. c. |
| 15 | | | | 13□56 | | | ☽ Ap. ♀ or. cū Ald. d. |
| 16 | | 9✶41 | | | | | ♀ m.c. cū capra. & 130 |
| 17 | | | | | 2✶34 | 12✶24 | ☽ ☊ 23.1 ♀ m.c. cū Ri. |
| 18 | 2✶ 9 | 22□18 | | 2✶ 9 | | | △ ☉ ♂ 17.42 (oc. cū 10 |
| 19 | | | 5☌57 | | 10□24 | | ☿ m.c. cū d. hu. Aur. & |
| 20 □ | 17 25 | | | | | 9□30 | ♀ m.c. cum zona Orio. |
| 21 Asc. | 14 ♋ | 8△19 | | | | | △ ♂ ♀ 13.48. |
| 22 | | | | 22☌48 | 10△28 | | □ ♄ ♃ platice cū ca. mi. |
| 23 | 4△48 | | 22✶15 | | | 2△40 | ♃ or. cū can. ♌ & ☿ oc. |
| 24 | | | | | | | ☌ ☉ ☿ 6.51 ♀ m.c. cū 31 |
| 25 | | 19☍ 5 | | | | Occid. | ♀ m.c. cum dex. hu. Orio. |
| 26 | | | 1□45 | | | | ☿ m.c. cum Syrio. |
| 27 ☍ | 17 57 | | | 6✶33 | 4☍45 | 23☍ 6 | |
| 28 Asc. | 18 ♋ | | 3△ 6 | | | | (occ. cum hyadis. e. |
| 29 | | 21△17 | | 7□47 | | | Per. ✶ ♃ ☿ 7.46. ♀ |
| 30 | | | | | | | ☽ ☋ 23.15 ☿ or. cū Her. |

a. Die 3. ☿ occ. cum hiad. & pleia.
b. Die 9. ♀ m.c. cum Aldeb.
Die 10. ☌ ♀ ☿ secundum eandem ferè lati.
♂ Fit dir. in principio mensis m.c. cum cing. ♍.

c. Die 14. ☿ m.c. cū capra, & oc. cum 10.
d. Die 15. ♄ oc. cum 141. & ☿ m.c. cū Ri.
e. Die 29. △ ♂ ♀ 10.13. ♀ oc. cū ca. mi.

| Anni Iuliani | Anni Grego. | Positus Planetarum Diurnus | | | | | M D | | S D | | M D | | S A | | S A | | | |
|---|---|---|---|---|---|---|---|---|---|---|---|---|---|---|---|---|---|---|
| | | ☉ ♋ | | | ☽ ♒ | | ♄ ♊ | | ♃ ♍ | | ♂ ♏ | | ♀ ♉ | | ☿ ♋ | | ☊ ♌ | |
| Dies | | P | ′ | ″ | P | ′ | P | ′ | P | ′ | P | ′ | P | ′ | P | ′ | P | ′ |
| 21 | 1 | 9 | 3 | 33 | 24 ♓ | 52 | 8 | 27 | 12 | 26 | 0 | 24 | 1 | 51 | 13 | 23 | 24 | 24 |
| A 22 | 2 | 10 | 0 | 30 | 9 | 19 | 8 | 35 | 12 | 35 | 0 | 43 | 3 | 6 | 17 | 17 | 24 | 21 |
| 23 | 3 | 10 | 58 | 7 | 23 ♈ | 48 | 8 | 42 | 12 | 44 | 1 | 1 | 4 | 19 | 19 | 10 | 24 | 18 |
| 24 | 4 | 11 | 55 | 24 | 7 | 41 | 8 | 49 | 12 | 53 | 1 | 20 | 5 | 31 | 21 | 3 | 24 | 15 |
| 25 | 5 | 12 | 52 | 41 | 21 ♉ | 18 | 8 | 56 | 13 | 2 | 1 | 40 | 6 | 46 | 22 | 56 | 24 | 12 |
| 26 | 6 | 13 | 49 | 50 | 4 | 29 | 9 | 3 | 13 | 11 | 2 | 0 | 7 | 59 | 24 | 48 | 24 | 8 |
| 27 | 7 | 14 | 47 | 17 | 17 | 17 | 9 | 10 | 13 | 20 | 2 | 21 | 9 | 13 | 26 | 40 | 24 | 5 |
| 28 | 8 | 15 | 44 | 35 | 29 | 45 | 9 | 17 | 13 | 30 | 2 | 42 | 10 | 26 | 28 | 31 | 24 | 2 |
| A 29 | 9 | 16 | 41 | 54 | 11 ♊ | 56 | 9 | 24 | 13 | 38 | 3 | 4 | 11 | 40 | 0 ♌ | 22 | 23 | 59 |
| 30 | 10 | 17 | 39 | 13 | 23 | 54 | 9 | 31 | 13 | 48 | 3 | 26 | 12 | 53 | 2 | 12 | 23 | 56 |
| Iul. 1 | 11 | 18 | 36 | 32 | 5 ♋ | 42 | 9 | 38 | 13 | 58 | 3 | 49 | 14 | 7 | 4 | 2 | 23 | 53 |
| 2 | 12 | 19 | 33 | 52 | 17 | 25 | 9 | 45 | 14 | 8 | 4 | 12 | 15 | 21 | 5 | 51 | 23 | 49 |
| 3 | 13 | 20 | 31 | 11 | 29 | 1 | 9 | 52 | 14 | 18 | 4 | 36 | 16 | 34 | 7 D | 39 | 23 | 46 |
| 4 | 14 | 21 | 28 | 25 | 10 ♌ | 41 | 9 | 58 | 14 | 28 | 5 | 0 | 17 | 48 | 9 | 26 | 23 | 43 |
| 5 | 15 | 22 | 25 | 52 | 22 ♍ | 24 | 10 | 5 | 14 | 38 | 5 | 25 | 19 | 1 | 11 | 11 | 23 | 40 |
| A 6 | 16 | 23 | 23 | 13 | 4 | 14 | 10 | 12 | 14 | 48 | 5 | 50 | 20 | 15 | 12 | 55 | 23 | 37 |
| 7 | 17 | 24 | 20 | 34 | 16 | 15 | 10 | 19 | 14 | 58 | 6 | 15 | 21 | 28 | 14 | 38 | 23 | 34 |
| 8 | 18 | 25 | 17 | 55 | 28 | 30 | 10 | 25 | 15 | 9 | 6 | 41 | 22 | 42 | 16 | 20 | 23 | 30 |
| 9 | 19 | 26 | 15 | 17 | 11 ♎ | 2 | 10 | 32 | 15 | 19 | 7 | 7 | 23 | 55 | 18 | 0 | 23 | 27 |
| 10 | 20 | 27 | 12 | 40 | 23 | 52 | 10 | 38 | 15 | 30 | 7 | 33 | 25 | 8 | 19 | 38 | 23 | 24 |
| 11 | 21 | 28 | 10 | 3 | 7 ♏ | 0 | 10 | 44 | 15 | 41 | 8 | 0 | 26 | 22 | 21 | 15 | 23 | 21 |
| 12 | 22 | 29 | 7 | 27 | 20 | 42 | 10 | 50 | 15 | 52 | 8 | 27 | 27 | 35 | 22 | 50 | 23 | 18 |
| A 13 | 23 | 0 ♌ | 4 | 51 | 4 ♐ | 41 | 10 | 56 | 16 | 3 | 8 | 54 | 28 | 49 | 24 | 23 | 23 | 15 |
| 14 | 24 | 1 | 2 | 16 | 19 | 2 | 11 | 2 | 16 | 14 | 9 | 22 | 0 ♌ | 2 | 25 | 54 | 23 | 11 |
| 15 | 25 | 1 | 59 | 41 | 3 ♑ | 42 | 11 | 8 | 16 | 25 | 9 | 50 | 1 | 16 | 27 | 22 | 23 | 8 |
| 16 | 26 | 2 | 57 | 7 | 18 | 30 | 11 | 14 | 16 | 37 | 10 | 19 | 2 | 30 | 28 | 47 | 23 | 5 |
| 17 | 27 | 3 | 54 | 33 | 3 ♒ | 31 | 11 | 20 | 16 | 48 | 10 | 48 | 3 | 43 | 0 ♍ | 9 | 23 | 2 |
| 18 | 28 | 4 | 52 | 0 | 18 | 34 | 11 | 26 | 16 | 59 | 11 | 17 | 4 | 57 | 1 | 28 | 22 | 59 |
| 19 | 29 | 5 | 49 | 26 | 3 ♓ | 33 | 11 | 32 | 17 | 11 | 11 | 46 | 6 | 11 | 2 | 44 | 22 | 55 |
| A 20 | 30 | 6 | 46 | 53 | 18 | 12 | 11 | 38 | 17 | 22 | 12 | 16 | 7 | 25 | 3 | 57 | 22 | 52 |
| 21 | 31 | 7 | 44 | 17 | 2 ♈ | 34 | 11 | 44 | 17 | 34 | 12 | 46 | 8 | 38 | 5 M | 6 | 22 | 49 |

| Latitudo Planetarũ ad diẽ | | ♄ | | ♃ | | ♂ | | ♀ | | ☿ | |
|---|---|---|---|---|---|---|---|---|---|---|---|
| | 1 | 2 | 33 | 1 | 6 | 0 | 36 | 0 | 7 | | 24 |
| | 11 | 2 | 55 | 1 | 4 | 0 | 54 | 0 | 26 | 1 D | 41 |
| | 21 | 1 A | 58 | 1 | 2 | 1 | 1 | 0 | 40 | 1 M | 21 |

Mensis

## Syzygiæ Lunares.

| Dies | | ☉ | Orient. ♄ | Occid. ♃ | Occid. ♂ | Orient. ♀ | Occid. ☿ | Syzygię Planetarũ mutuę, & eorum congressus cum illustrioribus aliquibus stellis fixis. |
|---|---|---|---|---|---|---|---|---|
| | | H ′ | H ′ | H ′ | H ′ | H ′ | H ′ | |
| 1 | | | 23□36 | | 9△16 | 12△34 | | ☿ or. cum zona Orio. |
| 2 | | 0△57 | | 5☍15 | | | 15△4 | ☿ or. cum Bell. & Ap. a |
| 3 | | | | | | 19□43 | | ♂ m.c. cum Arcturo. |
| 4 | □ | 7 59 | 1✶50 | | | | | |
| 5 | Asc. | 17 [illegible] | | | 19☍20 | | 3□28 | ✶ ☉ ♃ 4.30 \| ♀ m.c. cũ |
| 6 | | 18✶56 | | 16△13 | | 7✶15 | | ♄ or. cum Alde. (syrio. |
| 7 | | | | | | | 21✶12 | ♂ or. cum Pelicula. |
| 8 | | | 18☌58 | | | | | ♀ occ. cum hydra. |
| 9 | | | | 3□27 | | | | ♀ or. cũ d.hu. Or. et Her. b |
| 10 | | | | | 20△3 | | | ✶ ♃ ♀ 3.21 □ ♂ ☿ 20. |
| 11 | | | | 17✶31 | | 19☌19 | | ☿ or. cũ pro. et asi. (21.c. |
| 12 | ☌ | 4 55 | | | | | | ♀ m.c. cum Apolli. |
| 13 | Asc. | 13 [illegible] | 22✶34 | | 11□53 | | 20☌58 | [illegible] .52 \| ♀ or. cũ Reg. & |
| 14 | | | | | | | | ✶ ♄ ☿ 7.50. d (oc. cũ hy. |
| 15 | | | | | | | | ☉ ☊ ♄ 2.35 \| ☿ or. cũ ca. |
| 16 | | | 11□58 | 21☌23 | 3✶18 | | | (maio. c. |
| 17 | | 17✶13 | | | | 11✶22 | | ☿ oc. cũ Alg. & 31. & |
| 18 | | | 23△3 | | | | | (m.c. cũ hyd. |
| 19 | | | | | | | 14✶53 | |
| 20 | □ | 6 31 | | | | 2□30 | | |
| 21 | Asc. | 11 [illegible] | | 15✶22 | 1☌39 | | | ♂ or. cũ cau. cyg. et oc. cũ |
| 22 | | 15△30 | | | | 12△56 | 3□48 | ♂ or. cum chelis. (vinde. |
| 23 | | | 10☍31 | 19□10 | | | | ♄ m.c. cũ hyd. ☿ or. cũ re. |
| 24 | | | | | | | 21△29 | ♀ or. cum asi. Bor. e. |
| 25 | | | | 20△46 | 10✶13 | | | ♀ or. cũ Prys. & Acar. |
| 26 | | | | | | | | ♀ or. cum proc. & asi. |
| 27 | ☍ | 0 29 | 12△23 | | 11□50 | 0☍9 | | ☌ ☉ ♀ 17.1 \| ♀ oc. cũ Ap. |
| 28 | Asc. | 3 [illegible] | | | | Occid. | 22☍34 | ☉ Pe. & [illegible] 6.57 \| ☿ or. |
| 29 | | | 13□9 | 22☍36 | 13△55 | | | (cum hydra. |
| 30 | | | | | | | | |
| 31 | | 9△31 | 15✶42 | | [illegible] | [illegible] | 5 [illegible] | |

a. Die 2. ☿ or. cum Rigel, & m.c. cum proc. [illegible] cule, & occ. cum hydra.
b. Die 9. ☿ occ. cum Hercule.
c. Die 10. ☿ or. cum Acar. & occ. cum præsepe, & Apolline.
d. Die 14. ♀ m.c. cũ proc. & Hercule. e. Die 24. ♂ m.c. cũ lance aust. ♀ occ. cũ Hercule.

12
10
—
8
6

| Syzygiæ Lunares. | | | | | | | |
|---|---|---|---|---|---|---|---|
| | | Occid. | Orient. | Orient. | Orient. | Occid. | Syzygiæ Planetarũ mutuæ, & eorum congressus cum illustrioribus aliquibus stellis fixis. |
| | ☉ | ♄ | ♃ | ♂ | ♀ | ☿ | |
| Dies | H ′ | H ′ | H ′ | H ′ | H ′ | H ′ | |
| 1 ☍ | 9 15 | | 22 ✱ 58 | | | 7 ☍ 55 | ☌ ☉ ☿ 0.6 \| ☽ Apogæa. |
| 2 Asc. | 8 ♍ | 10 ✱ 48 | | 1 □ 37 | 18 △ 26 | | ♀ occ. cum acu. ✱. |
| 3 | | | | | | Orient. | ☌ or. cum spica ♍, ☍ ☿ |
| 4 | | 23 □ 34 | | 17 ✱ 23 | | | (occ. cum neb. ✱. |
| 5 | | | | | 13 □ 16 | | ☽ ☊ 20.8. |
| 6 | 21 △ 20 | | 21 ☌ 16 | | | 2 △ 21 | ♀ or. cum rostro gallinæ. |
| 7 | | 9 △ 46 | | | | | △ ☉ ♃ 10.33. b. |
| 8 | | | | | 4 ✱ 15 | 8 □ 41 | ♀ m.c. cũ Antare, & oc. |
| 9 □ | 9 32 | | | 15 ☌ 32 | | | (cum lance bor. |
| 10 Asc. | 18 ♍ | | | | | 12 ✱ 34 | ☿ m.c. cum Fidicula. |
| 11 | 17 ✱ 37 | 20 ☍ 4 | 10 ✱ 52 | | | | |
| 12 | | | | | 21 ☌ 35 | | |
| 13 | | | 12 □ 17 | 23 ✱ 34 | | | ∠ ☉ ♄ 4.29 \| ♀ oc. cũ co. |
| 14 | | | | | | 14 ☌ 53 | ♀ or. cum antare. (Bore. |
| 15 | | 21 △ 20 | 12 △ 19 | | | | □ ☉ ♂ 3.32 \| ☽ Perig. |
| 16 ☌ | 1 56 | | | 1 □ 8 | | | ☌ m.c. cum cing. ♍. |
| 17 Asc. | 23 ♊ | 21 □ 39 | | | 6 ✱ 5 | | |
| 18 | | | | 3 △ 17 | | 17 ✱ 59 | ☽ ☋ 14.19. |
| 19 | | | 14 ☍ 23 | | 12 □ 11 | | |
| 20 | 13 ✱ 21 | 0 ✱ 2 | | | | 23 □ 44 | □ ♃ ♀ 14.0. |
| 21 | | | | | 21 △ 44 | | ♀ m.c. cũ acu. ✱, ☍ ♀ |
| 22 □ | 23 54 | | | 15 ☍ 18 | | | (cum neb. ✱. |
| 23 Asc. | 27 ♉ | | | | | 16 △ 18 | ☿ or. cum neb. ✱. |
| 24 | | 14 ☌ 0 | 2 △ 30 | | | | ♀ m.c. cum neb. ✱. c. |
| 25 | 15 △ 1 | | | | | | ☿ or. cũ aquila, & occ. cũ |
| 26 | | | 7 □ 14 | | | | (Arcturo. |
| 27 | | | | 16 △ 35 | 5 ☍ 35 | | |
| 28 | | | | | | 20 ☍ 39 | ☿ or. cum neb. ✱. |
| 29 | | 14 △ 51 | 1 ✱ 50 | | | | ☽ Apo, ☌ m.c. cũ arctu |
| 30 | | | | 8 □ 10 | | | △ ♃ ☿ 18.27 ☿ oc. cũ cor. |
| 31 ☍ | 4 16 | | | | | | ♀ or. cum cauda Del. |
| Asc. | 5 ♌ | | | | | | |

a. Die 1 ♀ m.c. cum prima ✱ frontis ✱.

b. Die 7 ♂ occ. cum cauda ♌, & ♀ occ. cum neb. & corde ✱.

c. Die 24. ☿ or. cum aculeo ✱.

♄ Fit dir. m.c. cum vltima plei.

| | Syzygiæ Lunares. | | | | | | |
|---|---|---|---|---|---|---|---|
| | | Occid. | Orient. | Orient. | Orient. | Orient. | Syzygiæ Planetarū mutuæ, & eorum congressus cum illustrioribus aliquibus stellis fixis. |
| | ☉ | ♄ | ♃ | ♂ | ♀ | ☿ | |
| Dies | H ' | H ' | H ' | H ' | H ' | H ' | |
| 1 | | 4 □ 5 | | 23 ✱ 4 | 19 △ 8 | | ☽ ☊ 22.40. (Aquila. |
| 2 | | | | | | | ✱ ♂ ♀ 21.0 \| ☿ m.c. cū |
| 3 | | 15 △ 32 | 2 ☌ 16 | | | 12 △ 55 | ♂ or. cum Fidicula. |
| 4 | | | | | 23 □ 53 | | △ ♄ ☿ 11.3 \| ♀ m.c. cū |
| 5 | 12 △ 5 | | | | | | (Fidicula. |
| 6 | | | | 19 ☌ 51 | | 4 □ 27 | ♀ m.c. cum neb. ♓. |
| 7 □ | 21 41 | | 15 ✱ 58 | | 2 ✱ 0 | | ☿ m.c. cum cor. ♌. |
| 8 Asc. | 1 ♉ | 4 ☍ 44 | | | | 15 ✱ 42 | ♀ or. cum acu. [illegible]. a |
| 9 | | | 18 □ 12 | | | | |
| 10 | 3 ✱ 51 | | | | | | ☿ m.c. cum cauda Del. |
| 11 | | | 18 △ 40 | 3 ✱ 13 | 15 ☌ 5 | | (14.41 b |
| 12 | | 7 △ 33 | | | | | □ ☉ ♄ 1.11 \| □ ♂ ☿ |
| 13 | | | | 5 □ 47 | | 6 ☌ 16 | △ ♃ ☿ 8.44. |
| 14 ♂ | 12 20 | 8 □ 29 | | | | | ☽ ☋ 2.7 \| ♀ oc. cū corona |
| 15 Asc. | 18 [illegible] | | 20 ☍ 21 | 7 △ 14 | | | ♀ m.c. cum rostro galinæ |
| 16 | | 11 ✱ 2 | | | 2 ✱ 17 | | ☿ occ. cum Ponab. |
| 17 | | | | | | | ☿ oc. cū aqu. & can. ♌ |
| 18 | | | | | 11 □ 58 | 2 ✱ 9 | ♀ m.c. cum aquila. |
| 19 | 4 ✱ 48 | | | 19 ☍ 26 | | | ☿ or. cum cauda ♌. |
| 20 | | | 6 △ 31 | | | 19 □ 26 | △ ♄ ♀ 12.10. |
| 21 □ | 18 1 | 0 ☌ 7 | | | 1 △ 14 | | (lance. Austr. |
| 22 Asc. | 16 ♒ | | 15 □ 35 | | | | □ ♄ ☿ 9.47 \| ♂ m.c. cū |
| 23 | | | | | | 15 △ 2 | ♀ m.c. cum cor. ♌. c |
| 24 | 9 △ 38 | | | 18 △ 39 | | | |
| 25 | | 22 ✱ 56 | 2 ✱ 40 | | | | ☿ occ. cum rostro gall. |
| 26 | | | | | 12 ☍ 56 | | ☽ Apog. |
| 27 | | | | 8 □ 4 | | | ♀ m.c. cum cauda Del. |
| 28 | | 11 □ 30 | | | | | |

a. Die 8. ♀ occ. cum neb. ♓.
b. Die 11. ☽ Ter. ♃. & ♀ or. cum neb. [illegible], & ☿ m.c. cum cauda cygni.
d. Die 23. ☿ or. cum cap. Med. & occ. cum cauda Del.

Positus Planetarum Diurnus.

| ☽ ♍ | M ♄ ♉ P | A ' | S ♃ ♍ P | A ' | S ♂ ✱ P | A ' | S ♀ ♒ P | D ' | M ☿ ♓ P | A ' | ☊ ♍ P | ' |
|---|---|---|---|---|---|---|---|---|---|---|---|---|
| 19 | 24 | 8 | 13 | 24 | 10 | 47 | 3 | 53 | 6 | 9 | 0 | 52 |
| 36 | 24 | 11 | 13 | 16 | 10 | 59 | 5 | 5 | 8 | 2 | 0 | 49 |
| 4 ♎ 45 | 24 | 15 | 13 | 9 | 11 | 11 | 6 | 17 | 9 | 55 | 0 | 46 |
| 7 18 | 24 | 19 | 13 | 1 | 11 | 22 | 7 | 19 | 11 | 48 | 0 | 43 |
| 0 ♏ 7 | 24 | 23 | 12 | 53 | 11 | 33 | 8 M | 41 | 13 | 40 | 0 | 40 |
| 3 15 | 24 | 27 | 12 | 45 | 11 | 43 | 9 | 53 | 15 | 32 | 0 | 36 |
| 6 ♐ 44 | 24 | 31 | 12 | 37 | 11 | 53 | 11 | 5 | 17 | 24 | 0 | 33 |
| 0 34 | 24 | 35 | 12 | 29 | 12 | 2 | 12 | 17 | 19 | 16 | 0 | 30 |
| 4 43 | 24 | 40 | 12 | 21 | 12 | 10 | 13 | 29 | 21 | 7 | 0 | 27 |
| 9 ♑ 8 | 24 | 45 | 12 | 13 | 12 | 18 | 14 | 41 | 22 | 58 | 0 | 24 |
| 3 43 | 24 | 50 | 12 | 5 | 12 | 25 | 15 | 54 | 24 | 48 | 0 | 20 |
| 8 13 | 24 | 55 | 11 | 57 | 12 | 32 | 17 | 6 | 26 | 38 | 0 | 17 |
| 3 ♒ 1 | 25 | 0 | 11 D | 50 | 12 | 38 | 18 | 18 | 28 V | 28 | 0 | 14 |
| 7 30 | 25 | 6 | 11 | 42 | 12 | 43 | 19 | 31 | 0 | 17 | 0 | 11 |
| 1 ♓ 44 | 25 | 11 | 11 | 35 | 12 | 48 | 20 | 43 | 2 | 6 | 0 | 8 |
| 5 44 | 25 | 16 | 11 | 28 | 12 | 52 | 21 | 55 | 3 | 54 | 0 | 5 |
| 9 ♈ 24 | 25 | 22 | 11 | 21 | 12 | 56 | 23 | 8 | 5 | 41 | 0 | 1 |
| 2 46 | 25 | 27 | 11 | 14 | 12 | 59 | 24 | 20 | 7 | 27 | 29 ♌ | 58 |
| 5 ♉ 52 | 25 | 33 | 11 | 7 | 13 | 1 | 25 | 33 | 9 | 12 | 29 | 55 |
| 8 43 | 25 | 38 | 11 | 0 | 13 | 3 | 26 | 45 | 10 | 56 | 29 | 52 |
| 1 ♊ 21 | 25 | 44 | 10 | 53 | 13 ℞ | 4 | 27 | 58 | 12 S | 39 | 29 | 49 |
| 3 48 | 25 | 49 | 10 | 47 | 13 | 3 | 29 | 11 | 14 | 21 | 29 | 46 |
| 5 ♋ 6 | 25 | 55 | 10 | 40 | 13 | 2 | 0 ♓ | 23 | 16 | 2 | 29 | 42 |
| 7 17 | 26 | 1 | 10 | 34 | 13 D | 1 | 1 | 36 | 17 | 41 | 29 | 39 |
| 9 ♌ 24 | 26 | 7 | 10 | 27 | 12 | 59 | 2 | 48 | 19 | 20 | 29 | 36 |
| 30 | 26 | 13 | 10 | 21 | 12 | 57 | 4 | 1 | 20 | 56 | 29 | 33 |
| 37 | 26 | 19 | 10 | 15 | 12 | 54 | 5 | 14 | 22 | 30 | 29 | 30 |
| 47 ♍ | 26 | 25 | 10 | 9 | 12 | 50 | 6 | 26 | 24 | 2 | 29 | 27 |
| 5 | 26 | 31 | 10 | 3 | 12 | 44 | 7 | 39 | 25 | 32 | 29 | 23 |
| 28 ♎ | 26 | 37 | 9 | 57 | 12 | 38 | 8 | 51 | 26 | 59 | 29 | 20 |
| 5 | 26 | 43 | 9 | 51 | 12 | 31 | 10 | 4 | 28 | 24 | 29 | 17 |
| 1 | 2 | 14 | 1 | 29 | 2 | 21 | 0 M | 7 | 1 | 45 | Mensis | |
| 11 | 2 | 10 | 1 D | 30 | 2 | 24 | 0 | 12 | 1 | 16 | | |
| 21 | 2 | 5 | 1 | 30 | 2 D | 25 | 0 | 31 | 0 S | 4 | | |

Syzygiæ Lunares.

| Dies | ☉ | Occid. ♄ | Orient. ♃ | Orient. ♂ | Orient. ♀ | Orient. ☿ | Syzygiæ Planetarū mutuæ, & eorum congressus cum illustrioribus aliquibus stellis fixis. |
|---|---|---|---|---|---|---|---|
| | H. ′ | H. ′ | H. ′ | H. ′ | H. ′ | H. ′ | |
| 1 ☍ | 21 45 | | 10 ☍ 37 | 21 ✱ 4 | | 13 ☍ 41 | ☉ ♄ 16. △ ☉ ☌ 10.3 (a |
| 2 Asc. | 3 ♊ | 23 △ 0 | | | | | [illegible] cum cauda cyg. |
| 3 | | | | | | | ☍ ☉ ♃ 19.58 △ ☌ ☿ |
| 4 | | | Occid. | | 10 △ 23 | | ☍ ♃ ☿ 14.36 ☌ 3.40. |
| 5 | | | | | | | ☌ ☉ ☿ 11.24. |
| 6 | 23 △ 24 | | 16 ✱ 41 | 15 ☌ 25 | 12 □ 58 | Occid. | |
| 7 | | 13 ☍ 33 | | | | 1 △ 20 | □ ☌ ♀ 16.17 ☿ [illegible] |
| 8 | | | 20 □ 1 | | 23 ✱ 42 | | (Actor. |
| 9 □ | 6 33 | | | | | 14 □ 12 | ✱ ♃ ☌ 10.30 ♀ oc.c. |
| 10 Asc. | 28 ♍ | | 21 △ 20 | 22 ✱ 51 | | | ☌ or. cum ca. cyg. (b (so. |
| 11 | 13 ✱ 46 | 18 △ 17 | | | | 20 ✱ 43 | ✱ ♄ ♀ 0.27. |
| 12 | | | | 23 □ 21 | | | ☉ [illegible] ☌ or. cū chelis, & |
| 13 | | 19 □ 53 | | | 9 ☌ 33 | | (♀ m.c. cum cauda |
| 14 | | | 23 ☍ 47 | | | | ☉ ♈ 4.11. |
| 15 ☌ | 23 21 | 23 ✱ 19 | | 1 △ 49 | | | ✱ ☉ ♄ 10.57 ♀ [illegible] |
| 16 Asc. | 10 ♏ | | | | | 16 ☌ 33 | (cauda |
| 17 | | | | | | | ♃ or. cum cauda [illegible] |
| 18 | | | | | 3 ✱ 1 | | |
| 19 | | | 9 △ 4 | 13 ☍ 45 | | | □ ♄ ♀ 0.0. ♀ [illegible] |
| 20 | 21 ✱ 55 | 13 ☌ 11 | | | 16 □ 52 | | ([illegible] |
| 21 | | | 18 □ 13 | | | | ♀ or. cum cap. Med. |
| 22 | | | | | | 1 ✱ 6 | ☿ oc.c. cum rostro galli. |
| 23 □ | 13 14 | | | | 9 △ 22 | | (cum cauda cygni |
| 24 Asc. | 0 ♑ | | 3 ✱ 31 | 9 △ 20 | | 22 □ 46 | ♄ oc. cū zona Or. & ☿ or. |
| 25 | | 13 ✱ 16 | | | | | ☽ Apog. |
| 26 | 6 △ 2 | | | 10 ✱ 37 | | | |
| 27 | | 23 □ 16 | | | | 17 △ 48 | ☿ [illegible] ☿ [illegible] |
| 28 | | | | | 21 ☍ 57 | | ☉ ☊ 5.12 (☿ or. cū [illegible] |
| 29 | | | 0 ☌ 53 | 7 ✱ 3 | | | ♀ m.c. cū Fo. (hum. Oru |
| 30 | | 9 △ 51 | | | | | ☍ ♃ ♀ 0.3 ♄ oc. cū fro |
| 31 ☍ | 22 27 | | | | | | ♄ oc. cum can. [illegible] pleia |
| Asc. | 22 ♓ | | | | | | |

a. Die 2. ♄ m.c. cum pleia. & hiad. & ☿ m.c. cum Fomah.

b. Die 10. ☿ occ. cum aquila, & cauda ♑.

c. Die 19. ☿ or. cum cornu ♈.

☌ Fit stat. ad ♃ in ortu eius cum chelis, & cauda cygni, & in occasu cum vindem.

## Syzygiæ Lunares.

| | | Occid. | Occid. | Orient. | Orient. | Occid. | |
|---|---|---|---|---|---|---|---|
| | ☉ | ♄ | ♃ | ♂ | ♀ | ☿ | Syzygiæ Planetarũ, mutuę, & eorum congressus cum illustrioribus aliquibus stellis fixis. |
| Dies | H ′ | H ′ | H ′ | H ′ | H ′ | H ′ | |
| 1 | | | | | | | △ ♂ ♀ 20.6. |
| 2 | | | 17 ✶ 6 | 21 ☌ 40 | | 2 ☍ 6 | |
| 3 | | | | | 0 △ 30 | | ☿ occ. cum cor. ♈. |
| 4 | | 0 ☍ 0 | 20 □ 59 | | | | |
| 5 | 7 △ 16 | | | | 9 □ 31 | | |
| 6 | | | 22 △ 58 | | | 18 △ 30 | ♀ occ. cum Antar. |
| 7 □ | 13 0 | | | 2 ✶ 40 | 15 ✶ 43 | | |
| 8 Asc. | 5 ♑ | 5 △ 24 | | | | 23 □ 18 | ☽ Perig. \| ☿ or. cũ pleia |
| 9 | 18 ✶ 19 | | | 3 □ 29 | | | △ ♃ ☿ 6.26. |
| 10 | | 7 □ 48 | | | | | ☉ ♉ 9.20. |
| 11 | | | 2 ☍ 31 | 5 △ 21 | | 4 ✶ 40 | ☍ ♂ ♀ 13.26. |
| 12 | | 11 ✶ 52 | | | 6 ☌ 18 | | |
| 13 | | | | | | | |
| 14 ☌ | 11 21 | | | | | | |
| 15 Asc. | 19 ♓ | | 13 △ 31 | 14 ☍ 40 | | 19 ☌ 37 | ✶ ♄ ♀ .2.33. |
| 16 | | | | | | | ♂ m. c. cum lance aust. a |
| 17 | | 3 ☌ 35 | 22 □ 48 | | 8 ✶ 23 | | ✶ ♃ ♂ 22.11. |
| 18 | | | | | | | |
| 19 | 25 ✶ 44 | | | | | | |
| 20 | | | 9 ✶ 25 | 7 △ 50 | 1 □ 28 | 24 ✶ 19 | |
| 21 | | | | | | | ☽ Apog. |
| 22 □ | 8 20 | 5 ✶ 25 | | 17 □ 14 | 19 △ 13 | 22 □ 39 | ♀ or. cum cornu ♈. |
| 23 Asc. | 19 ♒ | | | | | | (5.6. b. |
| 24 | 23 △ 56 | 13 □ 49 | | | | | △ ♃ ☿ 12.15. ☽ ☊ 10. |
| 25 | | | 6 ☌ 34 | 2 ✶ 28 | | 5 △ 16 | ☍ ☉ ♂ 22.2. |
| 26 | | 23 △ 48 | | Occid. | | | ☌ ☉ ☿ 14.41. |
| 27 | | | | | | Orient. | (6.2. |
| 28 | | | | | 2 ☍ 24 | | △ ☉ ♃ 12.48 \| ☍ ♂ ☿ |
| 29 | | | 21 ✶ 31 | 15 ☌ 36 | | 13 ☍ 20 | |
| 30 ☍ | 0 20 | | | | | | |
| Asc. | 24 ♌ | | | | | | |

a. Die 16. ♄ occ. cum Aldebaran.
b. Die 24. ♄ occ. cum cane maiori.

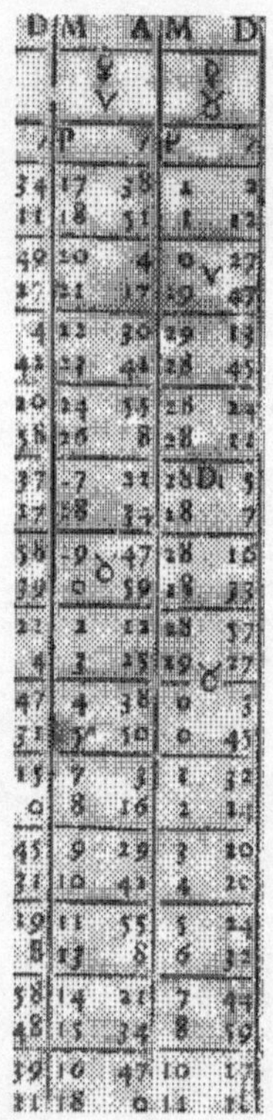

| D | M | A | M | D |
|---|---|---|---|---|
| | ☿ ♈ | | ♀ ♉ | |
| [illegible] | P | 7 | P | 2 |
| 34 | 17 | 58 | 1 | 2 |
| 11 | 18 | 51 | 1 | 12 |
| 49 | 20 | 4 | 0 ♈ | 27 |
| 27 | 21 | 17 | 29 | 47 |
| 4 | 22 | 30 | 29 | 13 |
| 42 | 23 | 44 | 28 | 45 |
| 20 | 24 | 55 | 28 | 24 |
| 58 | 26 | 8 | 28 | 11 |
| 37 | 27 | 22 | 28 D | 5 |
| 17 | 28 | 37 | 28 | 7 |
| 58 | 29 ♉ | 47 | 28 | 16 |
| 39 | 0 | 59 | 28 | 33 |
| 22 | 2 | 12 | 28 | 57 |
| 4 | 3 | 25 | 29 ♉ | 27 |
| 47 | 4 | 38 | 0 | 3 |
| 31 | 5 | 50 | 0 | 43 |
| 15 | 7 | 3 | 1 | 32 |
| 0 | 8 | 16 | 2 | [illegible] |
| 45 | 9 | 29 | 3 | 20 |
| 31 | 10 | 42 | 4 | 20 |
| 19 | 11 | 55 | 5 | 24 |
| 8 | 13 | 8 | 6 | 32 |
| 58 | 14 | 21 | 7 | 44 |
| 48 | 15 | 34 | 8 | 59 |
| 39 | 16 | 47 | 10 | 17 |
| 31 | 18 | 0 | 11 | [illegible] |

## Syzygiæ Lunares.

| Dies | ☉ | Occid. ♄ | Occid. ♃ | Occid. ♂ | Orient. ♀ | Orient. ☿ | Syzygiæ Planetarū mutuę, & eorum congressus cum illustrioribus aliquibus stellis fixis. |
|---|---|---|---|---|---|---|---|
| | H ′ | H ′ | H ′ | H ′ | H ′ | H ′ | |
| 1 | | 12 ☍ 21 | | | | | ♄ m. c. cum [illegible] a. |
| 2 | | | 1 □ 21 | | 21 △ 24 | | ♀ or. cum [illegible] b. |
| 3 | | | | 18 ✱ 18 | | 14 △ 9 | ♂ or. cum Fidicula. b. |
| 4 | 13 △ 5 | | 3 △ 20 | | | | |
| 5 | | 16 △ 54 | | 18 △ 25 | 3 □ 24 | 13 □ 4 | ☉ [illegible] |
| 6 □ | 18 20 | | | | | | |
| 7 Alc. | 14 ♊ | 19 □ 35 | | 19 △ 14 | 9 ✱ 45 | 14 ✱ 35 | ☽ ☋ 11. 5 \| ♀ m. c. cū |
| 8 | | | 7 ☍ 11 | | | | ♂ m. c. cū. [illegible] (cor. ♈ |
| 9 | 0 ✱ 47 | | | | | | ☌ ☿ ♀ 14. 32. |
| 10 | | 0 ✱ 6 | | | | | |
| 11 | | | | | | | ☍ ♂ ♃ 2. 34. |
| 12 | | | 19 △ 22 | 3 ☍ 20 | 6 ☌ 34 | 1 ☌ 24 | ♀ occ. cum cor. ♈. |
| 13 | | | | | | | ☍ ♂ ♀ 12. 12. |
| 14 ☌ | 0 12 | 17 ☌ 49 | | | | | |
| 15 Alc. | 2 ♍ | | 9 □ 36 | | | | ♀ occ. cum cor. ♈. |
| 16 | | | | 21 △ 26 | | | ♀ or. cum Fomah. |
| 17 | | | 17 ✱ 27 | | 16 ✱ 43 | 4 ✱ 19 | |
| 18 | | | | | | | △ ♃ ♀ 0. 0 \| ☉ Apo. c. |
| 19 | 9 ✱ 28 | 18 ✱ 18 | | 8 □ 17 | | 21 □ 21 | |
| 20 | | | | | 12 □ 21 | | |
| 21 | | | | 18 ✱ 37 | | | ☉ ☌ 17. 24 ♀ or. cū alt. |
| 22 □ | 1 59 | 6 □ 21 | 16 ☌ 31 | | | 14 △ 9 | ♀ m. c. cū cap. Med. (ple. |
| 23 Alc. | 28 ♍ | | | | 4 △ 15 | | △ ♃ ☿ 15. 9 \| ☿ or. cū pl. |
| 24 | 15 △ 38 | 15 △ 59 | | | | | ☌ ☉ ♄ 21. 7 ♀ or. cū alt. |
| 25 | | Orient. | | | | | (plena. d. |
| 26 | | | | 9 ☌ 51 | | | ♀ occ. cum Rigel. |
| 27 | | | 7 ✱ 31 | | | 16 ☍ 49 | ♀ m. c. cum cap. Med. c |
| 28 | | | | | 4 ☍ 16 | | ♂ m. c. cum cing. ♍. c |
| 29 ☍ | 9 38 | 3 ☍ 12 | 11 □ 5 | | | | ☿ oc. cū Ri. m. c. cū acar. |
| 30 Alc. | 5 ♐ | | | 15 ✱ 59 | | | □ ☉ ♃ 11. 46 ♀ m. c. |
| 31 | | | 12 △ 42 | | | | (cum pleia. |

a. Die 1. ♀ occ. cum cauda ceti, & ☿ occ. cum cor. ♈.
b. Die 3. ♀ or. cum dext. hu. Auri.
c. Die 18. ☿ or. cum ultima fusionis aquæ ☉.
d. Die 24. ♀ m. c. cum Acar. & dex. latere Persei.

Positus Planetarum Diurnus.

| | Dies | | ☉ ♊ P | ′ | ″ | ☽ ♑ P | | ′ | M ♄ ♊ P | A ′ | S ♃ ♍ P | D ′ | S ♂ ♎ P | D ′ | M ♀ ♉ P | A ′ | M ☿ ♉ P | A ′ | ☊ ♌ P | ′ |
|---|---|---|---|---|---|---|---|---|---|---|---|---|---|---|---|---|---|---|---|---|
| | 22 | 1 | 10 | 22 | 34 | 15 | | 56 | 4 | 31 | 9 | 2 | 26 | 1 | 25 | 18 | 20 | 36 | 26 | 0 |
| | 23 | 2 | 11 | 20 | 5 | 0 | ♒ | 44 | 4 | 39 | 9 | 6 | 25 | 59 | 26 | 31 | 22 | 12 | 25 | 57 |
| | 24 | 3 | 12 | 17 | 35 | 15 | | 27 | 4 D | 47 | 9 | 11 | 25 | 58 | 27 | 44 | 23 | 50 | 25 | 53 |
| A | 25 | 4 | 13 | 15 | 4 | 29 | | 58 | 4 | 55 | 9 | 16 | 25 D | 57 | 28 | 57 | 25 | 30 | 25 | 50 |
| | 26 | 5 | 14 | 12 | 32 | 14 | ♓ | 15 | 5 | 3 | 9 | 21 | 25 | 58 | 0 ♊ | 10 | 27 | 11 | 25 | 47 |
| | 27 | 6 | 15 | 9 | 59 | 28 | | 8 | 5 | 11 | 9 | 26 | 26 | 0 | 1 | 23 | 28 | 54 | 25 | 44 |
| | 28 | 7 | 16 | 7 | 25 | 11 | ♈ | 41 | 5 | 19 | 9 | 32 | 26 | 2 | 2 | 36 | 0 ♊ | 38 | 25 | 41 |
| | 29 | 8 | 17 | 4 | 50 | 24 | | 51 | 5 | 27 | 9 | 37 | 26 | 5 | 3 | 49 | 2 | 24 | 25 | 37 |
| | 30 | 9 | 18 | 2 | 14 | 7 | ♉ | 41 | 5 | 35 | 9 | 43 | 26 | 8 | 5 | 2 | 4 | 11 | 25 | 34 |
| | 31 | 10 | 18 | 59 | 38 | 20 | | 22 | 5 | 43 | 9 | 49 | 26 | 12 | 6 | 15 | 5 | 59 | 25 | 31 |
| A | 1 | 11 | 19 | 57 | 1 | 2 | ♊ | 27 | 5 | 51 | 9 | 55 | 26 | 17 | 7 | 29 | 7 | 48 | 25 | 28 |
| Iun. | 2 | 12 | 20 | 54 | 24 | 14 | | 30 | 5 | 59 | 10 | 1 | 26 M | 23 | 8 | 42 | 9 | 37 | 25 | 25 |
| | 3 | 13 | 21 | 51 | 45 | 26 | | 24 | 6 | 7 | 10 | 7 | 26 | 30 | 9 | 55 | 11 | 27 | 25 | 22 |
| | 4 | 14 | 22 | 49 | 8 | 8 | ♋ | 13 | 6 | 15 | 10 | 14 | 26 | 37 | 11 | 8 | 13 | 18 | 25 | 18 |
| | 5 | 15 | 23 | 46 | 29 | 19 | ♌ | 59 | 6 | 23 | 10 | 21 | 26 | 45 | 12 | 21 | 15 | 9 | 25 | 15 |
| | 6 | 16 | 24 | 43 | 50 | 1 | | 47 | 6 | 31 | 10 | 28 | 26 | 54 | 13 | 35 | 17 | 1 | 25 | 12 |
| | 7 | 17 | 25 | 41 | 10 | 13 | | 39 | 6 | 39 | 10 | 35 | 27 | 3 | 14 | 48 | 18 | 53 | 25 | 9 |
| A | 8 | 18 | 26 | 38 | 30 | 25 | | 38 | 6 | 47 | 10 | 42 | 27 | 13 | 16 | 1 | 20 | 45 | 25 | 6 |
| | 9 | 19 | 27 | 35 | 50 | 7 | ♍ | 46 | 6 | 55 | 10 | 49 | 27 | 24 | 17 | 14 | 22 | 38 | 25 | 2 |
| | 10 | 20 | 28 | 33 | 9 | 20 | | 7 | 7 | 2 | 10 | 57 | 27 | 35 | 18 | 27 | 24 S | 31 | 24 | 59 |
| | 11 | 21 | 29 | 30 | 29 | 2 | ♎ | 44 | 7 | 10 | 11 | 5 | 27 | 47 | 19 | 40 | 26 | 24 | 24 | 56 |
| | 12 | 22 | 0 ♋ | 27 | 48 | 15 | | 39 | 7 | 18 | 11 | 13 | 28 | 0 | 20 | 53 | 28 | 17 | 24 | 53 |
| | 13 | 23 | 1 | 25 | 7 | 28 | | 53 | 7 | 26 | 11 | 21 | 28 | 14 | 22 | 7 | 0 ♋ | 11 | 24 | 50 |
| | 14 | 24 | 2 | 22 | 26 | 12 | ♏ | 29 | 7 | 34 | 11 | 29 | 28 | 28 | 23 | 20 | 2 | 5 | 24 | 47 |
| | 15 | 25 | 3 | 19 | 44 | 26 | | 25 | 7 | 41 | 11 | 37 | 28 | 43 | 24 | 33 | 3 | 59 | 24 | 48 |
| A | 16 | 26 | 4 | 17 | 2 | 10 | ♐ | 42 | 7 | 49 | 11 | 45 | 28 | 59 | 25 | 46 | 5 | 53 | 24 | 40 |
| | 17 | 27 | 5 | 14 | 21 | 25 | ♑ | 17 | 7 | 57 | 11 | 53 | 29 | 15 | 26 S | 59 | 7 | 47 | 24 | 37 |
| | 18 | 28 | 6 | 11 | 40 | 10 | | 6 | 8 | 4 | 12 | 1 | 29 | 32 | 28 | 13 | 9 | 41 | 24 | 34 |
| | 19 | 29 | 7 | 8 | 58 | 25 | ♒ | 3 | 8 | 12 | 12 | 9 | 29 ♏ | 49 | 29 ♋ | 26 | 11 | 35 | 24 | 31 |
| | 20 | 30 | 8 | 6 | 16 | 10 | | 1 | 8 | 20 | 12 | 18 | 0 | 6 | 0 | 39 | 13 | 29 | 24 | 28 |

| Latitudo Planetarũ ad diẽ | ♄ | | ♃ | | ♂ | | ♀ | | ☿ | | Mensis |
|---|---|---|---|---|---|---|---|---|---|---|---|
| 1 | 1 D | 51 | 1 | 15 | 0 | 25 | 0 | 52 | 3 | 4 | |
| 11 | 1 | 51 | 1 | 12 | 0 M | 1 | 0 | 29 | 1 S | 38 | |
| 21 | 1 | 52 | 1 | 9 | 0 | 18 | 0 S | 17 | 0 | 1 | |

| Syzygiæ Lunares. | | | | | | | |
|---|---|---|---|---|---|---|---|
| | | Oriens. | Occid. | Occid. | Orient. | Orient. | Syzygiæ Planetarũ mutuæ, & eorum congressus cum illustrioribus aliquibus stellis fixis. |
| | ☉ | ♄ | ♃ | ♂ | ♀ | ☿ | |
| Die | H ′ | H ′ | H ′ | H ′ | H ′ | H ′ | |
| 1 | | | | 16□19 | 16△32 | 8△29 | ☉ Pe. ♀ or. cũ ple. & hi. |
| 2 | 18△18 | 6△27 | | | | | ♀ m. c. cũ ple. (Orio. a |
| 3 | | | | 17△32 | 22□ 9 | 15□38 | ☉ ☋ 17.12 ♀ oc. cũ 20. |
| 4 | | 8□25 | 15☍46 | | | | ♄ m. c. cũ Ald. ♀ oc. cũ |
| 5 ☽ | 0 8 | | | | | | ♀ oc. cũ 5 prio (sinhu. Or. |
| 6 Asc. | 11 ♍ | 12✶30 | | | 6✶19 | 1✶35 | ♄ or. & ♀ m. c. cũ hiad. |
| 7 | 8✶42 | | | | | | ♀ occ. cum ca. ma. & m. |
| 8 | | | | 2☍39 | | | (c. cum hiad. |
| 9 | | | 3△56 | | | | ☌ ♄ ♀ 12.11 ☌ ♄ ☿ 20. |
| 10 | | | | | | | ☌ ♀ ☿ 10.59 (11. b. |
| 11 | | 6☌50 | 14□59 | | 11☌ 9 | 12☌33 | ♀ occ. cum dex. hu. Orio. |
| 12 ☌ | 14 9 | | | 23△48 | | | □ ♃ ☿ 5.31 ♀ or. cũ hi. |
| 13 Asc. | 11 ♉ | | | | | | □ ♃ ♀ 4.21 ☿ m. c. cũ hi. |
| 14 | | | 4✶ 9 | | | | ♀ m. c. cum hedis. c. |
| 15 | | | | 13□56 | | | ☉ Ap. ♀ or. cũ Ald. d. |
| 16 | | 9✶41 | | | | | ♀ m. c. cũ capra, & 130 |
| 17 | | | | | 2✶34 | 18✶24 | ☉ ☊ 23.1 ♀ m. c. cũ Ri. |
| 18 | 2✶ 9 | 22□18 | | 2✶ 9 | | | △ ☽ ♂ 17.41 (oc. cũ 20 |
| 19 | | | 5☌57 | | 20□24 | | ☿ m. c. cũ d. hu. Aur. & |
| 20 □ | 17 25 | | | | | 9□50 | ☿ m. c. cum zona Orio. |
| 21 Asc. | 14 ♋ | 8△19 | | | | | △ ♂ ♀ 13.48. |
| 22 | | | | 22☌48 | 10△38 | | □ ♄ ♃ plat. (oc. cũ ca. mi. |
| 23 | 4△48 | | 22✶15 | | | 2△40 | ♃ or. cũ can. ☊. & ☿ oc. |
| 24 | | | | | | | ☌ ☉ ☿ 6.51 ♀ m. c. cũ 31 |
| 25 | | 19☍ 5 | | | | Occid. | ♀ m. c. cum dex. hu. Orio. |
| 26 | | | 1□45 | | | | ☿ m. c. cum Syrio. |
| 27 ☍ | 17 27 | | | 6✶33 | 4☍45 | 23☍ 6 | |
| 28 Asc. | 18 ♋ | | 3△ 6 | | | | ☿ occ. cum hedis. e. |
| 29 | | 21△17 | | 7□47 | | | Per. ✶ ♃ ♀ 7.46. ♀ |
| 30 | | | | | | | ☉ ☋ ☿ 23.15 ☿ or. cũ Her. |

a. Die 3. ☿ oc. c. cum hiad. & pleia.
b. Die 9. ♀ m. c. cum Aldeb.
Die 10. ☌ ♀ ☿ secundum eandem ferè lati.
♂ Fit dir. in principio mensis m. c. cum cing. ♍.

c. Die 14. ☿ m. c. cũ capra, & oc. cum 20.
d. Die 15. ♄ oc. cum 141. & ☿ m. c. cũ Ri.
e. Die 29. △ ♂ ♀ 10.13. ☿ oc. cũ ca. mi.

Syzygiæ Lunares.

| Dies | ☉ | ♄ Orient. | ♃ Occid. | ♂ Occid. | ♀ Orient. | ☿ Occid. | Syzygiæ Planetarũ mutuæ, & eorum congressus cum illustrioribus aliquibus stellis fixis. |
|---|---|---|---|---|---|---|---|
| | H ′ | H ′ | H ′ | H ′ | H ′ | H ′ | |
| 1 | | 23□36 | | 9△16 | 12△3[illegible] | | ♀ or. cum zona (Orio. |
| 2 | 0△57 | | 5☍15 | | | 15△4 | ☿ or. cum Bell. & Ap a |
| 3 | | | | | 19□43 | | ♂ m.c. cum Arcturo. |
| 4 □ | 7 59 | 1✶55 | | | | | |
| 5 Asc. | 17 ♐ | | | 19☍20 | | 3□26 | ✶ ☉ ♃ 4.30 \| ☿ m.c. cũ |
| 6 | 18✶56 | | 16△13 | | 7✶15 | | ♄ or. cum Alde. (Syrio. |
| 7 | | | | | | 21✶12 | ♂ or. cum Fidicula. |
| 8 | | 18☌51 | | | | | ♀ occ. cum hydis. |
| 9 | | | 3□27 | | | | ♀ or. cũ d.hu. Or. et Her. b |
| 10 | | | | 20△3 | | | ✶ ♃ ♀ 3.21 □ ♂ ☿ 20. |
| 11 | | | 17✶31 | | 19☌19 | | ☿ or. cũ pro. et ast. (21. c. |
| 12 ☌ | 4 55 | | | | | | ♀ m.c. cum Apoll. |
| 13 Asc. | 13 ♓ | 22✶34 | | 11□53 | | 20☌56 | ☽ [illegible] \| ♀ or. cũ Reg. & |
| 14 | | | | | | | ✶ ♄ ☿ 7.50. d (oc. cũ hy. |
| 15 | | | | | | | ☉ ☌ ☿ 2.33 \| ♀ or. cũ c.a. |
| 16 | | 11□58 | 21☌23 | 3✶18 | | | (maiore. |
| 17 | 17✶12 | | | | 11✶22 | | ♀ oc. cũ Alg. & 31. & |
| 18 | | 23△3 | | | | | (m.c. cũ hyd. |
| 19 | | | | | | 14✶53 | |
| 20 □ | 6 31 | | | | 8□30 | | |
| 21 Asc. | 11 ♊ | | 15✶22 | 1☌39 | | | ♂ or. cũ cau. cyg. et oc. cũ |
| 22 | 15△30 | | | | 12△56 | 3□48 | ♂ or. cum cheus. (vinde. |
| 23 | | 10☍31 | 19□16 | | | | ♄ m.c. cũ hyd. ☿ or. cũ ve. |
| 24 | | | | | | 21△19 | ♀ or. cum ast. Bor. e. |
| 25 | | | 20△46 | 10✶13 | | | ♀ or. cũ Vrs. & Acar. |
| 26 | | | | | | | ♀ or. cum proc. & ast. |
| 27 ☍ | 0 49 | 12△23 | | 11□50 | 0☌9 | | ☌ ☉ ♀ 17.1 \| ♀ oc. cũ Ap. |
| 28 Asc. | 3 ♒ | | | | Occid. | 22☍34 | ☉ Pe. & ☋ 6.57 \| ☿ or. |
| 29 | | 13□9 | 22☍36 | 13△55 | | | (cum hydra. |
| 30 | | | | | | | |
| 31 | 9△31 | 15✶42 | | | | 5 | |

a. Die 2. ☿ or. cum Rigel, & m.c. cum proc. [illegible] [illegible]cule, & occ. cum hydra.
b. Die 9. ☿ occ. cum Hercule.
c. Die 10. ☿ or. cum Acar. & occ. cum præsepe, & Apolline.
d. Die 14. ♀ m.c. cũ proc. & Hercule. e. Die 24. ♂ m.c. cũ lance aust. ♀ occ. cũ Hercule.

| [illegible] | [illegible] | ☉ ♌ P | ′ | ″ | ☽ ♈ P | ′ | ♄ ♊ P (M D) | ′ | ♃ ♍ P (S D) | ′ | ♂ ♒ P (M D) | ′ | ♀ ♌ P (S A) | ′ | ☿ ♍ P (M D) | ′ | ☊ ♌ P | ′ |
|---|---|---|---|---|---|---|---|---|---|---|---|---|---|---|---|---|---|---|
| Dies | | | | | | | | | | | | | | | | | | |
| 22 | 1 | 8 | 41 | 58 | 10 ♉ | 21 | 11 | 49 | 17 | 46 | 13 | 16 | 9 | 52 | 6 | 11 | 22 | 46 |
| 23 | 2 | 9 | 39 | 36 | 0 | [illegible] | 11 | 55 | 17 | 5 | 13 | 47 | 11 | 6 | 7 | 13 | 22 | 43 |
| 24 | 3 | 10 | 37 | 3 | 13 | 23 | 12 | 0 | 18 | 5 | 14 | 17 | 12 | 20 | 8 | 9 | 22 | 40 |
| 25 | 4 | 11 | 34 | 37 | 26 | 13 | 12 | 5 | 18 | 21 | 14 | 48 | 13 | 34 | 9 | 2 | 22 | 36 |
| 26 | 5 | 12 | 32 | 12 | 8 | 41 | 12 | 10 | 18 | 33 | 15 | 19 | 14 | 48 | 9 | 50 | 22 | 33 |
| A 27 | 6 | 13 | 29 | [illegible] | 21 ♋ | [illegible] | 12 | 15 | 18 | 45 | 15 | 51 | 15 | 2 | 10 | 31 | 22 | 30 |
| 28 | 7 | 14 | 27 | 25 | 3 | [illegible] | 12 | 20 | 18 | 57 | 16 | 23 | 17 | 16 | 11 | 8 | 22 | 27 |
| 29 | 8 | 15 | 25 | [illegible] | 14 | [illegible] | 12 | 25 | 19 | 9 | 16 | 55 | 18 | 30 | 11 | 38 | 22 | 24 |
| 30 | 9 | 16 | 22 | [illegible] | 10 ♌ | [illegible] | 12 | 30 | 19 | 21 | 17 | 27 | 19 | 44 | 12 | 1 | 22 | 20 |
| 31 | 10 | 17 | 20 | 24 | [illegible] | [illegible] | 12 | [illegible] | 19 | 33 | 18 | 0 | 20 | 58 | 12 | 17 | 22 | 17 |
| Au 1 | 11 | 18 | 18 | 6 | 19 ♍ | [illegible] | 12 | [illegible] | 19 | 45 | 18 | 33 | 22 | 12 | 12 | 25 | 22 | 14 |
| 2 | 12 | 19 | 15 | 49 | 1 | 3 | 12 | [illegible] | 19 | 57 | 19 | 6 | 23 | 26 | 12 ℞ | 25 | 22 | 11 |
| A 3 | 13 | 20 | 13 | [illegible] | 13 | [illegible] | 12 | [illegible] | 20 | 9 | 19 | 39 | 24 | 40 | 12 | 17 | 22 | 8 |
| 4 | 14 | 21 | 11 | [illegible] | 25 | [illegible] | 12 | 54 | 20 | 21 | 20 | [illegible] | 25 | 54 | 12 | 2 | 22 | 4 |
| 5 | 15 | 22 | 9 | [illegible] | 7 ♎ | [illegible] | 12 | 58 | 20 | 33 | 20 | 47 | 27 | 8 | 11 | 39 | 22 | 1 |
| 6 | 16 | 23 | 6 | 51 | 19 | [illegible] | 13 | 2 | 20 | 45 | 21 | 21 | 28 | 22 | 11 | 9 | 21 | 58 |
| 7 | 17 | 24 | 4 | 46 | 2 ♏ | [illegible] | 13 | 6 | 20 | 57 | 21 | 56 | 29 ♍ | 36 | 10 | 32 | 21 | 55 |
| 8 | 18 | 25 | 1 | 36 | 16 | [illegible] | 13 | 10 | 21 | 9 | 22 | 30 | 0 | 50 | 9 | 49 | 21 | 52 |
| 9 | 19 | 26 | 0 | [illegible] | 29 ♐ | [illegible] | 13 | 14 | 21 | [illegible] | 23 | 5 | 2 | [illegible] | 9 A | 0 | 21 | 49 |
| A 10 | 20 | 26 | 58 | [illegible] | 13 | [illegible] | 13 | 18 | 21 | [illegible] | 23 | 40 | 3 | 18 | 8 | 6 | 21 | 43 |
| 11 | 21 | 27 | 56 | [illegible] | 27 ♑ | 51 | 13 | 22 | 21 | 46 | 24 | 15 | 4 | 32 | 7 | 7 | 21 | 42 |
| 12 | 22 | 28 | 54 | 1 | 12 | 29 | 13 | 26 | 21 | 59 | 24 | 50 | 5 | 47 | 6 | 5 | 21 | 39 |
| 13 | 23 | 29 ♍ | 51 | 57 | 27 ♒ | 19 | 13 | 30 | 22 | 11 | 25 | 26 | 7 D | 1 | 5 | 3 | 21 | 36 |
| 14 | 24 | 0 | 49 | 51 | 11 | [illegible] | 13 | 34 | 22 | 23 | 26 | 2 | 8 | 15 | 4 | 0 | 21 | 33 |
| 15 | 25 | 1 | 47 | 54 | 27 ♓ | [illegible] | 13 | 37 | 22 | 36 | 26 | 38 | 9 | 29 | 2 | 59 | 21 | 29 |
| 16 | 26 | 2 | 45 | [illegible] | 12 | 0 | 13 | 41 | 22 | 48 | 27 | 14 | 10 | 44 | 2 | 1 | 21 | 26 |
| A 17 | 27 | 3 | 43 | 57 | 26 ♈ | 33 | 13 | 44 | 23 | 1 | 27 | 50 | 11 | 58 | 1 | 7 | 21 | 23 |
| 18 | 28 | 4 | 42 | 1 | 10 | 59 | 13 | 48 | 23 | 14 | 28 | 26 | 13 | 12 | 0 | 18 | 21 | 20 |
| 19 | 29 | 5 | 40 | 6 | 24 ♉ | 44 | 13 | 52 | 23 | 27 | 29 | 3 | 14 | 27 | 29 ♌ | 35 | 21 | 17 |
| 20 | 30 | 6 | 38 | 13 | 8 | [illegible] | 13 | 54 | 23 | 39 | 29 | 40 | 15 | 41 | 28 | 58 | 21 | 14 |
| 21 | 31 | 7 | 36 | 22 | 21 | 32 | 13 | 57 | 23 | 51 | 0 ♓ | [illegible] | 16 | 55 | 18 | [illegible] | 21 | 10 |

| Latitudo Planetarũ ad diẽ | ♄ | | ♃ | | ♂ | | ♀ | | ☿ | | |
|---|---|---|---|---|---|---|---|---|---|---|---|
| 1 | 2 | 1 | 1 | 1 | 1 | 7 | 0 | 52 | 0 | 6 | |
| 11 | 2 | 5 | 1 | 0 | 1 | 10 | 1 | 3 | 2 A | 18 | Mensis |
| 21 | 2 | 9 | 0 | 59 | 1 | 13 | 2 D | 5 | 4 | 0 | |

## Syzygiæ Lunares.

| Dies | | ☉ | ♄ | ♃ | ♂ | ♀ | ☿ | Syzygiæ Planetarũ mutuæ, & eorum congressus cum illustrioribus aliquibus stellis fixis. |
|---|---|---|---|---|---|---|---|---|
| | | | Orient. | Occid. | Occid. | Occid. | Occid. | |
| | | H ′ | H ′ | H ′ | H ′ | H ′ | H ′ | |
| 1 | | | | | | | | (cauda ☊. |
| 2 | □ | 19 27 | | | | 21 □ 5 | 13 △ 45 | ✱ ♄ ♀ 17.5 \| ♀ or. cum |
| 3 | Alc. | 12 ♍ | | 9 △ 4 | 1 ☍ 47 | | | ♂ oc. cum cingulo. ♍. |
| 4 | | | | | | | | ✱ ☉ ♄ 12.15 (cũ hyd. a |
| 5 | | 8 ✱ 1 | 6 ☌ 44 | 19 □ 30 | | 13 ✱ 11 | 2 □ 14 | □ ♂ ♀ 17.43 \| ♀ m.c. |
| 6 | | | | | | | | ♂ m.c. cũ lance Bor. ☿ |
| 7 | | | | | | | 17 ✱ 7 | (or. cũ cauda ☊. |
| 8 | | | | 8 ✱ 52 | 4 △ 21 | | | |
| 9 | | | | | | | | |
| 10 | ☌ | 25 23 | 5 ✱ 55 | | 21 □ 1 | | | ☉ ap ♄ oc. cũ cor. med b |
| 11 | Al. | 27 ♍ | | | | 5 ☌ 13 | | □ ♃ ♂ 14.24 \| ☉ ☊ 4 |
| 12 | | | 23 □ 48 | | | | 21 ☌ 41 | (40.c. |
| 13 | | | | 13 ☌ 41 | 13 ✱ 8 | | | ♀ or. cum basilisco. |
| 14 | | | | | | | | ✱ ♃ ♂ 8.44. |
| 15 | | | 10 △ 18 | | | | | ♃ m.c. cum cauda ☊. |
| 16 | | 6 ✱ 15 | | | | 17 ✱ 18 | | ♂ oc. cum corona. |
| 17 | | | | | | | 11 ✱ 18 | ♂ oc. cũ media stellis ♏ |
| 18 | □ | 17 16 | | 7 ✱ 15 | 12 ☌ 0 | | | ♀ or. cum coma Ber. |
| 19 | Alc. | 27 ♌ | 15 ☍ 32 | | | 4 □ 43 | 15 □ 14 | ♀ or. cũ hy. ♂ oc. cũ Alg. |
| 20 | | | | 13 □ 26 | | | | ♂ occ. cum neb. ♏. |
| 21 | | 0 △ 8 | | | | 11 △ 58 | 14 △ 11 | ♄ m.c. cum capra. d. |
| 22 | | | | 15 △ 34 | 20 ✱ 50 | | | ☌ ♀ ☿ 3.52. |
| 23 | | | | | | | | ♄ m.c. cum sin. hu. Or. |
| 24 | | | 2 △ 5 | | 22 □ 59 | | | ☉ Perig. ☌ ☋ 14.52. |
| 25 | ☍ | 8 1 | | | | 21 ☍ 45 | 9 ☍ 54 | ☌ ☉ ☿ 14.41. |
| 26 | Alc. | 8 ♈ | 2 □ 47 | 18 ☍ 5 | | | Orient. | ♀ or. cum cauda ☊. e. |
| 27 | | | | | 2 △ 15 | | | ♂ or. cum rostro gallinæ. |
| 28 | | | 5 ✱ 9 | | | | | □ ♄ ♀ 22.0. |
| 29 | | 10 △ 30 | | | | | 8 △ 10 | □ ♂ ☿ 10.21 ☿ or. cũ hy. |
| 30 | | | | | | 14 △ 46 | | ☿ or. cum coma Bere. |
| 31 | | | | 4 △ 22 | 17 ☍ 5 | | 13 □ 31 | ♂ m.c. cum palma Oph. |

a. Die 5 ♀ occ. cum [illegible], ♂ [illegible] Aurig. | e. Die 26. ♂ occ. cum boreali lance.
b. Die 10. [illegible]
c. Die 11. □ ♄ ☿ [illegible]
d. Die 21. ♂ [illegible]

| | | | | | M D | | S D | | M D | | S D | | M |
|---|---|---|---|---|---|---|---|---|---|---|---|---|---|
| ☉ ♍ | | | ☽ ♊ | | ♄ ♊ | | ♃ ♍ | | ♂ ♓ | | ♀ ♍ | | ☿ ♌ |
| P | ' | " | P | ' | P | ' | P | ' | P | ' | P | ' | P |
| 8 | 34 | 32 | 4 | 27 | 14 | 0 | 24 | 4 | 0 | 54 | 18 | 10 | 28 |
| 9 | 32 | 44 | 17 | 4 | 14 | 3 | 24 | 17 | 1 | 31 | 19 | 24 | 27 |
| 10 | 30 | 58 | 29 ♋ | 26 | 14 | 6 | 24 | 29 | 2 | 9 | 20 | 39 | 27 D |
| 11 | 29 | 14 | 11 | 35 | 14 | 9 | 24 | 43 | 2 | 47 | 21 | 53 | 27 |
| 12 | 27 | 31 | 23 ♌ | 35 | 14 | 11 | 24 | 55 | 3 | 25 | 23 | 8 | 27 |

Syzygiæ Lunares.

| | | | Orient. | Occid. | Occid. | Occid. | Orient. | Syzygię Planetarū mutuę & eorum congressus cum illustrioribus aliquibus stellis fixis. |
|---|---|---|---|---|---|---|---|---|
| | | ☉ | ♄ | ♃ | ♂ | ♀ | ☿ | |
| Dies | | H ′ | H ′ | H ′ | H ′ | H ′ | H ′ | |
| 1 | □ | 8 37 | 18 ☌ 14 | | | | | |
| 2 | Asc. | 6 ♉ | | 14 □ 14 | | 5 □ 2 | 20 ✱ 40 | |
| 3 | | 23 ✱ 50 | | | | | | ♀ m.c. cum cauda ☊. |
| 4 | | | | | | 23 ✱ 2 | | (cornu Ber. |
| 5 | | | | 2 ✱ 44 | 20 △ 57 | | | ♂ m.c. cū ant. & or. cū |
| 6 | | | 17 ✱ 53 | | | | | □ ☉ ♄ 20.57 \| ☌ ☿ ♀ |
| 7 | | | | | | | 23 ☌ 42 | ☾ Apo. & ☊ 7.7 (17.32 |
| 8 | | | | | 13 □ 23 | | | ♀ m.c. cum rostro corui. |
| 9 | ☌ | 12 3 | 6 □ 55 | | | | | ♀ or. cum vinde. |
| 10 | Asc. | 13 ♋ | | 6 ☌ 19 | | 14 ☌ 23 | | ♂ or. cum corde ♌. |
| 11 | | | 18 △ 37 | | 4 ✱ 31 | | | ♀ m.c. cum cr. Ber. |
| 12 | | | | | | | | ♃ m.c. cū rost. cor. & ♀ |
| 13 | | | | | | | 5 ✱ 50 | (cū Alg. |
| 14 | | 17 ✱ 0 | | | | | | ♀ or. cum Arcturo: |
| 15 | | | | 2 ✱ 19 | | 19 ✱ 6 | 17 □ 6 | |
| 16 | | | 8 ☍ 51 | | 2 ☌ 9 | | | |
| 17 | □ | 1 51 | | 7 □ 16 | | | | |
| 18 | Asc. | 27 ♓ | | | | 3 □ 16 | 1 △ 9 | ♃ or. cum vinde. |
| 19 | | 7 △ 10 | | 9 △ 40 | | | | ♀ m.c. cū vind. (ca. ☊. |
| 20 | | | 11 △ 52 | | 11 ✱ 2 | 9 △ 0 | | ☾ Pe. et ☋ 21.16 \| ☿ or. cū |
| 21 | | | | | | | | ☌ ☉ ♃ 21.43. a. |
| 22 | | | 13 □ 45 | Orient. | 14 □ 30 | | 13 ☍ 21 | △ ♄ ♀ 4.48. b. |
| 23 | ☍ | 16 57 | | 13 ☍ 42 | | | | □ ♂ ☿ 9.40 \| ♀ or. cum |
| 24 | Asc. | 19 ♍ | 16 ✱ 9 | | 19 △ 21 | 21 ☍ 56 | | ♀ or. cū rost. cor. (Alg or. |
| 25 | | | | | | | | ♀ or. cū cing. ♍ (cū Ar. c |
| 26 | | | | | | | | ♀ or. cum spica ♍. ♂ oc. |
| 27 | | | | | | | 9 △ 52 | ♂ m.c. cū ac. ♏ & ☿ [illegible] |
| 28 | | 11 △ 18 | | 1 △ 1 | | | | ♂ or. cum aqui. (cau. ♌). |
| 29 | | | 4 ☌ 22 | | 14 ☍ 25 | 22 △ 46 | | |
| 30 | | | | 10 □ 58 | | | 2 □ 8 | ♃ m.c. cum crin. Beren. |

*Die 6. congrediunt ♃, & ♀ per centra.* | c. *Die 26. ♀ occ. cum cauda ☊.*

a. *Die 21. ☍ ♄ ♂ 22.50. ♀ or. cum corona.*

b. *Die 22. ✱ ♂ ♀ 12.0. □ ♄ ☿ 17.23.*

*♄ Fit stationarius & ♃ m. c. cum sin. pede Orio.*

## Syzygiæ Lunares.

| | | Orient. | Occid. | Occid. | Occid. | Orient. | |
|---|---|---|---|---|---|---|---|
| | ☉ | ♄ | ♃ | ♂ | ♀ | ☿ | Syzygiæ Planetarũ mutuæ, eorum congressus cum illustrioribus aliquibus stellis fixis. |
| Dies | H ʹ | H ʹ | H ʹ | H ʹ | H ʹ | H ʹ | |
| 1 □ | 1 41 | | | | | | ☿ m. c. cũ rost. cor. (vin |
| 2 Asc. | 7 ♍ | | 22 ✱ 42 | | 16 □ 0 | 21 ✱ 55 | ♂ m. c. cũ nec. ♏, et ☿ o. cũ |
| 3 | 17 ✱ 54 | | | | | | ☌ ♃ ♀ 4. 5. (Algorab. |
| 4 | | 1 ✱ 32 | | 19 △ 28 | | | ☽ ☊ 11. 24. ☿ m. c. cũ |
| 5 | | | | | 10 ✱ 35 | | ☿ Apog. (Arcturo. |
| 6 | | 13 □ 19 | | | | | ♀ or. cum lyra, ☿ m. c. cũ |
| 7 | | | | 10 □ 58 | | | ☌ ☉ ♄ 14. 0. ♃ m. c. cũ |
| 8 | | | 0 ☌ 9 | | | 15 ☌ 23 | ♀ m. c. cum vind. (Alg. |
| 9 ☌ | 3 26 | 0 △ 5 | | | | | ♂ or. cum cauda Del. (ro. |
| 10 Asc. | 18 ♒ | | | 0 ✱ 58 | 14 ☌ 32 | | ☌ ♄ ☿ 22. 51. ☿ or. cũ co. |
| 11 | | | | | | | ☿ oc. cum cauda cygni. |
| 12 | | | 18 ✱ 43 | | | | ♀ or. cum lancibus. a. |
| 13 | | 14 ☍ 21 | | | | 23 ✱ 44 | ♀ or. cum rostro corui. |
| 14 | 1 ✱ 56 | | 21 □ 46 | 18 ☌ 25 | | | ☿ or. cũ spi. ♍, & occ. cum |
| 15 | | | | | 17 ✱ 0 | Occid. | ☌ ☉ ☿ 13. 52. (cau. ♌. |
| 16 □ | 8 40 | | | | | 9 □ 36 | |
| 17 Asc. | 29 [illegible] | 19 △ 5 | 2 △ 46 | | 13 □ 30 | | ♀ occ. cum cing. ♍. |
| 18 | 13 △ 41 | | | | | 17 △ 57 | ☽ Perig. ☍ ♄ 2. 46. |
| 19 | | 20 □ 35 | | 3 ✱ 27 | | | (neb. ♓. |
| 20 | | | | | 6 △ 0 | | □ ♃ ♂ 16. 15. ♂ or. cũ |
| 21 | | 23 ✱ 19 | 7 ☍ 54 | 8 □ 13 | | | ♃ or. cũ Arct. et ☿ [illegible] |
| 22 | | | | | | | ♀ m. c. cũ cor. et ♄ [illegible] 30. |
| 23 ☍ | 3 47 | | | 16 △ 0 | | 15 ☍ 5 | ♂ or. cum aculeo ♏. c. |
| 24 Asc. | 10 ♓ | | | | | | ✱ ♂ ☿ 2. 51. |
| 25 | | | 21 △ 2 | | 2 ☍ 0 | | ♀ oc. cũ neb. & cor. ♏. d. |
| 26 | | 11 ☌ 54 | | | | | ☿ occ. cum vindem. |
| 27 | | | | | | | ♀ or. cũ 32. ☿ oc. cu 27 0 |
| 28 | 4 △ 11 | | 7 □ 11 | 15 ☍ 41 | | | ♀ occ. cũ chele boreali. |
| 29 | | | | | | 1 △ 54 | ♂ or. cũ [illegible] ☿ m. c. |
| 30 □ | 21 9 | | 19 ✱ 9 | | 10 △ 17 | | ☿ oc. cũ [illegible] ♏ [illegible] |
| 31 Asc. | 2 ♓ | 8 ✱ 22 | | | | 21 □ 5 | ☽ ☋ 17. 22. ♀ m. c. cũ Ant. |

a. *Die 12. ☿ or. cum Algo. & occ. cum spica ♍.*
b. *Die 21. ♂ m. c. cum Fidicula, & ♀ occ. cum acu. ♏, & ☿ m. c. cum arcturo.*
c. *Die 23. ♂ occ. cum neb. ♓, & ♀ occ. cum media frontis ♏.*
d. *Die 25. ☿ or. cum cauda cygni, & chelis, ♄ m. c. cum capra.*

Positus Planetarum Diurnus.

| Stilo veteri | Stilo Gregor. | ☉ ♏ | | | ☽ ♌ | | M ♄ ♊ | D | S ♃ ♎ | A | M ♂ ♑ | A | M ♀ ♐ | D | M ☿ ♏ | D | ☊ ♌ | |
|---|---|---|---|---|---|---|---|---|---|---|---|---|---|---|---|---|---|---|
| Dies | | P | ' | " | P | ' | P | ' | P | ' | P | ' | P | ' | P | ' | P | ' |
| 22 | 1 | 8 | 41 | 3 | 11 ♍ | 20 | 13 | 19 | 6 | 58 | 12 | 58 | 4 | 12 | 20 | 30 | 17 | 54 |
| 23 | 2 | 9 | 41 | 7 | 3 | 30 | 13 | 15 | 7 | 10 | 13 | 42 | 5 | 27 | 22 | 8 | 17 | 51 |
| 24 | 3 | 10 | 41 | 15 | 15 | 43 | 13 | 12 | 7 | 22 | 14 | 26 | 6 | 42 | 23 | 45 | 17 | 48 |
| 25 | 4 | 11 | 41 | 25 | 28 | 2 | 13 | 8 | 7 | 34 | 15 | 11 | 7 | 57 | 25 | 21 | 17 | 45 |
| A 26 | 5 | 12 | 41 | 37 | 10 ♎ | 29 | 13 | 4 | 7 | 45 | 15 | 55 | 9 | 11 | 26 | 56 | 17 | 41 |
| 27 | 6 | 13 | 41 | 50 | 23 | 6 | 13 | 0 | 7 | 57 | 16 | 40 | 10 | 26 | 28 | 30 | 17 | 38 |
| 28 | 7 | 14 | 42 | 5 | 5 ♏ | 50 | 12 | 56 | 8 | 9 | 17 | 25 | 11 | 41 | 0 ♐ | 3 | 17 | 35 |
| 29 | 8 | 15 | 42 | 22 | 19 | 3 | 12 | 52 | 8 | 20 | 18 | 10 | 12 | 56 | 1 | 35 | 17 | 32 |
| 30 | 9 | 16 | 42 | 40 | 2 ♐ | 25 | 12 | 47 | 8 | 32 | 18 | 55 | 14 | 11 | 3 | 6 | 17 | 29 |
| 31 | 10 | 17 | 43 | 0 | 16 | 5 | 12 | 42 | 8 | 43 | 19 | 40 | 15 | 26 | 4 | 36 | 17 | 26 |
| No. 1 | 11 | 18 | 43 | 22 | 0 ♑ | 4 | 12 | 37 | 8 | 54 | 20 | 25 | 16 | 41 | 6 | 5 | 17 | 22 |
| A 2 | 12 | 19 | 43 | 45 | 14 | 17 | 12 | 32 | 9 | 5 | 21 | 10 | 17 | 55 | 7 | 33 | 17 | 19 |
| 3 | 13 | 20 | 44 | 10 | 28 ♒ | 42 | 12 | 27 | 9 | 16 | 21 | 55 | 19 | 10 | 8 | 57 | 17 | 16 |
| 4 | 14 | 21 | 44 | 36 | 13 | 12 | 12 | 22 | 9 | 27 | 22 | 40 | 20 | 25 | 10 | 20 | 17 | 13 |
| 5 | 15 | 22 | 45 | 4 | 27 ♓ | 43 | 12 | 17 | 9 | 38 | 23 | 25 | 21 | 39 | 11 | 41 | 17 | 10 |
| 6 | 16 | 23 | 45 | 34 | 12 | 8 | 12 | 12 | 9 | 49 | 24 | 10 | 22 | 54 | 13 | 0 | 17 | 6 |
| 7 | 17 | 24 | 46 | 6 | 26 ♈ | 22 | 12 | 7 | 10 | 0 | 24 | 56 | 24 | 9 | 14 | 16 | 17 | 3 |
| 8 | 18 | 25 | 46 | 39 | 10 | 30 | 12 | 2 | 10 | 11 | 25 | 41 | 25 | 23 | 15 | 30 | 17 | 0 |
| A 9 | 19 | 26 | 47 | 14 | 24 ♉ | 0 | 11 | 56 | 10 | 21 | 26 | 26 | 26 | 38 | 16 | 42 | 16 | 57 |
| 10 | 20 | 27 | 47 | 50 | 7 | 21 | 11 | 51 | 10 | 31 | 27 | 12 | 27 | 53 | 17 | 51 | 16 | 54 |
| 11 | 21 | 28 | 48 | 27 | 20 ♊ | 24 | 11 | 46 | 10 | 41 | 27 | 57 | 29 ♑ | 7 | 18 A | 57 | 16 | 50 |
| 12 | 22 | 29 | 49 | 5 | 3 | 11 | 11 | 41 | 10 | 51 | 28 | 42 | 0 | 22 | 19 | 59 | 16 | 47 |
| 13 | 23 | 0 ♐ | 49 | 45 | 15 | 40 | 11 | 36 | 11 | 1 | 29 ♒ | 28 | 1 | 37 | 20 | 58 | 16 | 44 |
| 14 | 24 | 1 | 50 | 26 | 28 | 6 | 11 | 30 | 11 | 11 | 0 | 13 | 2 | 51 | 21 | 54 | 16 | 41 |
| 15 | 25 | 2 | 51 | 8 | 10 ♋ | 23 | 11 A | 25 | 11 | 21 | 0 | 59 | 4 | 6 | 22 | 46 | 16 | 38 |
| A 16 | 26 | 3 | 51 | 51 | 22 | 34 | 11 | 19 | 11 | 31 | 1 | 44 | 5 | 20 | 23 | 34 | 16 | 35 |
| 17 | 27 | 4 | 52 | 36 | 4 ♌ | 36 | 11 | 14 | 11 | 41 | 2 | 30 | 6 | 34 | 24 | 18 | 16 | 31 |
| 18 | 28 | 5 | 53 | 22 | 16 | 43 | 11 | 9 | 11 | 51 | 3 | 15 | 7 | 49 | 24 | 58 | 16 | 28 |
| 19 | 29 | 6 | 54 | 9 | 28 ♍ | 50 | 11 | 4 | 12 | 1 | 4 | 1 | 9 | 3 | 25 | 34 | 16 | 25 |
| 20 | 30 | 7 | 54 | 57 | 11 | 1 | 10 | 58 | 12 | 10 | 4 | 47 | 10 | 17 | 26 | 5 | 16 | 22 |

| Latitudo Planetarũ ad diẽ | | ♄ | | ♃ | | ♂ | | ♀ | | ☿ | | |
|---|---|---|---|---|---|---|---|---|---|---|---|---|
| | 1 | 2 | 34 | 1 | 4 | 1 | 5 | 0 | 35 | 0 | 48 | Mensis |
| | 11 | 2 | 36 | 1 | 6 | 1 | 2 | 1 | 0 | 2 | 5 | |
| | 21 | 2 A | 37 | 1 | 9 | 0 | 56 | 1 | 16 | 2 A | 56 | |

## Syzygiæ Lunares.

| Dies | ☽ | Orient. ♄ | Orient. ♃ | Occid. ♂ | Occid. ♀ | Occid. ☿ | Syzygiæ Planetarũ mutuę, & eorum congressus cum illustrioribus aliquibus stellis fixis. |
|---|---|---|---|---|---|---|---|
| | H ′ | H ′ | H ′ | H ′ | H ′ | H ′ | |
| 1 | | | | | | | ♀ occ. cum crin. Bere. |
| 2 | 13 ✶ 12 | 19 □ 0 | | 21 △ 17 | 4 □ 16 | | ☿ oc. cum media frontis ♏. |
| 3 | | | | | | 18 ✶ 0 | ✶ ♃ ♀ 15. 11 ♀ or. cũ an. a |
| 4 | | | 18 ☍ 40 | | 21 ✶ 12 | | ☿ m. c. cũ pri. frontis ♏. |
| 5 | | 4 △ 52 | | 11 □ 0 | | | ♀ occ. cum bor. chele. |
| 6 | | | | | | | ☿ or. cum rostro gallin. |
| 7 ☌ | 17 43 | | | 21 ✶ 16 | | | ☍ ♄ ♀ 22. 47 ♂ m. c. cũ |
| 8 Asc. | 29 ♎ | | | | | | ☿ oc. cũ co. Ber. (rost. gal. |
| 9 | | 18 ☍ 4 | 10 ✶ 53 | | 22 ☌ 42 | 1 ☌ 21 | ☿ m. c. cum corde ♏. |
| 10 | | | | | | | (antare. |
| 11 | | | 15 □ 6 | | | | ♂ m. c. cũ aqui. ☿ or. cũ |
| 12 | 9 ✶ 45 | | | 13 ☌ 6 | | | ♀ m. c. cũ ac. ♏ oc. cũ. tr. |
| 13 | | 22 △ 37 | 17 △ 42 | | | 18 ✶ 45 | ✶ ♃ ☿ . 20 ♀ or. cũ aq. |
| 14 □ | 15 33 | | | | 13 ✶ 2 | | ☊ Perig. ☌ ☋ 6. 37. |
| 15 Asc. | 10 ♎ | | | | | | ☍ ♄ ♀ 12. 17. b. |
| 16 | 22 △ 5 | 0 □ 6 | | 11 ✶ 28 | 1 □ 36 | 1 □ 16 | ♃ m. c. cum eadem. |
| 17 | | | 23 ☍ 46 | | | | ✶ ☉ ♂ 15. 0. |
| 18 | | 2 ✶ 57 | | | | 9 △ 18 | (cum Arcturo. c. |
| 19 | | | | 4 □ 38 | 5 △ 12 | | ☿ or. cum Del. ☿ occ. |
| 20 | | | | | | | ♂ m. c. cum cor. b. & |
| 21 ☍ | 17 35 | | | 15 △ 2 | | | (☿ cum aculeo ♏. |
| 22 Asc. | 7 ♏ | 16 ☌ 6 | 14 △ 49 | | | | |
| 23 | | | | | | 10 ☌ 55 | |
| 24 | | | | | 10 ☍ 18 | | ☿ m. c. cum neb. ♏. |
| 25 | | | 1 □ 56 | | | | △ ♄ ♃ 1. 0 ☿ oc. cũ neb. |
| 26 | | | | 19 ☍ 29 | | | ♂ m. c. cũ ca. Del. (♐ d |
| 27 | 0 △ 32 | 12 ✶ 41 | 14 ✶ 13 | | | | ☊ Ap. et ☋ ☌ 3. 11 ♀ m. c |
| 28 | | | | | | 17 △ 11 | ☿ or. cũ ca. Del (or. ♐ e. |
| 29 □ | 17 30 | 23 □ 50 | | | 22 ∠ 21 | | |
| 30 Asc. | 14 ♏ | | | | | | ♂ m. c. cũ cauda cygni. |

a. Die 3. ♂ occ. cum corona, ☿ occ. cum neb. & corde ♏.
b. Die 15. ♀ m. c. cum neb. ♏, & ♄ occ. cum capite Med.
c. Die 19. ☿ or. cum aquila volante.
d. Die 25. ☿ m. c. cum Fidicula.
e. Die 27. ♀ or. cum aculeo ♏, & occ. cum neb. ♐.

| Dies | Dies | ☉ ♐ P | ' | '' | ☽ ♍ P | ' | M A ♄ ♊ P | ' | S A ♃ ♎ P | ' | M A ♂ ♒ P | ' | M D ♀ ♑ P | ' | M A ☿ ♐ P | ' | ☊ ♌ P | ' |
|---|---|---|---|---|---|---|---|---|---|---|---|---|---|---|---|---|---|---|
| 21 | 1 | 8 | 55 | 46 | 23 ♎ | 19 | 10 | 54 | 12 | 20 | 5 | 32 | 11 | 32 | 26 | 31 | 16 | 19 |
| 22 | 2 | 9 | 56 | 36 | 5 | 47 | 10 | 49 | 12 | 30 | 6 | 18 | 12 | 46 | 26 | 54 | 16 | 15 |
| A 23 | 3 | 10 | 57 | 27 | 18 ♏ | 26 | 10 | 44 | 12 | 39 | 7 | 4 | 14 | 0 | 27 | 11 | 16 | 12 |
| 24 | 4 | 11 | 58 | 19 | 1 | 19 | 10 | 39 | 12 | 49 | 7 | 49 | 15 | 14 | 27 | 22 | 16 | 9 |
| 25 | 5 | 12 | 59 | 12 | 14 | 27 | 10 | 34 | 12 | 59 | 8 | 35 | 16 | 28 | 27 | 28 | 16 | 6 |
| 26 | 6 | 14 | 0 | 6 | 27 | 52 | 10 | 29 | 13 | 7 | 9 | 21 | 17 | 42 | 27 ℞ | 28 | 16 | 3 |
| 27 | 7 | 15 | 1 | 1 | 11 ♐ | 35 | 10 | 24 | 13 | 16 | 10 | 7 | 18 | 56 | 27 | 23 | 16 | 0 |
| 28 | 8 | 16 | 1 | 57 | 25 ♑ | 37 | 10 | 19 | 13 | 25 | 10 | 52 | 20 | 10 | 27 | 13 | 15 | 56 |
| 29 | 9 | 17 | 2 | 55 | 9 | 54 | 10 | 14 | 13 | 34 | 11 | 38 | 21 | 24 | 26 | 58 | 15 | 53 |
| A 30 | 10 | 18 | 3 | 54 | 24 | 25 | 10 | 9 | 13 | 42 | 12 | 24 | 22 | 38 | 26 | 39 | 15 | 50 |
| De. 1 | 11 | 19 | 4 | 54 | 9 ♒ | 5 | 10 | 4 | 13 | 51 | 13 | 10 | 23 | 52 | 26 | 16 | 15 | 47 |
| 2 | 12 | 20 | 5 | 54 | 23 | 46 | 9 | 59 | 13 | 59 | 13 | 56 | 25 | 6 | 25 | 48 | 15 | 44 |
| 3 | 13 | 21 | 6 | 55 | 8 ♓ | 22 | 9 | 54 | 14 | 7 | 14 | 42 | 26 | 20 | 25 | 16 | 15 | 40 |
| 4 | 14 | 22 | 7 | 56 | 22 | 47 | 9 | 49 | 14 | 15 | 15 | 28 | 27 | 34 | 24 S | 41 | 15 | 37 |
| 5 | 15 | 23 | 8 | 57 | 6 ♈ | 56 | 9 | 44 | 14 | 23 | 16 | 14 | 28 ♒ | 48 | 24 | 2 | 15 | 34 |
| 6 | 16 | 24 | 9 | 59 | 10 | 45 | 9 | 39 | 14 | 30 | 17 | 0 | 0 | 1 | 23 | 23 | 15 | 31 |
| A 7 | 17 | 25 | 11 | 1 | 4 ♉ | 12 | 9 | 34 | 14 | 38 | 17 | 46 | 1 | 15 | 22 | 43 | 15 | 28 |
| 8 | 18 | 26 | 12 | 4 | 17 | 19 | 9 | 29 | 14 | 45 | 18 | 32 | 2 | 28 | 22 | 4 | 15 | 25 |
| 9 | 19 | 27 | 13 | 7 | 0 ♊ | 8 | 9 | 24 | 14 | 52 | 19 | 18 | 3 | 42 | 21 | 26 | 15 | 21 |
| 10 | 20 | 28 | 14 | 11 | 12 | 38 | 9 | 19 | 14 | 59 | 20 | 4 | 4 A | 55 | 20 | 50 | 15 | 18 |
| 11 | 21 | 29 ♑ | 15 | 15 | 24 ♋ | 54 | 9 | 14 | 15 | 6 | 20 | 50 | 6 | 8 | 20 | 17 | 15 | 15 |
| 12 | 22 | 0 | 16 | 20 | 6 | 58 | 9 | 10 | 15 | 13 | 21 | 36 | 7 | 21 | 19 | 48 | 15 | 12 |
| 13 | 23 | 1 | 17 | 25 | 18 ♌ | 56 | 9 | 5 | 15 | 20 | 22 | 22 | 8 | 34 | 19 | 23 | 15 | 9 |
| A 14 | 24 | 2 | 18 | 30 | 0 | 50 | 9 | 0 | 15 | 27 | 23 | 8 | 9 | 47 | 19 | 3 | 15 | 6 |
| 15 | 25 | 3 | 19 | 35 | 12 | 43 | 8 | 55 | 15 | 34 | 23 | 54 | 11 | 0 | 18 | 48 | 15 | 2 |
| 16 | 26 | 4 | 20 | 41 | 24 ♍ | 37 | 8 | 51 | 15 | 41 | 24 | 40 | 12 | 13 | 18 | 38 | 14 | 59 |
| 17 | 27 | 5 | 21 | 47 | 6 | 35 | 8 | 47 | 15 | 47 | 25 | 26 | 13 | 26 | 18 D | 33 | 14 | 56 |
| 18 | 28 | 6 | 22 | 54 | 18 ♎ | 41 | 8 | 43 | 15 | 53 | 26 | 12 | 14 | 39 | 18 | 34 | 14 | 53 |
| 19 | 29 | 7 | 24 | 0 | 0 | 57 | 8 | 39 | 15 | 59 | 26 | 58 | 15 | 52 | 18 | 41 | 14 | 50 |
| 20 | 30 | 8 | 25 | 6 | 13 | 26 | 8 | 35 | 16 | 5 | 27 | 44 | 17 | 4 | 18 | 54 | 14 | 46 |
| A 21 | 31 | 9 | 26 | 13 | 26 | 9 | 8 | 31 | 16 | 11 | 28 | 30 | 18 | 17 | 19 | 11 | 14 | 43 |
| Latitudo Planetarũ ad diẽ | | | | | | 1 | 2 | 38 | 1 | 12 | 0 | 50 | 1 | 32 | 2 | 34 | Mensis | |
| | | | | | | 11 | 2 | 36 | 1 | 16 | 0 | 44 | 1 A | 40 | 0 S | 34 | | |
| | | | | | | 21 | 2 | 34 | 1 | 21 | 0 | 38 | 1 | 46 | 1 | 40 | | |

Syzygię Lunares.

| Orient. ♃ | Occid. ♂ | Occid. ♀ | Occid. ☿ | Syzygiæ Planetarũ mutuę, & eorum congressus cum illustrioribus aliquibus stellis fixis. |
|---|---|---|---|---|
| H ′ | H ′ | H ′ | H ′ | |
| | | | 6□12 | □ ♃ ♀ 1.3.0 \| ☿ or. cum |
| 12☌54 | 1△3 | 14□48 | | ☍ ☽ ♄ 18 53.a (arb. m |
| | | | 16⚹32 | ♃ or. ☌ ♀ occ. cũ ioro- |
| | 12□36 | | | |
| | | 3⚹58 | | ⚹ ☉ ♃ 0.0 \| ♀ m.c. cum |
| | 21⚹19 | | | (rost. galli. |
| 1⚹54 | | | | △ ♄ ♂ 8 10. |
| | | | 2☌39 | ♀ m.c. cum aquila. |
| 6□7 | | 20☌44 | | |
| | | | | (cum Fomah. |
| 7△51 | 7☌2 | | | ☽ Pe. ☌ ☊ 11.18 ♂ occ. |
| | | | 3⚹13 | △ ♃ ♂ 1.52. b. |
| | | 8⚹52 | 3□4 | ♀ m.c. cum cor. ♌. |
| 13☍3 | 17⚹6 | | | ☌ ☉ ☿ 12.43. |
| | | 18□12 | 4△28 | ♂ m.c. cum cauda ♌. |
| | | | Orient. | ☿ m.c. cum cauda Del. |
| | 2□25 | | | ☿ occ. cum rostro. |
| | | 7△35 | | ♂ or. cum cauda ♌. |
| 4△38 | 15△34 | | 16☍18 | ⚹ ♂ ☿ 13 58.e. |
| | | | | ☿ or. cum aquila. |
| 16□42 | | | | |
| | | | | △ ♄ ☿ 9.32. |
| | | 20☍8 | | |
| 5⚹27 | | | 12△6 | ☉ Ap. et ☉ 6.4. 42 (ca. Del. |
| | 0☍6 | | | ♃ or. cũ Alg. ♂ occ. cũ |
| | | | 23□46 | ♀ oc. cũ l.o. (aq. & cũ ♌ |
| | | | | ⚹ ♃ ☿ plat. [illegible] ♀ 16. cũ |
| | | | | △ ♃ ♀ 2.33. |
| 5☌2 | | 7△36 | 10⚹34 | ♂ or. cũ cap. Algol. d. |
| | 4△42 | | | ♀ or. cum cauda ♌. |

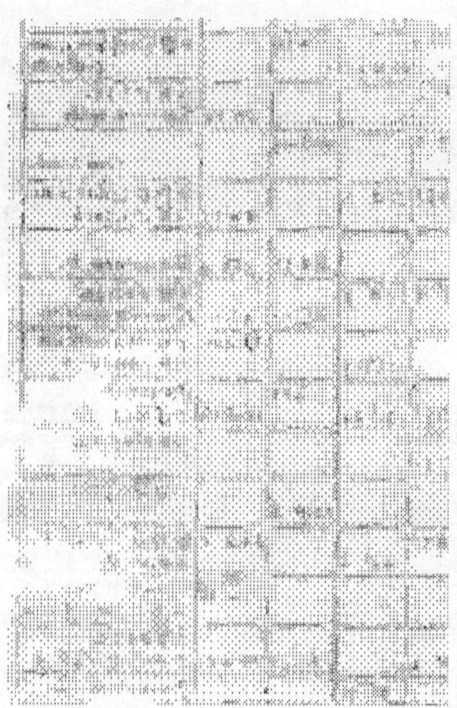

# EPHEMERIS IOANNIS ANTONII MAGINI PATAVINI

Ad annum Dominicæ Incarnationis

1590.

Qui est secundus post Bissextilem, octauus ab anni & Kalendarij reformatione, & ab orbis principio 5552.

*Constitutio cœli in introitu ☉ in principium ♈, seu quarta vernalis.*

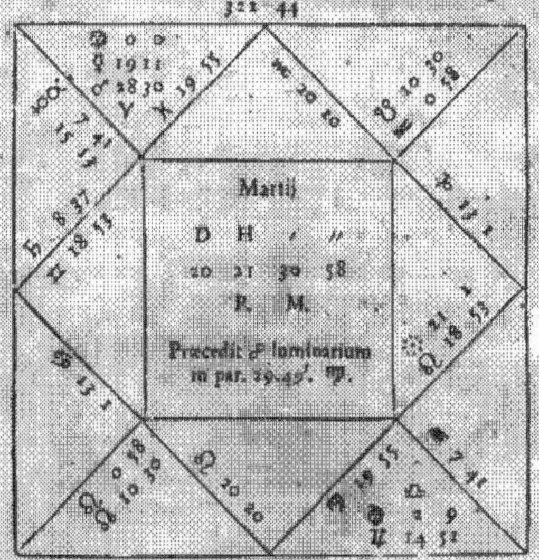


Vera Tropici anni magnitudo.

*Dierum 365. Horarum 5. Scr. 55'. 27''. 42'''. 16''''.*

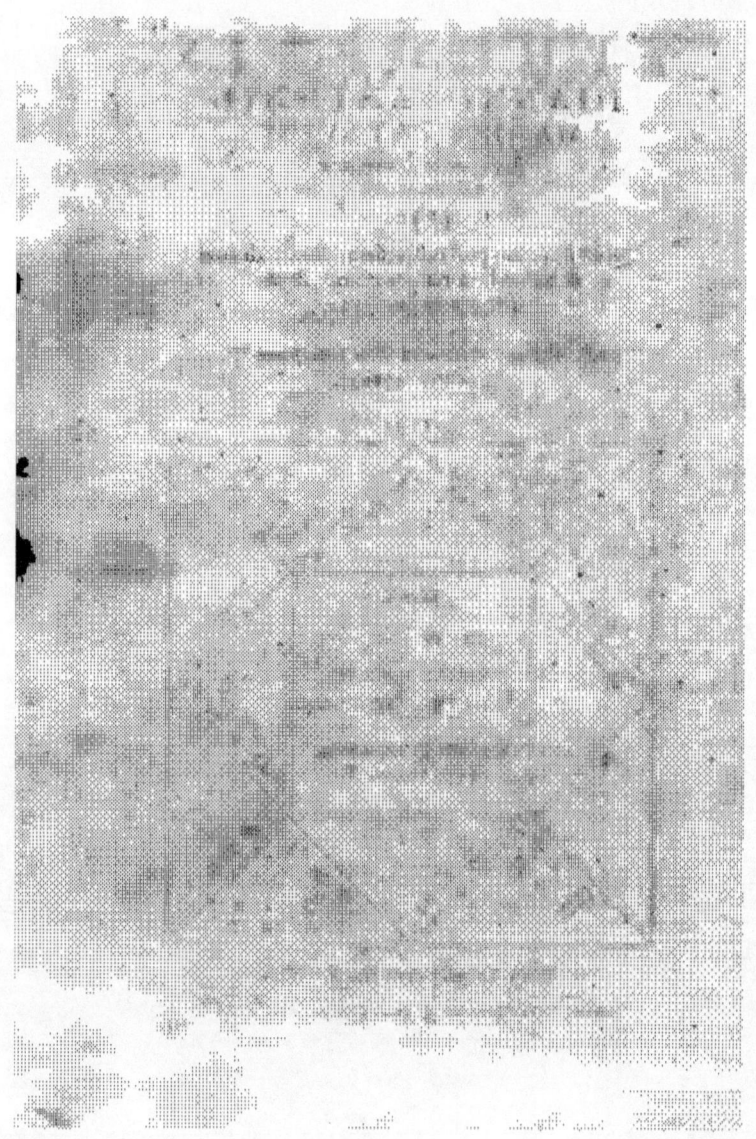

# ANNO VIRGINEI PARTVS
## 1590 communi.

| | | | D. | H | ′ | ″ |
|---|---|---|---|---|---|---|
| Reuersiones ad principium | ♋, Seu solstitii aestiui | Iunij | 21 | 18 | 19 | 32 |
| | ♎, Seu autumnalis equinoctij | Septemb. | 23 | 5 | 31 | 0 |
| | ♑, Seu solstitii verni | Decemb. | 21 | 23 | 39 | 16 |

| | P. | ′ | ″ | ‴ |
|---|---|---|---|---|
| Vera precessio Æquinoctiorum | 27 | 59 | 11 | 10 |
| Obliquitas Zodiaci | 23 | 28 | 4 | 50 |

Eccentricitas ☉ 32228. Qualium semidiameter eccentrici ☉ parti. 1000000. seu par. 1. 56′. 1″ 20‴. Qualium P. 60.

| | | P. | ′ | ″ | | | |
|---|---|---|---|---|---|---|---|
| Locus Apogaei | ♄ | 29 | 11 | 23 | ♓ | Aureus Numerus | 14 |
| | ♃ | 6 | 42 | 0 | ♎ | Cyclus Solis | 3 |
| | ♂ | 28 | 28 | 30 | ♌ | Epacta | 24 |
| | ☉ | 9 | 8 | 39 | ♋ | Indictio Romana | 3 |
| | ♀ | 16 | 20 | 23 | ♊ | Litera Dominicalis | G |
| | ☿ | 0 | 6 | 58 | ♓ | Interuallum hebd. 9. Dies | 6 |

*Festa mobilia secundum Sacrosanctae Romanae Ecclesiae usum iuxta annum reformatum.*

| | | |
|---|---|---|
| Septuagesima | Februarij | 18 |
| Cineres | Martij | 7 |
| Pascha | Aprilis | 22 |
| Rogationes | Maij | 27 |
| Ascensio | Maij | 31 |
| Pentecostes | Iunij | 10 |
| Corpus Christi | Iunij | 21 |
| Aduentus Domini | Decemb. | 2 |

| | | | | |
|---|---|---|---|---|
| Quattuor Tempora anni, seu Ieiunia | Februarij | 25 | 27 | 28 |
| | Iunij | 13 | 15 | 16 |
| | Septembris | 19 | 21 | 22 |
| | Decembris | 19 | 21 | 22 |

# Eclipsis Lunæ anno 1590.

*Die 16. Iulij secundum annum restitutũ, qui refertur ad diem 6. anni veteris H. 17. 4′. 10″. à meridie æquatis accidit Eclipsis ☾ in gr. 23. 49′. 48″. ♑ apud nodum deprimentem, seu ☋ recedente ☾ parum à Perigeo sui Eccentrici. Ad dictum verò tempus anomalia ☉ est par. 15. 8′. 11″. & eius semidiameter 15′. 50″. Anomalia autem Lunæ reperitur partium 136. 28′. 12″. & eius semid. 17′. 20″. semidiameter autem vmbræ telluris æquata est 48′. 2″. Verus motus latitudinis ☾ par. 79. 35′. 13″. veraq; latitudo 54′. 9″. Septen. Sed ad initium defectionis 57′. 31″. & ad finem 50′. 46″. Septen. Puncta obscurata erunt 3. 54′. & tempus casus H. 1. 5′. 5″.*

| | | H. | scr. | | |
|---|---|---|---|---|---|
| *Cuius quid? Eclipsis ☾ Dig. 3. 54′.* | *Principium apparebit* | 15 | 59 | *P. M.* | *A principio ad finem percurrent H. 2. scr. 20′.* |
| | | 8 | 27 | *N. S.* | |
| | *Medium, seu verum plenilu.* | 17 | 4 | *P. M.* | |
| | | 9 | 32 | *Horol.* | |
| | *Finis erit.* | 18 | 9 | *P. M.* | |
| | | 10 | 37 | *Horol.* | |

## Configuratio prædictæ Eclipsis Lunæ.

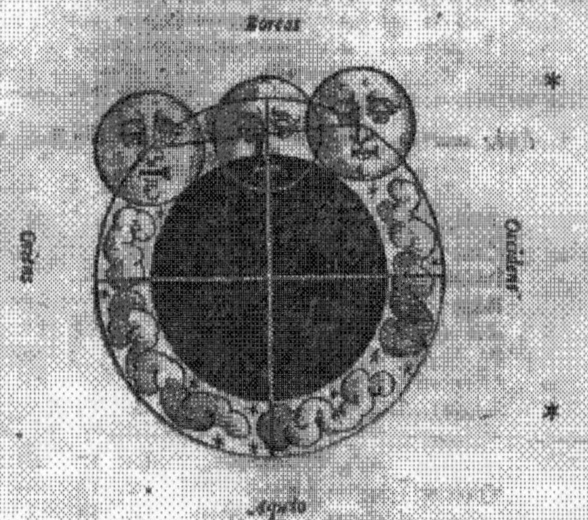

*Huius autem Eclipsis solum principium supra nostrum ęlum apparebit, nam exoriente Sole H. 8. 56'. Horol. occidet Luna circiter punct. 2. obscurata. Qui autem Orientalia loca habitant, eò minorem portionem Eclipsis habebunt, imo in quamplurimis locis Calabria, Sicilia, Vngaria, Bulgaria, & Gracia hęc Eclipsis minimè apparitura est. Contra verò Occidentaliores maiorem partem obscurationis videbunt: nam qui Flandriam, Brabantiam, Frisiam, Heluetiam, Galliam, Scotiam, Angliam, Arragoniam, & Britanniam incolunt ipsum Eclipsis medium optimè obseruare poterunt, quinetiam in aliquibus locis Hispania, & Portugallia totum Eclipsis spatium plenè videri dabitur.*

---

## Defectus Solis anno prædicto.

*Die 30. Iulij anni Gregoriani, qui est dies 20. secundum vsum anni veteris H. 21. 21'. 0". à merid. æquatis accidet coniunctio luminarium in par. 7. 25'. 58". ♌ apud ☊, versante Sole non procul ab Apogæo eccentrici sui: sed quoniam hæc ecliptica synodus continget in parte cœli orientali, ideo visibilis coniunctio antecedet veram, & hæc accidet H. 19. 56'. 42". ita vt sit interuallum inter veram, & apparentem coniunctionem H. 1. 24'. 18". Parallaxis enim secundum longitudinem fuit scrup. 38'. 18". Distant autem luminaria à vertice nostro par. 56. 50'. Anomalia item ☉ reperitur par. 29. 4'. 57". & eius semidiameter apparens 15'. 52". Lunaris verò anomalia est par. 316. 40'. 5". & eius semid. 15'. 16". Verus latitudinis Lunę motus tempore apparentis coniunctionis 237. 15'. 56". Veraque Lunæ latitudo 17'. 4". Borea. Parallaxis verò ☾ in latitudine 20'. 18". Austrina. Ideo latitudo ☾ apparens 3'. 4". Austrina. Latitudo autem visa ad initium defectus 4. 53". Aust. ad finem verò 0'. 32". Bor. Digiti ecliptici erunt 10'. 27". Tempus incidentia H. 1. 18'. 6". Emersionis autem, seu recuperationis luminis H. 0. 55'. 20".*

| Huius Eclipsis ☉ Dig. 10. 27' | | H. | scr. | | |
|---|---|---|---|---|---|
| | Principium continget | 18 | 39 | T. M. | Et sit à principio ad extremum percurrens H. 2. scr. 13'. |
| | | 11 | 21 | Horol. | |
| | Medium, seu visibilis ☌ | 19 | 57 | T. M. | |
| | | 12 | 39 | Horol. | |
| | Finis erit | 20 | 52 | T. M. | |
| | | 13 | 34 | Horol. | |

## Typus prædictæ Solaris Eclipsis, prout in sexto climate apparebit.

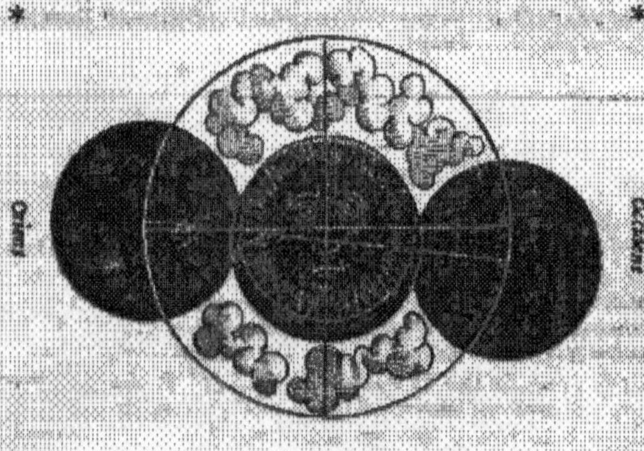


## Parallaxes huius Eclipsis Solis.

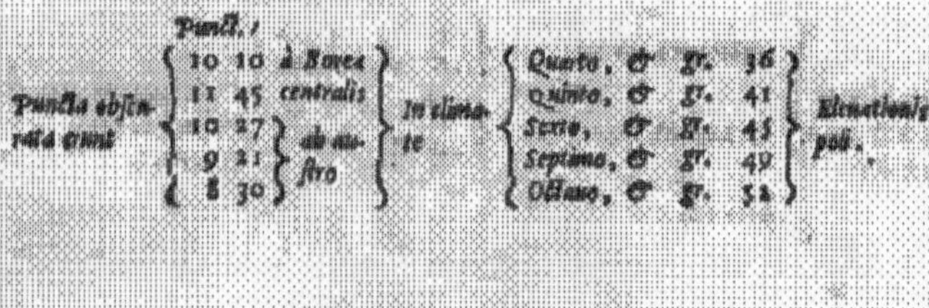

| | Punct. | | | | | | | | |
|---|---|---|---|---|---|---|---|---|---|
| Puncta obscurata erunt | 10 | 10 | à Borea centralis | In climate | Quarto, & | gr. | 36 | Elevationis poli. |
| | 11 | 45 | | | Quinto, & | gr. | 41 | |
| | 10 | 27 | ab austro | | Sexto, & | gr. | 45 | |
| | 9 | 21 | | | Septimo, & | gr. | 49 | |
| | 8 | 30 | | | Octavo, & | gr. | 52 | |

## *Planetarum ſtatus.*

---

♄
Præſenti anno ad Perigæum ſui Eccentrici accedit.
Die { 10 Iunii per ſupremam / 17 Decemb. per infimam } Orbis partem incedit.
Regreſſionem perficit die 5. Febr. & iterum à 9. Octob. in exitum anni fit retrogradus.

---

♃
Die 13. Ianua. in Apogæo deferentis eſt, & ab ipſo per reſiduum anni nõ multum recedit.
Die { 6 Aprilis Perigæum / 20 Octobris Apogæum } Epicycli tangit.
Regreſſum ſubibit die 3 Febr. vſque ad 4. Iunii.

---

♂
Die 19. Octobris Augem deferentis / Die 3. Iulii augem Epicycli. } Poſſidet.
Hoc anno à retrogreſſione minimè impeditur.

---

♀ Die
{ 8 Iunii Apogæum / 8 Decemb. Perigæum } Deferentis tenet.
17 Maii in Apogæo Epicycli verſatur.
Contra ſignorũ ordinem deambulat à die 25. Aprilis vſq; poſt 7. Iunii.

---

☿ Die
{ 23 Maii per inferiora / 21 Nouemb. per ſuperiora } Sui Eccentrici diſcurrit.
{ 12 Febr. Apogæum / 11 Aprilis Perigæum / 8 Iunii Apogæum / 6 Auguſti Perigæum / 2 Octobris Apogæum / 29 Nouemb. Perigæum } Epicycli tenet.
{ 30 Martii vſque in 22. Aprilis / 16 Iulii vſque poſt 17. Auguſti / 18 Nouemb. vſque ad 10. Decemb. } In præcedentia ſigna fertur.

| | | | Po[illegible] Planetarum Diurnus | | | | | | | | | | | | | | | | | |
|---|---|---|---|---|---|---|---|---|---|---|---|---|---|---|---|---|---|---|---|---|
| | | | | | | | | M | A | S | A | M | A | M | A | S | A | | |
| | | | ☉ ♑ | | | ☽ ♏ | | ♄ ♊ | | ♃ ♎ | | ♂ ♒ | | ♀ ♒ | | ☿ ♐ | | ☊ ♌ | |
| | Dies | | P | ' | " | P | ' | P | ' | P | ' | P | ' | P | ' | P | ' | P | ' |
| | 22 | 1 | 10 | 27 | 20 | 9 | 10 | 8 | 27 | 16 | 16 | 29 | 16 | 19 | 29 | 19 | 36 | 14 | 40 |
| | 23 | 2 | 11 | 28 | 27 | 22 | 29 | 8 | 23 | 16 | 21 | 0 ♓ | 2 | 20 | 41 | 20 | 5 | 14 | 37 |
| | 24 | 3 | 12 | 29 | 33 | 6 ♐ | 8 | 8 | 19 | 16 | 27 | 0 | 48 | 21 | 53 | 20 | 39 | 14 | 34 |
| | 25 | 4 | 13 | 30 | 39 | 20 | 7 | 8 | 15 | 16 | 32 | 1 | 34 | 23 | 5 | 21 | 18 | 14 | 31 |
| | 26 | 5 | 14 | 31 | 45 | 4 ♑ | 25 | 8 | 12 | 16 | 37 | 2 | 20 | 24 | 17 | 22 | 1 | 14 | 27 |
| | 27 | 6 | 15 | 32 | 51 | 18 | 59 | 8 | 8 | 16 | 42 | 3 | 6 | 25 | 29 | 22 | 48 | 14 | 24 |
| G | 28 | 7 | 16 | 33 | 56 | 3 ♒ | 46 | 8 | 4 | 16 | 46 | 3 | 52 | 26 | 41 | 23 D | 39 | 14 | 21 |
| | 29 | 8 | 17 | 35 | 1 | 18 | 40 | 8 | 1 | 16 | 51 | 4 | 38 | 27 | 53 | 24 | 34 | 14 | 18 |
| | 30 | 9 | 18 | 36 | 6 | 3 ♓ | 33 | 7 | 58 | 16 | 55 | 5 | 24 | 29 | 5 | 25 | 33 | 14 | 15 |
| | 31 | 10 | 19 | 37 | 11 | 18 | 17 | 7 | 55 | 17 | 0 | 6 | 10 | 0 ♓ | 16 | 26 | 35 | 14 | 12 |
| | Ian. 1 | 11 | 20 | 38 | 15 | 2 ♈ | 46 | 7 | 52 | 17 | 4 | 6 | 56 | 1 | 28 | 27 | 41 | 14 | 9 |
| | 2 | 12 | 21 | 39 | 19 | 16 | 55 | 7 | 49 | 17 | 8 | 7 | 41 | 2 | 39 | 28 | 50 | 14 | 6 |
| | 3 | 13 | 22 | 40 | 22 | 0 ♉ | 43 | 7 | 46 | 17 | 12 | 8 | 27 | 3 | 50 | 0 ♑ | 2 | 14 | 3 |
| G | 4 | 14 | 23 | 41 | 25 | 14 | 9 | 7 | 43 | 17 | 16 | 9 | 13 | 5 | 1 | 1 | 17 | 13 | 59 |
| | 5 | 15 | 24 | 42 | 27 | 27 | 11 | 7 | 41 | 17 | 19 | 9 | 58 | 6 | 12 | 2 | 35 | 13 | 56 |
| | 6 | 16 | 25 | 43 | 29 | 9 ♊ | 51 | 7 | 38 | 17 | 23 | 10 | 44 | 7 | 23 | 3 | 55 | 13 | 53 |
| | 7 | 17 | 26 | 44 | 30 | 22 | 14 | 7 | 35 | 17 | 26 | 11 | 30 | 8 | 34 | 5 | 18 | 13 | 50 |
| | 8 | 18 | 27 | 45 | 30 | 4 ♋ | 21 | 7 | 33 | 17 | 29 | 12 | 16 | 9 | 45 | 6 | 44 | 13 | 47 |
| | 9 | 19 | 28 | 46 | 29 | 16 | 17 | 7 | 30 | 17 | 32 | 13 | 1 | 10 | 55 | 8 | 12 | 13 | 44 |
| | 10 | 20 | 29 | 47 | 28 | 28 | 4 | 7 | 28 | 17 | 34 | 13 | 47 | 12 | 5 | 9 | 42 | 13 | 40 |
| G | 11 | 21 | 0 ♒ | 48 | 26 | 9 ♌ | 47 | 7 | 26 | 17 | 36 | 14 | 33 | 13 | 15 | 11 M | 14 | 13 | 37 |
| | 12 | 22 | 1 | 49 | 24 | 21 | 28 | 7 | 24 | 17 | 38 | 15 | 18 | 14 | 25 | 12 | 47 | 13 | 34 |
| | 13 | 23 | 2 | 50 | 21 | 3 ♍ | 12 | 7 | 22 | 17 | 40 | 16 | 4 | 15 | 35 | 14 | 22 | 13 | 31 |
| | 14 | 24 | 3 | 51 | 19 | 15 | 1 | 7 | 20 | 17 | 42 | 16 | 50 | 16 | 45 | 15 | 58 | 13 | 28 |
| | 15 | 25 | 4 | 52 | 12 | 26 | 58 | 7 | 18 | 17 | 43 | 17 | 36 | 17 | 55 | 17 | 36 | 13 | 25 |
| | 16 | 26 | 5 | 53 | 6 | 9 ♎ | 6 | 7 | 16 | 17 | 45 | 18 | 21 | 19 | 5 | 19 | 16 | 13 | 21 |
| | 17 | 27 | 6 | 53 | 59 | 21 | 29 | 7 | 14 | 17 | 46 | 19 | 7 | 20 | 14 | 20 | 56 | 13 | 18 |
| G | 18 | 28 | 7 | 54 | 51 | 4 ♏ | 10 | 7 | 13 | 17 | 47 | 19 | 52 | 21 | 23 | 22 | 37 | 13 | 15 |
| | 19 | 29 | 8 | 55 | 42 | 17 | 10 | 7 | 12 | 17 | 47 | 20 | 38 | 22 | 32 | 24 | 19 | 13 | 12 |
| | 20 | 30 | 9 | 56 | 32 | 0 ♐ | 32 | 7 | 11 | 17 | 48 | 21 | 23 | 23 | 41 | 26 | 2 | 13 | 9 |
| | 21 | 31 | 10 | 57 | 21 | 14 | 15 | 7 | 10 | 17 | 48 | 22 | 9 | 24 | 49 | 27 | 46 | 13 | 5 |
| Latitudo Planetarū ad diē | | | | | | 1 | | 2 | 31 | 1 | 26 | 0 | 33 | 1 | 40 | 2 D | 10 | Mensis | |
| | | | | | | 11 | | 2 | 27 | 1 | 32 | 0 | 28 | 1 | 24 | 1 | 20 | | |
| | | | | | | 21 | | 2 | 23 | 1 | 35 | 0 | 23 | 1 | 6 | 0 M | 3 | | |

| Occid. | Orient. | Occid. | Occid. | Orient. | Syzygię Planetarũ m |
|---|---|---|---|---|---|
| ♄ | ♃ | ♂ | ♀ | ☿ | tuę, & eorum congre fus cum illustrioribu |
| H ′ | H ′ | H ′ | H ′ | H ′ | aliquibus stellis fixis. |
| | | | 18□52 | | ✶ ♀ ☿ 3.57.a[ ♄ or. |
| | | 14□ 4 | | | ♃ occ. cum spi. ♍ (Al |
| 3☍44 | 17✶48 | | | | |
| | | 20✶17 | 5✶26 | 2☌ 5 | ☿ occ. cum Arcturo. |
| | 20□13 | | | | ♀ occ. cum cauda Del. |
| | | | | | ♃ or. cum rostro corui. |
| 6△52 | 21△ 2 | | | | □ ☉ ♃ 5.9 \| ☉ ☋ 17 |
| | | | 16☌10 | 10✶12 | ♍ Peri. ♃ m.c. cũ spi. |
| 7□10 | | 3☌20 | | | ♂ occ. cũ lyra ♀ oc. cũ |
| 8✶37 | | | | | |
| | 0☍23 | | | 12△38 | □ ♄ ♂ 3.55. |
| | | 14✶40 | 6✶ 6 | | ♂ m.c. cũ Fomah. ☿ |
| | | | | | ♀ oc. cum lyra. (cũ B |
| 19☌49 | | | 18□49 | | |
| | 14△37 | 1□48 | | | □ ♄ ♀ 4.52. |
| | | | | | ♀ m.c. cũ Fomah. & ☿ |
| | | 17△ 0 | 12△ 3 | 5☍28 | ☿ or. cum neb. ♐. (lyr |
| | 2□32 | | | | ♀ or. cum acu. m. |
| 19✶10 | | | | | |
| | 16✶ 5 | | | | ☉ Apo. ☌ ☉ ☊ 7.50. |
| | | | | | ☿ or. cum neb. [illegible]. |
| 8□25 | | | | | (corui |
| | | 3☍54 | 3☍51 | 2△12 | ☌ ♂ ♀ 4.48 ☿ occ. |
| 20△23 | | | | | ✶ ♂ ☿ 0.0 □ ♃ ☿ |
| | 14☌53 | | | 22□54 | ☿ m.c. cum aquila. |
| | | | | | △ ☉ ♄ 7.45. |
| | | 6△36 | 10△33 | 14✶45 | |
| 11☍40 | | | | | |
| | 16✶ 2 | 14□13 | 19□34 | | ☿ m.c. cum cor. ♌. |

cum rostro gallinę.
um capite Med.
☿ 15.12. ♂ & ♀ occ. cum Acu. & ☿ m.c. cum rostro gallina.
[illegible]

Positus Planetarum Diurnus.

| Anni Iulij. | Anni Grego. | ☉ ♒ P | ' | " | ☽ ♐ P | ' | ♄ ♊ (M A) P | ' | ♃ ♎ (S A) P | ' | ♂ ♓ (M A) P | ' | ♀ ♓ (S A) P | ' | ☿ ♑ (M D) P | ' | ☊ ♌ P | ' |
|---|---|---|---|---|---|---|---|---|---|---|---|---|---|---|---|---|---|---|
| Dies | | | | | | | | | | | | | | | | | | |
| 22 | 1 | 11 | 58 | 8 | 28 ♑ | 21 | 7 | 10 | 17 | 49 | 22 | 54 | 25 | 58 | 29 | 31 | 13 | 2 |
| 23 | 2 | 12 | 58 | 54 | 12 | 48 | 7 | 9 | 17 | 49 | 23 | 40 | 27 | 6 | 1 ♒ | 17 | 12 | 59 |
| 24 | 3 | 13 | 59 | 39 | 27 ♒ | 33 | 7 | 9 | 17 | 49 | 24 | 35 | 28 | 15 | 3 | 4 | 12 | 56 |
| G 25 | 4 | 15 | 0 | 23 | 12 | 29 | 7 | 9 | 17 Rt | 49 | 25 | 21 | 29 | 23 | 4 | 51 | 12 | 53 |
| 26 | 5 | 16 | 1 | 6 | 27 ♓ | 30 | 7 Di | 9 | 17 | 49 | 25 | 56 | 0 ♈ | 31 | 6 | 39 | 12 | 50 |
| 27 | 6 | 17 | 1 | 48 | 12 | 29 | 7 | 9 | 17 | 48 | 26 | 41 | 1 | 39 | 8 | 28 | 12 | 46 |
| 28 | 7 | 18 | 2 | 28 | 27 ♈ | 18 | 7 | 9 | 17 | 48 | 27 | 26 | 2 | 46 | 10 | 17 | 12 | 43 |
| 29 | 8 | 19 | 3 | 7 | 11 | 53 | 7 | 9 | 17 | 47 | 28 | 12 | 3 | 53 | 12 | 7 | 12 | 40 |
| 30 | 9 | 20 | 3 | 45 | 26 ♉ | 5 | 7 | 9 | 17 | 46 | 28 | 57 | 5 | 0 | 13 | 57 | 12 | 37 |
| 31 | 10 | 21 | 4 | 21 | 9 | 56 | 7 | 10 | 17 | 45 | 29 | 42 | 6 | 7 | 15 | 48 | 12 | 34 |
| G 1 | 11 | 22 | 4 | 56 | 23 ♊ | 24 | 7 | 10 | 17 | 43 | 0 ♈ | 27 | 7 | 14 | 17 | 39 | 12 | 31 |
| Feb. 2 | 12 | 23 | 5 | 29 | 6 | 38 | 7 | 11 | 17 | 41 | 1 | 12 | 8 | 20 | 19 | 30 | 12 | 27 |
| 3 | 13 | 24 | 6 | 1 | 19 ♋ | 10 | 7 | 11 | 17 | 39 | 1 | 57 | 9 | 26 | 21 A | 22 | 12 | 24 |
| 4 | 14 | 25 | 6 | 31 | 1 | 34 | 7 | 12 | 17 | 37 | 2 | 42 | 10 | 32 | 23 | 13 | 12 | 21 |
| 5 | 15 | 26 | 6 | 59 | 13 | 42 | 7 | 13 | 17 | 35 | 3 | 27 | 11 | 37 | 25 | 4 | 12 | 18 |
| 6 | 16 | 27 | 7 | 26 | 25 ♌ | 37 | 7 | 14 | 17 | 32 | 4 | 12 | 12 | 42 | 26 | 55 | 12 | 15 |
| 7 | 17 | 28 | 7 | 52 | 7 | 23 | 7 | 15 | 17 | 30 | 4 | 57 | 13 | 47 | 28 ♓ | 46 | 12 | 12 |
| G 8 | 18 | 29 | 8 | 16 | 19 ♍ | 3 | 7 | 16 | 17 | 27 | 5 | 42 | 14 | 52 | 0 | 37 | 12 | 8 |
| 9 | 19 | 0 ♓ | 8 | 39 | 0 | 40 | 7 | 17 | 17 | 24 | 6 | 27 | 15 | 56 | 2 | 27 | 12 | 5 |
| 10 | 20 | 1 | 9 | 0 | 12 | 18 | 7 | 18 | 17 | 21 | 7 | 12 | 17 | 0 | 4 | 17 | 12 | 2 |
| 11 | 21 | 2 | 9 | 19 | 24 ♎ | 1 | 7 | 19 | 17 | 18 | 7 | 56 | 18 | 4 | 6 | 7 | 11 | 59 |
| 12 | 22 | 3 | 9 | 36 | 5 | 52 | 7 | 20 | 17 | 14 | 8 | 41 | 19 | 8 | 7 | 56 | 11 | 55 |
| 13 | 23 | 4 | 9 | 52 | 17 ♏ | 55 | 7 | 21 | 17 | 11 | 9 | 26 | 20 | 12 | 9 | 45 | 11 | 52 |
| 14 | 24 | 5 | 10 | 6 | 0 | 13 | 7 | 22 | 17 | 7 | 10 | 11 | 21 | 16 | 11 | 34 | 11 | 49 |
| G 15 | 25 | 6 | 10 | 19 | 12 | 48 | 7 | 23 | 17 | 4 | 10 | 55 | 22 | 19 | 13 | 22 | 11 | 46 |
| 16 | 26 | 7 | 10 | 30 | 25 ♐ | 44 | 7 | 24 | 17 | 0 | 11 | 40 | 23 | 22 | 15 | 10 | 11 | 43 |
| 17 | 27 | 8 | 10 | 39 | 9 | 4 | 7 | 26 | 16 | 57 | 12 | 25 | 24 | 25 | 16 | 57 | 11 | 40 |
| 18 | 28 | 9 | 10 | 46 | 22 | 40 | 7 | 28 | 16 | 53 | 13 | 9 | 25 | 27 | 18 | 44 | 11 | 37 |

| Latitudo Planetarū addic | Dies | ♄ | | ♃ | | ♂ | | ♀ | | ☿ | | |
|---|---|---|---|---|---|---|---|---|---|---|---|---|
| | 1 | 2 | 18 | 1 | 39 | 0 | 28 | 0 | 44 | 1 | 11 | |
| | 12 | 2 | 13 | 1 | 44 | 0 | 14 | 0 | 0 | 1 A | 46 | Mensis |
| | 21 | 2 | 8 | 1 | 49 | 0 | 11 | 0 | 43 | 1 | 38 | |

☿ occ.cum Fomab.

☿ occ.cum aq. & ca.
⚹ ♄ ♀ 22.34 ☿ m.c.

△ ♃ ♀ 0.51. (cad.

♀ or.cum cor. ♈.

| | |
|---|---|
| 30 | 7 |
| 21 | 7 |
| 50 | 7 |
| 56 | 8 |

2 □ 3 | ☿

20 △ 11 | [illegible]

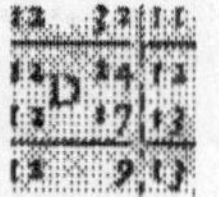

♀ occ. cum zona Orio
♄ m. c. cum hadis. a.

| Anni veteris | Anni Gregoriani | Motus Planetarum Diurni. | | | | | | | | | | | | | | | | |
|---|---|---|---|---|---|---|---|---|---|---|---|---|---|---|---|---|---|---|
| | | | | | | | M | A | S | D | S | A | S | D | M | D | | |
| | | ☉ ♉ | | | ☽ ♈ | | ♄ ♊ | | ♃ ♎ | | ♂ ♉ | | ♀ ♊ | | ☿ ♈ | | ☊ ♌ | |
| Dies | | P | ' | '' | P | ' | P | ' | P | ' | P | ' | P | ' | P | ' | P | ' |
| 21 | 1 | 10 | 16 | 13 | 8 | 50 | 12 | 42 | 9 | 54 | 27 | 52 | 2 | 12 | 14 | 10 | 8 | 20 |
| 22 | 2 | 11 | 14 | 21 | 23 | 15 | 12 | 49 | 9 | 48 | 28 | 34 | 2 | 6 | 15 | 10 | 8 | 16 |
| 23 | 3 | 12 | 12 | 30 | 7 ♉ | 19 | 12 | 56 | 9 | 42 | 29 | 16 | 1 | 48 | 16 | 14 | 8 | 13 |
| 24 | 4 | 13 | 10 | 36 | 21 | 6 | 13 | 3 | 9 | 57 | 29 | 58 | 1 | 27 | 17 | 22 | 8 | 10 |
| 25 | 5 | 14 | 8 | 40 | 4 ♊ | 33 | 13 | 10 | 9 | 31 | 0 ♊ | 40 | 1 | 4 | 18 | 34 | 8 | 7 |
| G 26 | 6 | 15 | 6 | 43 | 17 | 44 | 13 | 18 | 9 | 26 | 1 | 22 | 0 | 39 | 19 | 49 | 8 | 4 |
| 27 | 7 | 16 | 4 | 45 | 0 ♋ | 38 | 13 | 25 | 9 | 21 | 2 | 4 | 0 ♉ | 12 | 21 | 7 | 8 | 0 |
| 28 | 8 | 17 | 2 | 45 | 13 | 19 | 13 | 33 | 9 | 16 | 2 | 46 | 29 | 43 | 22 A | 28 | 7 | 57 |
| 29 | 9 | 18 | 0 | 44 | 25 ♌ | 49 | 13 | 40 | 9 | 11 | 3 | 27 | 29 | 13 | 23 | 52 | 7 | 54 |
| 30 | 10 | 18 | 58 | 41 | 8 | 10 | 13 | 48 | 9 | 6 | 4 | 9 | 28 | 41 | 25 | 18 | 7 | 51 |
| 1 | 11 | 19 | 56 | 38 | 20 ♍ | 24 | 13 | 56 | 9 | 2 | 4 | 50 | 28 | 8 | 26 | 47 | 7 | 47 |
| Ma. 2 | 12 | 20 | 54 | 33 | 2 | 33 | 14 | 3 | 8 | 57 | 5 | 32 | 27 | 34 | 28 | 18 | 7 | 44 |
| G 3 | 13 | 21 | 52 | 26 | 14 | 40 | 14 | 11 | 8 | 53 | 6 | 13 | 26 | 59 | 29 ♉ | 51 | 7 | 41 |
| 4 | 14 | 22 | 50 | 18 | 26 | 47 | 14 | 19 | 8 | 49 | 6 | 55 | 26 | 23 | 1 | 26 | 7 | 38 |
| 5 | 15 | 23 | 48 | 9 | 8 ♎ | 56 | 14 | 27 | 8 | 45 | 7 | 37 | 25 | 46 | 3 | 3 | 7 | 35 |
| 6 | 16 | 24 | 45 | 58 | 21 | 10 | 14 | 35 | 8 | 41 | 8 | 18 | 25 | 8 | 4 | 42 | 7 | 32 |
| 7 | 17 | 25 | 43 | 40 | 3 ♏ | 32 | 14 | 43 | 8 | 38 | 9 | 0 | 24 | 29 | 6 | 22 | 7 | 28 |
| 8 | 18 | 26 | 41 | 32 | 16 | 5 | 14 | 51 | 8 | 34 | 9 | 41 | 23 | 50 | 8 | 4 | 7 | 25 |
| 9 | 19 | 27 | 39 | 17 | 28 ♐ | 51 | 14 | 59 | 8 | 31 | 10 | 23 | 23 | 11 | 9 | 47 | 7 | 22 |
| G 10 | 20 | 28 | 37 | 1 | 11 | 53 | 15 | 7 | 8 | 28 | 11 | 4 | 22 | 33 | 11 | 32 | 7 | 19 |
| 11 | 21 | 29 | 34 | 44 | 25 ♑ | 12 | 15 | 15 | 8 | 25 | 11 | 45 | 21 | 59 | 13 | 16 | 7 | 16 |
| 12 | 22 | 0 ♊ | 32 | 26 | 8 | 40 | 15 | 23 | 8 | 23 | 12 | 26 | 21 | 24 | 15 | 2 | 7 | 13 |
| 13 | 23 | 1 | 30 | 7 | 22 ♒ | 44 | 15 | 31 | 8 | 20 | 13 | 7 | 20 | 52 | 16 | 49 | 7 | 9 |
| 14 | 24 | 2 | 27 | 46 | 6 | 55 | 15 | 39 | 8 | 18 | 13 | 48 | 20 | 19 | 18 | 37 | 7 | 6 |
| 15 | 25 | 3 | 25 | 24 | 21 ♓ | 18 | 15 | 47 | 8 | 16 | 14 | 29 | 19 | 49 | 20 | 26 | 7 | 3 |
| 16 | 26 | 4 | 23 | 1 | 5 | 48 | 15 | 55 | 8 | 14 | 15 | 10 | 19 | 20 | 22 | 15 | 7 | 0 |
| G 17 | 27 | 5 | 20 | 37 | 20 ♈ | 16 | 16 | 2 | 8 | 12 | 15 | 51 | 18 | 53 | 24 | 5 | 6 | 57 |
| 18 | 28 | 6 | 18 | 12 | 4 | 41 | 16 | 10 | 8 | 11 | 16 | 32 | 18 | 28 | 25 | 56 | 6 | 53 |
| 19 | 29 | 7 | 15 | 46 | 18 ♉ | 59 | 16 | 18 | 8 | 9 | 17 | 13 | 18 M | 5 | 27 | 47 | 6 | 50 |
| 20 | 30 | 8 | 13 | 19 | 2 | 59 | 16 | 26 | 8 | 8 | 17 | 54 | 17 | 45 | 29 | 39 | 6 | 47 |
| 21 | 31 | 9 | 10 | 51 | 16 | 43 | 16 | 34 | 8 | 7 | 18 | 35 | 17 | 27 | 1 ♊ | 32 | 6 | 44 |

| Latitudo Planetarum ad diē | | ♄ | | ♃ | | ♂ | | ♀ | | ☿ | | |
|---|---|---|---|---|---|---|---|---|---|---|---|---|
| | 1 | 1 | 41 | 1 | 57 | 0 | 3 | 4 | 32 | 2 A | 50 | |
| | 11 | 1 | 39 | 1 | 54 | 0 | 4 | 3 | 22 | 4 | 20 | Mensis |
| | 21 | 1 | 37 | 1 | 50 | 0 | 5 | 1 M | 37 | 1 | 31 | |

| | | |
|---|---|---|
| | | ♄ m. c. cum Regel. { 10<br>☌ ● ♀ 5. 36. △ ♃ ♂ |
| ☉rient.<br>1. 2 ♌ 5 2 | 6 ♌ 15 | ♀ or. cum pleia.<br>☿ or. cum pleia. |

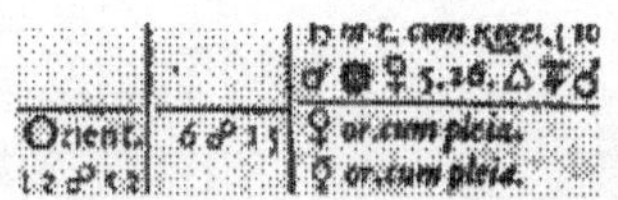

| Anni Iuliani | Anni Gregor. | ☉ ♊ | | | ☽ ♊ | | ♄ ♊ (M A) | | ♃ ♎ (S D) | | ♂ ♊ (S A) | | ♀ ♉ (M D) | | ☿ ♊ (M A) | | ☊ ♌ | |
|---|---|---|---|---|---|---|---|---|---|---|---|---|---|---|---|---|---|---|
| Dies | | P | ' | " | P | ' | P | ' | P | ' | P | ' | P | ' | P | ' | P | ' |
| 22 | 1 | 10 | 6 | 23 | 0 | 8 | 16 | 42 | 8 | 6 | 19 | 18 | 17 | 11 | 3 | 24 | 6 | 41 |
| 23 | 2 | 11 | 5 | 54 | 13 | 16 | 16 | 50 | 8 | 5 | 19 | 57 | 16 | 58 | 5 | 17 | 6 | 38 |
| G 24 | 3 | 12 | 3 | 34 | 26 ♋ | 9 | 16 | 58 | 8 | 5 | 20 D | 38 | 16 | 47 | 7 | 10 | 6 | 34 |
| 25 | 4 | 13 | 0 | 53 | 8 | 47 | 17 | 6 | 8 Di | 5 | 21 | 19 | 16 | 39 | 9 | 4 | 6 | 31 |
| 26 | 5 | 13 | 58 | 21 | 21 ♌ | 24 | 17 | 14 | 8 | 5 | 22 | 0 | 16 | 33 | 10 | 58 | 6 | 28 |
| 27 | 6 | 14 | 55 | 48 | 3 | 33 | 17 | 23 | 8 | 5 | 22 | 41 | 16 | 29 | 12 | 52 | 6 | 25 |
| 28 | 7 | 15 | 53 | 15 | 15 | 46 | 17 | 31 | 8 | 6 | 23 | 22 | 16 Di | 27 | 14 | 47 | 6 | 22 |
| 29 | 8 | 16 | 50 | 41 | 27 ♍ | 55 | 17 | 39 | 8 | 7 | 24 | 2 | 16 | 29 | 16 S | 41 | 6 | 19 |
| 30 | 9 | 17 | 48 | 6 | 10 | 3 | 17 | 48 | 8 | 7 | 24 | 43 | 16 | 33 | 18 | 35 | 6 | 15 |
| G 31 | 10 | 18 | 45 | 30 | 22 | 13 | 17 | 56 | 8 | 8 | 25 | 24 | 16 | 39 | 20 | 30 | 6 | 12 |
| Iun. 1 | 11 | 19 | 42 | 54 | 4 ♎ | 20 | 18 | 4 | 8 | 9 | 26 | 4 | 16 | 47 | 22 | 24 | 6 | 9 |
| 2 | 12 | 20 | 40 | 17 | 16 | 45 | 18 | 12 | 8 | 10 | 26 | 45 | 16 | 57 | 24 | 18 | 6 | 6 |
| 3 | 13 | 21 | 37 | 40 | 29 ♏ | 12 | 18 | 21 | 8 | 11 | 27 | 25 | 17 | 9 | 26 | 12 | 6 | 3 |
| 4 | 14 | 22 | 35 | 2 | 11 | 49 | 18 | 29 | 8 | 13 | 28 | 6 | 17 | 23 | 28 | 6 | 5 | 59 |
| 5 | 15 | 23 | 32 | 24 | 24 ♐ | 39 | 18 | 37 | 8 | 15 | 28 | 47 | 17 | 39 | 29 ♋ | 59 | 5 | 56 |
| 6 | 16 | 24 | 29 | 45 | 7 | 45 | 18 | 46 | 8 | 17 | 29 | 27 | 17 | 57 | 1 | 52 | 5 | 53 |
| G 7 | 17 | 25 | 27 | 6 | 21 ♑ | 8 | 18 | 54 | 8 | 19 | 0 ♋ | 8 | 18 | 16 | 3 | 45 | 5 | 50 |
| 8 | 18 | 26 | 24 | 26 | 4 | 49 | 19 | 2 | 8 | 21 | 0 | 48 | 18 | 37 | 5 | 38 | 5 | 47 |
| 9 | 19 | 27 | 21 | 46 | 18 ♒ | 47 | 19 | 10 | 8 | 24 | 1 | 28 | 19 | 0 | 7 | 30 | 5 | 43 |
| 10 | 20 | 28 | 19 | 6 | 3 | 0 | 19 D | 18 | 8 | 26 | 2 | 9 | 19 | 25 | 9 | 22 | 5 | 40 |
| 11 | 21 | 29 ♋ | 16 | 25 | 17 ♓ | 16 | 19 | 26 | 8 | 29 | 2 | 49 | 19 | 53 | 11 | 13 | 5 | 37 |
| 12 | 22 | 0 | 13 | 44 | 2 | 0 | 19 | 34 | 8 | 32 | 3 | 29 | 20 | 20 | 13 | 4 | 5 | 34 |
| 13 | 23 | 1 | 11 | 3 | 16 ♈ | 35 | 19 | 42 | 8 | 35 | 4 | 10 | 20 | 50 | 14 | 54 | 5 | 31 |
| G 14 | 24 | 2 | 8 | 22 | 1 | 6 | 19 | 50 | 8 | 38 | 4 | 50 | 21 | 21 | 16 | 43 | 5 | 28 |
| 15 | 25 | 3 | 5 | 40 | 15 | 28 | 19 | 58 | 8 | 41 | 5 | 30 | 21 | 54 | 18 | 31 | 5 | 24 |
| 16 | 26 | 4 | 2 | 58 | 29 ♉ | 31 | 20 | 6 | 8 | 44 | 6 | 10 | 22 | 28 | 20 | 19 | 5 | 21 |
| 17 | 27 | 5 | 0 | 16 | 13 | 18 | 20 | 14 | 8 | 48 | 6 | 50 | 23 | 3 | 22 D | 6 | 5 | 18 |
| 18 | 28 | 5 | 57 | 34 | 26 | 43 | 20 | 22 | 8 | 52 | 7 | 30 | 23 | 39 | 23 | 52 | 5 | 15 |
| 19 | 29 | 6 | 54 | 51 | 9 ♊ | 48 | 20 | 30 | 8 | 56 | 8 | 10 | 24 | 16 | 25 | 36 | 5 | 12 |
| 20 | 30 | 7 | 52 | 8 | 22 | 36 | 20 | 38 | 9 | 0 | 8 | 50 | 24 | 55 | 27 | 19 | 5 | 9 |
| Latitudo Planetarũ ad diẽ | | | | | | 2 | 1 | 36 | 1 | 46 | 0 D | 3 | 0 | 16 | 1 S | 5 | Meridi. | |
| | | | | | | 11 | 1 D | 35 | 1 | 42 | 0 | 3 | 1 | 49 | 0 | 18 | | |
| | | | | | | 21 | 1 | 35 | 1 | 38 | 0 | 4 | 1 | 42 | 1 D | 16 | | |

| Syzygiæ Lunares. | | | | | | | |
|---|---|---|---|---|---|---|---|
| | | Orient. | Occid. | Occid. | Orient. | Orient. | Syzygiæ Planetarũ inu[illegible] |
| | ☉ | ♄ | ♃ | ♂ | ♀ | ☿ | inr, & eorum congref |
| | | | | | | | fus cum illustrioribu |
| Dies | H ′ | H ′ | H ′ | H ′ | H ′ | H ′ | aliquibus stellis fixis |
| 1 ☌ | 19 53 | | 14 △ 33 | | | 6 ☌ 57 | |
| 2 Asc. | 28 ♋ | 6 ☌ 42 | | 13 ☍ 10 | | | ☿ m.c. cum Aldeb. |
| 3 | | | 22 □ 40 | | | | △ ♃ ☿ 11. 35 \| ☿ or. |
| 4 | | | | | 15 ✶ 2 | | (cum 1 21. a |
| 5 | | | | | | | ☿ m.c. cum hadis. |
| 6 | | | 8 ✶ 54 | | | 2 ✶ 8 | ☽ ☊ 5. 36 ☿ m.c. cũ cap. |
| 7 | 0 ✶ 16 | 2 ✶ 30 | | 15 ✶ 53 | 1 □ 20 | | ☿ oc. cũ 20. (et ♂ cũ 31 |
| 8 | | | | | | Occid. | ☿ Ap. ☌ ♄ ☿ 13. 36. b |
| 9 □ | 16 44 | 15 □ 30 | | | 12 △ 56 | 19 □ 57 | ☌ ☉ ♄ 0. 0 ☿ m.c. cum |
| 10 Asc. | 24 ♊ | Orient. | | 6 □ 17 | | | (zona Orio |
| 11 | | | 7 ☌ 15 | | | | ☿ m.c. cũ de. hum. Aur. |
| 12 | 8 △ 11 | 2 △ 50 | | 20 △ 22 | | 17 △ 10 | ☿ m.c. cum dex. hu. Ori. |
| 13 | | | | | | | |
| 14 | | | | | 10 ☍ 38 | | ☌ ♂ ☿ 0. 0. |
| 15 | | | | | | | ♀ oc. cũ Rig. ☿ oc. cũ ca. |
| 16 | | 19 ☍ 50 | 0 ✶ 58 | | | | ♄ m.c. cum cing. Or. (mi. |
| 17 ☍ | 8 15 | | | 16 ☍ 56 | | | ♂ occ. cũ ca. mi. ☿ or. cũ |
| 18 Asc. | 3 ♑ | | 6 □ 6 | | | 1 ☍ 38 | ☿ m.c. cũ Sy. (13 ☌ 32 |
| 19 | | | | | 0 △ 22 | | □ ♃ ☿ 11. 47. |
| 20 | | | 9 △ 3 | | | | ☿ ☋ 4. 25. |
| 21 | 20 △ 50 | 3 △ 20 | | | 4 □ 8 | | (Apoll. c. |
| 22 | | | | 2 △ 33 | | 20 △ 48 | ☽ Pe. ♂ or. cũ Bella. & |
| 23 | | 5 □ 12 | | | 7 ✶ 17 | | ☿ or. cũ cing. Or. & m.c. |
| 24 □ | 1 56 | | 12 ☍ 30 | 6 □ 31 | | | ☿ or. cum Rig. (cũ Ap. |
| 25 Asc. | 24 ♎ | 7 ✶ 47 | | | | 6 □ 1 | ☿ oc. cũ hyd. & m.c. cu |
| 26 | ☿ ✶ 19 | | | 17 ✶ 10 | | | (147. & 237. |
| 27 | | | | | 18 ☌ 25 | 18 ✶ 6 | ✶ ♃ ☿ 9. 33 \| ♂ m.c. |
| 28 | | | 22 △ 24 | | | | (cum Syrio. |
| 29 | | 20 ☌ 17 | | | | | |
| 30 | | | | | | | □ ♃ ♂ 6. 40. |

*a.* Die 3. ☿ or. cum succulis.
*b.* Die 8. ☌ ☉ ☿ 4. 13. & ♂ m.c. cum dex. hum. Orio.
*c.* Die 22. ☿ or. cum dex. hu. Orio. & Herc. & occ. cum hadis.
♀ Fit stat. ad dir. or. cum pleiadibus, & per tot. mensem manet inter pleiad.

| Anni Iuliani | Anni Gregor. | Positus Planetarũ Diurnus | | | | | | | | | | | | | | | | | |
|---|---|---|---|---|---|---|---|---|---|---|---|---|---|---|---|---|---|---|---|
| | | ☉ ♋ | | | ☽ ♋ | | M ♄ ♊ | D | S ♃ ♎ | D | S ♂ ♋ | D | M ♀ ♉ | D | S ☿ ♋ | D | ☊ ♌ | |
| Dies | | P | ′ | ″ | P | ′ | P | ′ | P | ′ | P | ′ | P | ′ | P | ′ | P | ′ |
| G 21 | 1 | 8 | 49 | 25 | 5 | 10 | 20 | 46 | 9 | 4 | 9 | 30 | 15 | 35 | ♌ 29 | 1 | 5 | 5 |
| 22 | 2 | 9 | 46 | 42 | 17 | 30 | 20 | 54 | 9 | 9 | 10 | 9 | 16 | 16 | 0 | 41 | 5 | 2 |
| 23 | 3 | 10 | 43 | 59 | ♌ 29 | 46 | 21 | 2 | 9 | 13 | 10 | 40 | 16 | 58 | 2 | 21 | 4 | 59 |
| 24 | 4 | 11 | 41 | 16 | 11 | 41 | 21 | 10 | 9 | 18 | 11 | 25 | 17 | 41 | 3 | 58 | 4 | 56 |
| 25 | 5 | 12 | 38 | 34 | ♍ 23 | 34 | 21 | 18 | 9 | 23 | 12 | 5 | 18 | 25 | 5 | 33 | 4 | 53 |
| 26 | 6 | 13 | 35 | 52 | 5 | 4[illegible] | 21 | 26 | 9 | 28 | 12 | 46 | 19 | 10 | 7 | 6 | 4 | 49 |
| 27 | 7 | 14 | 33 | 10 | 17 | 42 | 21 | 33 | 9 | 33 | 13 | 28 | ♊ 29 | 56 | 8 | 37 | 4 | 46 |
| G 28 | 8 | 15 | 30 | 28 | ♎ 29 | 47 | 21 | 41 | 9 | 39 | 14 | 7 | 0 A | 48 | 10 | 5 | 4 | 43 |
| 29 | 9 | 16 | 27 | 47 | 11 | 55 | 21 | 49 | 9 | 44 | 14 | 47 | 1 | 30 | 11 | 30 | 4 | 40 |
| 30 | 10 | 17 | 25 | 6 | 24 | [illegible] | 21 | 57 | 9 | 50 | 15 | 27 | 2 | 18 | 12 | 52 | 4 | 37 |
| Iul. 1 | 11 | 18 | 22 | 25 | ♏ 6 | 13 | 22 | 5 | 9 | 56 | 16 | 6 | 3 | 7 | 14 | 11 | 4 | 34 |
| 2 | 12 | 19 | 19 | 44 | 19 | 40 | 22 | 13 | 10 | 2 | 16 A | 46 | 3 | 57 | 15 | 27 | 4 | 30 |
| 3 | 13 | 20 | 17 | 3 | ♐ 2 | 41 | 22 | 21 | 10 | 8 | 17 | 25 | 4 | 47 | 16 | 40 | 4 | 27 |
| 4 | 14 | 21 | 14 | 23 | 16 | [illegible] | 22 | 28 | 10 | 15 | 18 | 5 | 5 | 38 | 17 | 49 | 4 | 24 |
| G 5 | 15 | 22 | 11 | 43 | ♑ 29 | 40 | 22 | 36 | 10 | 21 | 18 | 44 | 6 | 30 | 18 | 55 | 4 | 21 |
| 6 | 16 | 23 | 9 | 2 | 13 | 31 | 22 | 42 | 10 | 28 | 19 | 23 | 7 | 22 | 19 M | 57 | 4 | 18 |
| 7 | 17 | 24 | 6 | 24 | ♒ 27 | 32 | 22 | 50 | 10 | 35 | 20 | 2 | 8 | 15 | 20 | 54 | 4 | 14 |
| 8 | 18 | 25 | 3 | 45 | 12 | 10 | 22 | 58 | 10 | 42 | 20 | 41 | 9 | 9 | 21 | 46 | 4 | 11 |
| 9 | 19 | 26 | 1 | 7 | ♓ 27 | 14 | 23 | 5 | 10 | 49 | 21 | 20 | 10 | 3 | 22 | 33 | 4 | 8 |
| 10 | 20 | 26 | 58 | 29 | 12 | 3 | 23 | 13 | 10 | 57 | 22 | 0 | 10 | 58 | 23 | 13 | 4 | 5 |
| 11 | 21 | 27 | 55 | 52 | ♈ 26 | 40 | 23 | 20 | 11 | 4 | 22 | 40 | 11 | 53 | 23 | 49 | 4 | 2 |
| G 12 | 22 | 28 | 53 | 16 | 11 | 38 | 23 | 27 | 11 | 12 | 23 | 19 | 12 | 49 | 24 | 18 | 3 | 59 |
| 13 | 23 | ♌ 29 | 50 | 40 | ♉ 25 | 40 | 23 | 34 | 11 | 19 | 23 | 58 | 13 | 45 | 24 | 40 | 3 | 56 |
| 14 | 24 | 0 | 48 | 5 | 9 | 51 | 23 | 41 | 11 | 27 | 24 | 37 | 14 | 42 | 24 | 55 | 3 | 52 |
| 15 | 25 | 1 | 45 | 31 | ♊ 23 | 31 | 23 | 48 | 11 | 35 | 25 | 16 | 15 | 39 | 25 | 3 | 3 | 49 |
| 16 | 26 | 2 | 42 | 58 | 6 | 40 | 23 | 55 | 11 | 43 | 25 | 55 | 16 | 36 | 25 R | 3 | 3 | 46 |
| 17 | 27 | 3 | 40 | 25 | ♋ 19 | 43 | 24 | 2 | 11 | 51 | 26 | 34 | 17 | 34 | 24 | 54 | 3 | 43 |
| 18 | 28 | 4 | 37 | 52 | 2 | 21 | 24 | 9 | 11 | 59 | 27 | 13 | 18 | 32 | 24 | 37 | 3 | 40 |
| G 19 | 29 | 5 | 35 | 20 | 14 | 41 | 24 | 16 | 12 | 7 | 27 | 52 | 19 | 31 | 24 | 12 | 3 | 36 |
| 20 | 30 | 6 | 32 | 49 | 26 | 47 | 24 | 23 | 12 | 15 | 28 | 31 | 20 | 30 | 23 | 39 | 3 | 33 |
| 21 | 31 | 7 | 30 | 19 | ♌ 8 | 43 | 24 | 30 | 12 | 24 | 29 | 10 | 21 | 29 | 22 | 59 | 3 | 30 |

| Latitudo Planetarũ ad diẽ | | ♄ | | ♃ | | ♂ | | ♀ | | ☿ | | |
|---|---|---|---|---|---|---|---|---|---|---|---|---|
| | 1 | 1 | 35 | 1 | 34 | 0 | 3 | 3 A | 10 | 1 | 47 | Mensis |
| | 11 | 1 | 36 | 1 | 31 | 0 A | 4 | 3 | 12 | 1 M | 9 | |
| | 21 | 1 | 37 | 1 | 26 | 0 | 6 | 3 | 3 | 0 | 45 | |

| Dies | ☉ | Orient. ♄ | Occid. ♃ | Occid. ♂ | Orient. ♀ | Occid. ☿ | Syzygiæ Planetarũ mutuæ, & eorum congressus cum illustrioribus aliquibus stellis fixis. |
|---|---|---|---|---|---|---|---|
| | H ℳ | H ℳ | H ℳ | H ℳ | H ℳ | H ℳ | |
| 1 ☌ | 7 44 | | 7 □ 37 | 8 ☌ 54 | | | □ ☉ ♃ 6. 55 ♀ oc. cũ 7 |
| 2 Asc. | 10 ♓ | | | | 18 ✶ 22 | | ♀ occ. cum fin. hum. Cin. |
| 3 | | | 19 ✶ 7 | | | 6 ☌ 9 | ☌ ☉ ♂ 7. 1 ☉ [illegible] 10. 3 [illegible] |
| 4 | | 29 ✶ 4 | | Orient. | | | ♂ or. cũ 1. 31. & Her. b. |
| 5 | | | | | 10 □ 0 | | ☿ Apo. ♃ m. c. cũ [illegible] c |
| 6 | 17 ✶ 8 | | | 15 ✶ 2 | | | ♂ or. cum zona Orio. |
| 7 | | 7 □ 45 | | | | | ✶ ♃ ♀ 10. 23. |
| 8 | | | 19 ☌ 32 | | 1 △ 57 | 22 ✶ 52 | |
| 9 □ | 9 23 | 19 △ 18 | | 5 □ 44 | | | ♂ m. c. cum hiad. |
| 10 Asc. | 24 ♒ | | | | | | |
| 11 | 13 △ 20 | | | 18 △ 35 | | 14 □ 29 | ♂ or. cũ Reg. & m. c. cũ |
| 12 | | | | | | | ☌ [illegible] (Ap. d. |
| 13 | | | 13 ✶ 29 | | 4 ☍ 0 | | (141 |
| 14 | | 11 ☍ 23 | | | | 3 △ 23 | ♂ m. c. cũ proc. ♀ oc. cũ |
| 15 | | | 18 □ 25 | | | | ♂ m. c. cum Hercule. |
| 16 ☍ | 17 ♈ | | | 10 ☍ 2 | | | ♂ or. cum Aldeb. |
| 17 Asc. | 1 ♉ | | 21 △ 1 | | 16 △ 6 | | ☉ ☋ 10. 18. |
| 18 | | 27 △ 10 | | | | 15 ☍ 45 | ♄ m. c. cũ de. hum. Aur. |
| 19 | | | | | 21 □ 7 | | ☉ Perig. △ ♃ ♀ 43. 3[illegible] |
| 20 | | 18 □ 17 | | 15 △ 56 | | | ✶ ♄ ☿ 0. 0 ☿ m. c. cũ he |
| 21 | 1 △ 57 | | 23 ☍ 33 | | | | ♀ oc. cũ [illegible] ☿ m. c. cũ Ri. |
| 22 | | 29 ✶ 13 | | 20 □ 46 | 2 ✶ 25 | 22 △ 0 | |
| 23 □ | 7 2[illegible] | | | | | | ☿ m. c. cũ capra & 1 30 |
| 24 Asc. | 29 ♑ | | | | | | ♀ m. c. cum Rigel. |
| 25 | 16 ✶ 1 | | | 5 ✶ 18 | | 1 □ 26 | |
| 26 | | | 9 △ 11 | | 19 ☌ 37 | | |
| 27 | | 6 ☌ 13 | | | | 9 ✶ 36 | ♄ m. c. cum 141 (cũ. Or |
| 28 | | | 18 □ 48 | | | | ✶ ♄ ☿ 20. 31 ♀ m. c. cũ |
| 29 | | | | | | | |
| 30 ☍ | 21 31 | | | 3 ☌ 40 | | | ☉ ☊ 17. 32. (Herc. |
| 31 Asc. | 0 ♎ | | 7 ✶ 22 | | | | ✶ ♃ ☿ 20. 12 ♂ oc. cũ |

*a.* Die 3. ♂ occ. cum hœdis. ☿ occ. cum Herc. & m. c. cum asinis.
*b.* Die 4. ♀ occ. cum Aldebaran.
*c.* Die 5. ♀ occ. cum cane min. & ☿ occ. cum Præsepe & Aquil.
*d.* Die 11. ♀ m. cum hiad. ♂ oc. & ☿ m. c. cum hydra, & ☿ oc. cum rost. corui. & dehu. Aq.

| Dies | | ☉ ♌ P | ' | " | ☽ ♌ P | ' | M D ♄ ♊ P | ' | S D ♃ ♎ P | ' | S A ♂ ♋ P | ' | M A ♀ ♊ P | ' | M D ☿ ♌ P | ' | ☊ ♌ P | ' |
|---|---|---|---|---|---|---|---|---|---|---|---|---|---|---|---|---|---|---|
| Positus Planetarum Diurnus. | | | | | | | | | | | | | | | | | | |
| 22 | 1 | 8 | 27 | 30 | 20 ♍ | 33 | 24 | 37 | 12 | 32 | 29 ♌ | 49 | 22 | 29 | 21 | 12 | 3 | 27 |
| 23 | 2 | 9 | 25 | 12 | 2 | 19 | 24 | 43 | 12 | 41 | 0 | 28 | 23 | 29 | 21 | 19 | 3 | 24 |
| 24 | 3 | 10 | 22 | 34 | 14 | 6 | 24 | 50 | 12 | 50 | 1 | 7 | 24 | 29 | 20 | 61 | 3 | 21 |
| 25 | 4 | 11 | 20 | 27 | 25 ♎ | 56 | 24 | 57 | 12 | 59 | 1 | 40 | 25 | 30 | 19 | 19 | 3 | 17 |
| G 26 | 5 | 12 | 18 | 1 | 7 | 51 | 25 | 3 | 13 | 8 | 2 | 25 | 26 | 31 | 18 | 16 | 3 | 14 |
| 27 | 6 | 13 | 15 | 37 | 19 | 55 | 25 | 9 | 13 | 17 | 3 | 4 | 27 | 32 | 17 | 12 | 3 | 11 |
| 28 | 7 | 14 | 13 | 14 | 2 ♏ | 11 | 25 | 15 | 13 | 26 | 3 | 43 | 28 | 34 | 16 | 8 | 3 | 8 |
| 29 | 8 | 15 | 10 | 52 | 14 | 41 | 25 | 21 | 13 | 35 | 4 | 22 | 29 | 36 | 15 | 6 | 3 | 5 |
| 30 | 9 | 16 | 8 | 31 | 27 ♐ | 25 | 25 | 27 | 13 | 45 | 5 | 1 | 0 ♋ | 38 | 14 A | 7 | 3 | 1 |
| 31 | 10 | 17 | 6 | 11 | 10 | 36 | 25 | 33 | 13 | 54 | 5 | 40 | 1 | 41 | 13 | 11 | 2 | 58 |
| Au. 1 | 11 | 18 | 3 | 52 | 24 ♑ | 5 | 25 | 39 | 14 | 4 | 6 | 19 | 2 | 43 | 12 | 20 | 2 | 55 |
| G 2 | 12 | 19 | 1 | 34 | 7 | 54 | 25 | 45 | 14 | 14 | 6 | 58 | 3 | 48 | 11 | 35 | 2 | 52 |
| 3 | 13 | 19 | 59 | 17 | 22 ♒ | 5 | 25 | 50 | 14 | 24 | 7 | 37 | 4 | 52 | 10 | 57 | 2 | 49 |
| 4 | 14 | 20 | 57 | 2 | 6 | 36 | 25 | 56 | 14 | 34 | 8 | 15 | 5 | 56 | 10 | 27 | 2 | 45 |
| 5 | 15 | 21 | 54 | 48 | 21 ♓ | 21 | 26 | 1 | 14 | 44 | 8 | 54 | 7 | 1 | 10 | 5 | 2 | 42 |
| 6 | 16 | 22 | 52 | 35 | 6 | 16 | 26 | 6 | 14 | 54 | 9 | 33 | 8 | 6 | 9 | 51 | 2 | 39 |
| 7 | 17 | 23 | 50 | 23 | 21 ♈ | 15 | 26 | 11 | 15 | 4 | 10 | 12 | 9 | 11 | 9 D | 45 | 2 | 36 |
| 8 | 18 | 24 | 48 | 12 | 6 | 10 | 26 | 16 | 15 | 15 | 10 | 50 | 10 | 16 | 9 | 47 | 2 | 33 |
| 9 | 19 | 25 | 46 | 3 | 20 ♉ | 53 | 26 | 21 | 15 | 25 | 11 | 29 | 11 | 22 | 9 | 56 | 2 | 30 |
| 10 | 20 | 26 | 43 | 55 | 5 | 19 | 26 | 26 | 15 | 36 | 12 | 8 | 12 | 28 | 10 | 12 | 2 | 26 |
| 11 | 21 | 27 | 41 | 48 | 19 ♊ | 24 | 26 | 31 | 15 | 47 | 12 | 46 | 13 | 34 | 10 | 35 | 2 | 23 |
| 12 | 22 | 28 | 39 | 43 | 3 | 6 | 26 | 36 | 15 | 58 | 13 | 25 | 14 | 40 | 11 | 4 | 2 | 20 |
| 13 | 23 | 29 ♍ | 37 | 39 | 16 | 24 | 26 | 41 | 16 | 9 | 14 | 3 | 15 | 47 | 11 | 39 | 2 | 17 |
| 14 | 24 | 0 | 35 | 36 | 29 ♋ | 20 | 26 | 45 | 16 | 20 | 14 | 41 | 16 | 54 | 11 | 20 | 2 | 14 |
| 15 | 25 | 1 | 33 | 35 | 11 | 55 | 26 | 50 | 16 | 31 | 15 | 19 | 18 | 1 | 13 | 7 | 2 | 10 |
| G 16 | 26 | 2 | 31 | 36 | 24 ♌ | 11 | 26 | 55 | 16 | 42 | 15 | 57 | 19 | 9 | 13 | 59 | 2 | 7 |
| 17 | 27 | 3 | 29 | 38 | 6 | 13 | 27 | 0 | 16 | 53 | 16 | 36 | 20 | 16 | 14 | 56 | 2 | 4 |
| 18 | 28 | 4 | 27 | 42 | 18 | 4 | 27 | 5 | 17 | 4 | 17 | 14 | 21 | 24 | 15 | 57 | 2 | 1 |
| 19 | 29 | 5 | 25 | 47 | 29 ♍ | 47 | 27 | 9 | 17 | 15 | 17 | 52 | 22 | 32 | 17 | 2 | 1 | 58 |
| 20 | 30 | 6 | 23 | 54 | 11 | 25 | 27 | 14 | 17 | 27 | 18 | 30 | 23 | 39 | 18 | 11 | 1 | 55 |
| 21 | 31 | 7 | 22 | 2 | 23 | 3 | 27 | 18 | 17 | 38 | 19 | 8 | 24 | 47 | 19 | 23 | 1 | 52 |
| Latitudo Planetarū addiē | | | | 1 | | | 1 | 39 | 1 | 22 | 0 | 8 | 2 | 30 | 3 A | 12 | Meridi. | |
| | | | | 11 | | | 1 | 41 | 1 | 17 | 0 | 10 | 2 | 12 | 2 | 55 | | |
| | | | | 21 | | | 1 | 44 | 1 | 15 | 0 | 12 | 1 | 34 | 2 | 0 | | |

Im exitu sy (oc ēhad

♀ Pe. ♂ ☌ ☿ 9.36 | ♀

☌ oc. cum caue ma d.

1590

icos Planetarum Diurnus.

| M D | S D | S A | M A | S A | |
|---|---|---|---|---|---|
| ♄ ♊ | ♃ ♎ | ♂ ♌ | ♀ ♋ | ☿ ♌ | ☊ ♌ |
| P ' | P ' | P ' | P ' | P ' | P |
| 27 22 | 17 59 | 19 47 | 25 55 | 20 39 | 1 4 |
| 27 26 | 18 1 | 20 25 | 27 3 | 21 58 | 1 4 |
| 27 30 | 18 13 | 21 4 | 28 11 | 23 20 | 1 4 |
| 27 34 | 18 25 | 21 42 | 29 19 | 24 43 | 1 3 |
| 27 38 | 18 37 | 22 20 | ♌ 0 28 | 26 11 | 1 3 |
| 27 42 | 18 40 | 22 58 | 1 36 | 27 40 | 1 3 |

| Dies Iulian. | Dies Gregor. | Positus Planetarum Diurnus. | | | | | | | | | | | | | | | | | |
|---|---|---|---|---|---|---|---|---|---|---|---|---|---|---|---|---|---|---|---|
| | | | | | | | M | D | S | D | S | A | S | A | S | D | | |
| | | ☉ ♎ | | | ☽ ♏ | | ♄ ♊ | | ♃ ♎ | | ♂ ♍ | | ♀ ♍ | | ☿ ♎ | | ☊ ♌ | |
| Dies | | P | ′ | ″ | P | ′ | P | ′ | P | ′ | P | ′ | P | ′ | P | ′ | P | ′ |
| 21 | 1 | 7 | 38 | 43 | 7 | 40 | 28 | 40 | 23 | 57 | 8 | 43 | 0 | 53 | 10 | 27 | 0 | 13 |
| 22 | 2 | 8 | 37 | 49 | 19 | 46 | 28 | 41 | 24 | 10 | 9 | 21 | 2 | 5 | 12 | 4 | 0 | 10 |
| 23 | 3 | 9 | 36 | 57 | 2 ♐ | 7 | 28 | 42 | 24 | 23 | 9 | 58 | 3 | 17 | 13 | 51 | 0 | 6 |
| 24 | 4 | 10 | 36 | 7 | 14 | 48 | 28 | 42 | 24 | 36 | 10 | 36 | 4 | 29 | 15 | 37 | 0 | 3 |
| 25 | 5 | 11 | 35 | 19 | 27 | 51 | 28 | 43 | 24 | 49 | 11 | 13 | 5 | 41 | 17 | 23 | 0 | 0 |
| 26 | 6 | 12 | 34 | 33 | 11 ♑ | 17 | 28 | 43 | 25 | 2 | 11 | 51 | 6 | 53 | 19 | 9 | 29 ♋ | 57 |
| G 27 | 7 | 13 | 33 | 49 | 25 | 6 | 28 | 44 | 25 | 15 | 12 | 28 | 8 | 5 | 20 | 54 | 29 | 54 |
| 28 | 8 | 14 | 33 | 7 | 9 ♒ | 18 | 28 | 44 | 25 | 28 | 13 | 6 | 9 | 17 | 22 | 39 | 29 | 51 |
| 29 | 9 | 15 | 32 | 27 | 23 | 49 | 28 R | 44 | 25 | 41 | 13 | 43 | 10 | 29 | 24 | 23 | 29 | 47 |
| 30 | 10 | 16 | 31 | 49 | 8 ♓ | 35 | 28 | 44 | 25 | 54 | 14 | 20 | 11 | 41 | 26 | 6 | 29 | 44 |
| Oct. 1 | 11 | 17 | 31 | 13 | 23 | 30 | 28 | 44 | 26 | 7 | 14 | 57 | 12 | 54 | 27 | 50 | 29 | 41 |
| 2 | 12 | 18 | 30 | 40 | 8 ♈ | 27 | 28 | 43 | 26 | 20 | 15 | 35 | 14 | 6 | 29 | 31 | 29 | 38 |
| 3 | 13 | 19 | 30 | 8 | 23 | 12 | 28 | 43 | 26 | 33 | 16 | 12 | 15 | 19 | 1 M ♏ | 14 | 29 | 35 |
| G 4 | 14 | 20 | 29 | 38 | 7 ♉ | 56 | 28 | 42 | 26 | 46 | 16 | 49 | 16 | 31 | 2 | 55 | 29 | 31 |
| 5 | 15 | 21 | 29 | 10 | 22 | 19 | 28 | 42 | 26 | 59 | 17 | 26 | 17 | 44 | 4 | 35 | 29 | 28 |
| 6 | 16 | 22 | 28 | 44 | 6 ♊ | 21 | 28 | 41 | 27 | 12 | 18 | 4 | 18 | 57 | 6 | 14 | 29 | 25 |
| 7 | 17 | 23 | 28 | 20 | 20 | 2 | 28 | 40 | 27 | 25 | 18 | 41 | 20 | 10 | 7 | 53 | 29 | 22 |
| 8 | 18 | 24 | 27 | 58 | 3 ♋ | 22 | 28 | 39 | 27 | 38 | 19 | 18 | 21 | 23 | 9 | 29 | 29 | 19 |
| 9 | 19 | 25 | 27 | 38 | 16 | 23 | 28 | 38 | 27 | 51 | 19 | 55 | 22 | 35 | 11 | 5 | 29 | 16 |
| 10 | 20 | 26 | 27 | 20 | 29 | 5 | 28 | 37 | 28 A | 4 | 20 | 33 | 23 | 49 | 12 | 40 | 29 | 12 |
| G 11 | 21 | 27 | 27 | 4 | 11 ♌ | 31 | 28 | 36 | 28 | 17 | 21 | 9 | 25 | 1 | 14 | 14 | 29 | 9 |
| 12 | 22 | 28 | 26 | 49 | 23 | 45 | 28 | 35 | 28 | 30 | 21 | 46 | 26 | 16 | 15 | 47 | 29 | 6 |
| 13 | 23 | 29 | 26 | 36 | 5 ♍ | 45 | 28 | 33 | 28 | 43 | 22 | 23 | 27 | 30 | 17 | 18 | 29 | 3 |
| 14 | 24 | 0 ♏ | 26 | 25 | 17 | 44 | 28 | 32 | 28 | 56 | 23 | 0 | 28 | 43 | 18 | 47 | 29 | 0 |
| 15 | 25 | 1 | 26 | 10 | 29 | 35 | 28 | 31 | 29 | 9 | 23 | 37 | 29 | 57 | 20 | 15 | 28 | 57 |
| 16 | 26 | 2 | 26 | 9 | 11 ♎ | 24 | 28 | 29 | 29 | 22 | 24 | 14 | 1 ♎ | 11 | 21 | 41 | 28 | 54 |
| 17 | 27 | 3 | 26 | 4 | 23 | 12 | 28 | 27 | 29 | 35 | 24 | 51 | 2 | 25 | 23 | 1 | 28 | 50 |
| G 18 | 28 | 4 | 26 | 1 | 5 ♏ | 6 | 28 | 25 | 29 | 48 | 25 | 28 | 3 | 39 | 24 | 27 | 28 | 47 |
| 19 | 29 | 5 | 26 | 0 | 17 | 8 | 28 | 23 | 0 ♏ | 1 | 26 | 5 | 4 | 53 | 25 | 47 | 28 | 44 |
| 20 | 30 | 6 | 26 | 1 | 29 | 21 | 28 | 21 | 0 | 14 | 26 | 42 | 6 | 7 | 27 | 3 | 28 | 41 |
| 21 | 31 | 7 | 26 | 3 | 11 ♐ | 28 | 28 | 19 | 0 | 27 | 27 | 19 | 7 | 21 | 28 | 2 | 28 | 37 |

| Latitudo Planetarũ ad diẽ | | ♄ | | ♃ | | ♂ | | ♀ | | ☿ | | |
|---|---|---|---|---|---|---|---|---|---|---|---|---|
| | 1 | 1 | 55 | 1 | 8 | 0 | 21 | 0 | 40 | 1 | 12 | |
| | 11 | 1 | 56 | 1 A | 5 | 0 | 23 | 1 | 5 | 0 | 9 | Mensis |
| | 21 | 2 | 2 | 1 | 6 | 0 | 27 | 1 | 24 | 1 | 14 | |

## Syzygiæ Lunares.

| | | Orient. | Occid. | Orient. | Orient. | Occid. | |
|---|---|---|---|---|---|---|---|
| | ☉ | ♄ | ♃ | ♂ | ♀ | ☿ | Syzygiæ Planetarū mutuę, & eorum congressus cum illustrioribus aliquibus stellis fixis. |
| Dies | H ′ | H ′ | H ′ | H ′ | H ′ | H ′ | |
| 1 | | | | 2 ✱ 12 | | | ☿ or. cū cri. Ber. & oc. cū |
| 2 | | | | | | | ☿ or. cū hydra. (Algor. |
| 3 | 15 ✱ 24 | | | 15 □ 38 | 2 □ 26 | | ☿ or. cū cor. (cū 265. a. |
| 4 | | | 18 ✱ 20 | | | 1 ✱ 44 | ♂ or. cū cau. ♌, et ☿ oc. |
| 5 | | 1 ☍ 34 | | | 15 △ 23 | | ☿ or. cū 160. & oc. cum |
| 6 □ | 2 43 | | | 0 △ 58 | | 15 □ 38 | ☿ or. cum spi. ♍ (ca. ♌ |
| 7 Asc. | 29 ♑ | | 0 □ 25 | | | | ☽ ♑ 58. 4. |
| 8 | 9 △ 19 | | | | | | |
| 9 | | 8 △ 0 | 3 △ 5 | | | 1 △ 2 | ☌ ♃ ☿ 20.48. (cū ♍ |
| 10 | | | | 9 ☍ 45 | 5 ☍ 26 | | ☿ or. cū cau. ♌ ☿ m.c. cū |
| 11 | | 8 □ 23 | | | | | ☽ Ter. △ ♄ ☿ 12,32. b. |
| 12 ☍ | 17 46 | | | | | | |
| 13 Asc. | 21 ♎ | 8 ✱ 54 | 6 ☍ 26 | | | 13 ☍ 40 | ☿ m.c. cum arctūro. |
| 14 | | | | 15 △ 29 | 16 △ 30 | | ☌ ♂ ♀ 12.0 ☿ or. cū ly. |
| 15 | | | | | | | |
| 16 | | | | 21 □ 32 | | | (cum vinde. c. |
| 17 | 6 △ 46 | 15 ☌ 30 | 13 △ 32 | | 0 □ 14 | | ♀ m. cū cauda ♌. ☿ oc. |
| 18 | | | | | | 12 △ 50 | ☌ ☿ cum lance austr. |
| 19 □ | 19 0 | | 22 □ 4 | 7 ✱ 2 | 12 ✱ 58 | | |
| 20 Asc. | 29 ♎ | | | | | | ☽ ♌ 0. 14. |
| 21 | | | | | | 6 □ 4 | ♂ m.c. cum cauda ♌) d |
| 22 | 20 ✱ 13 | 9 ✱ 36 | 9 ✱ 38 | | | | △ ☉ ♄ 3.19 \| ☌ [illegible] |
| 23 | | | Orient. | | | | □ ♄ ♀ 20.25. (32. e. |
| 24 | | 22 □ 52 | | 12 ☌ 15 | | 2 ✱ 25 | ♀ or. cū vi. ☿ [illegible] |
| 25 | | | | | 0 ☌ 47 | | ☽ [illegible] ♀ m.c. cū [illegible] |
| 26 | | | | | | | ☿ oc. cū neb. & [illegible] |
| 27 ☌ | 22 ♏ | 10 △ 32 | 13 ☌ 5 | | | | ♀ m.c. cum Algorab |
| 28 Asc. | 21 ♏ | | | | | | (c. [illegible] |
| 29 | | | | 18 ✱ 31 | | 20 ☌ 1 | ✱ ♂ ☿ 10.42 \| ♀ or. 14 |
| 30 | | | | | 14 ✱ 28 | | ♂ m.c. cū 160. & ☿ or. |
| 31 | | | | | | | (cum vol. [illegible] |

a. Die 4. ☿ or. cum Algorab.
b. Die 13. ♃ m.c. cum sing. ♍.
c. Die 17. ☿ occ. cum cauda cygni, & sheler.
d. Die 21. ☿ occ. cum sing. ♍.
e. Die 22. △ ♄ ♃ 8.0. ♀ m.c. cū 160. & ☿ cū dec. bor.
f. Die 29. ☿ occ. cum lance bor.

| | | | |
|---|---|---|---|
| 6 | II | 33 | 27 |
| 0 | | 40 | 27 |
| 4 | | 29 | 27 |

| | | | | | | | | |
|---|---|---|---|---|---|---|---|---|
| 2 | | 3 ✱ 32 | | | | 4 □ 22 | | ☿ m.c. cū [illegible] ☿ oc. cū [illegible] |
| 3 | | | | 17 □ 47 | 14 △ 48 | | 21 ✱ 28 | ☽ ☋ 12. 57. (Herca |
| 4 | □ | 22 37 | | | | 13 △ 50 | | ♀ or. cū corona ♀ m.c. |
| 5 | Alc. | 27 ♌ | 15 △ 5 | 21 △ 10 | | | | ♂ m.c. cū [illegible] (cū [illegible] |
| 6 | | 17 △ 40 | | | | | 2 □ 38 | ☿ or. cum antare. |
| 7 | | | 10 □ 7 | | 23 ☍ 0 | | | ♀ or. cū ala dex. corui. |
| 8 | | | | | | | 6 △ 40 | ☽ Pe. ♀ or. cū rost. cor. b |
| 9 | | | 16 ✱ 57 | | | 1 ☍ 40 | | ♃ or. cum Fidicula. c. |
| 10 | | | | 0 ☍ 47 | | | | ♀ or. cum spica ♍. |
| 11 | ☍ | 3 52 | | | | | | ☿ oc. cum cauda ♌. |
| 12 | Alc. | 26 ♈ | | | 7 △ 13 | | 15 ☍ 36 | ♂ or. cum arcturo. |
| 13 | | | 23 ☌ 18 | | | 17 △ 30 | | |
| 14 | | | | 10 △ 7 | 13 □ 53 | | | |
| 15 | | 22 △ 45 | | | | | | ♀ m.c. cum cing. ♍. |
| 16 | | | | 18 □ 49 | | 6 □ 21 | | ☽ ☊ [illegible] 52 △ ♄ ♀ 5.37 |
| 17 | | | | | 1 ✱ 48 | | 8 △ 6 | |
| 18 | □ | 13 39 | 15 ✱ 35 | | | 22 ✱ 27 | | |
| 19 | Alc. | 11 ♍ | | 5 ✱ 53 | | | 18 □ 34 | ♀ m.c. cum arcturo. |
| 20 | | | | | | | | ♀ or. cum Fidicula. |
| 21 | | 5 ✱ 55 | 2 □ 32 | | | | | ✱ ♂ ☿ [illegible] ♂ m.c. cū [illegible] |
| 22 | | | | | 6 ☌ 0 | | 5 ✱ 20 | ☌ ♃ ♀ 11.50. ☽ Apo. |
| 23 | | | 14 △ 0 | | | | | |
| 24 | | | | 7 ☌ 12 | | 11 ☌ 23 | | |
| 25 | | | | | | | | ♂ or. cum corona. |
| 26 | ☌ | 15 18 | | | | | 22 ☌ 42 | ♀ or. cū ca. cyg. & [illegible] |
| 27 | Alc. | 18 ♎ | | | 9 ✱ 41 | | | |
| 28 | | | 9 ☍ 20 | | | | | ♂ occ. cum spica ♍. |
| 29 | | | | 3 ✱ 43 | 15 □ 51 | 17 ✱ 41 | | ☌ ☉ ☿ 6.0. ♀ oc. cū [illegible] |
| 30 | | | | | | | Orient. | ☽ ☋ 16.15 ♂ or. cū Al- |
| | | | | | | | | (gorab. e |

a. Die 1. ♃ m.c. cum Arcturo. | d. Die 30. ♀ oc. cum australi lance, & ☿ or. cum Antare.
b. Die 8. ♂ m.c. cum Algorab & ♀ occ. cum spica ♍.
c. Die 9. ♀ or. cum angula ♍.
Die 12. accidit ☌ ♃ ♀ distantia latitudinis scr. 26.

## Syzygiæ Lunares.

| | | Orient. | Orient. | Orient. | Orient. | Orient. | Syzygiæ Planetarũ mutuæ, & eorum congressus cum illustrioribus aliquibus stellis fixis. |
|---|---|---|---|---|---|---|---|
| | ☉ | ♄ | ♃ | ♂ | ♀ | ☿ | |
| Dies | H ʹ | H ʹ | H ʹ | H ʹ | H ʹ | H ʹ | |
| 1 | 13 ✶ 35 | | 9 □ 42 | | | 7 ✶ 27 | (cum spica ♍. |
| 2 | | 18 △ 21 | | 2 △ 31 | 3 □ 24 | | ♂ or. cũ rost. cor. & m. c. |
| 3 □ | 20 21 | | 13 △ 13 | | | 8 □ 31 | ♀ occ. cum cing. ♍. |
| 4 Asc. | 30 ♓ | 20 □ 10 | | | 10 △ 21 | | ♂ or. cum cing. ♍. |
| 5 | | | | | | 8 △ 49 | ☉ Per. ♂ or. cũ spi. ♍. a. |
| 6 | 1 △ 23 | 21 ✶ 30 | | 10 ☍ 40 | | | ♂ occ. cum cauda ♌. |
| 7 | | | 18 ☍ 3 | | | | ♀ occ. cum aculeo ♏. |
| 8 | | | | | | | |
| 9 | | | | | 0 ☍ 8 | 12 ☍ 23 | ♀ m. c. cũ pri. stella fro. ♏ |
| 10 ☍ | 16 0 | | | 22 △ 12 | | | ♃ or. cum cauda cygni. |
| 11 Asc. | 5 ♏ | 4 ☌ 28 | | | | | ♀ oc. cũ neb. & corde ♏. |
| 12 | | | 5 △ 2 | | | | ♃ or. cum chelis. b. |
| 13 | | | | 8 □ 3 | | | ☉ ♑ 13.18 ♀ m. c. cũ |
| 14 | | | 14 □ 23 | | 0 △ 28 | 3 △ 25 | (pal. Oph. |
| 15 | 17 △ 44 | 20 ✶ 34 | | 20 ✶ 20 | | | ☌ ♀ ☿ 11.20 ♀ m. c. cũ |
| 16 | | | | | 17 □ 2 | 15 □ 54 | △ ♄ ☌ 0.0. (Antare. |
| 17 | | Occid. | 1 ✶ 34 | | | | ☍ ☉ ♄ 1.27. |
| 18 □ | 10 8 | 7 □ 3 | | | | | ☉ Ap. ✶ ☉ ☿ 17.32. c. |
| 19 Asc. | 6 ♍ | | | | 11 ✶ 1 | 6 ✶ 35 | ♀ or. cum antare. |
| 20 | | 17 △ 48 | | | | | |
| 21 | 2 ✶ 30 | | | 0 ☌ 26 | | | |
| 22 | | | 1 ☌ 23 | | | | ☿ or. cum antare. |
| 23 | | | | | | | |
| 24 | | | | | 10 ☌ 9 | 14 ☌ 35 | |
| 25 | | 11 ☍ 47 | | | | | (acu. ♏. |
| 26 ☌ | 6 20 | | 19 ✶ 27 | 0 ✶ 8 | | | ♂ m. c. cũ arct. ♀ m. c. cũ |
| 27 Asc. | 29 ♋ | | | | | | ☉ ♑ 20.1 ♄ m. c. cũ q. l. d. |
| 28 | | | | 7 □ 51 | | | ♂ or. cum Fidicula. e. |
| 29 | | 20 △ 43 | 0 □ 38 | | 17 ✶ 28 | 10 ✶ 11 | ♀ or. cum aquila, & m. |
| 30 | 21 ✶ 8 | | | 13 △ 0 | | | (c. cum neb. ♏. |
| 31 | | 21 □ 32 | 3 △ 35 | | | 17 □ 38 | ☍ ♄ ♀ 4.15. |

a. Die 5. ♀ m. c. cum corona.
b. Die 12. ♀ or. cum rostro gallinæ.
c. Die 18. ♂ m. c. cum cingulo ♍, & ♀ occ. cum coma Bere.
☿ Fit directus m. c. cum corde ♏.
d. Die 27. ♀ occ. cum Arcturo.
e. Die 28. ♃ occ. cum vindem.

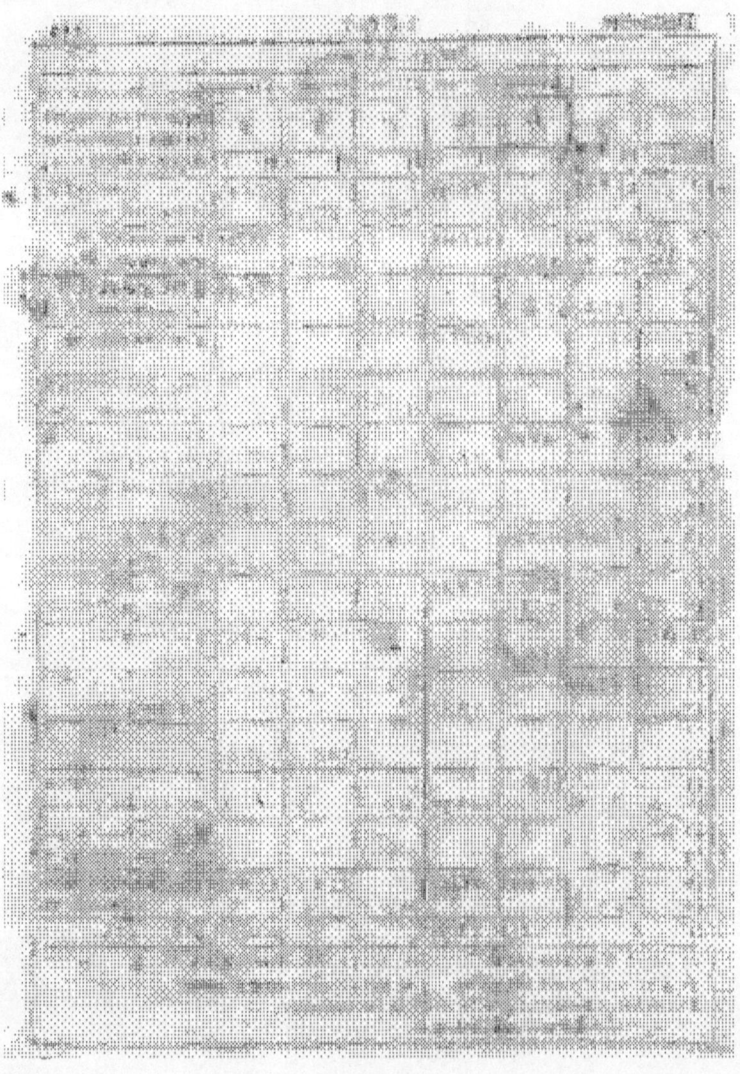

# EPHEMERIS IOANNIS ANTONII MAGINI PATAVINI

Ad annum Dominicæ Incarnationis
1591.
Qui est tertius post Bissextilem, nonus ab anni & Kalendarij reformatione, & ab orbis principio 5553.

*Constitutio cæli in introitu ☉ in principium ♈, seu quarta vernalis.*

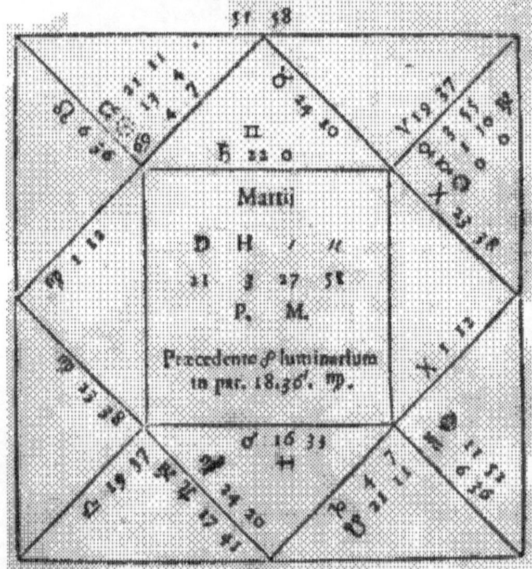


Vera Tropici anni magnitudo.
*Dierum 365. Horarum 5. Scr. 55'. 28''. 0'''. 32''''.*

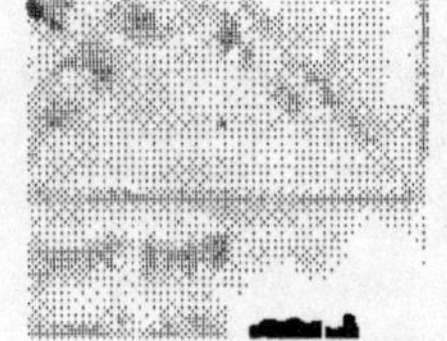

# ANNO VIRGINEI PARTVS
## 1591 communi.

| | | | D. | H. | ′ | ″ |
|---|---|---|---|---|---|---|
| Reuersionum ad principium | ♋, Seu solstitii æstiui | Iunij | 21 | 0 | 14 | 51 |
| | ♎, Seu autumnalis æquinoctij | Septemb. | 23 | 11 | 25 | 50 |
| | ♑, Seu solstitii verni | Decemb. | 22 | 5 | 33 | 42 |

| | P. | ′ | ″ | ‴ |
|---|---|---|---|---|
| Vera præcessio Æquinoctiorum | 27 | 59 | 46 | 3 |
| Obliquitas Zodiaci | 23 | 28 | 4 | 41 |

Eccentricitas ☉ 32327. Qualium semidiameter eccentrici ☉ parti. 1000000. seu par. 1. 56′. 16″. 51‴. Qualium P. 60.

| | | P. | ′ | ″ | | | |
|---|---|---|---|---|---|---|---|
| Locus Apogei | ♄ | 29 | 12 | 34 | ♐ | Aureus Numerus | 15 |
| | ♃ | 6 | 41 | 46 | ♎ | Cyclus Solis | 4 |
| | ♂ | 28 | 27 | 33 | ♌ | Epacta | 5 |
| | ☉ | 9 | 16 | 55 | ♋ | Indictio Romana | 4 |
| | ♀ | 16 | 10 | 48 | ♊ | Litera Dominicalis | F |
| | ☿ | 0 | 8 | 30 | ♐ | Interuallum hebd. 8. Dies | 5 |

*Festa mobilia secundum Sacrosanctæ Romanæ Ecclesiæ usum iuxta annum reformatum.*

| | | |
|---|---|---|
| Septuagesima | Februarij | 10 |
| Cinis | Februarij | 27 |
| Pascha | Aprilis | 14 |
| Rogationes | Maij | 19 |
| Ascensio | Maij | 23 |
| Pentecostes | Iunij | 2 |
| Corpus Christi | Iunij | 13 |
| Aduentus Domini | Decemb. | 1 |

| | | | | |
|---|---|---|---|---|
| Quatuor Tempora anni, seu Ieiunia | Martij | 6 | 8 | 9 |
| | Iunij | 5 | 7 | 8 |
| | Septembris | 18 | 20 | 21 |
| | Decembris | 18 | 20 | 21 |

# Lunaris defectus anno 1591.

*Die 9. Ianuarij anni Gregoriani, qui congruit cum die 30. Decembris præteriti anni hora 6.20'.41". post meri. æquatis desistet ☽ suo lumine apud draconis ☊ in par. 18.37'.8". & ex adverso ☉ posita. Quo tempo is momento anomalia Solis inuenitur par. 189.8'.28". & semidiameter eius apparens 16'.31". tunc enim versatur ferè in Perigæo eccentrici sui. Luna autem anomalia coæquata reperitur par. 278.57'.25". & semidiameter eius 16'.5". semidiameter verò umbræ terrenæ coæquata 42'.30". Verus item latitudinis Lunæ motus par. 265.43'.38". ex quo fuit deprehensa latitudo ☽ Austr. 32'.44". sed ad Eclipsis initium 37'.23". & ad exitum 18'.6". eiusdem denominationis. Partes obscuratæ erunt 9'.40". Tempus totius H. 1.38'.21".*

| | | H. | scr. | | |
|---|---|---|---|---|---|
| *Huius Eclipsis ☽ puncta 9.40'.* | *Initium conspicietur* | 4 | 42 | P. M. | *A principio ad finem pertingeret H. 3. scr. 17.* |
| | | 0 | 18 | N. S. | |
| | *Medium, seu vera ☍* | 6 | 21 | P. M. | |
| | | 1 | 57 | H. N. | |
| | *Finis apparebit* | 7 | 59 | P. M. | |
| | | 3 | 35 | N. S. | |

Typus prædicti defectus Lunæ.

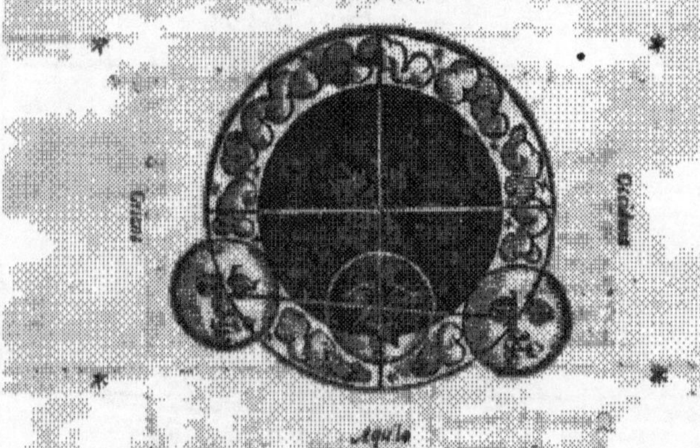

## Altera Eclipsis Lunæ anno 1591.

*Die 26. Iunij anni veteris, qui congruit cum die 6. Iulij anni innouati, accidit magna & Extra Eclipsis [☾] in par. 13. 13'. 56''. [♑] & [♑], quæ ab Orientalioribus tantum conspici poterit. Qui enim Vngariam, Transsyluaniam, Macedoniam, Boëmiam, Liuoniam, Bulgariam, Thraciā & cætera loca similis situs degunt, eius finem animaduertere poterunt. Qui verò Nicæam, Cayrum, Cypri insulam, Bethlehem, Syriam, & Hierosolymam habitant, iis tota Luna obscurata oritura est. Huius autem Eclipsis medium ad Venetiarum meridianum relatum continget H. 5. 7'. 50''. Puncta obscurationis 18. 48'. Tempus casus H. 1. 6'. 0''. Moræ autem dimidiū H. 0. 55'. 23''.*

## Defectus Solis anno prædicto.

*Die 20. Iulij anni Gregoriani, seu die 10. anni veteris H. 4. 8'. 26''. à meridie tempore æquato, luminaria congredient secundum suos veros motus in par. 26. 52'. 54''. [♋] parum à [☊] elongata. Sed quoniam hæc copulatio fiet in parte cæli occidentali, ideo visibilis subsequens verum accidet H. 4. 2'. 18''. cum sit interuallum eorum H. 0. 53'. 52''. nam parallaxis secundum longitudinem reperitur 27'. 40''. Distant autem ambo luminaria à nostro vertice tempore apparentis seu visibilis synodi par. 54. 53'. & anomalia Solis est par. 18. 16'. 3'', nam parum ab Apogæo sui Eccentrici elongatur, & eius semidiameter est 15'. 50''. Anomalia item [☾] æquata est par. 165. 37'. 29''. & eius semidiameter 16'. 21''. Verus latitudinis [☾] motus par. 283. 15'. 56''. Vera autem [☾] latitudo par. 1. 5'. 22''. Bor. sed parallaxis latitudinis 35'. 49''. Austr. Ideo apparens seu visa latitudo remanet 29'. 33''. Bor. Ad principium verò Eclipsis visa latitudo est 28'. 27''. & ad finem 30'. 36''. Puncta Eclipsica 1'. 0'. Tempus casus H. 0. 23'. 56''. Emersionis H. 0. 22'. 7''.*

| | | H. | scr. | | |
|---|---|---|---|---|---|
| *Huius Solaris Eclipsis Digitorum 1. 0'.* | *Principium apparebit* | 3 | 58 | P. M. | *A principio ad finem erunt H. 0. scr. 46'.* |
| | | 20 | 9 | Horol. | |
| | *Medium, seu visibilis [illegible]* | 4 | 1 | P. M. | |
| | | 20 | 43 | Horol. | |
| | *Finis conspicietur* | 4 | 24 | P. M. | |
| | | 20 | 35 | Horol. | |

## Parallaxes prædictæ Eclipsis Solis.

| | Punct. | [illegible] | | | | | |
|---|---|---|---|---|---|---|---|
| *Magnitudo huius Eclipsis [☉] erit* | 0 | 0 | *In climate* | *Quarto, &* | gr. | 36 | *Sublimitatis poli.* |
| | 0 | 6 | | *Quinto, &* | gr. | 41 | |
| | 1 | 0 | | *Sexto, &* | gr. | 45 | |
| | 1 | 54 | | *Septimo, &* | gr. | 49 | |
| | 2 | 51 | | *Octauo, &* | gr. | 52 | |

Typus autem huius Eclipsis ob eius paruitatem omittitur.

# Altera Eclipsis Lunæ anno 1591.

*Die 29. Decembris anni reformati, qui congruit cum die 19. eiusdem secundum rationem anni veteris H. 16. 10′. 49″. æquatis accidet alterius luminaris Eclipsis prope ☊ in par. 7. 34′. 44″. Ad dictum verò tempus anomalia ☽ reperitur par. 129. 32′. 0″. & eius semidiameter 17′. 13″. Sol autem reperitur in Perigæo ferè sui eccentri: anomalia enim eius est partium 178. 25′. 26″. & eius semidiameter 16′. 52″. Semidiameter autem umbræ terrenæ correcta 40′. 42″. Verus motus latitudinis ☽ 271. 27′. 34″. Latitudo itemque ☽ 7′. 38″. Borea: sed ad principium Eclipsis 1′. 41″. & ad finem 13′. 34″. Borea. Puncta obscurationis erunt 19. 37′. Tempus incidentiæ H. 1. 2′. 42″. Mora autem dimidia horæ 0. 51′. 8.*

| | | H. | scr. | | | |
|---|---|---|---|---|---|---|
| *Huius Eclipsis Lunæ Digitorum 19. 37′.* | *Principium conspicietur* | 14 | 17 | P. M. | | *Totũ temporis spatiũ à principio ad finem H. scr. 3. 48.* |
| | | 9 | 59 | N. S. | | |
| | *Principium totalis ingressus ☽ in umbram terræ* | 15 | 20 | P. M. | *Mora Lunæ in tenebris H. scr. 1. 42.* | |
| | | 11 | 2 | N. S. | | |
| | *Medium, seu partilis ☍* | 16 | 11 | P. M. | | |
| | | 11 | 51 | N. S. | | |
| | *Finis ingressus in umbram, & initiũ acquisitionis lum.* | 17 | 2 | P. M. | | |
| | | 12 | 44 | N. S. | | |
| | *Finis totius Eclipsis* | 18 | 5 | P. M. | | |
| | | 13 | 47 | N. S. | | |

*Septentrio*

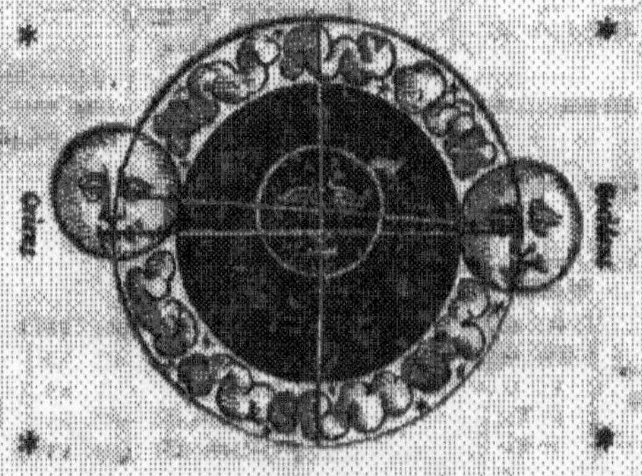


*Meridies*

## *Planetarum status.*

**♄**
- Die 6. Aprilis in Perigæo sui Eccentr. reperitur, & per totum annum circa ipsum rotatur.
- Die { 21 Iunii reperitur in Apogæo / 30 Decemb. transit Perigæum } Sui Epicycli.
- Die 27. Febr. regressum perficit, & in consequentia reuertitur, postea die 24. Octob. iterum regressu vsque in finem anni efficitur.

**♃**
- Toto hoc anno incedit versus longitudinem mediam sui Eccentrici.
- Die { 6 Maii in Perigæo / 20 Nouemb. in Apogæo } Epicycli est.
- Defertur contra signorum successionem à die 5. Martii vsque post 6. Iulii.

**♂**
- Hoc anno pertinget ad infimam sui deferentis partem die 27. Septemb.
- Die 12 Iunii ad Perigon sui Epicycli peruenit.
- Die 17. Maii vsque ad 12. Iulii regressum facit.
- Cōtra seriē dodecatemoriorū deambulat à die 17. Maii vsq; in diem 12. Iulii.

**♀** Die
- { 8 Iunii in Apogæo / 8 Decemb. in Perigæo } Sui deferentis est.
- { 8 Martii in Apogæo / 21 Decemb. in Perigæo } Epicycli inuenitur.
- Die 1. Decemb. vsq; in futurum annū in præcedentia signa reflectitur.

**☿** Die
- { 23 Maii demissiorem / 21 Nouemb. sublimiorem } Partem Eccentrici occupat.
- { 25 Ianuarii Apogæum / 14 Martii Perigæum / 21 Maii Apogæum / 19 Iulii Perigæum / 15 Septemb. Apogæum / 12 Nouemb. Perigæum } Epicycli possidet.
- { 13 Martii vsque ad 4. Aprilis / 8 Iulii vsque ad calcem eiusdem / 1 Nouemb. post 22. eiusdem } Regressum facit.

| Syzygiæ Lunares | | | | | | | | |
|---|---|---|---|---|---|---|---|---|
| | ☽ | Occid. | Orient. | Orient. | Orient. | Orient. | | Syzygiæ Planetarũ mutuæ, & eorum congressus cum illustrioribus aliquibus stellis fixis. |
| | ☉ | ♄ | ♃ | ♂ | ♀ | ☿ | | |
| Dies | H ′ | H ′ | H ′ | H ′ | H ′ | H ′ | | |
| 1 | | | | | 0 □ 15 | | | ⊕ Perig. \| ♄ m. c. cũ dex. |
| 2 □ | 3 36 | 23 ✱ 53 | | | | | | ☍ ♄ ☿ 15.53 (hu. Orio. |
| 3 Asc. | 2 ♋ | | | 20 ☍ 53 | 6 △ 49 | 0 △ 51 | | ✱ ☉ ♃ 17.5. |
| 4 | 9 △ 44 | | 8 ☍ 40 | | | | | ♀ or. cum cauda Del. |
| 5 | | | | | | | | ♃ occ. cum lance aust. |
| 6 | | | | | | | | ☿ or. cum cauda Del. |
| 7 | | 7 ☌ 24 | | | | 13 ☍ 58 | | |
| 8 | | | 21 △ 20 | 12 △ 0 | 3 ☍ 39 | | | ♂ or. cũ cauda cygni. (a |
| 9 ☌ | 6 21 | | | | | | | ⊕ ☊ 18.21 \| ♂ or. cũ chel |
| 10 Asc. | 11 ♌ | | | 23 □ 56 | | | | ♀ or. cũ 18 \| ☿ m. c. cũ ♄ |
| 11 | | | 4 □ 24 | | | | | ♀ or. cũ [illegible] et oc. c[illegible] |
| 12 | | 2 ✱ 41 | | | | | | ☌ ♀ ☿ 17.40 (nc. 44. b |
| 13 | | | 19 ✱ 15 | 23 ✱ 56 | 11 △ 38 | 12 △ 27 | | |
| 14 | 14 △ 23 | 11 □ 46 | | | | | | ⊕ Apo. \| ✱ ♂ ☿ 3.29 |
| 15 | | 3 △ 16 | | | | | | ✱ ♂ ♀ 2.17 \| ✱ ♃ ☿ 15 |
| 16 | | | | | 9 □ 5 | 9 □ 51 | | ✱ ♃ ♀ 21.46. e. (45. d |
| 17 □ | 7 14 | | | | | | | ♀ oc. cũ coro. \| ☿ m. c. cũ |
| 18 Asc. | 28 ♌ | | 18 ☌ 40 | 18 ☌ 0 | 23 ✱ 26 | | | (20 ♈ zali. |
| 19 | 22 ✱ 18 | | | | | 6 ✱ 2 | | ☌ ♃ ♂ 15.41 \| ☿ m. c. cũ |
| 20 | | | | | | | | ♂ m. c. cum luce bor. (☋ 1 |
| 21 | | 16 ☍ 43 | | | | | | ♃ m. c. cũ luce bor. c. ♀ cũ |
| 22 | | | | | | | | ☿ m. c. cũ cor. ♌ (aqu |
| 23 | | | 10 ✱ 41 | 13 ✱ 47 | | | | (cing. ♍). |
| 24 ☍ | 19 13 | | | | 1 ☌ 9 | 12 ☌ 16 | | ⊕ ☋ 1.30 \| ♂ occ. cum |
| 25 Asc. | 1 ♏ | | 14 □ 44 | 19 □ 13 | | | | ♄ m. c. cum ult. [illegible] Or |
| 26 | | 1 △ 9 | | | | | | (☍ ☿ cũ cau. Del. |
| 27 | | | 16 △ 50 | 22 △ 57 | | | | ☿ m. c. cũ cor. ♌, ☍ ♀ |
| 28 | | 2 □ 24 | | | 14 ✱ 56 | | | ⊕ Perig. (cũ cau. cygni. |
| 29 | 5 ✱ 57 | | | | | 6 ✱ 12 | | ☌ ☉ ☿ 6.0. (cau. Del. |
| 30 | | 3 ✱ 23 | | | 20 □ 4 | Occid. | | ♂ m. c. cũ coro. ☍ ♀ cũ |
| 31 □ | 11 30 | | 20 ☍ 34 | | | 15 □ 7 | | ♀ occ. cum Fomah. |
| Asc. | 27 ♎ | | | | | | | |

a. Die 9. ♀ m. c. cũ Fidicula. | e. Die 16. ♂ oc. cũ lãc. aust. ☿ oc. cum co.
b. Die 11. ♄ m. c. cũ de. hu. Auri. ☿ occ. cum neb. 44. ☍ or. cum acu. [illegible]
c. Die 14. ♂ occ. cum [illegible] ☍ ☿ or. cum neb. [illegible]
d. Die 15. ♀ or. cum neb. [illegible]

| Anni veteris | Anni Gregor. | ☉ ♒ P | ' | " | ☽ ♉ P | ' | ♄ ♊ P (M A) | ' | ♃ ♋ P (S A) | ' | ♂ ♋ P (S A) | ' | ♀ ♒ P (M D) | ' | ☿ ♒ P (M D) | ' | ☊ ♋ P | ' |
|---|---|---|---|---|---|---|---|---|---|---|---|---|---|---|---|---|---|---|
| Dies | | | | | | | | | | | | | | | | | | |
| 22 | 1 | 11 | 43 | 2 | 18 | 31 | 21 | 47 | 16 | 31 | 22 | 3 | 3 | 51 | 13 | 56 | 23 | 42 |
| 23 | 2 | 12 | 43 | 49 | 2 ♊ | 28 | 21 | 44 | 16 | 36 | 22 | 30 | 5 | 6 | 15 | 44 | 23 | 39 |
| F 24 | 3 | 13 | 44 | 35 | 16 | 3 | 21 | 42 | 16 | 42 | 23 | 9 | 6 | 24 | 17 A | 32 | 23 | 36 |
| 25 | 4 | 14 | 45 | 19 | 29 | 18 | 21 | 40 | 16 | 47 | 23 | 43 | 7 | 37 | 19 | 20 | 23 | 33 |
| 26 | 5 | 15 | 46 | 2 | 12 ♋ | 12 | 21 | 38 | 16 | 52 | 24 | 15 | 8 | 53 | 21 | 8 | 23 | 30 |
| 27 | 6 | 16 | 46 | 44 | 24 | 48 | 21 | 36 | 16 | 57 | 24 | 48 | 10 | 8 | 22 | 55 | 23 | 26 |
| 28 | 7 | 17 | 47 | 25 | 7 ♌ | 6 | 21 | 34 | 17 | 2 | 25 | 21 | 11 | 23 | 24 | 42 | 23 | 23 |
| 29 | 8 | 18 | 48 | 5 | 19 | 16 | 21 | 32 | 17 | 6 | 25 | 54 | 12 | 39 | 26 | 28 | 23 | 20 |
| 30 | 9 | 19 | 48 | 43 | 1 ♍ | 15 | 21 | 31 | 17 | 11 | 26 | 26 | 13 | 54 | 28 | 14 | 23 | 17 |
| F 31 | 10 | 20 | 49 | 20 | 13 | 8 | 21 | 29 | 17 | 15 | 26 | 59 | 15 | 9 | 29 | 59 | 23 | 14 |
| Feb. 1 | 11 | 21 | 49 | 55 | 25 | 0 | 21 | 28 | 17 | 19 | 27 | 31 | 16 | 24 | 1 ♓ | 44 | 23 | 11 |
| 2 | 12 | 22 | 50 | 29 | 6 ♎ | 53 | 21 | 26 | 17 | 23 | 28 | 3 | 17 | 39 | 3 | 27 | 23 | 8 |
| 3 | 13 | 23 | 51 | 2 | 18 | 45 | 21 | 25 | 17 | 27 | 28 | 35 | 18 | 54 | 5 | 9 | 23 | 5 |
| 4 | 14 | 24 | 51 | 34 | 0 ♏ | 51 | 21 | 24 | 17 | 31 | 29 D | 7 | 20 | 9 | 6 | 50 | 23 | 2 |
| 5 | 15 | 25 | 52 | 4 | 13 | 2 | 21 | 24 | 17 | 34 | 29 | 39 | 21 | 24 | 8 | 30 | 22 | 59 |
| 6 | 16 | 26 | 52 | 32 | 25 | 26 | 21 | 23 | 17 | 38 | 0 ♌ | 11 | 22 | 39 | 10 | 9 | 22 | 56 |
| F 7 | 17 | 27 | 52 | 58 | 8 ♐ | 4 | 21 | 22 | 17 | 41 | 0 | 43 | 23 | 54 | 11 | 45 | 22 | 52 |
| 8 | 18 | 28 | 53 | 22 | 20 | 51 | 21 | 22 | 17 | 44 | 1 | 15 | 25 | 9 | 13 | 20 | 22 | 49 |
| 9 | 19 | 29 | 53 | 44 | 4 ♑ | 10 | 21 | 20 | 17 | 47 | 1 | 47 | 26 | 24 | 14 | 57 | 22 | 46 |
| 10 | 20 | 0 ♓ | 54 | 4 | 17 | 47 | 21 | 20 | 17 | 50 | 2 | 18 | 27 | 39 | 16 | 30 | 22 | 43 |
| 11 | 21 | 1 | 54 | 23 | 1 ♒ | 35 | 21 | 19 | 17 | 52 | 2 | 50 | 28 | 54 | 18 S | 2 | 22 | 40 |
| 12 | 22 | 2 | 54 | 41 | 15 | 46 | 21 | 18 | 17 | 54 | 3 | 21 | 0 ♓ | 9 | 19 | 32 | 22 | 37 |
| 13 | 23 | 3 | 54 | 57 | 0 ♓ | 16 | 21 Di | 18 | 17 | 56 | 3 | 52 | 1 | 24 | 21 | 0 | 22 | 33 |
| F 14 | 24 | 4 | 55 | 12 | 15 | 0 | 21 | 18 | 17 | 58 | 4 | 23 | 2 | 39 | 22 | 26 | 22 | 30 |
| 15 | 25 | 5 | 55 | 25 | 29 ♈ | 55 | 21 | 18 | 17 | 59 | 4 | 54 | 3 | 54 | 23 | 49 | 22 | 27 |
| 16 | 26 | 6 | 55 | 36 | 14 | 49 | 21 | 18 | 18 | 0 | 5 | 25 | 5 | 9 | 25 | 9 | 22 | 24 |
| 17 | 27 | 7 | 55 | 46 | 29 ♉ | 39 | 21 | 19 | 18 | 1 | 5 | 55 | 6 | 24 | 26 | 25 | 22 | 21 |
| 18 | 28 | 8 | 55 | 54 | 14 | 12 | 21 | 19 | 18 | 2 | 6 | 26 | 7 | 39 | 27 | 38 | 22 | 18 |

| Latitudo Planetarũ ad diẽ | ♄ | ' | ♃ | ' | ♂ | ' | ♀ | ' | ☿ | ' | |
|---|---|---|---|---|---|---|---|---|---|---|---|
| 1 | 1 | 56 | 1 | 31 | 1 | 1 | 0 | 29 | 1 A | 51 | Meris |
| 11 | 1 | 53 | 1 | 35 | 1 D | 1 | 0 | 41 | 1 | 23 | |
| 21 | 1 | 49 | 1 | 39 | 1 | 0 | 0 | 57 | 0 | 21 | |

## Syzygiæ Lunares.

| | | Occid. | Orient. | Orient. | Orient. | Occid. | Syzygiæ Planetarũ mutuæ, & eorum congressus cum illustrioribus aliquibus stellis fixis. |
|---|---|---|---|---|---|---|---|
| | ☽ | ♄ | ♃ | ♂ | ♀ | ☿ | |
| Dies | H ′ | H ′ | H ′ | H ′ | H ′ | H ′ | |
| 1 | | | | 6 ☌ 19 | | | ♂ oc. cum aca. ♏ (1 ol. a |
| 2 | 19 △ 37 | | | | 5 △ 8 | | □ ♃ ☿ 12.14 ♀ m.c. cũ |
| 3 | | 10 ☌ 12 | | | | 3 △ 7 | ♀ m.c. cum cauda ♑. |
| 4 | | | | | | | ☿ or. cum cauda ♑. |
| 5 | | | 8 △ 56 | | | | △ ♄ ☿ 6.36 ☽ ☊ 21.21 |
| 6 | | | | 0 ✶ 0 | | | □ ♄ ♃ 4.17 ♂ oc. cum |
| 7 ☍ | 22 52 | | 19 □ 42 | | 9 ☍ 23 | | □ ♂ ☿ 12.48. b. (278 |
| 8 Asc. | 22 ♉ | 4 ✶ 12 | | 13 □ 53 | | 16 ☍ 55 | ♀ occ. cum Fomah. |
| 9 | | | | | | | ♀ oc. cũ aqu. & ca. ♑. |
| 10 | | 16 □ 51 | 8 ✶ 22 | | | | △ ☉ ♄ 5.31 ☿ oc. cũ 82 |
| 11 | | | | 5 △ 18 | | | ☽ Ap. □ ♃ ♀ 18.35. c. |
| 12 | | | | | | | ♂ oc. cũ neb. & in de ♏ |
| 13 | 10 △ 58 | 5 △ 10 | | | 0 △ 10 | | ♀ or. cum cauda ♑. d |
| 14 | | | | | | 13 △ 38 | ♂ or. cũ me. fron. ♏ 18. |
| 15 | | | 8 ☌ 53 | | 18 □ 0 | | △ ♄ ♀ 0.0 \| ☿ m.c. cum |
| 16 □ | 2 52 | | | 9 ☍ 26 | | | (Fomah. |
| 17 Asc. | 1 ♌ | | | | | 7 □ 51 | (cum cauda Del. |
| 18 | 15 ✶ 34 | 0 ☍ 40 | | | 8 ✶ 24 | | ♂ oc. cũ bor. lãce ♀ occ. |
| 19 | | | | | | 21 ✶ 36 | (32. e |
| 20 | | | 0 ✶ 17 | | | | △ ♃ ☿ 11.30 \| ☽ [illegible] |
| 21 | | | | 2 △ 22 | | | ♂ m.c. cũ antare. ♀ occ. |
| 22 | | 9 △ 10 | 3 □ 32 | | | | □ ☽ ♂ 21.32. (cũ 82 |
| 23 ☍ | 6 15 | | | 6 □ 4 | 2 ☌ 1 | | □ ♄ ☿ 3.1. |
| 24 Asc. | 15 ♍ | 10 □ 8 | 4 △ 48 | | | 13 ☌ 14 | |
| 25 | | | | 8 △ 21 | | | ☽ Perig. |
| 26 | | 10 ✶ 28 | | | | | □ ♂ ♀ 8.21 ☿ oc. cũ lyr. |
| 27 | 14 ✶ 38 | | | | 12 ✶ 9 | | |
| 28 | | | 6 ☍ 22 | | | | ♀ m.c. cum Fomah. |

a. Die 1. ☿ occ. cum aquila, & cauda ♑.
b. Die 7. ♂ m.c. cũ pri. ✶ fron. ♏ & ☿ oc. cũ cauda Del.
c. Die 11. ♀ m.c. cum cauda ♑.
♄ Rtr. Stat ad die m.c. cum Zona Orio.

d. Die 13. ☿ occ. cum lyra.
e. Die 20. ♀ or. cum ca. Med. ☿ (occ. cum Arct.

1 △

—

2 □

Syzygiæ Lunares.

| | | Occid. | Orient. | Orient. | Occid. | Orient. | Syzygiæ Planetarũ mutuæ, & eorum congressus cum illustrioribus aliquibus stellis fixis. |
|---|---|---|---|---|---|---|---|
| | ☉ | ♄ | ♃ | ♂ | ♀ | ☿ | |
| Dies | H M | H M | H M | H M | H M | H M | |
| 1 | | | | | | 5 △ 38 | ☽ ☊ 4.7 □ ♂ ☿ 5. a |
| 2 | 21 △ 50 | | | | | | |
| 3 | | 17 ✱ 52 | 6 □ 18 | 17 △ 0 | 13 △ 15 | | ♀ or. cũ dex. hum. Aur. |
| 4 | | | | | | | |
| 5 | | | 18 ✱ 5 | | | | ☍ ♄ ♂ 1. 16 △ ♂ ♀ |
| 6 | | 6 □ 40 | | 7 □ 25 | | | (17 53. b |
| 7 | | | | | | | ☽ Apog. ♄ m. c. cũ dex. |
| 8 ☍ | 10 19 | 20 △ 55 | | 23 ✱ 20 | | 18 ☌ 50 | (hu. Aur. c |
| 9 Asc. | 2 ♓ | | | | 5 ☍ 44 | | |
| 10 | | | 20 ☌ 19 | | | | |
| 11 | | | | | | 11 △ 11 | □ ♄ ☿ 0 0. |
| 12 | | | | | | | ♀ occ. cum cor. ♈. |
| 13 | 21 △ 13 | 21 ☍ 46 | | | | | (3. 23. |
| 14 | | | | 2 ☌ 29 | 17 △ 36 | 2 □ 26 | ✱ ☽ ♄ 3. 23 □ ♂ ♀ |
| 15 | | | 14 ✱ 43 | | | | ☽ ☋ 12. 0. |
| 16 □ | 8 54 | | | | | 14 ✱ 14 | |
| 17 Asc. | 21 ✱ | | 18 □ 58 | | 4 □ 56 | | ♃ m. c. cum lance bor. |
| 18 | 16 ✱ 14 | 9 △ 18 | | 15 ✱ 29 | | | ☌ ☉ ☿ 0. 31 ♀ or. cũ Fo. |
| 19 | | | 20 △ 39 | | 12 ✱ 5 | | ♄ m. c. cum dex. hu. Ori. |
| 20 | | 11 □ 4 | | 17 □ 33 | | | |
| 21 | | | | | | 4 ☌ 34 | ☽ Pe. ☿ or. cũ cauda Del. |
| 22 | | 11 ✱ 31 | | 18 △ 34 | | | ♀ m. c. cum cap. Med. d |
| 23 ☌ | 0 16 | | 20 ☍ 15 | | 21 ☌ 7 | | ☌ ♃ ♀ 8. 21 ♀ or. cũ pl. |
| 24 Asc. | 18 ♉ | | | | | | ♀ m. c. cum scu. occ. ♉ |
| 25 | | | | | | 16 ✱ 52 | (dex. lat. Pers. |
| 26 | | 15 ☌ 13 | | 23 ☍ 14 | | | ♀ oc. cum Rigel. |
| 27 | 11 ✱ 47 | | | | | | ♀ or. cũ hædis. (hu. Aur. |
| 28 | | | 1 △ 10 | | 13 ✱ 47 | 3 □ 52 | ☽ ☊ 10. 6 ☿ or. cũ dex. |
| 29 □ | 21 52 | | | | | | ♀ m. c. cum pleia. |
| 30 Asc. | 7 ♊ | | 3 △ 1 | | | 18 △ 22 | ♃ occ. cum vindem. |

a. Die 1. ♂ or. cum aquila volante, & m. c. cum neb. ♋, & ♀ or. cum hędis, & m. c. cũ ca. sep.
b. Die 5. ✱ ♄ ♀ 23. 23.
c. Die 7. ♀ m. c. cum cor. ♈.
d. Die 12. ♃ occ. cum lance australi, & ☿ or. cum cornu ♈.

| Anni veteris | Anni Gregor. | ☉ ♉ P | ' | '' | ☽ ♌ P | ' | M ♄ ♊ P | A ' | S ♃ ♒ P | A ' | M ♂ ♑ P | D ' | S ♀ ♉ P | A ' | M ☿ ♈ P | D ' | ☊ ♋ P | ' |
|---|---|---|---|---|---|---|---|---|---|---|---|---|---|---|---|---|---|---|
| Dies | | P | ' | '' | P | ' | P | ' | P | ' | P | ' | P | ' | P | ' | P | ' |
| 21 | 1 | 10 | 1 | 50 | 22 ♍ | 29 | 25 | 16 | 13 | 50 | 0 | 50 | 24 | 7 | 20 | 30 | 19 | 1 |
| 22 | 2 | 11 | 0 | 0 | 4 | 38 | 25 | 23 | 13 | 43 | 1 | 3 | 25 | 20 | 22 | 14 | 18 | 57 |
| 23 | 3 | 11 | 58 | 8 | 16 | 44 | 25 | 29 | 13 | 36 | 1 | 13 | 26 | 33 | 23 | 59 | 18 | 54 |
| 24 | 4 | 12 | 56 | 15 | 28 ♎ | 39 | 25 | 36 | 13 | 28 | 1 | 24 | 27 | 46 | 25 | 45 | 18 | 51 |
| F 25 | 5 | 13 | 54 | 20 | 10 | 28 | 25 | 42 | 13 | 21 | 1 | 34 | 28 | 59 | 27 A | 38 | 18 | 48 |
| 26 | 6 | 14 | 52 | 24 | 22 | 13 | 25 | 49 | 13 D | 13 | 1 | 43 | 0 ♊ | 12 | 29 | 20 | 18 | 45 |
| 27 | 7 | 15 | 50 | 26 | 3 ♏ | 56 | 25 | 56 | 13 | 6 | 1 | 52 | 1 | 25 | 1 ♉ | 9 | 18 | 41 |
| 28 | 8 | 16 | 48 | 27 | 15 | 41 | 26 | 3 | 12 | 58 | 2 | 0 | 2 | 38 | 2 | 58 | 18 | 38 |
| 29 | 9 | 17 | 46 | 27 | 27 ♐ | 13 | 26 | 10 | 12 | 51 | 2 | 7 | 3 | 51 | 4 | 48 | 18 | 35 |
| 30 | 10 | 18 | 44 | 25 | 9 | 34 | 26 | 17 | 12 | 43 | 2 | 14 | 5 | 4 | 6 | 39 | 18 | 32 |
| Ma. 1 | 11 | 19 | 42 | 21 | 21 ♑ | 47 | 26 | 24 | 12 | 35 | 2 | 20 | 6 | 17 | 8 | 31 | 18 | 29 |
| F 2 | 12 | 20 | 40 | 15 | 4 | 16 | 26 | 31 | 12 | 28 | 2 | 26 | 7 | 30 | 10 | 23 | 18 | 25 |
| 3 | 13 | 21 | 38 | 8 | 17 ♒ | 4 | 26 | 38 | 12 | 20 | 2 | 31 | 8 | 43 | 12 | 15 | 18 | 22 |
| 4 | 14 | 22 | 36 | 0 | 0 | 14 | 26 | 45 | 12 | 12 | 2 | 35 | 9 | 56 | 14 | 8 | 18 | 19 |
| 5 | 15 | 23 | 33 | 51 | 13 | 40 | 26 | 52 | 12 | 5 | 2 | 38 | 11 | 9 | 16 | 1 | 18 | 16 |
| 6 | 16 | 24 | 31 | 40 | 27 ♓ | 41 | 26 | 59 | 11 | 57 | 2 | 40 | 12 | 22 | 17 | 54 | 18 | 13 |
| 7 | 17 | 25 | 29 | 28 | 11 | 57 | 27 | 6 | 11 | 50 | 2 ℞ | 41 | 13 | 35 | 19 | 47 | 18 | 9 |
| 8 | 18 | 26 | 27 | 15 | 26 ♈ | 30 | 27 | 13 | 11 | 42 | 2 | 41 | 14 | 47 | 21 | 41 | 18 | 6 |
| F 9 | 19 | 27 | 25 | 1 | 11 | 10 | 27 | 21 | 11 | 35 | 2 | 40 | 16 | 0 | 23 | 33 | 18 | 3 |
| 10 | 20 | 28 | 22 | 46 | 26 ♉ | 8 | 27 | 28 | 11 | 28 | 2 | 39 | 17 | 13 | 25 | 29 | 18 | 0 |
| 11 | 21 | 29 ♊ | 20 | 29 | 10 | 57 | 27 | 36 | 11 | 21 | 2 | 37 | 18 | 25 | 27 | 24 | 17 | 57 |
| 12 | 22 | 0 | 18 | 11 | 25 ♊ | 37 | 27 | 43 | 11 | 14 | 2 | 34 | 19 | 38 | 29 | 19 | 17 | 54 |
| 13 | 23 | 1 | 15 | 52 | 10 | 3 | 27 | 51 | 11 | 7 | 2 | 31 | 20 | 51 | 1 ♊ | 13 | 17 | 50 |
| 14 | 24 | 2 | 13 | 32 | 24 ♋ | 11 | 27 | 58 | 11 | 0 | 2 | 27 | 22 | 3 | 3 | 8 | 17 | 47 |
| 15 | 25 | 3 | 11 | 11 | 8 | 1 | 28 | 6 | 10 | 53 | 2 | 23 | 23 | 16 | 5 S | 1 | 17 | 44 |
| F 16 | 26 | 4 | 8 | 48 | 21 ♌ | 31 | 28 | 14 | 10 | 47 | 2 | 18 | 24 | [illegible] | 6 | 56 | 17 | 41 |
| 17 | 27 | 5 | 6 | 24 | 4 | 42 | 28 | 22 | 10 | 40 | 2 | 11 | 25 | 41 | 8 | 50 | 17 | 38 |
| 18 | 28 | 6 | 3 | 59 | 17 ♍ | 36 | 28 | 29 | 10 | 34 | 2 | 3 | 26 | 53 | 10 | 44 | 17 | 34 |
| 19 | 29 | 7 | 1 | 33 | 0 | 14 | 28 | 37 | 10 | 28 | 1 | 55 | 28 | 6 | 12 | 37 | 17 | 31 |
| 20 | 30 | 7 | 59 | 6 | 12 | 39 | 28 | 45 | 10 | 22 | 1 | 46 | 29 | 18 | 14 | 30 | 17 | 28 |
| 21 | 31 | 8 | 56 | 39 | 24 | 53 | 28 | 53 | 10 | 16 | 1 | 36 | 0 ♋ | 31 | 16 | 22 | 17 | 25 |
| Latitudo Planetarū ad diē | 1 | | | | | | 1 | 22 | 1 D | 59 | 0 | 1 | 0 | 13 | 2 A | 31 | | |
| | 11 | | | | | | 1 | 19 | 1 | 58 | 0 | 31 | 0 | 35 | 2 | 6 | Mensis | |
| | 21 | | | | | | 1 | 17 | 1 | 55 | 0 | 4 | 0 | 55 | 0 S | 49 | | |

| | | Occid. | Orient. | Orient. | Occid. | Orient. | Syzygiæ Planetarū mutuę & eorum congressus cum illustrioribus aliquibus stellis fixis. |
|---|---|---|---|---|---|---|---|
| | ☽ | ♄ | ♃ | ♂ | ♀ | ☿ | |
| Dies | H ′ | H ′ | H ′ | H ′ | H ′ | H ′ | |
| 1 | | 5 ✱ 49 | | 16 △ 51 | 3 □ 53 | | |
| 2 | 13 △ 43 | | 17 ✱ 50 | | | | ♀ occ.cum l i. d. & ple |
| 3 ♈ | | 17 □ 47 | | | 22 △ 1 | | ✱ ♄ ♀ 11.49. (13). |
| 4 | | | | 5 □ 39 | | | ☍ ☽ ♃ 15.8 ♀ occ.cū |
| 5 | | | Occid. | | | | ☽ Apog. ☿ occ.cū 13c |
| 6 | | 7 △ 26 | | 19 ✱ 42 | | 17 ☍ 15 | ♀ occ.cum Aldeb. |
| 7 | | | 18 ☌ 30 | | | | △ ♂ ☿ 10.13 \| ♀ m.c |
| 8 ☍ | 2 37 | | | | | | (cum hia.a |
| 9 Alc. | 25 ♍ | | | | 14 ☍ 0 | | ♀ or.cum Famah. |
| 10 | | | | | | | ♀ m.c.cum Aldeb. |
| 11 | | 8 ☍ 57 | | 20 ☌ 25 | | | |
| 12 | | | 15 ✱ 13 | | | 13 △ 47 | ☿ or.cum pleia. |
| 13 | 8 △ 59 | | | | | | ☍ ♃ ♀ 2.0 ☽ ☋ 2.33.b |
| 14 | | | 21 □ 23 | | 18 △ 54 | | ☿ m.c.cum cap.Med. |
| 15 □ | 13 19 | 22 △ 47 | | | | 4 □ 29 | ☿ m.c.cum pr.hado.c. |
| 16 Alc. | 23 2. | | 23 △ 45 | 8 ✱ 23 | | | |
| 17 | 23 ✱ 54 | | | | 2 □ 56 | 14 ✱ 52 | ♀ or.cū Ald. & m.c.cū |
| 18 | | 8 □ 10 | | 10 □ 2 | | | ☿ m.c.cū R.d.cap.et 13o |
| 19 | | | | | 8 ✱ 19 | | ☽ Perig. |
| 20 | | 2 ✱ 11 | | 10 △ 10 | | | |
| 21 | | | 0 ☍ 39 | | | | ♀ m.c.cum zona Orio. |
| 22 ☌ | 8 12 | | | | | 7 ☌ 4 | |
| 23 Alc. | 14 ♓ | | | | 20 ☌ 3 | | ☌ ☽ ☿ 1.16 ☿ m.c.cū lira. |
| 24 | | 6 ☌ 37 | | 14 ☍ 16 | | Occid. | |
| 25 | | | 5 △ 3 | | | | ☽ ☊ 17.12. ♀ m.c.cū |
| 26 | | | | | | | ♀ m.c.cū 141. e. (11. |
| 27 | 1 ✱ 26 | | 11 □ 1 | | | 9 ✱ 1 | |
| 28 | | 20 ✱ 54 | | | 19 ✱ 30 | | ☿ m.c.cum hedis. |
| 29 □ | 14 24 | | 17 ✱ 37 | 3 △ 13 | | | ☌ ♄ ♀ 11.17. ☿ m.c.cū |
| 30 Alc. | 22 ♈ | | | | | 4 □ 17 | ♄ occ.cū cu m. (capra. |
| 31 | | 7 □ 52 | | 13 □ 8 | 12 □ 20 | | ☍ ☌ ♀ 18.48. |

a. Die 7. ♀ occ.cum cane maiore. | e. Die 26. ☿ or.cum hiad.

b. Die 13. ♀ or.cum hiad.& occ.cum dex.hum.Orio.

c. Die 15. ♀ m.c.cum acarnar,& dex.latere Persei.

d. Die 18. ♀ occ.cum cap.Med. ☿ m.c.cum pleia.

Iunius 1591

Positus Planetarum Diurnus.

| | Dies | Dies | ☉ ♊ P | ' | " | ☽ ♎ P | ' | ♄ ♊ (M A) P | ' | ♃ ♓ (S D) P | ' | ♂ ♑ (M D) P | ' | ♀ ♋ (S A) P | ' | ☿ ♊ (S A) P | ' | ☊ ♋ P | ' |
|---|---|---|---|---|---|---|---|---|---|---|---|---|---|---|---|---|---|---|---|
| | 22 | 1 | 9 | 54 | 11 | 6 | 58 | 29 | 0 | 10 | 10 | 1 | 15 | 1 | 43 | 18 | 14 | 17 | 22 |
| F | 23 | 2 | 10 | 51 | 42 | 18 | 57 | 29 | 8 | 10 | 4 | 1 | 13 | 2 | 56 | 20 | 5 | 17 | 19 |
| | 24 | 3 | 11 | 49 | 12 | 0 ♓ | 53 | 29 | 16 | 9 | 58 | 1 | 0 | 4 | 8 | 21 | 56 | 17 | 15 |
| | 25 | 4 | 12 | 46 | 41 | 12 | 49 | 29 | 24 | 9 | 53 | 0 | 46 | 5 | 21 | 23 | 46 | 17 | 12 |
| | 26 | 5 | 13 | 44 | 10 | 24 | 47 | 29 | 32 | 9 | 47 | 0 | 32 | 6 | 33 | 25 | 36 | 17 | 9 |
| | 27 | 6 | 14 | 41 | 38 | 6 ♐ | 50 | 29 | 40 | 9 | 42 | 0 | 17 | 7 | 45 | 27 | 25 | 17 | 6 |
| | 28 | 7 | 15 | 39 | 5 | 19 | 2 | 29 | 48 | 9 | 37 | 0 | 2 | 8 | 58 | 29 | 13 | 17 | 3 |
| | 29 | 8 | 16 | 36 | 31 | 1 ♑ | 26 | 29 | 56 | 9 | 31 | 29 ♐ | 46 | 10 | 10 | 1 ♋ | 1 | 16 | 59 |
| F | 30 | 9 | 17 | 33 | 57 | 14 | 5 | 0 ♋ | 4 | 9 | 27 | 29 | 29 | 11 | 22 | 2 | 48 | 16 | 56 |
| | 31 | 10 | 18 | 31 | 22 | 27 | 2 | 0 | 12 | 9 | 22 | 29 | 11 | 12 | 34 | 4 | 34 | 16 | 53 |
| | Iun. 1 | 11 | 19 | 28 | 46 | 10 ♒ | 18 | 0 | 20 | 9 | 18 | 28 | 53 | 13 | 46 | 6 | 19 | 16 | 50 |
| | 2 | 12 | 20 | 26 | 9 | 23 | 55 | 0 | 28 | 9 | 13 | 28 | 35 | 14 | 58 | 8 | 3 | 16 | 47 |
| | 3 | 13 | 21 | 23 | 32 | 7 ♓ | 5 | 0 | 36 | 9 | 9 | 28 | 16 | 16 | 10 | 9 | 46 | 16 | 43 |
| | 4 | 14 | 22 | 20 | 54 | 22 | 7 | 0 | 44 | 9 | 5 | 27 | 57 | 17 | 22 | 11 | 28 | 16 | 40 |
| | 5 | 15 | 23 | 18 | 16 | 6 ♈ | 34 | 0 | 53 | 9 | 1 | 27 | 38 | 18 | 34 | 13 | 8 | 16 | 37 |
| F | 6 | 16 | 24 | 15 | 37 | 21 | 10 | 1 | 1 | 8 | 57 | 27 | 18 | 19 | 46 | 14 | 46 | 16 | 34 |
| | 7 | 17 | 25 | 12 | 58 | 5 ♉ | 48 | 1 | 9 | 8 | 53 | 26 | 58 | 20 | 52 | 16 | 22 | 16 | 31 |
| | 8 | 18 | 26 | 10 | 18 | 20 | 21 | 1 | 17 | 8 | 50 | 26 | 38 | 22 | 10 | 17 | 56 | 16 | 28 |
| | 9 | 19 | 27 | 7 | 38 | 4 ♊ | 45 | 1 | 26 | 8 | 47 | 26 | 18 | 23 | 22 | 19 | 28 | 16 | 25 |
| | 10 | 20 | 28 | 4 | 58 | 18 | 53 | 1 | 34 | 8 | 43 | 25 | 57 | 24 | 34 | 20 D | 57 | 16 | 21 |
| | 11 | 21 | 29 | 2 | 18 | 2 ♋ | 45 | 1 | 42 | 8 | 41 | 25 | 36 | 25 | 46 | 22 | 24 | 16 | 18 |
| | 12 | 22 | 29 | 59 | 37 | 16 | 19 | 1 | 50 | 8 | 38 | 25 | 14 | 26 | 58 | 23 | 48 | 16 | 15 |
| F | 13 | 23 | 0 ♋ | 56 | 56 | 29 ♌ | 24 | 1 | 58 | 8 | 36 | 24 | 52 | 28 | 10 | 25 | 9 | 16 | 12 |
| | 14 | 24 | 1 | 54 | 15 | 12 | 33 | 2 D | 6 | 8 | 34 | 24 | 31 | 29 | 22 | 26 | 29 | 16 | 9 |
| | 15 | 25 | 2 | 51 | 33 | 25 ♍ | 18 | 2 | 14 | 8 | 32 | 24 | 10 | 0 ♌ | 34 | 27 | 42 | 16 | 5 |
| | 16 | 26 | 3 | 48 | 51 | 7 | 51 | 2 | 22 | 8 | 30 | 23 | 50 | 1 | 46 | 28 | 54 | 16 | 2 |
| | 17 | 27 | 4 | 46 | 10 | 20 ♎ | 14 | 2 | 31 | 8 | 28 | 23 | 30 | 2 | 58 | 0 ♌ | 2 | 15 | 59 |
| | 18 | 28 | 5 | 43 | 28 | 2 | 20 | 2 | 39 | 8 | 26 | 23 | 11 | 4 | 9 | 1 | 6 | 15 | 56 |
| | 19 | 29 | 6 | 40 | 46 | 14 | 39 | 2 | 47 | 8 | 25 | 22 | 52 | 5 | 21 | 2 | 6 | 15 | 53 |
| F | 20 | 30 | 7 | 38 | 4 | 26 | 4 | 2 | 55 | 8 | 23 | 22 | 34 | 6 | 33 | 3 | 2 | 15 | 50 |

| Latitudo Planetarũ ad diẽ | ♄ | ' | ♃ | ' | ♂ | ' | ♀ | ' | ☿ | ' | |
|---|---|---|---|---|---|---|---|---|---|---|---|
| 1 | 1 | 15 | 1 | 52 | 1 | 41 | 1 | 17 | 1 | 18 | |
| 11 | 1 | 14 | 1 | 48 | 2 | 38 | 1 | 33 | 1 D | 36 | Mensis |
| 21 | 1 D | 14 | 1 | 44 | 2 | 19 | 1 | 38 | 1 | 56 | |

Syzygiæ Lunares.

| Dies | ☉ | Occid. ♄ | Occid. ♃ | Orient. ♂ | Occid. ♀ | Occid. ☿ | Syzygiæ Planetarũ mutuæ, & eorum congressus cum illustrioribus aliquibus stellis fixis |
|---|---|---|---|---|---|---|---|
| | H ′ | H ′ | H ′ | H ′ | H ′ | H ′ | |
| 1 | 6△23 | | | | | | ♃ or. cum Hedis. a. |
| 2 | | 10△42 | | | | 3△41 | ☿ Apog. |
| 3 | | | 18☌11 | 0✱14 | 7△16 | | ♀ or. cum Bella. & Ap. |
| 4 | | | | | | | |
| 5 | | | | | | | ♀ m.c. cum Syrio |
| 6 ☍ | 15 46 | | | | | | (51.b. |
| 7 Alc. | 22 ♊ | 21☍4 | | 20☌50 | | 12☍3 | △ ♃ ♀ 11.9. ☌ ♄ ☿ 13. |
| 8 | | | 15✱16 | | 13☍18 | | ♃ or. cum cauda cygni. |
| 9 | | | | | | | ☽ ☋ 5.34. |
| 10 | | | 22□11 | | | | ♀ or. cũ 141. & Her. c. |
| 11 | 17△25 | | | | | | ♀ or. cum pri. zonæ Orio. |
| 12 | | 11△22 | | 7□51 | | | △ ♃ ☿ 15.43. |
| 13 | | | 2△10 | | 15△15 | 3△38 | ♀ m.c. cum Apol. |
| 14 □ | 0 32 | 14□27 | | | | | ♀ or. cum Rigel. |
| 15 Alc. | 0 ♋ | | | | 21□29 | 12□10 | ☿ occ. cum hedis. d. |
| 16 | 5✱21 | 16✱18 | | 9△50 | | | ☽ Perig. |
| 17 | | | 5☍3 | | | 19✱32 | ♃ m.c. cũ lance austr. |
| 18 | | | | | 3✱16 | | ☍ ☉ ♂ 8.41 ☿ or. cũ Ri. |
| 19 | | | | Occid. | | | ☿ occ. cum hydra. |
| 20 ☌ | 17. 10 | 22☌10 | | 13☍51 | | | |
| 21 Alc. | 12 ♋ | | 10△28 | | | | ☽ ☊ 23.53. |
| 22 | | | | | 21☌12 | 15☌6 | ♂ or. cum cauda Del. |
| 23 | | | 16□40 | | | | |
| 24 | | | | 11△55 | | | ☌ ☉ ♄ 6. 0. |
| 25 | 15✱39 | 13✱23 | | | | | ♄ or. cũ Bel. et ♀ cũ ... |
| 26 | | Orient. | 1✱16 | | | | ♀ or. cũ Præs. & occ. e. |
| 27 | | | | 6□14 | | 11✱1 | ♄ or. cũ Ap. et ☿ cũ co |
| 28 □ | 6 59 | 0□20 | | | 3✱34 | | ☿ or. cũ als. (m. et alion |
| 29 Alc. | 26 ♓ | | | 16✱30 | | | ☽ Ap. ♀ oc. cũ Ase.) |
| 30 | 23△17 | 12△18 | 22☌56 | | 18□26 | 19□17 | △ ☉ ♃ 7.1. ☿ or. cũ proc. |

a. Die 1. ☿ occ. cum cancri. | e. Die 26. ☿ occ. cum Hercu.
b. Die 7. ☍ ♂ ☿ 9.38. | f. Die 29. ☿ or. cum Præsepe, & Aselo.
c. Die 10. ☿ occ. cum hedis. ☿ or. cum Bella & Apolli.
d. Die 15. ☿ m.c. cum [illegible]

| Dies | | ☉ H ′ | Orient. ♄ H ′ | Occid. ♃ H ′ | Occid. ♂ H ′ | Occid. ♀ H ′ | Occid. ☿ H ′ | Syzygiæ Planetarũ mutuæ, & eorũ in congressus cum illustrioribus aliquibus stellis fixis. |
|---|---|---|---|---|---|---|---|---|
| *Syzygiæ Lunares.* | | | | | | | | |
| 1 | | | | | | | | □ ♃ ♀ 12.50 \| ♀ or. cũ |
| 2 | | | | | | | | (Apoll. |
| 3 | | | | | | 14 △ 44 | 4 △ 9 | ♂ m.c. cum neb. ✱ |
| 4 | | | | | 10 ☌ 9 | | | ♀ or. cum cane maio. |
| 5 | | | 10 ☍ 27 | 19 ✱ 18 | | | | |
| 6 | ☍ | 5 8 | | | | | | ☉ ☿ 8.37 \| ♀ m.c. cũ hy |
| 7 | Asc. | 9 ++ | | | | | 13 ☍ 56 | ♀ oc. cũ rost. cor. & dext. |
| 8 | | | | 2 □ 23 | 0 ✱ 30 | 17 ☍ 41 | | (hu Auri |
| 9 | | | 23 △ 48 | | | | | |
| 10 | | 13 △ 21 | | 6 △ 49 | | | | |
| 11 | | | | | 2 □ 17 | | | △ ♂ ♀ 3.31. |
| 12 | | | 2 □ 52 | | | | 5 △ 10 | |
| 13 | □ | 4 53 | | | 3 △ 37 | 8 △ 33 | | ☿ Perig. |
| 14 | Asc. | 13 + | 4 ✱ 59 | 11 ☍ 1 | | | 4 □ 44 | |
| 15 | | 10 ✱ 13 | | | | 14 □ 54 | | ♀ or. cum regulo. |
| 16 | | | | | | | 4 ✱ 1 | |
| 17 | | | | 18 △ 0 | 7 ☍ 29 | 13 ✱ 0 | | ♀ occ. cum regulo. |
| 18 | | | 12 ☌ 18 | | | | | ☿ or. cũ asin. & proc. a |
| 19 | | | | | | | | ☿ ☊ 4.46. |
| 20 | ☌ | 3 8 | | | | | 7 ☌ 41 | ♀ or. cum coma Ber. b |
| 21 | Asc. | 17 [illegible] | | 1 □ 0 | 20 △ 4 | | | ☌ ☉ ♀ 3.8. (bor |
| 22 | | | | | | | Orient. | ♀ or. cũ hyd. ☿ or. cũ as |
| 23 | | | 5 ✱ 15 | 10 ✱ 44 | | 1 ☌ 20 | | ♀ occ. cum Algor. |
| 24 | | | | | 6 □ 4 | | 17 ✱ 16 | ✱ ♄ ♀ 22.13. |
| 25 | | 7 ✱ 49 | 16 □ 39 | | | | | |
| 26 | | | | | 9 ✱ 33 | | | ☉ Ap. ♃ m.c. cũ Ca. aust |
| 27 | | | | | | | 1 □ 20 | ✱ ♃ ☿ 8.14. |
| 28 | □ | 0 11 | 4 △ 32 | 9 ☌ 26 | | 13 ✱ 0 | | ♄ m.c. cum Spica. |
| 29 | Asc. | 0 [illegible] | | | | | 10 △ 40 | ♃ or. cum cauda ♑. ♀ |
| 30 | | 15 △ 41 | | | | | | (or. cum cauda ♌. |
| 31 | | | | | 15 ☌ 32 | 4 □ 29 | | |

a. Die 1. ♀ occ. cum Præsepe, & Apoll.
b. Die 20. ☿ or. cum Asel. & Præsepe.
☿ Fit ꝶ. occ. cum asino boreali.

Augustus **1591**

| Anni veteris | Anni Gregor. | ☉ ♌ P | ' | '' | ☽ ♓ P | | ' | ♄ ♋ (M D) P | ' | ♃ ✱ (S D) P | ' | ♂ ♓ (M A) P | ' | ♀ ♍ (S D) P | ' | ☿ ♋ (M A) P | ' | ☊ ♋ P | ' |
|---|---|---|---|---|---|---|---|---|---|---|---|---|---|---|---|---|---|---|---|
| Dies | | | | | | | | | | | | | | | | | | | |
| 22 | 1 | 8 | 13 | 36 | 23 | ♑ | 48 | 7 | 6 | 9 | 22 | 19 | 24 | 14 | 31 | 21 | 52 | 14 | 8 |
| 23 | 2 | 9 | 11 | 7 | 6 | | 35 | 7 | 13 | 9 | 27 | 19 | 32 | 15 | 42 | 22 | 4 | 14 | 5 |
| 24 | 3 | 10 | 8 | 40 | 19 | ♒ | 36 | 7 | 20 | 9 | 32 | 19 | 40 | 16 | 52 | 22 | 23 | 14 | 2 |
| F 25 | 4 | 11 | 6 | 14 | 2 | | 53 | 7 | 27 | 9 | 37 | 19 | 49 | 18 | 3 | 22 | 48 | 13 | 58 |
| 26 | 5 | 12 | 3 | 49 | 16 | ♓ | 27 | 7 | 34 | 9 | 42 | 19 | 59 | 19 | 13 | 23 | 19 | 13 | 55 |
| 27 | 6 | 13 | 1 | 25 | 0 | | 30 | 7 | 41 | 9 | 47 | 20 | 10 | 20 | 23 | 23 | 57 | 13 | 52 |
| 28 | 7 | 13 | 59 | 2 | 14 | | 30 | 7 | 48 | 9 | 53 | 20 | 21 | 21 | 34 | 24 | 41 | 13 | 49 |
| 29 | 8 | 14 | 56 | 40 | 18 | ♈ | 54 | 7 | 55 | 9 | 58 | 20 | 33 | 22 | 44 | 25 | 30 | 13 | 45 |
| 30 | 9 | 15 | 54 | 19 | 13 | | 27 | 8 | 2 | 10 | 4 | 20 | 45 | 23 | 54 | 26 | 24 | 13 | 42 |
| 31 | 10 | 16 | 51 | 59 | 28 | ♉ | 3 | 8 | 9 | 10 | 10 | 20 | 58 | 25 | 4 | 27 | 22 | 13 | 39 |
| F 1 | 11 | 17 | 49 | 40 | 12 | | 36 | 8 | 16 | 10 | 16 | 21 | 12 | 26 | 14 | 28 | 24 | 13 | 36 |
| Au. 2 | 12 | 18 | 47 | 22 | 27 | | 0 | 8 | 23 | 10 | 22 | 21 | 27 | 27 | 24 | 29 | 31 | 13 | 33 |
| 3 | 13 | 19 | 45 | 5 | 11 | ♊ | 10 | 8 | 30 | 10 | 29 | 21 | 42 | 28 | 34 | 0 ♌ | 42 | 13 | 30 |
| 4 | 14 | 20 | 42 | 49 | 25 | | 3 | 8 | 37 | 10 | 35 | 21 | 58 | 29 | 44 | 1 | 56 | 13 | 26 |
| 5 | 15 | 21 | 40 | 34 | 8 | ♋ | 33 | 8 | 44 | 10 | 42 | 22 | 15 | 0 ♎ | 54 | 3 | 13 | 13 | 23 |
| 6 | 16 | 22 | 38 | 21 | 21 | | 47 | 8 | 50 | 10 | 49 | 22 | 33 | 2 | 4 | 4 | 33 | 13 | 20 |
| 7 | 17 | 23 | 36 | 9 | 4 | ♌ | 40 | 8 | 57 | 10 | 56 | 22 | 52 | 3 | 14 | 5 S | 56 | 13 | 17 |
| F 8 | 18 | 24 | 33 | 58 | 17 | | 17 | 9 | 4 | 11 | 3 | 23 | 12 | 4 | 23 | 7 | 22 | 13 | 14 |
| 9 | 19 | 25 | 31 | 48 | 29 | ♍ | 41 | 9 | 10 | 11 | 10 | 23 | 32 | 5 | 33 | 8 | 51 | 13 | 11 |
| 10 | 20 | 26 | 29 | 39 | 11 | | 53 | 9 | 16 | 11 | 17 | 23 | 53 | 6 | 42 | 10 | 22 | 13 | 7 |
| 11 | 21 | 27 | 27 | 31 | 23 | ♎ | 56 | 9 | 22 | 11 | 25 | 24 | 14 | 7 | 52 | 11 | 55 | 13 | 4 |
| 12 | 22 | 28 | 25 | 26 | 5 | | 55 | 9 | 28 | 11 | 32 | 24 | 36 | 9 | 1 | 13 | 30 | 13 | 1 |
| 13 | 23 | 29 ♍ | 23 | 22 | 17 | | 53 | 9 | 34 | 11 | 40 | 24 | 58 | 10 | 10 | 15 | 6 | 12 | 58 |
| 14 | 24 | 0 | 21 | 19 | 29 | | 53 | 9 | 40 | 11 | 48 | 25 | 21 | 11 | 19 | 16 | 43 | 12 | 55 |
| F 15 | 25 | 1 | 19 | 18 | 11 | ♏ | 50 | 9 | 46 | 11 | 56 | 25 | 44 | 12 | 28 | 18 | 22 | 12 | 51 |
| 16 | 26 | 2 | 17 | 19 | 24 | | 5 | 9 | 52 | 12 | 4 | 26 | 7 | 13 | 37 | 20 | 2 | 12 | 48 |
| 17 | 27 | 3 | 15 | 21 | 6 | ♐ | 23 | 9 | 58 | 12 | 12 | 26 | 31 | 14 | 46 | 21 | 43 | 12 | 45 |
| 18 | 28 | 4 | 13 | 24 | 18 | | 52 | 10 | 3 | 12 | 20 | 26 | 55 | 15 M | 55 | 23 | 25 | 12 | 42 |
| 19 | 29 | 5 | 11 | 29 | 1 | ♑ | 34 | 10 | 9 | 12 | 29 | 27 | 19 | 17 | 4 | 25 | 8 | 12 | 39 |
| 20 | 30 | 6 | 9 | 35 | 14 | | 31 | 10 | 15 | 12 | 37 | 27 | 44 | 18 | 12 | 26 | 52 | 12 | 36 |
| 21 | 31 | 7 | 7 | 43 | 27 | | 46 | 10 | 20 | 12 | 46 | 28 | 9 | 19 | 21 | 28 | 37 | 12 | 32 |

| Latitudo Planetarũ ad diẽ | | ♄ | | ♃ | | ♂ | | ♀ | | ☿ | | Mensis |
|---|---|---|---|---|---|---|---|---|---|---|---|---|
| | 1 | 1 | 14 | 1 | 27 | 3 | 50 | 1 | 15 | 3 | 28 | |
| | 11 | 1 | 15 | 1 | 22 | 3 | 43 | 0 | 52 | 1 S | 21 | |
| | 21 | 1 | 16 | 1 | 18 | 3 | 31 | 0 M | 30 | 0 | 27 | |

Syzygiæ Lunares.

| Dies | ☽ | Orient. ♄ | Occid. ♃ | Occid. ♂ | Occid. ♀ | Orient. ☿ | Syzygiæ Planetarũ mutuę & eorum congressus cum illustrioribus aliquibus stellis fixis. |
|---|---|---|---|---|---|---|---|
| | H ′ | H ′ | H ′ | H ′ | H ′ | H ′ | |
| 1 | | | | | | | |
| 2 | | 1 ☍ 11 | 5 ✱ 19 | | 18 △ 27 | | □ ☉ ♃ 15 ☽ ☿ 47 |
| 3 | | | | | | 5 ☍ 11 | |
| 4 ☍ | 16 39 | | 11 □ 58 | | | | ♃ or. cum lucidus. |
| 5 Asc. | 10 ♌ | | | 6 ✱ 12 | | | □ ♂ ♀ 18.47. |
| 6 | | 12 △ 34 | 16 △ 7 | | | | ♀ m. c. cum cauda ♌. |
| 7 | | | | 9 □ 53 | 12 ☍ 49 | 18 △ 0 | |
| 8 | | 15 □ 0 | | | | | ☿ occ. cum Herc. |
| 9 | 4 △ 19 | | | 11 △ 53 | | 12 □ 49 | ☿ Perig. |
| 10 | | 16 ✱ 48 | 20 ☍ 8 | | | | |
| 11 □ | 9 22 | | | | | | ♀ m. c. cum rost. corui. a. |
| 12 Asc. | 21 ♈ | | | | 0 △ 44 | 4 ✱ 35 | ♀ or. cũ vin. et ☿ cũ Pras. |
| 13 | 15 ✱ 56 | | | 18 ☍ 34 | | | ♂ m. c. cũ oc. [illegible] |
| 14 | | | | | 9 □ 5 | | ♀ oc. cum Pras. & Ap. |
| 15 | | 0 ☌ 16 | 3 △ 53 | | | | ☽ 14.8 - 41 △ ☉ ♂ 21.0.c |
| 16 | | | | | 21 ✱ 3 | | ♀ m. c. cum Algo. |
| 17 | | | 12 □ 2 | | | 2 ☌ 43 | (asi. bor. |
| 18 ☌ | 15 43 | | | 11 △ 45 | | | ♀ or. cũ arct. ☿ oc cum |
| 19 Asc. | 9 ♌ | 18 ✱ 49 | 22 ☌ 48 | | | | ♂ or. cum cauda Del. |
| 20 | | | | | | | □ ♃ ☿ 15.31 ☿ or. cũ |
| 21 | | | | 0 □ 36 | | | ♄ occ. cum hadis. (Syr. |
| 22 | | 7 □ 11 | | | 6 ☌ 52 | 17 ✱ 33 | ☽ Apog. □ ♄ ♀ 10.27 |
| 23 | | | | 14 ✱ 17 | | | ♀ m. c. cum vinde. |
| 24 | 1 ✱ 1 | 19 △ 43 | | | | | |
| 25 | | | 0 ☌ 0 | | | 14 □ 44 | ♀ oc. cum corona. |
| 26 □ | 17 26 | | | | | | ♀ occ. cum spica ♍. |
| 27 Asc. | 4 ♍ | | | | 17 ✱ 44 | | ♄ or. cum 141. d(cũ reg. |
| 28 | | | | 15 ☌ 43 | | 9 △ 56 | ♀ or. cũ rost. cor. ☌ ☿ |
| 29 | 7 △ 24 | 16 ☍ 0 | 20 ✱ 25 | | | | ☽ ☋ 20.11 ♀ or. cũ 5 5.e |
| 30 | | | | | 7 □ 17 | | △ ♂ ☿ 12.29 \| ♀ or. cũ |
| 31 | | | | | | | ♄ or. cum Herc. spic. ♍. |

a. *Die 11. ☿ or. cum asi. bor.*
b. *Die 13. ☿ or. cum proc. & asi. austr.*
c. *Die 15. ☿ m. c. cum coma Ber.*
d. *Die 27. ♀ or. cum Alguarub.*
e. *Die 29. ♀ occ. cum cauda ♌.*

| | Dies | | ☉ ♍ P | ' | " | ☽ ♒ P | ' | ♄ ♋ P (M ♂ D) | ' | ♃ ♒ P (S D) | ' | ♂ ♐ P (M A) | ' | ♀ ♎ P (M D) | ' | ☿ ♍ P (S A) | ' | ☊ ♋ P | ' |
|---|---|---|---|---|---|---|---|---|---|---|---|---|---|---|---|---|---|---|---|
| F | 22 | 1 | 8 | 5 | 52 | 11 | 19 | 10 | 26 | 12 | 55 | 28 | 35 | 20 | 39 | 0 | 13 | 12 | 29 |
| | 23 | 2 | 9 | 4 | 3 | 25 | 21 | 10 | 31 | 13 | 4 | 29 | 1 | 21 | 36 | 2 | 10 | 12 | 26 |
| | 24 | 3 | 10 | 2 | 16 | 9 ♓ | 23 | 10 | 36 | 13 | 13 | 29 | 28 | 22 | 46 | 3 | 57 | 12 | 23 |
| | 25 | 4 | 11 | 0 | 30 | 23 | 50 | 10 | 41 | 13 | 22 | 29 | 55 | 23 | 54 | 5 | 45 | 12 | 20 |
| | 26 | 5 | 11 | 58 | 46 | 8 ♈ | 31 | 10 | 46 | 13 | 32 | 0 ♑ | 23 | 25 | 2 | 7 | 33 | 12 | 16 |
| | 27 | 6 | 12 | 57 | 4 | 23 | 21 | 10 | 51 | 13 | 41 | 0 | 51 | 26 | 10 | 9 | 21 | 12 | 13 |
| | 28 | 7 | 13 | 55 | 23 | 8 ♉ | 9 | 10 | 56 | 13 | 51 | 1 | 20 | 27 | 18 | 11 | 10 | 12 | 10 |
| F | 29 | 8 | 14 | 53 | 44 | 22 | 50 | 11 | 1 | 14 | 0 | 1 | 49 | 28 | 25 | 12 | 59 | 12 | 7 |
| | 30 | 9 | 15 | 52 | 7 | 7 ♊ | 18 | 11 | 6 | 14 | 10 | 2 | 18 | 29 | 33 | 14 | 48 | 12 | 4 |
| | 31 | 10 | 16 | 50 | 31 | 21 | 28 | 11 | 11 | 14 | 20 | 2 | 48 | 0 ♏ | 40 | 16 | 37 | 12 | 1 |
| | Sep. 1 | 11 | 17 | 48 | 57 | 5 ♋ | 26 | 11 | 16 | 14 | 30 | 3 | 18 | 1 | 47 | 18 | 27 | 11 | 57 |
| | 2 | 12 | 18 | 47 | 25 | 18 | 41 | 11 | 21 | 14 | 40 | 3 | 49 | 2 | 54 | 20 | 16 | 11 | 54 |
| | 3 | 13 | 19 | 45 | 54 | 1 ♌ | 45 | 11 | 26 | 14 | 50 | 4 | 20 | 4 | 1 | 22 D | 6 | 11 | 51 |
| | 4 | 14 | 20 | 44 | 25 | 15 | 28 | 11 | 30 | 15 | 0 | 4 | 51 | 5 | 8 | 23 | 55 | 11 | 48 |
| F | 5 | 15 | 21 | 42 | 58 | 26 ♍ | 53 | 11 | 35 | 15 | 11 | 5 | 23 | 6 | 14 | 25 | 44 | 11 | 45 |
| | 6 | 16 | 22 | 41 | 33 | 9 | 3 | 11 | 39 | 15 | 21 | 5 | 55 | 7 | 21 | 27 | 33 | 11 | 41 |
| | 7 | 17 | 23 | 40 | 10 | 21 | 2 | 11 | 43 | 15 | 31 | 6 | 27 | 8 | 27 | 29 | 22 | 11 | 38 |
| | 8 | 18 | 4 | 38 | 49 | 2 ♎ | 53 | 11 | 47 | 15 | 42 | 7 | 0 | 9 | 33 | 1 ♎ | 10 | 11 | 35 |
| | 9 | 19 | 25 | 37 | 30 | 14 | 39 | 11 | 51 | 15 | 53 | 7 | 33 | 10 | 39 | 2 | 58 | 11 | 32 |
| | 10 | 20 | 26 | 36 | 13 | 26 | 24 | 11 | 55 | 16 | 4 | 8 | 6 | 11 | 45 | 4 | 45 | 11 | 29 |
| | 11 | 21 | 27 | 34 | 58 | 8 ♏ | 11 | 11 | 59 | 16 | 14 | 8 | 39 | 12 | 50 | 6 | 32 | 11 | 26 |
| F | 12 | 22 | 28 | 33 | 44 | 20 | 3 | 12 | 2 | 16 | 25 | 9 | 13 | 13 | 55 | 8 | 18 | 11 | 22 |
| | 13 | 23 | 29 | 32 | 33 | 2 ♐ | 3 | 12 | 6 | 16 | 36 | 9 | 47 | 15 | 0 | 10 | 4 | 11 | 19 |
| | 14 | 24 | 0 ♎ | 31 | 22 | 14 | 14 | 12 | 9 | 16 | 47 | 10 | 21 | 16 | 5 | 11 | 49 | 11 | 16 |
| | 15 | 25 | 1 | 30 | 14 | 26 ♑ | 40 | 12 | 12 | 16 | 58 | 10 | 55 | 17 | 9 | 13 | 34 | 11 | 13 |
| | 16 | 26 | 2 | 29 | 9 | 9 | 23 | 12 | 15 | 17 | 9 | 11 | 30 | 18 | 14 | 15 | 18 | 11 | 10 |
| | 17 | 27 | 3 | 28 | 5 | 22 | 24 | 12 | 18 | 17 | 20 | 12 | 5 | 19 | 18 | 17 | 1 | 11 | 6 |
| | 18 | 28 | 4 | 27 | 3 | 5 ♒ | 40 | 12 | 21 | 17 | 31 | 12 | 40 | 20 | 22 | 18 | 43 | 11 | 3 |
| F | 19 | 29 | 5 | 26 | 3 | 19 | 28 | 12 | 24 | 17 | 42 | 13 | 16 | 21 | 26 | 20 M | 24 | 11 | 0 |
| | 20 | 30 | 6 | 25 | 5 | 3 ♓ | 31 | 12 | 27 | 17 | 53 | 13 | 52 | 22 | 29 | 22 | 4 | 10 | 57 |

| Latitudo Planetarũ ad diẽ | ♄ | ' | ♃ | ' | ♂ | ' | ♀ | ' | ☿ | ' | |
|---|---|---|---|---|---|---|---|---|---|---|---|
| 1 | 2 | 17 | 1 | 13 | 3 | 21 | 0 | 17 | 1 | 27 | |
| 11 | 2 | 19 | 1 | 9 | 3 | 8 | 2 | 0 | 1 D | 40 | Menſis |
| 21 | 2 | 21 | 1 | 6 | 2 | 53 | 2 | 44 | 1 M | 5 | |

## Syzygiæ Lunares.

| Dies | ☽ | Orient. ♄ | Occid. ♃ | Occid. ♂ | Occid. ♀ | Orient. ☿ | Syzygiæ Planetarū inter se, & eorum congressus cum illustrioribus aliquibus stellis fixis. |
|---|---|---|---|---|---|---|---|
| | H ′ | H ′ | H ′ | H ′ | H ′ | H ′ | |
| 1 | | | 2□46 | | 17△17 | | ♃ oc. cum vindem. |
| 2 | | | | 6✱40 | | 13☍39 | ☿ or. cū hyd. et oc. cū Al |
| 3 ☍ | 1 16 | 2△2 | 6△26 | | | | ✱ ☽ ♄ 15.24. |
| 4 Asc. | 9 ♐ | | | 10□21 | | | |
| 5 | | 3□38 | | | | | ☽ Perig. (46. a |
| 6 | | | | 12△33 | 4☍57 | | ✱ ☽ ♃ 12.5 ✱ ♄ ☿ 20. |
| 7 | 10△5 | 4✱34 | 9☍25 | | | 5△38 | ♃ oc. cū lāce aust. (ne. ♐ |
| 8 | | | | | | | ✱ ♃ ☿ 14.48 ♂ or. cū |
| 9 □ | 25 44 | | | | | 14□34 | |
| 10 Asc. | 25 ♌ | | | 10☍26 | 17△25 | | ☌ ☽ ☿ 6.26. |
| 11 | | 10☌48 | 16△42 | | | Occid. | ☽ ☊ 11.54 ♀ or. cū ly. b |
| 12 | 0✱13 | | | | | 3✱23 | ♂ or. cum aculeo ♏. |
| 13 | | | | | 4□41 | | ✱ ♂ ♀ 12.40 \| ♂ oc. cū |
| 14 | | | 1□2 | | | | ♂ m.c. cū lyra (neb. ♐ |
| 15 | | | | 17△33 | 18✱38 | | |
| 16 | | 5✱15 | 12✱48 | | | | ♀ or. cum cauda cygni. |
| 17 ☌ | 6 0 | | | | | 19☌52 | ♀ or. cum Lancibus. c. |
| 18 Asc. | 20 ♓ | 18□16 | | 8□48 | | | ♃ m.c. cum lance bor. |
| 19 | | | | | | | ☽ Apog. (neb. ♏. d. |
| 20 | | | | | | | △ ♄ ☿ 3.56 ♂ or. cum |
| 21 | | 7△42 | 16☌32 | 0✱58 | 10☍20 | | |
| 22 | 13✱31 | | | | | | □ ♂ ☿ 18.20. |
| 23 | | | | | | 18✱26 | ♄ or. cum zona uria. |
| 24 | | | | | | | □ ♄ ☿ 1.41 ☌ ♃ ♀ 19.1.c |
| 25 □ | 10 7 | | | | | | (cor. |
| 26 Asc. | 29 ♊ | 5☍18 | 14✱31 | 4☌6 | 1✱41 | 12□34 | ☽ ☋ 3.30 ☿ or. cū rost. |
| 27 | 21△25 | | | | | | ☍ ♄ ♂ 9.45 ☿ or. cū 55 |
| 28 | | | 20□51 | | | | ♂ oc. cū cor. ☿ or. cū 165 |
| 29 | | | | | 3□30 | 1△48 | ♀ m.c. cum corona. |
| 30 | | 14△57 | | 18✱1 | | | ♀ oc. cū neb. & corde ♏. |

a. Die 6. ☿ m.c. cum cing. ♍. | e. Die 24. ♀ m.c. cum lance bor. & oc. cum acu. ♏.
b. Die 11. ☿ m.c. cum arcturo.
c. Die 17. ♂ m.c. cum neb. ♐, & ♀ occ. cum vindem.
d. Die 20. ♂ m.c. cum cing. ♍, & ☿ occ. cum arcturo.

| | Anni veteris | Anni Gregor. | ☉ ♎ G | ′ | ″ | ☽ ♓ G | ′ | M ♄ ♋ G | D ′ | S ♃ ♒ G | D ′ | M ♂ ♑ G | A ′ | M ♀ ♒ G | D ′ | M ☿ ♎ G | D ′ | ☊ ♋ G | ′ |
|---|---|---|---|---|---|---|---|---|---|---|---|---|---|---|---|---|---|---|---|
| | Dies | | | | | | | | | | | | | | | | | | |
| | 21 | 1 | 7 | 24 | 9 | 17 ♈ | 54 | 12 | 29 | 16 | 5 | 14 | 28 | 23 | 32 | 23 | 43 | 10 | 54 |
| | 22 | 2 | 8 | 21 | 15 | 2 | 35 | 12 | 32 | 18 | 16 | 15 | 4 | 14 | 31 | 25 | 21 | 10 | 51 |
| | 23 | 3 | 9 | 22 | 23 | 17 ♉ | 28 | 12 | 34 | 18 | 28 | 15 | 41 | 25 | 38 | 26 | 58 | 10 | 47 |
| | 24 | 4 | 10 | 21 | 33 | 2 | 27 | 12 | 36 | 18 | 40 | 16 | 18 | 16 | 40 | 28 | 33 | 10 | 44 |
| | 25 | 5 | 11 | 20 | 45 | 17 ♊ | 24 | 12 | 38 | 18 | 52 | 16 | 55 | 27 | 42 | 0 ♏ | 7 | 10 | 41 |
| F | 26 | 6 | 12 | 19 | 58 | 2 | 12 | 12 | 40 | 19 | 4 | 17 | 31 | 28 | 44 | 1 | 40 | 10 | 38 |
| | 27 | 7 | 13 | 19 | 13 | 16 ♋ | 45 | 12 | 42 | 19 | 16 | 18 | 10 | 29 | 45 | 3 | 11 | 10 | 35 |
| | 28 | 8 | 14 | 18 | 30 | 0 | 58 | 12 | 44 | 19 | 28 | 18 | 48 | 0 ♑ | 46 | 4 | 40 | 10 | 32 |
| | 29 | 9 | 15 | 17 | 49 | 14 | 48 | 12 | 46 | 19 | 40 | 19 | 26 | 1 | 47 | 6 | 6 | 10 | 28 |
| | 30 | 10 | 16 | 17 | 10 | 28 ♌ | 15 | 12 | 48 | 19 | 52 | 20 | 4 | 2 | 48 | 7 | 30 | 10 | 25 |
| Octob. | 1 | 11 | 17 | 16 | 32 | 11 | 19 | 12 | 50 | 10 | 5 | 20 | 42 | 3 | 48 | 8 | 52 | 10 | 22 |
| | 2 | 12 | 18 | 15 | 58 | 24 ♍ | 0 | 12 | 51 | 20 | 17 | 21 | 21 | 4 | 48 | 10 | 12 | 10 | 19 |
| F | 3 | 13 | 19 | 15 | 25 | 6 | 22 | 12 | 53 | 20 | 29 | 21 | 59 | 5 | 47 | 11 | 30 | 10 | 16 |
| | 4 | 14 | 20 | 14 | 54 | 18 ♎ | 28 | 12 | 54 | 20 | 42 | 22 | 38 | 6 | 46 | 12 | 48 | 10 | 12 |
| | 5 | 15 | 21 | 14 | 25 | 0 | 22 | 12 | 55 | 20 | 54 | 23 | 17 | 7 | 44 | 13 | 59 | 10 | 9 |
| | 6 | 16 | 22 | 13 | 58 | 12 | 7 | 12 | 56 | 21 | 7 | 23 | 56 | 8 | 42 | 15 | 9 | 10 | 6 |
| | 7 | 17 | 23 | 13 | 33 | 23 ♏ | 47 | 12 | 57 | 21 | 19 | 24 | 35 | 9 | 39 | 16 | 16 | 10 | 3 |
| | 8 | 18 | 24 | 13 | 11 | 5 | 25 | 12 | 58 | 21 | 31 | 25 | 14 | 10 | 36 | 17 | 20 | 10 | 0 |
| | 9 | 19 | 25 | 12 | 51 | 17 | 4 | 12 | 58 | 21 | 44 | 25 | 54 | 11 | 32 | 18 | 21 | 9 | 57 |
| F | 10 | 20 | 26 | 12 | 32 | 28 ♐ | 49 | 12 | 59 | 21 | 57 | 26 | 33 | 12 | 28 | 10 | 18 | 9 | 53 |
| | 11 | 21 | 27 | 12 | 15 | 10 | 42 | 12 | 59 | 22 | 9 | 27 | 13 | 13 | 23 | 1 | 12 | 9 | 50 |
| | 12 | 22 | 28 | 12 | 0 | 21 ♑ | 46 | 13 | 0 | 22 | 22 | 27 | 53 | 14 | 17 | 21 | 2 | 9 | 47 |
| | 13 | 23 | 29 | 11 | 47 | 5 | 5 | 13 ℞ | 0 | 22 | 35 | 28 | 33 | 15 | 11 | 20 | 48 | 9 | 44 |
| | 14 | 24 | 0 ♏ | 11 | 36 | 17 ♒ | 42 | 13 | 0 | 22 | 47 | 29 | 13 | 16 | 4 | 22 | 30 | 9 | 41 |
| | 15 | 25 | 1 | 11 | 27 | 0 | 40 | 13 | 0 | 23 | 0 | 29 | 53 | 16 | 56 | 25 | 6 | 9 | 37 |
| | 16 | 26 | 2 | 11 | 20 | 14 | 0 | 13 | 0 | 23 | 3 | 0 ♒ | 33 | 17 | 48 | 23 | 41 | 9 | 34 |
| F | 17 | 27 | 3 | 11 | 15 | 27 ♓ | 44 | 13 | 0 | 23 | 26 | 1 | 14 | 18 | 39 | 24 | 9 | 9 | 31 |
| | 18 | 28 | 4 | 11 | 12 | 11 | 50 | 12 | 59 | 23 | 29 | 1 | 54 | 19 | 30 | 24 | 32 | 9 | 28 |
| | 19 | 29 | 5 | 11 | 10 | 26 ♈ | 18 | 12 | 59 | 23 | 52 | 2 | 35 | 21 | 20 | 24 | 50 | 9 | 25 |
| | 20 | 30 | 6 | 11 | 10 | 11 | 4 | 12 | 58 | 24 | 5 | 3 | 16 | 21 | 9 | 25 | 2 | 9 | 22 |
| | 21 | 31 | 7 | 11 | 12 | 26 | 1 | 12 | 57 | 24 | 18 | 3 | 57 | 21 | 57 | 25 | 8 | 9 | 18 |

| Latitudo Planetarũ ad diẽ | | ♄ G | ′ | ♃ G | ′ | ♂ G | ′ | ♀ G | ′ | ☿ G | ′ | |
|---|---|---|---|---|---|---|---|---|---|---|---|---|
| | 1 | 1 | 13 | 1 | 4 | 2 | 40 | 2 | 23 | 0 | 6 | |
| | 11 | 1 | 25 | 1 | 2 | 2 | 16 | 2 | 51 | 1 | 20 | Menſis |
| | 21 | 1 | 27 | 1 | 0 | 2 | 10 | 3 | 15 | 3 | 2 | |

☍ m. c. cum rostru
☌ ☊ ♄ ♌ 17. a
☿ m. c. cum palm
☌ ♌ 16.31. b.
⚹ ♃ ♂ 12.51 (10i.
☍ m. c. cū aqui ☿
☿ oc. cum vind. fa

| | | |
|---|---|---|
| 12 | 42 | 26 |
| 12 | 40 | 26 |
| 12 | 38 | 27 |

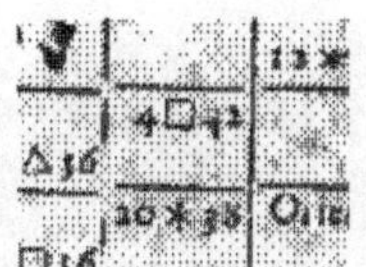

| Veteres | Gregor. | Positus Planetarum Diurnus | | | | | | | | | | | | | | | | | |
|---|---|---|---|---|---|---|---|---|---|---|---|---|---|---|---|---|---|---|---|
| | | | | | | | M | D | S | A | M | A | M | A | S | A | | | |
| | | ☉ ♐ | | | ☽ ♊ | | ♄ ♋ | | ♃ ♐ | | ♂ ♒ | | ♀ ♑ | | ☿ [illegible] | | ☊ ♋ | |
| Dies | | P | ' | '' | P | ' | P | ' | P | ' | P | ' | P | ' | P | ' | P | ' |
| F 21 | 1 | 8 | 25 | 35 | 19 ♋ | 16 | 11 | 41 | 1 | 5 | 25 | 44 | 6 | 21 | 20 D | 9 | 7 | 40 |
| 22 | 2 | 9 | 26 | 24 | 3 | 41 | 11 | 37 | 1 | 18 | 26 | 27 | 6 | 19 | 20 | 53 | 7 | 36 |
| 23 | 3 | 10 | 27 | 15 | 17 ♌ | 51 | 11 | 33 | 1 | 31 | 27 | 10 | 6 | 15 | 21 | 42 | 7 | 33 |
| 24 | 4 | 11 | 28 | 7 | 1 | 39 | 11 | 29 | 1 | 44 | 27 | 53 | 6 | 9 | 22 | 33 | 7 | 30 |
| 25 | 5 | 12 | 29 | 0 | 15 | 6 | 11 | 25 | 1 | 57 | 28 | 36 | 6 | 0 | 23 | 31 | 7 | 27 |
| 26 | 6 | 13 | 29 | 54 | 28 | 13 | 11 | 21 | 2 | 10 | 29 | 19 | 5 S | 49 | 24 | 31 | 7 | 24 |
| 27 | 7 | 14 | 30 | 49 | 11 ♍ | 2 | 11 | 17 | 2 | 23 | 0 ♓ | 1 | 5 | 30 | 25 | 36 | 7 | 20 |
| F 28 | 8 | 15 | 31 | 45 | 23 | 35 | 11 | 12 | 2 | 36 | 0 | 45 | 5 | 11 | 26 | 40 | 7 | 17 |
| 29 | 9 | 16 | 32 | 42 | 5 ♎ | 54 | 11 | 8 | 2 | 49 | 1 | 28 | 5 | 4 | 27 | 49 | 7 | 14 |
| 30 | 10 | 17 | 33 | 40 | 18 | 1 | 11 | 4 | 3 | 2 | 2 | 11 | 4 | 41 | 29 | 0 | 7 | 11 |
| De. 1 | 11 | 18 | 34 | 39 | 29 ♏ | 59 | 10 | 59 | 3 | 16 | 2 | 54 | 4 | 22 | 0 ♐ | 14 | 7 | 8 |
| 2 | 12 | 19 | 35 | 39 | 11 | 52 | 10 | 54 | 3 | 29 | 3 | 37 | 3 | 5[illegible] | 1 | 31 | 7 | 5 |
| 3 | 13 | 20 | 36 | 40 | 23 ♐ | 42 | 10 A | 49 | 3 | 42 | 4 | 20 | 3 | 30 | 2 | 50 | 7 | 1 |
| 4 | 14 | 21 | 37 | 41 | 5 | 33 | 10 | 44 | 3 | 55 | 5 | 3 | 3 | 3 | 4 | 11 | 6 | 58 |
| F 5 | 15 | 22 | 38 | 43 | 17 | 24 | 10 | 39 | 4 | 8 | 5 | 40 | 2 | 37 | 5 | 34 | 6 | 55 |
| 6 | 16 | 23 | 39 | 45 | 29 ♑ | 23 | 10 | 34 | 4 | 21 | 6 | 30 | 2 | 8 | 6 | 59 | 6 | 52 |
| 7 | 17 | 24 | 40 | 47 | 11 | 32 | 10 | 29 | 4 | 33 | 7 | 13 | 1 | 38 | 8 | 26 | 6 | 49 |
| 8 | 18 | 25 | 41 | 50 | 23 | 55 | 10 | 25 | 4 | 46 | 7 | 56 | 1 | 7 | 9 | 55 | 6 | 45 |
| 9 | 19 | 26 | 42 | 53 | 6 ♒ | 34 | 10 | 20 | 4 | 59 | 8 | 39 | 0 | 35 | 11 | 25 | 6 | 42 |
| 10 | 20 | 27 | 43 | 57 | 19 | 32 | 10 | 15 | 5 | 12 | 9 | 21 | 0 | 2 | 12 | 57 | 6 | 39 |
| 11 | 21 | 28 | 45 | 1 | 2 ♓ | 51 | 10 | 10 | 5 | 25 | 10 | 6 | 29 ♐ | 28 | 14 | 30 | 6 | 36 |
| F 12 | 22 | 29 | 46 | 5 | 16 | 31 | 10 | 5 | 5 | 37 | 10 | 49 | 28 | 54 | 16 | 4 | 6 | 33 |
| 13 | 23 | 0 ♑ | 47 | 9 | 0 ♈ | 33 | 10 | 0 | 5 | 50 | 11 | 32 | 28 | 21 | 17 M | 39 | 6 | 29 |
| 14 | 24 | 1 | 48 | 14 | 14 | 53 | 9 | 55 | 6 | 3 | 12 | 15 | 27 | 49 | 19 | 15 | 6 | 26 |
| 15 | 25 | 2 | 49 | 19 | 29 ♉ | 18 | 9 | 50 | 6 | 15 | 12 | 59 | 27 | 18 | 20 | 52 | 6 | 23 |
| 16 | 26 | 3 | 50 | 24 | 14 | 11 | 9 | 45 | 6 | 28 | 13 | 42 | 26 | 48 | 22 | 30 | 6 | 20 |
| 17 | 27 | 4 | 51 | 30 | 28 ♊ | 53 | 9 | 40 | 6 | 41 | 14 | 25 | 26 | 19 | 24 | 9 | 6 | 16 |
| 18 | 28 | 5 | 52 | 36 | 13 | 14 | 9 | 35 | 6 | 53 | 15 | 8 | 25 | 51 | 25 | 49 | 6 | 13 |
| F 19 | 29 | 6 | 53 | 42 | 28 ♋ | 1 | 9 | 29 | 7 | 5 | 15 | 51 | 25 | 24 | 27 | 30 | 6 | 10 |
| 20 | 30 | 7 | 54 | 48 | 12 | 13 | 9 | 24 | 7 | 17 | 16 | 35 | 24 | 59 | 29 | 12 | 6 | 7 |
| 21 | 31 | 8 | 55 | 55 | 26 | 7 | 9 | 18 | 7 | 30 | 17 | 18 | 24 | 35 | 0 ♑ | 55 | 6 | 4 |

| Latitudo Planetarū ad diē | ♄ | | ♃ | | ♂ | | ♀ | | ☿ | | |
|---|---|---|---|---|---|---|---|---|---|---|---|
| 1 | 1 | 32 | 0 | 57 | 1 | 10 | 0 S | 51 | 1 D | 34 | Meusis |
| 11 | 1 A | 33 | 0 | 57 | 0 | 58 | 0 | 40 | 1 | 4 | |
| 21 | 1 | 32 | 0 | 58 | 0 | 46 | 1 | 30 | 0 M | 14 | |

□ ♂ ☿ 7.1. ♂ oc.cũ
⊕ ♉ 1.4.5 2.

---

☿ or. cum corde ♏.
♂ m. c. cum Famah.

---

♀ or. cum cauda Del.

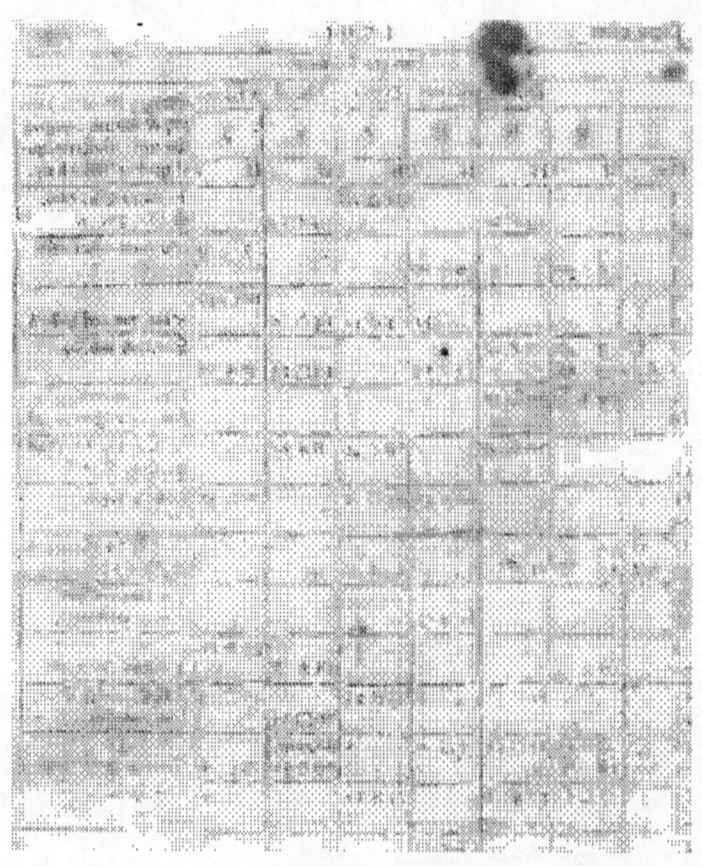

# EPHEMERIS IOANNIS ANTONII MAGINI PATAVINI

Ad annum Dominicæ Incarnationis

1592.

Intercalarem, seu Bissextilem, à restitutione Kalendarij decimum, & ab orbis principio 5554.

*Ingressus Solis in primum punctum Arietis, seu æquinoctij vernalis.*

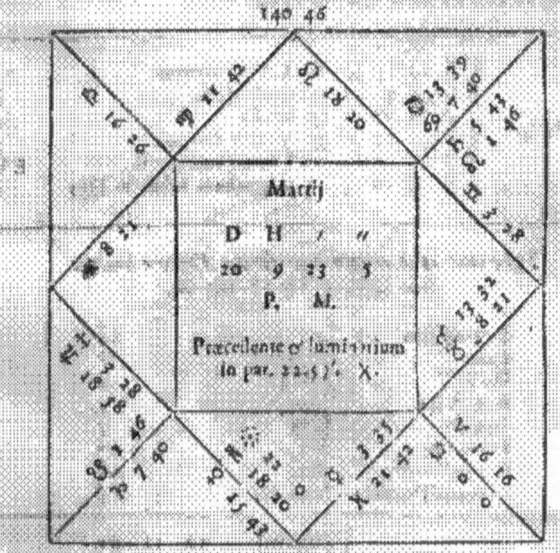


Vera Tropici anni magnitudo.

*Dierum 365. Horarum 5. Scr. 55′. 28″. 18‴. 48⁗.*

# ANNO DOMINICAE INCARNATIONIS
## 1592 Bissextili.

| Reuersio ☉ ad principium | | | D. | H. | ′ | ″ |
|---|---|---|---|---|---|---|
| | ♋, Seu solstitii aestiui | Iunij | 21 | 6 | 8 | 40 |
| | ♎, Seu autumnalis aequinoctij | Septemb. | 22 | 17 | 21 | 39 |
| | ♑, Seu solstitii verni | Decemb. | 21 | 11 | 33 | 42 |

| | P. | ′ | ″ | ‴ |
|---|---|---|---|---|
| Vera praecessio Aequinoctiorum | 28 | 0 | 21 | 3 |
| Obliquitas Zodiaci | 23 | 28 | 4 | 32 |

Eccentricitas ☉ 32236. Qualium semidiameter eccentrici ☉ parti. 1000000. seu par. 1. 56′. 0″. 50‴. Qualium P. 60.

| Locus Apogei | | P. | ′ | ″ | | | |
|---|---|---|---|---|---|---|---|
| | ♄ | 29 | 15 | 46 | ♐ | Aureus Numerus | 16 |
| | ♃ | 6 | 45 | 31 | ♎ | Cyclus Solis | 5 |
| | ♂ | 28 | 28 | 37 | ♌ | Epacta | 16 |
| | ☉ | 9 | 12 | 31 | ♋ | Indictio Romana | 5 |
| | ♀ | 16 | 21 | 22 | ♊ | Litera Dominicalis | E D |
| | ☿ | 0 | 10 | 3 | ♐ | Interuallum hebd. 6. Dies | 4 |

*Festa mobilia secundum Sacrosanctae Romanae Ecclesiae usum iuxta annum reformatum.*

| | | |
|---|---|---|
| Septuagesima | Ianuarij | 26 |
| Cinis | Februarij | 12 |
| Pascha | Martij | 29 |
| Rogationes | Maij | 3 |
| Ascensio | Maij | 7 |
| Pentecostes | Maij | 17 |
| Corpus Christi | Maij | 28 |
| Aduentus Domini | Nouemb. | 29 |

| Quatuor Tempora anni, seu Ieiunia | | | | |
|---|---|---|---|---|
| | Februarij | 19 | 21 | 22 |
| | Maij | 20 | 22 | 23 |
| | Septembris | 16 | 18 | 19 |
| | Decembris | 16 | 18 | 19 |

## Supputatio Eclipsis Lunæ anno 1592.

Die 24. Iunij anni reformati, seu die 14. anni veteris H. 10. 15'. 30". à meridie æquatis aspicietur ☽ ex maiori parte suum lumen transiens per umbram terræ in diametro Solis sub par. 3[illegible]'. 18", in non procul à ☋. Ad dictum verò tempus anomalia Solis reperitur par. 353. 19'. 40". distans parum ab Apogæo Eccentrici in præcedentibus, eius verò semidiameter 15'. 49". ☽ autem anomalia æquata est par. 35. 37'. 17". & eius semidiameter 15'. 13". semidiameter umbræ æquata 40'. 32". Verus item motus latitudinis ☽ par. 96. 19'. 25". Vera latitudo 35'. 0". austr. Ad principium verò defectus 28'. 40". & ad finem 37'. 13". Australis semper. Puncta ecliptica apparebunt 8. 56'. Tempus autem casus H. 1. 39'. 16".

| | | H. | scr. | | |
|---|---|---|---|---|---|
| Huius ☽ defectus digitorum 8. 58'. | Principium spectabitur | 8 | 34 | P. M. | Durabit tota Lunaris Eclipsis H. 3. scr. 19. |
| | | 0 | 51 | N. S. | |
| | Medium, seu vera ☍ | 10 | 13 | P. M. | |
| | | 2 | 30 | N. S. | |
| | Finis apparebit | 11 | 53 | P. M. | |
| | | 4 | 10 | N. S. | |

## Imago prædictæ Eclipsis Lunæ.

In aliquibus locis Galliæ, Flandriæ, & Hispaniæ, necnon Portugalliæ, Angliæ & Hiberniæ principium istius defectus minimè apparebit: sed orietur Luna aliquantulum obumbrata

## Altera Eclipsis Lunæ huius anni 1592.

*Die 18. Decembris secundum anni correctionem, qui ad diem 8. anni veteris refertur H. 7. 24′. 9″. tempore correcto per æquationem dierum Luna conspicietur iterum lumine priuata dimidia sui parte prope ☊ draconis in par. 26. 46′. 12″. II. Quo quidem tempore anomalia eius æquata erit par. 184. 31′. 10″. & eius semid. 17′. 49″. Sol verò properans ad oppositum augis sui Eccentrici habet anomaliæ par. 167. 55′. 41″. & eius semidiameter 16′. 51″. Semidiameter verò umbræ terræ correcta est 48′. 50″. Verus latitudinis ☽ motus partium 279. 26′. 4″. per quem deprehensa fuit latitudo 45′. 7″. Septentr. Sed ad initium Eclipsis 44′. 58″. & ad finem 53′. 15″. Septentr. semper. Puncta obscurationis erunt 5′. 54′. & tempus incidentiæ H. 1. 26′. 55″.*

| | | H. | scr. | | |
|---|---|---|---|---|---|
| Huius ☽ defectus Puncti. 5. 54. | Principium spectabitur | 6 | 7 | P. M. | Pertransient ab initio ad exitum H. 2. scr. 34. |
| | | 1 | 50 | N. S. | |
| | Medium, seu vera ☍ | 7 | 24 | P. M. | |
| | | 3 | 7 | N. S. | |
| | Finis apparebit | 8 | 41 | P. M. | |
| | | 4 | 24 | N. S. | |

### Typus prædicti defectus Lunæ.

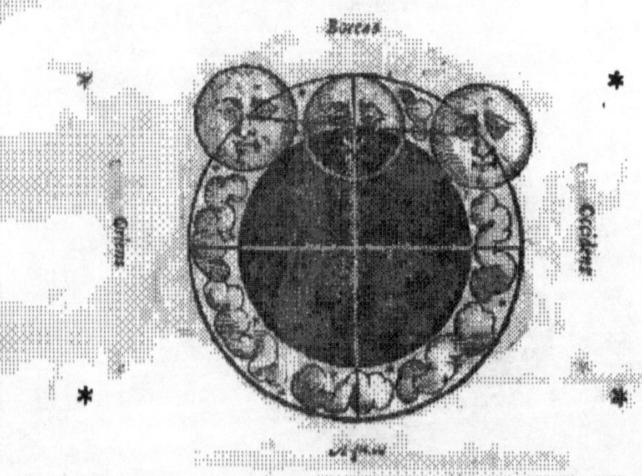

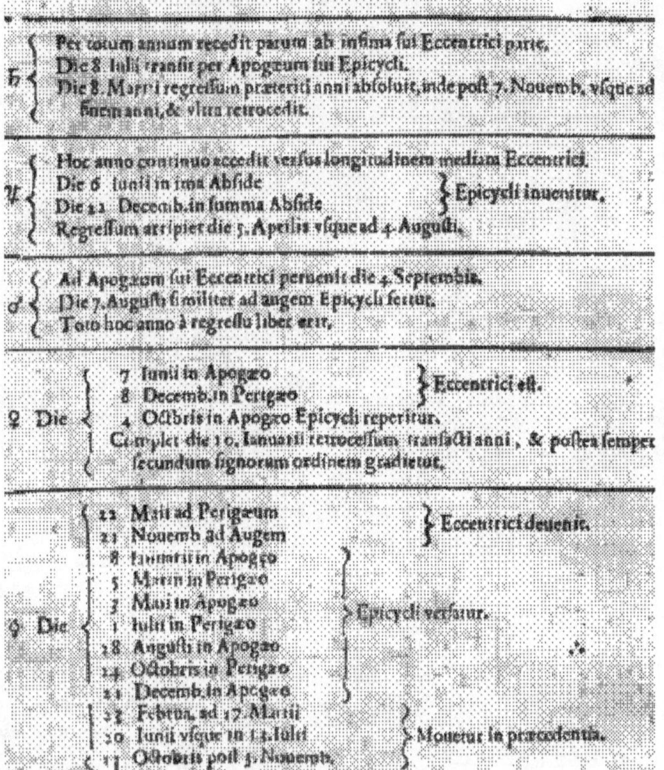

## *Planetarum status.*

♄ Per totum annum recedit parum ab infima sui Eccentrici parte.
Die 8. Iulij transit per Apogæum sui Epicycli.
Die 8. Martij regressum præteriti anni absoluit, inde post 7. Nouemb. vsque ad finem anni, & vltra retrocedit.

♃ Hoc anno continuo accedit versus longitudinem mediam Eccentrici.
Die 6 Iunii in ima Abside } Epicycli inuenitur.
Die 22 Decemb. in summa Abside } Epicycli inuenitur.
Regressum arripiet die 5. Aprilis vsque ad 4. Augusti.

♂ Ad Apogæum sui Eccentrici perueniet die 4. Septembris.
Die 7. Augusti similiter ad augem Epicycli fertur.
Toto hoc anno à regressu liber erit.

♀ Die
7 Iunii in Apogæo } Eccentrici est.
8 Decemb. in Perigæo } Eccentrici est.
4 Octobris in Apogæo Epicycli reperitur.
Complet die 10. Ianuarii retrocessum transacti anni, & postea semper secundum signorum ordinem gradietur.

☿ Die
22 Maii ad Perigæum } Eccentrici deuenit.
21 Nouemb ad Augem } Eccentrici deuenit.
8 Ianuarii in Apogæo } Epicycli versatur.
5 Martii in Perigæo } Epicycli versatur.
3 Maii in Apogæo } Epicycli versatur.
1 Iulii in Perigæo } Epicycli versatur.
28 Augusti in Apogæo } Epicycli versatur.
24 Octobris in Perigæo } Epicycli versatur.
21 Decemb. in Apogæo } Epicycli versatur.
22 Februa. ad 17. Martii } Mouetur in præcedentia.
20 Iunii vsque in 13. Iulii } Mouetur in præcedentia.
11 Octobris post 3. Nouemb. } Mouetur in præcedentia.

Positus Planetarum Diurnus.

| Stylo veteri | Stylo Greg. | ☉ ♑ G | ' | '' | ☽ ♌ G | ' | M A ♄ ♋ G | ' | D A ♃ ♓ G | ' | M A ♂ ♓ G | ' | S A ♀ ♓ G | ' | M D ☿ ♑ G | ' | ☊ ♋ G | ' |
|---|---|---|---|---|---|---|---|---|---|---|---|---|---|---|---|---|---|---|
| Dies | | P | ' | '' | P | ' | P | ' | P | ' | P | ' | P | ' | P | ' | P | ' |
| 22 | 1 | 9 | 57 | 4 | 9 | 43 | 9 | 14 | 7 | 42 | 18 | 1 | 24 | 13 | 2 | 36 | 6 | 2 |
| 23 | 2 | 10 | 58 | 9 | 23 ♍ | 0 | 9 | 8 | 7 | 54 | 18 | 44 | 23 | 33 | 4 | 22 | 5 | 57 |
| 24 | 3 | 11 | 59 | 15 | 6 | 1 | 9 | 2 | 8 | 6 | 19 | 26 | 23 | 36 | 6 | 0 | 5 | 54 |
| 25 | 4 | 13 | 0 | 21 | 18 ♎ | 47 | 8 | 57 | 8 | 18 | 20 | 11 | 23 | 22 | 7 | 51 | 5 | 51 |
| E 26 | 5 | 14 | 1 | 27 | 1 | 20 | 8 | 52 | 8 | 30 | 20 | 54 | 23 | 10 | 9 | 36 | 5 | 48 |
| 27 | 6 | 15 | 2 | 33 | 13 | 42 | 8 | 47 | 8 | 42 | 21 | 37 | 2[illegible] | 9 | 11 | 21 | 5 | 45 |
| 28 | 7 | 16 | 3 | 38 | 25 ♏ | 54 | 8 | 42 | 8 | 54 | 22 | 20 | 22 | 52 | 13 | 7 | 5 | 41 |
| 29 | 8 | 17 | 4 | 43 | 8 | 4 | 8 | 37 | 9 | 6 | 23 | 4 | 22 | 46 | 14 | 53 | 5 | 38 |
| 30 | 9 | 18 | 5 | 48 | 20 ♐ | 4 | 8 | 32 | 9 | 18 | 23 | 47 | 22 | 43 | 16 | 39 | 5 | 35 |
| 31 | 10 | 19 | 6 | 53 | 3 | 1 | 8 | 27 | 9 | 30 | 24 | 30 | 22 D | 40 | 18 | 26 | 5 | 32 |
| Ian. 1 | 11 | 20 | 7 | 52 | 14 | 10 | 8 | 22 | 9 | 41 | 25 | 13 | 22 | 41 | 20 | 13 | 5 | 28 |
| E 2 | 12 | 21 | 8 | 56 | 26 ♑ | 18 | 8 | 17 | 9 | 53 | 25 | 56 | 22 | 44 | 22 | 0 | 5 | 25 |
| 3 | 13 | 22 | 10 | 0 | 8 | 32 | 8 | 12 | 10 | 4 | 26 | 39 | 22 | 49 | 23 | 47 | 5 | 22 |
| 4 | 14 | 23 | 11 | 3 | 20 | 51 | 8 | 7 | 10 | 15 | 27 | 22 | 22 | 56 | 25 | 33 | 5 | 19 |
| 5 | 15 | 24 | 12 | 6 | 3 ♒ | 33 | 8 | 2 | 10 | 27 | 28 | 5 | 23 | 3 | 27 | 20 | 5 | 16 |
| 6 | 16 | 25 | 13 | 8 | 16 | 21 | 7 | 57 | 10 | 38 | 28 | 48 | 23 | 16 | 29 | 6 | 5 | 13 |
| 7 | 17 | 26 | 14 | 10 | 29 | 38 | 7 | 52 | 10 | 49 | 29 | 31 | 23 | 29 | 0 ♒ | 52 | 5 | 9 |
| 8 | 18 | 27 | 15 | 11 | 13 ♓ | 5 | 7 | 47 | 11 | 0 | 0 ♈ | 14 | 23 | 45 | 2 | 38 | 5 | 6 |
| E 9 | 19 | 28 | 16 | 12 | 26 ♈ | 57 | 7 | 42 | 11 | 11 | 0 | 57 | 24 | 3 | 4 | 23 | 5 | 3 |
| 10 | 20 | 29 | 17 | 12 | 11 | 3 | 7 | 38 | 11 | 22 | 1 | 40 | 24 | 23 | 6 A | 8 | 5 | 0 |
| 11 | 21 | 0 ♒ | 18 | 10 | 25 ♉ | 24 | 7 | 33 | 11 | 33 | 2 | 22 | 24 | 45 | 7 | 55 | 4 | 57 |
| 12 | 22 | 1 | 19 | 8 | 9 | 53 | 7 | 29 | 11 | 44 | 3 | 5 | 25 | 9 | 9 | 37 | 4 | 54 |
| 13 | 23 | 2 | 20 | 6 | 24 ♊ | 36 | 7 | 24 | 11 | 55 | 3 | 48 | 25 | 35 | 11 | 21 | 4 | 50 |
| 14 | 24 | 3 | 21 | 3 | 8 | 56 | 7 | 20 | 12 | 5 | 4 | 31 | 26 | 2 | 13 | 4 | 4 | 47 |
| 15 | 25 | 4 | 21 | 59 | 23 ♋ | 19 | 7 | 16 | 12 | 16 | 5 | 13 | 26 D | 31 | 14 | 47 | 4 | 44 |
| E 16 | 26 | 5 | 22 | 54 | 7 | 27 | 7 | 12 | 12 | 26 | 5 | 50 | 27 | 2 | 16 | 29 | 4 | 41 |
| 17 | 27 | 6 | 23 | 48 | 21 ♌ | 13 | 7 | 8 | 12 | 37 | 6 | 39 | 27 | 34 | 18 | 10 | 4 | 38 |
| 18 | 28 | 7 | 24 | 41 | 4 | 52 | 7 | 4 | 12 | 47 | 7 | 22 | 28 | 7 | 19 | 50 | 4 | 34 |
| 19 | 29 | 8 | 25 | 33 | 18 ♍ | 9 | 7 | 0 | 12 | 57 | 8 | 4 | 28 | 42 | 21 | 29 | 4 | 31 |
| 20 | 30 | 9 | 26 | 23 | 1 | 10 | 6 | 56 | 13 | 7 | 8 | 47 | 29 | 18 | 23 | 6 | 4 | 28 |
| 21 | 31 | 10 | 27 | 12 | 13 | 56 | 6 | 52 | 13 | 17 | 9 | 30 | 29 | 55 | 24 | 42 | 4 | 25 |

| Latitudo Planetarũ ad diē | | ♄ | | ♃ | | ♂ | | ♀ | | ☿ | | |
|---|---|---|---|---|---|---|---|---|---|---|---|---|
| | 1 | 1 | 32 | 1 | 59 | 0 | 36 | 3 | 23 | 1 | 1 | Mensis |
| | 11 | 1 | 30 | 0 | 59 | 0 | 28 | 4 D | 15 | 1 A | 40 | |
| | 21 | 1 | 28 | 1 | 0 | 0 | 20 | 4 | 56 | 2 | 7 | |

Syzygiæ lunares.

| Dies | ☽ | ♄ Occid. | ♃ Orient. | ♂ Occid. | ♀ Orient. | ☿ Orient. | Syzygiæ Planetarum mutuæ, & eorum congressus cum illustrioribus [illegible] |
|---|---|---|---|---|---|---|---|
| Dies | H ′ | H ′ | H ′ | H ′ | H ′ | H ′ | [illegible] |
| 1 | | | | | | | ♄ occ. cum [illegible] a. |
| 2 | | | | | 1△36 | | ☿ [illegible] 44, ♂ [illegible] |
| 3 | 12△11 | 3✶38 | 3□58 | | | 0△10 | ☉ or. cum. fol. or. b |
| 4 | | | | 2☍51 | 8□35 | | ☍ ♄ ☿ 14.24 |
| 5 | | 13□44 | 17✶ 8 | | | 18□41 | ☿ oc. cum [illegible] |
| 6 □ | 2 54 | | | | 13✶ 9 | | |
| 7 Alc. | 15 ♊ | | | | | | ☉ ☌ ☿ 15.24 ☿ occ. |
| 8 | 19✶44 | 1△36 | | | | 14✶10 | (cum corona |
| 9 | | | | 7△52 | | | ☽ Apo. ☿ m.c. cum coll. |
| 10 | | | 14☌56 | | | | ☌ ☽ ☿ 21.23 (gall. |
| 11 | | | | 13□13 | 10☌54 | Occid. | ☿ m.c. cum aquila. |
| 12 | | 23☍1 | | | | | [illegible] 17.48. |
| 13 | | | | | | | |
| 14 ☌ | 4 24 | | | 12✶50 | | 10☌ 9 | |
| 15 Alc. | 25 ♋ | | 13✶ 0 | | | | ✶ ♂ ☿ 17 [illegible] ☿ m.c. cum |
| 16 | | | | | 12✶27 | | (cor. ♄. |
| 17 | | 14△33 | 20□ 8 | | | | ☿ m.c. cum cauda Del. |
| 18 | | | | | 20□11 | | |
| 19 | 2✶25 | 18□18 | | 7☌11 | | 18✶20 | ☿ m.c. cum cauda cygni |
| 20 | | | 0△12 | | 22△54 | | |
| 21 □ | 8 16 | 20✶ 1 | | | | 23□34 | |
| 22 Alc. | 17 ♍ | | | | | | ☽ Perig. |
| 23 | 14△ 2 | | | 10✶10 | | | ✶ ♃ ☿ 8.46. |
| 24 | | | 5☍10 | | | 7△50 | ☿ occ. cum Fomah. |
| 25 | | 13☌34 | | 21□12 | 3☍36 | | [illegible] 7 ☿ or. cum aquar. |
| 26 | | | | | | | ☿ m.c. cum ca. [illegible] |
| 27 | | | | | | | ✶ ☽ ♂ 19.0 □ ♄ ☿ 14. |
| 28 ☍ | 5 33 | | 14☍30 | 4△45 | | | ♂ or. cum cor. ♈ (45. [illegible] |
| 29 Alc. | 10 [illegible] | | | | 10△25 | 7☍ 1 | |
| 30 | | 12✶47 | 22□46 | | | | |
| 31 | | | | | | | ☿ occ. cum cauda [illegible] |

a. Die 1. ♂ occ. cum [illegible]
b. Die 3. ☿ or. cum [illegible]
c. Die 27. ☿ or. cum cauda ♄.

| | | | | | |
|---|---|---|---|---|---|
| 20 | 14 | 42 | 15 | 52 | 6 |
| 17 | 14 | 51 | 16 | 34 | 7 |
| 14 | 15 | 0 | 17 | 16 | 7 |
| 11 | 15 | 8 | 17 | 59 | 8 |
| 8 | 15 | 17 | 18 | 41 | 9 |
| 5 | 15 | 25 | 19 | 23 | 10 |

| Occid. | Orient. | Occid. | Orient. | Occid. | Syzygiæ Planetarũ mutuę, & eorum congressus cum illustrioribus aliquibus stellis fixis. |
|---|---|---|---|---|---|
| ♄ | ♃ | ♂ | ♀ | ☿ | |
| H | H | H | H | H | |
| 19 □ 47 | 9 ✶ 18 | 4 ☍ 9 | 8 □ 16 | | (cum cap. Med<br>♄ m. c. cum Syrio. ☿ or. |
| 6 △ 19 | | | 22 ✶ 15 | 18 △ 17 | ✶ ☽ ♃ 7.51. a.<br>♀ or. cum cauda Del. |
| | | | | 23 □ 23 | ☽ apog. (27.<br>△ ♃ ♂ 21.40 ✶ ♀ ☿ 8. |
| | 8 ☌ 54 | 9 △ 25 | | | △ ♄ ☿ 22.51 ♀ m. c. cũ<br>☽ ♃ 12.46. b. (lyra |
| 3 ☍ 23 | | 23 □ 0 | 3 ☌ 24 | 6 ✶ 42 | ☍ ♄ ♀ 3.22 ♀ m. c. cu<br>(neb. ♃ |
| | 4 ✶ 20 | 20 ✶ 0 | | | ♂ occ. cum cauda cygni |
| 17 △ 58 | 10 □ 2,1 | | 2 ✶ 32 | 6 ☌ 55 | ♀ or. cum neb. ♃. |
| 21 □ 37 | 14 △ 3 | 23 ☌ 40 | 8 □ 13 | | ♂ or. cum hædis.<br>♀ or. cum aculeo ♏. |
| 23 ✶ 32 | | | 13 △ 18 | 17 ✶ 20 | □ ♃ ♀ 8.0. (Au<br>☽ Pe. ♂ or. cũ dex. hu |
| | 10 ☍ 35 | | | 20 □ 34 | |
| 3 ☌ 35 | | 8 ✶ 30 | | | ☽ ☊ 21.8 ♀ or. cũ ne. ♏<br>✶ ♀ ☿ 17.14 ♀ m. c. cu |
| | | 15 □ 17 | 1 ☌ 24 | 0 △ 40 | ♀ oc. cũ coro. (rost. ga |

| | ☉ | Occid. ♄ | Orient. ♃ | Occid. ♂ | Orient. ♀ | Occid. ☿ | Syzygiæ Planetarū mutuæ, & eorum congressus cum illustrioribus aliquibus stellis fixis. |
|---|---|---|---|---|---|---|---|
| Dies | ♓ | ♓ | ♓ | ♓ | ♓ | ♓ | |
| 1 | | | 1 ✱ 4 | | 17 □ 58 | | ♃ me. cum [illegible] ✱. |
| 2 | | 13 △ 12 | | 4 ☍ 59 | | | ♂ occ. cum cor. ♈. |
| 3 | 3 △ 35 | | | | | 3 △ 51 | ☽ apo. ☌ ♃ ♀ 5.21.a |
| 4 | | | | | 10 ✱ 40 | Orient. | |
| 5 □ | 10 10 | | | | | 21 □ 36 | |
| 6 Asc. | 3 ♉ | | 0 ☌ 54 | | | | |
| 7 | | 11 ☍ 6 | | 10 △ 22 | | 16 ✱ 12 | ☽ ♀ 5.21 ☿ m.c. cū 27 |
| 8 | 10 ✱ 59 | | | | | | □ ☉ ♃ 10.1 ✱ ♄ ♂ 1.31.b |
| 9 | | | | 20 □ 2 | 16 ☌ 12 | | ☿ occ. cum lyra. |
| 10 | | | 18 ✱ 36 | | | | △ ♄ ☿ 10.17. |
| 11 | | | | | | 23 ☌ 13 | ♀ ma. cum cauda cygni. |
| 12 | | 1 △ 18 | 23 □ 38 | 6 ✱ 10 | | | ♂ or. cum Fomah. |
| 13 ☌ | 7 12 | | | | | | |
| 14 Asc. | 9 ♎ | 4 □ 17 | | | 9 ✱ 48 | | |
| 15 | | | 2 △ 15 | | | | |
| 16 | | 6 ✱ 9 | | 15 ☌ 35 | 13 □ 4 | 1 ✱ 26 | |
| 17 | 17 ✱ 41 | | | | | | ☽ peri. □ ♂ ♀ 11.29. |
| 18 | | | | | 20 △ 6 | 1 □ 26 | |
| 19 □ | 13 1 | | 5 ☍ 9 | | | | ♂ m.c. cum [illegible] c. |
| 20 Asc. | 10 ♋ | 9 ☌ 29 | | | | 1 △ 22 | ☽ ☊ 2.51 ♂ or. cū pl. d. |
| 21 | | | | 0 ✱ 23 | | | ♄ m.c. cum Syria. |
| 22 | 7 △ 13 | | | | | | ☿ m.c. cum cauda ♑. |
| 23 | | | 14 △ 31 | 8 □ 30 | 13 ☍ 27 | | ♂ m.c. cum ala [illegible] e. |
| 24 | | 21 ✱ 57 | | | | 12 ☍ 50 | △ ♄ ☿ 11.32 ✱ ♃ ♀ 2. |
| 25 | | | 29 □ 42 | 20 △ 54 | | | ☿ occ. cum lyra (ca. ♑. |
| 26 | | | | | | | □ ☉ ♄ 8.0 ♀ or. cum |
| 27 ☍ | 10 56 | 8 □ 48 | | | | | ♂ occ. cum Rig. ☿ m.c. |
| 28 Asc. | 1 ♓ | | 12 ✱ 35 | | 22 △ 1 | | (cum Fomah. |
| 29 | | 21 △ 26 | | | | | |
| 30 | | | | | | 9 △ 45 | ☉ .. ap. ♀ or. cū ca. Del. |
| 31 | | | | 4 ☍ 29 | 16 □ 53 | | |

a. Die 3. ♀ m.c. cum cornu ♑.
b. Die 8. ☿ m.c. cum Fomah.
c. Die 19. ♀ occ. cum Fomah.
d. Die 30. ♀ occ. cum aquila & cauda ♑.
e. Die 24. ♂ m.c. cum dex. lat. Persei.

| Anni Iuliani | Anni Gregor. | Positus Planetarum Diurnus. ☉ ♈ | | | ☽ ♐ | | M A ♄ ♋ | | S A ♃ ♐ | | S A ♂ ♉ | | M D ♀ ♒ | | M D ☿ ♓ | | ☊ ♋ | |
|---|---|---|---|---|---|---|---|---|---|---|---|---|---|---|---|---|---|---|
| Dies | | P | ′ | ″ | P | ′ | P | ′ | P | ′ | P | ′ | P | ′ | P | ′ | P | ′ |
| 22 | 1 | 11 | 27 | 53 | 1 | 2 | 6 | 6 | 19 | 20 | 21 | 55 | 27 | 50 | 14 | 8 | 1 | 11 |
| 23 | 2 | 12 | 26 | 30 | 13 | 2 | 6 | 8 | 19 | 21 | 22 | 36 | 28 ♓ | 50 | 15 | 29 | 1 | 8 |
| 24 | 3 | 13 | 25 | 57 | 25 ♑ | 19 | 6 | 11 | 19 | 22 | 23 | 16 | 0 | 3 | 16 | 53 | 1 | 4 |
| 25 | 4 | 14 | 24 | 50 | 7 | 28 | 6 | 14 | 19 | 22 | 23 | 57 | 1 | 10 | 18 | 20 | 1 | 1 |
| D 26 | 5 | 15 | 23 | 53 | 20 ♒ | 1 | 6 | 17 | 19 R | 22 | 24 | 38 | 2 | 17 | 19 | 50 | 0 | 58 |
| 27 | 6 | 16 | 22 | 48 | 2 | 49 | 6 | 20 | 19 | 22 | 25 | 18 | 3 | 24 | 21 | 22 | 0 | 55 |
| 28 | 7 | 17 | 21 | 41 | 15 | 55 | 6 | 23 | 19 | 22 | 25 | 59 | 4 | 31 | 22 | 56 | 0 | 52 |
| 29 | 8 | 18 | 20 | 31 | 29 ♓ | 22 | 6 | 27 | 19 | 22 | 26 | 40 | 5 | 39 | 24 | 32 | 0 | 49 |
| 30 | 9 | 19 | 19 | 21 | 13 | 8 | 6 | 30 | 19 | 21 | 27 | 20 | 6 | 46 | 26 | 10 | 0 | 45 |
| 31 | 10 | 20 | 18 | 8 | 27 ♈ | 14 | 6 | 34 | 19 | 21 | 28 | 1 | 7 | 54 | 27 | 50 | 0 | 42 |
| Ap. 1 | 11 | 21 | 16 | 53 | 11 | 39 | 6 | 38 | 19 | 21 | 28 | 41 | 9 | 2 | 29 ♈ | 33 | 0 | 39 |
| D 2 | 12 | 22 | 15 | 37 | 26 ♉ | 20 | 6 | 41 | 19 | 20 | 29 | 22 | 10 | 10 | 1 | 17 | 0 | 36 |
| 3 | 13 | 23 | 14 | 19 | 11 | 11 | 6 | 45 | 19 | 19 | 0 ♊ | 3 | 11 | 18 | 3 | 2 | 0 | 33 |
| 4 | 14 | 24 | 12 | 59 | 26 | 6 | 6 | 49 | 19 | 18 | 0 | 44 | 12 | 26 | 4 | 48 | 0 | 30 |
| 5 | 15 | 25 | 11 | 37 | 10 ♊ | 58 | 6 | 53 | 19 | 17 | 1 | 24 | 13 | 34 | 6 A | 35 | 0 | 26 |
| 6 | 16 | 26 | 10 | 13 | 25 | 39 | 6 | 57 | 19 | 16 | 2 | 5 | 14 | 41 | 8 | 21 | 0 | 23 |
| 7 | 17 | 27 | 8 | 47 | 10 ♋ | 3 | 7 | 1 | 19 | 14 | 2 | 45 | 15 | 51 | 10 | 10 | 0 | 20 |
| 8 | 18 | 28 | 7 | 19 | 24 | 7 | 7 | 5 | 19 | 12 | 3 | 26 | 17 | 0 | 11 | 59 | 0 | 17 |
| D 9 | 19 | 29 ♉ | 5 | 50 | 7 ♌ | 48 | 7 | 10 | 19 | 10 | 4 | 6 | 18 | 8 | 13 | 48 | 0 | 14 |
| 10 | 20 | 0 | 4 | 19 | 21 | 6 | 7 | 14 | 19 | 7 | 4 | 47 | 19 | 17 | 15 | 38 | 0 | 10 |
| 11 | 21 | 1 | 2 | 46 | 4 ♍ | 1 | 7 | 19 | 19 | 4 | 5 | 27 | 20 | 26 | 17 | 28 | 0 | 7 |
| 12 | 22 | 2 | 1 | 11 | 16 | 36 | 7 | 23 | 19 | 1 | 6 | 8 | 21 | 35 | 19 | 19 | 0 | 4 |
| 13 | 23 | 2 | 59 | 34 | 28 ♎ | 52 | 7 | 28 | 18 | 58 | 6 | 48 | 22 | 44 | 21 | 10 | 0 | 1 |
| 14 | 24 | 3 | 57 | 56 | 10 | 55 | 7 | 33 | 18 | 54 | 7 | 28 | 23 | 53 | 23 | 1 | 29 ♊ | 58 |
| 15 | 25 | 4 | 56 | 16 | 22 ♏ | 47 | 7 | 38 | 18 | 51 | 8 | 9 | 25 | 2 | 24 | 53 | 29 | 55 |
| D 16 | 26 | 5 | 54 | 34 | 4 | 32 | 7 | 43 | 18 | 47 | 8 | 49 | 26 | 11 | 26 | 45 | 29 | 51 |
| 17 | 27 | 6 | 52 | 50 | 16 | 33 | 7 | 48 | 18 | 43 | 9 | 29 | 27 | 20 | 28 ♉ | 38 | 29 | 48 |
| 18 | 28 | 7 | 51 | 5 | 27 | 53 | 7 | 53 | 18 | 39 | 10 | 10 | 28 | 30 | 0 | 31 | 29 | 45 |
| 19 | 29 | 8 | 49 | 18 | 9 ♐ | 37 | 7 | 59 | 18 | 35 | 10 | 50 | 29 ♈ | 39 | 2 | 23 | 29 | 42 |
| 20 | 30 | 9 | 47 | 30 | 21 | 27 | 8 | 4 | 18 | 31 | 11 | 30 | 0 | 49 | 4 | 18 | 29 | 39 |

| Latitudo Planetarũ ad diẽ | | | | | | | | | | | |
|---|---|---|---|---|---|---|---|---|---|---|---|
| 1 | 2 | 7 | 1 | 16 | 0 | 10 | 0 | 5 | 1 | 43 | Mensis |
| 11 | 2 | 4 | 1 | 18 | 0 | 11 | 0 | 40 | 1 A | 34 | |
| 21 | 2 | 1 | 1 | 20 | 0 | 12 | 1 | 5 | 1 | 19 | |

a. Die 3. ♀ occ. cum rostro galli. ☿ cum Acar.
b. Die 10. ♂ occ. cum zona Orio.
c. Die 12. ♂ occ. cum Aldebaran.
♃ Fit ♄ occ. serò cum arcturo.
d. Die 14. ☿ or. cum cor. ♈
e. Die 21. ☿ occ. cum cauda cygni.

Martius | 1592

Positus Planetarum Diurnus.

| Dies | | ☉ ♉ | | | ☽ | | ♄ ♋ | | ♃ ♐ | | ♂ ♑ | | ♀ ♈ | | ☿ ♉ | | ☊ ♊ | |
|---|---|---|---|---|---|---|---|---|---|---|---|---|---|---|---|---|---|---|
| | | G | ′ | ″ | G | ′ | G | ′ | G | ′ | G | ′ | G | ′ | G | ′ | G | ′ |
| 21 | 1 | 10 | 45 | 40 | 5 | 26 | 8 | 9 | 18 | 20 | 12 | 11 | 2 | 59 | 6 | 12 | 19 | 35 |
| 22 | 2 | 11 | 43 | 40 | 15 | 38 | 8 | 15 | 18 | 22 | 12 | 51 | 3 | 8 | 8 | 7 | 19 | 32 |
| D 23 | 3 | 12 | 41 | 50 | 28 | 5 | 8 | 20 | 18 | 17 | 13 | 32 | 4 | 18 | 10 | 1 | 19 | 29 |
| 24 | 4 | 13 | 40 | 2 | 10 ♒ | 31 | 8 | 26 | 18 | 12 | 14 | 11 | 5 | 28 | 11 | 56 | 19 | 26 |
| 25 | 5 | 14 | 38 | 6 | 23 ♓ | 57 | 8 | 32 | 18 | 7 | 14 | 51 | 6 | 37 | 13 | 50 | 19 | 23 |
| 26 | 6 | 15 | 36 | 9 | 7 | 25 | 8 | 38 | 18 | 2 | 15 | 31 | 7 | 47 | 15 | 45 | 19 | 20 |
| 27 | 7 | 16 | 34 | 10 | 21 ♈ | 16 | 8 | 44 | 17 | 57 | 16 | 11 | 8 | 57 | 17 | 39 | 19 | 16 |
| 28 | 8 | 17 | 32 | 10 | 5 | 29 | 8 | 50 | 17 | 52 | 16 | 51 | 10 | 7 | 19 | 33 | 19 | 13 |
| 29 | 9 | 18 | 30 | 8 | 20 ♉ | 2 | 8 | 56 | 17 | 46 | 17 | 31 | 11 | 17 | 21 | 27 | 19 | 10 |
| D 30 | 10 | 19 | 28 | 5 | 4 | 51 | 9 | 2 | 17 | 41 | 18 | 11 | 12 | 27 | 23 S | 20 | 19 | 7 |
| Mai. 1 | 11 | 20 | 26 | 0 | 19 ♊ | 51 | 9 | 8 | 17 | 35 | 18 | 51 | 13 | 37 | 25 | 13 | 19 | 4 |
| 2 | 12 | 21 | 23 | 54 | 4 | 53 | 9 | 14 | 17 | 29 | 19 | 30 | 14 | 47 | 27 | 5 | 19 | 0 |
| 3 | 13 | 22 | 21 | 46 | 19 ♋ | 50 | 9 | 20 | 17 | 23 | 20 | 10 | 15 | 57 | 28 ♊ | 57 | 18 | 57 |
| 4 | 14 | 23 | 19 | 37 | 4 | 36 | 9 | 27 | 17 | 17 | 20 D | 49 | 17 | 7 | 0 | 48 | 18 | 54 |
| 5 | 15 | 24 | 17 | 27 | 19 ♌ | 4 | 9 | 33 | 17 D | 11 | 21 | 29 | 18 | 17 | 2 | 39 | 18 | 51 |
| 6 | 16 | 25 | 15 | 16 | 3 | 10 | 9 | 40 | 17 | 4 | 22 | 8 | 19 | 28 | 4 | 29 | 18 | 48 |
| D 7 | 17 | 26 | 13 | 3 | 16 ♍ | 54 | 9 | 46 | 16 | 58 | 22 | 47 | 20 | 38 | 6 | 19 | 18 | 44 |
| 8 | 18 | 27 | 10 | 45 | 0 | 14 | 9 | 53 | 16 | 51 | 23 | 27 | 21 | 49 | 8 | 8 | 18 | 42 |
| 9 | 19 | 28 | 8 | 24 | 13 | 11 | 10 | 0 | 16 | 44 | 24 | 6 | 22 | 55 | 9 | 56 | 18 | 38 |
| 10 | 20 | 29 | 6 | 18 | 25 ♎ | 50 | 10 | 6 | 16 | 37 | 24 | 45 | 24 | 10 | 11 | 44 | 18 | 35 |
| 11 | 21 | 0 ♊ | 4 | 0 | 8 | 9 | 10 | 13 | 16 | 30 | 25 | 25 | 25 | 21 | 13 | 31 | 18 | 32 |
| 12 | 22 | 1 | 1 | 41 | 20 | 13 | 10 | 20 | 16 | 23 | 26 | 4 | 26 | 31 | 15 | 17 | 18 | 29 |
| 13 | 23 | 1 | 59 | 21 | 2 ♏ | 3 | 10 | 27 | 16 | 16 | 26 | 43 | 27 | 42 | 17 | 2 | 18 | 25 |
| D 14 | 24 | 2 | 57 | 0 | 13 | 49 | 10 | 34 | 16 | 9 | 27 | 22 | 28 | 53 | 18 | 45 | 18 | 22 |
| 15 | 25 | 3 | 54 | 38 | 25 ♐ | 38 | 10 | 41 | 16 | 1 | 28 | 2 | 0 ♉ | 4 | 20 | 27 | 18 | 19 |
| 16 | 26 | 4 | 52 | 14 | 7 | 3 | 10 | 48 | 15 | 54 | 28 | 41 | 1 | 15 | 22 | 8 | 18 | 16 |
| 17 | 27 | 5 | 49 | 49 | 18 | 44 | 10 | 55 | 15 | 47 | 29 | 20 | 2 A | 26 | 23 | 47 | 18 | 13 |
| 18 | 28 | 6 | 47 | 24 | 0 | 29 | 11 | 2 | 15 | 40 | 29 | 59 | 3 | 37 | 25 | 25 | 18 | 9 |
| 19 | 29 | 7 | 44 | 58 | 12 | 33 | 11 | 9 | 15 | 33 | 0 ♒ | 39 | 4 | 48 | 27 | 1 | 18 | 6 |
| 20 | 30 | 8 | 42 | 32 | 24 | 29 | 11 | 16 | 15 | 25 | 1 | 18 | 5 | 59 | 28 | 36 | 18 | 3 |
| D 21 | 31 | 9 | 40 | 3 | 6 ♑ | 32 | 11 | 23 | 15 | 18 | 1 | 57 | 7 | 10 | 0 ♋ | 9 | 18 | 0 |

| Latitudo Planetarum ad dies | | | | | | | | | | | |
|---|---|---|---|---|---|---|---|---|---|---|---|
| 1 | 0 | 58 | 1 | 22 | 0 | 13 | 1 | 27 | 1 S | 31 | Meridi. |
| 11 | 0 | 56 | 1 D | 25 | 0 D | 12 | 1 | 30 | 0 | 2 | |
| 21 | 0 | 53 | 1 | 25 | 0 | 12 | 1 A | 3 | 1 | 23 | |

| | | Occid. | Orient. | Occid. | Orient. | Orient. | Syzygiæ Planetarũ mutuæ, & eorum congressus cum illustrioribus aliquibus stellis fixis. |
|---|---|---|---|---|---|---|---|
| | ☉ | ♄ | ♃ | ♂ | ♀ | ☿ | |
| | H | H | H | H | H | H | |
| | 15 △ 40 | 9 ☌ 22 | | | | 6 △ 27 | ♂ or. cũ Ald. ☿ or. cũ Ple. ✶ ♄ ☿ 1. 25. |
| □ | 5 [illegible] | | 13 ✶ 33 | 6 △ 26 | 12 ✶ 32 | 7 □ 14 | ♂ m.c. cũ cap. & sin. hu. ♀ or. cũ corn. ♈. a (Orio. |
| Asc. | 28 ♎ 15 ✶ 13 | 2 △ 6 | 18 □ 17 | 14 □ 44 | | Occid. 16 ✶ 44 | ☌ ☉ ☿ 20. 11 ♂ m.c. cũ [illegible] □ ♄ ♀ 19. 7 ☿ m.c. cũ ac. |
| | | 6 □ 33 | 20 △ 17 | 19 ✶ 36 | 8 ☌ 19 | | ☿ occ. cum [illegible] (☌ 22. |
| | | 6 ✶ 44 | | | | | ☍ ♃ ☋ 8. 0 ☿ m.c. cu pl. ☿ m.c. cum zona Orio. |
| ☌ Asc. | 1 11 12 ♍ | | 20 ☍ 10 | | 17 ✶ [illegible] | 9 ☌ 47 | [illegible] ☿ [illegible] ☿ m.c. cum [illegible] |
| | | 8 ☌ [illegible] | | 9 ☌ 34 | [illegible] □ 24 | | [illegible] 4 45 ☿ or. cũ ... ♄ ☿ 3. 9. |
| | 9 ✶ 31 | | | | | 2 ✶ 40 | ☿ or. cum dex. hu. Aur. ♄ occ. cum hœdis. |
| □ Asc. | 18 20 25 ♊ | 28 ✶ [illegible] | 0 △ 7 | 11 ✶ 10 | 7 △ 22 | 17 □ 0 | ♂ m.c. cum dex. hu. Aur. ♀ or. cũ hœ. et oc. cũ [illegible] |
| | 8 △ 13 | | 0 □ 36 | 11 □ 50 | | | ♂ m.c. cum dex. hu. Ori. [illegible] cor. ♈. d |
| | | 4 □ 10 | 10 ✶ 20 | 12 △ 31 | 14 ☍ 9 | 12 △ 35 | ✶ ♂ ☿ 3 [illegible] ♀ m.c. [illegible] ☍ ♃ ☿ 14. 8 ☿ [illegible] 20 |
| | | 17 △ 15 | | | | | ♄ or. cũ dex. hum. Orio. |
| ☍ Asc. | 29 12 1 ♋ | | 18 ☌ 0 | | | | [illegible] Spica [illegible] ♈ ♄ or. cũ hœ. ♀ oc. cum |
| 7 | | | | 22 ☍ 55 | | 11 ☍ 58 | ☉ ☋ 9 20. |
| 8 | | 21 ☍ 29 | | | 7 △ 0 | | ♂ oc. cum canc. [illegible] |
| 9 | | | | | | | |
| 0 | | | | | | | ♀ or. cum Fomah. |
| 1 | 5 △ 43 | | 15 ✶ 28 | | 0 □ 39 | | |

a. Die 4. ♂ occ. cum capite Medu. ☿ or. cum pleia.
b. Die 12. ☿ occ. cum zona, & sinistro hum. Ori.
c. Die 14. ☿ occ. cum cauda cygni, & ☿ cum cane maiore, & ☿ m.c. cum hiad.
d. Die 1. ☿ or. cum Aldebaran, & m.c. cum capra, & sin. hum. Orio.

Positus Planetarum Diurnus.

| Dies Iulian. | Dies Gregor. | ☉ ♊ P | ′ | ″ | ☽ ♒ P | ′ | ♄ ♋ (M A) P | ′ | ♃ ♓ (S D) P | ′ | ♂ ♋ (S D) P | ′ | ♀ ♉ (M A) P | ′ | ☿ ♋ (S A) P | ′ | ☊ ♊ P | ′ |
|---|---|---|---|---|---|---|---|---|---|---|---|---|---|---|---|---|---|---|
| 22 | 1 | 10 | 37 | 34 | 19 ♓ | 34 | 12 | 30 | 15 | 11 | 2 | 36 | 8 | 21 | 1 | 39 | 27 | 57 |
| 23 | 2 | 11 | 35 | 4 | 2 | 37 | 11 | 38 | 15 | 3 | 3 | 16 | 9 | 32 | 3 | 7 | 27 | 54 |
| 24 | 3 | 12 | 32 | 33 | 16 | 4 | 11 | 45 | 14 | 56 | 3 | 55 | 10 | 43 | 4 | 31 | 27 | 50 |
| 25 | 4 | 13 | 30 | 2 | 29 ♈ | 54 | 11 | 52 | 14 | 48 | 4 | 34 | 11 | 55 | 5 | 54 | 27 | 47 |
| 26 | 5 | 14 | 27 | 30 | 14 | 6 | 12 | 0 | 14 | 40 | 5 | 13 | 13 | 6 | 7 D | 15 | 27 | 44 |
| 27 | 6 | 15 | 24 | 57 | 28 ♉ | 28 | 12 | 7 | 14 | 32 | 5 | 52 | 14 | 17 | 8 | 39 | 27 | 41 |
| D 28 | 7 | 16 | 22 | 23 | 13 | 27 | 12 | 15 | 14 | 25 | 6 | 32 | 15 | 29 | 9 | 42 | 27 | 38 |
| 29 | 8 | 17 | 19 | 49 | 28 ♊ | 24 | 12 | 22 | 14 | 17 | 7 | 11 | 16 | 40 | 10 | 52 | 27 | 34 |
| 30 | 9 | 18 | 17 | 14 | 13 | 24 | 12 | 30 | 14 | 9 | 7 | 50 | 17 | 52 | 11 | 58 | 27 | 31 |
| 31 | 10 | 19 | 14 | 39 | 28 ♋ | 19 | 12 | 38 | 14 | 1 | 8 | 29 | 19 | 3 | 13 | 0 | 27 | 28 |
| Iun. 1 | 11 | 20 | 12 | 5 | 13 | 2 | 12 | 46 | 13 | 57 | 9 | 8 | 20 | 15 | 13 | 57 | 27 | 25 |
| 2 | 12 | 21 | 9 | 26 | 27 ♌ | 27 | 12 | 53 | 13 | 45 | 9 | 47 | 21 | 27 | 14 | 50 | 27 | 22 |
| 3 | 13 | 22 | 6 | 48 | 11 | 32 | 13 | 1 | 13 | 37 | 10 | 27 | 22 | 38 | 15 | 38 | 27 | 19 |
| D 4 | 14 | 23 | 4 | 10 | 25 ♍ | 16 | 13 | 9 | 13 | 30 | 11 | 6 | 23 | 50 | 16 | 20 | 27 | 15 |
| 5 | 15 | 24 | 1 | 31 | 8 | 38 | 13 | 17 | 13 | 22 | 11 | 45 | 25 | 2 | 16 | 56 | 27 | 12 |
| 6 | 16 | 24 | 58 | 51 | 21 ♎ | 50 | 13 | 25 | 13 | 15 | 12 | 24 | 26 | 13 | 17 | 25 | 27 | 9 |
| 7 | 17 | 25 | 56 | 13 | 4 | 21 | 13 | 33 | 13 | 7 | 13 | 3 | 27 | 25 | 17 M | 50 | 27 | 6 |
| 8 | 18 | 26 | 53 | 33 | 16 | 46 | 13 | 41 | 13 | 0 | 13 | 42 | 28 | 37 | 18 | 7 | 27 | 3 |
| 9 | 19 | 27 | 50 | 53 | 28 ♏ | 56 | 13 | 49 | 12 | 53 | 14 | 21 | 29 ♊ | 49 | 18 | 17 | 26 | 59 |
| 10 | 20 | 28 | 48 | 13 | 10 | 56 | 13 | 57 | 12 | 46 | 15 | 0 | 1 | 1 | 18 | 19 | 26 | 56 |
| D 11 | 21 | 29 ♋ | 45 | 32 | 22 ♐ | 48 | 14 | 5 | 12 | 39 | 15 | 39 | 2 | 13 | 18 ℞ | 13 | 26 | 53 |
| 12 | 22 | 0 | 42 | 51 | 4 | 33 | 14 | 13 | 12 | 32 | 16 | 18 | 3 | 25 | 18 | 0 | 26 | 50 |
| 13 | 23 | 1 | 40 | 10 | 16 | 17 | 14 | 21 | 12 | 25 | 16 | 57 | 4 | 37 | 17 | 40 | 26 | 47 |
| 14 | 24 | 2 | 37 | 29 | 28 ♑ | 1 | 14 | 29 | 12 | 18 | 17 | 36 | 5 | 49 | 17 | 13 | 26 | 44 |
| 15 | 25 | 3 | 34 | 47 | 9 | 50 | 14 | 37 | 12 | 11 | 18 | 15 | 7 | 1 | 16 | 39 | 26 | 40 |
| 16 | 26 | 4 | 32 | 5 | 21 ♒ | 48 | 14 | 45 | 12 | 5 | 18 | 54 | 8 | 13 | 15 | 58 | 26 | 37 |
| 17 | 27 | 5 | 29 | 23 | 3 | 57 | 14 | 53 | 11 | 58 | 19 | 33 | 9 | 25 | 15 | 12 | 26 | 34 |
| D 18 | 28 | 6 | 26 | 41 | 16 | 21 | 15 | 1 | 11 | 52 | 20 | 12 | 10 | 37 | 14 | 18 | 26 | 31 |
| 19 | 29 | 7 | 23 | 59 | 29 ♓ | 3 | 15 | 9 | 11 | 45 | 20 | 51 | 11 | 49 | 13 | 21 | 26 | 28 |
| 20 | 30 | 8 | 21 | 17 | 12 | 5 | 15 | 17 | 11 | 39 | 21 | 30 | 13 | 1 | 12 | 22 | 26 | 25 |

| Latitudo Planetarũ ad diẽ | ♄ P | ′ | ♃ P | ′ | ♂ P | ′ | ♀ P | ′ | ☿ P | ′ | |
|---|---|---|---|---|---|---|---|---|---|---|---|
| 1 | 0 | 51 | 1 | 23 | 0 | 12 | 1 | 38 | 2 D | 1 | |
| 11 | 0 | 49 | 1 | 22 | 0 | 12 | 1 | 23 | 1 M | 14 | Mensis |
| 21 | 0 | 4 | 1 | 21 | 0 | 11 | 1 | 14 | 0 | 30 | |

♂ or.cũ Her. ♀ (
♀ oc.cũ 137 (bia

☌ ♄ ♂ 23.4 ☌
(zona Or

♀ occ. cum Sy. (a

Motus Planetarum Diurnus.

| Iuliana | Gregor. | ☉ ♋ gr | ′ | ″ | ☽ ♓ P | ′ | ♄ ♋ M A P | ′ | ♃ ♐ S D P | ′ | ♂ ♋ S D P | ′ | ♀ ♊ M A P | ′ | ☿ ♋ M D P | ′ | ☊ ♊ P | ′ |
|---|---|---|---|---|---|---|---|---|---|---|---|---|---|---|---|---|---|---|
| Dies | | | | | | | | | | | | | | | | | | |
| 21 | 1 | 9 | 18 | 34 | 25 ♈ | 10 | 15 | 25 | 12 | 33 | 22 | 8 | 14 | 13 | 11 | 21 | 26 | 21 |
| 22 | 2 | 10 | 15 | 51 | 9 | 18 | 15 | 33 | 12 | 27 | 22 | 47 | 15 | 20 | 10 | 15 | 26 | 18 |
| 23 | 3 | 11 | 13 | 8 | 23 ♉ | 27 | 15 | 41 | 12 | 21 | 23 | 26 | 16 | 38 | 9 | 18 | 26 | 15 |
| 24 | 4 | 12 | 10 | 25 | 7 | 35 | 15 | 50 | 12 | 15 | 24 | 5 | 17 | 50 | 8 | 10 | 26 | 12 |
| D 25 | 5 | 13 | 7 | 43 | 22 ♊ | 37 | 15 | 58 | 12 | 10 | 24 | 43 | 19 | 3 | 7 | 26 | 26 | 9 |
| 26 | 6 | 14 | 5 | 1 | 7 | 27 | 16 | 6 | 12 | 4 | 25 | 22 | 20 | 15 | 6 | 30 | 26 | 5 |
| 27 | 7 | 15 | 2 | 19 | 22 ♋ | 17 | 16 D | 14 | 10 | 59 | 26 | 1 | 21 | 28 | 5 | 52 | 26 | 2 |
| 28 | 8 | 15 | 59 | 37 | 6 | 50 | 16 | 22 | 10 | 54 | 26 | 39 | 22 | 40 | 5 | 12 | 25 | 59 |
| 29 | 9 | 16 | 56 | 55 | 21 ♌ | 10 | 16 | 30 | 10 | 49 | 27 | 18 | 23 | 53 | 4 A | 42 | 25 | 56 |
| 30 | 10 | 17 | 54 | 14 | 5 | 44 | 16 | 38 | 10 | 44 | 27 | 57 | 25 | 5 | 4 | 18 | 25 | 53 |
| Iul. 1 | 11 | 18 | 51 | 33 | 19 ♍ | 35 | 16 | 46 | 10 | 39 | 28 | 36 | 26 | 18 | 4 | 2 | 25 | 50 |
| D 2 | 12 | 19 | 48 | 52 | 3 | 13 | 16 | 54 | 10 | 35 | 29 | 15 | 27 | 30 | 3 | 53 | 25 | 46 |
| 3 | 13 | 20 | 46 | 12 | 16 | 32 | 17 | 2 | 10 | 30 | 29 ♌ | 54 | 28 | 43 | 3 D | 52 | 25 | 43 |
| 4 | 14 | 21 | 43 | 32 | 29 ♎ | 30 | 17 | 10 | 10 | 26 | 0 | 32 | 29 | 55 | 4 | 0 | 25 | 40 |
| 5 | 15 | 22 | 40 | 53 | 12 | 11 | 17 | 18 | 10 | 22 | 1 | 11 | 1 ♋ | 8 | 4 | 15 | 25 | 37 |
| 6 | 16 | 23 | 38 | 14 | 24 | 38 | 17 | 26 | 10 | 18 | 1 | 50 | 2 | 21 | 4 | 37 | 25 | 34 |
| 7 | 17 | 24 | 35 | 35 | 7 ♏ | 1 | 17 | 34 | 10 | 14 | 2 | 28 | 3 | 33 | 5 | 6 | 25 | 31 |
| 8 | 18 | 25 | 32 | 57 | 19 | 9 | 17 | 42 | 10 | 10 | 3 | 7 | 4 | 46 | 5 | 41 | 25 | 27 |
| D 9 | 19 | 26 | 30 | 19 | 1 ♐ | 10 | 17 | 50 | 10 | 7 | 3 | 46 | 5 | 59 | 6 | 22 | 25 | 24 |
| 10 | 20 | 27 | 27 | 42 | 13 | 8 | 17 | 58 | 10 | 4 | 4 | 24 | 7 | 12 | 7 | 8 | 25 | 21 |
| 11 | 21 | 28 | 25 | 5 | 25 ♑ | 4 | 18 | 6 | 10 | 1 | 5 | 3 | 8 | 25 | 7 | 59 | 25 | 18 |
| 12 | 22 | 29 | 22 | 29 | 7 | 1 | 18 | 15 | 9 | 58 | 5 | 43 | 9 | 38 | 8 | 55 | 25 | 15 |
| 13 | 23 | 0 ♌ | 19 | 53 | 19 ♒ | 3 | 18 | 23 | 9 | 56 | 6 | 20 | 10 | 51 | 9 | 55 | 25 | 12 |
| 14 | 24 | 1 | 17 | 18 | 1 | 13 | 18 | 31 | 9 | 54 | 6 | 59 | 12 | 4 | 10 | 59 | 25 | 8 |
| 15 | 25 | 2 | 14 | 43 | 13 | 34 | 18 | 39 | 9 | 52 | 7 | 37 | 13 | 17 | 12 | 7 | 25 | 5 |
| D 16 | 26 | 3 | 12 | 9 | 26 ♓ | 9 | 18 | 47 | 9 | 50 | 8 | 16 | 14 S | 31 | 13 | 19 | 25 | 2 |
| 17 | 27 | 4 | 9 | 36 | 9 | 0 | 18 | 55 | 9 | 48 | 8 | 54 | 15 | 44 | 14 | 35 | 24 | 59 |
| 18 | 28 | 5 | 7 | 4 | 22 ♈ | 10 | 19 | 3 | 9 | 47 | 9 | 33 | 16 | 57 | 15 | 54 | 24 | 56 |
| 19 | 29 | 6 | 4 | 33 | 5 | 39 | 19 | 11 | 9 | 45 | 10 | 11 | 18 | 10 | 17 | 16 | 24 | 52 |
| 20 | 30 | 7 | 2 | 3 | 19 ♉ | 30 | 19 | 19 | 9 | 44 | 10 | 50 | 19 | 23 | 18 | 41 | 24 | 49 |
| 21 | 31 | 7 | 59 | 34 | 3 | 39 | 19 | 27 | 9 | 43 | 11 | 28 | 20 | 36 | 20 | 8 | 24 | 46 |
| Latitudo Planetarũ ad diẽ | | | | 1 | | | 0 D | 47 | 1 | 18 | 0 | 11 | 0 | 59 | 3 A | 59 | Mensis | |
| | | | | 11 | | | 0 | 47 | 1 | 14 | 0 | 9 | 0 | 31 | 4 | 9 | | |
| | | | | 21 | | | 0 | 47 | 1 | 11 | 0 | 8 | 0 S | 13 | 2 | 48 | | |

| | | | | | | | |
|---|---|---|---|---|---|---|---|
| | 13 △ 57 | 21 △ 6 | | | | | ♂ or. cũ ca. mi. c. (Apoll<br>♂ or. cũ asi. aust. & oc. |
| | | | 17 ☌ 53 | 5 △ 31 | | | ☌ Apo. \| ☌ ♀ ☿ 10.27<br>♀ m. c cum Syrio. |
| | | 22 ☍ 40 | | | 5 ☍ 49 | 4 ☍ 9 | ☌ ☋ 0.18.<br>♄ m. c cum proc. |
| ☍ | 0 9 | | 16 ✶ 58 | 11 ☍ 48 | | | ♀ or. cũ dex. hu. Or. & o<br>♀ or. cũ Herc. (cũ hydr |
| Asc. | 27 ♎ | | | | | | ♀ or. cum zona Or.<br>♄ m. c cum Hercule. |
| | | 15 △ 16 | 1 □ 27 | | 13 △ 30 | 11 △ 18 | ♀ or. cum Regul. & m. c<br>△ ♃ ♂ 8.24 (Apol. d |
| | 0 △ 48 | 23 □ 10 | 7 △ 6 | 8 △ 55 | 23 □ 49 | 22 □ 25 | ☌ ♄ ☿ 1.29 \| ♂ or. cum<br>☌ ♄ ♀ 11.33. (ca. ma |
| □ | 7 48 | | | 13 □ 39 | | | |
| Asc. | 20 ♒ | | | | | | |

a. Die 1. ♀ occ. cũ cap. Med. | e. Die 19. ♀ m. c. cũ cane mi. & Her.

Die 2. ☿ or. cum dex. hum. Ori. & Hercul.

Die 17. ♀ or. cum Bella. & Apoll.

Die 27. ♀ occ. cum lucida hydræ.

## Positus Planetarum Diurnus.

| Dies | | ☉ ♌ P | ' | '' | ☽ ♉ P | ' | ♄ ♋ (M D) P | ' | ♃ ♐ (S D) P | ' | ♂ ♌ (S D) P | ' | ♀ ♋ (S A) P | ' | ☿ ♋ (M A) P | ' | ☊ ♊ P | ' |
|---|---|---|---|---|---|---|---|---|---|---|---|---|---|---|---|---|---|---|
| 22 | 1 | 8 | 57 | 5 | 18 ♊ | 3 | 19 | 35 | 9 | 41 | 12 | 7 | 21 | 50 | 21 | 30 | 24 | 43 |
| D 23 | 2 | 9 | 54 | 37 | 2 | 36 | 19 | 42 | 9 | 41 | 12 | 45 | 23 | 3 | 23 | 10 | 24 | 40 |
| 24 | 3 | 10 | 52 | 10 | 17 ♋ | 24 | 19 | 50 | 9 | 41 | 13 | 24 | 24 | 16 | 24 | 44 | 24 | 37 |
| 25 | 4 | 11 | 49 | 44 | 1 | 49 | 19 | 58 | 9 D | 41 | 14 | 3 | 25 | 30 | 26 S | 19 | 24 | 33 |
| 26 | 5 | 12 | 47 | 19 | 16 ♌ | 15 | 20 | 6 | 9 | 41 | 14 | 41 | 26 | 43 | 27 | 56 | 24 | 30 |
| 27 | 6 | 13 | 44 | 55 | 0 | 28 | 20 | 13 | 9 | 41 | 15 | 19 | 27 | 57 | 29 | 35 | 24 | 27 |
| 28 | 7 | 14 | 42 | 33 | 14 | 45 | 20 | 21 | 9 | 41 | 15 | 58 | 29 | 10 | 1 ♌ | 13 | 24 | 24 |
| 29 | 8 | 15 | 40 | 10 | 28 | 3 | 20 | 28 | 9 | 41 | 16 | 36 | 0 ♌ | 24 | 2 | 57 | 24 | 21 |
| D 30 | 9 | 16 | 37 | 49 | 11 ♍ | 23 | 20 | 36 | 9 | 42 | 17 | 15 | 1 | 37 | 4 | 40 | 24 | 17 |
| 31 | 10 | 17 | 35 | 29 | 24 | 27 | 20 | 43 | 9 | 42 | 17 | 53 | 2 | 50 | 6 | 24 | 24 | 14 |
| Au. 1 | 11 | 16 | 33 | 10 | 7 ♎ | 16 | 20 | 50 | 9 | 42 | 18 | 32 | 4 | 4 | 8 | 9 | 24 | 11 |
| 2 | 12 | 19 | 30 | 55 | 19 | 53 | 20 | 58 | 9 | 42 | 19 | 10 | 5 | 18 | 9 | 55 | 24 | 8 |
| 3 | 13 | 20 | 28 | 37 | 2 ♏ | 18 | 21 | 5 | 9 | 44 | 19 A | 49 | 6 | 32 | 11 | 42 | 24 | 5 |
| 4 | 14 | 21 | 26 | 21 | 14 | 35 | 21 | 12 | 9 | 45 | 20 | 27 | 7 | 45 | 13 | 29 | 24 | 2 |
| 5 | 15 | 22 | 24 | 6 | 26 ♐ | 4 | 21 | 20 | 9 | 47 | 21 | 6 | 8 | 58 | 15 | 17 | 23 | 58 |
| D 6 | 16 | 23 | 21 | 56 | 8 | 56 | 21 | 27 | 9 | 49 | 21 | 44 | 10 | 12 | 17 | 5 | 23 | 55 |
| 7 | 17 | 24 | 19 | 45 | 21 ♑ | 3 | 21 | 34 | 9 | 51 | 22 | 22 | 11 | 26 | 18 | 54 | 23 | 52 |
| 8 | 18 | 25 | 17 | 35 | 3 | 12 | 21 | 41 | 9 | 53 | 23 | 1 | 12 | 40 | 20 | 42 | 23 | 49 |
| 9 | 19 | 26 | 15 | 26 | 15 | 25 | 21 | 48 | 9 | 56 | 23 | 39 | 13 | 54 | 22 | 33 | 23 | 46 |
| 10 | 20 | 27 | 13 | 19 | 27 | 43 | 21 | 55 | 9 | 59 | 24 | 17 | 15 | 8 | 24 | 27 | 23 | 42 |
| 11 | 21 | 28 | 11 | 13 | 10 ♒ | 10 | 22 | 2 | 10 | 2 | 24 | 56 | 16 | 22 | 26 | 14 | 23 | 39 |
| 12 | 22 | 29 | 9 | 9 | 22 | 49 | 22 | 9 | 10 | 5 | 25 | 34 | 17 | 36 | 28 | 5 | 23 | 36 |
| D 13 | 23 | 0 ♍ | 7 | 6 | 5 ♓ | 42 | 22 | 16 | 10 | 8 | 26 | 12 | 18 | 50 | 29 | 56 | 23 | 33 |
| 14 | 24 | 1 | 5 | 4 | 18 | 30 | 22 | 23 | 10 | 12 | 26 | 51 | 20 | 4 | 1 ♍ D | 48 | 23 | 30 |
| 15 | 25 | 2 | 3 | 3 | 1 ♈ | [illegible] | 22 | 30 | 10 | 15 | 27 | 29 | 21 | 18 | 3 | 40 | 23 | 26 |
| 16 | 26 | 3 | 1 | 4 | 16 | 2 | 22 | 37 | 10 | 19 | 28 | 7 | 22 | 32 | 5 | 32 | 23 | 23 |
| 17 | 27 | 3 | 59 | 7 | 0 ♉ | 4 | 22 | 43 | 10 | 23 | 28 | 45 | 23 | 46 | 7 | 23 | 23 | 20 |
| 18 | 28 | 4 | 57 | 11 | 14 | 21 | 22 | 50 | 10 | 27 | 29 | 24 | 25 | 0 | 9 | 14 | 23 | 17 |
| 19 | 29 | 5 | 55 | 16 | 28 | 48 | 22 | 57 | 10 | 31 | 0 ♍ | 2 | 26 | 14 | 11 | 5 | 23 | 14 |
| D 20 | 30 | 6 | 53 | 23 | 13 ♊ | 19 | 23 | 3 | 10 | 35 | 0 | 40 | 27 | 29 | 12 | 55 | 23 | 11 |
| 21 | 31 | 7 | 51 | 31 | 27 | 46 | 23 | 10 | 10 | 39 | 1 | 18 | 28 | 43 | 14 | 45 | 23 | 7 |

| Latitudo Planetarũ ad diẽ | ♄ P | ' | ♃ P | ' | ♂ P | ' | ♀ P | ' | ☿ P | ' | |
|---|---|---|---|---|---|---|---|---|---|---|---|
| 1 | 0 | 47 | 1 | 6 | 0 | 7 | 0 | 9 | 0 S | 37 | Mensis |
| 11 | 0 | 48 | 1 | 3 | 0 A | 5 | 0 | 31 | 0 | 53 | |
| 21 | 0 | 48 | 0 | 59 | 0 | 7 | 0 | 43 | 1 D | 44 | |

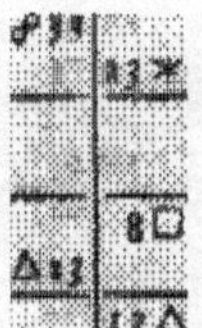

**Motus Planetarum Diurnus.**

| Stilo veteri | Stilo Gregor. | ☉ ♍ | | | ☽ ♋ | | ♄ ♋ (M D) | | ♃ ♓ (S D) | | ♂ ♍ (S A) | | ♀ ♌ (S A) | | ☿ ♍ (S D) | | ☊ ♊ | |
|---|---|---|---|---|---|---|---|---|---|---|---|---|---|---|---|---|---|---|
| Dies | | P | ′ | ″ | P | ′ | P | ′ | P | ′ | P | ′ | P | ′ | P | ′ | P | ′ |
| 22 | 1 | 8 | 49 | 41 | 18 | 10 | 23 | 16 | 10 | 44 | 1 | 57 | 19 ♍ | 57 | 16 | 35 | 23 | 4 |
| 23 | 2 | 9 | 47 | 53 | 26 ♌ | 29 | 23 | 23 | 10 | 49 | 2 | 35 | 1 | 15 | 18 | 24 | 23 | 1 |
| 24 | 3 | 10 | 46 | 6 | 10 | 12 | 23 | 29 | 10 | 54 | 3 | 13 | 2 | 26 | 20 | 13 | 22 | 58 |
| 25 | 4 | 11 | 44 | 21 | 23 ♍ | 47 | 23 | 35 | 10 | 59 | 3 | 51 | 3 | 40 | 22 | 1 | 22 | 55 |
| 26 | 5 | 12 | 42 | 38 | 7 | 3 | 23 | 41 | 11 | 5 | 4 | 30 | 4 | 53 | 23 | 49 | 22 | 52 |
| D 27 | 6 | 13 | 40 | 57 | 20 | 4 | 23 | 47 | 11 | 10 | 5 | 8 | 6 | 9 | 25 | 36 | 22 | 45 |
| 28 | 7 | 14 | 39 | 18 | 2 ♎ | 50 | 23 | 53 | 11 | 16 | 5 | 46 | 7 | 24 | 27 | 23 | 22 | 45 |
| 29 | 8 | 15 | 37 | 41 | 15 | 24 | 23 | 59 | 11 | 22 | 6 | 24 | 8 | 38 | 29 | 9 | 22 | 42 |
| 30 | 9 | 16 | 36 | 6 | 27 ♏ | 45 | 24 | 5 | 11 | 28 | 7 | 3 | 9 | 53 | 0 ♎ | 55 | 22 | 39 |
| 31 | 10 | 17 | 34 | 33 | 10 | 0 | 24 | 11 | 11 | 34 | 7 | 41 | 11 | 7 | 2 | 40 | 22 | 36 |
| Sep. 1 | 11 | 18 | 33 | 0 | 22 | 10 | 24 | 17 | 11 | 40 | 8 | 19 | 12 | 22 | 4 | 24 | 22 | 32 |
| 2 | 12 | 19 | 31 | 29 | 4 ♐ | 19 | 24 | 23 | 11 | 47 | 8 | 58 | 13 | 37 | 6 | 7 | 22 | 29 |
| D 3 | 13 | 20 | 30 | 0 | 16 | 23 | 24 | 28 | 11 | 53 | 9 | 36 | 14 | 51 | 7 | 49 | 22 | 26 |
| 4 | 14 | 21 | 28 | 32 | 28 | 17 | 24 | 34 | 12 | 0 | 10 | 14 | 16 | 6 | 9 | 29 | 22 | 23 |
| 5 | 15 | 22 | 27 | 6 | 10 ♑ | 52 | 24 | 40 | 12 | 7 | 10 | 52 | 17 | 21 | 11 | 8 | 22 | 20 |
| 6 | 16 | 23 | 25 | 42 | 22 | 14 | 24 | 45 | 12 | 14 | 11 | 30 | 18 | 35 | 12 M | 46 | 22 | 16 |
| 7 | 17 | 24 | 24 | 20 | 5 ♒ | 46 | 24 | 50 | 12 | 21 | 12 | 9 | 19 | 50 | 14 | 22 | 22 | 13 |
| 8 | 18 | 25 | 23 | 0 | 18 | 29 | 24 | 56 | 12 | 28 | 12 | 47 | 21 | 5 | 15 | 56 | 22 | 10 |
| 9 | 19 | 26 | 21 | 43 | 1 ♓ | 25 | 25 | 1 | 12 | 36 | 13 | 25 | 22 | 20 | 17 | 29 | 22 | 7 |
| D 10 | 20 | 27 | 20 | 27 | 14 | 37 | 25 | 6 | 12 | 43 | 14 | 4 | 23 | 34 | 19 | 0 | 22 | 4 |
| 11 | 21 | 28 | 19 | 13 | 28 ♈ | 8 | 25 | 11 | 12 | 51 | 14 | 42 | 24 | 49 | 20 | 29 | 22 | 1 |
| 12 | 22 | 29 | 18 | 0 | 11 | 56 | 25 | 16 | 12 | 59 | 15 | 20 | 26 | 4 | 21 | 56 | 21 | 57 |
| 13 | 23 | 0 ♎ | 16 | 50 | 26 ♉ | 1 | 25 | 21 | 13 | 7 | 15 | 59 | 27 | 19 | 23 | 21 | 21 | 54 |
| 14 | 24 | 1 | 15 | 42 | 10 | 22 | 25 | 25 | 13 | 15 | 16 | 37 | 28 | 34 | 24 | 43 | 21 | 51 |
| 15 | 25 | 2 | 14 | 36 | 24 ♊ | 52 | 25 | 30 | 13 | 23 | 17 | 15 | 29 ♎ | 49 | 26 | 2 | 21 | 48 |
| 16 | 26 | 3 | 13 | 32 | 9 | 29 | 25 | 34 | 13 | 32 | 17 | 54 | 1 | 4 | 27 | 18 | 21 | 45 |
| D 17 | 27 | 4 | 12 | 30 | 24 ♋ | 5 | 25 | 38 | 13 | 40 | 18 | 32 | 2 | 19 | 28 | 32 | 21 | 42 |
| 18 | 28 | 5 | 11 | 29 | 8 | 37 | 25 | 43 | 13 | 49 | 19 | 10 | 3 | 34 | 29 | 43 | 21 | 38 |
| 19 | 29 | 6 | 10 | 30 | 22 ♌ | 46 | 25 | 47 | 13 | 58 | 19 | 48 | 4 | 49 | 0 ♏ | 51 | 21 | 35 |
| 20 | 30 | 7 | 9 | 32 | 6 | 46 | 25 | 51 | 14 | 7 | 20 | 27 | 6 D | 4 | 1 | 56 | 21 | 32 |

| Latitudo Planetarū ad diē Mensis | | ♄ | | ♃ | | ♂ | | ♀ | | ☿ | |
|---|---|---|---|---|---|---|---|---|---|---|---|
| | 1 | 0 | 48 | 0 | 55 | 0 | 9 | 0 | 56 | 1 | 35 |
| | 11 | 0 | 49 | 0 | 51 | 0 | 11 | 1 | 1 | 0 M | 48 |
| | 21 | 0 | 49 | 0 | 47 | 0 | 12 | 1 D | 4 | 0 | 38 |

| | | Orient. | Occid. | Orient. | Orient. | Occid. | Syzygiæ Planetarũ mutuę, & eorum congressus cum illustrioribus aliquibus stellis fixis. |
|---|---|---|---|---|---|---|---|
| | ● | ♄ | ♃ | ♂ | ♀ | ☿ | |
| Dies | H ′ | H ′ | H ′ | H ′ | H ′ | H ′ | |
| 1 | | 18 ☌ 58 | | | | 8 ✶ 36 | ♀ or. cum cauda [illegible] |
| 2 | | | | | | | [illegible] |
| 3 | | | 1 △ 16 | | | | □ ☉ ♃ 3. 37 ☿ occ. cũ |
| 4 | | | | 15 ☌ 8 | 19 ☌ 45 | | ✶ ♄ ☿ 1 51 ☌ ♂ ♀ 3 51 |
| 5 ☌ | 11 25 | | 7 □ 29 | | | | |
| 6 Asc. | 1 ♋ | 7 ✶ 3 | | | | 12 ☌ 6 | |
| 7 | | | 16 ✶ 15 | | | | ☿ or. cum pind. & m. c. |
| 8 | | 16 □ 50 | | | | | (cum rost. corui. |
| 9 | | | | 19 ✶ 12 | | | ☿ m. c. cũ ori. Ber. (♌) ♄ |
| 10 | 16 ✶ 13 | | | | 2 ✶ 26 | | □ ♃ ♀ 9. 21 ☿ or. cũ ca. |
| 11 | | 4 △ 14 | | | | | ☿ or. cum arcturo. |
| 12 | | | 14 ☌ 54 | 9 □ 41 | 20 □ 29 | 4 ✶ 8 | ☽ Apog. |
| 13 □ | 8 53 | | | | | | ☽ ☋ 11. 50. |
| 14 Asc. | 18 ♉ | | | | | | ☿ m. c. cum vindem. |
| 15 | | | | 0 △ 0 | 13 △ 59 | 0 □ 30 | ✶ ♃ ☿ 15. 14 ♂ or. cũ |
| 16 | 0 △ 13 | 2 ☍ 58 | | | | | ☿ or. cũ corona (cau. ☊. |
| 17 | | | 12 ✶ 33 | | | 17 △ 30 | □ ♃ ♂ 3. 10. |
| 18 | | | | | | | ♀ m. c. cum cauda ☊. c. |
| 19 | | | 20 □ 30 | 22 ☍ 54 | | | ☿ or. cum rostro corui. |
| 20 | | 18 △ 43 | | | 17 ☍ 32 | | ☿ or. cum cing. & spi. ♍ |
| 21 ☍ | 0 34 | | | | | | ✶ ♄ ♀ 7. 33. |
| 22 Asc. | 14 ♓ | 22 □ 51 | 1 △ 54 | | | 18 ☍ 57 | ♀ m. c. cum rostro corui. |
| 23 | | | | | | | ♀ or. cum vindem. |
| 24 | | | | 10 △ 30 | | | □ ♄ ☿ 13. 37. |
| 25 | 13 △ 0 | 1 ✶ 4 | | | 8 △ 54 | | ☿ m. c. cũ 3 5. (cũ cri. Be. |
| 26 | | | 6 ☍ 44 | 14 □ 27 | | | ☽ Pe. & ☊ 20. 9 ♀ m. c. |
| 27 □ | 28 25 | | | | 15 □ 15 | 8 △ 2 | ♀ m. c. cum Algorab. |
| 28 Asc. | 6 ♎ | | | 18 ✶ 42 | | | |
| 29 | | 5 ☌ 0 | | | 11 ✶ 42 | 15 □ 0 | ♀ or. cũ arcturo ☿ or. cũ |
| 30 | 0 ✶ 43 | | 13 △ 5 | | | | (spica. ♄ |

## Positus Planetarum Diurnus.

| Anni veteris | Anni Gregor. | ☉ ♎ | | | ☽ ♌ | | ♄ ♋ (M D) | | ♃ ♓ (S D) | | ♂ ♍ (S A) | | ♀ ♎ (S D) | | ☿ (M D) | | ☊ ♊ | |
|---|---|---|---|---|---|---|---|---|---|---|---|---|---|---|---|---|---|---|
| Dies | | P | ' | '' | P | ' | P | ' | P | ' | P | ' | P | ' | P | ' | P | ' |
| 21 | 1 | 8 | 8 | 38 | 20 ♍ | 25 | 25 | 55 | 14 | 16 | 21 | 5 | 7 | 19 | 2 | 57 | 21 | 29 |
| 22 | 2 | 9 | 7 | 45 | 3 | 43 | 25 | 59 | 14 | 25 | 21 | 43 | 8 | 34 | 3 | 55 | 21 | 26 |
| 23 | 3 | 10 | 6 | 54 | 16 | 31 | 26 | 3 | 14 | 34 | 22 | 21 | 9 | 49 | 4 | 50 | 21 | 22 |
| D 24 | 4 | 11 | 6 | 5 | 29 ♎ | 22 | 26 | 7 | 14 | 48 | 23 | 0 | 11 | 4 | 5 | 41 | 21 | 19 |
| 25 | 5 | 12 | 5 | 18 | 11 | 49 | 26 | 10 | 14 | 57 | 23 | 38 | 12 | 19 | 6 | 28 | 21 | 16 |
| 26 | 6 | 13 | 4 | 33 | 24 | 4 | 26 | 13 | 15 | 8 | 24 | 16 | 13 | 34 | 7 | 9 | 21 | 13 |
| 27 | 7 | 14 | 3 | 50 | 6 ♏ | 10 | 26 | 17 | 15 | 14 | 24 | 54 | 14 | 49 | 7 | 45 | 21 | 10 |
| 28 | 8 | 15 | 3 | 9 | 18 | 10 | 26 | 21 | 15 | 22 | 25 | 32 | 16 | 5 | 8 | 16 | 21 | 7 |
| 29 | 9 | 16 | 2 | 30 | 0 ♐ | 7 | 26 | 23 | 15 | 32 | 26 | 10 | 17 | 20 | 8 | 42 | 21 | 3 |
| 30 | 10 | 17 | 1 | 53 | 12 | 5 | 26 | 27 | 15 | 42 | 26 | 48 | 18 | 35 | 9 | 3 | 21 | 0 |
| D 1 | 11 | 18 | 1 | 18 | 24 | 6 | 26 | 30 | 15 | 52 | 27 | 25 | 19 | 51 | 9 A | 18 | 20 | 57 |
| Oc. 2 | 12 | 19 | 0 | 45 | 6 ♑ | 12 | 26 | 33 | 16 | 2 | 28 | 2 | 21 | 6 | 9 | 28 | 20 | 54 |
| 3 | 13 | 20 | 0 | 14 | 18 ♒ | 20 | 26 | 36 | 16 | 12 | 28 | 41 | 22 | 22 | 9 R | 32 | 20 | 51 |
| 4 | 14 | 20 | 59 | 41 | 0 | [illegible] | 26 | 39 | 16 | 22 | 29 | 20 | 23 | 37 | 9 | 30 | 20 | 47 |
| 5 | 15 | 21 | 59 | 18 | 13 | 28 | 26 | 41 | 16 | 35 | 29 ♎ | 58 | 24 | 53 | 9 | 22 | 20 | 44 |
| 6 | 16 | 22 | 58 | 53 | 26 | 21 | 26 | 44 | 16 | 45 | 0 | 36 | 26 | 8 | 9 | 9 | 20 | 41 |
| 7 | 17 | 23 | 58 | 30 | 9 ♓ | 30 | 26 | 46 | 16 | 54 | 1 | 14 | 27 | 24 | 8 | 52 | 20 | 38 |
| D 8 | 18 | 24 | 58 | 9 | 22 | 58 | 26 | 49 | 17 | 5 | 1 | 53 | 28 | 39 | 8 | 28 | 20 | 35 |
| 9 | 19 | 25 | 57 | 50 | 6 ♈ | 45 | 26 | 51 | 17 | 16 | 2 | 31 | 29 ♏ | 55 | 8 | 0 | 20 | 32 |
| 10 | 20 | 26 | 57 | 33 | 20 | 52 | 26 | 53 | 17 | 27 | 3 | 9 | 0 | 10 | 7 | 28 | 20 | 28 |
| 11 | 21 | 27 | 57 | 16 | 5 ♉ | 15 | 26 | 55 | 17 | 38 | 3 | 47 | 2 | 26 | 6 | 52 | 20 | 25 |
| 12 | 22 | 28 | 57 | 2 | 19 | 52 | 26 | 57 | 17 | 49 | 4 | 26 | 3 | 41 | 6 | 14 | 20 | 22 |
| 13 | 23 | 29 ♏ | 56 | 50 | 4 ♊ | 39 | 26 | 59 | 18 | 0 | 5 | 4 | 4 | 57 | 5 | 34 | 20 | 19 |
| 14 | 24 | 0 | 56 | 40 | 19 | 20 | 27 | 1 | 18 | 11 | 5 | 42 | 6 | 12 | 4 | 54 | 20 | 16 |
| D 15 | 25 | 1 | 56 | 32 | 4 ♋ | 14 | 27 | 2 | 18 | 22 | 6 | 20 | 7 | 28 | 4 | 13 | 20 | 12 |
| 16 | 26 | 2 | 56 | 26 | 18 | 40 | 27 | 3 | 18 | 34 | 6 | 59 | 8 | 43 | 3 | 36 | 20 | 9 |
| 17 | 27 | 3 | 56 | 23 | 3 ♌ | 2 | 27 | 5 | 18 | 45 | 7 | 37 | 9 | 59 | 2 | 59 | 20 | 6 |
| 18 | 28 | 4 | 56 | 21 | 16 | 58 | 27 | 6 | 18 | 57 | 8 | 15 | 11 | 15 | 2 | 25 | 20 | 3 |
| 19 | 29 | 5 | 56 | 21 | 0 ♍ | 32 | 27 | 7 | 19 | 8 | 8 | 54 | 12 | 30 | 1 | 55 | 20 | 0 |
| 20 | 30 | 6 | 56 | 23 | 13 | 44 | 27 | 8 | 19 | 20 | 9 | 32 | 13 | 46 | 1 | 28 | 19 | 57 |
| 21 | 31 | 7 | 56 | 26 | 26 | 33 | 27 | 9 | 19 | 32 | 10 | 10 | 15 | 2 | 1 | 5 | 19 | 53 |
| Latitudo Planetarum ad diē | | | | | | 1 | 0 | 49 | 0 | 44 | 0 | 13 | 0 | 59 | 2 A | 26 | | |
| | | | | | | 11 | 0 | 50 | 0 | 41 | 0 | 15 | 0 | 53 | 3 | 24 | Meridia | |
| | | | | | | 21 | 0 | 50 | 0 | 38 | 0 | 16 | 0 | 42 | 3 | 21 | | |

ap. ✳ ♄ ♂ 9.36

♀17.46♀ or.cū

r.cum vind. & ♀

(Spica

♀ ℞ m.c. cu lan.a

(cu.Bre.

♀ 11.ec| ☍ m.c.

| | | Positus Planetarum Diurnus. | | | | | | | | | | | | | | | | |
|---|---|---|---|---|---|---|---|---|---|---|---|---|---|---|---|---|---|---|
| | | | | | | | M D | S | D S | | A S | | D M | A | | | | |
| Anni Iul. | Anni Grego. | ☉ ♏ | | | ☽ ♎ | | ♄ ♋ | | ♃ ♐ | | ♂ ♎ | | ♀ ♏ | | ☿ ♏ | | ☊ ♊ | |
| Dies | | g | ' | " | g | ' | g | ' | g | ' | g | ' | g | ' | g | ' | g | ' |
| 22 | 1 | 8 | 56 | 31 | 9 | 3 | 27 | 9 | 19 | 44 | 10 | 48 | 16 | 17 | 0 | 47 | 19 | 50 |
| 23 | 2 | 9 | 56 | 38 | 21 ♏ | 17 | 27 | 10 | 19 | 50 | 11 | 27 | 17 | 33 | 0 | 33 | 19 | 47 |
| 24 | 3 | 10 | 56 | 46 | 3 | 19 | 27 | 10 | 20 | 8 | 12 | 5 | 18 | 49 | 0 Di | 24 | 19 | 44 |
| 25 | 4 | 11 | 56 | 56 | 15 | 12 | 27 | 11 | 20 | 20 | 12 | 43 | 20 | 5 | 0 | 21 | 19 | 41 |
| 26 | 5 | 12 | 57 | 8 | 26 ♐ | 59 | 27 | 11 | 20 | 31 | 13 | 21 | 21 | 20 | 0 | 24 | 19 | 37 |
| 27 | 6 | 13 | 57 | 21 | 8 | 41 | 27 | 11 | 20 | 44 | 14 | 0 | 22 | 36 | 0 | 33 | 19 | 34 |
| 28 | 7 | 14 | 57 | 36 | 20 ♑ | 28 | 27 ℞ | 11 | 20 | 56 | 14 | 36 | 23 | 52 | 0 S | 48 | 19 | 31 |
| 29 | 8 | 15 | 57 | 53 | 2 | 18 | 27 | 11 | 21 | 8 | 15 | 16 | 25 | 8 | 1 | 8 | 19 | 28 |
| 30 | 9 | 16 | 58 | 12 | 14 | 15 | 27 | 10 | 21 | 21 | 15 | 54 | 26 | 23 | 1 | 33 | 19 | 25 |
| 31 | 10 | 17 | 58 | 32 | 26 | 23 | 27 | 10 | 21 | 33 | 16 | 32 | 27 | 39 | 2 | 2 | 19 | 22 |
| No. 1 | 11 | 18 | 58 | 54 | 8 ♒ | 42 | 27 | 9 | 21 | 46 | 17 | 10 | 28 ♐ | 55 | 2 | 35 | 19 | 18 |
| 2 | 12 | 19 | 59 | 18 | 21 | 18 | 27 | 9 | 21 | 59 | 17 | 49 | 0 M | 10 | 3 | 13 | 19 | 15 |
| 3 | 13 | 20 | 59 | 43 | 4 ♓ | 12 | 27 | 8 | 22 | 11 | 18 | 27 | 1 | 26 | 3 | 56 | 19 | 12 |
| 4 | 14 | 22 | 0 | 10 | 17 | 26 | 27 | 8 | 22 | 24 | 19 | 5 | 2 | 41 | 4 | 43 | 19 | 9 |
| 5 | 15 | 23 | 0 | 38 | 1 ♈ | 1 | 27 | 7 | 22 | 36 | 19 | 43 | 3 | 57 | 5 | 34 | 19 | 6 |
| 6 | 16 | 24 | 1 | 8 | 14 | 58 | 27 | 6 | 22 | 48 | 20 | 22 | 5 | 13 | 6 | 29 | 19 | 2 |
| 7 | 17 | 25 | 1 | 39 | 29 ♉ | 15 | 27 | 5 | 23 | 1 | 21 | 0 | 6 | 29 | 7 | 27 | 18 | 59 |
| 8 | 18 | 26 | 2 | 11 | 13 | 52 | 27 | 4 | 23 | 14 | 21 | 38 | 7 | 45 | 8 | 29 | 18 | 56 |
| 9 | 19 | 27 | 2 | 46 | 28 ♊ | 41 | 27 | 3 | 23 | 27 | 22 | 16 | 9 | 0 | 9 | 34 | 18 | 53 |
| 10 | 20 | 28 | 3 | 22 | 13 | 39 | 27 | 2 | 23 | 40 | 22 | 55 | 10 | 16 | 10 | 41 | 18 | 50 |
| 11 | 21 | 29 ♐ | 3 | 59 | 28 ♋ | 39 | 26 | 59 | 23 | 53 | 23 | 31 | 11 | 32 | 11 D | 51 | 18 | 46 |
| D 12 | 22 | 0 | 4 | 38 | 13 | 32 | 26 | 58 | 24 | 6 | 24 | 11 | 12 | 48 | 13 | 3 | 18 | 43 |
| 13 | 23 | 1 | 5 | 18 | 28 ♌ | 11 | 26 | 56 | 24 | 19 | 24 | 49 | 14 | 3 | 14 | 18 | 18 | 40 |
| 14 | 24 | 2 | 5 | 59 | 12 | 31 | 26 | 54 | 24 | 32 | 25 | 28 | 15 | 19 | 15 | 35 | 18 | 37 |
| 15 | 25 | 3 | 6 | 42 | 26 ♍ | 29 | 26 | 52 | 24 | 45 | 26 | 6 | 16 | 35 | 16 | 56 | 18 | 34 |
| 16 | 26 | 4 | 7 | 26 | 10 | 4 | 26 | 49 | 24 | 58 | 26 | 44 | 17 | 51 | 18 | 18 | 18 | 31 |
| 17 | 27 | 5 | 8 | 11 | 23 ♎ | 10 | 26 | 47 | 25 | 11 | 27 | 22 | 19 | 6 | 19 | 42 | 18 | 27 |
| 18 | 28 | 6 | 8 | 57 | 6 | 5 | 26 | 44 | 25 | 24 | 28 | 1 | 20 | 22 | 21 | 8 | 18 | 24 |
| D 19 | 29 | 7 | 9 | 44 | 18 ♏ | 34 | 26 | 41 | 25 | 37 | 28 | 39 | 21 | 38 | 22 | 35 | 18 | 21 |
| 20 | 30 | 8 | 10 | 32 | 0 | 46 | 26 | 39 | 25 | 50 | 29 | 17 | 22 | 53 | 24 | 4 | 18 | 18 |

| Latitudo Planetarũ ad diẽ | | ♄ | | ♃ | | ♂ | | ♀ | | ☿ | | |
|---|---|---|---|---|---|---|---|---|---|---|---|---|
| | 1 | 0 | 50 | 0 | 36 | 0 | 15 | 0 | 23 | 2 S | 50 | Meridi. |
| | 11 | 0 | 50 | 0 | 33 | 0 | 20 | 0 M | 4 | 0 | 51 | |
| | 21 | 0 | 51 | 0 | 31 | 0 | 22 | 0 | 16 | 1 D | 12 | |

δ19.11 ♀

| Iuliani | Gregor. | Positus Planetarum Diurnus ☉ ♐ P | ' | " | ☽ ♏ P | ' | M D ♄ ♋ P | ' | S D ♃ ♐ P | ' | S A ♂ ♎ P | ' | M D ♀ ♐ P | ' | S D ☿ ♏ P | ' | ☊ ♊ P | ' |
|---|---|---|---|---|---|---|---|---|---|---|---|---|---|---|---|---|---|---|
| 21 | 1 | 9 | 11 | 21 | 12 | 44 | 26 | 36 | 26 | 3 | 19 | 55 | 24 | 9 | 25 | 34 | 18 | 15 |
| 22 | 2 | 10 | 12 | 11 | 24 | 32 | 26 | 33 | 26 | 18 | 0 ♏ | 34 | 25 | 25 | 27 | 5 | 18 | 11 |
| 23 | 3 | 11 | 13 | 2 | 6 ♐ | 13 | 26 | 30 | 26 | 30 | 1 | 12 | 26 | 40 | 28 | 38 | 18 | 8 |
| 24 | 4 | 12 | 13 | 54 | 17 | 50 | 26 | 27 | 26 | 43 | 1 | 50 | 27 | 56 | 0 ♐ | 12 | 18 | 5 |
| 25 | 5 | 13 | 14 | 47 | 29 | 28 | 26 | 24 | 26 | 56 | 2 | 29 | 29 | 12 | 1 M | 47 | 18 | 2 |
| D 26 | 6 | 14 | 15 | 41 | 11 ♑ | 10 | 26 | 21 | 27 | 10 | 3 | 7 | 0 ♑ | 27 | 3 | 23 | 17 | 59 |
| 27 | 7 | 15 | 16 | 37 | 23 | 59 | 26 | 18 | 27 | 23 | 3 | 45 | 1 | 43 | 5 | 0 | 17 | 56 |
| 28 | 8 | 16 | 17 | 34 | 4 ♒ | 56 | 26 | 15 | 27 | 37 | 4 | 24 | 2 | 59 | 6 | 37 | 17 | 52 |
| 29 | 9 | 17 | 18 | 32 | 17 | 11 | 26 | 11 | 27 | 50 | 5 | 2 | 4 | 14 | 8 | 15 | 17 | 49 |
| 30 | 10 | 18 | 19 | 31 | 29 | 41 | 26 | 8 | 28 | 4 | 5 | 40 | 5 | 30 | 9 | 54 | 17 | 46 |
| Dec. 1 | 11 | 19 | 20 | 31 | 11 ♓ | 3 | 26 | 5 | 28 | 18 | 6 | 19 | 6 | 46 | 11 | 34 | 17 | 43 |
| 2 | 12 | 20 | 21 | 31 | 25 | 45 | 26 | 2 | 28 | 31 | 6 | 58 | 8 | 1 | 13 | 14 | 17 | 40 |
| D 3 | 13 | 21 | 22 | 32 | 9 ♈ | 21 | 25 | 58 | 28 | 45 | 7 | 36 | 9 | 17 | 14 | 55 | 17 | 36 |
| 4 | 14 | 22 | 23 | 33 | 23 | 20 | 25 | 54 | 28 | 58 | 8 | 15 | 10 | 32 | 16 | 36 | 17 | 33 |
| 5 | 15 | 23 | 24 | 35 | 7 ♉ | 40 | 25 A | 50 | 29 | 11 | 8 | 53 | 11 | 48 | 18 | 18 | 17 | 30 |
| 6 | 16 | 24 | 25 | 37 | 22 | 19 | 25 | 46 | 29 | 25 | 9 | 32 | 13 | 3 | 20 | 0 | 17 | 27 |
| 7 | 17 | 25 | 26 | 40 | 7 ♊ | 13 | 25 | 42 | 29 | 38 | 10 | 10 | 14 | 19 | 21 | 43 | 17 | 24 |
| 8 | 18 | 26 | 27 | 43 | 22 | 14 | 25 | 38 | 29 | 52 | 10 | 49 | 15 | 34 | 23 | 26 | 17 | 21 |
| 9 | 19 | 27 | 28 | 46 | 7 ♋ | 13 | 25 | 34 | 0 ♑ | 5 | 11 | 27 | 16 | 50 | 25 | 10 | 17 | 17 |
| D 10 | 20 | 28 | 29 | 50 | 22 | 9 | 25 | 30 | 0 | 19 | 12 | 6 | 18 | 5 | 26 | 54 | 17 | 14 |
| 11 | 21 | 29 | 30 | 54 | 6 ♌ | 49 | 25 | 25 | 0 | 32 | 12 | 44 | 19 | 21 | 28 | 39 | 17 | 11 |
| 12 | 22 | 0 ♑ | 31 | 59 | 21 | 10 | 25 | 21 | 0 | 46 | 13 | 23 | 20 | 36 | 0 ♑ | 24 | 17 | 8 |
| 13 | 23 | 1 | 33 | 4 | 5 ♍ | 10 | 25 | 17 | 1 | 0 | 14 | 1 | 21 | 52 | 2 | 9 | 17 | 5 |
| 14 | 24 | 2 | 34 | 10 | 18 | 48 | 25 | 12 | 1 | 14 | 14 | 40 | 23 | 7 | 3 | 54 | 17 | 2 |
| 15 | 25 | 3 | 35 | 15 | 2 ♎ | 3 | 25 | 8 | 1 | 28 | 15 | 18 | 24 | 23 | 5 | 39 | 16 | 58 |
| 16 | 26 | 4 | 36 | 21 | 14 | 56 | 25 | 3 | 1 | 42 | 15 | 57 | 25 | 38 | 7 | 24 | 16 | 55 |
| D 17 | 27 | 5 | 37 | 27 | 27 | 39 | 24 | 58 | 1 | 56 | 16 | 35 | 26 | 53 | 9 | 9 | 16 | 52 |
| 18 | 28 | 6 | 38 | 33 | 9 ♏ | 46 | 24 | 53 | 2 | 10 | 17 | 14 | 28 | 8 | 10 | 53 | 16 | 49 |
| 19 | 29 | 7 | 39 | 39 | 21 | 48 | 24 | 48 | 2 | 23 | 17 | 53 | 29 | 23 | 12 | 37 | 16 | 46 |
| 20 | 30 | 8 | 40 | 46 | 3 ♐ | 40 | 24 | 43 | 2 | 37 | 18 | 31 | 0 ♒ | 38 | 14 | 21 | 16 | 42 |
| 21 | 31 | 9 | 41 | 53 | 15 | 25 | 24 | 38 | 2 | 51 | 19 | 9 | 1 | 53 | 16 | 4 | 16 | 39 |

| Latitudo Planetarū ad diē | ♄ | ' | ♃ | ' | ♂ | ' | ♀ | ' | ☿ | ' | |
|---|---|---|---|---|---|---|---|---|---|---|---|
| 1 | 0 | 51 | 0 | 31 | 0 | 22 | 0 | 33 | 0 M | 40 | |
| 11 | 0 A | 51 | 0 | 30 | 0 | 24 | 0 | 48 | 0 | 14 | Menses |
| 21 | 0 | 51 | 0 | 29 | 0 | 25 | 1 | 5 | 1 | 55 | |

Perig ſ u.ndem. d

♀ m.c. cũ ☿ z ♂ oc. cũ la

☿ or. cum cau. Del ſ und

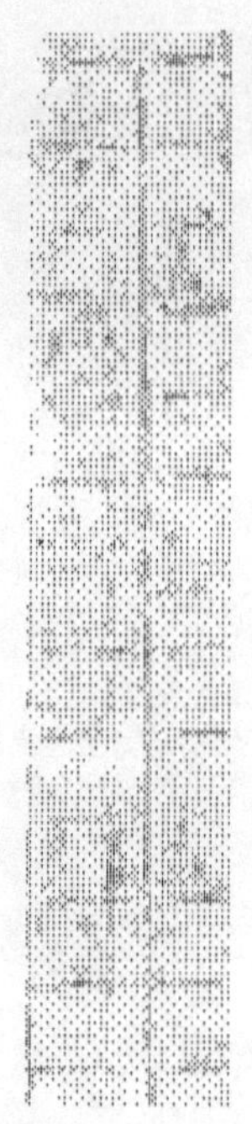

# EPHEMERIS
## IOANNIS ANTONII MAGINI PATAVINI

Ad annum Dominicæ Incarnationis

1593.

Qui primus est post Intercalarem, à Kalendarij reparatione vndecimus, & à mundo creato 5555.

*Positus syderum ad tempus veris, seu ingressus ☉ in ♈.*

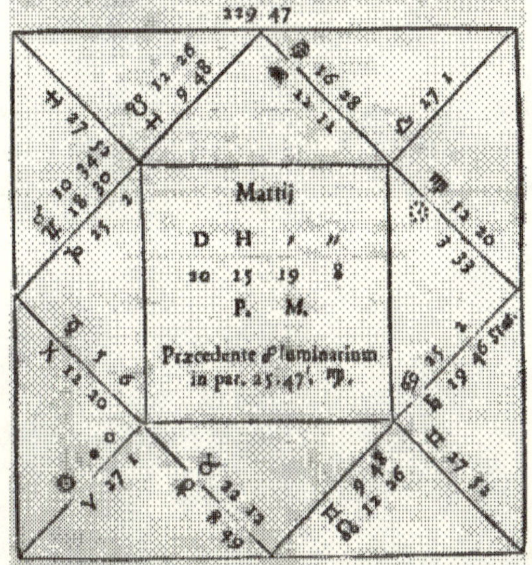


Apparens huius anni magnitudo.

*Dierum* 365. *Horarum* 5. *Scr.* 55'. 28''. 37'''. 2''''.

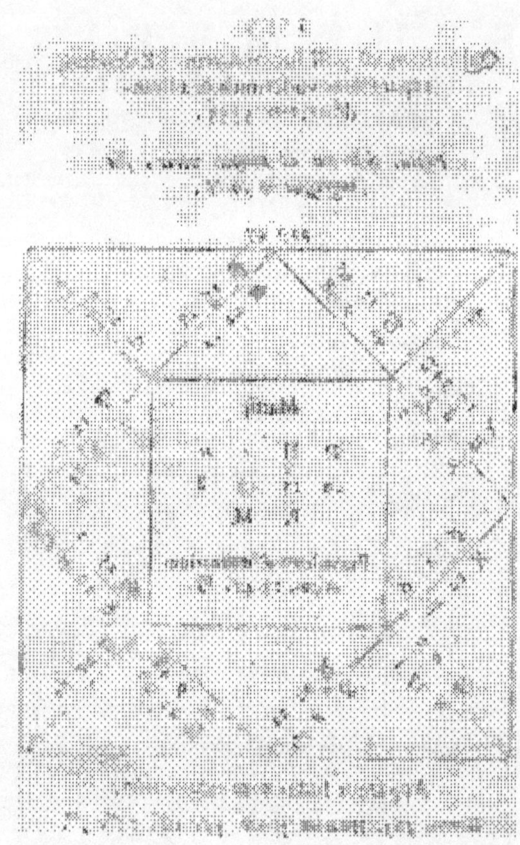

# ANNO VIRGINEI PARTVS 1593 communi.

| | | | D. | H. | ′ | ″ |
|---|---|---|---|---|---|---|
| Reversio ☉ ad principium | ♋, Seu quartæ æstivalis | Iunij | 21 | 12 | 2 | 54 |
| | ♎, Seu quartæ autumnalis | Septemb. | 23 | 23 | 15 | 43 |
| | ♑, Seu quartæ hiemalis | Decemb. | 21 | 17 | 39 | 54 |

| | P. | ′ | ″ | ‴ |
|---|---|---|---|---|
| Vera precessio Æquinoctiorum | 28 | 0 | 36 | 3 |
| Obliquitas Zodiaci | 23 | 28 | 4 | 23 |

Eccentricitas ☉ 32225. Qualium semidiameter eccentrici ☉ partiu. 1000000, seu par. 1. 56′. 0″. 35‴. Qualium P. 60.

| | | P. | ′ | ″ | | | |
|---|---|---|---|---|---|---|---|
| Locus Apogæi | ♄ | 29 | 14 | 57 | ♓ | Aureus Numerus | 17 |
| | ♃ | 6 | 44 | 17 | ♎ | Cyclus Solis | 6 |
| | ♂ | 28 | 29 | 40 | ♌ | Epacta | 27 |
| | ☉ | 9 | 14 | 27 | ♋ | Indictio Romana | 6 |
| | ♀ | 16 | 11 | 57 | ♊ | Litera Dominicalis | C |
| | ☿ | 0 | 11 | 36 | ♓ | Intervallum hebd. 9. Dies | [illegible] |

*Festa mobilia secundum Sacrosanctæ Romanæ Ecclesiæ usum iuxta annum reformatum.*

| | | |
|---|---|---|
| Septuagesima | Februarij | 14 |
| Cinis | Martij | 3 |
| Paschæ | Aprilis | 18 |
| Rogationes | Maij | 24 |
| Ascensio | Maij | 27 |
| Pentecostes | Iunij | 6 |
| Corpus Christi | Iunij | 17 |
| Aduentus Domini | Nouemb. | 28 |

| | | | | |
|---|---|---|---|---|
| Quatuor Tempora anni, seu Ieiunia | Martij | 10 | 12 | 13 |
| | Iunij | 9 | 11 | 12 |
| | Septembris | 15 | 17 | 18 |
| | Decembris | 15 | 17 | 18 |

## Computatio Deliquij Solis anno 1593.

*Die 30. Maij anni reformati, qui est dies 20. iuxta computum veterem H. 1. 39'. 54''. à meridie numeratis, & iuxta æquationem dierum correctis, luminaria secundum suos veros motus copulabuntur in par. 8. 31'. 58''. ♊ apud nodum euehentem, seu ☊: sed secundum motus visos ☌ accidet H. 2. 30'. 20''. nam interuallum inter veram, & visam coniunctionem est H. 0. 50'. 44''. addendum, quoniam accidet in quarta cæli occidentali, cum parallaxis longitudinis sit 29'. 4''. Distabant verò lumina à vertice nostro par. 39. 31'. Sol verò à longitudine media accedens ad Apogæon Eccentrici habet anomalia par. 328. 23'. 58''. & eius semid. est 15'. 32''. Lunæ autem Anomalia reperta fuit par. 153. 44'. 0. & eius semid. est 17'. 39''. Verus latitudinis motus ad tempus visæ copulæ est par. 270. 18'. 16''. Vera autem latitudo est 1'. 36''. Austr. sed cum parallaxis latitudinis sit 24'. 33''. ideo visa latitudo erit 26'. 9''. Austr. Ad principium verò Eclipsis visa latitudo erit 24'. 21''. & ad finem 27'. 56''. similiter Austr. Puncta ☉ obscurata apparebunt 2. 38'. & tempus casus erit H. 0. 40'. 38''. Liberationis autem sui luminis ab opacitate ☉ H. 0. 34'. 20''.*

| | | H. | scr. | | |
|---|---|---|---|---|---|
| *Huius Eclipsis Solis Punct. 2. 38'.* | *Principium apparebit* | 1 | 50 | *P. M.* | *Et sic à principio ad finē consumabuntur H. 1. scr. 15.* |
| | | 18 | 16 | *Horo.* | |
| | *Medium, seu visa ☌* | 2 | 30 | *P. M.* | |
| | | 18 | 56 | *Horo.* | |
| | *Finis conspicietur* | 3 | 5 | *P. M.* | |
| | | 19 | 31 | *Horo.* | |

## Configuratio prædictæ Eclipsis ☉ quemadmodū in 6. clim. apparebit.

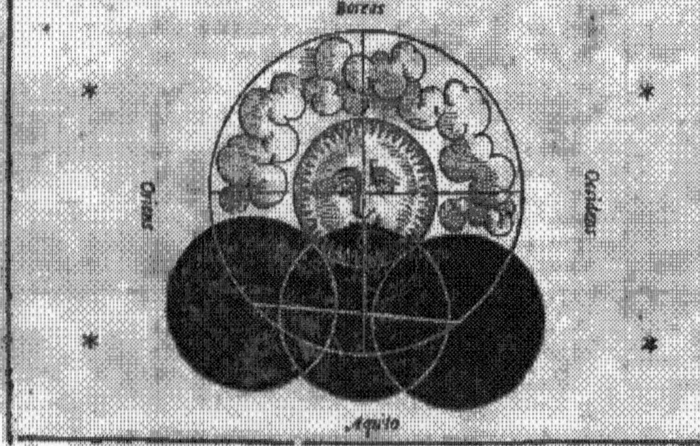

| | Punct. | | | | | | |
|---|---|---|---|---|---|---|---|
| Magnitudo Eclipsis Solis erit | 6 | 0 | In climate | Quarto, & | gr. | 36 | Eleuationis pole. |
| | 4 | 13 | | Quinto, & | gr. | 41 | |
| | 2 | 58 | | Sexto, & | gr. | 45 | |
| | 2 | 0 | | Septimo, & | gr. | 49 | |
| | 1 | 19 | | Octauo, & | gr. | 51 | |

## *Planetarum status.*

♄
Accidit per totum anni spatium versus Eccentrici longitudinem mediam.
Die 14. Ianuarij discurrit Perigæon } Epicycli.
Die 21. Iulij pertingit ad Apogæon } Epicycli.
Die 23. Martij à regressu liberatur; sed die 21. Nouemb. iterum regressu afficitur vsque in proximum annum.

♃
Toto hoc anno à longitudine media versus Perigæon Eccentrici fertur.
Die 13. Iulij transit per demissiorem sui Epicycli partem.
Die 9. Maij vsque in diem 7. Septemb. retrogradè incedit.

♂
Demissiorem sui differentis partem occupat die 14. Augusti.
Die 5. Septemb. sui Epicycli demissiorem partem tenet.
Regressionem facit ab vltimo Iulij vsque ad primum Octobris.

♀ Die
7. Iunij in suprema } Parte sui deferẽtis inuenitur.
8. Decemb. in infima } Parte sui deferẽtis inuenitur.
23. Iulij in Perigæo Epicycli residet.
Contra signorum seriem mouebitur à die 3. Iulij vsq; post 13. Augusti.

☿ Die
12 Maij in Perigæo } Sui diferentis commoratur
21 Nouemb. in Apogæo } Sui diferentis commoratur
16 Febr. ad Perigæum
15 Aprilis ad Apogæum
13 Iunij ad ad Perigæum
10 Augusti ad Apogæum } Epicycli accidit.
7 Octobris ad Perigæum
3 Decemb. ad Apogæum
3 Februa. vsq; ad calcem eiusdem
2 Iunii vsque ad 25. eiusdem } Regreßibus afficitur.
26 Septemb. vsque in 18. Octobris

| Anni præteriti | Anni Gregor. | Positus Planetarum Diurnus. | | | | | | | | | | | | | | | | |
|---|---|---|---|---|---|---|---|---|---|---|---|---|---|---|---|---|---|---|
| | | | | | | | M | A | S | A | S | D | M | D | M | D | | |
| | | ☉ ♑ | | | ☽ | | ♄ ♋ | | ♃ ♑ | | ♂ ♒ | | ♀ ♒ | | ☿ ♑ | | ☊ ♊ | |
| Dies | | P | ' | " | P | ' | P | ' | P | ' | P | ' | P | ' | P | ' | P | ' |
| 22 | 1 | 10 | 43 | 0 | 17 ♑ | 6 | 24 | 34 | 3 | 4 | 19 | 47 | 3 | 8 | 17 | 47 | 16 | 36 |
| 23 | 2 | 11 | 44 | 7 | 8 | 45 | 24 | 29 | 3 | 18 | 20 | 26 | 4 | 23 | 19 | 30 | 16 | 33 |
| C 24 | 3 | 12 | 45 | 13 | 20 ♒ | 27 | 24 | 25 | 3 | 31 | 21 | 4 | 5 | 38 | 21 | 12 | 16 | 30 |
| 25 | 4 | 13 | 46 | 19 | 2 | 18 | 24 | 20 | 3 | 45 | 21 | 43 | 6 | 53 | 22 | 54 | 16 | 27 |
| 26 | 5 | 14 | 47 | 25 | 14 | 14 | 24 | 15 | 3 | 58 | 22 | 21 | 8 A | 8 | 24 | 35 | 16 | 23 |
| 27 | 6 | 15 | 48 | 30 | 26 | 25 | 24 | 10 | 4 | 11 | 23 | 0 | 9 | 23 | 26 A | 16 | 16 | 20 |
| 28 | 7 | 16 | 49 | 35 | 8 ♓ | 52 | 24 | 5 | 4 | [illegible] | 23 | 38 | 10 | 38 | 27 | 56 | 16 | 17 |
| 29 | 8 | 17 | 50 | 40 | 21 | 39 | 24 | 0 | 4 | 38 | 24 | 17 | 11 | 53 | 29 | 35 | 16 | 14 |
| 30 | 9 | 18 | 51 | 45 | 4 ♈ | 48 | 23 | 55 | 4 | 51 | 24 | 55 | 13 | 8 | 1 ♒ | 13 | 16 | 11 |
| C 31 | 10 | 19 | 52 | 49 | 18 | 21 | 23 | 49 | 5 | 5 | 25 | 34 | 14 | 23 | 2 | 50 | 16 | 8 |
| Jan. 1 | 11 | 20 | 53 | 53 | 2 ♉ | 17 | 23 | 43 | 5 | 18 | 26 | 13 | 15 | 38 | 4 | 26 | 16 | 5 |
| 2 | 12 | 21 | 54 | 56 | 16 | 35 | 23 | 38 | 5 | 31 | 26 | 51 | 16 | 53 | 6 | 0 | 16 | [illegible] |
| 3 | 13 | 22 | 55 | 59 | 1 ♊ | 11 | 23 | 33 | 5 | 45 | 27 | 30 | 18 | 8 | 7 | 33 | 15 | 58 |
| 4 | 14 | 23 | 57 | 1 | 16 | 0 | 23 | 28 | 5 | 58 | 28 | 8 | 19 | 22 | 9 | 5 | 15 | 54 |
| 5 | 15 | 24 | 58 | 3 | 0 ♋ | 56 | 23 | 23 | 6 | 11 | 28 | 47 | 20 | 37 | 10 | 34 | 15 | 51 |
| 6 | 16 | 25 | 59 | 4 | 15 | 50 | 23 | 17 | 6 | 25 | 29 | 25 | 21 | 52 | 12 | 3 | 15 | 47 |
| C 7 | 17 | 27 | 0 | 5 | 0 ♌ | 36 | 23 | 12 | 6 | 38 | 0 ♓ | 4 | 23 | 6 | 13 | 30 | 15 | 44 |
| 8 | 18 | 28 | 1 | 5 | 15 | 8 | 23 | 7 | 6 | 51 | 0 | 42 | 24 | 21 | 14 | 55 | 15 | 41 |
| 9 | 19 | 29 | 2 | 5 | 29 ♍ | 23 | 23 | 2 | 7 | 5 | 1 | 21 | 25 | 35 | 16 | 18 | 15 | 38 |
| 10 | 20 | 0 ♒ | 3 | 4 | 13 | 17 | 22 | 56 | 7 | 18 | 1 | 59 | 26 | 50 | 17 | 38 | 15 | 34 |
| 11 | 21 | 1 | 4 | 2 | 26 ♎ | 51 | 22 | 51 | 7 | 31 | 2 | 38 | 28 | 4 | 18 | 56 | 15 | 31 |
| 12 | 22 | 2 | 4 | 59 | 10 | 5 | 22 | 46 | 7 | 44 | 3 | 17 | 29 | 19 | 20 | 11 | 15 | 28 |
| 13 | 23 | 3 | 5 | 55 | 23 ♏ | 0 | 22 | 41 | 7 | 57 | 3 | 55 | 0 ♓ | 33 | 21 | 23 | 15 | 25 |
| C 14 | 24 | 4 | 6 | 51 | 5 | 38 | 22 | 36 | 8 | 10 | 4 | 34 | 1 | 47 | 22 | 31 | 15 | 22 |
| 15 | 25 | 5 | 7 | 46 | 18 ♐ | 2 | 22 | 31 | 8 | 23 | 5 | 13 | 3 | 1 | 23 | 35 | 15 | 18 |
| 16 | 26 | 6 | 8 | 40 | 0 | 13 | 22 | 26 | 8 | 36 | 5 | 51 | 4 | 15 | 24 | 35 | 15 | 15 |
| 17 | 27 | 7 | 9 | 33 | 12 | 15 | 22 | 21 | 8 | 48 | 6 | 31 | 5 | 29 | 25 S | 31 | 15 | 12 |
| 18 | 28 | 8 | 10 | 25 | 24 ♑ | 10 | 22 | 16 | 9 | 1 | 7 | 9 | 6 | 43 | 26 | 23 | 15 | 9 |
| 19 | 29 | 9 | 11 | 16 | 6 | 2 | 22 | 11 | 9 | 14 | 7 | 48 | 7 | 57 | 27 | 10 | 15 | 6 |
| 20 | 30 | 10 | 12 | 6 | 17 | 51 | 22 | 6 | 9 | 28 | 8 | 27 | 9 | 11 | 27 | 52 | 15 | 3 |
| C 21 | 31 | 11 | 12 | 55 | 29 | 42 | 22 | 1 | 9 | 39 | 9 | 6 | 10 | 25 | 28 | 29 | 14 | 59 |
| Latitudo Planetarũ ad diẽ | | | | | | 1 | 0 | 53 | 0 | 28 | 0 | 35 | 1 A | 17 | 1 A | 55 | Mensis | |
| | | | | | | 11 | 0 | 50 | 0 | 29 | 0 | 25 | 1 | 17 | 1 | 54 | | |
| | | | | | | 21 | 0 | 49 | 0 | 26 | 0 | 21 | 1 | 15 | 1 S | 3 | | |

| | | Orient. | Orient. | Orient. | Occid. | Occid. | |
|---|---|---|---|---|---|---|---|
| | ⊕ | ♄ | ♃ | ♂ | ♀ | ☿ | Syzygię Planetarũ mu-<br>tuę, & eorum congres-<br>sus cum illustrioribus<br>aliquibus stellis fixis. |
| | H ′ | H ′ | H ′ | H ′ | H ′ | H ′ | |
| ☌ | 5 41 | | 12 ☌ 32 | | | | (cauda cygni<br>✱ ♂ ☿ 21.0 ♀ m.c. c |
| sc. | 10 ♌ | 8 ☍ 0 | | 1 ✱ 20 | 9 ☌ 27 | 1 ☌ 46 | ♂ m.c. cum corona. a.<br>☍ ♄ ☿ 19.28. |
| | | | 15 ✱ 14 | 10 □ 54 | | | |
| | 16 ✱ 15 | 4 △ 16 | | 3 △ 4 | | 16 ✱ 31 | △ ♄ ♂ 14.44.<br>(Fomah. |
| □ | 4 41 | 9 □ 19 | 0 □ 6 | | 16 ✱ 16 | | ♃ m.c. cũ lyra. ♀ occ. cũ<br>♂ m.c. cũ pri. fron. ♏. b. |
| sc. | 23 90<br>9 △ 25 | 11 ✱ 31 | 5 △ 8 | 17 ☍ 40 | 0 □ 53 | 4 □ 3 | ♂ occ. cum neb. ♏. c. |
| | | Occid. | | | 3 △ 54 | 11 △ 29 | ☌ ⊕ ♄ 3.13 ⊕ 16.23.<br>♀ m. cũ cau. ♑ (51. d. |
| ☍ | 17 39 | 12 ☌ 2 | 8 ☍ 35 | 23 △ 0 | | | ☊ Pe. ♂ or. cum zoss. gal.<br>☌ ♃ cum neb. ♐. |
| sc. | 28 ♐ | | | | 18 ☍ 0 | 23 ☍ 34 | ♂ m.c. cum palma Oph. e<br>♀ occ. cum cauda Del. |
| | | 16 ✱ 56 | 13 △ 31 | 3 □ 33 | | | ☿ or. cum cauda ♑. |
| | 8 △ 15 | 23 □ 20 | 19 □ 40 | 21 ✱ 1 | | 20 △ 39 | ♀ or. cũ cap. Med. & oc.<br>♂ m.c. cũ antare. (cũ 8 |
| □<br>sc. | 20 45<br>7 ♓ | | 4 ✱ 59 | | 7 △ 32 | | ♃ occ. cum neb. ♐.<br>♃ or. cum acu. ♏. |
| | 12 ✱ 56 | 8 △ 47 | | 11 ☌ 34 | 8 □ 57 | 11 □ 54 | ✱ ⊕ ♂ 5.27.<br>(Ber. & ♀ cũ lyra. |
| | | | | | | 4 ✱ 49 | ☋ ☋ 5.31 ♂ oc. cũ com<br>□ ♂ ♀ 15.23. |
| | | 8 ☍ 33 | 6 ☌ 38 | | 4 ✱ 23 | | ☊ Ap. ♂ or. cũ antar. |<br>✱ ♃ ♀ 5.54. |
| | | | | 19 ✱ 55 | | | |

Syzygię Lunares.

...e 3. ♂ occ. cum aculeo ♏.
...e 10. ♀ occ. cũ aquila, & cauda ♑.
...e 11. ♀ m.c. cum cauda ♑.
...e 13 ♂ occ. cum corde ♏.

e. Die 17. ♂ occ. cum bor. lance.
f. Die 29. ☿ m.c. cum Fomah.

## Positus Planetarum Diurnus.

| Dies vet. | Dies Greg. | ☉ ♒ G | ′ | ″ | ☽ ♒ G | ′ | ♄ ♋ (M A) G | ′ | ♃ ♑ (S A) G | ′ | ♂ ♓ (S D) G | ′ | ♀ ♓ (M A) G | ′ | ☿ ♒ (S A) G | ′ | ☊ ♊ G | ′ |
|---|---|---|---|---|---|---|---|---|---|---|---|---|---|---|---|---|---|---|
| 22 | 1 | 12 | 13 | 43 | 11 | 49 | 21 | 56 | 9 | 52 | 9 | 44 | 11 | 39 | 29 | 0 | 14 | 56 |
| 23 | 2 | 13 | 14 | 29 | 25 ♓ | 46 | 21 | 51 | 10 | 4 | 10 | 23 | 12 | 53 | 29 | 25 | 14 | 53 |
| 24 | 3 | 14 | 15 | 14 | 6 | 4 | 21 | 47 | 10 | 17 | 11 | 2 | 14 | 6 | 29 | 46 | 14 | 50 |
| 25 | 4 | 15 | 15 | 58 | 18 ♈ | 37 | 21 | 42 | 10 | 29 | 11 | 41 | 15 | 20 | 29 ♓ | 56 | 14 | 46 |
| 26 | 5 | 16 | 16 | 41 | 1 | 28 | 21 | 38 | 10 | 42 | 12 | 19 | 16 | 33 | 0 ℞ | 3 | 14 | 43 |
| 27 | 6 | 17 | 17 | 23 | 14 | 41 | 21 | 34 | 10 | 54 | 12 | 58 | 17 | 47 | 0 | 0 | 14 | 40 |
| C 28 | 7 | 18 | 18 | 4 | 28 ♉ | 15 | 21 | 29 | 11 | 7 | 13 | 37 | 19 | 0 | 29 ♒ | 50 | 14 | 37 |
| 29 | 8 | 19 | 18 | 45 | 12 | 10 | 21 | 25 | 11 | 19 | 14 | 26 | 20 | 13 | 29 | 31 | 14 | 34 |
| 30 | 9 | 20 | 19 | 27 | 26 ♊ | 24 | 21 | 21 | 11 | 31 | 14 | 55 | 21 | 27 | 29 | 6 | 14 | 31 |
| 31 | 10 | 21 | 19 | 53 | 10 | 53 | 21 | 17 | 11 | 43 | 15 | 34 | 22 | 40 | 28 | 33 | 14 | 28 |
| Feb. 1 | 11 | 22 | 20 | 27 | 25 ♋ | 37 | 21 | 13 | 11 | 55 | 16 | 13 | 23 | 53 | 27 | 53 | 14 | 25 |
| 2 | 12 | 23 | 21 | 8 | 10 | 18 | 21 | 9 | 12 | 7 | 16 | 51 | 25 | 6 | 27 | 6 | 14 | 22 |
| 3 | 13 | 24 | 21 | 31 | 24 ♌ | 39 | 21 | 5 | 12 D | 19 | 17 | 30 | 26 | 19 | 26 | 14 | 14 | 19 |
| C 4 | 14 | 25 | 22 | 1 | 9 | 26 | 21 | 1 | 12 | 31 | 18 | 9 | 27 | 32 | 25 | 18 | 14 | 16 |
| 5 | 15 | 26 | 22 | 29 | 23 ♍ | 45 | 20 | 57 | 12 | 43 | 18 | 48 | 28 | 45 | 24 | 19 | 14 | 13 |
| 6 | 16 | 27 | 22 | 56 | 7 | 45 | 20 | 53 | 12 | 55 | 19 | 27 | 29 ♈ | 58 | 23 | 17 | 14 | 10 |
| 7 | 17 | 28 | 23 | 21 | 21 ♎ | 26 | 20 | 49 | 13 | 7 | 20 | 5 | 1 | 11 | 22 D | 16 | 14 | 6 |
| 8 | 18 | 29 | 23 | 45 | 4 | 48 | 20 | 46 | 13 | 18 | 20 | 44 | 2 | 24 | 21 | 15 | 14 | 3 |
| 9 | 19 | 0 ♓ | 24 | 7 | 17 ♏ | 55 | 20 | 42 | 13 | 30 | 21 | 23 | 3 | 37 | 20 | 15 | 14 | 0 |
| 10 | 20 | 1 | 24 | 28 | 0 | 47 | 20 | 39 | 13 | 41 | 22 | 2 | 4 | 49 | 19 | 19 | 13 | 57 |
| C 11 | 21 | 2 | 24 | 47 | 13 | 19 | 20 | 36 | 13 | 53 | 22 | 41 | 6 | 1 | 18 | 27 | 13 | 54 |
| 12 | 22 | 3 | 25 | 5 | 25 | 44 | 20 | 33 | 14 | 4 | 23 | 20 | 7 | 14 | 17 | 40 | 13 | 51 |
| 13 | 23 | 4 | 25 | 21 | 8 ♐ | 0 | 20 | 30 | 14 | 15 | 23 | 58 | 8 | 26 | 16 | 59 | 13 | 47 |
| 14 | 24 | 5 | 25 | 36 | 20 | 9 | 20 | 27 | 14 | 26 | 24 | 37 | 9 | 38 | 16 | 25 | 13 | 44 |
| 15 | 25 | 6 | 25 | 49 | 2 ♑ | 13 | 20 | 24 | 14 | 37 | 25 | 16 | 10 | 50 | 15 | 58 | 13 | 41 |
| 16 | 26 | 7 | 26 | 0 | 14 | 17 | 20 | 21 | 14 | 48 | 25 | 55 | 12 | 2 | 15 | 39 | 13 | 38 |
| 27 | 27 | 8 | 26 | 9 | 26 | 21 | 20 | 18 | 14 | 58 | 26 | 34 | 13 | 14 | 15 | 28 | 13 | 35 |
| C 18 | 28 | 9 | 26 | 16 | 8 ♒ | 28 | 20 | 16 | 15 | 8 | 27 | 13 | 14 | 26 | 15 D | 25 | 13 | 32 |

| Latitudo Planetarũ ad diẽ | ♄ | ′ | ♃ | ′ | ♂ | ′ | ♀ | ′ | ☿ | ′ | |
|---|---|---|---|---|---|---|---|---|---|---|---|
| 1 | 0 | 47 | 0 | 28 | 0 | 21 | 1 | 8 | 1 | 14 | Menſis |
| 11 | 0 | 45 | 0 D | 27 | 0 | 18 | 0 | 54 | 3 D | 18 | |
| 21 | 0 | 43 | 0 | 27 | 0 | 14 | 0 | 33 | 3 | 43 | |

| | | Occid. | Orient. | Orient. | Occid. | Occid. | Syzygiæ Planetarum mutuæ & earundem singulorum cum illustrioribus aliquibus stellis fixis. |
|---|---|---|---|---|---|---|---|
| | ☉ | ♄ | ♃ | ♂ | ♀ | ☿ | |
| Dies | H ′ | H ′ | H ′ | H ′ | H ′ | H ′ | |
| 1 ☌ | 1 5 | | | | | | |
| 2 Asc. | 17 ♊ | | | | | 11 ☌ 22 | |
| 3 | | | 8 ✱ 10 | 10 □ 0 | 17 ☌ 0 | | |
| 4 | | 5 △ 43 | | | | | |
| 5 | | | 17 □ 2 | 10 △ 34 | | | ☿ occ. cum rostr. gallinæ. |
| 6 | 4 ✱ 58 | 12 □ 11 | | | | | ♀ occ. cum Acar. |
| 7 | | | 11 △ 12 | | | 3 ✱ 5 | |
| 8 □ | 12 51 | 15 ✱ 31 | | | 14 ✱ 52 | | △ ♄ ♀ 11.8. |
| 9 Asc. | 19 ♋ | | | | | 4 □ 20 | |
| 10 | 18 △ 21 | | | 8 ☍ 0 | 20 □ 56 | | ☽ ☊ 5.51. |
| 11 | | | | | | 3 △ 37 | |
| 12 | | 17 ☌ 19 | 2 ☍ 0 | | | | ☽ Per. ☿ m. c. cum can. [illegible] a. |
| 13 | | | | | 2 △ 23 | | ☌ ☉ ♀ 23.11 ♂ or. c. cum (acul. ♏. |
| 14 | | | | 15 △ 15 | | Orient. | |
| 15 ☍ | 4 40 | | | | | 1 ☍ 2 | (Arcturo. |
| 16 Asc. | 21 ♌ | 22 ✱ 50 | 9 △ 11 | 21 □ 28 | | | ♃ or. cum neb. ♋ ♂ occ. cum |
| 17 | | | | | 19 ☍ 17 | | ♂ or. cum aquila. |
| 18 | | | 15 □ 50 | | | | ✱ ♂ ☿ 7.31. |
| 19 | | 5 □ 14 | | 7 ✱ 0 | | 4 △ 7 | ♂ m. c. cum neb. ♋. |
| 20 | 1 △ 25 | | | | | | |
| 21 | | 14 △ 6 | 1 ✱ 7 | | | 9 □ 20 | ☿ m. c. cum cauda ♑. |
| 22 □ | 17 25 | | | | | | ♀ or. cum cornu ♈. |
| 23 Asc. | 1 ♍ | | | | 0 △ 54 | 16 ✱ 54 | ☉ ☋ 11.23. |
| 24 | | | | 9 ☌ 23 | | | |
| 25 | 9 ✱ 10 | | | | 19 □ 1 | | ☽ Apog. |
| 26 | | 12 ☍ 7 | 1 ☌ 2 | | | | |
| 27 | | | | | | | (22.8. |
| 28 | | | | | 13 ✱ 0 | 13 ☌ 44 | □ ♃ ♀ 16.41 ✱ ♀ ☿ |

a. Die 12. ☿ occ. cum cauda Del.

☿ Fit ℞ prope exortum eius cum cap. Medusæ. occ. cum rostro gallinæ, & fit postea directus occidendo ferè cum cauda ♑ & aquila.

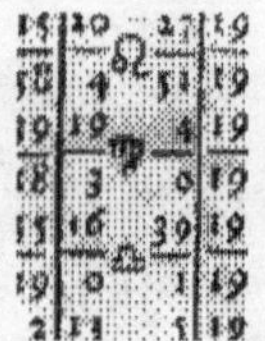

| 2 ☍ 2 : | ♂ or, cum n |
| --- | --- |
| | ☿ oc. a ñ ca. |
| | ♂ oc cũ nel |

Aprilis 1593

| Dies mensis | Dies Greg. | Positus Planetarum Diurnus. | | | | | | | |
|---|---|---|---|---|---|---|---|---|---|
| | | | | M A S D | M D | S A | M D | | |
| | | ☉ ♈ | ☽ ♈ | ♄ ♋ | ♃ ♋ | ♂ ♑ | ♀ ♉ | ☿ ♓ | ☊ ♊ |
| Dies | | r ' " | p ' | p ' | p ' | p ' | p ' | p ' | p ' |
| 22 | 1 | 11 13 15 | 7 48 | 19 50 | 19 57 | 17 52 | 21 50 | 24 37 | 11 50 |
| 23 | 2 | 12 12 18 | 21 14 | 19 51 | 20 4 | 18 31 | 23 5 | 26 37 | 11 47 |
| 24 | 3 | 13 11 19 | 4 ♉ 57 | 19 52 | 20 11 | 19 9 | 24 13 | 28 ♈ 17 | 11 43 |
| C 25 | 4 | 14 10 19 | 18 58 | 19 54 | 20 17 | 19 48 | 25 21 | 0 A 8 | 11 40 |
| 26 | 5 | 15 9 17 | 1 ♊ 14 | 19 55 | 20 23 | 20 20 | 26 19 | 1 59 | 11 37 |
| 27 | 6 | 16 8 12 | 17 41 | 19 57 | 20 29 | 21 5 | 27 37 | 3 51 | 11 34 |
| 28 | 7 | 17 7 7 | 2 ♋ 13 | 19 59 | 20 35 | 21 43 | 28 44 | 5 43 | 11 31 |
| 29 | 8 | 18 5 59 | 16 41 | 20 0 | 20 41 | 22 21 | 29 51 | 7 36 | 11 28 |
| 30 | 9 | 19 4 49 | 1 ♌ 9 | 20 2 | 20 47 | 23 0 | 0 ♊ 58 | 9 29 | 11 24 |
| 31 | 10 | 20 3 37 | 15 22 | 20 4 | 20 52 | 23 38 | 2 5 | 11 22 | 11 21 |
| C 1 | 11 | 21 2 23 | 29 ♍ 18 | 20 6 | 20 58 | 24 16 | 3 12 | 13 10 | 11 18 |
| Ap. 2 | 12 | 22 1 7 | 12 50 | 20 8 | 21 3 | 24 54 | 4 19 | 15 9 | 11 15 |
| 3 | 13 | 22 59 49 | 26 ♎ 15 | 20 11 | 21 8 | 25 32 | 5 25 | 17 3 | 11 12 |
| 4 | 14 | 23 58 29 | 9 10 | 20 13 | 21 13 | 26 10 | 6 31 | 18 57 | 11 9 |
| 5 | 15 | 24 57 7 | 22 ♏ 2 | 20 16 | 21 18 | 26 48 | 7 37 | 20 51 | 11 6 |
| 6 | 16 | 25 55 44 | 4 31 | 20 19 | 21 23 | 27 26 | 8 43 | 22 45 | 11 2 |
| 7 | 17 | 26 54 19 | 16 51 | 20 22 | 21 28 | 28 4 | 9 48 | 24 40 | 10 59 |
| C 8 | 18 | 27 52 52 | 29 ♐ 3 | 20 25 | 21 32 | 28 42 | 10 54 | 26 34 | 10 56 |
| 9 | 19 | 28 51 23 | 11 9 | 20 29 | 21 36 | 29 20 | 11 59 | 28 ♉ 28 | 10 53 |
| 10 | 20 | 29 ♉ 49 53 | 23 ♑ 12 | 20 33 | 21 42 | 29 ♒ 58 | 13 4 | 0 22 | 10 49 |
| 11 | 21 | 0 48 21 | 5 15 | 20 36 | 21 44 | 0 36 | 14 9 | 2 16 | 10 46 |
| 12 | 22 | 1 46 47 | 17 21 | 20 40 | 21 47 | 1 13 | 15 14 | 4 9 | 10 43 |
| 13 | 23 | 2 45 11 | 29 ♒ 32 | 20 44 | 21 51 | 1 51 | 16 18 | 6 2 | 10 40 |
| 14 | 24 | 3 43 33 | 11 51 | 20 47 | 21 54 | 2 29 | 17 23 | 7 S 55 | 10 37 |
| C 15 | 25 | 4 41 53 | 24 ♓ 19 | 20 51 | 21 57 | 3 6 | 18 27 | 9 47 | 10 34 |
| 16 | 26 | 5 40 11 | 6 59 | 20 55 | 22 0 | 3 44 | 19 31 | 11 39 | 10 30 |
| 17 | 27 | 6 38 25 | 19 ♈ 52 | 20 58 | 22 3 | 4 21 | 20 35 | 13 30 | 10 27 |
| 18 | 28 | 7 36 44 | 3 2 | 21 2 | 22 5 | 4 58 | 21 38 | 15 21 | 10 24 |
| 19 | 29 | 8 34 58 | 16 ♉ 29 | 21 6 | 22 8 | 5 35 | 22 41 | 17 11 | 10 21 |
| 20 | 30 | 9 33 10 | 0 15 | 21 10 | 22 10 | 6 12 | 23 44 | 19 0 | 10 18 |
| | 1 | | | | | | | | |

| Latitudo Planetarũ ad diẽ | | ♄ | ♃ | ♂ | ♀ | ☿ | |
|---|---|---|---|---|---|---|---|
| | 1 | 0 37 | 0 17 | 0 14 | 1 26 | 2 A 14 | |
| | 11 | 0 31 | 0 27 | 0 25 | 1 51 | 1 51 | Mensis |
| | 21 | 0 29 | 0 36 | 0 41 | 2 17 | 0 S 55 | |

Syzygiæ Lunares.

| | | Occid. | Orient. | Orient. | Occid. | Orient. | Syzygiæ Planetarũ mutuę, & eorum congressus cum illustrioribus aliquibus stellis fixis |
|---|---|---|---|---|---|---|---|
| | ☉ | ♄ | ♃ | ♂ | ♀ | ☿ | |
| Dies. | H ′ | H ′ | H ′ | H ′ | H ′ | H ′ | |
| 1 ☌ | 6 37 | 21 □ 30 | 21 □ 34 | 18 □ 55 | | | ♀ m. c. cum pleia. |
| 2 Asc. | 15 ♎ | | | | | | |
| 3 | | | | | | | (45. |
| 4 | | 1 ✶ 48 | 2 △ 22 | 1 △ 24 | 11 ☌ 40 | 21 ✶ 33 | ☌ ♄ ... ☌ ♃ ☌ ... |
| 5 | 21 ✶ 13 | | | | | | ☿ ... 13. 51 ♃ m. c. cũ |
| 6 | | | | | | | ♀ oc. cũ pl. & hia. (cap. a |
| 7 | | | | | | 6 □ 39 | ☿ Perig. |
| 8 □ | 2 32 | 5 ☌ 27 | 6 ☍ 37 | 9 ☍ 47 | 17 ✶ 38 | | ♀ oc. cũ zona Ori. (Rel. |
| 9 Asc. | 3 ♍ | | | | | 16 △ 13 | ♀ m. c. cũ hiad. & oc. cũ |
| 10 | 8 △ 42 | | | | | | □ ☉ ♄ 0 ... ☉ ♃ 21. |
| 11 | | | | | 7 □ 28 | | ♀ occ. cum Syrio (44 b. |
| 12 | | 17 ✶ 2 | 14 △ 44 | 22 △ 41 | | | ♀ m. c. cum Aldeb. |
| 13 | | | | | 18 △ 36 | | ☿ or. cum hedis. (31. |
| 14 | | 20 □ 38 | 23 □ 36 | | | 21 ☍ 23 | □ ♄ ♀ 16. 26 ☿ or. cũ |
| 15 ☍ | 6 12 | | | 9 □ 38 | | | □ ♃ ♀ 5. 57. |
| 16 Asc. | 20 ♎ | | | | | | ♂ m. c. cũ cor. ♌. |
| 17 | | 6 △ 50 | 9 ✶ 8 | 23 ✶ 18 | | | ♀ occ. c. ... 1. 41. (Opsi... |
| 18 | | | | | | | ☉ ... 23. 28 ♀ m. c. cũ |
| 19 | | | | | 1 ☍ 40 | Occid. | ☌ ☉ ☿ 9. 51 \| □ ☌ ☿ 16. |
| 20 | 14 △ 21 | | | | | 16 △ 57. | ☉ ... □ ☉ ☌ 9. ... (1 d. |
| 21 | | | | | | | ☿ m. c. cum Rigel. |
| 22 | | 6 ☍ 34 | 8 ☌ 47 | | | | ♀ or. cum Aldeb. |
| 23 □ | 6 56 | | | 4 ☌ 45 | | 14 □ 57 | ♂ m. c. cum cauda Del. e |
| 24 Asc. | 4 ♏ | | | | 11 △ 39 | | ☿ or. cum Fomalh. |
| 25 | 21 ✶ 18 | | | | | | ♀ m. c. cum zona Orio. |
| 26 | | | | | | 10 ✶ 9 | |
| 27 | | 2 △ 7 | 3 ✶ 59 | | 1 □ 26 | | ☿ or. cum pleia. |
| 28 | | | | 3 ✶ 17 | | | ♂ m. c. cum cauda cygni. |
| 29 | | 8 □ 12 | 9 □ 51 | | 11 ✶ 42 | | ♀ m. c. cum de. hu. Auri. |
| 30 ☌ | 17 13 | | | 10 □ 36 | | | ♀ m. c. cum 1. 41. |
| 31 Asc. | 16 ♉ | | | | | | |

a. Die 5. ♂ m. c. cum aquila.
b. Die 10. ♀ occ. cum Aldeb.
c. Die 19. ♀ or. cum hinulus.
d. Die 20. ♀ m. c. cum capite, & hum. Orio.
e. Die 23. ♀ occ. cum cap. Med.

| Anni veteris | Anni Grego. | ☉ ♉ |  |  | ☽ ♉ |  | ♄ ♋ M |  A | ♃ ♑ S | D | ♂ ♒ M | D | ♀ ♊ S | A | ☿ ♉ S | A | ☊ ♊ |  |
|---|---|---|---|---|---|---|---|---|---|---|---|---|---|---|---|---|---|---|
| Dies |  | P | ′ | ″ | P | ′ | P | ′ | P | ′ | P | ′ | P | ′ | P | ′ | P | ′ |
| 21 | 1 | 10 | 31 | 21 | 14 | 19 | 21 | 14 | 22 | 12 | 6 | 49 | 24 | 46 | 20 | 49 | 10 | 15 |
| C 22 | 2 | 11 | 29 | 30 | 28 | 40 | 21 | 18 | 22 | 14 | 7 | 26 | 25 | 48 | 22 | 37 | 10 | 11 |
| 23 | 3 | 12 | 27 | 58 | ♊ 13 | 14 | 21 | 22 | 22 | 16 | 8 | 3 | 26 | 50 | 24 | 24 | 10 | 8 |
| 24 | 4 | 13 | 25 | 44 | 27 | 56 | 21 | 26 | 22 | 18 | 8 | 40 | 27 | 51 | 26 | 10 | 10 | 5 |
| 25 | 5 | 14 | 23 | 48 | ♋ 12 | 40 | 21 | 30 | 22 | 19 | 9 | 17 | 28 | 52 | 27 | 55 | 10 | 2 |
| 26 | 6 | 15 | 21 | 51 | 27 | 17 | 21 | 34 | 22 | 20 | 9 | 54 | 29 | 53 | 29 | 38 | 9 | 59 |
| 27 | 7 | 16 | 19 | 52 | ♌ 11 | 41 | 21 | 38 | 22 | 21 | 10 | 31 | ♋ 0 | 54 | ♊ 1 | 20 | 9 | 55 |
| 28 | 8 | 17 | 17 | 52 | 25 | 51 | 21 | 42 | 22 | 21 | 11 | 7 | 1 | 54 | 3 | 0 | 9 | 52 |
| C 29 | 9 | 18 | 15 | 51 | ♍ 9 | 46 | 21 | 47 | 22 ℞ | 21 | 11 | 44 | 2 | 54 | 4 | 39 | 9 | 49 |
| 30 | 10 | 19 | 13 | 48 | 23 | 8 | 21 | 51 | 22 | 21 | 12 | 20 | 3 | 54 | 6 | 16 | 9 | 46 |
| Ma. 1 | 11 | 20 | 11 | 44 | ♎ 6 | 16 | 21 | 56 | 22 | 21 | 12 | 56 | 4 | 53 | 7 | 51 | 9 | 43 |
| 2 | 12 | 21 | 9 | 39 | 19 | 0 | 22 | 1 | 22 | 21 | 13 | 32 | 5 | 52 | 9 | 25 | 9 | 40 |
| 3 | 13 | 22 | 7 | 32 | ♏ 1 | 25 | 22 | 6 | 22 | 21 | 14 | 8 | 6 | 51 | 10 | 57 | 9 | 37 |
| 4 | 14 | 23 | 5 | 24 | 13 | 44 | 22 | 11 | 22 | 20 | 14 | 44 | 7 | 49 | 12 | 28 | 9 | 34 |
| 5 | 15 | 24 | 3 | 14 | 25 | 48 | 22 | 16 | 22 | 20 | 15 | 20 | 8 D | 47 | 13 D | 56 | 9 | 31 |
| C 6 | 16 | 25 | 1 | 3 | ♐ 7 | 43 | 22 | 21 | 22 | 19 | 15 | 55 | 9 | 44 | 15 | 22 | 9 | 28 |
| 7 | 17 | 25 | 58 | 50 | 19 | 35 | 22 | 26 | 22 | 18 | 16 | 31 | 10 | 41 | 16 | 45 | 9 | 24 |
| 8 | 18 | 26 | 56 | 36 | ♑ 1 | 25 | 22 | 32 | 22 | 17 | 17 | 6 | 11 | 37 | 18 | 5 | 9 | 21 |
| 9 | 19 | 27 | 54 | 21 | 13 | 17 | 22 | 37 | 22 | 16 | 17 | 41 | 12 | 33 | 19 | 22 | 9 | 18 |
| 10 | 20 | 28 | 52 | 5 | 25 | 13 | 22 | 43 | 22 | 14 | 18 | 16 | 13 | 28 | 20 | 35 | 9 | 15 |
| 11 | 21 | 29 | 49 | 46 | ♒ 7 | 17 | 22 | 49 | 22 | 12 | 18 | 50 | 14 | 22 | 21 | 45 | 9 | 12 |
| 12 | 22 | ♊ 0 | 47 | 30 | 19 | 31 | 22 | 55 | 22 | 10 | 19 | 25 | 15 | 16 | 22 | 51 | 9 | 9 |
| C 13 | 23 | 1 | 45 | 10 | ♓ 1 | 56 | 23 | 1 | 22 | 7 | 19 | 59 | 16 | 9 | 23 | 53 | 9 | 5 |
| 14 | 24 | 2 | 42 | 49 | 14 | 40 | 23 | 7 | 22 | 5 | 20 | 33 | 17 | 2 | 24 | 51 | 9 | 2 |
| 15 | 25 | 3 | 40 | 27 | ♈ 27 | 41 | 23 | 13 | 22 | 2 | 21 | 7 | 17 | 54 | 25 | 45 | 8 | 59 |
| 16 | 26 | 4 | 38 | 4 | 11 | 0 | 23 | 20 | 21 | 59 | 21 | 41 | 18 | 46 | 26 | 34 | 8 | 56 |
| 17 | 27 | 5 | 35 | 40 | ♉ 24 | 40 | 23 | 26 | 21 | 56 | 22 | 15 | 19 | 37 | 27 | 18 | 8 | 53 |
| 18 | 28 | 6 | 33 | 15 | 8 | 30 | 23 | 32 | 21 | 53 | 22 | 48 | 20 | 28 | 27 | 57 | 8 | 49 |
| 19 | 29 | 7 | 30 | 49 | ♊ 22 | 59 | 23 | 38 | 21 | 50 | 23 | 22 | 21 | 18 | 28 | 30 | 8 | 46 |
| C 20 | 30 | 8 | 28 | 22 | 7 | 36 | 23 | 44 | 21 | 47 | 23 | 55 | 22 | 7 | 28 | 57 | 8 | 43 |
| 21 | 31 | 9 | 25 | 54 | 12 | 25 | 23 | 51 | 41 | 41 | 24 | 28 | 22 | 55 | 29 | 17 | 8 | 40 |

| Latitudo Planetarũ ad diē | ♄ |  | ♃ |  | ♂ |  | ♀ |  | ☿ |  |  |
|---|---|---|---|---|---|---|---|---|---|---|---|
| 1 | 0 | 28 | 0 | 26 | 0 | 59 | 2 | 42 | 0 | 41 |  |
| 11 | 0 | 27 | 0 | 26 | 1 | 18 | 2 D | 58 | 1 D | 40 | Meufis |
| 21 | 0 | 25 | 0 | 25 | 1 | 38 | 3 | 5 | 1 | 55 |  |

| Anni Iuliani | Anni Grego. | Positus Planetarum Diurnus. ☉ ♊ P | ′ | ″ | ☽ ♑ P | ′ | M A ♄ ♋ P | ′ | S D ♃ ♑ P | ′ | M D ♂ ♓ P | ′ | S D ♀ ♋ P | ′ | S D ☿ ♊ P | ′ | ☊ ♊ P | ′ |
|---|---|---|---|---|---|---|---|---|---|---|---|---|---|---|---|---|---|---|
| Dies | | | | | | | | | | | | | | | | | | |
| 22 | 1 | 10 | 23 | 26 | 7 | 20 | 23 | 57 | 21 | 39 | 25 | 1 | 23 | 43 | 29 | 29 | 8 | 37 |
| 23 | 2 | 11 | 20 | 57 | 22 | 14 | 24 | 4 | 21 | 35 | 25 | 34 | 24 | 30 | 29 ℞ | 34 | 8 | 34 |
| 24 | 3 | 12 | 18 | 27 | 7 ♌ | 1 | 24 | 11 | 21 | 31 | 26 | 6 | 25 | 16 | 29 | 31 | 8 | 30 |
| 25 | 4 | 13 | 15 | 56 | 21 | 32 | 24 | 17 | 21 | 27 | 26 | 38 | 26 | 2 | 29 M | 21 | 8 | 27 |
| 26 | 5 | 14 | 13 | 24 | 5 ♍ | 43 | 24 | 24 | 21 | 22 | 27 | 10 | 26 | 47 | 29 | 4 | 8 | 24 |
| C 27 | 6 | 15 | 10 | 51 | 19 | 34 | 24 | 31 | 21 | 17 | 27 | 41 | 27 | 30 | 28 | 40 | 8 | 21 |
| 28 | 7 | 16 | 8 | 18 | 3 ♎ | 0 | 24 | 38 | 21 | 12 | 28 | 12 | 28 | 22 | 28 | 9 | 8 | 18 |
| 29 | 8 | 17 | 5 | 44 | 16 | 3 | 24 | 45 | 21 | 7 | 28 | 43 | 28 | 53 | 27 | 32 | 8 | 14 |
| 30 | 9 | 18 | 3 | 9 | 28 | 44 | 24 | 52 | 21 | 2 | 29 | 14 | 29 | 33 | 26 | 49 | 8 | 11 |
| 31 | 10 | 19 | 0 | 33 | 11 ♏ | 6 | 24 | 59 | 20 | 56 | 29 | 41 | 0 ♌ | 12 | 26 | 0 | 8 | 8 |
| Iun. 1 | 11 | 19 | 57 | 56 | 23 | 13 | 25 | 6 | 20 | 51 | 0 ♈ | 13 | 0 | 49 | 25 | 7 | 8 | 5 |
| 2 | 12 | 20 | 55 | 19 | 5 ♐ | 8 | 25 | 13 | 20 | 45 | 0 | 41 | 1 | 25 | 24 | 11 | 8 | 2 |
| C 3 | 13 | 21 | 52 | 41 | 16 | 54 | 25 | 20 | 20 | 39 | 1 | 12 | 2 | 0 | 23 | 13 | 7 | 59 |
| 4 | 14 | 22 | 50 | 3 | 28 | 36 | 25 | 27 | 20 | 33 | 1 | 41 | 2 | 34 | 22 | 14 | 7 | 55 |
| 5 | 15 | 23 | 47 | 24 | 10 ♑ | 15 | 25 | 34 | 20 | 27 | 2 | 10 | 3 | 7 | 21 | 14 | 7 | 52 |
| 6 | 16 | 24 | 44 | 45 | 21 | 57 | 25 | 42 | 20 | 20 | 2 | 38 | 3 | 39 | 20 | 18 | 7 | 49 |
| 7 | 17 | 25 | 42 | 6 | 3 ♒ | 44 | 25 | 49 | 20 | 14 | 3 | 6 | 4 | 10 | 19 | 26 | 7 | 46 |
| 8 | 18 | 26 | 39 | 26 | 15 | 40 | 25 | 56 | 20 | 7 | 3 | 34 | 4 | 39 | 18 | 38 | 7 | 43 |
| 9 | 19 | 27 | 36 | 46 | 27 | 47 | 26 | 4 | 20 | 1 | 4 | 1 | 5 | 7 | 17 | 55 | 7 | 39 |
| C 10 | 20 | 28 | 34 | 6 | 10 ♓ | 7 | 26 | 11 | 19 | 54 | 4 | 28 | 5 | 33 | 17 | 17 | 7 | 36 |
| 11 | 21 | 29 | 31 | 26 | 22 | 46 | 26 | 18 | 19 | 48 | 4 | 55 | 5 | 57 | 16 | 46 | 7 | 33 |
| 12 | 22 | 0 ♋ | 28 | 45 | 5 ♈ | 45 | 26 | 26 | 19 | 41 | 5 | 21 | 6 | 20 | 16 | 21 | 7 | 30 |
| 13 | 23 | 1 | 26 | 4 | 19 | 5 | 26 | 33 | 19 | 34 | 5 | 47 | 6 | 41 | 16 | 5 | 7 | 27 |
| 14 | 24 | 2 | 23 | 22 | 2 ♉ | 48 | 26 | 41 | 19 | 27 | 6 | 12 | 7 | 0 | 15 | 55 | 7 | 24 |
| 15 | 25 | 3 | 20 | 42 | 16 | 54 | 26 | 49 | 19 | 20 | 6 | 37 | 7 | 17 | 15 D | 53 | 7 | 20 |
| 16 | 26 | 4 | 18 | 0 | 1 ♊ | 22 | 26 | 57 | 19 | 13 | 7 | 1 | 7 | 32 | 15 | 56 | 7 | 17 |
| 17 | 27 | 5 | 15 | 18 | 16 | 7 | 27 | 4 | 19 | 6 | 7 | 25 | 7 | 45 | 16 | 8 | 7 | 14 |
| 18 | 28 | 6 | 12 | 36 | 1 ♋ | 4 | 27 | 12 | 18 | 59 | 7 | 48 | 7 | 56 | 16 | 27 | 7 | 11 |
| 19 | 29 | 7 | 9 | 54 | 16 | 5 | 27 | 20 | 18 | 52 | 8 | 11 | 8 M | 5 | 16 A | 52 | 7 | 8 |
| 20 | 30 | 8 | 7 | 11 | 1 ♌ | 5 | 27 | 28 | 18 | 44 | 8 | 33 | 8 | 11 | 17 | 24 | 7 | 5 |
| Latitudo Planetarũ ad diẽ | | | | | | 1 | 0 | 24 | 0 | 25 | 2 | 5 | 2 | 39 | 1 M | 5 | Motus | |
| | | | | | | 11 | 0 | 22 | 0 | 24 | 2 | 35 | 2 | 37 | 1 | 50 | | |
| | | | | | | 21 | 0 | 21 | 0 | 23 | 3 | 6 | 1 M | 22 | 3 A | 4 | | |

Syzygiæ Lunares.

| | | Occid. | Orient. | Orient. | Occid. | Occid. | |
|---|---|---|---|---|---|---|---|
| | ☉ | ♄ | ♃ | ♂ | ♀ | ☿ | Syzygiæ Planetarũ mutuę, & eorum congressus cum illustrioribus aliquibus stellis fixis. |
| Dies | H ′ | H ′ | H ′ | H ′ | H ′ | H ′ | |
| 1 | | | 22 ☍ 57 | | | | ☌ ♄ ♀ 8. 21 ☿ or. cũ cap. |
| 2 | | 3 ☌ 0 | | | 3 ☌ 52 | | (Med. |
| 3 | 9 ✱ 21 | | | | | | |
| 4 | | | | 8 ☍ 58 | | 13 ✱ 10 | |
| 5 □ | 15 57 | | | | | | |
| 6 Asc. | 5 ♊ | 8 ✱ 35 | 3 △ 2 | | 14 ✱ 57 | 15 □ 13 | △ ♂ ☿ 22.50. |
| 7 | | | | | | | ♂ occ. cum rostro gal. |
| 8 | 2 △ 6 | 16 □ 37 | 9 □ 32 | | | 10 △ 33 | |
| 9 | | | | 1 △ 9 | 1 □ 36 | | |
| 10 | | | 19 ✱ 20 | | | | |
| 11 | | 3 △ 49 | | 14 □ 42 | 16 △ 7 | | ☿ m. c. cum Pral. |
| 12 | | | | | | | ☉ ☋ 1.51. a. (24 ♃ b |
| 13 ☍ | 11 15 | | | | | 11 ☍ 59 | ☌ ☉ ☿ 16. 33 ♀ or. cum |
| 14 Asc. | 24 ♍ | | | 6 ✱ 38 | | Orient. | ♀ or. cum Pral. ☍ acer. c |
| 15 | | | 20 ☌ 42 | | | | ☉ ap. ♀ or. cũ pr. et 24 5 |
| 16 | | 7 ☍ 42 | | | | | ☿ m. c. cũ aq. ♀ oc. cũ Her. |
| 17 | | | | | 9 ☍ 54 | | |
| 18 | 23 △ 40 | | | | | 5 △ 33 | ♀ occ. cum asi. aust. |
| 19 | | | | 12 ☌ 36 | | | ♀ occ. cum Pral. (Apo |
| 20 | | | 18 ✱ 23 | | | 13 □ 4 | ♂ occ. cũ lyra, ☍ ♀ cũ |
| 21 □ | 13 33 | 6 △ 36 | | | | | |
| 22 Asc. | 12 ♉ | | | | 1 △ 8 | 18 ✱ 42 | |
| 23 | 23 ✱ 13 | 13 □ 11 | 0 □ 55 | | | | |
| 24 | | | | 5 ✱ 57 | 7 □ 18 | | |
| 25 | | 16 ✱ 37 | 4 △ 0 | | | | ♀ occ cũ asi. bor. |
| 26 | | | | 9 □ 26 | 10 ✱ 12 | | ☉ ☊ 9.37 ♂ m. c. cũ Fo. |
| 27 | | | | | | 0 ☌ 2 | |
| 28 ☌ | 8 51 | | | 11 △ 3 | | | |
| 29 Asc. | 25 [illegible] | 18 ☌ 9 | 4 ☍ 24 | | | | ☉ Perig. |
| 30 | | | | | 12 ☌ 32 | | △ ♄ ♂ 17.50. |

a. *Die 11. ☿ m. c. cum dex. hu. Orio.*
b. *Die 13. ☿ m. c. cum dex. hu. Aur.*
c. *Die 14. ☿ m. c. cum sinis. Orio.*
*☿ Fit ℞ occidendo cum cane minore.*

7-

Syzygiæ Lunares.

| | | Occid. | Orient. | Orient. | Occid. | Orient. | Syzygiæ Planetarũ mutuæ, & eorum congressus cum illustrioribus aliquibus stellis fixis. |
|---|---|---|---|---|---|---|---|
| | ☉ | ♄ | ♃ | ♂ | ♀ | ☿ | |
| Dies | H | H | H | H | H | H | |
| 1 | | | | | | 3 ✱ 40 | ☿ m.c. cum zona Orio. |
| 2 | 17 ✱ 14 | | | 15 ☍ 11 | | | |
| 3 | | 22 ✱ 54 | 6 △ 22 | | | 9 □ 2 | |
| 4 | | | | | 17 ✱ 11 | | ♄ occ. cum Her. |
| 5 □ | 1 45 | | 13 □ 16 | | | 18 △ 44 | |
| 6 Asc. | 1 [illegible] | 5 □ 53 | | | | | ☿ m.c. cũ dex. hu. Aur. |
| 7 | 14 △ 27 | | 19 ✱ 4 | 6 △ 0 | 0 □ 2 | | ☿ m.c. cũ dex hu. Orio. |
| 8 | | 16 △ 23 | | | | | |
| 9 | | | | 18 □ 28 | 9 △ 50 | | ☍ ♂ ♃ 19.11 ☽ [illegible] |
| 10 | | | Occid. | | | | ♃ m.c. cum rostro gall. |
| 11 | | | | | | 5 ☍ 30 | ♄ or. cum asi. bor. |
| 12 | | | 19 ☌ 2 | 9 ✱ 28 | | | ☽ Apog. |
| 13 ☍ | 2 35 | 20 ☍ 16 | | | | | ☿ [illegible] Ap. |
| 14 Asc. | 14 [illegible] | | | | 9 ☍ 7 | | |
| 15 | | | | | | | |
| 16 | | | | | | | ☿ m.c. cum Syrio. |
| 17 | | | 19 ✱ 3 | 13 ☌ 28 | | 1 △ 58 | |
| 18 | 13 △ 7 | 21 △ 0 | | | | | ☿ occ. cum hedis. |
| 19 | | | | | 2 △ 51 | 19 □ 50 | ☿ m.c. cum Pros. & asi. |
| 20 | | | 4 □ 49 | | | | [illegible] ☿ 22.43 ☿ [illegible] 17 |
| 21 □ | 0 47 | 4 □ 35 | | | 6 □ 42 | | (Regul. |
| 22 Asc. | 2 [illegible] | | 7 △ 33 | 4 ✱ 45 | | 9 ✱ 37 | ☍ ♃ ☿ 0.13. ☿ or. cum |
| 23 | 8 ✱ 8 | 8 ✱ 28 | | | 6 ✱ 17 | [illegible] | ☌ ☽ ♀ 9.51 ☌ ☽ [illegible] 15 a |
| 24 | | Orient. | | 7 □ 20 | Orient. | | ♃ occ. cum corona. b. |
| 25 | | | | | | | ♄ or. cum Presep. |
| 26 | | | 9 ☍ 13 | 7 △ 59 | | | ☽ Perig. ♄ or. cũ Acar. |
| 27 ☌ | 15 57 | 10 ☌ 25 | | | 5 ☌ 39 | 0 ☌ 18 | ♀ or. cũ Acar. & Pros. |
| 28 Asc. | 26 69 | | | | | | ☌ ♀ ☽ 5.24 ♀ or. cũ 24 |
| 29 | | | | | | | ♄ occ. cum asi bor. |
| 30 | | | 10 △ 16 | 10 ☍ 1 | | | ☌ ♄ ☿ 17.53. c(el. Ac. |
| 31 | | 14 ✱ 54 | | | | 13 ✱ 54 | [illegible] ☍ 19 11 ☿ or. cũ [illegible] |

a. Die 27. ☌ ♄ ♀ 6.47. ☽ ☊ 17.7. ☿ m.c. cum proc. & Her.

b. Die 24. ☿ occ. cum [illegible], & asi. austr.

c. Die 30. ☿ or. cum asi. bor.

☍ 15 in fine [illegible] accidentia sunt cum [illegible].

Positus Planetarum Diurnus.

| | | | | | M | A | S | D | M | D | M | D | S | A | | |
|---|---|---|---|---|---|---|---|---|---|---|---|---|---|---|---|---|
| | | ☉ ♌ | | | ☽ ♎ | | ♄ ♌ | | ♃ ♑ | | ♂ ♓ | | ♀ ♋ | | ☿ ♌ | | ☊ ♊ | |
| Dies | | P | ' | " | P | ' | P | ' | P | ' | P | ' | P | ' | P | ' | P | ' |
| C 22 | 1 | 8 | 42 | 53 | 6 | 56 | 1 | 44 | 14 | 47 | 14 | 48 | 25 | 28 | 3 | 53 | 5 | 23 |
| 23 | 2 | 9 | 40 | 27 | 20 | 25 | 1 | 52 | 14 | 41 | 14 | 46 | 24 | 59 | 5 | 44 | 5 | 20 |
| 24 | 3 | 10 | 37 | 59 | 3 ♒ | 33 | 2 | 0 | 14 | 35 | 14 | 44 | 24 | 32 | 7 | 35 | 5 | 17 |
| 25 | 4 | 11 | 35 | 32 | 16 | 21 | 2 | 8 | 14 | 29 | 14 | 41 | 24 | 7 | 9 | 27 | 5 | 13 |
| 26 | 5 | 12 | 33 | 6 | 28 ♓ | 53 | 2 | 16 | 14 | 23 | 14 | 37 | 23 | 44 | 11 | 19 | 5 | 10 |
| 27 | 6 | 13 | 30 | 40 | 11 | 8 | 2 | 24 | 14 | 17 | 14 | 32 | 23 A | 21 | 13 | 11 | 5 | 7 |
| 28 | 7 | 14 | 28 | 19 | 23 ♑ | 12 | 2 | 32 | 14 | 11 | 14 | 27 | 23 | 4 | 15 | 4 | 5 | 4 |
| C 29 | 8 | 15 | 25 | 57 | 5 | 6 | 2 | 40 | 14 | 5 | 14 | 21 | 22 | 47 | 16 | 57 | 5 | 1 |
| 30 | 9 | 16 | 23 | 36 | 16 | 54 | 2 | 48 | 14 | 0 | 14 | 14 | 22 | 33 | 18 | 50 | 4 | 57 |
| 31 | 10 | 17 | 21 | 16 | 28 ♒ | 39 | 2 | 56 | 13 | 54 | 14 | 7 | 22 | 23 | 20 | 43 | 4 | 54 |
| Au. 1 | 11 | 18 | 18 | 57 | 10 | 23 | 3 | 4 | 13 | 49 | 13 | 59 | 22 | 14 | 22 | 36 | 4 | 51 |
| 2 | 12 | 19 | 16 | 20 | 22 | 11 | 3 | 12 | 13 | 44 | 13 | 49 | 22 | 9 | 24 | 29 | 4 | 48 |
| 3 | 13 | 20 | 14 | 12 | 4 ♓ | 0 | 3 | 20 | 13 | 39 | 13 | 39 | 22 Di | 7 | 26 D | 21 | 4 | 45 |
| 4 | 14 | 21 | 12 | 7 | 16 | 11 | 3 | 28 | 13 | 34 | 13 | 28 | 22 | 7 | 28 ♍ | 13 | 4 | 41 |
| C 5 | 15 | 22 | 9 | 53 | 28 ♈ | 29 | 3 | 36 | 13 | 30 | 13 | 16 | 22 | 9 | 0 | 5 | 4 | 38 |
| 6 | 16 | 23 | 7 | 40 | 11 | 4 | 3 | 44 | 13 | 26 | 13 | 3 | 22 | 12 | 1 | 56 | 4 | 35 |
| 7 | 17 | 24 | 5 | 28 | 23 ♉ | 59 | 3 | 51 | 13 | 22 | 12 | 50 | 22 | 17 | 3 | 47 | 4 | 32 |
| 8 | 18 | 25 | 3 | 18 | 7 | 16 | 3 | 59 | 13 | 18 | 12 | 36 | 22 | 24 | 5 | 37 | 4 | 29 |
| 9 | 19 | 26 | 1 | 9 | 20 ♊ | 56 | 4 | 7 | 13 | 15 | 12 | 22 | 22 | 33 | 7 | 27 | 4 | 26 |
| 10 | 20 | 26 | 59 | 1 | 4 | 38 | 4 | 14 | 13 | 11 | 12 | 8 | 22 | 44 | 9 | 16 | 4 | 22 |
| 11 | 21 | 27 | 56 | 55 | 19 ♋ | 20 | 4 | 22 | 13 | 7 | 11 | 54 | 22 | 57 | 11 | 5 | 4 | 19 |
| C 12 | 22 | 28 | 54 | 50 | 3 | 37 | 4 | 29 | 13 | 4 | 11 | 39 | 23 | 12 | 12 | 53 | 4 | 16 |
| 13 | 23 | 29 ♍ | 52 | 47 | 18 ♌ | 44 | 4 | 37 | 13 | 1 | 11 | 24 | 23 | 29 | 14 | 40 | 4 | 13 |
| 14 | 24 | 0 | 50 | 45 | 3 | 35 | 4 | 44 | 12 | 58 | 11 | 9 | 23 | 48 | 16 | 27 | 4 | 10 |
| 15 | 25 | 1 | 48 | 45 | 18 ♍ | 20 | 4 | 51 | 12 | 55 | 10 | 53 | 24 | 9 | 18 | 13 | 4 | 6 |
| 16 | 26 | 2 | 46 | 46 | 2 | 55 | 4 | 59 | 12 | 53 | 10 | 37 | 24 | 32 | 19 | 58 | 4 | 3 |
| 17 | 27 | 3 | 44 | 48 | 17 ♎ | 15 | 5 | 6 | 12 | 51 | 10 | 20 | 24 | 57 | 21 | 41 | 4 | 0 |
| 18 | 28 | 4 | 42 | 52 | 1 | 16 | 5 | 14 | 12 | 49 | 10 | 3 | 25 | 23 | 23 | 23 | 3 | 57 |
| C 19 | 29 | 5 | 40 | 57 | 14 | 57 | 5 | 21 | 12 | 47 | 9 | 45 | 25 | 51 | 25 | 4 | 3 | 54 |
| 20 | 30 | 6 | 39 | 4 | 28 | 20 | 5 | 28 | 12 | 46 | 9 | 26 | 26 | 21 | 26 | 44 | 3 | 51 |
| 21 | 31 | 7 | 37 | 13 | 11 ♏ | 24 | 5 | 35 | 12 | 44 | 9 | 7 | 26 | 52 | 28 | 23 | 3 | 47 |
| Latitudo Planetarũ ad diẽ | | | | | | 1 | 0 | 18 | 0 | 17 | 5 | 30 | 4 A | 48 | 2 | 3 | | |
| | | | | | | 11 | 0 | 17 | 0 | 14 | 6 | 6 | 5 | 15 | 1 D | 44 | Mensis | |
| | | | | | | 21 | 0 | 17 | 0 | 12 | 6 | 31 | 4 | 55 | 2 | 13 | | |

Syzygiae Lunares.

| | | Orient. | Occid. | Orient. | Orient. | Orient. | Syzygiae Planetarũ mutuę & eorum congressus cum illustrioribus aliquibus stellis fixis. |
|---|---|---|---|---|---|---|---|
| | ☉ | ♄ | ♃ | ♂ | ♀ | ☿ | |
| Dies | H ′ | H ′ | H ′ | H ′ | H ′ | H ′ | |
| 1 | 3 ✱ 25 | | 13 □ 58 | | | | ☿ or. cum prae. et 2 45. a |
| 2 | | 20 □ 10 | | | 8 □ 4 | | ♄ m. cum Praesepe. |
| 3 □ | 24 20 | | 1 ✱ 55 | 3 △ 11 | | 8 □ 49 | ♄ or. cum cane mi. |
| 4 Asc. | 12 [illegible] | | | | 14 △ 24 | | ♀ occ. cũ Prae. & Ap. |
| 5 | | 6 △ 42 | | | | | ☽ [illegible] 12.37 ♄ m. cũ asel. b |
| 6 | 5 △ 9 | | | 6 □ 12 | | 4 △ 49 | ☌ ♃ ☿ 8.34. |
| 7 | | | | | | Occid. | ♄ or. cũ asi. aust. et or. cũ |
| 8 | | | 18 ☌ 2 | 8 ✱ 1[illegible] | | | ♄ occ. cũ Apol. (Praesc. |
| 9 | | | | | 11 ☍ 22 | | |
| 10 | | 8 ☍ 51 | | | | | ☽ Apog. |
| 11 ☍ | 17 30 | | | | | | |
| 12 Asc. | 16 ♌ | | | | | 5 ☍ 29 | |
| 13 | | | 18 ✱ 58 | 18 ☌ 54 | | | ✱ ♃ ☌ [illegible] ☿ st. retrog. |
| 14 | | | | | 11 △ 38 | | |
| 15 | | 9 △ 50 | | | | | |
| 16 | | | 4 □ 23 | | 20 □ 49 | | ☿ or. cum coma Beren. |
| 17 | 0 △ 12 | 18 □ 2 | | | | 20 △ 32 | ☿ or. cum hyd. ♂ occ. cũ |
| 18 | | | 10 △ 13 | 9 ✱ 11 | | | (Algorab. |
| 19 □ | 9 23 | 12 ✱ 36 | | | 2 ✱ 45 | | ☽ [illegible] 22.53. |
| 20 Asc. | 5 [illegible] | | | 11 □ 46 | | 8 □ 12 | ♀ occ. cum asi. austr. |
| 21 | 15 ✱ 9 | | | | | | ☍ ♂ ♀ 9.31. a |
| 22 | | | 14 ☍ 45 | 12 △ 11 | | 15 ✱ 30 | ✱ ♃ ☿ 1.11 ♀ oc. cũ Pre. |
| 23 | | | | | 7 ☌ 43 | | ☽ 17. ♀ occ. cum Apoll. |
| 24 | | 1 ☌ 52 | | | | | |
| 25 ☌ | 23 50 | | | | | | |
| 26 Asc. | 17 [illegible] | | 16 △ 40 | 12 ☍ 38 | | | ☿ m. c. cum cauda ♌. |
| 27 | | | | | 14 ✱ 36 | 8 ☌ 38 | |
| 28 | | 7 ✱ 0 | 20 □ 16 | | | | ♃ or. cum neb. [illegible]. |
| 29 | | | | | 20 □ 17 | | ✱ ♀ ♄ 16.7. (rpit. cor. |
| 30 | 16 ✱ 29 | 13 □ 7 | | 19 △ 32 | | | ☿ or. cum [illegible] ♂ m. c. cũ |
| 31 | | | 1 ✱ 29 | | | | ☿ or. cum asi bor. |

a. Die 1. ☿ occ. cum Apolline.
b. Die 5. ☿ or. cum cane maio.
c. Die 7. ☿ occ. cum rostro corvi, & dex. hum. Auriga.
d. Die 27. ☿ or. cum cauda ♌.

September 1593

Positus Planetarum Diurnus.

| Dies | | ☉ ♍ P | ′ | ″ | ☽ ♒ P | ′ | ♄ ♌ P | ′ | ♃ P | ′ | ♂ ♉ P | ′ | ♀ P | ′ | ☿ ♉ P | ′ | ☊ ♊ P | ′ |
|---|---|---|---|---|---|---|---|---|---|---|---|---|---|---|---|---|---|---|
| 22 | 1 | 8 | 35 | 23 | 24 ♓ | 13 | 5 | 42 | 12 | 41 | 8 | 49 | 27 | 35 | 0 | 0 | 3 | 44 |
| 23 | 2 | 9 | 33 | 35 | 6 | 47 | 5 | 49 | 12 | 42 | 8 | 30 | 27 | 59 | 1 | 36 | 3 | 41 |
| 24 | 3 | 10 | 31 | 49 | 19 | 8 | 5 | 56 | 12 | 41 | 8 A | 12 | 28 | 35 | 3 | 10 | 3 | 38 |
| 25 | 4 | 11 | 30 | 1 | 1 | 19 | 6 | 3 | 12 | 40 | 7 | 55 | 29 | 1 | 4 | 42 | 3 | 35 |
| C 26 | 5 | 12 | 28 | 21 | 13 | 23 | 6 | 10 | 12 | 39 | 7 | 38 | 29 | 50 | 6 M | 12 | 3 | 31 |
| 27 | 6 | 13 | 26 | 39 | 25 | 23 | 6 | 17 | 12 | 39 | 7 | 21 | 0 ♌ | 29 | 7 | 39 | 3 | 28 |
| 28 | 7 | 14 | 24 | 50 | 7 | 20 | 6 | 24 | 12 Dr | 39 | 7 | 5 | 1 | 9 | 9 | 4 | 3 | 25 |
| 29 | 8 | 15 | 23 | 21 | 19 | 18 | 6 | 31 | 12 | 39 | 6 | 49 | 1 | 55 | 10 | 26 | 3 | 22 |
| 30 | 9 | 16 | 21 | 44 | 1 ♈ | 19 | 6 | 37 | 12 | 39 | 6 | 33 | 2 | 34 | 11 | 45 | 3 | 19 |
| 31 | 10 | 17 | 20 | 9 | 13 | 26 | 6 | 44 | 12 | 39 | 6 | 18 | 3 | 18 | 13 | 1 | 3 | 16 |
| Sep. 1 | 11 | 18 | 18 | 36 | 25 ♈ | 43 | 6 | 51 | 12 | 39 | 6 | 3 | 4 | 7 | 14 | 13 | 3 | 12 |
| C 2 | 12 | 19 | 17 | 5 | 8 | 14 | 6 | 57 | 12 | 40 | 5 | 48 | 4 | 49 | 15 | 23 | 3 | 9 |
| 3 | 13 | 20 | 15 | 35 | 21 ♉ | 0 | 7 | 4 | 12 | 41 | 5 | 35 | 5 | 31 | 16 | 30 | 3 | 6 |
| 4 | 14 | 21 | 14 | 7 | 4 | 3 | 7 | 10 | 12 | 41 | 5 | 23 | 6 | 23 | 17 | 33 | 3 | 3 |
| 5 | 15 | 22 | 12 | 41 | 17 ♊ | 27 | 7 | 17 | 12 | 43 | 5 | 10 | 7 | 11 | 18 | 33 | 3 | 0 |
| 6 | 16 | 23 | 11 | 17 | 1 | 11 | 7 | 23 | 12 | 44 | 4 | 59 | 8 | 6 | 19 | 29 | 2 | 56 |
| 7 | 17 | 24 | 9 | 55 | 15 | 13 | 7 | 29 | 12 | 46 | 4 | 48 | 8 | 50 | 20 | 21 | 2 | 53 |
| 8 | 18 | 25 | 8 | 26 | 29 ♋ | 15 | 7 | 35 | 12 | 48 | 4 | 38 | 9 | 40 | 21 | 8 | 2 | 50 |
| C 9 | 19 | 26 | 7 | 17 | 14 | 5 | 7 | 41 | 12 | 50 | 4 | 29 | 10 | 31 | 21 | 50 | 2 | 47 |
| 10 | 20 | 27 | 6 | 0 | 28 ♌ | 41 | 7 | 47 | 12 | 53 | 4 | 20 | 11 | 23 | 22 | 26 | 2 | 44 |
| 11 | 21 | 28 | 4 | 45 | 13 | 17 | 7 | 53 | 12 | 55 | 4 | 11 | 12 | 16 | 22 | 57 | 2 | 41 |
| 12 | 22 | 29 | 3 | 34 | 27 ♍ | 40 | 7 | 59 | 12 | 58 | 4 | 5 | 13 | 9 | 23 | 23 | 2 | 37 |
| 13 | 23 | 0 ♎ | 2 | 21 | 12 | 3 | 8 | 5 | 13 | 1 | 3 | 59 | 14 | 3 | 23 | 43 | 2 | 34 |
| 14 | 24 | 1 | 1 | 12 | 26 | 3 | 8 | 11 | 13 | 4 | 3 | 53 | 14 | 58 | 23 | 58 | 2 | 31 |
| 15 | 25 | 2 | 0 | 3 | 9 ♎ | 49 | 8 | 17 | 13 | 7 | 3 | 48 | 15 | 53 | 24 | 2 | 2 | 28 |
| C 16 | 26 | 2 | 59 | 0 | 23 | 11 | 8 | 23 | 13 | 10 | 3 | 43 | 16 | 49 | 24 ℞ | 2 | 2 | 25 |
| 17 | 27 | 3 | 57 | 57 | 6 ♏ | 19 | 8 | 28 | 13 | 14 | 3 | 41 | 17 | 45 | 23 | 57 | 2 | 22 |
| 18 | 28 | 4 | 56 | 56 | 19 | 12 | 8 | 34 | 13 | 18 | 3 | 39 | 18 | 42 | 23 A | 46 | 2 | 18 |
| 19 | 29 | 5 | 55 | 57 | 1 ♐ | 52 | 8 | 39 | 13 | 21 | 3 | 37 | 19 | 39 | 23 | 29 | 2 | 15 |
| 20 | 30 | 6 | 55 | 0 | 14 | 21 | 8 | 45 | 13 | 25 | 3 | 36 | 20 | 37 | 23 | 5 | 2 | 12 |

| Latitudo Planetarũ ad diẽ | ♄ | ′ | ♃ | ′ | ♂ | ′ | ♀ | ′ | ☿ | ′ | Mensis |
|---|---|---|---|---|---|---|---|---|---|---|---|
| 1 | 0 | 16 | 0 | 10 | 6 A | 43 | 4 | 4 | 0 M | 36 | |
| 11 | 0 | 26 | 0 | 7 | 6 | 23 | 2 | 57 | 1 | 6 | |
| 21 | 0 | 25 | 0 | 5 | 5 | 50 | 1 | 51 | 2 A | 53 | |

| Syzygiæ Lunares. | | | | | | | |
|---|---|---|---|---|---|---|---|
| | | Orient. | Occid. | Orient. | Orient. | Occid. | Syzygiæ Planetarũ mutuæ, & eorum congressus cum illustrioribus aliquibus stellis fixis. |
| | ☽ | ♄ | ♃ | ♂ | ♀ | ☿ | |
| Dies | H , | H , | H , | H , | H , | H , | |
| 1 | | 12 △ 4 | | | 6 △ 4 | 12 ✱ 40 | ☌ ☽ ♂ 7.48. \| ☽ ☋ 10.a. |
| 2 □ | 6 0 | | | 3 □ 15 | | | ♀ or.cũ proc.et 45.(7.a. |
| 3 Alc. | 26 ♒ | | | Occid. | | | ♀ occ.cũ ast.bor.(Arct. |
| 4 | 21 △ 49 | | 22 ☌ 21 | 12 ✱ 50 | | 7 □ 32 | ✱ ♄ ☿ 23.25. \| ☿ or.cũ |
| 5 | | | | | | | △ ☽ ♃ 4.33. |
| 6 | | 22 ☍ 8 | | | 10 ☍ 50 | | ☽ Apog. |
| 7 | | | | | | 3 △ 56 | (spic.♍ |
| 8 | | | | | | | ♄ occ.cũ ast.bor. \| ☿ oc.cũ |
| 9 | | | 21 ✱ 26 | 10 ☌ 25 | | | □ ♃ ☿ 17.3. \| ♀ m.c.cum |
| 10 ☍ | 8 14 | | | | | | ♀ m.c.cum ast.(præsc.b. |
| 11 Alc. | 14 ♉ | 21 △ 30 | | | 17 △ 0 | | ☿ m.c.cum Fomah. c. |
| 12 | | | 8 □ 21 | | | 14 ☍ 48 | ♀ or.cum Algor. |
| 13 | | | | | | | ♀ or.cum [illegible] coru. |
| 14 | | 5 □ 39 | 15 △ 31 | 2 ✱ 24 | 4 □ 26 | | ♀ or.cum cing.♍. |
| 15 | 8 △ 57 | | | | | | ☌ ♄ ♀ 3.23. \| ♀ oc.cum |
| 16 | | 10 ✱ 38 | | 6 □ 22 | 12 ✱ 6 | | ☽ ☊ 3.5 (ro.cur et 31.d. |
| 17 □ | 16 14 | | | | | 9 △ 1 | ♀ or.cum cane maiore. |
| 18 Alc. | 6 ♍ | | 23 ☍ 1 | 8 △ 16 | | | |
| 19 | 21 ✱ 11 | | | | | 13 □ 17 | |
| 20 | | 15 ☌ 4 | | | 22 ☌ 24 | | ☽ Perig. |
| 21 | | | | | | 16 ✱ 30 | |
| 22 | | | | 10 [illegible] 31 | | | |
| 23 | | | 1 △ 35 | | | | |
| 24 ☌ | 9 36 | 21 ✱ 22 | | | | | ♀ m.c.cum hydra. |
| 25 Alc. | 12 ♊ | | 6 □ 1 | | 11 ✱ 44 | | |
| 26 | | | | 19 △ 22 | | 1 ☌ 32 | |
| 27 | | 4 □ 2 | 12 ✱ 57 | | 23 □ 0 | | |
| 28 | | | | | | | |
| 29 | 8 ✱ 29 | 13 △ 8 | | 3 □ 22 | | | ☽ ☋ 0.45. |
| 30 | | | | | 13 △ 16 | 16 ✱ 23 | |

*a.* Die 1. ♀ or.cum Præsepe & Acar. | *d.* Die 15. ☿ oc.cum spica ♍.
*b.* Die 9. ☿ or.cum corona.
*c.* Die 11. ☿ occ.cum cauda ♌.
♃ Fit stat.ad dir.oriendo cum nebul.aculei ♏.

| Syzygiæ Lunares. | | | | | | | |
|---|---|---|---|---|---|---|---|
| | | Orient. | Occid. | Occid. | Orient. | Occid. | Syzygiæ Planetarũ mutuæ, & eorum congressus cum illustrioribus aliquibus stellis fixis. |
| | ☽ | ♄ | ♃ | ♂ | ♀ | ☿ | |
| Dies | H ′ | H ′ | H ′ | H ′ | H ′ | H ′ | |
| 1 | | | | 13 ✶ 36 | | | ✶ ♀ ☿ 15.34. |
| 2 □ | 0 14 | | 9 ☌ 19 | | | | ✶ ☉ ♄ 0.53. |
| 3 Asc. | 18 ♓ | | | | | 0 □ 30 | ☉ Apog. ☌ ♀ in reg. |
| 4 | 16 △ 29 | 11 ☍ 44 | | | | | |
| 5 | | | | | 21 ☍ 56 | 8 △ 29 | |
| 6 | | | | 12 ☌ 25 | | | |
| 7 | | | 8 ✶ 10 | | | | □ ☉ ♃ 5. 0. |
| 8 | | | | | | | ♀ or. cum spica ♍. |
| 9 ☍ | 12 16 | 8 △ 49 | 17 □ 41 | | | 11 ☍ 24 | ☌ ☉ ☿ 15.21 (ca. Alg. a. |
| 10 Asc. | 4 ♓ | | | | | Orient. | ♀ or. cũ coma Ber. & oc. |
| 11 | | 16 □ 8 | | 6 ✶ 47 | 1 △ 59 | | ♄ or. cũ canem m. h. (cor. |
| 12 | | | 0 △ 47 | | | | □ ♃ ♀ 4.40 ☿ or. cũ ra. |
| 13 | | 20 ✶ 43 | | 12 □ 16 | 11 □ 21 | | ☌ [illegible] 6.32. |
| 14 | 16 △ 26 | | | | | 3 △ 54 | ☍ ☉ ♃ 1.49. |
| 15 | | | | 15 △ 37 | 17 ✶ 52 | | |
| 16 □ | 22 26 | | 7 ☍ 42 | | | 5 □ 17 | |
| 17 Asc. | 7 ♓ | | | | | | ☉ Perig. |
| 18 | | 1 ☌ 20 | | | | 6 ✶ 45 | |
| 19 | | | | 21 ☍ 9 | | | ♃ occ. cum corona. |
| 20 | | | 12 △ 57 | | 6 ☌ 20 | | ♀ or. cum cauda ♌. |
| 21 | | | | | | | |
| 22 | | 8 ✶ 37 | 18 □ 17 | | | 16 ☌ 2 | |
| 23 ☌ | 4 0 | | | | | | ♂ m. c. cum Fomalh. |
| 24 Asc. | 26 ♓ | 15 □ 51 | | 10 △ 19 | | | ∠ ♃ ♀ 4.31 ☿ m. cũ Alg. |
| 25 | | | 2 ✶ 20 | | 4 ✶ 12 | | □ ♃ ☿ 12.12. |
| 26 | | | | 20 □ 58 | | | ☉ ☊ 6.31 ☿ m. cũ ra. cor. |
| 27 | | 1 △ 30 | | | 19 □ 51 | 15 ✶ 23 | ♀ or. cũ spica ♍. |
| 28 | | | | | | | |
| 29 | 5 ✶ 19 | | | 9 ✶ 29 | | | ♀ m. c. cum cauda ♌. |
| 30 | | | 0 ☌ 36 | | 11 △ 0 | 7 □ 27 | ☊ Apog. |
| 31 □ | 19 59 | | | | | | |
| Asc. | 19 ♒ | a. Die 20. ☿ or. cum c. [illegible] ♍. | | | | | |

b. Die 11 ♃ [illegible]
♂ [illegible] cum Lyra.
☿ [illegible] ♍.

| Syzygiæ Lunares. | | | | | | | | |
|---|---|---|---|---|---|---|---|---|
| | | Orient. | Occid. | Occid. | Orient. | Orient. | Syzygiæ Planetarum inter se & eorum congressus cum illustrioribus aliquibus stellis fixis. |
| | ☉ | ♄ | ♃ | ♂ | ♀ | ☿ | |
| Dies | H ′ | H ′ | H ′ | H ′ | H ′ | H ′ | |
| 1 | | 0 ☌ 10 | | | | | |
| 2 | | | | | | 0 △ 24 | ♃ m.c. cum rost. gall. |
| 3 | 11 △ 21 | | 23 ✶ 32 | 20 ☌ 59 | | | □ ♄ ♃ 8. ☉ ☌ [illegible] 34 |
| 4 | | | | | 21 ☍ 38 | | ♀ or. cum [illegible] |
| 5 | | 19 △ 37 | | | | | ♀ occ. cum rostro corui. |
| 6 | | | 8 □ 20 | | | | ♀ m.c. cum cau. Beren. |
| 7 | | | | | | 5 ☍ 40 | ☿ occ. cum Algorab. |
| 8 ☍ | 11 27 | 2 □ 3 | 14 △ 43 | 3 ✶ 20 | | | |
| 9 Alc. | 18 ♌ | | | | 19 △ 19 | | ☿ ☊ 11.11 ☿ or. cum lyra. |
| 10 | | 3 ✶ 55 | | 10 □ 34 | | | ✶ ☽ ♃ 21.36 ♀ or. cum |
| 11 | | | | | | | (Arcturo. |
| 12 | 23 △ 40 | | 20 ☍ 48 | 13 △ 52 | 1 □ 54 | 0 △ 10 | |
| 13 | | | | | | | ☽ Perig. |
| 14 | | 9 ☌ 15 | | | 7 ✶ 29 | 7 □ 6 | ♀ m.c. cum vindem. a |
| 15 □ | 5 13 | | | | | | ✶ ♄ ♀ 5.29 □ ♄ ☿ 5.23 b |
| 16 Alc. | 3 ♊ | | | 21 ☍ 0 | | 15 ✶ 32 | ♀ occ. cum lance austr. |
| 17 | 11 ✶ 53 | | 2 △ 21 | | | | ♂ occ. cū scorp. ♀ or. cum |
| 18 | | 16 ✶ 1 | | | 23 ☌ 56 | | (corona. |
| 19 | | | 8 □ 12 | | | | △ ♂ ☿ 9.53. (Alg. c |
| 20 | | 23 □ 28 | | | | | ✶ ♃ ☿ 22.37 ♀ or. cum |
| 21 | | | 17 ✶ 27 | 24 △ 27 | | 18 ☌ 18 | [illegible] ♀ or. [illegible] |
| 22 ☍ | 12 48 | | | | | | ☽ ☿ 10.23 ♀ or. cū 38 d |
| 23 Alc. | 14 ♍ | 9 △ 42 | | | | | □ ♃ ♀ 11.12 ♀ or. cum |
| 24 | | | | 3 □ 43 | 6 ✶ 55 | | (spica ♍. |
| 25 | | | | | | | ♀ occ. cum cauda ♌. |
| 26 | | | 18 ☌ 19 | 18 ✶ 29 | | | ✶ ♃ ☿ 11.54 ☿ or. cū 100 |
| 27 | 23 ✶ 10 | | | | 1 □ 43 | 14 ✶ 39 | ☽ Apog. |
| 28 | | 9 ☍ 39 | | | | | ♀ occ. cum cing. ♍. |
| 29 | | | | | 20 △ 2 | | |
| 30 □ | 15 50 | | | | | 9 □ 40 | ☿ occ. cum coma Beren. |
| Alc. | 27 ♎ | | | | | | |

*a.* Die 14. ☿ or. cum cauda cygni, & chelis.
*b.* Die 15. ☿ occ. cum vindem.
*c.* Die 20. ♀ m.c. cum spica ♍.
*d.* Die 22. ♀ occ. cum spica ♍.

## Syzygiæ Lunares.

| | | Orient. | Occid. | Occid. | Orient. | Orient. | |
|---|---|---|---|---|---|---|---|
| | ☽ | ♄ | ♃ | ♂ | ♀ | ☿ | Syzygiæ Planetarũ mutuæ, & eorum congressus cum illustrioribus aliquibus stellis fixis. |
| Dies | H ′ | H ′ | H ′ | H ′ | H ′ | H ′ | |
| 1 | | | 18 ✶ 30 | 21 ☌ 46 | | | ♀ or. cum corde ♏. |
| 2 | | | | | | | ♀ m.c. cum arcturo. |
| 3 | 5 △ 50 | 7 △ 5 | | | | 5 △ 35 | △ ♃ ♄ 2.16 ☌ ☿ ♀ 0.4 |
| 4 | | | 3 □ 6 | | | Occid. | ♀ or. cum lyra. |
| 5 | | 11 □ 12 | | | 0 ☍ 12 | | |
| 6 | | | 8 △ 49 | 14 ✶ 28 | | | ☿ ☊ 17.40. |
| 7 ☍ | 23 8 | 14 ✶ 45 | | | | | ♀ occ. cũ arcturo. |
| 8 Asc. | 11 [illegible] | | | 18 □ 36 | | 5 ☍ 13 | ♀ or. cum aquila. |
| 9 | | | | | 14 △ 46 | | ♀ or. cũ cauda cygni, & |
| 10 | | | 13 ☍ 30 | 21 △ 0 | | | ☿ Pe. □ ♄ ♀ 1.41 (che. |
| 11 | | 16 ☌ 13 | | | 19 □ 43 | | |
| 12 | 7 △ 55 | | | | | [illegible] △ 47 | ☿ or. cum cauda Del. |
| 13 | | | | | | | ♀ occ. cũ vende. (austr. |
| 14 □ | 14 2 | | 18 △ 5 | | 1 ✶ 54 | | ♀ m.c. cũ bor. lã. et oc. cũ |
| 15 Asc. | 17 ♎ | 20 ✶ 53 | | 4 ☍ 56 | | 5 □ 22 | □ ♂ ☿ 0.21. |
| 16 | 23 ✶ 2 | | | | | | ♀ occ. cum neb. 44. |
| 17 | | | 0 □ 0 | | | 19 ✶ 12 | ☿ occ. cum cingulo ♍. b |
| 18 | | 3 □ 34 | | | | | ♀ m.c. cum coro. |
| 19 | | | 9 ✶ 23 | | 1 ☌ 4 | | ☿ ☋ 13.4. |
| 20 | | 13 △ 35 | | 1 △ 23 | | | ♀ or. cum neb. ♏. |
| 21 | | | | | | | ♀ occ. cum acu. ♏. |
| 22 ☌ | 6 15 | | | 15 □ 44 | | | ♀ m.c. cũ pri. fron. ♏. |
| 23 Asc. | 25 ♋ | | | | | 12 ☌ [illegible] | ✶ ♃ ☿ 8.40. |
| 24 | | | 12 ☌ 49 | | 15 ✶ 30 | | ☿ Ap. ♃ m.c. cũ cor. ♌ c |
| 25 | | 14 ☍ 49 | | 9 ✶ 10 | | | ♀ oc. cum ae. & corde ♏. |
| 26 | | | | | | | ♀ or. cum rostro gall. |
| 27 | 19 ✶ 22 | | | | 11 □ 17 | | ♄ or. cum cane ma. d. |
| 28 | | | | | | | ♀ m.c. cum antare, & oc. |
| 29 | | | 14 ✶ 49 | | | 6 ✶ 2 | △ ♄ ♂ 17.14. (cũ 64 |
| 30 □ | 20 35 | 12 △ 25 | | 13 ☌ 15 | 4 △ 7 | | |
| 31 Asc. | 21 ♍ | | 23 □ 42 | | | 21 □ 0 | |

a. *Die* 3. △ ♄ ☿ 2.58.
b. *Die* 17. ☿ *or. cum* [illegible] ♏.
c. *Die* 24. ♀ *occ. cum* [illegible] *frontis* ♏.
d. *Die* 27. ♂ *or. cum cor.* ♈.

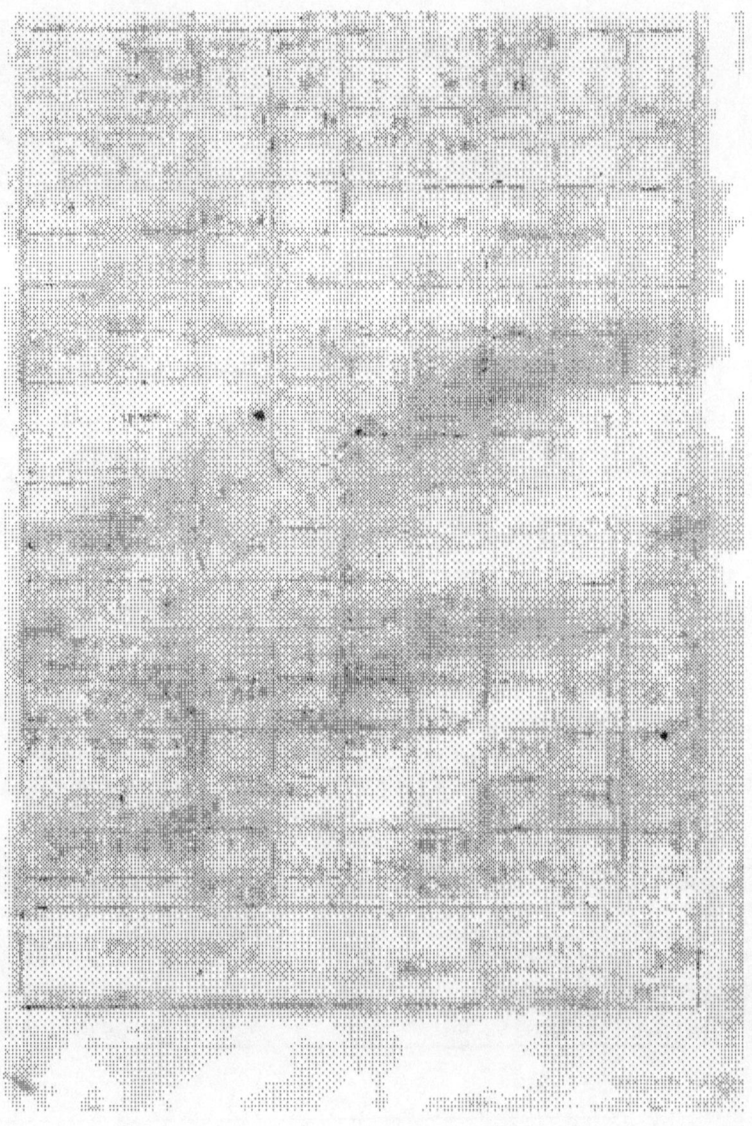

# EPHEMERIS IOANNIS ANTONII MAGINI PATAVINI

Ad annum Dominicæ Incarnationis

1594

Qui secundus ab Intercalari numeratur, à Gregoriana verò correctione Kalendarij 12. & ab orbis principio 5556.

*Thema mundi ingrediente ☉ principium ♈ æquinoctium vernum faciens.*

318 41

Martij

D. H.

20. 22. 24. 50

P. M.

Præcedens ☍ luminarium in par. 15.26'. ♓.

Anni Tropici vera magnitudo.

Dierum 365. Horarum 5. Scr. 35'. 25''. 55'''. 19''''.

# ANNO REPARATAE SALVTIS 1594 communi.

| | | | D. | H. | ′ | ″ |
|---|---|---|---|---|---|---|
| Introitus ☉ in principium | ♋, Solstitium æstiuum | Iunij | 21 | 17 | 56 | 58 |
| | ♎, Aequinoctium autumnale | Septemb. | 23 | 5 | 11 | 23 |
| | ♑, Solstitium hiemale | Decemb. | 23 | 23 | 27 | 3 |

| | P. | ′ | ″ | ‴ |
|---|---|---|---|---|
| Vera præcessio Æquinoctiorum | 28 | 1 | 30 | 51 |
| Obliquitas Zodiaci | 23 | 28 | 4 | 14 |

Eccentricitas ☉ 32223. Qualium semidiameter eccentrici ☉ par. 1000000. seu par. 1, 56′. 0″. 20‴. Qualium P. 60.

| | | P. | ′ | ″ | | | |
|---|---|---|---|---|---|---|---|
| Locus Apogæi | ♄ | 19 | 16 | 9 | ♐ | Aureus Numerus | 18 |
| | ♃ | 6 | 45 | 2 | ♎ | Cyclus Solis | 7 |
| | ♂ | 28 | 30 | 44 | ♌ | Epacta | 8 |
| | ☉ | 5 | 16 | 23 | ♋ | Indictio Romana | 7 |
| | ♀ | 16 | 22 | 32 | ♊ | Litera Dominicalis | B |
| | ☿ | 0 | 13 | 8 | ♓ | Interuallum hebd. & Dies | 1 |

*Festa mobilia secundum Sacrosanctæ Romanæ Ecclesiæ usum iuxta annum reformatum.*

| | | |
|---|---|---|
| Septuagesima | Februarij | 6 |
| Cinis | Februarij | 23 |
| Pascha | Aprilis | 10 |
| Rogationes | Maij | 15 |
| Ascensio Domini | Maij | 19 |
| Pentecostes | Maij | 29 |
| Corpus Christi | Iunij | 9 |
| Aduentus Domini | Nouemb. | 27 |

| | | | | |
|---|---|---|---|---|
| Quatuor Tempora anni, seu Ieiunia | Martij | 2 | 4 | 5 |
| | Iunij | 1 | 3 | 4 |
| | Septembris | 21 | 23 | 24 |
| | Decembris | 14 | 16 | 17 |

## Eclipsis Solis anno 1594.

*Die 20. Maij anni restituti, qui est dies 10. anni veteris apparebit in exortu Solis orientalibus maximus defectus ☉, quoniam, qui à Venet. meridiano hora una cum dimidia versus ortum distant, medium, & finem eius satis commodè prospicere poterunt; sed qui minori spatio distabunt minorem partem obscurationis videbunt, qui autem maiori, maiorem; verum nec nos, nec qui nobis occidentaliores sunt, nullam luminis Solaris iacturam percipient. Medium autem huius defectus ad meridianum Venetiarum relatum accidet H. 14. 58′. à meridie diei 19. Dimidia duratio H. 1. 2′.*

| | Puncta | | | | | | | |
|---|---|---|---|---|---|---|---|---|
| *Magnitudo Eclipsis Solis erit* | 11 | 47 | *à Borea* | *In climate* | *Quarto,* | & | gr. 38 | *Elevationis poli.* |
| | 11 | 36 | *ab austro* | | *Quinto,* | & | gr. 41 | |
| | 10 | 23 | | | *Sexto,* | & | gr. 45 | |
| | 9 | 41 | | | *Septimo,* | & | gr. 49 | |
| | 9 | 13 | | | *Octauo,* | & | gr. 51 | |

## Eclipsis Lunæ anno prædicto.

*Accidit hoc anno etiam plenilunium cum totali ferè amissione luminis Lunaris, & hoc die 28. Octobris anni reformati, seu die 18. anni veteris H. 19. 15′. 18″. à meridie æquatis, existente ☽ par. 5. 15′. 59″. ♉ in ☊ draconis. Ad dictum verò momentum temporis Solis anomalia est par. 117. 35′. 37″. Unde eius semidiameter 16′. 4″, sed Lunaris anomalia est par. 69. 51′. 30″. & eius semidiameter 15′. 40″. semidiameter denique telluris umbræ coæquata est 41′. 28″. Verus tamen motus latitudinis Lunaris par. 263. 53′. 13″. & vera latitudo 51′. 35″ Aquilonaris. Tempore verò initij obscurationis ☽ 50′. 21″. in fine verò 17′. 26″. Aquilonaris semper. Puncta corporis ☽ in umbra terræ inundata apparebunt 9. 40′. & tempus casus H. 1. 39′. 32″.*

| | | H. | scr. | | |
|---|---|---|---|---|---|
| *Eius quidē ☽ Eclipsis Digit. 9. 40′.* | *Initium apparebit* | 17 | 36 | P. M. | *Spatium temporis totius Eclipsis H. 3. scr. 19.* |
| | | 12 | 30 | N. S. | |
| | *Medium, & verum plenilu.* | 19 | 15 | P. M. | |
| | | 14 | 9 | Horo. | |
| | *Finis conspicietur* | 20 | 55 | P. M. | |
| | | 16 | 2 | Horo. | |

## Typus prædictæ Eclipsis Lunæ.

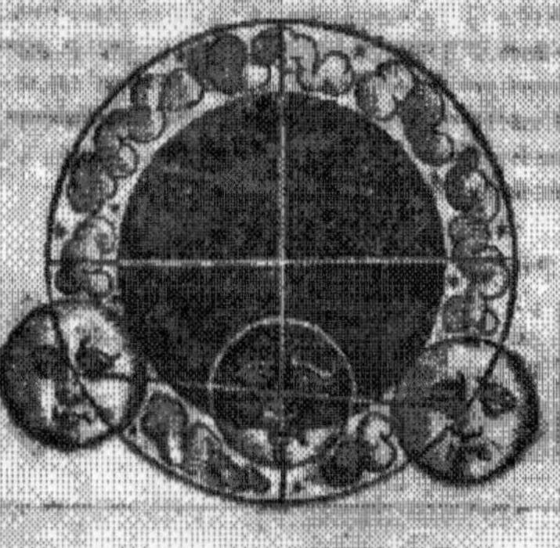


*Verum nec medium, nec finem Eclipsis huius in horizonte nostro deprahendi poterit, nam exoriente Sole 11. min. ante Eclipsis medium incidet ☽ circiter punctorum 8. obscurata. Qui verò Orient alia loca degunt minorem tantum portionem Eclipsis animaduertent, Nam qui Nicosiam, insulam Cypri, & aliquibus Græciæ, & Bulgariæ tenent, nec non Cayrum, Aegyptum, Damascum, Iudæam, & Hierosolymam nullam prorsus Eclipsim habebunt. Sed ab Occidentalioribus ipsum Eclipsis medium plenius obseruari poterit, & ij sunt, qui Galliam, Heluetiam, Flandriam, Brabantiam, Frisiam, Alsatiam, Scotiam, Ambraciam, Britanniam, Angliam, Aphricam, Hispaniam, Portugaliam, Hirlandiam, Zeelandiam, & cætera loca similis longitudinis possident.*

## *Planetarum status.*

♄ Accidit per totum annum paulatim versus longitudinem Eccentri mediam.
Die 18. Ianuarii in Perigæo
Die 6. Augusti in summa parte } Epicycli reperitur.
Die 28. Martii retrocessum complet, & denuo post diem 6. Decemb. ad exitum anni, & vltra reuertitur in priora.

♃ Integro hoc anno à longitudine media versus Perigæon Eccentri accelerat.
Die 26. Ianuarii Apogæum
Die 14. Augusti Hyppogæum } Epicycli perlustrat.
Die 15. Iunii ad 12. vsque Octobris regressu laborabit.

♂ Die 24. Iulii ad summam sui deferentis
Die 10. Septemb. ad summam Epicycli } Partem peruenit.
Regressum effugiet toto illo anno.

♀ Die
8. Iunii in abside
7. Nouemb. in antabside } Deferentis est.
16. Maii in Apogæo Epicycli residet.
Hoc anno regressum euadet.

☿ Die
22 Maii per inferiora
21 Nouemb. per superiora } Sui Eccentrici discurrit.
29 Ianuarii Perigæum
29 Martii Apogæum
27 Maii Perigæum
24 Iulii Apogæum
20 Septemb. Perigæum
16 Nouemb. Apogæum } Epicycli possidet.
19 Ianuarii ad 11. Febr.
15 Maii vsque in 7. Iunii
19 Septemb. in 1. Octobris } Regressiones perficiet.

## Positus Planetarum Diurnus.

| | Anno Antiquo | Anno Gregor. | ☉ ♑ P | ' | " | ☽ ♈ P | ' | M ♄ ♌ P | A ' | M ♃ ♑ P | D ' | M ♂ ♈ P | A ' | S ♀ ♓ P | D ' | M ☿ ♑ P | A ' | ☊ ♉ P | ' |
|---|---|---|---|---|---|---|---|---|---|---|---|---|---|---|---|---|---|---|---|
| | 22 | 1 | 10 | 27 | 51 | 29 ♉ | 10 | 9 | 41 | 29 | 1 | 11 | 10 | 7 | 43 | 27 | 45 | 27 | 16 |
| B | 23 | 2 | 11 | 28 | 58 | 12 | 38 | 9 | 37 | 29 | 14 | 11 | 40 | 8 | 57 | 29 | 4 | 27 | 13 |
| | 24 | 3 | 12 | 30 | 4 | 26 ♊ | 27 | 9 | 33 | 29 | 28 | 12 | 21 | 10 | 11 | 0 ♒ | 21 | 27 | 10 |
| | 25 | 4 | 13 | 31 | 10 | 10 | 38 | 9 | 28 | 29 | 41 | 12 | 57 | 11 | 25 | 1 | 35 | 27 | 6 |
| | 26 | 5 | 14 | 32 | 16 | 25 ♋ | 9 | 9 | 24 | 29 | 55 | 13 | 32 | 12 | 39 | 2 | 46 | 27 | 3 |
| | 27 | 6 | 15 | 33 | 21 | 9 | 55 | 9 | 19 | 0 ♒ | 9 | 14 | 8 | 13 | 53 | 3 | 54 | 27 | 0 |
| | 28 | 7 | 16 | 34 | 27 | 24 ♌ | 51 | 9 | 15 | 0 | 22 | 14 | 41 | 15 | 7 | 4 | 59 | 26 | 57 |
| | 29 | 8 | 17 | 35 | 32 | 9 | 51 | 9 | 10 | 0 | 30 | 15 | 20 | 16 | 21 | 6 | 1 | 26 | 54 |
| B | 30 | 9 | 18 | 36 | 37 | 24 ♍ | 47 | 9 | 6 | 0 | 50 | 15 | 56 | 17 | 35 | 6 | 59 | 26 | 51 |
| | 31 | 10 | 19 | 37 | 41 | 9 | 32 | 9 | 1 | 1 | 4 | 16 S | 31 | 18 | 49 | 7 | 53 | 26 | 48 |
| | Ian. 1 | 11 | 20 | 38 | 45 | 24 ♎ | 0 | 8 | 56 | 1 | 18 | 17 | 8 | 20 | 3 | 8 | 43 | 26 | 45 |
| | 2 | 12 | 21 | 39 | 49 | 8 | 6 | 8 | 51 | 1 | 32 | 17 | 43 | 21 | 17 | 9 | 28 | 26 | 42 |
| | 3 | 13 | 22 | 40 | 52 | 21 ♏ | 45 | 8 | 46 | 1 | 46 | 18 | 20 | 22 | 32 | 10 S | 8 | 26 | 39 |
| | 4 | 14 | 23 | 41 | 55 | 5 | 9 | 8 | 41 | 2 | 0 | 18 | 56 | 23 | 46 | 10 | 43 | 26 | 36 |
| | 5 | 15 | 24 | 42 | 57 | 18 ♐ | 6 | 8 | 37 | 2 | 13 | 19 | 32 | 25 | 0 | 11 | 13 | 26 | 32 |
| B | 6 | 16 | 25 | 43 | 59 | 0 | 42 | 8 | 32 | 2 | 27 | 10 | 8 | 26 | 14 | 11 | 37 | 26 | 29 |
| | 7 | 17 | 26 | 45 | 0 | 12 | 59 | 8 | 27 | 2 | 41 | 20 | 44 | 27 | 29 | 11 | 55 | 26 | 26 |
| | 8 | 18 | 27 | 46 | 1 | 25 ♑ | 3 | 8 | 22 | 2 | 55 | 21 | 21 | 28 | 43 | 12 | 6 | 26 | 23 |
| | 9 | 19 | 28 | 47 | 1 | 6 | 53 | 8 | 17 | 3 | 9 | 21 | 57 | 29 ♈ | 57 | 12 ℞ | 10 | 26 | 20 |
| | 10 | 20 | 29 | 48 | 0 | 18 | 36 | 8 | 12 | 3 | 23 | 22 | 34 | 1 | 12 | 12 | 7 | 26 | 16 |
| | 11 | 21 | 0 ♒ | 48 | 58 | 0 ♒ | 14 | 8 | 7 | 3 | 37 | 23 | 10 | 2 | 26 | 11 | 58 | 26 | 13 |
| | 12 | 22 | 1 | 49 | 55 | 11 | 51 | 8 | 2 | 3 | 51 | 23 | 47 | 3 | 40 | 11 | 41 | 26 | 10 |
| B | 13 | 23 | 2 | 50 | 51 | 23 ♓ | 31 | 7 | 57 | 4 | 5 | 24 | 24 | 4 | 55 | 11 | 17 | 26 | 7 |
| | 14 | 24 | 3 | 51 | 46 | 5 | 17 | 7 | 52 | 4 | 19 | 25 | 0 | 6 | 9 | 10 | 47 | 26 | 4 |
| | 15 | 25 | 4 | 52 | 41 | 17 | 12 | 7 | 47 | 4 | 33 | 25 | 37 | 7 | 23 | 10 | 11 | 26 | 1 |
| | 16 | 26 | 5 | 53 | 35 | 29 ♈ | 30 | 7 | 42 | 4 | 47 | 26 | 14 | 8 | 38 | 9 | 30 | 25 | 57 |
| | 17 | 27 | 6 | 54 | 28 | 11 | 43 | 7 | 37 | 5 | 1 | 26 | 50 | 9 | 52 | 8 | 44 | 25 | 54 |
| | 18 | 28 | 7 | 55 | 20 | 24 ♉ | 26 | 7 | 32 | 5 | 15 | 27 | 27 | 11 | 7 | 7 | 53 | 25 | 51 |
| | 19 | 29 | 8 | 56 | 11 | 7 | 30 | 7 | 27 | 5 | 29 | 28 | 4 | 12 | 21 | 6 | 59 | 25 | 48 |
| B | 20 | 30 | 9 | 57 | 1 | 20 ♊ | 58 | 7 | 22 | 5 | 43 | 28 | 41 | 13 | 36 | 6 | 3 | 25 | 45 |
| | 21 | 31 | 10 | 57 | 50 | 4 | 49 | 7 | 17 | 5 | 57 | 29 | 17 | 15 | 40 | 5 | 5 | 25 | 41 |
| Latitudo Planetarũ ad diẽ | | 1 | | | | | | 0 | 8 | 0 | 7 | 0 S | 11 | 1 | 39 | 1 | 47 | Mensis | |
| | | 11 | | | | | | 0 | 7 | 0 | 8 | 0 | 1 | 1 | 17 | 0 S | 48 | | |
| | | 21 | | | | | | 0 | 6 | 0 | 9 | 0 | 8 | 0 | 54 | 1 | 35 | | |

| | |
|---|---|
| 10 □ 44 | |
| | ☿ ♉ 16. 0. |
| 21 ✱ 43 | ♂ or. cum badis. |

| Dies Iuliani | Dies Gregor. | ☉ ♒ P | ′ | ″ | ☽ ♊ P | ′ | M A ♄ ♌ P | ′ | M D ♃ ♒ P | ′ | S A ♂ ♈ P | ′ | S D ☿ ♑ P | ′ | S A ♀ ♒ P | ′ | ☊ ♉ P | ′ |
|---|---|---|---|---|---|---|---|---|---|---|---|---|---|---|---|---|---|---|
| 22 | 1 | 11 | 58 | 30 | 19 ♋ | 2 | 7 | 12 | 6 | 11 | 29 ♉ | 54 | 16 | 5 | 4 | 8 | 25 | 38 |
| 23 | 2 | 12 | 59 | 25 | 3 | 35 | 7 | 6 | 6 | 25 | 0 | 31 | 17 | 16 | 3 | 24 | 25 | 35 |
| 24 | 3 | 14 | 0 | 11 | 18 ♌ | 24 | 7 | 1 | 6 | 39 | 1 | 8 | 18 | 34 | 2 | 33 | 25 | 32 |
| 25 | 4 | 15 | 0 | 55 | 3 | 23 | 6 | 56 | 6 | 53 | 1 | 45 | 19 | 42 | 1 | 36 | 25 | 29 |
| 26 | 5 | 16 | 1 | 31 | 18 ♍ | 24 | 6 | 51 | 7 | 7 | 2 | 22 | 21 | 3 | 0 D | 54 | 25 | 26 |
| B 27 | 6 | 17 | 2 | 20 | 3 | 21 | 6 | 46 | 7 | 21 | 2 | 59 | 22 | 17 | 0 ♒ | 18 | 25 | 22 |
| 28 | 7 | 18 | 3 | 1 | 18 ♎ | 6 | 6 | 41 | 7 | 35 | 3 | 36 | 23 | 32 | 29 | 46 | 25 | 19 |
| 29 | 8 | 19 | 3 | 40 | 2 | 34 | 6 | 36 | 7 | 49 | 4 | 13 | 24 | 46 | 29 | 24 | 25 | 16 |
| 30 | 9 | 20 | 4 | 18 | 16 ♏ | 42 | 6 | 31 | 8 | 3 | 4 | 50 | 26 | 1 | 29 | 7 | 25 | 13 |
| 31 | 10 | 21 | 4 | 55 | 0 | 27 | 6 | 26 | 8 | 17 | 5 | 27 | 27 | 15 | 28 | 57 | 25 | 10 |
| Febr. 1 | 11 | 22 | 5 | 30 | 13 | 50 | 6 | 21 | 8 | 31 | 6 | 4 | 28 M | 30 | 28 Di | 55 | 25 | 6 |
| 2 | 12 | 23 | 6 | 4 | 26 ♐ | 51 | 6 | 16 | 8 | 45 | 6 | 41 | 29 | 41 | 29 | 0 | 25 | 3 |
| B 3 | 13 | 24 | 6 | 30 | 9 | 31 | 6 | 11 | 8 | 59 | 7 | 18 | 0 ♒ | 59 | 29 | 12 | 25 | 0 |
| 4 | 14 | 25 | 7 | 8 | 21 ♑ | 53 | 6 | 6 | 9 | 13 | 7 | 55 | 2 | 33 | 29 | 30 | 24 | 57 |
| 5 | 15 | 26 | 7 | 37 | 4 | 0 | 6 | 1 | 9 | 26 | 8 | 32 | 3 | 16 | 29 ♒ | 55 | 24 | 54 |
| 6 | 16 | 27 | 8 | 5 | 15 | 56 | 5 | 57 | 9 | 40 | 9 | 9 | 4 | 42 | 0 | 26 | 24 | 51 |
| 7 | 17 | 28 | 8 | 31 | 27 ♒ | 44 | 5 | 52 | 9 | 54 | 9 | 47 | 5 | 57 | 1 | 3 | 24 | 47 |
| 8 | 18 | 29 | 8 | 56 | 9 | 26 | 5 | 47 | 10 | 7 | 10 | 24 | 7 | 11 | 1 | 46 | 24 | 44 |
| 9 | 19 | 0 ♓ | 9 | 19 | 21 ♓ | 0 | 5 | 43 | 10 | 21 | 11 | 1 | 8 | 26 | 2 | 35 | 24 | 41 |
| B 10 | 20 | 1 | 9 | 40 | 2 | 48 | 5 | 38 | 10 | 35 | 11 | 39 | 9 | 40 | 3 | 28 | 23 | 38 |
| 11 | 21 | 2 | 9 | 59 | 14 | 35 | 5 | 34 | 10 | 48 | 12 | 16 | 10 | 55 | 4 | 26 | 24 | 35 |
| 12 | 22 | 3 | 10 | 16 | 26 ♈ | 30 | 5 | 30 | 11 | 2 | 12 | 53 | 12 | 9 | 5 | 29 | 14 | 32 |
| 13 | 23 | 4 | 10 | 31 | 8 | 36 | 5 | 26 | 11 | 16 | 13 | 31 | 13 | 24 | 6 | 36 | 24 | 28 |
| 14 | 24 | 5 | 10 | 44 | 20 ♉ | 57 | 5 | 22 | 11 | 29 | 14 | 8 | 14 | 38 | 7 | 46 | 24 | 25 |
| 15 | 25 | 6 | 10 | 56 | 3 | 37 | 5 | 18 | 11 | 43 | 14 | 46 | 15 | 53 | 8 M | 59 | 24 | 22 |
| 16 | 26 | 7 | 11 | 6 | 16 | 39 | 5 | 14 | 11 | 56 | 15 | 23 | 17 | 7 | 10 | 16 | 24 | 19 |
| B 17 | 27 | 8 | 11 | 15 | 0 ♊ | 4 | 5 | 10 | 12 | 9 | 16 | 1 | 18 | 22 | 11 | 36 | 24 | 16 |
| 18 | 28 | 9 | 11 | 22 | 13 | 52 | 5 | 6 | 12 | 23 | 16 | 38 | 19 | 36 | 12 | 58 | 24 | 13 |

| Latitudo Planetarū ad diē | | ♄ | | ♃ | | ♂ | | ☿ | | ♀ | | |
|---|---|---|---|---|---|---|---|---|---|---|---|---|
| | 1 | 0 | 5 | 0 | 10 | 0 | 17 | 0 | 16 | 3 D | 32 | Meridi. |
| | 11 | 0 | 4 | 0 | 11 | 0 | 22 | 0 M | 2 | 2 | 17 | |
| | 21 | 0 | 3 | 0 | 12 | 0 | 26 | 0 | 20 | 1 M | 7 | |

...ges Lunares.

| Occid. | Orient. | O... | Syzygiæ Planetarũ inter se, & eorum congressus cum illustrioribus fixis, quibus stellis fixis |
|---|---|---|---|
| ♂ | ♀ | ☿ | |
| ♊ | ♊ | ♊ | |
| | | | ☿ m. c. cum cauda ♑ ☿ m. c. cum rostro ... |
| 31 □ 18 | 0 ☍ 1... | ... ☌ 16 | □ ♂ ☿ 21.20. ☿ ret. ☍ ♄ ♃ 3 47 |
| ...3 △ 2... | | | ☿ m. c. cum aquila. ♄ occ. cum ... bor. |
| | 8 △ 10 | ...8 △ 53 | |
| | 17 □ 51 | ...3 □ 3 | |
| 9 ☍ 17 | | | ♀ m. c. cum cor. ♌. |
| | | | □ ♄ ♂ 9.4, ☽ ☊ ...41 |
| | 6 ✱ 1 | 4 ✱ 8 | |

Positus Planetarum Diurnus.

| Anni veteris | Anni Grego. | ☉ ♓ | | | ☽ ♊ | | ♄ ♌ M A | | ♃ ♒ M D | | ♂ ♉ S A | | ♀ ♒ M D | | ☿ ♒ M D | | ☊ ♉ | |
|---|---|---|---|---|---|---|---|---|---|---|---|---|---|---|---|---|---|---|
| Dies | | P | ′ | ″ | P | ′ | P | ′ | P | ′ | P | ′ | P | ′ | P | ′ | P | ′ |
| 19 | 1 | 10 | 11 | 20 | 25 ♋ | 2 | 5 | 1 | 12 | 36 | 17 | 16 | 20 | 50 | 14 | 23 | 24 | 9 |
| 20 | 2 | 11 | 11 | 33 | 12 | 42 | 4 | 58 | 12 | 49 | 17 | 57 | 22 | 5 | 15 | 54 | 24 | 6 |
| 21 | 3 | 12 | 11 | 39 | 27 ♌ | 17 | 4 | 54 | 13 | 3 | 18 | 31 | 23 | 19 | 17 | 22 | 24 | 3 |
| 22 | 4 | 13 | 11 | 3 | 12 | 11 | 4 | 51 | 13 | 16 | 19 | 8 | 24 | 33 | 18 | 54 | 24 | 0 |
| 23 | 5 | 14 | 11 | 31 | 27 ♍ | 6 | 4 | 47 | 13 | 29 | 19 | 46 | 25 | 48 | 20 | 28 | 23 | 57 |
| B 24 | 6 | 15 | 11 | 59 | 11 | 54 | 4 | 44 | 13 | 42 | 20 | 23 | 27 | 2 | 22 | 4 | 23 | 53 |
| 25 | 7 | 16 | 11 | 24 | 26 ♎ | 32 | 4 | 40 | 13 | 55 | 21 | 1 | 28 | 16 | 23 | 42 | 23 | 50 |
| 26 | 8 | 17 | 11 | 17 | 10 | 52 | 4 | 37 | 14 | 8 | 21 | 38 | 29 | 31 | 25 | 22 | 23 | 47 |
| 27 | 9 | 18 | 11 | 8 | 24 ♏ | 53 | 4 | 34 | 14 | 21 | 22 | 16 | 0 ♓ | 45 | 27 | 4 | 23 | 41 |
| 28 | 10 | 19 | 10 | 57 | 8 | 33 | 4 | 31 | 14 | 34 | 22 | 53 | 1 | 59 | 28 | 46 | 23 | 41 |
| Ma. 1 | 11 | 20 | 10 | 41 | 22 ♐ | 53 | 4 | 28 | 14 | 47 | 23 | 30 | 3 | 14 | 0 ♓ | 30 | 23 | 37 |
| 2 | 12 | 21 | 10 | 29 | 4 | 55 | 4 | 25 | 15 | 0 | 24 | 7 | 4 | 28 | 2 | 15 | 23 | 34 |
| B 3 | 13 | 22 | 10 | 12 | 17 ♑ | 38 | 4 | 22 | 15 | 13 | 24 | 45 | 5 | 42 | 4 | 1 | 23 | 31 |
| 4 | 14 | 23 | 9 | 55 | 0 | 7 | 4 | 19 | 15 | 26 | 25 | 22 | 6 | 56 | 5 | 48 | 23 | 28 |
| 5 | 15 | 24 | 9 | 32 | 12 | 22 | 4 | 17 | 15 | 38 | 26 | 0 | 8 | 10 | 7 | 36 | 23 | 25 |
| 6 | 16 | 25 | 9 | 9 | 24 | 27 | 4 | 14 | 15 | 51 | 26 | 37 | 9 | 25 | 9 | 25 | 23 | 22 |
| 7 | 17 | 26 | 8 | 44 | 6 ♒ | 24 | 4 | 13 | 16 | 4 | 27 | 15 | 10 | 39 | 11 | 15 | 23 | 18 |
| 8 | 18 | 27 | 8 | 17 | 18 | 16 | 4 S | 10 | 16 | 16 | 27 | 52 | 11 | 53 | 13 | 5 | 23 | 15 |
| 9 | 19 | 28 | 7 | 49 | 0 ♓ | 8 | 4 | 8 | 16 | 29 | 28 | 30 | 13 | 7 | 14 | 56 | 23 | 12 |
| B 10 | 20 | 29 | 7 | 14 | 12 | 0 | 4 | 6 | 16 | 41 | 29 | 7 | 14 | 21 | 16 | 48 | 23 | 9 |
| 11 | 21 | 0 ♈ | 6 | 47 | 23 ♈ | 59 | 4 | 4 | 16 | 53 | 29 ♊ | 45 | 15 | 36 | 18 A | 40 | 23 | 6 |
| 12 | 22 | 1 | 6 | 13 | 5 | 58 | 4 | 2 | 17 | 5 | 0 | 23 | 16 | 50 | 20 | 32 | 23 | 3 |
| 13 | 23 | 2 | 5 | 37 | 18 ♉ | 13 | 4 | 0 | 17 | 17 | 1 | 0 | 18 | 4 | 22 | 25 | 22 | 59 |
| 14 | 24 | 3 | 4 | 59 | 0 | 42 | 3 | 59 | 17 | 29 | 1 D | 38 | 19 | 18 | 24 | 18 | 22 | 56 |
| 15 | 25 | 4 | 4 | 16 | 13 | 27 | 3 | 57 | 17 | 41 | 2 | 16 | 20 | 32 | 26 | 11 | 22 | 53 |
| 16 | 26 | 5 | 3 | 36 | 26 | 33 | 3 | 56 | 17 | 53 | 2 | 53 | 21 | 46 | 28 | 4 | 22 | 50 |
| B 17 | 27 | 6 | 2 | 52 | 10 ♊ | 0 | 3 | 55 | 18 | 5 | 3 | 31 | 23 | 0 | 29 ♈ | 56 | 22 | 47 |
| 18 | 28 | 7 | 2 | 7 | 23 | 47 | 3 | 54 | 18 | 17 | 4 | 8 | 24 | 14 | 1 | 52 | 22 | 44 |
| 19 | 29 | 8 | 1 | 19 | 7 ♋ | 54 | 3 | 53 | 18 | 28 | 4 | 46 | 25 | 28 | 3 | 46 | 22 | 40 |
| 20 | 30 | 9 | 0 | 29 | 22 | 19 | 3 | 52 | 18 | 40 | 5 | 24 | 26 | 42 | 5 | 40 | 22 | 37 |
| 21 | 31 | 9 | 59 | 37 | 6 ♌ | 56 | 3 | 51 | 18 | 51 | 6 | 1 | 27 | 56 | 7 | 34 | 22 | 34 |

| Latitudo Planetarũ ad diẽ | | ♄ | | ♃ | | ♂ | | ♀ | | ☿ | | |
|---|---|---|---|---|---|---|---|---|---|---|---|---|
| | 1 | 0 | 2 | 0 | 13 | 0 | 29 | 0 | 41 | 0 | 25 | Menfis |
| | 11 | 0 S | 1 | 0 | 15 | 0 | 31 | 0 | 56 | 1 | 34 | |
| | 21 | 0 | 0 | 0 | 16 | 0 D | 32 | 1 | 4 | 1 A | 56 | |

♀ oc. cum sp

☿ oc. cum sp

---

♂ oc. cum pla

☌ ♀ ☿ o. o.

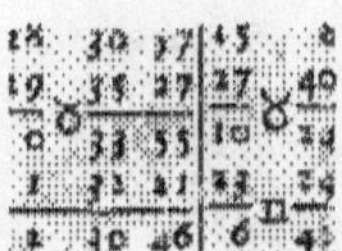

| | | | | | | |
|---|---|---|---|---|---|---|
| 28 | | 30 | 37 | 45 | | 0 |
| 19 | ♉ | 35 | 27 | 27 | ♉ | 40 |
| 0 | | 33 | 55 | 10 | | 34 |
| 1 | | 32 | 21 | 23 | ♊ | 25 |
| 2 | | 30 | 46 | 6 | | 42 |

✶ ☽ ♃ 1.58.
♂ ar. cum *Aldeb.* ♉.

✶ ♂ ♀ 12.0.
☌ ☉ ☿ 3.47 ☌ ♂ mic. cũ Rl.

## Positus Planetarum Diurnus.

| Dies Juliani | Dies Gregor. | ☉ ♉ G | ′ | ″ | ☽ ♎ G | ′ | ♄ ♌ G | ′ | ♃ ♒ G | ′ | ♂ ♊ G | ′ | ♀ ♉ G | ′ | ☿ ♊ G | ′ | ☊ ♉ G | ′ |
|---|---|---|---|---|---|---|---|---|---|---|---|---|---|---|---|---|---|---|
| | | | | | | | S | A | M | D | S | D | M | A | S | A | | |
| 21 | 1 | 10 | 17 | 0 | 0 | 39 | 4 | 21 | 23 | 56 | 25 | 29 | 6 | 3 | 0 | 28 | 20 | 56 |
| 22 | 2 | 11 | 15 | 9 | 14 | 40 | 4 | 24 | 24 | 4 | 26 | 6 | 7 | 17 | 1 | 43 | 20 | 52 |
| 23 | 3 | 12 | 13 | 17 | 28 ♒ | 24 | 4 | 27 | 24 | 12 | 26 | 44 | 8 | 30 | 2 | 54 | 20 | 49 |
| 24 | 4 | 13 | 11 | 24 | 11 | 50 | 4 | [illegible] | 24 | 20 | 27 | 22 | 9 | 44 | 4 D | 1 | 20 | 46 |
| 25 | 5 | 14 | 9 | 29 | 24 ♓ | 59 | 4 | 33 | 24 | 27 | 27 | 59 | 10 | 57 | 5 | 4 | 20 | 43 |
| 26 | 6 | 15 | 7 | 33 | 7 | 53 | 4 | 36 | 24 | 35 | 28 | 37 | 12 | 11 | 6 | 2 | 20 | 40 |
| 27 | 7 | 16 | 5 | 35 | 20 ♈ | 33 | 4 | 39 | 24 | 41 | 29 | 15 | 13 | 24 | 6 | 55 | 20 | 36 |
| 28 | 8 | 17 | 3 | 36 | 3 | 2 | 4 | 42 | 24 | 49 | 29 | 53 | 14 | 38 | 7 | 45 | 20 | 33 |
| 29 | 9 | 18 | 1 | 35 | 15 | 23 | 4 | 46 | 24 | 56 | 0 ♋ | 30 | 15 | 51 | 8 | 29 | 20 | 30 |
| 30 | 10 | 18 | 59 | 33 | 27 | 29 | 4 | 49 | 25 | 3 | 1 | 8 | 17 | 5 | 9 | 7 | 20 | 27 |
| Ma. 1 | 11 | 19 | 57 | 29 | 9 ♒ | 45 | 4 | 53 | 25 | 10 | 1 | 46 | 18 | 18 | 9 | 39 | 20 | 24 |
| 2 | 12 | 20 | 55 | 23 | 21 ♓ | 57 | 4 | 57 | 25 | 16 | 2 | 24 | 19 | 31 | 10 | 7 | 20 | 20 |
| 3 | 13 | 21 | 53 | 16 | 4 | 7 | 5 | 1 | 25 | 23 | 3 | 2 | 20 | 45 | 10 | 27 | 20 | 17 |
| 4 | 14 | 22 | 51 | 8 | 16 | 20 | 5 | 5 | 25 | 29 | 3 | 39 | 21 | 59 | 10 | 40 | 20 | 14 |
| 5 | 15 | 23 | 48 | 59 | 28 ♈ | 38 | 5 | 9 | 25 | 35 | 4 | 17 | 23 | 12 | 10 ℞ | 46 | 20 | 11 |
| 6 | 16 | 24 | 46 | 48 | 11 | 5 | 5 | 13 | 25 | 41 | 4 | 55 | 24 | 25 | 10 | 46 | 20 | 8 |
| 7 | 17 | 25 | 44 | 36 | 23 ♉ | 43 | 5 | 17 | 25 | 47 | 5 | 33 | 25 | 39 | 10 | 39 | 20 | 4 |
| 8 | 18 | 26 | 42 | 23 | 6 | 33 | 5 | 21 | 25 | 52 | 6 | 11 | 26 | 52 | 10 | 25 | 20 | 1 |
| 9 | 19 | 27 | 40 | 8 | 19 ♊ | 37 | 5 | 26 | 25 | 57 | 6 | 47 | 28 | 5 | 10 | 4 | 19 | 58 |
| 20 | 20 | 28 | 37 | 52 | 2 | 57 | 5 | 30 | 26 | 2 | 7 | 26 | 29 ♊ | 19 | 9 | 38 | 19 | 55 |
| 11 | 21 | 29 ♊ | 35 | 35 | 16 ♋ | 36 | 5 | 35 | 26 | 7 | 8 | 4 | 0 S | 32 | 9 | 1 | 19 | 52 |
| 12 | 22 | 0 | 33 | 17 | 0 | 32 | 5 | 39 | 26 | 12 | 8 | 42 | 1 | 45 | 8 | 20 | 19 | 49 |
| 13 | 23 | 1 | 30 | 58 | 14 | 44 | 5 | 44 | 26 | 16 | 9 | 20 | 2 | 59 | 7 M | 34 | 19 | 45 |
| 14 | 24 | 2 | 28 | 38 | 29 ♌ | 9 | 5 | 49 | 26 | 21 | 9 | 58 | 4 | 12 | 6 | 44 | 19 | 42 |
| 15 | 25 | 3 | 26 | 17 | 13 | 41 | 5 | 54 | 26 | 25 | 10 | 35 | 5 | 25 | 5 | 53 | 19 | 39 |
| 16 | 26 | 4 | 23 | 54 | 28 ♍ | 14 | 5 | 59 | 26 | 29 | 11 | 13 | 6 | 39 | 4 | 55 | 19 | 36 |
| 17 | 27 | 5 | 21 | 30 | 12 | 43 | 6 | 4 | 26 | 33 | 11 | 51 | 7 | 52 | 3 | 59 | 19 | 33 |
| 18 | 28 | 6 | 19 | 4 | 27 ♎ | 2 | 6 | 9 | 26 | 37 | 12 | 29 | 9 | 5 | 3 | 3 | 19 | 29 |
| 19 | 29 | 7 | 16 | 39 | 11 | 4 | 6 | 14 | 26 | 40 | 13 | 7 | 10 | 19 | 2 | 8 | 19 | 26 |
| 20 | 30 | 8 | 14 | 12 | 24 ♏ | 47 | 6 | 19 | 26 | 44 | 13 | 44 | 11 | 32 | 1 | 16 | 19 | 23 |
| 21 | 31 | 9 | 11 | 44 | 8 | 12 | 6 | 25 | 26 | 47 | 14 | 22 | 12 | 45 | 0 | 28 | 19 | 20 |

| Latitudo Planetarũ ad diẽ | ♄ G | ′ | ♃ G | ′ | ♂ G | ′ | ♀ G | ′ | ☿ G | ′ | |
|---|---|---|---|---|---|---|---|---|---|---|---|
| 1 | 0 | 4 | 0 | 24 | 0 | 18 | 0 | 39 | 2 D | 16 | |
| 11 | 0 | 5 | 0 | 26 | 0 | 27 | 0 | 30 | 2 | 28 | Meridio |
| 21 | 0 | 6 | 0 | 29 | 0 | 25 | 0 S | 0 | 0 M | 20 | |

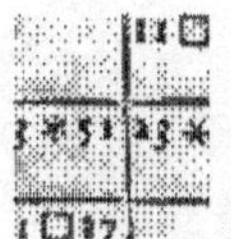

☊6.44 ♀

| | Occid. | Ori |
|---|---|---|
| ☊ | ♄ | ♃ |
| H ′ | H ′ | H |
| 3 50<br>21 [illegible] | 16 ☍ 56 | |
| | | 2 ☌ |
| 15 △ 26 | | |
| 7 17 | 17 △ 53 | 23 ✱ |
| 13 ♏<br>19 ✱ 17 | 2 □ 58 | |
| | 8 ✱ 53 | 5 □ |
| | | 9 △ |
| 9 2<br>26 ♒ | 13 ☌ 18 | |
| | | 12 ☍ |
| 16 ✱ 52 | 15 ✱ 57 | |
| 23 14<br>16 ♎ | 20 □ 26 | 13 △ |
| 9 △ 18 | | 18 □ |
| | 4 △ 25 | 2 ✱ |
| 18 25 | | |

Motus Planetarum Diurnus.

| Dies | | ☉ ♌ | | | ☽ ♒ | | S ♄ ♌ A | | M ♃ ♒ D | | S ♂ ♌ D | | S ♀ ♌ D | | S ☿ ♌ D | | ☊ ♉ | |
|---|---|---|---|---|---|---|---|---|---|---|---|---|---|---|---|---|---|---|
| | | P | ′ | ″ | P | ′ | P | ′ | P | ′ | P | ′ | P | ′ | P | ′ | P | ′ |
| 22 | 1 | 8 | 28 | 42 | 10 | 58 | 13 | 49 | 24 | 3 | 23 | 36 | 28 | 25 | 18 | 57 | 16 | 3 |
| 23 | 2 | 9 | 26 | 14 | 22 | 37 | 13 | 52 | 23 | 56 | 24 | 14 | 29 | 38 | 20 | 48 | 16 | 0 |
| 24 | 3 | 10 | 23 | 47 | 4 ♓ | 17 | 14 | 0 | 23 | 48 | 24 | 52 | 0 ♍ | 51 | 22 | 39 | 15 | 57 |
| 25 | 4 | 11 | 21 | 21 | 16 | 2 | 14 | 8 | 23 | 41 | 25 | 30 | 2 | 4 | 24 | 29 | 15 | 53 |
| 26 | 5 | 12 | 18 | 56 | 27 ♈ | 54 | 14 | 16 | 23 | 33 | 26 | 9 | 3 | 18 | 26 | 19 | 15 | 50 |
| 27 | 6 | 13 | 16 | 32 | 9 | 56 | 14 | 24 | 23 | 25 | 26 | 47 | 4 | 31 | 28 | 8 | 15 | 47 |
| B 28 | 7 | 14 | 14 | 9 | 22 ♉ | 11 | 14 | 32 | 23 | 18 | 27 | 25 | 5 | 44 | 29 ♍ | 56 | 15 | 44 |
| 29 | 8 | 15 | 11 | 47 | 4 | 43 | 14 | 40 | 23 | 10 | 28 | 3 | 6 | 57 | 1 | 43 | 15 | 41 |
| 30 | 9 | 16 | 9 | 26 | 17 ♊ | 35 | 14 | 48 | 23 | 2 | 28 | 42 | 8 | 11 | 3 | 30 | 15 | 37 |
| 31 | 10 | 17 | 7 | 6 | 0 | 48 | 14 | 56 | 22 | 54 | 29 | 20 | 9 | 24 | 5 | 16 | 15 | 34 |
| Au. 1 | 11 | 18 | 4 | 47 | 14 | 24 | 15 | 4 | 22 | 46 | 29 ♍ | 58 | 10 | 37 | 7 | 1 | 15 | 31 |
| 2 | 12 | 19 | 2 | 29 | 28 ♋ | 22 | 15 | 12 | 22 | 38 | 0 | 37 | 11 | 50 | 8 | 44 | 15 | 28 |
| 3 | 13 | 20 | 0 | 12 | 12 | 42 | 15 | 20 | 22 | 30 | 1 | 15 | 13 | 4 | 10 | 26 | 15 | 25 |
| B 4 | 14 | 20 | 57 | 56 | 27 ♌ | 21 | 15 | 28 | 22 | 22 | 1 | 53 | 14 | 17 | 12 | 7 | 15 | 22 |
| 5 | 15 | 21 | 55 | 41 | 12 | 14 | 15 | 36 | 22 | 14 | 2 | 31 | 15 | 30 | 13 | 46 | 15 | 18 |
| 6 | 16 | 22 | 53 | 28 | 27 ♍ | 15 | 15 | 44 | 22 | 5 | 3 | 10 | 16 | 44 | 15 | 24 | 15 | 15 |
| 7 | 17 | 23 | 51 | 16 | 12 | 16 | 15 | 52 | 21 | 58 | 3 | 48 | 17 | 57 | 17 | 0 | 15 | 12 |
| 8 | 18 | 24 | 49 | 5 | 27 ♎ | 11 | 16 | 0 | 21 | 50 | 4 | 26 | 19 | 10 | 18 | 34 | 15 | 9 |
| 9 | 19 | 25 | 46 | 55 | 11 | 52 | 16 | 8 | 21 | 43 | 5 | 5 | 20 | 23 | 20 | 6 | 15 | 6 |
| 10 | 20 | 26 | 44 | 47 | 26 ♏ | 14 | 16 | 16 | 21 | 35 | 5 | 43 | 21 | 37 | 21 | 35 | 15 | 2 |
| B 11 | 21 | 27 | 42 | 40 | 10 | 14 | 16 | 24 | 21 | 27 | 6 | 21 | 22 | 50 | 23 | 2 | 14 | 59 |
| 12 | 22 | 28 | 40 | 35 | 23 ♐ | 51 | 16 | 31 | 21 | 20 | 7 | 0 | 24 | 3 | 24 M | 26 | 14 | 56 |
| 13 | 23 | 29 ♍ | 38 | 31 | 7 | 4 | 16 | 39 | 21 | 12 | 7 | 38 | 25 | 17 | 25 | 48 | 14 | 53 |
| 14 | 24 | 0 | 36 | 29 | 19 ♑ | 56 | 16 | 47 | 21 | 4 | 8 | 16 | 26 | 30 | 27 | 7 | 14 | 50 |
| 15 | 25 | 1 | 34 | 28 | 2 | 28 | 16 | 55 | 20 | 57 | 8 | 55 | 27 | 43 | 28 | 22 | 14 | 46 |
| 16 | 26 | 2 | 32 | 29 | 14 | 42 | 17 | 2 | 20 | 49 | 9 | 33 | 28 | 57 | 29 | 34 | 14 | 43 |
| 17 | 27 | 3 | 30 | 31 | 26 ♒ | 41 | 17 | 10 | 20 | 42 | 10 | 11 | 0 ♎ | 10 | 0 ♎ | 42 | 14 | 40 |
| B 18 | 28 | 4 | 28 | 35 | 8 | 32 | 17 | 18 | 20 | 35 | 10 | 50 | 1 | 23 | 1 | 47 | 14 | 37 |
| 19 | 29 | 5 | 26 | 40 | 20 ♓ | 14 | 17 | 26 | 20 | 28 | 11 | 28 | 2 | 36 | 2 | 48 | 14 | 34 |
| 20 | 30 | 6 | 24 | 47 | 1 | 53 | 17 | 33 | 20 | 21 | 12 | 7 | 3 | 50 | 3 | 45 | 14 | 31 |
| 21 | 31 | 7 | 22 | 55 | 13 | 31 | 17 | 41 | 20 | 14 | 12 | 45 | 5 | 3 | 4 | 37 | 14 | 27 |

| Latitudo Planetarũ ad diẽ | ♄ | | ♃ | | ♂ | | ♀ | | ☿ | | |
|---|---|---|---|---|---|---|---|---|---|---|---|
| 1 | 0 | 11 | 0 | 51 | 0 | 12 | 1 | 23 | 1 | 44 | Mensis |
| 11 | 0 | 12 | 0 | 53 | 0 | 11 | 1 | 11 | 1 | 23 | |
| 21 | 0 | 13 | 0 | 55 | 0 | 9 | 1 | 0 | 0 M | 12 | |

19
19
19

*♀ m.c.cum Vindem.*

---

☽ ♌ 1.8.

*♀ or.cum corona.*

## Positus Planetarum Diurnus.

| Dies Julii | Dies Gregor. | ☉ ♎ P | ' | " | ☽ ♈ P | ' | S ♄ ♌ P | A ' | M ♃ ♒ P | A ' | S ♂ ♎ P | A ' | M ♀ ♏ P | D ' | M ☿ ♍ P | A ' | ☊ ♉ P | ' |
|---|---|---|---|---|---|---|---|---|---|---|---|---|---|---|---|---|---|---|
| 21 | 1 | 7 | 39 | 25 | 20 ♉ | 25 | 21 | 18 | 17 | 40 | 3 | 46 | 12 | 51 | 25 Di | 48 | 12 | 49 |
| B 22 | 2 | 8 | 38 | 34 | 10 | 59 | 21 | 24 | 17 | 38 | 3 | 25 | 14 | 4 | 25 | 52 | 12 | 46 |
| 23 | 3 | 9 | 37 | 42 | 23 ♊ | 6 | 21 | 30 | 17 | 36 | 4 | 4 | 15 | 47 | 26 | 3 | 12 | 42 |
| 24 | 4 | 10 | 36 | 52 | 5 | 56 | 21 | 36 | 17 | 34 | 4 | 43 | 16 | 30 | 26 | 21 | 12 | 39 |
| 25 | 5 | 11 | 36 | 4 | 19 ♋ | 3 | 21 | 42 | 17 | 32 | 5 | 22 | 17 | 43 | 26 | 45 | 12 | 36 |
| 26 | 6 | 12 | 35 | 18 | 2 | 37 | 21 | 48 | 17 | 31 | 6 | 1 | 18 | 56 | 27 | 15 | 12 | 33 |
| 27 | 7 | 13 | 34 | 34 | 16 ♌ | 32 | 21 | 54 | 17 | 30 | 6 | 40 | 20 | 9 | 27 | 50 | 12 | 30 |
| 28 | 8 | 14 | 33 | 52 | 0 | 47 | 22 | 0 | 17 | 29 | 7 | 19 | 21 | 22 | 28 S | 30 | 12 | 27 |
| B 29 | 9 | 15 | 33 | 12 | 15 ♍ | 19 | 22 | 5 | 17 | 28 | 7 | 58 | 22 | 34 | 29 ♎ | 14 | 12 | 23 |
| 30 | 10 | 16 | 32 | 34 | 0 | 5 | 22 | 11 | 17 | 28 | 8 | 37 | 23 | 47 | 0 | 2 | 12 | 20 |
| Oc. 1 | 11 | 17 | 31 | 58 | 14 | 52 | 22 | 16 | 17 | 28 | 9 | 16 | 24 | 59 | 0 | 56 | 12 | 17 |
| 2 | 12 | 18 | 31 | 24 | 29 ♎ | 39 | 22 | 22 | 17 Di | 28 | 9 | 55 | 26 | 11 | 1 | 57 | 12 | 14 |
| 3 | 13 | 19 | 30 | 52 | 14 | 17 | 22 | 27 | 17 | 28 | 10 | 34 | 27 | 24 | 2 | 52 | 12 | 11 |
| 4 | 14 | 20 | 30 | 22 | 28 ♏ | 41 | 22 | 33 | 17 | 28 | 11 | 13 | 28 | 35 | 3 | 56 | 12 | 7 |
| 5 | 15 | 21 | 29 | 54 | 12 | 42 | 22 | 38 | 17 | 29 | 11 | 52 | 29 ♐ | 49 | 5 | 3 | 12 | 4 |
| B 6 | 16 | 22 | 29 | 28 | 26 | 30 | 22 | 43 | 17 | 29 | 12 | 31 | 1 | 1 | 6 | 13 | 12 | 1 |
| 7 | 17 | 23 | 29 | 4 | 10 ♐ | 4 | 22 | 48 | 17 | 30 | 13 | 10 | 2 | 13 | 7 | 20 | 11 | 58 |
| 8 | 18 | 24 | 28 | 42 | 23 | 14 | 22 | 53 | 17 | 31 | 13 | 50 | 3 | 26 | 8 | 41 | 11 | 55 |
| 9 | 19 | 25 | 28 | 22 | 6 ♑ | 8 | 22 | 58 | 17 | 32 | 14 | 29 | 4 | 38 | 9 | 59 | 11 | 52 |
| 10 | 20 | 26 | 28 | 3 | 18 | 46 | 23 | 3 | 17 | 33 | 15 | 9 | 5 | 50 | 11 | 19 | 11 | 48 |
| 11 | 21 | 27 | 27 | 46 | 1 ♒ | 12 | 23 | 8 | 17 | 35 | 15 | 48 | 7 | 2 | 12 | 41 | 11 | 45 |
| 12 | 22 | 28 | 27 | 31 | 13 | 26 | 23 | 12 | 17 | 37 | 16 | 27 | 8 | 14 | 14 | 5 | 11 | 42 |
| B 13 | 23 | 29 | 27 | 18 | 25 ♓ | 32 | 23 | 17 | 17 | 39 | 17 | 7 | 9 | 26 | 15 | 31 | 11 | 39 |
| 14 | 24 | 0 ♏ | 27 | 7 | 7 | 33 | 23 | 21 | 17 | 41 | 17 | 46 | 10 | 38 | 16 | 58 | 11 | 36 |
| 15 | 25 | 1 | 26 | 58 | 19 ♈ | 32 | 23 | 26 | 17 | 44 | 18 | 25 | 11 | 50 | 18 D | 27 | 11 | 32 |
| 16 | 26 | 2 | 26 | 51 | 1 | 30 | 23 | 30 | 17 | 46 | 19 | 5 | 13 | 2 | 19 | 58 | 11 | 29 |
| 17 | 27 | 3 | 26 | 46 | 13 | 30 | 23 | 34 | 17 | 49 | 19 | 44 | 14 | 14 | 21 | 30 | 11 | 26 |
| 18 | 28 | 4 | 26 | 43 | 25 ♉ | 36 | 23 | 38 | 17 | 52 | 20 | 24 | 15 | 26 | 23 | 3 | 11 | 23 |
| 19 | 29 | 5 | 26 | 42 | 7 | 51 | 23 | 41 | 17 | 55 | 21 | 3 | 16 | 38 | 24 | 37 | 11 | 20 |
| B 20 | 30 | 6 | 26 | 42 | 20 | 18 | 23 | 46 | 17 | 58 | 21 | 43 | 17 | 49 | 26 | 12 | 11 | 17 |
| 21 | 31 | 7 | 26 | 44 | 2 ♊ | 59 | 23 | 50 | 18 | 1 | 22 | 23 | 19 | 1 | 27 | 48 | 11 | 13 |

| Latitudo Planetarũ ad diẽ | | ♄ | | ♃ | | ♂ | | ♀ | | ☿ | | |
|---|---|---|---|---|---|---|---|---|---|---|---|---|
| | 1 | 0 | 16 | 0 | 56 | 0 | 7 | 0 | 36 | 1 S | 26 | Mensis |
| | 11 | 0 | 18 | 0 | 55 | 0 | 8 | 1 | 8 | 0 | 15 | |
| | 21 | 0 | 19 | 0 | 54 | 0 | 9 | 1 | 32 | 1 D | 7 | |

|  |  |  |  |  |  |  |  |
|---|---|---|---|---|---|---|---|
| □ | 18 47 | 4 ✱ 40 |  | 7 □ 9 |  | 14 □ 48 | ☿ occ. cum alu. ♏. |
| Asc. | 18 ♎ |  |  | 21 ✱ 17 | 6 △ 39 | 19 ✱ 56 | ☿ or. cum vinde (corona<br>□ ♄ ☿ 13.46 ☿ m.c.cũ |
|  | 0 ✱ 26 | 11 ☌ 6 | 3 ☍ 31 |  | 12 □ 53 |  | ♀ occ. cũ media fron. ♏.<br>△ ☽ ♃ 22.22. 4. |
|  |  |  |  | 17 ☌ 49 | 17 ✱ 51 | 7 ☌ 54 | ☽ Apog.<br>☿ fit dir. m.c. cũ cauda ♑ |
| ☌<br>Asc. | 9 42<br>9 ♋ | 13 ✱ 42 | 5 △ 19 |  |  |  | ♂ m.c. cum vinde. ☿ or.<br>☽ ☊ 22.36. (cum 82. |
|  |  | 17 □ 11 | 8 □ 9 |  | 8 ☌ 38 | 18 ✱ 51 | ♀ or. cum arcturo.<br>✱ ☽ ♄ 6.13 ♂ or. cũ coro. |
|  | 2 ✱ 33 | 23 △ 21 | 13 ✱ 34 | 3 ✱ 57 |  |  | ♂ occ. cum spica ♍.<br>♀ m.c. cũ ant. et oc. cũ 51 |
| □ | 16 32 |  |  | 16 □ 45 |  | 8 □ 10 | (antare.<br>♂ or. cũ Algo. ☌ ♀ cũ |
| Asc. | 2 ♎ | 19 ☍ 31 | 8 ☌ 19 | 6 △ 20 | 12 ✱ 41 | 1 △ 28 | ♀ or. cum corona (ca. ♄<br>♂ or. cũ 160. ☌ occ. cũ |
|  | 8 △ 31 |  |  |  | 6 □ 51 |  | △ ♃ ♂ 20.45. b(23.1<br>△ ♃ ♀ 12.1. ☌ ♂ ♀ |
|  |  |  |  |  |  |  | ☽ Ap. ♂ or. cum spi. ♍ |
| ☍ | 19 15 | 20 △ 5 | 8 ✱ 36 | 13 ☍ 5 | 1 △ 37 | 18 ☍ 31 | ✱ ♄ ☿ 9. 20. |
| Asc. | 9 ♏ | 6 □ 35 | 19 △ 19 |  |  |  | ☽ ☊ 6.56 ♀ oc. cũ arct.<br>✱ ♃ ♀ 3.8 ♀ or. cũ aq. |
|  |  |  |  |  |  |  | ☌ ♄ cum regulo. |

Die 10. ♀ occ. cum neb. ☌ cordc ♏.
Die 13. ♂ or. cum cing. ♍, ☌ m.c. cum spica ♍.
Die 30. ♀ m.c. cum aculeo ♏.

Positus Planetarum Diurnus.

| Anni veteris | Anni Gregor. | ☉ ♏ P | ' | " | ☽ ♊ P | ' | ♄ ♌ S P | A ' | ♃ ♒ M P | A ' | ♂ ♎ S P | A ' | ♀ ♐ M P | D ' | ☿ ♎ S P | D ' | ☊ ♉ P | ' |
|---|---|---|---|---|---|---|---|---|---|---|---|---|---|---|---|---|---|---|
| Dies | | | | | | | | | | | | | | | | | | |
| 22 | 1 | 8 | 26 | 48 | 15 | 57 | 23 | 54 | 18 | 5 | 23 | 2 | 20 | 12 | 29 ♏ | 25 | 11 | 10 |
| 23 | 2 | 9 | 26 | 53 | 29 ♋ | 14 | 23 | 57 | 18 | 9 | 23 | 42 | 21 | 24 | 1 | 5 | 11 | 7 |
| 24 | 3 | 10 | 27 | 0 | 12 | 52 | 24 | 1 | 18 | 13 | 24 | 21 | 22 | 33 | 2 | 42 | 11 | 4 |
| 25 | 4 | 11 | 27 | 9 | 26 ♌ | 19 | 24 | 4 | 18 | 17 | 25 | 1 | 23 | 46 | 4 | 22 | 11 | 1 |
| 26 | 5 | 12 | 27 | 20 | 11 | 4 | 24 | 7 | 18 | 22 | 25 | 41 | 24 | 57 | 6 | 2 | 10 | 57 |
| B 27 | 6 | 13 | 27 | 33 | 25 ♍ | 11 | 24 | 10 | 18 | 26 | 26 | 20 | 26 | 8 | 7 | 41 | 10 | 54 |
| 28 | 7 | 14 | 27 | 46 | 10 | 6 | 24 | 13 | 18 | 31 | 27 | 0 | 27 | 19 | 9 | 23 | 10 | 51 |
| 29 | 8 | 15 | 28 | 2 | 24 ♎ | 41 | 24 | 16 | 18 | 36 | 27 | 40 | 28 | 29 | 11 | 4 | 10 | 48 |
| 30 | 9 | 16 | 28 | 20 | 9 | 13 | 24 | 19 | 18 | 41 | 28 | 20 | 29 ♑ | 40 | 12 | 46 | 10 | 45 |
| 31 | 10 | 17 | 28 | 40 | 23 ♏ | 24 | 24 | 22 | 18 | 46 | 29 | 0 | 0 | 50 | 14 | 28 | 10 | 42 |
| No. 1 | 11 | 18 | 29 | 1 | 7 | 39 | 24 | 25 | 18 | 52 | 29 ♏ | 40 | 2 | 0 | 16 M | 10 | 10 | 38 |
| 2 | 12 | 19 | 29 | 23 | 21 ♐ | 27 | 24 | 27 | 18 | 57 | 0 | 20 | 3 | 10 | 17 | 52 | 10 | 35 |
| B 3 | 13 | 20 | 29 | 48 | 4 | 58 | 24 | 30 | 19 | 3 | 1 | 0 | 4 | 20 | 19 | 35 | 10 | 32 |
| 4 | 14 | 21 | 30 | 14 | 18 ♑ | 11 | 24 | 32 | 19 | 9 | 1 | 40 | 5 | 30 | 21 | 17 | 10 | 29 |
| 5 | 15 | 22 | 30 | 42 | 1 | 6 | 24 | 34 | 19 | 15 | 2 | 20 | 6 | 40 | 23 | 0 | 10 | 25 |
| 6 | 16 | 23 | 31 | 11 | 13 | 51 | 24 | 36 | 19 | 21 | 3 | 0 | 7 | 50 | 24 | 43 | 10 | 22 |
| 7 | 17 | 24 | 31 | 42 | 26 ♒ | 23 | 24 | 38 | 19 | 28 | 3 | 40 | 9 | 0 | 26 | 26 | 10 | 19 |
| 8 | 18 | 25 | 32 | 14 | 8 | 45 | 24 | 40 | 19 | 34 | 4 | 20 | 10 | 9 | 28 | 9 | 10 | 16 |
| 9 | 19 | 26 | 32 | 48 | 21 ♓ | 0 | 24 | 42 | 19 | 41 | 5 | 0 | 11 | 19 | 29 ♐ | 52 | 10 | 13 |
| B 10 | 20 | 27 | 33 | 23 | 3 | 11 | 24 | 44 | 19 | 48 | 5 | 40 | 12 | 28 | 1 | 35 | 10 | 10 |
| 11 | 21 | 28 | 33 | 59 | 15 | 19 | 24 | 46 | 19 | 55 | 6 | 20 | 13 | 38 | 3 | 17 | 10 | 6 |
| 12 | 22 | 29 | 34 | 37 | 27 ♈ | 27 | 24 | 48 | 20 | 2 | 7 | 0 | 14 | 47 | 4 | 59 | 10 | 3 |
| 13 | 23 | 0 ♐ | 35 | 16 | 9 | 38 | 24 | 49 | 20 | 10 | 7 | 40 | 15 | 56 | 6 | 41 | 10 | 0 |
| 14 | 24 | 1 | 35 | 55 | 21 ♉ | 54 | 24 | 51 | 20 | 17 | 8 | 20 | 17 | 5 | 8 | 23 | 9 | 57 |
| 15 | 25 | 2 | 36 | 38 | 4 | 17 | 24 | 52 | 20 | 25 | 9 D | 0 | 18 | 14 | 10 | 4 | 9 | 54 |
| 16 | 26 | 3 | 37 | 21 | 16 | 49 | 24 | 53 | 20 | 33 | 9 | 40 | 19 | 22 | 11 | 45 | 9 | 51 |
| B 17 | 27 | 4 | 38 | 5 | 29 ♊ | 34 | 24 | 54 | 20 | 41 | 10 | 20 | 20 | 30 | 13 | 25 | 9 | 47 |
| 18 | 28 | 5 | 38 | 50 | 12 | 34 | 24 | 55 | 20 | 49 | 11 | 0 | 21 A | 38 | 15 | 5 | 9 | 44 |
| 19 | 29 | 6 | 39 | 36 | 25 ♋ | 51 | 24 | 56 | 20 | 57 | 11 | 40 | 22 | 46 | 16 | 44 | 9 | 41 |
| 20 | 30 | 7 | 40 | 24 | 9 | 25 | 24 | 56 | 21 | 5 | 12 | 21 | 23 | 54 | 18 | 22 | 9 | 38 |

| Latitudo Planetarū ad diē | ♄ | | ♃ | | ♂ | | ♀ | | ☿ | | |
|---|---|---|---|---|---|---|---|---|---|---|---|
| 1 | 0 | 21 | 0 | 53 | 0 | 9 | 1 | 54 | 0 | 55 | Mensis |
| 11 | 0 | 22 | 0 | 52 | 0 | 10 | 2 | 14 | 0 M | 12 | |
| 21 | 0 | 24 | 0 | 51 | 0 D | 10 | 2 A | 19 | 0 | 32 | |

| | |
|---|---|
| 12 ☌ 52 | □ ☽ ♃ 10 13 ♍ ☿ |
| | □ ♃ ☿ 16. 5 ♀ or. cũ |
| | ♀ in 1 cam 15 ✶ ☾ |
| | ☿ ☉ ☿ 7 15 ♂ or. cũ |
| Occid. | □ ♄ ☿ 22. 20. |
| | ♃ or. cum cauda ♑. |
| ☉ ✶ 6 | □ ☽ ♄ 2. 26. ☾ cũ |

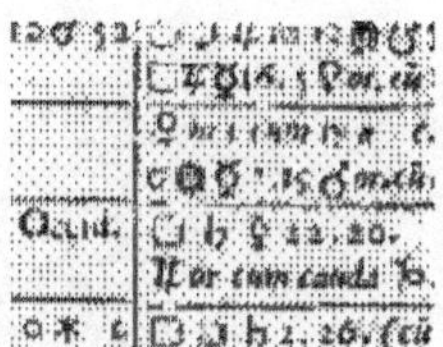

| Dies | | Motus Planetarum Diurnus. | | | | | | | | | | | | | | | | | |
|---|---|---|---|---|---|---|---|---|---|---|---|---|---|---|---|---|---|---|---|
| | | | | | | | ♄ | A | ♃ M | A | ♂ S | D | ☿ M | A | ♀ M | D | | |
| Julian. | Grego. | ☉ ♐ | | | ☽ ♋ | | ♄ ♓ | | ♃ ♒ | | ♂ ♒ | | ☿ ♑ | | ♀ ♐ | | ☊ ♉ | |
| Dies | | P | ' | " | P | ' | P | ' | P | ' | P | ' | P | ' | P | ' | P | ' |
| 21 | 1 | 8 | 41 | 13 | 24 ♌ | 18 | 24 | 57 | 21 | 11 | 13 | 1 | 25 | 1 | 20 | 6 | 9 | 34 |
| 22 | 2 | 9 | 41 | 3 | 7 ♍ | 16 | 24 | 57 | 21 | 22 | 13 | 42 | 26 | 8 | 21 | 1 | 9 | 31 |
| 23 | 3 | 10 | 42 | 54 | 21 | 47 | 24 | 58 | 21 | 31 | 14 | 22 | 27 | 15 | 23 | 13 | 9 | 28 |
| B 24 | 4 | 11 | 43 | 46 | 6 | 16 | 24 | 58 | 21 | 40 | 15 | 3 | 28 | 22 | 24 | 41 | 9 | 25 |
| 25 | 5 | 12 | 44 | 39 | 20 ♎ | 47 | 24 ♒ | 58 | 21 | 49 | 15 | 42 | 29 ♒ | 29 | 26 | 22 | 9 | 22 |
| 26 | 6 | 13 | 45 | 33 | 5 | 14 | 24 | 58 | 21 | 58 | 16 | 24 | 0 | 35 | 27 | 55 | 9 | 19 |
| 27 | 7 | 14 | 46 | 28 | 19 ♏ | 31 | 24 | 58 | 22 | 7 | 17 | 4 | 1 | 41 | 29 ♑ | 27 | 9 | 16 |
| 28 | 8 | 15 | 47 | 24 | 3 | 34 | 24 | 56 | 22 | 17 | 17 | 45 | 2 | 47 | 0 | 58 | 9 | 12 |
| 29 | 9 | 16 | 48 | 21 | 17 ♐ | 19 | 24 | 57 | 22 | 26 | 18 | 25 | 3 | 53 | 2 | 27 | 9 | 9 |
| 30 | 10 | 17 | 49 | 19 | 0 | 46 | 24 | 57 | 22 | 36 | 19 | 6 | 4 | 58 | 3 | 55 | 9 | 6 |
| B 1 | 11 | 18 | 50 | 18 | 13 | 56 | 24 | 56 | 22 | 46 | 19 | 47 | 6 | 3 | 5 | 21 | 9 | 3 |
| De. 2 | 12 | 19 | 51 | 18 | 26 ♑ | 40 | 24 | 55 | 22 | 56 | 10 | 27 | 7 | 8 | 6 | 46 | 8 | 59 |
| 3 | 13 | 20 | 52 | 18 | 9 | 28 | 24 | 54 | 23 | 6 | 21 | 8 | 8 | 12 | 8 A | 9 | 8 | 56 |
| 4 | 14 | 21 | 53 | 19 | 21 | 56 | 24 | 53 | 23 | 16 | 21 | 49 | 9 | 16 | 9 | 30 | 8 | 53 |
| 5 | 15 | 22 | 54 | 21 | 4 ♒ | 14 | 24 | 52 | 23 | 26 | 22 | 30 | 10 | 20 | 10 | 49 | 8 | 50 |
| 6 | 16 | 23 | 55 | 25 | 16 | 20 | 24 | 51 | 23 | 37 | 23 | 10 | 11 | 23 | 12 | 6 | 8 | 47 |
| 7 | 17 | 24 | 56 | 26 | 28 ♓ | 15 | 24 | 50 | 23 | 47 | 23 | 51 | 12 | 26 | 13 | 20 | 8 | 44 |
| B 8 | 18 | 25 | 57 | 29 | 10 | 43 | 24 | 48 | 23 | 58 | 24 | 32 | 13 | 29 | 14 | 31 | 8 | 40 |
| 9 | 19 | 26 | 58 | 32 | 22 ♈ | 50 | 24 | 47 | 24 | 8 | 25 | 13 | 14 | 32 | 15 | 39 | 8 | 37 |
| 10 | 20 | 27 | 59 | 36 | 5 | 1 | 24 | 45 | 24 | 19 | 25 | 54 | 15 | 34 | 16 | 44 | 8 | 34 |
| 11 | 21 | 29 ♑ | 0 | 39 | 17 | 18 | 24 | 43 | 24 | 30 | 26 | 35 | 16 | 36 | 17 | 40 | 8 | 31 |
| 12 | 22 | 0 | 1 | 43 | 29 ♉ | 44 | 24 | 41 | 24 | 41 | 27 | 16 | 17 | 38 | 18 | 44 | 8 | 28 |
| 13 | 23 | 1 | 2 | 47 | 12 | 20 | 24 | 39 | 24 | 52 | 27 | 57 | 18 | 39 | 19 | 40 | 8 | 25 |
| 14 | 24 | 2 | 3 | 52 | 25 | 9 | 24 | 37 | 25 | 3 | 28 | 38 | 19 | 40 | 20 | 31 | 8 | 21 |
| B 15 | 25 | 3 | 4 | 57 | 8 ♊ | 12 | 24 | 35 | 25 | 14 | 29 ♓ | 19 | 20 | 40 | 21 | 16 | 8 | 18 |
| 16 | 26 | 4 | 6 | 3 | 21 | 32 | 24 | 33 | 25 | 26 | 0 | 0 | 21 | 40 | 22 | 0 | 8 | 15 |
| 17 | 27 | 5 | 7 | 9 | 5 ♋ | 12 | 24 | 31 | 25 | 37 | 0 | 41 | 22 | 39 | 22 | 38 | 8 | 12 |
| 18 | 28 | 6 | 8 | 15 | 19 | 7 | 24 | 28 | 25 | 49 | 1 | 22 | 23 | 38 | 23 | 11 | 8 | 9 |
| 19 | 29 | 7 | 9 | 21 | 3 ♌ | 19 | 24 | 26 | 26 | 0 | 2 | 3 | 24 | 36 | 23 | 39 | 8 | 5 |
| 20 | 30 | 8 | 10 | 27 | 17 | 45 | 24 | 23 | 26 | 12 | 2 | 44 | 25 | 34 | 24 | 1 | 8 | 2 |
| 21 | 31 | 9 | 11 | 34 | 2 ♍ | 10 | 24 | 20 | 26 | 24 | 3 | 25 | 26 | 31 | 24 | 17 | 7 | 59 |
| Latitudo Planetarũ ad diẽ | | | | | | 1 | 0 | 26 | 0 | 49 | 0 | 10 | 2 | 22 | 1 | 54 | Mensis | |
| | | | | | | 11 | 0 | 27 | 0 | 48 | 0 | 9 | 2 | 13 | 2 A | 21 | | |
| | | | | | | 21 | 0 | 29 | 0 | 47 | 0 | 8 | 1 | 56 | 2 | 2 | | |

Syzygiæ Lunares.

| | | Orient. | Occid. | Orient | Occid. | Occid. | Syzygiæ Planetarū mutuæ, & eorum congressus cum illustrioribus aliquibus stellis fixis. |
|---|---|---|---|---|---|---|---|
| | ☽ | ♄ | ♃ | ♂ | ♀ | ☿ | |
| Dies | H ′ | H ′ | H ′ | H ′ | H ′ | H ′ | |
| 1 | | | | | 3 ☌ 10 | | ✶ ♃ ♀ 19.58. |
| 2 | 4 △ 5 | | 23 ☍ 31 | 11 □ 0 | | | |
| 3 | | 5 ☌ 17 | | | | 2 △ 39 | ♀ m.c. cum cor. ♌. |
| 4 □ | 9 59 | | | 15 ✶ 15 | | | ☽ pe. △ ♄ ☿ 2.33. |
| 5 Asc. | 23 ♌ | | | | 15 △ 39 | 10 □ 23 | ♂ m.c. cum bor. lance. a. |
| 6 | 15 ✶ 26 | | | | | | ♂ occ. cum cing. ♍. |
| 7 | | 9 ✶ 18 | 4 △ 30 | | 22 □ 30 | 19 ✶ 1 | ♀ m.c. cum cauda Del. |
| 8 | | | | | | | ☽ ☋ 9.49. |
| 9 | | 13 □ 35 | 9 □ 14 | 2 ☌ 12 | | | |
| 10 | | | | | 8 ✶ 21 | | ♀ m.c. cum cauda cygni. |
| 11 ☌ | 10 ♉ | 20 △ 27 | 16 ✶ 40 | | | | ☿ or. cum acu. ♏. |
| 12 Asc. | 0 ♍ | | | | | 21 ☌ 22 | ♂ occ. cum acu. ♏. |
| 13 | | | | 13 ✶ 45 | | | (neb ♏. |
| 14 | | | | | | | ♂ m.c. cū coro. ☿ or. cū |
| 15 | | | | | 13 ☌ 7 | | ✶ ☽ ♃ 15.22 (21.41 |
| 16 | 16 ✶ 8 | 16 ☍ 36 | 14 ☌ 22 | 14 □ 5 | | | □ ♃ ♂ 10.54 △ ☽ ♄ |
| 17 | | | | | | | ♀ occ. cum Fomah. |
| 18 | | | | | | 8 ✶ 20 | ☽ ap □ ♄ ☌ 9 9. b. |
| 19 □ | 9 4 | | | 4 △ 57 | | | |
| 20 Asc | 24 ♌ | | | | 22 ✶ 32 | | ♂ m.c. cū pri. frontis ♏. c |
| 21 | | 14 △ 16 | 14 ✶ 7 | | | 0 □ 58 | ♀ or. cum cauda ♑. d. |
| 22 | 0 △ 38 | | | | | | ☍ ♄ ☿ 3.0. ☽ ☊ 16.34. |
| 23 | | 23 □ 0 | 23 □ 48 | | 12 □ 51 | 14 △ 42 | ♃ occ. cum cauda Del. |
| 24 | | | | 6 ☍ 45 | | | ♂ or. cum rostro galli. |
| 25 | | | | | | | ♂ occ. cum lance Bor. |
| 26 ☍ | 23 53 | 5 ✶ 17 | 6 △ 58 | | 0 △ 16 | | ♂ m.c. cum palma Ophi. |
| 27 Asc. | 7 ♈ | | | | | | ♀ occ. cum caudæ Del. |
| 28 | | | | 21 △ 45 | | 7 ☍ 7 | ☍ ♄ ♀ 20.0. |
| 29 | | | | | | | |
| 30 | | 10 ☌ 52 | 14 ☍ 6 | | 13 ☍ 46 | | ☌ ♃ ♀ 1.44. |
| 31 | 12 △ 4 | | | 1 □ 3 | | | ☽ 1 e. ♂ m.c. cū antare. |

*a.* *Die 5. ☿ or. cum cauda Del.*
*b.* *Die 18. ☿ occ. cum aquila, & cauda ♑.*
*c.* *Die 20. ♂ occ. cum neb. & corde ♏.*
*♄ Fit ℞ apud regulum.*
*d.* *Die 21. ♀ m.c. cum cauda ♑.*

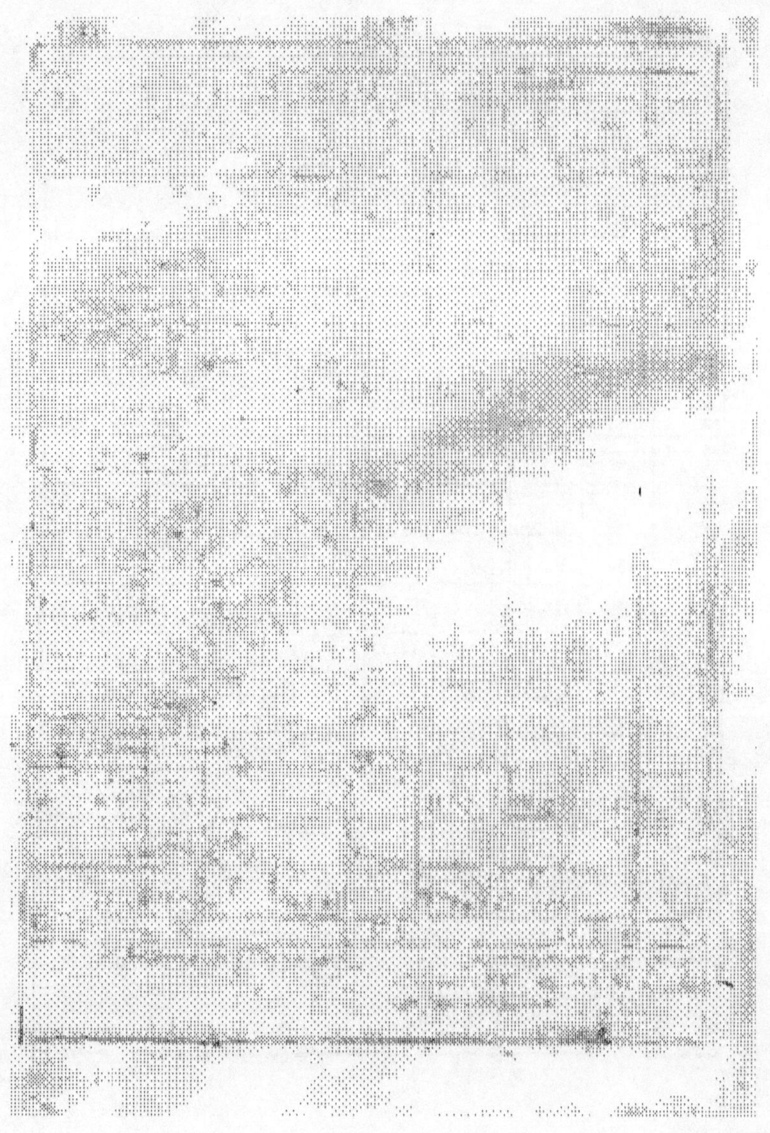

# EPHEMERIS IOANNIS ANTONII MAGINI PATAVINI

Ad annum Dominicæ Incarnationis

1595.

Qui tertius post Bissextilem computatur, à Kalendario reformato tertiusdecimus, & à mundo incohato 5557.

*Constitutio mundi ad æquinoctium vernum, seu ingressus ☉ in ♈.*

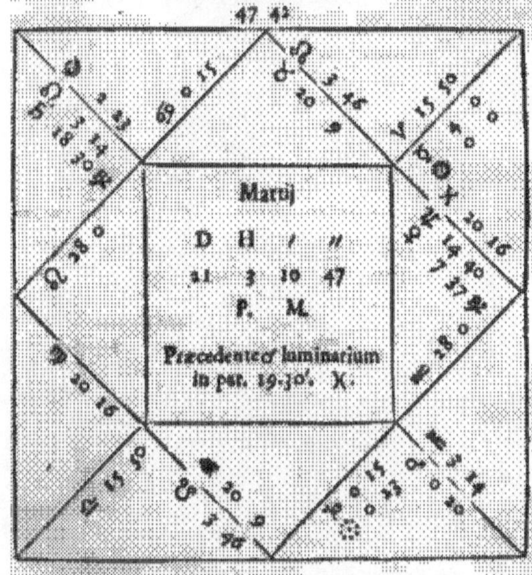


Vera & apparens anni magnitudo.

*Dierum* 365. *Horarum* 5. *Scr.* 55′. 29″. 15‴. 35⁗.

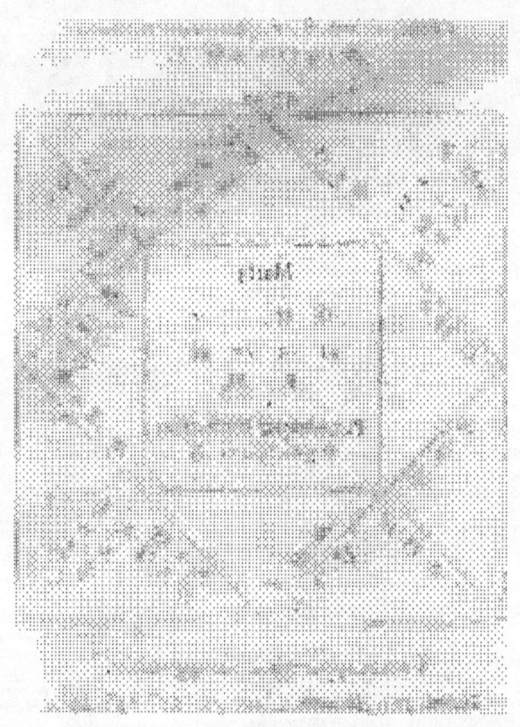

# ANNO REPARATAE SALVTIS 1595 communi.

| Introitus ☉ in principium | | | D. | H. | ′ | ″ |
|---|---|---|---|---|---|---|
| | ♋, Solstitium aestiuum | Iunij | 21 | 23 | 50 | 59 |
| | ♎, Aequinoctium autumnale | Septemb. | 23 | 11 | 6 | 21 |
| | ♑, Solstitium hiemale | Decemb. | 22 | 5 | 23 | 32 |

| | P. | ′ | ″ | ‴ |
|---|---|---|---|---|
| Vera praecessio Æquinoctiorum | 28 | 2 | 5 | 49 |
| Obliquitas Zodiaci | 23 | 18 | 4 | 5 |

Eccentricitas ☉ 32222. Qualium semidiameter eccentrici ☉ par. 1000000. seu par. 1. 56′. 0″. 5‴. Qualium P. 60.

| Locus Apogaei | | P. | ′ | ″ | | | |
|---|---|---|---|---|---|---|---|
| | ♄ | 29 | 17 | 20 | ♐ | Aureus Numerus | 19 |
| | ♃ | 6 | 45 | 48 | ♎ | Cyclus Solis | 8 |
| | ♂ | 28 | 31 | 47 | ♌ | Epacta | 19 |
| | ☉ | 9 | 18 | 18 | ♋ | Indictio Romana | 8 |
| | ♀ | 16 | 23 | 6 | ♊ | Litera Dominicalis | A |
| | ☿ | 0 | 14 | 41 | ♐ | Interuallum hebd. 6, Dies | [illegible] |

*Festa mobilia secundum Sacrosanctae Romanae Ecclesiae usum iuxta annum reformatum.*

| | | |
|---|---|---|
| Septuagesima | Ianuarij | 22 |
| Cinis | Februarij | 8 |
| Pascha | Martij | 26 |
| Rogationes | Aprilis | 30 |
| Ascensio Domini | Maij | 4 |
| Pentecostes | Maij | 14 |
| Corpus Christi | Maij | 25 |
| Aduentus Domini | Decemb. | 3 |

| Quatuor Tempora anni, seu Ieiunia | | | | |
|---|---|---|---|---|
| | Februarij | 15 | 17 | 18 |
| | Maij | 17 | 19 | 20 |
| | Septembris | 20 | 22 | 23 |
| | Decembris | 20 | 22 | 23 |

# Eclipsis Lunæ anno Domini 1595.

*Die 23. Aprilis anni novi, seu die 13. anni veteris H. 15. 59′. 19″. à meridie æquatis apparebit magna & horribilis Eclipsis ☾ in par. 2. 54′. 57″. apud draconis ☋ in diametro Solis sita. Quo quidem tempore Solis anomalia annua est par. 291. 54′. 41″. & eius semid. 16′. 7″. Anomalia autem Lunæ est par. 212. 38′. 11″. unde eius semid. est 17′. 32″. semid. verò umbræ terrenæ æquata est 48′. 30″. Nervus item latitudinis ☾ motus est par. 90. 56′ 20″. & vera latitudo 4′. 54″. Austrina. Attamen ad initium obscurationis vera latitudo est 1′. 14″. Borea, & ad finem 11′. 5″. Austrina. Digiti ecliptici erunt 20. 54′. Tempus casus H. 1. 1′. 47″. moræ autem dimidia H. 0. 53′. 33″.*

| | | H. | scr. | | | |
|---|---|---|---|---|---|---|
| *Cuius quidē Lunaris defectus Dig. 20. 54.* | *Principium apparebit* | 14<br>7 | 4<br>13 | P. M.<br>N. S. | | *Totius Eclipsis duratio H. scr. 3. 51.* |
| | *Initium ingressus totius corporis ☾ in umbram terræ* | 15<br>8 | 6<br>15 | P. M.<br>N. S. | *Mansio ☾ in umbra terræ H. scr. 1. 47.* | |
| | *Medium, seu verum plenilu.* | 15<br>9 | 59<br>8 | P. M.<br>N. S. | | |
| | *Initium acquisitionis lum. quæ est finis moræ in tenebris* | 16<br>10 | 53<br>2 | P. M.<br>N. S. | | |
| | *Finis totius obscurationis* | 17<br>11 | 55<br>4 | P. M.<br>Horol. | | |

## Configuratio prædictæ defectionis Lunæ.

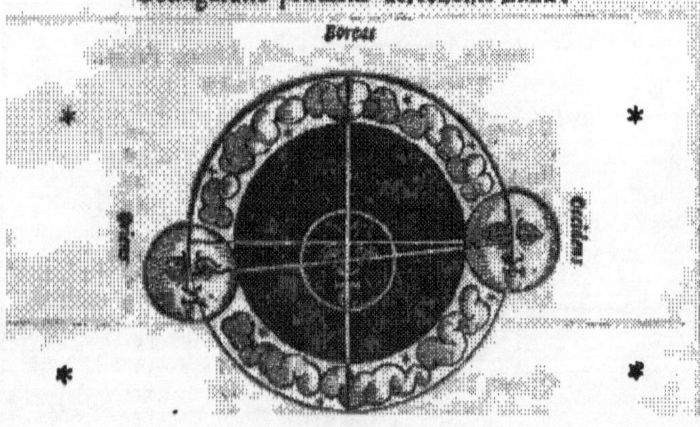

# Computatio Solaris deliquij anno 1595.

*Die 3. Octobris anni correcti, qui est secundum computum anni veteris dies 23. Septemb. H. 1. 53'. 7". à meridie tempore æquato, congredientur ambo luminaria secundum veros motus in par. 9. 27'. 7". ♎, non longe à nodo deprimente, seu ☋: sed quoniam hæc ecliptica synodus incidet in ipsum ferè nonagesimum gradum, dividens quadrantem Occidentalem ab Orientali, ubi nulla apparet diversitas aspectus longitudinis; ideo parvo intervallo distabit visa copula à vera: nempe scr. 3'. 2". cum parallaxis longitudinis sit solum 1'. 46". ita quod visa copula apparebit H. 1. 56'. 9". Ad dictum vero tempus distantia luminarium à Zenith invenitur par. 55. 12'. & tunc Sol transiens per longitudinem sui eccentrici mediam, habet anomaliam par. 91. 58'. 16". cuius semidiameter est 16'. 19". Sed Lunæ anomalia est par. 174. 24'. 41". Ideo semidiameter eius est 17'. 49". Verus latitudinis Lunaris motus est par. 76. 6'. 34". & vera latitudo par. 1. 11'. 55". Septentrionalis. Sed latitudinis parallaxis est scr. 49'. 21". Austrina. Unde apparens, seu visa latitudo remanet 21'. 34". Septentr. Attamen ad initium defectionis est 24'. 46". Bor. & ad exitum 20'. 22". similiter Borea. Puncta corporis Solaris à Luna obumbrata apparebunt 4. 14'. & tempus incidentiæ, seu dimidia duratio H. 0. 44'. 50".*

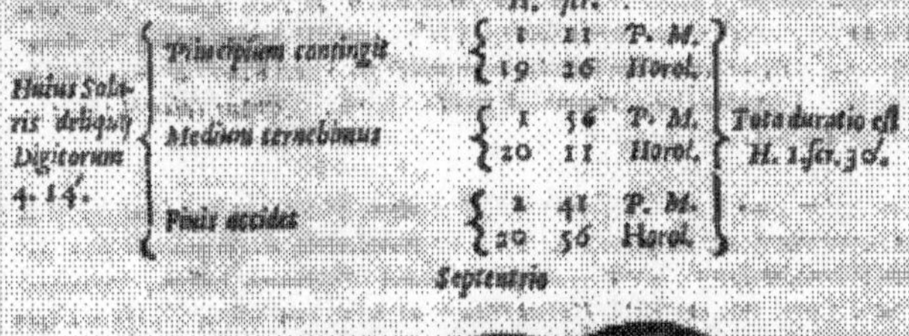

| | | H. | scr. | | |
|---|---|---|---|---|---|
| Huius Solaris deliquij Digitorum 4. 14'. | Principium contingit | 1 | 21 | P. M. | Tota duratio est H. 1. scr. 30. |
| | | 19 | 26 | Horol. | |
| | Medium cernebimus | 1 | 56 | P. M. | |
| | | 20 | 11 | Horol. | |
| | Finis accidet | 2 | 41 | P. M. | |
| | | 20 | 56 | Horol. | |

## Parallaxes huius Eclipsis Solis ad infrascripta climata.

| | Punct. | | | | | |
|---|---|---|---|---|---|---|
| Magnitudo huius Eclipsis ☉ erit | 4 0 | In climate | Quarto, & | gr. | 36 | Exaltationis poli. |
| | 4 12 | | Quinto, & | gr. | 41 | |
| | 4 14 | | Sexto, & | gr. | 45 | |
| | 4 15 | | Septimo, & | gr. | 49 | |
| | 4 14 | | Octauo, & | gr. | 52 | |

## Altera Eclipsis Lunæ anno prædicto.

*Die 17. Octobris iuxta annum reformatum qui diei 7. anni veteris adscribitur, contingit altera luminis Lunæ defectio valde magna, & hoc hora 20.37'.55". P. M. numeratis, & æquata in par. 24.4'.31". ♈, apud nodum euehentem, seu ☊. Ad dictum vero tempus anomalia Solis æquata est par. 109.31'.56". & eius semidiameter 16'.30". Lunaris autem anomalia est par. 7.30'.24". & eius semidiameter 15'.0". Amplius terrenæ umbræ semidiameter est 39'.16". Verus item latitudinis Lunæ motus est par. 271.28'.57". & vera latitudo 7.45 .Bor. Magnitudo obscurationis erit puncta 18.38. Tempus casus H.1.9.14. Mora autem dimidia H.0.53.54.*

*Cuius quidem Lunaris defectus supra nostrũ horizontem nihil penitus videbitur, nec etiam in locis Orientalioribus; sed principium eius, & incrementum ab Occidentalioribus animaduerti poterit, vt sunt hi, qui Brabantiam, Flandriam, Aragoniam, Frisiam, Scotiam, & alia loca situ conformia incolunt. Veruntamen in aliquibus locis Galliæ, & Hispaniæ tota Luna antequam sub terra occidetur, obscurata esse. Præterea in aliquibus etiam* **locis Hispaniæ,** *& Portogalliæ ipsum Eclipsis medium commodè obseruabitur.*

Figuram autem talis Eclipsis prætermisimus, quoniam supra nostrum cœlum minimè continget.

## *Planetarum status.*

♄
- Incedit per totum hoc anni spatiũ versus longitudinẽ mediam sui Eccentrici.
- Die 10. Februarij per imam partem / Die 20. Augusti per Apogæum } Sui parui orbis discurrit.
- A capite anni vsque in 21. Aprilis regressionem perficiet, iterumque post diem 19. Decemb. ad anni exitum, & vltra retrogressu afficietur.

♃
- Hoc anno versus Perigæon Eccen. properat, & ad eum die 19. Decẽb. perueniet.
- Die 8. Martij per supremam / Die 20. Septemb per infimam } Partem Epicycli fertur.
- A 23. Iulij vsque ad 17. Nouemb. regressu molestabitur.

♂
- Die 2. Iulij in Perigæo Eccentrici inuenitur.
- Die 6. Nouemb. similiter in Perigæo Epicycli est.
- Retroferetur post diem 5. Octobris vsque ad 10. Decemb.

♀ Die
- 8. Iunii in Apogæo / 8. Decemb. in Perigæo } Sui Eccentrici est.
- 4. Martii ad Perigæum / 19. Decemb. ad Apogæum } Epicycli deuenit,
- 12. Febr. in diem 27. Martij retrogradè incedet.

☿ Die
- 23 Maii Perigæum / 21 Nouemb. Apogæum } Deferentis occupat.
- 13 Ianuarii Perigæum / 11 Martij Apogæum / 8 Maij Perigæum / 7 Iulii Apogæum / 3 Septemb. Perigæum / 30 Octobris Apogæum / 26 Decemb. Perigæum } Epicycli tenet.
- 2 Ianuarij vsque ad 25 eiusdem / 18 Aprilis vsque ad 20. Maij / 22 Augusti vsque ad 14. Septemb. / 16 Decemb. vsque ad annũ proximũ } Regressiones absoluet.

Ianuarius 1595

| Dies | | ☉ ♑ P | ' | " | ☽ ♍ P | ' | S: ♄ ♌ P | A ' | M ♃ ♒ P | A ' | S ♂ ♐ P | D ' | M ♀ ♒ P | A ' | M ☿ ♑ P | A ' | ☊ ♉ P | ' |
|---|---|---|---|---|---|---|---|---|---|---|---|---|---|---|---|---|---|---|
| A 22 | 1 | 10 | 12 | 41 | 16 ♎ | 58 | 24 | 17 | 26 | 36 | 4 | 6 | 27 | 28 | 24 S | 28 | 7 | 56 |
| 23 | 2 | 11 | 13 | 48 | 1 | 32 | 24 | 14 | 26 | 48 | 4 | 48 | 28 | 24 | 24 | 33 | 7 | 53 |
| 24 | 3 | 12 | 14 | 55 | 15 ♏ | 50 | 24 | 11 | 27 | 0 | 5 | 29 | 29 ♓ | 20 | 24 | 31 | 7 | 50 |
| 25 | 4 | 13 | 16 | 1 | 0 | 7 | 24 | 8 | 27 | 12 | 6 | 10 | 0 | 15 | 24 | 22 | 7 | 47 |
| 26 | 5 | 14 | 17 | 7 | 13 | 59 | 24 | 5 | 27 | 24 | 6 | 52 | 1 | 9 | 24 | 7 | 7 | 43 |
| 27 | 6 | 15 | 18 | 13 | 17 | 30 | 24 | 2 | 27 | 37 | 7 | 33 | 2 | 3 | 23 | 46 | 7 | 40 |
| 28 | 7 | 16 | 19 | 18 | 10 ♐ | 40 | 23 | 58 | 27 | 49 | 8 | 15 | 2 | 56 | 23 | 19 | 7 | 37 |
| A 29 | 8 | 17 | 20 | 23 | 23 ♑ | 31 | 23 | 55 | 28 | 1 | 8 | 56 | 3 | 49 | 22 | 47 | 7 | 34 |
| 30 | 9 | 18 | 21 | 28 | 6 | 6 | 23 | 51 | 28 | 14 | 9 | 38 | 4 | 42 | 22 | 10 | 7 | 31 |
| 31 | 10 | 19 | 22 | 33 | 18 | 27 | 23 | 48 | 28 | 29 | 10 | 19 | 5 | 32 | 21 | 29 | 7 | 28 |
| Ian. 1 | 11 | 20 | 23 | 37 | 0 ♒ | 37 | 23 | 44 | 28 | 39 | 11 | 1 | 6 | 22 | 20 | 45 | 7 | 25 |
| 2 | 12 | 21 | 24 | 41 | 12 | 39 | 23 | 40 | 28 | 51 | 11 | 43 | 7 | 12 | 19 | 57 | 7 | 22 |
| 3 | 13 | 22 | 25 | 44 | 24 ♓ | 37 | 23 | 36 | 29 | 4 | 12 | 24 | 8 S | 1 | 19 | 8 | 7 | 19 |
| 4 | 14 | 23 | 26 | 47 | 6 | 33 | 23 | 32 | 29 | 17 | 13 | 6 | 8 | 49 | 18 | 18 | 7 | 15 |
| A 5 | 15 | 24 | 27 | 49 | 18 ♈ | 30 | 23 | 28 | 29 | 30 | 13 | 48 | 9 | 36 | 17 | 28 | 7 | 12 |
| 6 | 16 | 25 | 28 | 51 | 0 | 31 | 23 | 24 | 29 | 43 | 14 | 29 | 10 | 22 | 16 | 41 | 7 | 9 |
| 7 | 17 | 26 | 29 | 52 | 12 | 35 | 23 | 20 | 29 ♓ | 56 | 15 | 11 | 11 | 7 | 15 | 57 | 7 | 6 |
| 8 | 18 | 27 | 30 | 53 | 24 ♉ | 54 | 23 | 16 | 0 | 9 | 15 | 53 | 11 | 51 | 15 | 17 | 7 | 3 |
| 9 | 19 | 28 | 31 | 53 | 7 | 12 | 23 | 12 | 0 | 22 | 16 | 35 | 12 | 34 | 14 | 41 | 7 | 0 |
| 10 | 20 | 29 | 32 | 52 | 20 ♊ | 4 | 23 | 8 | 0 | 35 | 17 | 17 | 13 | 15 | 14 | 9 | 6 | 56 |
| 11 | 21 | 0 ♒ | 33 | 51 | 3 | 2 | 23 | 3 | 0 | 48 | 17 | 59 | 13 | 55 | 13 | 43 | 6 | 53 |
| A 12 | 22 | 1 | 34 | 49 | 16 | 19 | 22 | 59 | 1 | 2 | 18 | 41 | 14 | 34 | 13 D | 23 | 6 | 50 |
| 13 | 23 | 2 | 35 | 46 | 29 ♋ | 54 | 22 | 54 | 1 | 15 | 19 | 23 | 15 | 12 | 13 | 10 | 6 | 47 |
| 14 | 24 | 3 | 36 | 42 | 13 | 49 | 22 | 49 | 1 | 28 | 20 | 5 | 15 | 48 | 13 Di | 3 | 6 | 44 |
| 15 | 25 | 4 | 37 | 37 | 28 ♌ | 2 | 22 | 45 | 1 | 42 | 20 | 47 | 16 | 23 | 13 | 3 | 6 | 41 |
| 16 | 26 | 5 | 38 | 31 | 12 | 32 | 22 | 40 | 1 | 55 | 21 | 29 | 16 | 57 | 13 | 10 | 6 | 37 |
| 17 | 27 | 6 | 39 | 24 | 27 ♍ | 15 | 22 | 35 | 2 | 9 | 22 | 11 | 17 | 30 | 13 | 24 | 6 | 34 |
| 18 | 28 | 7 | 40 | 16 | 12 | 5 | 22 | 30 | 2 | 22 | 22 | 53 | 18 | 1 | 13 | 44 | 6 | 31 |
| A 19 | 29 | 8 | 41 | 7 | 26 ♎ | 56 | 22 | 25 | 2 | 36 | 23 | 35 | 18 | 31 | 14 | 10 | 6 | 28 |
| 20 | 30 | 9 | 41 | 57 | 11 | 39 | 22 | 20 | 2 | 50 | 24 | 17 | 18 | 59 | 14 | 41 | 6 | 25 |
| 21 | 31 | 10 | 42 | 46 | 26 | 8 | 22 | 15 | 3 | 3 | 25 | 0 | 19 | 25 | 15 | 18 | 6 | 21 |

| Latitudo Planetarũ ad diẽ | | ♄ | | ♃ | | ♂ | | ♀ | | ☿ | | |
|---|---|---|---|---|---|---|---|---|---|---|---|---|
| | 1 | 0 | 31 | 0 | 46 | 0 | 7 | 1 | 8 | 0 S | 28 | Mensis |
| | 11 | 0 | 34 | 0 | 45 | 0 | 5 | 0 S | 13 | 2 | 10 | |
| | 21 | 0 | 34 | 0 | 44 | 0 | 3 | 0 | 57 | 3 D | 13 | |

| Syzygiæ Lunares. | | | | | | | |
|---|---|---|---|---|---|---|---|
| | | Orient. | Occid. | Orient. | Occid. | Occid. | Syzygiæ Planetarũ mutuæ, & eorum congressus cum illustrioribus aliquibus stellis fixis. |
| | ☉ | ♄ | ♃ | ♂ | ♀ | ☿ | |
| Dies | H ′ | H ′ | H ′ | H ′ | H ′ | H ′ | |
| 1 | | | | | | 12 △ 15 | ♀ or. cum cap. Med. |
| 2 □ | 15 21 | | | 5 ✶ 43 | | | |
| 3 Asc. | 23 ♐ | 13 ✶ 54 | 19 △ 0 | | | 14 □ 22 | ♄ or. cũ regulo. ♂ oc. cũ |
| 4 | | | | | 0 △ 15 | | ☽ ☋ 13.11. (cri. Bere. a |
| 5 | 0 ✶ 35 | 18 □ 1 | | | | 17 ✶ 32 | |
| 6 | | | 0 □ 14 | 19 ☌ 21 | 9 □ 12 | | ♂ or. cum corde ♌. |
| 7 | | | | | | | |
| 8 | | 0 △ 46 | 8 ✶ 43 | | 19 ✶ 56 | | |
| 9 | | | | | | | |
| 10 ☌ | 1 59 | | | | | 6 ☌ 12 | ♀ occ. cum lyra. |
| 11 Alc. | 17 ♊ | | | 22 ✶ 6 | | | ♂ ☌ ♀ 4.37. |
| 12 | | 21 ☍ 58 | | | | Orient. | ♃ or. cum cap. Med. b. |
| 13 | | | 9 ☌ 6 | | | | ♀ m.c. cum Fomalh. |
| 14 | | | | 13 □ 58 | 4 ☌ 59 | 21 ✶ 58 | ☽ Ap. ♃ oc. cũ rost. gal. c |
| 15 | 13 ✶ 1 | | | | | | |
| 16 | | | | | | | ☿ m.c. cum rostro gall. |
| 17 | | 20 △ 50 | | 5 △ 17 | | 6 □ 28 | |
| 18 □ | 5 24 | | 10 ✶ 17 | | | | ☽ ☊ 23.19. |
| 19 Alc. | 8 ♌ | | | | 10 ✶ 16 | 13 △ 16 | (cum acu. ♏. |
| 20 | 19 △ 1 | 5 □ 38 | 19 □ 46 | | | | ✶ ♀ ☿ 19.39. ♂ m.c. |
| 21 | | | | | 20 □ 39 | | |
| 22 | | 11 ✶ 42 | | 4 ☍ 14 | | | ♂ occ. cum arcturo. |
| 23 | | | 2 △ 22 | | | 22 ☍ 32 | |
| 24 | | | | | 3 △ 59 | | ♂ oc. cum aquila. |
| 25 ☍ | 11 38 | | | | | | |
| 26 Alc. | 14 ♎ | 16 ☌ 26 | | 15 △ 19 | | | ♂ m.c. cum neb. ♋. |
| 27 | | | 8 ☍ 2 | | | | ☌ ♄ ♂ 12.12. |
| 28 | | | | 18 □ 19 | 10 ☍ 39 | 2 △ 43 | ☽ Perig. |
| 29 | 22 △ 5 | | | | | | ♀ occ. cum Acar. |
| 30 | | 17 ✶ 37 | | 22 ✶ 2 | | 5 □ 14 | |
| 31 | | | 11 △ 31 | | | | ☽ ☋ 17.13. |

*a. Die 3. ♀ occ. cum rostro galli.*
*b. Die 12. ☿ m.c. cum aquila.*
*c. Die 14. ☿ occ. cum corona.*

| | | | | |
|---|---|---|---|---|
| 28 | 7 | 17 | 47 | 58 |
| 29 | 8 | 18 | 48 | 37 |
| 30 | 9 | 19 | 49 | 15 |
| 31 | 10 | 20 | 49 | 52 |
| 1 | 11 | 21 | 50 | 28 |
| 2 | 12 | 22 | 51 | 2 |
| 3 | 13 | 23 | 51 | 35 |

Positus Planetarum Diurnus.

| Dies | | ☉ ♓ | | | ☽ ♐ | | ♄ ♌ S | A | ♃ ♓ M | D | ♂ ♑ M | D | ♀ ♓ S | A | ☿ ♒ M | D | ☊ ♉ | |
|---|---|---|---|---|---|---|---|---|---|---|---|---|---|---|---|---|---|---|
| | | P | ' | " | P | ' | P | ' | P | ' | P | ' | P | ' | P | ' | P | ' |
| 19 | 1 | 9 | 50 | 37 | 19 ♐ | 41 | 19 | 50 | 9 | 52 | 15 | 41 | 17 | 7 | 26 | 30 | 4 | 49 |
| 20 | 2 | 10 | 56 | 41 | 3 | 32 | 19 | 45 | 10 | 7 | 16 | 24 | 16 | 33 | 28 | 30 | 4 | 46 |
| 21 | 3 | 11 | 56 | 43 | 17 ♑ | 0 | 19 | 41 | 10 | 21 | 17 | 8 | 15 | 59 | 0 ♓ | 0 | 4 | 43 |
| 22 | 4 | 12 | 56 | 44 | 0 | 5 | 19 | 36 | 10 | 35 | 17 | 52 | 15 | 24 | 1 | 51 | 4 | 40 |
| A 23 | 5 | 13 | 56 | 43 | 12 | 46 | 19 | 32 | 10 | 50 | 18 | 34 | 14 | 58 | 3 A | 42 | 4 | 37 |
| 24 | 6 | 14 | 56 | 40 | 25 | 11 | 19 | 27 | 11 | 4 | 19 | 18 | 14 | 22 | 5 | 34 | 4 | 33 |
| 25 | 7 | 15 | 56 | 35 | 7 ♒ | 18 | 19 | 23 | 11 | 18 | 20 | 2 | 13 D | 37 | 7 | 26 | 4 | 30 |
| 26 | 8 | 16 | 56 | 28 | 19 | 15 | 19 | 19 | 11 | 33 | 20 | 45 | 13 | 2 | 9 | 18 | 4 | 27 |
| 27 | 9 | 17 | 56 | 19 | 0 ♓ | 58 | 19 | 15 | 11 | 47 | 21 | 29 | 12 | 28 | 11 | 10 | 4 | 24 |
| 28 | 10 | 18 | 56 | 5 | 12 | 38 | 19 | 11 | 12 | 1 | 22 | 13 | 11 | 55 | 13 | 4 | 4 | 21 |
| Ma. 1 | 11 | 19 | 55 | 5 | 24 ♈ | 15 | 19 | 7 | 12 | 15 | 22 | 57 | 11 | 23 | 14 | 57 | 4 | 17 |
| A 2 | 12 | 20 | 55 | 43 | 5 | 54 | 19 | 3 | 12 | 30 | 23 | 40 | 10 | 52 | 16 | 50 | 4 | 14 |
| 3 | 13 | 21 | 55 | 27 | 17 | 38 | 18 | 59 | 12 | 44 | 24 | 24 | 10 | 33 | 18 | 43 | 4 | 11 |
| 4 | 14 | 22 | 55 | 9 | 29 ♉ | 29 | 18 | 55 | 12 | 59 | 25 | 8 | 9 | 55 | 20 | 36 | 4 | 8 |
| 5 | 15 | 23 | 54 | 43 | 11 | 32 | 18 | 51 | 13 | 14 | 25 | 52 | 9 | 29 | 22 | 30 | 4 | 5 |
| 6 | 16 | 24 | 54 | 2 | 23 ♊ | 49 | 18 | 47 | 13 | 28 | 26 | 35 | 9 | 5 | 24 | 23 | 4 | 2 |
| 7 | 17 | 25 | 54 | 2 | 6 | 25 | 18 | 44 | 13 | 42 | 27 | 19 | 8 | 43 | 26 | 16 | 3 | 58 |
| 8 | 18 | 26 | 53 | 36 | 19 ♋ | 22 | 18 | 40 | 13 | 56 | 28 | 3 | 8 | 23 | 28 | 9 | 3 | 55 |
| A 9 | 19 | 27 | 53 | 1 | 2 | 41 | 18 | 37 | 14 | 10 | 28 | 46 | 8 | 5 | 0 ♈ | 1 | 3 | 52 |
| 10 | 20 | 28 | 52 | 38 | 16 ♌ | 23 | 18 | 33 | 14 | 24 | 29 | 30 | 7 | 50 | 1 | 53 | 3 | 49 |
| 11 | 21 | 29 ♈ | 52 | 5 | 0 | 18 | 18 | 30 | 14 | 38 | 0 ♒ | 14 | 7 | 37 | 3 | 45 | 3 | 46 |
| 12 | 22 | 0 | 51 | 31 | 14 | 55 | 18 | 27 | 14 | 52 | 0 | 58 | 7 | 26 | 5 | 36 | 3 | 43 |
| 13 | 23 | 1 | 50 | 56 | 29 ♍ | 39 | 18 | 24 | 15 | 6 | 1 | 42 | 7 | 18 | 7 | 27 | 3 | 39 |
| 14 | 24 | 2 | 50 | 18 | 14 | 30 | 18 | 21 | 15 | 20 | 2 | 26 | 7 | 12 | 9 | 17 | 3 | 36 |
| 15 | 25 | 3 | 49 | 38 | 29 ♎ | 38 | 18 | 18 | 15 | 34 | 3 | 10 | 7 | 8 | 11 | 7 | 3 | 33 |
| A 16 | 26 | 4 | 48 | 57 | 14 | 37 | 18 | 15 | 15 | 48 | 3 | 54 | 7 Di | 6 | 12 | 56 | 3 | 30 |
| 17 | 27 | 5 | 48 | 13 | 29 ♏ | 26 | 18 | 12 | 16 | 2 | 4 | 38 | 7 | 6 | 14 | 45 | 3 | 27 |
| 18 | 28 | 6 | 47 | 27 | 14 | 8 | 18 | 9 | 16 | 16 | 5 | 22 | 7 | 9 | 16 | 33 | 3 | 24 |
| 19 | 29 | 7 | 46 | 39 | 28 ♐ | 15 | 18 | 6 | 16 | 30 | 6 | 6 | 7 | 14 | 18 | 20 | 3 | 20 |
| 20 | 30 | 8 | 45 | 4 | 12 | 7 | 18 | 4 | 16 | 44 | 6 | 50 | 7 | 22 | 20 S | 6 | 3 | 17 |
| 21 | 31 | 9 | 44 | 57 | 25 | 37 | 18 | 1 | 16 | 58 | 7 | 34 | 7 | 31 | 21 | 50 | 3 | 14 |

| Latitudo Planetarũ ad diẽ | | ♄ | | ♃ | | ♂ | | ♀ | | ☿ | | |
|---|---|---|---|---|---|---|---|---|---|---|---|---|
| | 1 | 0 | 38 | 0 | 45 | 0 | 12 | 6 | 6 | 1 | 51 | Merid. |
| | 11 | 0 | 39 | 0 | 46 | 0 | 17 | 6 D | 4 | 1 A | 42 | |
| | 21 | 0 | 39 | 0 | 47 | 0 | 23 | 5 | 10 | 1 S | 7 | |

| 1 * 9 | ☌ ☉ |
| --- | --- |
| Occid. | * ♂ ☿ |

Positus Planetarum Diurnus.

| Dies Stylo vet. | Anni Grego. | ☉ ♈ P | ' | '' | ☽ ♑ P | ' | S ♄ ♌ P | A ' | M ♃ ♓ P | D ' | M ♂ ♒ P | D ' | S ♀ ♓ P | D ' | S ☿ ♈ P | A ' | ☊ ♉ P | ' |
|---|---|---|---|---|---|---|---|---|---|---|---|---|---|---|---|---|---|---|
| 22 | 1 | 10 | 44 | 3 | 8 | 40 | 17 | 59 | 17 | 11 | 8 | 18 | 7 | 44 | 23 | 33 | 3 | 11 |
| A 23 | 2 | 11 | 43 | 8 | 21 | 32 | 17 | 57 | 17 | 26 | 9 | 2 | 7 | 58 | 25 | 14 | 3 | 8 |
| 24 | 3 | 12 | 42 | 11 | ♒ 4 | 1 | 17 | 55 | 17 | 39 | 9 | 46 | 8 | 14 | 26 | 53 | 3 | 4 |
| 25 | 4 | 13 | 41 | 13 | 16 | 13 | 17 | 53 | 17 | 53 | 10 | 30 | 8 | 32 | 28 | 31 | 3 | 1 |
| 26 | 5 | 14 | 40 | 11 | 28 ♓ | 14 | 17 | 51 | 18 | 7 | 11 | 14 | 8 | 51 | ♉ 0 | 7 | 2 | 58 |
| 27 | 6 | 15 | 39 | 8 | 10 | 4 | 17 | 49 | 18 | 20 | 11 | 59 | 9 | 11 | 1 | 41 | 2 | 55 |
| 28 | 7 | 16 | 38 | 3 | 21 ♈ | 58 | 17 | 48 | 18 | 34 | 12 | 44 | 9 | 35 | 3 | 15 | 2 | 52 |
| 29 | 8 | 17 | 36 | 56 | 3 | 29 | 17 | 46 | 18 | 48 | 13 | 27 | 10 | 0 | 4 | 46 | 2 | 49 |
| A 30 | 9 | 18 | 35 | 47 | 15 | 10 | 17 | 45 | 19 | 1 | 14 | 11 | 10 | 26 | 6 | 15 | 2 | 45 |
| 31 | 10 | 19 | 34 | 36 | 26 ♉ | 55 | 17 | 44 | 19 | 15 | 14 | 56 | 10 | 54 | 7 | 42 | 2 | 42 |
| Ap. 1 | 11 | 20 | 33 | 23 | 8 | 47 | 17 | 43 | 19 | 28 | 15 | 40 | 11 | 23 | 9 | 6 | 2 | 39 |
| 2 | 12 | 21 | 32 | 8 | 20 | 49 | 17 | 41 | 19 | 41 | 16 | 24 | 11 | 54 | 0 | 27 | 2 | 36 |
| 3 | 13 | 22 | 30 | 52 | ♊ 3 | 9 | 17 | 40 | 19 | 54 | 17 | 8 | 12 | 26 | 11 | 45 | 2 | 33 |
| 4 | 14 | 23 | 29 | 34 | 15 | 59 | 17 | 39 | 20 | 7 | 17 | 53 | 13 | 0 | 13 | 0 | 2 | 30 |
| 5 | 15 | 24 | 28 | 14 | 28 ♋ | 31 | 17 | 38 | 20 | 20 | 18 | 37 | 13 | 33 | 14 | 13 | 2 | 26 |
| A 6 | 16 | 25 | 26 | 52 | 11 | 51 | 17 | 38 | 20 | 33 | 19 | 21 | 14 | 11 | 15 | 20 | 2 | 23 |
| 7 | 17 | 26 | 25 | 28 | 25 ♌ | 30 | 17 | 37 | 20 | 46 | 20 | 6 | 14 | 48 | 16 | 24 | 2 | 20 |
| 8 | 18 | 27 | 24 | 2 | 9 | 32 | 17 | 37 | 20 | 59 | 20 | 50 | 15 | 26 | 17 | 24 | 2 | 17 |
| 9 | 19 | 28 | 22 | 34 | 23 ♍ | 51 | 17 | 36 | 21 | 12 | 21 | 34 | 16 | 5 | 18 | 19 | 2 | 14 |
| 10 | 20 | 29 | 21 | 4 | 8 | 15 | 17 | 36 | 21 | 25 | 22 | 19 | 16 | 45 | 19 | 9 | 2 | 10 |
| 11 | 21 | ♉ 0 | 19 | 32 | 23 ♎ | 20 | 17 D | 36 | 21 | 38 | 23 | 3 | 17 | 27 | 19 | 54 | 2 | 7 |
| 12 | 22 | 1 | 17 | 58 | 8 | 21 | 17 | 36 | 21 | 51 | 23 | 47 | 18 | 10 | 20 | 34 | 2 | 4 |
| A 13 | 23 | 2 | 16 | 23 | 23 ♏ | 12 | 17 | 36 | 22 | 4 | 24 | 32 | 18 | 54 | 21 D | 8 | 2 | 1 |
| 14 | 24 | 3 | 14 | 46 | 7 | 53 | 17 | 37 | 22 | 17 | 25 | 16 | 19 | 36 | 21 | 36 | 1 | 58 |
| 15 | 25 | 4 | 13 | 8 | 22 ♐ | 18 | 17 | 37 | 22 | 30 | 26 | 0 | 20 | 23 | 21 | 57 | 1 | 55 |
| 16 | 26 | 5 | 11 | 28 | 6 | 25 | 17 | 38 | 22 | 43 | 26 | 45 | 21 | 9 | 22 | 11 | 1 | 52 |
| 17 | 27 | 6 | 9 | 46 | 20 ♑ | 11 | 17 | 38 | 22 | 55 | 27 | 29 | 21 | 56 | 22 ℞ | 18 | 1 | 48 |
| 18 | 28 | 7 | 8 | 2 | 3 | 17 | 17 | 39 | 23 | 8 | 28 | 13 | 22 | 44 | 22 | 18 | 1 | 45 |
| 19 | 29 | 8 | 6 | 17 | 16 | 46 | 17 | 40 | 23 | 20 | 28 | 58 | 23 M | 32 | 22 | 10 | 1 | 42 |
| A 20 | 30 | 9 | 4 | 30 | 29 | 39 | 17 | 41 | 23 | 32 | 29 | 42 | 24 | 21 | 21 | 56 | 1 | 39 |

| Latitudo Planetarũ ad diẽ | | ♄ | | ♃ | | ♂ | | ♀ | | ☿ | | |
|---|---|---|---|---|---|---|---|---|---|---|---|---|
| | 1 | 0 | 39 | 0 | 49 | 0 | 30 | 3 | 33 | 0 | 21 | Mensis |
| | 11 | 0 | 40 | 0 | 50 | 0 | 38 | 2 | 8 | 1 | 50 | |
| | 21 | 0 | 40 | 0 | 52 | 0 | 47 | 0 M | 51 | 2 D | 45 | |

Syzygiæ Lunares.

| Dies | ☉ H | Occid. ♄ H | Orient. ♃ H | Orient. ♂ H | Orient. ♀ H | Occid. ☿ H | Syzygiæ Planetarū mutuæ & eorum congressus cum illustrioribus aliquibus stellis fixis. |
|---|---|---|---|---|---|---|---|
| 1 □ | 4 3 | | 10 ✱ 7 | | | | ☿ occ. cum lyra. |
| 2 Asc. | 16 ♍ | | | | | 8 □ 16 | ☿ m. c. cum cor. ♈. |
| 3 | 18 ✱ 34 | | | 12 ☌ 2 | | | ♃ oc. cum acus. |
| 4 | | 3 ☍ 10 | | | | | |
| 5 | | | | | 12 ☌ 12 | 4 ✱ 29 | |
| 6 | | | 17 ☌ 15 | | | | ☿ occ. cum cor. ♈. |
| 7 | | | | | | | ☽ Apog. ♂ oc. cũ Fom. |
| 8 | | | | 21 ✱ 49 | | | △ ☉ ♄ 3.36. |
| 9 ☌ | 7 44 | 5 △ 17 | | | | | ♂ oc. cũ aquila, ♂ cũ [illegible] |
| 10 Asc. | 7 [illegible] | | | | | | ☿ ☊ 11.41. |
| 11 | | 17 □ 36 | 21 ✱ 44 | 14 □ 37 | 5 ✱ 25 | 0 ☌ 41 | |
| 12 | | | | | | | ♂ m. c. cum cauda ♑. |
| 13 | | | | | 18 □ 42 | | ☍ ♄ ☌ 16. 42. |
| 14 | 15 ✱ 46 | 3 ✱ 43 | 8 □ 26 | 4 △ 23 | | | ✱ ♀ ☿ 0.0 ☿ or. cũ Fo. a. |
| 15 | | | | | | | (cum Acor ☉ 22. |
| 16 | | | 15 △ 33 | | 4 △ 18 | 6 ✱ 40 | ♂ or. cũ cauda ♌ ☿ m. c. |
| 17 □ | 1 46 | | | | | | |
| 18 Asc. | 0 ♍ | 13 ☌ 28 | | 29 ☍ 52 | | 14 □ 2 | □ ♄ ☿ 5.34. |
| 19 | 7 △ 45 | | | | | | ☿ or. cum pleia. |
| 20 | | | 21 ☍ 3 | | 13 ☍ 51 | 18 △ 0 | ☿ occ. cum Rigel. |
| 21 | | | | | | | □ ♂ ☿ per orbem. |
| 22 | | 14 ✱ 57 | | | | | ☽ Perig. ☿ oc. cũ Acor. |
| 23 ☍ | 15 59 | | | 2 △ 17 | | | ☉ ☋ 13.26 ♂ occ. cum |
| 24 Asc. | 0 ♈ | 16 □ 13 | | | 20 △ 38 | 23 ☍ 18 | cauda Del. |
| 25 | | | 0 △ 19 | 6 □ 38 | | | |
| 26 | | 19 △ 33 | | | | | ✱ ♃ ☿ ferè partilis. |
| 27 | | | 4 □ 58 | 13 ✱ 58 | 3 □ 24 | | ✱ ♀ ☿ 11.0. |
| 28 | 6 △ 55 | | | | | | ☌ ♃ ♀ 18.0 ♂ or. cũ [illegible] 20 |
| 29 | | | 12 ✱ 28 | | 13 ✱ 32 | 10 △ 18 | ♂ occ. cũ rostro galli. |
| 30 □ | 19 46 | | | | | | |
| Asc. | 29 ♊ | | | | | | |

a. Die 14. ☿ m. c. cum cap. Med.
☿ Pic [illegible] m. c. cum pleia.

| Anni veteris | Anni Grego. | Positus Planetarum Diurnus. | | | | | | | | | | | | | | | | | | |
|---|---|---|---|---|---|---|---|---|---|---|---|---|---|---|---|---|---|---|---|---|
| | | | | | | | | S | A | M | D | M | D | M | D | S | D | | |
| | | ☉ ♉ | | | ☽ ♒ | | | ♄ ♌ | | ♃ ♓ | | ♂ ♓ | | ♀ ♓ | | ☿ ♉ | | ☊ ♉ | |
| Dies | | P | ' | " | P | | ' | P | ' | P | ' | P | ' | P | ' | P | ' | P | ' |
| 21 | 1 | 01 | 2 | 41 | 12 | | 9 | 17 | 41 | 23 | 44 | 0 | 26 | 25 | 11 | 21 | 35 | 1 | 36 |
| 22 | 2 | 11 | 0 | 51 | 24 | | 28 | 17 | 44 | 23 | 56 | 1 | 11 | 26 | 2 | 21 | 7 | 1 | 32 |
| 23 | 3 | 11 | 58 | 59 | 6 | ♓ | 36 | 17 | 45 | 24 | 8 | 1 | 55 | 26 | 53 | 20 | 33 | 1 | 29 |
| 24 | 4 | 12 | 57 | 6 | 18 | | 36 | 17 | 46 | 24 | 20 | 2 | 39 | 27 | 45 | 19 | 53 | 1 | 26 |
| 25 | 5 | 13 | 55 | 11 | 0 | ♈ | 30 | 17 | 48 | 24 | 32 | 3 | 24 | 28 | 37 | 19 | 8 | 1 | 23 |
| 26 | 6 | 14 | 53 | 14 | 12 | | 22 | 17 | 49 | 24 | 44 | 4 | 8 | 29 | 30 | 18 | 18 | 1 | 20 |
| A 27 | 7 | 15 | 51 | 16 | 24 | ♉ | 14 | 17 | 51 | 24 | 56 | 4 | 52 | 0 ♈ | 23 | 17 | 14 | 1 | 16 |
| 28 | 8 | 16 | 49 | 17 | 6 | | 9 | 17 | 53 | 25 | 8 | 5 | 37 | 1 | 17 | 16 | 27 | 1 | 13 |
| 29 | 9 | 17 | 47 | 16 | 18 | ♊ | 11 | 17 | 55 | 25 | 19 | 6 | 21 | 2 | 12 | 15 M | 26 | 1 | 10 |
| 30 | 10 | 18 | 45 | 14 | 0 | | 23 | 17 | 57 | 25 | 31 | 7 | 5 | 3 | 7 | 14 | 30 | 1 | 7 |
| Ma. 1 | 11 | 19 | 43 | 11 | 12 | | 47 | 17 | 59 | 25 | 42 | 7 | 49 | 4 | 3 | 13 | 34 | 1 | 4 |
| 2 | 12 | 20 | 41 | 6 | 25 | ♋ | 37 | 18 | 1 | 25 | 53 | 8 | 33 | 4 | 59 | 12 | 41 | 1 | 0 |
| 3 | 13 | 21 | 39 | 0 | 8 | | 26 | 18 | 4 | 26 | 4 | 9 | 17 | 5 | 56 | 11 | 52 | 0 | 57 |
| A 4 | 14 | 22 | 36 | 52 | 21 | ♌ | 45 | 18 | 6 D | 26 | 15 | 10 | 1 | 6 | 53 | 11 | 7 | 0 | 54 |
| 5 | 15 | 23 | 34 | 43 | 5 | | 20 | 18 | 9 | 26 | 26 | 10 | 45 | 7 | 50 | 10 | 28 | 0 | 51 |
| 6 | 16 | 24 | 32 | 33 | 19 | ♍ | 28 | 18 | 11 | 26 | 37 | 11 | 29 | 8 | 48 | 9 | 55 | 0 | 48 |
| 7 | 17 | 25 | 30 | 21 | 3 | | 47 | 18 | 14 | 26 | 48 | 12 | 13 | 9 | 46 | 9 | 29 | 0 | 45 |
| 8 | 18 | 26 | 28 | 8 | 18 | ♎ | 20 | 18 | 17 | 26 | 58 | 12 | 57 | 10 | 44 | 9 | 10 | 0 | 41 |
| 9 | 19 | 27 | 25 | 54 | 3 | | 1 | 18 | 20 | 27 | 9 | 13 | 41 | 11 | 43 | 8 | 58 | 0 | 38 |
| 10 | 20 | 28 | 23 | 39 | 17 | ♏ | 45 | 18 | 23 | 27 | 19 | 14 | 25 | 12 | 42 | 8 | 54 | 0 | 35 |
| A 11 | 21 | 29 | 21 | 23 | 2 | | 19 | 18 | 26 | 27 | 30 | 15 | 9 | 13 | 41 | 8 Di | 58 | 0 | 32 |
| 12 | 22 | 0 ♊ | 19 | 6 | 16 | ♐ | 47 | 18 | 29 | 27 | 40 | 15 | 52 | 14 | 41 | 9 | 8 | 0 | 29 |
| 13 | 23 | 1 | 16 | 47 | 0 | | 54 | 18 | 33 | 27 | 50 | 16 | 36 | 15 | 42 | 9 | 25 | 0 | 25 |
| 14 | 24 | 2 | 14 | 27 | 14 | | 46 | 18 | 36 | 28 | 0 | 17 | 20 | 16 | 43 | 9 | 49 | 0 | 22 |
| 15 | 25 | 3 | 12 | 6 | 28 | ♑ | 19 | 18 | 40 | 28 | 10 | 18 | 3 | 17 | 44 | 10 | 19 | 0 | 19 |
| 16 | 26 | 4 | 9 | 43 | 11 | | 34 | 18 | 43 | 28 | 20 | 18 | 47 | 18 | 45 | 10 | 55 | 0 | 16 |
| 17 | 27 | 5 | 7 | 19 | 24 | ♒ | 33 | 18 | 47 | 28 | 30 | 19 | 31 | 19 | 47 | 11 | 37 | 0 | 13 |
| A 18 | 28 | 6 | 4 | 55 | 7 | | 17 | 18 | 51 | 28 | 39 | 20 | 14 | 20 | 49 | 12 | 24 | 0 | 9 |
| 19 | 29 | 7 | 2 | 30 | 19 | ♓ | 49 | 18 | 55 | 28 | 49 | 20 | 58 | 21 | 51 | 13 | 16 | 0 | 6 |
| 20 | 30 | 8 | 0 | 4 | 2 | | 11 | 18 | 57 | 28 | 58 | 21 | 41 | 22 | 53 | 14 | 12 | 0 | 3 |
| 21 | 31 | 8 | 57 | 37 | 14 | | 24 | 19 | 3 | 29 | 7 | 22 | 24 | 23 | 56 | 15 | 12 | 0 | 0 |

| Latitudo Planetarũ ad diẽ | | ♄ | | ♃ | | ♂ | | ♀ | | ☿ | | |
|---|---|---|---|---|---|---|---|---|---|---|---|---|
| | 1 | 0 | 40 | 0 | 53 | 0 | 57 | 0 | 12 | 2 M | 10 | Mensis |
| | 11 | 0 | 40 | 0 | 58 | 1 | 7 | 1 | 9 | 0 | 15 | |
| | 21 | 0 D | 39 | 1 | 2 | 1 | 18 | 1 | 44 | 2 | 41 | |

| | Syzygiæ Lunares. | | | | | | |
|---|---|---|---|---|---|---|---|
| | | Occid. | Orient. | Orient. | Orient. | Occid. | Syzygiæ Planetarū mutuæ, & eorum congressus cum illustrioribus aliquibus stellis fixis. |
| | ☽ | ♄ | ♃ | ♂ | ♀ | ☿ | |
| Dies | H , | H , | H , | H , | H , | H , | |
| 1 | | 10☍51 | | | | 17□41 | ☿ m.c. cum pleia. |
| 2 | | | | 14☌ 8 | | | |
| 3 | 11✶43 | | | | | | |
| 4 | | | 11☌45 | | 19☌55 | 2✶24 | |
| 5 | | | | | | | ☿ or. cum pleia. |
| 6 | | 17△ 3 | | | | | ☉ Ap. □ ♄ ☿ 12.26.a |
| 7 | | | | 22✶56 | | | ☌ ☉ ☿ 19.26. ☉ ☊ |
| 8 ☌ | 13 19 | 23□30 | | | | 20☌36. | ♂ occ. cum lyra.b (14.4 |
| 9 Asc. | 18 ♌ | | 14✶10 | | | Orient. | □ ☉ ♄ 3.26. ☿ m.c. cū |
| 10 | | | | 13□47 | 5✶43 | | (Acur. |
| 11 | | 9✶53 | | | | | ♂ m.c. cū Fomalh. ☌ ☿ |
| 12 | | | 0□49 | | 19□ 0 | | (cum 20. |
| 13 | | | | 1△42 | | 5✶51 | |
| 14 | 1✶38 | | 8△ 0 | | | | ✶ ♂ ☿ 19.5. |
| 15 | | 21☌26 | | | 4△25 | 8□16 | |
| 16 □ | 9 19 | | | | | | |
| 17 Asc. | 18 [illegible] | | | 14☍39 | | 9△12 | |
| 18 | 14△14 | | 14☍18 | | | | ✶ ☉ ♃ 15.25. |
| 19 | | | | | 15☍13 | | ☉ Perig. |
| 20 | | 1✶15 | | | | | ☉ ☋ 21.4. |
| 21 | | | | 22△20 | | 11☍11 | |
| 22 | | 2□59 | 18△44 | | | | |
| 23 ☍ | 0 53 | | | | | | ♀ or. cum hadis. (cygni. |
| 24 Asc. | 17 ♍ | 6△49 | 13□47 | 4□47 | 3△44 | | ♂ oc. cū Aci. et ☿ cū ca. |
| 25 | | | | | | 12△48 | ☌ ♄ ☿ 13.24 ♀ or. cū 31. |
| 26 | | | | 13✶ 4 | 14□25 | | |
| 27 | 21△33 | | 7✶31 | | | | |
| 28 | | 22☍12 | | | | 10□31 | |
| 29 | | | | | 4✶18 | | ♀ m.c. cum cap. Med. |
| 30 □ | 12 34 | | | | | | |
| 31 Asc. | 1 ♓ | | | 16☌50 | | 1✶40 | ♀ m.c. cum acu. ☌ 22. |

a. Die 6. ☿ occ. cum Rigel.
b. Die 8. ☿ m.c. cum dex. Lat. Persei.
☿ Fit dir. oriendo cum pleiadibus.

| Dies | | ☉ ♊ | | | ☽ ♓ | | ♄ ♌ | | ♃ ♓ | | ♂ ♓ | | ♀ ♈ | | ☿ ♉ | | ☊ ♈ | |
|---|---|---|---|---|---|---|---|---|---|---|---|---|---|---|---|---|---|---|
| | | Positus Planetarum Diurnus. | | | | | S | D | M | D | M | D | M | D | M | D | | |
| | | P | ' | " | P | ' | P | ' | P | ' | P | ' | P | ' | P | ' | P | ' |
| 22 | 1 | 9 | 55 | 9 | 26 ♈ | 32 | 19 | 7 | 29 | 16 | 23 | 7 | 24 | 59 | 16 | 16 | 29 | 57 |
| 23 | 2 | 10 | 52 | 40 | 8 | 37 | 19 | 11 | 29 | 25 | 23 | 50 | 26 | 2 | 17 | 24 | 29 | 54 |
| 24 | 3 | 11 | 50 | 10 | 20 ♉ | 42 | 19 | 16 | 29 | 34 | 24 | 33 | 27 | 5 | 18 A | 30 | 29 | 50 |
| A 25 | 4 | 12 | 47 | 39 | 2 | 48 | 19 | 20 | 29 | 41 | 25 | 16 | 28 | 8 | 19 | 52 | 29 | 47 |
| 26 | 5 | 13 | 45 | 7 | 14 | 56 | 19 | 25 | 29 ♈ | 51 | 25 | 59 | 29 ♉ | 12 | 21 | 11 | 29 | 44 |
| 27 | 6 | 14 | 42 | 35 | 27 | 15 | 19 | 30 | 0 | 0 | 26 | 42 | 0 | 16 | 22 | 33 | 29 | 41 |
| 28 | 7 | 15 | 40 | 2 | 9 ♊ | 43 | 19 | 35 | 0 | 8 | 27 | 25 | 1 | 20 | 23 | 58 | 29 | 38 |
| 29 | 8 | 16 | 37 | 28 | 22 | 22 | 19 | 40 | 0 | 16 | 28 | 8 | 2 | 24 | 25 | 25 | 29 | 34 |
| 30 | 9 | 17 | 34 | 54 | 5 ♋ | 18 | 19 | 45 | 0 | 24 | 28 | 51 | 3 | 29 | 26 | 55 | 29 | 31 |
| 31 | 10 | 18 | 32 | 19 | 18 | 33 | 19 | 50 | 0 | 32 | 29 | 34 | 4 | 34 | 28 | 27 | 29 | 28 |
| A 1 | 11 | 19 | 29 | 43 | 2 ♌ | 4 | 19 | 55 | 0 | 39 | 0 ♈ | 16 | 5 | 39 | 0 ♊ | 0 | 29 | 25 |
| Iun. 2 | 12 | 20 | 27 | 7 | 15 | 55 | 20 | 0 | 0 | 47 | 0 | 59 | 6 | 44 | 1 | 35 | 29 | 22 |
| 3 | 13 | 21 | 24 | 30 | 0 ♍ | 3 | 20 | 5 | 0 | 54 | 1 | 41 | 7 | 49 | 3 | 14 | 29 | 19 |
| 4 | 14 | 22 | 21 | 53 | 14 | 24 | 20 | 11 | 1 | 1 | 2 | 23 | 8 | 55 | 4 | 51 | 29 | 15 |
| 5 | 15 | 23 | 19 | 15 | 28 ♎ | 53 | 20 | 16 | 1 | 8 | 3 | 5 | 10 | 0 | 6 | 31 | 29 | 12 |
| 6 | 16 | 24 | 16 | 36 | 13 | 25 | 20 | 21 | 1 | 15 | 3 | 47 | 11 | 6 | 8 | 12 | 29 | 9 |
| 7 | 17 | 25 | 13 | 57 | 27 ♏ | 53 | 20 | 27 | 1 | 22 | 4 | 29 | 12 | 12 | 9 | 56 | 29 | 6 |
| A 8 | 18 | 26 | 11 | 17 | 12 | 13 | 20 | 33 | 1 | 28 | 5 | 11 | 13 A | 18 | 11 | 40 | 29 | 3 |
| 9 | 19 | 27 | 8 | 37 | 25 ♐ | 19 | 20 | 38 | 1 | 35 | 5 | 53 | 14 | 24 | 13 | 25 | 28 | 59 |
| 10 | 20 | 28 | 5 | 56 | 10 | 7 | 20 | 44 | 1 | 41 | 6 | 35 | 15 | 31 | 15 | 11 | 28 | 56 |
| 11 | 21 | 29 | 3 | 15 | 23 ♑ | 38 | 20 | 50 | 1 | 47 | 7 | 16 | 16 | 38 | 16 | 58 | 28 | 53 |
| 12 | 22 | 0 ♋ | 0 | 34 | 9 | 51 | 20 | 56 | 1 | 53 | 7 | 58 | 17 | 45 | 18 | 40 | 28 | 50 |
| 13 | 23 | 0 | 57 | 53 | 19 ♒ | 49 | 21 | 2 | 1 | 59 | 8 | 39 | 18 | 52 | 20 | 35 | 28 | 47 |
| 14 | 24 | 1 | 55 | 12 | 2 | 33 | 21 | 8 | 2 | 5 | 9 | 20 | 19 | 59 | 22 | 24 | 28 | 44 |
| A 15 | 25 | 2 | 52 | 31 | 15 | 5 | 21 | 14 | 2 | 10 | 10 | 1 | 21 | 6 | 24 | 14 | 28 | 40 |
| 16 | 26 | 3 | 49 | 49 | 27 | 19 | 21 | 20 | 2 | 15 | 10 | 42 | 22 | 14 | 26 | 5 | 28 | 37 |
| 17 | 27 | 4 | 47 | 8 | 9 ♓ | 44 | 21 | 26 | 2 | 20 | 11 | 23 | 23 | 21 | 27 | 57 | 28 | 34 |
| 18 | 28 | 5 | 44 | 26 | 21 | 55 | 21 | 32 | 2 | 25 | 12 | 4 | 24 | 29 | 29 | 49 | 28 | 31 |
| 19 | 29 | 6 | 41 | 43 | 4 ♈ | 4 | 21 | 38 | 2 | 30 | 12 | 45 | 25 | 37 | 1 ♋ S | 41 | 28 | 28 |
| 20 | 30 | 7 | 39 | 2 | 16 | 13 | 21 | 45 | 2 | 34 | 13 | 25 | 26 | 45 | 3 | 34 | 28 | 25 |

| Latitudo Planetarũ ad diē | | ♄ | | ♃ | | ♂ | | ♀ | | ☿ | | |
|---|---|---|---|---|---|---|---|---|---|---|---|---|
| | 1 | 0 | 39 | 1 | 6 | 1 | 28 | 1 | 4 | 4 A | 3 | Mensis |
| | 11 | 0 | 39 | 1 | 11 | 1 | 39 | 2 A | 13 | 2 | 4 | |
| | 21 | 0 | 35 | 1 | 16 | 1 | 49 | 2 | 14 | 1 S | 22 | |

| Syzygiæ Lunares. | | | | | | | |
|---|---|---|---|---|---|---|---|
| | | Occid. | Orient. | Orient. | Orient. | Occid. | Syzygiæ Planetarũ mutuæ, & eorum congressus cum illustrioribus aliquibus stellis fixis. |
| | ☉ | ♄ | ♃ | ♂ | ♀ | ☿ | |
| Dies | H ′ | H ′ | H ′ | H ′ | H ′ | H ′ | |
| 1 | | | 5 ☌ 31 | | | | ☿ m. c. cum cor. ♈. a. |
| 2 | 4 ✱ 54 | 21 △ 8 | | | | | ☾ Apog. |
| 3 | | | | | 13 ☌ 52 | | □ ♄ ☿ 13.20 ☾ [illegible] 18.1 |
| 4 | | | | | | | |
| 5 | | 8 □ 47 | | 22 ✱ 56 | | 13 ☌ 40 | (cum hia. & pleia. |
| 6 | | | 5 ✱ 22 | | | | ♀ oc. cum cor. ♈. ☿ oc. |
| 7 ☌ | 12 21 | 18 ✱ 50 | | | | | |
| 8 Asc. | 11 ♓ | | 14 □ 49 | 11 □ 19 | 20 ✱ 18 | | ☿ occ. cum zona Orio. |
| 9 | | | | | | | ☿ occ. cum fin. bal. Orio. |
| 10 | | | 21 △ 17 | 20 △ 38 | | 19 ✱ 51 | ♀ or. cum Fomalh. b. |
| 11 | | | | | 6 □ 47 | | ✱ ☉ ♄ 11.31. ✱ ♃ ☿ 10. |
| 12 | 8 ✱ 14 | 7 ☌ 0 | | | | | (45. c. |
| 13 | | | | | 14 △ 4 | 5 □ 57 | |
| 14 □ | 14 24 | | | | | | ☿ or. cum hiad. |
| 15 Asc. | 16 ♉ | | 3 ☍ 45 | 7 ☍ 17 | | 14 △ 16 | ☾ Peri. ♀ or. cum pleia. |
| 16 | 19 △ 17 | 11 ✱ 34 | | | | | |
| 17 | | | | | | | ☾ ☋ 2.1 ☿ or. cum Ald. |
| 18 | | 14 □ 16 | | | 2 ☍ 0 | | ♀ m. c. cum cap. Med. |
| 19 | | | 9 △ 14 | 17 △ 32 | | | ♂ or. cum cor. ♈. |
| 20 | | 19 △ 0 | | | | 10 ☍ 22 | ♀ m. c. cum acu. & 22. |
| 21 ☍ | 10 41 | | 14 □ 55 | | | | ♀ occ. cum Rigel. |
| 22 Asc. | 23 ♐ | | | 2 □ 14 | 22 △ 6 | | |
| 23 | | | 23 ✱ 6 | | | | ✱ ♄ ☿ 6.17. |
| 24 | | | | 13 ✱ 43 | | | □ ☉ ♃ 4.37. |
| 25 | | 12 ☍ 1 | | | 12 □ 50 | 20 △ 50 | □ ♄ ♀ 3.6. |
| 26 | 13 △ 29 | | | | | | ♀ m. c. cum pleia. |
| 27 | | | | | | | |
| 28 | | | 20 ☌ 52 | | 5 ✱ 35 | 18 □ 7 | ♀ occ. cum hiad. & ple. |
| 29 □ | 5 42 | | | 18 ☌ 8 | | | ☾ Ap. □ ♃ ☿ 10.47. |
| 30 Asc. | 11 ♓ | 11 △ 4 | | | | | ☾ ☊ 23.52. d. |

a. Die 1. ☿ occ. cum Rigel.
b. Die 10. ☿ occ. cum cane maiore.
c. Die 12. ✱ ♂ ☿ 7.23.
d. Die 30. ♀ occ. cum prima zona Orionis. ☿ or. cum Bella. & Apolline.

Positus Planetarum Diurnus.

| Anni veteris | Anni Gregor. | ☉ ♋ P | ' | '' | ☽ ♈ P | ' | S ♄ ♌ P | D ' | M ♃ ♈ P | D ' | ✱ ♂ ♈ P | D ' | M ♀ ♉ P | A ' | S ☿ ♋ P | A ' | ☊ ♈ P | ' |
|---|---|---|---|---|---|---|---|---|---|---|---|---|---|---|---|---|---|---|
| Dies | | | | | | | | | | | | | | | | | | |
| 21 | 1 | 8 | 36 | 20 | 28 ♉ | 25 | 21 | 51 | 2 | 39 | 14 | 5 | 27 | 55 | 5 | 27 | 28 | 21 |
| A 22 | 2 | 9 | 33 | 37 | 10 | 43 | 21 | 57 | 2 | 43 | 14 | 45 | 29 | 1 | 7 | 20 | 28 | 18 |
| 23 | 3 | 10 | 30 | 54 | 23 | 7 | 22 | 3 | 2 | 47 | 15 | 25 | 0 ♊ | 9 | 9 | 14 | 28 | 15 |
| 24 | 4 | 11 | 28 | 11 | 5 ♊ | 41 | 22 | 10 | 2 | 51 | 16 | 5 | 1 | 18 | 11 | 8 | 28 | 12 |
| 25 | 5 | 12 | 25 | 28 | 18 | 27 | 22 | 17 | 2 | 55 | 16 | 44 | 2 | 26 | 13 | 2 | 28 | 9 |
| 26 | 6 | 13 | 22 | 46 | 1 ♋ | 27 | 22 | 24 | 2 | 58 | 17 | 24 | 3 | 35 | 14 | 56 | 28 | 5 |
| 27 | 7 | 14 | 20 | 4 | 14 | 43 | 22 | 31 | 3 | 2 | 18 | 3 | 4 | 44 | 16 | 51 | 28 | 1 |
| 28 | 8 | 15 | 17 | 22 | 28 | 17 | 22 | 38 | 3 | 5 | 18 | 42 | 5 | 53 | 18 | 45 | 27 | 59 |
| A 29 | 9 | 16 | 14 | 40 | 12 ♌ | 8 | 22 | 45 | 3 | 8 | 19 | 21 | 7 | 2 | 20 | 38 | 27 | 56 |
| 30 | 10 | 17 | 11 | 58 | 26 | 16 | 22 | 52 | 3 | 11 | 20 | 0 | 8 | 11 | 22 | 33 | 27 | 53 |
| Iul. 1 | 11 | 18 | 9 | 17 | 10 ♍ | 38 | 22 | 59 | 3 | 13 | 20 | 39 | 9 | 20 | 24 | 27 | 27 | 50 |
| 2 | 12 | 19 | 6 | 36 | 25 | 8 | 23 | 6 | 3 | 15 | 21 | 17 | 10 | 29 | 26 | 20 | 27 | 46 |
| 3 | 13 | 20 | 3 | 55 | 9 ♎ | 41 | 23 | 13 | 3 | 17 | 21 | 55 | 11 | 38 | 28 | 13 | 27 | 43 |
| 4 | 14 | 21 | 1 | 15 | 24 | 11 | 23 | 20 | 3 | 19 | 22 | 33 | 12 | 48 | 0 ♌ | 6 | 27 | 40 |
| 5 | 15 | 21 | 58 | 35 | 8 ♏ | 32 | 23 | 27 | 3 | 21 | 23 | 11 | 13 | 57 | 1 | 58 | 27 | 37 |
| A 6 | 16 | 22 | 55 | 56 | 22 | 39 | 23 | 34 | 3 | 23 | 23 | 49 | 15 | 7 | 3 | 50 | 27 | 34 |
| 7 | 17 | 23 | 53 | 17 | 6 ♐ | 29 | 23 | 41 | 3 | 24 | 24 | 26 | 16 | 17 | 5 | 42 | 27 | 31 |
| 8 | 18 | 24 | 50 | 39 | 20 | 0 | 23 | 48 | 3 | 25 | 25 | 3 | 17 | 27 | 7 | 33 | 27 | 27 |
| 9 | 19 | 25 | 48 | 1 | 3 ♑ | 11 | 23 | 55 | 3 | 26 | 25 | 40 | 18 | 37 | 9 | 24 | 27 | 24 |
| 10 | 20 | 26 | 45 | 43 | 16 | 5 | 24 | 2 | 3 | 27 | 26 | 17 | 19 | 47 | 11 | 14 | 27 | 21 |
| 11 | 21 | 27 | 42 | 46 | 28 | 43 | 24 | 9 | 3 | 28 | 26 | 54 | 20 | 57 | 13 | 4 | 27 | 18 |
| 12 | 22 | 28 | 40 | 9 | 11 ♒ | 8 | 24 | 17 | 3 | 28 | 27 | 31 | 22 | 7 | 14 | 53 | 27 | 15 |
| A 13 | 23 | 29 | 37 | 33 | 23 | 22 | 24 | 24 | 3 St. | 28 | 28 | 7 | 23 | 17 | 16 | 41 | 27 | 12 |
| 14 | 24 | 0 ♌ | 34 | 57 | 5 ♓ | 30 | 24 | 31 | 3 | 28 | 28 | 44 | 24 | 27 | 18 | 28 | 27 | 8 |
| 15 | 25 | 1 | 32 | 22 | 17 | 34 | 24 | 39 | 3 | 28 | 29 | 20 | 25 | 38 | 20 | 14 | 27 | 5 |
| 16 | 26 | 2 | 29 | 47 | 29 | 36 | 24 | 46 | 3 | 28 | 29 | 56 | 26 | 48 | 21 | 59 | 27 | 2 |
| 17 | 27 | 3 | 27 | 13 | 11 ♈ | 39 | 24 | 54 | 3 | 27 | 0 ♉ | 32 | 27 | 58 | 23 | 42 | 26 | 59 |
| 18 | 28 | 4 | 24 | 40 | 23 | 45 | 25 | 2 | 3 | 27 | 1 | 7 | 29 | 9 | 25 | 24 | 26 | 56 |
| 19 | 29 | 5 | 22 | 8 | 5 ♉ | 57 | 25 | 9 | 3 | 26 | 1 | 42 | 0 ♋ | 20 | 27 | 5 | 26 | 52 |
| A 20 | 30 | 6 | 19 | 37 | 18 | 18 | 25 | 17 | 3 | 25 | 2 | 17 | 1 | 31 | 28 | 45 | 26 | 49 |
| 21 | 31 | 7 | 17 | 7 | 0 ♊ | 50 | 25 | 25 | 3 | 24 | 2 | 52 | 2 | 42 | 0 ♍ | 23 | 26 | 46 |

| Latitudo Planetarũ ad diẽ | ♄ | | ♃ | | ♂ | | ♀ | | ☿ | | |
|---|---|---|---|---|---|---|---|---|---|---|---|
| 1 | 0 | 38 | 1 | 21 | 2 | 0 | 1 | 3 | 0 | 10 | |
| 11 | 0 | 38 | 1 | 25 | 2 | 11 | 1 | 41 | 1 | 22 | Mensis |
| 21 | 0 | 38 | 1 | 30 | 2 | 21 | 1 | 32 | 1 D | 47 | |

Syzygiæ Lunares.

| | | Occid. | Orient. | Orient. | Orient. | Orient. | Syzygię Planetarũ mutuę, & eorum congressus cum illustrioribus aliquibus stellis fixis. |
|---|---|---|---|---|---|---|---|
| | ☉ | ♄ | ♃ | ♂ | ♀ | ☿ | |
| Dies | H ′ | H ′ | H ′ | H ′ | H ′ | H ′ | |
| 1 | 21 ✶ 34 | | | | | 16 ✶ 14 | ♀ oc. cũ Bella & sin. p. |
| 2 | | 22 □ 54 | | | | | ♀ or. cum Ald. & Syrio. |
| 3 | | | 18 ✶ 34 | | 14 ☌ 47 | | ♂ or. cum hœdis. |
| 4 | | | | 20 ✶ 26 | | | ☌ ☉ ☿ 8,25 ♀ m. c. cũ hia. |
| 5 | | 7 ✶ 8 | | | | Occid. | ✶ ♃ ♀ 10,13 ☿ or. cũ 14 a |
| 6 ☌ | 23 17 | | 2 □ 46 | | | | ♂ or. cũ de. hu. Auri. a. |
| 7 Alc. | 3 ♋ | | | 6 □ 11 | | 4 ☌ 25 | □ ♂ ☿ 23,2 ☿ or. cũ Ri. |
| 8 | | | 8 △ 21 | | 14 ✶ 22 | | ♀ or. cum hœd. |
| 9 | | 18 ☌ 10 | | 12 △ 49 | | | ♀ occ. cum dex. hu. Tauri. |
| 10 | | | | | 11 □ 37 | | |
| 11 | 13 ✶ 19 | | | | | | ♀ or. cum Aldeb. |
| 12 | | | 13 ☍ 25 | | | 2 ✶ 24 | ☽ Pe. ♀ m. c. cũ hœdis. |
| 13 □ | 18 24 | 22 ✶ 34 | | 21 ☍ 10 | 3 △ 31 | | (capra, & occ. cũ 20. |
| 14 Alc. | 13 ♌ | | | | | 12 □ 22 | ☽ ☋ 5.48. ♀ m. c. cum |
| 15 | | | | | | | ∠ ♄ ☿ 12.11 △ ♃ ☿ 15.0 b |
| 16 | 0 △ 32 | 1 □ 34 | 18 △ 38 | | | 22 △ 25 | ♀ m. c. cũ Rig. ☿ or. cũ |
| 17 | | | | | 19 ☍ 2 | | ♂ m. c. cũ cor. ♌ c (Præs. |
| 18 | | 7 △ 0 | | 9 △ 39 | | | □ ☉ ♂ 14.24. |
| 19 | | | 0 □ 28 | | | | ♀ m. c. cum zona Orio. |
| 20 ☍ | 21 56 | | | 20 □ 24 | | | |
| 21 Alc. | 29 ♍ | | 9 ✶ 10 | | | | ♄ or. cũ reg. & ☿ cũ Sy. |
| 22 | | | | | 23 △ 48 | 8 ☍ 37 | |
| 23 | | 1 ☍ 4 | | 9 ✶ 53 | | | ♀ m. c. dex. hu. Auri. |
| 24 | | | | | | | ✶ ♄ ♀ 1,31 ♀ m. c. cũ 14 a |
| 25 | | | | | 17 □ 49 | | |
| 26 | 6 △ 19 | | 7 ☌ 43 | | | | ☉ Ap. ♂ oc. cũ cor. ♌. |
| 27 | | | | | | | △ ☉ ♃ 0,0 ☌ ♄ ☿ 18,21 d |
| 28 □ | 22 45 | 2 △ 33 | | 15 ☌ 22 | 21 ✶ 36 | 3 △ 46 | ☽ ,8 6,16 ♀ or. cũ reg. |
| 29 Alc. | 14 ♎ | | | | | | |
| 30 | | 13 □ 31 | | | | 23 □ 4 | (5,50. e. |
| 31 | 13 ✶ 7 | | 5 ✶ 4 | | | | □ ♃ ♀ 13,48 ✶ ♂ ♀ |

a. Die 6. ♂ oc. cum cauda cygni. ☿ ori. cum zona Orio.

b. Die 15. ♀ m. c. cum sin. hum. Ori.

c. Die 17. ☿ or. cum cane mi. & asi. austr.

d. Die 27. ♀ occ. cum cane minore.

e. Die 31. ♀ or. cũ Bella. & Apol.

| Dies | | ☉ ♑ | | | ☽ ♍ | | ♄ ♌ (S A) | | ♃ ♒ (M A) | | ♂ ♐ (S D) | | ♀ ♒ (M A) | | ☿ ♑ (M A) | | ☊ ♉ | |
|---|---|---|---|---|---|---|---|---|---|---|---|---|---|---|---|---|---|---|
| Dies | | P | ' | '' | P | ' | P | ' | P | ' | P | ' | P | ' | P | ' | P | ' |
| A 22 | 1 | 10 | 12 | 41 | 16 ♎ | 58 | 24 | 17 | 26 | 36 | 4 | 6 | 27 | 28 | 24 S | 28 | 7 | 56 |
| 23 | 2 | 11 | 13 | 48 | 1 | 32 | 24 | 14 | 25 | 48 | 4 | 48 | 28 | 24 | 24 | 11 | 7 | 53 |
| 24 | 3 | 12 | 14 | 55 | 15 ♏ | 56 | 24 | 11 | 27 | 0 | 5 | 29 | 29 ♓ | 20 | 24 | 31 | 7 | 50 |
| 25 | 4 | 13 | 16 | 1 | 0 | 7 | 24 | 8 | 27 | 12 | 6 | 10 | 0 | 15 | 24 | 22 | 7 | 46 |
| 26 | 5 | 14 | 17 | 7 | 13 | 59 | 24 | 5 | 27 | 24 | 6 | 52 | 1 | 9 | 24 | 7 | 7 | 43 |
| 27 | 6 | 15 | 18 | 13 | 17 ♐ | 30 | 24 | 2 | 27 | 37 | 7 | 33 | 2 | 3 | 23 | 46 | 7 | 40 |
| 28 | 7 | 16 | 19 | 18 | 10 | 40 | 23 | 58 | 17 | 49 | 8 | 15 | 2 | 56 | 23 | 19 | 7 | 37 |
| A 29 | 8 | 17 | 20 | 23 | 23 ♑ | 31 | 23 | 55 | 28 | 1 | 8 | 56 | 3 | 49 | 22 | 47 | 7 | 34 |
| 30 | 9 | 18 | 21 | 18 | 6 | 6 | 23 | 51 | 28 | 14 | 9 | 38 | 4 | 41 | 22 | 10 | 7 | 31 |
| 31 | 10 | 19 | 22 | 33 | 18 | 27 | 23 | 48 | 28 | 29 | 10 | 19 | 5 | 32 | 21 | 29 | 7 | 28 |
| Ian. 1 | 11 | 20 | 23 | 37 | 0 ♒ | 37 | 23 | 44 | 28 | 39 | 11 | 1 | 6 | 22 | 20 | 45 | 7 | 25 |
| 2 | 12 | 21 | 24 | 41 | 12 | 39 | 23 | 40 | 28 | 51 | 11 | 43 | 7 | 12 | 19 | 57 | 7 | 21 |
| 3 | 13 | 22 | 25 | 44 | 24 ♓ | 37 | 23 | 36 | 29 | 4 | 12 | 24 | 8 S | 1 | 19 | 8 | 7 | 19 |
| 4 | 14 | 23 | 26 | 47 | 6 | 33 | 23 | 32 | 29 | 17 | 13 | 6 | 8 | 49 | 18 | 18 | 7 | 15 |
| A 5 | 15 | 24 | 27 | 49 | 18 ♈ | 30 | 23 | 28 | 29 | 30 | 13 | 48 | 9 | 36 | 17 | 28 | 7 | 12 |
| 6 | 16 | 25 | 28 | 51 | 0 | 31 | 23 | 24 | 29 | 43 | 14 | 29 | 10 | 22 | 16 | 41 | 7 | 9 |
| 7 | 17 | 26 | 29 | 52 | 12 | 38 | 23 | 20 | 29 ♓ | 56 | 15 | 11 | 11 | 7 | 15 | 57 | 7 | 6 |
| 8 | 18 | 27 | 30 | 52 | 24 ♉ | 54 | 23 | 16 | 0 | 9 | 15 | 53 | 11 | 51 | 15 | 17 | 7 | 3 |
| 9 | 19 | 28 | 31 | 53 | 7 | 22 | 23 | 12 | 0 | 22 | 16 | 35 | 12 | 34 | 14 | 41 | 7 | 0 |
| 10 | 20 | 29 | 32 | 52 | 20 | 4 | 23 | 8 | 0 | 35 | 17 | 17 | 13 | 15 | 14 | 9 | 6 | 56 |
| 11 | 21 | 0 ♒ | 33 | 51 | 3 ♊ | 5 | 23 | 3 | 0 | 48 | 17 | 59 | 13 | 55 | 13 | 43 | 6 | 53 |
| A 12 | 22 | 1 | 34 | 49 | 16 | 29 | 22 | 59 | 1 | 2 | 18 | 41 | 14 | 34 | 13 D | 23 | 6 | 50 |
| 13 | 23 | 2 | 35 | 46 | 29 ♋ | 54 | 22 | 54 | 1 | 15 | 19 | 23 | 15 | 12 | 13 | 10 | 6 | 47 |
| 14 | 24 | 3 | 36 | 42 | 13 | 49 | 22 | 49 | 1 | 28 | 20 | 5 | 15 | 48 | 13 Di | 3 | 6 | 44 |
| 15 | 25 | 4 | 37 | 37 | 28 ♌ | 2 | 22 | 45 | 1 | 42 | 20 | 47 | 16 | 23 | 13 | 3 | 6 | 41 |
| 16 | 26 | 5 | 38 | 31 | 12 | 32 | 22 | 40 | 1 | 55 | 21 | 29 | 16 | 57 | 13 | 10 | 6 | 37 |
| 17 | 27 | 6 | 39 | 24 | 27 ♍ | 15 | 22 | 35 | 2 | 9 | 22 | 11 | 17 | 30 | 13 | 24 | 6 | 34 |
| 18 | 28 | 7 | 40 | 16 | 12 | 5 | 22 | 30 | 2 | 22 | 22 | 53 | 18 | 1 | 13 | 44 | 6 | 31 |
| A 19 | 29 | 8 | 41 | 7 | 26 ♎ | 56 | 22 | 25 | 2 | 36 | 23 | 35 | 18 | 31 | 14 | 20 | 6 | 28 |
| 20 | 30 | 9 | 41 | 57 | 11 | 39 | 22 | 20 | 2 | 50 | 24 | 17 | 18 | 59 | 14 | 41 | 6 | 25 |
| 21 | 31 | 10 | 42 | 46 | 26 | 8 | 22 | 15 | 3 | 3 | 25 | 0 | 19 | 25 | 15 | 18 | 6 | 21 |

| Latitudo Planetarũ ad diẽ | | ♄ | | ♃ | | ♂ | | ♀ | | ☿ | | |
|---|---|---|---|---|---|---|---|---|---|---|---|---|
| | 1 | 0 | 32 | 0 | 46 | 0 | 7 | 1 | 8 | 0 S | 18 | Mensis |
| | 11 | 0 | 34 | 0 | 45 | 0 | 5 | 0 S | 13 | 2 | 10 | |
| | 21 | 0 | 34 | 0 | 44 | 0 | 3 | 0 | 57 | 3 D | 13 | |

| | ☉ | Orient. ♄ | Occid. ♃ | Orient. ♂ | Occid. ♀ | Occid. ☿ | Syzygia Planetarũ m tuæ, & eorum congre sus cum illustriorib aliquibus stellis fixis. |
|---|---|---|---|---|---|---|---|
| Dies | H ′ | H ′ | H ′ | H ′ | H ′ | H ′ | |
| 1 | | | | | | 12 △ 25 | ♀ or. cum cap. Med. |
| 2 □ | 18 21 | | | 5 ✱ 42 | | | |
| 3 Alc. | 23 + | 13 ✱ 54 | 19 △ 0 | | | 14 □ 22 | ♄ or. cũ regulo. ♂ oc |
| 4 | | | | | 0 △ 15 | | ☉ ♑ 13′ 11. (cri. Bere |
| 5 | 0 ✱ 35 | 18 □ 1 | | | | 17 ✱ 32 | |
| 6 | | | 0 □ 14 | 19 ☌ 21 | 9 □ 12 | | ♂ or. cum corde ♌. |

Februarius 1595

| Anni veteris | Anni Gregor. | Positus Planetarum Diurnus. | | | | | | | | | | | | | | | | | | |
|---|---|---|---|---|---|---|---|---|---|---|---|---|---|---|---|---|---|---|---|---|
| | | | | | | | S | A | M | A | M | D | S | A | S | D | | |
| | | ☉ ♒ | | | ☽ ♏ | | ♄ ♌ | | ♃ ♓ | | ♂ ♐ | | ♀ ♓ | | ☿ ♑ | | ☊ ♉ | |
| Dies | | G | ' | " | G | ' | G | ' | G | ' | G | ' | G | ' | G | ' | G | ' |
| 22 | 1 | 11 | 43 | 34 | 10 | 18 | 22 | 10 | 3 | 17 | 25 | 42 | 19 | 50 | 16 | 0 | 6 | 18 |
| 23 | 2 | 12 | 44 | 21 | 22 | 7 | 22 | 5 | 3 | 31 | 26 | 24 | 20 | 13 | 16 | 47 | 6 | 15 |
| 24 | 3 | 13 | 45 | 7 | 5 ♐ | 33 | 22 | 0 | 3 | 44 | 27 | 7 | 20 | 34 | 17 | 39 | 6 | 12 |
| 25 | 4 | 14 | 45 | 52 | 18 | 36 | 21 | 55 | 3 | 58 | 27 | 49 | 20 | 54 | 18 | 35 | 6 | 9 |
| A 26 | 5 | 15 | 46 | 35 | 1 ♑ | 18 | 21 | 50 | 4 | 12 | 28 | 32 | 21 | 12 | 19 | 35 | 6 | 6 |
| 27 | 6 | 16 | 47 | 17 | 13 | 42 | 21 | 45 | 4 | 26 | 29 | 14 | 21 | 28 | 20 | 39 | 6 | 2 |
| 28 | 7 | 17 | 47 | 58 | 27 ♒ | 51 | 21 | 40 | 4 | 40 | 29 | 57 | 21 | 41 | 21 | 46 | 5 | 59 |
| 29 | 8 | 18 | 48 | 37 | 9 | 49 | 21 | 35 | 4 | 54 | 0 ♑ | 40 | 21 | 52 | 22 | 57 | 5 | 56 |
| 30 | 9 | 19 | 49 | 15 | 21 ♓ | 39 | 21 | 30 | 5 | 8 | 1 | 22 | 22 | 1 | 24 | 11 | 5 | 53 |
| 31 | 10 | 20 | 49 | 52 | 3 | 23 | 21 | 25 | 5 | 22 | 2 | 5 | 22 | 7 | 25 | 28 | 5 | 49 |
| Feb. 1 | 11 | 21 | 50 | 28 | 15 | 6 | 21 | 20 | 5 | 36 | 2 | 48 | 22 | 11 | 26 | 48 | 5 | 46 |
| A 2 | 12 | 22 | 51 | 2 | 26 | 52 | 21 | 15 | 5 | 50 | 3 | 30 | 22 | 13 | 28 M | 11 | 5 | 43 |
| 3 | 13 | 23 | 51 | 35 | 8 ♈ | 43 | 21 | 10 | 6 | 4 | 4 | 13 | 22 ℞ | 13 | 29 | 37 | 5 | 40 |
| 4 | 14 | 24 | 52 | 7 | 20 | 42 | 21 | 5 | 6 | 18 | 4 | 56 | 22 | 11 | 1 ♒ | 6 | 5 | 37 |
| 5 | 15 | 25 | 52 | 37 | 2 ♉ | 52 | 21 | 0 | 6 | 32 | 5 | 39 | 22 | 6 | 2 | 36 | 5 | 34 |
| 6 | 16 | 26 | 53 | 5 | 15 | 16 | 20 | 55 | 6 | 46 | 6 | 22 | 21 | 59 | 4 | 8 | 5 | 31 |
| 7 | 17 | 27 | 53 | 31 | 27 ♊ | 57 | 20 | 50 | 7 | 0 | 7 | 5 | 21 | 49 | 5 | 42 | 5 | 27 |
| 8 | 18 | 28 | 53 | 56 | 10 | 57 | 20 | 45 | 7 D | 14 | 7 | 48 | 21 | 37 | 7 | 18 | 5 | 24 |
| A 9 | 19 | 29 | 54 | 19 | 24 ♋ | 17 | 20 | 40 | 7 | 28 | 8 | 31 | 21 | 23 | 8 | 56 | 5 | 21 |
| 10 | 20 | 0 ♓ | 54 | 41 | 7 | 59 | 20 | 35 | 7 | 43 | 9 | 14 | 21 | 6 | 10 | 35 | 5 | 18 |
| 11 | 21 | 1 | 55 | 1 | 22 ♌ | 3 | 20 | 30 | 7 | 57 | 9 | 57 | 20 | 47 | 12 | 16 | 5 | 15 |
| 12 | 22 | 2 | 55 | 19 | 6 | 27 | 20 | 25 | 8 | 12 | 10 | 40 | 20 | 27 | 13 | 58 | 5 | 12 |
| 13 | 23 | 3 | 55 | 35 | 21 ♍ | 9 | 20 | 20 | 8 | 26 | 11 | 23 | 20 | 1 | 15 | 41 | 5 | 8 |
| 14 | 24 | 4 | 55 | 49 | 6 | 4 | 20 | 15 | 8 | 40 | 12 | 6 | 19 | 35 | 17 | 25 | 5 | 5 |
| 15 | 25 | 5 | 56 | 2 | 21 ♎ | 4 | 20 | 10 | 8 | 55 | 12 | 49 | 19 | 9 | 19 | 10 | 5 | 2 |
| A 16 | 26 | 6 | 56 | 13 | 6 | 3 | 20 | 5 | 9 | 9 | 13 | 32 | 18 | 41 | 20 | 56 | 4 | 59 |
| 17 | 27 | 7 | 56 | 23 | 20 ♏ | 53 | 20 | 0 | 9 | 24 | 14 | 15 | 18 | 11 | 22 | 43 | 4 | 56 |
| 18 | 28 | 8 | 56 | 31 | 5 | 27 | 19 | 55 | 9 | 38 | 14 | 58 | 17 | 40 | 24 | 31 | 4 | 53 |

| Latitudo Planetarũ ad diẽ | | ♄ | | ♃ | | ♂ | | ♀ | | ☿ | | |
|---|---|---|---|---|---|---|---|---|---|---|---|---|
| | 1 | 0 | 36 | 0 | 44 | 0 | 0 | 2 | 27 | 1 | 57 | |
| | 11 | 0 | 37 | 0 D | 44 | 0 | 3 | 3 | 56 | 0 M | 18 | Mensis |
| | 21 | 0 | 38 | 0 | 44 | 0 | 7 | 5 | 27 | 1 | 4 | |

| Syzygiæ Lunares. | | | | | | | | |
|---|---|---|---|---|---|---|---|---|
| | | Occid. | Orient. | Orient. | Occid. | Orient. | | Syzygiæ Planetarũ mutuæ, & ortum cosmic. eius cum illustrioribus aliquibus stellis fixis. |
| | ☉ | ♄ | ♃ | ♂ | ♀ | ☿ | | |
| Dies | H ′ | H ′ | H ′ | H ′ | H ′ | H ′ | | |
| 1 | | 0□16 | | | | | | ☿ or. cum cap. Med. |
| 2 □ | 14 10 | | 11□56 | | 22□16 | | | ✶ ♂ ♀ 1.36. a. |
| 3 Asc. | 21 ♓ | 4△54 | | | | | | ♂ m.c. cum rostro gall. |
| 4 | | | 20✶13 | | | 3✶54 | | |
| 5 | 2✶25 | | | 11☌53 | 3✶42 | | | ☌ ☉ ♀ 12.57. |
| 6 | | | | | Orient. | | | ☿ occ. cum lyra. |
| 7 | | | | | | | | ♂ m.c. cũ aqu. & ☿ cũ |
| 8 | | 0☍12 | | | | | | (Fomah. |
| 9 | | | 22☌42 | | 22☌34 | | | ☌ ♃ ☿ 8.33. ☌ ♃ ♀ |
| 10 ☌ | 14 51 | | | 21✶7 | | 0☌56 | | ☽ Apog. (10.57. b |
| 11 Asc. | 14 ♓ | | | | | | | |
| 12 | | | | | | | | ☿ occ cum Acarnar. |
| 13 | | 2△43 | | 14□36 | | | | |
| 14 | | | | | 20✶2 | | | ☽ ☊ 9.13. |
| 15 | | 14□13 | 3✶23 | | | | | |
| 16 | 2✶14 | | | 5△36 | | 1✶9 | | ☌ ☉ ☿ 14.2. |
| 17 | | 22✶40 | 13□46 | | 4□9 | Occid. | | ✶ ♂ ☿ 1.55. ♂ m.c. cũ |
| 18 □ | 14 38 | | | | | 13□24 | | (cor. ♌, |
| 19 Asc. | 21 ♑ | | 20△28 | | 9△17 | | | |
| 20 | 22△49 | | | 23☍32 | | | | |
| 21 | | | | | | 6△15 | | |
| 22 | | 5☌45 | | | | | | ✶ ☉ ♂ 9.36. |
| 23 | | | | | 12☍12 | | | ♂ m.c. cum cauda Del. ☿ |
| 24 | | | 1☍11 | | | | | ☽ Per. (or cum cor. Y. |
| 25 ☍ | 7 10 | | | 5△57 | | 20☍55 | | ♀ m.c. cum Fomah. |
| 26 Asc. | 16 ♎ | 5✶50 | | | | | | |
| 27 | | | | 9□0 | 11△39 | | | ☽ ☋ 6.30 ♂ m.c. cũ cã |
| 28 | | 6□57 | 3△52 | | | | | △ ♄ ♀ 20.57. (cygni |
| 29 | 17△45 | | | 14✶22 | 15□41 | | | ☿ occ. cum cauda cygni |
| 30 | | 10△36 | 8□21 | | | 16△17 | | ☿ or cum had's. |
| 31 | | | | | 22✶5 | | | ☿ or. cum dex. hu. Aur. |

a. Die 2. ☿ occ. cum rostro gallinæ.
b. Die 9. ☌ ♀ ☿ 17.52.
☿ Eâ die, m.c. cum ultima aquæ uc., & occ. cum lyra fecit.

Syzygiae Lunares.

| Dies | | ☉ | Occid. ♄ | Orient. ♃ | Orient. ♂ | Orient. ♀ | Occid. ☿ | Syzygiae Planetarum mutuae & potiores congressus cum illustrioribus quibusdam stellis fixis. |
|---|---|---|---|---|---|---|---|---|
| | | H | H | H | H | H | H | |
| 1 | □ | 4 3 | | 10 ✱ 7 | | | | ♀ occ. cum lyra. |
| 2 | Asc. | 16 ♍ | | | | | 8 □ 10 | ☿ m. c. cum cor. ♌. |
| 3 | | 18 ✱ 34 | | | 12 ☌ 2 | | | ♃ oc. cum asar. |
| 4 | | | 3 ☍ 20 | | | | | |
| 5 | | | | | | 22 ☌ 12 | 4 ✱ 21 | |
| 6 | | | | 17 ☌ 15 | | | | ☿ occ. cum cor. ♌. |
| 7 | | | | | | | | ☽ Apog. ♂ oc. cu Fom. |
| 8 | | | | | 21 ✱ 49 | | | △ ☉ ♄ 3.36. |
| 9 | ☌ | 7 44 | 5 △ 27 | | | | | ♂ oc. cu aquila, & ca. ♑ |
| 10 | Asc. | 7 ♒ | | | | | | ☿ ☊ 11.41. |
| 11 | | | 17 □ 36 | 21 ✱ 44 | 14 □ 37 | 5 ✱ 25 | 0 ☌ 41 | |
| 12 | | | | | | | | ♂ m. c. cum cauda ♑. |
| 13 | | | | | | 18 □ 42 | | ☍ ♄ ♂ 16. 42. |
| 14 | | 15 ✱ 46 | 3 ✱ 43 | 8 □ 26 | 4 △ 23 | | | ✱ ♀ ☿ 6.0 ☿ or. cu Fo. 4. |
| 15 | | | | | | | | (cum Acar ☉ 22. |
| 16 | | | | 15 △ 33 | | 4 △ 18 | 6 ✱ 50 | ♂ or. cu cauda ♑ ☿ m. c. |
| 17 | □ | 1 48 | | | | | | |
| 18 | Asc. | 0 ♍ | 13 ☌ 28 | | 19 ☍ 51 | | 24 □ 2 | □ ♄ ☿ 5.34. |
| 19 | | 7 △ 45 | | | | | | ☿ or. cum pleia. |
| 20 | | | | 11 ☍ 3 | | 13 ☍ 51 | 18 △ 0 | ☿ occ. cum Rigel. |
| 21 | | | | | | | | □ ♂ ♀ per orbem. |
| 22 | | | 14 ✱ 57 | | | | | ☽ Perig. ♀ oc. cu Acar |
| 23 | ☍ | 15 59 | | | 2 △ 17 | | | ☽ ☋ 15.26 ♂ occ. cum |
| 24 | Asc. | 0 ♈ | 16 □ 13 | | | 10 △ 38 | 23 ☍ 18 | (cauda Del. |
| 25 | | | | 0 △ 19 | 6 □ 38 | | | |
| 26 | | | 19 △ 53 | | | | | ✱ ♃ ☿ fere partilis. |
| 27 | | | | 4 □ 58 | 13 ✱ 58 | 3 □ 24 | | ✱ ♀ ☿ 12.0. |
| 28 | | 6 △ 55 | | | | | | ☌ ♃ ♀ 18.0 ♂ or. cu 10 |
| 29 | | | | 12 ✱ 28 | | 13 ✱ 32 | 10 △ 18 | ♂ occ. cu rostro gali. |
| 30 | □ | 19 40 | | | | | | |
| | Asc. | 29 ♊ | | | | | | |

4. Die 14. ☿ m. c. cum cap. Med.
☿ Fit ♃ m. c. cum pleia.

| | | |
|---|---|---|
| 18 | 11 | 26 |
| 13 | 14 | 26 |
| 18 | 17 | 26 |
| 18 | 20 | 27 |
| 18 | 23 | 27 |
| 18 | 26 | 27 |

Syzygiæ Lunares.

| | | Occid. | Orient. | Orient. | Orient. | Occid. | Syzygiæ Planetarū mutuæ, & eorum congressus cum illustrioribus aliquibus fixis. |
|---|---|---|---|---|---|---|---|
| | ☉ | ♄ | ♃ | ♂ | ♀ | ☿ | |
| Dies | H ' | H ' | H ' | H ' | H ' | H ' | |
| 1 | | 10 ☍ 51 | | | | 17 □ 41 | ☿ m.c. cum pleia. |
| 2 | | | | 14 ☌ 8 | | | |
| 3 | 15 ✶ 43 | | | | | | |
| 4 | | | 11 ☌ 45 | | 19 ☌ 55 | 2 ✶ 24 | |
| 5 | | | | | | | ☿ or. cum pleia. |
| 6 | | 11 △ 3 | | | | | ☽ Ap. □ ♄ ☿ 12.26. a |
| 7 | | | | 22 ✶ 56 | | | ☌ ♀ ☿ 19. 20. ☽ ☊ |
| 8 ☌ | 23 19 | 23 □ 30 | | | | 20 ☌ 36 | ♂ occ. cum lyra. b (14.4 |
| 9 Asc. | 18 ♌ | | 14 ✶ 10 | | | Orient. | □ ☽ ♄ 3.26. ☿ m.c. cū |
| 10 | | | | 13 □ 47 | 5 ✶ 43 | | (Acar. |
| 11 | | 9 ✶ 53 | | | | | ♂ m.c. cū Fomalh. & ☿ |
| 12 | | | 0 □ 49 | | 19 □ 0 | | (cum 20. |
| 13 | | | | 1 △ 42 | | 5 ✶ 51 | |
| 14 | 1 ✶ 38 | | 8 △ 0 | | | | ✶ ♂ ☿ 19.5. |
| 15 | | 21 ☌ 26 | | | 4 △ 25 | 8 □ 16 | |
| 16 □ | 9 19 | | | | | | |
| 17 Asc. | 28 ♐ | | | 14 ☍ 39 | | 9 △ 22 | |
| 18 | 14 △ 14 | | 14 ☍ 18 | | | | ✶ ☉ ♃ 17.15. |
| 19 | | | | | 15 ☍ 13 | | ☽ Perig. |
| 20 | | 1 ✶ 15 | | | | | ☽ ☋ 21.4. |
| 21 | | | | 22 △ 20 | | 12 ☍ 11 | |
| 22 | | 2 □ 59 | 18 △ 44 | | | | |
| 23 ☍ | 0 53 | | | | | | ☿ or. cum hædis. (cygni. |
| 24 Asc. | 17 ♍ | 6 △ 49 | 13 □ 47 | 4 □ 47 | 3 △ 44 | | ♂ oc. cū Acar. & ☿ cū ca. |
| 25 | | | | | | 22 △ 48 | △ ♄ ☿ 13.24 ☿ or. cū 31. |
| 26 | | | | 13 ✶ 4 | 14 □ 23 | | |
| 27 | 21 △ 33 | | 7 ✶ 31 | | | | |
| 28 | | 22 ☍ 22 | | | | 10 □ 31 | |
| 29 | | | | | 4 ✶ 18 | | ☿ m.c. cum cap. Med. |
| 30 □ | 12 36 | | | | | | |
| 31 Asc. | 2 ♓ | | | 16 ☌ 50 | | 1 ✶ 42 | ☿ m.c. cum acar. & 22. |

*a. Die 6. ☿ occ. cum Rigel.*
*b. Die 8. ☿ m.c. cum dex. lat. Persei.*
*☿ his die. orienda cum pleiadibus.*

| | |
|---|---|
| | ♀ *occ. cum Rigel.* |
| | ⚹ ♄ ♀ 6. 17.<br>□ ☉ ♃ 4. 17. |
| 20 △ 50 | □ ♄ ♀ 5. 6.<br>♀ *m. c. cum pleia.* |
| 18 □ 7 | ♀ *occ. cum hiad. & ple.* |
| | ☉ *Ap.* □ ♃ ♀ 10. 47. |

| | | |
|---|---|---|
| 32 | 23 | 27 |
| 39 | 23 | 34 |
| 29 | 23 | 41 |
| 0 | 23 | 48 |
| 11 | 23 | 55 |

| Syzygiæ Lunares. | | | | | | | |
|---|---|---|---|---|---|---|---|
| | | Occid. | Orient. | Orient. | Orient. | Orient. | Syzygię Planetarũ mutuę, & eorum congressus cum illustrioribus aliquibus stellis fixis. |
| | ☉ | ♄ | ♃ | ♂ | ♀ | ☿ | |
| Dies | H ′ | H ′ | H ′ | H ′ | H ′ | H ′ | |
| 1 | 21 ✱ 31 | | | | | 16 ✱ 14 | ♀ oc. cũ Bella. & ult. pl. |
| 2 | | 22 □ 54 | | | | | ♀ oc. cum. Ald. & Syrio. |
| 3 | | | 15 ✱ 34 | | 14 ☌ 47 | | ♂ or. cum nodis. |
| 4 | | | | 20 ✱ 26 | | | ☌ ☉ ☿ 8.15 ♀ m. cũ hia. |
| 5 | | 7 ✱ 8 | | | | Occid. | ✱ ♃ ☿ 10.13 ☿ or. cũ 14. |
| 6 ☌ | 23 17 | | 2 □ 46 | | | | ♂ or. cũ de. hu. Aur. a. |
| 7 Asc. | 3 ♎ | | | 6 □ 11 | | 4 ☌ 23 | □ ♂ ☿ 23.2 ☿ or. cũ Ri. |
| 8 | | | 8 △ 21 | | 14 ✱ 22 | | ♀ or. cum hoed. |
| 9 | | 16 ☌ 10 | | 12 △ 49 | | | ♀ occ. cum dex. hu. Orio. |
| 10 | | | | | 21 □ 37 | | |
| 11 | 13 ✱ 19 | | | | | | ♀ or. cum Aldeb. |
| 12 | | | 13 ☍ 25 | | | 2 ✱ 24 | ☉ Pe. ♀ m.c. cũ hoedis. |
| 13 □ | 18 24 | 23 ✱ 34 | | 21 ☍ 10 | 3 △ 31 | | (capra, & occ. cũ 20. |
| 14 Asc. | 13 ♌ | | | | | 11 □ 22 | ☉ ☋ 5.48. ♀ m.c. cum |
| 15 | | | | | | | c. ♄ ☍ ☿ 12.11 △ ♃ ☿ 18.0 b |
| 16 | 0 △ 32 | 1 □ 34 | 18 △ 38 | | | 22 △ 25 | ♀ m.c. cũ Rig. ☿ or. cũ |
| 17 | | | | | 19 ☍ 2 | | ♂ m.c. cũ cor. ♏ c (Proc. |
| 18 | | 7 △ 0 | | 9 △ 39 | | | □ ☉ ♂ 14.24. |
| 19 | | | 0 □ 18 | | | | ♀ m.c. cum zona Orio. |
| 20 ☍ | 21 56 | | | 20 □ 24 | | | |
| 21 Asc. | 19 ♍ | | 9 ✱ 10 | | | | ♄ or. cũ reg. & ☿ cũ Sy. |
| 22 | | | | | 23 △ 48 | 8 ☍ 37 | |
| 23 | | 3 ☍ 4 | | 9 ✱ 53 | | | ♀ m.c. dex. hu. Aur. |
| 24 | | | | | | | ✱ ♄ ♀ 1.31 ♀ m.c. cũ 14. |
| 25 | | | | | 17 □ 49 | | |
| 26 | 6 △ 19 | | 7 ☌ 43 | | | | ☉ Ap. ♂ oc. cũ cor. ♏. |
| 27 | | | | | | | △ ☉ ♃ 3.0 ☌ ♄ ☿ 18.21 d |
| 28 □ | 12 45 | 2 △ 15 | | 15 ☌ 12 | 11 ✱ 36 | 3 △ 46 | ☉ ♂ 6.16 ♀ or. cũ reg. |
| 29 Asc. | 14 ♎ | | | | | | |
| 30 | | 13 □ 31 | | | | 23 □ 4 | (5.50. e. |
| 31 | 13 ✱ 7 | | 5 ✱ 4 | | | | □ ♃ ♀ 13.48 ✱ ♂ ♀ |

a. Die 6. ♂ or. cum cauda cygni. ☿ or. cum zona Orio.
b. Die 15. ♀ m. c. cum sin. hum. Ori.
c. Die 17. ☿ or. cum cane mi. & ast. aqvile.
d. Die 27. ♀ occ. cum cane minore.

e. Die 31. ♀ or. cũ Bella. & Apol.

| Anni Iuliani | Anni Gregor. | Positus Planetarum Diurnus. | | | | | | | | | | | | | | | | |
|---|---|---|---|---|---|---|---|---|---|---|---|---|---|---|---|---|---|---|
| | | | | | | | S | D | M | D | M | D | M | A | S | D | | |
| | | ☉ ♌ | | | ☽ ♊ | | ♄ ♌ | | ♃ ♈ | | ♂ ♉ | | ♀ ♋ | | ☿ ♍ | | ☊ ♈ | |
| Dies | | P | ′ | ″ | P | ′ | P | ′ | P | ′ | P | ′ | P | ′ | P | ′ | P | ′ |
| 22 | 1 | 8 | 14 | 38 | 13 | 55 | 25 | 33 | 3 | 22 | 3 | 45 | 3 | 53 | 1 | 59 | 26 | 43 |
| 23 | 2 | 9 | 12 | 10 | 26 | 34 | 25 | 40 | 3 | 20 | 3 | 59 | 5 | 4 | 3 | 33 | 26 | 40 |
| 24 | 3 | 10 | 9 | 43 | 9 ♋ | 51 | 25 | 48 | 3 | 18 | 4 | 33 | 6 | 15 | 5 | 5 | 26 | 37 |
| 25 | 4 | 11 | 7 | 16 | 23 | 27 | 25 | 56 A | 3 | 16 | 5 | 6 | 7 | 26 | 6 | 34 | 26 | 33 |
| 26 | 5 | 12 | 4 | 50 | 7 ♌ | 21 | 26 | 4 | 3 | 14 | 5 | 39 | 8 | 37 | 8 | 0 | 26 | 30 |
| A 27 | 6 | 13 | 2 | 25 | 21 | 32 | 26 | 12 | 3 | 11 | 6 | 12 | 9 | 48 | 9 | 23 M | 26 | 27 |
| 28 | 7 | 14 | 0 | 1 | 5 ♍ | 39 | 26 | 20 | 3 | 8 | 6 | 44 | 11 | 0 | 10 | 43 | 26 | 24 |
| 29 | 8 | 14 | 57 | 38 | 20 | 38 | 26 | 28 | 3 | 5 | 7 | 16 | 12 | 11 | 12 | 0 | 26 | 21 |
| 30 | 9 | 15 | 55 | 16 | 5 ♎ | 23 | 26 | 36 | 3 | 2 | 7 | 48 | 13 | 23 | 13 | 14 | 26 | 17 |
| 31 | 10 | 16 | 52 | 55 | 20 | 6 | 26 | 44 | 2 | 58 | 8 | 19 | 14 | 34 | 14 | 24 | 26 | 14 |
| Au. 1 | 11 | 17 | 50 | 36 | 4 ♏ | 41 | 26 | 52 | 2 | 54 | 8 | 49 | 15 | 46 | 15 | 30 | 26 | 11 |
| 2 | 12 | 18 | 48 | 18 | 19 | 2 | 26 | 59 | 2 | 50 | 9 | 20 | 16 | 57 | 16 | 33 | 26 | 8 |
| A 3 | 13 | 19 | 46 | 1 | 3 ♐ | 5 | 27 | 7 | 2 | 46 | 9 | 50 | 18 | 9 | 17 | 32 | 26 | 5 |
| 4 | 14 | 20 | 43 | 45 | 16 | 48 | 27 | 15 | 2 | 42 | 10 | 20 | 19 | 21 | 18 | 25 | 26 | 1 |
| 5 | 15 | 21 | 41 | 30 | 0 ♑ | 8 | 27 | 23 | 2 | 37 | 10 | 50 | 20 | 33 | 19 | 14 | 25 | 58 |
| 6 | 16 | 22 | 39 | 16 | 13 | 7 | 27 | 31 | 2 | 33 | 11 | 19 | 21 | 45 | 19 | 57 | 25 | 55 |
| 7 | 17 | 23 | 37 | 4 | 25 ♒ | 40 | 27 | 39 | 2 | 28 | 11 | 48 | 22 | 57 | 20 | 34 | 25 | 52 |
| 8 | 18 | 24 | 34 | 53 | 8 | 9 | 27 | 47 | 2 | 23 | 12 | 17 | 24 | 9 | 21 | 6 | 25 | 49 |
| 9 | 19 | 25 | 32 | 43 | 20 ♓ | 19 | 27 | 54 | 2 | 18 | 12 | 45 | 25 | 21 | 21 | 31 | 25 | 46 |
| A 10 | 20 | 26 | 30 | 34 | 2 | 18 | 28 | 2 | 2 | 13 | 13 | 13 | 26 | 33 | 21 | 52 | 25 | 42 |
| 11 | 21 | 27 | 28 | 27 | 14 | 10 | 28 | 10 | 2 | 8 | 13 | 40 | 27 | 46 | 22 | 4 | 25 | 39 |
| 12 | 22 | 28 | 26 | 21 | 25 | 59 | 28 | 18 | 2 | 3 | 14 | 7 | 28 | 58 | 22 | 9 | 25 | 36 |
| 13 | 23 | 29 ♍ | 24 | 17 | 7 ♈ | 48 | 28 | 26 | 1 | 57 | 14 | 34 | 0 ♌ | 11 | 22 ℞ | 7 | 25 | 33 |
| 14 | 24 | 0 | 22 | 14 | 19 ♉ | 40 | 28 | 34 | 1 | 52 | 15 | 0 | 1 | 23 | 21 | 57 | 25 | 30 |
| 15 | 25 | 1 | 20 | 13 | 1 | 37 | 28 | 42 | 1 | 46 | 15 | 26 | 2 S | 36 | 21 | 39 | 25 | 26 |
| 16 | 26 | 2 | 18 | 13 | 13 | 43 | 28 | 50 | 1 | 40 | 15 | 51 | 3 | 49 | 21 | 14 | 25 | 23 |
| A 17 | 27 | 3 | 16 | 14 | 26 ♊ | 1 | 28 | 58 | 1 | 34 | 16 | 16 | 5 | 1 | 20 | 42 | 25 | 20 |
| 18 | 28 | 4 | 14 | 17 | 8 | 33 | 29 | 6 | 1 | 28 | 16 | 40 | 6 | 14 | 20 | 4 | 25 | 17 |
| 19 | 29 | 5 | 12 | 21 | 21 ♋ | 21 | 29 | 14 | 1 | 22 | 17 | 4 | 7 | 27 | 19 | 20 | 25 | 14 |
| 20 | 30 | 6 | 10 | 27 | 4 | 27 | 29 | 22 | 1 | 16 | 17 | 27 | 8 | 39 | 18 | 31 | 25 | 11 |
| 21 | 31 | 7 | 8 | 34 | 17 | 33 | 29 | 30 | 1 | 9 | 17 | 50 | 9 | 52 | 17 | 38 | 25 | 7 |
| Latitudo Planetarũ ad diẽ | | | | | | 1 | 0 A | 38 | 1 | 35 | 2 | 31 | 0 | 58 | 0 M | 10 | Meridi. | |
| | | | | | | 11 | 0 | 39 | 1 | 40 | 2 | 37 | 0 | 36 | 1 | 22 | | |
| | | | | | | 21 | 0 | 40 | 1 | 44 | 2 | 43 | 0 S | 13 | 2 | 27 | | |

Syzygiæ Lunares.

| | | Occid. | Orient. | Orient. | Orient. | Occid. | Syzygię Planetarũ mutuę, & eorum congressus cum illustrioribus aliquibus stellis fixis. |
|---|---|---|---|---|---|---|---|
| | ☉ | ♄ | ♃ | ♂ | ♀ | ☿ | |
| Dies | H ′ | H ′ | H ′ | H ′ | H ′ | H ′ | |
| 1 | | 22 ✱ 21 | | | | | ♂ or. cum Fomalh. |
| 2 | | | 12 □ 11 | 15 ✱ 0 | 16 ☌ 52 | 14 ✱ 25 | △ ♂ ☿ 10.45. |
| 3 | | | | | | | ♀ m.c. cum Syrio. |
| 4 | | | 16 △ 54 | 20 □ 56 | | | |
| 5 ☌ | 8 36 | | | | | | (badis. |
| 6 Asc. | 19 ♓ | 7 ☌ 49 | | | | | ♀ or. cum 14 2. & oc. cũ |
| 7 | | | | 2 △ 59 | 8 ✱ 57 | 8 ☌ 30 | ♀ or. cũ Her. & ☿ cũ 50. |
| 8 | | | 21 ☍ 39 | | | | ♀ or. cum zona Orio. |
| 9 | 18 ✱ 22 | | | | 14 □ 21 | | ☽ Perig. |
| 10 | | 11 ✱ 1 | | | | | ✱ ♀ ☿ [illegible] ☋ 10.5.a |
| 11 □ | 23 35 | | | 7 ☍ 10 | 20 △ 12 | 19 ✱ 30 | ♂ or. cũ pleia. ♀ m.c. cũ |
| 12 Asc. | 4 [illegible] | 13 □ 42 | 20 △ 11 | | | | (52. b. |
| 13 | | | | | | | ☿ m.c. cum pro. & Her. |
| 14 | 7 △ 38 | 29 △ 40 | | | | 3 □ 5 | |
| 15 | | | 4 □ 34 | 20 △ 33 | | | |
| 16 | | | | | 18 ☍ 5 | 12 △ 58 | |
| 17 | | | 13 ✱ 5 | | | | ♂ or. cum ult. pleia. |
| 18 | | | | 8 □ 38 | | | ♂ m.c. cum cap. Med. |
| 19 ☍ | 11 28 | 15 ☍ 21 | | | | | |
| 20 Asc. | 16 ♓ | | | 22 ✱ 17 | | | |
| 21 | | | | | | 10 ☍ 10 | ☌ ♃ ♄ 20.10. |
| 22 | | Orient. | 12 ☌ 13 | | 6 △ 46 | | ☽ ap. ♀ occ. cum Her. |
| 23 | | | | | | | ♀ or. cum [illegible] bor. |
| 24 | 23 △ 23 | 18 △ 4 | | | | | ☌ ♃ ♀ 6.55 ☽ ☊ 11.42 c |
| 25 | | | | | 2 □ 10 | | ♂ m.c. cũ dex. hu. Per. d. |
| 26 | | | | 4 ☌ 20 | | 14 △ 3 | |
| 27 □ | 15 7 | 5 □ 43 | 10 ✱ 33 | | 19 ✱ 5 | | (a) i. bor. |
| 28 Asc. | 9 ♌ | | | | | 20 □ 25 | ♂ occ. cum Rig. & ♀ cũ |
| 29 | | 14 ✱ 35 | 18 □ 13 | | | | |
| 30 | 3 ✱ 18 | | | 23 ✱ 54 | | 23 ✱ 33 | △ ♂ ☿ 17.41. |
| 31 | | | 22 △ 55 | | | | ♀ or. cum cane minore. |

a. Die 12 ♀ or. cum Rigel.
b. Die 11. ♀ occ. cum hyadib.
c. Die 24. ♂ m.c. cum Acarnar. ♀ or. cum Pers. & Acarnar.
d. Die 25. ♀ or. cum cane minore, & [illegible] oc. cum Pers. & Apoll.

## Syzygiæ Lunares.

| | | Orient. | Orient. | Orient. | Orient. | Occid. | Syzygiæ Planetar. inter se mutuæ, & eorum congressus cum illustrioribus aliquibus stellis fixis. |
|---|---|---|---|---|---|---|---|
| | ☉ | ♄ | ♃ | ♂ | ♀ | ☿ | |
| Dies | H ′ | H ′ | H ′ | H ′ | H ′ | H ′ | |
| 1 | | | | | 17 ☌ 31 | | |
| 2 | | 23 ☌ 23 | | 4 □ 44 | | | ♀ oc. cũ ost. corui, ☌ 31 |
| 3 ☌ | 17 19 | | | | | 13 ☌ 37 | |
| 4 Asc | 9 ♍ | | | 7 △ 12 | | | ♀ m.c. cum hydra. |
| 5 | | | 1 ☍ 18 | | | | ☽ Ter. ☌ ☉ ☿ 9. 16. |
| 6 | | | | | 4 ✶ 18 | Orient. | ☽ ☋ 16. 11. |
| 7 | | 1 ✶ 30 | | | | 17 ✶ 38 | |
| 8 | 1 ✶ 0 | | | 10 ☍ 34 | 9 □ 15 | | ♄ or. cum cri. Bere. |
| 9 | | 3 □ 14 | 2 △ 8 | | | 17 □ 39 | □ ♂ ♀ 0. 26. ☿ or. cum |
| 10 □ | 7 38 | | | | 17 △ 40 | | (cauda ♌. |
| 11 Asc. | 23 ♈ | 7 △ 50 | 5 □ 43 | | | 21 △ 24 | ♂ m.c. cum ple. ☌ ♀ ☿ |
| 12 | 17 △ 52 | | | 22 △ 28 | | | (regulo. |
| 13 | | | 12 ✶ 43 | | | | |
| 14 | | | | | | | |
| 15 | | | | 9 □ 41 | 23 ☍ 20 | | (coma Beren. |
| 16 | | 3 ☍ 39 | | | | 5 ☍ 14 | △ ☉ ♂ 0. 0. ☿ or. cum |
| 17 | | | | 23 ✶ 34 | | | ☌ ♄ ♀ 1. 31 ♀ or. cũ hy. |
| 18 ☍ | 3 10 | | 11 ☌ 15 | | | | ♄ n. cũ hyd (☿ oc. cũ Al. |
| 19 Asc | 17 ♑ | | | | | | ☽ Apog. |
| 20 | | | | | | | ☽ ☊ 15. 11 ♄ oc. cũ Alg. |
| 21 | | 7 △ 43 | | | 16 △ 24 | | ☌ ☉ ♃ 18. 59 ☿ or. cũ 50 |
| 22 | | | Occid. | | | 3 △ 2 | |
| 23 | 15 △ 54 | 20 □ 28 | 11 ✶ 53 | 3 ☌ 40 | | | ♂ oc. cum hiad. |
| 24 | | | | | 10 □ 44 | 19 □ 3 | ♂ occ. cum pleia. |
| 25 | | | 20 □ 59 | | | | |
| 26 □ | 6 16 | 6 ✶ 5 | | | | | ♀ or. cum cauda ♌. |
| 27 Asc. | 13 ♈ | | | 21 ✶ 23 | 0 ✶ 54 | 7 ✶ 44 | |
| 28 | 15 ✶ 45 | | 2 △ 41 | | | | |
| 29 | | | | | | | ☌ ☿ ♀ planet. |
| 30 | | 15 ☌ 12 | | 0 □ 55 | | | |

*Die 17. ♄, & ♀ longitudine, & latitudine iunguntur, quapropter ♀ teget ♄, distantia latitudinis est scr. 4 quæ ab eorum semidiametris comprehendetur.*

| Anni veteris. | Anni Gregor. | Positus Planetarum Diurnus. | | | | | | | | | | | | | | | | |
|---|---|---|---|---|---|---|---|---|---|---|---|---|---|---|---|---|---|---|
| | | | | | | | S | A | M | D | M | A | S | A | S | A | | |
| | | ☉ ♎ | | | ☽ ♍ | | ♄ ♍ | | ♃ ♓ | | ♂ ♉ | | ♀ ♍ | | ☿ ♍ | | ☊ ♈ | |
| Dies | | P | ' | " | P | ' | P | ' | P | ' | P | ' | P | ' | P | ' | P | ' |
| A 21 | 1 | 7 | 24 | 56 | 8 | 38 | 3 | 20 | 27 | 12 | 24 | 37 | 17 | 57 | 21 | 28 | 23 | 29 |
| 22 | 2 | 8 | 23 | 1 | 23 ♎ | 27 | 3 | 27 | 27 | 5 | 24 | 39 | 19 | 11 | 22 | 49 | 23 | 26 |
| 23 | 3 | 9 | 23 | 9 | 6 | 16 | 3 | 34 | 26 | 57 | 24 ℞ | 40 | 20 | 26 | 24 | 13 | 23 | 23 |
| 24 | 4 | 10 | 22 | 18 | 23 ♏ | 28 | 3 | 41 | 26 | 50 | 24 | 40 | 21 | 40 | 25 | 39 | 23 | 19 |
| 25 | 5 | 11 | 21 | 29 | 6 | 25 | 3 | 48 | 26 A | 42 | 24 | 38 | 22 | 55 | 27 | 7 | 23 | 16 |
| 26 | 6 | 12 | 20 | 42 | 23 ♐ | 11 | 3 | 54 | 26 | 35 | 24 | 36 | 24 | 9 | 28 ♎ | 36 | 23 | 13 |
| 27 | 7 | 13 | 19 | 57 | 7 | 40 | 4 | 1 | 26 | 28 | 24 | 33 | 25 | 24 | 0 | 6 | 23 | 10 |
| A 28 | 8 | 14 | 19 | 14 | 21 ♑ | 48 | 4 | 8 | 26 | 21 | 24 | 29 | 26 | 39 | 1 | 38 | 23 | 7 |
| 29 | 9 | 15 | 18 | 33 | 5 | 35 | 4 | 14 | 26 | 14 | 24 | 24 | 27 | 53 | 3 | 11 | 23 | 3 |
| 30 | 10 | 16 | 17 | 54 | 18 ♒ | 55 | 4 | 21 | 26 | 7 | 24 | 18 | 29 ♎ | 8 | 4 | 40 | 23 | 0 |
| Oc. 1 | 11 | 17 | 17 | 17 | 1 | 55 | 4 | 27 | 26 | 0 | 24 | 12 | 0 | 23 | 6 D | 22 | 22 | 57 |
| 2 | 12 | 18 | 16 | 42 | 14 | 33 | 4 | 34 | 25 | 53 | 24 | 5 | 1 | 38 | 7 | 58 | 22 | 54 |
| 3 | 13 | 19 | 16 | 9 | 26 ♓ | 53 | 4 | 40 | 25 | 47 | 23 | 57 | 2 | 53 | 9 | 36 | 22 | 51 |
| 4 | 14 | 20 | 15 | 38 | 8 | 58 | 4 | 46 | 25 | 40 | 23 | 48 | 4 | 8 | 11 | 15 | 22 | 47 |
| A 5 | 15 | 21 | 15 | 9 | 20 ♈ | 51 | 4 | 52 | 25 | 34 | 23 | 38 | 5 | 23 | 12 | 54 | 22 | 44 |
| 6 | 16 | 22 | 14 | 42 | 2 | 36 | 4 | 58 | 25 | 28 | 23 | 27 | 6 | 38 | 14 | 34 | 22 | 41 |
| 7 | 17 | 23 | 14 | 17 | 14 | 16 | 5 | 4 | 25 | 22 | 23 | 15 | 7 | 53 | 16 | 15 | 22 | 38 |
| 8 | 18 | 24 | 13 | 54 | 25 ♉ | 53 | 5 | 10 | 25 | 16 | 23 | 2 | 9 | 8 | 17 | 56 | 22 | 35 |
| 9 | 19 | 25 | 13 | 33 | 7 | 33 | 5 | 16 | 25 | 10 | 22 | 48 | 10 | 23 | 19 | 38 | 22 | 32 |
| 10 | 20 | 26 | 13 | 14 | 19 ♊ | 18 | 5 | 22 | 25 | 5 | 22 | 34 | 11 | 38 | 21 | 20 | 22 | 28 |
| 11 | 21 | 27 | 12 | 57 | 1 | 12 | 5 | 28 | 24 | 59 | 22 | 19 | 12 | 53 | 23 | 3 | 22 | 25 |
| A 12 | 22 | 28 | 12 | 42 | 13 | 18 | 5 | 33 | 24 | 54 | 22 | 3 | 14 D | 8 | 24 | 46 | 22 | 22 |
| 13 | 23 | 29 ♏ | 12 | 29 | 25 ♋ | 40 | 5 | 39 | 24 | 49 | 21 | 46 | 15 | 23 | 26 | 29 | 22 | 19 |
| 14 | 24 | 0 | 12 | 18 | 8 | 20 | 5 | 44 | 24 | 44 | 21 | 29 | 16 | 39 | 28 | 13 | 22 | 16 |
| 15 | 25 | 1 | 12 | 8 | 21 ♌ | 23 | 5 | 50 | 24 | 39 | 21 | 11 | 17 | 54 | 29 ♏ | 57 | 22 | 12 |
| 16 | 26 | 2 | 12 | 0 | 4 | 47 | 5 | 55 | 24 | 35 | 20 | 53 | 19 | 9 | 1 | 41 | 22 | 9 |
| 17 | 27 | 3 | 11 | 54 | 18 ♍ | 35 | 6 | 0 | 24 | 31 | 20 | 34 | 20 | 24 | 3 | 25 | 22 | 6 |
| 18 | 28 | 4 | 11 | 50 | 2 | 46 | 6 | 5 | 24 | 27 | 20 | 15 | 21 | 39 | 5 | 9 | 22 | 3 |
| A 19 | 29 | 5 | 11 | 48 | 17 ♎ | 18 | 6 | 10 | 24 | 23 | 19 | 55 | 22 | 55 | 6 | 53 | 22 | 0 |
| 20 | 30 | 6 | 11 | 48 | 1 | 0 | 6 | 15 | 24 | 19 | 19 | 35 | 24 | 11 | 8 | 37 | 21 | 57 |
| 21 | 31 | 7 | 11 | 50 | 17 | 3 | 6 | 20 | 24 | 15 | 19 | 15 | 25 | 26 | 10 M | 20 | 21 | 53 |

| Latitudo Planetarũ ad diẽ | | ♄ | | ♃ | | ♂ | | ♀ | | ☿ | | |
|---|---|---|---|---|---|---|---|---|---|---|---|---|
| | 2 | 0 | 43 | 1 A | 52 | 2 | 42 | 1 | 6 | 0 | 50 | Mensis |
| | 11 | 0 | 40 | 1 | 51 | 2 | 32 | 1 | 12 | 1 D | 16 | |
| | 21 | 0 | 48 | 1 | 49 | 2 | 10 | 1 D | 16 | 1 M | 4 | |

Syzygiæ Lunares.

| Dies | ☉ | Orient. ♄ | Occid. ♃ | Orient. ♂ | Orient. ♀ | Orient. ☿ | Syzygiæ Planetarũ mutuę, & eorum congressus cum illustrioribus aliquibus stellis fixis. |
|---|---|---|---|---|---|---|---|
| | H ′ | H ′ | H ′ | H ′ | H ′ | H ′ | |
| 1 | | | | | 16☌17 | 22☌53 | |
| 2 | | | 5☍47 | 1△54 | | | |
| 3 ☌ | 1 54 | | | | | | ☉ Per. △ ♂ ♀ 7.52.a |
| 4 Asc. | 11 [illegible] | 16✱32 | | | | | ☍ ♃ ♀ 17.45. |
| 5 | | | | | | | |
| 6 | | 17□55 | 5△26 | 2☍20 | 1✱47 | 10✱ 1 | △ ♂ ♀ 8.19 ☿ or. cũ vi. |
| 7 | 10✱20 | | | | | | ☍ ♃ ♀ 18. 44. |
| 8 | | 21△41 | 7□55 | | 9□17 | 19□20 | ♀ m.c. cum rostro corui. |
| 9 □ | 19 14 | | | | | | ♀ or. cum vindem. |
| 10 Asc. | 25 ♎ | | 13✱11 | 9△52 | 20△52 | | ♀ or. cum arcturo. |
| 11 | | | | | | 9△41 | ✱ ♃ ♂ per orbem ♀ m. |
| 12 | 7△53 | | | 18□22 | | | ♀ m.c. cũ Alg. (c. cũ 51 |
| 13 | | 21☍34 | | | | | |
| 14 | | | | | | | |
| 15 | | | 9☌33 | 5✱30 | | | ♀ or. cum arct. ☿ or. cũ |
| 16 | | | | | 9☍17 | | (corona. |
| 17 ☍ | 20 37 | | | | | 4☍46 | ☉ Ap. & ☊ 17. 13. ☿ |
| 18 Asc. | 16 [illegible] | 19△16 | | | | | ♀ m.c. cũ 265 (or. cũ Al. b |
| 19 | | | | | | | ♀ m.c. cum vindem. |
| 20 | | | 11✱34 | 6☌27 | | | |
| 21 | | 8□31 | | | | | ♀ or. cum corona. |
| 22 | | | 22□20 | | 1△44 | | (spica ♍. |
| 23 | 7△16 | 19✱ 2 | | | | 8△33 | ♀ or. cũ Alg. et oc. cum |
| 24 | | | | 23✱40 | 16□56 | | ♀ or. cũ 160. & m.c. cũ |
| 25 □ | 19 22 | | 5△54 | | | 17□38 | ♀ or. cũ 55. c. (spica ♍. |
| 26 Asc. | 8 [illegible] | | | | | | ☌ ☉ ♀ 16.55 ♀ or. cũ |
| 27 | | | | 3□17 | 3✱22 | Occid. | (spica ♍. d. |
| 28 | 2✱31 | 6☌30 | | | | 4✱28 | ✱ ♄ ☿ 13.35. |
| 29 | | | 11☍33 | 4△ 6 | | | (cauda cygni, & chelis. |
| 30 | | | | | | | ✱ ☉ ♄ 1. 19. ♀ or. cũ |
| 31 | | | | | 14☌37 | | ☉ Perig. & ☋ 7.44. |

a. Die 3. ☉ ☋ 23.46. ♀ m.c. cum cauda ♌.
b. Die 17. ☿ or. cum rostro corui.
c. Die 25. ♀ occ. cum cauda ♌.
☌ ☿ ♄ apud pleiad.
d. Die 26. ☿ or. cum lyra.

15
14
14

| Syzygiæ Lunares. | | | | | | | Syzygiæ Planetarũ mutuę, & eorum congressus cum illustrioribus aliquibus stellis fixis. |
|---|---|---|---|---|---|---|---|
| | | Orient. | Occid. | Orient. | Orient. | Occid. | |
| | ☽ | ♄ | ♃ | ♂ | ♀ | ☿ | |
| Dies | H | H | H | H | H | H | |
| 1 ☌ | 11 1 | 7 ✱ 7 | | | | 15 ☌ 18 | ♀ m.c. cum ang. ♍. |
| 2 Asc. | 8 ♌ | | 11 △ 47 | 2 ☍ 31 | | | |
| 3 | | 8 □ 17 | | | | | ☿ oc. cum ang. ♍, |
| 4 | | | 13 □ 39 | | | | ☍ ☌ ☿ 11.6. |
| 5 | 22 ✱ 48 | 11 △ 39 | | | 3 ✱ 8 | | ♀ or. cum lyra, & m.c. cu |
| 6 | | | 18 ✱ 8 | 5 △ 41 | | 13 ✱ 14 | ♂ occ. cum Rigel (arct. |
| 7 | | | | | 14 □ 21 | | △ ♃ ☿ 22.50 (lat. Per. |
| 8 □ | 10 34 | | | 11 □ 15 | | | ☌ ☉ ☿ 20.9 ☌ m.c. cud. |
| 9 Asc. | 9 ♌ | | | Occid. | | 6 □ 3 | ✱ ♄ ☿ 5.20 |
| 10 | | 3 ☍ 21 | | 19 ✱ 36 | 5 △ 46 | | ♂ m.c. cum [illegible] |
| 11 | 1 △ 23 | | 12 ☌ 24 | | | | ♂ or. cũ ple. & ☿ [illegible] |
| 12 | | | | | | 2 △ 21 | (cygni, & [illegible] |
| 13 | | | | | | | [illegible] 19.31 ♀ or. [illegible] |
| 14 | | | | | | | [illegible] ☍ ☌ ☿ 18.23 a |
| 15 | | 4 △ 53 | | 17 ☌ 42 | 21 ☍ 13 | | |
| 16 ☍ | 14 36 | | 13 ✱ 0 | | | | □ ♄ ☿ 6.51 (☌ ☉ ♃ 11.13 b |
| 17 Asc. | 0 ♎ | 17 □ 54 | | | | 23 ☍ 2 | ♂ m.c. cum cap. Med. |
| 18 | | | | | | | (♀ occ. cum cing. ♍. |
| 19 | | | 1 □ 48 | | | | |
| 20 | | 4 ✱ 41 | | 13 ✱ 23 | | | (cum aculeo ♏. |
| 21 | 20 △ 40 | | 10 △ 45 | | 8 △ 5 | | ☿ m.c. cum coro. & occ. |
| 22 | | | | 22 □ 20 | | | △ ♃ ♀ 11.1. ☿ occ. cu |
| 23 | | | | | 19 □ 19 | 6 △ 17 | (Arcturo. |
| 24 □ | 6 13 | 16 ☌ 38 | | 22 △ 13 | | | ♀ m.c. clipei, fron. ♏ c |
| 25 Asc. | 29 ♏ | | 19 ☍ 21 | | | 14 □ 51 | ♀ or. [illegible] & cum m[illegible] |
| 26 | 21 ✱ 41 | | | | 2 ✱ 45 | | ♀ or. cum rostro gall. |
| 27 | | | | | | 20 ✱ 37 | [illegible] 14.11 [illegible] 16.19 |
| 28 | | 19 ✱ 20 | | 25 ☍ 15 | | | [illegible] ♀ occ. cũ lic. bor. |
| 29 | | | 21 △ 10 | | | | ☿ or. cum cauda Del. |
| 30 ☌ | 28 16 | 20 □ 45 | | | 15 ☌ 52 | | □ ☿ ♄ 17.39 ♀ m.c. cu |
| Asc. | 29 ♐ | | | | | | (corde ♏. |

a. Die 14. ☿ occ. cum lance australi.
b. Die 16. ☿ m.c. cum lance boreali, & ☿ or. cum corde ♏.
c. Die 24. ☿ occ. cum media frontis ♏.
d. Die 25. ☿ or. cum aquila.

December 1595

| | Stylo veteri | Stylo Gregor. | ☉ ♐ P | ' | '' | ☽ ♐ P | ' | ♄ ♍ P (S A) | ' | ♃ ♓ P (M A) | ' | ♂ ♉ P (S A) | ' | ♀ ♐ P (S D) | ' | ☿ ♐ P (M A) | ' | ☊ ♈ P | ' |
|---|---|---|---|---|---|---|---|---|---|---|---|---|---|---|---|---|---|---|---|
| Positus Planetarum Diurnus. | | | | | | | | | | | | | | | | | | | |
| | Dies | | P | ' | '' | P | ' | | ' | P | ' | P | ' | P | ' | P | ' | P | ' |
| | 21 | 1 | 8 | 25 | 19 | 10 | 8 | 8 | 10 | 23 | 58 | 10 | 15 | 4 | 33 | 27 | 47 | 20 | 15 |
| | 22 | 2 | 9 | 26 | 59 | 24 | 21 | 8 | 12 | 24 | 1 | 10 | 8 | 5 | 49 | 28 | 52 | 20 | 11 |
| A | 23 | 3 | 10 | 27 | 49 | ♑ 8 | 15 | 8 | 14 | 24 | 4 | 10 | 2 | 7 | 5 | 29 | 54 | 20 | 8 |
| | 24 | 4 | 11 | 28 | 40 | 21 | 49 | 8 | 15 | 24 | 7 | 9 | 57 | 8 | 20 | ♑ 0 | 53 | 20 | 5 |
| | 25 | 5 | 12 | 29 | 32 | ♒ 5 | 4 | 8 | 17 | 24 | 10 | 9 | 53 | 9 | 36 | 1 | 49 | 20 | 2 |
| | 26 | 6 | 13 | 30 | 26 | 18 | 2 | 8 | 18 | 24 | 14 | 9 | 50 | 10 | 52 | 2 | 41 | 19 | 59 |
| | 27 | 7 | 14 | 31 | 21 | ♓ 0 | 45 | 8 | 20 | 24 | 18 | 9 | 47 | 12 | 8 | 3 | 29 | 19 | 56 |
| | 28 | 8 | 15 | 32 | 17 | 13 | 15 | 8 | 21 | 24 | 22 | 9 | 45 | 13 | 24 | 4 | 12 | 19 | 52 |
| | 29 | 9 | 16 | 33 | 14 | 25 ♈ | 33 | 8 | 22 | 24 | 26 | 9 | 41 | 14 | 40 | 4 | 53 | 19 | 49 |
| A | 30 | 10 | 17 | 34 | 12 | 7 | 42 | 8 | 23 | 24 | 30 | 9 | 42 | 15 | 56 | 5 | 28 | 19 | 46 |
| | De. 1 | 11 | 18 | 35 | 11 | 19 ♉ | 45 | 8 | 24 | 24 | 35 | 9 D | 42 | 17 | 12 | 5 | 58 | 19 | 43 |
| | 2 | 12 | 19 | 36 | 11 | 1 | 45 | 8 | 25 | 24 | 40 | 9 | 43 | 18 | 27 | 6 | 24 | 19 | 40 |
| | 3 | 13 | 20 | 37 | 12 | 13 | 44 | 8 | 26 | 24 | 44 | 9 | 45 | 19 | 43 | 6 | 45 | 19 | 36 |
| | 4 | 14 | 21 | 38 | 12 | 25 | 45 | 8 | 26 | 24 | 49 | 9 | 48 | 20 | 59 | 7 | 0 | 19 | 33 |
| | 5 | 15 | 22 | 39 | 13 | ♊ 7 | 50 | 8 | 27 | 24 | 54 | 9 | 52 | 22 | 15 | 7 | 9 | 19 | 30 |
| | 6 | 16 | 23 | 40 | 15 | 20 | 2 | 8 | 27 | 24 | 59 | 9 | 56 | 23 | 31 | 7 ℞ | 13 | 19 | 27 |
| A | 7 | 17 | 24 | 41 | 18 | ♋ 2 | 15 | 8 | 28 | 25 | 4 | 10 | 0 | 24 | 47 | 7 | 10 | 19 | 24 |
| | 8 | 18 | 25 | 42 | 21 | 15 | 1 | 8 | 28 | 25 | 9 | 10 | 5 | 26 M | 3 | 7 | 2 | 19 | 20 |
| | 9 | 19 | 26 | 43 | 24 | 27 ♌ | 53 | 8 ℞ | 28 | 25 | 15 | 10 | 11 | 27 | 19 | 6 | 49 | 19 | 17 |
| | 10 | 20 | 27 | 44 | 28 | 11 | 4 | 8 | 28 | 25 | 21 | 10 | 17 | 28 | 35 | 6 | 31 | 19 | 14 |
| | 11 | 21 | 28 | 45 | 32 | 24 ♍ | 30 | 8 | 28 | 25 | 27 | 10 | 24 | 29 ♑ | 51 | 6 S | 8 | 19 | 11 |
| | 12 | 22 | 29 | 46 | 36 | 8 | 15 | 8 | 28 | 25 | 33 | 10 | 32 | 1 | 7 | 5 | 41 | 19 | 8 |
| | 13 | 23 | ♑ 0 | 47 | 40 | 21 ♎ | 37 | 8 | 27 | 25 | 40 | 10 | 41 | 2 | 23 | 5 | 9 | 19 | 5 |
| A | 14 | 24 | 1 | 48 | 45 | 7 | 0 | 8 | 27 | 25 | 46 | 10 | 51 | 3 | 39 | 4 | 34 | 19 | 1 |
| | 15 | 25 | 2 | 49 | 50 | 21 ♏ | 34 | 8 | 26 | 25 | 53 | 11 | 2 | 4 | 55 | 3 | 56 | 18 | 58 |
| | 16 | 26 | 3 | 50 | 55 | 6 | 10 | 8 | 25 | 26 | 0 | 11 | 13 | 6 | 11 | 3 | 15 | 18 | 55 |
| | 17 | 27 | 4 | 52 | 1 | 20 ♐ | 43 | 8 | 25 | 26 | 7 | 11 | 24 | 7 | 27 | 2 | 32 | 18 | 52 |
| | 18 | 28 | 5 | 53 | 7 | 5 | 6 | 8 | 24 | 26 | 14 | 11 | 36 | 8 | 43 | 1 | 49 | 18 | 49 |
| | 19 | 29 | 6 | 54 | 13 | 19 ♑ | 10 | 8 | 23 | 26 | 22 | 11 | 48 | 9 | 59 | 1 ♐ | 7 | 18 | 45 |
| | 20 | 30 | 7 | 55 | 19 | 3 | 9 | 8 | 22 | 26 | 29 | 12 | 1 | 11 | 15 | 0 | 27 | 18 | 42 |
| A | 21 | 31 | 8 | 56 | 26 | 16 | 43 | 8 | 20 | 26 | 37 | 12 | 14 | 12 | 30 | 29 | 50 | 18 | 39 |

| Latitudo Planetarũ ad diẽ | ♄ | ' | ♃ | ' | ♂ | ' | ♀ | ' | ☿ | ' | |
|---|---|---|---|---|---|---|---|---|---|---|---|
| 1 | 0 | 59 | 1 | 37 | 0 | 0 | 0 | 29 | 1 | 48 | Meridis |
| 11 | 1 | 1 | 1 | 33 | 0 | 24 | 0 M | 11 | 1 | 2 | |
| 21 | 1 | 4 | 1 | 28 | 0 | 43 | 0 | 7 | 0 S | 0 | |

Syzygiæ Lunares.

| | | Orient. | Occid. | Occid. | Orient. | Occid. | Syzygia Planetarũ mutuæ, & eorum congressus cum illustrioribus aliquibus stellis fixis. |
|---|---|---|---|---|---|---|---|
| | ☉ | ♄ | ♃ | ♂ | ♀ | ☿ | |
| Dies | H ′ | H ′ | H ′ | H ′ | H ′ | H ′ | |
| 1 | | | 13□29 | | | | |
| 2 | | 23△58 | | | | 8☌26 | ♀ occ. cum coma Beren. |
| 3 | | | | 3△7 | | | □ ♄ ♀ 1.37. ♀ or. cũ |
| 4 | | | 4✶11 | | | | (antare. |
| 5 | 14✶56 | | | 8□53 | 10✶0 | | |
| 6 | | | | | | | ☿ or. cum neb. ✢. |
| 7 | | 14☍34 | | 17✶18 | | 5✶35 | |
| 8 □ | 5 5 | | 21☌48 | | 0□18 | | |
| 9 Asc. | 27 ♊ | | | | | 19□22 | ♀ or. cũ ac. ♏. ☌ m. c. cũ |
| 10 | 21△28 | | | | 18△19 | | ☉ ☊ 23.56. (lyra. |
| 11 | | | | | | | △ ♄ ☌ platicé ♀ m. c. cũ |
| 12 | | 13△22 | | 15☌56 | | 9△37 | ☉ ap. ♀ oc. cũ ar. a(177 |
| 13 | | | 23✶52 | | | | ♀ oc. cum aquila. |
| 14 | | | | | | | (cum 181. |
| 15 | | 1□13 | | | | | ∠ ☌ ☿ per orbem ♀ m. c. |
| 16 ☍ | 7 50 | | 9□39 | | 7☍30 | | ☌ ☉ ♀ 14.24 △ ♄ ☿ plati. |
| 17 Asc. | 8 ♌ | 11✶32 | | 14✶32 | Occid. | 8☍58 | □ ♃ ♀ 5.45. □ ☉ ♃ |
| 18 | | | 19△3 | | | | (9.51. |
| 19 | | | | 12□34 | | | |
| 20 | | | | | | | ♀ or. cum cauda Del. |
| 21 | 7△47 | | | | 10△1 | 19△20 | ☿ m. c. cum neb. ✢. |
| 22 | | 0☌0 | | 3△33 | | | |
| 23 □ | 14 49 | | 5☍7 | | 17□52 | 10□5 | (51. b. |
| 24 Asc. | 3 [illegible] | | | | | | ☌ ♀ ☿ 11.35. ☉ ☋ 19. |
| 25 | 19✶53 | | | | | 19✶24 | ☌ ☉ ☿ ♑. 32. c. |
| 26 | | 4✶0 | | 8☍26 | 0✶2 | Orient. | ☿ Perig. ♀ or. cũne ✢ |
| 27 | | | 9△6 | | | | △ ♄ ♀ 18.5. ♀ or. cũ |
| 28 | | 5□35 | | | | | (acu. [illegible]. |
| 29 | | | 12□23 | | | 19☌32 | (17.48. |
| 30 ☌ | 9 11 | 9△13 | | 15△56 | 13☌46 | | △ ☉ ♄ 10.17. △ ♂ ♀ |
| 31 Asc. | 3 ♍ | | 17✶50 | | | | ♀ or. cum neb. [illegible]. |

*a. Die 12. ☿ m. c. cum neb. ✢.*
*b. Die 24. ☿ m. c. cum lyra.*
*c. Die 25. ♀ m. c. cum Fidicula.*
*☿ Fit stationarius ad ♏ oriendo cum aculeo [illegible].*

Mense Januar.

[illegible]

# EPHEMERIS IOANNIS ANTONII MAGINI PATAVINI

Ad annum Dominicæ Incarnationis

1596.

Intercalarem, qui à Kalendarij Gregoriana reformatione numeratur 14. & post mundi creationem 5558.

*Thema cæli lustrante Sole principium ♈, seu puncti æquinoctij verni.*

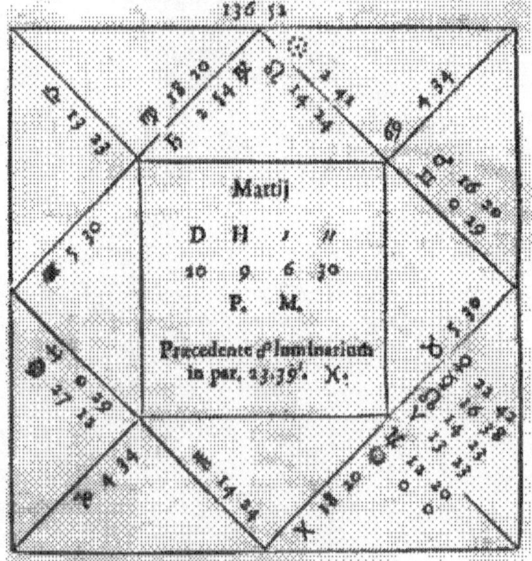


Anni tropici apparens magnitudo.

*Dierum 365. Horarum 5. m. 55'. 29''. 31'''. 50''''.*

# EPHEMER[illegible]

## IOANNIS ANTONII

## MAGINI PATAVINI

[illegible]

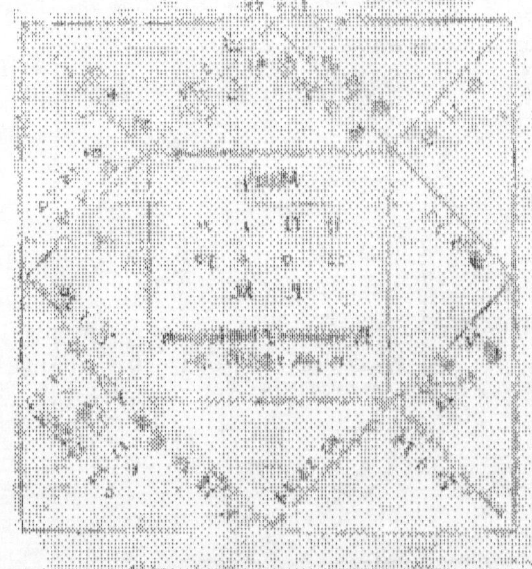

# ANNO SALVTIS NOSTRAE 1596 Bissextilis.

| | | | D. | H. | ′ | ″ |
|---|---|---|---|---|---|---|
| Introitus ☉ in principium | ♋, Seu solstitij æstiui | Iunij | 21 | 5 | 44 | 8 |
| | ♎, Seu æquinoctij autumnalis | Septemb. | 22 | 17 | 1 | 57 |
| | ♑, Seu solstitij brumalis | Decemb. | 21 | 11 | 21 | 22 |

| | P. | ′ | ″ | ‴ |
|---|---|---|---|---|
| Vera præcessio Æquinoctiorum | 28 | 2 | 40 | 43 |
| Obliquitas Zodiaci | 23 | 28 | 3 | 56 |

Eccentricitas ☉ 32221. Qualium semidiameter eccentrici ☉ par. 1000000. seu par. 1. 55′. 59″. 50‴. Qualium P. 60.

| | | P. | ′ | ″ | | | |
|---|---|---|---|---|---|---|---|
| Locus Apogæi | ♄ | 29 | 18 | 32 | ♐ | Aureus Numerus | 1 |
| | ♃ | 6 | 46 | 33 | ♎ | Cyclus Solis | 9 |
| | ♂ | 28 | 32 | 51 | ♌ | Epacta | 1 |
| | ☉ | 9 | 20 | 14 | ♋ | Indictio Romana | 9 |
| | ♀ | 16 | 23 | 41 | ♊ | Litera Dominicalis | G F |
| | ☿ | 0 | 16 | 19 | ♐ | Interuallum hebd. 8. Dies | 6 |

*Festa mobilia secundum Sacrosanctæ Romanæ Ecclesiæ vsum iuxta annum reformatum.*

| | | |
|---|---|---|
| Septuagesima | Februarij | 11 |
| Cinis | Februarij | 28 |
| Pascha | Aprilis | 14 |
| Rogationes | Maij | 19 |
| Ascensio Domini | Maij | 23 |
| Pentecostes | Iunij | 2 |
| Corpus Christi | Iunij | 13 |
| Aduentus Domini | Decemb. | 1 |

| | | | | |
|---|---|---|---|---|
| Quatuor Tempora anni, seu Ieiunia | Martij | 6 | 8 | 9 |
| | Iunij | 5 | 7 | 8 |
| | Septembris | 18 | 20 | 21 |
| | Decembris | 18 | 20 | 21 |

# Calculus Pleniluuij Ecliptici anno Domini 1596.

*Die 12. Aprilis anni reformati qui refertur ad diem 2. iuxta annum veterem H. 8. 39′. 6″. post merid. correcta conspicietur ☽ damnosa sui parte lumine hebetata non procul à ☊ draconis, dum tenet par. 22. 37′. 18″. ♎, Soli opposita. Quo quidem tempore Solis anomalia reperta fuit par. 281. 28′. 39″. eiusque semidiameter 16′. 12″. Anomalia autem ☽ aequata est par. 168. 55′. 46″. & eius semidiameter 17′. 47″. semidiameter verò umbrae terrenae inaequata est 49. 28″. Verus motus latitudinis ☽ par. 99. 25′. 56″. per quem reperta fuit latitudo ☽ 49′. 6″. Meridiana. Ad initium verò Eclipsis 44′. 53″. ad finem denique 53′. 18″. Meridiana. Puncta obscurata erunt 6. 4′. Tempus autem casus H. 1. 18′. 7″.*

| | | H. | scr. | | |
|---|---|---|---|---|---|
| *Cuius quidē ☽ Eclipsis Digitorum 6. 4′.* | *Initium apparebit* | 7 | 21 | P. M. | *Durabit à principio ad finem H. 2. scr. 36′.* |
| | | 0 | 45 | N. S. | |
| | *Medium, seu vera ☍* | 8 | 39 | P. M. | |
| | | 2 | 3 | N. S. | |
| | *Exitum videbimus* | 9 | 57 | P. M. | |
| | | 3 | 21 | N. S. | |

**Septentrio**

**Oriens**

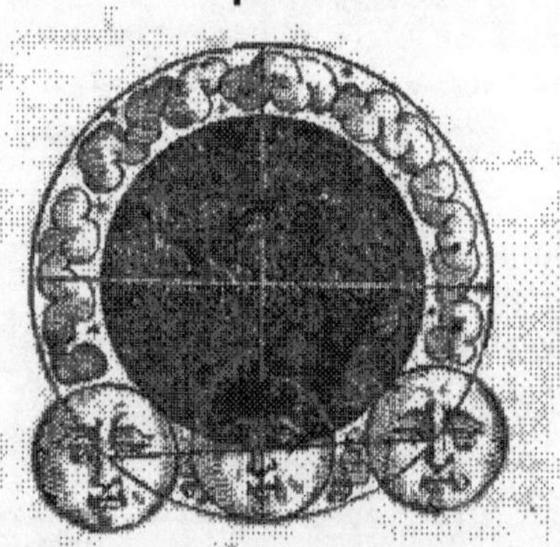

**Occidens**

**Meridies**

*Sed huius defectus initium aliquibus minimè videri dabitur, & hi sunt qui loca occidentalia degunt, videlicet Galliam, Scotiam, Angliam, Aragoniam, Flandriam, & Britanniam: imo in quamplurimis Hispaniae locis, ut sunt Compostellum, Cordoba, & Granata; & etiam in Portugallia Lusitania, & Hibernia, nec ipsum Eclipsis medium observari poterit.*

# *Planctarum status.*

♄
Toto hoc anno prolatio versus longitudinem medium Eccentrici mouetur.
Die 25. Febr. repertur in opposito augis.
Die 1. Septemb. possidet superiorem partem — Sui Epicycli.
A principio anni vsque ad 5. Maij regressu molestabitur.

♃
Recedit parum in toto hoc anno ab Eccentri Perigæo.
Die 9. Aprilis in Apogæo
Die 16. Octobris in Perigæo — Epicycli versatur.
A penultimo Augusti vsque in 24. Decemb. in præcedentia incedit.

♂
Ad Apogæum sui Eccentrici peruenit die 8. Iunij.
Die 10. Octobris superiora sui Epicycli tenet.
Regressum minimè hoc anno subibit: sed semper progredietur.

♀ Die
8. Iunii per superiorem
7. Decemb. per infimam — Eccentri partem incedit.
3. Octobris transit Perigæon sui Epicycli.
Retrocurrit post 12. Septemb. vsque ad 24. Octobris.

☿ Die
21 Maii in Perigæo
21 Nouemb. in Apogæo — Eccentrici inuenitur.
22 Febr. in Apogæo
20 Aprilis in Perigæo
18 Iunii in Apogæo
15 Augusti in Perigæo — Epicycli est.
12 Octobris in Apogæo
8 Decemb. in Perigæo
7 Ianuarij regressū trāsactiānni complet
9 Aprilis vsque ad calcem eiusdem — Retrogradē incedit.
4 Augusti in 27. eiusdem
28 Nouemb. in 20. Decemb.

m c.cum acar.
ar.cum pleria a.

| Dies | | Potitus Planetarum Diurnus. | | | | | | | | | | | | | | | | | | |
|---|---|---|---|---|---|---|---|---|---|---|---|---|---|---|---|---|---|---|---|---|
| Anni vetustè | Anni Gregor. | ☉ ♒ | | | ☽ ♓ | | S ♄ ♍ | A | M ♃ ♈ | A | S ♂ ♉ | A | M ♀ ♒ | D | M ☿ ♑ | D | ☊ ♈ | |
| Dies | | P | ′ | ″ | P | ′ | P | ′ | P | ′ | P | ′ | P | ′ | P | ′ | P | ′ |
| 22 | 1 | 11 | 28 | 35 | 16 | 21 | 6 | 46 | 1 | 48 | 21 | 51 | 22 | 47 | 21 | 14 | 16 | 59 |
| 23 | 2 | 12 | 29 | 22 | 18 ♈ | 34 | 6 | 42 | 2 | 0 | 23 | 16 | 24 | 2 | 22 | 50 | 16 | 56 |
| 24 | 3 | 13 | 30 | 8 | 10 | 48 | 6 | 38 | 2 | 11 | 23 | 41 | 25 | 16 | 24 | 27 | 16 | 53 |
| G 25 | 4 | 14 | 30 | 53 | 22 ♉ | 51 | 6 | 34 | 2 | 23 | 24 | 6 | 26 | 33 | 26 | 6 | 16 | 50 |
| 26 | 5 | 15 | 31 | 37 | 4 | 58 | 6 | 29 | 2 | 35 | 24 | 32 | 27 | 40 | 27 | 46 | 16 | 46 |
| 27 | 6 | 16 | 32 | 19 | 17 | 7 | 6 | 24 | 2 | 47 | 24 | 58 | 29 | 3 | 29 | 27 | 16 | 43 |
| 28 | 7 | 17 | 33 | 0 | 29 ♊ | 22 | 6 | 20 | 2 | 59 | 25 | 24 | 0 ♓ | 16 | 1 ♒ | 9 | 16 | 40 |
| 29 | 8 | 18 | 33 | 40 | 11 | 44 | 6 | 15 | 3 | 11 | 25 | 50 | 1 A | 31 | 2 | 52 | 16 | 37 |
| 30 | 9 | 19 | 34 | 18 | 24 ♋ | 17 | 6 | 11 | 3 | 23 | 26 | 17 | 2 | 4 | 4 | 36 | 16 | 34 |
| 31 | 10 | 20 | 34 | 54 | 7 | 3 | 6 | 6 | 3 | 35 | 26 | 44 | 4 | 3 | 6 | 21 | 16 | 31 |
| G 1 | 11 | 21 | 35 | 29 | 20 ♌ | 2 | 6 | 1 | 3 | 48 | 27 | 11 | 5 | 18 | 8 | 7 | 16 | 27 |
| Feb. 2 | 12 | 22 | 36 | 3 | 3 | 17 | 5 | 56 | 4 | 0 | 27 | 38 | 6 | 33 | 9 | 54 | 16 | 24 |
| 3 | 13 | 23 | 36 | 35 | 16 ♍ | 50 | 5 | 51 | 4 | 13 | 28 | 5 | 7 | 47 | 11 | 42 | 16 | 21 |
| 4 | 14 | 24 | 37 | 6 | 0 | 39 | 5 | 46 | 4 | 26 | 28 | 33 | 9 | 2 | 13 | 30 | 16 | 18 |
| 5 | 15 | 25 | 37 | 35 | 14 | 48 | 5 | 41 | 4 | 38 | 29 D | 1 | 10 | 17 | 15 | 19 | 16 | 15 |
| 6 | 16 | 26 | 38 | 2 | 29 | 11 | 5 | 36 | 4 | 51 | 29 | 29 | 11 | 32 | 17 | 8 | 16 | 12 |
| 7 | 17 | 27 | 38 | 29 | 13 ♎ | 45 | 5 | 31 | 5 | 4 | 29 ♊ | 57 | 12 | 46 | 18 | 58 | 16 | 9 |
| G 8 | 18 | 28 | 38 | 54 | 28 | 14 | 5 | 26 | 5 | 17 | 0 | 25 | 14 | 1 | 20 | 48 | 16 | 5 |
| 9 | 19 | 29 ♓ | 39 | 17 | 13 ♏ | 1 | 5 | 21 | 5 | 30 | 0 | 53 | 15 | 15 | 22 | 39 | 16 | 2 |
| 10 | 20 | 0 | 39 | 39 | 27 | 10 | 5 | 16 | 5 | 43 | 1 | 21 | 16 | 30 | 24 | 30 | 15 | 59 |
| 11 | 21 | 1 | 39 | 59 | 11 ♐ | 45 | 5 | 11 | 5 | 56 | 1 | 51 | 17 | 44 | 26 | 21 | 15 | 56 |
| 12 | 22 | 2 | 40 | 18 | 25 | 43 | 5 | 6 | 6 | 9 | 2 | 20 | 18 | 59 | 28 ♓ | 13 | 15 | 53 |
| 13 | 23 | 3 | 40 | 35 | 9 ♑ | 31 | 5 | 1 | 6 | 22 | 2 | 49 | 20 | 13 | 0 | 5 | 15 | 50 |
| 14 | 24 | 4 | 40 | 51 | 22 | 38 | 5 | 56 | 6 | 35 | 3 | 18 | 21 | 28 | 1 A | 57 | 15 | 46 |
| G 15 | 25 | 5 | 41 | 6 | 5 ♒ | 35 | 5 | 51 | 6 | 48 | 3 | 47 | 22 | 42 | 3 | 50 | 15 | 43 |
| 16 | 26 | 6 | 41 | 20 | 18 | 14 | 5 | 46 | 7 | 1 | 4 | 17 | 23 | 57 | 5 | 42 | 15 | 40 |
| 17 | 27 | 7 | 41 | 30 | 0 ♓ | 38 | 4 | 41 | 7 | 14 | 4 | 47 | 25 | 11 | 7 | 35 | 15 | 37 |
| 18 | 28 | 8 | 41 | 39 | 12 | 50 | 4 | 36 | 7 | 27 | 5 | 17 | 26 | 25 | 9 | 27 | 15 | 34 |
| 19 | 29 | 9 | 41 | 45 | 24 | 53 | 4 | 31 | 7 | 41 | 5 | 47 | 27 | 39 | 11 | 19 | 15 | 31 |

| Latitudo Planetarũ ad diẽ | ♄ | | ♃ | | ♂ | | ♀ | | ☿ | | |
|---|---|---|---|---|---|---|---|---|---|---|---|
| 1 | 2 | 17 | 1 | 12 | 1 | 16 | 1 A | 6 | 1 | 21 | Mens. |
| 11 | 2 | 21 | 1 | 9 | 1 D | 18 | 1 | 7 | 1 | 21 | |
| 21 | 2 | 25 | 1 | 7 | 1 | 17 | 1 | 1 | 0 A | 45 | |

| | | | |
|---|---|---|---|
| 13 ⚹ 24 | | 13 ☍ 30 | ♂ [illegible] ⚹ [illegible]<br>[illegible] |
| 10 □ 6 | 15 ☍ 36 | | ♀ m.c. cum [illegible]<br>♂ occ. cum [illegible] |
| 0 △ 23 | | | ♂ oc. cum [illegible]<br>♀ m.c. cum cauda [illegible] |

## Positus Planetarum Diurnus.

| Anni veteris | Anni Gregor. | ☉ ♓ G | ′ | ″ | ☽ ♈ G | ′ | S ♄ ♍ G | A ′ | M ♃ ♈ G | A ′ | S ♂ ♊ G | D ′ | M ♀ ♓ G | A ′ | M ☿ ♓ G | A ′ | ☊ ♈ G | ′ |
|---|---|---|---|---|---|---|---|---|---|---|---|---|---|---|---|---|---|---|
| Dies | | | | | | | | | | | | | | | | | | |
| 20 | 1 | 10 | 41 | 51 | 6 | 52 | 4 | 26 | 7 | 54 | 6 | 17 | 18 | 31 | 13 | 11 | 15 | 27 |
| 21 | 2 | 11 | 41 | 54 | 18 | 47 | 4 | 21 | 8 | 7 | 6 | 47 | ♈ 0 | 7 | 15 | 4 | 15 | 24 |
| F 22 | 3 | 12 | 41 | 55 | ♉ 0 | 43 | 4 | 15 | 8 | 21 | 7 | 17 | 1 | 21 | 16 | 53 | 15 | 21 |
| 23 | 4 | 13 | 41 | 54 | 12 | 42 | 4 | 11 | 8 | 34 | 7 | 48 | 2 | 35 | 18 | 43 | 15 | 18 |
| 24 | 5 | 14 | 41 | 51 | 24 | 46 | 4 | 6 | 8 | 48 | 8 | 18 | 3 | 49 | 20 | 33 | 15 | 15 |
| 25 | 6 | 15 | 41 | 46 | ♊ 6 | 58 | 4 | 1 | 9 | 2 | 8 | 49 | 5 | 3 | 22 | 23 | 15 | 11 |
| 26 | 7 | 16 | 41 | 40 | 19 | 12 | 3 | 56 | 9 | 15 | 9 | 19 | 6 | 17 | 24 | 10 | 15 | 8 |
| 27 | 8 | 17 | 41 | 31 | ♋ 1 | 59 | 3 | 52 | 9 | 29 | 9 | 50 | 7 | 31 | 25 | 58 | 15 | 5 |
| 28 | 9 | 18 | 41 | 22 | 14 | 51 | 3 | 47 | 9 | 43 | 10 | 21 | 8 | 45 | 27 | 45 | 15 | 2 |
| F 29 | 10 | 19 | 41 | 10 | 18 | 1 | 3 | 42 | 9 | 57 | 10 | 52 | 9 | 59 | 29 | 31 | 14 | 59 |
| M. 1 | 11 | 20 | 40 | 56 | ♌ 11 | 19 | 3 | 37 | 10 | 11 | 11 | 23 | 11 | 13 | ♈ 1 | 16 | 14 | 55 |
| 2 | 12 | 21 | 40 | 40 | 25 | 18 | 3 | 32 | 10 | 25 | 11 | 54 | 12 | 27 | 3 | 0 | 14 | 52 |
| 3 | 13 | 22 | 40 | 22 | ♍ 9 | 27 | 3 | 28 | 10 | 39 | 12 | 26 | 13 | 40 | 4 | 43 | 14 | 49 |
| 4 | 14 | 23 | 40 | 2 | 23 | 54 | 3 | 23 | 10 | 53 | 12 | 57 | 14 | 54 | 6 | 25 | 14 | 46 |
| 5 | 15 | 24 | 39 | 40 | ♎ 8 | 34 | 3 | 18 | 11 | 7 | 13 | 29 | 16 | 7 | 8 S | 6 | 14 | 43 |
| 6 | 16 | 25 | 39 | 16 | 23 | 21 | 3 | 14 | 11 | 21 | 14 | 0 | 17 | 21 | 9 | 45 | 14 | 40 |
| F 7 | 17 | 26 | 38 | 51 | ♏ 8 | 15 | 3 | 9 | 11 | 35 | 14 | 32 | 18 | 34 | 11 | 22 | 14 | 36 |
| 8 | 18 | 27 | 38 | 24 | 23 | 1 | 3 | 5 | 11 | 49 | 15 | 4 | 19 | 48 | 12 | 58 | 14 | 33 |
| 9 | 19 | 28 | 37 | 55 | ♐ 7 | 37 | 3 | 0 | 12 | 3 | 15 | 36 | 21 | 1 | 14 | 32 | 14 | 30 |
| 10 | 20 | 29 | 37 | 24 | 21 | 54 | 2 | 56 | 12 | 17 | 16 | 8 | 22 | 14 | 16 | 4 | 14 | 27 |
| 11 | 21 | ♈ 0 | 36 | 51 | ♑ 5 | 51 | 2 | 51 | 12 | 31 | 16 | 40 | 23 | 28 | 17 | 34 | 14 | 24 |
| 12 | 22 | 1 | 36 | 16 | 19 | 26 | 2 | 47 | 12 | 46 | 17 | 12 | 24 | 41 | 19 | 2 | 14 | 21 |
| 13 | 23 | 2 | 35 | 39 | ♒ 2 | 37 | 2 | 43 | 13 | 0 | 17 | 45 | 25 | 54 | 20 | 28 | 14 | 17 |
| F 14 | 24 | 3 | 35 | 0 | 15 | 26 | 2 | 39 | 13 | 14 | 18 | 18 | 27 | 8 | 21 | 51 | 14 | 14 |
| 15 | 25 | 4 | 34 | 19 | 27 | 55 | 2 | 35 | 13 | 28 | 18 | 50 | 28 | 21 | 23 | 12 | 14 | 11 |
| 16 | 26 | 5 | 33 | 36 | ♓ 10 | 8 | 2 | 31 | 13 | 43 | 19 | 23 | 29 | 34 | 24 | 28 | 14 | 8 |
| 17 | 27 | 6 | 32 | 51 | 22 | 9 | 2 | 27 | 13 | 57 | 19 | 55 | ♉ 0 | 47 | 25 | 41 | 14 | 5 |
| 18 | 28 | 7 | 32 | 4 | ♈ 4 | 1 | 2 | 23 | 14 | 11 | 20 | 28 | 2 | 0 | 26 | 50 | 14 | 2 |
| 19 | 29 | 8 | 31 | 15 | 15 | 45 | 2 D | 20 | 14 | 26 | 21 | 1 | 3 S | 15 | 27 | 55 | 13 | 58 |
| 20 | 30 | 9 | 30 | 24 | 27 | 28 | 2 | 16 | 14 | 40 | 21 | 34 | 4 | 26 | 28 | 56 | 13 | 55 |
| F 21 | 31 | 10 | 29 | 31 | ♉ 9 | 12 | 2 | 13 | 14 | 54 | 22 | 7 | 5 | 39 | 29 | 53 | 13 | 52 |

| Latitudo Planetarũ ad diẽ | ♄ G | ′ | ♃ G | ′ | ♂ G | ′ | ♀ G | ′ | ☿ G | ′ | |
|---|---|---|---|---|---|---|---|---|---|---|---|
| 1 | 1 | 28 | 1 | 6 | 1 | 25 | 0 | 55 | 1 | 34 | |
| 11 | 1 | 30 | 1 | 5 | 1 | 13 | 0 | 40 | 0 S | 35 | Meridis |
| 21 | 1 D | 32 | 1 | 5 | 1 | 10 | 0 S | 20 | 0 | 39 | |

| | | Occid. | Occid. | Occid. | Occid. | Occid. | Syzygię Planetarũ mutuę, & eorum congressus cum illustrioribus aliquibus stellis fixis. |
|---|---|---|---|---|---|---|---|
| | ☉ | ♄ | ♃ | ♂ | ♀ | ☿ | |
| Dies | H ′ | H ′ | H ′ | H ′ | H ′ | H ′ | |
| 1 | | | 2 ☌ 5 | | | | ☽ ♌ 17.12. |
| 2 | | | | | | | ☽ Apog. |
| 3 | | 7 △ 3 | | | | | |
| 4 | 2 ✶ 10 | | | | | 14 ✶ 7 | |
| 5 | | 18 □ 14 | | | 19 ✶ 49 | | |
| 6 □ | 15 18 | | 4 ✶ 4 | 3 ☌ 43 | | | ✶ ♃ ♂ 18.22. |

| Anni veteris | Anni Gregor. | ☉ ♈ P | ′ | ″ | ☽ ♉ P | ′ | ♄ ♍ P | ′ | ♃ ♈ P | ′ | ♂ ♊ P | ′ | ♀ ♉ P | ′ | ☿ ♉ P | ′ | ☊ ♈ P | ′ |
|---|---|---|---|---|---|---|---|---|---|---|---|---|---|---|---|---|---|---|
| | | Positus Planetarum Diurnus. | | | | | S | D | M | A | S | D | S | A | S | A | | |
| Dies | | P | ′ | ″ | P | ′ | P | ′ | P | ′ | P | ′ | P | ′ | P | ′ | P | ′ |
| 22 | 1 | 11 | 28 | 36 | 22 ♊ | 0 | 2 | 9 | 15 | 9 | 22 | 40 | 6 | 32 | 0 | 46 | 13 | 49 |
| 23 | 2 | 12 | 27 | 39 | 2 | 55 | 2 | 6 | 15 | 23 | 23 | 13 | 8 | 5 | 1 | 34 | 13 | 46 |
| 24 | 3 | 13 | 26 | 40 | 15 | 0 | 2 | 2 | 15 | 38 | 23 | 46 | 9 | 18 | 2 | 16 | 13 | 43 |
| 25 | 4 | 14 | 25 | 39 | 27 ♋ | 18 | 1 | 59 | 15 | 52 | 24 | 19 | 10 | 30 | 2 | 52 | 13 | 39 |
| 26 | 5 | 15 | 24 | 36 | 9 | 33 | 1 | 55 | 16 | 7 | 24 | 53 | 11 | 43 | 3 | 22 | 13 | 36 |
| 27 | 6 | 16 | 23 | 31 | 22 ♌ | 46 | 1 | 53 | 16 | 21 | 25 | 26 | 12 | 55 | 3 | 45 | 13 | 33 |
| F 28 | 7 | 17 | 22 | 24 | 5 | 59 | 1 | 50 | 16 | 36 | 26 | 0 | 14 | 8 | 4 | 2 | 13 | 30 |
| 29 | 8 | 18 | 21 | 15 | 19 ♍ | 34 | 1 | 47 | 16 | 50 | 26 | 33 | 15 | 20 | 4 | 12 | 13 | 27 |
| 30 | 9 | 19 | 20 | 5 | 3 | 31 | 1 | 44 | 17 D | 5 | 27 | 7 | 16 | 32 | 4 R | 14 | 13 | 23 |
| 31 | 10 | 20 | 18 | 53 | 17 ♎ | 49 | 1 | 41 | 17 | 19 | 27 | 41 | 17 | 44 | 4 | 8 | 13 | 20 |
| Ap. 1 | 11 | 21 | 17 | 39 | 2 | 26 | 1 | 39 | 17 | 33 | 28 | 15 | 18 | 56 | 3 | 55 | 13 | 17 |
| 2 | 12 | 22 | 16 | 23 | 17 ♏ | 17 | 1 | 37 | 17 | 48 | 28 | 49 | 20 | 8 | 3 D | 35 | 13 | 14 |
| 3 | 13 | 23 | 15 | 5 | 2 | 16 | 1 | 34 | 18 | 2 | 29 | 23 | 21 | 20 | 3 | 8 | 13 | 11 |
| F 4 | 14 | 24 | 13 | 45 | 17 ♐ | 16 | 1 | 32 | 18 | 17 | 29 ♋ | 57 | 22 | 32 | 2 | 33 | 13 | 8 |
| 5 | 15 | 25 | 12 | 23 | 2 | 10 | 1 | 30 | 18 | 31 | 0 | 31 | 23 | 44 | 1 | 51 | 13 | 4 |
| 6 | 16 | 26 | 10 | 59 | 16 ♑ | 50 | 1 | 28 | 18 | 45 | 1 | 5 | 24 | 56 | 1 | 3 | 13 | 1 |
| 7 | 17 | 27 | 9 | 34 | 1 | 11 | 1 | 26 | 18 | 59 | 1 | 39 | 26 | 8 | 0 ♈ | 10 | 12 | 58 |
| 8 | 18 | 28 | 8 | 7 | 15 | 10 | 1 | 24 | 19 | 14 | 2 | 14 | 27 | 20 | 29 | 14 | 12 | 55 |
| 9 | 19 | 29 ♉ | 6 | 38 | 28 ♒ | 47 | 1 | 22 | 19 | 28 | 2 | 48 | 28 | 32 | 28 | 16 | 12 | 52 |
| 10 | 20 | 0 | 5 | 7 | 12 | 0 | 1 | 20 | 19 | 42 | 3 | 23 | 29 ♊ | 44 | 27 | 15 | 12 | 48 |
| F 11 | 21 | 1 | 3 | 34 | 24 ♓ | 51 | 1 | 19 | 19 | 57 | 3 | 57 | 0 | 56 | 26 | 14 | 12 | 45 |
| 12 | 22 | 2 | 1 | 59 | 7 | 21 | 1 | 17 | 20 | 11 | 4 | 33 | 2 | 7 | 25 | 15 | 12 | 41 |
| 13 | 23 | 3 | 0 | 22 | 19 ♈ | 34 | 1 | 16 | 20 | 25 | 5 | 6 | 3 | 19 | 24 | 19 | 12 | 39 |
| 14 | 24 | 3 | 58 | 44 | 1 | 33 | 1 | 15 | 20 | 39 | 5 | 41 | 4 | 31 | 23 | 25 | 12 | 36 |
| 15 | 25 | 4 | 57 | 5 | 13 | 21 | 1 | 14 | 20 | 53 | 6 | 15 | 5 | 42 | 22 M | 37 | 12 | 33 |
| 16 | 26 | 5 | 55 | 24 | 25 | 2 | 1 | 13 | 21 | 7 | 6 | 50 | 6 | 54 | 21 | 55 | 12 | 29 |
| 17 | 27 | 6 | 53 | 41 | 6 ♉ | 39 | 1 | 12 | 21 | 21 | 7 | 25 | 8 | 5 | 21 | 19 | 12 | 26 |
| F 18 | 28 | 7 | 51 | 56 | 18 | 16 | 1 | 12 | 21 | 35 | 9 | 0 | 9 | 17 | 20 | 50 | 12 | 23 |
| 19 | 29 | 8 | 50 | 10 | 29 ♊ | 58 | 1 | 11 | 21 | 49 | 8 | 35 | 10 | 28 | 20 | 28 | 12 | 20 |
| 20 | 30 | 9 | 48 | 22 | 11 | 46 | 1 | 11 | 22 | 1 | 9 | 10 | 11 | 39 | 20 | 14 | 12 | 17 |
| Latitudo Planetarū ad diē | | | | | | 1 | 2 | 31 | 1 D | 4 | 1 | 6 | 0 | 5 | 2 | 40 | Mensis | |
| | | | | | | 11 | 2 | 29 | 1 | 4 | 1 | 1 | 0 | 33 | 3 D | 4 | | |
| | | | | | | 21 | 2 | 27 | 1 | 5 | 0 | 56 | 0 | 55 | 1 M | 17 | | |

♂ ☊ ♀ 19.13

♃ or. cũ hedis.
♀ oc. cum Bella

| Anni vulgaris | Anni Græci | | | | | | Positus Planetarum Diurnus | | | | | | | | | | | |
|---|---|---|---|---|---|---|---|---|---|---|---|---|---|---|---|---|---|---|
| | | | | | | | S | D | M | D | S | D | S | A | M | D | | |
| | | ☉ ♉ | | | ☽ ♊ | | ♄ ♍ | | ♃ ♈ | | ♂ ♋ | | ♀ ♊ | | ☿ ♈ | | ☊ ♈ | |
| Dies | | G | ′ | ″ | G | ′ | G | ′ | G | ′ | G | ′ | G | ′ | G | ′ | G | ′ |
| 21 | 1 | 10 | 46 | 33 | 23 ♋ | 44 | 1 | 10 | 22 | 17 | 9 | 45 | 12 | 50 | 20 D | 7 | 12 | 14 |
| 22 | 2 | 11 | 44 | 41 | 5 | 56 | 1 | 10 | 22 | 31 | 10 | 20 | 14 | 1 | 20 | 9 | 12 | 10 |
| 23 | 3 | 12 | 42 | 49 | 18 ♌ | 25 | 1 | 10 | 22 | 45 | 10 | 55 | 15 | 12 | 20 | 18 | 12 | 7 |
| 24 | 4 | 13 | 40 | 55 | 1 | 14 | 1 | 10 | 22 | 59 | 11 | 30 | 16 | 23 | 20 | 33 | 12 | 4 |
| F 25 | 5 | 14 | 38 | 59 | 14 | 25 | 1 D | 10 | 23 | 13 | 12 | 5 | 17 | 34 | 20 | 55 | 12 | 1 |
| 26 | 6 | 15 | 37 | 2 | 28 ♍ | 0 | 1 | 10 | 23 | 27 | 12 | 40 | 18 | 44 | 21 | 23 | 11 | 58 |
| 27 | 7 | 16 | 35 | 3 | 11 | 55 | 1 | 10 | 23 | 41 | 13 | 15 | 19 | 55 | 21 | 57 | 11 | 54 |
| 28 | 8 | 17 | 33 | 3 | 26 ♎ | 17 | 1 | 10 | 23 | 55 | 13 | 50 | 21 | 5 | 22 | 37 | 11 | 51 |
| 29 | 9 | 18 | 31 | 1 | 10 | 55 | 1 | 11 | 24 | 9 | 14 | 25 | 22 | 16 | 23 | 23 | 11 | 48 |
| 30 | 10 | 19 | 28 | 58 | 25 ♏ | 48 | 1 | 11 | 24 | 23 | 15 | 0 | 23 | 26 | 24 | 14 | 11 | 45 |
| Ma. 1 | 11 | 20 | 26 | 53 | 10 | 49 | 1 | 11 | 24 | 37 | 15 | 35 | 24 | 37 | 25 | 10 | 11 | 42 |
| F 2 | 12 | 21 | 24 | 47 | 25 ♐ | 49 | 1 | 12 | 24 | 50 | 16 | 11 | 25 | 47 | 26 | 9 | 11 | 38 |
| 3 | 13 | 22 | 22 | 40 | 10 | 42 | 1 | 13 | 25 | 4 | 16 | 46 | 26 | 57 | 27 | 13 | 11 | 35 |
| 4 | 14 | 23 | 20 | 31 | 25 ♑ | 12 | 1 | 14 | 25 | 18 | 17 | 21 | 28 | 7 | 28 | 31 | 11 | 32 |
| 5 | 15 | 24 | 18 | 21 | 9 | 43 | 1 | 15 | 25 | 31 | 17 | 57 | 29 ♋ | 17 | 29 ♉ | 33 | 11 | 29 |
| 6 | 16 | 25 | 16 | 10 | 23 ♒ | 43 | 1 | 16 | 25 | 45 | 18 | 32 | 0 | 27 | 0 A | 48 | 11 | 26 |
| 7 | 17 | 26 | 13 | 57 | 7 | 21 | 1 | 17 | 25 | 59 | 19 | 8 | 1 | 37 | 2 | 0 | 11 | 22 |
| 8 | 18 | 27 | 11 | 43 | 20 ♓ | 37 | 1 | 19 | 26 | 12 | 19 | 43 | 2 | 47 | 3 | 27 | 11 | 19 |
| F 9 | 19 | 28 | 9 | 28 | 3 | 31 | 1 | 20 | 26 | 26 | 20 | 19 | 3 | 57 | 4 | 51 | 11 | 16 |
| 10 | 20 | 29 | 7 | 12 | 16 | 6 | 1 | 22 | 26 | 39 | 20 | 54 | 5 | 7 | 6 | 17 | 11 | 13 |
| 11 | 21 | 0 ♊ | 4 | 54 | 28 ♈ | 25 | 1 | 24 | 26 | 53 | 21 | 30 | 6 | 16 | 7 | 40 | 11 | 10 |
| 12 | 22 | 1 | 2 | 35 | 10 | 29 | 1 | 26 | 27 | 6 | 22 | 6 | 7 | 26 | 9 | 18 | 11 | 7 |
| 13 | 23 | 2 | 0 | 15 | 22 ♉ | 23 | 1 | 28 | 27 | 19 | 22 | 42 | 8 | 35 | 10 | 52 | 11 | 3 |
| 14 | 24 | 2 | 57 | 54 | 4 | 10 | 1 | 30 | 27 | 32 | 23 | 18 | 9 | 45 | 12 | 28 | 11 | 0 |
| 15 | 25 | 3 | 55 | 32 | 15 | 52 | 1 | 33 | 27 | 45 | 23 | 54 | 10 | 54 | 14 | 5 | 10 | 57 |
| F 16 | 26 | 4 | 53 | 9 | 27 | 33 | 1 | 35 | 27 | 58 | 24 | 30 | 12 | 4 | 15 | 44 | 10 | 54 |
| 17 | 27 | 5 | 50 | 45 | 9 ♊ | 15 | 1 | 38 | 28 | 11 | 25 | 6 | 13 | 13 | 17 | 24 | 10 | 51 |
| 18 | 28 | 6 | 48 | 20 | 21 | 4 | 1 | 40 | 28 | 24 | 25 | 42 | 14 | 22 | 19 | 6 | 10 | 48 |
| 19 | 29 | 7 | 45 | 54 | 3 ♋ | 3 | 1 | 43 | 28 | 37 | 26 | 18 | 15 | 31 | 20 | 49 | 10 | 44 |
| 20 | 30 | 8 | 43 | 27 | 15 | 14 | 1 | 46 | 28 | 50 | 26 | 54 | 16 | 40 | 22 | 33 | 10 | 41 |
| 21 | 31 | 9 | 41 | 0 | 27 | 42 | 1 | 49 | 29 | 2 | 27 | 30 | 17 | 49 | 24 | 18 | 10 | 38 |

| Latitudo Planetarũ ad diẽ | | ♄ | | ♃ | | ♂ | | ♀ | | ☿ | | |
|---|---|---|---|---|---|---|---|---|---|---|---|---|
| | 1 | 1 | 25 | 1 | 6 | 0 | 51 | 1 | 25 | 1 | 47 | Meridies |
| | 11 | 1 | 22 | 1 | 7 | 0 | 46 | 1 | 47 | 2 A | 31 | |
| | 21 | 1 | 19 | 1 | 9 | 0 | 41 | 2 | 6 | 2 | 29 | |

| Orient. | Occid. | Occid. | Orient. | Syzygię Planetarũ mu tuę, & eorum congres sus cum illustrioribu aliquibus stellis fixis, |
|---|---|---|---|---|
| ♃ | ♂ | ♀ | ☿ | |
| H ′ | H ′ | H ′ | H ′ | |
| | 8 ☍ 54 | | | ♄ or. cum coma Bere. ♀ m.cũ ✱ d.& m.cũ 3 |
| 8 □ 15 | | | 3 □ 36 | ☿ occ. cum cap. Med. (hadis |
| 15 △ 48 | | 0 ✱ 3 | 11 △ 54 | ♂ or. n 141. ♂ occ.c ♂ or. cum Her. ♀ m.c |
| | 2 ✱ 13 | 14 □ 32 | | (cum 137 (na Orio |
| 21 ☌ 43 | 5 □ 52 | 19 △ 49 | 21 ☌ 19 | ☉ ☋ 1.23. ♂ or. cũ ☌ ♃ ♀ 5.9. ♀ m.c. cũ 3 |
| | 7 △ 57 | | | ☉ re. ✱ ♃ ♀ o.D. ♃ m.c. cum cor. ♌. |
| 23 △ 53 | | | | ♂ or. cum Rigel. |

| Anni veteris | Anni Gregor. | ☉ ♊ | | | ☽ ♌ | | ♄ ♍ (S D) | | ♃ ♈ (M D) | | ♂ ♋ (S D) | | ♀ ♋ (S A) | | ☿ ♉ (M A) | | ☊ ♈ | |
|---|---|---|---|---|---|---|---|---|---|---|---|---|---|---|---|---|---|---|
| Dies | | P | ' | " | P | ' | P | ' | P | ' | P | ' | P | ' | P | ' | P | ' |
| 22 | 1 | 10 | 28 | 32 | 10 | 29 | 1 | 52 | 29 | 15 | 28 | 36 | 18 | 58 | 26 | 4 | 10 | 35 |
| F 23 | 2 | 11 | 26 | 3 | 23 ♍ | 38 | 1 | 55 | 29 | 27 | 28 | 42 | 20 | 6 | 27 | 51 | 10 | 32 |
| 24 | 3 | 12 | 23 | 33 | 7 | 10 | 1 | 58 | 29 | 40 | 29 | 18 | 21 | 15 | 29 ♊ | 39 | 10 | 28 |
| 25 | 4 | 13 | 21 | 2 | 21 ♎ | 5 | 2 | 1 | 29 ♉ | 52 | 29 ♌ | 55 | 22 | 23 | 1 | 28 | 10 | 25 |
| 26 | 5 | 14 | 18 | 30 | 5 | 21 | 2 | 4 | 0 | 4 | 0 | 31 | 23 | 31 | 3 | 18 | 10 | 22 |
| 27 | 6 | 15 | 15 | 57 | 19 ♏ | 56 | 2 | 8 | 0 | 16 | 1 | 7 | 24 | 39 | 5 | 8 | 10 | 19 |
| 28 | 7 | 16 | 13 | 23 | 4 | 43 | 2 | 11 | 0 | 28 | 1 | 44 | 25 | 47 | 6 | 59 | 10 | 16 |
| 29 | 8 | 17 | 10 | 48 | 19 ♐ | 37 | 2 | 15 | 0 | 40 | 2 | 20 | 26 | 55 | 8 | 50 | 10 | 12 |
| F 30 | 9 | 18 | 8 | 13 | 4 | 29 | 2 | 18 | 0 | 52 | 2 | 57 | 28 D | 3 | 10 | 42 | 10 | 9 |
| 31 | 10 | 19 | 5 | 37 | 19 ♑ | 13 | 2 | 22 | 1 | 4 | 3 | 33 | 29 ♌ | 11 | 12 | 34 | 10 | 6 |
| Iun. 1 | 11 | 20 | 3 | 0 | 3 | 44 | 2 | 26 | 1 | 16 | 4 | 10 | 0 | 19 | 14 | 27 | 10 | 3 |
| 2 | 12 | 21 | 0 | 23 | 17 ♒ | 57 | 2 | 30 | 1 | 27 | 4 | 46 | 1 | 26 | 16 | 20 | 10 | 0 |
| 3 | 13 | 22 | 7 | 45 | 1 | 50 | 2 | 34 | 1 | 39 | 5 | 23 | 2 | 34 | 18 | 13 | 9 | 57 |
| 4 | 14 | 23 | 5 | 7 | 15 | 23 | 2 | 38 | 1 | 50 | 5 | 59 | 3 | 41 | 20 | 7 | 9 | 53 |
| 5 | 15 | 24 | 2 | 28 | 28 ♓ | 36 | 2 | 42 | 2 | 2 | 6 | 36 | 4 | 48 | 22 | 1 | 9 | 50 |
| F 6 | 16 | 24 | 59 | 49 | 11 | 31 | 2 | 47 | 2 | 13 | 7 | 12 | 5 | 55 | 23 S | 55 | 9 | 47 |
| 7 | 17 | 25 | 57 | 10 | 24 ♈ | 10 | 2 | 51 | 2 | 24 | 7 | 49 | 7 | 2 | 25 | 50 | 9 | 44 |
| 8 | 18 | 26 | 54 | 30 | 6 | 35 | 2 | 56 | 2 | 35 | 8 | 26 | 8 | 9 | 27 | 41 | 9 | 41 |
| 9 | 19 | 27 | 51 | 50 | 18 ♉ | 47 | 3 | 0 | 2 | 46 | 9 | 2 | 9 | 15 | 29 ♋ | 39 | 9 | 37 |
| 10 | 20 | 28 | 49 | 10 | 0 | 50 | 3 | 5 | 2 | 57 | 9 | 39 | 10 | 22 | 1 | 34 | 9 | 34 |
| 11 | 21 | 29 ♋ | 46 | 29 | 12 | 47 | 3 | 10 | 3 | 8 | 10 | 16 | 11 | 28 | 3 | 28 | 9 | 31 |
| 12 | 22 | 0 | 43 | 48 | 24 ♊ | 40 | 3 | 15 | 3 | 19 | 10 | 53 | 12 | 34 | 5 | 22 | 9 | 28 |
| F 13 | 23 | 1 | 41 | 7 | 6 | 33 | 3 | 20 | 3 | 30 | 11 | 30 | 13 | 40 | 7 | 16 | 9 | 25 |
| 14 | 24 | 2 | 38 | 26 | 18 ♋ | 27 | 3 | 25 | 3 | 41 | 12 | 7 | 14 | 46 | 9 | 9 | 9 | 22 |
| 15 | 25 | 3 | 35 | 44 | 0 | 27 | 3 | 30 | 3 | 51 | 12 | 44 | 15 | 52 | 11 | 2 | 9 | 18 |
| 16 | 26 | 4 | 33 | 2 | 12 | 35 | 3 | 35 | 4 | 2 | 13 | 21 | 16 | 57 | 12 | 55 | 9 | 15 |
| 17 | 27 | 5 | 30 | 20 | 24 ♌ | 55 | 3 | 40 | 4 | 12 | 13 | 58 | 18 | 3 | 14 | 48 | 9 | 12 |
| 18 | 28 | 6 | 27 | 38 | 7 | 30 | 3 | 45 | 4 | 22 | 14 | 35 | 19 | 8 | 16 | 40 | 9 | 9 |
| 19 | 29 | 7 | 24 | 56 | 20 ♍ | 22 | 3 | 51 | 4 | 32 | 15 | 12 | 20 | 13 | 18 | 31 | 9 | 6 |
| F 20 | 30 | 8 | 22 | 13 | 3 | 35 | 3 | 56 | 4 | 42 | 15 | 49 | 21 | 18 | 20 | 23 | 9 | 3 |

| Latitudo Planetarũ ad diẽ | ♄ | | ♃ | | ♂ | | ♀ | | ☿ | | |
|---|---|---|---|---|---|---|---|---|---|---|---|
| 1 | 1 | 16 | 1 | 11 | 0 | 37 | 2 | 20 | 2 | 16 | |
| 11 | 1 | 13 | 1 | 14 | 0 | 33 | 2 | 15 | 0 S | 19 | Meridi. |
| 21 | 1 | 10 | 1 | 18 | 0 | 25 | 2 | 19 | 0 | 43 | |

| Occid. ♂ | Occid. ♀ | Orient. ☿ | Syzygia Planetarũ in[ter se]<br>tis, & eorum congres[sus]<br>sus cum illustrioribus<br>aliquibus stellis fixis. |
|---|---|---|---|
| H | H | H | |
| | | 8□37 | ♃ or. cũ ult. Zonæ Ori.<br>✱ ♂ ☿ 17.0. |
| 15✱31 | 2✱22 | 20△ 3 | □ ♃ ♂ 22.5. (bor.<br>□ ♄ ☿ 7.24 ♂ or. cũ asi |
| 18□57 | 8□16 | | ☽ ☊ 8.14. b. (cor. ♈<br>♄ or. cũ hydra ♃ occ. cũ |
| 21△24 | 12△45 | | ♂ or. cum Præf. & acar<br>☽ Perig. ♂ occ. cum asi. |
| | | 11☍37 | ♂ or. cum ca. mi. & asi.<br>(austr. c. |
| | | | (asi. bor.<br>□ ♃ ♀ 0.26. ♀ or. cum |
| 6☍35 | 1☍25 | 10△ 1 | ♀ occ. cum Heren.<br>♀ or. cũ Præf. & Acar. |
| | | | ♀ or. cũ pro. & asi. aust.<br>♀ occ. cũ Præf. & Acar. |
| 3△49 | 3△24 | 3□48<br>Occid. | ☌ ☉ ♀ 3.34.<br>☽ ☊ 6.9 ☌ ♂ ♀ 13.3 |
| 18□40 | 21□ 4 | 1✱32 | ♄ occ. cũ Algo. (20.2<br>✱ ♃ ☿ 19.20 ✱ ♄ ☿ |
| | | | △ ♄ ♃ 8.0. ♎.<br>☽ Apog. ♂ or. cũ Syrio. |
| 10✱31 | 15✱49 | | (cum hydra<br>✱ ☉ ♄ 21.24. ♀ m. c. |
| | | 0☌44 | ✱ ☉ ♃ 7.50.<br>☌ ☉ ♀ oc. cum rost. cor. |
| 13☌52 | 13☌42 | | ♂ occ. cum de. hu. Aur<br>♂ m. c. cum hydra. |
| | | | |
| | | | |

Positus Planetarum Diurnus.

| Dies | | ☉ ♋ P | ' | " | ☽ ♍ P | ' | ♄ ♍ P (S D) | ' | ♃ ♉ P (M D) | ' | ♂ ♌ P (S D) | ' | ♀ ♌ P (S D) | ' | ☿ ♋ P (S A) | ' | ☊ ♈ P | ' |
|---|---|---|---|---|---|---|---|---|---|---|---|---|---|---|---|---|---|---|
| 21 | 1 | 9 | 19 | 30 | 17 ♎ | 9 | 4 | 1 | 4 | 52 | 16 | 26 | 22 | 23 | 22 | 14 | 8 | 59 |
| 22 | 2 | 10 | 16 | 47 | 1 | 4 | 4 | 7 | 5 | 2 | 17 | 3 | 23 | 27 | 24 | 4 | 8 | 56 |
| 23 | 3 | 11 | 14 | 4 | 15 | 17 | 4 | 13 | 5 | 11 | 17 | 40 | 24 | 31 | 25 | 54 | 8 | 53 |
| 24 | 4 | 12 | 11 | 21 | 29 ♏ | 45 | 4 | 19 | 5 | 21 | 18 | 17 | 25 | 35 | 27 | 43 | 8 | 50 |
| 25 | 5 | 13 | 8 | 39 | 14 | 23 | 4 | 25 | 5 | 30 | 18 | 54 | 26 | 39 | 29 ♌ | 31 | 8 | 47 |
| 26 | 6 | 14 | 5 | 57 | 29 ♐ | 5 | 4 | 31 | 5 | 39 | 19 | 32 | 27 | 42 | 1 | 18 | 8 | 43 |
| F 27 | 7 | 15 | 3 | 15 | 13 | 44 | 4 | 37 | 5 | 48 | 20 | 9 | 28 | 45 | 3 | 4 | 8 | 40 |
| 28 | 8 | 16 | 0 | 33 | 28 ♑ | 12 | 4 | 43 | 5 | 57 | 20 | 46 | 29 ♍ | 48 | 4 | 49 | 8 | 37 |
| 29 | 9 | 16 | 57 | 52 | 12 | 26 | 4 | 49 | 6 | 6 | 21 | 24 | 0 | 51 | 6 | 33 | 8 | 34 |
| 30 | 10 | 17 | 55 | 11 | 26 ♒ | 22 | 4 | 55 | 6 | 15 | 22 | 1 | 1 | 53 | 8 D | 16 | 8 | 31 |
| Iul. 1 | 11 | 18 | 52 | 30 | 10 | 1 | 5 | 1 | 6 | 23 | 22 | 39 | 2 | 55 | 9 | 57 | 8 | 28 |
| 2 | 12 | 19 | 49 | 49 | 23 ♓ | 21 | 5 | 7 | 6 | 32 | 23 | 16 | 3 | 57 | 11 | 36 | 8 | 24 |
| 3 | 13 | 20 | 47 | 8 | 6 | 25 | 5 | 13 | 6 | 40 | 23 | 54 | 4 | 59 | 13 | 13 | 8 | 21 |
| F 4 | 14 | 21 | 44 | 28 | 19 ♈ | 13 | 5 | 19 | 6 | 48 | 24 | 31 | 6 | 1 | 14 | 49 | 8 | 18 |
| 5 | 15 | 22 | 41 | 48 | 1 | 48 | 5 | 26 | 6 | 56 | 25 | 9 | 7 | 2 | 16 | 23 | 8 | 15 |
| 6 | 16 | 23 | 39 | 9 | 14 | 13 | 5 | 32 | 7 | 4 | 25 | 46 | 8 | 3 | 17 | 55 | 8 | 12 |
| 7 | 17 | 24 | 36 | 30 | 26 ♉ | 29 | 5 | 39 | 7 | 12 | 26 | 24 | 9 | 4 | 19 | 25 | 8 | 9 |
| 8 | 18 | 25 | 33 | 51 | 8 | 39 | 5 | 45 | 7 | 19 | 27 | 1 | 10 | 4 | 20 | 52 | 8 | 5 |
| 9 | 19 | 26 | 31 | 13 | 20 ♊ | 45 | 5 | 52 | 7 | 27 | 27 | 39 | 11 | 4 | 22 | 17 | 8 | 2 |
| 10 | 20 | 27 | 28 | 36 | 2 | 50 | 5 | 59 | 7 | 34 | 28 | 17 | 12 | 4 | 23 | 39 | 7 | 59 |
| F 11 | 21 | 28 | 25 | 59 | 14 | 57 | 6 | 5 | 7 | 41 | 28 | 54 | 13 | 3 | 24 | 58 | 7 | 56 |
| 12 | 22 | 29 | 23 | 23 | 27 ♋ | 6 | 6 | 12 | 7 | 48 | 29 ♍ | 32 | 14 | 2 | 26 | 13 | 7 | 53 |
| 13 | 23 | 0 ♌ | 20 | 48 | 9 | 21 | 6 | 19 | 7 | 55 | 0 | 10 | 15 | 0 | 27 | 25 | 7 | 50 |
| 14 | 24 | 1 | 18 | 12 | 21 ♌ | 46 | 6 | 26 | 8 | 2 | 0 | 48 | 15 | 58 | 28 | 33 | 7 | 46 |
| 15 | 25 | 2 | 15 | 39 | 4 | 23 | 6 | 33 | 8 | 8 | 1 | 26 | 16 | 56 | 29 ♍ | 37 | 7 | 43 |
| 16 | 26 | 3 | 13 | 6 | 17 ♍ | 15 | 6 | 40 | 8 | 14 | 2 | 4 | 17 | 53 | 0 M | 36 | 7 | 40 |
| 17 | 27 | 4 | 10 | 33 | 0 | 23 | 6 | 47 | 8 | 20 | 2 | 42 | 18 | 50 | 1 | 30 | 7 | 37 |
| F 18 | 28 | 5 | 8 | 1 | 13 | 49 | 6 | 54 | 8 | 26 | 3 | 20 | 19 | 47 | 2 | 19 | 7 | 34 |
| 19 | 29 | 6 | 5 | 30 | 27 ♎ | 34 | 7 | 1 | 8 | 32 | 3 | 58 | 20 | 41 | 3 | 3 | 7 | 30 |
| 20 | 30 | 7 | 2 | 59 | 11 | 17 | 7 | 8 | 8 | 38 | 4 | 36 | 21 M | 39 | 3 | 41 | 7 | 27 |
| 21 | 31 | 8 | 0 | 29 | 25 | 55 | 7 | 15 | 8 | 43 | 5 | 14 | 22 | 34 | 4 | 13 | 7 | 24 |

| Latitudo Planetarū ad diē | ♄ | | ♃ | | ♂ | | ♀ | | ☿ | | |
|---|---|---|---|---|---|---|---|---|---|---|---|
| 1 | 1 | 8 | 1 | 22 | 0 | 25 | 1 | 3 | 1 D | 42 | Menſis |
| 11 | 1 | 6 | 1 | 20 | 0 | 22 | 1 | 25 | 1 | 40 | |
| 21 | 1 | 4 | 1 | 31 | 0 | 19 | 0 M | 45 | 0 M | 52 | |

| | | Occid. | Orient. | Occid. | Occid. | Occid. | Syzygiæ Planetarum inter |
|---|---|---|---|---|---|---|---|
| | ☽ | ♄ | ♃ | ♂ | ♀ | ☿ | se, & eorum congres- |
| | ♓ | ♓ | ♓ | ♓ | ♓ | ♓ | sus cum illustrioribus aliquibus stellis fixis. |
| | | | | | | 10 ✱ 6 | |
| □ | 16 43 | | | | | | ☽ ☋ 13.16. |
| Asc. | 16 ♋ | | | 4 ✱ 6 | 10 ✱ 32 | 20 □ 8 | ♀ or. cũ F.m. & ♀ cũ reg. |
| | 21 △ 47 | 7 ✱ 33 | 9 ☍ 17 | | | | |
| | | | | 7 □ 43 | 11 □ 34 | | ☿ or. cum asc. bor. a. |
| | | 8 □ 58 | | | | 4 △ 7 | ☽ Pe. ☿ or. cũ Pr. & ac. |
| | | | | 11 △ 7 | | | ☿ or. cum cane mino. b. |
| | | 12 △ 4 | 13 △ 12 | | 12 △ 55 | | □ ♃ ☿ 17.10. |
| ☍ | 8 24 | | | | | | ♀ or. cum coma Beren. |
| Asc. | 1 ♏ | | 17 □ 32 | | | 13 ☍ 52 | |
| | | | | 13 ☍ 51 | | | ♀ or. cum hydra. |
| | | 21 ☍ 41 | | | 21 ☍ 9 | | ♀ occ. cum Algorab. c. |
| | | | 9 ✱ 28 | | | | ☌ ♄ ♀ 6 0. ☌ ♂ cum reg. |
| | 5 △ 12 | | | | | | △ ♃ ♀ 21.17. ☿ m.c. cũ |
| | | | | | | | ☽ ☊ 12.25. (hydra. |
| □ | 20 1 | | | 23 △ 50 | | 8 △ 14 | |
| Asc. | 4 ♍ | 18 △ 14 | 21 ☌ 20 | | | | |
| | | | | | 3 △ 4 | | |
| | 11 ✱ 26 | | | 14 □ 26 | | 3 □ 25 | ☽ Ap. ♀ or. cum cau. ♌ |
| | | 6 □ 18 | | | 19 □ 55 | | ♃ or. cum regulo. |
| | | | | | | 22 ✱ 3 | |
| | | 18 ✱ 0 | 21 ✱ 10 | 5 ✱ 1 | | | |
| | | | | | 11 ✱ 49 | | (oc. cum Algo. |
| ☌ | 19 37 | | | | | | ♂ or. cum coma Bere. & |
| Asc. | 6 ♏ | | 17 □ 2 | | | | (ma Beren. |
| | | | | | | | ♂ or. cũ hyd. ☿ or. cũ co |
| | | 11 ☌ 32 | 14 △ 19 | 4 ☌ 21 | | 2 ☌ 7 | |
| | | | | | 11 ☌ 10 | | |
| | 15 ✱ 37 | | | | | | ☽ ☋ 16.54 ♀ m.c. cum |
| | | | | | | | (cauda ♌. |
| □ | 21 29 | 18 ✱ 58 | 21 ☍ 24 | 16 ✱ 11 | | 14 ✱ 11 | □ ☉ ♃ 19.51. |
| Asc. | 2 ♎ | | | | | | |

*a.* *Die* 5. ☿ *occ. cum Hercule.*

*Die* 7. ☿ *or. cum asi. aust. & occ. cum Apoll.*

*Die* 13. ☿ *or. cum cane maiore.*

*Die* 1 c *Spect. abitur* ☌ ♄ ♀ *cum dist. scr.* 12 *secundum lat. &* ☌ ♂ *cum eo dist. lat. scr.* 11.

| Anni veteris | Anni Grego | Positus Planetarum Diurnus | | | | | | | | | | | | | | | | |
|---|---|---|---|---|---|---|---|---|---|---|---|---|---|---|---|---|---|---|
| | | | | | | | S | D | M | D | S | D | M | D | M | D | | |
| | | ☉ ♌ | | | ☽ | | ♄ ♍ | | ♃ ♉ | | ♂ ♍ | | ♀ ♍ | | ☿ ♍ | | ☊ ♈ | |
| Dies | | P | ' | '' | P | ' | P | ' | P | ' | P | ' | P | ' | P | ' | P | ' |
| 22 | 1 | 8 | 58 | 0 | 10 | 22 | 7 | 22 | 8 | 49 | 5 | 52 | 23 | 29 | 4 | 38 | 7 | 21 |
| 23 | 2 | 9 | 55 | 32 | 24 | 53 | 7 | 29 | 8 | 54 | 6 | 30 | 24 | 23 | 4 | 56 | 7 | 18 |
| 24 | 3 | 10 | 53 | 5 | ♐ 9 | 43 | 7 | 36 | 8 | 59 | 7 | 8 | 25 | 16 | 5 | 7 | 7 | 15 |
| F 25 | 4 | 11 | 50 | 39 | 23 | 45 | 7 | 44 | 9 | 4 | 7 | 46 | 26 | 9 | 5 ℞ | 11 | 7 | 11 |
| 26 | 5 | 12 | 48 | 14 | ♑ 7 | 55 | 7 | 51 | 9 | 9 | 8 | 24 | 27 | 1 | 5 | 7 | 7 | 8 |
| 27 | 6 | 13 | 45 | 50 | 21 | 49 | 7 | 59 | 9 | 13 | 9 | 2 | 27 | 53 | 4 | 56 | 7 | 5 |
| 28 | 7 | 14 | 43 | 27 | ♒ 5 | 25 | 8 | 6 | 9 | 17 | 9 | 40 | 28 | 44 | 4 | 37 | 7 | 2 |
| 29 | 8 | 15 | 41 | 5 | 18 | 44 | 8 | 14 | 9 | 21 | 10 | 18 | 29 | 34 | 4 | 10 | 6 | 59 |
| 30 | 9 | 16 | 38 | 44 | ♓ 1 | 46 | 8 | 21 | 9 | 25 | 10 | 57 | ♎ 0 | 24 | 3 | 35 | 6 | 55 |
| 31 | 10 | 17 | 35 | 24 | 14 | 32 | 8 | 29 | 9 | 28 | 11 | 35 | 1 | 15 | 2 | 53 | 6 | 52 |
| F 1 | 11 | 18 | 33 | 5 | 27 ♈ | 7 | 8 | 37 | 9 | 32 | 12 | 13 | 2 | 1 | 2 | 5 | 6 | 49 |
| Au. 2 | 12 | 19 | 31 | 47 | 9 | 32 | 8 | 44 | 9 | 35 | 12 | 52 | 2 | 48 | 1 | 12 | 6 | 46 |
| 3 | 13 | 20 | 29 | 31 | 21 ♉ | 49 | 8 | 52 | 9 | 38 | 13 | 30 | 3 | 35 | 0 | 15 | 6 | 43 |
| 4 | 14 | 21 | 27 | 16 | 4 | 1 | 8 | 59 | 9 | 41 | 14 | 9 | 4 | 21 | 29 ♌ | 14 | 6 | 39 |
| 5 | 15 | 22 | 25 | 2 | 16 | 10 | 9 | 7 | 9 | 44 | 14 | 47 | 5 | 6 | 28 | 11 | 6 | 36 |
| 6 | 16 | 23 | 22 | 49 | 28 | 19 | 9 | 14 | 9 | 46 | 15 | 26 | 5 | 50 | 27 | 8 | 6 | 33 |
| 7 | 17 | 24 | 20 | 38 | ♊ 10 | 30 | 9 | 22 | 9 | 48 | 16 | 4 | 6 | 34 | 26 | 6 | 6 | 30 |
| E 8 | 18 | 25 | 18 | 28 | 22 | 46 | 9 | 29 | 9 | 50 | 16 | 43 | 7 | 17 | 25 | 6 | 6 | 27 |
| 9 | 19 | 26 | 16 | 19 | ♋ 5 | 8 | 9 | 37 | 9 | 52 | 17 | 21 | 7 | 59 | 24 | 9 | 6 | 24 |
| 10 | 20 | 27 | 14 | 12 | 17 ♌ | 40 | 9 | 45 | 9 | 53 | 18 | 0 | 8 | 39 | 23 | 16 | 6 | 20 |
| 11 | 21 | 28 | 12 | 6 | 0 | 22 | 9 | 52 | 9 | 55 | 18 | 38 | 9 | 18 | 22 | 28 | 6 | 17 |
| 12 | 22 | 29 | 10 | 1 | 13 | 17 | 10 | 0 | 9 | 56 | 19 | 17 | 9 | 56 | 21 | 45 | 6 | 14 |
| 13 | 23 | ♍ 0 | 7 | 58 | 26 ♍ | 23 | 10 | 8 | 9 | 58 | 19 | 55 | 10 | 32 | 21 | 9 | 6 | 11 |
| 14 | 24 | 1 | 5 | 56 | 9 | 57 | 10 | 16 | 9 | 59 | 20 | 34 | 11 | 7 | 20 | 41 | 6 | 8 |
| F 15 | 25 | 2 | 3 | 56 | 23 ♎ | 44 | 10 | 24 | 10 | 0 | 21 | 12 | 11 | 41 | 20 | 22 | 6 | [illegible] |
| 16 | 26 | 3 | 1 | 57 | 7 | 48 | 10 | 32 | 10 | 1 | 21 | 51 | 12 | 14 | 20 | 10 | 6 | [illegible] |
| 17 | 27 | 4 | 0 | 0 | 21 ♏ | 7 | 10 | 39 | 10 | 1 | 22 | 30 | 12 | 46 | 20 D | 7 | 5 | 58 |
| 18 | 28 | 4 | 58 | 4 | 6 | 36 | 10 | 47 | 10 | 2 | 23 | 9 | 13 | 16 | 20 | 13 | 5 | 55 |
| 19 | 29 | 5 | 56 | 10 | 21 ♐ | 10 | 10 | 55 | 10 | 2 | 23 | 48 | 13 | 45 | 20 | 25 | 5 | 52 |
| 20 | 30 | 6 | 54 | 27 | 5 | 42 | 11 | 3 | 10 | 2 | 24 | 27 | 14 | 13 | 20 | 45 | 5 | 49 |
| 21 | 31 | 7 | 52 | 36 | 20 | 7 | 11 | 10 | 10 ℞ | 2 | 25 | 6 | 14 | 40 | 21 | 12 | 5 | 45 |

| Latitudo Planetarũ ad diẽ | ♄ | | ♃ | | ♂ | | ♀ | | ☿ | | |
|---|---|---|---|---|---|---|---|---|---|---|---|
| 1 | 1 | 2 | 1 | 35 | 0 | 16 | 0 | 6 | 1 | 24 | |
| 11 | 1 | 0 | 1 | 40 | 0 | 14 | 1 | 17 | 3 | 38 | Mensis |
| 21 | 0 | 58 | 1 | 45 | 0 | 12 | 2 | 34 | 3 | 44 | |

Syzygiæ Lunares.

| Orient. ♃ | Occid. ♂ | Occid. ♀ | Occid. ☿ | Syzygiæ Planetarũ mutuę, & eorum congressus cum illustrioribus aliquibus stellis fixis. |
|---|---|---|---|---|
| H ′ | H ′ | H ′ | H ′ | |
| | 10□ 6 | 23✶ 3 | 16□50 | ☽ Perig. |
| | | 4□19 | 19△17 | ☌ ♄ ♂ 22.24. |
| 2△ 8 | 0△57 | 11△25 | | ♀ m.c.cũ rost. cor. (vin.<br>△ ♃ ♂ 8.11. ♀ m.c.cũ |
| 7□ 0 | | | | |
| 14✶27 | 18☌10 | | 3☌14 | ♂ or.cũ can. & ☌ ♀ m.<br>(c.cum coma.Ber. |
| | | 10☍ 7 | | ☽ ☊ 18.41 ♀ m.c. cum<br>♀ or.cum hydra. (Algo. |
| 4<br>11☌14 | 21△ 7 | | 15△19 | ♀ m.c.cũ Algo. (Bere.<br>♀ or.cũ arct. ☿ or.cũ cri. |
| | | 15△45 | 21□50 | ☽ Perig. |
| | 12□50 | | 4✶12 | ☌ ☉ ♀ 21.21. |
| 9✶ 4 | 0✶40 | 5□46 | Orient. | |
| 17□46 | | 17✶26 | 14☌44 | △ ♄ ♃ 10.18.<br>♀ m.c. cum vindem. a. |
| 10△ 4 | 19☌23 | | | ♀ or.cum corona. |
| | | 7☌43 | 20✶41 | ☽ ☋ 3.21 ♂ m.c. cum<br>(cauda ♌. |
| 5☍40 | | | 22□47 | ☽ Perig. |
| | 4✶34 | 14✶39 | | ♄ or.cum cauda ♌.<br>♀ or.cum algorab. |
| | 6□49 | | 1△51 | ♀ or. cum rostro corui |

| | S | D | M | D | S | D | M | D | M | A |
|---|---|---|---|---|---|---|---|---|---|---|
| | ♄ ♍ | | ♃ ♉ | | ♂ ♍ | | ♀ ♎ | | ☿ ♌ | |
| | P | ′ | P | ′ | P | ′ | P | ′ | P | ′ |
| 7 | 11 | 18 | 10 | 2 | 25 | 45 | 15 | 5 | 21 | 45 |
| 4 | 11 | 26 | 10 | 1 | 26 | 24 | 15 | 28 | 22 | 23 |
| 1 | 11 | 33 | 10 | 0 | 27 | 3 | 15 | 49 | 23 | 7 |
| 8 | 11 | 41 | 9 | 59 | 27 | 42 | 16 | 8 | 23 | 55 |
| 6 | 11 | 45 | 9 | 58 | 28 | 21 | 16 | 24 | 24 | 48 |
| 8 | 11 | 56 | 9 | 56 | 29 | 0 | 16 | 38 | 25 | 45 |
| 6 | 12 | 4 | 9 | 54 | 29 | 39 | 16 | 51 | 26 | 46 |
| 3 | 12 | 12 | 9 | 52 | ♎ 0 | 18 | 17 | 2 | 27 S | 51 |
| 1 | 12 | 20 | 9 | 49 | 0 | 57 | 17 | 11 | 29 | 0 |
| 5 | 12 | 28 | 9 | 47 | 1 | 36 | 17 | 18 | ♍ 0 | 13 |
| 7 | 12 | 36 | 9 | 44 | 2 | 15 | 17 | 23 | 1 | 29 |
| 9 | 12 | 43 | 9 | 41 | 2 | 54 | 17 | 25 | 2 | 48 |
| 4 | 12 A | 51 | 9 | 38 | 3 | 34 | 17 ℞ | 25 | 4 | 9 |
| 4 | 12 | 59 | 9 | 35 | 4 | 13 | 17 | 23 | 5 | 33 |
| 2 | 13 | 6 | 9 | 32 | 4 | 53 | 17 | 19 | 6 | 59 |
| 0 | 13 | 14 | 9 | 28 | 5 | 32 | 17 | 12 | 8 | 27 |
| 0 | 13 | 21 | 9 | 24 | 6 | 12 | 17 | 3 | 9 | 57 |
| 5 | 13 | 29 | 9 | 20 | 6 | 51 | 16 | 51 | 11 | 28 |
| 6 | 13 | 37 | 9 | 16 | 7 | 31 | 16 | 37 | 13 | 1 |
| 5 | 13 | 45 | 9 | 12 | 8 | 10 | 16 | 21 | 14 | 35 |
| 3 | 13 | 52 | 9 | 7 | 8 | 50 | 16 | 3 | 16 | 11 |
| 9 | 14 | 0 | 9 | 3 | 9 | 29 | 15 | 42 | 17 | 48 |
| 2 | 14 | 8 | 8 | 58 | 10 | 9 | 15 | 20 | 19 | 27 |
| 9 | 14 | 15 | 8 | 53 | 10 | 48 | 14 | 56 | 21 | 7 |
| 3 | 14 | 23 | 8 | 48 | 11 | 28 | 14 | 30 | 22 | 48 |
| 3 | 14 | 30 | 8 | 42 | 12 | 7 | 14 | 2 | 24 | 30 |
| 5 | 14 | 38 | 8 | 37 | 12 | 47 | 13 A | 33 | 26 | 12 |
| 1 | 14 | 45 | 8 | 32 | 13 | 27 | 13 | 2 | 27 D | 55 |
| 1 | 14 | 53 | 8 | 26 | 14 | 7 | 12 | 30 | 29 | 38 |
| 1 | 15 | 1 | 8 | 20 | 14 | 47 | 11 | 57 | ♎ 1 | 22 |

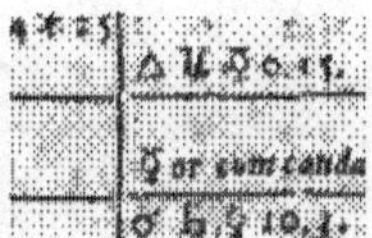

| | Anni veteris | Anni Grego. | ☉ ♎ | | | ☽ ♒ | ♄ ♍ | | ♃ ♉ | | ♂ ♎ | | ♀ ♎ | | ☿ ♌ | | ☊ ♈ | |
|---|---|---|---|---|---|---|---|---|---|---|---|---|---|---|---|---|---|---|
| | | | | | | | S | A | M | D | S | D | M | A | S | D | | |
| | Dies | | G. | ′ | ″ | P. ′ | P. | ′ | P. | ′ | P. | ′ | P. | ′ | P. | ′ | P. | ′ |
| | 21 | 1 | 8 | 9 | 24 | 12 2 | 15 | 8 | 8 | 14 | 15 | 27 | 11 | 23 | 3 | 6 | 4 | 6 |
| | 22 | 2 | 9 | 8 | 31 | 25 8 | 15 | 16 | 8 | 8 | 16 | 7 | 10 | 49 | 4 | 50 | 4 | 3 |
| | 23 | 3 | 10 | 7 | 40 | 7 ♓ 53 | 15 | 23 | 8 | 2 | 16 | 47 | 10 | 14 | 6 | 35 | 4 | 0 |
| | 24 | 4 | 11 | 6 | 51 | 20 21 | 15 | 31 | 7 | 55 | 17 | 27 | 9 | 40 | 8 | 20 | 3 | 57 |
| | 25 | 5 | 12 | 6 | 4 | 2 ♈ 34 | 15 | 38 | 7 | 49 | 18 | 7 | 9 | 6 | 10 | 5 | 3 | 53 |
| F | 26 | 6 | 13 | 5 | 19 | 14 36 | 15 | 45 | 7 | 42 | 18 | 47 | 8 | 33 | 11 | 50 | 3 | 50 |
| | 27 | 7 | 14 | 4 | 36 | 26 29 | 15 | 52 | 7 | 36 | 19 | 27 | 8 | 0 | 13 | 36 | 3 | 47 |
| | 28 | 8 | 15 | 3 | 55 | 8 ♉ 18 | 15 | 58 | 7 | 29 | 20 | 7 | 7 | 28 | 15 | 22 | 3 | 44 |
| | 29 | 9 | 16 | 3 | 16 | 20 6 | 16 | 5 | 7 | 22 | 20 | 47 | 6 | 50 | 17 | 8 | 3 | 41 |
| | 30 | 10 | 17 | 2 | 38 | 1 ♊ 56 | 16 | 12 | 7 | 15 | 21 | 27 | 6 | 26 | 18 | 54 | 3 | 38 |
| Oct. | 1 | 11 | 18 | 2 | 2 | 13 51 | 16 | 19 | 7 | 8 | 22 | 7 | 5 | 57 | 20 | 40 | 3 | 34 |
| | 2 | 12 | 19 | 1 | 29 | 25 53 | 16 | 26 | 7 | 1 | 22 | 47 | 5 | 29 | 22 | 25 | 3 | 31 |
| F | 3 | 13 | 20 | 0 | 58 | 8 ♋ 6 | 16 | 33 | 6 | 54 | 23 | 27 | 5 | 4 | 23 | 10 | 3 | 28 |
| | 4 | 14 | 21 | 0 | 29 | 20 33 | 16 | 40 | 6 | 47 | 24 | 8 | 4 | 41 | 25 | 55 | 3 | 24 |
| | 5 | 15 | 22 | 0 | 2 | 3 ♌ 13 | 16 | 47 | 6 | 39 | 24 | 48 | 4 | 20 | 27 | 40 | 3 | 21 |
| | 6 | 16 | 22 | 59 | 37 | 16 12 | 16 | 54 | 6 | 31 | 25 | 29 | 4 | 1 | 29 | 24 | 3 | 18 |
| | 7 | 17 | 23 | 59 | 13 | 29 ♍ 31 | 17 | 1 | 6 | 24 | 26 | 9 | 3 | 44 | 1 * | 8 | 3 | 15 |
| | 8 | 18 | 24 | 58 | 51 | 13 11 | 17 | 7 | 6 | 16 | 26 | 50 | 3 | 30 | 2 | 52 | 3 | 12 |
| | 9 | 19 | 25 | 58 | 31 | 27 ♎ 12 | 17 | 14 | 6 | 8 | 27 | 30 | 3 | 18 | 4 M | 35 | 3 | 9 |
| F | 10 | 20 | 26 | 58 | 13 | 11 33 | 17 | 20 | 6 | 1 | 28 | 11 | 3 | 8 | 6 | 18 | 3 | 5 |
| | 11 | 21 | 27 | 57 | 57 | 26 * 11 | 17 | 27 | 5 | 53 | 28 | 51 | 3 | 1 | 8 | 0 | 3 | 2 |
| | 12 | 22 | 28 | 57 | 43 | 11 1 | 17 | 33 | 5 | 45 | 29 | 32 | 2 | 56 | 9 | 41 | 2 | 59 |
| | 13 | 23 | 29 * | 57 | 31 | 25 ♐ 58 | 17 | 39 | 5 | 37 | 0 * | 12 | 2 D | 53 | 11 | 22 | 2 | 56 |
| | 14 | 24 | 0 | 57 | 21 | 10 35 | 17 | 45 | 5 | 29 | 0 | 53 | 2 | 52 | 13 | 2 | 2 | 53 |
| | 15 | 25 | 1 | 57 | 13 | 25 ♑ 43 | 17 | 51 | 5 | 21 | 1 ♏ | 33 | 2 | 54 | 14 | 42 | 2 | 49 |
| | 16 | 26 | 2 | 57 | 6 | 10 16 | 17 | 57 | 5 | 13 | 2 | 14 | 2 | 58 | 16 | 19 | 2 | 46 |
| F | 17 | 27 | 3 | 57 | 1 | 24 ♒ 29 | 18 | 3 | 5 A | 5 | 2 | 55 | 3 | 5 | 17 | 56 | 2 | 43 |
| | 18 | 28 | 4 | 56 | 58 | 8 19 | 18 | 9 | 4 | 57 | 3 | 36 | 3 | 14 | 19 | 32 | 2 | 40 |
| | 19 | 29 | 5 | 56 | 57 | 21 ♓ 46 | 18 | 15 | 4 | 49 | 4 | 17 | 3 | 25 | 21 | 7 | 2 | 37 |
| | 20 | 30 | 6 | 56 | 58 | 4 51 | 18 | 21 | 4 | 41 | 4 | 58 | 3 | 38 | 22 | 41 | 2 | 34 |
| | 21 | 31 | 7 | 57 | 3 | 17 33 | 18 | 27 | 4 | 33 | 5 | 39 | 3 | 53 | 24 | 14 | 2 | 30 |
| Latitudo Planetarum ad diē | | 1 | | | | | 0 | 58 | 1 | 1 | 0 | 5 | 5 | 51 | 1 | 25 | Mensis | |
| | | 11 | | | | | 1 | 0 | 1 | 4 | 0 | 4 | 4 | 47 | 0 M | 50 | | |
| | | 21 | | | | | 1 | 3 | 1 A | 6 | 0 | 4 | 3 | 2 | 0 | 9 | | |

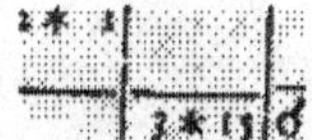

Potitus Planetarum Diurnus.

| | Dies | | ☉ ♏ G | ′ | ″ | ☽ ♓ G | ′ | ♄ ♍ (S A) G | ′ | ♃ ♉ (M A) G | ′ | ♂ ♒ (S D) G | ′ | ♀ ♎ (M A) G | ′ | ☿ ♏ (M D) G | ′ | ☊ ♈ G | ′ |
|---|---|---|---|---|---|---|---|---|---|---|---|---|---|---|---|---|---|---|---|
| | 22 | 1 | 8 | 57 | 6 | 29 ♈ | 56 | 18 | 33 | 4 | 25 | 6 | 20 | 4 | 10 | 25 | 41 | 2 | 27 |
| | 23 | 2 | 9 | 57 | 13 | 12 | 3 | 18 | 38 | 4 | 17 | 7 | 1 | 4 | 19 | 27 | 1 | 2 | 24 |
| F | 24 | 3 | 10 | 57 | 21 | 25 ♉ | 58 | 18 | 44 | 4 | 10 | 7 | 41 | 5 | 15 | 28 | 41 | 2 | 21 |
| | 25 | 4 | 11 | 57 | 31 | 5 | 41 | 18 | 50 | 4 | 2 | 8 | 15 | 5 | 15 | 0 ♐ | 16 | 2 | 18 |
| | 26 | 5 | 12 | 57 | 43 | 17 | 24 | 18 | 55 | 3 | 54 | 9 | 4 | 5 | 38 | 1 | 33 | 2 | 14 |
| | 27 | 6 | 13 | 57 | 57 | 29 | 3 | 19 | 0 | 3 | 47 | 9 | 45 | 6 | [illegible] | 2 | 51 | 2 | 11 |
| | 28 | 7 | 14 | 58 | 13 | 10 | 43 | 19 | 6 | 3 | 39 | 10 | 26 | 6 | 32 | 4 | 10 | 2 | 8 |
| | 29 | 8 | 15 | 58 | 30 | 22 | 29 | 19 | 11 | 3 | 32 | 11 | 7 | [illegible] S | [illegible] | 5 | 35 | 2 | 1 |
| | 30 | 9 | 16 | 58 | 49 | 4 ♋ | 13 | 19 | 16 | 3 | 24 | 11 | 48 | 7 | 32 | 6 | 55 | 2 | 2 |
| F | 31 | 10 | 17 | 59 | 9 | 16 | 28 | 19 | 21 | 3 | 17 | 12 | 29 | 8 | 14 | 8 | 10 | 1 | 59 |
| No. | 1 | 11 | 18 | 59 | 31 | 28 ♌ | 48 | 19 | 26 | 3 | 10 | 13 | 12 | 8 | 56 | 9 | 22 | 1 | 56 |
| | 2 | 12 | 19 | 59 | 54 | 11 | 16 | 19 | 31 | 3 | 3 | 13 | 52 | 9 | 38 | 10 | 32 | 1 | 53 |
| | 3 | 13 | 21 | 0 | 15 | 24 ♍ | 24 | 19 | 36 | 2 | 56 | 14 | 34 | [illegible] | 51 | 11 | 39 | 1 | 49 |
| | 4 | 14 | 22 | 0 | 40 | 7 | 33 | 19 | 41 | 2 | 49 | 15 | 15 | 10 | 28 | 12 | 42 | 1 | 46 |
| | 5 | 15 | 23 | 1 | 14 | 21 ♎ | 27 | 19 | 46 | 2 | 42 | 15 | 57 | 11 | [illegible] | 13 | 42 | 1 | 43 |
| | 6 | 16 | 24 | 1 | 41 | 5 | 31 | 19 | 50 | 2 | 35 | 16 | 39 | 11 | 48 | 14 | 39 | 1 | 39 |
| F | 7 | 17 | 25 | 2 | 15 | 19 ♏ | 37 | 19 | 55 | 2 | 29 | 17 | 20 | 12 | [illegible] | 15 | 33 | 1 | 36 |
| | 8 | 18 | 26 | 2 | 48 | 4 | 41 | 19 | 59 | 2 | 22 | 18 | 1 | 13 | 12 | 16 | 22 | 1 | 33 |
| | 9 | 19 | 27 | 3 | [illegible] | 19 ♐ | 38 | 20 | 4 | 2 | 16 | 18 | 43 | 13 | 50 | 17 A | 8 | 1 | 30 |
| | 10 | 20 | 28 | 3 | 56 | 4 | 40 | 20 | 8 | 2 | 10 | 19 | 25 | 14 | 41 | 17 | 50 | 1 | 27 |
| | 11 | 21 | 29 ♐ | 4 | 35 | 19 ♑ | 40 | 20 | 12 | 2 | 4 | 20 | 6 | 15 | 27 | 18 | 28 | 1 | 23 |
| | 12 | 22 | 0 | 5 | 14 | 4 | 31 | 20 | 16 | 1 | 58 | 20 | 48 | 16 | 14 | 19 | 1 | 1 | 20 |
| | 13 | 23 | 1 | 5 | 54 | 19 ♒ | 6 | 20 | 20 | 1 | 52 | 21 | 30 | 17 | 2 | 19 | 29 | 1 | 17 |
| F | 14 | 24 | 2 | 6 | 35 | 3 | 21 | 20 | 24 | 1 | 46 | 22 | 12 | 17 | 50 | 19 | 52 | 1 | 14 |
| | 15 | 25 | 3 | 7 | 17 | 17 ♓ | 14 | 20 | 28 | 1 | 40 | 22 | 54 | 18 | 39 | 20 | 10 | 1 | 11 |
| | 16 | 26 | 4 | 8 | 0 | 0 | 45 | 20 | 32 | 1 | 35 | 23 | 36 | 19 | 29 | 20 | 22 | 1 | 8 |
| | 17 | 27 | 5 | 8 | 45 | 13 | 53 | 20 | 36 | 1 | 30 | 24 | 18 | 20 | 20 | 20 | 29 | 1 | 4 |
| | 18 | 28 | 6 | 9 | 31 | 26 ♈ | 39 | 20 | 39 | 1 | 25 | 25 | 0 | 21 | 11 | 20 ℞ | 31 | 1 | 1 |
| | 19 | 29 | 7 | 10 | 17 | 9 | 5 | 20 | 43 | 1 | 20 | 25 | 43 | 22 | 3 | 20 | 28 | 0 | 58 |
| | 20 | 30 | 8 | 11 | 6 | 21 | 24 | 20 | 40 | 1 | 15 | 26 | 23 | 22 | 56 | 20 | 20 | 0 | 55 |

| Latitudo Planetarū ad diē | | ♄ G | ′ | ♃ G | ′ | ♂ G | ′ | ♀ G | ′ | ☿ G | ′ | |
|---|---|---|---|---|---|---|---|---|---|---|---|---|
| | 1 | 2 | 6 | 2 | 5 | 0 | 3 | 1 S | 10 | 1 | 59 | |
| | 11 | 1 | 59 | 2 | 3 | 0 | 3 | 0 | 21 | 2 A | 39 | Menſis |
| | 21 | 1 | 13 | 2 | 0 | 0 | 2 | 1 | 31 | 3 | [illegible] | |

m,c. cum vindem.

♉17.27. ♂occ.cũ
(gulo ♍

or.cum corona.

Verg.

♂4.51.♀or.cũ.

Positus Planetarum Diurnus.

| Anni Iuliani | Anni Grego. | ☉ ♐ P | ' | " | ☽ ♉ P | ' | ♄ ♍ P | ' | ♃ ♉ P | ' | ♂ ♒ P | ' | ♀ ♎ P | ' | ☿ ♐ P | ' | ☊ ♈ P | ' |
|---|---|---|---|---|---|---|---|---|---|---|---|---|---|---|---|---|---|---|
| | | | | | | | S | A | M | A | S | D | S | A | M | A | | |
| Dies | | | | | | | | | | | | | | | | | | |
| F 21 | 1 | 9 | 11 | 55 | 3 | 11 | 20 | 50 | 1 | 10 | 27 | 6 | 13 | 50 | 20 | 7 | 0 | 52 |
| 22 | 2 | 10 | 12 | 45 | 14 | 59 | 20 | 53 | 1 | 6 | 27 | 48 | 14 | 44 | 19 | 49 | 0 | 48 |
| 23 | 3 | 11 | 13 | 36 | 26 ♊ | 41 | 20 | 56 | 1 | 2 | 28 | 30 | 15 | 39 | 19 | 26 | 0 | 45 |
| 24 | 4 | 12 | 14 | 29 | 8 | 19 | 20 | 59 | 0 | 58 | 29 | 13 | 16 | 35 | 18 | 59 | 0 | 42 |
| 25 | 5 | 13 | 15 | 25 | 19 ♋ | 57 | 21 | 2 | 0 | 54 | 29 ♓ | 55 | 27 | 31 | 18 | 29 | 0 | 39 |
| 26 | 6 | 14 | 16 | 18 | 1 | 40 | 21 | 5 | 0 | 51 | 0 | 37 | 28 | 28 | 17 | 56 | 0 | 36 |
| 27 | 7 | 15 | 17 | 14 | 13 | 50 | 21 | 8 | 0 | 47 | 1 | 20 | 29 ♏ | 25 | 17 S | 21 | 0 | 33 |
| F 28 | 8 | 16 | 18 | 10 | 25 | 31 | 21 | 10 | 0 | 44 | 2 | 2 | 0 | 23 | 16 | 45 | 0 | 29 |
| 29 | 9 | 17 | 19 | 7 | 7 ♌ | 47 | 21 | 12 | 0 | 41 | 2 | 45 | 1 | 21 | 16 | 9 | 0 | 26 |
| 30 | 10 | 18 | 20 | 5 | 10 ♍ | 20 | 21 | 14 | 0 | 38 | 3 | 28 | 2 | 20 | 15 | 32 | 0 | 23 |
| De. 1 | 11 | 19 | 21 | 3 | 3 | 14 | 21 | 16 | 0 | 35 | 4 | 10 | 3 | 19 | 14 | 56 | 0 | 20 |
| 2 | 12 | 20 | 22 | 2 | 16 ♎ | 30 | 21 | 18 | 0 | 33 | 4 | 53 | 4 | 19 | 14 | 21 | 0 | 16 |
| 3 | 13 | 21 | 23 | 2 | 0 | 11 | 21 | 20 | 0 | 30 | 5 | 36 | 5 | 19 | 13 | 49 | 0 | 13 |
| 4 | 14 | 22 | 24 | 3 | 14 | 14 | 21 | 22 | 0 | 28 | 6 | 18 | 6 | 20 | 13 | 20 | 0 | 10 |
| F 5 | 15 | 23 | 25 | 5 | 28 ♏ | 39 | 21 | 24 | 0 | 26 | 7 M | 1 | 7 | 21 | 12 | 55 | 0 | 7 |
| 6 | 16 | 24 | 26 | 7 | 13 | 21 | 21 | 25 | 0 | 24 | 7 | 44 | 8 | 22 | 12 | 34 | 0 | 4 |
| 7 | 17 | 25 | 27 | 10 | 18 ♐ | 17 | 21 | 27 | 0 | 22 | 8 | 17 | 4 | 24 | 12 | 18 | 0 ♓ | 1 |
| 8 | 18 | 26 | 28 | 13 | 13 | 15 | 21 | 28 | 0 | 21 | 9 | 10 | 10 | 26 | 11 | 7 | 29 | 57 |
| 9 | 19 | 27 | 29 | 17 | 18 ♑ | 11 | 21 | 30 | 0 | 20 | 9 | 53 | 11 | 28 | 12 Di | 1 | 29 | 54 |
| 10 | 20 | 28 | 30 | 21 | 13 | 57 | 21 | 31 | 0 | 19 | 10 | 36 | 12 | 31 | 12 | 0 | 29 | 51 |
| 11 | 21 | 29 ♑ | 31 | 25 | 27 ♒ | 27 | 21 | 32 | 0 | 18 | 11 | 19 | 13 | 34 | 12 | 5 | 29 | 48 |
| F 12 | 22 | 0 | 32 | 30 | 11 | 38 | 21 | 33 | 0 | 17 | 12 | 2 | 14 | 38 | 12 | 35 | 29 | 45 |
| 13 | 23 | 1 | 33 | 35 | 25 ♓ | 29 | 21 | 34 | 0 | 17 | 12 | 45 | 15 | 42 | 12 | 31 | 29 | 42 |
| 14 | 24 | 2 | 34 | 40 | 8 | 59 | 21 | 35 | 0 Di | 17 | 13 | 28 | 16 D | 46 | 12 D | 53 | 29 | 38 |
| 15 | 25 | 3 | 35 | 40 | 22 ♈ | 16 | 21 | 36 | 0 | 17 | 14 | 11 | 17 | 30 | 13 | 20 | 29 | 35 |
| 16 | 26 | 4 | 36 | 52 | 4 | 56 | 21 | 37 | 0 | 17 | 14 | 54 | 18 | 55 | 13 | 52 | 29 | 32 |
| 17 | 27 | 5 | 37 | 58 | 17 | 28 | 21 | 37 | 0 | 18 | 15 | 37 | 20 | 0 | 14 | 28 | 29 | 29 |
| 18 | 28 | 6 | 39 | 4 | 29 | 46 | 21 | 38 | 0 | 18 | 16 | 20 | 21 | 5 | 15 | 9 | 29 | 26 |
| F 19 | 29 | 7 | 40 | 10 | 11 ♉ | 51 | 21 | 39 | 0 | 19 | 17 | 3 | 22 | 10 | 15 | 54 | 29 | 22 |
| 20 | 30 | 8 | 41 | 17 | 23 | 47 | 21 | 39 | 0 | 20 | 17 | 47 | 23 | 16 | 16 | 44 | 29 | 19 |
| 21 | 31 | 9 | 42 | 24 | 5 ♊ | 37 | 21 | 39 | 0 | 21 | 18 | 30 | 24 | 21 | 17 | 38 | 29 | 16 |

| Latitudo Planetarũ ad dies | | ♄ | | ♃ | | ♂ | | ♀ | | ☿ | | |
|---|---|---|---|---|---|---|---|---|---|---|---|---|
| | 1 | 1 | 17 | 1 | 56 | 0 | 1 | 2 | 23 | 1 S | 38 | Mensis |
| | 11 | 1 | 22 | 1 | 51 | 0 M | 1 | 3 | 53 | 0 | 42 | |
| | 21 | 1 | 27 | 1 | 47 | 0 | 1 | 3 D | 2 | 1 D | 56 | |

| ☿ | tuq;& eorum congre<br>sus cum illustrioribu<br>aliquibus stellis fixis. |
|---|---|
| H ′ | |
| | ☿ or. cum aquila. |
| 21 ☍ 4 | ♂ or. cum rostro galli.<br>☽ Ap. ♂ oc. cū hur. lā. |
| | ♂ m. c. cum palma upl |
| Orient. | ☿ m.c. cum aculeo<br>☌ ☽ ☿ 6.40 ☍ ♃ ♀ B. |
| 16 △ 49 | ♀ m.c. cum arcturo.<br>♂ m.c. cum antare. |
| 20 □ 13 | ♀ or. cum lyra.<br>□ ☉ ♄ 22.47. |
| 22 ✱ 30 | ☽ ☊ 0.4 ♂ oc. cū trica |
| | ♂ or. cum antare. |
| 22 ☌ 13 | ♀ m. c cum lance austr<br>☽ Pe. ♀ or. cū cau. cyg |
| | ♀ or. cum lancibus. |
| 1 ✱ 1 | △ ☉ ♃ 18.12.<br>☌ ♂ ☿ 12.21 lāc. bor |

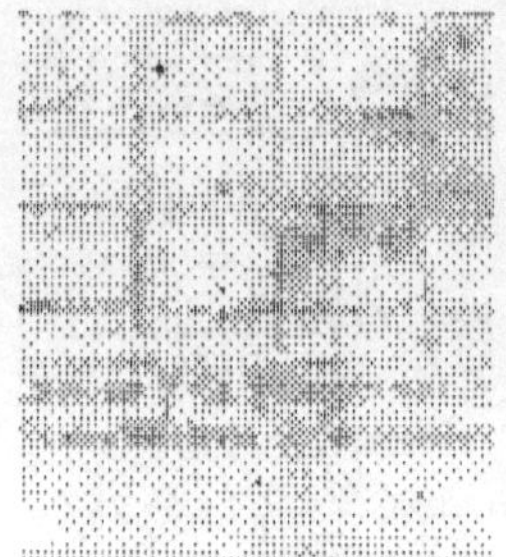

# EPHEMERIS IOANNIS ANTONII MAGINI PATAVINI

Ad annum Dominicæ Incarnationis 1597.

Primum à Bissextili, quintumdecimum à Kalendario reformato, & à mundi creatione 5559.

*Figura cœli ad tempus introitus Solis in ♈ principium.*

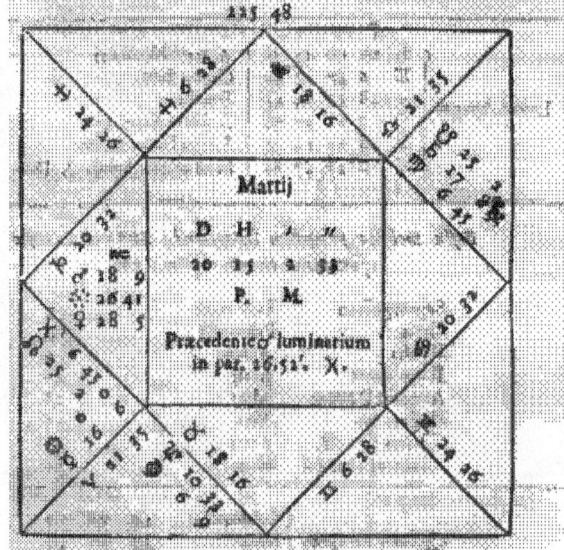


Anni vertentis vera magnitudo.

*Diarum 365. Horarum 5. Scr. 55′. 29″. 50‴. 6⁗.*

# ANNO DOMINICAE INCARNATIONIS 1597 communis.

| | | | D. | H. | ′ | ″ |
|---|---|---|---|---|---|---|
| Introitus ☉ in principium | ♋, Seu solstitij æstiui | Iunij | 21 | 11 | 39 | 2 |
| | ♎, Seu æquinoctij autumnalis | Septemb. | 22 | 22 | 56 | 57 |
| | ♑, Seu solstitij brumalis | Decemb. | 21 | 17 | 17 | 37 |

| | P. | ′ | ″ | ‴ |
|---|---|---|---|---|
| Vera præcessio Æquinoctiorum | 28 | 3 | 15 | 39 |
| Obliquitas Zodiaci | 23 | 28 | 3 | 48 |

Eccentricitas ☉ 32220. Qualium semidiameter eccentrici ☉ par. 1000000, seu par. 1, 55′, 59″, 36‴. Qualium P. 60.

| | | P. | ′ | ″ | | | |
|---|---|---|---|---|---|---|---|
| Locus Apogei | ♄ | 29 | 19 | 43 | ♐ | Aureus Numerus | 2 |
| | ♃ | 6 | 47 | 19 | ♎ | Cyclus Solis | 10 |
| | ♂ | 28 | 33 | 54 | ♌ | Epacta | 12 |
| | ☉ | 9 | 22 | 10 | ♋ | Indictio Romana | 10 |
| | ♀ | 16 | 24 | 16 | ♊ | Litera Dominicalis | E |
| | ☿ | 0 | 17 | 47 | ♐ | Interuallum hebd. 7. Dies | 4 |

*Festa mobilia secundum Sacrosanctæ Romanæ Ecclesiæ vsum iuxta annum reformatum.*

| | | |
|---|---|---|
| Septuagesima | Februarij | 2 |
| Cinis | Februarij | 19 |
| Pascha | Aprilis | 6 |
| Rogationes | Maij | 12 |
| Ascensio Domini | Maij | 15 |
| Pentecostes | Maij | 25 |
| Corpus Christi | Iunij | 5 |
| Aduentus Domini | Nouemb. | 30 |

| | | | | |
|---|---|---|---|---|
| Quattor Tempora anni, seu Ieiunia | Februarij | 26 | 28 | 1 |
| | Maij | 28 | 30 | 31 |
| | Septembris | 17 | 19 | 20 |
| | Decembris | 17 | 19 | 20 |

Hoc anno neutrum luminare supra nostrum horizontem, aut prope ipsum sui luminis iacturam patietur.

## *Planetarum status.*

| | | | |
|---|---|---|---|
| ♄ | | Per totum hunc anni circuitum progredietur versus longitudinẽ mediã Ecc. | |
| | | Die 10. Martij discurrit Perigæum | Epicycli. |
| | | Die 16. Septemb. tenet summam partem | |
| | | A die 20. Ianuarij vsque ad 10. Maii in signorum reuersionem defertur. | |
| ♃ | | A Perigæo ab Eccentrici medietatem properat. | |
| | | Die 15. Maii summam | Partem Epicycli tangit. |
| | | Die 22. Nouemb. imam | |
| | | Post 3. Octobris ad anni exitum, & vltra regredietur. | |
| ♂ | | Die 19. Maii per inferiora sui Eccentrici discurrit. | |
| | | Die 24. Decemb. in Epicycli Hyppogæo versatur post 16. Nouemb. ad calcem anni, & vltra retrofeuetur. | |
| ♀ | Die | 8. Iunij in summum | Eccentri reperitur. |
| | | 7. Decemb. in imum | |
| | | 22. Iulii hæret in Apogæo sui Epicycli. | |
| | | Per totum hunc annum continuo progredietur. | |
| ☿ | Die | 21 Maii Perigæum | Eccentrici perlustrat. |
| | | 21 Nouemb. Apogæum | |
| | | 4 Febr. in Apogæo | Parui orbis versatur. |
| | | 5 Aprilis in Perigæo | |
| | | 31 Maii in Apogæo | |
| | | 29 Iulii in Perigæo | |
| | | 25 Septemb. in Apogæo | |
| | | 21 Nouemb. in Perigæo | |
| | | 22 Martii vsque ad 14. Aprilis | Regressibus afficietur. |
| | | 18 Iulii vsque post 9. Augusti | |
| | | 11 Nouemb. post 2. Decemb. | |

| Anni veteris | Anni Gregor. | Positus Planetarum Diurnus | | | | | | | | | | | | | | | | |
|---|---|---|---|---|---|---|---|---|---|---|---|---|---|---|---|---|---|---|
| | | | | | | | S | A | M | A | M | A | S | D | S | D | H | |
| | | ☉ ♑ | | | ☽ ♊ | | ♄ ♍ | | ♃ ♉ | | ♂ ♐ | | ♀ ♒ | | ☿ ♐ | | ☊ ♓ | |
| Dies | | ° | ' | " | P | ' | P | ' | P | ' | P | ' | P | ' | P | ' | P | ' |
| 22 | 1 | 10 | 43 | 31 | 17 | 24 | 21 | 39 | 0 | 22 | 19 | 13 | 25 | 28 | 18 | 36 | 29 | 13 |
| 23 | 2 | 11 | 44 | 37 | 29 | 10 | 21 R | 39 | 0 | 24 | 19 | 57 | 26 | 34 | 19 | 38 | 29 | 10 |
| 24 | 3 | 12 | 45 | 41 | 11 ♋ | 0 | 21 | 39 | 0 | 26 | 20 | 40 | 27 | 41 | 20 | 43 | 29 | 7 |
| 25 | 4 | 13 | 46 | 49 | 22 | 56 | 21 | 39 | 0 | 28 | 21 | 24 | 28 | 48 | 21 | 51 | 29 | 3 |
| E 26 | 5 | 14 | 47 | 53 | 5 ♌ | 2 | 21 | 38 | 0 | 30 | 22 | 7 | 29 | 55 | 23 | 2 | 29 | 0 |
| 27 | 6 | 15 | 49 | 1 | 17 | 21 | 21 | 38 | 0 | 33 | 22 | 51 | 1 ♓ | 3 | 24 | 16 | 28 | 57 |
| 28 | 7 | 16 | 50 | 6 | 29 | 50 | 21 | 37 | 0 | 35 | 23 | 35 | 2 | 9 | 25 | 33 | 28 | 54 |
| 29 | 8 | 17 | 51 | 11 | 12 ♍ | 51 | 21 | 36 | 0 | 38 | 24 | 18 | 3 | 17 | 26 | 52 | 28 | 51 |
| 30 | 9 | 18 | 52 | 16 | 26 | 8 | 21 | 35 | 0 | 41 | 25 | 2 | 4 | 25 | 28 | 13 | 28 | 48 |
| 31 | 10 | 19 | 53 | 21 | 9 ♎ | 48 | 21 | 34 | 0 | 44 | 25 | 46 | 5 | 33 | 26 | 36 | 28 | 45 |
| Ian. 1 | 11 | 20 | 54 | 25 | 23 | 49 | 21 | 33 | 0 | 47 | 26 | 30 | 6 | 41 | 1 ♑ | 1 | 28 | 42 |
| E 2 | 12 | 21 | 55 | 29 | 8 ♏ | 9 | 21 | 31 | 0 | 51 | 27 | 14 | 7 | 49 | 2 | 49 | 28 | 39 |
| 3 | 13 | 22 | 56 | 33 | 22 | 41 | 21 | 29 | 0 | 54 | 27 | 58 | 8 | 58 | 3 | 59 | 28 | 36 |
| 4 | 14 | 23 | 57 | 35 | 7 ♐ | 29 | 21 | 28 | 0 | 58 | 28 | 42 | 10 | 6 | 5 | 31 | 28 | 32 |
| 5 | 15 | 24 | 58 | 37 | 22 | 17 | 21 | 26 | 1 | 2 | 29 | 26 | 11 | 15 | 7 M | 5 | 28 | 29 |
| 6 | 16 | 25 | 59 | 39 | 7 ♑ | 0 | 21 | 25 | 1 | 6 | 0 ♑ | 10 | 12 | 24 | 8 | 40 | 28 | 26 |
| 7 | 17 | 27 | 0 | 40 | 21 | 33 | 21 | 23 | 1 | 11 | 0 | 54 | 13 | 33 | 10 | 16 | 28 | 23 |
| 8 | 18 | 28 | 1 | 40 | 5 ♒ | 50 | 21 | 21 | 1 | 15 | 1 | 38 | 14 | 42 | 11 | 54 | 28 | 20 |
| E 9 | 19 | 29 | 2 | 39 | 19 | 50 | 21 | 19 | 1 | 20 | 2 | 22 | 15 | 51 | 13 | 33 | 28 | 17 |
| 10 | 20 | 0 ♒ | 3 | 38 | 3 ♓ | 30 | 21 | 17 | 1 | 25 | 3 | 6 | 17 | 1 | 15 | 14 | 28 | 13 |
| 11 | 21 | 1 | 4 | 36 | 16 | 51 | 21 | 15 | 1 | 30 | 3 | 51 | 18 | 10 | 16 | 54 | 28 | 10 |
| 12 | 22 | 2 | 5 | 33 | 29 | 55 | 21 | 13 | 1 | 35 | 4 | 35 | 19 | 20 | 18 | 36 | 28 | 7 |
| 13 | 23 | 3 | 6 | 29 | 12 ♈ | 43 | 21 | 11 | 1 | 40 | 5 | 19 | 20 | 29 | 20 | 19 | 28 | 4 |
| 14 | 24 | 4 | 7 | 25 | 25 | 17 | 21 | 8 | 1 | 46 | 6 | 4 | 21 | 39 | 22 | 2 | 28 | 1 |
| 15 | 25 | 5 | 8 | 20 | 7 ♉ | 39 | 21 | 6 | 1 | 52 | 6 | 48 | 22 | 49 | 23 | 46 | 27 | 58 |
| E 16 | 26 | 6 | 9 | 14 | 19 | 52 | 21 | 3 | 1 | 58 | 7 | 33 | 23 | 59 | 25 | 31 | 27 | 54 |
| 17 | 27 | 7 | 10 | 7 | 1 ♊ | 56 | 21 | 0 | 2 | 4 | 8 | 18 | 25 | 9 | 27 | 17 | 27 | 51 |
| 18 | 28 | 8 | 10 | 59 | 13 | 57 | 20 | 57 | 2 | 11 | 9 | 3 | 26 | 19 | 29 | 3 | 27 | 48 |
| 19 | 29 | 9 | 11 | 50 | 25 | 56 | 20 | 54 | 2 | 17 | 9 | 48 | 27 | 29 | 0 ♒ | 50 | 27 | 45 |
| 20 | 30 | 10 | 12 | 40 | 7 ♋ | 57 | 20 | 51 | 2 | 24 | 10 | 33 | 28 | 40 | 2 | 37 | 27 | 42 |
| 21 | 31 | 11 | 13 | 29 | 20 | 1 | 20 | 48 | 2 | 31 | 11 | 18 | 29 | 50 | 4 | 25 | 27 | 38 |
| Latitudo Planetarũ ad diẽ | | | | | | 1 | 1 | 33 | 1 | 42 | 0 | 2 | 2 | 58 | 1 | 31 | | |
| | | | | | | 11 | 1 | 37 | 1 | 37 | 0 | 3 | 2 | 35 | 0 M | 23 | Mendis | |
| | | | | | | 21 | 1 | 41 | 1 | 32 | 0 | 5 | 2 | 18 | 0 | 44 | | |

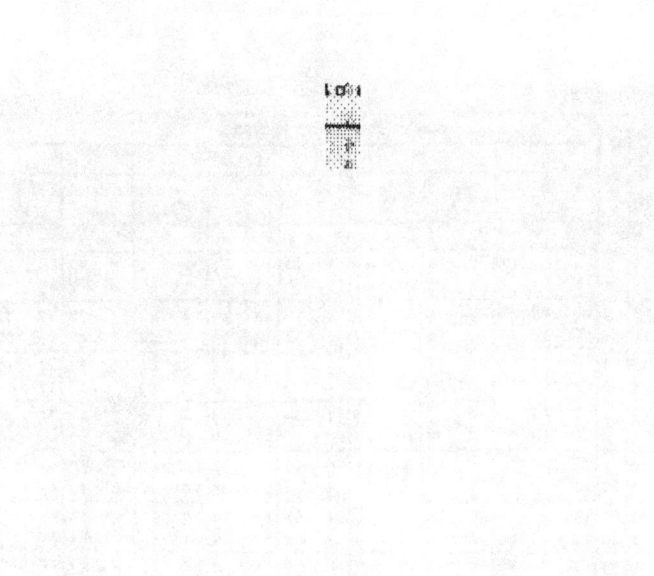

Positus Planetarum Diurnus.

| | Anni veteris | Anni Grego. | ☉ ♒ | | | ☽ ♌ | | S ♄ ♍ | A | M ♃ ♉ | A | M ♂ ♑ | D | S ♀ ♑ | D | M ☿ ♒ | D | ☊ ♓ | |
|---|---|---|---|---|---|---|---|---|---|---|---|---|---|---|---|---|---|---|---|
| | Dies | | P | ' | " | P | ' | P | ' | P | ' | P | ' | P | ' | P | ' | P | ' |
| | 22 | 1 | 12 | 14 | 17 | 2 | 11 | 20 | 45 | 2 | 38 | 12 | 3 | 1 | 1 | 6 | 13 | 27 | 35 |
| E | 23 | 2 | 13 | 15 | 3 | 14 | 31 | 20 | 42 | 2 | 45 | 12 | 48 | 2 | 11 | 8 | 2 | 27 | 32 |
| | 24 | 3 | 14 | 15 | 48 | 27 ♍ | 4 | 20 | 39 | 2 | 52 | 13 | 33 | 3 | 22 | 9 | 51 | 27 | 29 |
| | 25 | 4 | 15 | 16 | 32 | 9 | 52 | 20 | 35 | 2 | 59 | 14 | 18 | 4 | 33 | 11 | 41 | 27 | 26 |
| | 26 | 5 | 16 | 17 | 15 | 22 ♎ | 57 | 20 | 32 | 3 | 7 | 15 | 3 | 5 | 44 | 13 | 31 | 27 | 23 |
| | 27 | 6 | 17 | 17 | 57 | 6 | 22 | 20 | 28 | 3 | 14 | 15 | 48 | 6 | 55 | 15 | 21 | 27 | 19 |
| | 28 | 7 | 18 | 18 | 37 | 20 ♏ | 7 | 20 | 24 | 3 | 22 | 16 | 33 | 8 | 6 | 17 | 12 | 27 | 16 |
| | 29 | 8 | 19 | 19 | 16 | 4 | 11 | 20 | 20 | 3 | 30 | 17 | 18 | 9 | 17 | 19 | 2 | 27 | 13 |
| E | 30 | 9 | 20 | 19 | 53 | 18 ♐ | 31 | 20 | 16 | 3 | 38 | 18 | 3 | 10 | 29 | 20 A | 52 | 27 | 10 |
| | 31 | 10 | 21 | 20 | 29 | 3 | 1 | 20 | 12 | 3 | 46 | 18 | 48 | 11 | 40 | 22 | 42 | 27 | 7 |
| | Feb. 1 | 11 | 22 | 21 | 4 | 17 ♑ | 36 | 20 | 8 | 3 | 55 | 19 | 34 | 12 | 52 | 24 | 32 | 27 | 3 |
| | 2 | 12 | 23 | 21 | 38 | 2 | 10 | 20 | 4 | 4 | 3 | 20 | 19 | 14 | 3 | 26 | 22 | 27 | 0 |
| | 3 | 13 | 24 | 22 | 10 | 16 ♒ | 36 | 20 | 0 | 4 | 12 | 21 | 4 | 15 | 15 | 28 ♓ | 11 | 26 | 57 |
| | 4 | 14 | 25 | 22 | 40 | 0 | 49 | 19 | 56 | 4 | 21 | 21 | 49 | 16 | 26 | 0 | 0 | 26 | 54 |
| | 5 | 15 | 26 | 23 | 8 | 14 | 46 | 19 | 52 | 4 | 30 | 22 | 34 | 17 | 38 | 1 | 49 | 26 | 51 |
| E | 6 | 16 | 27 | 23 | 56 | 28 ♓ | 26 | 19 | 48 | 4 | 39 | 23 | 20 | 18 | 49 | 3 | 37 | 26 | 48 |
| | 7 | 17 | 28 | 24 | 1 | 11 | 49 | 19 | 43 | 4 | 48 | 24 | 5 | 20 | 1 | 5 | 25 | 26 | 44 |
| | 8 | 18 | 29 | 24 | 26 | 24 ♈ | 55 | 19 | 39 | 4 | 57 | 24 | 50 | 21 | 12 | 7 | 12 | 26 | 41 |
| | 9 | 19 | 0 ♓ | 24 | 48 | 7 | 46 | 19 | 34 | 5 | 7 | 25 | 35 | 22 | 24 | 8 | 59 | 26 | 38 |
| | 10 | 20 | 1 | 25 | 8 | 20 | 35 | 19 | 30 | 5 | 16 | 26 | 20 | 23 | 36 | 10 | 45 | 26 | 35 |
| | 11 | 21 | 2 | 25 | 27 | 2 ♉ | 52 | 19 | 25 | 5 | 26 | 27 | 5 | 24 | 47 | 12 | 30 | 26 | 32 |
| | 12 | 22 | 3 | 25 | 44 | 15 | 12 | 19 | 20 | 5 | 35 | 27 | 50 | 25 | 59 | 14 | 14 | 26 | 29 |
| E | 13 | 23 | 4 | 26 | 0 | 27 ♊ | 24 | 19 | 16 | 5 | 45 | 28 | 36 | 27 | 11 | 15 | 57 | 26 | 25 |
| | 14 | 24 | 5 | 26 | 14 | 9 | 34 | 19 | 11 | 5 | 55 | 29 | 21 | 28 | 23 | 17 | 39 | 26 | 22 |
| | 15 | 25 | 6 | 26 | 26 | 21 ♋ | 42 | 19 | 6 | 6 | 5 | 0 ♒ | 6 | 29 ♒ | 35 | 19 | 20 | 26 | 19 |
| | 16 | 26 | 7 | 26 | 37 | 3 | 51 | 19 | 1 | 6 | 15 | 0 | 51 | 0 | 47 | 21 | 0 | 26 | 16 |
| | 17 | 27 | 8 | 26 | 46 | 16 | 4 | 18 | 56 | 6 | 25 | 1 | 37 | 1 | 59 | 22 | 39 | 26 | 13 |
| | 18 | 28 | 9 | 26 | 53 | 28 | 23 | 18 | 51 | 6 | 35 | 2 | 22 | 3 | 11 | 24 | 16 | 26 | 10 |

| Latitudo Planetarū ad diē | | ♄ | | ♃ | | ♂ | | ♀ | | ☿ | | |
|---|---|---|---|---|---|---|---|---|---|---|---|---|
| | 1 | 1 | 45 | 1 | 27 | 0 | 7 | 1 | 51 | 1 A | 37 | Meufis |
| | 11 | 1 | 48 | 1 | 22 | 0 | 9 | 1 | 10 | 1 | 41 | |
| | 21 | 1 | 52 | 1 | 18 | 0 | 12 | 0 | 42 | 1 | 11 | |

Syzygiæ Lunares.

| Dies | ☉ | Orient. ♄ | Occid. ♃ | Orient ♂ | Orient ♀ | Orient. ☿ | Syzygię Planetarũ mutuę, & eorum congressus cum illustrioribus aliquibus stellis fixis. |
|---|---|---|---|---|---|---|---|
| | H ′ | H ′ | H ′ | H ′ | H ′ | H ′ | |
| 1 ☌ | 21 10 | | 0□54 | | | 9☍12 | (neb. ✱. |
| 2 Asc | 6 ♈ | | | | | | ☌ ♃ ♀ 12.45. ♂ or. cum |
| 3 | | | 11△0 | | 13△1 | | (Fomah |
| 4 | | 19☌35 | | 8△38 | | | ♀ m.c. cũ lyra. ☿ occ. cũ |
| 5 | | | | | | | ☉ ☋ 7.56 ♂ occ. cũ co- |
| 6 | 20△36 | | | 17□25 | 1□6 | 18△5 | ♀ or. cum neb. ♓. (ro. a. |
| 7 | | | 22☍45 | | | | ☿ or. cum cau. ♑ (♏ b |
| 8 | | | | 23✱8 | 9✱19 | | ☌ ☉ ☿ 8.0 ♀ or. cũ ac u. |
| 9 □ | 3 6 | 2✱53 | | | | 4□27 | |
| 10 Asc. | 29 ♋ | | * | | | Occid. | ☿ Perig. |
| 11 | 8✱25 | 4□9 | | | | 13✱4 | △ ♄ ♂ 16.40. ♀ or. cũ |
| 12 | | | 3△10 | | 21☌33 | | ♂ m.c. cũ aqui. (ne. ✱. c |
| 13 | | 5△43 | | 8☌0 | | | ☿ or. cũ cap. Med. d (82 |
| 14 | | | 6□8 | | | | ♀ oc. cũ coro. & m. c. cũ |
| 15 ☌ | 21 55 | | | | | | |
| 16 Asc | 18 ♉ | | 11✱16 | | | 10☌31 | △ ♄ ♀ 18.23 ✱ ♃ ☿ 15.1. |
| 17 | | 14☍25 | | 23✱51 | 16✱31 | | ♀ m.c. cum aquila ☿ occ. |
| 18 | | | | | | | ☉ ☊ 3.18. (cum lyra. |
| 19 | | | | | | | |
| 20 | 23✱4 | | | 12□8 | 6□46 | | |
| 21 | | | 5☌3 | | | 21✱48 | ♂ m.c. cum cor. ♌. |
| 22 | | 8△5 | | | 23△32 | | |
| 23 □ | 15 0 | | | 2△31 | | | ♀ m.c. cum cor. ♌. |
| 24 Asc. | 27 ♓ | 18□52 | | | | 18□35 | ☽ Ap. ✱ ☉ ♃ 13.55 e |
| 25 | | | | | | | (cauda Del. |
| 26 | 7△42 | | 4✱47 | | | | ☌ ♂ ♀ 3.52 ♀ m.c. cũ |
| 27 | | 5✱33 | | | | 14△46 | ♃ or. cũ Fomah. ♂ m.c. |
| 28 | | | 16□1 | 8☍9 | 10☍12 | | (cum cauda Del. |

*a. Die 5. ☿ m.c. cũ neb. ♓. & ☿ oc. cum aq. & cauda ♑.* | *e. Die 24. ☍ ♄ ☿ 20.50.*
*b. Die 8. ♂ m. c. cum rostro galli.*
*c. Die 11. ☿ occ. cum cauda Del.*
*d. Die 13. ☿ occ. cum rostro galli.*

Positus Planetarum Diurnus

| | Dies | ☉ ♓ P | ' | " | ☽ ♌ P | ' | ♄ ♍ S P | A ' | ♃ ♉ M P | A ' | ♂ ♒ M P | D ' | ♀ ♒ S P | D ' | ☿ ♓ M P | A ' | ☊ ♓ P | ' |
|---|---|---|---|---|---|---|---|---|---|---|---|---|---|---|---|---|---|---|
| 19 | 1 | 10 | 26 | 58 | 10 | 51 | 18 | 46 | 6 | 45 | 3 | 8 | 4 | 23 | 25 | 51 | 26 | 6 |
| E 20 | 2 | 11 | 27 | 1 | 23 ♍ | 30 | 18 | 41 | 6 | 56 | 3 | 53 | 5 | 35 | 27 S | 24 | 26 | 3 |
| 21 | 3 | 12 | 27 | 3 | 6 | 22 | 18 | 36 | 7 | 7 | 4 | 39 | 6 | 47 | 28 ♈ | 55 | 26 | 0 |
| 22 | 4 | 13 | 27 | 3 | 19 ♎ | 30 | 18 | 31 | 7 | 18 | 5 | 24 | 8 | 0 | 0 | 24 | 25 | 57 |
| 23 | 5 | 14 | 27 | 1 | 2 | 55 | 18 | 26 | 7 | 29 | 6 | 10 | 9 M | 12 | 1 | 51 | 25 | 54 |
| 24 | 6 | 15 | 26 | 57 | 16 ♏ | 38 | 18 | 21 | 7 | 40 | 6 | 56 | 10 | 24 | 3 | 15 | 25 | 50 |
| 25 | 7 | 16 | 26 | 51 | 0 | 33 | 18 | 16 | 7 | 51 | 7 | 42 | 11 | 37 | 4 | 36 | 25 | 47 |
| 26 | 8 | 17 | 26 | 43 | 14 | 53 | 18 | 11 | 8 | 2 | 8 | 28 | 12 | 49 | 5 | 54 | 25 | 44 |
| F 27 | 9 | 18 | 26 | 34 | 29 ♐ | 18 | 18 | 6 | 8 | 14 | 9 | 14 | 14 | 1 | 7 | 9 | 25 | 41 |
| 28 | 10 | 19 | 26 | 23 | 13 | 48 | 18 | 1 | 8 | 25 | 10 | 0 | 15 | 14 | 8 | 20 | 25 | 38 |
| M 1 | 11 | 20 | 26 | 10 | 28 ♑ | 18 | 17 | 56 | 8 | 37 | 10 | 46 | 16 | 27 | 9 | 28 | 25 | 34 |
| 2 | 12 | 21 | 25 | 55 | 13 | 41 | 17 | 51 | 8 | 49 | 11 | 32 | 17 | 39 | 10 | 31 | 25 | 31 |
| 3 | 13 | 22 | 25 | 38 | 16 ♒ | 53 | 17 | 46 | 9 | 0 | 12 | 18 | 18 | 52 | 11 | 30 | 25 | 28 |
| 4 | 14 | 23 | 25 | 19 | 10 | 49 | 17 | 41 | 9 | 12 | 13 | 4 | 20 | 4 | 12 | 25 | 25 | 25 |
| 5 | 15 | 24 | 24 | 58 | 24 ♓ | 32 | 17 D | 36 | 9 | 24 | 13 | 50 | 21 | 17 | 13 | 16 | 25 | 22 |
| E 6 | 16 | 25 | 24 | 35 | 7 | 47 | 17 | 31 | 9 | 36 | 14 | 36 | 22 | 29 | 14 | 1 | 25 | 19 |
| 7 | 17 | 26 | 24 | 10 | 20 ♈ | 48 | 17 | 26 | 9 | 48 | 15 | 22 | 23 | 42 | 14 | 42 | 25 | 15 |
| 8 | 18 | 27 | 23 | 43 | 3 | 34 | 17 | 21 | 10 | 0 | 16 | 8 | 24 | 54 | 15 | 18 | 25 | 12 |
| 9 | 19 | 28 | 23 | 13 | 16 | 7 | 17 | 16 | 10 | 12 | 16 | 54 | 26 | 7 | 15 | 38 | 25 | 9 |
| 10 | 20 | 29 | 22 | 42 | 28 ♉ | 28 | 17 | 11 | 10 | 24 | 17 | 40 | 27 | 19 | 15 | 53 | 25 | 6 |
| 11 | 21 | 0 | 22 | 9 | 10 | 42 | 17 | 6 | 10 | 36 | 18 | 26 | 28 | 32 | 16 | 9 | 25 | 3 |
| 12 | 22 | 1 | 21 | 34 | 22 ♊ | 51 | 17 | 1 | 10 | 49 | 19 | 12 | 29 | 45 | 16 | 14 | 25 | 0 |
| E 13 | 23 | 2 | 20 | 57 | 4 | 58 | 16 | 57 | 11 | 1 | 19 | 58 | 0 | 57 | 16 ℞ | 13 | 24 | 56 |
| 14 | 24 | 3 | 20 | 19 | 17 | 5 | 16 | 52 | 11 | 13 | 20 | 41 | 2 | 10 | 16 | 2 | 24 | 53 |
| 15 | 25 | 4 | 19 | 39 | 29 ♋ | 13 | 16 | 47 | 11 | 26 | 21 | 30 | 3 | 23 | 15 | 44 | 24 | 50 |
| 16 | 26 | 5 | 18 | 57 | 11 | 26 | 16 | 43 | 11 | 38 | 22 | 16 | 4 | 35 | 15 | 19 | 24 | 47 |
| 17 | 27 | 6 | 18 | 13 | 23 ♌ | 46 | 16 | 39 | 11 | 51 | 23 | 2 | 5 | 48 | 14 | 49 | 24 | 44 |
| 18 | 28 | 7 | 17 | 28 | 6 | 16 | 16 | 34 | 12 | 4 | 23 | 48 | 7 | 0 | 14 | [illegible] | 24 | 40 |
| 19 | 29 | 8 | 16 | 40 | 18 ♍ | 57 | 16 | 29 | 12 | 17 | 24 | 35 | 8 | 13 | 13 D | 19 | 24 | 37 |
| E 20 | 30 | 9 | 15 | 50 | 1 | 18 | 16 | 25 | 12 | 30 | 25 | 21 | 9 | 25 | 12 | 27 | 24 | 34 |
| 21 | 31 | 10 | 14 | 58 | 15 | 2 | 16 | 20 | 12 | 43 | 26 | 7 | 10 | 38 | 11 | 36 | 24 | 31 |

| Latitudo Planetarŭ ad diē | ♄ | | ♃ | | ♂ | | ♀ | | ☿ | | |
|---|---|---|---|---|---|---|---|---|---|---|---|
| 1 | 1 | 53 | 1 | 13 | 0 | 15 | 0 M | 6 | 0 S | 9 | [illegible] |
| 11 | 1 D | 54 | 1 | 10 | 0 | 19 | 0 | 10 | 1 | 5 | Meri. |
| 21 | 1 | 54 | 1 | 7 | 0 | 25 | 0 | 34 | 1 D | 13 | |

| | | | |
|---|---|---|---|
| 4 ♉ 12 | 17 ♉ 51 | 3 ✶ 0 | ☿ occ. cum Fomah. |
| | | | ✶ or. cũ cau. ♌. ☿ or. |
| | | | ✶ ☌ ☿ plati. ☾ cor. ♈ |
| | | | ☿ ☊ 6. 19. |
| | | 13 ♉ 2 | ♀ or. cum cauda Del. |
| 2 ♓ 34 | 21 ♓ 57 | | ♂ m.c. cum cauda ♌. |
| 10 ♊ 17. | | | ♀ or. cum cap. Med. |

Positus Planetarum Diurnos.

| | | ☉ ♈ | | | ☽ ♍ | | ♄ ♍ S | D | ♃ ♉ M | A | ♂ ♒ M | D | ♀ ♓ M | D | ☿ ♈ S | D | ☊ ♓ | |
|---|---|---|---|---|---|---|---|---|---|---|---|---|---|---|---|---|---|---|
| | Dies | P | ′ | ″ | P | ′ | P | ′ | P | ′ | P | ′ | P | ′ | P | ′ | P | ′ |
| 22 | 1 | 11 | 14 | 4 | 28 ♎ | 19 | 16 | 16 | 12 | 56 | 26 | 54 | 11 | 51 | 10 | 31 | 24 | 2[illegible] |
| 23 | 2 | 12 | 13 | 8 | 12 | 14 | 16 | 11 | 13 | 9 | 27 | 40 | 13 | 4 | 9 | 19 | 24 | [illegible] |
| 24 | 3 | 13 | 12 | 10 | 26 ♏ | 18 | 16 | 7 | 13 | 22 | 28 | 26 | 14 | 16 | 8 | 25 | 24 | 21 |
| 25 | 4 | 14 | 11 | 9 | 10 | 38 | 16 | 3 | 13 | 35 | 29 | 13 | 15 | 29 | 7 | 21 | 24 | 1[illegible] |
| 26 | 5 | 15 | 10 | 6 | 25 ♐ | 10 | 15 | 59 | 13 | 48 | 29 ♓ | 59 | 16 | 42 | 6 | 18 | 24 | 15 |
| E 27 | 6 | 16 | 9 | 1 | 9 | 49 | 15 | 54 | 14 | 1 | 0 | 46 | 17 | 54 | 5 | 19 | 24 | 12 |
| 28 | 7 | 17 | 7 | 54 | 24 ♑ | 28 | 15 | 50 | 14 | 15 | 1 | 32 | 19 | 7 | 4 | 20 | 24 | 9 |
| 29 | 8 | 18 | 6 | 40 | 9 | 6 | 15 | 46 | 14 | 28 | 2 | 18 | 20 | 20 | 3 | 40 | 24 | 6 |
| 30 | 9 | 19 | 5 | 36 | 23 ♒ | 20 | 15 | 42 | 14 | 41 | 3 | 5 | 21 | 32 | 2 | 59 | 24 | 1 |
| 31 | 10 | 20 | 4 | 24 | 7 | 47 | 15 | 38 | 14 | 54 | 3 | 51 | 22 | 45 | 2 | 24 | 23 | 59 |
| Ap 1 | 11 | 21 | 3 | 10 | 21 ♓ | 8 | 15 | 35 | 15 | 8 | 4 | 37 | 23 | 58 | 1 | 50 | 23 | 56 |
| 2 | 12 | 22 | 1 | 54 | 4 | 33 | 15 | 31 | 15 | 22 | 5 | 24 | 25 | 11 | 1 | 37 | 23 | 53 |
| E 3 | 13 | 23 | 0 | 36 | 17 ♈ | 30 | 15 | 28 | 15 | 35 | 6 | 10 | 26 | 24 | 1 | 26 | 23 | 50 |
| 4 | 14 | 23 | 59 | 16 | 0 | 20 | 15 | 24 | 15 | 49 | 6 | 57 | 27 | 36 | 1 Di | 23 | 23 | 47 |
| 5 | 15 | 24 | 57 | 55 | 12 | 49 | 15 | 21 | 16 | 3 | 7 | 43 | 28 ♈ | 49 | 1 M | 26 | 23 | 43 |
| 6 | 16 | 25 | 56 | 32 | 25 | 5 | 15 | 18 | 16 | 16 | 8 | 30 | 0 | 2 | 1 | 40 | 23 | 4[illegible] |
| 7 | 17 | 26 | 55 | 7 | 7 ♉ | 10 | 15 | 15 | 16 | 30 | 9 | 16 | 1 | 15 | 1 | 59 | 23 | 37 |
| 8 | 18 | 27 | 53 | 40 | 19 | 7 | 15 | 12 | 16 | 44 | 10 | 2 | 2 | 27 | 2 | 24 | 23 | 34 |
| 9 | 19 | 28 | 52 | 12 | 1 ♊ | 2 | 15 | 9 | 16 | 57 | 10 | 49 | 3 | 40 | 2 | 50 | 23 | 31 |
| E 10 | 20 | 29 | 50 | 42 | 12 | 56 | 15 | 6 | 17 | 11 | 11 | 35 | 4 | 53 | 3 | 34 | 23 | 27 |
| 11 | 21 | 0 ♉ | 49 | 10 | 24 ♋ | 53 | 15 | 3 | 17 | 24 | 12 | 21 | 6 | 6 | 4 | 18 | 23 | 24 |
| 12 | 22 | 1 | 47 | 36 | 6 | 54 | 15 | 0 | 17 | 38 | 13 | 8 | 7 | 19 | 5 | 8 | 23 | 21 |
| 13 | 23 | 2 | 46 | 0 | 19 ♌ | 3 | 14 | 57 | 17 | 52 | 13 | 54 | 8 | 32 | 6 | 5 | 23 | 18 |
| 14 | 24 | 3 | 44 | 22 | 1 | 23 | 14 | 54 | 18 | 6 | 14 | 40 | 9 | 45 | 7 | 2 | 23 | 15 |
| 15 | 25 | 4 | 42 | 43 | 13 | 56 | 14 | 51 | 18 | 20 | 15 | 27 | 10 A | 57 | 8 | 5 | 23 | 12 |
| 16 | 26 | 5 | 41 | 2 | 26 ♍ | 44 | 14 | 49 | 18 | 34 | 16 | 13 | 12 | 10 | 9 | 12 | 23 | 8 |
| d 17 | 27 | 6 | 39 | 19 | 9 | 48 | 14 | 47 | 18 | 48 | 16 | 59 | 13 | 22 | 10 | 21 | 23 | 5 |
| 18 | 28 | 7 | 37 | 35 | 23 | 11 | 14 | 44 | 19 | 2 | 17 | 45 | 14 | 35 | 11 | 35 | 23 | 2 |
| 19 | 29 | 8 | 35 | 49 | 6 ♎ | 53 | 14 | 42 | 19 | 16 | 18 | 31 | 15 | 48 | 12 | 52 | 22 | 59 |
| 20 | 30 | 9 | 34 | 2 | 20 | 55 | 14 | 40 | 19 | 30 | 19 | 1[illegible] | 17 | 1 | 14 | 12 | 22 | 56 |

| Latitudo Planetarũ ad diẽ | ♄ | | ♃ | | ♂ | | ♀ | | ☿ | | |
|---|---|---|---|---|---|---|---|---|---|---|---|
| 1 | 1 | 51 | 1 | 4 | 0 | 27 | 0 | 55 | 3 | 5 | Mensis |
| 11 | 1 | 52 | 1 | 2 | 0 | 31 | 1 | 9 | 1 M | 14 | |
| 21 | 1 | 51 | 1 | 0 | 0 | 35 | 1 A | 16 | 2 | 14 | |

| | | | | | | | |
|---|---|---|---|---|---|---|---|
| 25 Aic. | 13 ♎ | | ♄ □ 24 | | | | |
| 26 | 17 △ 41 | | | | | | |
| 27 | | 8 ☌ 54 | 16 △ 20 | 13 ☍ 40 | | | ☿ ☊ 23.42 ☌ oc. riu. |
| 28 | | | | | | | |
| 29 | | | | | 20 ☌ 41 | 12 ☌ 18 | ☿ or. cum helis. |
| 30 | | | | | | | ✶ ♃ ☌ 9.0. |

a. Die 4. ♂ oc. cum rost. ugalli.
b. Die 13. ♃ m. c. cum dex. lat. Persei.

Maius **1597**

| | | | Positus Planetarum Diurnus | | | | | | S | D | M | A | M | D | M | A | M | D | | |
|---|---|---|---|---|---|---|---|---|---|---|---|---|---|---|---|---|---|---|---|---|
| | | | ☉ ♉ | | | ☽ ♒ | | | ♄ ♍ | | ♃ ♉ | | ♂ ♓ | | ♀ ♈ | | ☿ ♈ | | ☊ ♓ | |
| | Dies | | P | ′ | ″ | P | | ′ | P | ′ | P | ′ | P | ′ | P | ′ | P | ′ | P | ′ |
| | 21 | 1 | 10 | 32 | 13 | 5 | | 16 | 14 | 38 | 19 | 34 | 20 | 4 | 18 | 13 | 15 | 35 | 22 | 53 |
| | 22 | 2 | 11 | 30 | 22 | 19 | ♓ | 12 | 14 | 36 | 19 | 48 | 20 | 50 | 19 | 26 | 17 | 1 | 22 | 50 |
| | 23 | 3 | 12 | 28 | 30 | 4 | | 19 | 14 | 33 | 20 | 12 | 21 | 34 | 20 | 39 | 18 A | 49 | 22 | 46 |
| E | 24 | 4 | 13 | 26 | 36 | 19 | ♑ | 52 | 14 | 32 | 20 | 26 | 22 | 20 | 21 | 52 | 20 | 0 | 22 | 43 |
| | 25 | 5 | 14 | 24 | 41 | 4 | | 22 | 14 | 31 | 20 | 40 | 23 | 6 | 23 | 5 | 21 | 33 | 22 | 40 |
| | 26 | 6 | 15 | 22 | 44 | 19 | ♒ | 2 | 14 | 29 | 20 | 54 | 23 | 52 | 24 | 18 | 23 | 9 | 22 | 37 |
| | 27 | 7 | 16 | 20 | 46 | 3 | | 27 | 14 | 28 | 21 | 8 | 24 | 38 | 25 | 31 | 24 | 47 | 22 | 33 |
| | 28 | 8 | 17 | 18 | 46 | 17 | ♓ | 31 | 14 | 27 | 21 | 22 | 25 | 24 | 26 | 44 | 26 | 27 | 22 | 30 |
| | 29 | 9 | 18 | 16 | 45 | 1 | | 13 | 14 | 26 | 21 | 36 | 26 | 10 | 27 | 57 | 28 | 8 | 22 | 27 |
| | 30 | 10 | 19 | 14 | 41 | 14 | | 32 | 14 | 25 | 21 | 50 | 26 | 56 | 29 | 10 | 29 | 51 | 22 | 24 |
| E | 1 | 11 | 20 | 12 | 38 | 27 | ♈ | 28 | 14 | 25 | 22 | 5 | 27 | 41 | 0 ♉ | 25 | 1 ♉ | 35 | 22 | 21 |
| Ma | 2 | 12 | 21 | 10 | 32 | 10 | | 4 | 14 | 25 | 22 | 19 | 28 | 30 | 1 | 38 | 3 | 19 | 22 | 17 |
| | 3 | 13 | 22 | 8 | 25 | 22 | ♉ | 23 | 14 | 24 | 22 | 33 | 29 ♈ | 16 | 2 | 49 | 5 | 4 | 22 | 14 |
| | 4 | 14 | 23 | 6 | 16 | 4 | | 27 | 14 | 24 | 22 | 47 | 0 | 2 | 4 | 2 | 6 | 50 | 22 | 11 |
| | 5 | 15 | 24 | 4 | 6 | 16 | | 21 | 14 | 23 | 23 | 1 | 0 | 48 | 5 | 15 | 8 | 37 | 22 | 8 |
| | 6 | 16 | 25 | 1 | 55 | 28 | ♊ | 11 | 14 | 23 | 23 | 16 | 1 | 34 | 6 | 28 | 10 | 25 | 22 | 5 |
| | 7 | 17 | 25 | 59 | 43 | 9 | | 50 | 14 | 22 | 23 | 30 | 2 | 19 | 7 | 41 | 12 | 14 | 22 | 1 |
| E | 8 | 18 | 26 | 57 | 30 | 21 | ♋ | 33 | 14 | 22 | 23 | 44 | 3 | 5 | 8 | 53 | 14 | 4 | 21 | 58 |
| | 9 | 19 | 27 | 55 | 15 | 3 | | 19 | 14 | 22 | 23 | 58 | 3 | 50 | 10 | 7 | 15 | 54 | 21 | 55 |
| | 10 | 20 | 28 | 52 | 59 | 15 | | 10 | 14 D | 22 | 24 | 12 | 4 | 36 | 11 | 20 | 17 | 45 | 21 | 52 |
| | 11 | 21 | 29 | 50 | 42 | 27 | ♌ | 11 | 14 | 22 | 24 D | 27 | 5 | 21 | 12 | 33 | 19 | 36 | 21 | 49 |
| | 12 | 22 | 0 ♊ | 48 | 24 | 9 | | 24 | 14 | 23 | 24 | 41 | 6 | 6 | 13 | 46 | 21 | 28 | 21 | 46 |
| | 13 | 23 | 1 | 46 | 5 | 21 | ♍ | 52 | 14 | 24 | 24 | 55 | 6 | 52 | 14 | 59 | 23 | 20 | 21 | 42 |
| | 14 | 24 | 2 | 43 | 44 | 4 | | 38 | 14 | 24 | 25 | 9 | 7 | 37 | 16 | 12 | 25 | 13 | 21 | 39 |
| E | 15 | 25 | 3 | 41 | 22 | 17 | ♎ | 44 | 14 | 25 | 25 | 23 | 8 | 22 | 17 | 25 | 27 | 6 | 21 | 36 |
| | 16 | 26 | 4 | 38 | 59 | 1 | | 11 | 14 | 26 | 25 | 37 | 9 | 7 | 18 | 38 | 29 | 0 | 21 | 33 |
| | 17 | 27 | 5 | 36 | 35 | 15 | | 8 | 14 | 26 | 25 | 51 | 9 | 52 | 19 | 51 | 0 ♊ | 54 | 21 | 30 |
| | 18 | 28 | 6 | 34 | 10 | 29 | ♏ | 11 | 14 | 27 | 26 | 5 | 10 | 37 | 21 | 4 | 2 | 48 | 21 | 26 |
| | 19 | 29 | 7 | 31 | 44 | 13 | | 43 | 14 | 28 | 26 | 19 | 11 | 22 | 22 | 17 | 4 | 43 | 21 | 23 |
| | 20 | 30 | 8 | 29 | 17 | 28 | ♐ | 32 | 14 | 29 | 26 | 33 | 12 | 7 | 23 | 30 | 6 | 37 | 21 | 20 |
| | 21 | 31 | 9 | 26 | 49 | 13 | | 39 | 14 | 30 | 26 | 47 | 12 | 52 | 24 | 43 | 8 | 32 | 21 | 17 |

| Latitudo Planetarū ad diē | | ♄ | | ♃ | | ♂ | | ♀ | | ☿ | | |
|---|---|---|---|---|---|---|---|---|---|---|---|---|
| | 1 | 1 | 49 | 0 | 59 | 0 | 39 | 1 | 18 | 3 A | 16 | |
| | 11 | 1 | 47 | 0 | 56 | 0 | 43 | 1 | 12 | 2 | 55 | Mensis |
| | 21 | 1 | 45 | 0 D | 58 | 0 | 47 | 1 | 8 | 1 | 50 | |

Syzygiæ Lunares.

| ☽ | Occid. ♄ | Occid. ♃ | Orient. ♂ | Orient. ♀ | Orient. ☿ | Syzygiæ Planetarū mutuę, & eorum congressus cum illustrioribus quibusdā stellis fixis. |
|---|---|---|---|---|---|---|
| ♓ | ♓ | ♓ | ♓ | ♓ | ♓ | |
| 2<br>♓ | 15 ✱ 20 | 0 ☍ 13 | 1 △ 34 | | | ♀ or. cū hiad. & oc. cū<br>☿ occ. cū 101 (ca.syg. |
| | 16 □ 2 | | 4 □ 47 | 4 △ 6 | 0 △ 54 | ☽ Pe. ♀ or. cū de. hium.<br>(Auge |
| △ 30 | 16 △ 54 | 7 △ 59 | 2 ✱ 29 | 0 □ 39 | 7 □ 43 | △ ☽ ♄ 2.24. |
| 30<br>♌ | | 6 □ 52 | | 15 ✱ 43 | 17 ✱ 51 | ♀ ☍ ♀ m.c. cū cor. ♈.<br>☌ ♀ ☿ 14.34. |
| ✱ 28 | 13 ☍ 47 | 13 ✱ 49 | | | | ♃ m.c. cum pleia. (♈.<br>☽ ☊ 14 21. ☿ oc. cū cor. |
| | | | 0 ☌ 52 | | | ☿ occ. cum cor. ♈. |
| | 20 △ 0 | Orient. | | 13 ☌ 7 | 5 ☌ 28 | ☌ ☽ ♃ 13.38. ♀ or. cū<br>(Fomah) |
| 28<br>♊ | | 13 ☌ 52 | 7 ✱ 31 | | | (pleia.<br>♀ or. cū Fomah et ☿ cū |
| | 9 □ 15 | | | | | ☽ Apog.<br>☌ ♄ ☿ 3 15 [illegible] 20 |
| | 22 ✱ 24 | 18 ✱ 25 | 1 □ 4 | 15 ✱ 21 | 6 ✱ 7 | ♀ m.c. cum ... & 22<br>☿ occ. cum Rigel. |
| ✱ 13 | | | 17 △ 6 | 9 □ 28 | | ♀ or. cū pleia. (cū 20, ♄<br>△ ♄ ♀ 12.30 ♀ m.c. |
| 10<br>♋ | 17 ☌ 15 | 5 □ 50 | | 13 △ 22 | 3 □ 14 | ☌ ♃ ☿ 13 2.<br>♂ or. cum cor. ♈ c. |
| 28 | | 13 △ 34 | 14 ☍ 34 | | 19 △ 38 | ☽ ☋ 0.53 ♀ oc. cū Rigel<br>☿ oc. cū hiad. & ☿ cū ... |
| | | | | | | ♃ oc. cū plei. ♀ m.c. cum<br>(hiadibus. |
| 16 | 1 ✱ 13 | 20 ☌ 40 | 12 △ 52 | 15 ☌ 8 | 14 ☍ 53 | ☿ m.c. cum pleia. ☉ 41.<br>☿ or. cū hiad. & ♂ oc. cum |
| ♊ | 1 □ 40 | | | | | ☽ Pe. ☌ ☽ ☿ 13 9. |

...r. cum dex. hu. Aurig.
... m.c. cum pleia.
... m.c. cum cor. & dex. hu. pers. ☿ occ. cum hiad. & pleia.
... occ. cum zona & sin. hu. cor.

☌m.c. cũ hiad.& ♀
☌ Apo. ♀ or. cũ Ald
⊕ ♂ 20.31 ♀ m.c. cu
♄ ♀ 18.35. ♃ oc.
♀ oc. cũ cap. Med. (S
cum 141. & He

Positus Planetarum Diurnus

| Anni veteris | Anni Gregor. | ☉ ♋ | | | ☽ ♒ | | ♄ ♍ S | D | ♃ ♊ M | D | ♂ ♉ M | D | ♀ ♋ S | A | ☿ ♌ S | D | ☊ ♓ | |
|---|---|---|---|---|---|---|---|---|---|---|---|---|---|---|---|---|---|---|
| Dies | | P | ′ | ″ | P | ′ | P | ′ | P | ′ | P | ′ | P | ′ | P | ′ | P | ′ |
| 21 | 1 | 9 | 5 | 20 | 6 | 43 | 16 | 3 | 3 | 46 | 5 | 38 | 2 | 31 | 3 | 23 | 19 | 38 |
| 22 | 2 | 10 | 2 | 45 | 21 ♓ | 11 | 16 | 7 | 3 | 59 | 6 | 19 | 3 | 43 | 4 | 47 | 19 | 35 |
| 23 | 3 | 11 | 0 | 2 | 5 | 16 | 16 | 12 | 4 | 12 | 7 | 1 | 4 | 57 | 6 | 8 | 19 | 32 |
| 24 | 4 | 11 | 57 | 19 | 19 ♈ | 4 | 16 | 17 | 4 | 25 | 7 | 44 | 6 | 11 | 7 | 26 | 19 | 29 |
| 25 | 5 | 12 | 54 | 30 | 2 | 37 | 16 | 22 | 4 | 37 | 8 | 26 | 7 | 24 | 8 | 41 | 19 | 26 |
| E 26 | 6 | 13 | 51 | 53 | 15 | 28 | 16 | 27 | 4 | 50 | 9 | 6 | 8 | 37 | 9 | 52 | 19 | 22 |
| 27 | 7 | 14 | 49 | 12 | 28 ♉ | 9 | 16 | 32 | 5 | 2 | 9 | 50 | 9 | 50 | 10 | 59 | 19 | 19 |
| 28 | 8 | 15 | 46 | 29 | 10 | 33 | 16 | 37 | 5 | 14 | 10 | 32 | 11 | 2 | 12 | 2 | 19 | 16 |
| 29 | 9 | 16 | 43 | 47 | 22 ♊ | 42 | 16 | 42 | 5 | 26 | 11 | 14 | 12 | 17 | 13 | 1 | 19 | 13 |
| 30 | 10 | 17 | 41 | 6 | 4 | 40 | 16 | 47 | 5 | 38 | 11 | 56 | 13 | 31 | 13 | 55 | 19 | 10 |
| Iul. 1 | 11 | 18 | 38 | 25 | 16 | 30 | 16 | 52 | 5 | 50 | 12 | 38 | 14 | 44 | 14 | 46 | 19 | 7 |
| 2 | 12 | 19 | 35 | 44 | 28 ♋ | 14 | 16 | 57 | 6 | 2 | 13 | 19 | 15 | 57 | 15 | 27 | 19 | 3 |
| E 3 | 13 | 20 | 33 | 4 | 9 | 55 | 17 | 2 | 6 | 14 | 14 | 1 | 17 | 11 | 16 M | 5 | 19 | 0 |
| 4 | 14 | 21 | 30 | 24 | 21 ♌ | 38 | 17 | 8 | 6 | 26 | 14 | 42 | 18 | 24 | 16 | 37 | 18 | 57 |
| 5 | 15 | 22 | 27 | 44 | 3 | 25 | 17 | 13 | 6 | 38 | 15 | 24 | 19 | 38 | 17 | 2 | 18 | 54 |
| 6 | 16 | 23 | 25 | 5 | 15 | 20 | 17 | 19 | 6 | 50 | 16 | 5 | 20 | 51 | 17 | 19 | 18 | 51 |
| 7 | 17 | 24 | 22 | 26 | 27 ♍ | 26 | 17 | 24 | 7 | 2 | 16 | 46 | 22 | 5 | 17 | 25 | 18 | 48 |
| 8 | 18 | 25 | 19 | 48 | 9 | 47 | 17 | 30 | 7 | 13 | 17 | 27 | 23 | 18 | 17 | 21 | 18 | 44 |
| 9 | 19 | 26 | 17 | 10 | 22 ♎ | 27 | 17 | 36 | 7 | 25 | 18 | 8 | 24 | 32 | 17 | 13 | 18 | 41 |
| E 10 | 20 | 27 | 14 | 33 | 5 | 18 | 17 | 42 | 7 | 37 | 18 | 49 | 25 | 45 | 17 | 1 | 18 | 38 |
| 11 | 21 | 28 | 11 | 56 | 18 ♏ | 52 | 17 | 48 | 7 | 48 | 19 | 30 | 26 | 59 | 16 | 51 | 18 | 35 |
| 12 | 22 | 29 | 9 | 19 | 2 | 19 | 17 | 54 | 7 | 59 | 20 A | 11 | 28 | 13 | 16 | 22 | 18 | 32 |
| 13 | 23 | 0 ♌ | 6 | 43 | 16 ♐ | 48 | 18 | 0 | 8 | 9 | 20 | 51 | 29 | 26 | 15 | 45 | 18 | 29 |
| 14 | 24 | 1 | 4 | 8 | 1 | 16 | 18 | 6 | 8 | 20 | 21 | 52 | 0 ♌ | 40 | 15 | 1 | 18 | 25 |
| 15 | 25 | 2 | 1 | 33 | 16 ♑ | 0 | 18 | 12 | 8 | 31 | 22 | 14 | 1 | 54 | 14 | 21 | 18 | 22 |
| 16 | 26 | 2 | 58 | 19 | 0 | 54 | 18 | 18 | 8 | 42 | 22 | 56 | 3 | 8 | 13 | 14 | 18 | 19 |
| E 17 | 27 | 3 | 56 | 25 | 15 ♒ | 45 | 18 | 24 | 8 | 52 | 23 | 33 | 4 | 21 | 12 | 16 | 18 | 16 |
| 18 | 28 | 4 | 53 | 52 | 0 | 36 | 18 | 30 | 9 | 3 | 24 | 15 | 5 | 35 | 11 | 13 | 18 | 13 |
| 19 | 29 | 5 | 51 | 19 | 15 | 7 | 18 | 36 | 9 | 14 | 24 | 54 | 6 | 49 | 10 | 8 | 18 | 9 |
| 20 | 30 | 6 | 48 | 48 | 29 | 26 | 18 | 48 | 9 | 24 | 25 | 33 | 8 | 3 | 9 | 3 | 18 | 6 |
| 21 | 31 | 7 | 46 | 10 | 13 ♓ | 20 | 18 | 49 | 9 | 34 | 26 | 11 | 9 | 16 | 9 | 6 | 18 | 3 |

| Latitudo Planetarum ad diem | ♄ | | ♃ | | ♂ | | ♀ | | ☿ | | |
|---|---|---|---|---|---|---|---|---|---|---|---|
| 1 | 2 | 56 | 1 | 0 | 0 | 58 | 0 | 9 | 1 | 47 | Meridies |
| 11 | 2 | 54 | 1 | 0 | 0 | 59 | 0 | 26 | 0 A | 1 | |
| 21 | 2 | 53 | 1 | 9 | 0 A | 59 | 0 | 45 | 2 | 1 | |

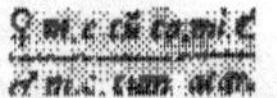

| Anni veteris | Anni Gregor. | Positus Planetarum Diurnus | | | | | | | | | | | | | | | | |
|---|---|---|---|---|---|---|---|---|---|---|---|---|---|---|---|---|---|---|
| | | | | | | | S | D | M | D | M | A | S | A | M | D | | |
| | | ☉ ♌ | | | ☽ ♓ | | ♄ ♍ | | ♃ ♊ | | ♂ ♉ | | ☿ ♌ | | ♀ ♌ | | ☊ ♓ | |
| Dies | | P | ′ | ″ | P | ′ | P | ′ | P | ′ | P | ′ | P | ′ | P | ′ | P | ′ |
| 22 | 1 | 8 | 43 | 49 | 27 ♈ | 6 | 18 | 56 | 9 | 44 | 26 | 51 | 10 | 30 | 6 | 59 | 18 | 0 |
| 23 | 2 | 9 | 42 | 21 | 10 | 26 | 19 | 2 | 9 | 54 | 27 | 30 | 11 | 44 | 6 | 3 | 17 | 57 |
| E 24 | 3 | 10 | 38 | 54 | 23 ♉ | 27 | 19 | 9 | 10 | 4 | 28 | 9 | 12 | 58 | 5 | 9 | 17 | 54 |
| 25 | 4 | 11 | 36 | 28 | 6 | 11 | 19 | 16 | 10 | 14 | 28 | 48 | 14 | 11 | 4 A | 21 | 17 | 50 |
| 26 | 5 | 12 | 34 | 3 | 18 ♊ | 40 | 19 | 22 | 10 | 24 | 29 ♊ | 27 | 15 | 26 | 3 | 40 | 17 | 47 |
| 27 | 6 | 13 | 31 | 39 | 0 | 56 | 19 | 29 | 10 | 34 | 0 | 6 | 16 | 40 | 3 | 7 | 17 | 44 |
| 28 | 7 | 14 | 29 | 16 | 13 | 2 | 19 | 36 | 10 | 43 | 0 | 44 | 17 | 54 | 2 | 42 | 17 | 41 |
| 29 | 8 | 15 | 26 | 54 | 25 | 1 | 19 | 43 | 10 | 53 | 1 | 23 | 19 | 8 | 2 | 24 | 17 | 38 |
| 30 | 9 | 16 | 24 | 33 | 6 ♋ | 50 | 19 | 50 | 11 | 2 | 2 | 1 | 20 | 22 | 2 Di | 14 | 17 | 34 |
| E 31 | 10 | 17 | 22 | 13 | 18 | 49 | 19 | 57 | 11 | 11 | 2 | 39 | 21 | 36 | 2 | 11 | 17 | 31 |
| Au. 1 | 11 | 18 | 19 | 54 | 0 ♌ | 53 | 20 | 4 | 11 | 20 | 3 | 17 | 22 | 50 | 2 | 16 | 17 | 28 |
| 2 | 12 | 19 | 17 | 36 | 12 | 40 | 20 | 11 | 11 | 29 | 3 | 55 | 24 | 4 | 2 | 29 | 17 | 25 |
| 3 | 13 | 20 | 15 | 20 | 24 ♍ | 45 | 20 | 18 | 11 | 38 | 4 | 33 | 25 | 18 | 2 | 50 | 17 | 22 |
| 4 | 14 | 21 | 13 | 5 | 7 | 1 | 20 | 25 | 11 | 46 | 5 | 10 | 26 | 32 | 3 | 18 | 17 | 18 |
| 5 | 15 | 22 | 10 | 51 | 19 ♎ | 32 | 20 | 32 | 11 | 55 | 5 | 47 | 27 | 46 | 3 | 52 | 17 | 15 |
| 6 | 16 | 23 | 8 | 38 | 2 | 19 | 20 | 39 | 12 | 3 | 6 | 23 | 29 ♍ | 0 | 4 | 32 | 17 | 12 |
| E 7 | 17 | 24 | 6 | 26 | 15 | 23 | 20 | 47 | 12 | 11 | 7 | 1 | 0 | 14 | 5 | 18 | 17 | 9 |
| 8 | 18 | 25 | 4 | 15 | 28 | 52 | 20 | 54 | 12 | 19 | 7 | 38 | 1 | 28 | 6 | 9 | 17 | 6 |
| 9 | 19 | 26 | 2 | 5 | 12 ♏ | 41 | 21 | 1 | 12 | 27 | 8 | 14 | 2 | 42 | 7 | 4 | 17 | 3 |
| 10 | 20 | 26 | 59 | 57 | 26 | 40 | 21 | 9 | 12 | 35 | 8 | 51 | 3 | 56 | 8 | 4 | 16 | 59 |
| 11 | 21 | 27 | 57 | 50 | 21 ♐ | 13 | 21 | 16 | 12 | 43 | 9 | 27 | 5 | 10 | 9 | 8 | 16 | 56 |
| 12 | 22 | 28 | 55 | 45 | 25 | 48 | 21 | 23 | 12 | 50 | 10 | 3 | 6 | 25 | 10 | 16 | 16 | 53 |
| 13 | 23 | 29 ♍ | 53 | 41 | 10 ♑ | 29 | 21 | 30 | 12 | 58 | 10 | 39 | 7 | 39 | 11 | 28 | 16 | 50 |
| E 14 | 24 | 0 | 51 | 39 | 25 | 9 | 21 | 38 | 13 | 5 | 11 | 15 | 8 | 53 | 12 | 43 | 16 | 47 |
| 15 | 25 | 1 | 49 | 39 | 9 ♒ | 43 | 21 | 45 | 13 | 12 | 11 | 51 | 10 | 8 | 14 | 1 | 16 | 43 |
| 16 | 26 | 2 | 47 | 40 | 23 | 59 | 21 | 53 | 13 | 19 | 12 | 26 | 11 | 22 | 15 | 22 | 16 | 40 |
| 17 | 27 | 3 | 45 | 42 | 8 ♓ | 1 | 22 | 0 | 13 | 26 | 13 | 1 | 12 | 36 | 16 | 46 | 16 | 37 |
| 18 | 28 | 4 | 43 | 46 | 21 | 44 | 22 | 8 | 13 | 32 | 13 | 36 | 13 | 50 | 18 | 12 | 16 | 34 |
| 19 | 29 | 5 | 41 | 51 | 5 ♈ | 9 | 22 | 15 | 13 | 39 | 14 | 11 | 15 | 5 | 19 S | 41 | 16 | 31 |
| 20 | 30 | 6 | 39 | 58 | 18 | 17 | 22 | 23 | 13 | 45 | 14 | 45 | 16 | 19 | 21 | 10 | 16 | 28 |
| E 21 | 31 | 7 | 38 | 6 | 1 ♉ | 10 | 22 | 30 | 13 | 51 | 15 | 19 | 17 | 33 | 22 | 45 | 16 | 24 |
| Latitudo Planetarum ad diē | | | | | | 1 | 2 | 31 | 1 | 5 | 0 | 58 | 0 | 54 | 4 A | 6 | | |
| | | | | | | 11 | 2 | 30 | 1 | 7 | 0 | 56 | 1 | 3 | 2 | 57 | Mensis | |
| | | | | | | 21 | 2 | 28 | 1 | 10 | 0 | 53 | 1 D | 3 | 1 S | 13 | | |

☿ orā̄ hyd. ♂ oc.

♀ occ. cum ♍ igo.

⚹ ♂ ☿ 14 15. ☿

September 1597

Positus Planetarum Diurnus.

| Dies Stili veteris | Dies Stili novi | ☉ ♍ G | ' | " | ☽ ♉ G | ' | ♄ ♍ G | ' | ♃ ♏ G | ' | ♂ ♊ G | ' | ♀ ♍ G | ' | ☿ ♌ G | ' | ☊ ♓ G | ' |
|---|---|---|---|---|---|---|---|---|---|---|---|---|---|---|---|---|---|---|
| 22 | 1 | 8 | 30 | 16 | 13 | 50 | 22 | 38 | 13 | 57 | 15 | 51 | 18 | 48 | 24 | 19 | 16 | 21 |
| 23 | 2 | 9 | 34 | 27 | 16 | 18 | 22 | 45 | 14 | 3 | 16 | 27 | 20 | 2 | 25 | 55 | 16 | 18 |
| 24 | 3 | 10 | 32 | 40 | ♊ 6 | 37 | 22 | 53 | 14 | 8 | 17 | 1 | 21 | 16 | 27 | 32 | 16 | 15 |
| 25 | 4 | 11 | 30 | 55 | 20 | 49 | 23 | 1 | 14 | 14 | 17 | 35 | 22 | 31 | 29 | 11 | 16 | 12 |
| 26 | 5 | 12 | 29 | 11 | ♋ 2 | 56 | 23 | 8 | 14 | 19 | 18 | 8 | 23 | 45 | ♍ 0 | 51 | 16 | 8 |
| 27 | 6 | 13 | 27 | 29 | 15 | 8 | 23 | 16 | 14 | 24 | 18 | 41 | 25 | 0 | 2 | 32 | 16 | 5 |
| 28 | 7 | 14 | 25 | 49 | 27 | 7 | 23 | 23 | 14 | 29 | 19 | 14 | 26 | 14 | 4 | 12 | 16 | 2 |
| 29 | 8 | 15 | 24 | 10 | ♌ 9 | 10 | 23 | 31 | 14 | 34 | 19 | 47 | 27 | 29 | 5 | 53 | 15 | 59 |
| 30 | 9 | 16 | 22 | 38 | 21 | 30 | 23 | 38 | 14 | 39 | 20 | 19 | 28 | 43 | 7 | 34 | 15 | 56 |
| 31 | 10 | 17 | 20 | 58 | ♍ 3 | 12 | 23 | 46 | 14 | 43 | 20 | 52 | 29 | 58 | 9 | 14 | 15 | 53 |
| Sep. 1 | 11 | 18 | 19 | 25 | 16 | 10 | 23 | 54 | 14 | 48 | 21 | 24 | ♎ 1 | 12 | 11 | 7 | 15 | 49 |
| 2 | 12 | 19 | 17 | 54 | 29 | 14 | 24 | 2 | 14 | 53 | 21 | 56 | 2 | 26 | 12 | 52 | 15 | [illegible] |
| 3 | 13 | 20 | 16 | 25 | ♎ 12 | 17 | 24 | 10 | 14 | [illegible] | 22 | 2[illegible] | 3 | 4[illegible] | [illegible] | 37 | 15 | [illegible] |
| 4 | 14 | 21 | 14 | 58 | 25 | 38 | 24 | 17 | 15 | 2 | 22 | [illegible] | [illegible] | [illegible] | [illegible] | 25 | 15 | [illegible] |
| 5 | 15 | 22 | 13 | 3[illegible] | ♏ 9 | 17 | 24 | 25 | 15 | [illegible] | 23 | 40 | 6 | 21 | 18 | 20 | 15 | 37 |
| 6 | 16 | 23 | 11 | 7 | 23 | 25 | 24 | 33 | 15 | [illegible] | 24 | 1 | 7 | 25 | 19 | 57 | 15 | 33 |
| 7 | 17 | 24 | 10 | 44 | ♐ 7 | 20 | 24 | 41 | 15 | [illegible] | 24 | 3[illegible] | 8 | 40 | 21 | 43 | 15 | 30 |
| 8 | 18 | 25 | 9 | 23 | 21 | 53 | 24 | 48 | 15 | [illegible] | 25 | [illegible] | 9 | 55 | 23 | 30 | 15 | 27 |
| 9 | 19 | 26 | 8 | 4 | ♑ 6 | 23 | 24 | 56 | 15 | [illegible] | [illegible] | [illegible] | 11 | 9 | 25 | 20 | 15 | [illegible] |
| 10 | 20 | 27 | 6 | 47 | 20 | 54 | 25 | [illegible] | [illegible] | [illegible] | [illegible] | [illegible] | 12 | [illegible] | 27 | 8 | 15 | [illegible] |
| 11 | 21 | 28 | 5 | 34 | ♒ 5 | 29 | 25 | 11 | 15 | [illegible] | [illegible] | [illegible] | [illegible] | [illegible] | 28 | 57 | 15 | [illegible] |
| 12 | 22 | 29 | 4 | 19 | 19 | 33 | 25 | 19 | 15 | [illegible] | [illegible] | [illegible] | [illegible] | [illegible] | ♎ 0 | 4[illegible] | 15 | [illegible] |
| 13 | 23 | ♎ 0 | 3 | 8 | ♓ 3 | 31 | 25 | 26 | 15 | [illegible] | 27 | [illegible] | 16 | [illegible] | 2 | 46 | 15 | [illegible] |
| 14 | 24 | 1 | 1 | 59 | 17 | 12 | 25 | 34 | 15 | [illegible] | 27 | 56 | 17 | [illegible] | 4 | 24 | 15 | [illegible] |
| 15 | 25 | 2 | 0 | 52 | ♈ 0 | 30 | 25 | 42 | 15 | [illegible] | 28 | [illegible] | 18 | [illegible] | 6 | 10 | 15 | [illegible] |
| 16 | 26 | 2 | 59 | 46 | 13 | 42 | 25 | 49 | 15 | [illegible] | 28 | 52 | 20 | [illegible] | 7 | 57 | 15 | [illegible] |
| 17 | 27 | 3 | 58 | 43 | 26 | 32 | 25 | 57 | 15 | 32 | 29 | 19 | 21 | 7 | 9 | 45 | 14 | [illegible] |
| 18 | 28 | 4 | 57 | 42 | ♉ 9 | 9 | 26 | 4 | 15 | 33 | 29 | 46 | 22 | 21 | 11 | 31 | 14 | 5[illegible] |
| 19 | 29 | 5 | 56 | 43 | 21 | 30 | 26 | 11 | 15 | 33 | ♋ 0 | [illegible] | 23 | 37 | 13 | 18 | 14 | 5[illegible] |
| 20 | 30 | 6 | 55 | 46 | ♊ 3 | 55 | 26 | 19 | 15 | 34 | 0 | 40 | 24 | 52 | 15 | [illegible] | 14 | 40 |

| Latitudo Planetarum ad diē | | ♄ | ' | ♃ | ' | ♂ | ' | ♀ | ' | ☿ | ' | |
|---|---|---|---|---|---|---|---|---|---|---|---|---|
| | 1 | 2 | 37 | 1 | 14 | 0 | 43 | 1 | 3 | 0 | 51 | Mensis |
| | 11 | 2 | 36 | 1 | 16 | 0 | 41 | 0 | 55 | 1 | 21 | |
| | 21 | 2 | 37 | 1 | 21 | 0 | 32 | 0 | 44 | 1 | 30 | |

## Syzygię Lunares.

| Dies | ☉ | Occid. ♄ | Orient. ♃ | Orient. ♂ | Occid. ♀ | Orient. ☿ | Syzygię Planetarũ mutuę, & eorum congressus cum illustrioribus aliquibus stellis fixis. |
|---|---|---|---|---|---|---|---|
| | H ′ | H ′ | H ′ | H ′ | H ′ | H ′ | |
| 1 | | 16△45 | | | 10△37 | 23□14 | ♀ or. cum regulo. |
| 2 | | | | | | | |
| 3 □ | 4 14 | | 10☌56 | 17☌19 | | | ♃ m.c. cũ Rigel, ☌ ♀ cũ |
| 4 Alc. | 21 ♑ | 4□24 | | | 3□44 | 19✱13 | ☌ ♄ ♀ 10.31. (cum ♌ |
| 5 | 20✱37 | | | | | | (Urio. a. |
| 6 | | 16✱31 | | | 22✱3 | | ☉ Apo. ♂ m.c. cũ Zona |
| 7 | | | | | | | □ ☉ ♃ 1.22. ♀ m. cũ |
| 8 | | | 10✱26 | 21✱16 | | | ♀ or. cum vinde. (16o. |
| 9 | | | | | | | |
| 10 | | | 20□50 | | | 12☌11 | [illegible] 22.51. |
| 11 ☌ | 4 0 | 14☌9 | | 9□43 | | | ♀ m.c. cũ cor. Bor. et ☿ or. |
| 12 Alc. | 25 ♍ | | | | 6☌32 | | ☿ m.c. cũ Alg. (cũ 50. |
| 13 | | | 4△46 | 19△5 | | | □ ♃ ☿ 4.28. (cũ 31. |
| 14 | | | | | | | ☿ or. cũ arcturo. ♂ m.c. |
| 15 | 5✱26 | | | | | 17✱28 | |
| 16 | | 2✱13 | | | | | ♂ m.c. cũ de. hum. Orio. |
| 17 | | Orient. | 12☍51 | | 2✱21 | | ☌ ☉ ♄ 13.51 □ ☉ ♂ |
| 18 □ | 6 0 | 4□53 | | 5☍22 | | 3□7 | ☌ ♄ ☿ 8.14. c (16.26 b |
| 19 Alc. | 22 ♓ | | | | 8□37 | | ☉ Pr. ☌ ☉ ☿ 23.31 d |
| 20 | 13△16 | 7△0 | | | | 11△53 | ☿ or. cum corona. |
| 21 | | | 16△57 | | 15△23 | Occid. | ☿ or. cum vindem. |
| 22 | | | | 13△14 | | | △ ♃ ♀ 10.12. (Alg. |
| 23 | | | 20□57 | | | | ☉ ☊ 10.23. ♀ or. cum e |
| 24 | | 15☍8 | | 19□54 | | | ☿ or. cum rostro corui. f. |
| 25 ☍ | 3 1 | | | | | 11☍48 | ♀ or. cum ving. ♍, ♂ oc. |
| 26 Alc. | 23 ♋ | | 3✱24 | | 12☍46 | | ☿ or. cum spica ♍, cũ 50 |
| 27 | | | | 5✱30 | | | ♂ oc. c. cum cane minore. |
| 28 | | | | | | | ♄ m.c. cum rostro corui. |
| 29 | | 9△1 | | | | | ☿ or. cum corona. |
| 30 | 6△27 | | 22☌52 | | | | △ ♃ ☿ 6.48. |

*a.* Die 6. ☿ or. cum hydra.
*b.* Die 17. □ ♄ ♂ 10.26.
*c.* Die 18. ☿ m.c. cum vinde.
*d.* Die 19. □ ♂ ☿ 3.23.
*e.* Die 23. ♀ occ. cum spica ♍.
*f.* Die 24. ☿ or. cum arcturo.

19
15
—
19

Syzygiæ Lunares.

| Dies | ☽ | Orient. ♄ | Orient. ♃ | Orient. ♂ | Occid. ♀ | Occid. ☿ | Syzygię Planetarũ mutuę & eorum congressus cum illustrioribus aliquibus stellis fixis. |
|---|---|---|---|---|---|---|---|
| | H ′ | H ′ | H ′ | H ′ | H ′ | H ′ | |
| 1 | | 10 □ 34 | | | 22 △ 56 | 1 △ 32 | ♀ m.c. cum cing. ♍. a. |
| 2 □ | 23 3 | | | 6 ☌ 36 | | | ☽ Apog. ☿ or. cū ⚹ 8. |
| 3 Alc. | 4 [illegible] | | | | | 22 □ 43 | ♀ or. cum spica ♍. |
| 4 | | 8 ⚹ 18 | | | 15 □ 48 | | |
| 5 | 14 ⚹ 48 | | 20 ⚹ 31 | | | | ♂ or. cū Bell.: ☽ Apo. b |
| 6 | | | | | | 18 ⚹ 25 | ♀ or. cum Fidicula. |
| 7 | | | | 7 ⚹ 41 | 8 ⚹ 14 | | △ ♂ ♀ 0.28. |
| 8 | | | 6 □ 0 | | | | ☽ ☍ ♄ 3.5 △ ☽ ♃ 17.29 |
| 9 | | 4 ☌ 8 | | 17 □ 19 | | | |
| 10 ☍ | 16 40 | | 12 △ 54 | | | | ☿ or. cum lyra. |
| 11 Alc. | 25 ♍ | | | | | 25 ☌ 32 | ♀ or. cū cau. cyg. et [illegible] |
| 12 | | | | 0 △ 14 | 8 ☌ 21 | | △ ♂ ☿ 1.37 ♀ oc. cū [illegible] |
| 13 | | 14 ⚹ 31 | | | | | ♄ or. cū [illegible] (cheus d. |
| 14 | | | 19 ☍ 31 | | | | ☿ or. cum cauda cyg. ☽ |
| 15 | 6 ⚹ 31 | 16 □ 40 | | | | | ♂ m.c. cū cane mai. |
| 16 | | | | 7 ☍ 12 | 22 ⚹ 55 | 16 ⚹ 23 | ☽ Perig. |
| 17 □ | 12 0 | 18 △ 45 | | | | | ♀ oc. cū cing. ♍ ☽ m.c. |
| 18 Alc. | 9 ☊ | | 22 △ 44 | | | | ♀ m.c. cū acu. ♏ (cū 6.4 |
| 19 | 18 △ 5 | | | | 4 □ 56 | 0 □ 0 | |
| 20 | | | | 14 △ 43 | | | ♀ oc. cū acu ♏. ( ♏ |
| 21 | | | 2 □ 34 | | 14 △ 42 | 10 △ 0 | ☽ ☊ 0.6 ☿ m.c. cū neo. |
| 22 | | 3 ☍ 39 | | 23 □ 0 | | | ♄ occ. cū media fron. ♏ |
| 23 | | | 8 ⚹ 50 | | | | |
| 24 ☍ | 15 40 | | | | | | ♀ oc. cū ne. ☽ corde ♏ |
| 25 Alc. | 8 ♎ | | | 8 ⚹ 20 | | | |
| 26 | | 23 △ 24 | | | 21 ☍ 21 | 15 ☍ 20 | ♀ occ. cū lance borea. f. |
| 27 | | | | | | | ⚹ ♄ ♀ 20.52. ☿ or. cū |
| 28 | | | 5 ☌ 17 | | | | (rost. galli. |
| 29 | | 12 □ 45 | | | | | ☽ Apo. ☿ or. cū [illegible] galli. |
| 30 | 1 △ 3[illegible] | | | 9 ☌ 35 | | | ♃ m.c. cum [illegible] (die g. |
| 31 | | 13 ⚹ 54 | | | | | ⚹ ♄ ☿ 10.17. ♂ oc. cū ♄ |

a. Die 1. ☿ or. cū Algo. ☽ occ. cum cauda ♌.
b. Die 5. ♀ m.c. cum arct. no.
c. Die 13 ♀ occ. cum lance austr.
d. Die 14 ☿ occ. cum lance austr.
e. Die 21. ♀ m.c. cum cor. ☿ oc. cū acu. ♏
f. Die 26. ☿ occ. cum neb. ☽ corde ♏.
g. Die 31. ♀ m.c. cum antare.

## Positus Planetarum Diurnus.

| | Anni Iuliani | Anni Gregor. | ☉ ♏ P | ' | " | ☽ ♌ P | ' | ♄ ♎ P (S A) | ' | ♃ ♊ P (M D) | ' | ♂ ♋ P (S A) | ' | ☿ ♐ P (M D) | ' | ♀ ♐ P (M D) | ' | ☊ ♓ P | ' |
|---|---|---|---|---|---|---|---|---|---|---|---|---|---|---|---|---|---|---|---|
| | Dies | | | | | | | | | | | | | | | | | | |
| | 22 | 1 | 8 | 42 | 15 | 0 | 9 | 0 | 6 | 14 | 17 | 12 | 0 | 4 | 49 | 0 | 29 | 13 | 7 |
| E | 23 | 2 | 9 | 42 | 21 | 12 | 24 | 0 | 12 | 14 | 12 | 12 | 16 | 6 | 3 | 1 | 13 | 13 | 4 |
| | 24 | 3 | 10 | 42 | 29 | 24 ♍ | 48 | 0 | 18 | 14 | 6 | 11 | 26 | 7 | [illegible] | 1 | 53 | 13 | 1 |
| | 25 | 4 | 11 | 42 | 39 | 7 | 24 | 0 | 25 | 14 | 1 | 11 | 35 | 8 | 33 | 2 | 29 | 12 | 58 |
| | 26 | 5 | 12 | 42 | 50 | 20 ♎ | 15 | 0 | 31 | 13 | 55 | 11 | 43 | 9 | 4[illegible] | 3 | 0 | 12 | 54 |
| | 27 | 6 | 13 | 43 | 3 | 3 | 21 | 0 | 38 | 13 | 49 | 11 | 51 | 11 | 3 | 3 A | 26 | 12 | 51 |
| | 28 | 7 | 14 | 43 | 16 | 16 ♏ | 45 | 0 | 44 | 13 | 43 | 11 | 58 | 12 | 17 | 3 | 47 | 12 | 48 |
| | 29 | 8 | 15 | 43 | 35 | 0 | 28 | 0 | 50 | 13 | 37 | 12 | 5 | 13 | 32 | 4 | 2 | 12 | 45 |
| E | 30 | 9 | 16 | 43 | 53 | 14 | 29 | 0 | 56 | 13 | 31 | 12 | 11 | 14 | 47 | 4 | 12 | 12 | 42 |
| | 31 | 10 | 17 | 44 | 13 | 28 | 48 | 1 | 2 | 13 | 24 | 12 | 16 | 16 | 2 | 4 | 17 | 12 | 39 |
| No. | 1 | 11 | 18 | 44 | 34 | 13 ♐ | 21 | 1 | 8 | 13 | 16 | 12 | 21 | 17 | 16 | 4 St. | 17 | 12 | 35 |
| | 2 | 12 | 19 | 44 | 57 | 28 | 4 | 1 | 14 | 13 | 11 | 12 | 25 | 18 | 31 | 4 | 12 | 12 | 32 |
| | 3 | 13 | 20 | 45 | 22 | 12 ♑ | 50 | 1 | 20 | 13 | 5 | 12 | 26 | 19 | 46 | 4 | 4 | 12 | 29 |
| | 4 | 14 | 21 | 45 | 48 | 27 | 33 | 1 | 26 | 12 | 58 | 12 | 30 | 21 | 0 | 3 | 47 | 12 | 26 |
| | 5 | 15 | 22 | 46 | 16 | 12 ♒ | 5 | 1 | 31 | 12 | 51 | 12 | 32 | 22 | 15 | 3 | 27 | 12 | 23 |
| E | 6 | 16 | 23 | 46 | 43 | 26 | 21 | 1 | 37 | 12 | 44 | 12 ℞ | 32 | 23 | 30 | 3 | 3 | 12 | 19 |
| | 7 | 17 | 24 | 47 | 16 | 10 ♓ | 19 | 1 | 42 | 12 | 37 | 12 | 31 | 24 | 44 | 2 | 36 | 12 | 16 |
| | 8 | 18 | 25 | 47 | 49 | 23 | 54 | 1 | 48 | 12 | 30 | 12 | 30 | 25 | 59 | 2 | 6 | 12 | 13 |
| | 9 | 19 | 26 | 48 | 23 | 7 ♈ | 6 | 1 | 53 | 12 | 23 | 12 | 28 | 27 | 13 | 1 | 33 | 12 | 10 |
| | 10 | 20 | 27 | 48 | 58 | 19 | 57 | 1 | 58 | 12 | 15 | 12 | 25 | 28 | 28 | 0 | 59 | 12 | 7 |
| | 11 | 21 | 28 | 49 | 35 | 2 ♉ | 30 | 2 | 3 | 12 | 8 | 12 | 21 | 29 | 42 | 0 | 24 | 12 | 3 |
| | 12 | 22 | 29 | 50 | 13 | 14 | 4[illegible] | 2 | 8 | 12 | 0 | 12 | 17 | 0 | 57 | 29 | 49 | 12 | 0 |
| E | 13 | 23 | 0 ♐ | 50 | 54 | 16 ♊ | 52 | 2 | 13 | 11 A | 52 | 12 | 12 | 2 | 11 | 19 | 15 | 11 | 57 |
| | 14 | 24 | 1 | 51 | 33 | 28 | 48 | 2 | 18 | 11 | 45 | 12 | 6 | 3 | 26 | 18 | 4[illegible] | 11 | 54 |
| | 15 | 25 | 2 | 52 | 15 | 20 ♋ | 37 | 2 | 23 | 11 | 37 | 11 | 59 | 4 | 40 | 18 | 10 | 11 | 51 |
| | 16 | 25 | 3 | 53 | 58 | 2 | 24 | 2 | 28 | 11 | 29 | 11 | 51 | 5 | 55 | 17 | 41 | 11 | 48 |
| | 17 | 27 | 4 | 53 | 42 | 14 | 13 | 2 | 32 | 11 | 21 | 11 | 42 | 7 | 9 | 17 S | 10 | 11 | 44 |
| | 18 | 28 | 5 | 54 | 26 | 26 | 5 | 2 | 37 | 11 | 13 | 11 | 33 | 8 | 23 | 16 | 55 | 11 | 41 |
| | 19 | 29 | 6 | 55 | 15 | 8 ♌ | 4 | 2 | 41 | 11 | 5 | 11 | 23 | 9 | 37 | 26 | 38 | 11 | 38 |
| E | 20 | 30 | 7 | 56 | 3 | 20 | 13 | 2 | 46 | 10 | 57 | 11 | 12 | 10 | 51 | 26 | 25 | 11 | 35 |

| Latitudo Planetarū ad diē | ♄ P | ' | ♃ P | ' | ♂ P | ' | ☿ P | ' | ♀ P | ' | |
|---|---|---|---|---|---|---|---|---|---|---|---|
| 1 | 2 | 35 | 1 | 29 | 0 | 23 | 0 | 38 | 3 A | 4 | |
| 11 | 2 | 38 | 1 | 31 | 0 | 47 | 1 | 2 | 2 | 54 | Meridis |
| 21 | 2 | 41 | 1 A | 32 | 1 | 11 | 1 | 11 | 1 S | 14 | |

Positus Planetarum Diurnus.

| Dies Anni Iuliani | Anni Grego. | ☉ ♐ P | ' | " | ☾ ♍ P | ' | S ♄ ♎ A P | ' | M ♃ ♊ A P | ' | S ♂ ♋ A P | ' | M ♀ ♑ D P | ' | S ☿ ♒ A P | ' | ☊ ♓ P | ' |
|---|---|---|---|---|---|---|---|---|---|---|---|---|---|---|---|---|---|---|
| 21 | 1 | 8 | 56 | 52 | 2 | 33 | 2 | 50 | 10 | 49 | 11 | 0 | 12 | 5 | 26 | 17 | 11 | 32 |
| 22 | 2 | 9 | 57 | 41 | 15 | 9 | 2 | 54 | 10 | 42 | 10 | 47 | 13 | 19 | 26 | 14 | 11 | 28 |
| 23 | 3 | 10 | 58 | 33 | 28 ♎ | 3 | 2 | 59 | 10 | 34 | 10 | 33 | 14 | 33 | 26 D | 17 | 11 | 25 |
| 24 | 4 | 11 | 59 | 25 | 11 | 16 | 3 | 2 | 10 | 25 | 10 | 19 | 15 | 47 | 26 | 25 | 11 | 22 |
| 25 | 5 | 13 | 0 | 14 | 24 ♏ | 19 | 3 | 7 | 10 | 18 | 10 | 3 | 17 | 1 | 26 | 38 | 11 | 19 |
| 26 | 6 | 14 | 1 | 12 | 8 | 13 | 3 | 11 | 10 | 11 | 9 | 48 | 18 | 15 | 26 | 50 | 11 | 16 |
| E 27 | 7 | 15 | 2 | 7 | 22 ♐ | 53 | 3 | 15 | 10 | 3 | 9 | 30 | 19 | 29 | 27 | 20 | 11 | 13 |
| 28 | 8 | 16 | 3 | 3 | 7 | 11 | 3 | 19 | 9 | 55 | 9 | 12 | 20 | 42 | 27 | 4 | 11 | 9 |
| 29 | 9 | 17 | 4 | 0 | 22 | 10 | 3 | 23 | 9 | 47 | 8 | 54 | 21 | 3 | 28 | 22 | 11 | 6 |
| 30 | 10 | 18 | 4 | 56 | 7 | 23 | 3 | 26 | 9 | 40 | 8 | 35 | 23 | 11 | 28 D | 59 | 11 | 3 |
| Ia. 1 | 11 | 19 | 5 | 57 | 22 ♒ | 11 | 3 | 30 | 9 | 32 | 8 | 16 | 24 | 25 | 29 | 40 | 11 | 0 |
| 2 | 12 | 20 | 6 | 57 | 7 | 3 | 3 | 33 | 9 | 24 | 7 | 56 | 25 | 38 | 0 ♓ | 26 | 10 | 57 |
| 3 | 13 | 21 | 7 | 58 | 21 ♓ | 42 | 3 | 37 | 9 | 17 | 7 | 35 | 26 | 51 | 1 | 10 | 10 | 53 |
| B 4 | 14 | 22 | 8 | 59 | 6 | 2 | 3 | 40 | 9 | 10 | 7 | 14 | 28 | 5 | 2 | 10 | 10 | 50 |
| 5 | 15 | 23 | 10 | 1 | 20 ♈ | 9 | 3 | 43 | 9 | 3 | 6 | 53 | 29 | 19 | 3 | 6 | 10 | 47 |
| 6 | 16 | 24 | 11 | 3 | 3 | 36 | 3 | 46 | 8 | 55 | 6 | 31 | 0 ♒ | 32 | 4 | 9 | 10 | 44 |
| 7 | 17 | 25 | 12 | 6 | 16 | 48 | 3 | 49 | 8 | 48 | 6 | 9 | 1 | 45 | 5 | 13 | 10 | 41 |
| 8 | 18 | 26 | 13 | 9 | 29 ♉ | 17 | 3 | 52 | 8 | 41 | 5 | 46 | 2 | 59 | 6 | 20 | 10 | 37 |
| 9 | 19 | 27 | 14 | 12 | 12 | 6 | 3 | 55 | 8 | 34 | 5 | 23 | 4 | 12 | 7 | 30 | 10 | 34 |
| 10 | 20 | 28 | 15 | 15 | 24 | 18 | 3 | 58 | 8 | 27 | 5 | 0 | 5 | 26 | 8 | 43 | 10 | 31 |
| C 11 | 21 | 29 ♑ | 16 | 19 | 6 ♊ | 17 | 4 | 0 | 8 | 20 | 4 | 37 | 6 | 39 | 9 | 59 | 10 | 28 |
| 12 | 22 | 0 | 17 | 22 | 18 | 6 | 4 | 3 | 8 | 13 | 4 | 14 | 7 | 52 | 11 | 17 | 10 | 25 |
| 13 | 23 | 1 | 18 | 26 | 29 ♋ | 48 | 4 | 5 | 8 | 7 | 3 | 51 | 9 | 5 | 12 | 38 | 10 | 22 |
| 14 | 24 | 2 | 19 | 33 | 11 | 46 | 4 | 7 | 8 | 0 | 3 | 26 | 10 | 18 | 14 | 1 | 10 | 18 |
| 15 | 25 | 3 | 20 | 38 | 23 ♌ | 5 | 4 | 9 | 7 | 54 | 3 | 4 | 11 | 31 | 15 | 25 | 10 | 15 |
| 16 | 26 | 4 | 21 | 42 | 4 | 48 | 4 | 11 | 7 | 48 | 2 | 40 | 12 | 44 | 16 | 51 | 10 | 12 |
| 17 | 27 | 5 | 22 | 48 | 16 | 33 | 4 | 13 | 7 | 42 | 2 | 17 | 13 | 57 | 18 | 19 | 10 | 9 |
| A 18 | 28 | 6 | 23 | 54 | 28 | 38 | 4 | 15 | 7 | 36 | 1 | 54 | 15 | 9 | 19 | 45 | 10 | 6 |
| 19 | 29 | 7 | 25 | 0 | 10 ♍ | 52 | 4 | 17 | 7 | 30 | 1 | 32 | 16 | 21 | 21 | 21 | 10 | 2 |
| 20 | 30 | 8 | 26 | 6 | 23 | 23 | 4 | 18 | 7 | 24 | 1 | 10 | 17 | 33 | 22 M | 54 | 9 | 59 |
| 21 | 31 | 9 | 27 | 12 | 6 ♎ | 14 | 4 | 20 | 7 | 19 | 0 | 48 | 18 | 42 | 24 | 28 | 9 | 56 |

| Latitudo Planetarũ ad diẽ | | ♄ | | ♃ | | ♂ | | ♀ | | ☿ | | |
|---|---|---|---|---|---|---|---|---|---|---|---|---|
| | 1 | 1 | 45 | 1 | 30 | 1 | 38 | 1 | 34 | 0 D | 56 | Mensis |
| | 11 | 1 | 49 | 1 | 28 | 2 | 2 | 1 | 45 | 1 | 33 | |
| | 21 | 1 | 53 | 1 | 25 | 2 | 25 | 1 | 54 | 0 M | 57 | |

ntc.| 5 dc| *a. Die 17. ♀ m.c. cum cauda Del.*

b. *Die 20. ☿ or cum corde ♏.*

c *Die 28. ☿ occ. cum ar Eluro.*

*♂ Fit dir occ. cum stellis frontis ♏.*

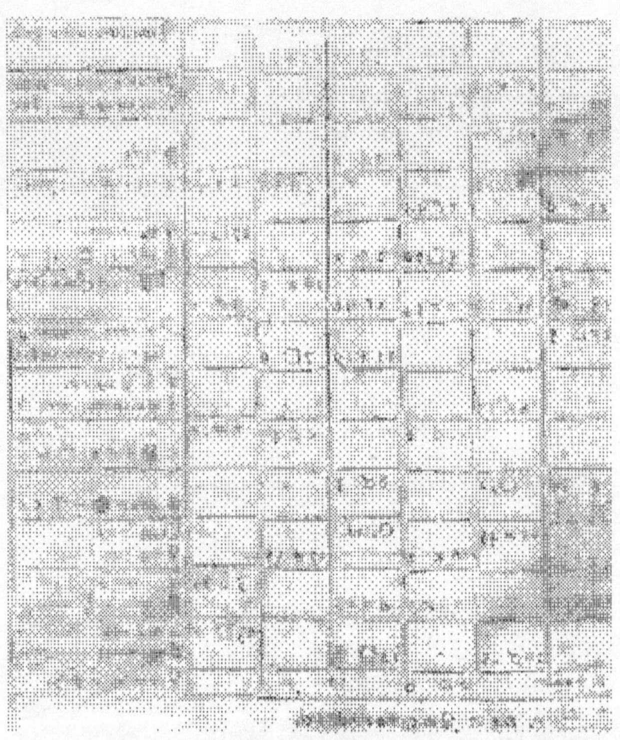

# EPHEMERIS
## IOANNIS ANTONII MAGINI PATAVINI

Ad annum Dominicæ Incarnationis

1598.

Qui est secundus à Bissextili, vel Intercalari, à Gregoriana anni innouatione 16. & à principio mundi 5560.

*Figura cœli in ingressu Solis in Ariete æquinoctium veris.*

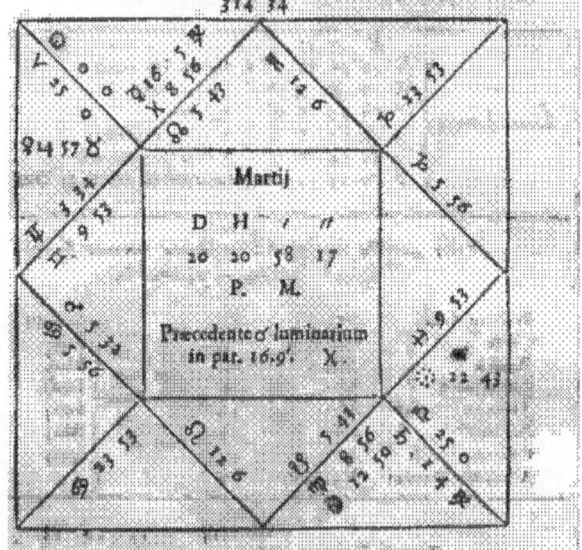


Anni Tropici vera magnitudo.

*Dierum* 365. *Horarum* 5. *Scr.* 55′. 30″. 8‴. 22⁗.

# ANNO VIRGINEI PARTVS 1598 communi.

| | | | D. | H. | ′ | ″ |
|---|---|---|---|---|---|---|
| Ingressus ☉ in principium | ♋, & quadræ æstiuæ | Iunij | 21 | 17 | 32 | 27 |
| | ♎, & quadræ autumnalis | Septemb. | 23 | 4 | 51 | 53 |
| | ♑, & quadræ hiemalis | Decemb. | 21 | 23 | 14 | 52 |

| | P. | ′ | ″ | ‴ |
|---|---|---|---|---|
| Vera præcessio Æquinoctiorum | 28 | 3 | 50 | 30 |
| Obliquitas Zodiaci | 23 | 28 | 3 | 40 |

Eccentricitas ☉ 32219. Qualium semidiameter eccentrici ☉ par. 1000000. seu par. 1, 55′, 59″, 21‴. Qualium P. 60.

| | | P. | ′ | ″ | | | |
|---|---|---|---|---|---|---|---|
| Locus Apogæi | ♄ | 29 | 20 | 55 | ♐ | Aureus Numerus | 3 |
| | ♃ | 6 | 48 | 4 | ♎ | Cyclus Solis | 11 |
| | ♂ | 28 | 34 | 37 | ♌ | Epacta | 23 |
| | ☉ | 9 | 14 | 6 | ♋ | Indictio Romana | 11 |
| | ♀ | 16 | 24 | 51 | ♊ | Litera Dominicalis | D |
| | ☿ | 0 | 19 | 20 | ♐ | Interuallum hebd. 5. Dies | 3 |

*Festa mobilia secundum Sacrosanctæ Romanæ Ecclesiæ usum iuxta annum reformatum.*

| | | | | | |
|---|---|---|---|---|---|
| Septuagesima | Ianuarij | 18 | Sed secundum verum motuum supputationem sit | Ianuarij | 25 |
| Cinis | Februarij | [illegible] | | Febr. | 11 |
| Pascha | Martij | 22 | | Mar. | 29 |
| Rogationes | Maij | 26 | | Iunij | 2 |
| Ascensio Domini | Maij | 30 | | Iunij | 6 |
| Pentecostes | Maij | 10 | | Maij | 17 |
| Corpus Christi | Maij | 21 | | Maij | 28 |
| Aduentus Domini | Nouemb. | 9 | | | |

| | | | | |
|---|---|---|---|---|
| Quatuor Tempora anni, seu Ieiunia | Februarij | 11 | 13 | 14 |
| | Maij | 13 | 15 | 16 |
| | Septembris | 16 | 18 | 19 |
| | Decembris | 16 | 18 | 19 |

## Descriptio primæ Lunaris Eclipsis 1598.

*Die 20. Februarij anni innouati, seu die 10. iuxta computum anni veteris, horis à meridie elapsis 17. 15'. 22''. æqualis spoliabitur ☽ suo fulgore per diametrum ☉ transiens iuxta ☋ in par. 1. 53'. 49''. ♍. Anomalia autem Solis annua ad dictum tempus reperitur par. 231. 1'. 38''. & eius semidiameter 16'. 40''. & tunc non procul à longitudine media sui Eccentrici inuenitur. Anomalia autem ☽ est par. 45. 54'. 51''. & eius semidiameter 15'. 21''. semidiameter verò vmbræ terræ coæquata 40'. 16''. Verus latitudinis ☽ motus par. 84. 42'. 23''. Vera autem ☽ latitudo 27'. 39''. Bor. Ad principium verò Eclipsis 32'. 12''. & ad finem 23'. 4''. Bor. Digiti Eclipticì erunt 10. 58'. Tempus casus H. 1. 44'. 36''.*

| | | H. | scr. | | |
|---|---|---|---|---|---|
| *Huius Eclipsis Lunæ digit. 10. 58'.* | *Initium apparebit* | 15 | 29 | T. M. | *Pertransient à principio ad finem H. 3. scr. 29'.* |
| | | 10 | 13 | N. S. | |
| | *Medium, quod est vera ☍* | 17 | 13 | T. M. | |
| | | 11 | 57 | N. S. | |
| | *Finis conspicietur* | 18 | 58 | T. M. | |
| | | 13 | 42 | N. S. | |

## Imago prædictæ defectionis Lunæ.

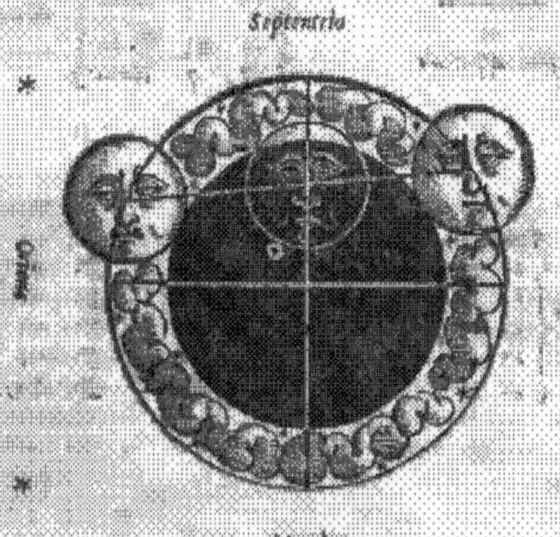

# Computus Eclipsis Solaris 1598.

*Die 23. Februarij anni veteris, qui congruit cum die 6. Martij anni novi H. 21. 53'. 3'', à meridie aequatis luminaria secundum suos veros motus conueniunt in par 16. 7'. 1''. ♓ apud ☊. versante ☽ circa longitudinem mediam sui Eccentrici. Verum cum haec eclipsis coniunctio celebretur in parte coeli orientali, visibilis coniunctio praecedet veram, quae quidem apparebit H. 21. 44'. 56''. P. M. ita ut sit intervallum inter veram & apparentem synodum H. 0. 8'. 7''. nam parallaxis secundum longitudinem reperta fuit 4'. 31''. Distant autem luminaria à nostro vertice par. 58. 57'. anomalia vera ☽ aequata par. 145. 0'. 56''. & eius semidiameter apparens 16'. 42''. Anomalia ☉ par. 227. 35'. 58''. & eius semid. 17'. 15''. Verus latitudinis ☽ motus par. 279. 35'. 18''. Vera autem latitudo ☽ 49'. 54''. Borea. Parallaxis verò in latitudinem 51'. 54''. Austrina. Ideo relinquitur apparens, seu visa latitudo 2'. 0''. Austrina. Visa autem latitudo ☽ ad initium defectionis 4'. 57'. Austr. & ad exitum 0'. 56''. Borealis. Digiti eclipsati 11. 33'. Tempus incidentiae H. 1. 18'. 56''. Emersionis, seu recuperationis sui luminis H. 1. 0'. 5''.*

| | | H. | scr. | | |
|---|---|---|---|---|---|
| *Huius defectus Solis digit. 11. 33'.* | *Principium conspicietur* | 20 | 27 | P. M. | *Numerabuntur à principio ad finem H. 2. scr. 19.* |
| | | 14 | 49 | Horo | |
| | *Medium, seu visibilis coitus luminarium* | 21 | 45 | P. M. | |
| | | 16 | 7 | Horo. | |
| | *Finis apparebit* | 22 | 45 | P. M. | |
| | | 17 | 7 | Horo. | |

| | Punct. | | | | | | | |
|---|---|---|---|---|---|---|---|---|
| *Magnitudo huius Eclipsis ☉ erit* | 11 | 54 | *In climate* | *Quarto,* | & | gr. | 36 | *Eleuationis poli.* |
| | 11 | 39 | | *Quinto,* | & | gr. | 41 | |
| | 11 | 33 | | *Sexto,* | & | gr. | 45 | |
| | 11 | 27 | | *Septimo,* | & | gr. | 49 | |
| | 11 | 16 | | *Octavo,* | & | gr. | 52 | |

## Figura dicti defectus Solaris ad medium sexti climatis.

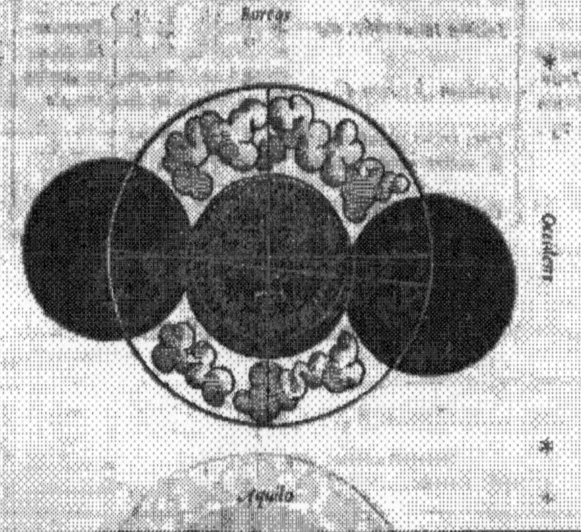


## Examen alterius defectus Lunæ anno antedicto.

*Die 16. Augusti anni Gregoriani, qui refertur ad diem 6. eiusdem secundum annum Iulianum veterem H. 8. 1′. 48″. P. M. deficiet iterum ☾ lumine ex omni parte in ☊ draconis dum transit per par. 23. 13′. 37″. ex diametro Solis sita. Quæ quidem tempore habet anomaliæ coæquatæ par. 189. 30′. 35″. & eius semidiameter est 17′. 48″. Sol autem ab apogæo Eccentrici descendit versus longitudinem mediam, nam eius anomalia annua coæquata est par. 45. 5′. 8″. & eius semidiameter 15′. 57″. semidiameter verò umbræ terræ coæquata 49′. 33″. Verus motus latitudinis ☾ par. 165. 22′. 32″. & vera latitudo 24′. 40″. Austr. Verum ad principium Eclipsis 29′. 58″. & ad finem 18′. 20″. semper Australis. Puncta ecliptica conspicientur 14′. 23″. Tempus incidentiæ numerabitur H. 1. 13′. 7″. Moræ autem dimidia H. 0. 34′. 14″.*

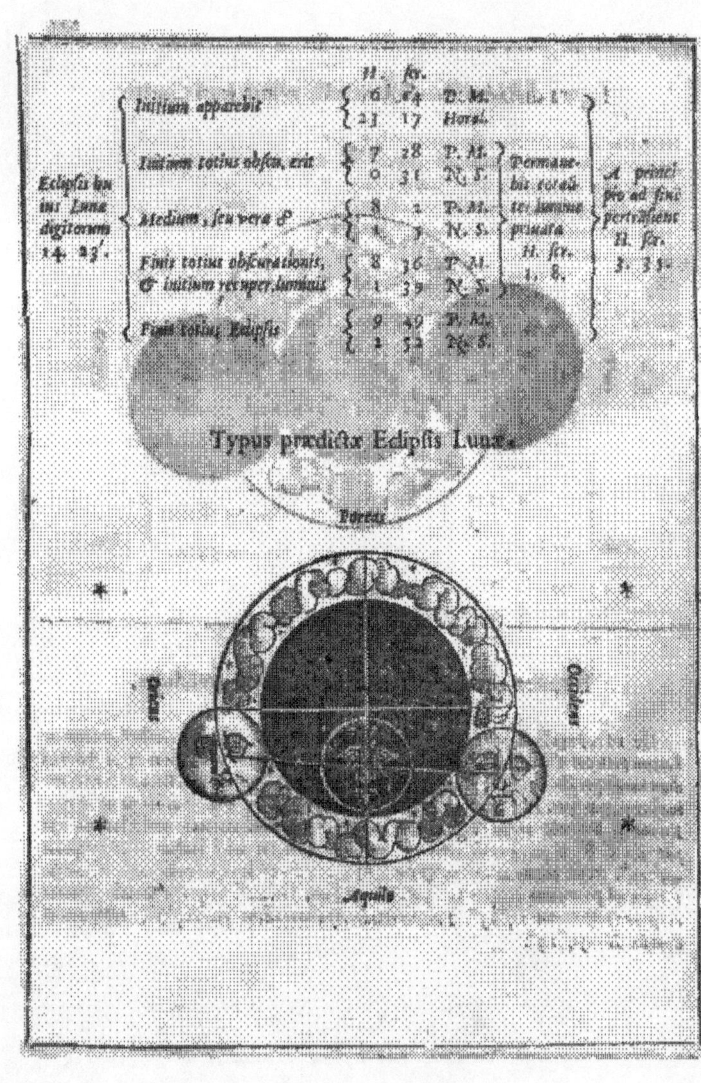

| Eclipsis huius Lunæ digitorum 14. 23′. | | H. | scr. | | | |
|---|---|---|---|---|---|---|
| | *Initium apparebit* | 6 | 54 | P. M. | | A principio ad finē pertransient H. scr. 3. 35. |
| | | 21 | 17 | Horol. | | |
| | *Initium totius obscu. erit* | 7 | 28 | P. M. | Permanebit totaliter luminis priuata H. scr. 1. 8. | |
| | | 0 | 31 | N. S. | | |
| | *Medium, seu vera ☍* | 8 | 2 | P. M. | | |
| | | 1 | 5 | N. S. | | |
| | *Finis totius obscurationis, & initium recuper. luminis* | 8 | 36 | P. M. | | |
| | | 1 | 39 | N. S. | | |
| | *Finis totius Eclipsis* | 9 | 49 | P. M. | | |
| | | 2 | 52 | N. S. | | |



Typus prædictæ Eclipsis Lunæ.

## Planetarum status.

♄ Discurrit per totum anni spatium per longitudinem sui Eccentrici mediam.
Die 14. Martii pertinget ad Perigæon } Epicycli.
Die 29. Septemb. perueniet ad Augem } Epicycli.
Mouetur in præcedentia à die 14. Ianuarii vsque in 2. Iunij.

♃ Toto hoc anno spatio ad longitudinem mediam Eccentri accedit.
Die 22. Iunij ad augem sui parui orbis deuenit.
Vltimo Ianuarij definit retrocurrere, & iterum die 8. Nouemb. vsque in futurum annum regressione vexabitur.

♂ Die 27. Aprilis ad Apogæum Eccentri peruenit.
Die 8. Decemb. in Apogæo Epicycli est.
A retrocessu liberatur die 1. Febr. & inde semper secundum signorum ordinem incedet.

♀ Die 8. Iunii in suprema } Eccentri parte inuenitur.
8. Decemb. in infima } Eccentri parte inuenitur.
14. Maii per demissiorem Epicycli partem transit.
Contra signorum seriem perficietur à die 23. Aprilis vsque in 5. Iunij.

☿ Die
23 Maii in Perigæo } Eccentrici transit.
21 Nouemb. in Apogæo } Eccentrici transit.
18 Ianuarij Apogæum } Epicycli tenet.
16 Martij Perigæum
14 Maii Apogæum
12 Iulij Perigæum
8 Septemb. Apogæum
4 Nouemb. Perigæum
31 Decemb. Apogæum
5 Martij vsque ad 28. eiusdem } Retroferetur.
1 Iulij vsque in 14. eiusdem
24 Octobris vsque ad 15. Nouemb.

Syzygiæ Lunares.

| Dies | ☉ | Orient. ♄ | Orient. ♃ | Orient. ♂ | Occid. ♀ | Occid. ☿ | Syzygiç Planetarũ mutuę & eorum congressus cum illustrioribus aliquibus stellis fixis. |
|---|---|---|---|---|---|---|---|
| D. cs | H ′ | H ′ | H ′ | H ′ | H ′ | H ′ | |
| 1 | | 20 □ 34 | | | 22 △ 56 | 1 △ 32 | ☿ m.c.cum cing. ♍. a. |
| 2 □ | 13 3 | | | 6 ☌ 36 | | | ☽ Apog. ☿ or. cũ ✶ 8. |
| 3 Alc. | 4 44 | | | | | 22 □ 45 | ☿ or. cum spica ♍. |
| 4 | | 8 ✶ 18 | | | 15 □ 48 | | |
| 5 | 14 ✶ 48 | | 20 ✶ 32 | | | | ♂ or. cũ Bell. ♂ Apog. b |
| 6 | | | | | | 18 ✶ 25 | ☿ or. cum Fidicula. |
| 7 | | | | 7 ✶ 41 | 8 ✶ 14 | | △ ♂ ♀ 0.28. |
| 8 | | | 6 □ 0 | | | | ☽ ☿ 3.51 △ ☽ ♃ 17.29 |
| 9 | | 4 ☌ 8 | | 17 □ 19 | | | |
| 10 ☌ | 16 46 | | 13 △ 54 | | | | ☿ or. cum lyra. |
| 11 Alc. | 18 ♍ | | | | | 25 ☌ 58 | ♀ or. cũ cau cyg. et thebis |
| 12 | | | | 0 △ 14 | 8 ☌ 21 | | ☌ ♂ ☿ 3.37 ♀ oc. cũ ✶. |
| 13 | | 14 ✶ 31 | | | | | ♄ or. cũ m.c. (thebus. d. |
| 14 | | | 19 ☍ 31 | | | | ☿ or. cum cauda cyg. ♂ |
| 15 | 6 ✶ 36 | 16 □ 40 | | | | | ♂ m.c. cũ cane maio. |
| 16 | | | | 7 ☍ 12 | 12 ✶ 55 | 16 ✶ 23 | ☽ Perig. |
| 17 □ | 12 0 | 18 △ 45 | | | | | ♀ oc. cũ cing. ♍ ♂ m. c. |
| 18 Alc. | 9 ♌ | | 22 △ 40 | | | | ♀ m.c. cũ acu. (cũ 6 |
| 19 | 18 △ 5 | | | | 4 □ 56 | 0 □ 0 | |
| 20 | | | | 14 △ 43 | | | ♀ oc cũ acu. ♏. ( ♏ c |
| 21 | | | 2 □ 34 | | 14 △ 42 | 10 △ 0 | ☽ ☊ 0.6 ♃ m.c. cũ neo. |
| 22 | | 3 ☍ 39 | | 23 □ 0 | | | ☿ or. cũ media fron. ♏ |
| 23 | | | 8 ✶ 50 | | | | |
| 24 ☍ | 15 46 | | | | | | ♀ oc. cũ ne. ♂ corde ♏ |
| 25 Alc. | 8 ♎ | | | 8 ✶ 20 | | | |
| 26 | | 23 △ 24 | | | 21 ☍ 21 | 15 ☍ 20 | ♀ oc. cũ lance borea. f. |
| 27 | | | | | | | ✶ ♄ ♀ 20.52. ♀ or. cũ |
| 28 | | | 1 ☌ 17 | | | | (rost. galli. |
| 29 | | 12 □ 43 | | | | | ☽ Apo. ☿ or. cũ o. galli. |
| 30 | 1 △ 35 | | | 9 ☌ 35 | | | ♃ m. c. cum K. (dies. g. |
| 31 | | 13 ✶ 54 | | | | | ✶ ♄ ☿ 10.17. ♂ oc. cũ ♄ |

a. Die 1. ☿ or. cũ Algo. ♂ occ. cum cauda ♑. | e. Die 21. ♀ m.c. cum cauda. ☿ oc. cũ acu. ♏

b. Die 5. ♀ m. c. cum coll. ♏. | f. Die 26. ☿ occ. cum neb. ♂ corde ♏.

c. Die 13 ♀ occ. cum lance austr. | g. Die 31. ♀ m.c. cum antare.

d. Die 14. ☿ occ. cum lance austr.

Positus Planetarum Diurnus.

| Dies | Dies | ☉ ♏ P | ' | " | ☽ ♌ P | ' | ♄ ♎ S P | A ' | ♃ ♒ M P | D ' | ♂ ♋ S P | A ' | ☿ ♐ M P | D ' | ♀ ♐ M P | D ' | ☊ ♓ P | ' |
|---|---|---|---|---|---|---|---|---|---|---|---|---|---|---|---|---|---|---|
| 22 | 1 | 8 | 42 | 15 | 0 | 9 | 0 | 6 | 14 | 17 | 11 | 6 | 4 | 49 | 0 | 29 | 13 | 7 |
| F. 23 | 2 | 9 | 42 | 21 | 12 | 24 | 0 | 12 | 14 | 12 | 11 | 16 | 6 | 3 | 1 | 13 | 13 | 4 |
| 24 | 3 | 10 | 42 | 29 | 24 ♍ | 48 | 0 | 18 | 14 | 6 | 11 | 26 | 7 | 18 | 1 | 53 | 13 | 1 |
| 25 | 4 | 11 | 42 | 39 | 7 | 14 | 0 | 25 | 14 | 1 | 11 | 35 | 8 | 33 | 2 | 29 | 12 | 58 |
| 26 | 5 | 12 | 42 | 50 | 20 ♎ | 15 | 0 | 31 | 13 | 55 | 11 | 43 | 9 | 48 | 3 | 0 | 12 | 54 |
| 27 | 6 | 13 | 43 | 3 | 3 | 21 | 0 | 38 | 13 | 49 | 11 | 51 | 11 | 3 | 3 A | 26 | 12 | 51 |
| 28 | 7 | 14 | 43 | 16 | 16 ♏ | 45 | 0 | 44 | 13 | 43 | 11 | 58 | 12 | 17 | 3 | 47 | 12 | 48 |
| 29 | 8 | 15 | 43 | 35 | 0 | 28 | 0 | 50 | 13 | 37 | 12 | 5 | 13 | 32 | 4 | 2 | 12 | 45 |
| E 30 | 9 | 16 | 43 | 53 | 14 | 29 | 0 | 56 | 13 | 31 | 12 | 11 | 14 | 47 | 4 | 11 | 12 | 42 |
| 31 | 10 | 17 | 44 | 13 | 28 | 48 | 1 | 2 | 13 | 24 | 12 | 16 | 16 | 2 | 4 | 17 | 12 | 39 |
| No. 1 | 11 | 18 | 44 | 34 | 13 ♐ | 21 | 1 | 8 | 13 | 18 | 12 | 21 | 17 | 16 | 4 ℞ | 17 | 12 | 35 |
| 2 | 12 | 19 | 44 | 57 | 28 | 4 | 1 | 14 | 13 | 11 | 12 | 25 | 18 | 31 | 4 | 12 | 12 | 32 |
| 3 | 13 | 20 | 45 | 22 | 12 ♑ | 50 | 1 | 20 | 13 | 5 | 12 | 28 | 19 | 46 | 4 | 2 | 12 | 29 |
| 4 | 14 | 21 | 45 | 48 | 27 | 33 | 1 | 26 | 12 | 58 | 12 | 30 | 21 | 0 | 3 | 47 | 12 | 26 |
| 5 | 15 | 22 | 46 | 16 | 11 ♒ | 5 | 1 | 31 | 12 | 51 | 12 | 31 | 22 | 15 | 3 | 27 | 12 | 23 |
| E 6 | 16 | 23 | 46 | 45 | 26 | 21 | 1 | 37 | 12 | 44 | 12 ℞ | 32 | 23 | 30 | 3 | 3 | 12 | 19 |
| 7 | 17 | 24 | 47 | 16 | 10 ♓ | 19 | 1 | 42 | 12 | 37 | 12 | 31 | 24 | 44 | 2 | 36 | 12 | 16 |
| 8 | 18 | 25 | 47 | 49 | 23 | 54 | 1 | 48 | 12 | 30 | 12 | 30 | 25 | 59 | 2 | 6 | 12 | 13 |
| 9 | 19 | 26 | 48 | 23 | 7 ♈ | 6 | 1 | 53 | 12 | 23 | 12 | 28 | 27 | 13 | 1 | 33 | 12 | 10 |
| 10 | 20 | 27 | 48 | 58 | 19 | 57 | 1 | 58 | 12 | 15 | 12 | 25 | 28 | 28 | 0 | 59 | 12 | 7 |
| 11 | 21 | 28 | 49 | 35 | 2 ♉ | 30 | 2 | 3 | 12 | 8 | 12 | 22 | 29 | 42 | 0 ♏ | 24 | 12 | 3 |
| 12 | 22 | 29 | 50 | 13 | 14 | 41 | 2 | 8 | 12 | 0 | 12 | 17 | 0 | 57 | 29 | 49 | 12 | 0 |
| ☽ 13 | 23 | 0 ♐ | 50 | 52 | 26 ♊ | 53 | 2 | 13 | 11 A | 52 | 12 | 12 | 2 | 11 | 29 | 15 | 11 | 57 |
| 14 | 24 | 1 | 51 | 33 | 8 | 48 | 2 | 18 | 11 | 45 | 12 | 6 | 3 | 26 | 28 | 41 | 11 | 54 |
| 15 | 25 | 2 | 52 | 15 | 20 ♋ | 37 | 2 | 23 | 11 | 37 | 11 | 59 | 4 | 40 | 28 | 10 | 11 | 51 |
| 16 | 26 | 3 | 52 | 58 | 2 | 24 | 2 | 28 | 11 | 29 | 11 | 51 | 5 | 55 | 27 | 41 | 11 | 48 |
| 17 | 27 | 4 | 53 | 42 | 14 | 13 | 2 | 32 | 11 | 21 | 11 | 42 | 7 | 9 | 27 S | 10 | 11 | 44 |
| 18 | 28 | 5 | 54 | 28 | 26 | 5 | 2 | 37 | 11 | 13 | 11 | 33 | 8 | 23 | 26 | 55 | 11 | 41 |
| 19 | 29 | 6 | 55 | 15 | 8 ♌ | 4 | 2 | 41 | 11 | 5 | 11 | 23 | 9 | 37 | 26 | 36 | 11 | 38 |
| E 20 | 30 | 7 | 56 | 3 | 20 | 11 | 2 | 46 | 10 | 57 | 11 | 12 | 10 | 51 | 26 | 25 | 11 | 35 |

| Latitudo Planetarū ad diē | ♄ | | ♃ | | ♂ | | ☿ | | ♀ | | |
|---|---|---|---|---|---|---|---|---|---|---|---|
| 1 | 1 | 33 | 1 | 29 | 0 | 23 | 0 | 38 | 3 A | 41 | |
| 11 | 1 | 35 | 1 | 31 | 0 | 47 | 1 | 2 | 2 | 54 | Mensis |
| 21 | 1 | 41 | 1 A | 33 | 1 | 12 | 1 | 12 | 1 S | 14 | |

| Syzygiæ Lunares. | | Orient. | Orient. | Orient. | Occid. | Occid. | Syzygiæ Planetarũ mutuæ, & eorum congressus cum illustrioribus aliquibus stellis fixis. |
|---|---|---|---|---|---|---|---|
| | ☽ | ♄ | ♃ | ♂ | ♀ | ☿ | |
| Dies | H ′ | H ′ | H ′ | H ′ | H ′ | H ′ | |
| 1 □ | 18 35 | | | | 10 △ 9 | 0 △ 40 | ♀ oc. cũ coma Beren. a. |
| 2 Asc. | 15 [illegible] | | 2 ✱ 17 | | | | ♂ or. cũ dx. hum. Orio. b. |
| 3 | | | | | | 14 □ 10 | △ ☉ ♂ 10.31. ♀ or. cũ |
| 4 | 8 ✱ 45 | | 12 □ 15 | 7 ✱ 54 | 2 □ 23 | | ☉ ☿ 10, 21. (antare. |
| 5 | | 18 ☌ 59 | | | | | |
| 6 | | | 18 △ 37 | 15 □ 20 | 15 ✱ 11 | 0 ✱ 10 | |
| 7 | | | | | | | |
| 8 | | | | 20 △ 1 | | | ☍ ♃ ♀ 1.29. |
| 9 ☌ | 4 25 | | | | | | |
| 10 Asc. | 8 ♉ | 3 ✱ 42 | 23 ☍ 54 | | | 9 ☌ 2 | ♃ m. c. cum sin. hu. Orio. |
| 11 | | | | | 7 ☌ 0 | | ♀ oc. cũ arcturo, & m. c. |
| 12 | | 5 □ 10 | | 23 ☍ 23 | | | ☉ Perig. (cum acu. ♏. |
| 13 | 13 ✱ 50 | | | | | | ♀ or. cum aquila. |
| 14 | | 5 △ 20 | | | | 10 ✱ 0 | ♃ occ. cum cap. Med. c. |
| 15 □ | 19 40 | | 1 △ 17 | | 18 ✱ 44 | | ♂ or. cum Hercule. |
| 16 Asc. | 17 [illegible] | | | | | 11 □ 10 | ♃ m. c. cum capra. |
| 17 | | | 4 □ 2 | 3 △ 53 | | | ☉ ☊ 8.26. (cũ Algor. |
| 18 | 3 △ 44 | 4 ☍ 28 | | | 4 □ 10 | 14 △ 20 | ✱ ♄ ☿ 11,21. ♄ m. c. |
| 19 | | | 9 ✱ 45 | 8 □ 57 | | | ♀ or. cum cauda Del. |
| 20 | | | | | 18 △ 2 | | ♂ occ. cum hœdis. |
| 21 | | | | 19 ✱ 8 | | | ☌ ☉ ♀ 23.45. |
| 22 | | | | | | Orient. | |
| 23 ☍ | 9 5 | 11 △ 0 | | | | 4 ☍ 54 | □ ♄ ♀ 0.41. |
| 24 Asc. | 3 ♌ | | 5 ☌ 55 | | | | ✱ ☉ ♄ 11.9. |
| 25 | | | | | | | ☿ or. cum neb. ♓, & m. |
| 26 | | 0 □ 8 | | 19 ☌ 26 | 7 ☍ 58 | | ☉ Apog. (c. cum lyra. d. |
| 27 | | | | | | | ♀ or. cum acu. ♏. |
| 28 | 21 △ 29 | 13 ✱ 8 | | | | 1 △ 40 | ☿ oc. cũ neb. & corde ♏. |
| 29 | | | 3 ✱ 58 | | | | (neb. ♏. |
| 30 | | | | | | 11 □ 57 | ☍ ♂ ♀ 5.51. ♀ or. cum |

a. Die 1. ♄ m. c. cum crinib. Beren.
b. Die 2. ☿ occ. cum coma Beren.
c. Die 14. ♀ m. c. cum neb. ♏.
♂ [illegible] ☿ oriendo cum Hercule, & occ. cum hœdis.
d. Die 25. ☿ or. cum rost. galli. & cũ media frontis ♏.

| Dies Julian. | Dies Gregor. | ☉ ♐ | | | ☽ ♍ | | ♄ ♎ S A | | ♃ ♊ M A | | ♂ ♋ S A | | ♀ ♑ M D | | ☿ S A | | ☊ ♓ | |
|---|---|---|---|---|---|---|---|---|---|---|---|---|---|---|---|---|---|---|
| Dies | | P | ′ | ″ | P | ′ | P | ′ | P | ′ | P | ′ | P | ′ | P | ′ | P | ′ |
| 21 | 1 | 8 | 56 | 52 | 2 | 33 | 2 | 50 | 10 | 49 | 11 | 0 | 12 | 5 | 26 | 17 | 11 | 32 |
| 22 | 2 | 9 | 57 | 42 | 15 | 9 | 2 | 54 | 10 | 41 | 10 | 47 | 13 | 19 | 26 | 14 | 11 | 28 |
| 23 | 3 | 10 | 58 | 33 | 28 ♎ | 5 | 2 | 59 | 10 | 34 | 10 | 33 | 14 | 33 | 26 Di | 17 | 11 | 25 |
| 24 | 4 | 11 | 59 | 25 | 11 | 16 | 3 | 2 | 10 | 28 | 10 | 18 | 15 | 47 | 26 | 25 | 11 | 22 |
| 25 | 5 | 13 | 0 | 18 | 24 ♏ | 43 | 3 | 7 | 10 | 16 | 10 | 3 | 17 | 1 | 25 | 38 | 11 | 19 |
| 26 | 6 | 14 | 1 | 11 | 8 | 45 | 3 | 11 | 10 | 11 | 9 | 47 | 18 | 15 | 26 | 30 | 11 | 16 |
| E 27 | 7 | 15 | 2 | 7 | 22 ♐ | 58 | 3 | 15 | 10 | 3 | 9 | 30 | 19 | 29 | 27 | 20 | 11 | 13 |
| 28 | 8 | 16 | 3 | 3 | 7 | 41 | 3 | 19 | 9 | 55 | 9 | 13 | 20 | 43 | 27 | 4 | 11 | 9 |
| 29 | 9 | 17 | 4 | 0 | 21 | 16 | 3 | 23 | 9 | 47 | 8 | 54 | 21 | 57 | 26 | 22 | 11 | 6 |
| 30 | 10 | 18 | 4 | 58 | 7 | 13 | 3 | 26 | 9 | 40 | 8 | 35 | 23 | 11 | 25 D | 59 | 11 | 3 |
| De 1 | 11 | 19 | 5 | 57 | 22 ♒ | 11 | 3 | 30 | 9 | 32 | 8 | 16 | 24 | 25 | 29 ♓ | 40 | 11 | 0 |
| 2 | 12 | 20 | 6 | 57 | 7 | 3 | 3 | 33 | 9 | 25 | 7 | 56 | 25 | 38 | 0 | 26 | 10 | 57 |
| 3 | 13 | 21 | 7 | 58 | 21 ♓ | 42 | 3 | 37 | 9 | 17 | 7 | 35 | 26 | 52 | 1 | 16 | 10 | 53 |
| B 4 | 14 | 22 | 8 | 59 | 6 | 2 | 3 | 40 | 9 | 10 | 7 | 14 | 28 | 5 | 2 | 10 | 10 | 50 |
| 5 | 15 | 23 | 10 | 1 | 20 ♈ | 0 | 3 | 43 | 9 | 2 | 6 | 53 | 29 | 19 | 3 | 8 | 10 | 47 |
| 6 | 16 | 24 | 11 | 3 | 3 | 56 | 3 | 46 | 8 | 55 | 6 | 31 | 0 ♒ | 32 | 4 | 9 | 10 | 44 |
| 7 | 17 | 25 | 12 | 6 | 16 | 48 | 3 | 49 | 8 | 48 | 6 | 9 | 1 | 46 | 5 | 13 | 10 | 41 |
| 8 | 18 | 26 | 13 | 9 | 29 ♉ | 37 | 3 | 53 | 8 | 41 | 5 | 46 | 2 | 59 | 6 | 20 | 10 | 37 |
| 9 | 19 | 27 | 14 | 12 | 12 | 6 | 3 | 55 | 8 | 34 | 5 | 23 | 4 | 13 | 7 | 30 | 10 | 34 |
| 10 | 20 | 28 | 15 | 15 | 24 | 18 | 3 | 58 | 8 | 27 | 5 | 0 | 5 | 26 | 8 | 43 | 10 | 31 |
| E 11 | 21 | 29 ♑ | 16 | 19 | 6 ♊ | 17 | 4 | 0 | 8 | 20 | 4 | 37 | 6 | 39 | 9 | 59 | 10 | 28 |
| 12 | 22 | 0 | 17 | 22 | 18 | 6 | 4 | 3 | 8 | 13 | 4 | 14 | 7 | 52 | 11 | 17 | 10 | 25 |
| 13 | 23 | 1 | 18 | 26 | 29 ♋ | 48 | 4 | 5 | 8 | 7 | 3 | 50 | 9 | 5 | 12 | 38 | 10 | 22 |
| 14 | 24 | 2 | 19 | 33 | 11 | 26 | 4 | 7 | 8 | 0 | 3 | 26 | 10 | 18 | 14 | 1 | 10 | 18 |
| 15 | 25 | 3 | 20 | 38 | 23 ♌ | 5 | 4 | 9 | 7 | 54 | 3 | 3 | 11 | 31 | 15 | 24 | 10 | 15 |
| 16 | 26 | 4 | 21 | 43 | 4 | 48 | 4 | 11 | 7 | 48 | 2 | 40 | 12 | 44 | 16 | 51 | 10 | 12 |
| 17 | 27 | 5 | 22 | 48 | 16 | 39 | 4 | 13 | 7 | 42 | 2 | 17 | 13 | 57 | 18 | 19 | 10 | 9 |
| F 18 | 28 | 6 | 23 | 54 | 28 | 38 | 4 | 15 | 7 | 36 | 1 | 54 | 15 | 9 | 19 | 49 | 10 | 6 |
| 19 | 29 | 7 | 25 | 0 | 10 ♍ | 52 | 4 | 17 | 7 | 30 | 1 | 32 | 16 | 22 | 21 | 21 | 10 | 3 |
| 20 | 30 | 8 | 26 | 6 | 23 | 29 | 4 | 18 | 7 | 24 | 1 | 10 | 17 | 34 | 22 | 54 | 9 | 59 |
| 21 | 31 | 9 | 27 | 12 | 6 ♎ | 14 | 4 | 20 | 7 | 19 | 0 | 48 | 18 | 47 | 24 M | 28 | 9 | 56 |

| Latitudo Planetarũ ad diẽ | | ♄ | | ♃ | | ♂ | | ♀ | | ☿ | | |
|---|---|---|---|---|---|---|---|---|---|---|---|---|
| | 1 | 1 | 45 | 1 | 30 | 1 | 33 | 1 | 31 | 0 D | 56 | |
| | 11 | 1 | 49 | 1 | 28 | 2 | 2 | 1 | 45 | 1 | 37 | Meusis |
| | 21 | 1 | 53 | 1 | 25 | 2 | 15 | 1 | 54 | 0 M | 57 | |

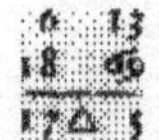

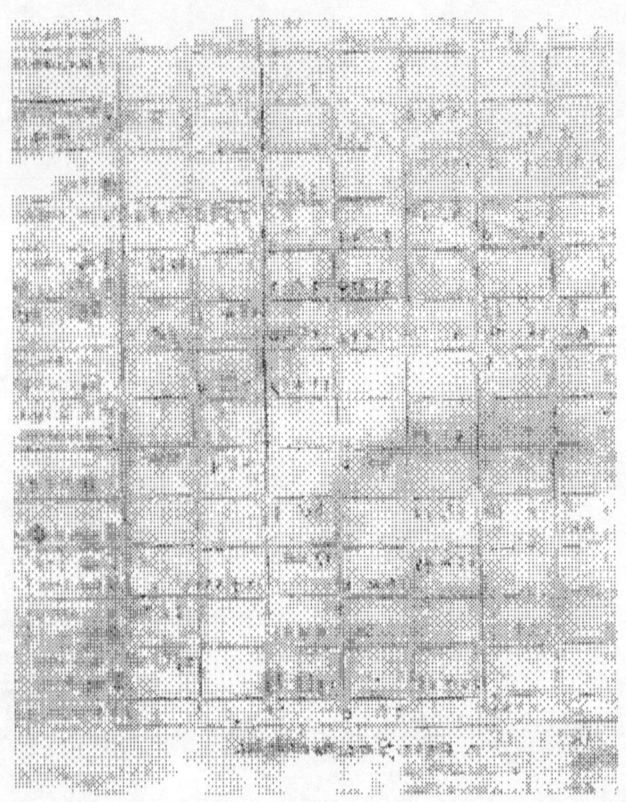

# EPHEMERIS IOANNIS ANTONII MAGINI PATAVINI

Ad annum Dominicæ Incarnationis

1598.

Qui est secundus à Bissextili, vel Intercalari, à Gregoriana anni innouatione 16. & à principio mundi 5560.

*Figura cæli in ingressu Solis in Ariete æquinoctium veris.*

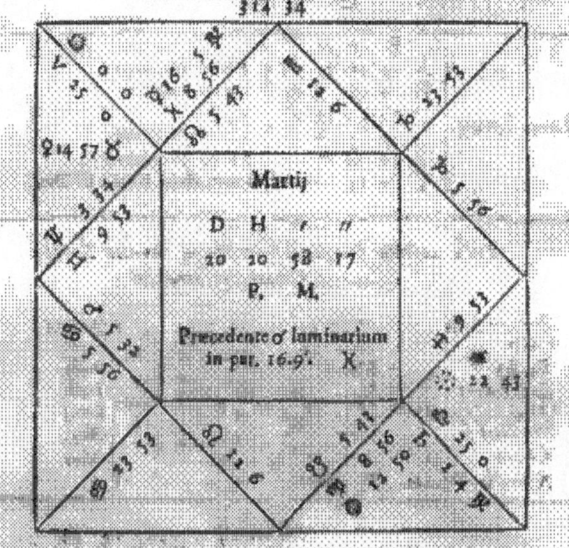


Anni Tropici vera magnitudo.

*Dierum 365. Horarum 5. Scr. 55′. 30″. 8‴. 22⁗.*

# Descriptio primæ Lunaris Eclipsis 1598.

*Die 20. Februarij anni innouati, seu die 10. iuxta computum anni veteris, horis à meridie elapsis 17. 13'. 22''. æqualis spoliabitur ☾ suo fulgore per diametrum ☉ transiens iuxta ☋ in par. 1. 53'. 49''. ♍. Anomalia autem Solis annua ad dictum tempus reperitur par. 231. 1'. 38''. & eius semidiameter 16'. 40''. & tunc non procul à longitudine media sui Eccentrici inuenitur. Anomalia autem ☾ est par. 45. 54'. 51''. & eius semidiameter 15'. 21''. semidiameter verò umbræ terræ coæquata 40'. 18''. Verus latitudinis ☾ motus par. 84. 42'. 25''. Vera autem ☾ latitudo 27'. 39''. Bor. Ad principium verò Eclipsis 32'. 12''. & ad finem 23'. 4''. Bor. Digiti Eclipticæ erunt 10. 58'. Tempus casus H. 1. 44'. 36''.*

| | | H. | scr. | | |
|---|---|---|---|---|---|
| *Huius Eclipsis Lunæ digit. 10. 58'.* | *Initium apparebit* | 15 | 29 | P. M. | *Pertransibunt à principio ad finem H. 3. scr. 29'.* |
| | | 10 | 13 | N. S. | |
| | *Medium, quod est vera ☍* | 17 | 13 | P. M. | |
| | | 11 | 57 | N. S. | |
| | *Finis conspicietur* | 18 | 53 | P. M. | |
| | | 13 | 42 | N. S. | |

## Imago prædictæ defectionis Lunæ.

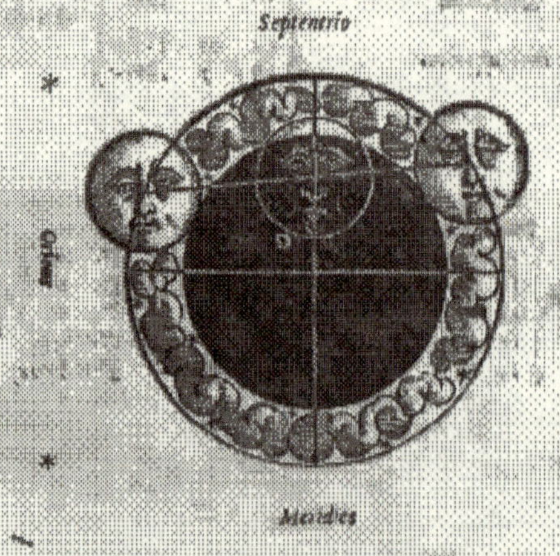

# Computus Eclipsis Solaris 1598.

*Die 23. Februarij anni veteris, qui congruit cum die 6. Martij anni noui H. 21. 53'. 3''. à meridie æquatis luminaria secundum suos veros motus conuenient in par. 16. 7'. 1''. ♓ apud ☊. versante ☉ circa longitudinem mediam sui Eccentrici. Verum cum hæc ecliptica coniunctio celebretur in parte cœli orientali, visibilis coniunctio præcedet veram, quæ quidem apparebit H. 21. 44'. 56''. P. M. ita vt sit interuallum inter veram & apparentem synodum H. 0. 8'. 7''. nam parallaxis secundum longitudinem reperta fuit 4'. 31''. Distant autem luminaria à nostro vertice par. 58. 57'. anomalia item ☽ æquata par. 245. 0'. 56''. & eius semidiameter apparens 16'. 32''. Anomalia ☉ par. 227. 35'. 58''. & eius semid. 17'. 15''. Verus latitudinis ☽ motus par. 179. 35'. 16''. Vera autem latitudo ☽ 49'. 54''. Borea. Parallaxis verò in latitudinem 51'. 54''. Austrina. Ideo relinquitur apparens, seu visa latitudo 2'. 0''. Austrina. Visa autem latitudo ☽ ad initium defectionis 4'. 57''. Austr. & ad exitum 0'. 56''. Borealis. Digiti eclipt. 11. 33'. Tempus incidentiæ H. 1. 18'. 36''. Emersionis, seu recuperationis sui luminis H. 1. 0'. 5''.*

| | | H. | scr. | | |
|---|---|---|---|---|---|
| *Huius defectus Solis dig. 11. 33'.* | *Principium conspicietur* | 20 | 27 | P. M. | *Numerabuntur à principio ad finem H. 2. scr. 19.* |
| | | 14 | 49 | Horo | |
| | *Medium, seu visibilis coitus luminarium* | 21 | 45 | P. M. | |
| | | 16 | 7 | Horo. | |
| | *Finis apparebit* | 22 | 45 | P. M. | |
| | | 17 | 7 | Horo. | |

| | Punct. | ' | | | | | |
|---|---|---|---|---|---|---|---|
| *Magnitudo huius Eclipsis ☉ erit* | 11 | 54 | *In climate* | *Quarto,* & | gr. | 36 | *Eleuationis poli.* |
| | 11 | 39 | | *Quinto,* & | gr. | 41 | |
| | 11 | 33 | | *Sexto,* & | gr. | 45 | |
| | 11 | 27 | | *Septimo,* & | gr. | 49 | |
| | 11 | 26 | | *Octauo,* & | gr. | 52 | |

## Figura dicti defectus Solaris ad medium sexti climatis.

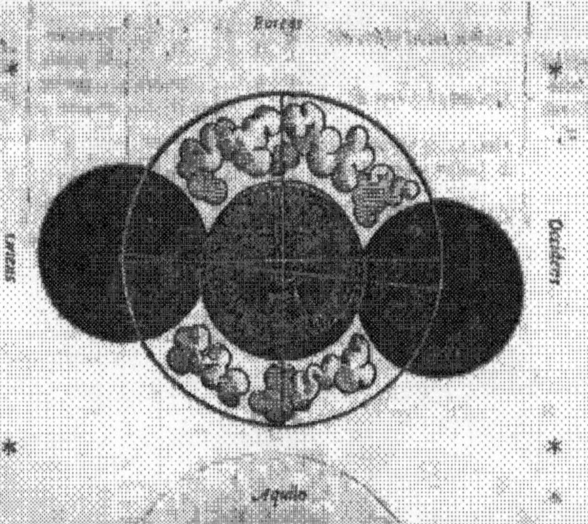


## Examen alterius defectus Lunæ anno antedicto.

*Die 16. Augusti anni Gregoriani, qui refertur ad diem 6. eiusdem secundum annum Iulianum veterem H. 8. 1′. 48″. P. M. deficiet iterum ☽ lumen ex omni parte in ☊ draconis dum transit per par. 23. 13′. 37″. ☉ ex diametro Solis sita. Quo quidem tempore habet anomaliȩ coæquatȩ par. 189. 30′. 35″. & eius semidiameter est 17′. 48″. Sol autem ab apogæo Eccentrici descendit versus longitudinem mediam, nam eius anomalia annua coæquata est par. 45. 5′. 8″. & eius semidiameter 15′. 57″. semidiameter verò umbræ terræ coæquata 49′. 33″. Verus motus latitudinis ☽ par. 265. 12′. 32″. & vera latitudo 24′. 40″. Austr. Verum ad principium Eclipsis 29′. 58″. & ad finem 18′. 10″. semper Australis. Puncta ecliptica conspicientur 14′. 23″. Tempus incidentiȩ numerabitur H. 1. 13′. 7″. Moræ autem dimidia H. 0. 34′. 14″.*

# *Planetarum status.*

♄ Discurrit per totum anni spatium per longitudinem sui Eccentrici medium.
Die 24. Martii pertinget ad Perigeum } Epicycli.
Die 19 Septemb perueniet ad Augem } Epicycli.
Mouetur in praecedentia à die 14. Ianuarii vsque in 1. Iunij.

♃ Toto hoc annuo spatio ad longitudinem mediam Eccentri accedit.
Die 22. Iunij ad augem sui parui orbis deuenit.
Vltimo Ianuarij desinit retrocurrere, & iterum die 8. Nouemb. vsque in futurum annum regressione vexabitur.

♂ Die 17. Aprilis ad Apogaeum Eccentri peruenit.
Die 8 Decemb. In Apogeo Epicycli est.
A retrocessu liberatur die 1. Febr. & inde [illegible] per secundum signorum ordinem incedet.

♀ Die
8. Iunii in suprema } Eccentri parte inuenitur.
8. Decemb. in infima } Eccentri parte inuenitur.
14. Maii per demissiorem Epicycli partem transit.
Contra signorum seriem perficietur à die 23. Aprilis vsque in 5. Iunij.

☿ Die
23 Maii in Perigeo } Eccentrici existit.
21 Nouemb in Apogeo } Eccentrici existit.
18 Ianuarij Apogaeum } Epicycli tenet.
16 Martij Perigeum } Epicycli tenet.
14 Maii Apogaeum } Epicycli tenet.
12 Iulij Perigeum } Epicycli tenet.
8 Septemb. Apogaeum } Epicycli tenet.
4 Nouemb. Perigeum } Epicycli tenet.
31 Decemb. Apogaeum } Epicycli tenet.
5 Martij vsque ad 28. eiusdem } Retroferetur.
2 Iulij vsque in 14. eiusdem } Retroferetur.
24 Octobris vsque ad 15. Nouemb. } Retroferetur.

| | | | | | | | |
|---|---|---|---|---|---|---|---|
| | | 5✱5 | 9☍11 | | 9□52 | | ☍ ☌ ♀ 5.2.<br>♀ occ. cum cauda Del. |
| | | 5□44 | | 20☍39 | 15✱27 | 6☌43 | (neb. ✱).<br>□ ♄ ☿ 1.53. ☿ or. cu |
| ☌<br>Asc. | 1 11<br>0 ♊ | 5△43 | 9△14 | | | | ☽ Per. △ ♂ ♀ 19.13.<br>♀ occ. cum rost. galli. |
| | | | 10□5 | 19△12 | 0☌31 | 10✱16 | (neb. ✱<br>☽ ☊ 14.55. ☿ or. cum |
| | 10✱43 | 9☍53 | 13✱14 | 21□5 | | | |
| □<br>Asc. | 14 5<br>12 ♒ | | | 1✱37 | 19✱56 | 8□8 | ♀ m.c. cum aquila (syr<br>□ ♃ ♀ 16.6. ♀ occ. cum |
| | 9△41 | | | | | 1△8 | ♀ m.c. cum cor. ♌.<br>♀ m.c. cum Fomah. |
| | | 2△2 | 5☌21 | 16☌41 | 12□14 | | |
| | | 14□30 | | | 7△49 | | ♀ m.c. cum cor. ♌. |
| ☍<br>Asc. | 22 41<br>25 ♈ | 4✱12 | 7✱31 | | | 0☍14 | ☽ Apog. ☌ ☉ ♀ 3.3.<br>♀ m.c. cum cauda Del. |
| | | | 20□13 | 22✱28 | | Occid. | △ ♄ ♀ 2.33. △ ♃ ♀ 1<br>☍ ☉ ♄ 12.23. d. (1. |
| | | | | 9□37 | 23☍0 | | ☽ ☋ 1.39.<br>△ ☉ ♃ 0.0. |
| | 9△13 | 3☌37 | 6△33 | 17△36 | | 19△58 | |
| □<br>Asc. | 20 15<br>4 ♓ | | | | 22△57 | 9□48 | (cand. ♌.<br>□ ♂ ♀ 14.23. ☿ m.c. c |
| | | 14✱9 | 17☍0 | | | | ☿ or. cum cauda ♌. |

*Die 6. ☿ m.c. cum Fidicula.* — *d. Die 24. ♀ occ. cum acar.*
*Die 7. ♀ or. cum cap. Algol. & ☿ cum acul. ♒.*
*Die 23. ☿ m.c. cum cauda cygni.*
*♄ Fit ℞ circa exortum eius cum arcturo.*

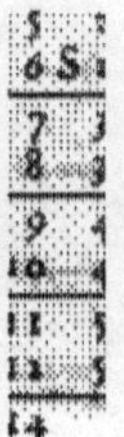

✶ ♃ ♀ 15.45.
□ ♃ ♀ 9.8.

---

☿ *m.c.cum Fomah.*

| | | | | | | |
|---|---|---|---|---|---|---|
| 6 43 | 13 □ 12 | | | | 6 □ [illegible] | |
| 4 ♎ | | | 20 ☌ 42 | 16 ✶ 53 | ☉ [illegible] 12 [illegible] | |
| 0 △ 0 | 10 ✶ 27 | 2 ✶ 5 | | 9 □ [illegible] | | [illegible] m.c.cum [illegible]<br>[illegible] Apr. |
| | | 1 [illegible] | 0 ✶ [illegible] | | | [illegible] cum [illegible]<br>[illegible] 19 [illegible] ♀ [illegible] 20. |
| 9 [illegible] | 8 ☌ 20 | | 18 □ 31 | 1 △ 28 | 2 ☍ 31 | ✶ ♀ ☿ [illegible]<br>[illegible] cum [illegible] |
| 9 [illegible] | ☊ [illegible] | 2 △ 27 | | | | [illegible] m.c.cum Syrio. |
| | 21 ✶ 48 | | 4 △ 17 | 1 ☍ 29 | 15 [illegible] 57 | |
| 7 △ 50 | | 15 ☍ 1 | | | 19 □ 17 | ♀ [illegible]<br>♃ m.c.cum [illegible] |
| 13 18<br>17 [illegible] | 0 □ 43 | | 23 ☍ 0 | 12 △ 40 | 22 ✶ 8 | □ ♃ ☿ [illegible]<br>[illegible] 19. [illegible] |
| 19 ✶ 13 | 1 □ 58 | 20 △ 4 | | | | [illegible] ♀ m.c. [illegible] |

21. ♂ or. in Bellatrice.

## Positus Planetarum Diurnus.

| Dies | | ☉ ♉ P | m | 2m | ☽ ♓ P | m | S ♄ ♍ P | D m | M ♃ ♊ P | A m | S ♂ ♋ P | D m | S ♀ ♉ P | D m |
|---|---|---|---|---|---|---|---|---|---|---|---|---|---|---|
| 21 | 1 | 15 | 57 | 52 | 22 ♈ | 38 | 28 | 7 | 16 | 48 | 24 | 24 | 29 | 5 |
| 22 | 2 | 1[illegible] | 58 | 2 | 6 | 34 | 28 | 9 | 17 | [illegible] | 24 | 58 | 29 | 1[illegible] |
| D 23 | 3 | 14 | 12 | 10 | 19 ♉ | 30 | 28 | 1 | 17 | 13 | 25 | 36 | [illegible] | 48 |
| 24 | 4 | 14 | 12 | 1[illegible] | 3 | 41 | 27 | 58 | 17 | 2[illegible] | 25 | 5[illegible] | 26 | 4[illegible] |
| 25 | 5 | 14 | 10 | 2[illegible] | [illegible] | [illegible] | [illegible] | [illegible] | 17 | 3[illegible] | [illegible] | [illegible] | 27 | 5[illegible] |
| 26 | 6 | 15 | 8 | 2[illegible] | [illegible] | [illegible] | 27 | 52 | 17 | 40 | [illegible] | [illegible] | [illegible] | 2[illegible] |
| 27 | 7 | [illegible] | 6 | 27 | [illegible] | 3[illegible] | 27 | [illegible] | [illegible] | [illegible] | 27 | 3[illegible] | 26 | 5[illegible] |
| 28 | 8 | 17 | 4 | 2[illegible] | [illegible] | [illegible] | 27 | [illegible] | [illegible] | [illegible] | 28 | [illegible] | 26 | 24 |
| 29 | 9 | 18 | 2 | 27 | [illegible] | 0 | 27 | 44 | 18 | 2[illegible] | 28 | 35 | 25 | 50 |
| D 30 | 10 | 19 | 0 | 25 | 17 | [illegible] | 27 | 4[illegible] | 18 | 4[illegible] | 29 | 7 | 25 | 1[illegible] |
| Mar 1 | 11 | 19 | 58 | 21 | 28 | [illegible] | 27 | 39 | [illegible] | [illegible] | 29 | 39 | 24 | 3[illegible] |
| 2 | 12 | 20 | 56 | 16 | 11 ♍ | [illegible] | 27 | 3[illegible] | 19 | [illegible] | [illegible] | [illegible] | 2[illegible] | [illegible] |
| 3 | 13 | 21 | 54 | 10 | 23 | [illegible] | [illegible] | 34 | 19 | [illegible] | 0 | 4[illegible] | 23 | 25 |
| 4 | 14 | 22 | 53 | 2 | 5 | 40 | 27 | 33 | 19 | 3[illegible] | 1 | 10 | 22 | 4[illegible] |
| 5 | 15 | 23 | 49 | 52 | 18 | [illegible] | 27 | 30 | 19 | 4[illegible] | 1 | 4[illegible] | 22 | [illegible] |
| 6 | 16 | 24 | 47 | 31 | 0 | 52 | 27 | 28 | 19 | 5[illegible] | 2 | 1[illegible] | 21 | 33 |
| D 7 | 17 | 25 | 45 | 29 | 13 | [illegible] | 27 | 2[illegible] | 20 | 1[illegible] | 2 | 54 | 20 | 53 |
| 8 | 18 | 26 | 43 | 16 | [illegible] | [illegible] | 27 | 2[illegible] | 20 | [illegible] | 3 | 27 | 20 | 17 |
| 9 | 19 | 27 | 41 | 2 | [illegible] | 33 | 27 | 23 | 20 | 3[illegible] | [illegible] | [illegible] | 19 | 4[illegible] |
| 10 | 20 | 28 | 38 | 47 | 13 | 51 | 27 | 22 | 20 | 5[illegible] | [illegible] | [illegible] | 19 | [illegible] |
| 11 | 21 | 29 | 37 | 30 | 7 | 30 | 27 | 21 | 21 | [illegible] | 5 | [illegible] | 18 | 35 |
| 12 | 22 | 0 | 34 | 12 | 21 | [illegible] | [illegible] | 20 | 21 | [illegible] | 5 | 39 | 18 | 4 |
| 13 | 23 | 1 | 31 | 53 | 5 ♎ | [illegible] | 27 | [illegible] | 21 | 3[illegible] | 6 | 1[illegible] | 17 | 3[illegible] |
| D 14 | 24 | 2 | 29 | [illegible] | 19 | [illegible] | 27 | [illegible] | [illegible] | [illegible] | 6 | 4[illegible] | 17 | [illegible] |
| 15 | 25 | 3 | 27 | 1[illegible] | [illegible] | [illegible] | 27 | [illegible] | [illegible] | 5[illegible] | 7 | [illegible] | 16 | 40 |
| 16 | 26 | 4 | 24 | [illegible] | [illegible] | [illegible] | 27 | [illegible] | 2[illegible] | 1[illegible] | 7 | 5[illegible] | 16 | 15 |
| 17 | 27 | 5 | 22 | 24 | 4 | 53 | 27 | 17 | 22 | 10 | 8 | 26 | 15 | 53 |
| 18 | 28 | 6 | 19 | 30 | 19 | [illegible] | 27 | 16 | 22 | [illegible] | 9 | 0 | 15 | 33 |
| 19 | 29 | 7 | 17 | 34 | 2 ♈ | [illegible] | 27 | 1[illegible] | 22 | [illegible] | 9 | 34 | 15 M | 16 |
| 20 | 30 | 8 | 15 | [illegible] | 16 | [illegible] | 27 | 15 | 2[illegible] | [illegible] | 10 | [illegible] | 15 | [illegible] |
| D 21 | 1 | 9 | 12 | [illegible] | [illegible] | 3[illegible] | 27 | 15 | [illegible] | [illegible] | 10 | 4[illegible] | 1[illegible] | [illegible] |

| Latitudo Planetarũ ad diẽ | | ♄ | | ♃ | | ♂ | | ♀ | |
|---|---|---|---|---|---|---|---|---|---|
| | 1 | 2 | 18 | 0 | 5[illegible] | 1 | [illegible] | [illegible] | [illegible] |
| | 11 | 2 | 17 | 0 | [illegible] | 1 | [illegible] | [illegible] | [illegible] |
| | 21 | 2 | 15 | 0 | 3[illegible] | [illegible] | [illegible] | 1 | M [illegible] |

♉ m. c. c. u. pl. ft ♀ cū
♂ occ. cum Her. (☉

☉ ʃ 18. 26. ☌ ☉ ♀
☌ ♀ ☿ 13 55. ☾ 45

☌ ☉ ☿ 30. 31 ♂ or. cū T
♂ or. cū acar. ☉ m. c.

△ ♄ ♀ 7. 28. ☾ 4
☉ ♄ 16. 48 ♂ or. cū p

## Positus Planetarum Diurnus.

| Dies | Gradus | ☉ ♊ G | ' | " | ☽ ♉ G | ' | ♄ ♍ S D G | ' | ♃ ♊ M A G | ' | ♂ ♌ S D G | ' | ♀ ♉ M D G | ' | ☿ ♊ S A G | ' | ☊ ♓ G | ' |
|---|---|---|---|---|---|---|---|---|---|---|---|---|---|---|---|---|---|---|
| 22 | 1 | 10 | 30 | 13 | 12 | 25 | 27 | 15 | 23 | 34 | 11 | 16 | 14 | 38 | 24 | 37 | 1 | 5[illegible] |
| 23 | 2 | 11 | 7 | 44 | 24 ♊ | 58 | 27 D | 15 | 23 | 48 | 11 | 50 | 14 | 30 | 26 | 22 | 1 | 5[illegible] |
| 24 | 3 | 12 | 5 | 14 | 7 | 17 | 27 | 15 | 24 | 1 | 12 | 24 | 14 | 24 | 28 | 6 | 1 | 4[illegible] |
| 25 | 4 | 13 | 2 | 43 | 19 ♋ | 24 | 27 | 16 | 24 | 15 | 12 | 58 | 14 | 21 | 29 ♋ | 49 | 1 | 4[illegible] |
| 26 | 5 | 14 | 0 | 11 | 1 | 23 | 27 | 16 | 24 | 29 | 13 | 33 | 14 D | 20 | 1 | 31 | 1 | 4[illegible] |
| 27 | 6 | 14 | 57 | 38 | 13 | 18 | 27 | 17 | 24 | 42 | 14 | 7 | 14 | 22 | 3 | 12 | 1 | 3[illegible] |
| D 28 | 7 | 15 | 55 | 4 | 25 ♌ | 11 | 27 | 17 | 24 | 56 | 14 | 41 | 14 | 26 | 4 | 52 | 1 | 3[illegible] |
| 29 | 8 | 16 | 52 | 30 | 7 | 6 | 27 | 18 | 25 | 10 | 15 | 16 | 14 | 32 | 6 | 30 | 1 | 3[illegible] |
| 30 | 9 | 17 | 49 | 55 | 19 ♍ | 4 | 27 | 19 | 25 | 23 | 15 | 51 | 14 | 40 | 8 | 6 | 1 | 28 |
| 31 | 10 | 18 | 47 | 20 | 1 | 10 | 27 | 20 | 25 | 37 | 16 | 26 | 14 | 51 | 9 | 40 | 1 | 25 |
| Iun. 1 | 11 | 19 | 44 | 45 | 13 | 26 | 27 | 21 | 25 | 50 | 17 | 1 | 15 | 4 | 11 | 12 | 1 | 22 |
| 2 | 12 | 20 | 42 | 9 | 25 ♎ | 54 | 27 | 22 | 26 | 4 | 17 | 36 | 15 | 19 | 12 D | 41 | 1 | 19 |
| 3 | 13 | 21 | 39 | 32 | 8 | 30 | 27 | 23 | 26 | 17 | 18 | 11 | 15 | 36 | 14 | 8 | 1 | 16 |
| D 4 | 14 | 22 | 36 | 54 | 21 ♏ | 31 | 27 | 25 | 26 | 31 | 18 | 46 | 15 | 54 | 15 | 33 | 1 | 12 |
| 5 | 15 | 23 | 34 | 13 | 4 | 51 | 27 | 26 | 26 | 44 | 19 | 21 | 16 | 14 | 16 | 55 | 1 | [illegible] |
| 6 | 16 | 24 | 31 | 38 | 18 ♐ | 28 | 27 | 28 | 26 | 58 | 19 | 56 | 16 | 36 | 18 | 14 | 1 | [illegible] |
| 7 | 17 | 25 | 28 | 59 | 2 | 24 | 27 | 29 | 27 | 12 | 20 | 31 | 17 | 0 | 19 | 30 | 1 | [illegible] |
| 8 | 18 | 26 | 26 | 20 | 16 ♑ | 39 | 27 | 31 | 27 | 25 | 21 | 6 | 17 | 26 | 20 | 42 | 1 | [illegible] |
| 9 | 19 | 27 | 23 | 40 | 1 | 11 | 27 | 33 | 27 | 39 | 21 | 42 | 17 | 53 | 21 | 51 | 0 | [illegible] |
| 10 | 20 | 28 | 21 | 0 | 15 ♒ | 56 | 27 | 35 | 27 | 53 | 22 | 17 | 18 | 21 | 22 | 56 | 0 | 53 |
| D 11 | 21 | 29 ♋ | 18 | 19 | 0 | 49 | 27 | 37 | 28 | 6 | 22 | 53 | 18 | 51 | 23 | 57 | 0 | 50 |
| 12 | 22 | 0 | 15 | 38 | 15 ♓ | 42 | 27 | 39 | 28 | 20 | 23 | 28 | 19 | 22 | 24 | 54 | 0 | 47 |
| 13 | 23 | 1 | 12 | 57 | 0 | 27 | 27 | 42 | 28 | 34 | 24 | 4 | 19 | 55 | 25 | 47 | 0 | 44 |
| 14 | 24 | 2 | 10 | 15 | 14 | 57 | 27 | 44 | 28 | 48 | 24 | 40 | 20 | 29 | 26 | 35 | 0 | 41 |
| 15 | 25 | 3 | 7 | 34 | 29 ♈ | 9 | 27 | 47 | 29 | 2 | 25 | 16 | 21 | 5 | 27 | 17 | 0 | 37 |
| 16 | 26 | 4 | 4 | 52 | 13 | 59 | 27 | 50 | 29 | 16 | 25 | 52 | 21 | 42 | 27 | 54 | 0 | 34 |
| 17 | 27 | 5 | 2 | 10 | 26 ♉ | 23 | 27 | 53 | 29 | 30 | 26 | 28 | 22 | 20 | 28 M | 24 | 0 | 31 |
| D 18 | 28 | 5 | 59 | 28 | 9 | 28 | 27 | 56 | 29 | 44 | 27 | 4 | 22 | 59 | 28 | 46 | 0 | 28 |
| 19 | 29 | 6 | 56 | 45 | 22 ♊ | 11 | 27 | 59 | 29 ♋ | 58 | 27 | 40 | 23 | 40 | 29 | 1 | 0 | 25 |
| 20 | 30 | 7 | 54 | 3 | 4 | 35 | 28 | 2 | 0 | 12 | 28 | 16 | 24 | 21 | 29 | 9 | 0 | 22 |

| Latitudo Planetarũ ad diẽ | ♄ G | ' | ♃ G | ' | ♂ G | ' | ♀ G | ' | ☿ G | ' | |
|---|---|---|---|---|---|---|---|---|---|---|---|
| 1 | 2 | 12 | 0 | 33 | 0 | 53 | 0 | 30 | 1 | 29 | |
| 11 | 2 | 9 | 0 | 32 | 0 | 46 | 1 | 53 | 1 D | 1 | Mensis |
| 21 | 2 | 5 | 0 | 31 | 0 | 40 | 2 | 42 | 1 M | 15 | |

१४;

## Positus Planetarum Diurnus.

| Stilo veteris. | Stilo Gregorio | ☉ ♋ | | | ☽ ♊ | | ♄ ♍ S | D | ♃ ♋ M | A | ♂ ♌ S | D | ♀ ♉ M | D | ☿ ♋ M | D | ☊ ♓ | |
|---|---|---|---|---|---|---|---|---|---|---|---|---|---|---|---|---|---|---|
| Dies | | P | ′ | ″ | P | ′ | P | ′ | P | ′ | P | ′ | P | ′ | P | ′ | P | ′ |
| 21 | 1 | 8 | 51 | 20 | 16 | 44 | 28 | 5 | 0 | 26 | 28 | 52 | 25 | 3 | 29 ℞ | 9 | 0 | 18 |
| 22 | 2 | 9 | 48 | 37 | 28 | 41 | 28 | 8 | 0 | 40 | 29 | 28 | 25 | 46 | 29 | 1 | 0 | 15 |
| 23 | 3 | 10 | 45 | 54 | 10 ♋ | 30 | 28 | 12 | 0 | 53 | 0 ♍ | 4 | 26 | 30 | 28 | 46 | 0 | 12 |
| 24 | 4 | 11 | 43 | 11 | 22 | 13 | 28 | 15 | 1 | 7 | 0 | 41 | 27 | 15 | 28 | 23 | 0 | 9 |
| D 25 | 5 | 12 | 40 | 29 | 5 ♌ | 54 | 28 | 19 | 1 | 21 | 1 | 17 | 28 | 1 | 27 | 53 | 0 | 6 |
| 26 | 6 | 13 | 37 | 47 | 15 | 38 | 28 | 22 | 1 | 34 | 1 | 54 | 28 | 48 | 27 | 15 | 0 | 2 |
| 27 | 7 | 14 | 35 | 5 | 27 ♍ | 27 | 28 | 26 | 1 | 48 | 2 | 30 | 29 ♊ | 36 | 26 | 30 | 29 ♒ | 59 |
| 28 | 8 | 15 | 32 | 23 | 9 | 24 | 28 | 29 | 2 | 1 | 3 | 7 | 0 | 24 | 25 | 39 | 29 | 56 |
| 29 | 9 | 16 | 29 | 41 | 21 ♎ | 32 | 28 | 33 | 2 | 15 | 3 | 43 | 1 A | 13 | 24 | 43 | 29 | 53 |
| 30 | 10 | 17 | 27 | 0 | 3 | 54 | 28 | 37 | 2 | 28 | 4 | 20 | 1 | 3 | 23 | 43 | 29 | 50 |
| Iul. 1 | 11 | 18 | 24 | 19 | 16 | 33 | 28 | 41 | 2 | 41 | 4 | 57 | 2 | 53 | 22 | 41 | 29 | 47 |
| D 2 | 12 | 19 | 21 | 38 | 29 | 32 | 28 | 45 | 2 | 55 | 5 | 34 | 3 | 44 | 21 | 37 | 29 | 43 |
| 3 | 13 | 20 | 18 | 57 | 12 ♏ | 51 | 28 | 49 | 3 | 8 | 6 | 11 | 4 | 36 | 20 | 33 | 29 | 40 |
| 4 | 14 | 21 | 16 | 17 | 26 | 34 | 28 | 53 | 3 | 21 | 6 | 48 | 5 | 28 | 19 | 32 | 29 | 37 |
| 5 | 15 | 22 | 13 | 37 | 10 ♐ | 38 | 28 | 58 | 3 | 35 | 7 | 25 | 6 | 21 | 18 | 34 | 29 | 34 |
| 6 | 16 | 23 | 10 | 58 | 25 | 3 | 29 | 2 | 3 | 48 | 8 | 1 | 7 | 15 | 17 | 40 | 29 | 31 |
| 7 | 17 | 24 | 8 | 19 | 9 ♑ | 47 | 29 | 7 | 4 | 1 | 8 | 39 | 8 | 9 | 16 | 51 | 29 | 28 |
| 8 | 18 | 25 | 5 | 41 | 24 | 42 | 29 | 11 | 4 | 14 | 9 | 16 | 9 | 4 | 16 A | 8 | 29 | 24 |
| D 9 | 19 | 26 | 3 | 3 | 9 ♒ | 42 | 29 | 16 | 4 | 28 | 9 | 53 | 9 | 59 | 15 | 31 | 29 | 21 |
| 10 | 20 | 27 | 0 | 26 | 24 | 41 | 29 | 21 | 4 | 41 | 10 | 30 | 10 | 55 | 15 | 2 | 29 | 18 |
| 11 | 21 | 27 | 57 | 49 | 9 ♓ | 31 | 29 | 26 | 4 D | 54 | 11 | 7 | 11 | 51 | 14 | 40 | 29 | 15 |
| 12 | 22 | 28 | 55 | 13 | 24 | 5 | 29 | 31 | 5 | 7 | 11 | 44 | 12 | 48 | 14 | 25 | 29 | 12 |
| 13 | 23 | 29 ♌ | 52 | 37 | 8 ♈ | 20 | 29 | 36 | 5 | 20 | 12 | 22 | 13 | 45 | 14 D | 18 | 29 | 9 |
| 14 | 24 | 0 | 50 | 1 | 22 | 13 | 29 | 41 | 5 | 33 | 12 | 59 | 14 | 43 | 14 | 18 | 29 | 5 |
| 15 | 25 | 1 | 47 | 26 | 5 ♉ | 42 | 29 | 46 | 5 | 46 | 13 | 36 | 15 | 41 | 14 | 26 | 29 | 2 |
| D 16 | 26 | 2 | 44 | 51 | 18 | 48 | 29 | 51 | 5 | 59 | 14 | 14 | 16 | 40 | 14 | 41 | 28 | 59 |
| 17 | 27 | 3 | 42 | 17 | 1 ♊ | 32 | 29 | 56 | 6 | 12 | 14 | 52 | 17 | 39 | 15 | 5 | 28 | 56 |
| 18 | 28 | 4 | 39 | 44 | 13 | 56 | 0 ♎ | 1 | 6 | 25 | 15 | 29 | 18 | 39 | 15 | 34 | 28 | 53 |
| 19 | 29 | 5 | 37 | 12 | 26 ♋ | 4 | 0 | 7 | 6 | 38 | 16 | 7 | 19 | 39 | 16 | 9 | 28 | 49 |
| 20 | 30 | 6 | 34 | 41 | 8 | 0 | 0 | 13 | 6 | 51 | 16 | 45 | 20 | 39 | 16 | 52 | 28 | 46 |
| 21 | 31 | 7 | 32 | 12 | 19 | 47 | 0 | 18 | 7 | 4 | 17 | 23 | 21 | 40 | 17 | 39 | 28 | 43 |

| Latitudo Planetarũ ad diẽ | | | | | | | | | | | |
|---|---|---|---|---|---|---|---|---|---|---|---|
| 1 | 2 | 1 | 0 | 31 | 0 | 34 | 3 A | 8 | 0 | 47 | |
| 11 | 1 | 57 | 0 | 30 | 0 | 29 | 3 | 8 | 3 A | 28 | Meridi. |
| 21 | 1 | 54 | 0 D | 30 | 0 | 34 | 2 | 59 | 3 | 59 | |

Syzygiæ Lunares.

| | | Occid. | Orient. | Occid. | Orient. | Occid. | |
|---|---|---|---|---|---|---|---|
| | ☉ | ♄ | ♃ | ♂ | ♀ | ☿ | Syzygiæ Planetarũ mutuæ, & eorum congressus cum illustrioribus aliquibus stellis fixis. |
| Dies | H ′ | H ′ | H ′ | H ′ | H ′ | H ′ | |
| 1 | | 22□54 | | | | | |
| 2 | | | 4☌ 8 | 1✶36 | | | ♀ occ. cum zona Orio. |
| 3 ☌ | 0 39 | | | | | | ♀ occ. cum sin. hu. Orio. |
| 4 Asc. | 16 ♎ | 12✶28 | | | 11✶ 4 | 12☌ 9 | ☽ Ap. ✶ ♄ ☿ 7.23.a |
| 5 | | | | | | | ✶ ♃ ♂ 4. ☍△♄ ♀ 9.49.b |
| 6 | | | | | | | ♂ or. cũ hydra ♀ oc. cum |
| 7 | | | 8✶54 | 10☌41 | 4□37 | | ☽ ☋ 5.2. (Syrio. |
| 8 | 13✶ 9 | | | | | | ♃ or. cũ Bella. ♀ m. c. cũ |
| 9 | | 13☌42 | 21□ 8 | | 20△ 9 | 5✶43 | ♃ or. cum Apoll (hiad. |
| 10 | | | | | | | |
| 11 □ | 3 42 | | | | | 10□30 | |
| 12 Asc. | 17 ♏ | | 6△12 | 11✶24 | | | ♀ or. cum hiad. |
| 13 | 14△ 5 | | | | | 12△33 | ☌ ☽ ♀ 2.51. ♀ m.c. |
| 14 | | 3✶57 | | 18□16 | 16☍13 | Orient. | ♀ oc. cũ 1.41. (cũ Alde. |
| 15 | | | | | | | ♀ m. c. cum Her. & pro. |
| 16 | | 6□32 | 14☍28 | 22△ 1 | | | |
| 17 | | | | | | 11☍57 | ♀ or. cum Aldeb. |
| 18 ☍ | 0 42 | 7△ 7 | | | | | ☽ Perig. □ ♂ ♀ 8. 0. |
| 19 Asc. | 18 ♎ | | | | 0△32 | | ♀ m. c. cum hedis, & ♀ |
| 20 | | | 16△25 | | | | ☽ ☊ 7.27. (cum Apol. |
| 21 | | | | 2☍45 | 4□ 6 | 8△17 | ♂ or. cum cauda ♌. c. |
| 22 | 8△43 | 9☍12 | 18□51 | | | | ✶ ☽ ♄ 16.37. ♀ m. c. cum |
| 23 | | | | | 10✶ 1 | 10□20 | ♀ m. c. cũ 130. (capra. |
| 24 □ | 16 29 | | | | | | ♀ m. c. cum Rigel. |
| 25 Asc. | 0 ♌ | | 0✶ 8 | 15△12 | | 16✶21 | |
| 26 | | 20△56 | | | | | ♄ m. cum cri. Beren. |
| 27 | 4✶32 | | | | | | (zona Orio. |
| 28 | | | | 3□14 | 10☌10 | | ♃ m. c. cũ Syrio, & ♀ cũ |
| 29 | | 8□13 | 21☌40 | | | | ✶ ♂ ♀ ferè partilis. |
| 30 | | | | 18✶50 | | 19☌18 | ♀ m. c. cum zona Orio. |
| 31 | | 12✶54 | | | | | |

a. *Die 4. ✶ ♀ ☿ 21.28. ♂ or. cum coma Beren. & occ. cum Algorab.*
b. *Die 5. ♀ occ. cum Aldeb.*
c. *Die 21. ♀ occ. cum cap. Med.*
☿ *Fit in principio mensis ♃ oriendo cum aliis.*

| Anni Iulian. | Anni Gregor. | Positus Planetarum Diurnus. | | | | | | | | | | | | | | | | | | |
|---|---|---|---|---|---|---|---|---|---|---|---|---|---|---|---|---|---|---|---|---|
| | | | | | | | S | D | M | D | S | D | M | A | M | A | | | | |
| | | ☉ ♌ | | | ☽ ♌ | | ♄ ♎ | | ♃ ♋ | | ♂ ♍ | | ♀ ♊ | | ☿ ♋ | | ☊ ♒ | | | |
| Dies | | P | ' | " | P | ' | P | ' | P | ' | P | ' | P | ' | P | ' | P | ' | | |
| 22 | 1 | 8 | 29 | 42 | 1 | 27 | 0 | 24 | 7 | 17 | 18 | 1 | 22 | 41 | 18 | 32 | 28 | 40 | | |
| D 23 | 2 | 9 | 27 | 14 | 13 | 3 | 0 | 30 | 7 | 29 | 18 | 39 | 23 | 42 | 19 | 30 | 28 | 37 | | |
| 24 | 3 | 10 | 24 | 47 | 24 ♍ | 41 | 0 | 36 | 7 | 42 | 19 | 17 | 24 | 43 | 20 | 32 | 28 | 34 | | |
| 25 | 4 | 11 | 22 | 21 | 6 | 24 | 0 | 42 | 7 | 54 | 19 | 55 | 25 | 45 | 21 | 38 | 28 | 30 | | |
| 26 | 5 | 12 | 19 | 56 | 18 | 15 | 0 | 48 | 8 | 7 | 20 | 33 | 26 | 47 | 22 | 48 | 28 | 27 | | |
| 27 | 6 | 13 | 17 | 32 | 0 ♎ | 17 | 0 | 54 | 8 | 19 | 21 | 11 | 27 | 49 | 24 | 2 | 28 | 24 | | |
| 28 | 7 | 14 | 15 | 7 | 12 | 34 | 1 | 0 | 8 | 31 | 21 | 49 | 28 | 52 | 25 | 19 | 28 | 21 | | |
| 29 | 8 | 15 | 12 | 43 | 25 | 8 | 1 | 6 | 8 | 43 | 22 | 27 | 29 | 55 | 26 | 39 | 28 | 18 | | |
| D 30 | 9 | 16 | 10 | 22 | 8 ♏ | 3 | 1 | 12 | 8 | 55 | 23 | 5 | 0 ♋ | 58 | 28 | 2 | 28 | 14 | | |
| 31 | 10 | 17 | 8 | 1 | 21 | 21 | 1 | 18 | 9 | 7 | 23 | 44 | 2 | 2 | 29 | 27 | 28 | 11 | | |
| Au. 1 | 11 | 18 | 5 | 41 | 5 ♐ | 2 | 1 | 24 | 9 | 19 | 24 | 22 | 3 | 6 | 0 ♌ | 54 | 28 | 8 | | |
| 2 | 12 | 19 | 3 | 22 | 19 | 6 | 1 | 30 | 9 | 31 | 25 | 1 | 4 | 10 | 2 | 23 | 28 | 5 | | |
| 3 | 13 | 20 | 1 | 5 | 3 ♑ | 32 | 1 | 37 | 9 | 43 | 25 | 39 | 5 | 14 | 3 S | 55 | 28 | 2 | | |
| 4 | 14 | 20 | 58 | 49 | 18 | 16 | 1 | 43 | 9 | 55 | 26 | 18 | 6 | 19 | 5 | 28 | 27 | 58 | | |
| 5 | 15 | 21 | 56 | 35 | 3 ♒ | 12 | 1 | 50 | 10 | 7 | 26 | 56 | 7 | 24 | 7 | 3 | 27 | 55 | | |
| D 6 | 16 | 22 | 54 | 22 | 18 | 13 | 1 | 56 | 10 | 18 | 27 | 35 | 8 | 29 | 8 | 40 | 27 | 52 | | |
| 7 | 17 | 23 | 52 | 10 | 3 ♓ | 11 | 2 | 3 | 10 | 30 | 28 | 13 | 9 | 34 | 10 | 19 | 27 | 49 | | |
| 8 | 18 | 24 | 49 | 59 | 18 | 0 | 2 | 9 | 10 | 42 | 28 | 52 | 10 | 40 | 12 | 0 | 27 | 46 | | |
| 9 | 19 | 25 | 47 | 50 | 2 ♈ | 35 | 2 | 16 | 10 | 53 | 29 ♎ | 31 | 11 | 46 | 13 | 42 | 27 | 43 | | |
| 10 | 20 | 26 | 45 | 42 | 16 | 49 | 2 | 23 | 11 | 4 | 0 | 10 | 12 | 52 | 15 | 25 | 27 | 39 | | |
| 11 | 21 | 27 | 43 | 35 | 0 ♉ | 42 | 2 | 29 | 11 | 15 | 0 | 49 | 13 | 58 | 17 | 9 | 27 | 36 | | |
| 12 | 22 | 28 | 41 | 29 | 14 | 12 | 2 | 36 | 11 | 26 | 1 | 28 | 15 | 4 | 18 | 54 | 27 | 33 | | |
| D 13 | 23 | 29 ♍ | 39 | 25 | 27 ♊ | 22 | 2 | 42 | 11 | 37 | 2 | 7 | 16 | 11 | 20 | 40 | 27 | 30 | | |
| 14 | 24 | 0 | 37 | 23 | 10 | 12 | 2 | 49 | 11 | 48 | 2 | 46 | 17 | 17 | 22 | 27 | 27 | 27 | | |
| 15 | 25 | 1 | 35 | 22 | 22 ♋ | 41 | 2 | 56 | 11 | 59 | 3 | 25 | 18 | 24 | 24 | 14 | 27 | 23 | | |
| 16 | 26 | 2 | 33 | 22 | 4 | 55 | 3 | 3 | 12 | 10 | 4 | 4 | 19 | 31 | 26 | 1 | 27 | 20 | | |
| 17 | 27 | 3 | 31 | 23 | 16 | 57 | 3 | 10 | 12 | 20 | 4 | 43 | 20 | 38 | 27 | 50 | 27 | 17 | | |
| 18 | 28 | 4 | 29 | 26 | 28 | 49 | 3 | 17 | 12 | 31 | 5 | 22 | 21 | 45 | 29 ♍ | 38 | 27 | 14 | | |
| 19 | 29 | 5 | 27 | 31 | 10 ♌ | 36 | 3 | 24 | 12 | 41 | 6 | 1 | 22 | 53 | 1 | 27 | 27 | 11 | | |
| D 20 | 30 | 6 | 25 | 37 | 22 | 19 | 3 | 31 | 12 | 52 | 6 | 40 | 24 | 1 | 3 | 16 | 27 | 8 | | |
| 21 | 31 | 7 | 23 | 44 | 4 ♍ | 0 | 3 | 38 | 13 | 2 | 7 | 20 | 25 | 9 | 5 | 5 | 27 | 4 | | |
| Latitudo Planetarũ ad diẽ | | | | | | 1 | 1 | 52 | 0 | 30 | 0 | 20 | 2 | 36 | 2 | 14 | Mer. fe | | | |
| | | | | | | 11 | 1 | 50 | 0 | 30 | 0 | 16 | 2 | 7 | 0 S | 15 | | | | |
| | | | | | | 21 | 1 | 48 | 0 | 31 | 0 | 13 | 1 | 30 | 2 | 8 | | | | |

Syzygiæ Lunares.

| ient. | Occid. | Orient. | Orient. | Syzygię Planetarũ mutuę, & eorum congressus cum illustrioribus aliquibus stellis fixis. |
|---|---|---|---|---|
| ♃ | ♂ | ♀ | ☿ | |
| H | H | H | H | |
| | | | | Apog. ♀ m.c. cum 31.<br>♀ m c. cum 141. |
| ✶ 6 | | 0 ✶ 4 | | ☽ ☋ 7.54. |
| □ 0 | 4 ☍ 51 | 15 □ 37 | 10 ✶ 7 | ♂ m.c. cum cauda ☊.<br>♀ oc. cum cane minore. |
| | | 9 △ 40 | 3 □ 9 | |
| △ 40 | 4 ✶ 24 | | 13 △ 54 | □ ♄ ♀ 5.48 ♀ or. cũ Bel.<br>☿ or. cum Apoll. |
| | 10 □ 17 | | | ✶ ♄ ♀ 8.40.<br>☿ or. cũ cani, & 2.45. |
| ☍ 13 | 13 △ 28 | 2 ☍ 58 | | ♄ m.c. cum Algorab.<br>♃ occ. cum hedis. a. |
| | | | 6 ☍ 55 | ☽ Pe. ♀ oc. cũ hedis. b.<br>☽ ☊ 15.24. ♂ or. cum |
| △ 0 | 18 ☍ 42 | 11 △ 10 | | ♃ or. cũ 141. c. (vind.<br>☌ ♃ ♀ 0.27. ♃ or. cum |
| □ 11 | | 16 □ 47 | 21 △ 17 | (Herc. d. |
| ✶ 0 | | 1 ☍ 42 | 9 □ 51 | ♀ or. cũ Hi. & oc. cũ hy. c<br>♀ m.c. cum Apoll. f. |
| | 9 △ 22 | | | ♀ or. cũ ult. zonæ Orio.<br>☌ ♄ ♂ 2.15. 1 |
| ☌ 40 | 21 □ 18 | | 3 ✶ 34 | ♀ or. cum zona Ori. ♀ m.<br>(c. cum proc. & Herc. |
| | 14 ✶ 7 | 8 ☌ 12 | | ♂ or. cum arcturo. |
| | | | | ☽ Apog. & ☋ 9.51. |
| ✶ 4 | | | 7 ☌ 35 | |

♀ m. c. cum Spic.
...ui.
...& Her.

e. Die 21. ♂ m.c. cum crinis Beren.
f. Die 23. ♂ m.c. cum Algorab.

fitus Planetarum Diurnus

| S | D | M | D | S | D |
|---|---|---|---|---|---|
| ♄ | | ♃ | | ♂ | |
| ♎ | | ♋ | | ♎ | |
| P | ′ | P | ′ | P | ′ |
| 3 | 45 | 13 | 12 | 7 | 59 |
| 3 | 52 | 13 | 22 | 8 | 38 |
| 3 | 59 | 13 | 32 | 9 | 18 |
| 4 | 6 | 13 | 42 | 9 | 57 |
| 4 | 14 | 13 | 52 | 10 | 37 |
| 4 | 21 | 14 | 3 | 11 | 16 |
| 4 | 28 | 14 | 12 | 11 | 56 |
| 4 | 36 | 14 | 21 | 12 | 36 |
| 4 | 43 | 14 | 31 | 13 | 16 |
| 4 | 50 | 14 | 40 | 13 | 56 |
| 4 | 58 | 14 | 49 | 14 | 36 |
| 5 | 5 | 14 | 58 | 15 | 16 |
| 5 | 13 | 15 | 7 | 15 | 56 |
| 5 | 20 | 15 | 16 | 16 | 36 |
| 5 | 28 | 15 | 25 | 17 | 16 |
| 5 | 36 | 15 | 33 | 17 | 56 |
| 5 | 43 | 15 | 42 | 18 | 36 |
| 5 | 51 | 15 | 50 | 19 | 16 |
| 5 | 58 | 15 | 58 | 19 | 56 |
| 6 | 6 | 16 | 6 | 20 | 36 |
| 6 | 13 | 16 | 14 | 21 | 17 |
| 6 | 21 | 16 | 22 | 21 | 57 |
| 6 | 29 | 16 | 29 | 22 | 37 |
| 6 | 36 | 16 | 37 | 23 | 18 |
| 6 | 44 | 16 | 44 | 23 | 58 |
| 6 | 51 | 16 | 51 | 24 | 39 |

| | ☽ | ♄ Occid. | ♃ Orient. | ♂ [illegible] | ♀ [illegible] | ☿ Orient. | Syzygiae Planetarum mutuae, & eorum congressus cum illustrioribus aliquibus fixis &c. |
|---|---|---|---|---|---|---|---|
| [illegible] | ♓ | ♓ | [illegible] | ♓ | ♓ | ♓ | |
| 1 | | | | | 23 ✶ 38 | | |
| 2 | | 13 ☌ 32 | | 2 ☌ 14 | | | ☌ ☉ ☿ 16. 37. |
| 3 | | | [illegible] □ [illegible] | | | Occid. | ♀ or. cū [illegible] |
| 4 | | | | | 16 □ 21 | | ✶ ♃ ♄ 18 43. (Herc. |
| 5 | 15 ✶ 30 | | 17 △ 41 | | | 21 ✶ 10 | ♀ or. cū Pegas. & acce. |
| 6 | | | | | | | ♀ or. cū [illegible] |
| 7 | | 6 ✶ 31 | | 20 ✶ 46 | 4 △ 47 | | ✶ ☽ ♃ 0. 29. |
| 8 □ | 1 [illegible] | | | | | 20 □ 42 | ✶ ♄ ♀ 6. 19. ♂ [illegible] |
| 9 Alc | 27 ♓ | 10 □ 24 | | | | | ♂ acc. cum [illegible] |
| 10 | 7 △ 45 | | 14 ☍ 52 | 2 □ 7 | | 20 △ 7 | ♀ acc. cum [illegible] |
| 11 | | 12 △ 29 | | | 15 ☍ 26 | | □ ♃ ☌ 10. [illegible] |
| 12 | | | | 5 △ 18 | | | ☉ ☊ 21. 0. [illegible] |
| 13 | | | | | | | [illegible] |
| 14 ☍ | 6 [illegible] | | 5 △ 42 | | | | ♄ or. cum [illegible] |
| 15 Alc | 5 ♍ | 15 ☍ 6 | | | | 21 ☍ 10 | ♂ occ. cum cauda [illegible] |
| 16 | | | 9 □ 2 | 12 ☍ 33 | 5 △ 5 | | ✶ ♄ ☿ [illegible] |
| 17 | | | | | | | ♂ or. cum spica ♍. |
| 18 | | | 13 ✶ 47 | | 4 □ 10 | | [illegible] |
| 19 | 7 △ 22 | | | | | | ♃ or. cum [illegible] |
| 20 | | 1 △ 30 | | | | 22 △ 31 | |
| 21 □ | 10 20 | | | 8 △ 23 | 2 ✶ 53 | | |
| 22 Alc | 15 ♎ | 20 □ 45 | | | | | |
| 23 | | | 6 ☍ 49 | 19 □ 57 | | [illegible] | □ ♃ ☿ 9. 10. |
| 24 | 12 ✶ | 24 ✶ 46 | | | | | ✶ ♂ ☿ 20. 50. |
| 25 | | | | | | | ☌ ♃ cum Regulo. |
| 26 | | | | 11 ✶ 18 | 13 ☌ 37 | 4 ✶ 30 | ☉ [illegible] |
| 27 | | | | | | | |
| 28 | | | 8 ✶ 24 | | | | ♂ m. c. cum cing. ♍. |
| 29 ☌ | 13 23 | | | | | | [illegible] |
| 30 Alc | 8 ♓ | 0 ☌ 42 | 20 □ 24 | | | | ☌ ☿ ♀ 20 ☌ ☽ ♄ [illegible] |

a. Die 6. ♀ acc. cum [illegible] & cum [illegible] & Alamar.
b. Die 13. ♀ or. cum [illegible]
c. Die 14. ♂ or. cum [illegible]
d. Die 15. ♀ occ. cum rostr. corui, & 31.
e. Die 17. ♀ m. c. cum hydra.
f. Die 30. ♀ or. cum [illegible]

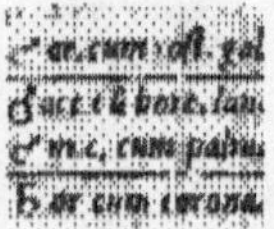

December 1598

| Dies Iulian. | Dies Gregor. | Positus Planetarum Diurnus. | | | | | | | | | | | | | | | | |
|---|---|---|---|---|---|---|---|---|---|---|---|---|---|---|---|---|---|---|
| | | | | | | | S | A | M | A | M | D | S | D | S | D | | |
| | | ☉ ♐ | | | ☽ ♑ | | ♄ ♌ | | ♃ ♋ | | ♂ ♐ | | ♀ ♏ | | ☿ ♏ | | ☊ ♒ | |
| Dies | | P | ' | '' | P | ' | P | ' | P | ' | P | ' | P | ' | P | ' | P | ' |
| 21 | 1 | 8 | 41 | 44 | 15 | 8 | 14 | 23 | 18 | 27 | 11 | 0 | 16 | 28 | 20 | 36 | 22 | 11 |
| 22 | 2 | 9 | 42 | 34 | 29 | 32 | 14 | 28 | 18 | 22 | 11 | 43 | 17 | 43 | 21 | 47 | 22 | 8 |
| 23 | 3 | 10 | 43 | 25 | 14 ♒ | 5 | 14 | 33 | 18 | 17 | 12 | 27 | 18 | 58 | 23 | 1 | 22 | 5 |
| 24 | 4 | 11 | 44 | 17 | 28 | 40 | 14 | 38 | 18 | 12 | 13 | 11 | 20 | 14 | 24 | 17 | 22 | 2 |
| 25 | 5 | 12 | 45 | 10 | 13 ♓ | 10 | 14 | 43 | 18 | 7 | 13 | 55 | 21 | 29 | 25 | 35 | 21 | 59 |
| D 26 | 6 | 13 | 46 | 4 | 27 | 31 | 14 | 48 | 18 | 2 | 14 | 39 | 22 | 44 | 26 | 55 | 21 | 56 |
| 27 | 7 | 14 | 46 | 59 | 11 ♈ | 37 | 14 | 53 | 17 | 56 | 15 | 23 | 24 | 0 | 28 | 17 | 21 | 53 |
| 28 | 8 | 15 | 47 | 55 | 25 | 26 | 14 | 58 | 17 | 51 | 16 | 7 | 25 | 15 | 29 | 41 | 21 | 49 |
| 29 | 9 | 16 | 48 | 52 | 8 ♉ | 55 | 15 | 3 | 17 | 45 | 16 | 51 | 26 | 31 | 1 ♐ | 7 | 21 | 46 |
| 30 | 10 | 17 | 49 | 50 | 22 | 4 | 15 | 8 | 17 | 39 | 17 | 35 | 27 | 46 | 2 | 35 | 21 | 43 |
| De. 1 | 11 | 18 | 50 | 49 | 4 ♊ | 55 | 15 | 12 | 17 | 33 | 18 | 19 | 29 | 2 | 4 | 4 | 21 | 40 |
| 2 | 12 | 19 | 51 | 48 | 17 | 31 | 15 | 16 | 17 | 27 | 19 | 3 | 0 ♐ | 17 | 5 | 35 | 21 | 37 |
| D 3 | 13 | 20 | 52 | 48 | 29 | 55 | 15 | 21 | 17 | 21 | 19 | 47 | 1 | 33 | 7 | 8 | 21 | 33 |
| 4 | 14 | 21 | 53 | 49 | 12 ♋ | 5 | 15 | 25 | 17 | 15 | 20 | 31 | 2 | 48 | 8 | 42 | 21 | 30 |
| 5 | 15 | 22 | 54 | 51 | 24 | 10 | 15 | 30 | 17 | 8 | 21 | 15 | 4 | 4 | 10 | 17 | 21 | 27 |
| 6 | 16 | 23 | 55 | 53 | 6 ♌ | 11 | 15 | 34 | 17 | 2 | 22 | 0 | 5 | 19 | 11 | 53 | 21 | 24 |
| 7 | 17 | 24 | 56 | 56 | 18 ♍ | 11 | 15 | 38 | 16 | 55 | 22 | 44 | 6 | 35 | 13 M | 30 | 21 | 21 |
| 8 | 18 | 25 | 57 | 59 | 0 | 12 | 15 | 42 | 16 | 48 | 23 | 28 | 7 | 50 | 15 | 8 | 21 | 18 |
| 9 | 19 | 26 | 59 | 2 | 12 | 17 | 15 | 46 | 16 | 41 | 24 | 13 | 9 | 6 | 16 | 47 | 21 | 14 |
| D 10 | 20 | 28 | 0 | 6 | 24 | 28 | 15 | 50 | 16 | 34 | 24 | 57 | 10 | 21 | 18 | 27 | 21 | 11 |
| 11 | 21 | 29 | 1 | 10 | 6 ♎ | 49 | 15 | 54 | 16 | 27 | 25 | 42 | 11 | 37 | 20 | 6 | 21 | 8 |
| 12 | 22 | 0 ♑ | 2 | 14 | 19 | 21 | 15 | 57 | 16 | 20 | 26 | 20 | 12 | 52 | 21 | 50 | 21 | 5 |
| 13 | 23 | 1 | 3 | 18 | 2 ♏ | 7 | 16 | 1 | 16 | 13 | 27 | 11 | 14 | 8 | 23 | 32 | 21 | 2 |
| 14 | 24 | 2 | 4 | 23 | 15 | 8 | 16 | 4 | 16 | 5 | 27 | 56 | 15 | 23 | 25 | 15 | 20 | 59 |
| 15 | 25 | 3 | 5 | 28 | 28 | 27 | 16 | 7 | 15 | 58 | 28 | 41 | 16 | 39 | 26 | 58 | 20 | 55 |
| 16 | 26 | 4 | 6 | 33 | 12 ♐ | 4 | 16 | 10 | 15 | 51 | 29 | 26 | 17 | 54 | 28 | 41 | 20 | 52 |
| D 17 | 27 | 5 | 7 | 39 | 26 | 0 | 16 | 13 | 15 | 43 | 0 ♑ | 11 | 19 | 10 | 0 ♑ | 4 | 20 | 49 |
| 18 | 28 | 6 | 8 | 45 | 10 ♑ | 14 | 16 | 16 | 15 | 36 | 0 | 56 | 20 | 25 | 2 | 8 | 20 | 46 |
| 19 | 29 | 7 | 9 | 51 | 24 | 43 | 16 | 19 | 15 | 28 | 1 | 41 | 21 | 41 | 3 | 52 | 20 | 43 |
| 20 | 30 | 8 | 10 | 57 | 9 ♒ | 24 | 16 | 22 | 15 | 21 | 2 | 26 | 22 | 57 | 5 | 36 | 20 | 39 |
| 21 | 31 | 9 | 12 | 4 | 24 | 11 | 16 | 25 | 15 | 13 | 3 | 11 | 24 | 12 | 7 | 21 | 20 | 36 |
| Latitudo Planetarũ ad diẽ | | | | | | 1 | 2 | 57 | 0 | 31 | 0 | 2 | 1 | 29 | 1 | 12 | | |
| | | | | | | 11 | 2 | 0 | 0 | 30 | 0 | 3 | 1 | 18 | 0 M | 13 | Mensis | |
| | | | | | | 21 | 2 | 4 | 0 | 29 | 0 | 3 | 0 | 55 | 0 | 28 | | |

| Syzygiæ Lunares. | | | | | | | | |
|---|---|---|---|---|---|---|---|---|
| | | | Orient | Orient. | Occid. | Orient. | Orient. | Syzygię Planetarũ mutuę, & eorum congressus cum illustrioribus aliquibus stellis fixis. |
| | | ☉ | ♄ | ♃ | ♂ | ♀ | ☿ | |
| Dies | | H ′ | H ′ | H ′ | H ′ | H ′ | H ′ | |
| 1 | | | | 5 ☍ 33 | | 2 ✶ 25 | 9 ✶ 55 | ☿ m.c. cũ lance bor. |
| 2 | | 18 ✶ 4 | | | 21 ✶ 9 | | | △ ♃ ♀ 11. 42 ♀ oc. cũ 5 |
| 3 | | | 0 ✶ 32 | | | 8 □ 47 | 17 □ 54 | ☊ Per. ☋ ♌ 13. 7. |
| 4 | □ | 13 32 | | | | | | ♃ m.c. cum cane minore |
| 5 | Alc. | 14 ♒ | | 8 △ 13 | 1 □ 19 | 15 △ 15 | 22 △ 50 | ♀ occ. cum acu. ♏. a |
| 6 | | | | | | | | ✶ ♄ ♂ 5. 32. |
| 7 | | 5 △ 56 | 5 ☍ 41 | 10 □ 55 | 6 △ 54 | | | ✶ ☉ ♄ 2. 34. |
| 8 | | | | | | | | ♀ oc. cũ media fron. ♏ |
| 9 | | | | 15 ✶ 47 | | | | ☌ ☉ ♂ 2. 49. b. |
| 10 | | | | | Orient. | 11 ☍ 48 | 22 ☍ 5 | ♀ oc. cũ ... et corde ♏. c |
| 11 | | | 19 △ 41 | | | | | ☿ or. cum rost. gall. |
| 12 | ☍ | 5 9 | | | 3 ☍ 10 | | | ♂ occ. cum ... |
| 13 | Alc. | 1 ♋ | | | | | | ♀ oc. cũ bor. ... (ant. ... |
| 14 | | | 6 □ 40 | 10 ☌ 10 | | | | ♂ or. cũ aquila ♀ m. c. cũ |
| 15 | | | | | | 22 △ 7 | | ♂ m. c. cum neb. ♏. |
| 16 | | | 18 ✶ 50 | | | | 13 △ 10 | |
| 17 | | 14 △ 45 | | | 9 △ 40 | | | ☉ Apog. ☋ ♊ 6. 1 ✶. d. |
| 18 | | | | | | 16 □ 55 | | ✶ ♄ ☿ 8. 30 ♀ or. cũ cor. |
| 19 | | | | 8 ✶ 35 | | | 10 □ 15 | ☿ m. c. cum acu. ♏ (♏. |
| 20 | □ | 7 37 | | | 0 □ 58 | | | |
| 21 | Alc. | 9 ♌ | 17 ☌ 28 | 18 □ 16 | | 10 ✶ 12 | | |
| 22 | | 21 ✶ 50 | | | 14 ✶ 10 | | 5 ✶ 22 | ☿ m. c. cum neb. ♏. |
| 23 | | | | | | | | ♄ or. cum Algo. |
| 24 | | | | 1 △ 42 | | | | □ ♄ ♃ 2. 14 ✶ ♄ ☿ 13. 29 e |
| 25 | | | | | | | | ♃ oc. cũ hydra (acu. ♏. |
| 26 | | | 7 ✶ 4 | | | 11 ☌ 4 | | ☌ ♂ ♀ 5. 23. ☿ m. c. cũ |
| 27 | ☌ | 16 39 | | | 7 ☌ 27 | | 8 ☌ 26 | ♃ m. c. cum Apoll. |
| 28 | Alc. | 27 ♏ | 10 □ 3 | 8 ☍ 46 | | | | ♀ or. cũ aq. ☿ oc. cũ ar |
| 29 | | | | | | | | ♀ m. c. cum neb. ♏. |
| 30 | | | 21 △ 21 | | | | | ☉ Perig. ☋ ♌ 18. 12. |
| 31 | | | | | 13 ✶ 35 | 0 ✶ 1 | | ♀ m. c. cum neb. ♏. |

a. Die 5. ☿ m. c. cum lucida coronæ. | e. Die 24. ♂ or. cum cauda Del.

b. Die 9. accidit ☌ ☉ ♂ ... per corpus; ♂ enim deflat ab ecliptica scr. 3. versus meridiem.

c. Die 10. ♂ m. c. cum acu ♏.

d. Die 17. ♀ occ. cum coma Beren.

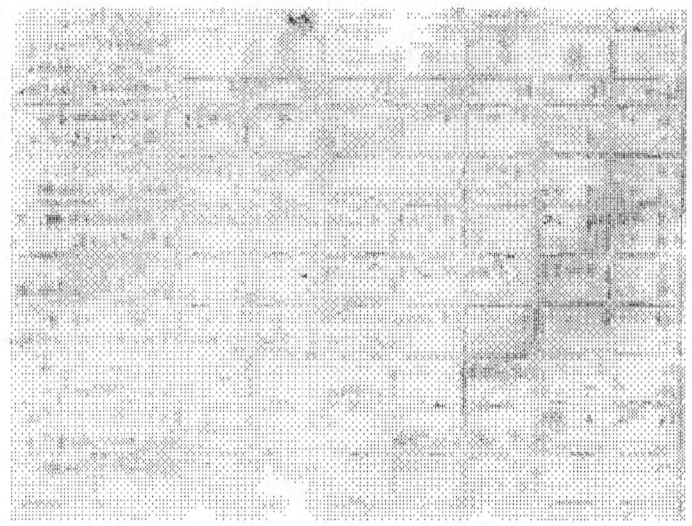

# EPHEMERIS
## IOANNIS ANTONII MAGINI PATAVINI
Ad annum Dominicæ Incarnationis
1599.

Qui est post Intercalarem tertius, & post Kalendarium restitutum 17. & à mundi creatione 5561.

*Figura cæli in ingressu Solis in Arietē æquinoctium veris.*

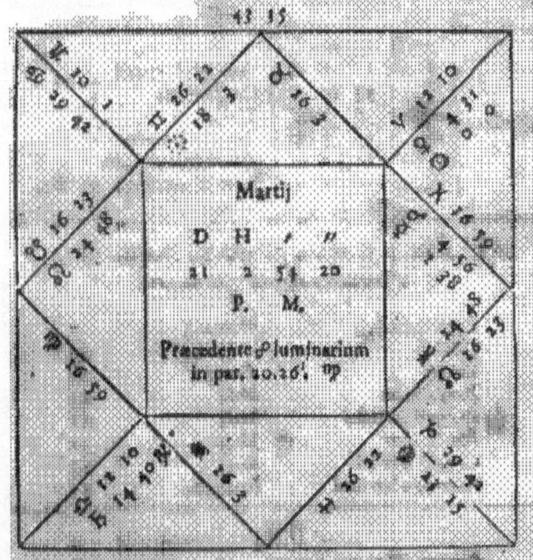


Anni Tropici vera magnitudo.

*Dierum* 365. *Horarum* 5. *Scr.* 55'. 30''. 26'''. 37''''.

# ANNO REDEMPTIONIS NOSTRAE 1599 communi.

| | | | D | H. | ′ | ″ |
|---|---|---|---|---|---|---|
| Ingressus ☉ in principium | ♋, Seu æstiui solstitij | Iunij | 21 | 23 | 27 | 7 |
| | ♎, Seu æquinoctij autumni | Septemb. | 23 | 10 | 46 | 57 |
| | ♑, Seu hiberni solstitij | Decemb. | 22 | 5 | 11 | 44 |

| | P. | ′ | ″ | ‴ |
|---|---|---|---|---|
| Vera præcessio Æquinoctiorum | 28 | 4 | 25 | 21 |
| Obliquitas Zodiaci | 23 | 28 | 3 | 32 |

Eccentricitas ☉ 32218, Qualium semidiameter eccentrici ☉ par. 1000000, seu par. 1, 55′, 59″, 6‴. Qualium P. 60.

| | | P. | ′ | ″ | | | |
|---|---|---|---|---|---|---|---|
| Locus Apogæi | ♄ | 19 | 22 | 6 | ♓ | Aureus Numerus | 4 |
| | ♃ | 6 | 48 | 50 | ♎ | Cyclus Solis | 12 |
| | ♂ | 28 | 36 | 1 | ♌ | Epacta | 4 |
| | ☉ | 9 | 26 | 2 | ♋ | Indictio Romana | 12 |
| | ♀ | 16 | 25 | 26 | ♊ | Litera Dominicalis | C |
| | ☿ | 0 | 10 | 52 | ♓ | Interuallum hebd. 8. Dies | 2 |

*Festa mobilia secundum Sacrosanctæ Romanæ Ecclesiæ vsum iuxta annum reformatum.*

| | | |
|---|---|---|
| Septuagesima | Februarij | 7 |
| Cinis | Februarij | 24 |
| Pascha | Aprilis | 11 |
| Rogationes | Maij | 16 |
| Ascensio Domini | Maij | 20 |
| Pentecostes | Maij | 30 |
| Corpus Christi | Iunij | 10 |
| Aduentus Domini | Nouemb. | 28 |

| | | | | |
|---|---|---|---|---|
| Quatuor Tempora anni, seu Ieiunia | Martij | 3 | 5 | 6 |
| | Iunij | 2 | 4 | 5 |
| | Septembris | 15 | 17 | 18 |
| | Decembris | 15 | 17 | 18 |

## Deliquium Lunæ anno Domini 1599.

Hoc anno die 9 Febr. anni reformati, qui est dies 30. Ianuarij anni veteris H. 17. 7'. 34''. à meridie æquati spoliabitur Luna suo lumine in umbra terræ ingrediens prope draconis ☋. dum tenet par. 20. 15'. 26''. ♌ Soli opposita. Anomalia ☽ æquata, seu argumentū verum est par. 343. 24'. 51''. semidiameter eius apparens 15'. 1''. Sol verò reperitur non procul à Perigæo sui Eccentrici ascendens; nam eius anomalia annua coæquata est par. 214. 58'. 47''. & eius semidiameter est 16'. 45''. semidiameter verò umbræ terrenæ æquata 39'. 4''. Verus motus latitudinis ☽ par. 92. 6'. 5''. Vera autem ☽ latitudo 10'. 59''. Austr. Sed ad initium Eclipsis est vera latitudo 6'. 0''. ad finem verò 16'. 0''. Puncta Eclipsica erunt 17. 13'. Tempus incidentiæ H. 1. 5'. 20''. Moræ autem dimidiæ H. 0. 43'. 58''.

| | | H. | scr. | | | |
|---|---|---|---|---|---|---|
| Eclipsis huius Lunaris digitorum 17. 13'. | Principium accidet | 15 | 19 | P. M. | | Duratio totius Eclipsis erit spatio H. scr. 3. 38. |
| | | 10 | 19 | N. S. | | |
| | Initium totalis obscurationis | 16 | 24 | P. M. | Morabitur in tenebris H. scr. 1. 28. | |
| | | 11 | 24 | N. S. | | |
| | Medium, seu vera ☍ | 17 | 8 | P. M. | | |
| | | 12 | 8 | N. S. | | |
| | Finis obscurationis totalis, et initium recuper. sui luminis | 17 | 52 | P. M. | | |
| | | 12 | 52 | N. S. | | |
| | Finis totius Eclipsis | 18 | 57 | P. M. | | |
| | | 13 | 57 | N. S. | | |

Sequitur Schema prædicti defectus.

## Schema prædicti defectus Lunæ.

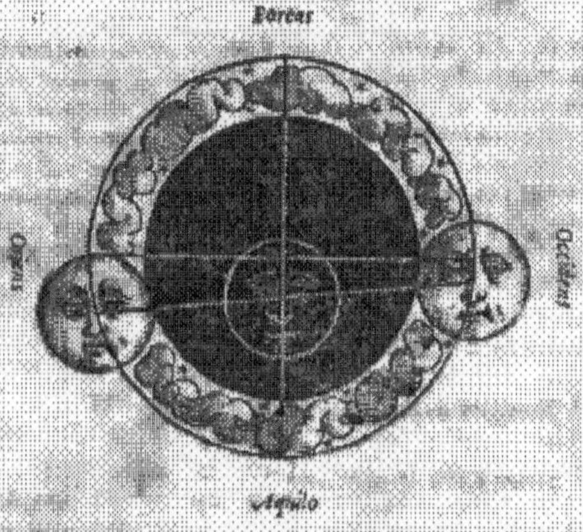


## Labor Solis anno prædicto.

*Die 22. July anni Gregoriani, qui ad diem 12. anni veteris refertur, apparebit Orientalibus exoriente Sole à boreali parte exigua Eclipsis eius; quoniam qui per horam versus ortum à nostro meridiano distant, eius medium, & finem habebunt, & qui per horam cum dimidia, totum integrum spatium Eclipsis obseruare poterunt: Verum nec nos cum occidentalioribus nostris ullum luminis Solaris detrimentum sentiemus: Medium autem eius ad Venetiarum meridianum relatum continget H. 16. 11'. à meridie diei 21. Dimidia duratio H. 0. 25'.*

| | Punct. | ' | | | | | | |
|---|---|---|---|---|---|---|---|---|
| Magnitudo huius Eclipsis ☽ erit | 0 | 0 | In climate | Quarto, | & | gr. | 36 | Eleuatio poli. |
| | 0 | 0 | | Quinto, | & | gr. | 41 | |
| | 1 | 2 | | Sexto, | & | gr. | 45 | |
| | 2 | 17 | | Septimo, | & | gr. | 49 | |
| | 3 | 12 | | Octauo, | & | gr. | 52 | |

# *Planetarum status.*

♄
In toto hoc anni spatio recedit parum à longitudine media sui Eccentrici.
Die 6. Aprilis ad oppositum augis
Die 11. Octobris ad Apogæum
} Sui Epicycli deuenit.
A die 25. Ianuarii vsque ad 14. Iunij contra signorum successionem defertur.

♃
Toto hoc anno recedit à longitudine media versus Eccentri augem.
Die 6. Ianuarii in opposito augis
Die 24. Iulij in Auge
} Epicycli rotatur.
Die 6. Martij retrocessum elapsi anni perficitur, & denuo die 8. Decemb. ad calcem anni, & vltra progreditur in priora.

♂
Per inferiora sui deferentis fertur die 6. Aprilis.
Ab auge sui Epicycli descendens versus augis oppositum in fine anni properat.
Regressum exorditur die 21. Decemb. quem futuro anno perficit.

♀ Die
8. Iunij ad Apogæum
8. Decemb. ad Perigæum
} Eccentri fertur.
4. Martij ad Apogæum
18. Decemb. ad Perigæum
} Epicycli accedit.
18. Nouemb. vsque in futurum annum mouetur in præcedentia.

☿ Die
19 Maii in Perigæo
21 Nouemb in Apogæo
} Sui deferentis commoratur.
27 Febr. Perigæum
26 Aprilis Apogæum
24 Iunij Perigæum
21 Augusti Apogæum
18 Octobris Perigæum
14 Decemb. Apogæum
} Epicycli peruenit.
16 Febr. ad 10. Martij
13 Iunii vsque ad 6. Iulij
7 Octobris vsque post 28 eiusdem
} Regressum subibit.

Syzygiæ Lunares.

| Dies | | ● | Orient. ♄ | Orient. ♃ | Orient. ♂ | Orient. ♀ | Orient. ☿ | Syzygiæ Planetarũ mutuæ, & eorum congressus cum illustrioribus aliquibus stellis fixis. |
|---|---|---|---|---|---|---|---|---|
| | | H ' | H ' | H ' | H ' | H ' | H ' | |
| 1 | | 2 ✱ 15 | | 10 △ 2 | | | 0 ✱ 18 | ♃ or. cum Rig. [illegible] (a) |
| 2 | | | | | 19 □ 37 | 5 □ 49 | | ☌ ● ☿ 12.21. ♂ m.c. |
| 3 | □ | 7 59 | 14 ☌ 45 | 12 □ 54 | | | 9 □ ♂ | ♂ or. [illegible] 44. ♀ [illegible] |
| 4 | Asc. | 25 ♌ | | | | 13 △ 57 | Occid. | ☌ ♀ ☿ 3.11. ♂ m.c. [illegible] |
| 5 | | 16 △ 44 | | 15 ✱ 50 Occid. | 2 △ 21 | | 22 △ 34 | ☌ ● ♃ 3.39. □ ♄ ☿ 7.0. |
| 6 | | | | | | | | ♂ or. cum [illegible] ♏. |
| 7 | | | | | | | | □ ☽ ♄ 5 31. |
| 8 | | | 4 △ 2 | | | | | ♀ m. c. cum lyra. |
| 9 | | | | | | 18 ☌ 47 | | ☿ or. cum neb. ♋. |
| 10 | ☍ | 22 26 | 15 □ 23 | 9 ☌ 30 | 3 ☍ 19 | | | |
| 11 | Asc. | 26 ♓ | | | | | 12 ☌ 55 | ☿ or. cum [illegible] ♏. |
| 12 | | | | | | | | ● Apog. |
| 13 | | | 4 ✱ 21 | | | | | ● ☋ 10.31 ☍ ♃ ☌ 15. |
| 14 | | | | | | | | (42. b. |
| 15 | | | | 9 ✱ 51 | 13 △ 10 | 10 △ 42 | | ☍ ♃ ☿ 3.28. ♀ or. cu |
| 16 | | 11 △ 17 | | | | | | ♂ oc. cu cerb. (neb. m. |
| 17 | | | | 22 □ 46 | | | 10 △ 13 | ☌ ♂ ♀ 4.48 ♀ or. cu ce. c |
| 18 | | | 4 ☌ 10 | | 4 □ 25 | 4 □ 50 | | □ ♄ ♀ 1.38 □ ♄ ♂ 8. |
| 19 | □ | 2 48 | | | | | | ♂ m.c. cu rost. gall. (1.d. |
| 20 | Asc. | 8 ♋ | | 5 △ 3 | 16 ✱ 31 | 19 ✱ 16 | 4 □ 7 | |
| 21 | | 14 ✱ 37 | | | | | | ♀ m.c. cum aquila. |
| 22 | | | 18 ✱ 23 | | | | 17 ✱ 4 | |
| 23 | | | | | | | | ✱ ♄ ♀ 4. 36. ♂ m. c. cu |
| 24 | | | 20 □ 52 | 12 ☍ 54 | | | | ♃ or. cu zona Or. (ag. e. |
| 25 | | | | | 5 ☌ 38 | 12 ☌ 10 | | |
| 26 | ☌ | 3 27 | 21 △ 36 | | | | | ♀ m.c. cum cor. ♑. |
| 27 | Asc. | 22 ♋ | | | | | 7 ☌ 43 | ● Perig. ☌ ☊ 1.7. |
| 28 | | | | 13 △ 28 | | | | |
| 29 | | | | | 11 ✱ 43 | 21 ✱ 57 | | |
| 30 | | 11 ✱ 48 | 13 ☍ 4 | 13 □ 58 | | | | ♀ m.c. cum cauda Del. |
| 31 | | | | | 16 □ 30 | | 20 ✱ 19 | ♀ or. cum cap. Andr. |

*a. Die 1. ♄ m.c. cum spica ♍.* | *d. Die 18. ♀ m.c. cum rostro gall.*
*b. Die 13. ♂ or. cum neb. ♋.* | *e. Die 23. ☿ or. cum cauda ♑.*
*c. Die 17. ♂ ☌ ♀ per corpus iungentur, ideo ♀ teget ♂.*
*♄ Fit ☿ oriendo cum rostro corui.*

1599

…otus Planetarum Diurnus.

| S A | | M A | | M D | | M D | | M A | | | |
|---|---|---|---|---|---|---|---|---|---|---|---|
| ♄ ♎ | | ♃ ♋ | | ♂ ♑ | | ♀ ♒ | | ☿ ♒ | | ☊ ♒ | |
| P | ′ | P | ′ | P | ′ | P | ′ | P | ′ | P | ′ |
| 16 | 59 | 11 | 25 | 27 | 30 | 4 | 19 | 29 | 42 | 18 | 55 |
| 16 | 59 | 11 | 17 | 28 | 16 | 5 | 41 | 0 ♓ | 57 | 18 | 52 |
| 16 | 56 | 11 | 12 | 29 | 2 | 7 | 0 | 0 | 9 | 18 | 49 |
| 15 | 56 | 11 | 6 | 29 | 49 | 8 | 15 | 3 | 17 | 18 | 46 |
| 16 | 57 | 11 | 1 | 0 ♒ | 35 | 9 | 30 | 4 | 41 | 13 | 43 |
| 16 | 56 | 10 | 56 | 1 | 21 | 10 | 45 | 5 | 21 | 18 | 39 |
| 16 | 55 | 10 | 51 | 2 | 8 | 12 | 1 | 6 | 17 | 18 | 36 |
| 16 | 53 | 10 | 46 | 2 | 54 | 13 | 16 | 7 | 8 | 18 | 33 |
| 16 | 52 | 10 | 42 | 3 | 41 | 14 | 31 | 7 | 54 | 18 | 30 |
| 16 | 50 | 10 | 37 | 4 | 27 | 15 | 46 | 8 | 34 | 18 | 27 |

| | | Orient. | Occid. | Orient. | Orient. | Occid. | Syzygiæ Planetarũ mutuæ, & eorum congressus cum illustrioribus aliquibus stellis fixis |
|---|---|---|---|---|---|---|---|
| Syzygiç Lunares. | ☉ | ♄ | ♃ | ♂ | ♀ | ☿ | |
| Dies | H ′ | H ′ | H ′ | H ′ | H ′ | H ′ | |
| 1 □ | 18 52 | | 16 ⚹ 51 | | 5 □ 24 | | ♂ m.c. cum cornu [illegible] .a. |
| 2 Asc. | 17 ♈ | | | | | | |
| 3 | | | | 10 △ 34 | 16 △ 58 | 6 □ 56 | |
| 4 | 6 △ 23 | 10 △ 2 | | | | | ♃ or. cum Hercule. |
| 5 | | | | | | 21 △ 22 | (cauda Del. |
| 6 | | 20 □ 36 | 8 ☌ 39 | | | | △ ☉ ♄ 3.6, ♂ m.c.cũ |
| 7 | | | | | | | ♃ or. cum de. hum. Cru[illegible]. |
| 8 | | | | 5 ☍ 20 | | | ♀ occ. cum Ro. & aqui. |
| 9 ☍ | 17 8 | 9 ⚹ 36 | | | 5 ☍ 23 | | ☽ ☋ 12.57 ♃ oc. cũ ha |
| 10 Asc. | 14 ♑ | | | | | | ☽ Ap. △ ♄ ♀ 19.42 (dirb |
| 11 | | | 10 ⚹ 25 | | | 17 ☍ 34 | ♂ m.c. cum cauda cyg. c. |
| 12 | | | | | | | |
| 13 | | | 22 □ 58 | 16 △ 51 | | | ♀ or. cum cauda ♑. |
| 14 | | 11 ☌ 30 | | | 21 △ 50 | | △ ♃ ☿ 12.0. |
| 15 | 6 △ 1 | | | | | | |
| 16 | | | 9 △ 1 | 7 □ 23 | | 9 △ 30 | |
| 17 □ | 19 16 | | | | 12 □ 57 | | ☿ occ. cum cauda Del. |
| 18 Asc. | 10 ♓ | | | 17 ⚹ 55 | | 19 □ 54 | |
| 19 | | 3 ⚹ 15 | | | 23 ⚹ 46 | | (occ. cum 82, |
| 20 | 4 ⚹ 25 | | 19 ☍ 29 | | | 18 ⚹ 51 | ♀ or. cum cap. Med. & |
| 21 | | 6 □ 20 | | | | | (Fomah. |
| 22 | | | | | | | ♄ or. cũ Algo. ♂ occ. cũ |
| 23 | | 6 △ 50 | | 4 ☌ 14 | | | ☽ ☊ 9 6. ☿ oc. cũ aq. d. |
| 24 ☌ | 13 24 | | 20 △ 27 | | 10 ☌ 53 | 15 ☌ 18 | ☽ Per. ☌ ☉ ☿ 12.54. |
| 25 Asc. | 7 ♒ | | | | | Orient. | △ ♄ ☿ 3.50 ☌ ♀ ☿ 5.26. |
| 26 | | | 20 □ 44 | | | | ♀ oc. cũ lyra, ♂ m. c. cũ |
| 27 | | 7 ☍ 9 | | 10 ⚹ 17 | | | (cauda ♑. |
| 28 | 23 ⚹ 11 | | 22 ⚹ 56 | | 22 ⚹ 32 | 8 ⚹ 53 | △ ☽ ♃ 19.40 ♀ m.c. cũ |
| | | | | | | | (Fomah. |

*a.* Die 1. ♀ m.c. cum cauda cygni.
*b.* Die 9. ♀ occ. cum cauda ♑.
*c.* Die 13. ♀ m.c. cum cauda ♑.
*d.* Die 23. ♂ occ. cum cauda ♑.

| | Anni veteris | Anni Gregor. | Positus Planetarum Diurnus. | | | | | | | | | | | | | | | |
|---|---|---|---|---|---|---|---|---|---|---|---|---|---|---|---|---|---|---|
| | | | | | | | | S | A | M | A | M | D | M | D | S | D | | |
| | | | ☉ ♓ | | | ☽ ♉ | | ♄ ♎ | | ♃ ♋ | | ♂ ♒ | | ♀ ♓ | | ☿ ♑ | | ☊ ♒ | |
| | Dies | | G | ′ | ″ | P | ′ | P | ′ | P | ′ | P | ′ | P | ′ | P | ′ | P | ′ |
| | 19 | 1 | 9 | 57 | 16 | 10 | 34 | 16 | 3 | 9 | 46 | 19 | 13 | 9 | 32 | 0 ♒ | 31 | 17 | 10 |
| | 20 | 2 | 10 | 57 | 21 | 24 | 12 | 15 | 59 | 9 | 45 | 20 | 0 | 10 | 47 | 29 | 52 | 17 | 13 |
| | 21 | 3 | 11 | 57 | 24 | 7 ♊ | 51 | 15 | 55 | 9 | 45 | 20 | 47 | 12 | 1 | 28 | 56 | 17 | 20 |
| | 22 | 4 | 12 | 57 | 25 | 20 | 36 | 15 | 52 | 9 | 44 | 21 | 34 | 13 | 16 | 28 | 4 | 17 | 17 |
| | 23 | 5 | 13 | 57 | 24 | 3 ♋ | 10 | 15 | 48 | 9 | 44 | 22 | 21 | 14 | 31 | 27 | 18 | 17 | 13 |
| | 24 | 6 | 14 | 57 | 21 | 15 | 38 | 15 | 44 | 9 Di | 44 | 23 | 7 | 15 | 45 | 26 | 39 | 17 | 10 |
| C | 25 | 7 | 15 | 57 | 16 | 27 ♌ | 44 | 15 | 40 | 9 | 44 | 23 | 54 | 17 | 0 | 26 | 7 | 17 | 7 |
| | 26 | 8 | 16 | 57 | 9 | 9 | 38 | 15 | 36 | 9 | 44 | 24 | 41 | 18 | 15 | 25 | 43 | 17 | 4 |
| | 27 | 9 | 17 | 57 | 0 | 21 ♍ | 24 | 15 | 32 | 9 | 44 | 25 | 28 | 19 | 29 | 25 | 17 | 17 | 1 |
| | 28 | 10 | 18 | 56 | 49 | 3 | 5 | 15 | 28 | 9 | 44 | 26 | 15 | 20 | 44 | 25 Di | 19 | 16 | 58 |
| Ma. | 1 | 11 | 19 | 56 | 36 | 14 | 41 | 15 | 24 | 9 | 44 | 27 | 2 | 21 A | 58 | 25 | 20 | 16 | 54 |
| | 2 | 12 | 20 | 56 | 22 | 26 | 23 | 15 | 20 | 9 | 45 | 27 | 49 | 23 | 13 | 25 | 29 | 16 | 51 |
| | 3 | 13 | 21 | 56 | 6 | 8 ♎ | 8 | 15 | 16 | 9 | 46 | 28 | 36 | 24 | 27 | 25 | 45 | 16 | 48 |
| C | 4 | 14 | 22 | 55 | 48 | 20 | 2 | 15 | 12 | 9 | 47 | 29 | 22 | 25 | 42 | 26 | 7 | 16 | 45 |
| | 5 | 15 | 23 | 55 | 28 | 2 ♏ | 7 | 15 | 7 | 9 | 48 | 0 ♓ | 9 | 26 | 56 | 26 | 36 | 16 | 42 |
| | 6 | 16 | 24 | 55 | 6 | 14 | 28 | 15 | 3 | 9 | 50 | 0 | 56 | 28 | 11 | 27 | 11 | 16 | 39 |
| | 7 | 17 | 25 | 54 | 42 | 27 ♐ | 8 | 14 | 59 | 9 | 52 | 1 | 43 | 29 ♈ | 25 | 27 | 52 | 16 | 35 |
| | 8 | 18 | 26 | 54 | 16 | 10 | 9 | 14 | 54 | 9 | 54 | 2 | 30 | 0 | 39 | 28 M | 39 | 16 | 32 |
| | 9 | 19 | 27 | 53 | 48 | 23 ♑ | 32 | 14 | 50 | 9 | 56 | 3 | 12 | 1 | 54 | 29 ♓ | 31 | 16 | 29 |
| | 10 | 20 | 28 | 53 | 18 | 7 | 19 | 14 | 45 | 9 | 59 | 4 | 3 | 3 | 8 | 0 | 28 | 16 | 26 |
| C | 11 | 21 | 29 ♈ | 52 | 46 | 21 ♒ | 29 | 14 | 40 | 10 | 1 | 4 | 50 | 4 | 22 | 1 | 30 | 16 | 23 |
| | 12 | 22 | 0 | 52 | 11 | 5 | 59 | 14 | 36 | 10 | 4 | 5 | 37 | 5 | 36 | 2 | 36 | 16 | 20 |
| | 13 | 23 | 1 | 51 | 37 | 20 ♓ | 45 | 14 | 31 | 10 | 7 | 6 | 24 | 6 | 50 | 3 | 46 | 16 | 16 |
| | 14 | 24 | 2 | 51 | 0 | 5 | 41 | 14 | 26 | 10 | 10 | 7 | 11 | 8 | 5 | 4 | 59 | 16 | 13 |
| | 15 | 25 | 3 | 50 | 21 | 20 ♈ | 39 | 14 | 21 | 10 | 13 | 7 | 58 | 9 | 19 | 6 | 15 | 16 | 10 |
| | 16 | 26 | 4 | 49 | 40 | 5 | 31 | 14 | 16 | 10 | 17 | 8 | 45 | 10 | 33 | 7 | 34 | 16 | 7 |
| | 17 | 27 | 5 | 48 | 57 | 20 ♉ | 12 | 14 | 12 | 10 | 20 | 9 | 31 | 11 | 47 | 8 | 55 | 16 | 4 |
| C | 18 | 28 | 6 | 48 | 12 | 4 | 36 | 14 | 7 | 10 | 24 | 10 | 18 | 13 | 1 | 10 | 21 | 16 | 1 |
| | 19 | 29 | 7 | 47 | 25 | 18 ♊ | 40 | 14 | 2 | 10 | 28 | 11 | 5 | 14 | 15 | 11 | 49 | 15 | 57 |
| | 20 | 30 | 8 | 46 | 36 | 2 | 23 | 13 | 58 | 10 | 32 | 11 | 52 | 15 | 29 | 13 | 20 | 15 | 54 |
| | 21 | 31 | 9 | 45 | 45 | 15 | 41 | 13 | 53 | 10 | 36 | 12 | 39 | 16 | 43 | 14 | 53 | 15 | 51 |

| Latitudo Planetarū ad diē | | ♄ | | ♃ | | ♂ | | ♀ | | ☿ | | ☊ |
|---|---|---|---|---|---|---|---|---|---|---|---|---|
| | 1 | 2 | 37 | 0 | 15 | 0 | 10 | 1 A | 2 | 1 | 55 | Meridies |
| | 11 | 2 | 40 | 0 | 13 | 0 | 11 | 1 | 2 | 1 | 3 | |
| | 21 | 2 | 42 | 0 | 11 | 0 | 12 | 0 | 55 | 0 M | 31 | |

Syzygiæ Lunares.

| Dies | ☽ | Orient. ♄ | Occid. ♃ | Orient. ♂ | Orient. ♀ | Orient. ☿ | Syzygię Planetarū mutuę, & eorum congressus cum illustrioribus aliquibus stellis fixis. |
|---|---|---|---|---|---|---|---|
| | H ′ | H ′ | H ′ | H ′ | H ′ | H ′ | |
| 1 | | | | 16□15 | | | △ ♃ ☿ 4.25. |
| 2 | | | | | | 9□19 | ☌ ☉ ♀ 17.10. |
| 3 □ | 8 38 | 15△19 | | | 9□3 | | ♂ or. cum cauda ♑. |
| 4 Asc. | 18 ♎ | | | 1△56 | Occid. | 13△20 | |
| 5 | 22△31 | | 12☌13 | | | | |
| 6 | | 0□12 | | | 0△14 | | |
| 7 | | | | | | | ♀ occ. cum scor. |
| 8 | | 12✶5 | | | | | ☽ ☋ 13.40 ☌ ♂ ☿ 22.34 |
| 9 | | | | 4☍33 | | 8☍13 | ♂ occ. cum cauda Del. |
| 10 | | | 13✶44 | | | | ☽ Apog. |
| 11 ☍ | 11 42 | | | | 16☍41 | | |
| 12 Asc. | 18 ♐ | | | | | | ☿ oc. cum cauda Del. |
| 13 | | 14☌18 | 3□19 | | | | |
| 14 | | | | 10△49 | | 12△35 | ♂ occ. cum rost. gall. |
| 15 | | | 14△57 | | | | ♂ or. cum cap. Med. |
| 16 | 22△30 | | | | | | |
| 17 | | | | 9□0 | 4△39 | 1□28 | |
| 18 | | 8✶39 | | | | | |
| 19 □ | 8 10 | | | 18✶0 | 16□[illegible] | 11✶11 | ☿ or. cū cap. Med. & oc. |
| 20 Asc. | 24 ♎ | 12□32 | 4☍32 | | | | (cum rost. gall. |
| 21 | 14✶56 | | | | 23✶23 | | ☿ or. cum cor. ♈. |
| 22 | | 13△55 | | | | | ☽ ☊ 16.45. |
| 23 | | | | | | 22☌40 | ♂ occ. cum lyra. |
| 24 | | | 7△7 | 2☌31 | | | ☽ Perig. |
| 25 ☌ | 22 49 | | | | | | □ ♃ ☿ 18.32. ♂ occ. cum |
| 26 Asc. | 11 ♋ | 14☍14 | 7□50 | | 8☌59 | | ☿ oc. cū Fomah. (Fom. |
| 27 | | | | | | | ☌ ♂ ☿ 12.0 (20.3. |
| 28 | | | 9✶57 | 10✶17 | | 10✶58 | △ ♃ ♂ 3.21. ☍ ♄ ♀ |
| 29 | | | | | | | ♀ or. cum hœdis. |
| 30 | 12✶24 | 20△39 | | 18□5 | | 22□16 | |
| 31 | | | | | 1✶50 | | □ ☉ ♀ 22.13 ♀ or. cu. |

a. Die 28. △ ♃ ☿ 0.51.

| | | | | | S | A | M | A | M | D | M | A | M | D | | |
|---|---|---|---|---|---|---|---|---|---|---|---|---|---|---|---|---|
| ☉ ♈ | | | ☽ ♊ | | ♄ ♎ | | ♃ ♋ | | ♂ ♓ | | ♀ ♈ | | ☿ ♓ | | ☊ ♒ | |
| P | ′ | ″ | P | ′ | P | ′ | P | ′ | P | ′ | P | ′ | P | ′ | P | ′ |
| 10 | 44 | 52 | 28 ♋ | 48 | 13 | 48 | 10 | 41 | 13 | 25 | 17 | 57 | 16 | 28 | 15 | 48 |
| 11 | 43 | 57 | 11 | 31 | 13 | 43 | 10 | 45 | 14 | 12 | 19 | 11 | 18 | 5 | 15 | 45 |
| 12 | 42 | 59 | 23 ♌ | 38 | 13 | 38 | 10 | 50 | 14 | 59 | 20 | 25 | 19 | 44 | 15 | 41 |
| 13 | 41 | 59 | 6 | 12 | 13 | 33 | 10 | 55 | 15 | 46 | 21 | 39 | 21 | 23 | 15 | 38 |
| 14 | 40 | 57 | 18 ♍ | 15 | 13 | 28 | 11 | 0 | 16 | 33 | 22 | 53 | 23 | 6 | 15 | 35 |
| 15 | 39 | 54 | 0 | 10 | 13 | 23 | 11 | 5 | 17 | 20 | 24 | 7 | 24 | 49 | 15 | 32 |
| 16 | 38 | 49 | 12 | 6 | 13 D | 18 | 11 | 11 | 18 | 6 | 25 | 21 | 26 | 33 | 15 | 29 |
| 17 | 37 | 42 | 23 | 45 | 13 | 13 | 11 | 17 | 18 | 53 | 26 | 35 | 28 | 20 | 15 | 26 |
| 18 | 36 | 33 | ♎ 5 | 35 | 13 | 8 | 11 | 23 | 19 | 40 | 27 | 48 | ♈ 0 | 7 | 15 | 22 |
| 19 | 35 | 23 | 17 | 25 | 13 | 3 | 11 | 29 | 20 | 27 | 29 | 2 | 1 A | 55 | 15 | 19 |
| 20 | 34 | 9 | 29 ♏ | 30 | 12 | 58 | 11 | 36 | 21 | 14 | ♉ 0 | 16 | 3 | 45 | 15 | 16 |
| 21 | 32 | 55 | 11 | 41 | 12 | 53 | 11 | 42 | 22 | 0 | 1 | 30 | 5 | 34 | 15 | 13 |
| 22 | 31 | 39 | 24 ♐ | 6 | 12 | 48 | 11 | 49 | 22 | 47 | 2 | 43 | 7 | 24 | 15 | 10 |
| 23 | 30 | 21 | 6 | 48 | 12 | 43 | 11 | 55 | 23 | 34 | 3 | 57 | 9 | 15 | 15 | 7 |
| 24 | 29 | 1 | 19 ♑ | 50 | 12 | 38 | 12 | 2 | 24 | 20 | 5 | 11 | 11 | 6 | 15 | 3 |
| 25 | 27 | 39 | 3 | 14 | 12 | 33 | 12 | 9 | 25 | 7 | 6 | 24 | 12 | 58 | 15 | 0 |
| 26 | 26 | 15 | 17 ♒ | 1 | 12 | 29 | 12 | 16 | 25 | 54 | 7 | 38 | 14 | 50 | 14 | 57 |
| 27 | 24 | 49 | 1 | 8 | 12 | 24 | 12 | 23 | 26 | 40 | 8 | 51 | 16 | 41 | 14 | 54 |
| 28 | 23 | 21 | 15 ♓ | 33 | 12 | 19 | 12 | 30 | 27 | 27 | 10 | 5 | 18 | 35 | 14 | 51 |
| 29 | 21 | 52 | 0 | 11 | 12 | 15 | 12 | 38 | 28 | 14 | 11 | 18 | 20 | 26 | 14 | 47 |
| ♉ 0 | 20 | 21 | 14 | 58 | 12 | 10 | 12 | 45 | 29 | 0 | 12 | 32 | 22 | 21 | 14 | 44 |
| 1 | 18 | 48 | 29 | 44 | 12 | 5 | 12 | 53 | 29 | 47 | 13 | 45 | 24 | 15 | 14 | 41 |
| 2 | 17 | 13 | ♈ 14 | 23 | 12 | 1 | 13 | 1 | ♈ 0 | 33 | 14 | 58 | 26 | 9 | 14 | 38 |
| 3 | 15 | 36 | 28 | 49 | 11 | 56 | 13 | 9 | 1 | 20 | 16 | 12 | 28 | 3 | 14 | 35 |
| 4 | 13 | 58 | ♉ 12 | 59 | 11 | 52 | 13 | 17 | 2 | 6 | 17 S | 25 | 29 | 57 | 14 | 31 |
| 5 | 12 | 18 | 26 | 51 | 11 | 48 | 13 | 25 | 2 | 52 | 18 | 38 | ♉ 1 | 52 | 14 | 28 |
| 6 | 10 | 37 | ♊ 10 | 33 | 11 | 43 | 13 | 33 | 3 | 38 | 19 | 52 | 3 | 47 | 14 | 25 |
| 7 | 8 | 54 | 23 | 37 | 11 | 39 | 13 | 41 | 4 | 23 | 21 | 4 | 5 | 41 | 14 | 22 |
| 8 | 7 | 9 | ♋ 6 | 34 | 11 | 35 | 13 | 50 | 5 | 10 | 22 | 17 | 7 | 35 | 14 | 19 |
| 9 | 5 | 22 | 19 | 16 | 11 | 31 | 13 | 59 | 5 | 56 | 23 | 31 | 9 | 29 | 14 | 16 |

| Syzygiæ Lunares. | | | | | | | |
|---|---|---|---|---|---|---|---|
| | | Orient. | Occid. | Orient. | Occid. | Orient. | Syzygiæ Planetarū mutuæ, & eorum congressus cum illustrioribus aliquibus stellis fixis. |
| | ☉ | ♄ | ♃ | ♂ | ♀ | ☿ | |
| Dies | H ′ | H ′ | H ′ | H ′ | H ′ | H ′ | |
| 1 | | | 22 ☌ 34 | | | | ♀ occ. cum cauda cygni. |
| 2 □ | 23 35 | 4 □ 13 | | 5 △ 31 | 16 □ 24 | 14 △ 36 | |
| 3 Alc. | 26 ♋ | | | | | | ☌ ♂ ♄ 20.37. ☿ oc. cum |
| 4 | 10 △ 16 | 14 ✶ 33 | | | | | ☽ ☋ 18.46. (badis. |
| 5 | | Occid. | | | 10 △ 24 | | ♄ or. cum corona. |
| 6 | | | 22 ✶ 20 | | | | |
| 7 | | | | 13 ☍ 16 | | | ☽ Apo. ☿ oc. cū Acar. a |
| 8 | | | | | | 10 ☍ 51 | |
| 9 | | 15 ☌ 7 | 11 □ 48 | | | | ♃ or. cum dex. hu. Ori. |
| 10 ☍ | 4 40 | | | | | | |
| 11 Alc. | 29 ♍ | | | | 1 ☌ 36 | | ☿ or. cū cor. ♌. (cor. ♌. |
| 12 | | | 0 △ 2 | 21 △ 17 | | | ♃ or. cū Here. ♀ oc. cum |
| 13 | | | | | | | |
| 14 | | 10 ✶ 49 | | | | 5 △ 10 | |
| 15 | 6 △ 58 | | | 8 □ 34 | | | □ ♃ ☿ 12.51. ☌ ♄ ☿ 18.51 |
| 16 | | 16 □ 9 | 15 ☍ 39 | | 6 △ 3 | 19 □ 35 | |
| 17 □ | 17 20 | | | 15 ✶ 58 | | | ♀ or. cum Fomah. |
| 18 Alc. | 28 ♈ | 18 △ 39 | | | 14 □ 3 | | □ ♄ ♃ 2.1 ☽ ☊ 22.50. b. |
| 19 | 22 ✶ 25 | | | | | 5 ✶ 42 | ♀ or. cum dex. hu. Aur. |
| 20 | | | 19 △ 38 | | 19 ✶ 41 | | ☽ Perig. |
| 21 | | | | | | | ✶ ♃ ♀ 4.48. (cū 10. c |
| 22 | | 20 ☍ 8 | 21 □ 46 | 0 ☌ 6 | | | ♀ or. cum pleia. & m. c. |
| 23 | | | | | | 12 ☌ 38 | ♃ or. cum zona Ori. |
| 24 ☌ | 8 14 | | | | | | ♀ m. c. cum Acar. & 22. |
| 25 Alc. | 19 [illegible] | | 0 ✶ 33 | | 8 ☌ 24 | | ♀ occ. cum Rigel. |
| 26 | | | | 11 ✶ 19 | | | |
| 27 | | 2 △ 24 | | | | | |
| 28 | | | | 21 □ 14 | | | |
| 29 | 3 ✶ 11 | 9 □ 26 | 13 ☌ 53 | | | 2 ✶ 10 | ☌ ☉ ♀ 13.42. ♀ m. c. cum |
| 30 | | | | | 9 ✶ 3 | | (pleia. d. |

*a. Die 7. ♀ m. c. cum cor. ♌.*
*b. Die 18. ♀ or. cum badis.*
*c. Die 22. ☿ m. c. cum cor. ♌.*
*d. Die 29. ♀ or. cum Fomah.*

| Dies mensis | Dies ☉ | ☉ ♉ G | ′ | ″ | ☽ ♌ P | ′ | ♄ ♎ (S D) P | ′ | ♃ ♋ (M A) P | ′ | ♂ ♈ (M D) P | ′ | ♀ ♉ (S A) P | ′ | ☿ ♉ (M A) P | ′ | ☊ ♒ P | ′ |
|---|---|---|---|---|---|---|---|---|---|---|---|---|---|---|---|---|---|---|
| 21 | 1 | 10 | 3 | 34 | 1 | 46 | 11 | 27 | 14 | 8 | 6 | 42 | 24 | 44 | 11 | 23 | 14 | 1 |
| C 22 | 2 | 11 | 1 | 44 | 14 | 5 | 11 | 23 | 14 | 17 | 7 | 28 | 25 | 57 | 13 | 16 | 14 | |
| 23 | 3 | 11 | 59 | 53 | 26 ♍ | 15 | 11 | 19 | 14 | 26 | 8 | 14 | 27 | 10 | 15 | 9 | 14 | |
| 24 | 4 | 12 | 58 | 0 | 8 | 20 | 11 | 15 | 14 | 35 | 9 | 0 | 28 | 23 | 17 | 2 | 14 | |
| 25 | 5 | 13 | 56 | 6 | 20 ♎ | 22 | 11 | 11 | 14 | 44 | 9 | 46 | 29 ♊ | 36 | 18 S | 55 | 14 | |
| 26 | 6 | 14 | 54 | 10 | 2 | 22 | 11 | 7 | 14 | 53 | 10 | 32 | 0 | 49 | 20 | 47 | 13 | 5 |
| 27 | 7 | 15 | 52 | 13 | 14 | 24 | 11 | 3 | 15 | 3 | 11 | 18 | 2 | 2 | 22 | 39 | 13 | 5 |
| 28 | 8 | 16 | 50 | 14 | 26 | 31 | 11 | 0 | 15 | 12 | 12 | 4 | 3 | 15 | 24 | 30 | 13 | 5 |
| C 29 | 9 | 17 | 48 | 13 | 8 ♏ | 40 | 10 | 56 | 15 | 22 | 12 | 50 | 4 | 28 | 26 | 21 | 13 | 4 |
| 30 | 10 | 18 | 46 | 10 | 21 | 12 | 10 | 53 | 15 | 32 | 13 | 36 | 5 | 41 | 28 | 12 | 13 | 4 |
| Ma. 1 | 11 | 19 | 44 | 6 | 3 ♐ | 52 | 10 | 49 | 15 | 42 | 14 | 22 | 6 | 54 | 0 ♊ | 0 | 13 | 4 |
| 2 | 12 | 20 | 42 | 1 | 16 ♑ | 47 | 10 | 46 | 15 | 52 | 15 | 8 | 8 | 7 | 1 | 49 | 13 | 3 |
| 3 | 13 | 21 | 39 | 55 | 0 | 0 | 10 | 43 | 16 | 2 | 15 | 54 | 9 | 20 | 3 | 37 | 13 | 3 |
| 4 | 14 | 22 | 37 | 47 | 13 | 23 | 10 | 40 | 16 | 12 | 16 | 40 | 10 | 33 | 5 | 24 | 13 | 3 |
| 5 | 15 | 23 | 35 | 38 | 27 ♒ | 26 | 10 | 37 | 16 | 22 | 17 | 26 | 11 | 45 | 7 | 10 | 13 | 2 |
| C 6 | 16 | 24 | 33 | 28 | 11 | 38 | 10 | 34 | 16 | 32 | 18 | 11 | 12 | 58 | 8 | 55 | 13 | 2 |
| 7 | 17 | 25 | 31 | 17 | 25 ♓ | 59 | 10 | 31 | 16 | 43 | 18 | 57 | 14 | 11 | 10 | 38 | 13 | 2 |
| 8 | 18 | 26 | 29 | 4 | 10 | 30 | 10 | 28 | 16 | 53 | 19 | 43 | 15 | 24 | 12 | 20 | 13 | 1 |
| 9 | 19 | 27 | 26 | 50 | 25 ♈ | 4 | 10 | 25 | 17 | 4 | 20 | 28 | 16 | 36 | 14 | 0 | 13 | 1 |
| 10 | 20 | 28 | 24 | 35 | 9 | 35 | 10 | 22 | 17 | 15 | 21 | 13 | 17 | 49 | 15 | 39 | 13 | 1 |
| 11 | 21 | 29 | 22 | 18 | 23 ♉ | 56 | 10 | 20 | 17 | 26 | 21 | 59 | 19 | 1 | 17 | 17 | 13 | |
| 12 | 22 | 0 ♊ | 20 | 0 | 8 | 2 | 10 | 17 | 17 | 37 | 22 | 44 | 20 | 14 | 18 | 53 | 13 | |
| C 13 | 23 | 1 | 17 | 40 | 21 ♊ | 52 | 10 | 15 | 17 | 48 | 23 | 29 | 21 | 27 | 20 | 27 | 13 | |
| 14 | 24 | 2 | 15 | 20 | 5 | 25 | 10 | 12 | 17 | 59 | 24 | 14 | 22 | 39 | 21 | 59 | 12 | 5 |
| 15 | 25 | 3 | 12 | 59 | 18 ♋ | 40 | 10 | 10 | 18 | 10 | 24 | 59 | 23 | 52 | 23 | 28 | 12 | 5 |
| 16 | 26 | 4 | 10 | 37 | 1 | 38 | 10 | 8 | 18 | 21 | 25 | 44 | 25 | 5 | 24 | 55 | 12 | 5 |
| 17 | 27 | 5 | 8 | 14 | 14 | 22 | 10 | 6 | 18 | 34 | 26 | 29 | 26 | 17 | 26 | 20 | 12 | 5 |
| 18 | 28 | 6 | 5 | 50 | 26 ♌ | 55 | 10 | 3 | 18 | 44 | 27 | 14 | 27 | [illegible] | 27 | 42 | 12 | 4 |
| 19 | 29 | 7 | 3 | 41 | 9 | 19 | 10 | 1 | 18 | 55 | 27 | 59 | 28 | 42 | 29 D ♋ | 2 | 12 | 4 |
| C 20 | 30 | 8 | 0 | 50 | 21 ♍ | 36 | 9 | 59 | 19 | [illegible] | 28 | 44 | 29 ♋ | 55 | 0 | 17 | 12 | 4 |
| 21 | 31 | 8 | 58 | 31 | 3 | 41 | 9 | 58 | 19 | 18 | 29 | 29 | 1 | 7 | 1 | 30 | 12 | 3 |
| Latitudo Planetarū ad diē | 1 | | | | | | 2 | 41 | 0 | 4 | 0 | 20 | 0 | 14 | 0 S | 39 | Mensis | |
| | 11 | | | | | | 2 | 20 | 0 | 2 | 0 | 21 | 0 | 24 | 0 | 42 | | |

Syzygiae Lunares.

| | | Occid. | Occid. | Orient. | Occid. | Occid. | Syzygię Planetarū mutuę & eorum congressus cum illustrioribus aliquibus stellis fixis. |
|---|---|---|---|---|---|---|---|
| | ☉ | ♄ | ♃ | ♂ | ♀ | ☿ | |
| Dies | H ' | H ' | H ' | H ' | H ' | H ' | |
| 1 □ | 17 41 | 19 ✱ 0 | | 10 △ 4 | | 22 □ 7 | (b. a. |
| 2 Alc. | 26 ♉ | | | | | | ✱ ♃ ♀ 14.5. ☾ ☊ 0 |
| 3 | | | | | 2 □ 1 | | ♀ occ. cum zona Ori. |
| 4 | 10 △ 8 | | 13 ✱ 37 | | | 20 △ 31 | ♂ or. cum cor. ♌. b. |
| 5 | | | | | 10 △ 31 | | ☾ Apo. ✱ ☉ ♃ 13.31 |
| 6 | | 17 ☌ 24 | | 17 ☍ 23 | | | ☍ ♄ ♂ 15.48. ♀ oc. cu |
| 7 | | | 1 □ 6 | | | | ♀ oc. cum ca. ma. (Ald. |
| 8 | | | | | | | |
| 9 ☍ | 19 5 | | 13 △ 59 | | | | ♀ m.c. cum Alde. |
| 10 Alc. | 28 ♏ | | | | | 15 ☍ 31 | |
| 11 | | 12 ✱ 52 | | 20 △ 41 | 6 ☍ 13 | | (Apoll. |
| 12 | | | | | | | ☿ or. cū Reg. & m.c. cū |
| 13 | | 18 □ 58 | | | | | □ ♃ ☌ 5.20 ♀ m.c. cū hi. |
| 14 | 16 △ 52 | | 4 ☌ 30 | 5 □ 42 | | | △ ♄ ♀ 3.21. ♀ m.c. cū |
| 15 | | 21 △ 15 | | | | 18 △ 48 | ♀ oc. cū hydra. (hadis. |
| 16 □ | 23 21 | | | 11 ✱ 16 | 2 △ 19 | | △ ♄ ☿ 11.15. ☾ ☊ 3 |
| 17 Alc. | 25 ♌ | | | | | | ♀ m.c. cum Reg. (o. d |
| 18 | | | 10 △ 39 | | 8 □ 48 | 3 □ 24 | ☾ Per. ♂ or. cū hadis. e |
| 19 | 4 ✱ 14 | | | | | | |
| 20 | | 1 ☍ 18 | 13 □ 0 | 20 ☌ 31 | 15 ✱ 2 | 11 ✱ 28 | |
| 21 | | | | | | | ☿ or. cum de. hu. An. |
| 22 | | | 16 ✱ 49 | | | | (♀ m.c. cum zona Ori. |
| 23 ☌ | 18 10 | | | | | | |
| 24 Alc. | 28 ♊ | 8 △ 38 | | | | | ♀ m.c. cum de. hu. An. |
| 25 | | | | 12 ✱ 25 | 10 ☌ 37 | 10 ☌ 0 | ♃ m.c. cū prae. & ♂ |
| 26 | | 15 □ 58 | | | | | ☌ ♀ ☿ 15.19 (cor. ♌. |
| 27 | | | 8 ☌ 4 | | | | ✱ ☌ ☿ 10.10. ✱ ♂ ☿ |
| 28 | 19 ✱ 17 | | | 0 □ 38 | | | (5.50 |
| 29 | | 1 ✱ 24 | | | | | ☾ ☋ 6.37 ♀ m.c. cū He. |
| 30 | | | | 14 △ 56 | 18 ✱ 9 | 18 ✱ 57 | |
| 31 □ | 21 17 | | | | | | ☾ Apog. ☿ oc. cū pl. |
| Alc. | 4 ♒ | | | | | | |

*a.* Die 2. ♀ occ. cum hiad. & ple. & ☿ or. cum pleia.

*b.* Die 4. ♀ oc. cum Eclia, & occ. pleiadum.

*c.* Die 13. ☿ occ. cum dex. hu. Orio.

*d.* Die 16. ♀ or. cum Aldebaran, & m.c. cum capite ☉ [illegible] occ. cum cauda cygni.

*e.* Die 20. ♀ occ. cum capite Med.

*f.* Die 25 ♀ m.c. cum de. hum. Orio.

| | | | |
|---|---|---|---|
| 9 | 50 | 21 | S |
| 9 | 49 | 31 | |
| 9 | 49 | 21 | |

## Syzygiæ Lunares.

| Dies | | ☉ | Occid. ♄ | Occid. ♃ | Orient. ♂ | Occid. ♀ | Occid. ☿ | Syzygię Planetarũ mutuę, & eorum congressus cum illustrioribus aliquibus stellis fixis. |
|---|---|---|---|---|---|---|---|---|
| | | H ′ | H ′ | H ′ | H ′ | H ′ | H ′ | |
| 1 | | | | 7 ✶ 8 | | | | △ ☽ ♄ 0. 0. |
| 2 | | | 23 ☌ 24 | | | 11 □ 52 | 12 □ 12 | |
| 3 | | 3 △ 19 | | 19 □ 3 | | | | ☌ ♀ ☿ 6. 24. ♀ or. cũ |
| 4 | | | | | 10 ☍ 28 | | | (Bella. & Apoll. a. |
| 5 | | | | | | 4 △ 41 | 3 △ 34 | ♀ m. c. cum Syrio. |
| 6 | | | | 5 △ 48 | | | | |
| 7 | | | 17 ✶ 47 | | | | | □ ♄ ♀ 5. 35. |
| 8 | ☍ | 6 50 | | | | | | |
| 9 | Asc. | 7 ♓ | 23 □ 42 | | 18 △ 13 | | 23 ☍ 40 | (& Herc. b. |
| 10 | | | | 19 ☍ 55 | | 6 ☍ 2 | | □ ♄ ☿ 1. 16 ♀ or. cũ 42 |
| 11 | | | | | | | | ♂ pr. cum Fom. c. (Ap. |
| 12 | | 12 △ 27 | 3 △ 9 | | 0 □ 49 | | | ☽ ☊ 6. 45. ♀ m. c. cum |
| 13 | | | | | | | | ☿ or. cũ 1 41. & Hercu. |
| 14 | | | | | 5 ✶ 20 | 20 △ 11 | 5 △ 38 | ☽ Pe. ✶ ♂ ☿ 13. 30. d |
| 15 | □ | 3 45 | | 1 △ 45 | | | | ☿ or cum ult. Zona Ori. |
| 16 | Asc. | 7 [illegible] | 6 ☍ 49 | | | | 6 □ 41 | □ ♄ ☿ 2. 46. |
| 17 | | 9 ✶ 25 | | 4 □ 30 | | 2 □ 43 | | (pleia. |
| 18 | | | | | 13 ☌ 58 | | 7 ✶ 48 | ☌ ♃ ♀ 4. 48. ♂ oc. cum |
| 19 | | | | 9 ✶ 21 | | 11 ✶ 31 | | ♂ m. c. cum cap. Med. |
| 20 | | | 15 △ 16 | | | | | |
| 21 | | | | | | | | |
| 22 | ☌ | 5 8 | 23 □ 25 | | | | 14 ☌ 19 | ♂ m. c. cum acu. |
| 23 | Asc. | 28 [illegible] | | | 12 ✶ 39 | | | ♂ m. c. cum dex. lat. Per. |
| 24 | | | | 3 ☌ 4 | | 15 ☌ 45 | | ☌ ☉ ☿ 22. 0. (hor. e. |
| 25 | | | 9 ✶ 30 | | | | Orient. | ☽ ☋ 12. 26. ♀ or. cũ asi. |
| 26 | | | | | 2 □ 36 | | | ♀ or. cũ Trasl. & acu. f. |
| 27 | | 11 ✶ 53 | | | | | 2 ✶ 32 | ☽ Pe. ♀ or. cũ pr. et 2 45 |
| 28 | | | | | 18 △ 12 | | | ♀ or. cũ Bella & Apol. |
| 29 | | | | 3 ✶ 44 | | | 10 □ 31 | ♀ oc. cum asi. Trasl. & |
| 30 | □ | 4 24 | 8 ☌ 48 | | | 3 ✶ 15 | | (Apoll. |
| | Asc. | 26 [illegible] | | | | | | |

a. Die 3. ♂ oc. cum cor. ♈.
b. Die 10. ♀ or. cum hydra.
c. Die 11. ♀ or. cum Zona Orio.
♄ Fit oc. m. c. cum vindem.
d. Die 14 ♀ or. cum Rig. m. c. cum proc. & Her. & oc. (cum hydra.
e. Die 23. ♂ oc. cum Rigel.
f. Die 26. ♀ or. cum Hercule.

$\frac{1}{2}X\frac{1}{15}$

$\frac{7}{8}Y\frac{28}{54}$

## Syzygiæ Lunares.

| Dies | ☉ H ′ | Occid. ♄ H ′ | Occid. ♃ H ′ | Orient. ♂ H ′ | Occid. ♀ H ′ | Orient. ☿ H ′ | Syzygiæ Planetarũ mutuæ, & eorum congressus cum illustrioribus aliquibus stellis fixis. |
|---|---|---|---|---|---|---|---|
| 1 | | | 15 □ 37 | | | 30 △ 0 | ♂ m. c. cum plein. |
| 2 | 19 △ 16 | | | | 19 □ 13 | | □ ☉ ♄ 4.1. ✶ ♄ ♀ 12.31. |
| 3 | | | | 21 ☍ 24 | | | ♀ occ. cum asi. bor. |
| 4 | | | 1 △ 32 | | | | ♀ or. cum Syrio. |
| 5 | | 2 ✶ 57 | | | 8 △ 56 | | |
| 6 | | | | | | 7 ☍ 55 | ♂ occ. cũ hin. & plei. a. |
| 7 ☌ | 16 50 | 8 □ 2 | | | | | ♀ occ. cũ rast. cor. & 31. |
| 8 Asc. | 17 60 | | 13 ☍ 40 | 13 △ 50 | | | ✶ ♃ ☌ 8.48. |
| 9 | | 11 △ 23 | | | | | ☉ ☊ 11.45. ☿ occ. cũ zo. |
| 10 | | | | 18 □ 13 | 4 ☍ 54 | 16 △ 5 | ☿ oc. cũ sin. hu. Ori. (Ori. |
| 11 | | | | | | | ☾ Perig. |
| 12 | 3 △ 16 | | 18 △ 11 | 21 ✶ 44 | | 19 □ 35 | ♂ occ. cum Alde. |
| 13 | | 14 ☍ 23 | | | | | ♂ occ. cum Syrio. |
| 14 □ | 8 12 | | 10 □ 56 | | 13 △ 33 | | ♂ m. c. cum hiad. |
| 15 Asc. | 7 [illegible] | | | | | 4 ✶ 51 | ☿ or. cum Basilisco. |
| 16 | 15 ✶ 49 | | | | 22 □ 19 | | |
| 17 | | 22 △ 46 | 1 ✶ 57 | 9 ☍ 55 | | | |
| 18 | | | | | | | ♃ occ. cum Hercule. |
| 19 | | | | | 11 ✶ 0 | 28 ☌ 22 | ♃ or. cũ 244. ♂ m. c. cũ |
| 20 | | 7 □ 33 | | | | | ♀ or. cum co. Ber. (Ald. |
| 21 ☌ | 17 41 | | 18 ☌ 32 | | | | ♀ or. cũ hyd. & occ. cum |
| 22 Asc. | 12 ♌ | 18 ✶ 55 | | 21 ✶ 5 | | | ☾ ☋ 16.22. (Algo. |
| 23 | | | | | | | □ ♄ ☿ 5.51. |
| 24 | | | | | 22 ☌ 33 | | ☾ Apog. ☌ ☉ ♃ 8.44. |
| 25 | | | Orient. | 3 □ 12 | | 14 ✶ 29 | |
| 26 | | | | | | | ♃ m. cum Prese. |
| 27 | 4 ✶ 43 | 20 ☌ 14 | 0 ✶ 30 | 19 △ 2 | | | ♃ or. cũ Acar. (Prese b. |
| 28 | | | | | | 11 □ 21 | △ ♄ ♂ 18.49 ♃ m. c. cũ |
| 29 □ | 10 42 | | 13 □ 54 | | | | □ ♂ ♀ 9.1. ♂ or. cum |
| 30 Asc. | 23 ♍ | | | | 9 ✶ 58 | | ♃ m. c. cũ 244. (Alde. c |
| 31 | | | 22 △ 36 | | | 5 △ 51 | ♃ occ. cum asi. aust. |

*a. Die 6. ♀ m. c. cum hydra.* | *c. Die 29. ♀ or. cum cauda ♌.*

*b. Die 28. ♂ m. c. cum hædis.*

*Die 24. accidit ☌ ☉ & ♃ per corpus ferè, ♃ enim eleuatur supra Solem scr. 4. Item ☿ or. cum hiadibus, & occ. cum dex. hum. Or.*

Syzygiæ Lunares.

| Dies | ☉ H ′ | Occid. ♄ H ′ | Orient. ♃ H ′ | Orient. ♂ H ′ | Occid. ♀ H ′ | Orient ☿ H ′ | Syzygiæ Planetarũ mutuæ, & eorum congressus cum illustrioribus aliquibus stelis fixis. |
|---|---|---|---|---|---|---|---|
| 1 | 9 ♎ 36 | 15 ✶ 23 | | 19 ☍ 48 | 23 □ 16 | | ♃ or. cum cane mino. a. |
| 2 | | | | | | | ♃ or. cum ali. austr. b. |
| 3 | | 20 □ 38 | | | | | ♃ oc. cum Praesepe (Ap. |
| 4 | | | | | 8 △ 31 | | ✶ ☉ ♄ 21.18. ♃ occ. cũ |
| 5 | | 23 △ 18 | 9 ☍ 13 | | | 7 ☍ 24 | ☊ 18.16 (cauda ☊. |
| 6 ☍ | 0 55 | | | 7 △ [illegible] | | | ☌ ♃ ☿ 1.16 ♀ m.c. cũ |
| 7 Alc | 15 [illegible] | | | | | | (nat.rig. |
| 8 | | | | 10 □ 36 | 19 ☍ 14 | | ☉ Peri. ♂ m.c. cum [illegible] |
| 9 | | | 12 △ 13 | | | 22 △ 18 | |
| 10 | 8 △ 57 | 1 ☍ 14 | | 13 ✶ 35 | | | ✶ ♄ ☿ 21.1. |
| 11 | | | 14 □ 23 | | | | ♂ m.c. cũ zona Orio. c. |
| 12 □ | 15 2 | | | | | 7 □ 47 | ♀ or. cum vinde. |
| 13 Alc | 17 ♋ | | 19 ✶ 5 | | 8 △ 26 | | |
| 14 | | 8 △ 27 | | | | 21 ✶ 20 | ♀ m.c. cum coma Bere. |
| 15 | 0 ✶ 30 | | | 3 ☌ 2 | 20 □ 20 | | ♄ or. cum corona ♂ m.c. |
| 16 | | 16 □ 58 | | | | | ☌ ☉ ☿ 16.53 d (cũ 31 |
| 17 | | | | | | Occid. | ✶ ☌ ☿ 7.14 ♂ m.c. cũ 41 |
| 18 | | | 15 ☌ 0 | | 12 ✶ 53 | | ☉ ♉ 18.48 ☿ m. cũ or. |
| 19 | | 4 ✶ 51 | | | | | ✶ ☉ ♂ 0.0. ✶ ♃ ☿ |
| 20 ☌ | 8 15 | | | 7 ✶ 16 | | 16 ☌ 18 | ♀ occ. cum 24.(15.51 |
| 21 Alc | 6 ♈ | | | | | | ☉ Apog. |
| 22 | | | | | | | |
| 23 | | | 19 ✶ 40 | 0 □ 20 | | | ♀ m.c. cum vindem. |
| 24 | | 8 ☌ 24 | | | 4 ☌ 20 | | (spica ♍. |
| 25 | 21 ✶ 4 | | | 16 △ 19 | | | ♀ or. cũ coro. & occ. cũ |
| 26 | | | 8 □ 45 | | | 16 ✶ 4 | ☌ ♄ ♀ 1.31. ♂ oc. cũ |
| 27 | | | | | | | ♀ or. cum Aigo. (proc. |
| 28 □ | 11 41 | | 18 △ 56 | | | | ♀ or. cũ 160, et oc. cũ 50 |
| 29 Alc | 17 ♊ | 5 ✶ 35 | | | 12 ✶ 1 | 0 □ 0 | ♀ or. cum cing. ♍. |
| 30 | 22 △ 6 | | | 14 ☍ 44 | | | ♀ or. cum spica ♍. |
| 31 | | 11 □ 17 | | | 21 □ 37 | 22 △ 52 | ♂ or. cũ bella. & Apol. |

a. Die 1. ♂ m.c. cum capra, & sin. hum. Orio.
b. Die 2. ♂ occ. cum cap. Med. & m.c. cum Rigel.
c. Die 11. ♀ m.c. cum rostro corui.
d. Die 16. ☿ m.c. cum Algorab.

| | | | | | S | D | S | A | M | A | M | D |
|---|---|---|---|---|---|---|---|---|---|---|---|---|
| ☉ ♍ | | | ☽ ♑ | | ♄ ♎ | | ♃ ♌ | | ♂ ♋ | | ♀ ♎ | |
| P | ′ | ″ | P | ′ | P | ′ | P | ′ | P | ′ | P | ′ |
| 8 | 7 | 34 | 21 ♒ | 6 | 14 | 46 | 9 | 19 | 3 | 47 | 20 | 51 |
| 9 | 5 | 45 | 6 | 24 | 14 | 53 | 9 | 32 | 4 | 24 | 21 | 59 |
| 10 | 3 | 57 | 21 ♓ | 1 | 15 | 0 | 9 | 44 | 5 | 1 | 23 | 7 |
| 11 | 2 | 12 | 5 | 53 | 15 | 7 | 0 | 56 | 5 | 38 | 24 | 14 |
| 12 | 0 | 27 | 20 ♈ | 53 | 15 | 14 | 10 | 8 | 6 | 15 | 25 | 22 |
| 13 | 58 | 44 | 5 | 54 | 15 | 21 | 10 | 20 | 6 S | 52 | 26 | 29 |
| 13 | 57 | 3 | 20 ♉ | 48 | 15 | 29 | 10 | 32 | 7 | 26 | 27 | 37 |
| 14 | 55 | 24 | 5 | 29 | 15 | 36 | 10 | 44 | 8 | 5 | 28 | 44 |
| 15 | 53 | 46 | 19 ♊ | 57 | 15 | 43 | 10 | 56 | 8 | 41 | 29 | 51 |
| 16 | 52 | 10 | 3 | 53 | 15 | 50 | 11 | 8 | 9 | 17 | 0 ♏ | 58 |
| 17 | 50 | 36 | 17 ♋ | 30 | 15 | 57 | 11 | 20 | 9 | 53 | 2 | 5 |
| 18 | 49 | 4 | 0 | 41 | 16 | 4 | 11 | 32 | 10 | 29 | 3 | 12 |
| 19 | 47 | 34 | 13 | 33 | 16 | 11 | 11 | 43 | 11 | 5 | 4 | 18 |
| 20 | 46 | 5 | 26 | 6 | 16 | 18 | 11 | 55 | 11 | 41 | 5 | 24 |
| 21 | 44 | 38 | 8 ♌ | 19 | 16 | 25 | 12 | 6 | 12 | 17 | 6 | 30 |
| 22 | 43 | 13 | 20 | 19 | 16 | 32 | 12 | 18 | 12 | 52 | 7 | 36 |
| 23 | 41 | 50 | 2 ♍ | 8 | 16 | 39 | 12 | 29 | 13 | 27 | 8 | 42 |
| 24 | 40 | 29 | 13 | 50 | 16 | 46 | 12 | 40 | 14 | 2 | 9 | 4 |
| 25 | 39 | 9 | 25 ♎ | 48 | 16 | 53 | 12 | 51 | 14 | 37 | 10 | 5 |
| 26 | 37 | 51 | 7 | 5 | 17 | 0 | 13 | 2 | 15 | 12 | 11 | 5 |
| 27 | 36 | 35 | 18 ♏ | 40 | 17 | 7 | 13 | 13 | 15 | 46 | 13 | [illegible] |
| 28 | 35 | 21 | 0 | 34 | 17 | 14 | 13 | 24 | 16 | 21 | 14 | [illegible] |
| 29 ♎ | 34 | 8 | 12 | 31 | 17 | 21 | 13 | 35 | 16 | 55 | 15 | 1 |
| 0 | 32 | 57 | 24 | 41 | 17 | 28 | 13 | 46 | 17 | 29 | 16 | 1 |
| 1 | 31 | 48 | 7 ♐ | 11 | 17 | 35 | 13 | 57 | 18 | 3 | 17 | [illegible] |
| 2 | 30 | 42 | 19 | 58 | 17 | 43 | 14 | 8 | 18 | 37 | 18 | [illegible] |
| 3 | 29 | 37 | 3 ♑ | 7 | 17 | 50 | 14 | 19 | 19 | 11 | 19 | [illegible] |
| 4 | 28 | 34 | 16 | 40 | 17 | 57 | 14 | 29 | 19 | 44 | 20 | [illegible] |
| 5 | 27 | 33 | 0 ♒ | 37 | 18 | 4 | 14 | 40 | 10 | 18 | 21 | 3 |
| 6 | 26 | 34 | 14 | 55 | 18 | 12 | 14 | 50 | 10 | 51 | 22 | 3 |

## Syzygiæ Lunares.

| Dies | ☽ H ′ | Occid. ♄ H ′ | Orient. ♃ H ′ | Orient. ♂ H ′ | Occid. ♀ H ′ | Occid. ☿ H ′ | Syzygię Planetarũ mutuę & eorum congressus cum illustrioribus aliquibus stellis fixis. |
|---|---|---|---|---|---|---|---|
| 1 | | | | | | | ☿ m.c. cum cauda ♑. |
| 2 | | 14 △ 3 | 6 ☍ 15 | | | | ☽ ☊ 2.1. |
| 3 | | | | 13 △ 34 | 3 △ 39 | | (m.c. cum 160 |
| 4 ☍ | 8 35 | | | | | | ☽ Perig. ☿ or. cũ vin. ☉ |
| 5 Asc. | 17 ♉ | | | | | 13 ☍ 46 | (a cet. a |
| 6 | | 19 ☍ 21 | 7 △ 25 | 1 □ 39 | | | ♃ or. & ♂ m.c. cũ cant. |
| 7 | | | | | 21 ☍ 4 | | |
| 8 | 16 △ 53 | | 8 □ 52 | 4 ✱ 31 | | | |
| 9 | | | | | | | ☿ or. cum arcturo. |
| 10 | | 21 △ 15 | 12 ✱ 57 | | | 6 △ 2 | ♀ m.c. cum arcturo. |
| 11 □ | 0 50 | | | | | | ♄ or. cum algo. & ♃ cũ |
| 12 Asc. | 9 ♓ | | | 19 ☌ 6 | 5 △ 2 | 19 □ 53 | □ ♂ ♀ 9.41. (hyr. |
| 13 | 11 ✱ 56 | 5 □ 29 | | | | | ✱ ♃ ☿ 1.13 ☿ or. cũ lucid. |
| 14 | | | | | 20 □ 5 | | ☽ ☋ 21.20 ♂ or. cũ 141 |
| 15 | | 16 ✱ 21 | 7 ☌ 41 | | | 14 ✱ 23 | ♄ m.c. cũ spi. ♍ (& Her. |
| 16 | | | | | | | ☌ ♄ ☿ 8.25. ♂ or. cũ |
| 17 | | | | | 14 ✱ 52 | | ♀ or. cũ chelis (20. ar. b. |
| 18 | | | | 0 ✱ 25 | | | ♃ occ. cum rost. corui. |
| 19 ☌ | 0 35 | | | | | | ☽ Apo. ♃ or. cũ dex. hu. |
| 20 Asc. | 12 ♓ | 20 ☌ 36 | 12 ✱ 25 | 17 □ 30 | | | (Aurig. |
| 21 | | | | | | 8 ☌ 48 | □ ♃ ♀ 4.27. ♂ or. cũ |
| 22 | | | | | | | ♄ or. cũ 160. d (Rigel c. |
| 23 | | | 2 □ 6 | 9 △ 3 | 5 ☌ 45 | | □ ♄ ☿ 23.7. ♂ or. cum |
| 24 | 12 ✱ 10 | | | | | | ♀ m.c. cum 64. (ult. 20. |
| 25 | | 19 ✱ 42 | 12 △ 53 | | | | ♂ m.c. cũ cani. (ac. ♏. |
| 26 | | | | | | 15 ✱ 45 | △ ♂ ♀ 10.41. ♀ occ. cũ |
| 27 □ | 0 59 | | | | | | |
| 28 Asc. | 23 ♓ | 2 □ 15 | | 5 ☍ 50 | 7 ✱ 8 | 23 □ 42 | ♀ occ. cũ media fron. ♏ |
| 29 | 8 △ 44 | | 23 ☍ 51 | | | | ☽ ☊ 9.20. ♀ oc. cũ nc. |
| 30 | | 5 △ 26 | | | | | ♄ or. cũ 55. f (& cor. ♏ |

a. Die 6. ♀ m.c. cum cing. ♍.
b. Die 16. ♀ or. cum cauda cygni, & occ. & cum vinde.
c. Die 21. ♀ oc. cum cingulo ♍. & ♂ m.c. cum Apoll.
d. Die 22. ♂ occ. cum hydra.
e. Die 26. ♂ m.c. cum Her.
f. Die 30. ♃ m.c. cum hydra.

| Anni veteris | Anni Gregor. | Positus Planetarum Diurnus. | | | | | | | | | | | | | | | | |
|---|---|---|---|---|---|---|---|---|---|---|---|---|---|---|---|---|---|---|
| | | | | | | | S | D | S | A | S | A | M | D | M | D | | |
| | | ☉ ♎ | | | ☽ ♒ | | ♄ ♎ | | ♃ ♌ | | ♂ ♋ | | ♀ ♏ | | ☿ ♏ | | ☊ ♒ | |
| Dies | | P | ′ | ″ | P | ′ | P | ′ | P | ′ | P | ′ | P | ′ | P | ′ | P | ′ |
| 21 | 1 | 7 | 25 | 37 | 29 ♓ | 12 | 18 | 19 | 15 | 0 | 21 | 24 | 23 | 38 | 1 | 40 | 6 | 6 |
| 22 | 2 | 8 | 24 | 42 | 14 | 25 | 18 | 26 | 15 | 10 | 21 | 57 | 24 | 40 | 2 | 8 | 6 | 3 |
| C 23 | 3 | 9 | 23 | 49 | 29 ♈ | 25 | 18 | 33 | 15 | 20 | 22 | 30 | 25 | 42 | 2 | 30 | 5 | 59 |
| 24 | 4 | 10 | 22 | 59 | 14 | 24 | 18 | 40 | 15 | 30 | 23 | 2 | 26 | 43 | 2 | 47 | 5 | 56 |
| 25 | 5 | 11 | 22 | 11 | 29 ♉ | 16 | 18 | 47 | 15 | 40 | 23 | 34 | 27 | 44 | 2 | 58 | 5 | 53 |
| 26 | 6 | 12 | 21 | 25 | 13 | 55 | 18 | 54 | 15 | 50 | 24 | 6 | 28 | 45 | 3 | 3 | 5 | 50 |
| 27 | 7 | 13 | 20 | 40 | 28 ♊ | 15 | 19 | 2 | 15 | 59 | 24 | 38 | 29 ♐ | 45 | 3 ℞ | 2 | 5 | 47 |
| 28 | 8 | 14 | 19 | 57 | 12 | 14 | 19 | 9 | 16 | 9 | 25 | 10 | 0 | 45 | 2 | 55 | 5 | 44 |
| 29 | 9 | 15 | 19 | 16 | 25 ♋ | 32 | 19 | 16 | 16 | 19 | 25 | 42 | 1 | 45 | 2 A | 42 | 5 | 40 |
| C 30 | 10 | 16 | 18 | 37 | 9 | 9 | 19 | 24 | 16 | 28 | 26 | 12 | 2 | 45 | 2 | 23 | 5 | 37 |
| Oc. 1 | 11 | 17 | 18 | 0 | 22 ♌ | 8 | 19 A | 31 | 16 | 37 | 26 | 45 | 3 | 44 | 1 | 59 | 5 | 34 |
| 2 | 12 | 18 | 17 | 25 | 4 | 45 | 19 | 38 | 16 | 46 | 27 | 16 | 4 | 42 | 1 | 31 | 5 | 31 |
| 3 | 13 | 19 | 16 | 52 | 17 | 5 | 19 | 46 | 16 | 55 | 27 | 47 | 5 | 40 | 0 | 59 | 5 | 28 |
| 4 | 14 | 20 | 15 | 21 | 29 ♍ | 12 | 19 | 53 | 17 | 4 | 28 | 18 | 6 | 37 | 0 ♎ | 23 | 5 | 24 |
| 5 | 15 | 21 | 15 | 52 | 11 | 8 | 20 | 0 | 17 | 13 | 28 | 48 | 7 | 34 | 29 | 44 | 5 | 21 |
| 6 | 16 | 22 | 15 | 25 | 22 | 56 | 20 | 8 | 17 | 21 | 29 | 18 | 8 | 30 | 29 | 3 | 5 | 18 |
| C 7 | 17 | 23 | 15 | 0 | 4 ♎ | 40 | 20 | 15 | 17 | 30 | 29 ♌ | 48 | 9 | 26 | 28 | 21 | 5 | 15 |
| 8 | 18 | 24 | 14 | 37 | 16 | 22 | 20 | 22 | 17 | 38 | 0 | 18 | 10 | 21 | 27 | 38 | 5 | 12 |
| 9 | 19 | 25 | 14 | 16 | 18 ♏ | 6 | 20 | 30 | 17 | 46 | 0 | 47 | 11 | 16 | 26 | 55 | 5 | 9 |
| 10 | 20 | 26 | 13 | 57 | 9 | 56 | 20 | 37 | 17 | 54 | 1 | 16 | 12 | 10 | 26 | 14 | 5 | 5 |
| 11 | 21 | 27 | 13 | 39 | 21 ♐ | 55 | 20 | 45 | 18 | 2 | 1 | 45 | 13 | 4 | 25 | 36 | 5 | 2 |
| 12 | 22 | 28 | 13 | 23 | 4 | 6 | 20 | 52 | 18 | 10 | 2 | 14 | 13 | 57 | 25 | 3 | 4 | 59 |
| 13 | 23 | 29 ♏ | 13 | 9 | 16 | 33 | 20 | 59 | 18 | 18 | 2 | 42 | 14 | 50 | 24 | 32 | 4 | 56 |
| C 14 | 24 | 0 | 12 | 57 | 29 ♑ | 30 | 21 | 7 | 18 | 25 | 3 | 11 | 15 | 42 | 24 | 6 | 4 | 53 |
| 15 | 25 | 1 | 12 | 47 | 12 | 28 | 21 | 14 | 18 | 33 | 3 | 39 | 16 | 35 | 23 | 45 | 4 | 49 |
| 16 | 26 | 2 | 12 | 39 | 25 | 59 | 21 | 21 | 18 | 40 | 4 | 7 | 17 | 24 | 23 | 30 | 4 | 46 |
| 17 | 27 | 3 | 12 | 33 | 9 ♒ | 55 | 21 | 29 | 18 | 47 | 4 | 35 | 18 | 14 | 23 | 21 | 4 | 43 |
| 18 | 28 | 4 | 12 | 29 | 4 | 8 | 21 | 37 | 18 | 54 | 5 | 2 | 19 | 3 | 23 | 16 | 4 | 40 |
| 19 | 29 | 5 | 12 | 27 | 8 ♓ | 40 | 21 | 44 | 19 | 1 | 5 | 29 | 19 | 51 | 23 D | 15 | 4 | 37 |
| 20 | 30 | 6 | 12 | 27 | 23 | 26 | 21 | 51 | 19 | 8 | 5 | 56 | 20 | 38 | 23 | 22 | 4 | 34 |
| C 21 | 31 | 7 | 12 | 29 | 8 ♈ | 16 | 21 | 59 | 19 | 14 | 6 | 22 | 21 | 24 | 23 | 35 | 4 | 31 |
| Latitudo Planetarū ad diē | | | | | | 1 | 1 | 56 | 0 | 13 | 0 | 21 | 2 | 28 | 3 | 1 | Mensis | |
| | | | | | | 11 | 1 A | 55 | 0 | 15 | 0 | 32 | 2 | 58 | 3 A | 43 | | |
| | | | | | | 21 | 1 | 57 | 0 | 17 | 0 | 44 | 3 | 23 | 2 | 25 | | |

| 15 | 10 |
| --- | --- |
| 17 | 40 |
| 22 | 15 |

| Syzygiæ Lunares. | | | | | | | |
|---|---|---|---|---|---|---|---|
| | | Orient. | Orient. | Orient. | Occid. | Orient. | |
| | ☉ | ♄ | ♃ | ♂ | ♀ | ☿ | Syzygiæ Planetarũ inter se, & eorum congressus cum illustrioribus aliquibus stellis fixis. |
| D.ci | H ′ | H ′ | H ′ | H ′ | H ′ | H ′ | |
| 1 | | | | 21□35 | | 1☍25 | ♄ occ. cum cauda ♌. |
| 2 ☍ | 2 47 | | 19□20 | | | | |
| 3 Alc. | 9 ♓ | | | | | | ♀ or. cum cauda Del. |
| 4 | | | 22✱54 | 2✱46 | | | |
| 5 | | 5△54 | | | 8☌33 | 10△19 | ✱ ♀ ☿ partilis ferè. |
| 6 | 18△11 | | | | | | ♂ oc. cũ ast. bor. ☿ m.c. |
| 7 | | [illegible]□35 | | | | 20□19 | (cum cing. ♍. |
| 8 | | | | 19☌ 0 | | | ☽ ☋ 7.33. |
| 9 □ | 7 41 | 20✱ 5 | 14☌22 | | | | |
| 10 Alc. | 5 60 | | | | 6△ 0 | 10✱14 | |
| 11 | 23✱36 | | | | | | ☿ m.c. cum arcturo. |
| 12 | | | | | 20□24 | | ♂ or. cum cane mino. a. |
| 13 | | | | 21✱12 | | | ☽ ap. □ ☽ ♃ 4.48. |
| 14 | | 19☌55 | 14✱30 | | | | |
| 15 | | | | | 11✱15 | 23☌22 | |
| 16 | | | | 12□19 | | | |
| 17 ☌ | 11 15 | | 3□ 0 | | | | ♀ or. cũ ne. ♓, & ☿ cum |
| 18 Alc. | 23 51 | | | 23△56 | | | ☿ or. cũ cibolis (cum vyg. |
| 19 | | 20✱ 2 | 13△32 | | | | |
| 20 | | | | | 11☌42 | | |
| 21 | | | | | | 8✱33 | □ ♂ ♀ 14.49. |
| 22 | 13✱ 1 | 3□35 | | | | | ☽ ☊ 19.2 ☿ m.c. cũ hy. |
| 23 | | | | 15☍39 | | 20□18 | ♂ occ. cum rost. cor. b. |
| 24 □ | 20 58 | 8△ 3 | 1☍52 | | 12✱17 | | ♂ occ. cum de. hu. Aur. |
| 25 Alc. | 20 ♓ | | | | | | |
| 26 | | | | | | 4△33 | □ ♃ ☿ 0.0 ☿ m.c. cũ co |
| 27 | 1△54 | | | 21△23 | 0□ ♓ | | ☽ long. |
| 28 | | 11☍53 | 5△26 | | | | |
| 29 | | | | 23□51 | 2△ 4 | | ☿ m.c. cũ pri. stella frõ |
| 30 | | | 7□10 | | | 20☍14 | ☿ or. cum rost. gall. (♏. |

*a.* Die 12. ☿ or. cum lyra.
*b.* Die 13. ☿ m.c. cum lance bor.
♀ Fit ℞ oriendo ferè cum aculeo ♏, & occ. cum neb. ♓.

Locus Planetarum Diurnus

| Dies | Dies Greg. | ☉ ♐ P | ′ | ″ | ☽ ♊ P | ′ | S A ♄ ♎ P | ′ | S A ♃ ♌ P | ′ | S A ♂ ♌ P | ′ | M A ♀ ♑ P | ′ | S D ☿ ♏ P | ′ | ☊ ♒ P | ′ |
|---|---|---|---|---|---|---|---|---|---|---|---|---|---|---|---|---|---|---|
| 21 | 1 | 8 | 26 | 46 | 1 | 8 | 25 | 26 | 21 | 20 | 17 | 6 | 3 | 39 | 29 | 10 | 2 | 52 |
| 22 | 2 | 9 | 27 | 36 | 15 | 5 | 25 | 32 | 21 | 21 | 17 | 20 | 3 | 33 | ♐ 0 | 48 | 2 | 48 |
| 23 | 3 | 10 | 28 | 27 | 28 ♋ | 39 | 25 | 38 | 21 | 22 | 17 | 33 | 3 | 22 | 2 M | 27 | 2 | 45 |
| 24 | 4 | 11 | 29 | 18 | 11 | 57 | 25 | 44 | 21 | 23 | 17 | 45 | 3 | 10 | 4 | 7 | 2 | 42 |
| C 25 | 5 | 12 | 30 | 10 | 24 | 58 | 25 | 50 | 21 | 23 | 17 | 56 | 2 | 55 | 5 | 47 | 2 | 39 |
| 26 | 6 | 13 | 31 | 3 | 7 ♌ | 45 | 25 | 55 | 21 | 24 | 18 | 7 | 2 | 38 | 7 | 28 | 2 | 36 |
| 27 | 7 | 14 | 31 | 57 | 20 ♍ | 20 | 26 | 1 | 21 | 24 | 18 | 17 | 2 | 19 | 9 | 9 | 2 | 32 |
| 28 | 8 | 15 | 32 | 52 | 2 | 45 | 26 | 7 | 21 ℞ | 24 | 18 | 27 | 1 | 58 | 10 | 50 | 2 | 29 |
| 29 | 9 | 16 | 33 | 48 | 15 | 2 | 26 | 12 | 21 | 24 | 18 | 36 | 1 | 36 | 12 | 31 | 2 | 26 |
| 30 | 10 | 17 | 34 | 45 | 27 | 12 | 26 | 18 | 21 | 23 | 18 | 45 | 1 | 11 | 14 | 14 | 2 | 23 |
| Dec. 1 | 11 | 18 | 35 | 43 | 9 ♎ | 19 | 26 | 24 | 21 | 24 | 18 | 53 | 0 S | 46 | 15 | 56 | 2 | 20 |
| C 2 | 12 | 19 | 36 | 43 | 21 | 15 | 26 | 29 | 21 | 23 | 19 | 1 | 0 | 18 | 17 | 39 | 2 | 16 |
| 3 | 13 | 20 | 37 | 43 | 3 ♏ | 33 | 26 | 35 | 21 | 22 | 19 | 9 | 29 ♐ | 49 | 19 | 22 | 2 | 13 |
| 4 | 14 | 21 | 38 | 44 | 15 | 44 | 26 | 40 | 21 | 21 | 19 | 16 | 29 | 19 | 21 | 6 | 2 | 10 |
| 5 | 15 | 22 | 39 | 45 | 28 | 2 | 26 | 45 | 21 | 20 | 19 | 22 | 28 | 48 | 22 | 50 | 2 | 7 |
| 6 | 16 | 23 | 40 | 47 | 10 ♐ | 30 | 26 | 50 | 21 | 18 | 19 | 27 | 28 | 16 | 24 | 34 | 2 | 4 |
| 7 | 17 | 24 | 41 | 49 | 23 | 10 | 26 | 55 | 21 | 16 | 19 | 31 | 27 | 44 | 26 | 19 | 2 | 1 |
| 8 | 18 | 25 | 42 | 52 | 6 ♑ | 4 | 27 | 0 | 21 | 14 | 19 | 34 | 27 | 11 | 28 | 3 | 1 | 57 |
| C 9 | 19 | 26 | 43 | 55 | 19 | 15 | 27 | 5 | 21 | 12 | 19 | 36 | 26 | 38 | 29 ♑ | 47 | 1 | 54 |
| 10 | 20 | 27 | 44 | 58 | 2 ♒ | 44 | 27 | 10 | 21 | 9 | 19 | 37 | 26 | 5 | 1 | 31 | 1 | 51 |
| 11 | 21 | 28 | 46 | 2 | 16 | 31 | 27 | 15 | 21 | 7 | 19 | 38 | 25 | 32 | 3 | 14 | 1 | 48 |
| 12 | 22 | 29 | 47 | 6 | 0 ♓ | 35 | 27 | 20 | 21 | 4 | 19 ℞ | 38 | 25 | 0 | 4 | 57 | 1 | 45 |
| 13 | 23 | 0 | 48 | 10 | 14 | 54 | 27 | 24 | 21 | 1 | 19 | 38 | 24 | 29 | 6 | 40 | 1 | 42 |
| 14 | 24 | 1 | 49 | 15 | 29 | 22 | 27 | 29 | 20 | 58 | 19 | 37 | 23 | 59 | 8 | 22 | 1 | 38 |
| 15 | 25 | 2 | 50 | 20 | 13 ♈ | 53 | 27 | 33 | 20 | 55 | 19 | 35 | 23 | 31 | 10 | 4 | 1 | 35 |
| C 16 | 26 | 3 | 51 | 25 | 28 | 22 | 27 | 37 | 20 | 51 | 19 | 32 | 23 | 4 | 11 | 46 | 1 | 32 |
| 17 | 27 | 4 | 52 | 30 | 12 ♉ | 42 | 27 | 41 | 20 | 48 | 19 | 28 | 22 | 38 | 13 | 27 | 1 | 29 |
| 18 | 28 | 5 | 53 | 36 | 26 | 49 | 27 | 45 | 20 | 44 | 19 | 24 | 22 | 14 | 15 | 8 | 1 | 26 |
| 19 | 29 | 6 | 54 | 42 | 10 ♊ | 42 | 27 | 49 | 20 | 41 | 19 | 19 | 21 | 52 | 16 | 48 | 1 | 23 |
| 20 | 30 | 7 | 55 | 48 | 24 | 23 | 27 | 53 | 20 | 37 | 19 | 13 | 21 | 32 | 18 | 28 | 1 | 19 |
| 21 | 31 | 8 | 56 | 54 | 7 ♋ | 28 | 27 | 57 | 20 | 33 | 19 | 7 | 21 | 17 | 20 A | 7 | 1 | 16 |

| Latitudo Planetarũ ad diẽ | | ♄ | ′ | ♃ | ′ | ♂ | ′ | ♀ | ′ | ☿ | ′ | |
|---|---|---|---|---|---|---|---|---|---|---|---|---|
| | 1 | 2 | 7 | 0 | 26 | 1 | 59 | 1 | 43 | 0 M | 24 | |
| | 11 | 2 | 11 | 0 | 28 | 2 | 22 | 0 S | 4 | 0 | 48 | Mensis |
| | 21 | 2 | 14 | 0 | 31 | 2 | 48 | 1 | 49 | 1 A | 42 | |

Syzygiæ Lunares.

| Dies | ☉ | Orient. ♄ | Orient. ♃ | Orient. ♂ | Occid. ♀ | Orient. ☿ | Syzygiæ Planetarũ mutuę, & eorum congressus cum illustrioribus aliquibus stellis fixis. |
|---|---|---|---|---|---|---|---|
| | H ′ | H ′ | H ′ | H ′ | H ′ | H ′ | |
| 1 ☍ | 13 33 | | | | | | ☿ m.c. cum palma oph. a |
| 2 Asc. | 4 ♎ | 18 △ 58 | 11 ✱ 8 | 4 ✱ 6 | | | |
| 3 | | | | | 8 ☍ 24 | | ☿ m.c. cum antare. |
| 4 | | | | | | | ♄ m.c. cum cor. ♍. |
| 5 | | 1 □ 38 | | | | 23 △ 24 | ☽ ☋ 14.22. |
| 6 | 11 △ 57 | | | 20 ☌ 2 | | | ☿ or. cum antare. |
| 7 | | 11 ✱ 4 | 1 ☌ 5 | | 22 △ 36 | | |
| 8 | | | | | | 18 □ 18 | |
| 9 □ | 3 32 | | | | | | |
| 10 Asc. | 3 ♊ | | | | 7 □ 38 | | ☽ Apog. |
| 11 | 10 ✱ 6 | | 23 ✱ 56 | 18 ✱ 51 | | 15 ✱ 10 | △ ☽ ♂ 7.42. (acu. ✱. |
| 12 | | 10 ☌ 6 | | | 16 ✱ 53 | | △ ♂ ☿ 10.43 ♀ m.c. cū |
| 13 | | | | | | | △ ☉ ♃ 17.2. b. |
| 14 | | | 11 □ 53 | 6 □ 56 | | | △ ♃ ♀ 3.26. ☌ ☉ ☿ 18. |
| 15 | | | | | | Occid. | (22. c. |
| 16 | | | 20 △ 25 | 16 △ 34 | | | ♀ or. cum 87. |
| 17 ☌ | 3 16 | 7 ✱ 1 | | | 8 ☌ 10 | 6 ☌ 46 | ✱ ♄ ☿ 8.44 ☌ ♀ ☿ 14.11.d |
| 18 Asc. | 9 ♊ | | | | ) | | ✱ ♄ ♀ 6.57 ☌ ☉ ♀ 22.17 |
| 19 | | 14 □ 1 | | | Orient. | | ✱ ☉ ♄ 9.0 ☉ ☊ 22.25. |
| 20 | | | | | | | |
| 21 | 22 ✱ 23 | 18 △ 23 | 7 ☍ 48 | 5 ☍ 19 | 15 ✱ 55 | | (cum alu. ✱. |
| 22 | | | | | | 8 ✱ 19 | ☿ m.c. cum lyra, & or. |
| 23 | | | | | 15 □ 22 | | ♀ m.c. cum neb. ++. |
| 24 □ | 4 28 | | | | | 16 □ 51 | ☽ Perig. |
| 25 Asc. | 4 ♋ | 23 ☍ 44 | 11 △ 30 | 9 △ 25 | 15 △ 28 | | ♀ or. cum neb. ✱. |
| 26 | 9 △ 50 | | | | | | |
| 27 | | | 13 □ 41 | 11 □ 27 | | 1 △ 30 | ♀ or. cum aquila. |
| 28 | | | | | | | ♀ occ. cum arcturo. |
| 29 | | | 17 ✱ 37 | 15 ✱ 10 | 17 ☍ 38 | | ♀ m.c. cum neb. ✱, & |
| 30 | | 6 △ 40 | | | | | (☿ cum rost. gall. |
| 31 ☍ | 3 1 | | | | | | ☿ m.c. cum aquila. |
| Asc. | 21 ♊ | | | | | | |

a. Die 1. ☿ or. cum rost. gall. & media frontis ✱.
b. Die 13. ♀ or. cum aquila volante.
c. Die 14. ♀ m.c. cum neb. ✱.
d. Die 17 ♀ or. cum cauda Del.

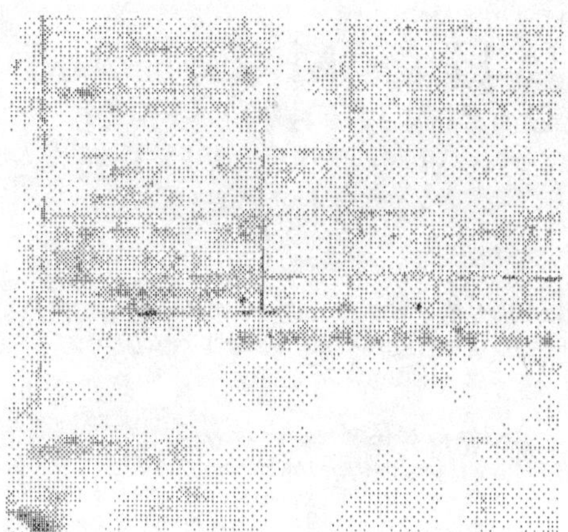

# EPHEMERIS
## IOANNIS ANTONII MAGINI PATAVINI

Ad annum Dominicæ Incarnationis
1600.

Intercalarem, qui à Kalendarij Gregoriani reformatione est 18. & à principio Mundi 5562.

*Constitutio cœli ad tempus ingressus Solis in Arietis principium.*

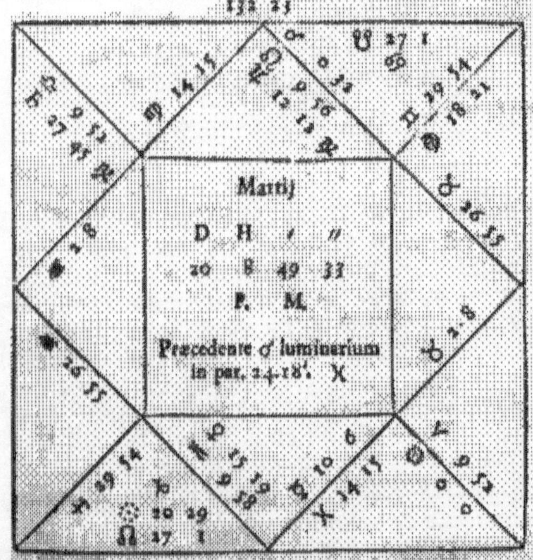


Anni Tropici vera magnitudo.

*Dierum* 365. *Horarum* 5. *Scr.* 55'. 30''. 44'''. 53''''.

# ANNO VIRGINEI PARTVS
## 1600 Intercalari.

| | | | D. | H. | ′ | ″ |
|---|---|---|---|---|---|---|
| Ingressus ☉ in principium | ♋, Solstitium Æstatis | Iunij | 21 | 5 | 20 | 56 |
| | ♎, Æquinoctium Autumni | Septemb. | 22 | 16 | 41 | 22 |
| | ♑, Solstitium Hiemis | Decemb. | 22 | 11 | 9 | 12 |

| | P. | ′ | ″ | ‴ |
|---|---|---|---|---|
| Vera præcessio Æquinoctiorum | 28 | 5 | 0 | 13 |
| Obliquitas Zodiaci | 23 | 28 | 3 | 25 |

Eccentricitas ☉ 32217. Qualium semidiameter eccentrici ☉ par. 1000000. seu par. 1. 55′. 58″. 52‴. Qualium P. 60.

| | | P. | ′ | ″ | | | |
|---|---|---|---|---|---|---|---|
| Locus Apogæi | ♄ | 29 | 23 | 17 | ♐ | Aureus Numerus | 5 |
| | ♃ | 6 | 49 | 35 | ♎ | Cyclus Solis | 13 |
| | ♂ | 28 | 37 | 4 | ♌ | Epacta | 15 |
| | ☉ | 9 | 27 | 57 | ♋ | Indictio Romana | 13 |
| | ♀ | 16 | 26 | 0 | ♊ | Litera Dominicalis | B A |
| | ☿ | 0 | 22 | 15 | ♐ | Interuallum hebd. 7. Dies | 1 |

*Festa mobilia secundum Sacrosanctæ Romanæ Ecclesiæ usum iuxta annum reformatum.*

| | | |
|---|---|---|
| Septuagesima | Ianuarij | 30 |
| Cinis | Februarij | 16 |
| Pascha | Aprilis | 2 |
| Rogationes | Maij | 7 |
| Ascensio Domini | Maij | 11 |
| Pentecostes | Maij | 21 |
| Corpus Christi | Iunij | 1 |
| Aduentus Domini | Decemb. | 3 |

| | | | | |
|---|---|---|---|---|
| Quatuor Tempora anni, seu Ieiunia | Februarij | 23 | 25 | 26 |
| | Maij | 24 | 26 | 27 |
| | Septembris | 20 | 22 | 23 |
| | Decembris | 20 | 22 | 23 |

## Descriptio Eclipsis Lunæ anno Bissextili 1600.

*Die 29. Ianuarij anni reformati, seu die 19 eiusdem iuxta annum antiquum H. 18. 26′. 38″. P. M. æquatis patietur ☽ aliquam sui luminis iacturam prope draconis caudam ☋, existens in par. 9. 13′. 45″. ♌, et aduersa ☉ posita. Anomalia autem ☽ ad dictum tempus reperitur par. 292. 2′. 14″. & eius semidiameter est 15′. 44″. Solis verò anomalia annua coæquata est par. 208. 50′. 43″. & eius semidiameter 16′. 47″. semidiameter umbræ terræ æquata est 41′. 8″. Verus latitudinis ☽ motus par. 99. 31′. 33″. Vera autem latitudo Australis 49′. 35″. sed ad initium defectus 46′. 40″. & ad exitum 52′. 24″. Digiti Eclipsici erunt 2. 47′. Tempus casus H. 1. 2′. 30″.*

| | | H. | scr. | |
|---|---|---|---|---|
| *Huius Eclipsis Lunæ digit. 2. 47′.* | *Initium spectabitur* | 17 | 24 | *P. M.* |
| | | 12 | 40 | *Horo.* |
| | *Medium, seu vera ☍ erit* | 18 | 27 | *P. M.* |
| | | 13 | 47 | *Horo.* |
| | *Finis erit* | 19 | 19 | *P. M.* |
| | | 14 | 45 | *Horo.* |

*Durabit à principio ad finem H. 2. scr. 5.*

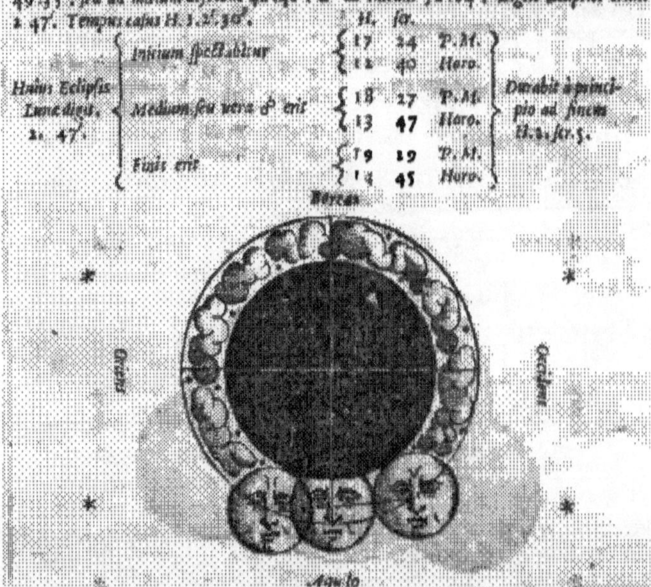


## Deliquium Solare prædicto anno 1600.

*Hoc anno accidet mense Iulio nouilunium Eclipticum prope nodum deprimentem, seu draconis ☋. Nam die eius 10. anni Gregor. qui congruit cū die ultimo mensis Iunij iuxta annum veterem H. 1. 37′. 35″. P. M. æquatis luminaria secundū veros motus suos coibunt iuxta par. 17. 59′. 43″. ♋, existente Sole in apogæo sui Eccentrici; sed tamen, quia in quadrante occidentali existet, ideo visibilis eorum coniunctio sequetur veram, & hæc accidet H. 2. 12′. 49″. P. M. ita ut sit interuallum inter veram, & apparentem coniunctionem scr. 35′. 15″. Paral-*

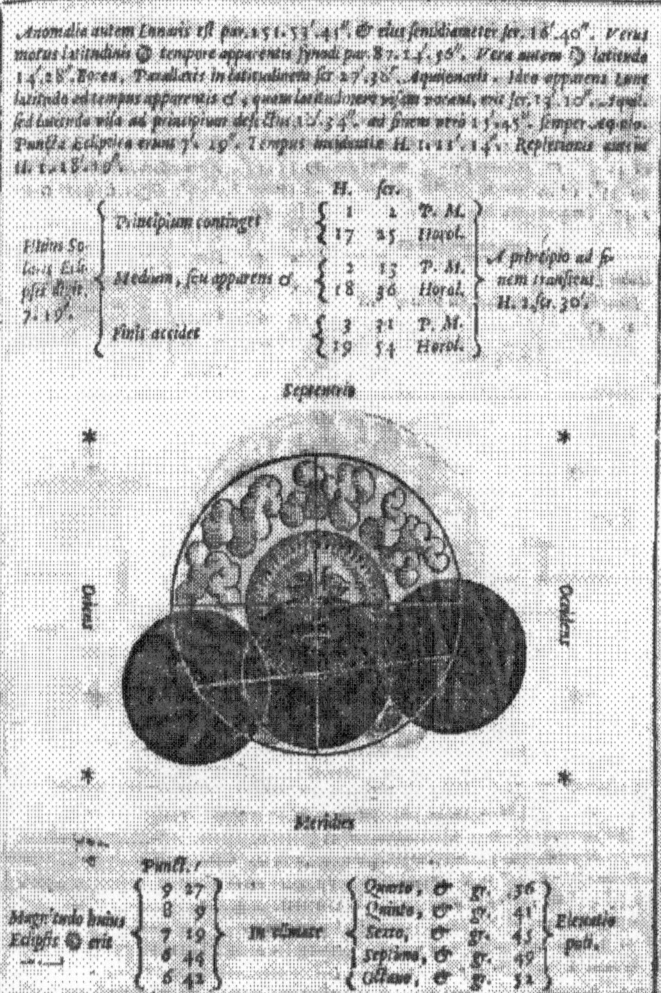

*Anomalia autem Lunaris est par. 151. 53'. 41''. & eius semidiameter scr. 16'. 40''. Verus motus latitudinis ☉ tempore apparentis synodi par. 87. 24'. 56''. Vera autem ☽ latitudo 14'. 28''. Borea. Parallaxis in latitudinem scr. 27'. 38''. Aquilonaris. Ideo apparens Lunae latitudo ad tempus apparentis ☌, quam latitudinem visam vocant, erit scr. 13'. 10''. Aquil. sed Lucenda visa ad principium defectus 12'. 34''. ad finem vero 15'. 45''. semper Aquilo. Puncta Eclipsica erunt 7. 19''. Tempus incidentiae H. 1. 13'. 14''. Repletionis autem H. 1. 18'. 16''.*

| | | H. | scr. | | |
|---|---|---|---|---|---|
| Huius Solaris Eclipsis digit. 7. 19''. | Principium continget | 1 | 2 | P. M. | A principio ad finem transitus H. 2. scr. 30'. |
| | | 17 | 25 | Horol. | |
| | Medium, seu apparens ☌. | 2 | 13 | P. M. | |
| | | 18 | 36 | Horol. | |
| | Finis accidet | 3 | 31 | P. M. | |
| | | 19 | 54 | Horol. | |



| | Punct. | | | | | | |
|---|---|---|---|---|---|---|---|
| Magnitudo huius Eclipsis ☉ erit | 9 | 27 | In climate | Quarto, & | gr. | 36 | Elevatio poli. |
| | 8 | 9 | | Quinto, & | gr. | 41 | |
| | 7 | 19 | | Sexto, & | gr. | 45 | |
| | 6 | 46 | | Septimo, & | gr. | 49 | |
| | 6 | 42 | | Octavo, & | gr. | 52 | |

# *Planetarum status.*

**♄**
- Per totum anni circuitum recedit à longitudine media versus augem Eccentrici.
- Die 17. Aprilis ad Perigeum } Epicycli pertinget.
- Die 21. Octobris ad Apogæum } Epicycli pertinget.
- Post 8. Febr. in 25. Iunii contra signorum sequellam rotabitur.

**♃**
- Hoc anno versus augem Eccentri deambulat.
- Die 7. Febr. in Perigæo } Epicycli inuenitur.
- Die 24. Augusti in Auge } Epicycli inuenitur.
- Die 7. Aprilis complet retrocessum quem transacto anno cęperat, & inde semper directe cursum arripiet.

**♂**
- Die 14. Martii ad summam sui deferentis partem ascendit.
- Die 1. Febr. in Epicycli Perigæo existit.
- Perficit regressum, quem præterito anno cęperat die 11. Martii post per residuum anni secundum signorum ordinem gradietur.

**♀ Die**
- 8. Iunii in Apogæo } Deferentis inuenitur.
- 7. Decemb. in Perigæo } Deferentis inuenitur.
- 2. Octobris circa Epicycli Apogæum rotatur.
- 8. Ianuarii immunis fit à retrocessu; & semper directe per residuum anni incedet.

**☿ Die**
- 22 Maii in Perigæo } Eccentrici est.
- 21 Nouemb. in Auge } Eccentrici est.
- 10 Febr. per Perigæum } Epicycli transit.
- 8 Aprilis per Apogæum } Epicycli transit.
- 5 Iunii per Perigæum } Epicycli transit.
- 3 Augusti per Apogæum } Epicycli transit.
- 30 Septemb. per Perigæum } Epicycli transit.
- 26 Nouemb. per Apogæum } Epicycli transit.
- 30 Ianuarii vsque ad 21. Febr. } Contra signorũ ordinẽ incedet.
- 25 Maii vsque in 27. Iunii } Contra signorũ ordinẽ incedet.
- 18 Septemb. vsque ad 30. Octobris } Contra signorũ ordinẽ incedet.

| | | | | |
|---|---|---|---|---|
| 0 | 30 | 20 | 40 | 1 |
| 1 | 56 | 18 | 45 | 1 |
| 5 | 10 | 13 | 35 | 1 |

Syzygiæ Lunares.

| Dies | | ☉ | Orient. ♄ | Orient. ♃ | Orient. ♂ | Orient. ♀ | Occid. ☿ | Syzygię Planetarũ mutuę, & eorum congressus cum illustrioribus aliquibus stelis fixis. |
|---|---|---|---|---|---|---|---|---|
| | | H | H | H | H | H | H | |
| 1 | | | 14 □ 17 | | | | 2 ☍ 46 | ☽ ☋ 20.9 ♂ oc. cũ 31. |
| 2 | | | | | | | | |
| 3 | | | | 8 ☌ 52 | 5 ☌ 42 | 9 △ 8 | | ♂ occ. cũ rost. corui. |
| 4 | | | 0 ✶ 12 | | | | | |
| 5 | | 7 △ 54 | | | | 19 □ 22 | | □ ♄ ☿ 2.11. △ ♃ ♀ |
| 6 | | | | | | | 16 △ 4 | (fext. |
| 7 | | | | | | | | ☽ Apo. ☿ m. c. cum cau. |
| 8 | □ | 0 35 | 12 ☌ 57 | 6 ✶ 6 | 1 ✶ 46 | 6 ✶ 29 | | (Del. |
| 9 | Alc. | 17 ♉ | | | | | 11 □ 21 | ♀ m. c. cum acu. ♏. |
| 10 | | 16 ✶ 32 | | 16 □ 33 | 11 □ 28 | | | ☿ m. c. cũ cauda cygni. |
| 11 | | | | | | | | |
| 12 | | | | | 19 △ 21 | | 4 ✶ 30 | |
| 13 | | | 18 ✶ 3 | 0 △ 59 | | 3 ☌ 13 | | |
| 14 | | | | | | | | |
| 15 | ☍ | 17 18 | | | | | | |
| 16 | Alc. | 22 ♓ | 0 □ 12 | | | | | ☽ ☊ 3.0. |
| 17 | | | | 11 ☍ 5 | 4 ☍ 27 | 16 ✶ 4 | 3 ☌ 49 | ☍ ♂ ☿ 10.10. |
| 18 | | | 3 △ 45 | | | | | ♂ occ cum ast. bor. |
| 19 | | | | | | 19 □ 27 | | □ ☉ ♄ 15.3 ☿ m. c. cũ |
| 20 | | 6 ✶ 41 | | | | | | ☽ Perig. (cauda ♑. |
| 21 | | | | 13 △ 57 | 4 △ 55 | 22 △ 24 | 14 ✶ 48 | ☍ ♃ ☿ 2.17. |
| 22 | □ | 11 50 | 7 ☍ 13 | | | | | ♀ or. cum aquila. a. |
| 23 | Alc. | 24 ♎ | | 15 □ 41 | 6 □ 6 | | 19 □ 33 | ♂ or. cum cane maiore. |
| 24 | | 18 △ 49 | | | | | | ♀ m. c. cum neb. ♏. b. |
| 25 | | | | 19 ✶ 39 | 7 ✶ 48 | | | |
| 26 | | | 15 △ 9 | | | 9 ☍ 40 | 1 △ 50 | ♀ occ. cum arcturo. |
| 27 | | | | | | | | |
| 28 | | | 23 □ 8 | | | | | |
| 29 | ☌ | 18 27 | | | 20 ☌ 45 | | | ☽ ☋ 0.16 ♂ oc. cũ Ap. |
| 30 | Alc. | 23 ♑ | | 0 ☌ 32 | Occid. | | 20 ☍ 7 | ☌ ☉ ♂ 13.24 ♂ oc. cũ |
| 31 | | | 9 ✶ 42 | | | 9 △ 52 | | ✶ ♄ ☿ 7.1. (Præs. |

*a. Die 22. ♂ m. c. cum hydra.*
*b. Die 24. ☿ or. cum cauda ♑.*
*♀ fit directa m. c. cum aculeo ♏.*

| | |
|---|---|
| 29 | 14 |
| 29 | 14 |
| 29 | [illegible] |
| 29 | 13 |
| 29 | 13 |
| 29 | 12 |
| 29 | 11 |

Syzygiae Lunares.

| Dies | ☉ | Orient. ♄ | Orient. ♃ | Occid. ♂ | Orient. ♀ | Occid. ☿ | Syzygiae Planetarū mutuę, & eorum congressus cum illustrioribus aliquibus stellis fixis. |
|---|---|---|---|---|---|---|---|
| | H / | H / | H / | H / | H / | H / | |
| 1 | | | | | | | ♂ occ. cum asi. austr. |
| 2 | | | | | | | ☽ Apog. |
| 3 | | | | 16 ✱ 6 | 2 □ 28 | | |
| 4 | 4 △ 38 | | 8 ✱ 56 | | | 15 △ 13 | ♀ or. cum cauda Del. |
| 5 | | 9 ☌ 27 | | | 17 ✱ 8 | | |
| 6 □ | 21 8 | | Occid. | 1 □ 52 | | 12 □ 58 | ☍ ☽ ☿ 2.18. |
| 7 Alc. | 13 V | | | | | Orient. | ☌ ☽ ☿ 9.24. |
| 8 | | | | 10 △ 2 | | | (cauda ♑. |
| 9 | 11 ✱ 12 | | 4 △ 7 | | | 4 ✱ 8 | ♀ m.c. cu lyra, & ☿ cu |
| 10 | | 4 ✱ 9 | | | 18 ☌ 33 | | ♂ occ. cum Hercu. |
| 11 | | | | | | | ♂ or. cum asi. austr. a. |
| 12 | | 9 □ 42 | | 19 ☍ 43 | | | ☽ ☊ 5.13 ♂ or. cū pro. |
| 13 | | | 14 ☍ 2 | | | 7 ☌ 0 | |
| 14 ☌ | 5 9 | 12 △ 31 | | | | | ♀ or. cum neb. ♓. |
| 15 Alc. | 26 ♌ | | | | 8 ✱ 8 | | ♂ or. cum acar. (acu. ♏ |
| 16 | | | | 21 △ 7 | | | ♂ or. cum Pres. & ♀ cū |
| 17 | | | 15 △ 44 | | 12 □ 10 | 6 ✱ 21 | ☽ Perig. |
| 18 | 0 ✱ 37 | 14 ☍ 30 | | 8 □ 12 | | | ☌ ☽ ♄ 12.12. |
| 19 | | | 16 □ 32 | | 16 △ 40 | 6 □ 6 | |
| 20 □ | 20 15 | | | 13 ✱ 13 | | | (cum neb. ♏. |
| 21 Alc. | 14 V | | 19 ✱ 12 | | | 8 △ 16 | ♂ or. cum asi. bor. & ♀ |
| 22 | | 20 △ 39 | | | | | ♃ m.c. cum hy lix. c. |
| 23 | 5 △ 29 | | | | | | ♀ occ. cum corona. |
| 24 | | | | | 10 ☍ 25 | | ♂ m.c. cum asinis. |
| 25 | | 4 □ 15 | | 9 ☌ 23 | | | ☽ ☋ 3.0. ♀ m.c. cum |
| 26 | | | 9 ☌ 47 | | | 8 ☍ 58 | (aquila. |
| 27 | | 14 ✱ 58 | | | | | |
| 28 ☍ | 11 37 | | | | | | ♂ m.c. cum Presepe. |
| 29 Alc. | 19 ♒ | | | | 19 △ 30 | | |

a. Die 11. ♀ m.c. cum neb. oculi ♓.
b. Die 16. ♀ occ. cum neb. oculi ♓.
c. Die 22. ♀ m.c. cum rostro gallinę.

| Anni veteris | Gregorii | ☉ ♓ | | | ☽ ♍ | | ♄ ♎ (S A) | | ♃ ♌ (S A) | | ♂ ♌ (S D) | | ♀ ♑ (S D) | | ☿ ♒ (S D) | | ☊ ♉ | |
|---|---|---|---|---|---|---|---|---|---|---|---|---|---|---|---|---|---|---|
| Dies | | P | ′ | ″ | P | ′ | P | ′ | P | ′ | P | ′ | P | ′ | P | ′ | P | ′ |
| 20 | 1 | 10 | 42 | 27 | 27 ♎ | 3 | 28 | 42 | 13 | 49 | 0 | 51 | 25 | 2 | 12 | 35 | 28 | 2 |
| 21 | 2 | 11 | 42 | 30 | 8 | 49 | 28 | 45 | 13 | 41 | 0 | 45 | 26 | 3 | 13 | 32 | 27 | 59 |
| 22 | 3 | 12 | 42 | 31 | 20 ♏ | 38 | 28 | 43 | 13 | 33 | 0 | 36 | 27 | 3 | 14 | 33 | 27 | 56 |
| 23 | 4 | 13 | 42 | 30 | 2 | 30 | 28 | 41 | 13 | 24 | 0 | 30 | 28 | 4 | 15 | 58 | 27 | 53 |
| A 24 | 5 | 14 | 42 | 28 | 14 | 31 | 28 | 38 | 13 | 15 | 0 | 24 | 29 ♒ | 5 | 16 | 4 | 27 | 50 |
| 25 | 6 | 15 | 42 | 24 | 26 | 42 | 28 | 35 | 13 | 10 | 0 | 19 | 0 | 6 | 18 | 6 | 27 | 46 |
| 26 | 7 | 16 | 42 | 16 | 9 ♐ | 6 | 28 | 32 | 13 | 12 | 0 | 15 | 1 | 8 | 19 | 16 | 27 | 43 |
| 27 | 8 | 17 | 42 | 10 | 21 | 47 | 28 | 29 | 13 | 6 | 0 | 12 | 2 | 10 | 20 | 35 | 27 | 40 |
| 28 | 9 | 18 | 42 | 0 | 4 ♑ | 40 | 28 | 26 | 13 | 1 | 0 | 16 | 3 | 12 | 21 | 57 | 27 | 37 |
| 29 | 10 | 19 | 41 | 48 | 18 | 6 | 28 | 23 | 12 | 56 | 0 | 5 | 4 | 15 | 23 | 21 | 27 | 34 |
| Ma. 1 | 11 | 20 | 41 | 35 | 1 ♒ | 46 | 28 | 20 | 12 | 51 | 0 Di | 7 | 5 | 18 | 24 | 45 | 27 | 30 |
| A 2 | 12 | 21 | 41 | 20 | 15 | 47 | 28 | 16 | 12 | 46 | 0 | 7 | 6 | 21 | 26 | 19 | 27 | 27 |
| 3 | 13 | 22 | 41 | 3 | 0 ♓ | 9 | 28 | 13 | 12 | 41 | 0 | 8 | 7 | 24 | 27 | 51 | 27 | 24 |
| 4 | 14 | 23 | 40 | 44 | 14 | 49 | 28 | 9 | 12 | 37 | 0 | 9 | 8 | 28 | 29 | 25 | 27 | 21 |
| 5 | 15 | 24 | 40 | 23 | 29 ♈ | 41 | 28 | 6 | 12 | 32 | 0 | 11 | 9 | 32 | 1 ♓ | 1 | 27 | 18 |
| 6 | 16 | 25 | 40 | 0 | 14 | 39 | 28 | 2 | 12 | 28 | 0 | 13 | 10 | 36 | 2 M | 35 | 27 | 15 |
| 7 | 17 | 26 | 39 | 34 | 29 ♉ | 37 | 27 | 59 | 12 | 24 | 0 | 16 | 11 | 40 | 4 | 19 | 27 | 11 |
| 8 | 18 | 27 | 39 | 7 | 14 | 26 | 27 | 55 | 12 | 20 | 0 | 20 | 12 | 45 | 6 | 6 | 27 | 8 |
| A 9 | 19 | 28 | 38 | 37 | 29 ♊ | 0 | 27 | 51 | 12 | 16 | 0 | 25 | 13 | 50 | 7 | 41 | 27 | 5 |
| 10 | 20 | 29 | 38 | 6 | 13 | 15 | 27 | 47 | 12 | 13 | 0 | 30 | 14 | 55 | 9 | 27 | 27 | 2 |
| 11 | 21 | 0 ♈ | 37 | 33 | 27 ♋ | 7 | 27 | 43 | 12 | 10 | 0 | 36 | 16 | 0 | 11 | 12 | 26 | 59 |
| 12 | 22 | 1 | 36 | 59 | 10 | 35 | 27 | 39 | 12 | 7 | 0 | 43 | 17 | 6 | 12 | 58 | 26 | 56 |
| 13 | 23 | 2 | 36 | 22 | 23 ♌ | 40 | 27 | 35 | 12 | 4 | 0 | 50 | 18 | 11 | 14 | 45 | 26 | 53 |
| 14 | 24 | 3 | 35 | 44 | 6 | 23 | 27 | 31 | 12 | 1 | 0 | 58 | 19 | 16 | 16 | 33 | 26 | 49 |
| 15 | 25 | 4 | 35 | 3 | 18 ♍ | 45 | 27 | 27 | 11 | 59 | 1 | 7 | 20 | 24 | 18 | 22 | 26 | 46 |
| A 16 | 26 | 5 | 34 | 19 | 0 | 52 | 27 | 23 | 11 | 56 | 1 | 16 | 21 | 30 | 20 | 12 | 26 | 43 |
| 17 | 27 | 6 | 33 | 34 | 12 | 47 | 27 | 19 | 11 | 54 | 1 | 26 | 22 | 36 | 22 A | 3 | 26 | 40 |
| 18 | 28 | 7 | 32 | 47 | 24 ♎ | 31 | 27 | 15 | 11 | 51 | 1 | 36 | 23 | 43 | 23 | 54 | 26 | 37 |
| 19 | 29 | 8 | 31 | 58 | 6 | 13 | 27 | 10 | 11 | 49 | 1 | 47 | 24 M | 49 | 25 | 46 | 26 | 33 |
| 20 | 30 | 9 | 31 | 7 | 17 | 58 | 27 | 6 | 11 | 47 | 1 | 58 | 25 | 56 | 27 | 38 | 26 | 30 |
| 21 | 31 | 10 | 30 | 14 | 29 | 30 | 27 | 1 | 11 | 45 | 2 | 10 | 27 | 3 | 29 | 30 | 26 | 27 |
| Latitudo Planetarũ ad diẽ | 1 | | | | | | 2 | 46 | 0 | 43 | 3 | 50 | 2 | 6 | 0 | 53 | Menfis | |
| | 11 | | | | | | 2 | 49 | 0 | 44 | 3 | 30 | 1 | 23 | 0 M | 59 | | |
| | 21 | | | | | | 2 | 52 | 0 | 45 | 3 | 17 | 0 M | 39 | 1 A | 56 | | |

Syzygiæ Lunares.

| Dies | | ☉ | ♄ | ♃ | ♂ | ♀ | ☿ | Syzygiæ Planetarũ mutuæ, & eorum congressus cum illustrioribus aliquibus stellis fixis. |
|---|---|---|---|---|---|---|---|---|
| | | | Orient. | Occid. | Occid. | Orient. | Orient. | |
| | | H ′ | H ′ | H ′ | H ′ | H ′ | H ′ | |
| 1 | | | | | 7 ✱ 40 | | | ☽ Ap. ♃ occ. cũ de. hu, |
| 2 | | | | 9 ✱ 56 | | | 10 △ 28 | ☍ ♃ ♀ 3.19. (mer. |
| 3 | | | 16 ☌ 15 | | 20 □ 1 | 14 □ 13 | | ♃ occ. cum 160. ♀ m.c. |
| 4 | | | | 21 □ 45 | | | | □ ♄ ♀ 13.43 (cũ cor. ♌ |
| 5 | | 0 △ 24 | | | | | 4 □ 58 | |
| 6 | | | | | 6 △ 58 | 7 ✱ 10 | | ☍ ♄ ♀ 4.44. |
| 7 | □ | 15 32 | | 7 △ 42 | | | 21 ✱ 28 | ♀ m.c. cum cauda Del. |
| 8 | Asc. | 15 ♑ | 11 ✱ 20 | | | | | |
| 9 | | | | | | | | (cum cauda cygni. a. |
| 10 | | 3 ✱ 1 | 17 □ 58 | | 21 ☍ 4 | | | ☽ ☊ 16.37. ♀ m.c. cũ |
| 11 | | | | 18 ☍ 52 | | 6 ☌ 6 | | |
| 12 | | | 20 △ 47 | | | | 19 ☌ 42 | |
| 13 | | | | | | | | △ ♄ ♀ 5.23. |
| 14 | ☌ | 15 18 | | | | | | |
| 15 | Asc. | 18 ♑ | | 20 △ 31 | 0 △ 48 | 17 ✱ 0 | | ☽ Pe. ♀ or. cũ cap. Med. |
| 16 | | | 21 ☍ 21 | | | | | |
| 17 | | | | 20 □ 37 | 1 □ 2 | 23 □ 3 | 8 ✱ 36 | ☍ ♃ ♀ 15.18. |
| 18 | | 23 ✱ 23 | | | | | | |
| 19 | | | | 22 ✱ 16 | 2 ✱ 24 | | 16 □ 42 | ♀ occ. cum Fomah. |
| 20 | | | | | | 3 △ 7 | | △ ☽ ♂ 23.31 b. |
| 21 | □ | 8 39 | 1 △ 4 | | | | | |
| 22 | Asc. | 1 ♒ | | | | | 5 △ 3 | ♀ m.c. cum cauda ♑. |
| 23 | | 18 △ 20 | 7 □ 22 | | 13 ☌ 41 | | | ☽ ☋ 6.4. |
| 24 | | | | 10 ☌ 55 | | | | ♂ m.c. cum Presepe. |
| 25 | | | 17 ✱ 6 | | | 3 ☍ 36 | | |
| 26 | | | | | | | | ♀ or. cum cauda ♑. |
| 27 | | | | | | | 22 ☍ 25 | |
| 28 | | | | | 14 ✱ 44 | | | |
| 29 | ☍ | 5 15 | | 11 ✱ 31 | | | | ☽ Ap. ♂ or. cũ asi. bor. |
| 30 | Asc. | 28 ♍ | 18 ☌ 56 | | | 18 △ 25 | | △ ♄ ♀ 23.20 ♀ oc. cum |
| 31 | | | | | 5 □ 33 | | | (cauda Del. |

*a.* *Die 10. ☿ or. cum cauda ♑.*
*b.* *Die 20. ♀ occ. cum aquila, & cauda ♑.*

Positus Planetarum Diurnus.

| Stili veteris. | Stili Gregor. | ☉ ♈ P | ' | " | ☽ ♏ P | ' | S A ♄ ♎ P | ' | S A ♃ ♌ P | ' | S D ♂ ♌ P | ' | M D ☿ ♒ P | ' | M A ♀ ♈ P | ' | ☊ ♑ P | ' |
|---|---|---|---|---|---|---|---|---|---|---|---|---|---|---|---|---|---|---|
| 22 | 1 | 11 | 29 | 19 | 11 | 14 | 26 | 50 | 11 | 43 | 2 | 23 | 28 | 10 | 1 | 23 | 26 | 24 |
| A 23 | 2 | 12 | 28 | 22 | 23 | 6 | 26 | 52 | 11 | 42 | 2 | 36 | 29 | 17 | 3 | 16 | 26 | 21 |
| 24 | 3 | 13 | 27 | 23 | 5 ♐ | 10 | 25 | 47 | 11 | 41 | 2 | 50 | 0 ♓ | 24 | 5 | 9 | 26 | 17 |
| 25 | 4 | 14 | 26 | 22 | 17 | 28 | 26 | 42 | 11 | 40 | 3 | 4 | 1 | 31 | 7 | 3 | 26 | 14 |
| 26 | 5 | 15 | 25 | 20 | 0 ♑ | 4 | 26 | 38 | 11 | 40 | 3 | 19 | 2 | 39 | 8 | 57 | 26 | 11 |
| 27 | 6 | 16 | 24 | 16 | 13 | 0 | 26 | 33 | 11 | 40 | 3 | 34 | 3 | 46 | 10 | 51 | 26 | 8 |
| 28 | 7 | 17 | 23 | 10 | 26 ♒ | 19 | 26 | 28 | 11 D | 40 | 3 | 49 | 4 | 54 | 12 | 45 | 26 | 5 |
| 29 | 8 | 18 | 22 | 2 | 10 | 1 | 26 | 23 | 11 | 40 | 4 | 5 | 6 | 2 | 14 | 40 | 26 | 2 |
| A 30 | 9 | 19 | 20 | 52 | 24 ♓ | 7 | 26 | 19 | 11 | 40 | 4 | 21 | 7 | 10 | 16 | 34 | 25 | 58 |
| 31 | 10 | 20 | 19 | 40 | 8 | 33 | 26 | 14 | 11 | 41 | 4 | 38 | 8 | 18 | 18 | 28 | 25 | 55 |
| Ap. 1 | 11 | 21 | 18 | 26 | 23 ♈ | 17 | 26 | 9 | 11 | 41 | 4 | 55 | 9 | 26 | 20 | 22 | 25 | 52 |
| 2 | 12 | 22 | 17 | 10 | 8 | 11 | 26 | 4 | 11 D | 42 | 5 | 13 | 10 | 34 | 22 | 15 | 25 | 49 |
| 3 | 13 | 23 | 15 | 52 | 23 ♉ | 15 | 25 | 59 | 11 | 42 | 5 | 31 | 11 | 42 | 24 | 8 | 25 | 46 |
| 4 | 14 | 24 | 14 | 32 | 8 | 15 | 25 | 54 | 11 | 43 | 5 | 50 | 12 | 51 | 26 | 1 | 25 | 43 |
| 5 | 15 | 25 | 13 | 10 | 23 ♊ | 6 | 25 | 50 | 11 | 44 | 6 | 9 | 13 | 59 | 27 | 53 | 25 | 39 |
| A 6 | 16 | 26 | 11 | 47 | 7 | 42 | 25 | 45 | 11 | 45 | 6 | 28 | 15 | 8 | 29 | 45 | 25 | 36 |
| 7 | 17 | 27 | 10 | 21 | 21 ♋ | 58 | 25 | 40 | 11 | 47 | 6 | 48 | 16 | 17 | 1 ♉ | 37 | 25 | 33 |
| 8 | 18 | 28 | 8 | 55 | 5 | 52 | 25 | 35 | 11 | 49 | 7 | 8 | 17 | 26 | 3 | 28 | 25 | 30 |
| 9 | 19 | 29 | 7 | 26 | 19 ♌ | 23 | 25 | 30 | 11 | 51 | 7 | 28 | 18 | 35 | 5 | 19 | 25 | 27 |
| 10 | 20 | 0 ♉ | 5 | 56 | 2 | 31 | 25 | 25 | 11 | 53 | 7 | 49 | 19 | 44 | 7 S | 10 | 25 | 23 |
| 11 | 21 | 1 | 4 | 24 | 15 | 10 | 25 | 20 | 11 | 56 | 8 | 10 | 20 | 53 | 9 | 0 | 25 | 20 |
| 12 | 22 | 2 | 2 | 50 | 27 ♍ | 46 | 25 | 15 | 11 | 58 | 8 | 31 | 22 | 2 | 10 | 50 | 25 | 17 |
| A 13 | 23 | 3 | 1 | 14 | 9 | 57 | 25 | 11 | 12 | 1 | 8 | 53 | 23 | 11 | 12 | 39 | 25 | 14 |
| 14 | 24 | 3 | 59 | 36 | 21 | 55 | 25 | 6 | 12 | 4 | 9 | 15 | 24 | 21 | 14 | 27 | 25 | 11 |
| 15 | 25 | 4 | 57 | 56 | 3 ♎ | 44 | 25 | 1 | 12 | 7 | 9 | 38 | 25 | 30 | 16 | 15 | 25 | 8 |
| 16 | 26 | 5 | 56 | 14 | 15 | 27 | 24 | 56 | 12 | 10 | 10 | 1 | 26 | 39 | 18 | 2 | 25 | 4 |
| 17 | 27 | 6 | 54 | 31 | 27 ♏ | 6 | 24 D | 51 | 12 | 14 | 10 | 24 | 27 | 49 | 19 | 48 | 25 | 1 |
| 18 | 28 | 7 | 52 | 46 | 8 | 46 | 24 | 46 | 12 | 17 | 10 | 47 | 28 | 59 | 21 | 33 | 24 | 58 |
| 19 | 29 | 8 | 51 | 4 | 20 ♐ | 29 | 24 | 41 | 12 | 21 | 11 | 11 | 0 ♈ | 8 | 23 | 17 | 24 | 55 |
| A 20 | 30 | 9 | 49 | 12 | 2 | 19 | 24 | 36 | 12 | 25 | 11 | 35 | 1 | 18 | 24 | 59 | 24 | 52 |

| Latitudo Planetarũ ad diẽ | ♄ | ' | ♃ | ' | ♂ | ' | ☿ | ' | ♀ | ' | Mensis |
|---|---|---|---|---|---|---|---|---|---|---|---|
| 1 | 2 | 54 | 0 | 44 | 2 | 44 | 0 | 9 | 2 | 0 | |
| 11 | 2 | 55 | 0 D | 44 | 2 | 28 | 0 | 43 | 1 S | 12 | |
| 21 | 2 D | 56 | 0 | 44 | 2 | 12 | 1 | 6 | 0 | 4 | |

| | | | | | | | |
|---|---|---|---|---|---|---|---|
| 3 | 17△32 | | 12△45 | | | | ♀ or. cum cap. Med. |
| 4 | | 17✱30 | | | | | |
| 5 | | | | | 5✱14 | 19□20 | ♂ or. cum Præf. & acer. |
| 6 □ | 6 42 | | | | | | △ ♃ ☿ 10.19 ♍ ☊ 23.32 |
| 7 Asc. | 10 ♎ | 11□18 | | 13☍24 | | | ♂ occ. cum Her. b. |
| 8 | 15✱17 | | 2☍48 | | | 9✱9 | ♂ or. cum cane minore |
| 9 | | 3△38 | | | 23☌31 | | ♂ or. cum ast. austr. |
| 10 | | | | | | | ♀ or. c. cum Fomah. |
| 11 | | | | 19△4 | | | |
| 12 | | | 9△14 | | | Occid. | ♍ Pe. ☌ ☉ ☿ 0.53. |
| 13 ☌ | 0 8 | 4☍21 | | 20□2 | | 1☌3 | ☌ ♄ ☿ 21.33. |
| 14 Asc. | 10 ♌ | | 5□37 | | 8✱3 | | ♂ occ. cum ast. austr. |
| 15 | | | | 22✱55 | | | ☌ ☽ ♄ 16.27. |
| 16 | | Occid. | 6✱50 | | 13□36 | | |
| 17 | 9✱40 | 6△20 | | | | 19✱13 | ♂ oc. cũ Præf. & Apol. |
| 18 | | | | | 22△6 | | ♄ m. c. cum cing. ♍. c. |
| 19 □ | 19 20 | 11□6 | | | | | ♍ ☋ 11.8. |
| 20 Asc. | 14 ♊ | | 17☌40 | 10☌14 | | 10□14 | □ ☌ ☿ 10.31. |
| 21 | | 19✱11 | | | | | ☿ or. cum Fomah. |
| 22 | 9△9 | | | | | | □ ♃ ☿ 15.24. |
| 23 | | | | | | 6△23 | ♀ or. cum pleia. |
| 24 | | | | | 5☍28 | | |
| 25 | | | 18✱14 | 12✱19 | | | |
| 26 | | 19☌4 | | | | | ♍ Apog. |
| 27 ☍ | 22 10 | | | | | | |
| 28 Asc. | 28 ♋ | | 7□14 | 4□16 | | | |
| 29 | | | | | 21△43 | 6☍38 | ♂ oc. cum ast. bor. |
| 30 | | | 20△16 | 19△8 | | | |

a. *Die 1. ♀ occ. cum rostro gall.*
b. *Die 7. ♀ occ. cum lyra.*
c. *Die 18. ♀ occ. cum Acar.*
*♃ Fit directus oriendo ferè cum cane maiore.*

| Anni veteris | Anni Gregor. | ☉ ♉ | | | ☽ ♐ | | | ♄ ♎ S D | | ♃ ♌ S D | | ♂ ♌ S D | | ♀ ♈ M D | | ☿ ♉ S A | | ☊ ♑ | |
|---|---|---|---|---|---|---|---|---|---|---|---|---|---|---|---|---|---|---|---|
| Dies | | P | ′ | ″ | P | | ′ | P | ′ | P | ′ | P | ′ | P | ′ | P | ′ | P | ′ |
| 21 | 1 | 10 | 47 | 23 | 14 | | 20 | 24 | 32 | 12 | 29 | 11 | 59 | 2 | 27 | 26 | 39 | 24 | 49 |
| 22 | 2 | 11 | 45 | 32 | 26 | ♑ | 35 | 24 | 27 | 12 | 33 | 12 | 24 | 3 | 37 | 28 | 17 | 24 | 45 |
| 23 | 3 | 12 | 43 | 40 | 9 | | 8 | 24 | 22 | 12 | 36 | 12 | 49 | 4 | 47 | 29 ♊ | 53 | 24 | 42 |
| 24 | 4 | 13 | 41 | 46 | 22 | ♒ | 1 | 24 | 18 | 12 | 42 | 13 | 14 | 5 | 57 | 1 | 27 | 24 | 39 |
| 25 | 5 | 14 | 39 | 50 | 5 | | 16 | 24 | 13 | 12 | 47 | 13 | 39 | 7 | 7 | 2 | 58 | 24 | 36 |
| 26 | 6 | 15 | 37 | 51 | 18 | ♓ | 55 | 24 | 9 | 12 | 52 | 14 | 5 | 8 | 17 | 4 | 27 | 24 | 33 |
| A 27 | 7 | 16 | 35 | 53 | 2 | | 38 | 24 | 4 | 12 | 57 | 14 | 31 | 9 | 27 | 5 | 54 | 24 | 29 |
| 28 | 8 | 17 | 33 | 55 | 17 | ♈ | 21 | 24 | 0 | 13 | 2 | 14 | 57 | 10 | 37 | 7 | 18 | 24 | 26 |
| 29 | 9 | 18 | 31 | 52 | 2 | | 2 | 23 | 56 | 13 | 7 | 15 | 23 | 11 | 47 | 8 | 40 | 24 | 23 |
| 30 | 10 | 19 | 29 | 49 | 16 | ♉ | 55 | 23 | 52 | 13 | 13 | 15 | 50 | 12 | 57 | 10 | 0 | 24 | 20 |
| Ma. 1 | 11 | 20 | 27 | 45 | 1 | | 53 | 23 | 48 | 13 | 18 | 16 | 17 | 14 | 7 | 11 | 17 | 24 | 17 |
| 2 | 12 | 21 | 25 | 40 | 16 | ♊ | 47 | 23 | 44 | 13 | 24 | 16 | 44 | 15 | 17 | 12 | 31 | 24 | 13 |
| 3 | 13 | 22 | 23 | 33 | 1 | | 31 | 23 | 40 | 13 | 30 | 17 | 11 | 16 | 28 | 13 | 41 | 24 | 10 |
| A 4 | 14 | 23 | 21 | 24 | 16 | ♋ | 0 | 23 | 36 | 13 | 36 | 17 | 39 | 17 | 38 | 14 | 47 | 24 | 7 |
| 5 | 15 | 24 | 19 | 14 | 0 | | 10 | 23 | 32 | 13 | 42 | 18 | 7 | 18 | 49 | 15 D | 49 | 24 | 4 |
| 6 | 16 | 25 | 17 | 3 | 14 | | 0 | 23 | 28 | 13 | 48 | 18 | 35 | 19 | 59 | 16 | 47 | 24 | 1 |
| 7 | 17 | 26 | 14 | 50 | 27 | ♌ | 30 | 23 | 24 | 13 | 55 | 19 | 3 | 21 | 10 | 17 | 41 | 23 | 57 |
| 8 | 18 | 27 | 12 | 36 | 10 | | 39 | 23 | 20 | 14 | 1 | 19 | 31 | 22 | 21 | 18 | 30 | 23 | 54 |
| 9 | 19 | 28 | 10 | 21 | 23 | ♍ | 19 | 23 | 16 | 14 | 8 | 20 | 0 | 23 | 31 | 19 | 14 | 23 | 51 |
| 10 | 20 | 29 | 8 | 5 | 6 | | 3 | 23 | 13 | 14 | 15 | 20 | 29 | 24 | 42 | 19 | 53 | 23 | 48 |
| A 11 | 21 | 0 ♊ | 5 | 48 | 18 | ♎ | 31 | 23 | 9 | 14 | 22 | 20 | 58 | 25 | 53 | 20 | 27 | 23 | 45 |
| 12 | 22 | 1 | 3 | 30 | 0 | | 39 | 23 | 6 | 14 | 29 | 21 | 27 | 27 | 4 | 20 | 54 | 23 | 42 |
| 13 | 23 | 2 | 1 | 10 | 12 | | 20 | 23 | 2 | 14 | 36 | 21 | 56 | 28 A | 15 | 21 | 15 | 23 | 38 |
| 14 | 24 | 2 | 59 | 49 | 24 | ♏ | 18 | 22 | 59 | 14 | 44 | 22 | 26 | 29 | 26 | 21 | 29 | 23 | 35 |
| 15 | 25 | 3 | 56 | 27 | 6 | | 7 | 22 | 56 | 14 | 51 | 22 | 56 | 0 ♉ | 37 | 21 R | 35 | 23 | 32 |
| 16 | 26 | 4 | 54 | 4 | 17 | | 56 | 22 | 53 | 14 | 59 | 23 | 26 | 1 | 48 | 21 | 34 | 23 | 29 |
| 17 | 27 | 5 | 51 | 40 | 29 | ♐ | 48 | 22 | 50 | 15 | 7 | 23 | 56 | 2 | 59 | 21 | 27 | 23 | 26 |
| A 18 | 28 | 6 | 49 | 15 | 11 | | 40 | 22 | 47 | 15 | 15 | 24 | 26 | 4 | 10 | 21 | 12 | 23 | 22 |
| 19 | 29 | 7 | 46 | 49 | 23 | ♑ | 34 | 22 | 44 | 15 | 23 | 24 | 57 | 5 | 21 | 20 M | 50 | 23 | 19 |
| 20 | 30 | 8 | 44 | 21 | 6 | | 14 | 22 | 41 | 15 | 31 | 25 | 27 | 6 | 32 | 20 | 20 | 23 | 16 |
| 21 | 31 | 9 | 41 | 54 | 18 | | 50 | 22 | 39 | 15 | 40 | 25 | 58 | 7 | 43 | 19 | 44 | 23 | 13 |
| Latitudo Planetarũ ad diẽ | | | | | | | 1 | 2 | 55 | 0 | 43 | 1 | 53 | 1 | 24 | 1 | 23 | Mensis | |
| | | | | | | | 11 | 2 | 54 | 0 | 42 | 1 | 34 | 1 | 37 | 2 D | 18 | | |
| | | | | | | | 21 | 2 | 51 | 0 | 41 | 1 | 22 | 1 A | 39 | 1 M | 57 | | |

Positus Planetarum Diurnus.

| Dies | | ☉ ♊ P | ' | '' | ☽ P | ' | ♄ ♎ S D P | ' | ♃ ♌ S D P | ' | ♂ ♌ S D P | ' | ♀ ♉ M A P | ' | ☿ ♊ M D P | ' | ☊ ♑ P | ' |
|---|---|---|---|---|---|---|---|---|---|---|---|---|---|---|---|---|---|---|
| 22 | 1 | 10 | 39 | 26 | 1 | 46 | 22 | 36 | 15 | 48 | 26 | 28 | 8 | 55 | 19 | 2 | 23 | 10 |
| 23 | 2 | 11 | 36 | 57 | 15 | 2 | 22 | 34 | 15 | 57 | 27 | 0 | 10 | 6 | 18 | 15 | 23 | 7 |
| 24 | 3 | 12 | 34 | 27 | 28 ♓ | 40 | 22 | 31 | 16 | 6 | 27 | 31 | 11 | 17 | 17 | 21 | 23 | 3 |
| A 25 | 4 | 13 | 31 | 56 | 12 | 40 | 22 | 29 | 16 | 15 | 28 | 2 | 12 | 28 | 16 | 28 | 23 | 0 |
| 26 | 5 | 14 | 29 | 24 | 26 ♈ | 59 | 22 | 27 | 16 | 24 | 28 | 34 | 13 | 40 | 15 | 37 | 22 | 57 |
| 27 | 6 | 15 | 26 | 51 | 11 | 33 | 22 | 25 | 16 | 33 | 29 | 6 | 14 | 51 | 14 | 33 | 22 | 54 |
| 28 | 7 | 16 | 24 | 18 | 26 ♉ | 17 | 22 | 23 | 16 | 42 | 29 ♍ | 38 | 16 | 2 | 13 | 35 | 22 | 51 |
| 29 | 8 | 17 | 21 | 44 | 11 | 3 | 22 | 21 | 16 | 51 | 0 | 10 | 17 | 14 | 12 | 39 | 22 | 47 |
| 30 | 9 | 18 | 19 | 9 | 25 ♊ | 44 | 22 | 19 | 17 | 1 | 0 | 42 | 18 | 25 | 11 | 46 | 22 | 44 |
| 31 | 10 | 19 | 16 | 33 | 10 | 14 | 22 | 18 | 17 | 11 | 1 | 14 | 19 | 37 | 10 | 57 | 22 | 41 |
| A 1 | 11 | 20 | 13 | 56 | 24 ♋ | 29 | 22 | 16 | 17 | 20 | 1 | 47 | 20 | 47 | 10 | 14 | 22 | 38 |
| Iun. 2 | 12 | 21 | 11 | 19 | 8 | 20 | 22 | 14 | 17 | 30 | 2 | 19 | 22 | 1 | 9 | 36 | 22 | 35 |
| 3 | 13 | 22 | 8 | 41 | 22 ♌ | 5 | 22 | 13 | 17 | 40 | 2 | 52 | 23 | 12 | 9 | 4 | 22 | 31 |
| 4 | 14 | 23 | 6 | 3 | 5 | 25 | 22 | 11 | 17 | 50 | 3 | 25 | 24 | 24 | 8 | 30 | 22 | 28 |
| 5 | 15 | 24 | 3 | 24 | 18 ♍ | 27 | 22 | 10 | 18 | 0 | 3 | 58 | 25 | 36 | 8 | 21 | 22 | 25 |
| 6 | 16 | 25 | 0 | 45 | 1 | 13 | 22 | 9 | 18 | 10 | 4 | 31 | 26 | 48 | 8 | 11 | 22 | 22 |
| 7 | 17 | 25 | 58 | 6 | 13 | 48 | 22 | 8 | 18 | 20 | 5 | 4 | 28 | 0 | 8 Di | 8 | 22 | 19 |
| A 8 | 18 | 26 | 55 | 26 | 26 | 10 | 22 | 7 | 18 | 30 | 5 | 38 | 29 | 12 | 8 | 11 | 22 | 16 |
| 9 | 19 | 27 | 52 | 46 | 8 ♎ | 23 | 22 | 6 | 18 | 40 | 6 | 11 | 0 ♊ | 24 | 8 A | 21 | 22 | 12 |
| 10 | 20 | 28 | 50 | 6 | 20 | 30 | 22 | 5 | 18 | 50 | 6 | 45 | 1 | 36 | 8 | 39 | 22 | 9 |
| 11 | 21 | 29 | 47 | 26 | 2 ♏ | 33 | 22 | 5 | 19 | 1 | 7 | 18 | 2 | 48 | 9 | 4 | 22 | 6 |
| 12 | 22 | 0 ♋ | 44 | 45 | 14 | 35 | 22 | 4 | 19 | 11 | 7 | 52 | 4 | 0 | 9 | 36 | 22 | 3 |
| 13 | 23 | 1 | 42 | 4 | 26 | 37 | 22 | 4 | 19 | 22 | 8 | 26 | 5 | 12 | 10 | 14 | 22 | 0 |
| 14 | 24 | 2 | 39 | 21 | 8 ♐ | 42 | 22 | 4 | 19 | 32 | 9 | 0 | 6 | 24 | 10 | 58 | 21 | 57 |
| A 15 | 25 | 3 | 36 | 41 | 20 | 55 | 22 Di | 4 | 19 | 43 | 9 | 34 | 7 | 36 | 11 | 47 | 21 | 53 |
| 16 | 26 | 4 | 33 | 59 | 3 ♑ | 17 | 22 | 4 | 19 | 54 | 10 | 8 | 8 | 48 | 12 | 41 | 21 | 50 |
| 17 | 27 | 5 | 31 | 17 | 15 | 52 | 22 | 4 | 20 | 5 | 10 | 42 | 10 | 0 | 13 | 39 | 21 | 47 |
| 18 | 28 | 6 | 28 | 35 | 28 | 43 | 22 | 4 | 20 | 16 | 11 | 17 | 11 | 13 | 14 | 41 | 21 | 44 |
| 19 | 29 | 7 | 25 | 52 | 11 ♒ | 51 | 22 | 4 | 20 | 27 | 11 | 51 | 12 | 25 | 15 | 47 | 21 | 41 |
| 20 | 30 | 8 | 23 | 9 | 25 | 18 | 22 | 5 | 20 | 38 | 12 | 26 | 13 | 37 | 16 | 57 | 21 | 38 |

| Latitudo Planetarū ad diē | ♄ | ♃ | ♂ | ♀ | ☿ | |
|---|---|---|---|---|---|---|
| 1 | 2 40 | 0 40 | 1 8 | 1 36 | 0 32 | |
| 11 | 2 45 | 0 39 | 0 57 | 1 21 | 3 A 30 | Mensis |
| 21 | 2 41 | 0 39 | 0 47 | 1 21 | 4 9 | |

| Syzygiæ Lunares. | | | | | | | |
|---|---|---|---|---|---|---|---|
| | | Occid. | Occid. | Occid. | Orient. | Occid. | Syzygiæ Planetarũ mutuæ, & eorum congressus cum illustrioribus aliquibus stellis fixis. |
| | ☉ | ♄ | ♃ | ♂ | ♀ | ☿ | |
| Dies | H ′ | H ′ | H ′ | H ′ | H ′ | H ′ | |
| 1 | 17△20 | | | | 14□13 | | |
| 2 | | 13△13 | 1☍38 | 21☍52 | | 5△20 | |
| 3 | | | | | 13✱36 | | ♀ or. cum pleia. |
| 4 □ | 1 48 | | | | | 6□ 0 | ✱ ♃ ♀ 4.44. |
| 5 Asc. | 6 △ | | | | | | ☌ ☽ ♀ 12.35. ☿ m.c. |
| 6 | 6✱47 | 17☍40 | 8△14 | | | 4✱36 | (cum 30. |
| 7 | | | | 5△38 | | Orient. | ☽ Peri. a ☉ ♃ 9.0.a. |
| 8 | | | 9□37 | | 11☌ 0 | | |
| 9 | | | | 8□52 | | | ♂ or. cum coma Beren. |
| 10 ☌ | 16 27 | 20△17 | | | | 1☌ 9 | (♀ occ. cum Rig. |
| 11 Asc. | 22 2 | | | 13✱ 3 | | | ♂ or. cũ hydra, & or. cũ |
| 12 | | | | | | | ♀ m.c. cũ pleia. (Algo. |
| 13 | | 0□16 | | | 2✱14 | | ☽ ☋ 0.55 △ ☉ ♄ 1.38 |
| 14 | | | 23☌ 5 | | | 5✱49 | |
| 15 | 11✱21 | 6✱58 | | | 14□48 | | ♀ oc. cum pleia & hiad. |
| 16 | | | | 6☌34 | | 13□12 | |
| 17 | | | | | | | ♀ oc. cũ zona Or. et Bel. |
| 18 □ | 2 41 | | | | 6△36 | 23△56 | ♀ occ. cum ult. pleia. |
| 19 Asc. | 17 [illegible] | | 20✱38 | | | | ♀ oc. cũ 137. & Ald. b |
| 20 | 18△ 1 | 3☌ 4 | | | | | ♀ m.c. cum hiadibus. |
| 21 | | | | 9✱54 | | | ☽ Apog. |
| 22 | | | 9□18 | | | | |
| 23 | | | | | 18☍54 | | ♀ m.c. cum Aldeb. |
| 24 | | | 22△10 | 0□33 | | 4☍45 | |
| 25 | | 2✱13 | | | | | ♀ or. cũ hiad. & occ. cũ |
| 26 ☍ | 2 43 | | | 13△40 | | | (dex. hum. Orio. |
| 27 Asc. | 5 [illegible] | 21□34 | | | | | ☽ ☊ 1.13 ♀ m.c. c. Rhe. |
| 28 | | | | | | | □ ♂ ♀ 2.32 ♂ or. cum |
| 29 | | 18△15 | 15☍33 | | 1△ 2 | 7△41 | (cauda ☊. c. |
| 30 | | | | | | | ♀ oc. cum cap. Med. d. |

a. Die 7. □ ♃ ♀ 15.29. ♀ m.c. cum arm. & 22.
b. Die 19. ♀ occ. cum cane maiore.
c. Die 29 ♀ or. cum Aldeb.
d. Die 30. ♀ m.c. cum capra, & sin. hu. Orio.

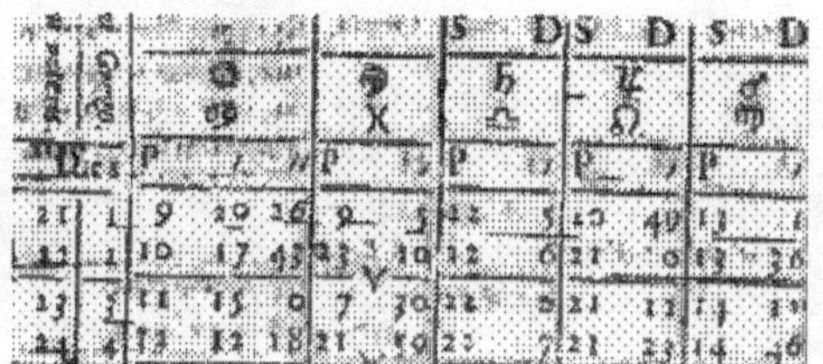

| | | ☉ ♋ | | | ☽ ♓ | | ♄ ♎ | | ♃ ♌ | | ♂ ♍ | |
|---|---|---|---|---|---|---|---|---|---|---|---|---|
| | | | | | | | S | D | S | D | S | D |
| | | P | | | P | | P | | P | | P | |
| 21 | 1 | 9 | 20 | 26 | 9 | 5 | 12 | 5 | 20 | 40 | 13 | [illegible] |
| 22 | 2 | 10 | 17 | 43 | 23 ♈ | 10 | 12 | 6 | 21 | 0 | 13 | 36 |
| 23 | 3 | 11 | 15 | 0 | 7 | 30 | 12 | 8 | 21 | 13 | 14 | 19 |
| 24 | 4 | 12 | 12 | 18 | 21 ♉ | 49 | 22 | 7 | 21 | 23 | 14 | 16 |

| Syzygiæ Lunares. | | | | | | | |
|---|---|---|---|---|---|---|---|
| | | Occid. | Occid. | Occid. | Orient. | Orient. | Syzygiæ Planetarũ mutuæ, & eorum congressus cum illustrioribus aliquibus stellis fixis. |
| | ☉ | ♄ | ♃ | ♂ | ♀ | ☿ | |
| Dies | H m | H m | H m | H m | H m | H m | |
| 1 | 0 △ 30 | | | 7 ☍ 0 | 9 □ 55 | 17 □ 1 | ♀ m.c. cum Reg. & ♀ cũ |
| 2 | | | | | | | zona Orio. |
| 3 □ | 6 41 | | 13 △ 0 | | 17 ✶ 37 | | ✶ ♃ ♀ 8. 20 ☌ ♄ ☿ 23. |
| 4 Asc. | 28 ♓ | 0 ☌ 14 | | | | 0 ☌ 21 | ☿ Peri. ♀ m.c. cum zo. |
| 5 | 11 ⚹ 47 | | | 15 ∠ 10 | | | ☿ m.c. cum 14 1 (na Or. a |
| 6 | | | 1 □ 1 | | | | ✶ ♃ ♀ 21, 38. |
| 7 | | | | 19 □ 29 | | | △ ♄ ♀ 1. 2. (hu. Aur. |
| 8 | | 4 ☌ 13 | 4 ✶ 25 | | 6 ☌ 51 | 16 ☌ 50 | ✶ ♄ ♃ 2. 14 ♀ m.c. cũ de. |
| 9 | | | | | | | a m.c. cum 14 1. |
| 10 ☌ | 1 38 | 0 □ 8 | | 2 ✶ 8 | | | ☿ ♃ 7. 4. |
| 11 Asc. | 3 ♈ | | | | | | ✶ ☽ ☌ ☉ 27. |
| 12 | | 16 ✶ 35 | 12 ☌ 57 | | | | |
| 13 | | | | | 6 ✶ 17 | 22 ✶ 41 | ♀ occ. cum ... b. |
| 14 | | | | 21 ☌ 10 | | | □ ☽ ♄ 15. 43 ☌ m.c. |
| 15 | 2 ✶ 49 | | | | 11 □ 30 | | ♃ m.c. cũ regulo (cũ 50. |
| 16 | | | | | | 17 □ 39 | ♀ or. cum Bella. & Ap. |
| 17 ☍ | 18 40 | 12 ☌ 57 | 16 ✶ 10 | | | | |
| 18 Asc. | 10 ♌ | | | | 16 △ 6 | | ☿ Apog. ☿ m.c. cũ Ap. |
| 19 | | | | | | 15 △ 4 | ♀ or. cum reg. ☿ m.c. cũ (Syrio. |
| 20 | 10 △ 50 | | 4 □ 22 | 3 ✶ 56 | | | |
| 21 | | | | | | | ♄ occ. cum spica ♍. |
| 22 | | 10 ✶ 54 | 15 △ 39 | 17 □ 19 | | | □ ♄ ♀ 6. 4 ♀ oc. cũ had. |
| 23 | | | | | | | ♀ or. cum 14 1. & Her. |
| 24 | | 19 □ 45 | | | 1 ☍ 4 | | ☽ ☊ 15 9 ✶ ☌ ☿ 17. 21 |
| 25 ☌ | 14 12 | | | 4 △ 18 | | 5 ☍ 40 | ☌ or. cum vinde. |
| 26 Asc | 4 ♋ | | | | | | ♀ m.c. cum Apoll. |
| 27 | | 1 △ 58 | 7 ☍ 45 | | | | ♀ or. cũ Ri. & oc. cũ hyd. |
| 28 | | | | | 22 △ 43 | | ♀ or. cum pie zona (hi. c |
| 29 | | | | 18 ☍ 13 | | Occid. | ☌ ☽ ♀ 13. 8. ☿ m.c. ... |
| 30 | 5 △ 50 | | | | | 6 △ 19 | ☌ m.c. cũ cri Bore. (Her. |
| 31 | | 8 ☍ 4 | 14 △ 29 | | 5 □ 25 | | ☿ Perig. |

a. Die 4. ♀ m.c. cum dex. hu. Aur.
b. Die 13. ♀ m.c. cum Syrio.
c. Die 24. ♀ or. cum zona Orio. ☌ m.c. cum rostro corui.
d. Die 28. ♀ m.c. cum procione.

| | | | |
|---|---|---|---|
| 22 | ♍ | 17 | 22 |
| 4 | | 48 | 22 |
| 17 | | 7 | 23 |
| 19 | | 19 | 23 |
| 11 | ♎ | 26 | 24 |
| 23 | | 31 | 24 |
| 5 | ♏ | 36 | 24 |
| 17 | | 44 | 24 |
| 19 | | 57 | 24 |
| 12 | ♐ | 17 | 24 |

Syzygiæ Lunares.

| | | Occid. | Occid. | Occid. | Orient. | Occid. | Syzygiç Planetarũ mutuę, & eorum congressus cum illustrioribus aliquibus stellis fixis. |
|---|---|---|---|---|---|---|---|
| | ☉ | ♄ | ♃ | ♂ | ♀ | ☿ | |
| Dies | H ′ | H ′ | H ′ | H ′ | H ′ | H ′ | |
| 1 □ | 11 0 | | | | | 15□24 | □ ♄ ♀ 14.45. |
| 2 Asc. | 17 ♉ | | 10□14 | | 11✱41 | | ♂ m. c. cum Algo. |
| 3 | 16✱47 | | | 1△21 | | | |
| 4 | | 12△31 | 10✱56 | | | 1✱34 | |
| 5 | | | | 8□26 | | | ♂ or. cum arcturo. |
| 6 | | 18□33 | | | | | ☉ ☋ 11. 28. |
| 7 | | | | 17✱15 | 0☌38 | | ✱ ♄ ☿ 18.27 ♀ or. cū |
| 8 ☌ | 12 33 | | | | | | ☿ or. cū Pr[a]esf. (a) si. bor. a |
| 9 Asc. | 23 [illegible] | 2✱44 | 12☍40 | | | 8☌10 | ♀ or. cū ac. (♁ 245. b. |
| 10 | | | | | | | ☌ ♃ ☿ 18.34 ♀ or. cū pr. |
| 11 | | | | | | | ☿ occ. cum Pr. a. ♁ sp. |
| 12 | | | | 19☌39 | 14✱38 | | |
| 13 | 19✱34 | | | | | | ☉ apog. (cum a.) bor. |
| 14 | | 1☌20 | 11✱56 | | | | ♂ m. c. cum vind. ♀ oc. |
| 15 | | | | | 8□52 | 5✱1 | (♄ 23.41. c. |
| 16 □ | 12 6 | | | | | | ✱ ♂ ♀ 18.31. ✱ ☉ |
| 17 Asc. | 24 ♊ | | 1□12 | | | 23□58 | ♃ or. cum coma Beren. |
| 18 | | 23✱0 | | 0✱37 | 2△11 | | ♂ or. cum corona. |
| 19 | 4△31 | | 12△0 | | | | ♀ oc. cū rost. cor. et 31.d |
| 20 | | | | 12□31 | | 17△41 | ☉ ☊ 21.7. ♂ oc. cū 265 |
| 21 | | 7□48 | | | | | ♄ occ. cum cauda ♌. |
| 22 | | | | 21△36 | | | ♃ or. cū hyd. et ♂ cū Alg. |
| 23 | | 13△31 | | | 4☍28 | | ♃ oc. cum Algo. |
| 24 ☍ | 0 34 | | 1☍0 | | | | ♂ or. cum rostro corvi. |
| 25 Asc. | 13 [illegible] | | Orient. | | | 16☍57 | ☌ ☉ ♃ 7.28. ♂ m. c. cū |
| 26 | | | | | | | ♂ or. cum cū 55 (265. c |
| 27 | 11△9 | 18☍27 | | 7☍39 | 18△34 | | ☉ Per. ✱ ♄ ♀ 17.2. f. |
| 28 | | | 7△8 | | | | ♂ or. cum spica ♍. |
| 29 | | | | | | | |
| 30 □ | 16 14 | | 9□19 | | 0□20 | 6△54 | |
| 31 Asc. | 24 ♌ | 22△54 | | 15△43 | | | ♄ m. c. cum ang. ♍. |

a. Die 7. ☿ occ. cum Hercule.
b. Die 10. ☿ occ. cum asino austr.
c. Die 16. ☿ or. cum cane maio.
d. Die 10. ♀ m. c. cum hydra.
e. Die 25. ♂ occ. cum cauda ♌.
f. Die 27. ♀ or. cum regulo.

| Dies |  | ☉ ♍ P | ′ | ″ | ☽ ♊ P | ′ | ♄ ♎ P | ′ | ♃ ♍ P | ′ | ♂ ♎ P | ′ | ♀ ♍ P | ′ | ☿ ♎ P | ′ | ☊ ♑ P | ′ |
|---|---|---|---|---|---|---|---|---|---|---|---|---|---|---|---|---|---|---|
|  |  |  |  |  |  |  | S | D | S | A | S | D | S | A | M | D |  |  |
| 22 | 1 | 8 | 51 | 26 | 26 ♋ | 21 | 25 | 42 | 3 | 50 | 21 | 46 | 0 | 35 | 4 | 25 | 18 | 17 |
| 23 | 2 | 9 | 49 | 38 | 10 | 5 | 25 | 48 | 4 | 3 | 22 | 26 | 1 | 40 | 5 | 41 | 18 | 14 |
| A 24 | 3 | 10 | 47 | 52 | 23 ♌ | 28 | 25 | 54 | 4 | 16 | 23 | 6 | 3 | 4 | 6 | 56 | 18 | 12 |
| 25 | 4 | 11 | 46 | 7 | 6 | 30 | 26 | 0 | 4 | 29 | 23 | 46 | 4 | 18 | 8 | 8 | 18 | 8 |
| 26 | 5 | 12 | 44 | 24 | 19 ♍ | 13 | 26 | 6 | 4 | 42 | 24 | 26 | 5 | 33 | 9 | 17 | 18 | 4 |
| 27 | 6 | 13 | 42 | 43 | 1 | 40 | 26 | 12 | 4 | 55 | 25 | 6 | 6 | 47 | 10 | 23 | 18 | 1 |
| 28 | 7 | 14 | 41 | 3 | 13 | 53 | 26 | 18 | 5 | 8 | 25 | 46 | 8 | 2 | 11 | 26 | 17 | 56 |
| 29 | 8 | 15 | 39 | 25 | 25 | 57 | 26 | 24 | 5 | 21 | 26 | 26 | 9 | 16 | 12 | 25 | 17 | 55 |
| 30 | 9 | 16 | 37 | 48 | 7 ♎ | 52 | 26 | 30 | 5 | 34 | 27 | 6 | 10 | 31 | 13 | 20 | 17 | 52 |
| A 31 | 10 | 17 | 36 | 13 | 19 ♏ | 44 | 26 | 37 | 5 | 47 | 27 | 46 | 11 | 45 | 14 | 11 | 17 | 49 |
| Sep 1 | 11 | 18 | 34 | 40 | 1 | 36 | 26 | 43 | 6 | 0 | 28 | 27 | 13 | 0 | 14 | 56 | 17 | 45 |
| 2 | 12 | 19 | 33 | 8 | 13 | 30 | 26 | 49 | 6 | 13 | 29 | 7 | 14 | 15 | 15 | 39 | 17 | 42 |
| 3 | 13 | 20 | 31 | 38 | 25 ♐ | 30 | 26 | 55 | 6 | 26 | 29 ♏ | 48 | 15 | 29 | 16 | 14 | 17 | 39 |
| 4 | 14 | 21 | 30 | 10 | 7 | 38 | 27 | 1 | 6 | 39 | 0 | 28 | 16 | 44 | 16 | 42 | 17 | 36 |
| 5 | 15 | 22 | 28 | 44 | 19 ♑ | 57 | 27 | 9 | 6 | 51 | 1 | 9 | 17 | 59 | 17 | 3 | 17 | 33 |
| 6 | 16 | 23 | 27 | 20 | 2 | 29 | 27 | 15 | 7 | 4 | 1 | 50 | 19 | 13 | 17 | 18 | 17 | 29 |
| A 7 | 17 | 24 | 25 | 58 | 15 | 10 | 27 | 21 | 7 | 17 | 2 | 31 | 20 | 28 | 17 | 27 | 17 | 26 |
| 8 | 18 | 25 | 24 | 38 | 28 | 21 | 27 | 29 | 7 | 31 | 3 | 12 | 21 | 43 | 17 R | 29 | 17 | 23 |
| 9 | 19 | 26 | 23 | 20 | 11 ♒ | 44 | 27 | 35 | 7 | 42 | 3 | 53 | 22 | 57 | 17 | 25 | 17 | 20 |
| 10 | 20 | 27 | 22 | 4 | 25 | 17 | 27 | 42 | 7 | 55 | 4 | 34 | 24 | 12 | 17 | 15 | 17 | 17 |
| 11 | 21 | 28 | 20 | 50 | 9 ♓ | 10 | 27 | 49 | 8 | 8 | 5 | 15 | 25 | 27 | 16 | 59 | 17 | 14 |
| 12 | 22 | 29 | 19 | 37 | 23 | 52 | 27 | 56 | 8 | 20 | 5 | 56 | 26 | 42 | 16 | 37 | 17 | 10 |
| 13 | 23 | ♎ 0 | 18 | 26 | 8 ♈ | 29 | 28 | 3 | 8 | 33 | 6 | 37 | 27 | 57 | 16 | 8 | 17 | 7 |
| A 14 | 24 | 1 | 17 | 17 | 23 | 18 | 28 | 10 | 8 | 45 | 7 | 18 | 29 | 12 | 15 | 34 | 17 | 4 |
| 15 | 25 | 2 | 16 | 10 | 8 ♉ | 13 | 28 | 17 | 8 | 58 | 7 | 59 | ♎ 0 | 27 | 14 A | 55 | 17 | 1 |
| 16 | 26 | 3 | 15 | 5 | 23 | 6 | 28 | 24 | 9 | 10 | 8 M | 40 | 1 D | 41 | 14 | 12 | 16 | 58 |
| 17 | 27 | 4 | 14 | 2 | 7 ♊ | 38 | 28 | 31 | 9 | 22 | 9 | 22 | 2 | 57 | 13 | 26 | 16 | 54 |
| 18 | 28 | 5 | 13 | 1 | 21 | 14 | 28 | 38 | 9 | 34 | 10 | 3 | 4 | 12 | 12 | 38 | 16 | 51 |
| 19 | 29 | 6 | 12 | 2 | 5 ♋ | 19 | 28 | 45 | 9 | 46 | 10 | 45 | 5 | 27 | 11 | 48 | 16 | 48 |
| 20 | 30 | 7 | 11 | 4 | 20 | 1 | 28 | 52 | 9 | 58 | 11 | 27 | 6 | 42 | 10 | 58 | 16 | 45 |

| Latitudo Planetarũ ad diẽ |  | ♄ |  | ♃ |  | ♂ |  | ♀ |  | ☿ |  |  |
|---|---|---|---|---|---|---|---|---|---|---|---|---|
|  | 1 | 2 | 22 | 0 | 40 | 0 | 6 | 0 | 57 | 0 | 28 |  |
|  | 11 | 2 | 8 | 0 | 41 | 0 | 3 | 1 | 2 | 2 | 0 | Mensis |
|  | 21 | 2 | 4 | 0 | 42 | 0 M | 1 | 1 D | 3 | 3 A | 43 |  |

## Syzygiæ Lunares.

| Dies | ☉ | Occid. ♄ | Orient. ♃ | Occid. ♂ | Orient. ♀ | Occid. ☿ | Syzygiæ Planetarũ mutuæ, & eorum congressus cum illustrioribus aliquibus stellis fixis. |
|---|---|---|---|---|---|---|---|
|  | H ʹ | H ʹ | H ʹ | H ʹ | H ʹ | H ʹ |  |
| 1 | 23 ✶ 31 |  | 13 ✶ 17 |  | 8 ✶ 7 | 15 □ 30 | ♀ or. cum coma Beren. |
| 2 |  |  |  | 23 □ 16 |  |  | ☽ ☋ 14.34 ♀ or. cũ hy. |
| 3 |  | 4 □ 31 |  |  |  |  | ♀ occ. cum Algorab. |
| 4 |  |  |  |  |  | 3 ✶ 15 | ☌ ♃ ♀ 4.15. |
| 5 |  | 13 ✶ 22 |  | 10 ✶ 40 |  |  |  |
| 6 |  |  | 6 ☌ 30 |  | 11 ☌ 10 |  | ☿ m. c. cum vindem. |
| 7 ☌ | 1 50 |  |  |  |  |  | ☌ ♄ ♂ 22.35. ☿ or. cũ |
| 8 Asc. | 19 ♓ |  |  |  |  |  | ♂ m. c. cum 53 (corona. |
| 9 |  |  |  |  |  | 13 ☌ 3 |  |
| 10 |  | 14 ☌ 2 |  | 17 ☌ 14 |  |  | ☽ ap. ♀ or. cum ca. ♌ |
| 11 |  |  | 8 ✶ 53 |  |  |  |  |
| 12 | 13 ✶ 10 |  |  |  | 1 ✶ 39 |  | ☿ or. cum Algorab. |
| 13 |  |  | 22 □ 9 |  |  |  | ♀ or. cum rostro corvi. |
| 14 |  |  |  |  | 19 □ 44 | 19 ✶ 51 |  |
| 15 □ | 5 26 | 13 ✶ 54 |  | 22 ✶ 52 |  |  | ♂ m. c. cum arcturo. |
| 16 Asc. | 2 ♓ |  | 8 △ 45 |  |  |  | ♂ or. cum lyra. |
| 17 | 18 △ 10 | 22 □ 24 |  |  | 10 △ 32 | 4 □ 1 | ☽ ☊ 23.37. ♀ m. c. cum |
| 18 |  |  |  | 9 □ 9 |  |  | (cauda ♌. |
| 19 |  |  |  |  |  | 9 △ 44 |  |
| 20 |  | 3 △ 53 | 21 ☍ 38 | 16 △ 23 |  |  |  |
| 21 |  |  |  |  |  |  |  |
| 22 ☍ | 9 51 |  |  |  | 5 ☍ 5 |  | ♀ m. c. cum rost. corvi. |
| 23 Asc. | 23 ♊ |  |  |  |  | 22 ☍ 55 | ♀ or. cum vind. ☿ cum |
| 24 |  | 7 ☍ 53 |  | 23 ☍ 21 |  |  | ☽ Perig. (rost. cor. |
| 25 |  |  | 1 △ 23 |  |  |  | ♂ or. cum cauda cygni. a. |
| 26 | 17 △ 45 |  |  |  | 15 △ 21 |  | ♂ or. cũ lancibus ♀ m. c. |
| 27 |  |  | 2 □ 32 |  |  | 8 △ 53 | ✶ ♄ ♂ 0.0. (cũ Algo. |
| 28 □ | 25 49 | 11 △ 0 |  |  | 22 □ 24 |  | ♂ occ. cum vinde. |
| 29 Asc. | 10 ♓ |  | 6 ✶ 8 | 8 △ 11 |  | 9 □ 2 | ☽ ☋ 18.16 ♀ or. cũ ar |
| 30 |  | 16 □ 3 |  |  |  |  | (cturo. b. |

a. Die 25. ☿ m. c. cum crinis Beren.

b. Die 29. ♂ occ. cum austr. lance.

☿ Fa ... m. c. cum spica ♍, ♂ oriendo cum Angulo ♍.

| | | | | | | | | | | | | | | | | | | |
|---|---|---|---|---|---|---|---|---|---|---|---|---|---|---|---|---|---|---|
| 23 | 3 | 10 | 8 | 16 | 16 ♍ | 55 | 29 | 13 | 10 | 34 | 13 | 32 | 10 | 27 | 8 | 40 | 16 | 35 |
| 24 | 4 | 11 | 7 | 30 | 11 | 14 | 29 | 21 | 10 | 46 | 14 | 14 | 11 | 43 | 8 | 1 | 16 | 32 |
| 25 | 5 | 12 | 6 | 46 | 23 ♎ | 18 | 29 | 28 | 10 | 58 | 14 | 50 | 12 | 58 | 7 | 27 | 16 | 29 |
| 26 | 6 | 13 | 6 | 2 | 5 | 11 | 29 | 35 | 11 | 10 | 15 | 38 | 14 | 13 | 6 | 58 | 16 | 26 |
| 27 | 7 | 14 | 5 | 18 | 16 | 57 | 29 | 43 | 11 | 22 | 16 | 20 | 15 | 28 | 6 | 35 | 16 | 23 |
| A 28 | 8 | 15 | 4 | 35 | 28 | 39 | 29 | 50 | 11 | 34 | 17 | 2 | 16 | 44 | 6 | 17 | 16 | 20 |
| 29 | 9 | 16 | 3 | 56 | 10 | 20 | 29 | 57 | 11 | 46 | 17 | 44 | 18 | 0 | 6 | 5 | 16 | 16 |
| 30 | 10 | 17 | 3 | 19 | 22 ♐ | 4 | 0 | 5 | 11 | 57 | 18 | 26 | 19 | 15 | 5 D | 59 | 16 | 13 |
| Oc. 1 | 11 | 18 | 2 | 44 | 3 | 52 | 0 | 12 | 12 | 9 | 19 | 8 | 20 | 30 | 6 | 1 | 16 | 10 |
| 2 | 12 | 19 | 2 | 11 | 15 | 51 | 0 | 19 | 12 | 20 | 19 | 50 | 21 | 45 | 6 | 9 | 16 | 7 |
| 3 | 13 | 20 | 1 | 40 | 28 ♑ | 2 | 0 | 27 | 12 | 32 | 20 | 33 | 23 | 0 | 6 | 23 | 16 | 4 |
| 4 | 14 | 21 | 1 | 11 | 10 | 29 | 0 | 34 | 12 | 43 | 21 | 15 | 24 | 16 | 6 | 43 | 16 | 0 |
| A 5 | 15 | 22 | 0 | 43 | 23 ♒ | 15 | 0 | 41 | 12 | 55 | 21 | 58 | 25 | 31 | 7 | 8 | 15 | 57 |
| 6 | 16 | 23 | 0 | 17 | 6 | 10 | 0 | 48 | 13 | 6 | 22 | 40 | 26 | 47 | 7 | 38 | 15 | 54 |
| 7 | 17 | 23 | 59 | 53 | 19 ♓ | 47 | 0 | 56 | 13 | 17 | 23 | 23 | 28 | 2 | 8 S | 13 | 15 | 51 |
| 8 | 18 | 24 | 59 | 31 | 3 | 36 | 1 | 3 | 13 | 28 | 24 | 5 | 29 | 18 | 8 | 53 | 15 | 48 |
| 9 | 19 | 25 | 59 | 11 | 17 ♈ | 47 | 1 | 10 | 13 | 39 | 24 | 48 | 0 | 33 | 9 | 37 | 15 | 45 |
| 10 | 20 | 26 | 58 | 53 | 2 | 18 | 1 | 18 | 13 | 50 | 25 | 30 | 1 | 49 | 10 | 25 | 15 | 41 |
| 11 | 21 | 27 | 58 | 37 | 17 ♉ | 6 | 1 | 25 | 14 | 1 | 26 | 13 | 3 | 4 | 11 | 18 | 15 | 38 |
| A 12 | 22 | 28 | 58 | 23 | 2 | 4 | 1 | 32 | 14 | 12 | 26 | 56 | 4 | 20 | 12 | 15 | 15 | 35 |
| 13 | 23 | 29 | 58 | 11 | 17 ♊ | 5 | 1 A | 40 | 14 | 23 | 27 | 39 | 5 | 35 | 13 | 16 | 15 | 32 |
| 14 | 24 | 0 | 58 | 1 | 2 | 3 | 1 | 47 | 14 | 34 | 28 | 22 | 6 | 51 | 14 | 21 | 15 | 29 |
| 15 | 25 | 1 | 57 | 52 | 16 ♋ | 50 | 1 | 54 | 14 | 44 | 29 | 5 | 8 | 7 | 15 | 29 | 15 | 25 |
| 16 | 26 | 2 | 57 | 45 | 1 | 19 | 2 | 2 | 14 | 55 | 29 | 48 | 9 | 22 | 16 | 40 | 15 | 22 |
| 17 | 27 | 3 | 57 | 40 | 15 | 28 | 2 | 9 | 15 | 5 | 0 ♐ | 31 | 10 | 38 | 17 | 54 | 15 | 19 |
| 18 | 28 | 4 | 57 | 37 | 29 ♌ | 14 | 2 | 16 | 15 | 15 | 1 | 14 | 11 | 54 | 19 | 10 | 15 | 16 |
| A 19 | 29 | 5 | 57 | 40 | 12 | 36 | 2 | 24 | 15 | 25 | 1 | 57 | 13 | 9 | 20 | 28 | 15 | 13 |
| 20 | 30 | 6 | 57 | 37 | 25 ♍ | 25 | 2 | 31 | 15 | 35 | 2 | 40 | 14 | 25 | 21 | 48 | 15 | 10 |
| 21 | 31 | 7 | 57 | 40 | 8 | 13 | 2 | 38 | 15 | 45 | 3 | 23 | 15 | 41 | 23 | 10 | 15 | 6 |
| | | | | | | 1 | 2 | 0 | 0 | 44 | 0 | 2 | 0 | 59 | 3 | 29 | | |
| Latitudo Planetarũ ad diẽ | | | | | | 11 | 1 | 59 | 0 | 46 | 0 | 3 | 0 | 54 | 1 S | 9 | Mensis | |
| | | | | | | 21 | 2 A | 0 | 0 | 48 | 0 | 4 | 0 | 39 | 0 | 37 | | |

## Syzygiç Lunares.

| | | Occid. | Orient. | Occid. | Orient. | Occid. | |
|---|---|---|---|---|---|---|---|
| | ☉ | ♄ | ♃ | ♂ | ♀ | ☿ | Syzygiæ Planetarũ mutuæ, & eorum congressus cum illustrioribus aliquibus stellis fixis. |
| Dies | H ′ | H ′ | H ′ | H ′ | H ′ | H ′ | |
| 1 | 9 ✶ 36 | | | 17 □ 13 | 9 ✶ 24 | 11 ✶ 2 | ☌ ☽ ♀ 22. 22. (17. |
| 2 | | | | | Occl. | | ☌ ♀ ☿ 2.16 ☌ ☽ ☿ 3. |
| 3 | | 0 ✶ 34 | 13 ☌ 4 | | | Orient. | ☿ m.c. cum vindem. |
| 4 | | | | 6 ✶ 20 | | | |
| 5 | | | | | | | ♃ or. cum cauda ☋, ☌ |
| 6 ☌ | 17 55 | | | | 20 ☌ 57 | 3 ☌ 34 | (♀ cum corona. |
| 7 Asc. | 9 ♎ | | | | | | ♀ or. cum Alg. a. (cor. b |
| 8 | | 2 ☌ 24 | | | | | ☽ Apog. ♀ or. cũ rost. |
| 9 | | | 2 ✶ 56 | 16 ☌ 6 | | | ♀ or. cum cing. ♍. |
| 10 | | | | | | | ♀ or. cum spica ♍ ☌ oc. |
| 11 | | | 16 □ 50 | | | 4 ✶ 22 | (cum cauda ☋. |
| 12 | 6 ✶ 49 | | | | 12 ✶ 57 | | |
| 13 | | 4 ✶ 41 | | | | 16 □ 22 | ♂ occ. cum aur. [illegible] (coro. |
| 14 □ | 21 45 | | 4 △ 14 | 21 ✶ 28 | | | ☽ ☊ 10.18. ♂ m.c. cũ |
| 15 Asc. | 18 ♏ | 13 □ 45 | | | 4 □ 33 | | ♄ m.c. cum arcturo. |
| 16 | | | | | | 2 △ 36 | ♀ m.c. cum cing. ♍. |
| 17 | 7 △ 54 | 19 △ 32 | | 6 □ 35 | 13 △ 40 | | ♂ oc. cum media frontis. |
| 18 | | | 16 ☍ 54 | | | | (♏. |
| 19 | | | | 12 △ 12 | | | ☌ ♄ ♀ 13.4 (pri. fro. ♏. c |
| 20 | | | | | | 14 ☍ 10 | ♀ or. cũ lyra. ♂ m. c. cũ |
| 21 ☍ | 19 4 | 23 ☍ 8 | | | | | ♂ or. cũ neb. & corde ♏. |
| 22 Asc. | 2 ♏ | | 19 △ 38 | | 3 ☍ 56 | | ☽ Perig. |
| 23 | | | | 17 ☍ 46 | | | (rost. gall. |
| 24 | | | 20 □ 33 | | | 21 △ 22 | ☌ ☉ ♄ 22.13. ♂ or. cũ |
| 25 | | Orient. | | | | | ♀ or. cum cauda cygni. d. |
| 26 | 3 △ 0 | 1 △ 13 | 23 ✶ 21 | | 15 △ 0 | | ☉ ☋ 23.42 ♀ or. cũ che. |
| 27 | | | | | | 4 □ 40 | |
| 28 □ | 12 30 | 5 □ 30 | | 3 △ 47 | | | ♀ occ. cum vindem. |
| 29 Asc. | 21 ♌ | | | | 1 □ 5 | 20 ✶ 19 | ♀ occ. cum lance austr. |
| 30 | 23 ✶ 30 | 13 ✶ 16 | | 14 □ 16 | | | ♂ m.c. cum ant. (bor. |
| 31 | | | 14 ☌ 56 | | 15 ✶ 54 | | ✶ ♃ ♀ 1.29 ♀ m.c. cũ la. |

a. Die 7. ♂ occ. cum cing. ♍, & m.c. cum lance bor. ☿ occ. cum spica ♍.
b. Die 8. ♀ m.c. cum spica ♍.
c. Die 20. ♀ m.c. cum arcturo.
d. Die 25. ♂ occ. cum lance bor.

| | | | | | | | | | | | | | | | | | | |
|---|---|---|---|---|---|---|---|---|---|---|---|---|---|---|---|---|---|---|
| 24 | 3 | 10 | 57 | 59 | 14 | 28 | 3 | 1 | 16 | 15 | 5 | 33 | 19 | 28 | 27 | 20 | 14 | 57 |
| 25 | 4 | 11 | 58 | 9 | 26 | 12 | 3 | 8 | 16 | 24 | 6 | 16 | 20 | 43 | 28 | 54 | 14 | 54 |
| A 26 | 5 | 12 | 58 | 21 | 7 ✱ | 51 | 3 | 15 | 16 | 34 | 7 | 0 | 21 | 59 | 0 ✱ | 24 | 14 | 50 |
| 27 | 6 | 13 | 58 | 34 | 19 | 25 | 3 | 22 | 16 | 43 | 7 | 44 | 23 | 15 | 1 | 55 | 14 | 47 |
| 28 | 7 | 14 | 58 | 49 | + 1 | 7 | 3 | 30 | 16 | 53 | 8 | 28 | 24 | 30 | 3 | 27 | 14 | 44 |
| 29 | 8 | 15 | 59 | 6 | 12 | 51 | 3 | 37 | 17 | 2 | 9 | 12 | 25 | 46 | 5 | 0 | 14 | 41 |
| 30 | 9 | 16 | 59 | 24 | 24 ♑ | 45 | 3 | 45 | 17 | 11 | 9 | 56 | 27 | 2 | 6 | 34 | 14 | 38 |
| 31 | 10 | 17 | 59 | 44 | 6 | 50 | 3 | 51 | 17 | 20 | 10 | 40 | 28 | 17 | 8 | 9 | 14 | 34 |
| No. 1 | 11 | 19 | 0 | 6 | 19 | 13 | 3 | 59 | 17 | 29 | 11 | 24 | 29 | 33 | 9 | 45 | 14 | 31 |
| A 2 | 12 | 20 | 0 | 29 | 1 ♒ | 53 | 4 | 6 | 17 | 38 | 12 | 8 | 0 + M | 49 | 11 | 22 | 14 | 28 |
| 3 | 13 | 21 | 0 | 54 | 14 | 54 | 4 | 13 | 17 | 47 | 12 | 52 | 2 | 5 | 13 | 0 | 14 | 25 |
| 4 | 14 | 22 | 1 | 20 | 28 | 19 | 4 | 20 | 17 | 56 | 13 | 36 | 3 | 20 | 14 | 39 | 14 | 22 |
| 5 | 15 | 23 | 1 | 48 | 12 ♓ | 7 | 4 | 27 | 18 | 4 | 14 | 20 | 4 | 36 | 16 | 19 | 14 | 19 |
| 6 | 16 | 24 | 2 | 17 | 26 | 18 | 4 | 34 | 18 | 12 | 15 | 4 | 5 | 52 | 17 | 59 | 14 | 15 |
| 7 | 17 | 25 | 2 | 48 | 10 ♈ | 49 | 4 | 41 | 18 | 21 | 15 | 48 | 7 | 8 | 19 M | 39 | 14 | 12 |
| 8 | 18 | 26 | 3 | 21 | 25 | 37 | 4 | 48 | 18 | 29 | 16 | 33 | 8 | 23 | 21 | 20 | 14 | 9 |
| A 9 | 19 | 27 | 3 | 55 | 10 ♉ | 36 | 4 | 55 | 18 | 37 | 17 | 17 | 9 | 39 | 23 | 1 | 14 | 6 |
| 10 | 20 | 28 | 4 | 31 | 25 | 37 | 5 | 2 | 18 | 45 | 18 | 1 | 10 | 55 | 24 | 43 | 14 | 3 |
| 11 | 21 | 29 + | 5 | 8 | 10 ♊ | 33 | 5 | 9 | 18 | 53 | 18 | 46 | 12 | 11 | 26 | 25 | 13 | 59 |
| 12 | 22 | 0 | 5 | 47 | 25 | 18 | 5 | 16 | 19 | 0 | 19 | 30 | 13 | 26 | 28 | 7 | 13 | 56 |
| 13 | 23 | 1 | 6 | 27 | 9 ♋ | 46 | 5 | 23 | 19 | 8 | 20 | 15 | 14 | 42 | 29 + | 50 | 13 | 53 |
| 14 | 24 | 2 | 7 | 8 | 23 | 52 | 5 | 30 | 19 | 15 | 20 | 59 | 15 | 58 | 1 | 33 | ☊ | 50 |
| 15 | 25 | 3 | 7 | 50 | 7 ♌ | 38 | 5 | 37 | 19 | 22 | 21 | 44 | 17 | 14 | 3 | 16 | 13 | 47 |
| A 16 | 26 | 4 | 8 | 34 | 21 | 1 | 5 | 43 | 19 | 29 | 22 | 29 | 18 | 29 | 4 | 59 | 13 | 44 |
| 17 | 27 | 5 | 9 | 19 | 4 ♍ | 4 | 5 | 50 | 19 | 36 | 23 | 14 | 19 | 45 | 6 | 42 | 13 | 40 |
| 18 | 28 | 6 | 10 | 5 | 16 | 47 | 5 | 56 | 19 | 43 | 23 | 59 | 21 | 1 | 8 | 25 | 13 | 37 |
| 19 | 29 | 7 | 10 | 52 | 29 ♎ | 13 | 6 | 3 | 19 | 49 | 24 | 44 | 22 | 16 | 10 | 8 | 13 | 34 |
| 20 | 30 | 8 | 11 | 40 | 11 | 24 | 6 | 9 | 19 | 56 | 25 | 29 | 23 | 32 | 11 | 51 | 13 | 31 |
| | | | | | | | | | | | | | | | | | | |
| Latitudo Planetarũ ad diẽ | | | | | | 1 | 2 | 2 | 0 | 50 | 0 | 4 | 0 | 31 | 1 | 9 | | |
| | | | | | | 11 | 2 | 4 | 0 | 55 | 0 | 5 | 0 M | 3 | 0 M | 44 | Mensis | |
| | | | | | | 21 | 2 | 6 | 0 | 57 | 0 | 5 | 0 | 17 | 0 | 24 | | |

| Syzygiæ Lunares. | | | | | | | | |
|---|---|---|---|---|---|---|---|---|
| | | | Orient. | Orient. | Occid. | Occid. | Orient. | Syzygię Planetarũ mutuę, & eorum congressus cum illustrioribus aliquibus stellis fixis. |
| | | ☉ | ♄ | ♃ | ♂ | ♀ | ☿ | |
| Dies | | H ′ | H ′ | H ′ | H ′ | H ′ | H ′ | |
| 1 | | | | | | | | hor. cum lyra. ♀ occ. cum |
| 2 | | | | | 4 ✱ 50 | | | sing. ♍. |
| 3 | | | | | | | | ♂ occ. cum coma Bere. |
| 4 | | | 14 ☌ 26 | | | | 6 ☌ 24 | ☿ occ. cum acul. ♏. |
| 5 | ☌ | 11 55 | | 18 ✱ 14 | | | | ☊ Apo. ☿ m.c. cũ coro. |
| 6 | Asc. | 2 39 | | | | 8 ☌ 41 | | ♂ or. cũ ant. ♀ oc. cũ me- |
| 7 | | | | | 16 ☌ 1 | | | ☌ ♄ ☿ 0.50. (dia fr. ♏. |
| 8 | | | | 8 □ 34 | | | | ♀ occ. cũ neb. ☌ cor. ♏. a |
| 9 | | | 18 ✱ 3 | | | | | ✱ ♄ ♃. 5.38. (gali. |
| 10 | | 23 ✱ 32 | | 20 △ 36 | | | 2 ✱ 55 | ☊ ♃ 14.56. ♀ oc. cũ ro. |
| 11 | | | | | | 21 ✱ 58 | | ♀ occ. cum bor. lanc. |
| 12 | | | 4 □ 8 | | 10 ✱ 2 | | 10 □ 0 | |
| 13 | □ | 11 11 | | | | | | |
| 14 | Asc. | 1 ♍ | 10 △ 33 | | | 9 □ 36 | | ☿ m.c. cum aust ar. |
| 15 | | 19 △ 54 | | 10 ☍ 9 | 3 □ 57 | | 8 △ 2 | (cou. Bere. |
| 16 | | | | | | 17 △ 19 | | ✱ ♃ ☿ 3.16. ♀ occ. cum |
| 17 | | | | | 8 △ 30 | | | ☿ or. cum corde ♌. |
| 18 | | | 14 ☍ 50 | | | | | |
| 19 | | | | 12 △ 55 | | | 12 ☍ 23 | ☊ Peri. ♂ m.c. cũ acu. ♏. |
| 20 | ☍ | 4 35 | | | | | | |
| 21 | Asc. | 28 ♉ | | 13 □ 40 | 14 ☍ 6 | 2 ☍ 54 | | □ ♃ ♂ 4.32. ♂ occ. cum |
| 22 | | | 16 △ 40 | | | | | (Arcturo. |
| 23 | | | | 16 ✱ 3 | | | | ☊ ☋ 7.0. ♂ or. cũ aqui. |
| 24 | | 15 △ 22 | 20 □ 26 | | | | 15 △ 18 | ☌ ☽ ☿ 19.26. |
| 25 | | | | | | 19 △ 0 | Occid. | ♂ m.c. cum neb. ♏. b. |
| 26 | | | | | 2 △ 56 | | | □ ♃ ♀ 10.52. c. |
| 27 | □ | 2 31 | 3 ✱ 12 | | | | 3 □ 53 | ☿ or. cum aquila. |
| 28 | Asc. | 20 ♈ | | 3 ☌ 42 | 14 □ 48 | 9 □ 4 | | ♀ m.c. cum neb. ♏. |
| 29 | | 17 ✱ 8 | | | | | | |
| 30 | | | | | | | 4 ✱ 58 | |
| 31 | | | | | | | | |

a. Die 8. ♀ m.c. cum prima stella frontis ♏.
b. Die 25 ☿ m.c. cum aculeo ♏.
c. Die 26. ♀ occ. cum Arcturo.

Poſitus Planetarum Diurnus.

| [illegible] ♎ | | ♄ ♏ S | A | ♃ ♍ S | A | ♂ ♐ M | D | ♀ ♐ M | D | ☿ ♐ M | D | ☊ ♑ | |
|---|---|---|---|---|---|---|---|---|---|---|---|---|---|
| P | ' | P | ' | P | ' | P | ' | P | ' | P | ' | P | ' |
| 3 ♏ | 23 | 6 | 16 | 10 | 2 | 26 | 14 | 24 | 48 | 13 | 34 | 13 | 28 |
| 5 | 14 | 6 | 22 | 20 | 8 | 26 | 59 | 26 | 3 | 15 | 16 | 13 | 24 |
| 7 | 0 | 6 | 29 | 10 | 14 | 27 | 44 | 27 | 19 | 16 | 58 | 13 | 21 |
| 18 ♐ | 45 | 6 | 35 | 10 | 20 | 28 | 29 | 28 | 35 | 18 | 40 | 13 | 18 |
| 0 | 26 | 6 | 42 | 20 | 26 | 29 | 14 | 29 ♑ | 50 | 20 | 21 | 13 | 15 |
| 12 ♑ | 14 | 6 | 48 | 10 | 31 | 29 ♑ | 59 | 1 | 6 | 22 | 3 | 13 | 12 |
| 4 | 10 | 6 | 54 | 20 | 37 | 0 | 44 | 2 | 22 | 23 | 43 | 13 | 9 |
| 16 | 18 | 7 | 0 | 10 | 42 | 1 | 29 | 3 | 37 | 25 | 23 | 13 | 5 |
| 28 ♒ | 40 | 7 | 7 | 20 | 47 | 2 | 14 | 4 | 53 | 27 | 2 | 13 | 2 |
| 11 | 19 | 7 | 13 | 20 | 52 | 3 | 0 | 6 | 9 | 28 ♑ | 41 | 12 | 59 |
| 24 ♓ | 20 | 7 | 19 | 20 | 57 | 3 | 45 | 7 | 24 | 0 | 19 | 12 | 56 |
| 7 | 44 | 7 | 25 | 21 | 1 | 4 | 30 | 8 | 40 | 1 | 57 | 12 | 53 |
| 21 ♈ | 30 | 7 | 31 | 21 | 6 | 5 | 16 | 9 | 55 | 3 | 34 | 12 | 49 |
| 5 | 38 | 7 | 37 | 21 | 10 | 6 | 1 | 11 | 11 | 5 | 10 | 12 | 46 |
| 20 ♉ | 5 | 7 | 43 | 21 | 14 | 6 | 46 | 12 | 26 | 6 | 45 | 12 | 43 |
| 4 | 46 | 7 | 49 | 21 | 18 | 7 | 32 | 13 | 42 | 8 | 19 | 12 | 40 |
| 19 ♊ | 36 | 7 | 55 | 21 | 22 | 8 | 17 | 14 | 57 | 9 | 51 | 12 | 37 |
| 4 | 18 | 8 | 0 | 21 | 26 | 9 | 3 | 16 | 13 | 11 A | 22 | 12 | 33 |
| 19 ♋ | 13 | 8 | 6 | 21 | 29 | 9 | 49 | 17 | 28 | 12 | 52 | 12 | 30 |
| 3 | 46 | 8 | 12 | 21 | 33 | 10 | 34 | 18 | 44 | 14 | 20 | 12 | 27 |
| 18 ♌ | 2 | 8 | 17 | 21 | 36 | 11 | 20 | 19 | 59 | 15 | 47 | 12 | 24 |
| 2 | 0 | 8 | 23 | 21 | 39 | 12 | 6 | 21 | 14 | 17 | 12 | 12 | 21 |
| 15 | 38 | 8 | 28 | 21 | 42 | 12 | 52 | 22 | 30 | 18 | 35 | 12 | 18 |
| 28 ♍ | 57 | 8 | 33 | 21 | 45 | 13 | 38 | 23 | 45 | 19 | 56 | 12 | 14 |
| 11 | 58 | 8 | 38 | 21 | 47 | 14 | 24 | 25 | 0 | 21 | 15 | 12 | 11 |
| 24 ♎ | 42 | 8 | 43 | 21 | 49 | 15 | 10 | 26 | 15 | 22 | 32 | 12 | 8 |
| 7 | 11 | 8 | 48 | 21 | 51 | 15 | 56 | 27 | 30 | 23 | 40 | 12 | 5 |
| 19 ♏ | 28 | 8 | 54 | 21 | 53 | 16 | 42 | 28 ♒ | 45 | 24 | 58 | 12 | 2 |
| 1 | 36 | 8 | 59 | 21 | 55 | 17 | 28 | 0 | 0 | 26 | 7 | 11 | 59 |
| 13 | 37 | 9 | 4 | 21 | 56 | 18 | 14 | 1 | 15 | 27 | 13 | 11 | 55 |
| 25 | 35 | 9 | 8 | 21 | 58 | 19 | 0 | 2 | 30 | 28 | 15 | 11 | 52 |

| | | | | | | | | | | | | |
|---|---|---|---|---|---|---|---|---|---|---|---|---|
| | 1 | 2 | 9 | 1 | 1 | 0 | 5 | 0 | 33 | 1 | 11 | |
| diē | 11 | 2 | 13 | 1 | 5 | 0 | 6 | 0 | 49 | 2 A | 2 | Menſis |
| | 21 | 2 | 16 | 1 | 9 | 0 | 6 | 1 | 6 | 2 | 14 | |

| Syzygiæ Lunares. | | | | | | | | | |
|---|---|---|---|---|---|---|---|---|---|
| | | | Orient. | Orient | Occid. | Occid. | Occid. | Syzygiæ Planetarũ mutuę, & eorum congressus cum illustrioribus aliquibus stellis fixis. |
| | | ☉ | ♄ | ♃ | ♂ | ♀ | ☿ | |
| Dies | | H ′ | H ′ | H ′ | H ′ | H ′ | H ′ | |
| 1 | | | | | 6 ✶ 9 | 1 ✶ 58 | | |
| 2 | | | 2 ☌ 19 | | | | | |
| 3 | | | | 6 ✶ 40 | | | | ☽ Apo. ☌ ☿ ♀ 19.21 a |
| 4 | | | | | | | | ♂ or. cum cauda Del. |
| 5 | ☌ | 6 33 | | 20 □ 28 | | | 23 ☌ 33 | □ ♃ ☿ 1.15. |
| 6 | Asc. | 14 ♉ | | | 16 ☌ 37 | 19 ☌ 57 | | ♃ m. c. cum cauda ♌. |
| 7 | | | 5 ✶ 28 | | | | | ☽ ☊ 17.40. |
| 8 | | | | 8 △ 35 | | | | (cum lyra. |
| 9 | | | 16 □ 9 | | | | | ♀ or. cũ neb. ♓. & m. c. |
| 10 | | 14 ✶ 4 | | | | | | ✶ ♄ ♀ 22.16. ♀ or. cum |
| 11 | | | 23 △ 26 | | 17 ✶ 51 | | 12 ✶ 13 | (acu, ♈. |
| 12 | | | | 13 ☍ 18 | | 1 ✶ 49 | | □ ☉ ♃ 16.17 ☿ m. c. cũ ly. |
| 13 | □ | 0 0 | | | | | 23 □ 6 | (cum neb. ♈. |
| 14 | Asc. | 12 ♓ | | | 0 □ 42 | 10 □ 5 | | ♂ or. cum neb. ♓. & ♀ |
| 15 | | 5 △ 51 | | | | | | ☌ ♂ ☿ 0.31 ✶ ♄ ☿ 15.41. b |
| 16 | | | 4 ☍ 58 | | 4 △ 42 | 15 △ 46 | 6 △ 54 | ✶ ♄ ♂ 10.28. ♂ or. cũ |
| 17 | | | | 2 △ 52 | | | | ☽ Perig. (acu. ♈. c. |
| 18 | | | | | | | | |
| 19 | ☍ | 14 50 | | 3 □ 46 | | | | ♀ m. c. cum rostro galli. |
| 20 | Asc. | 1 [illegible] | 7 △ 50 | | 12 ☍ 5 | | 19 ☍ 43 | ☽ ☋ 14.12. |
| 21 | | | | 7 ✶ 9 | | 3 ☍ 35 | | ♀ m. c. cum aquila. |
| 22 | | | 11 □ 17 | | | | | |
| 23 | | | | | | | | ♂ or. cum neb. ♈. |
| 24 | | 7 △ 16 | 17 ✶ 39 | | | | | ♄ m. c. cum lance austr. |
| 25 | | | | 18 ☌ 34 | 4 △ 54 | | 19 △ 26 | △ ♃ ☿ 10.14. |
| 26 | □ | 10 51 | | | | 3 △ 18 | | ♂ occ. cum corona. |
| 27 | Asc. | 24 ♑ | | | 18 □ 13 | | | ♀ m. c. cum cor. ♑. |
| 28 | | | | | | 20 □ 32 | 12 □ 0 | |
| 29 | | 13 ✶ 16 | 14 ☌ 49 | | | | | ♂ m. c. cum rost. gall. |
| 30 | | | | 16 ✶ 41 | 9 ✶ 53 | | | ✶ ☉ ♄ 9.16. d. |
| 31 | | | | | | 15 ✶ 0 | 5 ✶ 47 | ☽ Ap. Bor. cum can. cyg. |

*a.* *Die* 3. ♀ *or. cum cauda Del.*
*b.* *Die* 15. ♂ *m. c. cum neb.* ♓.
*c.* *Die* 16. ♂ *occ. cum neb.* ♓. & ♀ *cum corona.*
*d.* *Die* 30. ♀ *m. c. cum cauda Del.*

www.ingramcontent.com/pod-product-compliance
Lightning Source LLC
Chambersburg PA
CBHW021928110726
47901CB00003B/759

* 9 7 8 3 7 4 1 1 8 3 2 2 5 *